中华优秀传统文化传承发展工程

Project for Transmission and
Development of Fine Traditional
Chinese Culture

中国
民间文学
大系

故事

Treasury of
Chinese Folk Literature

Collection of Folktales

4-41

河南卷 | 驻马店分卷 | Henan Volume : Tales from Zhumadian

中国文学艺术界联合会 中国民间文艺家协会 总编纂

中国文联出版社
http://www.clapnet.cn

图书在版编目（CIP）数据

中国民间文学大系 . 故事 . 河南卷 . 驻马店分卷 /
中国文学艺术界联合会 , 中国民间文艺家协会总编纂 .
北京 : 中国文联出版社 , 2024. 11. -- ISBN 978-7
-5190-5596-7

Ⅰ . I277

中国国家版本馆 CIP 数据核字第 2024E6Z109 号

中国民间文学大系·故事·河南卷·驻马店分卷

Zhongguo Minjian Wenxue Daxi
Gushi Henan Juan Zhumadian Fenjuan

总编纂	中国文学艺术界联合会　中国民间文艺家协会
终审人	姚莲瑞
复审人	王素珍
责任编辑	周小丽
责任校对	田宝维　宋雨桐
书籍设计	XXL Studio
排版制作	山东根德文化
责任印制	陈　晨
出版发行	中国文联出版社有限公司
地址	北京市朝阳区农展馆南里 10 号，100125
电话	010-85923066（编辑部），010-85923025（发行部）
印刷	北京顶佳世纪印刷有限公司
开本	635×965，1/8
字数	1635 千字
印张	125.5
版次	2024 年 11 月第 1 版
印次	2024 年 11 月第 1 次印刷
书号	ISBN 978-7-5190-5596-7
定价	1260.00 元

中华优秀传统文化传承发展工程

中国民间文学大系出版工程领导小组

组长   铁　凝　李　屹

副组长   徐永军　董耀鹏　俞　峰　诸　迪　张雁彬
      张　宏　黄豆豆　冯骥才　潘鲁生

办公室主任 张雁彬（兼）

办公室副主任 邱运华（常务）　韩新安　杨发航　邓光辉
      谢　力　周由强　暴淑艳　尹　兴

成员   各省区市和新疆兵团宣传部分管领导和文联党组书记；
      有关文艺家协会分党组书记；学术委员会主任、编纂出
      版工作委员会主任和中国文联出版社社长等。

中国民间文学大系出版工程学术委员会

中国民间文学大系出版工程编纂出版工作委员会

总序

5000 多年的中华文化源远流长、灿烂辉煌，滋养着中华民族生生不息、发展壮大，积淀着中华民族最深沉的精神追求，镌刻着中华民族独特的精神标识，也蕴藏着解决当代人类面临难题的传统智慧，是涵养社会主义核心价值观的精神之源，更是我们在世界文化中站稳脚跟的坚实根基。中华优秀传统文化是我们必须世代传承的文化根脉、文化基因，在实现"两个一百年"奋斗目标和中华民族伟大复兴中国梦的历史进程中，追溯中华文化的源流、探究中华文化的传续、前瞻中华文化的走向，对于为中华民族精神家园立根铸魂、为新时代中国特色社会主义事业发展凝心聚力，具有重大意义。

编纂出版《中国民间文学大系》（以下简称《大系》）是新时代传承发展中华优秀传统文化的国家级重点工程。党的十八大以来，以习近平同志为核心的党中央高度重视中华文化的传承发展。2017 年 1 月，中央印发《关于实施中华优秀传统文化传承发展工程的意见》（以下简称《意见》），编纂出版《大系》列为其中的重大工程。《意见》从建设社会主义文化强国，增强国家文化软实力，实现中华民族伟大复兴中国梦的高度，深刻阐述了中华优秀传统文化传承发展的重要意义、指导思想、基本原则和总体目标，对传承发展工程的主要内容、重点任务、组织实施和保障措施等作出了重要部署，是当前和今后一个时期指导我们传承发展好中华优秀传统文化的重要遵循。民间文学是中华优秀传统文化中最主要的基础资源之一，它鲜明而又直接地反映着人民群众的日常生活和价值观、审美观。中国民间文学大系出版工程（以下简称大系出版工程）由中国文联负责组织实施，是中华优秀传统文化传承发展工程的重点项目之一，也是中国民间文学遗产抢救保护与传承的民心工程。这一工程的主要任务是以客观、科学、理性的态度，收集整理民间口头文学作品及理论方面的原创文献，编纂出版《大系》大型文库，完善中国口头文学遗产数据库，为中华民族保留珍贵鲜活的民间文化记忆。在编纂同时，开展一系列以中国民间文学为主题的社会宣传活动，促进全社会共同参与民间文学的发掘、传播、保护，形成全社会热爱、传承优秀传统民间文学的热潮，形成德在民间、艺在民间、文在民间的共识，推动民间文学知识普及与对外交流传播。

民间文学产生于民间，流传于民间，具有与生俱来的人民性。习近平总书记在文艺工作座谈会上的讲话中指出，"人民既是历史的创造者、也是历史的见证者，既是历史的'剧中人'、也是历史的'剧作者'"。因为民间文学活动本身就是人民的审美生活，是人民不可缺少的生活样式，具有浓厚的生活属性。民众在表演和传播民间文学时，就是在经历一种独特的生活方式。人民创作、人民传播和人民享受，是民间文学人民性的具体表现。

民间文学是培育和践行社会主义核心价值观的重要载体。首先，民间文学是宝贵的历史文化遗产，是中华民族祖祖辈辈集体智慧的结晶，积淀着中华民族特有的极为丰富的思想道德和文化意识形态。其次，民间文学是人民群众自己的文学和学问，具有最为广泛的人民性，没有哪一种文学艺术形式拥有如此众多的作者和观众。它对人们的生活方式和思想观念所产生的潜移默化影响也是最为深刻和久远的。再次，民间文学是人民群众最为喜闻乐见和熟悉的审美方式，也是最为便利的文学活动形式。每个地方都有祖辈延续下来的传说、故事、歌谣、谚语、小戏、说唱等等，为当地人耳熟能详。这些民间文学一旦进入当地人的生活世界，便释放出强大的感化能量。

新中国成立后，党和政府十分重视民间文艺的传承保护。民间文学搜集抢救整理成果丰硕，为编纂出版《大系》奠定了坚实基础。1950 年 3 月，我国民间文学、民间戏剧、民间音乐、民间美术、民间舞蹈等领域的文艺家与研究家发起成立了中国民间文艺研究会（以下简称民研会；1987 年更名为中国民间文艺家协会），开始在全国范围内统一组织实施中国民间文艺的传承与研究工作。在民研会成立大会上，代表们讨论并通过了《征集民间文艺资料办法》。1979 年 9 月，全国少数民族民间歌手、民间诗人座谈会在京召开，众多民间歌手和艺人恢复名誉，抢救保护民族民间文化遗产工作也随之重启。1984 年 2 月，中宣部印发《关于加强少数民族文学研究和资料搜集工作的通知》。同年 5 月，文化部、国家民委、民研会印发《关于编辑出版〈中国民间故事集成〉〈中国歌谣集成〉〈中国谚语集成〉的通知》，全国各地大批民间文艺专家和民间文艺工作者代表们会聚起来，形成强大的学术力量和社会力量，开始了民间文学抢救整理工作。1987 年至 2009 年，在全国普查、采录的基础上，全国各地民间文学"三套集成"陆续编辑出版。"三套集成"从酝酿、立项到全面实施，历经近 30 年，全国 30 个省市自治区（不含重庆、港澳台）编纂出版90 卷（102 册），总计 1 亿多字，一大批珍贵的各民族神话、传说、故事、歌谣、谚语等民间口头文学作品，成为民间文学爱好者和研究者的通用读本。进入新世纪以来，中国民间文化遗产抢救、中国民族民间文化遗产保护等工程又相继开展，取得扎实而宝贵的工作进展。为了进一步适应今后文化发展以及科学技术进步带来的阅读、研究与利用的实际需要，2010 年 12 月，中国民间文艺家协会启动实施了中国口头文学遗产数字化工程，已陆续完成 10 多亿字民间口头文学记录文本的数字化存录，最终将形成体系完备的"中国口

A 006

头文学遗产数据库"，以有效避免因各种因素造成的纸质资料遗失和损坏，并使阅读、检索和利用这些作品及资料变得更为方便、快捷和准确，从而实现更大范围的资源共享。新中国成立 70 年来民间文艺工作的实践与经验，数十亿字民间文艺资料的积累与储备，数十万民间文艺工作者的心血和智慧，是我国民间文艺事业发展的宝贵财富，也为《大系》的编纂工作确立了综合实力和巨大优势。

大系出版工程是新时代中国民间文学保护、传承工作的扩充、延伸、深化、升华，更是民间文学创造性转化和创新性发展的理论探索和实践行动。《大系》文库按照神话、史诗、传说、故事、歌谣、长诗、说唱、小戏、谚语、谜语、俗语、理论 12 个门类进行编纂，计划到 2025 年出版大型文库 1000 卷，每卷 100 万字，共 10 亿字。该工程制订的长期规划、分步骤分阶段分类别的运作策略和实施举措，保障了项目的可持续性发展和科学化运用。

《大系》既是有史以来记录民间文学数量最多、内容最丰富、种类最齐全、形式最多样、最具活态性的文库，也是在民间文学搜集整理领域开展的新时代综合性成果总结、示范性的本土文化实践活动。它将几千年来在民间普遍传承的无形精神遗产变为有形的文化财富，从而避免在全球化语境下民间文学遭遇民众文化失语和传统经典样式失忆的尴尬与窘境，为世人了解中国民间文艺发展规律、应对社会转型和变革所带来的传统文化衰微之势，提供了文化复兴的有效良方和经验范式。

《大系》充分吸收当代民间文学研究的新成果、新理念，在选编标准上，始终坚持正确的政治导向，坚持优秀传统文化的标准，萃取经典，服务当代。各分卷编委会着力还原民间文学的本真形态，忠实保持各民族作品原文意蕴，在内容、形式、类型等方面力求反映出民族风格和当地口承文化传统特点，按照科学性、广泛性、地域性、代表性的"四性"原则，在各类文本中，精心编纂出具有民间文化传统精神和当代人文意识的优秀作品文库。

编纂出版《大系》，我们始终坚持具有鲜明导向的指导思想和基本原则。《大系》汇集全国各地民间文艺领域上千名专家、学者，计划用 8 年的时间对民间文学 12 个门类进行搜集整理、编纂出版，是一项复杂的系统工程。《大系》既是党中央交给中国文联的一项重要的文化建设任务，又是民间文艺界的一项重大学术研究活动；既是一项中华民族大型文化精品创建工程，又是一次中国民间文学主题实践宣传活动；既要深入田间地头调查搜集采录第一手资料，又要坐在书斋静下心来进行归纳整理研究。《大系》具有很强的政治性、学术性、专业性、群众性。我们的指导思想是，始终高举中国特色社会主义伟大旗帜，全面贯彻落实习近平新时代中国特色社会主义思想和党的十九大精神，紧紧围绕实现中华民族伟大复兴中国梦，深入贯彻新发展理念，坚持以人民为中心的工作导向，坚持以社会主义核心价值观为引领，坚持创造性转化、创新性发展，坚定文化自信，增强文化自觉，树立正确的价值观、历史观、审美观，积极思考和探索民间文学的继承与发展等时代命题，坚持交流互鉴、开放包容，关注民间文学新的时代内涵和现代表达形式，使我们民族创造的民间文艺更接地气、更有底气、更具生气。

《大系》编纂出版工作确立了"三个坚持"的基本原则：一是坚持社会主义先进文化前进方向和正确价值取向，对民族民间文学中的制度风俗、思想观念、价值理念、乡规家风等加以梳理和诠释，去粗取精、去伪存真，发掘民间文学蕴含的核心价值观，充分发挥民间文学在"美教化、厚人伦、移风俗"等方面的特殊作用；二是坚持广泛性和代表性相结合，在广泛普查和科学分类的基础上，加强对各民族民间文学精神与思想内涵的挖掘和阐发，把强调先进价值观与突出地域文化特色、民族风格密切结合起来，推动建设中华民族和合一体的共同精神家园；三是坚持学术性与普及性相结合，以民间文学理论研究成果和当代文化思想为学术指导，加强民间文学各类别经典文本呈现、精品范本出版，促进民间文学的创造性转化和创新性发展，并注重与时代发展相适应，实现从口耳相传到多媒体传播的时代变化，激活其当代价值，高标准、高质量、高要求地打造体现中国精神、中国形象、中国文化、中国表达的经典传世精品。

编纂出版《大系》是新时代赋予我们的光荣职责和神圣使命。我国各民族民间文艺积淀深厚，灿烂博大，与人民生活紧密联系着，是中华优秀传统文化的土壤和基石。千百年来，我国民间文学薪火相传、生生不息，深深融入中华民族的血脉，深刻影响着中国人的精神世界，印刻着中华民族独特的文化记忆，鲜明地表现着广大人民群众的精神向往、道德准则和价值取向，充分彰显着中国人的气质、智慧、灵气、想象力和创造力，是中华文化的亮丽瑰宝和鲜明标志，不论过去还是现在，都有其永不褪色的价值。但同时也要看到，民间文学又是脆弱的。随着转型期社会的深刻变革和城镇化带来的高速发展，民间文学赖以生存的土壤正在迅速流失，不少优秀民间文学正在成为绝唱，更多的民间文学资源业已消失。因此，抢救与保护散落在中国大地上各区域、各民族现存的不可再生的文化遗产，按照当代学术规范和学科准则，大规模开展民间文学的搜集、整理、出版、推广、研究，激发全社会对我国优秀民间文学的热爱和珍视之情，促进民间文学保护、传承与发展，延续中华文脉，造福人民大众，为繁荣发展社会主义文艺事业提供民间文学精致文本和精彩样式，已成为热爱中华优秀传统文化有识之士的共同心声。

当前，中国特色社会主义步入新时代，在以习近平同志为核心的党中央领导下，各级党委和政府更加自觉、更加主动推动中华优秀传统文化的传承与发展，开展了一系列富有创新、富有成效的工作，有力增强了中华优秀传统文化的凝聚力、影响力、创造力。进一步发扬优秀传统，充分尊重人民群众的思想观念、风俗习惯、生活方式、民族情感、表达形式，充分尊重一代又一代民间文艺创造者、传承者的经验智慧与劳动成果，进一步凝聚共识，精耕细作，落实好、完成好大系出版工程的各项工作，不断书写出中国民间文学新的辉煌，既是新时代赋予广大民间文艺工作者的光荣职责，更是我们共同担当的神圣使命。

我们郑重呼吁：全社会都行动起来，共同承担起抢救中华民族民间文学遗产的神圣职责！

中国文学艺术界联合会

中国民间文艺家协会

2019 年 3 月 5 日

General Prologue

The splendid culture of China, with a time-honored history of more than 5000 years, has ensured the lineage, development, and growth of the Chinese nation, encompassed the deepest intellectual pursuit of the Chinese nation, engraved the distinctive cultural identity of the Chinese nation, containing the traditional wisdom to tackle today's problems faced by humanity. Moreover, the profound culture of China constitutes the spiritual source for cultivating the core socialist values, laying down a solid foundation for us to stand firm in the diverse global cultures. Fine traditional Chinese culture comprises the cultural root and gene that we must transmit from generation to generation. In the historical process of achieving the Two Centenary Goals and realizing the Chinese Dream of rejuvenation of the Chinese nation, China's fine traditional culture is of great significance in tracing the source and course of the culture of the Chinese nation while gaining a foresight of its future direction, so as to reinforce the rootedness and soulfulness of the spiritual homeland for the Chinese nation, and to pool the wisdom and strength for developing the socialism with Chinese characteristics in the new era.

The compilation and publication of the *Treasury of Chinese Folk Literature* (hereafter referred to as "the *Treasury*") is one of the national key projects for transmitting and promoting China's fine traditional culture in the new era. Since the 18th National Congress of the Communist Party of China (CPC), the CPC Central Committee with Comrade Xi Jinping at its core has been attaching great importance to the transmission and development of traditional Chinese culture. In January 2017, the central authorities issued the Opinions on Implementing the Project for Transmission and Development of Fine Traditional Chinese Culture (hereafter referred to as "the Opinions") in which the compilation and publication of the *Treasury* is included as one of the key projects. With a perspective of building China into a country with a strong socialist culture, strengthening its cultural soft power, and realizing the Chinese Dream of the rejuvenation of the Chinese nation, the Opinions not only profoundly expounds the significance, guiding ideology, basic principles, and the overall objectives of transmitting and developing China's fine traditional culture, but also conceives a holistic strategy for a series of projects on their main content, key tasks, organizational implementation, and supporting measures. It is, accordingly, a crucial guideline for us to better transmit and develop fine traditional Chinese culture at present and in the near future.

As one of the most fundamental resources in China's fine traditional culture, folk literature reflects, directly yet vibrantly, the daily life, values, and aesthetics of the people. The Publishing Project for the *Treasury of Chinese Folk Literature* (hereinafter referred to as "the Project"), organized and implemented by China Federation of Literary and Art Circles (CFLAC), is one of the key projects under the framework of the Projects for Transmission and Development of Fine Chinese Traditional Culture, and also a people-to-people exchange project for salvaging, preserving, and transmitting Chinese folk literary heritage. In an objective, scientific, and rational manner, the main tasks of the Project are 1) collect and collate the first-hand materials of folk oral literature and original documents of theoretical studies, 2) set up a large-scale textual library through compiling and publishing the *Treasury*, 3) enrich the Chinese Oral Literature Heritage Database, and 4) keep folk cultural memories alive for the Chinese nation. At the same time of compilation, a series of social publicity activities centered on the theme of Chinese folk literature should be carried out to promote the participation of the whole society in the exploration, dissemination, and safeguarding of folk literature, to unfold vigorous mass campaign for practicing and transmitting the fine traditional Chinese culture, and to reach the consensus that the people are the source of morality, art, and literature, giving impetus both to the popularization of folk literature knowledge and cultural exchanges and communication with foreign countries.

It is precisely because its origin is in the people while its spread is among the people, folk literature stands in the immanent affinity to the people. General Secretary Xi Jinping of the CPC Central Committee pointed out in his speech at the Forum on Literature and Art, "The people are both the creators and the observers of history, and both its protagonists and playwrights." Since folk literary activity itself has shaped not only the aesthetic life of the people, but also the indispensable life model of the people, it bears a strong life-attribute. When people perform and disseminate folk literature, they are experiencing a specific way of life itself. The affinity to the people of folk literature is alive in the concrete manifestations that it has been created, transmitted, and enjoyed by the people.

Folk literature is an important carrier for fostering and practicing core socialist values. Firstly, folk literature is the irreplaceable historical and cultural heritage, representing a crystallization of the collective wisdom handed down for generations of the Chinese nation, while testifying the accumulation of the distinctive and profound philosophical thoughts, moral essence, and cultural ideology attributed to the Chinese nation. Secondly, folk literature stands for people's own literature and learning and boasts the most extensive affinity to the people. No form in literature can match folk literature in terms of the number of creators and audience, and no literary form has exerted such profound and long-lasting yet subtle influence on people's mode of life and way of thinking as folk literature. Thirdly, folk literature is one of the most celebrated aesthetic means that is familiar to the average people and is also the most easily-accessible form of literature. No matter where it is, there must be legend, tale, song and ballad, proverb, drama, telling and singing, as well as other oral genres that are widely known to the local people for generations. Accordingly, once entering the life-world, folk literature will release powerful inspirational appeals.

Since the People's Republic of China was founded in 1949, the CPC and the competent authorities of government at all levels have been attaching importance to transmitting and promoting folk literature and art. The work of collecting, salvaging, and collating folk literature has yielded fruitful results, which lays a solid foundation for the compilation and publication of the *Treasury*. In March 1950, with the initiative of artists and researchers from related fields, such as folk literature, folk operas, folk music, folk fine art, folk dance, and so forth, the Chinese Society for Folk Literature and Art Research (hereafter referred to as "the Society," which was officially renamed as the Chinese Folk Literature and Art Association in 1987) was established. The Society immediately embarked on organizing and implementing the promotion and research work of folk literature and art in a unified way throughout the country. The "Measures for Collecting Materials of Folk Literature and Art" was discussed and adopted at the founding assembly of the Society. In September 1979, the National Symposium of Ethnic Folk Singers and Folk Poets was held in Beijing, with the aim of restoring the reputation of folk singers and artists who had been degraded during the Cultural Revolution, and the work of salvage and preservation of the folk cultural heritage was also resumed along the event. In February 1984, the Publicity Department of the CPC Central Committee issued the Notice on Strengthening the Research and Data-Collection of Ethnic Literature. In May 1984, the Ministry of Culture, the National Ethnic Affairs Commission, and the Society jointly issued the Notice on Compilating and Publishing *The Collection of Chinese Folktales, The Collection of Chinese Songs and Ballads, and The Collection of Chinese Proverbs*. Many experts and workers devoted to folk literature and art from all over the country were convened to form a strong academic force and social synergy and started to dedicate themselves to salvaging and collating folk literature. From 1987 to 2009, the Three Collections of Folk Literature were successively compiled and published on the basis of the nation-wide survey and collection. After nearly 30 years from preparation, project approval to full implementation, the Three Collections finally came into view of readers in 90 volumes (102 copies) in 30 provinces and autonomous regions (apart from volumes of Chongqing, Hong Kong, Macao, and Taiwan), with a total of more than 100 million characters in Chinese. Since then, a great amount of folk oral literary texts, such as myth, legend, folktale, folk song and ballad, proverb, and so forth, have become the general readers both for folk literature enthusiasts and scholars.

Since the beginning of the new century, the Project for Salvaging Chinese Folk Literature and the Project for Safeguarding Chinese Ethnic Folk Cultural Heritage have both been implemented by the Chinese Folk Literature and Art Association (CFLAA) and made remarkable achievements. In order to further adapt to the actual needs of reading, research, and utilization brought about by cultural development along with scientific and technological advancement in the future, in December 2010, the CFLAA initiated and implemented the Project for the Digitization of Chinese Oral Literature Heritage and has hitherto completed the digitization of the folk oral literature of over one billion Chinese characters. The goal of the digitization project is to create a well-established system of the Chinese Oral Literature Heritage Database, to effectively avoid the loss and damage of printed materials caused by various factors, to make reading, retrieving, and using these texts and materials more convenient, fast, and accurate, thereby enabling a wider range of resource sharing.

Over the past 70 years, the practices and experiences of folk literature and art, the accumulation and preservation of folk literary data in billions of Chinese characters, as well as the efforts and wisdom of hundreds of thousands of cultural workers, have constituted the invaluable assets for the development of Chinese folk literature and art, and also established the comprehensive strength and considerable advantage for the compilation of the *Treasury*.

The Project is not only the augmentation, extension, intensification, and sublimation of the preservation work of Chinese folk literature in the new era, but also the theoretical exploration and practical action in transforming and boosting folk literature in a creative way. The *Treasury* is to be compiled under 12 categories, namely myth, epic, legend, folktale, song and ballad, long poem, telling and singing, folk drama, proverb, riddle, folk adage, and theory. It is planned that by 2025, 1000 volumes with one million characters each and one billion characters in total will be registered. The sustainable development and scientific applying value of the Project will be ensured by its long-term planning and holistic measures with operation strategies for implementation in phases, steps, and categories.

The *Treasury* is not only the library that documents the largest number of folk literary texts with unprecedented resources in terms of content, genre, form, style, and living nature throughout history, but also provides a summarization of the comprehensive achievements in the field of collecting and collating folk literature, demonstrating local cultural practices in the new era. It turns the intangible spiritual legacy that has been generally transmitted for millenniums among the masses into tangible cultural wealth, thereby obviating the dilemma and predicament of folk literature suffering both from cultural aphasia of the folks and amnesia of the fine traditional patterns in the context of globalization. To understand the laws governing the evolution of Chinese folk literature and art, to cope with the decline of traditional culture brought about by social transformation, the *Treasury* provides an effective prescription and experience paradigm for cultural rejuvenation.

The *Treasury* fully draws on the new achievements and new conceptions gained in contemporary folk literature research. With regard to the selection criteria, it always adheres to the orientation of the people-centered and the standards of fine traditional culture to make the past serve the present. The editorial committees of each collection and each volume strive to represent the cultural reality and diverse implication of folk literature collected from Chinese people of all ethnic groups, giving specific attention to maintaining ethnic characteristics and local feature of oral-based cultural tradition in terms of content, form, genre, type, and so forth. In accordance with the Four Principles, namely, Scientificity, Extensiveness, Locality, and Representativeness, the well-elaborated Treasury collects fine folk literature works from all kinds of texts that are embedded with traditional cultural ethos and contemporary humanistic perception.

The compilation and publication of the *Treasury* always upholds the guiding ideology and basic principles with well-defined orientation. As a collaborative undertaking of thousands of experts and scholars in the field of folk literature and art across the country, it is a complicated systematic project that is planned to take 8 years to collect, clarify, collate, compile, and publish the folk literature materials under 12 categories. The *Treasury* is not only a crucial task entrusted to the CFLAC by the CPC Central Committee, but also a significant academic research project in the field of folk literature and art; it is not only a large-scale cultural project for promoting fine works of the Chinese nation, but also a promotional activity in practice highlighting the theme of Chinese folk literature; it is thus necessary both to go deep into the field to investigate, collect, and document the first-hand data, and to sit down at the desk to conduct induction, collation, and research with a will.

The *Treasury* is highly political, academic, professional with a strong connection to the grass-roots. Our guiding ideology includes to uphold socialism with Chinese characteristics and comprehensively implement Xi Jinping's Thought on Socialism with Chinese Characteristics for a New Era and the guiding principles of the 19th CPC National Congress; to make the unremitting endeavor to the realization of the Chinese Dream of national rejuvenation and push forward the new development concepts in an all-round way; to adhere to the people-centered approach, the guidance of the core socialist values, and transform and boost traditional culture in a creative way; to have full confidence in culture, enhance cultural consciousness, foster sound values and outlooks of history and aesthetics, and actively ponder over and explore into propositions put forward by the times, including the transmission and development of folk literature; to persist in deepening exchanges and mutual learning in a spirit of openness and inclusiveness, while ensuring the attentiveness of new connotation of the times and the contemporary form of expressions introduced in folk literature. In accordance with the above-mentioned guiding principles, the folk literature created by the Chinese nation should be more grounded, more uplifted, and more energetic.

The compilation and publication of the *Treasury* has established the basic principles of the Three Adherences. First, to adhere to leading direction of advanced Socialist culture and sound value orientation. In the process of clarifying and annotating the conventional custom, idea, conception, and family tradition carried in the ethnic and folk literature, we should discard the dross and keep the essential, eliminate the false and retain the true, explore the core values contained in folk literature, and to give full play to the special role of folk literature in the aspects of "giving depth to human relation, fostering sound moral values, and breaking with undesirable customs." Second, to adhere to the combination of extensiveness and representativeness. On the basis of extensive survey and scientific classification, we should strengthen the exploration and elucidation of the literary spirits and ideological connotation of folk literature among various ethnic groups, integrate the manifestation of sound values with prominent regional cultural characteristics and ethnic features, and promote the construction of a common spiritual homeland of harmony and unity for the Chinese nation. Third, to adhere to the combination of academicity and popularization. Under the professional guidance of the theoretical research results of folk literature and contemporary cultural thoughts, we should strengthen the presentation of fine texts in various categories of folk literature and the publication of quality model-texts, promote the creative transformation and innovative development of folk literature, and lay stress on keeping pace with the times, facilitating the appropriate transition from word of mouth to multimedia communication, and activating its contemporary value. With high standards, high quality, and high requirements, the *Treasury* aims to create a fine library that exemplifies Chinese spirit, Chinese image, Chinese culture, and Chinese expression that will be handed on from age to age.

The compilation and publication of the *Treasury* is the glorious duty and sacred mission delivered to us by the new era. Closely connected to the people's lives, folk literature and art of all ethnic groups of Chinese nation are profoundly developed and accumulated with its splendid, extensive, and broad spectrums, offering soil and cornerstone for the growth of fine traditional culture with Chinese features. For thousands of years, the Chinese folk literature has been passed on from generation to generation, running deep in the blood of the Chinese nation with great influence on the spiritual world of the Chinese people, and thus establishing the Chinese nation an imprint of the distinctive cultural memory. The folk literature in China thus evidently represents the spiritual aspirations, moral principles, and value orientations of the broad masses of the people, fully demonstrating the temperament, wisdom, intelligence, imagination, and creativity of Chinese people, thereby, endowing Chinese culture with the bright gem and distinctive symbol, which has its values that never faded, no matter in the past or at present. At the same time, however, we should be aware of the fact that folk literature is fragile. With the profound transformation of society and the rapid development brought about by urbanization during the transitional period, the soil that folk literature lives on is rapidly losing; many expressions of fine folk literature are becoming swan songs, and more and more folk literary resources have disappeared. Therefore, it has become the shared aspirations of those of vision to salvage and safeguard the existing nonrenewable cultural heritage scattered in various regions and ethnic groups in China, to undertake collection, collation, publication, promotion, and research of folk literature on a large scale in accordance with contemporary academic norms and disciplinary criteria, to motivate the whole society to love and cherish China's fine folk literature, to strengthen the protection, transmission, and development of folk literature so as to continue the lifeline of Chinese culture, and benefit the people's wellbeing, as well as to provide exquisite texts and wonderful formats of folk literature for the prosperity and development of socialist literature and art.

At present, the socialism with Chinese characteristics has entered a new era, the CPC committees and governments at all levels, under the leadership of the CPC Central Committee with Comrade Xi Jinping at its core, have been more conscious and more active in promoting the transmission and development of fine traditional Chinese culture, and launched a series of innovative and productive work, which has effectively enhanced the cohesion, influence, and creativity of fine traditional Chinese culture. In order to further carry forward the fine traditions, we should 1) fully respect the people's ideological concepts, customs and folkways, lifestyles, feelings and sentiments, as well as their ways of expressions, 2) fully respect the experience, wisdom, and labor outcomes of bearers and practitioners of folk literature and art in generations, 3) further consolidate consensus to carry out intensive and meticulous operations, to implement and complete all the work of the Project, and to make new achievements in Chinese folk literature. All these tasks are not only the honorable responsibilities of the practitioners of folk literature and art in the new era, but also the noble mission that we share.

We hereby earnestly call on the whole society to take actions together on the solemn duty of salvaging folk literary heritage of the Chinese nation.

China Federation of Literary and Art Circles (CFLAC)
Chinese Folk Literature and Art Association (CFLAA)
March 5, 2019

（陈婷婷　安德明　巴莫曲布嫫 译；侯海强 审订）

中国民间文学大系出版工程编纂出版工作委员会
"民间故事"编辑专家组

组长　　　　　万建中

副组长　　　　江　帆　　陈建宪

组员　　　　　（按姓氏笔画排序）

马光亭　　刘珊珊　　李生柱　　汪梅田　　陈华文
林亦修　　尚　炜　　钟俊昆　　段　勇　　郭俊红
黄清喜　　康　丽　　隋　丽　　傅功振　　谢红萍
詹　娜　　漆凌云

联络员　　　　康　丽

序言

月亮在白莲花般的云朵里穿行，迎面吹来阵阵凉风，我们依偎在祖母的怀里，听她讲那遥远的故事，《狼外婆》《狗耕田》《七仙女》《叶限》……构成了很多人儿时的记忆。一些故事以文字的形式记录了下来，但大量民间口耳相传的故事，因为演述人的断代而渐渐失传。那些散落在祖国大地上的民间文学"遗珠"，若不能及时得到抢救整理，我们失去的不仅是一个个好听的故事，更是民族文化的根脉。《中国民间文学大系·故事卷》正是举全国之力延续这一根脉的伟大工程，旨在将那些正在被遗忘的民间故事传统重新打捞起来，使之成为永远不会消失的纸质文本，供后人阅读、保存、研究和享用。

一、民间传统生活的"活化石"

民间故事具有浓厚的生活属性，民众在表演和传播民间故事时，是在经历一种独特的生活，一般不会意识到自己在从事文学活动。民间故事演述活动本身就是民众的生活，是民众不可缺少的生活样式。自古以来，民间故事的演述往往不是单独进行，而是和民众的生产生活及各种仪式活动紧密结合，有着很大的实用价值。故此，其价值包含在当地人的思想、历史、道德、审美等一切意识形态里面，也伴随着当地人的一切物质活动，远远超越了单纯的审美维度。民间故事延续了当地的文化传统，深深影响着当地人的生活世界。

民间故事的演述始终与某一生活情境联系在一起。民间故事与生活情境之间的联结最为牢固，同时也具有多向度的社会意义。民间故事的演述过程具有浓厚的表演色彩，但故事的演述者从来都不是独自站在舞台上演独角戏，听众随时随地都有插话、打岔、插科打诨的可能。故事的演述，往往都是因某次偶然的闲谈或者某个偶然发生的事件引起的，演述人通过演述某个与当时当地情景相符的故事，来表达自己的思想感情。因此，对于当地人来说，民间故事具有重要的交流意义。只有在民间故事演述的各种因素的关联情境中以及从头至尾的过程之中把握民间故事的生活形态，民间故事才能被全面理解。譬如，独龙族的"坛嘎朋"贯穿于独龙族各种仪式场合，表现了对祖先丰功伟绩的追忆。这种民间故事现象在民族地区尤为普遍。倘若脱离了具体的生活情境，民间故事便无法演述，也失去了演述的必要。

民间故事演述中机智、调侃的语言，伴随的插科打诨，夸张的形体动作，惟妙惟肖的表情，表演者与观众奇妙的互动，等等，都可引发现场哄堂大笑。恩格斯在《德国民间故事书》中说：民间故事书的使命是使农民在繁重的劳动之余，晚上疲惫不堪回来的时候，娱乐他，恢复他的精神，使他忘掉沉重的劳动，把他那贫瘠沙砾的田地变为芬芳的花园。这是民间文学特有的生活魅力。

在夜间讲故事是民间一种十分普遍的生活现象，有些著名故事集的名称就反映了这种情况。如 16 世纪中叶意大利斯特拉佩鲁勒收集的一个故事集叫作《愉快的夜晚》。日本故事学家关敬吾说，他开始研究民间故事时，阅读的是一位老大娘演述的《加无波良夜谭》。著名故事家刘德培的很多故事就是在这种场合下获得，在这种场合下演述。夜谈不限于室内，夏季夜晚在室外乘凉，秋收季节夜晚在月光下剥玉米、绩麻，这种轻体力劳动都不妨碍讲故事。在故事的演述和接受的过程中，人们的生活变得更充实，更有情趣。

二、演述者的演述魅力

民间故事的叙述人不是一般的说话人，即不是正在"说话"的人本身，而是一个秉承了某一地方传统并在传播和演绎传统的人物。一个人一旦进入叙事，他就必须改变自己的身份、角色和角度。叙述人是叙述人所创造、所想象、所虚构的角色。他可以根据需要，用不同的声音和方式进行叙述，并伴以各种形体和表情动作。故事的叙述人在演唱或讲故事时极为自然地把"说"扩展为一种表演、一种戏剧化的形式。叙述者不仅是一个故事的叙述人，他们还身兼数职地模拟故事中不同人物的口吻、音容笑貌、行为动作，以有声有色的方式富有临场感地叙述民间故事或演绎民间口头传统。

德国哲学家瓦尔特·本雅明（Walter Benjamin）在《讲故事的人》（1936 年）一文中说："民间故事和童话因为曾经是人类的第一位导师，所以直至今日依旧是孩子们的第一位导师。无论何时，民间故事和童话总能给我们提供好的忠告；无论在何种情况，民间故事和童话的忠告都是极有助益的。"[1] 在这篇著名文章中，本雅明解释了民间文学教育作用的来源：故事演述者拥有丰富的生活经验。他们为两种人，一是远游者，讲故事的人都是

[1]　[德]瓦尔特·本雅明著：《本雅明文选》，陈永国、马海良编，北京：中国社会科学出版社，1999 年，第 309 页。

从远方归来的人，"远行者必会讲故事"。这样一种人见多识广，比当地其他人有着更为丰富的社会阅历，在崭新的生活道路上行进又不会深陷其间。《一千零一夜》中的故事大多来自从遥远地方归来的商人和商船上的水手；中国上古神话中有大量关于远国异人的描绘，《禹贡》《山海经》等都是有关殊方绝域、远国异人的故事。远游者的演述魅力在于空间方面，在于他们和另一空间的联系和有关的知识。人们总想知道山外的世界，远游者拓展了人们的生活空间，这是神秘的、异质的、充满悬念的、可以引发人们不断追问的生活空间。于是，从此人们的生活增添了一种崭新的空间上的联系、比较和向往。

故事演述者的另一种类型是当地德高望重者，他们是一群了解本地掌故传说的人。他们同样见多识广，比当地其他人有着更为深刻的社会阅历，在传统的生活道路上行进又在延续传统。他们是深深了解时间的人，是当地历史记忆的代表和演述者，其行为是在积极延续当地的口头传统，其故事和知识来自于对历史和传统的掌握。演述的魅力在于将过去与现在联系在一起，通过聆听故事，人们知道了现在的生活是对过去的延续，更加理解当下生活的意义和合理性。

两种故事演述人"代表着人们生活和精神世界在空间和时间两个维度上的联系的维持与拓展"[1]。因此，这种演述活动的教育意义是全方位的，不仅是知识、道德及宗教信息的传输，而且让一个地方的文化传统在代际间不断传承，使当地人从故事中获得生活时空坐标上的恰当认定。法国著名藏学家石泰安（R.A.Stein，1911—1999）在《西藏史诗和说唱艺人的研究》[2]一书中，强调故事演述者是当地传统文化和历史的保护者，是一个民族或族群记忆的保持者。因为民间故事属于"过去"或历史，是对过去记忆的意识的母体。他们神圣的责任和目的就是让传下来的意识母体再传下去。

每个演述者都声称是由于听到过这个故事，所以才具有了讲述它的能力。他们用第一人称的口吻叙述事情发展的经过，绘声绘色，手舞足蹈，似乎说的就是历史本身，叙述本身就是历史，俨然就是祖先历史的重现。

三、民间故事的生活意义

在中国，发达的是以抒情行为及其产品为主要研究对象的诗学。直到 20 世纪 70 年代末改革开放后，西方建立在结构主义和现代语言学基础上的叙事学才传入进来。"叙事"又称"叙述"，英文翻译为"narrative"一词。叙事问题是当代人文学科中最具争论性的

[1] 耿占春：《叙事美学：探索一种百科全书式的小说》，郑州：郑州大学出版社，2002 年，第 21 页。
[2] [法]石泰安（R.A.Stein）：《西藏史诗和说唱艺人的研究》，拉萨：西藏人民出版社，1993 年。

问题的核心，叙述就是"讲故事"。"'讲故事'是'叙事'这种文化活动的一个核心功能。古往今来的不少批评家都注意到了讲故事作为人类生活中一项不可少的文化活动的意义，不讲故事则不成其为人。"正像世人皆知的《一千零一夜》所喻指的：从人最终的命运来看，"叙事等于生命，没有叙事便是死亡"。它用无穷无尽的故事赞美了故事本身，赞美了讲故事的人。将这部百科全书般的故事集译成中文的纳训先生在"译后记"中提到：伏尔泰说，读了《一千零一夜》四遍以后，算是尝到了故事体文学作品的滋味。

日本学者关敬吾在描写故事演述活动中的这种情形时说："随着故事情节的发展，不管它的主人公是人，是动物，是天狗，还是老山妖，故事里的主人公、讲故事的人和听众们能完全融为一体。人们沉浸在故事里，形成了一种精神集体。"[1] 演述活动这种现场效果无疑起着联合人们、创造生活的作用。民间故事每篇作品的具体内容各不相同，但其所体现的情绪、思想倾向、生活理想有一定共同性。因此，在演述活动中，作品本身这种共同性经过演述者的发挥，很容易和听众（观众）发生心理共鸣，被听众（观众）接受，使"个体知觉变成集体知觉"，达到人们的共识和共有的精神趋同。

故事演述活动作为民众最基本的生活样式，之所以得以传承，主要不是依靠信仰的支撑，也不是依附仪式的神圣，而是出于民众对审美的基本需要，也是各民族、各地区民众将生活诗意化的产物。因而，其中也深刻地凝聚着各民族、各地区民众的审美理想、审美观念与审美情趣。说故事、听笑话的文学活动本身给人带来身心的欢愉。现实生活中的民间故事各种形式的表演，喜剧的成分远远大于悲剧成分。一些比较严肃甚至神圣的民间表演过程，也总会融入一些插科打诨的形式。江西省赣南地方小戏采茶戏有一种舞蹈动作叫"矮子步"，幽默，诙谐，让观众感官得到满足。"矮子步"模拟并夸张地表现了采茶负重等姿态，老虎头鲤鱼腰，双手柔如月，腕、手、腿、脚、头具有几种不同的节奏，演员根据情感表达的需要可随时调整。整个舞蹈动作融合在完整统一的音乐之中，表现出气氛的欢快活跃，人物心情的舒爽轻松。小孩观看备感亲切，大人欣赏之后如回到童年，有一种返璞归真的舒畅。

民众运用民间故事进行传统的道德教育，这对于中华民族品格的形成，具有不可替代的作用。我国传统的道德思想，相当部分存在于民间故事之中，并借助民间故事得以传播。在民间，传统道德教育主要是通过民间故事演述的形式得以实施的。道德力量的释放往往是在故事的演述中实现的，演述者和听众共同营造了神秘的训诫和警示的氛围。"故事中的事件被看作他们生活的一部分，而不是与他们分离的或者是发生在别人身上的。我们每个人的身上都存在善和恶的潜能，因此每个角色体现了一个完整的人的某一部分。"[2]

［1］　［日］关敬吾：《日本民间故事选·致读者》，北京：中国民间文艺出版社，1982年，第5页。
［2］　［美］麦地娜·萨丽芭：《故事语言：一种神圣的治疗空间》，叶舒宪、黄悦译，《广西民族学院学报》，2003年第5期，第31页。

故事戏剧性地表现了这些部分，用形象来提醒人们：应该如何行为举止，可能在哪里误入歧途。故事演述完后，在场的人会有一番交流和讨论，这种演述空间、故事和故事之后的讨论都是一个完整过程中的要素。在这个过程中人们（尤其是年轻人）认识到道德的生命意义，从而使人们的行为都符合道德规范。

民间故事对青少年教育的作用更为明显。童话中往往出现魔法宝物母题，如何使用魔法宝物，既是故事情节发展的重心，也是两种道德观念交锋的焦点。魔法宝物实际上是诱使矛盾对立的双方充分表现各自品格和品性的道具。在使用魔法宝物的过程中，善和恶、无私与自私、正义与邪恶、高尚与卑鄙相互对照和衬托，前者建设力的高扬和后者破坏力的放纵泾渭分明。这是借用神灵的手笔摹写人世间善良、憎恶及贪婪的剧本。魔法宝物母题故事非常巧妙地制造了谁都难以摆脱其诱惑的魔物道具，让把玩它的人不得不暴露自己的道德景况。当正义最终战胜了邪恶，儿童欢快的内心也被注入了高尚的情愫。

四、民间故事：核心价值观的载体

培育和践行社会主义核心价值观需要优秀的民族民间故事传统。什么是社会主义核心价值观？它是建立在民族优秀传统文化基础上的，它是历史文化系统中凝聚提炼出来的，分别指向国家、社会和公民个人的价值目标、价值取向和价值准则，而这种公民个人的价值准则在不断规范人的成长，浇铸人的品格。核心价值观的 12 个词尽管都是面向当下和未来的，但也是对中国传统文化包括民间故事传统提炼和升华的结晶，具有鲜明的历时性向度。

培育和践行社会主义核心价值观之所以需要民间故事，主要基于两个方面：一是民间故事是历史的、民族的，或者说是民族历史的积淀。民间故事既是当下的，又是历史的、传统的和民族的，是优秀传统文化有机的组成部分。二是民间故事是民众的、人民的。民间故事根植于民族历史文化的土壤，带有深厚的民族特质；同时，民间故事的创作者和演述者是具有人民思想、愿望的人民本身，因此，民间故事具有直接的人民性。社会主义核心价值观延续着民族精神，承载和演绎着民族精神的民间故事在培育和践行社会主义核心价值观中的作用便举足轻重。我国源远流长的民间故事，从根本上使社会主义核心价值观符合广大民众的意愿和历史发展的方向。在我们建设中国特色社会主义和实现"中国梦"的过程中，当然应该吸取外国优秀的文学形式和文学作品，但最能够代表民族群体的崇高精神，最能够表达这种崇高精神的，不可能是外来的，而只能是本民族具有悠久历史的包括民间故事在内的文学传统。

新华社消息：为更好地培育和践行社会主义核心价值观，发掘、传承中华优秀传统文化，努力实现中华传统美德创造性转化、创新性发展，努力使中华民族最基本的文化基因与当代社会相协调，人民网、新华网、光明网定于 2014 年 7 月下旬起至 2014 年 9 月举办"聚焦核心价值观——中国传统名诗词、名故事、名折子戏推荐活动"。这一活动说明，党委宣传主管部门已认识到，培育和践行社会主义核心价值观需要民间故事。

一般而言，民间故事讲述活动在年节期间以及人生礼仪期间最为活跃。这种群体的场合，是民众进行道德教化的最佳时间。马克思和恩格斯早就指出：人是在十分确定的前提条件下创造历史的，这种前提和条件，包括"传统"在内。讲故事作为社会文化现象之一，它先于个人而存在。民间故事在个体社会化的过程中所起的教化作用，别的东西是不能替代的。所以恩格斯在讲到德国民间故事书的重要作用时，说民间故事书像《圣经》一样培养着人民的道德感，使人们认识到自己的力量、权利和自由，唤起对祖国的爱。

总而言之，新时期的民间故事，本身就是社会主义核心价值观的具体表现，是其承载体系中的有机组成部分，同时民间故事又通过教化、娱乐等途径，不断地把社会主义核心价值观渗入人们的日常生活，使社会主义核心价值观与民间及民族传统紧密联系在一起。利用民间故事开展培育和践行社会主义核心价值观活动，可以在民间、民族和传统情怀的语境中，使核心价值观进入人们的生活世界，并且深入人心。

五、记录文本的学术价值

与其说民间故事是文学的，不如说它是生活的；与其说它是审美的，不如说它是文化的。这是对处于"表演"状态的民间故事所下的判断。也就是说，田野语境中的民间故事不是真正的民间"文学"，而是与生产生活浑然一体的表演文本。从"文学"的角度关注民间故事，民间故事可以与田野没有关系。因为田野中的民间故事已不是纯粹的文学，而是文化与生活。纯粹的民间故事指的就是中国民间文学大系出版工程故事卷中这样的记录文本。故事卷生产的过程就是认识民间故事和将口头表演转化为纯文学文本的过程。

记录文本具有独立于田野之外的意义，以田野语境去衡量记录文本是徒劳的。民间故事文本尽管远离了现实生活和口头语言系统，却更加容易地进入了学术话语系统之中，自在地展开学术历程。以记录文本为考察对象，有着与表演理论和民族志诗学迥异的学术路径，沿着这条路径，产生了"故事形态学""口头程式理论"和"结构主义"分析方法。记录文本的生命力不在于作品本身的流传，在于不断被阅读，在于被学者们用于建构学术话语、从事学术活动之中。

中外民间文学学者大多关注民间文学的文学属性，而没有认识到其生活属性或排斥其生活属性。民间文学学科的正规名称是"民间文艺学"，是和作家文艺学相对的文艺学。这足以表明以往人们对民间文学的考察和研究主要是基于文艺学或文学的视角。民间文学被记录下来，变成了与作家文学同样的文学文本。唯有"记录"，民间文学才能抖露沉重的生活属性，而给予民间文学纯粹的文学性。民间文学研究的主要流派，有神话学派（包括语言学派）、功能学派、人类学派、心理分析学派、原型批评学派、流传学派、结构学派、符号学派等等。这些流派的研究对象一般也是民间文学的文学文本，而不是民间文学的生活文本。

其实，现有民间文学的学科体系主要是依据记录文本建立起来的。没有民间文学的记录文本，就不可能建构出民间文学的学科体系，也不可能将民间文学进行比较明确的分类，神话学、史诗学、故事学、歌谣学、传说学等也无从产生。记录文本可以让我们更为静态地、清晰地把握各种民间文学的体裁特征。一个无可辩驳的事实是，民间文学的文本研究已经取得了十分丰硕的成果。中国是如此，在西方现代话语的语境中也是这种情况。美国耶鲁大学的哈维洛克（E.A.Havelock）教授1986年出版了《缪斯学写：古今对口传与书写的反思》（*The Muse Learns to Write*）一书，提出了"文本能否说话"（Can a text speak?）的著名论断，并尝试让古希腊的文本重新"说话"，使记录的民间文学作品进入民族志诗学和人类学研究的视野之中。研究民间文学的一个重要路径，就是通过对文本的阅读实例揭示出潜藏在这些文本下面的文化无意识，因为如果我们调动一切可资借鉴的手段（诸如符号学、结构主义、原型批评、语义学及传统的文化人类学等），对之进行适当的质询，"文本必然会显示出它表面上试图掩盖的东西"[1]。

大系故事卷为开创我国民间故事研究的新局面奠定了坚实的基础，可以说现在已进入了研究民间故事条件最好的时期，难以胜数的民间故事作品足以满足故事学家们各方面的学术需求。

六、口传故事渐趋枯竭

讲故事实际为一种"话语转述"，因为故事原本就存在，而且演述者从不追问故事的真假。任何叙事都包含虚构的因素，而我们的当下社会却力图追求知识的客观性，包括人文的知识也被披上科学的外衣，冠之为"人文科学"。我们在不断吸纳和输出既不包含故事叙述又不包括讲故事的人即叙述人这一主观立场的知识或所谓的学问。伴随着知识客观化的进程，我们学会了计算、分析、推理、归纳、总结、报道和评述等等，而失去了讲故事的能力。于是，叙事这种古老的表现方式逐渐成为作家们的专利，尤其是明清古典小

[1]　[爱尔兰] 安东尼·泰特罗（Antony Tatlow）讲演：《本文人类学》，王宇根等译，北京：北京大学出版社，1995年，第1页。

说显示了其无穷的活力和广阔的空间。信息的密集和更替的加速，促使我们需要直接而快捷地领会真理与精髓，于是不得不抛弃叙事，远离情节，民间故事等逐渐成为古老的传统，成为可供解释的符号。寓言故事中的情节早已被遗忘，凝练为意义深刻而又固定的成语。叙事形式成了累赘，或者成了一种奢侈的我们无法在现实生活中享用的东西。

记得读小学的时候，语文老师时常给我们讲一些民间故事。大家每次听得都很入迷，听完一个总会央求老师："再讲一个吧！"现在的学生似乎已不屑于听故事了，老师也不善于讲故事了，实在要讲的话，只能找一本故事书来读。借助大众传媒，各色各样的新闻将故事遣回故事的家乡。人们不再对传统民间故事津津乐道了。先秦的寓言、汉代的史传、六朝志怪、唐人传奇、宋元话本、明清文人笔记等都在说明当时是讲故事的黄金时代。在过去，民间叙事是在民间社会的一所所大学：尽管这是一些不登大雅之堂的"大学"——瓦子里、街巷间、茶馆烟馆里进行的。在文学、历史、宗教以及哲学、社会学这样一些"文科"成为现代社会大学里的专门知识之前，传统社会里的文化教育以及个人的教养全都是文学性质的。而且对于这个社会中的大多数人来说，所受教育的地方大多是上面所说的休闲与娱乐的空间，而其方式则是听故事的形式。因此，他们的精神世界不仅是用祖先或人类的"过去"所充实的，也是用叙述故事的方式所建造的。现在都不会讲故事了，这却是已往时代里常见的能力和生活现象。

民间口头文学为集体演述，民间口头传统通过参加者共同发出的声音，成为一条口耳相传的流动的传播链。口头传统在"声音"中获得生命。随着私人生活空间的出现，书写语言和书写活动变成"私语"，开始带有鲜明的个人色彩。如今的我们都热衷于个人的独创，养成了具有独白性质的思维习惯。我们再也不会重复口头传统了，再也不擅于在公共场合集体叙述同一个故事。我们已经进入个人化写作的时代，强调一种创造性的书写行为，演述原本就有的口头文学不再为我们所能。

民间故事的实际状况让民间故事研究遭遇前所未有的挑战，即城乡一体化进程迅速导致民间口传故事文本枯竭，民间故事研究不再可能从田野中获得源源不断的文本资源。如今，在大部分乡村，人们已听不到村民演述农耕生活的各种口头故事了。有一典型事例，晋代干宝《搜神记》中有"毛衣女"篇，开头指明故事发生在豫章新喻，即现在的江西新余市。在日常生活中，除了新余仙女湖和仙女洞的导游，现在谁还会演述这一故事呢？这一故事早已失去了演述的环境，口传的链条已然中断。然而，在新余，还有以仙女命名的学校、道路、村落以及人文景观，许多年轻男女还特意到仙女湖畔喜结良缘，仙女故事之符号频频出现并得到广泛使用。这是以现代生活样式演述着"毛衣女"的故事。民间文学文本难以寻觅，而民间文学生活仍在持续。在汉民族地区，传统民间文学的命运大体如是。

七、维护记录文本的本真性

"忠实记录"可以说是"五四"歌谣运动开始以来，一个恒久不变的核心理念。[1] 早期，学者们注意到了方音、方言对于歌谣表达的重要意义，认为这是歌谣的"精神"所在。因而，诸多学者在搜集歌谣时，将注意力投向了方音、方言的记录与解释。

1958 年 7 月召开的全国民间文学工作者第一次代表大会，总结提炼出了民间文学工作的 16 字方针，即"全面搜集、重点整理、加强研究、大力推广"。其中前八个字，演变为"全面搜集，忠实记录，慎重整理，适当加工"。对此，时任《民间文学》执行副主编的贾芝先生，在 1961 年的少数民族文学史讨论会上曾作过一次长篇发言，指出："我同意当面逐字逐句记的。……逐字逐句当面记录，保留的东西显然会更多，可靠性也更大些。不管采取什么方法，都应达到'忠实记录'为准。而由于记录口头文学最大的问题是保持民间语言的问题，因此逐字逐句记录，应当是我们努力学习采用的一个比较好的方法。"[2]

20 多年后，钟敬文先生在给马学良《少数民族民间文学论集》所作序中，再一次强调了忠实记录原则的重要性。[3] 虽然"忠实记录"在"五四"歌谣运动中成为实践准则，在 20 世纪 50 年代的搜集工作中就已提出，并在集成《工作手册》中反复强调，然而对于如何做到忠实记录，除口头文本外，哪些方面也需要忠实记录，则没有更加翔实的具体要求。

其实，只是"一字不动"文字上的忠实，而不注意民间故事表演性的描写再现，并不是真正的"忠实记录"。从以往记录文本实际情况看，造成偏离"忠实记录"境况的根本原因主要不在于对内容的篡改，而是没有将文本置于具体的表演环境当中加以书写。民间文学是演述的，而非陈述的。"(民间文学)可能在劳动中配合一定动作演唱，也可能配合音乐舞蹈载歌载舞，甚至穿插进日常谈话，或者为了劳动、宗教、教育、审美、娱乐等实用目的在各种场合或仪式上说唱而表演。"[4] "民间文学的表演性使其形成多面立体。"[5] 因此，仅仅记录叙述了什么远远不够，还需要书写怎么演述故事，描绘出影响表演的其他因素。民间故事田野作业应该关注的是故事"表演"和表演的现场。应注意故事演述过程

[1] 段宝林：《民间文学科学记录的新成果——兼谈一些新理论的创造与论争》，《广西师范学院学报》，2008 年第 3 期。
[2] 贾芝：《谈各民族民间文学搜集整理问题——1961 年 4 月 18 日在少数民族文学史讨论会上的发言》，载《拓荒半壁江山：贾芝民族文学论集》，北京：文化艺术出版社，2012 年。
[3] 钟敬文：《忠实记录原则的重要性——序马学良〈少数民族民间文学论集〉》，《思想战线》，1987 年第 2 期。
[4] 段宝林：《加强民族民间文学的描写研究》，载段宝林《立体文学论——民间文学新论》，北京：高等教育出版社，2007 年，第 10—16 页。原文发表于《广西民间文学》，1981 年第 5 期。
[5] 段宝林：《论民间文学的立体性特征》，《民间文学论坛》，1985 年第 5 期。

中"语境"和"表演"的因素，包括"演唱的风度：姿势、面部表情、语气以及速度。把他作为一个艺术家来描述"，"观众、听众的反映、评语。包括：听众的成分（青年、老年、妇女、儿童还是其他），肯定的和否定的评价等（这些最好能记进正文中去，放在括号里，如：笑、大笑、鼓掌、欢呼，或'可惜'、'好！'等等）"。[1] 这一颇具操作性的"立体描写"办法，至今仍值得民间故事田野记录遵循。

八、让传统故事焕发时代活力

民间故事遗产的传承大多以"保护"为重，保护是活态的，即努力使民间故事遗产维持于生活状态，以口头演说及相关民俗活动为基本生存表征。但从传统民间故事的实际境遇看，一味强调"保护"似乎违拗了现实。民间故事传承所取得的主要成果并非来自于"保护"，反而是"保存"。"保存"就是以实物、文字、图片、音像以及数字化的形式将民间故事遗产呈现出来，属于一种转化型的记录和记忆。

我国各民族都有好听故事和好讲故事的传统，打捞民间故事就是要让这一传统发扬光大，使传统的民间故事融入我们的生活，重新进入富有生气的叙述状态。

民间故事具有极强的时代适应性，原因就在于这一民间体裁的一个特殊性。什么特殊性？故事并不专属于某种民间艺术形式，各种民间艺术形式可能表演同一个民间故事。因此，故事是超越民间体裁的，是其他民间叙事体裁的源泉。各种民间艺术形式在同一空间里可能建构同一故事的共同体。围绕同一个故事，不同的文学体裁可以互相转化。这种转化可以在具体操作中完成，然而在更多情况下，是在自然状态中不知不觉中完成的。这段话实际上已触及"互文性"的问题。"互文性"一词指的是一个（或多个）信号系统被移至另一系统中，就文本而言，就是每一篇文本都联系着若干篇文本，并且对这些文本起着复读、强调、浓缩、转移和深化的作用。在文学文本相互转移的过程中，故事一直处于中心地位。

可喜的是，民间故事这一"元文本"特性正在被有意识地充分利用。国家有关部门正在组织实施中国经典民间故事动漫创作工程，就是用动漫的形式对《盘古开天》《牛郎织女》《精卫填海》等一些中国民间故事进行再创作，让民间故事进入大众传媒，成为影视作品、网络小说和电子游戏创作的基本元素，民间故事已不再专属于口头语言，其讲述的形式具有丰富的科技含量。可以预见，在不久的将来，一些经典的民间故事将会以年轻人喜好的现代样式重新焕发生机，并逐渐进入人们的日常生活当中，展示出强大的社会教

[1]　段宝林：《中国民间文学概要》，北京：北京大学出版社，1981年，第306页。

化功能。

事实上，许多记录文本仍具有旺盛的生命力。甚至还有这种现象：经过重新创编的民间文学反而被民众广泛接受，《格林童话》就是一个典型的例子。尽管民间文学记录文本属于纯文学的范畴，但其毕竟来源于民间的社会生活，本身的特质远远超越了文学本身，为各种人文社会科学的研究提供了可能。已全面展开的大系出版工程将为开创我国民间文学事业的新时代奠定坚实基础。民间故事的记录文本努力保存其应有的口传经验和集体经验，使之能够经受历史的检验，这是民间文学工作者的神圣使命。

万建中
（中国民间文艺家协会副主席、北京师范大学文学院教授）
2018 年 12 月 26 日于京师园

本卷主编　刘康健

中国民间文学大系出版工程河南省工作领导小组

组长　　　　　　　　**方启雄**

副组长　　　　　　　**蒋愈红**　　**彭恒礼**

办公室主任　　　　　**刘炳强**

中国民间文学大系出版工程河南省专家委员会

主任　　　　　　　　**程建军**

副主任　　　　　　　**夏挽群**　　**乔台山**　　**彭恒礼**

委员　　　　　　　　(按姓氏笔画排序)

　　　　　　　　　　丁永祥　　**王　静**　　**田　晓**　　**刘二安**　　**刘小江**
　　　　　　　　　　刘炳强　　**刘康健**　　**李广宇**　　**吴亚明**　　**汪振军**
　　　　　　　　　　张守镇　　**陈江风**　　**孟宪明**　　**郜冬萍**　　**姚向奎**
　　　　　　　　　　耿相新　　**高天星**　　**高艳芳**　　**梅东伟**　　**常松木**
　　　　　　　　　　葛　磊　　**魏　敏**

民间故事组组长　　　**乔台山**

专家委员会秘书　　　**王博峰**

1

2019 年 8 月 30 日，驻马店市民协召开《中国民间文学大系·故事·河南卷·驻马店分卷》编纂工作推进会

摄影　谭咏利

2

2019 年 9 月 17 日，《中国民间文学大系·故事·河南卷·驻马店分卷》培训推进会

摄影　谭咏利

3

2020 年 4 月 29 日，《中国民间文学大系·故事·河南卷·驻马店分卷》编纂工作推进会

摄影　谭咏利

4

2020 年 7 月 5 日，《中国民间文学大系·故事·河南卷·驻马店分卷》初选本编纂工作推进会

摄影　谭咏利

5

2020 年 7 月 12 日，《中国民间文学大系·故事·河南卷·驻马店分卷》编纂工作推进会

摄影 谭咏利

6

2020 年 7 月 22 日，《中国民间文学大系·故事·河南卷·驻马店分卷》编纂工作推进会

摄影 谭咏利

7

上蔡县故事编纂人员到故事讲述者家中采风

摄影 段继东 2006 年 5 月

8

西平县故事编纂人员与民间故事讲述者座谈

摄影 高蔚 2006 年 4 月

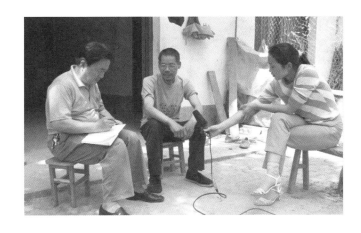

9

新蔡县编纂人员龚国强（左一）到民间故事讲述者龚灿美（左二）家中采集故事

摄影 谢石华 2006 年 7 月

10

泌阳县民间故事编纂人员到盘古山采风

摄影 刘艺 2020 年 3 月

11

平舆县民间故事编纂人员与故事讲述者座谈

摄影 夏广勇 2006 年 1 月

12

平舆县民俗节庆表演

摄影 张体龙 1999 年 1 月

13
平舆县普照寺塔
摄影 夏广勇 2006 年 2 月

14
平舆县东和店镇仙翁庙祭拜费长房活动
摄影 路向阳 2020 年 8 月

15
平舆县东和店镇仙翁庙祭拜费长房活动
摄影 路向阳 2020 年 8 月

16
平舆县民间家庭祭拜太任活动
摄影 路向阳 2020 年 2 月

17

汝南县民间故事编纂人员到基层采集民间故事

摄影 刘珊 2005 年 12 月

18

汝南县稀有剧种"罗卷戏"表演

摄影 王新颜 2003 年 10 月

19

汝南天中山遗址

摄影 谭咏利 2005 年 8 月

20

汝南南海禅寺

摄影 谭咏利 2012 年 4 月

21
　　汝南县拱北城门
　　摄影　谭咏利　2018 年 10 月

22
　　汝南县董永遇仙处遗址
　　摄影　张斌　2012 年 11 月

23
　　汝南县梁祝之乡梁山伯墓
　　摄影　刘珊　2004 年 5 月

24
　　汝南县梁祝之乡祝英台墓
　　摄影　刘珊　2004 年 5 月

25

汝南县梁祝墓

摄影 刘珊 2004 年 5 月

26

县城内梁祝石雕

摄影 王晶 2014 年 12 月

27

县城内梁祝化蝶雕塑

摄影 谭咏利 2020 年 6 月

28

汝南县悟颖塔

摄影 刘珊 2005 年 2 月

29

汝南麦草画制作

摄影 袁月英 2004 年 2 月

30

汝南麦草画作品《梁祝故事》

摄影 王新颜 2018 年 5 月

31

西平县宝严寺塔

摄影 奚家坤 2006 年 8 月

32

西平县

摄影 谭咏利 2020 年 6 月

33

　　西平大铜器表演

　　摄影　孙艳芹　2006 年 10 月

34

　　西平县丁酉年中华母亲节嫘祖故里拜祖大典现场

　　摄影　崔宝轩　2017 年 4 月

35

　　西平棠溪宝剑制作

　　摄影　谭咏利　2012 年 6 月

36

　　新蔡县拜认干爹娘仪式

　　摄影　谢石华　2007 年 2 月

37

新蔡县留毛头的小男孩

摄影 谢石华 2010 年 4 月

38

新蔡县留毛头的小男孩（燕尾头）

摄影 谢石华 2007 年 4 月

39

新蔡县人祖庙道教盛会

摄影 谢石华 2006 年 3 月

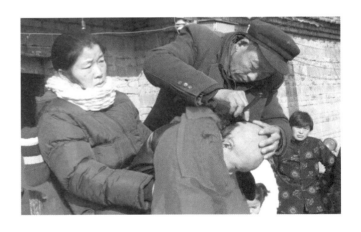

40

新蔡县民俗——剃毛头

摄影 谢石华 2007 年 2 月

A046

41
新蔡县稀有剧种"杠天神"
摄影 谭咏利 2004 年 10 月

42
新蔡县扁担戏表演
摄影 崔宝轩 2017 年 4 月

43
泌阳县盘古拜祖组图一
摄影 刘艺 2014 年 4 月

44
泌阳县盘古拜祖组图二
摄影 刘艺 2014 年 4 月

A047

45

泌阳县盘古拜祖组图三

摄影 刘艺 2014 年 4 月

46

泌阳县王店大装

摄影 刘艺 2016 年 2 月

47

泌阳县故事编纂人员进行故事采集

摄影 刘艺 2020 年 4 月

48

确山竹沟古镇

摄影 谭咏利 2019 年 5 月

49

确山民俗经典——打铁花

摄影 谭咏利 2016 年 9 月

50

娶亲到家（确山县）

摄影 李璞 2014 年 10 月

51

确山县北泉寺一

摄影 李璞 2019 年 12 月

52

确山县北泉寺二

摄影 谭咏利 2021 年 5 月

53

　　上蔡县民俗——扁担轿

　　摄影 段继东 2019 年 2 月

54

　　上蔡县民俗——担经挑

　　摄影 段继东 2018 年 11 月

55

　　上蔡县塔桥镇白圭庙村伏羲画卦亭

　　摄影 柳书波 2003 年 3 月

56

　　上蔡县看花楼村蔡侯玩河楼（重阳登高处）

　　摄影 李天亮 1995 年 5 月

57

全国文物重点保护单位——蔡国故城墙

摄影 徐荣 2007 年 9 月

58

上蔡县蔡明园广场

摄影 杨蕾静 2018 年 8 月

59

上蔡县故事采录者采录故事

摄影 段继东 2007 年 5 月

60

驻马店板桥水库

摄影 付新 2007 年 6 月

61

驻马店皇家驿站一

摄影 张勇 2019 年 6 月

62

驻马店皇家驿站二

摄影 张勇 2019 年 6 月

63

正阳县汉代石阙

摄影 贺建 2020 年 10 月

64

正阳黄叔度墓

摄影 贺建 2020 年 10 月

65

遂平嵖岈山

摄影 谭咏利 2019 年 9 月

66

遂平红石崖

摄影 张宇广 2020 年 11 月

67

遂平大铜器表演

摄影 吴向东 2019 年 2 月

68

遂平民俗——鏊子烙饼

摄影 刘康健 2010 年 4 月

69

遂平民俗——抱娃娃

摄影 郭永勤 2012 年 2 月

目录

概述

一

　　驻马店市位于河南省南部、黄淮平原西南隅，属亚热带与暖温带的过渡地带，位于中国的南方地区和北方地区的地理分界线秦岭—淮河一线上。境域西起泌阳县郭集镇侉庄村黄庄，与南阳市相连；东至新蔡县练村镇闻营村，与安徽省阜阳市相依；南起正阳县皮店乡潘庄村，与信阳市毗邻；北至西平县人和乡三李村，与平顶山市、漯河市和周口市接壤。东西长 191.5 千米，南北宽 137.5 千米，总面积 15083 平方千米，占全省总面积的 8.9%。其中平原面积 10347 平方千米，山地面积 1950 平方千米，山地和平原之间分布着面积为 2786 平方千米的丘陵和岗地，是国家、省农业生产和农产品加工业的重要基地，素有"中原粮仓""中州油库"和"芝麻王国"之称。小麦总产占全国的 1/28，油料占全国的 1/25。正阳、平舆、泌阳分别是全国花生、白芝麻、香菇生产第一大县。

　　驻马店市地下蕴藏多种矿藏，已发现的有煤、石油、铁、钾长石、化工灰岩、花岗岩、萤石、玻璃用砂等 40 多个矿点。其中，钾矿储量 16.87 亿吨，居全国首位，含钾高达 8%～ 10%；化工灰岩储量 1.75 亿吨，居全省首位；玻璃用砂、萤石、煤的储量列全省前茅。水资源丰沛，全市地表水资源年均 35.9 亿立方米，地下水资源年均 24.63 亿立方米，居全省第三位，仅次于信阳、南阳。

　　驻马店市交通便利畅达。境内有京港澳、大广、焦桐、沪陕、新阳、周驻南、息邢 7 条高速公路，国道"四纵两横"，省道"10 纵 9 横 3 联"，京广铁路和京广高铁贯穿南北，最快可以 46 分钟到达郑州、63 分钟到达武汉、3 小时 58 分钟到达北京。

　　驻马店市旅游资源丰富。北有国家 AAAAA 级旅游区、国家地质公园、国家森林公园嵖岈山风景区；南有碧波万顷、林茂水幽的国家水利风景区、国家森林公园薄山湖风景区；西有层峦叠嶂、风景秀美的养生天堂铜山、铜山湖、白云山风景区；东有渔舟唱晚、雁鸭翔集、水天一色的全国最大平原人工水库宿鸭湖和亚洲最大的佛教寺院、国家 AAAA 级旅游区南海禅寺。还有休闲度假的好去处老乐山、金顶山、龙天沟、凤鸣谷、棠溪源等众多景点。

驻马店市先后荣获"国家园林城市""国家卫生城市""全国文明城市""中国优秀旅游城市""'公交都市'建设第一批创建城市""全国双拥模范城"等称号；平舆县、确山县被命名为"国家级卫生县城"，平舆县、西平县被命名为"省级园林县城"，西平县、上蔡县、泌阳县被命名为"省级卫生县城"，是全国最早的乡镇企业东西合作示范区，已成功举办了第 24 届中国农产品加工业投资贸易洽谈会。在中原经济区建设中被确定为国家级现代农业示范区、国家大型农产品批发交易市场、国家农业废弃物综合利用示范基地，正在建设的"中国药谷"更使驻马店市具有了强大的竞争力、吸引力。

驻马店市历史文化悠久。早在 1.8 万年前，与北京山顶洞人同期的原始先民就在驻马店打石山一带繁衍生息。境内现有全国文物保护单位的新石器时代遗址 4 处，河南省文物保护单位的新石器时代遗址 33 处，涵盖中原地区裴李岗文化、仰韶文化、中原龙山文化、二里头文化、二里岗文化各个历史时期。早期有柏皇、西陵等古老部落，夏商时境内为挚（今平舆）、房（今遂平、西平南）、柏（今西平西）、吕（今新蔡）、蔡（今上蔡）、繁（今新蔡北）之地。西周分封诸侯，境内有蔡（今上蔡、汝南）、沈（今平舆）、江（今正阳东南）、道（今确山东北）、房（今遂平）、柏（今西平）、吕（今新蔡）、比（今泌阳）等国。秦实行郡县制，驻马店境内大部先属颍川郡（治今禹州市），后属陈郡（治今淮阳区），泌阳县属南阳郡（治今南阳市）。西汉置汝南郡，治在平舆县（治今平舆县射桥镇古城村）。三国魏置豫州，治在安城（今汝南、平舆、正阳三县交界地区）。隋时，境内置汝南郡（治汝阳，即今汝南）和淮安郡（治比阳，即今泌阳泌水街道）。唐时，境内历设豫州、蔡州，治今汝南县。北宋时，境内置蔡州和唐州。蔡州治汝阳县（即今汝南县），领 10 县，境内居 8 县；唐州领 7 县，治泌阳（即今唐河县），境内居 2 县。高宗建炎二年（1128），金兵攻陷蔡州，改蔡州属南京路。绍兴十一年（1141），宋金议和，唐州归金，隶南京路。金泰和八年（1208），升蔡州为镇南节度，镇南军治蔡州汝阳县，新蔡县改属息州。元朝蔡州升府，境内为汝宁府和南阳府（治今南阳市）所辖，隶河南江北等处行中书省。明、清两朝，境内仍为汝宁府和南阳府所辖，隶河南布政使司。中华民国初期，市境属河南都督府南汝光淅兵备道。1913 年，改称豫南道。1914 年豫南道改称汝阳道，1927 年道废，各县直属河南省。1932 年设河南省第八行政区，治汝南县，领 7 县，即汝南（平舆县自元代废入汝阳，即今汝南）、遂平、西平、上蔡、新蔡、正阳和确山。泌阳县属河南省第六行政区（南阳）。1949 年 3 月驻马店市境全部解放，建立确山专区，专员公署设在驻马店市，辖遂平、西平、上蔡、汝南、新蔡、正阳、确山和信阳 8 县及驻马店、信阳 2 市；泌阳县属南阳专区。同年 8 月，专署迁信阳市，改称信阳专区，辖区仍旧。1965 年 7 月，信阳、驻马店分治，建立驻马店专区，辖遂平、西平、上蔡、汝南、平舆、新蔡、正阳、确山、泌阳 9 县和驻马店镇，专员公署驻驻马店镇。1979 年 11 月，驻马店专员公署更名驻马店地区行政公署，行政公署驻驻马店市。2000 年 6 月 8 日，国务院批复同意撤销驻马店地区，设立地级驻马店市，辖 1 区 9 县，即驿城区，遂平、西平、上蔡、汝南、平舆、新蔡、正阳、确山和泌阳九县。

截至 2021 年底，驻马店总人口 966.82 万人，常住人口 692.2 万人。除汉族外，全市有回族、壮族、满族、苗族、佤族、土家族、蒙古族等 43 个少数民族，总人口 9.2 万人。少数民族人口超过万人的县区有西平县、新蔡县、平舆县和驿城区。

二

驻马店古属豫州，因"禹分天下为九州，豫为九州之中，汝南又为豫州之中"，而享"天中"之誉，是人文文化大市。

重要古文化遗址有：确山县打石山古人类洞穴遗址，孔子"入蔡三岁"的上蔡厄台、晒书台，新蔡的子路问津台，西平封人见圣祠，上蔡秦丞相李斯故里，西平酒店战国冶铁遗址，东汉名士许劭、许靖故居平舆"二龙里"、遗址"月旦评"等。

重要古城遗址有：上蔡和新蔡的蔡国故城，平舆的沈子国故城，正阳的江国故城，确山的道国故城、朗陵故城等。

重要古墓葬有：上蔡蔡叔度陵、郭庄楚墓，新蔡葛陵楚墓，驿城区吴王夫概墓"吴王冢"，正阳汉代黄叔度墓，确山汉代范滂墓、明代崇王墓、陈耀文墓，平舆汉代袁安墓、陈蕃墓，汝南金哀宗陵，泌阳明代焦芳墓等。

重要古建筑有：上蔡白圭庙伏羲画卦亭，正阳汉石阙，建于北齐的确山北泉寺，建于唐代的汝南悟颍塔，建于北宋的西平宝岩寺塔，建于金代的平舆普照寺秀公戒师和尚塔等。

重要石碑石雕有：驿城区东汉吴房长张汜祈雨摩崖石刻，唐代大书法家颜真卿书丹的汝南天中山碑和正阳黄叔度墓碑，唐代文学家韩愈撰文的汝南平淮西碑，泌阳明代焦芳墓地石雕等。

重要红色文化资源有：确山竹沟革命纪念馆、杨靖宇将军纪念馆、确山竹沟中共中央中原局旧址群、驿城区李湾村杨靖宇将军故居、确山临时治安管理委员会旧址、泌阳焦竹园中共鄂豫边省委旧址、确山起义指挥部旧址、确山竹沟新四军四支队八团留守处旧址、豫中抗日根据地旧址、刘邓大军千里跃进大别山雷岗战斗纪念馆、红二十五军长征泌阳县境路线遗址等著名革命旧址。

相传盘古在此开天辟地，女娲在此抟土造人，太昊伏羲氏在蔡水之滨"仰观天象、俯察万物"，受白龟启示创制先天八卦，黄帝元妃、西陵（今西平）氏之女嫘祖受蛛网启发发明养蚕缫丝，酒祖仪狄随大禹治水在天中大地造出第一缸美酒，西周文王之母、挚国（今平舆）太任"目不视恶色，耳不听淫声，口不出敖言[1]"成为"中华胎教第一人"。中国民间文艺家协会分别命名泌阳县为"中国盘古圣地"，汝南县为"中国梁祝之乡"，上蔡县为"中国重阳文化之乡"，西平县为"中国嫘祖文化之乡""中国冶铁铸剑文化之乡"，平舆县为"中国车舆文化之乡""河南省太任文化之乡"，遂平县为"中国女娲文化之乡"。河南省民间文艺家协会先后命名新蔡县为"河南省仪狄文化之乡"，平舆县为"河南省太任文化之乡"，驿城区为"河南省驿站文化之乡"。

驻马店人杰地灵。上蔡人秦丞相李斯是助秦统一六国的主要战略家、军事家，也是秦汉国家体制的主要确立者、创始人。西汉学者、上蔡人桓宽，学识渊博，所著《盐铁论》集中体现了西汉的经济思想和经济政策。汉成帝永始年间丞相、上蔡人翟方进，"居官不烦苛，所察应条辄举，甚有威名[2]"，人称"通明相"。平舆人陈蕃，东汉桓帝时为太尉，与窦武、刘淑合称"三君"，素怀"大丈夫当为国家扫天下"之志，是反对宦官专权的领袖人物。东汉征羌（今确山东）人范滂，曾任汝南郡功曹、光禄勋主事，名列"八顾""江夏八俊"，清廉正直，不畏权贵，慷慨赴死。平舆人许扬，东汉水利专家，主持鸿隙陂修复工程，灌溉农田数千顷。西平人李咸，汉灵帝时任太仆、太尉，为官清廉刚直，名震朝野。东汉末年平舆人许劭与从兄许靖，好品鉴人物，时称"月旦评"，谓曹操"治世之能臣，乱世之奸雄"。东晋学者、新蔡人干宝，博通经史，官至司徒右长史，领修国史，成《晋纪》二十卷，所撰《搜神记》富有积极的浪漫主义色彩，在中国小说发展史上占有重要地位。南朝齐梁间思想家、泌阳人范缜，著《神灭论》，把古代唯物主义反对唯心主义神学的斗争推向新的高峰，是我国思想史上的宝贵遗产。唐宣威将军、汝南人许天正，在开发闽南中作出重要贡献，漳州人为其建祠立碑，世代纪念。五代十国时期，南汉建立者刘龑是上蔡人，南汉历4帝，统治两广达55年。北宋理学家、上蔡人谢良佐，是"程门四弟子"之一，著有《论语说》《谢上蔡语录》等。明代汝南人卢镗，官江浙都督同知，参加抗倭战役10余次，斩敌千余，是威名仅次于戚继光、俞大猷的抗倭名将。西平人王诰曾任明代抗倭最高长官，泌阳人焦希程也带领川军到抗倭前线，为平定倭寇做出了

---

[1]　[汉] 刘向，《列女传》。
[2]　[汉] 班固《汉书·翟方进传》。

突出贡献。明代大臣新蔡人张九一，汝南人林时、李本固、傅振商等都是博通经史的风流儒士，各有诗文著作传世。明代确山人陈耀文是著名的类书大家，著有《天中记》这部明代集大成的类书。清代上蔡人张沐，是著名学者、方志学家，著有《四书疏略》《五经疏略》《溯流史学钞》《河南通志》《开封府志》《上蔡县志》等。确山人刘淇所著《助字辨略》为研究文言虚词的一部重要著作，汝南人傅世垚所著《六书分类》至今仍是研究篆书籀文的学术经典。

〈 三 〉

　　驻马店境内岗峦起伏，地势平阔，河流纵横，宜农、宜林、宜牧，由于中原文化与荆楚文化、东夷文化、蛮族文化、胡族文化在这里碰撞交融，在漫长的社会发展进程中，劳动人民创造了丰富灿烂的民族文化，诞生了许多宝贵的文化遗产，创造了很多优美动听的传说、故事等民间文学。如《后汉书》记载的术士费长房、方士许扬、孝子蔡顺的故事都是加工后的民间传说。三国汝南人周斐对本地故事、传说和人物事迹进行整理，编纂成《汝南先贤传》，成为较早的地方人物传记著作。此后东晋新蔡人干宝的《搜神记》也收录有不少本地传说故事，其中孝子董永遇仙和平舆人许逊（许旌阳）"一人得道，鸡犬升天"的故事至今仍在民间广为流传，并留下了遇仙桥、董永遇仙亭、仙女池、仙女庙、董永墓、无娘寺、两人相见的董会村、许旌阳升仙处等遗址遗迹。

　　驻马店是个农业大市，自古以来有重农耕、轻工商习俗，人们以诚实守信、勤劳俭朴为美德，以好逸恶劳、吃喝嫖赌为耻辱，多以尊老敬贤、耕读传家为村规民约和家训族规。供奉有老天爷、土地爷、龙王等神灵，并在农业生产的重要环节和遭遇自然灾害时预测年景、酬谢神灵、求神驱灾。区内的手艺工匠俗称"七十二行""三百六十行"，供奉不同的祖师。如木、泥、瓦、石匠行的祖师鲁班，铁、铜、银、锡匠行的祖师老君（李耳），剃头行的祖师是罗祖或吕洞宾，纺织行的祖师黄帝、嫘祖，鞋匠行的祖师孙膑，纸行的祖师蔡伦等等。

　　本地的庙会又称"老会""古会""春会""香火会"等，会期不等，一般4—6天，最长的1个月，如确山北泉寺庙会。头天为"起会"，中间数天称"正会"，最后一天叫"末会"。较大的庙会有农历二月十五日的新蔡人祖庙会，二月十九日的汝南小南海庙会，三月初三的确山老乐山庙会，三月十五日的上蔡白圭庙庙会和遂平嵖岈山庙会，四月初八的泌阳沙河店庙会等。新中国成立前，这些庙会除物资交流外，还能吸引方圆数县的善男信女烧香求神，许愿还愿。

　　生活方面，本地居民以面食为主，仅邻近信阳市的部分区域吃大米。每日一般三餐，早、午两餐称"吃饭"，晚餐称"喝汤"，农忙季节若半晌加餐，俗称"打尖"或"送小饭"。过去乡村吃饭，男子习惯端着饭菜"上饭场"，冬聚于向阳处，夏聚于树荫下，边吃边谈古论今。麦、米细粮仅在逢年过节或招待客人时食用，平时多吃粗杂粮；若无缘无故吃细粮，则会被邻里讥笑为"不会过日子"。

驻马店人素重礼仪，有"礼多人不怪"的说法。无论婚丧寿诞还是日常交往，礼节繁多。祭祀祖先、求神拜佛、拜见父母尊长都有固定礼节。有"人三鬼四"之说，即拜人时行礼三，拜神时行礼四。叩拜礼有"三揖九叩""二十四拜"等讲究。"三揖九叩"多为祭奠祖先、神灵等较重要场合的礼节，行此礼时共作三次揖，叩九次头。行"二十四拜"为重大祭奠或重要场合的礼节，行礼时需叩拜二十四次，多有唢呐伴奏。

传统节日有春节（俗称"年下""过年"）、除夕（当夜要"熬年""守岁"）、元宵节（俗称"灯节"，上蔡等县十五日夜吃水饺，十六日夜吃元宵，有"十五扁、十六圆"之说。新蔡县把吃元宵称"喝浮子茶"，吃糯米做成的米酒）、二月二（俗称龙抬头节，日出前，人们口念"二月二撒墙跟，蚰蜒蝎子死一堆"，将青灰撒于庭院内外，谓能避蛇蝎毒虫。在场地撒成一个个圆圈，象征麦圈、柴垛，以祈丰年。还有"二月二，敲门头，大圈满，小圈流""二月二，敲门枕，金子银子往家滚"等民谣）、清明节（俗称鬼节）、端阳节（俗称"五月端午"）、六月六（当天曝晒衣物，造曲制酱）、七夕节（俗称"乞巧"节）、中秋节（旧时有"愿月"仪式，有"男不愿月，女不祭灶"之说）、重阳节、十来一（农历十月初一日，亦称"鬼节"）、冬至（也称"交九"）、腊八（吃腊八粥，有"腊八不吃粥，妻子撵着丈夫哭"之说。上蔡有"腊八串炊帚，年下喂大猪"农谚，这天家庭主妇要用去籽的高粱穗子扎炊帚）、祭灶（腊月二十三日，俗称"过小年"，家家烙烧饼，祭灶神，"送老灶爷上天"）等。

驻马店民间信仰习俗具有多神崇拜的特点，除佛、道，敬奉的还有老天爷、火种爷、灶王爷、土地爷、雷神爷、龙王、河大王、山神爷、牛王爷、马王爷、关帝爷、门神、财神、送子奶奶及祖宗神等。人们在社会生活中，供奉有不同的神灵，有的为了简便，就用黄表纸写一"天地三界十方万灵之全神位"进行祭奠。驻马店过去城乡到处都有龙王庙，民间也有很多禁忌。如农历二月初二为龙抬头日，女子忌做针线活，说穿针引线会扎瞎龙眼；忌喝面制的叫糊涂的浓粥，说会糊住龙眼，龙眼看不清地面情况，则非旱即涝。相传龙王常居深潭或河、塘、井、池中，一遇天旱成灾，人们就到龙王庙或龙王居处焚香烧纸，祈祷龙王降雨免灾。求雨的方式五花八门，常见的有跪雨、扫坑、背雨、晒庙神、擂马子、挖井等。若遇连阴天，民间会用麦草或稻草扎一草人，手执扫帚，挂于门前或院中，俗称"扫天婆"，能止雨解涝。有的用饭勺子在门前朝空中作挖舀状，口念"勺子挖挖天，云彩都上西南山，西南山上下大雨，我们这里好晴天"。在民间，人们相信人死后灵魂不灭，把灵魂称为"鬼魂""鬼"。相传鬼日暮而出、鸡鸣藏身，为了来世转生，常在桥头、路口、坑塘水边缠人勾魂找替身。人们称善的灵魂为"神"或"神灵"，称恶的灵魂为"恶鬼"。对神灵采取亲近、敬奉的态度进行祭奠；对恶鬼则采取讨好或驱赶、避忌的态度，施以巫术。

民间文学在驻马店流传中，多称"侉话儿"，听说故事叫"讲侉话儿"，是广大人民群众在长期生产、生活中集体创作、世代相传的口头文学作品。无论是言简意赅的谚语，和谐动听的歌谣，还是脍炙人口的故事，都充满了浓郁的生活气息，散发着泥土的芳香，抒发了人民的情感，讲述了人民的生活，表达了人民的爱憎，寄托了人民美好的愿望。它通俗易懂、质朴纯真、生动自然，涵盖政治、经济、文化、科学、天文气象、山川风物、农事劳作、生产生活、风俗人情、历史变迁、风云人物等各个领域，是展示驻马店市历史风貌的百科全书和地方文化艺术的宝库。

自 1987 年起，驻马店各县、市根据国家关于全面搜集整理和编辑出版民间文学三套集成的工作要求，相继成立了民间文学三套集成编辑委员会，对本地民间文学传说、流布情况进行了广泛普查，对收集到的民间文学作品进行了梳理编纂，可谓盛况空前。每个县、市都收集了上千万字的原始材料，经过筛选整理、审阅定稿，出版了"驻马店地区民间文学三套集成"。2005 年，中国民间文艺家协会发起了抢救收集、编辑整理出版《中国民间故事全书》行动，驻马店市各县区积极行动，相继整理出《中国民间故事全书》各县区卷本，因为种种原因大多没有付印，实为憾事。此次《中国民间文学大系·故事·河南卷·驻马店分卷》的编纂出版，能够弥补我市《中国民间故事全书》各县区卷未出版之遗憾。

四

在物质匮乏、文化生活单调的农耕文明发展历史进程中，听讲故事是人民群众最喜爱的文化娱乐活动，也是我国民俗文化传播发展的重要载体。茶余饭后，劳作间隙，打开话匣子，前三皇，后五帝，精灵古怪，妖魔神仙，赵钱孙李，周吴郑王，神吹闲侃，无所不讲。讲述者绘声绘色，旁听者群情激昂，田间地头、牛屋瓜庵，繁星点点、月白风冷，"讲侉话儿""听侉话儿"成为一代代人精神的寄托，凝成了农耕生活的一道风景。如涓涓细流，将质朴的人生哲理、优良的道德品质在潜移默化中沁入人们的心脉，形成了驻马店人耕读传家、正直乐观、尊老爱幼，不怕困难、积极向上、与人为善的传统性格。

驻马店是一个文化大市，民间文学资源丰富。德国学者艾伯华《中国民间故事类型》列出的 300 余个故事类型（其中正格故事类型 275 个，滑稽故事类型 31 个），美国学者丁乃通《中国民间故事类型索引》列出的 843 个类型和次类型，其中 268 个是中国特有的，其他575个均为国际性的故事。而驻马店民间故事几乎涵盖中国民间故事的大部分类型，可谓洋洋大观矣！

根据编纂要求和驻马店民间故事的特点，我们将驻马店市流布的民间故事分为生活故事、幻想故事和笑话三大类，其中生活故事分为机智人物、巧女、学能、老行当、婚姻家庭、为人处世、生产生活、断案、地主与长工九个亚类，幻想故事分为王小、精怪、宝物魔法、鬼、神仙、动植物还有其他七个亚类，笑话分为七十二倒板、诙谐、幽默、嘲讽四个亚类。这些民间故事代代相传，通过自然流畅、风趣生动的语言，真实反映了驻马店人生产生活的方方面面。内中有柴米油盐、家长里短的婚姻家庭故事，有树仙鱼怪、神魔鬼狐的奇闻轶事，有积德行善、劝人为善的为人处世故事，有妙趣横生、心灵聪慧的巧女和学能故事，有忠贞不渝、海誓山盟的爱情故事，也有歌颂美好、追求自由的宝物魔法故事。所谓嬉笑怒骂，皆成文章，这些民间故事真实地记载了农耕社会劳动人民的生产生活，强烈地表现了他们的情感、悲欢、愿望及对各种事物的认知，是人们对理想、情感、知识、审美情趣的寄托，承载着丰厚的传统文化积淀和明显的地域特征，是研究本地文化、艺术、伦理、历史、民族、习俗等方面的重要资料。

驻马店民间故事类型丰富，量大数多，具有以下特征。

一是包罗万象，兼容并储，地方化色彩浓。驻马店民间故事绝大部分是驻马店地方的"土特产品"，即使少数是从外地传入的，也在流传中被"同化"，在此地"扎根落户"，充满浓郁的驻马店气息。像艾伯华《中国民间故事类型》第二类"动物与人"中的《怕漏》、《老虎外婆》（老虎和小孩。本地区叫《狼外婆》《老猴精》或《老掐婆子》等）、《动物报恩》（本地有《八百老虎闹京城》《人心不足蛇吞项》《龙女拜寿》等），第三类"动物或精灵帮助好人，惩罚坏人"中的《砍柴的人》（本地叫《王小救人》）、《屙金的动物》（本地叫《金无能》）、《太阳国》（本地叫《太阳岛》或《王小种秋秋》）等，这些故事虽然在全国各地甚至国外一些地方也有流传，但在驻马店亦有自己鲜明的特色。比如狼外婆这类故事，母亲的三个孩子分别叫门栓、门鼻、门搭条，充分体现了地方语言风格。

二、内容形式丰富多彩，展示民俗趣味。这里有天地洪荒、人类起源的创世神话，有机智人物的趣事，有动植物来历的传说，有绚丽多彩的生活，还有饱含辛辣讽刺、令人捧腹的幽默风趣笑话，以及寓义深刻、闪烁着哲理之光的寓言等。劳动人民集体口头创作的民间文化大都家喻户晓、脍炙人口，生动地反映了驻马店地区的历史和人民生活斗争的理想追求，表现了劳动人民的纯朴思想和聪明才智、道德情操以及艺术趣味，流淌着人民朴素真挚的感情，讴歌真、善、美，鞭挞假、恶、丑，具有很强的社会教化作用。

三、语言极具特色，表述各有千秋。我们在搜集整理过程中，本着"忠实记录、慎重整理"的原则，尽量保持了流传故事的原貌。各种民间故事的讲述者，既有民间故事家、民间艺人，也有工人、农民、手工业者，还有干部和教师。由于这些人各自不同的社会经历、生活习惯和性格上的爱憎与口才上的差异，所以他们讲述的故事都反映出各自不同的个性和语言艺术风格。有的像拉家常，讲得具体细腻，娓娓动听；有的简洁明快，干脆利落，耐人寻味，易记易传；有的完全运用乡音口语讲述，充满了地方风味，故事性强，曲折有趣；有的质朴无华，毫不追求文词的修饰，自然流畅，通俗易懂，使人印象深刻；有的明朗爽快，幽默风趣，听来心情舒畅；有的虽夹杂有书面文学的语言，但确实是流传在驻马店的民间故事，不是随意编造的。

这些故事源于人民群众的日常生活，是驻马店社会政治、经济、文化发展进步的印记与缩影，大多用群众喜闻乐见的方言表达，朴实无华但感情诚挚真实。尽管某些故事由于时代条件的限制，夹杂着落后的、封建迷信的成分，但瑕不掩瑜。我们除了对极少数存在社会歧视和趣味低劣的故事进行筛除外，大多保留了故事的原貌。我们也希望像恩格斯说的那样，"民间故事书有这样的使命，同圣经一样，培养他的道德，使他认清自己的力量、自己的权利、自己的自由，激起他的勇气，唤起他对祖国的爱"[1]。

五

生活故事是人民群众现实生活的直接反映。它取材于现实生活，又有虚构成分，内容涉及家长里短，生活百态，是众生相，表达方式插科打诨，嬉笑怒骂，是原生态，一直以来都是民间故事的大类，从不同侧面反映了人民群众的生产方式、生活习俗、处世道德。

驻马店是孝德文化之乡，在汉代就有孝子蔡顺、戴良、董永，有义士周燕和以品德高洁而著称的黄宪、范显范滂父子等，所以孝道故事是驻马店民间故事中很有特色的一个故事类型。这些故事大多是劝人为孝、与人为善，至今仍有很好的现实意义。在这些故事中，《四子认父》流传最广，主要讲述一个农村老汉，老伴死得早，一把屎一把尿抚养儿子长大，给他娶妻生子，但儿子和媳妇不孝。因为老汉捡到银子还给赶考举子，被儿媳破口大骂，被迫离家出走后，被外地好心兄弟俩当亲生父亲供养。老汉的孙子逐渐长大，向父亲要爷爷，儿子才外出寻找父亲，与好心兄弟起了争执，打起官司。没想到县官就是当年的丢银举子，于是出现了四人争养老人的局面。这是一则劝人孝养父母的故事，在不同地方流传中还演绎出不同的版本。比如遂平县的《三子争父》、新蔡县的《八子争父》、正阳县的《状元争父》、泌阳县的《二子争母》等。

[1] 选自恩格斯《德国的民间故事书》。

诚信是中华民族的传统美德，是做人的根本，也是过去做生意恪守的基本准则。流传于驻马店市遂平县、新蔡县、平舆县、汝南县等地的《公平交易》，讲述的就是小人物看似愚钝，实则敬天敬人敬物，恪守本分，大智若愚。与以耍小聪明为主题，靠坑蒙拐骗发财的《砸秤》《天神惩奸》之类的聪明反被聪明误的故事形成鲜明对比，强调了"公道经营、义中取利"的古训。

"国破思良相，家贫思贤妻""妻贤夫祸少，子孝父心安"，"巧女能媳妇"是民间故事中一个重要的类型。虽然民间也有"女人当家，房倒屋塌"的告诫，但在"男主外，女主内"的男耕女织的农耕社会，能娶到一位贤德能干的儿媳妇，可是泽被后代、关系家族兴衰的大事。本书收录西平县的《巧媳妇》《三难儿媳》，正阳县的《刘九的媳妇》都是这一类型的故事。这类故事大多将生活谜语与故事结合，幽默风趣又不乏智慧。如《巧媳妇》中选三儿媳的第一个问题是："四样菜：皮夹皮、皮打皮、皮包皮、皮包粪。"答案是：猪舌头、猪耳朵、猪肝、猪肚。第二个问题是："大媳妇回去个三五天，回来给我捎样纸包火；二媳妇回去个七八天，回来给我捎样娃娃鱼；三媳妇回去半个月，回来给我捎样白萝卜黄心，不带叶不要根。你们仨得在同一天一齐回来。"答案是：三五相乘是十五，七八相加也是十五，所以老汉给媳妇去娘家探亲的时间都是半个月、十五天。带回来的东西，大儿媳的是灯笼，二儿媳的是豆腐脑，三儿媳的是剥了皮的熟鸡蛋。

驻马店是先天八卦的诞生地，据说人文始祖伏羲正是在上蔡县城东蔡河旁的白龟庙，受蔡河白龟和蔡地蓍草启示而创立了八卦，后来被西嫁到周的太任带去，并教会儿子周文王。文王演绎成《周易》，其中看相占卦卜筮也是八卦演绎的一个分支。汉代平舆县有"月旦评"，以许劭评价曹操"治世之能臣，乱世之奸雄[1]"而出名，名为品评人物，其实也不难看出有占卜的成分，因为历史上平舆许氏是以多出神仙方士而出名的家族。驻马店民间故事中的算卦先生朱蛤蟆，有的叫王蛤蟆，也有的叫梦先儿，他的故事可以说是老行当故事，也可以说是生产生活故事。故事中的朱蛤蟆虽然并不懂真正的卜筮算卦，从最初的靠仔细观察或幸运碰到帮人找到牲畜，到名声越来越大，凭"言者无意，听者有心"蒙混县衙府城、皇都京师，真是可笑。他的故事设定显示了人民群众的风趣幽默，也是人民群众对封建官场和统治者的嘲讽和憎恶。

仨女婿的故事在驻马店流传也很广，大多是大女婿有才学，二女婿有财富，而三女婿是穷人，一无才华，二无财富，被老丈人看不起。于是就有仨女婿拜寿献诗或老丈人点题作诗，大女婿卖弄文采，二女婿中规中矩，三女婿插科打诨的情节，故事大多命名为"考女婿"、仨女婿"献诗""赋诗""作诗""祝寿""拜寿"等，是反映生活在社会下层人民群众乐观风趣的一类故事。

---

[1]　选自《三国志·魏书·武帝本纪》（晋 陈寿）。

驻马店生活故事类型很多，其中婚姻家庭、为人处世、生产生活故事最多，也与人们的一日三餐、生产生活最近，是人们生产生活的记录，也是民俗风俗的体现。巧女是对妇女智慧的肯定。学能是对死搬硬套，不懂变通的嘲讽，虽然有对智障人士的讽刺，但也有对人世易时移，变法宜矣的规劝，不能因噎废食。老行当作为现代工业化文明进程中即将消失的行业，大多已被列入非物质文化遗产，很多老物件被保留在民俗博物馆里。新中国成立后，地主长工已成为旧时代的象征，保留这类故事就是保留历史的印记，让我们以史为鉴，照见未来。

清官情结，应该是大多数中国人都有的，而断案故事应是这一情结的体现。在被压迫、被奴役的黑暗时代，清官可以点亮人们心中的光明，寄托着人们的期盼，这也是断案故事成为驻马店民间故事一大特色门类的重要原因。

驻马店的机智人物，本书选入了流传于泌阳县沙河店（今属驿城区）一带的张四妖奇（一作张四妖气），遂平一带的张老陶，新蔡的张班、王元一，汝南、平舆一带的张三冇，汝南官庄一带的张古洞（一作张鼓动）和上蔡朱里一带的侯欢等。他们中有的虽然有功名（大多传说是秀才），但长期生活在社会底层，理解百姓疾苦，能够利用自己的思辨能力，帮助弱势群体，嘲讽戏弄压榨者。他们身上有光明智慧的一面，也有小聪明、恶作剧的成分，有的在今天看来突破了道德底线，甚至违犯了法律，但人们不以为忤，反以为乐，是从这些人物身上看到放荡不羁，自由解放，是人们茶余饭后调剂生活的闲资底料，是苦乐忧凄情绪的发泄。这类故事也是很有市场的一类故事。

六

驻马店是梁山伯祝英台爱情故事的原发地，也是董永与七仙女故事发生的原点，很多故事都可以从干宝所著《搜神记》中找到影子。这里有盘古开天辟地的英雄壮举，也有女娲补天造人的感人故事。长期以来驻马店人民用夸张的手法，奇诡的想象，把所接触的事物幻化，变成美好的象征，创作了一大批神奇的婚恋幻想故事，是驻马店幻想故事中精怪故事的主要门类，也是包括中国各族民间异类婚恋故事的重要类型。

异类婚恋故事，日本高木立子博士定义为"是以人与动物、精灵、妖怪等超自然物之间的不可思议的婚姻为主题的民间故事的总称"[1]。人们用幻想手法创造出来的可以与人婚恋的配偶，包括动植物、鬼狐精怪等等，比如外表丑陋、心地善良的蛤蟆儿子，还有聪明善良、美丽贤淑的田螺姑娘，甚至是死去的女子鬼魂。在驻马店民间故事中这种人精结合、

---

[1]　选自高木立子博士论文：《河南省异类婚故事类型群初探》。

人怪结合的故事大致分为两类。一类是男性异类婚姻，通常是蛇、青蛙、猴精等。而蛇、猴精属于人类比较厌恶的类型，所以驻马店各县区都有《猴精抢婚》《猴子的屁股为什么是红的》之类的故事。在这些故事中，猴精虽然是靠抢夺这种手段得到媳妇的，但却没有对她造成伤害，而是结婚生子。在妻子被家人救走之后，猴精还因为孩子没有人照顾而多次去寻找"猴娃娘"，最终被女孩的家人和邻居用滚烫的石碾伤害或者制服，不敢再来。比较讨巧的是青蛙，也有的是癞蛤蟆，故事中称"蛤蟆儿""蛙童"。讲的是一对夫妻老来得子生下了一个蛤蟆儿，老母亲对他疼爱有加，老父亲却因为嫌丢人离家出走。蛤蟆儿寻找父亲，被员外发现竟是英俊小伙，便把女儿嫁给他。女儿不愿意，后来发现褪去蛙皮的蛤蟆儿竟是美男子，便结为夫妻，过起了人间夫唱妇随的美好生活。故事的创造者用丰富的想象和夸张的描述，以及曲折的故事情节，让人们打破"以貌取人"的判断标准，说明只要具备了高尚的品质，努力追求幸福，"癞蛤蟆"确实能吃到"天鹅肉"。

另一类是女性异类婚姻，最著名的是田螺姑娘报恩这一类型，驻马店还有狐女、龙女等故事；另一种就是天鹅处女型，与报恩型女主角主动婚配不同，是男主角知道了仙女洗澡的地方或者精怪蜕皮变美女的秘密，偷偷藏起那位女子的衣服或者羽毛、蜕皮等，让她没有法力再变回去，只好答应男主角的求婚。此外这类幻想婚姻故事，在驻马店流传过程中，往往还与宝物魔法故事关联，有不同故事拼合的痕迹，如确山县的《煮海石》，不仅有闹海娶龙女的情节，还有龙女用法术惩治不怀好意贪心县官的内容。

宝物魔法故事类型很多，是驻马店民间幻想故事中仅次于精怪故事的一个类型。这些故事虽然是讲宝物魔法的，但更多是以奇瑰幻想的方式，借助可以带来超人能力的魔法和生成财富的宝物，演绎出"好人得福，恶人倒霉"的诫训。当然，这些有魔法的宝物并非是什么珍稀物品，而是劳动人民日常生活生产的劳作工具或用品，如水缸、手杖、草帽、小锄锣等，通常这些宝物都具有一种特性，就是它的魔法或作用在不同的人手中不同。它是人们现实中物质幻化的结果，是物质财富的象征，是对理想的追求与憧憬，反映了物质社会的本质。在善良、勤劳的人手中，它常常能帮助人们做很多事，而在贪婪、懒惰或剥削阶级手中却常常使这些人受到惩罚。所以宝物魔法故事大都有好人好报，贪心嫉妒害人害己的主题，通常是借宝物来反映劳动人民的善恶观，劝恶扬善，告诫人们要善良诚信，不可因贪心和嫉妒而迷失，是一种积极浪漫主义的幻想，它鼓舞人们要做正直、善良、勤劳的人。

如上所述，这次在编纂驻马店幻想故事时，根据体例要求和实际，只分了王小、精怪、宝物魔法、鬼、神仙、动植物六个类型，因为寓言故事较少，没有单列，而是融入动植物故事中。在这些故事中，像蛤蟆儿、老狼精、老猴精、狐女、王小探地穴、小铜锣、知县挖风水、不到黄河心不死、老灶爷老灶奶奶、止本叉、漏的故事都是流传区域很广的民间故事。它们在驻马店的流传过程中，经过民间艺术家的加工演绎，与驻马店人的日常生活、农事生产、感情喜好相联系，被同化成寄托了驻马店地区人们的喜怒哀乐和风俗情感的作品。正如恩格斯在《德国的民间故事书》中说："民间故事书的使命是使一个农民做完艰苦的日间劳动，在晚上拖着疲乏的身子回来的时候，得到快乐、振奋和慰藉，使他忘却自己的劳累，把他的石砾的田地变成馥郁的花园。民间故事书的使命，是使一个手工业者的作坊和一个疲惫不堪的学徒的寒碜的楼顶小屋，变成一个诗的世界和黄金的宫殿，而把他的矫健的情人形容成美丽的公主……"这些形形色色的幻想故事，以其独特的故事内容，神奇的主人公形象，美好的境界理想，让每一个听到它的人喜爱不已，成为农耕文明社会人们茶余饭后、地垄田间、牛屋草垛、明月夜晚间的美好精神寄托，忘记黑暗忘记伤痛的精神食粮。

七

笑话是民间文学的一个重要门类，是民间文学中令人发笑、给人美感、使人快乐的故事。钟敬文在《民间文学概论》称"民间笑话也叫'民间趣事'或'滑稽故事'，是一种短小形式的民间故事"。杨成忠在《试论民间笑话的审美意义》一文中认为，民间笑话具有三大特征："一、强烈的喜剧性，笑是笑话最突出的表现特征；二、高度凝练的语言，短小精悍，三言两语进入高潮又以笑戛然而止；三、嘲讽世情的作用，意味深长。"民间笑话在驻马店民间故事中是一个大类，也是很有地方特色的一个门类，我们根据其内容，将100多篇短小精悍的笑话分成了七十二倒板、诙谐笑话、幽默笑话、嘲讽笑话四个亚类。

倒板也叫叉板、跑板，在驻马店方言中常用来指"说错话，说不靠谱的话"。七十二倒板讲的是一个叫胡留的人，好说倒板话，闹了很多笑话。人们给他编了个《七十二倒板》，久而久之，七十二倒板也成了爱说叉板话的代名词。这些故事有时也会附会到其他机智人物身上，成为驻马店地区流传很广的笑话故事。这些笑话故事与日常生活有关，反映了民间的一些风俗和禁忌。如《刀头唤狗》《请祖宗》讲的是过年掂刀头上坟请祖宗回家过年的习俗，《贴中堂》讲的是不能乱说话的禁忌。《我去撵驴》《爹，你真铁》《千里姻缘一线牵》《我就知道这里面有孬孙》等则与诙谐笑话和幽默笑话一样，反映农耕社会农家的日常生活情景以及生活趣味和幽默，是农村农民现实生活的写照。比如遂平县的《罗圈戏迷》，讲的是一个罗圈戏迷干啥都得给他用戏腔说，否则就不搭理你。一天他掉到了井里，他的闺女趴在井口边连喊数声，他就是不应。他闺女突然想起"只有用罗圈戏腔才行"，于是改用罗圈戏腔叫喊，他才在井里用罗圈戏腔应道："不当紧，我在这里！"这种因喜欢而痴迷闹笑话的故事很多，虽然大多有嘲讽的意味，却富有生活气息。

过去做木工活都要两个人拉锯锯木头，新蔡县的《错一句没关系》反映的就是这样的生活场景。木匠师徒俩一个爱听故事，一个好讲故事。一天，师徒俩又一起一个讲一个听地拉大锯。徒弟由于只顾讲故事，拉着拉着锯跑了线。徒弟说："师傅，不好了，错一锯。"师傅说："错一句没关系。"不多一会儿，徒弟又偏了一锯，又说："师傅，我又错了一锯。"师傅说："我不是说过了嘛，错一句没关系！"于是，二人又继续往下锯。故事讲完了，木板也锯到底了。师傅把木板拆掉一看，徒弟锯的那边斜了下去，就埋怨道："你锯的斜到一边去了，咋不给我说一声呢？"徒弟委屈地说："我给你讲了两次，可你总是说'错一锯没关系'！"

民间笑话讲究的是短小精悍，语言平实，通俗易懂。在本地流传很广的《找胡须》就不足百字：一天，演包公的演员出场作戏。他踏着鼓点，走着台步，两手朝两颊一捋。糟了，忘带胡须了。只见他不慌不忙地念道："陈州放粮胡须掉，王朝马汉快去找。"扮演王朝和马汉的演员赶忙到后台把胡须给"找"了回来。这则故事虽短，却很有生活气息，也是驻马店地区家喻户晓的一个笑话故事。

清人石成金在他的《笑得好》中说，"笑话醒人"，可治"沉疴痼疾"，是一剂"猛药"，说的就是嘲讽笑话。这类笑话有一个很出名的段子叫《属牛》，最早出自《笑林广记》，在驻马店地区也有流传。说是某县官做寿时，有下属送了一金鼠，他很高兴，还说："我夫人的寿诞也快到了，她属牛。"贪得无厌的形象跃然纸上。这在平舆县民间故事里叫《今年属鼠，明年属牛》，汝南县民间故事里叫《属牛的》，具体情节设计互有差异，是属同一故事的不同演绎。

吝啬在驻马店方言中叫"尖"或"确"，民间有"尖确滑溜"的说法，所以在民间故事里有很多尖对尖、比谁尖的故事和笑话。平舆县有一则《看谁小气》的故事，说在仨相邻的庄子里住着仨财主，一个外号老乌龟，一个外号老王八，一个外号老鳖熊，一个比一个尖。一天，老乌龟和老王八提出去老鳖熊家喝酒，他们就让老婆用纸剪成一只鸡和一条鱼，大摇大摆地掂到老鳖熊家。可巧老鳖熊不在家，他的儿子小鳖熊出来支应。只见他手拿一根柴禾棍，先在地上画了一个桌子，又在桌子上画了俩盘子，指着说："这盘是烧鸡，这盘是炸鱼。"俩人讨个没趣，就悻悻回家了。老鳖熊回来一看地上画的俩盘子，立马不愿意了："你小子，真够大方的，把盘子画恁大，穷阔气！"尖酸刻薄令人捧腹。

吹牛在驻马店方言中叫"喷"，就是侃大山的意思，也是驻马店民间故事和笑话中的常见主题。这些云天雾地的海侃神吹，丰富了人们枯燥的闲暇生活，也展现了人民乐观向上的人生态度。除此之外，在长期的农耕生活中，不少乡村文人也投入民间文学的创作中，在民间笑话中改对联、加标点、写家书画圈留空等显然都是文人的创作，由于贴近人民群众的生产生活，也很受人们的喜爱。

民间故事和笑话是人们的娱乐工具，同时也是斗争中的讽刺利器。但是，也有部分捏弄嘲笑社会基层群众、嘲讽有生理缺陷的人和宣扬庸俗猥亵的作品，有的更是低级趣味，这是需要摒弃的。

本卷编纂依据的资料，主要来源于 20 世纪 80 至 90 年代开展"中国民间文学三套集成"时的普查和结集、2006 年左右整理的《中国民间故事全书》驻马店各县区卷（多未出版）以及各县区在本书编纂期间新搜集的故事。在录音、录像工具比较稀缺的年代，这些都是广大民间文艺工作者和参与人员冒酷暑、顶严寒，深入到田间地头、牛屋瓜庵，走进千家万户，与"故事篓子"们和民间艺术家交流记录，靠手录、笔记一个字一个字地记录下来的。当年的讲述者、采录者和编纂者有的现在已经去世，有的年事已高，有的还继续从事着民间文化的研究和弘扬工作。根据编纂要求，我们对讲述者、采录者、采录时间地点等信息进行了收集补全，对方言注释和故事相关的附记也尽可能做到能注即注，能附就附，也是希望借此机会向当年的每一位参与者致敬，感谢他们为地方文化资料保存和研究做出的贡献和付出的努力。

随着现代化经济的迅猛发展，人们的生产、生活方式发生了巨大的变化，传统民间文化尤其是民间文学传承和发展空间越来越狭小，大批有历史文化价值的民间故事，伴随着老艺人、老故事家的逐渐凋零已濒临失传。2018 年 10 月 24 日下午，习近平总书记在视察广州市荔湾区西关历史文化街区永庆坊时强调："要注重文明传承、文化延续，让城市留下记忆，让人们记住乡愁。"民间故事作为乡愁文化的重要组成部分，也是乡村振兴的重要文化抓手。驻马店是个文化大市，我们编纂此卷本，就是要通过抢救、传承、保留这份民间宝贵的文化遗产，整合驻马店的传统文化资源，赓续传统，积蓄力量，为驻马店文化强市建设增砖添瓦，真正"让城市留下记忆，让人们记住乡愁"。

韩祖和

2022 年 11 月 30 日

凡例

一、　本卷是遵照中国民间文学大系出版工程领导小组制定的"故事卷编纂体例"和有关文件精神，本着科学性、全面性、地域性、代表性的原则加以选编的。

二、　本卷收录的民间故事，采用的是与神话、传说并列的狭义的民间故事概念，收录故事的流传时间不设上下限。主要是以 20 世纪 80 年代驻马店地区各县市民间文学三套集成普查资料为基础进行选编，并补充了 2006 年驻马店市各县区民间故事的部分内容。同时对部分故事按照忠实记录原则进行了适当处理。

三、　本卷收录的故事，分为生活故事、幻想故事和笑话三大类，每大类分若干小类，共收录驻马店市民间故事 604 篇（不含分叙故事和异文），其中笑话类"七十二倒板"为本地特色。

四、　本卷在收录故事正文的基础上，将内容相近的故事作为"异文"一并收录。一般以情节结构完整、语言文字生动的作品为正文，异文保留原标题。

五、　本卷收录的故事尽可能保留方言、口语等地方特色。计量单位沿用旧时的民间习惯，如"斤、里、亩"等。地名、官府名、职官名等一般保留当时名称。方言等注释采用页下注。

六、　本卷收录的作品后附列讲述者和采录者的信息，包括姓名、性别、年龄、工作单位（家庭住址）、文化程度、职业，以及采录的时间和地点。讲述者和采录者的基本信息均以采录时为准，年龄、职业均为采录时的信息，并在附录中注明讲述者和采录者的出生年月或生卒时间。采录地点按采录时的行政区划表述。部分故事要素缺失的，在附记中注明。部分采录者当时采用笔名的，我们在后面加上了"原名"。附录中，既是讲述者又是采录者的，我们通常将其收入讲述者简介，采录者简介中不再重复。

七、　《中国民间故事集成·河南泌阳县卷》文后的采录信息包括讲述者、搜集者、整理者，这次编纂我们将搜集者、整理者信息合并作为了采录者。

八、　本卷收录的半数以上作品后设"附记"。附记内容主要包括故事讲述者、讲述语境、采录者、采录时的情景、故事来源、文化背景、研究情况、与当地民俗的关联性、流传情况等。

九、　本卷版权页上附二维码。用手机扫描二维码，可浏览部分故事相关的视（音）频。

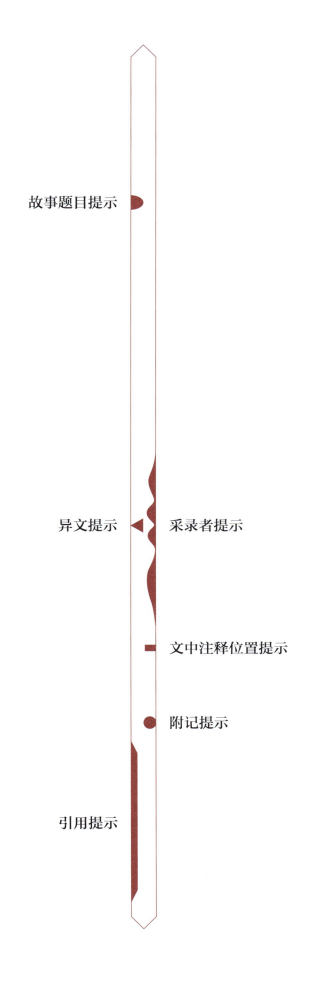

故事题目提示

异文提示　采录者提示

文中注释位置提示

附记提示

引用提示

C021

一

生活故事

（一）机智人物故事

1

张四妖奇的故事

张四妖奇，在《泌阳县民间故事集成》中又称作"张四妖气"，他的故事在泌阳县沙河店（今属驿城区）及遂平县邻近地区流传很广。据说他是泌阳县沙河店人，本名张兆图，是个秀才，生性豁达，好诗爱画，有偏才。因在堂兄弟中排行老四，人送外号"张四妖奇"。又因在同胞兄弟中排行老三，所以也有人叫他"张三捣鬼"，在民间有很多关于他的轶闻、故事和笑话。

（1）私设公堂

牛蹄街[1]有家姓王的和张四妖奇是朋友，王家老大不孝顺，经常打骂他爹。一次，老王对张四妖奇说："我家老大不孝顺，老弟，你给我出出气，有机会的话狠狠揍他一顿。"张四妖奇想了想说："好吧！三天以后你在家等着。"

三天头上[2]，张四妖奇带着几个大汉，个个手持大棍来到王家，不由分说就把王家老大两口子捆了起来，拉到当院[3]。王家老大一看是张四叔在院里坐着，模样奇怪：头戴凉帽，上身穿皮袄，下身穿裤衩，脚蹬火炉，怀抱西瓜，手里拿着扇子扇着说："你两口子很不孝顺，今天我要狠狠地教训你俩，看你俩今后还敢打骂恁爹不！"说罢，令人把老大两口摁在地上，各打五十棍，直打得他两口子皮开肉绽。打过以后，张四妖奇领着人走了。

王家老大伤好后，心中不服，就到县衙告状，说张四妖奇私设公堂，打了他两口子。县官马上传来张四妖奇，县官问道："你为啥私设公堂，毒打王大两口子？"张说："啥时候打他俩了？我当天穿啥？戴啥？拿啥？让他说清，县太爷再问不迟！"县官问王大，王大就说："某年某月某天正晌午，你坐在我家当院里，头戴凉帽，上穿皮袄，下穿裤衩，脚蹬火炉，怀抱西瓜，扇着扇子，令人打俺两口子各五十棍，你说是不是？"张四妖奇对县官说："大人，您都听清啦，你是清官，看你信不信？"县官本来听王大说的时候就想发火，一拍惊堂木，站起身来手指王大说："你这个刁民，胡说八道，血口喷人。来人，给我拉下去再打二十大板，打完立下孝敬父母字据。以后再不孝顺父母，小心重罚！"

讲述者： 万传稳，男，34 岁，泌阳县板桥乡文化站，高中，专干

采录者： 赵连义，男，55 岁，泌阳县象河乡乡中，中专，教师

采录时间： 1988 年 5 月 29 日

采录地点： 泌阳县象河街

---

[1] 牛蹄街原为泌阳县西北古蔡宛通道上的重镇，自古有"金高邑，银牛蹄，比不上羊册的后湖里"的说法。1951 年修建板桥水库，牛蹄街被划入了蓄水范围，居民分别搬迁到板桥、沙河店、羊册等周边村镇，牛蹄街淹没湖底。

[2] 三天头上：到了第三天。

[3] 当院：院子里。

万传稳因为是"一头沉"（夫妻一方是农村户口），家里有责任田。这天回家收麦时在象河街碰到了赵连义，当时两人都是泌阳县"三套集成"采集员，在培训班上见过面，就聊起了收集民间故事的事儿，一拍即合，合作采集了不少民间故事和民歌、谚语，被收入"三套集成"中。在遂平县民间故事中，这则故事被附会到当地机智人物张老陶的身上，称《打官司》。（赵新春）

（2）巧骂县官

有一天，张四妖奇的两个朋友说县令刘股堂不给百姓办事，只贪图贿赂，都很气愤。张四妖奇说："走！咱们骂他一顿去！"朋友拦着不让去，张四妖奇说："咱都一块儿去，骂了他还不能让他知道！"他们仨就大摇大摆地去到县令家里。

刘股堂一见他们仨来了，忙叫人端茶。几个人喝了一会儿茶，张四妖奇说要到县令的后花园观花。刘股堂陪着他们到后花园，正看花的时候，张四妖奇看见书房旁边有个小鱼池，就说："咦！你这个地方弄个鱼池不好。"刘股堂说："咋不好，里边养的有鱼、有虾，还有老鳖，看着可有意思啦！"张四妖奇说："前几年，我也在书房边挖了个养鱼池，里边也养了这些东西。有一回我出门不在家，回来后，看见一只老鳖爬到书桌上，把放在桌上的糖给吃了个净光。我一气把它摔到地下，用脚使劲地踩它。这老鳖吃糖太多，踩一下流股糖[1]，踩一下流股糖，连踩数十下，才把它踩死。"县令没意识到是在骂他，便惊奇地说："哎呀！竟有这样的事？我刘股堂长这么大还真没听说过哩！"

讲述者： 高强，男，38 岁，泌阳县板桥乡，初中，
农民

[1] 流股糖为刘股堂谐音。

采录者： 万传稳，男，36 岁，泌阳县板桥乡文化站，
高中，专干

采录时间：1990 年 5 月 10 日

采录地点：泌阳县板桥街

三套集成采编时泌阳县除了文化馆的同志，也动员了各乡镇文化站的同志。当时万传稳同志是乡里的文化专干，三十多岁，热情很高，为了采集民间故事经常泡在农村，加上自己就是农民出身，与群众很聊得来。这则故事就是他在与泌阳县板桥乡农民高强闲聊中得到的。（赵新春）

（3）安兽头

过去，平民百姓盖房子是不准安兽头[2]的，只有有功名的人家和寺院才允许安兽头，可张四妖奇非安兽头不可。

一天，县太爷坐着八抬大轿到乡下巡视，路过张四妖奇那个庄，看见一家房子上安有兽头，便对衙役们说："把那家安兽头的房主找来。"不多一时，衙役们把张四妖奇带到轿前。县太爷问道："这房子上的兽头是你安的吗？""正是！"

"你有功名吗？""没有！"

县太爷说："一个平民老百姓咋能在房子上安兽头？"

张四妖奇一听原来是为这个，便灵机一动说："大人，这是小的盖的庙房。本想前往县府，找您拨款资助，没想到，青天县太爷前来过问，真是盛情难却，请县太爷周济一下吧！"县太爷一听，是为了敬神的，无话可说了，只好从县里拨来一批钱粮给张四妖奇。从此以后，县太爷再

[2] "兽头"又称"脊兽"，是安放在砖瓦建筑屋脊上的兽件。除了防火，就是提升了观感，使建筑更加雄伟壮观，富丽堂皇，充满艺术味道。最前面领头的是骑凤仙人，而后依次为龙、凤、狮子、天马、海马、狻猊、押鱼、獬豸、斗牛、行什，安装数量依建筑物的等级高低和规模大小而逐步减少。民间只有官府、庙观和有功名的人家可以安装，普通人家不许安装。现在驻马店农村建有屋脊的房子会安装兽头，除了美观，也是要讨个吉利。

也不过问盖房安兽头的事儿了。

讲述者：　陈平安，男，34岁，泌阳县付庄乡文化站，
　　　　　高中，专干
采录者：　徐书亮，男，59岁，泌阳县文化馆，大专，
　　　　　干部
采录时间：1989年10月5日
采录地点：泌阳县付庄乡文化站

附
记

　　徐书亮参加了泌阳县民间文学三套集成的收集工作，分包板桥、付庄等乡，每天都掂着黑提包下乡转悠。他找到付庄文化站的陈平安，陈平安干着活，讲了个"安兽头"的故事。徐书亮用钢笔往本子上记，最后说，这就是民间故事，咱俩一块下去收集吧。所以他俩合作收集了不少民间故事。（赵新春）

（4）请画画

　　有家财主请张四妖奇给他在影壁墙[1]上画幅画，张四妖奇去了以后，财主宾客相待。第一天张四妖奇让磨墨，当天没有给画。第二天吃喝以后，还是光让磨墨不给画。这样一连六天都是磨墨，东家急了，就催张四妖奇说："张先生，你到底啥时给画呀？"

　　"你说呢？"

　　东家说："今儿就画吧！"

　　张四妖奇说："那好吧！"

　　晌午酒席已罢，张四妖奇走到影壁墙前，脱下一只鞋在磨了六天的墨水里蘸了一下，照墙中间甩了一鞋底子，穿上鞋出门走了。

[1]　影壁墙：也称照壁、影墙、照墙，是中国传统建筑中设置在大门内用于遮挡视线的墙壁，可以避免客人一眼就看到院内，能保持室内的隐蔽与安静，民间也有避邪的说法。

　　主人一看，影壁墙中间甩了一个鞋印子，墙上还溅了很多墨点子。心里很不乐意，但也不便声张，只好送客人走了。

　　等到天黑，财主再往影壁墙上一看，是一棵干枝梅，活灵活现，还有六条枝子会发光。这时候他才明白，原来款待了六天，就有六枝会发光，要是不着急，多招待几天，不是全会发光了吗？

讲述者：　泌阳县象河乡村民
采录者：　赵连义，男，56岁，泌阳县象河乡中，中专，
　　　　　教师
采录时间：1989年5月6日
采录地点：泌阳县象河乡

附
记

　　这则故事和后面几则赵连义老师收集整理的故事，《中国民间故事集成·河南泌阳县卷》收录时只注明了故事搜集、整理者是赵连义，缺失讲述者相关资料。（王瑜廷）

（5）陪嫁妆

　　张四妖奇的画画得特别好，他闺女出嫁，陪送了很多画，大箱小箱的。闺女到了婆家，女婿刘万才一看，老丈人家陪送恁多东西，喜出望外。三天后，他打开箱子一看，里头装的全是画。刘万才不懂画，一气之下，把所有的画都倒了出来。又把牛倌小六叫来，让他把这些画全都烧了。

　　牛倌小六看看这些画怪喜欢人哩，舍不得烧。这时，老管家走过来，他慌忙捡了一张最喜欢的画藏了起来，接着一把火把那一大堆画全烧了。

　　小六烧完画跑回牛屋，打开捡来的这张画一看，画上

画的是一丛豆稞子[1]，上面爬了个蛐子[2]，像个活的。他把画藏在一个墙洞里，每天早上起来总要掏出来看看，看完再藏起来。时间长了，小六就看出些门道。他发现画上的蛐子会动，晴天爬到豆叶上，雨天就爬在豆叶下，阴天又爬在豆叶边。小六又奇怪，又喜欢。以后，小六常常跟伙伴们打赌猜天气，当然，每次都是小六赢。就这样，大家一传十，十传百，都说小六会看天气。

有天早起，小六起床看画，见蛐子在豆叶下边。他走到院里，见老管家正吩咐大伙晒麦，就对老管家说："今儿有大雨，不能晒麦！"老管家和大伙看看天空，连一丝云彩都没有，不相信小六的话。

小六就去找少爷刘万才，说今儿有大雨，不能晒麦。刘万才看小六认真的样子，就对老管家说："麦子今儿先晒一半，下余的[3]明儿再晒吧！"

到了吃晌午饭[4]的时候，大伙儿都笑着对小六说："小六，这回你输定了！"正说着，头顶突然飘来一片乌云，刹那间，狂风大作，直刮得天昏地暗。大伙一看急了，饭碗一放，就往场[5]里跑，拢啊，装啊，背啊，刚把麦抢进粮仓，瓢泼大雨就下来了，不到一袋烟工夫，就下得沟满河平。

大伙儿聚在屋里麻缠[6]着小六，非让他说说是咋看天气的，小六哪里肯说。这时，刘万才也感到奇怪，一个牛倌，小小年纪，一个字儿不识，咋会懂得天文？他把小六叫到书房，左盘问右盘问也没问个明白，便拿出一锭银子，小六笑了笑，还是没说。刘万才又拿出两锭银子，小六才把银子接过来，对他说了实话。又跑到牛屋里把画掏出来，还给刘万才。

刘万才看了画，如梦初醒，后悔得直跺脚。只剩下这一幅画了，就把它作为珍宝，挂在主屋中堂。

第二天放晴，刘万才备了厚礼，去看望岳父，想再要

[1] 豆稞子：未成熟的大豆秧子。
[2] 蛐子：蝈蝈。
[3] 下余的：剩余的。
[4] 吃晌午饭：吃中午饭。
[5] 场：农民收割庄稼专门整出来脱粒、晾晒粮食的场地。
[6] 麻缠：纠缠的意思。

几幅画，可惜张四妖奇就在这一天过世了。

讲述者：　孟凡生，男，67岁，泌阳县外贸局，初中，干部
　　　　　周其文，男，50岁，泌阳县下碑寺乡张代庄，初中，农民
采录者：　徐书亮，男，60岁，泌阳县文化馆，大专，干部
采录时间：1990年2月28日
采录地点：泌阳县下碑寺街

附记

徐书亮每天在村里采集民间故事后，都要回到乡政府和大伙吃饭。孟凡生是老乡干，能喷[7]，一边吃饭一边给大家讲笑话，绘声绘色。饭后，徐书亮就跟着他回到住的一间房子里，孟凡生坐在小床上靠着破被子，一口气讲了十多个故事。此类作画被神化的题材，在民间流传很广，遂平县还有一个神笔魏画的故事，与这则故事的情节差不多。（赵新春）

异文：神画

从前，有个秀才屡试不第，他就不再求取功名，致力于画画。

秀才膝下无儿，只有一女，从小娇生惯养，爱如掌上明珠。眼见女儿二八年华，已到了出嫁的年龄，秀才早早地就给女儿准备好了嫁妆。等到成亲的日子，整整装了二十个箱子，并告诉女儿，这都是无价之宝，告诫她要好好珍惜。女儿非常满意，高高兴兴地坐上了花轿去了婆家。

成亲的当天晚上，新娘子想显摆自己的嫁妆，打开箱子让新郎看，一看箱子里装的全是画，气得抓起那些画儿就撕起来。撕了一张又一张，撕了一箱又一箱，撕累了，

[7] 喷：吹牛，说大话。

就一把火点着烧了起来。

公公、婆婆看到新房有火，以为出了事，近前一看，才知道是在烧画。儿子的婚房公公不能进，赶紧叫婆婆去劝阻。婆婆进屋，画都快烧完了，只抢了剩下的一张，画的是一对红蜡烛。他们就把这张画贴在墙上。

第二天晚上，天刚黑，挂画的那间房子里亮堂堂的。二老又以为着了火，进去一看，原来是那画上的两只蜡烛在放光，照得屋子里亮堂堂的。原来这都是神画啊！可是那二十箱子里画有金银财宝、楼房瓦屋的画都已经烧光了。新娘子后悔莫及，放声大哭起来。

讲述者：　段梅，女，36 岁，回族，驻马店市 693 厂，高中，职工

采录者：　陈书亮，男，42 岁，正阳县文化馆，大学，干部

采录时间：1987 年 12 月 7 日

采录地点：正阳县城关

（6）画佳人坠驴

张四妖奇爱画画儿，特别爱画驴。他画有各种各样姿态的驴，唯独缺少佳人坠驴。为了画好这幅画，他心生一计，走到后院对妻子韩氏说："夜儿[1] 我赶集，在街上见到孩他舅，说他婆[2] 有病了，叫你回去看看。"

韩氏听了忙让张四妖奇去套车，张四妖奇说："车走得太慢，不胜骑驴走得快。我去备驴，你骑上我牵着，越快越好。"说罢牵来一头毛驴。韩氏包了个小包袱，就骑驴上路了。韩氏骑着毛驴刚走出庄，张四妖奇就丢了缰绳，又在驴屁股上狠抽一鞭。毛驴猛窜猛跳，韩氏不防，从驴背上摔了下来。张四妖奇乐得拍手大笑，慌忙把韩氏扶起来。韩氏非常生气，张四妖奇却笑着说："妙！妙！妙啊！今儿亲戚不走了，我就是想专门看看佳人从驴身上摔

[1]　夜儿：即昨天。
[2]　婆：泌阳方言，即姥姥。

下来的样子，好画画！"韩氏听了，干生气也没话说。

讲述者：　樊立方，男，47 岁，泌阳县文化馆，高中，干部

采录者：　徐书亮，男，59 岁，泌阳县文化馆，大专，干部

采录时间：1989 年 11 月 2 日

采录地点：泌阳县板桥乡

附
记

樊立方是泌阳县文化馆戏曲创作室的创作员，写过剧本《孝廉杀母》，有收集整理民间故事的习惯，是故事的收集者，也是讲述者，会讲很多张四妖奇的故事。他与徐书亮是同事，两个人没事经常在一块闲扯，你讲我录，合作采录了不少民间故事和其他民间文学作品。这则故事就是两人在闲扯中收集的。当时，樊立方还参与了泌阳县民舞集成采编工作，他编的民间舞蹈《红灯舞》收录于《中国民族民间舞蹈集成·河南卷》，2008 年入选驻马店市级非物质文化遗产名录。（刘康健）

（7）锄地

张四妖奇小时候跟着他叔下地干活，他叔 14 岁，他 12 岁，张四妖奇在地里总是耍懒，不想多干活儿，他叔回家就告他的状。张四妖奇每次从地里干活回家，他爹娘就骂他偷懒。

有一回，张四妖奇又跟他叔一块去锄地，他很快就锄到叔叔前头，一头栽倒在地上，憋着一口气，眼珠往上翻。

他叔一看，忙上前抱着张四妖奇问："你咋啦？你咋啦？"连喊几声也不回话，就放下张四妖奇，飞快跑回家给哥嫂报信儿。

仨人慌忙跑到地里一看，张四妖奇正好好儿地在锄地哩！张四妖奇他爹问："你不是晕倒在地里了吗？"

张四妖奇假装没那回事儿："谁说我晕倒啦？我一直

都在锄地，这又是俺叔说的吧！他的瞎话多了，以后您赇[1]听他的话啦！"

从那以后，张四妖奇和他叔一块下地干活，再耍懒，他叔回家不管咋说，再也不灵啦。

讲述者：　泌阳县象河乡村民
采录者：　赵连义，男，56岁，泌阳县象河乡中，中专，教师
采录时间：1989年6月16日
采录地点：泌阳县象河乡

（8）送驴

有一年，张四妖奇骑驴进京赶考。到了京城，他找一个客店住下，但驴却无法安排。正着急的时候，看见不远处有个脖子上长着大瘿[2]的人，便有了主意。

他慌忙走上前去，施礼问道："老先生，你长恁大个瘿，咋也不治治？多不得劲呀！"

那人连忙摆手说："唉！治不好了，找了多少医生，吃了多少药，也没治好。"

张四妖奇一听，又关心又郑重地说："很好治。不瞒你说，我爹专门治瘿。他治了几十年，再大再难治的瘿，只要经他的手，一治就好，没有一个复发的。"

那位先生一听，惊喜地问："真的？"

"真的，到泌阳县板桥西边荆树坟一问你就知道啦。"

这位先生治瘿心切，又听张四妖奇说得有板有眼，表情上流露出愿意去治瘿的样子。张四妖奇就紧接着说："你要愿意去，就骑上我的驴作为凭据，再带上我的书信，管保热情款待你！"

这位先生非常感激，拜谢张四妖奇后骑驴上路了。到了泌阳县，好不容易打听到了荆树坟，来到张家见到张四妖奇的爹。一看，他脖子上的瘿比自己的还大，便吃了一

[1]　赇：方言，"就""尽管"的意思。
[2]　瘿：因缺碘引起的大脖子病。

惊。他把信交给张四妖奇他爹，并说明来意。张四妖奇他爹拆信一看，只见信上写道："一来送驴，二来比瘿。"他爹气得脸通红，脖子上的瘿更大了。

讲述者：　孟凡生，男，67岁，泌阳县外贸局，初中，干部
采录者：　王恒德，男，16岁，泌阳县双庙街乡，中学生
　　　　　徐书亮，男，60岁，泌阳县文化馆，大专，干部
采录时间：1990年2月20日
采录地点：泌阳县双庙街乡

附记

民间故事集成编纂整理主要由文化部门负责，县文化馆、乡文化站是主力，也有不少学校老师和学生参与。王恒德当时是泌阳县双庙街乡中的学生，听说徐书亮到学校收集民间故事，就找到他，将自己听老辈人讲的民间故事一股脑说给徐书亮。学习间隙还帮助他整理故事文稿，贡献了不少故事素材。

泌阳县民间故事里会经常提到一个物种，就是驴，是该县的特产，称泌阳驴。又因其"白鼻子、白眼、白肚皮"，故又称"三白驴"，当地流传有"泌阳驴，缎子黑，粉鼻眼白肚皮"之说。我市还流传有泌阳驴的笑话：当时有个县长会上做报告，要发展泌阳驴产业，结果"驴"字写得有点开，他念成了要发展泌阳"马户"产业。他就成了"马户"县长，泌阳驴也成了泌阳"马户"。（赵新春）

（9）量麦秸垛

有一年，张四妖奇进京赶考，回来时只剩下一两银子，可到家路费需要十两，咋办哩？

当他路过一个大村庄时，见一个很大的麦秸垛，计上心来。他走到麦秸垛前，双手背在后边，正一圈倒一圈地转来转去。

这家长工看见了，忙回去给掌柜的说。掌柜的觉得奇怪，忙去到场里，走上前问："先生，你是哪里人氏？步[1]我的麦秸垛是啥意思呀？"

张四妖奇说："步你的麦秸垛主要是看看和我家的错[2]多远，结果比我家的麦秸垛少七步。"

掌柜的一听，这先生家的麦秸垛比自己的还大七步，肯定他家更富，是个大户，就请他到家里，摆宴招待，还请求把儿子认在他跟前。张四妖奇满口答应，随手掏出一两银子作为认干儿子的见面礼。东家认为他很大方，又成了干亲，临走时，还送给他五十两银子做路费。

讲述者：　泌阳县象河乡村民
采录者：　赵连义，男，56 岁，泌阳县象河乡中，中专，
　　　　　教师
采录时间：1989 年 6 月 3 日
采录地点：泌阳县象河乡

附记

赵连义长期在泌阳西北的板桥、春水、象河等乡中教学，虽然是老师，和那时候不少人一样是"一头沉"，农忙时需要回家帮忙干农活，加之从小在农村长大，非常熟悉农村生活和掌故。农忙间隙，农村人喜欢讲闲话儿（讲民间故事），赵连义养成了收集记录民间故事的习惯，课堂上也常讲给学生听。这次为编纂民间故事我们到象河乡走访，不少他的学生还记得他讲的故事。《量麦秸垛》选自《中国民间故事集成·河南泌阳县卷》，是他整理的很贴近农村生活的一则故事，讲述、记录了农村垛麦秸垛的一些习惯、风俗。在过去，小麦收割脱粒后，秸秆要及时集中垛起来，称为垛垛，用来饲养牲口或烧火做饭。麦秸垛大多是上呈弧形的长方体，小户人家秸秆较少，也有垛成圆形的。垛麦秸垛是个技术活，踩不实不均，会渗水或倒塌。所以，要请行手和本村青壮年男子帮忙，主家招待吃饭，叫"吃垛饭"。像这则故事里，麦秸垛不仅衡量一人的技艺，它的大小也反映了小麦收成好坏和农家拥有土地的多少。随着农业机械化的普及，现在麦秸

[1]　步：即丈量。
[2]　错：即相差。

秆直接打捆出售或粉碎到地里，驻马店农村垛麦秸垛的已经很少了。

（赵新春）

（10）断路

乡里有条老辈子[3]就有的小路，紧靠一个爱占小便宜人的地边。

一天，那人抡着镢头正毁路哩，想把它并入自己的地块里。张四妖奇骑着毛驴过来了，那人抬头问道："张四妖奇，你上哪去？"

张四妖奇慢悠悠地说："咳！我有个朋友，他外甥把他妗子[4]拐跑了，这孩儿想断这条路哩，我得去管管！"

张四妖奇走远了，那人一想是拐着弯骂他哩，于是停止了断路。

讲述者：　廖天保，女，87 岁，泌阳县春水乡东廖庄，
　　　　　农民
采录者：　张正，男，65 岁，泌阳县文化局，大学，
　　　　　干部
采录时间：2005 年 5 月 10 日
采录地点：泌阳县春水乡东廖庄

附记

张正是老文化人，当过泌阳县文化局副局长，20 世纪 80 年代就参与三套集成的编纂，任副总主编。为了采集民间故事，他经常背个黄书包，带着干粮到农村走访，记录整理了民间故事 100 余篇。2005 年泌阳县对民间故事再次编纂整理时，他是主编之一。虽然六十多岁，但意气不减当年，经常到田间地头、街头巷尾给人喷阔[5]，采录故事。他听说春水东廖庄的廖天保是个故事篓子，虽然已经八十

[3]　老辈子：方言，广义上是对年纪大的人的尊称，即"老者""长者"。狭义是对族中父辈以上长者的称呼。这里是很早就有的意思。
[4]　妗子：舅舅的老婆，也称舅妈。
[5]　喷阔：讲故事。

多岁，但眼不花耳不聋，会讲很多故事，就找到她。廖天保老人幽默风趣，给他讲了很多民间故事和笑话，也包括这则张四妖奇的故事。（赵新春）

（11）笑骂染坊掌柜

张四妖奇骑着小驴到沙河店街去赶集，走到街西头染坊门口，染坊掌柜笑着说："张四妖奇，下来歇歇吧，吸袋烟再走。"

张四妖奇说："我这驴走惯了，不能停，一停四只蹄子都憋青了。"然后，把缰绳一提，那小驴"得得得"又走了。

掌柜一会儿洗手哩，猛然看见自己长期染布发青的手和指甲，对伙计说："噢！这家伙嘬[1]着咱们了。"

大约一个时辰，张四妖奇骑着驴拐回来了。掌柜见他说："你个鳖孙刚才又巧嘬俺了，知道不？"张四妖奇笑着说："咋能呢？您师徒一般大，合起来八九十岁了，我能嘬您？"说完就骑着驴走了。

师徒俩听不出来。其实，九十是俩四十五，乌龟壳上据说有四十五个花纹，又把他们比作乌龟了。

讲述者： 某农民，男，84 岁，泌阳县沙河店乡，小学，农民
采录者： 张正，男，59 岁，泌阳县文化局，大学，干部
采录时间：1999 年 5 月 20 日
采录地点：泌阳县沙河店乡

[1] 嘬："骂"的意思。

（12）喝鸡蛋茶

有一年，张四妖奇和俩同窗一同去赶考。一连走了两天，仨人又累又热又渴，看见了一个村庄，一个说："谁能进村讨碗水喝该多好啊！"张四妖奇说："我去，给你俩讨碗水喝不算啥，还能每人给您讨碗鸡蛋茶喝哩。"俩同窗有点不大相信，也跟着进了村。

进村后，恰巧碰见一个约四五十岁的妇女正站在粪堆上，高一声低一声大骂谁偷了她家的鸡子。张四妖奇走上前去，向那妇女恭恭敬敬地施了个礼，随口喊道："姨，好久不见了，您还认得我吗？"随着姨长姨短地喊个不停，把那妇女弄蒙了，也不好意思细问，只好把他们让进家里，又慌忙跑到厨房打了三碗荷包蛋端了上来。

仨人喝完后，那妇女便说："外甥，我年龄大了，记性不好，咋也想不起来你是……"张四妖奇这才郑重地说："俺家丢鸡子的时候，俺娘总是站在粪堆上骂，你丢了鸡子也是站在粪堆上骂，你俩不就是亲姊妹俩吗？"说得那妇女一时无话可说。他仨喝完鸡蛋茶便起身告辞了。

讲述者： 关限忠，男，64 岁，泌阳县板桥乡关刘庄，中师，退休教师
采录者： 杨柳，男，17 岁，泌阳县泌水镇二中，学生
万传稳，男，36 岁，泌阳县板桥乡文化站，高中，专干
采录地点：泌阳县板桥乡关刘庄
采录时间：1990 年 1 月 11 日

附记

驻马店乡村待客人有喝鸡蛋茶的风俗。鸡蛋茶多放黑糖，打的鸡蛋越多越能显示客人的尊贵和主家的好客。关限忠是板桥乡中的老教师，"一头沉"，退休后居住在板桥乡关刘庄农村，见多识广，村民没事儿好到他家喷阔。万传稳是乡里的文化专干，原来是农民，熟悉农村风俗，不仅能讲"仿话"，有时还会带着渔网在河汊里打鱼捉虾，

顺道也喜欢找关限忠,两人经常交流"冇话"。万传稳收集民间故事一般不作笔记,只是记在心里,回到文化站整理。他风趣地说:"我的鱼篓子,就是故事篓子,冇话都带着鱼腥味。"像这种看到妇女骂街,就假装认亲,然后得到吃喝的机智人物故事,以往在驻马店各县区还收录有不少。如遂平县张学周讲述、张志平收集整理的《喊姨》,新蔡县李新和讲述、乔忠敏采录的《王元一巧吃鸡》。只是新蔡县王元一的故事最后不是喝到鸡蛋茶,而是吃到了一顿酒饭。(赵新春)

(13)骗姐夫

张四妖奇的姐姐快四十岁了,还没生育。他姐夫嗜好大烟,又很怕老婆,想娶个二房,要个孩子,可就是不敢直说,怕张四妖奇的姐姐给他闹个"鳖翻潭[1]"、底朝天。

有一天他姐夫说某某人娶了个姨太太,想婉转着提一下,他姐忽地站起来,两手卡腰,瞪着眼说:"咋?你几十岁了,也想癞蛤蟆再吃天鹅肉?有我,想死你!"他姐夫听后,心里凉半截,气得只唉声叹气。

这事不知咋叫张四妖奇听说了,他到姐姐家偷偷地对姐夫说:"大哥!你用大烟膏抹在嘴唇上,见俺姐就说:'活着啥意思?也没个后,不如马上死了!'你这一吓,保你称心如意。"

他姐夫一听,拍手称妙!于是便把大烟膏涂在嘴唇上,装作难受的样子,将教他的话给老婆说一遍。张四妖奇他姐一听,一瞧,又闻到了刺鼻的大烟味,顿时慌了手脚。

张四妖奇便乘机说:"俺姐夫定是吞大烟了,你看那嘴上,快!快!赶快灌屎汤子[2]!"

他姐急忙大喊:"救人哪!救人哪!"

霎时跑过来几个男的,他姐让人用箔[3]将丈夫卷住,就立即张罗着灌粪。

他姐夫赶快说:"我没吞呀!没吞呀!"像猪一般地嚎叫起来。

他姐又厉声说:"不听他的!神一出子鬼一调子,灌!"

大家用勺子只灌几下,他姐夫就"哇"的一声,将吃的饭食全吐出来了。

张四妖奇呢?他憋不住笑,便悄悄溜走了。

讲述者: 吴老汉,男,80岁,泌阳县板桥镇,不识字,农民
采录者: 张正,男,64岁,泌阳县文化局,大学,干部
采录时间:2004年6月22日
采录地点:泌阳县板桥镇

(14)巧治露能人

张四妖奇上街去买柴禾,正遇一个卖柴的乡下人。张四妖奇一看这挑柴禾很好,便去问价钱。卖柴人说:"每斤三个钱。"张四妖奇说:"中!我买下了。"

过秤是一百八十斤。俩人就一码一码地算钱,算到三八二十四的时候,街上有一个老头领个小孩儿走过来。老头一看这俩都是乡下人,想露点能[4],忙说:"不对!三八二十五,不是二十四。"

张四妖奇一听,想:你别露能,我多拿一个钱没啥,今个[5]非叫你多赔几个。忙说:"对!对!是三八二十五。"付了钱,就让卖柴的把柴担到一家店里放下。张四妖奇拉着老头说:"老先生!今天不是你,我就白白吃亏了。走!到饭铺里去,交个朋友。"老头想乡下人真好哄,就跟着到饭铺里去了。坐下来后,张四妖奇说:"想吃啥,赌报啦,我掏钱!"老头想:拣贵的,先称二斤油条。油条端上来了,张四妖奇又说:"唉!看我真不会办事。"就抱起小孩子说:"走!我给你买包子去。"他抱着小孩子来到一个肉架子跟前,割了五斤大肉。张四

[1] 鳖翻潭:闹得厉害。
[2] 屎汤子:厕所里的人类尿。灌屎汤子是民间对服毒病人常用的一种急救方法。因为人们对屎粪汤子本能的恶心,会呕吐,将所服毒物一起吐出来。
[3] 箔:又叫箔篱子,大多用高粱秆、麻绳编织而成。过去农村多用来盖房铺在檁梁上打底或作床铺底,也用来圈粮食或做室内隔断。有时也用来给没有棺材的人下葬时包裹遗体。

[4] 露能:逞能。
[5] 今个:方言,今天。

妖奇一摸布袋，装作钱不够的样子，自言自语说："咦！钱不够！"他指着小孩说："你站在这儿等着，我回家拿俩钱，一会儿就来。"说罢，掂着肉走了。

张四妖奇从饭铺里抱走小孩就再也没有拐回来，老头等得急了，起身要走，店家便拉着他说："老先生，这油条你还没给钱哩！"

老头怕在街上争吵丢人，就付了钱，生气地走出饭铺。出来一看，孩子正站在肉架子前。他上前拉着孩子嚷道："你站这儿干啥？走！回家去。"

卖肉的上前拦住说："老先生，你先别慌，多会儿[1]孩子的爹割了五斤肉还没给钱哩！"

老头气汹汹地说："我没割肉！"

卖肉的忙说："他爹说钱不够，让孩子在这儿等着，他掂着肉回家拿钱去了。不信，你问问这孩子。"

孩子说："是真的。"

老头无奈，只好又付了五斤肉钱。

讲述者：　陈平安，男，34岁，泌阳县付庄乡文化站，
　　　　　高中，专干
采录者：　徐书亮，男，59岁，泌阳县文化馆，大专，
　　　　　干部
采录时间：1989年6月6日
采录地点：泌阳县付庄乡文化站

附
记

陈平安是付庄乡的文化专干，付庄乡是徐书亮的包片，所以他经常陪县文化馆来的徐书亮到村里采集故事，一来二去，两人就成了很好的朋友。陈平安性格开朗、风趣幽默，是乡里有名的有话篓子，两个有趣的人碰到一块，一个讲一个记，合作完成了不少有趣的民间故事。除这则故事和前面的《安兽头》外，他们合作完成的《三个女婿云诗》《两个吝啬鬼》也都被选入《中国民间故事集成·河南泌阳县卷》。（赵新春）

[1]　多会儿：即刚才。

（15）吃蜂糖

张四妖奇和几个秀才一起去赶考，路过一个集镇，正是逢集。见很多人围着个卖蜂糖的，卖蜂糖的要价很高，都不急买。张四妖奇说："你们想吃蜂糖不？"

一个秀才说："还得赶路，钱又不够，就别多花钱了。"

张四妖奇说："不叫花钱，你们看我的眼色，我要吃了你们都吃。"

张四妖奇对卖蜂糖的说："你这蜂糖是卖的不？""是的。"

"多少钱一斤？""五个钱一斤。"

"你这蜂糖甜不甜？""不甜不要钱。"

"我先尝尝中不？""中。"

张四妖奇就用卖蜂糖的筷子撅[2]了一块，往嘴里一放，嘴叭嗒几下，往地上一蹲，两手捂着肚子"娘呀！爹呀！"地叫开了。卖蜂糖的吓了一头冷汗。

几个秀才一看眼色都挤上来了，你一言他一语地乱问："你这糖里有毒吧？"这个尝一口，那个剜一块，一会就吃了不少。卖糖的也顾不得许多，把张四妖奇慢慢地扶起来，停了一会问他到底咋啦。张四妖奇看大家都吃过了糖，这才不慌不忙地说："哎呀！这蜂蜜甜得厉害！"

"噢！是糖把你甜成这个样子呀！不是有毒。"

"哪儿有毒，是把我甜的。"

卖糖的干气[3]也没啥说。

讲述者：　泌阳县板桥乡村民
采录者：　赵连义，男，56岁，泌阳县象河乡中，中专，
　　　　　教师
采录时间：1989年5月19日
采录地点：泌阳县板桥街

[2]　撅：方言中有"挑"的意思。

[3]　干气：生闷气。

（16）亲嘴

一天，张四妖奇和一个年轻人在野外转悠，看到东边的蒜地有五个姑娘在挖野菜。他心生一计，对年轻人说："我敢给那几个姑娘亲嘴，你信不信？"

那年轻人说："人家不打烂你的脸！"张四妖奇说："不信你站在这儿看着，我这就过去。"

说话不及，张四妖奇已阔步走到蒜地，两眼一瞪，吼道："我说我蒜地的蒜咋少了，原来是恁几个偷吃了。"几个姑娘矢口否认。

那张四妖奇狡辩道："光凭你们说我不信，我得闻闻你们嘴里有没有蒜气。"

姑娘们为证明自己的清白，齐声说"中"。

这时张四妖奇便趁机把嘴凑到姑娘的脸上挨个亲，姑娘们也只好吃个哑巴亏。

讲述者： 王玉珍，女，67岁，泌阳县春水镇，不识字，农民

采录者： 杨春丽，女，39岁，泌阳县春水镇文化中心，大专，干部

采录时间： 2006年4月19日

采录地点： 泌阳县春水镇

附
记

2006年《中国民间故事全书·河南驻马店泌阳县卷》编纂时，杨春丽是泌阳县春水镇文化专干。她从小在农村长大，喜欢听村民喷阔讲有话。春水镇67岁的农民王玉珍、91岁的刘桂娥都是村民公认的故事篓子。没事儿杨春丽就找她们，像亲闺女一样对老人嘘寒问暖，陪她们聊天说话，抢救整理出十多篇民间故事，被选入《中国民间故事全书·河南驻马店泌阳县卷》。亲嘴打赌的故事在驻马店九县一区流传很广，情节设定也基本相同，都是某人戏弄打赌，以偷吃了大蒜等有气味的东西要求检验为借口，成功完成亲嘴动作。如新蔡县王国喜讲述、张冠荣采录的王元一故事，西平县于尚讲述、黄忠运采录的于大洪《和大于胡的闺女亲嘴》的故事等。（赵新春）

（17）笑骂

有一天，张四妖奇骑驴游到沙河店街南边一个庄子，正遇到一家杨姓财主办喜事，便登门送礼。掌礼单的人看他衣帽不整，又是骑着毛驴，就把张四妖奇晾在一边，等所有客人都被迎进客厅后才来接待他。

掌礼单的冷冷地问："先生贵姓？""姓张。"

"啥官印[1]？""昕[2]"。

掌礼单的写了张字，"昕"字却写不出来，急得满脸涨红，只得客气地说："先生亲书吧！"

张四妖奇接过笔来，恰巧看到院子当中顽童手拿一瓦片在水里玩水，便随意造了一个"砅"字。

迎客人把张四妖奇领进小客屋，叫来一位作陪的人便走了。因二人初次见面没话可说，只有尴尬地坐着。过了一会儿，还是张四妖奇先开口："先生贵姓？""姓杨。"

"啥官印？""杨海楼！"

张四妖奇听后仰面大笑，故作惊奇地说："为啥叫杨海楼呀？""咋，这名字还犯忌吗？"

"有笔古禅你可听说过？""不知道。"

于是，张四妖奇就一本正经扯了起来："古时候，豹、狼、狐狸、兔子四个结成了好朋友，作为老大的豹子提出：'咱不能老是豹兄兔弟的来称呼了，都得取个官名才好。'但名字咋个起法呢？豹子想出了个主意，说：'都去村中私塾偷听一句，听来的就是名儿。'豹子胆大，跑到村里偷听了句'尉迟公羊'，就以这四个字为名；狼听了一句'意造北海'，也以此为名；狐狸害怕，偷听了句'海市蜃楼'，也作为了名字。兔子胆小怕人，跑了几次不敢进村，也没取来名字。见到三位兄长便大哭起来，只哭得死去活来。最后还是豹子说了话：'既是患难弟兄，他又排行最小，以我之见，咱仨把名字各舍最后一个字给兔弟为名咋样？'大家一听，都连声叫好。于是就给兔子起了个名字叫'杨海楼'。"

[1] 官印：姓名。

[2] 昕：本地读音"pia"。

讲述者： 不详

采录者： 樊立方，男，47 岁，泌阳县文化馆，高中，干部

采录时间：1989 年 11 月 4 日

采录地点：泌阳县老河乡

（18）巧骂张连

张四妖奇的邻村有个名叫张连的人，因对人刻薄，让人很不喜见[1]，人们总想捉弄他，就是没想出法子。

一次，有人给他说："你是个聪明人，但比起张四妖奇来，可差得太远啦，他骂你一顿你也不知道。"张连自以为聪明，根本不服张四妖奇那一套。

停了几天，张四妖奇知道了此事，就想法捉弄张连。一天，张四妖奇事先把一张镰刀埋在沙河水底的沙层里，记下暗号，便约张连过河去赶集。俩人一块正走到河中间，张四妖奇突然用脚踩着说："哎呀！我踩了个老鳖，你赶紧把他摸出来。"

张连慌忙摸出来一看说："不是老鳖，是张镰。"话刚出口，猛然意识到上了张四妖奇的当了。

讲述者： 孔祥禄，男，43 岁，泌阳县板桥乡陈庄，高中，干部

采录者： 张小明，男，14 岁，泌阳县板桥乡中，学生
徐书亮，男，59 岁，泌阳县文化馆，大专，干部

采录时间：1989 年 6 月 2 日

采录地点：泌阳县板桥街

[1] 不喜见：不喜欢、不待见。

附 记

板桥毗邻板桥水库，距离被水库淹没的牛蹄堡很近。牛蹄堡是泌阳县西北的历史文化重镇，唐代平定淮西之乱、宋金牛蹄之战都曾发生在这里，留下很多传说和故事。1951 年，国家决定兴建板桥水库，牛蹄堡被划入库区蓄水区，不少人移民到板桥及周边乡镇，也将牛蹄堡的故事传说带到当地，所以板桥也成了民间文学三套集成故事、歌谣、谚语的重要采集区域，有不少男女老少会讲故事。孔祥禄是泌阳县板桥乡陈庄村人，从小听着民间故事长大，参加工作成了国家干部后，走到哪都喜欢讲家乡的故事。徐书亮在板桥采风，正好碰见在食堂吃饭的孔祥禄，两人边吃边聊，就有了这则故事。（赵新春）

（19）砸窗户

张四妖奇家境比较贫寒，他的岳父是个爱财如命的小财主，看不起他，张四妖奇就想生法[2]治治他。

张四妖奇的小舅子结婚，他去送礼做客。张四妖奇白天帮忙忙活了一天，黑了[3]岳父给他专门安排了个比较好的房间让他睡下。这间房子的门窗都是新的，他突然有了主意。

看人都睡了，他偷偷地扎了个草人，把自己的衣裳、鞋袜穿到草人身上，然后把它挂到梁头上，从外边看上去像是一个人在梁头上吊着。一切弄停当后，他便拱在被窝里睡觉了。

第二天一早，岳父一家都起来了。吃早饭时，就张四妖奇没起来。小舅子等得不耐烦了，到那屋去喊他。左喊右喊喊不应，门又推不开，来到窗下往里一看，不禁大惊失色，连声高喊："不好啦，不好了，姐夫上吊啦！"

岳父一看办喜事要死人，心里急呀，急忙命令儿子砸窗户。小舅子手拿石头，三下五去二把窗户砸个粉碎。等大家钻进去，张四妖奇才慢腾腾地从被窝里坐起来，装着才睡醒的样子说："你们这是干啥呀？"

[2] 生法：找办法。
[3] 黑了：指晚上。

他小舅子指着梁头说："你这是干啥？"

张四妖奇一本正经地说："我看了这屋里没有衣裳架，便顺手做了一个，把衣裳挂在上边了，这有啥大惊小怪的！"岳父一家人又好气又好笑，也没啥可说。

讲述者：　江清义，男，34 岁，泌阳县板桥乡刘庄村，
　　　　　教师

采录者：　万录慧，女，14 岁，泌阳县板桥乡中，学生
　　　　　徐书亮，男，59 岁，泌阳县文化馆，大专，
　　　　　干部

采录时间：1989 年 4 月 10 日

采录地点：泌阳县板桥乡刘庄村

附
记

这则故事的讲述者江清义是板桥乡刘庄村学校的教师，与在板桥乡中读书的万录慧同村，是他的小学老师。听说县文化馆的同志到学校收集民间故事，万录慧在老师的鼓励下，找到徐书亮，将上小学时听江清义讲的故事讲给了徐书亮，还帮他找到了江清义。江清义是板桥本地人，很熟悉板桥本地的风土人情和民间故事，给徐书亮提供了不少素材。（赵新春）

（20）巧骂扒灰头

从前，沙河店归遂平县管辖，这里出了个能人，人家叫他张四妖奇，此人足智多谋，擅长书画。

沙河店有个无恶不作的大财主，姓崔。这一年，崔财主家盖起一座新瓦房，青砖青瓦白灰缝，气派极了，是整个沙河店街数一数二的好房屋。张四妖奇知道后，就想借机替穷人出出恶气。这天他走进院里对崔财主说："我给您的新屋题首诗吧！"张四妖奇平常对他待理不理，一听要给他题诗，崔财主顿时喜上眉梢，连声说好。只见张四妖奇大笔一挥，写了一首诗：

"扒了泥墙垒砖墙，灰缝要比泥缝强。头门以上挂金匾，家里出个状元郎。"

写毕，张四妖奇把笔一放，不吸烟，不喝酒，扬长而去。"头门以上挂金匾，家里出个状元郎。"崔财主越念越喜欢，小心翼翼地把这首诗收藏起来。

两天之后，崔财主大摆宴席，请来了他的亲朋好友，庆贺他的盖房之喜。酒过三巡，崔财主拿出了张四妖奇写的诗，向宾朋们炫耀，长腔短调地读着。大家都说写得好，写得妙！

正高兴着，却有人说："好个屁！"

崔财主回头一看，是自己的小舅子，眼睛瞪得圆圆的，只见他指着每行诗的第一个字念道："扒、灰、头、家！"崔财主一听，一下子晕了过去。

讲述者：　肖宪云，男，48 岁，遂平县嵖岈山乡中，大
　　　　　专，教师

采录者：　魏世显，男，25 岁，遂平县嵖岈山乡杨店初
　　　　　中，中专，教师

采录时间：1987 年 12 月 10 日

采录地点：遂平县嵖岈山乡中

附
记

肖宪云是遂平县嵖岈山乡中的语文老师，业余时间写剧本、小说、曲艺等，是遂平县的文学创作骨干。魏世显是肖宪云的学生，中师毕业后分到嵖岈山乡杨店初中，1987 年被聘为《中国民间故事集成·河南遂平县卷》的采录员。接到任务，他首先想到了自己的老师、故事篓子肖宪云。两所学校相距不远，没事他就到老师家蹭饭，听老师讲故事。肖宪云自己能讲很多故事，也认识不少会讲故事的人，在他的引荐下，魏世显还从嵖岈山乡供销社郭玉学、嵖岈山乡农民李老四那里收集到了不少素材。除本则故事外，他采录的《阴阳集》（李老四讲述）、《皮秀娟》（郭玉学讲述）、《天礼和石新》（肖宪云讲述）也被选入《中国民间故事集成·河南遂平县卷》。（赵新春）

（21）戏弄教书先生

张四妖奇的儿子在学校念书，先生经常问儿子："你娘想我了没有？"开始儿子并不在意，时间长了，就给张四妖奇说了。

张四妖奇一听，这不说要扒我的墙根吗？于是和老婆商量好，对儿子说："你就说你娘想他了。"

到了学校，先生又问儿子："你娘想我了没有？"

儿子说："我娘说想你了，让你今晚去，我爹不在家。"

当天晚上，先生来到张四妖奇家，见他老婆在磨房里推磨，便来到磨房。

张四妖奇的老婆说："他爹不在家，我推点面，等把面磨完，咱好好玩玩。"先生忙帮助推磨，张四妖奇老婆罗面[1]。

三十多斤粮快推完的时候，张四妖奇在外面咳嗽一声说："孩他娘啊，你还没睡呀？借谁家的驴磨面了？"

"借咱二叔的小叫驴[2]，你先去厨房吃饭吧。"

先生听见张四妖奇回来了，慌忙从后门溜走了。

几天后，儿子见先生说："先生，我娘又想你了。"

先生说："你家又没面了吧！"

讲述者：　李荣青，男，55 岁，遂平县张台乡，小学，农民

采录者：　刘晓春，男，28 岁，遂平县花庄乡长寺村，高中，农民

采录时间：1988 年 1 月 6 日

采录地点：遂平县张台乡

[1]　罗面：用罗将面粉与麸皮分离。

[2]　叫驴：公驴。

附记

此故事在 2006 年整理的《中国民间故事全书·河南驻马店遂平县卷》叫《巧治先生》，故事的采录者刘晓春参与了《中国民间故事集成·河南遂平县卷》的编纂，又参与《中国民间故事全书·河南驻马店遂平县卷》的纂修。1987 年作为民间故事采录员，刘晓春到过遂平县西部不少村镇，了解到很多当地的风物故事和民间传说，这也为他参与《中国民间故事全书·河南驻马店遂平县卷》编纂打下了坚实基础，有 14 件作品入选全书遂平县卷，是遂平县一位能讲能写的民间故事家。李荣青是他在采风中遇到的一位村民。当时正逢天阴下雪，刘晓春想到附近村民家避避寒，碰巧李荣青家就在路边。两人边烤火，边聊天，说到民间故事，李荣青就讲了从老辈人那里听来的这则故事。故事中的教书先生在驻马店也称"教书先儿"或"先生"，在民间故事里既被尊敬，看成是智慧的象征，也经常被嘲讽，成为死板守旧、不知变通、卖弄学问的书呆子或心术不正、骗吃骗喝的角色。（赵新春）

（22）画虎

过去，沙河店西荆树坟村有个叫张四妖奇的人，会画画。有年夏天，他去镇上赶集，半路坐在一棵柳树下歇脚，随手折了一根柳枝，在地上画了一只老虎，临走时忘了把它毁掉。

几天后，一只吊睛大虎便在这一带出没。每到挨黑儿[3]，老虎先在柳树下大吼三声，然后奔进村去吃鸡吃羊，闹得人们不得安生，不到日落就关门闭户。四乡猎户虽说进行过围猎捕打，始终逮不住老虎，实在没有办法，人们只好求告到县衙。县太爷四门贴榜，征集捕猎高手，怎奈老虎厉害，没人敢揭榜应召。

有人把这事告诉了张四妖奇。张四妖奇决定让猎户带他去看看那只老虎，他远远看见那只老虎在柳树下蹲着，跟他画的一模一样。老虎看见张四妖奇，在地上打个滚儿，转眼不见了。张四妖奇来到树下一看，他用柳枝画的那只

[3]　挨黑儿：傍晚。

虎还是原来的样子，急忙用脚把它佐[1]掉了。这以后，张四妖奇再也不敢画虎了。

讲述者：　王浩，男，61岁，遂平县嵯峨山乡中，大专，教师

采录者：　肖宪云，男，48岁，遂平县嵯峨山乡中，大专，教师

采录时间：1987年12月26日

采录地点：遂平县嵯峨山乡中

附　记

　　王浩是嵯峨山乡中的数学老师，肖宪云是乡中的语文老师，二人住的门挨门。那年，肖宪云去县城送剧本，听文化馆的王连生老师说开始收集民间故事的事，回来以后见到了王浩老师。王浩老师虽说教数学，但能讲很多民间故事。肖宪云虽说业余时间写剧本、小说、曲艺，也能讲很多故事。所以两人一拍即合，合作整理不少民间故事，《画虎》就是其中之一。（赵新春）

[1]　佐：方言，用脚擦掉的意思。

2 张班的故事

　　新蔡县民间称张班是本县李桥集附近的一个农夫，生性幽默、诙谐，爱打抱不平。说话跑板，闹了不少笑话，特别是"张班请客闲坐坐"，已成为方圆百里人们的口头禅。新蔡县以往搜集有关他的轶闻趣事近五十篇，通过筛选、整理，本书收录了十四篇。

（1）张班请客闲坐坐

　　张班好讲笑话，朋友常常请他陪客谈笑助兴。时间长了，他觉得"有来无往非礼也！"要回请朋友又请不起，就和老婆商量，明天请朋友来家做客，要做到家中无米下锅，还得打肿脸充胖子应酬客人，又不失体面。老婆说："那咋行哩？"张班说："放心吧，一切听我的。"

　　第二天，张班见到亲朋就打招呼说："今儿个我请客。"

　　"有事儿吗？""不是闲坐坐吗？"

　　远近的朋友按约定先后来到张班家中。张班十分热情，

让坐、倒茶，不知不觉太阳已偏西，屋内谈笑风生。

张班一会擦桌，一会倒茶拿烟。桌子擦了一遍又一遍，茶喝了一道又一道，就是不上菜。大家你看我，我看你，又去看张班，只见他低着头自言自语地说："唉呀，咋搞的，该来的没来，不该来的都来啦！"

朋友们一听，心想咱是不该来的呀，越坐越不是滋味，就起身溜走了。

又坐了一会，张班又过来将桌子擦了一遍，头也不抬，面带难色地又自言自语道："唉呀，你看你看，这该走的没走，不该走的走啦！"剩下的几位朋友一听更觉得不是滋味，"噢，咱是该走的呀，那咱还坐这充愣[1]干啥？"也起身溜走了。

这下只剩下俩平时最要好的朋友了。这俩想，平时就知道你张班点子多，今天咱就硬坐着不走，看你翻[2]啥点子。这俩朋友就当啥也没有听见，仍然坐那喝茶闲谈。

张班坐了一会，头也不回地进了灶屋。朋友心想，任凭你张班点子再多，我们今天装傻，客，你是请定了。

不一会儿，张班从灶屋出来，左手拿一把锹，右手抱一个捆死小孩的草个子[3]，哭丧着脸往外走。这俩朋友一见这情况，急忙来到灶屋，只见张班的老婆哭倒在地，只好没趣地离开了张家。其实张班家并没啥事，老婆是他用脚踩哭的。

从此，"张班请客闲坐坐"这句话，就成为新蔡一带人见面激将请客，或相互嘲笑吝啬鬼的一句口头禅。

> **讲述者：** 王明先，男，45岁，新蔡县纪检会，高中，干部
> **采录者：** 王永红，男，25岁，新蔡县马戏团，初中，职员
> 张敬忠，男，32岁，新蔡县扶贫办，高中，干部
> **采录时间：** 1987年9月5日
> **采录地点：** 新蔡县纪检会

[1] 充愣：装作啥都不知道。
[2] 翻：闹，折腾。
[3] 草个子：用农作物的茎或草类拧成绳状叫草个子。

附
记

王永红是《中国歌谣谚语集成·河南新蔡县卷》的编辑，张敬忠是《中国民间故事集成·河南新蔡县卷》的编辑。虽然分工不同，但他们经常结伴而行，分享工作心得和采录内容，这则故事就是他们一同采录的。当时他们与王明先在一块开会，会间休息闲谈中说到民间故事编纂的事儿，王明先就给他们讲了这个故事。

"该来的没来，该走的没走"这则故事在驻马店流传很广，编者在很小的时候也听大人们讲过。与张班故意驱赶朋友不同，大多这类故事场景是人说话不过脑子，无意间说出得罪人的话。也有故意编排到某人身上的，说他"半吊子"，脑子缺根弦。以往汝南县民间故事收有一篇金仁讲述，任立功采录的叫《三句话送走仨客人》的故事，说主家一共请了四个客人，已经来了三位，还有一位没到。主家随口说："该来的咋不来哩？"先来的三位客人中有一位听着不是味，心想：人家"该来的"没来，看起来我是不该来的来啦。就溜啦。主家见一位没来，一位又走了，就说："这不该走的又走啦。"剩下的这两位中的一位一听，心想：他是不该走的走啦，那我这个该走的咋还不走呢？于是，也溜啦。剩下的这位是个老实人，对主家说："你太不会说话了。第一次你说'该来的'没来，气走了一位；又说'不该走'的走啦，又走了一位。"这主家一听，气得把脚一踩，来了句："嘿！我说的不是他俩呀！"结果最后那位也走了。以往泌阳县民间故事选本里张明讲述，杨克采录的《刘大请客》也是这样的故事。（赵新春）

（2）叫外父[4]

张班在李桥集上开了个粮食坊子。有一天，粮坊来了一船货，货船上有充斗的[5]、平斗的、过称的、抬粮的，人来人往。张班来回张罗着，不小心碰了一下充斗人，充斗人回头一看是张班，就想趁机骂他，说："你把我挤到了河里，想叫我凫（父）……吗？"张班看此人有点气盛，出口伤人，灵机一动回道："你要是掉到河里，我用船篙把你朝外拨拨，叫你外凫（父）。"船上的人听了，都捧腹大笑起来。

[4] 外父：即岳父。
[5] 充斗的：往斗子装粮食的人。

讲述者： 高长青，男，67岁，新蔡县张庙大桥西原
船民公社，不识字，船民

采录者： 乔忠敏，男，34岁，新蔡县文化局，中专，
干部

采录时间：1987年10月19日

采录地点：新蔡县张庙大桥西原船民公社

附
记

以前驻马店地区洪汝河水运发达，解放后不少县区临河的乡镇有专门的船民公社，常年从事水运或以打鱼为业。故事的讲述者高长青常年在水上行走，会讲很多故事，也会很多民间歌谣。三套集成编撰时乔忠敏是歌谣卷主编，所以两人见面很多。高长青性格豪爽，虽然已经六十多岁，但能说爱笑，很快与乔忠敏成了忘年交，为乔忠敏提供了不少歌谣素材和民间故事。《叫外父》是其中很有特色的船民故事。（赵新春）

（3）戏弄县官

从前，新蔡有个县官贪财如命，张班知道县官的为人，就想捉弄他一下。

一天，张班在城南门遇见这个县官。县官知道张班有点子，就想让他帮自己找个生财之道。张班说："大人不是想发财吗？"县官应声说："不错不错，这几年我就没有找着生财之道。"张班一听笑了，眼睛一转有了主意，就附向县官耳朵，把咋样弄元宝的办法如此这般一讲，县官乐得合不上嘴。

"中、中、中，照你说的办，照你说的办，可啥时去哩？"

"你别急啊，我先去探路，过两天咱俩再去。"

"中、中、中。"

两天后的三更天，张班悄悄地领着县官来到一个财主家的元宝库房上。张班指着房顶上自己早已弄开的一个小洞，对县官说："大人，这屋里尽是元宝，我先把你系下

去，等你装满元宝我再把你拽上来。"

"中，中。"县官应了一声就从上面房洞口下去了。

县官到元宝屋里，差点笑出声来。原来屋里尽是元宝，闪闪发光。县官左一把，右一把，满满地装了一袋子。这时候，天快明了，县官有点着急，就把装元宝的布袋系在从房洞口上顺下来的绳子上，心想先把元宝拽上去自己再上也不晚。谁知这时门外有脚步声，可把县官急坏了。他拽着绳子就往上爬，还没到房顶洞口时，"啪"的一声，县官和元宝重重地摔在地上。这一家伙摔得可不轻，把县官摔得嗷嗷叫。这时就听院子里不少人喊："捉贼啊！捉贼啊！""哗啦"一声，房门打开了，财主家丁把县官三下两下装进了麻袋，把他抬到县衙大堂上，请县太爷公断。

再说张班把县官从房顶洞系下去，等到他装满元宝还没到洞口时，张班绳子一松，把县官摔了下去，他赶快走了。干啥去？他来到县官他大儿家里。他大儿一看是张班，就热情招待他。张班说："县太爷这两天有事，他让我对你说，今天他不上县衙了，让你替他处理一下公务，你看中不中？"县官他大儿说："中，中，我马上就去。"张班走了，县官他大儿匆匆来到县衙大堂上。

县官他大儿刚坐定，就听有人击鼓报案。这时财主家丁抬着一个大麻包进了大堂。县官他大儿听财主讲了一遍捉小偷的经过，就学着他爹的腔调对着麻袋里的小偷说："大胆盗贼，你知罪吗？先打他四十大板！"众衙役"啪啪"刚打了二十大板，就听麻袋里的小偷说："别打咪，别打咪，我是你爹呀！"他儿一听更火了，叫着："我是你爷，给我狠狠地打！"

几十大板打得"小偷"一动不动了。县官他大儿叫衙役把麻袋打开，一看真是他爹。可已经晚了，打死咧，手里还握着俩元宝哩。

讲述者： 梅耀武，男，56岁，新蔡县十里铺乡，小学，
农民

采录者： 曹钟华，男，34岁，新蔡县十里铺乡，高中，
干部

龚国强，男，34 岁，新蔡县文化局，高中，
干部

采录时间：1987 年 11 月 12 日

采录地点：新蔡县十里铺乡

附记

龚国强是《中国民间故事集成·河南新蔡县卷》的主编，为了加速编纂，他也动员自己身边的亲戚朋友帮助收集。在新蔡县十里铺乡工作的曹钟华就是他的朋友，与故事讲述者梅耀武也是老熟人。由于太熟，《中国民间故事集成·河南新蔡县卷》收录这篇故事时，只是注明记录者是曹钟华，并没有标注其他信息。这次编纂，我们根据《中国民间故事全书·河南驻马店新蔡县卷》做了补充。这篇《戏弄县官》与以往西平县武青讲述，武孟芬、张静伟采录的《县官学偷》是同一类型的故事。（赵新春）

（4）张班吃鸡

有一天，几个人和张班闲喷[1]，说咱街上财主老翁头的一只大红公鸡，又肥又大，人家给他多少钱他都不卖，再稀罕的客人也甭想吃这只鸡。张班一甩手说："咳，我非吃这只红公鸡不可，还得让他请我去吃！"大家都说："你别吹大气了，你连鸡爪子也吃不成。"张班就和人家打了赌。

到了半夜，张班偷偷地去了老翁头的家，到屋一看，东间住的是老头，西间住着他的媳妇。他把事前准备好的破竹扫帚往东间小门内一放，又慢慢地摸到西间他媳妇床前，把老头一双鞋放到他媳妇床沿下，又用光屁股轻轻地往他媳妇脸上蹭了几下。那媳妇一惊，觉着有人在亲她，就用手狠狠地向上抓了两把。她大声喊有人，张班已跳墙逃走了。老头一听媳妇喊有人，慌忙下床往外跑。刚开门正好扫帚倒在他脸上，把老头的脸划了几道血印子。他也顾不得了，急着找人要紧，爷俩找了半天没见人影。这

时媳妇说："爹，别找咧，反正他也没占啥便宜，我照这个人脸上抓的有几道血印子。"说着，他们就各自回屋休息了。

天明，老头和媳妇都起了床。媳妇一看公爹的鞋在自己的床下边，公爹脸上又有几道划破的血印子，就认为是公爹干的事，指着老公公破口大骂。这可把老头羞坏了，这还哪有脸见人哪！老头再三跟媳妇说没此事，媳妇就是不信，二人争吵不休。正好张班从外面走来，装着若无其事的样子说："你们为啥大吵大闹？"平时耀武扬威的老财主正脱不了身，就说："张弟兄，你来得正好。"接着把昨夜事情经过叙述了一遍。张班一听对老翁头说："这事可不能外扬，叫别人知道了就不好办了。这事只能私了，我给你想个办法，调解调解吧。"老翁头一听很高兴。张班又如此这般一说，把他媳妇也劝回到屋里。张班回头对老翁头说："今晚你把那只红公鸡杀了，请我来给你爷俩说说算了，保准没事。"老头怕这事说出去丢人，真的把鸡杀了，把张班请来了。张班吃了鸡肉，把他和大家打赌的事说了一遍，公爹和媳妇一听是他的劣点子[2]，可把他爷俩气坏了，要把张班轰出去。张班一蹶起来，说："好，我走，这丑事张扬出去，别怨我张班！"爷俩没办法，只得赔不是，这事才算私了。

讲述者：　苏友民，男，30 岁，新蔡县弥陀寺乡经联社，
高中，会计

采录者：　童效迁，男，26 岁，新蔡县弥陀寺乡文化站，
初中，专干

龚国强，男，34 岁，新蔡县文化局，高中，
干部

采录时间：1987 年 8 月 8 日

采录地点：新蔡县弥陀寺乡

---

[1] 闲喷：闲聊天。

[2] 劣点子：孬点子。

采录时间：1987 年 10 月 20 日

采录地点：新蔡县城关

附
记

在《中国民间故事集成》中有故事讲述人、记录人、整理人和采录时间四项信息。记录人童效迁是新蔡县弥陀寺乡文化专干，主要负责故事的采集。他经常骑个二八大杠自行车去村里走访，很多人对他印象很深，他也结交了不少农民和各行各业的朋友，收集到了不少优秀的民间故事。苏友民是弥陀寺乡经联社的会计，这天他在街上正好碰见童效迁，闲聊中说起民间故事集成的事儿，一个讲，一个记，经龚国强整理后这则故事被编入了《中国民间故事集成·河南新蔡县卷》。巧吃鸡子是驻马店流传很广的民间故事，泌阳县文化馆干部樊立方采集整理的张四妖奇的故事中叫《吃鸡子》。说的是张四妖奇和仁同窗一起去赶考，在旅店发现掌柜喂了一只又大又肥的公鸡，于是以掌柜的闺女为对象，就设计了与上面收录故事相似的情节，吃到了鸡子。遂平县常庄乡张学周讲述，张志平采录的张老陶的故事叫《住店》，起因是店主看不起他们，于是张老陶设计店主和他的女儿，让店主请他们吃了一顿饭。（赵新春）

李杰民 1901 年出生于新蔡县城的一个书香门第，1990 年去世，活了近 90 岁。他家代代读书，祖父是清朝拔贡，从小受家庭熏陶，对新蔡文化掌故了解很多。《中国民间故事集成·河南新蔡县卷》编纂时，他已 80 多岁，一听乔忠敏找他采录民间故事，兴致很高，不顾年事已高，一讲就是两三个小时。他见多识广，给当时新蔡县三套集成编纂提供了不少第一手材料。为表示致谢，《中国民间故事集成·河南新蔡县卷》专门把他作为重点故事员进行了介绍。

这类故事在驻马店市各县区都有流传，主人公不同但情节内容相似。如泌阳县王庆民采录整理的《你爹多呀》，主人公是"爱开玩笑，好嘞架，也好捉弄人"的小金，乡邻小伍子平时常被他捉弄，就想利用重孝在身、不能嘞人的风俗报一下仇，说"死他个老龟孙咧，还哭他弄啥哩！有啥可惜的？"结果偷鸡不成蚀把米，被小金"你爹多多呀，你当然不可惜啦"回骂了一顿。（赵新春）

（5）哭爹

一天，张班的爹去世，正忙着办丧事。几个人私下议论：张班平时彩话儿[1]多，这回看他还有啥彩话儿可说。这时，披麻戴孝的张班正好从此路过，听到了这些话，放声哭了起来。正在议论的几个人听到张班的哭声，转身围上来假装劝说："别哭了，别哭了，哭多了会伤身子的。人死了嘛，不就算去球[2]啦！"心想，今个看你小子咋还嘴骂人。谁知张班哭得更凶了："俺咋不伤心哩，俺就一个爹，谁跟你一样爹多，死一个还有一个……"几个来取笑的人无话可说。

讲述者： 李杰民，男，86 岁，新蔡县城关，私塾，退休教师

采录者： 乔忠敏，男，34 岁，新蔡县文化局，高中，干部

[1] 彩话儿：能话儿，幽默话儿。

[2] 去球：这里是"完蛋"的意思。

（6）买鸡蛋

一天，雨后放晴，张班闲玩来到李桥集头，见一个死要高价卖鸡蛋的乡下人，就有心要捉弄他一下，于是就对卖鸡蛋的说："你的鸡蛋卖吧？"

卖鸡蛋人说："不卖来这弄啥，你给多少钱一个？"

张说："我给你高一半的钱中不中？"卖蛋人一听，心想能多卖点钱，那咋不中哩？忙说："中、中、中！"

张班说："好，我包了。"说着假装看看泥巴地没法放鸡蛋，就对卖鸡蛋的说："这边有个石磙，就数在石磙上。你帮着用胳膊堵住，别让鸡蛋滚掉了。"

卖鸡蛋的只想多卖钱，忙说："中，中，你数吧，我用胳膊堵住，保险掉不下来。"就这样一五一十地数着，鸡蛋都堆在石磙上。一筐鸡蛋数完后，张班装着一本正经的样子，摸摸衣裳口袋："啊，俺忘了带钱了，麻烦你在这儿等一下，我回家拿钱去。"

卖鸡蛋的哪知道这是张班的鬼点子呀，就说："好，好。我等着，你赌去咧。"张班笑笑，扬长而去。

卖鸡蛋的一等、二等不见张班人来，急得不得了，蹲得两腿发麻、生痛。想挪挪脚也不敢动，一动鸡蛋就会漏掉摔烂。这时他头皮被刚晴的日头晒得像锥子钻的一样痛，豆大的汗珠顺着脊梁往下淌。他一直等到太阳偏西，集罢没人了，还抱住石碌一动不动。

有位老人过来向卖鸡蛋的说："老兄堵着鸡蛋蹲在这里一上午了，干啥呀？"卖鸡蛋的把经过一说，老人听了"咳"了一声："这又是张班那小子碓[1]你的，你别在这傻等啦，他早不知跑到哪里去啦。"

卖鸡蛋的一听肺都气炸了，大骂起来："张班呀，张班，你缺了八辈子德，死不到灵箔子上[2]！"骂声没落，鸡蛋摔烂一地。

讲述者：童荣华，男，50岁，新蔡县弥陀寺乡，高小，农民
采录者：童效迁，男，26岁，新蔡县弥陀寺乡文化站，初中，专干
　　　　龚国强，男，34岁，新蔡县文化局，高中，干部
采录时间：1987年8月12日
采录地点：新蔡县弥陀寺乡

附
记

童荣华与童效迁是同村人，童荣华虽然学问不高，但很会讲有话，尤其是张班的故事，是村里的故事篓子，童效迁就是听着他的有话长大的。《中国民间故事集成·河南新蔡县卷》收录的童荣华讲述的故事，都是童效迁采录的。《买鸡蛋》故事在泌阳县也附会到张四妖奇身上，与此张班纯粹捉弄人不同，由板桥乡王庄村农民王田讲述，板桥高中学生关金霞、板桥乡文化站专干万传德搜集整理的张四妖奇买鸡蛋的故事中，张四妖奇捉弄卖鸡蛋妇女的原因是这位妇女说"张四妖奇点子多，容易上他的当，我就不信这一套"。为了治她的不服，张四妖奇才故意捉弄她的。（赵新春）

（7）送死孩

听说张班爱说笑话是辈辈传，他爹就是个熊稽头[3]。

李庄桥街头紧靠洪河，河边有个小码头。一天，有个船民离船上岸，请张班把他死去的小孩埋掉。张班来到船上，用谷草[4]把小孩捆好，左手拿铁锨，右手抱这个死小孩，在船头船尾光打圈转，不下船。船民看到自己死去的孩子，伤心地说："你快把他送走吧，我们看到心里难过。"张班说："一个不好送，有俩挑着怪对。"船民很生气地跑上岸，找到张班的爹说："你儿咋恁不会说话哩？"张班爹说："咋？"船夫把张班的话学说一遍。张班爹说："那孩子不会说话，以后你再死了小孩，我去给你扔。"弄得船夫哭笑不是。

讲述者：王明先，男，45岁，新蔡县纪检会，高中，干部
采录者：王永红，男，25岁，新蔡县马戏团，初中，职员
采录时间：1987年9月5日
采录地点：新蔡县纪检会

[1]　碓：即耍弄人的意思。
[2]　死不到灵箔子上：过去人死后，首先把尸体放到铺在地上的箔上，故称灵箔。死不到灵箔子上有不得好死的意思。
[3]　熊稽头：即滑稽幽默的人。
[4]　谷草：谷子的秸秆。

异文一：翻嘴婆

从前有一个员外，老婆生了个胖儿子，只活七天就死了。员外把邻居张三叫来，让他帮个忙，把小死孩扔到乱坟岗去。张三挟着小死孩，心里不高兴，走着嘴里嘟囔着："要是一齐死俩多好，我一边挟一个，也免得偏沉。"谁知这句话被一个好翻嘴的老太婆听见了。她为了讨好员外，就跑到他家对他说："你咋叫张三去送小死孩呀？你不知道他说的有多难听！"员外问："他说啥？""他说你家咋不一齐死俩小孩哩，他一边挟一个，也免得偏沉。你听这算啥话？叫我说呀，你家以后再死了小孩，咋弄也不能再叫张三送了！"员外听了哭笑不得。

讲述者：　吕凤岐，男，64岁，汝南县和孝乡黄屯村，
　　　　　私塾，农民
采录者：　吕国富，男，41岁，汝南县和孝乡黄屯村，
　　　　　初中，农民
采录时间：1987年10月6日
采录地点：汝南县和孝乡黄屯村

附
记

吕凤岐、吕国富是父子。吕凤岐读过私塾，是村里为数不多的读书人，有名的"故事大王"。吕国富从记事起就喜欢听父亲讲故事，自己也会讲很多故事。在1987年民间文学普查中，吕国富被聘为采录员，父子二人回忆、采录、整理民间文学作品达十余万字。其中《尖头处子遇见挖苦人》《杜歪变驴》《翻嘴婆》等六篇故事被选入县卷。（赵新春）

异文二：下回一块儿给

王财主是个吝啬鬼，办啥事都是能舍千句话，不舍一文钱。

一天，他家仁月的儿子死了，就央人用谷草包着扔到乱葬坟里。过去央人扔小孩有个规矩，主家得给钱，不管多少，反正不能空手。被央的人虽然知道财主吝啬，可这事前有定例，比不得别的啥事。他扔了小孩，又回到财主家。不料，他屁股还没挨板凳，王财主就哭丧着脸说："你看看，真对不住，让你忙了大半夜，按理说多少也得给几个，可我眼下手头实在紧，拿不出来。这样吧，先记住账，等下一回一块儿给。"

从此，那人天天盼着王财主家死小孩。

讲述者：　曹海钦，男，47岁，西平县谭店乡和张村，
　　　　　高中，农民
采录者：　刘大洲，男，32岁，西平县谭店乡和张村，
　　　　　高中，农民
采录时间：1987年9月6日
采录地点：西平县谭店乡和张村

附
记

刘大洲是《中国民间故事集成·河南西平县卷》故事采录员，自己也会讲民间故事。当时像他这样高中毕业被聘为采录员，简单培训后参与民间故事采集整理的不少。采录员没有什么报酬，但他们大多热情很高，对民间故事采集尽心尽力，为民间故事保存做了大量工作，有的还参与了2006年《中国民间故事全书·河南驻马店西平县卷》的编纂工作。刘大洲与曹海钦是同乡，住的也不远，经常在一块喷阔，他俩合作整理的民间故事有两篇入选《中国民间故事集成·河南西平县卷》。（赵新春）

（8）洗脸

一次，张班去县城做生意，在路上奔波了一天，又累又饿，他想到饭馆买点吃的再出摊。到饭馆一看人很多，心想一路上风尘仆仆，脸上尽是灰，去洗洗脸再吃饭吧。左看右看，饭馆就一个脸盆，好几个人都要洗，就站在一

边等。可一等二等，有俩姑娘洗得特别难。一个脸洗了又洗，擦了又擦，左揉揉，右揉揉，脸上揉得发红。可把张班急坏了，心想，得想个办法嘲弄她们一下。他趁个空子，伸出一个手指头，往盆里沾了几下水，又用手指头往自己脸上左一摸，右一摸。这俩姑娘见了哈哈大笑，说："你瞧这个人咋洗脸？"这时饭馆里的人也都望着张班笑。张班说："咳，你们笑啥？脸洗得再漂亮也是让大男人看的！"这俩姑娘一听是冲她们说的，脸一红，嘴一噘，偷偷地溜走了。这时，张班趁机痛痛快快地洗起脸来。

讲述者：　童荣华，男，50岁，新蔡县弥陀寺乡，高小，农民

采录者：　童效迁，男，26岁，新蔡县弥陀寺乡文化站，初中，干部

　　　　　龚国强，男，34岁，新蔡县文化局，高中，干部

采录时间：1987年8月12日

采录地点：新蔡县弥陀寺乡

（9）铜尿壶

张班爱打抱不平，好捉弄人，临近平舆、临泉、息县方圆百里的人没有不知道他的。

当地有一个见钱如命的铜盆匠，他铜的盆往往要比人家贵一半价钱，人们都叫他吝啬鬼。于是，张班就想戏弄他一下。

一天，张班找了一个尿壶，把它摔破，捧着破壶碴子找到了铜盆匠，对他说："请把这个盆铜一下，要多少钱给多少钱。"说着拿出几吊钱晃了晃。铜盆匠见钱眼都红了，也不管壶烂成啥样子，就满口答应，铜起尿壶来。

过一会儿，张班说有点事办了马上回来，就走啦。铜盆匠一点一点铜呀，补呀，从早上一直补到日落西山才把尿壶铜好，就等张班来取尿壶交钱。可是一直等到天完全黑下来了，还不见张班。他心想，这张班不会是拿不起钱，

不要尿壶了吧！一气之下把尿壶"叭"的一下摔了，摔得比拿来铜时还要碎。

这时，事先藏在一边的张班大声叫喊："哎、哎——我的尿壶铜好了吗？"来到跟前，伸手就要尿壶。这补盆匠正在气头上，就说："摔了！"张班脸色一变："啊，你知道吗，那是我家祖传几代的尿壶呀！不会铜，我再找人铜啊，你也不能把它摔啦！"

"谁叫你不来取尿壶！"

"我这不是来了吗？"

就这样，他们争吵起来，惊动了村里人。大家都恨这个吝啬鬼，就你一言他一语要铜盆匠赔尿壶。铜盆匠见恁多人争吵不过，只好像割自己肉似的从腰里掏出钱赔了张班，灰溜溜地担着挑子走了。

讲述者：　张永新，男，45岁，新蔡县砖店乡中，高小，教师

采录者：　龚国强，男，34岁，新蔡县文化局，高中，干部

采录时间：1987年10月8日

采录地点：新蔡县砖店乡中

附
记

张永新是新蔡县砖店乡中的老师。当时乡中的老师大多从小生活在农村，是在牛屋马棚听有话长大的，又在乡中教学，并未脱离农村生活，所以对流传在乡村的民间故事有一种深印在骨子里的偏爱。《中国民间故事集成》编纂时，这些老师提供了很多素材。这则故事《中国民间故事集成·河南新蔡县卷》收录时叫《张班戏弄吝啬鬼》，这次做了修改。故事中提到的铜盆是一种古老的手艺。过去人们日常生活用品主要以瓷器或陶器为主，易破易碎，加之生产力水平低下，就诞生了专门修复这些器物的工匠。聚合破碎器物的主要用具俗称"铜子"，所以这些手艺人被称为铜匠。随着搪瓷、不锈钢、塑料等物品越来越多地走进千家万户，用陶土制作的碗、盆、水缸等淡出了人们的生活，这种古老的手艺在民间也逐渐失传。（赵新春）

（10）藏扁担

那天李桥正逢集，张班在粮食坊子忙前忙后地张罗着生意。街上的劣痞[1]王二孬，拿了一根扁担过来，让张班给放好，若丢了还要赔。张班心中好恼，心想：这家伙平常不干活，偷偷摸摸，哪来的扁担哩？又一想他在本街是劣哩出名[2]的烫手货[3]，直来直去地不给保管也不好，还是先应下来再说。王二孬走后，张班找来一把锯，把扁担一锯三截，放到一个木箱里，还上了锁。

王二孬游荡了半晌午，来到粮食坊子找张班要扁担。张班不慌不忙地从木箱中取出锯断的三截扁担，递给王二孬。王二孬一看，两眼直瞪，嘴里不干不净地说："我叫你放好，你咋给我锯断咻？"张班说："你叫放好，这放到箱里，不是放得好好的吗？谁也拿不走，保险得很哪！"王二孬干瞪眼说不出话来……

讲述者：　杜光远，男，58岁，新蔡县地名办，初中，干部

采录者：　乔忠敏，男，34岁，新蔡县文化局，高中，干部

采录时间：1987年11月5日

采录地点：新蔡县地名办

附
记

杜光远在新蔡县地名办工作，了解新蔡县乡村地名的掌故故事，很会讲故事。乔忠敏当时是文化局干部，开会见过面，也算老熟人。三套集成编纂时，乔忠敏是故事采录员，第一个就想到了杜光远，提供故事素材的同时，还给他提供了李杰民等故事篓子的信息。故事中的扁担是过去家家户户的必需品。根据不同用途，扁担在驻马店不同地区也称"钩担""勾担"或"钎担"。驻马店平原地区的扁担截面

[1]　劣痞：赖货，赖得出名的人。

[2]　劣哩出名：赖得出名。

[3]　烫手货：人不敢惹的人。

多为扁圆形，用柔韧性好的木材制成，竹制的较少。两头装有铁链和挂钩，叫扁担穗子和扁担圪斗（也有地方称扁担疙瘩），方便钩挂货物或水桶。民谣说：小扁担，三尺三。实际上，大部分扁担要比这长，长短与成年人展开两臂等长或稍长。本地的新扁担一开始是平直的，时间长，用多了，就变成月牙形。一些地方两头上翘，形似"月牙"的翘扁担，驻马店地区并不常见。但在一些山区还有一种没有铁链和挂钩的两头包铁的钎担，方便穿透柴捆或庄稼个子[4]。（赵新春）

（11）逛县城

相传李桥集上的张班很穷，终日不得温饱。一天，他心血来潮，准备到新蔡县城走一趟，可身无分文，又没有一件像样的衣裳，咋办呢？他思来想去，终于有了主意。第二天，张班向私塾先生的二大爷借了一件大衫[5]和一顶礼帽，光着上身穿上大衫，下身穿着一条露着腚的破裤子，就匆匆朝县城走去。

张班来到县城已到中午了，肚里早"咕咕"叫起来。想吃饭没钱，咋办哩？就想了个点子，找了个比较干净的饭馆坐了下来。店小二笑脸相迎，说："先生，你想吃点啥？"张班说："来一个清炖鸡，再来一个红烧肉，外加半斤蔡州小粮液，一碗大米饭。"

不一会儿，小二把酒菜端了上来，说："先生，您先喝着，米饭等你喝了酒以后再端。"张班自斟自饮，大吃二喝[6]，一会儿把几个菜、半斤小粮液一扫而光。这时他酒兴大作，大声喊道："小二，上饭来。"店小二应了一声："来了。"把米饭端了上来，马上又忙别的去了。张班见左右没人注意，就随手从腿上拔了两根汗毛放到米饭上，用筷子拌拌，又大喊道："小二，小二，你过来。"小二过来以后，张班用筷子点着饭碗里的汗毛说："你们是咋搞的，你看米饭里边是啥？"小二一看，米饭碗里有两根汗毛，心想，此事如若张扬出去，我们店的招牌可就砸了，就小声对张班说："先生，请你见谅，这事千万不能

[4]　庄稼个子：一捆庄稼。

[5]　大衫：身长过膝的中式单衣。

[6]　大吃二喝：即大吃海喝。有人认为吃喝玩乐中，吃是老大，喝是老二，所以叫大吃二喝。

让别人知道，今天的饭钱，你老就别再破费了。"张班就借坡下驴说："是啊，你们开个饭店也不容易，我也不为难你们，以后做生意可要千万注意吆。今天是我，要是别人，早就把你们的招牌砸了。"店小二点头哈腰，连连称是，张班出了店门扬长而去。

出了饭店以后，张班心想，我来一趟城里也不容易，干脆到剃头店把头也拾掇拾掇。他见不远处有一剃头店，就大大咧咧地进去了。剃头匠见有人进来，就笑脸相迎说："先生，你剃头吗？"张班说："正是！"就坐在剃头的椅子上。剃头匠给他剃了头以后，开始刮脸，当刮到眉毛上边时，张班用手指着眉毛说："刮净，刮净。"剃头匠心想，这个人真怪，剃头哪有刮眉毛的？又一想，反正是你叫刮的，怪不得我，叫刮就刮，当下左右两刀把眉毛刮个净光。

剃了头，张班对着镜子一照，当下变脸大怒，说："你这个人好没道理，咋把我的眉毛刮个净光？"剃头匠争辩说："那是你用手指着眉毛让我刮净，现在咋倒过来怪我？"张班说："我说刮净是让你把脸刮净，哪个让你把眉毛刮净，我又不是刚生的婴儿，剃第一个头，把眉毛也剃了，这叫我咋出门见人？你是跟谁学的手艺，我跟你一块找你师傅去。"说着抓着剃头匠的衣襟就往外走。剃头匠见此人不好惹，就软了下来，说道："先生，你不要这样，剃头钱俺不要了，另外再赔你一吊钱，请你老高抬贵手，饶了我吧！"说着拿出一吊钱，放在张班的手里。张班把钱攥在手里，故意把礼帽拉得低低的，盖着眉头，扬长而去。

张班出了剃头店往北走不多远，见街西边有一个洗澡堂子。心想，酒也足了，饭也饱了，头也剃了，再洗洗澡，那才叫痛快哩！心计一定，抬腿就进了洗澡堂子的门。澡堂子的伙计见张班进来，脸上就堆满了笑容说："先生，你洗澡吗？"张班答道："正是。"说着进了内屋把长衫和礼帽放在床上，趁着澡塘里的人不注意，脱下露屁股的破裤子放在另一张床上，就进里边洗澡去了。在澡堂子里洗个痛快澡，又让澡堂子里的伙计搓了背，削了脚，见其他洗澡的人都走了，才慢腾腾地出了洗澡塘。他用浴巾把全身擦了个干净，拿起大衫就大叫起来："哎呀，我的裤子

呢？我的裤子咋不见了？"澡堂子的伙计走过来一看，衣钩上只有他的大衫、礼帽，却不见裤子，而在不远的地上扔了一条，就说道："一定是哪个缺德鬼把先生的裤子穿走，把他的破裤子丢下了。"张班忙说："快把你们掌柜的喊来！快把你们掌柜的喊来！"伙计就慌慌张张地去找掌柜的。掌柜的来了以后，张班口气很硬地说："你们这个澡堂子还开不开？这太不安全了，以后谁还敢来这里洗澡？今儿赔我一条裤子倒还罢了，若不赔，我非找个地方和你说理不中。"掌柜的想，如果这事张扬出去，对生意不利，看这个人打扮和说话的口气也不是好惹的，只好让伙计把自己刚做好的新裤子拿给了张班，临走还对张班说："请先生千万不要在外边再提这事，你大人不计小人过，不要和我们一般见识。"好话说了一大堆。张班穿上新裤子，两袖一甩出了门，乐呵呵地回家去了。

讲述者：　苏友民，男，30岁，新蔡县弥陀寺乡经联社，高中，会计

采录者：　王恩忠，男，32岁，新蔡县陈店乡文化站，高中，专干

　　　　　龚国强，男，34岁，新蔡县文化局，高中，干部

采录时间：1987年10月6日

采录地点：新蔡县供销社

附
记

民间故事集成收录这个故事时，分为《白吃饭》《白剃头》《白洗澡》三个部分，这次新蔡县选本将此故事合为一体，仍保持了原文的语言特色和地方韵味。王恩忠是陈店乡文化专干，与苏友民、龚国强都是很好的朋友，当时刚三十出头，工作热情很高，他自己能讲故事，也收集整理了不少民间故事。除本篇外，《中国民间故事集成·河南新蔡县卷》还收录有他采录的三篇故事。（赵新春）

（12）讲故事

从前，有一个财主很爱听故事。他到处贴告示请人讲故事，告示上写着谁能讲出他没听过的故事来，他愿拿出五十两银子作酬谢。

告示招来了很多故事手，但都是故事讲到快要结束时，财主就摇着头说："我知道，我知道。"结果讲故事的不少，得银两的却没有一个，财主整天白听故事。

这事让张班知道了，一天他对财主说："我讲的故事你要是知道，我倒拿五十两银子给你。"财主心里有数，反正是不知道也说知道，白听，就催他快讲。

张班云天雾地地侃了一遍，接着说："最后恁爷跟俺爷拜了把子，那年恁还向俺爷借了一百两银子呢……"财主一听故事快要结束，就抢过话茬说："我知道，我知道。"

张班说："知道就好，恁爷死啦，该你还钱咧！"财主这才回过神来，忙改口说："拜把子的事我知道，可借银子的事我没听说过，不知道。"张班说："好吧，就依你的，要说这个故事不知道，就给我五十两银子吧！"财主知道上了当，可是话已说出，只好乖乖地拿出五十两银子给张班，作为他讲故事的酬谢钱。

讲述者： 张氏，女，75岁，新蔡县佛阁寺乡老围孜村大郭庄，不识字，农民

采录者： 郭敏环，男，31岁，新蔡县佛阁寺乡中，中师，教师

龚国强，男，35岁，新蔡县文化局，高中，干部

采录时间： 1988年4月16日

采录地点： 新蔡县佛阁寺乡老围孜村

附记

故事的讲述者张氏是从旧社会走过来的，虽然不识字，但从小听说过很多民间故事，也会讲很多故事。那时候，农村没有什么娱乐，没事儿张氏就给孩子讲故事，她阅历丰富，讲的故事大多来源于生活，可惜去世较早，很多故事没有保存下来。郭敏环从小经常听她讲故事，这则故事也是凭记忆记录下来的。

过去妇女地位低下，出嫁后仅冠以娘家姓氏，叫某氏，或加夫姓，称某某氏。如平舆县民间故事篓子苏王氏，苏是夫姓，王是自己姓，合称苏王氏。（赵新春）

3

张三伟的故事

张三伟在一些地方也叫张三、谎张三，民间故事说他从小没爹没娘，爱开玩笑。其故事在汝南、平舆、新蔡、确山、泌阳等地都有流传。

（1）张三伟伟亲哩

从前有个名叫张三伟的，很会讲伟话，而且爱开玩笑，好忽悠人，是个人人爱又人人嫌的家伙。爱他讲的伟话，死蛤蟆能说出尿来；嫌他不论亲疏，只要逮着机会，谁都捉弄，所以十里八村的人都认识他，一见面就叫三伟，原来叫啥反而忘了。伟别人的事多了，咱就捡俩张三伟[1]亲哩的事来说说吧。

有年夏天下了一天暴雨，他二大爷一出门就碰到张三伟，便说："三伟，闲着哩，给大爷讲个伟话好不？"张三伟说："太不巧了，这会儿我哪有空呀。南河里鱼下来

了，多得很呢，我得回家拿网逮鱼哩！"他二大爷听三伟说有鱼可逮，折身掂了张网，撒腿就往南河沿跑。

张三伟望着他二大爷急里慌张的样子正笑哩，他二大娘出来了，看见三伟就问："三伟，啥事不干，杵在这里傻笑啥？"张三伟马上装作很紧张的样子对他二大娘说："大娘，俺正想喊你哩。俺大爷他在南河里逮鱼，被河蚌划破了脚，好大一个口子，像小孩嘴一样，血淌得像杀猪，叫你赶快给他包扎去！"他二大娘说："不是才走吗，咋恁快哩？"张三伟说："河蚌大，就是快。"他二大娘心里急呀，也没心思多问，随手找了块破布就往南河沿跑。

张三伟心想，等二大爷二大娘弄清了真相，一定会找他算账，少不了一顿吵闹。咋办呢？正无计可施时，他四大过来了。张三伟急忙迎上去说："四大，去年咱分家时，那头毛驴不是分给你了吗？"四大说："是的呀，咋啦？"张三伟说："我二大爷他硬说分得不公，该给他，非要叫我给他评理不中。你等会儿吧，他老两口快回来了！"

他二大爷到了南河沿，一看啥也没有，知道上了三伟的当了，心里正窝火哩，见老伴又气喘吁吁地跑来了，更是气不打一处来，心想找到张三伟，非得狠狠扇他几破鞋不中。不想，张三伟还在他家门前等着哩。

他二大爷正想朝张三伟发脾气，只见四弟来到面前，黑丧着脸子没好气地对他说："我说二哥！那头毛驴已经分给我了，当时你也说中，咋又反悔了哩？"他二大爷一听，真是丈二和尚——摸不着头脑哇，就问："老四，这话你听谁说哩？"老四说："这不，三伟在这证着哩！"他二大爷说："三伟，我啥时候说过这话哩？"张三伟说："大爷，你不是叫我给你讲伟话吗？这个伟话中听不？""中听个屁，把我都急死了，跑了一身汗，还摔了俩跟头。"他二大娘接过话茬，没好声气地说。话音没落呢，爷儿仨一起哈哈大笑起来。

有天喝罢汤[2]，他家里[3]坐在灯下纺花，跟张三伟说："人家都喊你三伟，我咋没听过你的伟话哩？"张三伟一听笑了，说："咱是一家人，哪能伟你哩？"停了一会儿

---

[1] 伟：这里指说瞎话、假话的意思。

[2] 喝罢汤：即吃罢晚饭。

[3] 家里：方言，即妻子，老婆。

又说："对了，我忘了对你说了。夜儿个去赶集，孩他姥给你算了个卦，说你命犯黑煞。他妗子也在场，一听就怕了，背地里对我说，让我给你说，三年里边不叫你走娘家，免得给她家带去灾祸。"

他家里老实，信以为真，打那就不走娘家了。这样过了好几个月，集上有会，张三冇抱着孩子去赶会，老远瞧见丈母娘正在戏台底下听戏哩。他急忙扯点白布，给孩子缝个孝帽子戴上。老丈母娘一看，心里"咯噔"一下，忙问："他姐夫，俺外甥是给谁穿孝哇？"三冇装着难过的样子说："他娘不在了。"

丈母娘一听，吓得一屁股蹲在地上，半天才缓过气来，可就哭着骂开了："我就那一个闺女，得的啥病呀？你个小孬种，咋连个信儿也不给我送哩。"张三冇说："娘啊，这不能怨我呀！您闺女临断气儿时对我说，你最疼她，怕你伤心，不叫我对你说哩！她还说，如果我不听她的话，她就阴魂不散，跟我闹。"丈母娘听这话不成理由，但也顾不上跟他白话，站起来哭着回家报信儿去了。

丈母娘一走，三冇扔了孝帽子，随即给孩子买个烧饼吃，又到药铺里买了点大黄就回去了，对他家里说："会上我见咱娘了，她说几个月没见你，想哩慌。你有灾不管去，她等会儿套上马车，一家人都来跟你说话哩。"

他家里一听可高兴坏了，赶紧叫三冇去打酒买菜，自个跑到庄外头去接。三冇说："路沿上有个老坟，你站那上头不是看得远些吗？"他家里只顾高兴哩，就没有多想，赶紧跑到那个老坟上等。不大会儿，就看见一辆马车坐了一车人往这儿跑，近了一看，还真是娘家人。她赶紧从老坟上跑下来，上前去接。车上的人忽然见一个女人从老坟上迎着车跑来，以为是鬼，都吓得捂着脸。她娘胆大些，一瞧是自家闺女，哭了，她说："妮呀，你死得凶，可别吓俺哪！"她闺女一听，懵了，谁死啦？忙问她娘："娘，你说谁死了？""他姐夫对我说你死了。""咦！这货咒我，"她可气坏了，"回家再给他算账！"

她领着客人进了家，这一顿好吵呀。这个数道[1]一出子[2]，那个数道一出子，三冇呲牙咧嘴听着，一个劲地赔笑："都怨我不会说话，还不是为了让你们来家撮一顿嘛！"几个叫姑夫的，拧着三冇的耳朵，叫他做好吃的，三冇说："中，中，中，那还不容易嘛！"三冇钻到灶屋里自烧自做，忙了好大一歇子，菜做好了。七个碟子八个碗端到桌上，大家都饿了，吃呀喝呀，都说菜不劣，就是有点咸了。三冇说："我就知道您渴，烧了一锅茶预备着哩。"赶紧跑灶屋里去端，你一碗，我一碗，喝得那叫得法[3]。谁知道喝到肚里坏了，一个个乱咕噜。

咋了？原来，三冇把大黄下到茶里了，喝了泻药，要不冒肚[4]才怪哩。一个两个都慌着往茅房里跑。三冇把茅房外边搭个花手巾，他蹲到里边不出来。男客见了以为里面有女人，不敢进去。女客进去了，一眼瞧见三冇在里边，还得抹头出来。孩他姥娘实在憋不住了，就喊三冇："他姐夫，快点套车，俺走哩。"她闺女也不知道咋回事儿，心想多长时间没见面了，还没说话哩，咋能说走就走哇。别管她闺女咋留，她是非走不中。咋弄哩，叫三冇套车呀，三冇说："牲口还没喂饱哩。"孩姥娘说："没喂饱也不喂了，再不套车我自家走哩。""好好好！"张三冇嘴里答应着，又磨蹭了好大一会儿才把车套好。姥娘、妗子、小姨子一个个捂肚弯腰爬上车。他大舅掂鞭赶着就跑，张三冇就跟在后边送，叫回去不回去，站那看着。

离庄没多远一片秫秫[5]棵子，管他哩，吁住牲口，跳下车，争着往秫棵里钻。看着他们的狼狈相，张三冇笑得几乎接不上气了。

讲述者： 张留坡，男，50岁，平舆县教育局，大学，干部

采录者： 张贤锋，男，24岁，平舆县二中，本科，教师

采录时间： 2005年6月10日

采录地点： 平舆县工会家属院

[1] 数道：即数落，批评。

[2] 一出子：一阵子。

[3] 得法：舒服、畅快。

[4] 冒肚：拉肚子。

[5] 秫秫：即高粱。

附记

这则故事的讲述者和采录者是对父子。故事讲述者张留坡又名张振立，从小跟父亲学过打铁，务过农，当过村干部、民办教师，后经招转，上了大学，是平舆文化通，平舆名人、地名、风物的故事，他都能娓娓道来。在他的影响下，他的妻子、儿女也很喜欢地方文化和民间文学，平舆县民间故事中不少他与妻子张桂英、女儿张莹莹、儿子张贤锋合作采录的作品。（路向阳）

异文：董刚说冇话

从前，上蔡有个叫董刚的人，一步俩瞎话，在当地是出了名的说瞎话大王。

有年麦忙天，董刚正和他叔在场里碾场。他叔说："刚呀，我踩着碡，怪没意思哩，咋光想瞌睡，你不胜[1]给我讲个冇话。"董刚说："中啊，我到那边解个手，回来就给您讲。"

一会儿董刚回来了，说："叔啊，您还听冇话哩，您不知道南沟里鱼翻潭了。"他叔最好逮鱼，一听说南沟过鱼哩，忙将牲口往树上拴，背上网就去南沟了。停了一会儿，董刚急忙跑到他叔家，见了婶子，装出着急的样子说："婶呀，您还不知道呀，俺叔去南沟逮鱼，不小心摔倒，将蛋割了两半，您快拿上针线给俺叔缝缝吧！"他婶子一听，又急又气，急的是老头子受了伤，不能怠慢；气的是老东西打着麦去逮啥鱼啊，咋恁巧偏偏割着那哩。气归气，还是拿上针线慌慌张张朝南沟沿跑去。

董刚年轻腿脚快，早已打旁边跑到他叔跟前。他叔一见，正想骂董刚骗他白跑一趟，哪有啥鱼啊！董刚说："叔啊，不好了，您走后，俺婶子在家偷炕油馍吃，将灶房点着了，快回去救火吧！"他叔一听，拔腿就往家跑。半道上碰见老伴，他婶子见老头子跑回来，生怕蛋上的伤口受了风，大声喊："别跑啊，是南风！"他叔一听也大

[1] 不胜：不如。

声说："南风先顾堂屋啊！"

夫妻二人到家把话说透了，知道都是董刚捣的鬼，他叔那个气呀，就找董刚出气。董刚慌慌张张跑进家，他爹一见，问他咋回事儿，他说："咱门口那棵大槐树，我说是咱家的，俺叔硬说当初分给他了，我犟了两句，他就撵着打我。"说完就躲了起来。

他叔在大门口碰见董刚他爹，还要进院找董刚，董刚他爹拦住说："你因为啥要打孩子呀？"他叔气得脸红脖子粗，说："你问小刚因为啥打他！"兄弟二人话越说越多，竟动手打了起来。这时正在堂屋休息的董刚的爷爷，听见门口争吵声，急忙走出来，躲在一旁的董刚也跟了出来。见老人来了，兄弟二人住了手，呼呼哧哧直喘气。老人问："你弟兄俩大忙天打啥架呀？"董刚忙上前说："爷爷，多会儿俺叔踩碡时，说他瞌睡，叫我给他讲冇话，不知道哪句话没说对，不如他的意，他就撵着打我。俺爹怕我吃亏，才动手给叔叔打架。"他叔听了气得半天说不出一句话来。

讲述者： 王德玉，男，75 岁，上蔡县西洪乡，初中，
　　　　 农民
采录者： 王殿文，男，69 岁，上蔡县西洪乡中心小学，
　　　　 中专，教师
　　　　 寇保国，男，57 岁，上蔡县文化局，大专，
　　　　 干部
采录时间：2006 年 4 月 9 日
采录地点：上蔡县西洪乡

（2）说瞎话儿

张三冇他爹死得早，他跟着二大爷生活。但这孩子生性好说瞎话，捣捣骗骗，吃喝嫖赌，不务正业。他二大爷想收收他的心，给他娶个老婆。最初还真的回了点心，不再说瞎话了。有天，他老婆说："人家都说你好说瞎话，坑害人，这一段不是改得很好吗？"张三冇听她老婆一说，心想：她不提，我真把说瞎话这档子忘啦。想到这儿，张

三有说:"明儿个我赶集,买根扁担,上山砍柴去。你给我一串钱就行啦!"他老婆高兴地答应了。

第二天,张三有到集上一阵狂吃海喝,一串钱花个净光。回到家里,即开始糊弄老婆说:"我上集买扁担,碰见个算卦哩说我七天之内要丧命,吓得我也不知道咋着[1]好啦,把一串钱给了他,连饭也没吃就回来啦。唉!你赔打算守寡啦!"

他老婆一听,没了主意,这可咋办哪?张三有接住说:"先生说啦,让我出去躲躲。这几天,你叫咱二大爷家的那个正吃奶的孩子抱来,给你睡。牛头马面来捉我,你听见动静就拧小孩的屁股。小孩一哭,催命鬼就该跑啦!"他老婆一听,就照这样办了。

天挨黑,张三有来到岳父家,往门那一坐,生气地说:"您养的好闺女!"他岳父忙问啥事。张三有说:"啥事,您闺女生了个胖小子,我来报喜来啦!"

"咋?闺女过门不到半个月,咋会生孩子哩?"赶忙去问老伴。老伴说:"咱闺女不是那种人,没那事儿!""这事儿他会说瞎话?还是暗地里去看看吧。"说罢,他陪着张三有在客厅里吃酒,叫他俩儿子到张三有家去看看。

他儿子怕惊动人,就越墙到了他姐的住房跟前。他姐在屋里一听外面有动静,想着一定是催命鬼来了,赶紧照小孩儿屁股上拧了几把,小孩儿嗷嗷哭起来。两兄弟一听,他姐是真生孩子了,也没打听就回去了。回家跟他爹一说,他爹连忙给他三有赔不是。张三有还假装生气:"我一结婚就当肉头[2],能是味[3]吗?我还咋回去哩!"岳父赔着笑说:"就是,就是。这有十串钱你拿着,到外边转转,散散心。"就这样,张三有骗走了十串钱。

过了几天,他岳父在集上碰见张三有的二大爷,赶紧想躲。这二大爷犯了疑心,说:"亲家,好长时间不见啦,你咋光想躲着我走啊?""亲家,俺闺女可把我的老脸丢完啦!"看他二大爷一头雾水,他岳父才把张三有说的事

一五一十讲了出来。他二大爷一听,把帽子一摔:"这孩子啥事咋都敢瞎说哩!"二话没说,气得扭头就走。

张三有把十串钱花干净啦,回家了。他二大爷一见,举起大棍照头就夯,一下子把张三有的头打出了血。张三有两眼一闭,往地上一躺,没气死啦。他二大爷余怒未消:"这样的孬种死了活该,给他买个薄皮匣子[4],明儿个埋了他!"众人就把张三有抬到棺材里,上面盖了一床被子,棺材顶盖好,单等明儿个合口以后出棺哩。张三有是装死,出了点血也不碍事,听说要埋他,趁天黑就逃了出去。

来到他姐家,见面就哭:"姐呀,咱二大爷心真狠哪!不知因为啥,一棍把咱二大娘打死啦!打死了妥了,连个好棺材舍不得买,买了个薄皮匣子!"平时,他二大娘待他姐弟很好,听说二大爷把二大娘打死了,他姐哭得是一把鼻涕一把泪。

她来到他二大爷家一看,大家正抬着棺材往外走,就上前拉着棺材,指着他二大爷说:"你好狠的心哪!你凭啥打死俺二大娘?打死了还没解你的恨,连个好棺材也不买!"他二大爷一听糊涂了:"你这闺女咋说梦话哩!这里面是你那个孬种弟弟,你咋说是你二大娘呀!"他姐一听也迷糊啦,这不是俺二大娘吗?咋成了俺兄弟哩!

他二大爷连忙叫抬棺材的打开棺材,掀开被子一看,里面净是些坏头子。他二大爷一见气得昏了过去。他姐也赶忙回家找她兄弟说理。到家里一看不光不见她兄弟的人影,屋里的主贵[5]东西和金银首饰也被偷得一干二净。

后来,他二大爷没法,只好把张三有送到官府问罪。

讲述者: 杜明举,男,36岁,汝南县常兴乡,小学,农民

采录者: 杜群柱,男,30岁,汝南县常兴乡中,高中,教师

[1] 咋着:怎么。
[2] 肉头:方言,指老婆与别人通奸装作不知道的男人。
[3] 是味:心里好受。

[4] 匣子:比较小的棺材。
[5] 主贵:贵重。

采录时间：1987 年 7 月 5 日

采录地点：汝南县常兴乡

附
记

杜明举、杜群柱是同村人。过去孩子多，大人没时间管，小的通常都是跟着大一些的孩子跑。杜群柱小杜明举六岁，常跟着杜明举他们这些大孩子疯跑，累了就坐下来讲有话儿。当时，杜明举虽然也不大，但很会讲有话。1987 年听说县里准备编纂民间故事，杜群柱就把这则故事整理后交了上去，没想到被收入了《中国民间故事集成·河南汝南县卷》。（赵新春）

（3）张三有打磨

从前，有个叫张三有的人，他学到了一手石匠好技艺，于是就开起了打磨的石匠铺。

一天，有个心怀恶意的财主，找上门来想刁难张三有。他指着一块石头对张三有说："能给我打一盘石磨吗？""能。"张三有回答。

"那好，请你给我打盘石磨。"财主奸笑着说。

张三有听了问道："你要打啥样的磨？总得说个明白呀。"

财主神气地说："我叫你打的磨，不是圆形，也不是方形；不是扁形，也不是长形；不是四方形，也不是尖角形。你看这样的磨啥时候能给我打好呢？"

张三有答道："打好你的这盘磨，不是今年，也不是明年，不是这个月，也不是下个月，不是今天，也不是明天，不是上午，也不是下午，到那个时候就给你打好了。"

财主听了张三有的这番话无言对答，只好灰溜溜地走了。

讲述者：　刘中海，男，23 岁，汉族，遂平县阳凤乡中，
　　　　　中专，教师

采录者：　连俊合，男，15 岁，汉族，遂平县阳凤乡中，
　　　　　学生

采录时间：1988 年 2 月 1 日

采录地点：遂平县阳凤乡中

附
记

这个故事当时是通过发动师生采集上来的，连俊合是刘中海的学生。故事原题叫《打磨》。（王中明）

（4）张三有仗义

张三有从小没了爹娘。他俩哥都娶了老婆，张三有就跟着他们过日子。

有一天，大嫂对大哥说："咱把家分了吧！"老大说："要分也得等小三娶了媳妇再分哪！"大嫂不愿意，闹着分家。咋分哩？老大把老二、小三都喊进屋，大嫂出个孬点子：今黑了谁起得最早，谁要高楼骡马。谁起得晚点儿，要老犍瓦房。谁起得最晚，就要破车棚子另加半袋子荞麦。哥仨儿都同意了。

黑了，大哥、二哥、大嫂、二嫂喝了汤就睡了，张三有是个孩子，玩性大，又是玩到半夜才睡。这一回老大起得最早，要了高楼骡马。老二晚了点，要老犍瓦房。张三有起床的时候，日头都晒着屁股了，他揉揉眼，脸也不洗，进灶火摸住碗就要盛饭，大嫂横眉竖眼地说："小三儿，夜儿黑了 [1] 咱是咋说的？你装糊涂还是咋着？从今儿开始，就各吃各的饭了。那不，你的半袋子荞麦在车棚里搁住哩，要吃，自己做去吧！"伸手把碗给张三有夺了过来。

张三有走进破车棚，抱住自己的半袋子荞麦哭开了。哭啥哩？还是小啊。他哭了半天，没一个人来问，三有想："没爹没娘了，我哭死也没人可怜哪，就是要饭吃，

[1]　夜儿黑了：方言，即昨天晚上。

也不能让饿死呀！"

张三冇背住自己的半袋子荞麦，进城要饭去了。他到一座城里，见黑压压的人围在一起不知道在看啥。小孩家爱凑热闹，从人缝里挤过去一看，见一个掌柜的正用条子抽打一个穿得破破烂烂的老人，一个孩子正趴在一边哭哩。张三冇问旁边的人："这掌柜的咋恁凶啊，把人打半死了还在打哩！"那人说："这老头没还清店钱，所以才招来这一顿毒打。"掌柜的打够了，人也都走开了。张三冇觉着这老头儿、孩子怪可怜的，就把老头儿扶起来，搀到城外一所破庙里，弄些草铺上，让老头儿躺下。张三冇对小孩说："好好地看着他，我进城给恁弄些银子来。"

张三冇背住半袋子荞麦转身进了城，找到那家客店，就进去了。张三冇对掌柜的说："俺家种成了金荞麦，皇上让我进贡哩。今儿个天晚了，我就在你店里住下吧。"掌柜的一听张三冇是有来头的，把他安排到最好的房间，摆上最好的酒菜。张三冇喝完酒就睡了。

这是家多年的老客店了，老鼠多，一夜间把张三冇的半袋子荞麦全吃光了。张三冇起床一看，心里说：掌柜的，这回该我治你了！他一捏鼻子一揉眼，咧嘴哭开了。掌柜的听到张三冇的哭声，上楼问："小客官，你哭啥哩？是哪个伙计不好得罪你了？"张三冇把大窟窿小眼睛的袋子扔给掌柜的："你看看吧，恁家的老鼠把皇上的金荞麦全吃光了，到京城我给皇上说，看灭你家九族不！"掌柜的一听吓坏了，趴地在上给张三冇磕头："小客官，你要金要银尽管开口，千万别给皇上说啊。"张三冇说："看你也怪实诚[1]，不如这样吧，你把楼上的老鼠都给我逮住，用绳子拴上交给我进京。皇上要问金荞麦的事，我就说让老鼠吃了，皇上不怪你了也不怪我了！"掌柜的一听是个好办法，就把店里伙计全叫来，呇旯缝道里扒腾，一顿饭工夫逮了十来只大活老鼠，用绳子拴着交给张三冇，另外备五十两银子做路费。

张三冇接过老鼠、银两走了，回到城外的破庙里，把五十两银子全交给那老头儿和小孩。老头儿以为今儿个遇

着财神了，喜得[2]不得了，对张三冇千恩万谢。

张三冇掂着一嘟噜子老鼠离开破庙。这一天，要饭又来到一座城，走到大街上，见一个白头发老头儿穿得破破烂烂的跪在大街上，面前放住个簸箕，身后有一张芦席，盖住一个死人。张三冇好奇地走过去问："老大爷，你跪在这儿干啥哩？"老汉说："我儿子被人打死了，没钱买棺材，只好在这儿讨要。"张三冇又问："是谁打死您儿子呀？"老汉说："俺儿子给地主'黑心狼'家扛活[3]，到年底克扣了俺儿子的工钱，俺儿子找他讲理，'黑心狼'火了，活活把我儿子打死了。"张三冇听后，牙一咬，说："老大爷，您先把儿子的尸体弄到郊外等我，我叫人给您儿子抬口棺材过去！"

张三冇打听到"黑心狼"的家门，掂住那嘟噜子老鼠到他门口，故意把老鼠弄得叫叫乱叫。过去，凡大户人家养的都有看家狗，狗听见老鼠的声音，"汪"一声从大门里窜出来，三下五去二把张三冇掂的一嘟噜老鼠全咬死了。张三冇把眼一揉，坐在大门口哭开了。

"黑心狼"听到哭声从屋里出来了，见是一个孩子在哭哩，火了，说："这是你哭的地方吗？滚一边哭去！"张三冇说："你家狗把我的老鼠咬死了，我不在这哭，在哪哭呀！""黑心狼"说："你要再在这儿哭，我非打死你不可！"张三冇说："咱俩不定谁死哩！给你实话说吧，我的这些老鼠，个个会屙金尿银，皇上听说了，让我进贡去哩。今儿个路过你家，狗把这几个老鼠全咬死了，我给皇上一说，不灭你九族才怪哩！"张三冇说了，拍拍屁股就要走。

"黑心狼"吓坏了，抢上前去拦住张三冇就磕头，说："你别给皇上说呀。你要不说，要啥我给啥！"张三冇说："算了，我看你这人也怪实诚，不如这样办吧。你买一口棺材，把这几只老鼠埋了，皇上要问，我就说它们死了，这样，你我都没事了。""黑心狼"忙令人到棺材铺买棺材，棺材不大一会买回来了，张三冇把死耗子装进里面。"黑心狼"又送给张三冇五十两银子，让人抬着棺材，

[1] 实诚：诚实，实在。

[2] 喜得：高兴得。

[3] 扛活：过去在财主或地主家帮佣干活，叫扛活。

跟着张三冇走了。到了郊外，张三冇对抬棺材的人说："你们回去吧，我挖个坑把它埋了就算了。"这几个谁还想再干哪，拔腿回去了。张三冇把那老头儿招呼过来，把棺材和五十两银子全交给他。

张三冇继续要饭，来到京城，见城墙上贴一张皇榜，两个当兵的守住。张三冇念过两天儿书，多少也识几个字儿。走近一看，原来大金国给大宋国出个难题，说如果大宋国有人能把天上的日头捧给金国使者看，金国年年纳贡，永不犯境。如果百日内没人能办到这件事，大金国就发兵进攻中原。皇上召集文武百官商量，没一个人能办这件事。皇上发愁了，只好贴榜招贤，榜上写道：如果谁把天上的日头捧给金国使者看，年轻的招为驸马，年老的封做大官。皇榜贴出了九十九天，全国没一人敢揭。张三冇看着看着，心里一合计，伸手把皇榜揭了。

当兵的把他带到金殿，见了皇上，皇上问："你叫啥名字？""我叫张三冇。""皇榜是你揭的吗？""是我揭的。""你有啥办法把日头捧给金国使者看？""见了他再说吧！"

皇上把金国使者召进金殿，说："我国有人能办到你要的事情了！"金国使者问："这个人在哪呀？"皇上指住张三冇说："那不是吗！"金国使者上下打量张三冇，哈哈大笑说："中原真没人了，让一个小孩儿来应付！"

这时候张三冇开口了："别看我人小，就是能办到你要求的事。"金国使者说："你就把日头捧给我看吧。"张三冇说："你跟我来。"皇上领着文武百官都出了金殿，看张三冇到底有多大神通，能把天上的日头捧给金国使者看。这时候天正晌午，日头就在当头，张三冇叫人找来一个瓦盆，里面盛上水，然后滴几滴墨汁，日头的影子，清晰地映在盆里。张三冇把它捧给金国使者，说："请您看吧，日头捧过来了！"金国使者知道输了，脸一红，转身走了。金国使者走后，皇上问张三冇要些啥，张三冇说："皇榜上咋写就咋着办吧。"皇上看张三冇长得也中，就把公主许配给了张三冇。

讲述者：　刘继，男，73 岁，确山县胡庙乡朱岗村，不识字，农民

采录者：　吴文龙，男，25 岁，确山县胡庙乡吴楼村，高中，农民

采录时间：1989 年 9 月 16 日

采录地点：确山县胡庙乡朱岗村

附
记

1984 年吴文龙高中毕业后不久，赶上了民间文化普查，被聘为《中国民间故事集成·河南确山县卷》（资料本）特邀编辑。他经常到各乡镇农村采录民间故事，听说哪里有人会讲民间故事就追到哪里，足迹遍及他家乡胡庙乡的每一个乡村，还先后到过确山县任店乡、朱古洞乡、蚁蜂乡、古城乡等走访，为确山县搜集、整理、保存了一大批宝贵的民间文学资料，2006 年编纂的《中国民间故事全书·河南驻马店确山县卷》选入他讲述采录的作品 30 余篇。当时电话很少，找一个人只能靠碰，刘继就是吴文龙去他家四趟才碰到的。（赵新春）

（5）张三冇娶亲

从前，有个穷人家的孩子，叫张三冇，在一个老员外家扛活。

一天，员外家的楼花门坏了，叫三冇上去拾掇。他干着干着，不小心叫钉子戳住指头，晌午头血脉正旺，血顺着指头往下滴。这时候员外的闺女正从下边过，手里还拿着正绣的花，"扑嗒"，一滴血不偏不斜正好滴在花上。姑娘一急，这可咋办，用布沾吧怕洇了。她忽地想起有人说过，血滴在布上只能舔掉才不洇，就慌忙用舌尖把血舔掉。张三冇在楼上看见了，心里一阵高兴：咦，这姑娘一定对我有意，要不，干干净净的闺女咋会用舌头舔我的血？想来想去，活也不干了，走，回家叫人给我来提亲。

再说这村里有个李大叔，专好给人说媒，经他撮合的亲事，十有八九得成。张三冇找到他说："李大叔，你到老员外家给我说亲去吧。"

李大叔说:"那会中?人家恁排场[1]个大闺女会找咱?门不当户不对,白做梦来。"

张三冇说:"李大叔,成去唻,我说中就中,你不知道,俺俩有缘分。"李大叔一听这话有来头,但不知中间有啥巧,就只管去了。

老员外见李大叔登门,忙说:"老弟咋恁稀罕哩,有啥事?"李大叔张张口,话到嘴边又拐回去了。员外见状说:"有啥事尽管说,你是有脸面的人,老哥我今天不驳你的话。"李大叔就把话挑明了。

老员外听了脸一寒,心想,这不是瞎胡扯吗?张三冇你穷小子还想攀俺的高门楼?但掉地下的话又拾不起来,就转口说:"那好吧!要结亲得先送三样礼物。"

"哪三样?"

"一斗二升金豆子,三棵灵芝草,两颗夜明珠,老弟你回去给捎信吧。"李大叔回去一说,三冇傻眼了。李大叔说:"三冇先别急,赶明找个算卦的算算再说。"

不几日,村里来个算卦的,三冇请他算。那算卦的摆治一晌,说:"大兄弟,你寿命眼里太实,这卦我算不了,听说东海那沿有个阴阳活佛,恐怕只有他能给你点化。"说罢头也不回就走了。

张三冇打点一下行李就上路了。一日,走到一座破庙跟前,小庙里神见过他,说:"三冇哥,你上哪去啊?"三冇说:"我到东海那沿算卦去。"庙神说:"这几年我的香火也断了,也不知道是咋着啦。你给我捎一卦中不中?"三冇说:"中。"

又走了数日,走到一棵大椿树下,椿树上有个麻喳子[2]直叫唤:"三冇哥,你弄啥去哩?""我上东海那沿去算卦。""你给我捎一卦吧!我抱的麻喳子儿十来年了都不出飞,你叫神仙算算啥时出飞。""那咋不中哩!"

最后,张三冇走到了东海岸,只见水连住天,天连住水,咋过去哩?正犯愁,看见海边躺着一条老龙。老龙说:"三冇哥,你到东海来干啥?""我上东海那沿去算卦。""你给我捎上一卦吧,也不知道是不是我行错世了,

就是上不了天。"

"中,你得给我驮到海那沿。"老龙让三冇骑在背上,把他驮到东海那沿。

张三冇见过阴阳活佛,三拜九叩以后,就把自己算卦和一路上叫捎卦的事说了一遍。阴阳活佛一一点化道:"那小庙的神屁股底下坐着一斗二升金豆子,你给他说,让他挪挪屁股,你把那金豆子弄出来,就有人给他那庙烧香上供了。那椿树上的麻喳子,它窝里有三棵灵芝草,你回去给它薅下来,它的麻喳儿就能出飞了。东海岸的那条老龙,它嘴里有两颗夜明珠,你让它张开嘴,给它挖出来,它就能上天了。三件事办妥了,你需要的三件礼物也就置办齐了。"

张三冇叩罢头,作罢揖,就往回拐,按着阴阳活佛的吩咐,一路上一一办完了三样事,这样他就得到一斗二升金豆子、三棵灵芝草和两颗夜明珠。

他得得劲劲[3]地把礼物背到李大叔家,说:"李大叔,我把老员外要的三样礼物弄齐了,你给他送去吧。"李大叔就把礼物背到员外家。

老员外一看惊奇得不行:这么贵重的东西没想到他真的弄来了,就对李大叔说:"中是中,但是要选好日子,到那天用三十二乘大轿,从他家到俺家要用金砖铺地。"

李大叔回去一说,三冇问金砖是啥样,他就用手给比比,三冇一看说:"那就是金砖啊,好说好说,我见天屙屎擦屁股用的就是这。你给我套车吧,我去拾。"

娶亲的日子定好了,三冇就天天拾砖,拾的砖从他家一直铺到员外家。说来也怪,等路铺好了,那砖都变成了金砖。

眼看成亲的日期快到了,老员外又差家人捎信说:"三十二乘轿,每乘轿都坐一个大闺女,其中一乘轿由员外的闺女坐。到那天,张三冇得出来拦轿,拦住哪乘轿就娶哪个。"张三冇闻听不禁大哭起来,啥难都作了,啥苦都吃了,好不容易弄妥当了,最后又想仙点子拦轿。

这三十二乘轿咋拦哩?越想越伤心,一直哭到后半夜。这时候有个小长虫爬到他跟前说:"三冇哥,甭哭了,娶

[1] 恁排场:很标准,很漂亮。

[2] 麻喳子:方言,指喜鹊。

[3] 得得劲劲:轻轻松松。

亲的时候我到哪个轿门口一曲绻[1]，你就拦住哪乘轿。"三
冇一听乐了。

娶亲这天，三十二乘轿排成长队，过了一乘又一乘，
张三冇都看花了眼。猛地见小长虫在一乘轿的门边一曲绻，
他赶快跑上前拦住那乘轿，掀开轿帘一看，真是张员外的
闺女，他俩就成亲了。

张三冇娶个恁排场的大闺女，喜欢得不行，天天陪着
她玩，把下地干活的事给忘掉了。到了二月里开春，人家
都忙着上地锄麦，他媳妇说："三冇，你也不下地，天天
看着我的脸，这是过日子的吗？"

三冇说："你长得恁好看，我得成天看着你。"

媳妇说："要是这样，你去找个画画的，比着我的样
子画两张画，地这头插一张，地那头插一张。朝这边锄地
你也能看见我，朝地那头锄地你还能看见我。"三冇一想
这话有理，就请人比着他媳妇画了两张画，地的两头各插
一张。

一天锄地的时候，突然刮起大风，把他媳妇的像刮
跑了，一刮刮到朝廷爷的金殿上。朝廷爷拾起来一看：
"咦！这是谁家的女子长得恁好，弄过来我给她封宫。"就
派人马四处寻找。

这天，皇兵拿着画找到了张三冇家，一见他媳妇带着
就要走，张三冇上前一把拽住她的胳膊，皇兵朝外拽，三
冇朝屋里拽。他媳妇给皇兵说："我跟三冇说几句话，再
跟你走。"她悄悄告诉三冇，过年的时候多拾点鸡毛，做
个鸡毛袄和鸡毛棉裤，到二月十五赶庙会时穿上。再蒸点
韭菜面窝窝，要蒸得小小的，扛着到庙会上卖，到时候她
自有道理。说罢，皇兵就把她带回京城。

媳妇被抓走后，张三冇天天盼着过年，过年了他拾了
很多鸡毛，做了两件衣服。然后又盼着赶庙会，二月十五
那天，他早早地蒸了一锅韭菜面窝窝，扛着上庙会了。

他媳妇被抓进宫后，整天愁眉不展，朝廷爷把好吃的、
好玩的都给她置办了，仍看不到她一次笑脸。二月十五起
庙会，朝廷爷为了让她高兴，就带着去观景散心。到了庙
会，问她想吃点啥，她说要吃韭菜面窝窝，朝廷爷忙差人
去找。

这边张三冇正高声叫喊："谁买韭菜面窝窝！"皇兵
上前拿了几个就走。朝廷爷让她吃，她三下两下就吃完了，
又说还要。朝廷爷吩咐让那卖窝窝的把筐子扛过来，皇兵
就把张三冇带过来。她媳妇一看三冇穿得浑身像长了鸡毛
一样，"扑哧"一声笑了。

朝廷爷听她一笑，心想，快一年了她没有笑过一回，
我整天穿着皇袍她不笑，看见穿鸡毛衣裳的恁高兴，就命
张三冇把鸡毛衣裳脱下来给他换换，然后打轿回宫。

睡到三更天，张三冇的媳妇在皇宫里大喊："快打妖
精，快打妖精！"朝廷爷听见赶紧起来穿上鸡毛衣裳，皇
宫里武夫衙役们推门进来一看，有个浑身长毛的怪物，一
拥而上，把朝廷爷用乱剑刺死了。

第二天，他媳妇叫张三冇穿着皇袍坐朝了。

讲述者： 潘七妮，女，64岁，西平县重渠乡贾桥村，
　　　　不识字，农民

采录者： 王欣敏，男，34岁，西平县文化局，大专，
　　　　干部

采录时间：1987年7月6日

采录地点：西平县重渠乡贾桥村

附
记

此类故事还有上蔡县邝怀长讲述、刘万里采录的《李虎坐皇帝》。
上蔡、西平两县相邻，此应是同一故事在不同地方流传演绎的不同版
本。（赵新春）

（6）话在人说

从前有个名叫张三冇的人，他很会说话，乡邻的红白
大事都要请他去张罗。

一天，李四家操办喜事，坐轿的、骑马的、步行的客

[1]　一曲绻：弯曲、盘绕。

人陆续都来了。恁大的盛宴，少不了要请张三冇去张罗陪客。每来一个客人他都要说上几句恭维的话，表示对客人的敬重。

每来一位客人张三冇都要问："贵客用何代步而至？"有的说坐轿来的，张三冇接着说："阔气阔气！"有的说骑马来的，他又奉承说："威风威风！"还有的说是步行来的，他点头说："自在自在。"

有个叫王五的客人，他从来就厌恶这种点头哈腰的人，他想难为张三冇一下，给他办个难堪。当张三冇问他"贵客用何代步而至？"时，王五说："我是爬着来的。"张三冇不紧不慢地说："稳当稳当！"

讲述者：　李汉俊，男，42 岁，新蔡县蛟停湖乡，小学，农民

采录者：　李德明，男，26 岁，新蔡县蛟停湖乡文化站，高中，专干

采录时间：1987 年 9 月 25 日

采录地点：新蔡县蛟停湖乡

附
记

李德明与李汉俊是同村人，李汉俊风趣幽默，爱说笑话，李德明和村里很多人都听过他讲的民间故事和笑话。故事中张三冇的身份是民间俗称的"支客"，也叫"管闲事的"，大多由懂得当地民风民俗，熟悉办事程序，能说会道，随机应变能力强，在当地有一定威望的面子人充任。一般人家有红白喜事、礼仪大典、生孩待客、剃毛头待客等，都要邀请支客来管事。支客请到家后，主家首先要把自家要办的事情告诉他，俗称"交底"。商定好后，主家就把"权"交给支客，全权操持相关事宜，直到事情完毕支客方可离开。临走时，东家（主家）要给支客封红封，现在还会送上烟和好酒，表达谢意。（赵新春）

（7）张三冇教书

从前，有个人叫张三冇的，生来好吃懒做，他种田不会，干活怕累。因从小读过几天书，识了几个字，便当了私塾先生。

张三冇教书，开始非常认真，对学生管教也严。可过些日子就懒起来了，成天不是喝酒就是睡觉，经常让学生"放羊"。东家怕误了小孩的前途，就把他辞退了。后来，三五里村上的人都知道他的毛病，谁也不请他教书。

正当张三冇揭不开锅时，有一个吝啬鬼财主来请先生。开始张三冇一月要三两银子，财主不肯掏，说只管饭不给钱，张三冇当时答应了。财主怕张三冇日后不认账，要他立个字据。张三冇眼珠子一转，挥笔写道：无米面也可无鱼肉也可无金钱也可张三冇教书只求尽心教好学生。财主反复看了几遍字据，高兴地说："好吧！先试用你一年，你可要按字据办事！"张三冇笑着说："白纸黑字，光天化日错不了！"说着双方按了手印。

过了几个月，张三冇的懒病又犯了，财主要辞退他，张三冇说不给钱不走。财主气极了，质问张三冇"当初的字据是咋样写的？"张三冇不慌不忙地说："没错，你拿出来可以对证。"财主拿出字据，张三冇念了起来："无米，面也可。无鱼，肉也可。无金，钱也可……"财主听后把字据抢过一看，傻眼了。还是原来的字据，只是字据中没有标点，经张三冇这么一念，把句子断开，意思和原来的字据正好相反了。因有言在先，写到纸上，财主干气没法说，只得答应给钱。

讲述者：　丁炜，男，24 岁，新蔡县十里铺乡政府，高中，干部

采录者：　马继文，男，24 岁，新蔡县十里铺乡文化站，高中，专干

采录时间：1987 年 8 月 10 日

采录地点：新蔡县十里铺乡政府

马继文与丁炜年龄相仿，又同在一个乡里上班，没事常在一块。听说马继文在收集整理民间故事，丁炜就把这个从小听村里人讲的故事提供给了他，有时下乡，还帮马继文收集民间故事，打听哪有"故事篓子"。由于他们没事儿老在一块探讨整理民间文学，乡里人还笑话他俩"好得要穿一条裤子"。（谢石华）

4

张古洞的故事

民间传说张古洞又叫张鼓动，是清朝末年汝南县官庄乡李坡屯村人。家里很穷，没有固定职业，当过长工，跑过江湖，算过卦，也看过风水。但这个人聪明机智、见义勇为、好打抱不平，常常生着法子戏弄嘲讽那些贪官污吏、土豪劣绅和巨贾奸商，替穷人出气。至今，汝南城乡还流传着许多他的故事。

（1）巧戏奸商

这年腊月三十黑了，张古洞到城隍庙里看热闹，正巧碰上泰和木材店和济众堂药店的两位老板正跪在城隍爷面前烧香许愿。木材店的老板叫明年多死人，他好多卖棺材；药店老板叫明年人多害病，他好多卖药。张古洞听了很生气，心想：像这些奸商，黑心烂肚子，光想害人利己，非得想个法子教训教训他们不中！

第二天是正月初一，天才喷明[1]，他就装着药店的伙计去泰和木材店，先拜年问好，然后对木材店老板说："济众堂药店的老板娘昨晚暴病死了，要用棺材，偏偏今天是过年，都不开市。俺东家叫我来，看贵店能不能破例。"木材店老板一见生意上门，自然心中喜欢，满口答应："既是急用，请贵东家来抬便了。"

张古洞离开木材店，又装着泰和木材店的伙计去济众堂药店，也是先拜年问好，后对药店老板说："俺泰和木材店老东家得了急病，请先生劳驾一趟。"药店师傅都回家过年去了，老板是卖药出身，对常见小病也略知一二，见是头份生意，开门大吉，自然不肯放过，便满口应承："你先头前走，我随后就到。"

却说济众堂药店老板，高高兴兴来到泰和木材店，木材店老板热情接待了他。两人寒暄一毕，药店老板便对木材店老板说："到后边看看吧！"木材店老板以为他要看货，就指着棺材一一介绍。药店老板以为他是在聊闲话，并不介意。木材店老板见他不吭声，想他是相不中货，就又领他到后面去看最大最好的棺材。药店老板看了，也没言语。木材店老板急了，就问："先生，看了多时，没有一个中意的吗？"

"啥话！叫我看这干啥？你不是叫人请我来看病的吗？"

"废话！大年下你咒谁？明明今早你叫人来对我说，你家死了人，要买棺材嘛！"

"放屁！你家才要死人！大年下叫人去骗我！"

"你才骗人呢！"

"谁骗你？"

俩奸商大吵大骂起来，一时看热闹的人围得不透风。这时，张古洞来了，把他两人许愿的事儿给大家一说，大家都说他俩没有一个好东西，活该闹个大丧气。

讲述者： 胡越，男，60岁，汝南县老君庙乡，高中，退休教师

[1] 喷明：刚亮。

采录者： 富源，原名冀世清，男，56岁，汝南县文化局，高中，干部

采录时间： 1985年8月16日

采录地点： 汝南县老君庙乡

附　记

冀世清长期从事民间文化收集和整理，与许多汝南民间"故事篓子"认识或是朋友。胡越和当时许多老师一样，一头沉，老婆孩子都在农村，熟悉农村生活和当地风物掌故，搜集有不少民间故事。两人是在冀世清到老君庙采风时认识的，胡越给冀世清提供了不少故事素材和故事线索。（赵新春）

（2）预测天气

一天，张古洞见城门上贴了张告示，上写："县太爷出游，找一位能预测天气之人。应招者，太爷赏白银二十两。"

张古洞家境贫寒，这两天正没饭吃，见到这一告示，心里想了想，就把告示撕了下来。

差人遂领他来到县衙。县太爷问："张古洞，你能预测天气不？"

"小人能预测天气阴晴。"

"好！你说，明儿是啥天气？"

张古洞看了看天说："大老爷，请派人把文房四宝拿来！"衙役拿来了笔墨纸砚。张古洞提笔写了七个大字："明天天晴不下雨"。县太爷看罢，又问一句："你写的对吗？"

"决不会错，请大老爷放心！"

第二天果然是个晴天，县太爷带领衙役们出城整整玩了一天，回来后连连夸奖张古洞，当即赏纹银二十两，还把张古洞留在县衙听差。

这天县太爷又要出游，问张古洞明儿是啥天气，张古洞又写了那七个字。第二天，县太爷出城不远天就突然下

起大雨来，县太爷淋得像个落汤鸡。县太爷回到县衙就把张古洞找来，大骂："好你个该死的张古洞！你哄骗本县，该当何罪？"张古洞说："太爷，小人未曾骗你！"

"胡说！今儿明明有雨，你咋说是晴天？"

张古洞慢声慢语地说："太爷，你看这上面写的很清楚，是你把它念错了。"

"你不是写的今天天晴，不下雨吗？"

"大老爷你念错了，应该这样念：今天天晴不？下雨！"

县太爷听他这么一念，那算傻了脸啦！

讲述者：　胡艳华，女，18 岁，汝南县水屯联中，学生

采录者：　刘珊，女，19 岁，汝南县城关，中专，干部

采录时间：1986 年 10 月 16 日

采录地点：汝南县水屯供销社

附
记

1986 年刘珊刚刚中专毕业，虽然是个女孩子，但她凭着对民间文学的浓厚兴趣，经常利用业余时间到学校厂矿和农村街道采风，收集了大量民间文学素材，是《中国民间故事集·河南汝南县卷》的采录员，2006 年又以县文联主席的身份参与《中国民间故事全书·河南驻马店汝南县卷》的编纂。胡艳华是水屯联中学生，家住水屯供销社，从小听爷爷奶奶讲故事。刘珊与她年龄相仿，很谈得来，不仅她自己给刘珊讲故事，还邀请刘珊到她家，听爷爷奶奶讲故事。两人整理的这则故事与《张三有教书》在题材上有些类似，故事主人公玩的都是文字标点游戏。在驻马店民间故事中，这类故事不少。之所以出现这类故事是因为过去文书、书籍都是竖排本，没有标点；理解不同，断句不同，意思也会谬以千里。比如以往新蔡县民间故事收录的邹凤英讲述，乔忠敏记录整理的《加标点》，故事讲述主人想撵走家中久住的客人，于是趁客人外出，在门上写了一句话："下雨天留客天天留我不留。"本意是说下雨天，留客天，天留我不留。结果客人回来一看，揣着明白装糊涂，就给留言加上了标点："下雨天，留客天，天留我不？留！"本书收录的平舆县韩兴国讲述，金翠灵采录整理的《无标点的信》也属于同一范畴。（赵新春）

（3）铡草看戏

从前，有个财主又刁又滑，人们都称他"刁老财"。

这天集上逢会，两台大戏很热闹。刁老财一家人坐车去看戏，叫伙计们在家铡草，还得把草屋装满。刁老财怕别人说他对伙计太刻薄，连戏也不让看，临上车时就故意高门大嗓地对伙计们说："你们快些铡，草长一些不碍事，过过铡就行！铡完草还管去看戏哩。"说罢，他爬上车走了。

刁老财一走，伙计们气愤地说："这不是存心不让咱们看戏吗？"张古洞笑了笑说："大家不要气，也不要急，耽误不了咱们去看戏。"伙计们说："你有什么办法？"张古洞给大家一说，伙计们就照他说的干起来，不大一会儿也都到集上看戏去了。

刁老财前脚刚到，看伙计们后脚跟来，心里有点奇怪，就问："你们铡完草了吗？"张古洞说："铡完了。""如果没铡完，我可要扣你们的工钱！""中、中。"

晚上，刁老财回到家里，一看满屋子都是长草，发火啦："你们咋不铡草就去看戏呀？我……"

张古洞没等他把话说完，就插嘴说："老爷不要生气。你不是说过过铡就行吗？你看，铡还在门上吊着呢。哪一点没按你说的办？"

刁老财没话可说，气得胡子一撅走了。

讲述者：　张福国，男，38 岁，汝南县官庄乡文化站，高中，专干

采录者：　任立功，男，55 岁，汝南县文化馆，高中，干部

采录时间：1987 年 8 月 9 日

采录地点：汝南县官庄乡文化站

冀世清、任立功、孙世俊号称《中国民间故事集成·河南汝南县卷》编纂的"三剑客"。任立功当时在县文化馆从事戏曲创作，是《中国民间故事集成·河南汝南县卷》副主编，现在已经去世。他从小在农村长大，爷爷任世卿能讲很多民间故事，耳闻目染，他也会讲很多故事，是故事篓子。为了采集更多民间故事，他的足迹几乎遍及汝南县的每一个乡镇，收集整理民间文学故事一百多篇，入选县卷三十多篇。张古洞的故事在汝南县流传很广，在乡文化站工作的张福国与任立功是老熟人，在闲谈中就把这则故事讲给了任立功。故事中说到的铡草是驻马店过去农村常见的农事活动。过去犁地种田、出门拉车、居家磨面主要靠牛、马、驴、骡等食草类牲畜。喂牲畜时，太长的干草和植物秸秆不利于牲畜食用和消化，就需要用刀或铡刀将其切短铡碎，所以，农村有"一寸切三刀，没料也上膘"的说法。铡草用的铡刀分铡框和刀片两个部分，用铁销连在一起。铡草时，需要两人默契配合：一人蹲着往刀口送草，一人站立用力压刀，缺一不可。民间有一个谜语："一只鹰，一只鹞，一个圪蹴，一个跳。"谜底就是铡草。（赵新春）

（4）算卦

张古洞为生活所迫，就去摆摊算卦。这天，有仨赶考的问他仨人中能考上几个。张古洞端详一阵说："你们是让我说真话，还是让我说瞎话哩？"

"当然是让你说真话啦！"

张古洞说："想听真话就不能怕花钱，你们每人先拿一块银元，算我代为保管。如果算得不准，钱如数退还，你们还可以砸我这卦摊。"

待仨赶考的把银元放在桌子上以后，张古洞伸出一个手指头摇了摇，没有再说话。仨人有点怀疑，其中一个说："你知道我们都是高材生吗？放榜以后，非砸你的卦摊不中！"张古洞笑笑说："不怕、不怕！"

仨赶考的走后，有个同乡很担心，就问张古洞有没有把握。张古洞说："当然有把握啦。你想，仨人去赶考，不外乎有四种可能：全部考上，全部考不上，考上一个或俩。我伸出这一个手指头，可以作四种解释。如果全部考上，就是一个不剩；全部考不上，就是一个都不中；考上

俩，就是一个考不中；考上一个，那就不需要解释了。"

同乡听后，笑着说："你这卦真比姜子牙的卦还神哩！"

讲述者： 陈炳今，男，52岁，汝南县地方志办公室，大学，干部

采录者： 冀世清，男，58岁，汝南县文化局，高中，干部

采录时间： 1987年6月20日

采录地点： 汝南县地方志办公室

这则故事是陈炳今听父亲讲述的。陈炳今与冀世清是老熟人，早在1981年冀世清收集整理汝南县民间故事时两人就认识，加之同在县城工作，一来二去，两人一个做文史，一个做文化，经常在一块交流，就成了很好的朋友。两人在地方传说挖掘和民间文化整理上有很多合作。《中国民间故事集成·河南汝南县卷》《中国民间故事全书·河南驻马店汝南县卷》都收有他们合作的作品。（赵新春）

（5）五大天地老爷

从前，来了个县官本是浪荡公子，靠着在京城做官的姐夫，买了顶"乌纱帽"。他上任以后就想法搜刮民财，坑害百姓。多过几年他就把地皮刮净了，加上连年荒旱，百姓们也没油水啦，他不想在这儿干啦，就买通了知府，反倒提升为知州。百姓们听说后又喜又恨，喜的是贪官离任，灾难到头，恨的是鱼目混珠，贪官高升。

这家伙心狠手毒，临离任前，还想再捞一把子，便借着庆寿之机叫百姓们给他送寿礼。一时间，乡约、地保都忙活开了，有钱的都送去金银、财宝。穷百姓吃的还没有哩，送啥哩？大家伙正在发愁的时候，张古洞饱读诗书，精通书画篆刻，爱打抱不平，就站出来说啦："诸位父

老，不要发愁，张某自有办法！"

知县老爷做寿那天，张古洞带领百姓，吹吹打打，抬着一面黑底金字大匾送到县衙。知县听说百姓给他送来了金匾，可高兴啦，亲自率人到衙门口迎接。他揭去匾上的红绫罩一看，一丈多长、七尺多宽的大匾上，工工整整地刻着"五大天地老爷"几个大字。他看了又看，想了又想，就是解不开这几个字的意思。旁边的县衙师爷想：凡是送匾的，都是歌功颂德的。于是，他点头哈腰地说："大人，卑职尝闻：天有五星，地有五岳，人有五德，乐有五音，舜有五贤，此乃天地之五大也！"说到这，他见知县大人越听越有味，又想显示一下自己的文采，接着又说："所谓五星，乃金木水火土；所谓五岳，乃泰衡华恒嵩；所谓五德，乃温良恭俭让；所谓五音，乃宫商角徵羽；所谓舜五贤，乃禹稷契皋陶伯益。这就是说，大人为官清廉，明如五星，功高五岳，品具五德，声扣五音，可与舜帝五贤并称，此乃'五大天地老爷'之本意也。"

师爷这样一说，那些官吏豪绅交口称赞，知县更高兴，嘴里说："不敢当，不敢当！"马上命人把匾高挂在大堂中间。

知府听说这事，还专门写了奏折飞报皇上，请求再给这位知县加官晋级。皇上看了奏折，龙心大悦，提笔就要提升知县一下哩。这时，殿下有人高呼："万岁且慢！臣有本奏。我主圣明，当辨虎犬，万望审慎，切莫错任！"皇上一看是河南巡抚奏本，问道"为何谏阻？"巡抚大人便把这位县官的胡作非为之事，如实讲了出来。皇上随即派钦差大臣和巡抚一块查访此事。二位大人来到县衙，先去看"五大天地老爷"那块匾。知县叫师爷把"五大天地老爷"的意思照老样又讲述一遍，巡抚一时也无从说起，又仔细看了看这块匾周围的花边，全是用篆字所组成。巡抚横竖一念，原来这周围刻的是"金天银地，花天酒地，昏天黑地，恨天怨地，欢天喜地"五句话，巡抚明白，这才是"五大天地老爷"的本意哩！他让钦差大人一看，两位大人一合计，命知县把制匾人传来。

张古洞来到县衙，叩拜已毕，巡抚问道："张古洞，你制作此匾是何用意？你要从实讲来！"张古洞毫不含糊地说："'五大天地老爷'，是老百姓给这位县太爷起的绰

号。何谓'五大天地'？这位知县大人在任三年，终日搜刮民财，捐税如毛，贪污受贿，饱装私囊，可谓'金天银地'；渎职荒政，淫奢无忌，灯红酒绿，醉生梦死，可谓'花天酒地'；目无王法，官霸勾结，颠倒是非，残害黎民，可谓'昏天黑地'；百姓上天无路，入地无门，府衙告状，官官相卫，可谓'怨天恨地'；这样的官老爷离任走后，犹如虎离羊群，送走瘟神，民得康宁，五业复兴，可谓'欢天喜地'。这就是'五大天地老爷'之意！"巡抚说："所言可是事实？"没等张古洞答话哩，有个衙役跑来禀告：县衙大院跪满了百姓，个个头顶状纸，口喊冤枉。钦差和巡抚大人近前一看，果然不错。巡抚大人随命人擂鼓升堂，阅过状纸，审问这位知县老爷，知县也只好从实招出。钦差当下革了知县的官，并押解京师治罪。从此，留下这段奇闻。到如今老百姓一提起谁是贪官，还把他比作"五大天地老爷"哩！

讲述者： 吕凤岗，男，60 岁，汝南县城关，私塾，农民
采录者： 孙世俊，男，49 岁，汝南县文化馆，中专，干部
采录时间：1986 年 7 月 12 日
采录地点：汝南县城关

附记

这则故事曾被河南《故事家》1986 年第二期登载。讲述者吕凤岗幼年读过私塾，是村里的读书人，懂的也多，村民有啥事好找他帮忙。他农闲时好给人讲古话，说故事，是十里八乡都知道的"故事篓子"，也知道很多民间谚语。孙世俊是县文化馆副馆长，是《中国谚语集成·河南汝南县卷》的副主编。吕凤岗是个热心人，不仅给他提供了不少谚语素材，还讲了不少民间歌谣和传说故事。孙世俊到吕凤岗家时正赶上饭食，两人一人一碗捞面条，边吃边聊，收集了很多素材。孙世俊晚上回家整理后，分别被收入《中国民间故事集成·河南汝南县卷》《中国歌谣集成·河南汝南县卷》《中国谚语集成·河南汝南县卷》。（赵新春）

5

王元一的故事

新蔡县民间传说王元一是新蔡县龙口集南王楼村人，自幼读书，聪明过人，点子很多，二十岁考取举人。也有说他是清乾隆年间贡士的。

（1）王元一进京都

一次，王元一和他的几个学友进京城赶考，走了几天几夜，个个累得腰酸腿疼。虽然离京城只二十里了，可说啥也走不动了。王元一说："我有个妙法，管叫咱今晚就赶到京都。""啥妙法？"大家都惊奇地问。王元一诡秘地笑了笑，没吭声。

这时正赶日落光景，从山村里来了个打水的姑娘。王元一一见，心生一计，问打水姑娘："大嫂，能喝点水吗？"那姑娘一听好气，骂道："天没黑，你不长眼吗？""谁不长眼？"姑娘哭着回去了。

王元一跟学友说："兄弟，刚才那个打水的是个姑娘，我偏叫她大嫂，把她骂哭了。她回去后，肯定不会轻饶咱

们的。"说话不及，从村口跑来几个扛着家伙的村民，气势汹汹的。王元一的学友一见，个个吓得不得了。王元一说："快跑，那伙人要和咱拼命啦！"跑了一阵子，大伙放慢了脚步。他又大声喊："快跑，人家还在撵哩！"就这样，大伙一气跑了二十里，到了京城城楼下这才停下脚步。

这时，王元一在一旁哈哈笑了起来，大伙这才恍然大悟，不约而同地说："咱都中王元一的计了！"

讲述者：尤学海，男，54 岁，新蔡县龙口乡人大，高中，干部

采录者：王永红，男，25 岁，新蔡县马戏团，初中，职员

张敬忠，男，32 岁，新蔡县扶贫办，大专，干部

采录时间：1987 年 9 月 19 日

采录地点：新蔡县龙口乡政府

附记

尤学海性格随和，走到哪都好跟村民打招呼喷阔，会讲很多民间故事。王永红、张敬忠和他经常打交道，比较熟。当二人找到尤学海时，他二话没说，就给他俩讲了不少民间故事，中午还下厨管了一顿饭。王元一的故事在新蔡流传很广，也很多，很多人会讲，以往新蔡县民间故事卷收录有十三篇。其中有李新和讲述、乔忠敏采录的《王元一认"二姨"》，高润生讲述、张敬忠采录的《王元一戏弄瞎财主》，王国喜讲述、张冠荣采录的《王元一亲嘴》和《王元一摆治老师》，苏国勋讲述、谢石华采录的《王元一输理》等故事，因为故事情节和内容在张四妖奇的故事里已有所体现，本书未收录。（赵新春）

（2）戏弄私塾先生

王元一是新蔡县龙口集南王楼村人，自幼读书，二十岁考取举人，在当地很有名气。

有一年，他邻近庄园的王氏祖伯，请了一位教书先生。这位先生是个秀才，来了一个多月了，还没去拜访王元一，王元一很不高兴。一天晚饭后，王元一打扮成农妇模样，头顶毛巾，来到私塾窗口外问："先生在屋吗？"先生说："在呀。""我的小外甥有病，想请您给他爹写封信。""请到屋里坐。""妇道人家不便进屋，我在外面说着，您写吧。"

教书先生把笔墨纸砚准备好后，就听王元一说："瓿（bù）囤儿爹，瓿囤儿爷，瓿囤儿在这不乜铁[1]，早回三天见瓿囤，晚回三天瘪故[2]也。先生，乡下人没学问，你帮着写写，可不要写白字呀。"

因为"瓿"字是个冷字，教书先生想了半天，也没想起该咋写。结果一个瓿字还没写哩，王元一又连说几个瓿字。

教书先生恍然大悟，说："是王元一老先生吗？"王元一也不答，掩笑而去。

第二天，教书先生备礼登门，拜王元一为师。

> 讲述者：　袁海彬，男，45 岁，新蔡县佛阁寺乡梅湾村，高小，农民
> 　　　　　梅醒三，男，48 岁，新蔡县佛阁寺乡梅湾村，高小，农民
> 采录者：　张敬忠，男，32 岁，新蔡县扶贫办，大专，干部
> 采录时间：1987 年 11 月 12 日
> 采录地点：新蔡县佛阁寺乡梅湾村

附 记

由于职业原因，张敬忠经常和村民打交道，他好说好笑好打渣子，更容易和大伙打成一片，也更容易从中收集到民间故事。这天他来到了梅湾村，正好农闲，在村里饭场碰到了大伙，大家彼此也很熟悉，就围在一起抽着烟胡喷了起来。张敬忠回忆说，当时是袁海彬讲了这个故事，由于他不知道"瓿""瘪"字咋写，旁边的梅醒三就做了补充。不管咋说，总算把这个故事采集了下来。（谭咏利）

（3）"试"老婆

王元一的老婆是个百里挑一的美人，所以，王元一每当外出时，总对她不放心。这天，趁逢庙会，王元一打算试试她。

吃罢晚饭，天已黑透。王元一在家用被子蒙住头，装作瞌睡。他妻妹和老婆一块看戏去了。老婆走后，他翻身起床，抄小路，在一片麻棵[3]里蹲下。等老婆走到前面时，王元一冲上去，抱住老婆，捂住嘴，乱摸一通后，把他老婆的鞋脱了一只，拿着跑了。

他跑回家后，装作无事的样子，照样蒙头大睡。不多会儿，他老婆哭着回来了。王元一问她哭啥，老婆将刚发生的事，如实说了一遍。

从此，王元一对他老婆放心了。

> 讲述者：　张汉忠，男，32 岁，新蔡县龙口乡张寨村，初中，农民
> 采录者：　王永红，男，25 岁，新蔡县马戏团，初中，职员
> 　　　　　张敬忠，男，32 岁，新蔡县扶贫办，大专，干部
> 采录时间：1987 年 8 月 16 日
> 采录地点：新蔡县龙口乡张寨村

（4）卖马

王元一的佃户喂一匹瘦马，他从东集拉到西集，就是卖不上价钱。王元一得知后，说："看咱给你卖吧，一定保你满意。"

[1]　不乜铁（方言音 tiē）：不好了。
[2]　瘪故：死了。

[3]　麻棵：制作麻绳的麻地。

这天一大早，王元一果然牵着那匹瘦马去赶李桥集。本来那天露水就大，王元一专拣地边走，结果，人和马都蹚得湿漉漉的。行户[1]一见此情景，疑心这个卖马的是小偷，就粗声粗气地说："这马从哪里来的？""东村。""啥价钱？""给钱就卖。"

行户更怀疑这匹马来路不正，就将王元一叫到一边审问。审了半天，也没问出结果。行户问他集上有没有熟人，他说："有，就是恁集上的保长。"

保长闻讯赶来，一见是过去的同窗王元一，惊讶地问："王举人，你咋弄成这样？"王元一苦丧着脸说："不这样啥法？我来卖马，他硬说这马是我偷的。"

保长一听好气恼，对着行户骂道："有眼无珠的畜生，王先生方圆百里哪个不知，你竟敢如此对待！"行户一听惊恐万分，忙想方设法将王元一的瘦马高价卖掉，还专门为他备了一桌酒席。

从此以后，王元一卖马的故事，就在我们这一带流传开来。

讲述者： 尤学海，男，54岁，新蔡县龙口乡人大，高中，干部

采录者： 王永红，男，25岁，新蔡县马戏团，初中，职员

李宝德，男，43岁，新蔡县委宣传部宣传科，高中，干部

采录时间：1987年9月19日

采录地点：新蔡县龙口乡政府

附
记

故事中行户专指牲畜市场中介人，相当于现在的经纪人，是牲畜买家和卖家交易沟通的桥梁。行户具有一定的专业知识，可以一眼看出牲畜的优缺点，通过牙口判断牲畜的年龄。由于对牲畜非常了解，

[1] 行户：畜牧市场交易员。

可以根据市场行情，提出一个买卖双方都能接受的价格。为了买卖双方的利益，他们不会当面说价格，而是通过在衣袖里或背人的地方用手势表述双方意见，叫比码子。交易成功后，行户能得到一定佣金。
（赵新春）

（5）说"三句半"

一日，王元一外出，路遇一位大脚姑娘，当下引起王元一的极大兴趣，一时诗性大发，高声吟道："路遇姑娘，金莲三寸长……"吟到这句，这位姑娘放慢了脚步。王元一继续："单脚能过桥，稳当。"姑娘听了后半句，气坏了，指责狂徒污辱她，一怒之下，把王元一告上了县衙。

知县接到状纸后，立即命衙役把王元一拉到大堂问话。王元一来到大堂后，县令问他为何戏弄妇女，王元一答道："小的未曾调戏她，我只是吟诗一首而已！"知县说："那好，你也给我吟一首吧！"王元一答道："请问县太爷尊姓大名？"知县道："本人姓胡名西坡。"王元一接下吟道："昔有苏东坡，今有胡西坡……"知县听到这两句话时，心里甜丝丝的，让他大声往下说。王元一接下来吟道："这坡比那坡，差多。"知县听到这一句时，心中大怒，惊堂木一拍吼道："大胆狂徒，竟敢戏弄本官，来人，把他给我重打四十，充军辽阳，退堂。"

且说王元一充军辽阳后，度日如年，每天闷闷不乐。一天，狱卒问王元一有娘舅没有，王答："有。"狱卒说："他来看你了。"王元一十分高兴。狱卒领舅舅进来后，两人悲喜交加，抱头痛哭，互诉衷肠。在悲喜中，王元一见景生情，诗兴大发，又脱口吟道："充军到辽阳，见舅如见娘，两人双流泪，三行。"原来，王元一舅父害病，瞎了一只眼。

讲述者： 田齐旺，男，65岁，新蔡县古吕镇，高中，退休教师

采录者： 薛焕民，男，72岁，新蔡县文化馆，中专，馆员

采录时间：2006 年 2 月 28 日

采录地点：新蔡县古吕镇

附
记

编纂《中国民间故事集成·河南新蔡县卷》时薛焕民是文化馆文物专干，他讲述的民间故事有三篇收入县卷。2006 年《中国民间故事全书·河南驻马店新蔡县卷》编纂时，他虽然已经退休，七十多岁，为搜集重点故事，不顾年事高，多方走访调查，收集整理不少民间故事，得到编纂委员会的充分肯定，在《后记》中对他的工作表示感谢。田齐旺与他是老相识，退休后经常在一块锻炼，知道老薛好收集民间故事，也会把自己听来的故事讲给他。这则故事就是在锻炼休息时，他给薛焕民讲的。（赵新春）

异文：张志戏官充军

从前灈阳[1] 城外张家庄有一个秀才，名张志，擅作拐角诗[2]。此人才高气傲，因屡考不第，常饮酒泄愤，慢慢变得玩世不恭，视功名如粪土。

有一年天大旱，土地干裂禾苗变黄，百姓心急如焚，县太爷也想尽了办法，急得抓耳挠腮。一日，他带领三班衙役和众百姓前往奥来山（尖山）下黑龙潭求雨，浩大的声势，惊动了周围百姓。第二天，张秀才知道了此事，即兴赋诗一首："大老取雨泽，万民感恩德。夜晚推窗望，明月。"

此事传到县衙，县官正为求雨不下而心焦，闻此事不禁大怒，遂发签捉拿张志。张志听说后慌忙出逃，差役扑了个空。由于不认识张志，只得无目的地暗中追查。

一日，张志走到一个村前井旁大树下，累得口干舌渴，便坐下休息。忽见一女前来打水，当他看到这女子快步

[1]　灈阳：汉代县名，位于今遂平县城，管辖今遂平县东部及附近地区。唐代吴元济淮西割据势力平定以后，与吴房县（在今遂平县文城，包括今遂平县西部及附近地区）合并，统称遂平县。

[2]　拐角诗：歪诗，讽刺诗。这里指三句半。

走来的两只大脚时，心血来潮，随口说道："乘荫在井旁，婆娘取水浆。金莲刚三寸，横量。"

这时，两公差刚巧路过这里，听到这首拐角诗，认定他就是要捉的张志，便上前抓住他，带回县里。

县官立即升堂，虎威之下，张志供认不讳。

"青天爹娘官，解民于倒悬。有感发心底，实言。"

县官气得脸色发青："大胆狂徒，竟敢戏弄本官，重责四十，发配宜阳。"

四十大板打过，张志双腿鲜血淋淋，一拐一拐地被押出衙门。他唉声叹道："县尊心地宽，肚里能游船。戏言苦双股，打烂。"

发配到宜阳后，张志给在洛阳做官的舅舅送个信。他舅是个武将，一次作战中失去一只眼，听说外甥遭此灾祸就前去探视。二人一见相抱大哭，舅舅问他为何事，张以实相告。舅舅走后，张志回想此事，脱口而出："发配到宜阳，舅爹瞧甥郎。二人眼泪流，三行。"

在他舅的活动下，案子转到洛阳，洛阳知府细观案情，通过审理判张志无罪。怜其文才，拔在府内作一差官。更深夜静之时，张志回想此番因作拐角诗的曲折遭遇，挥笔作诗："无辜遭祸殃，宜阳转洛阳。因祸得富贵，贤良。"

讲述者：　李怀祥，男，69 岁，遂平县城，小学，农民

采录者：　马水国，男，30 岁，遂平县地名办，大专，干部

采录时间：1988 年 2 月 5 日

采录地点：遂平县城

附
记

两则故事中主人公所说的三句半在驻马店民间流传很广，因表演时只有三句和一个短语而得名，据说起源于嘉庆年间山东峄县陶馆附近的运河号子。三句半由 4 人演出，前三人每人说或唱一句，第四人则念诵归纳前三句内容的词或短语，反复循环至结束。在现实表演中演员还会不断变换队形，用锣、鼓、钹、碰铃等打击乐器增加气氛。

此类型的民间故事以往在驻马店各县区民间故事里收录不少。像正阳县王敬讲述、陈淑亮搜集整理的《张秀才吟诗遭发配》，调戏大脚民女他说的是："走在大街上，遇见一娇娘，金莲三寸三，横量。"见到县令苏西坡说的是："古有苏东坡，今有苏西坡，这坡比那坡，差多。"被发配枣阳，见到舅舅，说的是："发配到枣阳，见舅如见娘，亲人眼流泪，单行。"

西平县蔡寨乡冯张庄村村民马明山讲述、马俊玲采录的《苏西坡》，故事中书生无姓名，他讽刺的是县太爷苏西坡的美貌大脚夫人："美貌一娇娘，金莲一丈长，金莲长丈二，像条梁。"被县官传到衙门后的情节是：

书生一听县官叫苏西坡，随口答道："昔日一东坡，今日一西坡，二坡相比差得多。"事有凑巧，书生说"得"字的时候，正巧喉咙噎了一下，"得"没说清，县太爷听成了"差不多"，连声说："好、好，把我和苏东坡相比，算你看准了，恕你无罪，下堂去吧！"阴差阳错，免于被处罚。

从内容情况看，应是同一故事在不同地方演绎的不同版本。（赵新春）

（6）考试

王元一这个人很有才华，脑子特别灵。传说有一年去赶考，考前他睡着了，等到同路去的题做完了，回到住处发现他还在睡着，就把他叫醒，对他说考完了，他才着了急，忙问："考的啥题目？"有人告诉他："何谋有师道也。"他没听清，听成"蛤蟆咬死大爷"。到考场就写道："吾知水中之王蛟龙也，山中之王虎豹也，尚未曾闻蛤蟆何以为王，竟咬死其大爷也……"如此洋洋千言，滔滔不绝，痛快淋漓。监考官接过一看，啼笑皆非，心想王元一呀王元一，你这个人叫我咋处置呢，不录取吧有文有采，诙谐有趣，录取吧，文不对题，离题千里，算了，叫你教小孩去吧。给他弄个教谕之职，后人都称他王教官。

讲述者：王国喜，男，78岁，新蔡县龙口乡张小寨村，
　　　　初中，农民
采录者：张冠荣，男，60岁，新蔡县龙口乡中，大学，
　　　　教师

采录时间：2006年3月6日
采录地点：新蔡县龙口乡张小寨村

附
记

王国喜是新蔡县龙口乡张小寨村有名的"故事篓子"，他读过书，讲的故事幽默风雅，时不时也搞点文人风雅，当地不少人爱听他讲行话。张冠荣是新蔡县龙口乡中的教师，喜欢写剧本，他创作的大型古装剧《寇准荐相》曾获驻马店地区戏剧大赛编剧一等奖。他的老家在龙口乡的塔王庄，与王国喜家相距不远。因为创作的原因，对民间文化也比较关注，找过王国喜几次，是熟人。2006年张冠荣担任《中国民间故事全书·河南驻马店新蔡县卷》编辑，当时王国喜身体不好。为了抢救出珍贵的民间文化资料，张冠荣多次去看望他，尽力帮助他解决困难，王国喜很高兴，一口气给他讲了十余篇民间故事，其中四篇被收入《中国民间故事全书·河南驻马店新蔡县卷》。

在以往泌阳县民间故事版本中，樊立方讲述、徐书亮采录的张四妖奇的故事《戏考官》是一则与此类似的故事。与此故事中王元一听错题不一样，《戏考官》南阳府考官出的题是"蛤蟆犹思道也"，是张四妖奇故意写成"蛤蟆咬死他二大爷的"。他的正文是："蛤蟆者，微物也。其通身不以毒哉，竟伤吾之伯父也。吾常闻，在山而伤人者，狼豺虎豹也；在水而伤人者，鼋鳖蛟龙也。吾未闻池边唧唧哇哇者，竟伤吾之伯父也。"他写完后，扬长而去，只剩下监考官在那儿干生气。（赵新春）

（7）摸脚

有一回，几个人在龙口当街坐着闲聊。不远处过来一个年轻媳妇，骑着高头大马，像是回娘家的。几个人说："王元一，你恁能，要敢摸摸这个新媳妇的脚[1]，俺几个请你的客。"王元一说："一言为定？"几个人说："决不含糊。"说着话，新媳妇就到了跟前。王元一跨前一步，抓住新媳妇的脚，回头大声说："我说这马镫是铜的，你们几个说是铁的，还是我说的对，你几个请客吧。"新媳妇没一点思想准备，正要对王元一发脾气，听他恁一说，不

[1]　新媳妇的脚：过去摸女人的脚，等于调戏妇女。

仅没有恼，还对王元一笑笑，认为王元一真在夸她的马镫呢。

讲述者：　王国喜，男，78岁，新蔡县龙口乡张小寨村，初中，农民

采录者：　张冠荣，男，60岁，新蔡县龙口乡中，大学，教师

采录时间：2006年3月6日

采录地点：新蔡县龙口乡张小寨村

6

侯欢的故事

据说侯欢是清朝嘉庆年间上蔡县朱里镇高庄村的一个怪人，姓侯名玉秀，因聪明活泼，喜欢搞恶作剧，人送外号侯欢。他自幼读书，直到咸丰年间，才落了个秀才的功名。在上蔡县朱里，他的奇事趣闻一百多年来常讲不衰，越传越远，也越传越奇。

（1）写状纸

侯欢考取秀才功名后，成了三里五村有名的才子，每有文事，大家伙都请侯欢代笔写状子。

有一年冬天，与侯欢同村的两家人，一家姓郭，一家姓高，因猪拱麦地打起了官司。郭家的猪拱了高家的麦田，高家一怒之下，将郭家的猪打死，两家发生纷争，后来发展到对簿公堂。状纸递到商水县衙大堂，县官看到师爷递上来的郭家状纸，上面写道：猪嘴如刃，拱坏禾苗，没有收成，怎把皇粮交？又看高家状纸，上面写着：寒冬腊月，地冻如铁，猪嘴是肉，怎能拱动铁？

县官看罢两家诉状，问郭、高两家，状纸是何人所写，两家异口同声说："是秀才侯玉秀，外号侯欢所写。"

县官惊堂木一拍，怒道："大胆侯欢，竟敢戏弄本官！"随即扔下一支令牌命衙役速传侯欢到堂。衙役接令，骑上快马，不多久，侯欢就被带上大堂。

县官厉声问道："堂下可是侯欢？"侯欢："在下姓侯，名玉秀，咸丰年秀才。侯欢是乡里人对学生的戏称。"

县官："你既读孔孟之书，必知周公之礼，为何出尔反尔？"侯欢："学生不明白。"

县官："你村郭、高两家的状纸可是你所写？"侯欢思忖片刻："是贫生所写。"

县官："到底哪个是事实？你自相矛盾，叫本官如何判断？"侯欢："断官司是大人的事，怎样写状纸是我的事。断得公不公就看大人的本事了。"

县官："大胆侯欢，还敢顶嘴！"侯欢："并非顶嘴。"

县官："依你之见，这官司该如何公断？"侯欢："好办！"

县官："咋办？"侯欢："死猪抬回家，不再用刀杀。"

县官："那被拱掉的麦子呢？"侯欢："春来再补种，麦子照样打。"

县官："歪才侯欢，你不但戏弄本官，而且戏弄乡邻，有悖礼教，枉为秀才。从今往后，不准你进商水县城！"侯欢："多谢县令大老爷。"

县官："为何谢我？"侯欢："从今往后我就可以免交地税银子了。"

县官怒："不让你进县城，谁个不让你交银子？"侯欢："交银子就得进县城，不让进县城不就是不让交银子吗？"

县官一时语塞，挥了挥手，将侯欢赶下了大堂。

讲述者： 张建华，男，53岁，上蔡县计生委，大专，干部

采录者： 魏晓伟，男，37岁，上蔡县朱里镇政府，大专，干部

采录时间：2006年4月16日
采录地点：上蔡县朱里镇政府

附记

张建华是上蔡县朱里人，侯欢的故事在那里流传很广。他从小就听老辈人讲过，所以自己也会讲。魏晓伟是2006年《中国民间故事全书·河南驻马店上蔡县卷》的摄像兼故事采录员，两人在工作时就认识，但不知道张建华会讲侯欢的故事。这天张建华到乡里指导计划生育工作，吃完工作餐后两人就聊起来，说起朱里本地的故事，讲到了侯欢。魏晓伟就问谁会讲，张建华随口说"我会呀"，就把知道的侯欢故事讲给了魏晓伟，也就是《中国民间故事全书·河南驻马店上蔡县卷》收录的五篇侯欢故事。

像这则故事里侯欢这样代人写呈子的故事情节在驻马店其他机智人物故事中也有体现。像遂平县张学周讲述、张志平采录的张老陶的故事《写呈子》，情节设置是两家找到张老陶写状纸，张老陶怕惹麻烦，就在腊月冬天身穿单衣为王家写道："十冬腊月天，黄土冻成砖，铁锹挖不动，猪嘴怎么揸。"县官没管。到了夏天麦后收皇粮，县官传唤因麦苗被毁不愿交的吴家。张老陶身穿皮袄为吴家写道："猪嘴好似钢锹，伤害五谷禾苗，庄稼毁为白地，皇粮怎么能交？"县官问起原委，才知是和王家猪拱地坏麦被打死一案有关。由于状纸都是张老陶写的，且腊月穿单衣、夏天穿皮袄写状纸不合情理，县官最后来个"葫芦僧断葫芦案"，命手下人把吴、王各打板子，连同张老陶一起轰出大堂。（赵新春）

（2）我就是侯欢

这一年快过年了，侯欢背个钱褡，准备到漯河备些年货。路遇一辆马车，侯欢和车夫说妥咧，便趁上了人家的马车。一路上，侯欢和车夫两个人在车内谈开天了。车夫常年在外，见多识广，话题很快扯到了侯欢的身上。车夫想显摆自己有能耐，就说了一些贬侯欢的话，像是他认识侯欢的样子。

马车轱辘辘地走着，车夫嘟噜噜地不停说着，侯欢看似听车夫讲故事，实际上他留心起车夫放在车厢里的皮马褂，前胸、后背共有多少块皮料，哪个地方跑根线都一一

记在心里。侯欢下车和车夫分手时，顺手掂起了车厢里的皮马褂，车夫一看，非常生气，问侯欢："你这人，我好心让你坐车，你咋还拿我的马褂？"侯欢一听，也不示弱："亏你还走南闯北！坐坐你的车就想讹我的马褂？"两人争吵不止，最后只得见官评理。

公堂上，侯欢对县太爷说："他说是他的马褂，让他说他的马褂有啥特征。"车夫虽说常穿这马褂，可真要说有啥特征，一时还真说不上来。侯欢便把皮马褂前胸、后背各有多少块皮料、哪个地方开了一条缝都说得清清楚楚。马车夫真是哑巴吃黄连——有苦说不出，眼睁睁看着自己的皮马褂断给人家。

出了大堂，侯欢顺手把皮马褂扔给了车夫，他告诉车夫："伙计，你讲的侯欢，都是听人家传的。今儿个我告诉你，我就是侯欢。"

讲述者：　张建华，男，53 岁，上蔡县计生委，大专，干部

采录者：　魏晓伟，男，37 岁，上蔡县朱里镇政府，大专，干部

采录时间：2006 年 4 月 16 日

采录地点：上蔡县朱里镇政府

（3）智惩"吸血虫"

侯欢小时候，家里穷，五六岁就给本村的财主家放牛。这个财主可坏了，他经常让长工们天不亮就出工，顶着星星收工，不让长工吃饱，还无缘无故地扣长工们的钱。长工们提起财主，都气得牙根儿痒痒，背地里都叫他"吸血虫"。小侯欢早就想替长工们出口气惩治一下"吸血虫"。

这天，他见"吸血虫"急慌慌地去后柴禾园，便悄悄地跟了去。"吸血虫"家的后柴禾园里有个茅坑，茅坑边有棵小弯枣树，每次"吸血虫"在解手时，因为肚大腰圆总是需要用力去抱小弯枣树才能站起来。小侯欢一看，计上心来。等"吸血虫"离开柴禾园后，小侯欢就用刀子在弯枣树的根部深深刻上一道沟，然后用细土封好。第二

天，"吸血虫"又急匆匆地去后柴禾园上茅房，他脱下裤子解完手，又去伸手扳弯枣树，弯枣树一下断了，"吸血虫"掉进了茅坑。等他爬上茅坑，浑身满脸都是屎。小侯欢连忙装好人，自告奋勇搀着"吸血虫"到一个又脏又臭的坑里去洗洗。谁知这个坑里满是蚂蟥[1]，"吸血虫"在水里还没扑咚几下，他的腿上屁股上便叮满了蚂蟥，疼得他"哇哇"大叫爬出水坑。一上岸就冲小侯欢喊叫："快帮我打……打蚂蟥！"

小侯欢正巴不得狠抽"吸血虫"呢！他急忙脱掉鞋帮"吸血虫"打蚂蟥，边打边嚷："打你个大蚂蟥，叫你还吸人血！"过路的长工们见了，都夸侯欢为大伙出了气。

讲述者：　张建华，男，53 岁，上蔡县计生委，大专，干部

采录者：　魏晓伟，男，37 岁，上蔡县朱里镇政府，大专，干部

采录时间：2006 年 4 月 16 日

采录地点：上蔡县朱里镇政府

（4）赶路

侯欢考举归来，一路上走得疲惫不堪，同行的秀才们一致要求休息。

侯欢看了看快要西坠的红日，心想：天快黑了，一停下来，今晚就很难到家了。他四下打量了一下，见一位少妇在井沿打水，侯欢忽然有了主意。只见他慢慢地走上前去，开口道："大嫂，我们是赶考的秀才，想讨口水喝，中吗？"少妇道："请便。"于是，几个秀才分别海喝牛饮了一番。

侯欢喝完了水，对少妇道："大嫂，喝了你的水，我咋谢你呢？"少妇道："谢啥谢。"侯欢道："俗话说，受人滴水之恩，当以涌泉相报，咋能不谢？这样吧，我给你打个车脚子，算是我们谢你了。"说着便为少妇打了一个

[1]　蚂蟥：蚂蟥。

车轱轮[1]，可脚一落地时，侯欢的裤子掉了，身体的下半部赤裸裸地暴露在少妇面前。少妇见状，恼羞成怒，举起勾担[2]就打。

几位秀才见侯欢又惹了祸，拔腿就跑，一气跑了二里多路才敢停下。众秀才纷纷指责侯欢无礼，不该招惹是非。侯欢却得意地说："不这样你们能跑恁快吗？咱今儿黑了能赶到家！"众秀才啼笑皆非。

讲述者：　张建华，男，53岁，上蔡县计生委，大专，干部
采录者：　魏晓伟，男，37岁，上蔡县朱里镇政府，大专，干部
采录时间：2006年4月16日
采录地点：上蔡县朱里镇政府

附
记

《赶路》这类故事在驻马店地区各县选本机智人物里都有选入，虽然人物不同，情节内容却基本相似。（赵新春）

异文：赶考

一天上午，天气很热，张老陶同几位赶考举子走得又累又渴。张老陶忽见前面有一农夫锄地，地头有一水罐，对同行人说："你们慢走，我到前面农夫处能喝水，你们不能。"众人不信。

张老陶走到农夫跟前，只"哎、哎"乱喊，不打招呼。农夫生气地说："你这人毫无礼义，只哎不说话。"张老陶说："您别生气，我和后面几个人是响器班[3]的，对您称

不起兄叫不起哥，没法称呼。"农夫问："你有事？"张老陶说："天热，渴得慌，借借光喝点水。"农夫应允了。

后面几个人走到此处，口称大哥要喝水，农夫大骂："你们明明是响器班的，怎能对我称兄道弟，毫不知礼义。"几位没喝上水，又挨了骂，知道上了张老陶的当了。

讲述者：　张学周，男，68岁，遂平县常庄乡吴集村大张庄，私塾，农民
采录者：　张志平，男，37岁，遂平县常庄乡文化站，高中，专干
采录时间：1988年4月16日
采录地点：遂平县常庄乡吴集村大张庄

附
记

过去从事唢呐行业的艺人被视为下九流，身份低下，不能随便与人称兄道弟，所以故事中有"对您称不起兄叫不起哥"的说法。以往，驻马店民间也常用"老响器家儿"或"吹老响器的"骂人，说人低贱，人品差。现在人人平等，这些都成了老黄历。（赵新春）

[1]　车轱轮：双手着地，双足腾空画圆。
[2]　勾担：两端带钩的扁担。
[3]　响器班：又称鼓乐班，是专门为婚丧嫁娶服务的唢呐队。

7

庞金坤赶考

从前有个淘气的学生，叫庞金坤，一上课就打瞌睡，老师常常拿棍子敲他的头，读了几年书，除了认识自己的名字，其他啥也不会。但是，你可别轻看他，这人一肚子都是鲜点子[1]。

这年皇上开科招选了，他也要去赶考，他爹和他娘知道他啥也不会，可是也得依他的意，就给准备些钱和衣物，送他上路。

一天，庞金坤走到一个村庄上，又累又饿，想买点东西吃。可这里前不靠集，后不挨镇的，有钱也买不来，要吧，放不下脸面。咋办呢？这时，他看到一个妇道人[2]站在院墙头上骂谁家偷了她的鸡，点子来了，上前搭话："姨，恁家的鸡也叫人家偷了？"那妇女一看叫她姨的是个阔气的年轻人，以为是来了富亲戚，就不骂了，赶紧把他让到家，烧了一碗鸡蛋茶让他喝。庞金坤喝了鸡蛋茶，不饥也不渴了，心里暗自高兴。坐了好大一会儿，那妇

[1]　鲜点子：新奇的主意或办法。

[2]　妇道人：泛指结过婚的女人。

女问庞金坤："啥庄的亲戚，俺咋不认识啊？"庞金坤这才说："你跟俺娘真像，那回俺家的鸡丢了，俺娘坐在房脊上骂，恁俩不是姐妹吗？"那妇女一听，原来不是亲戚，又挨了顿戏弄，就把他撵走了。

庞金坤又走了一段路程，看到村庄外场面里有个石碌碡，就走过去坐在上面歇息。这时，碰上个锻磨匠，他又来了鲜点子，亲亲热热上前给石匠打招呼："师傅，你来得正好，俺爹就是让我找你哩。这不，俺家的石臼烂了，俺爹让你用这个石碌碡重做一个。你先干，我回家安置饭去。"石匠拿出工具，叮叮当当地干起来。庞金坤哪是给人家安置饭，出村可溜了。

天挨黑，这家主人到场里撮柴禾[3]做饭，看见石匠锻他家的石碌碡，以为这人是个疯子，把石匠大骂一通。石匠说："是你儿子叫做石臼的。"那家主人说："我是个绝户头，哪有啥儿子？"石匠累得满头大汗还挨了顿骂，心里很生气，可有气也没头出。

这天，庞金坤走到一块地头，看见一个犁地的，牲口很不好使，牛犟着来回转圈。庞金坤上前问："你这是转犁拐呀？"犁地的正为牲口不好使发性子，一听这调皮话，眼一瞪："你说啥仙话，啥转犁拐，还转犁铧哩！"

庞金坤一路上戏弄了不少人。这天来到考场，考场门前挂了一块牌子，上面写了好多字。考生进考场先过认字关，不超过一半，就取消考试资格。庞金坤来到考场门口，考官问他认识多少，他答："一字不识。"考官认为他就一个字不认识，让他进了考场。

庞金坤拿着考卷，一个字也写不上。到掌灯时分，考生都交过卷，他还在捧着头。忽然从外面飞进来一只屎壳郎，正好落在庞金坤的桌上。他顺手抓着，又从兜里取出铜茶杯，把屎壳郎往墨砚里蘸一下，放在考卷上，用茶杯罩着，让它在里面随便爬，一次又一次，直到把考卷爬过来。

第二天考官改卷，改到最后，才见庞金坤的卷子。这张答卷不同一般，考官们互相传看，没有不称赞的，可谁也不认识到底是啥字。这时外面下起雨来，考官把庞金坤

[3]　撮柴禾：用筐、篮子或簸子把柴禾弄到家里供烧火做饭用。

叫到考场问他："你叫什么名字？""梦里敲。"老师们小声议论："没听说过，是不是孟子的后代？""你都读了哪些书？"庞金坤被问住了。

这时正巧房子漏下一滴水，滴到书上。他灵机一动说："《屋漏天书》，还有《转犁铧》。"考官们又议论开了："没听说过，是不是孟老夫子祖传下来的书？""你这考卷上都写的什么字？""墨花转字。"

考官们怕问得多了在众人面前出丑，只得到此打住，给庞金坤判了个满分，庞金坤中了头名状元。

讲述者： 赵九成，男，50 岁，西平县专探乡丁庄村，高小，农民

采录者： 赵一波，男，30 岁，西平县专探乡丁庄村，高中，农民

采录时间： 1987 年 8 月 19 日

采录地点： 西平县专探乡丁庄村

附
记

赵一波和赵九成是一个村子的，秋庄稼起来后，每天都下地锄地，由于地边搭地边，除了干活，还讲有话，你讲一个，我讲一个，目的是消除劳动的疲劳。之所以保留这个故事，除了幽默风趣之外，更重要的是它保留了不少有特色的方言和过去农耕社会的一些印迹，如锻磨、做石臼、犁地等，保留了旧有农耕文化的回忆，很有地域特色。（刘康健）

（二）巧女故事

8

巧媳妇

王岗村有个王员外，家有仨儿子，老大老二都成了家，只有小儿子的婚事，员外还没有拿定主意。

有一天，王员外在街上悠，碰上给小儿子提亲的媒人，问他这门亲事定不定。员外说我得上闺女家看看，媒人就把他领到饭店。店家的闺女年方十七，长得精鼻子精眼[1]。见员外进来，忙张罗着入座，又恭敬地问用啥饭。王员外左右看了看，就点了四样菜：皮夹皮、皮打皮、皮包皮、皮包粪。媒人一听打了个愣征[2]，这是啥菜呀，不是变着法子难为姑娘吗？只见姑娘微微一笑："大人，请你们稍等，菜一会就上来。"说罢，转身回厨房了。

一会工夫，姑娘把四样菜端上来了：猪舌头、猪耳朵、猪肝、猪肚。员外一看，心里很满意，就悄声给媒人说："小三完婚定在中秋节。"农历八月十五那天，员外的三儿子与店家的闺女成了婚。

一天，仨媳妇给员外说都要走娘家。员外说："那好吧，大媳妇回去个三五天，回来给我捎样纸包火；二媳妇回去个七八天，回来给我捎样娃娃鱼；三媳妇回去半个月，回来给我捎样白萝卜，黄心，不带叶不要根。你们俫得在同一天一齐回来。"说罢，就出去了。

大媳妇、二媳妇一听可发起愁来，这回走娘家咋住哩，要的东西又恁鲜[3]，一急竟掉起泪来。三媳妇见状忙劝道："嫂子，嫂子，您都别慌，这不是很好办吗？大嫂子你住俫五天，回来给咱爹捎个灯笼；二嫂子你住个七天加八天，回来给咱爹带一罐豆腐脑；我回娘家住十五天，回来给咱爹拿点剥了皮的熟鸡蛋。到时候，咱不就一起回来了吗？"大媳妇、二媳妇一听笑了："还是老三家的心眼多。"

半个月过去了，仨媳妇各自带着捎的礼物高高兴兴地回来了，老员外接过媳妇们捎的东西，心里十分满意。恰巧第二天是员外的生日，他对媳妇们说："晌午吃饭时，你们给我做一碗'大雪掩青苗'饭，再炒一盘菜，每盘都得用十样菜。"三媳妇给俩嫂子使使眼色说道："好！"

晌午吃饭时，仨媳妇各自端一碗饭、一盘菜放在桌子上，老员外一看是白生生的大米饭，外加鸡蛋炒韭菜，他用筷子朝饭碗里轻轻一扒，米饭底下露出一粒粒煮熟的绿豆，饭没沾唇就连声称道："好！好！好！"从此，员外便在家门口挂了一个横匾，上写"万事不求人"。

一天，县太爷打这路过，见了横匾，便命人把员外叫出来说道："王员外，我让你九天办三件事：限三天让公牛下一个牛犊，限三天用布把太阳遮住，再限三天把东海里的水舀干，倒成油，不得拖延！"县太爷一走，王员外可慌了神，忙把匾取下来拿回屋。

三媳妇见公爹哭丧着脸，说："爹，你咋把匾摘了？"员外就把县太爷的话说了一遍。三媳妇宽心地说："爹，这事你甭愁，交给我办好了。"

到了十天头上，县太爷来了，见老三媳妇坐在门槛前做针线活，就问道："你老公爹呢？""他正生孩子呢。"县太爷一听哈哈大笑："岂有此理，哪有男子汉大丈夫生孩子的事？"三媳妇接着话茬说："真是少见多怪，公牛

[1] 精鼻子精眼：指人长得精明，干净利落。

[2] 愣征：也写作"睖睁"，因受惊而发呆。

[3] 鲜：不常见到。

还会下牛犊哩！"县太爷一时语塞，忙改口说："我让你爹弄遮太阳的布，可曾办妥？""那布早就织好了。请你说清天空的尺寸，好有个遮法。"县太爷无法，便说："那第三件事办得咋样？""油磨好了，舀水的瓢也做好了，请你赶快挖个大坑好盛东海里的水。"县太爷无言答对，只好带着衙役走了。

讲述者： 刘雪莲，女，62岁，西平县焦庄乡，小学，农民

采录者： 贾春平，女，18岁，西平县焦庄乡中，中学生

采录时间：1989年7月24日

采录地点：西平县焦庄乡

附记

　　这是西平县焦庄乡、二郎乡、重渠乡和邻近的上蔡一些乡村流传很广的一则故事。当时民间文学采集以县文化馆、乡文化站为主体，动员了乡镇中学的老师，老师又动员了自己学生。贾春平是西平县焦庄乡中的一名中学生，听到老师动员后，就想起了刘雪莲奶奶讲过的这则故事，把它记录整理后交给老师，被选入《中国民间故事集成·河南西平县卷》。（奚家坤）

　　类似故事在我市各县区也有流传。平舆县的《马老汉选儿媳》中选当家儿媳的第一个问题是"大媳妇住七八天，二媳妇住三五天，三媳妇住半个月，到时候同一天回来。老大媳妇回来带的东西是：有头无脖子，有眼无眉毛，无脚也能走，有翅不能飞。二媳妇带的必须是：红口袋，绿口袋，有人怕，有人爱。三媳妇带的东西是：青青叶，黄黄花，地上开花不结果，地下结果不开花。"第一个问题的答案：七八相加是十五，三五相乘也是十五，所以老汉给媳妇去娘家探亲的时间都是半个月即十五天。带回来的东西，大儿媳的是鱼，二儿媳的是辣椒，三儿媳的是花生。第二个问题是"要买四种菜，老大胖头胖脑，老二扁头扁脑，老三浑身长刺，小四头戴铁帽"，答案是"冬瓜、南瓜、黄瓜和茄子"。（谭咏利）

9

聪明卖肉女

　　从前，上蔡县崇礼集有一肉铺。肉铺主人是个女子，芳龄十八岁，苗条身材、浓眉大眼、聪明伶俐。跟着爹爹学杀猪卖肉，苦心钻研技术，百儿八十斤的大肥猪，在她手上，三下五去二，宰杀完毕，肉是肉，骨是骨。尤其是在经营生意上，态度热情、服务周到、爱动脑筋，调皮顾客都败在她手下，比她爹爹还强几倍。

　　一天清晨，肉铺刚开铺一个时辰，来了一位买肉的老者，穿长衫、戴礼帽、手握拐棍，七旬左右，既像绅士，又像大客商，彬彬有礼问道："掌柜的，有我要的肉吗？"店伙计忙迎上说："客官，什么肉都有，肥的、瘦的、大的、小的，头、蹄、杂碎样样都有，你要点什么样的？"随即提刀在案板上把刀比了又比，就要动刀割肉。老者慢条斯理地说："不要肥，不要瘦，不要骨头，不要肉。要肉中皮，皮中肉，皮打皮，皮挨皮。"店伙计一听，心中生气，心想：你不是买肉的，是找事的。不耐烦地说："我这肉铺，什么肉也没有，你到别的地方去买吧！"老者刚要动身，"客官，请慢走，有！"忽听里屋有一小女子发话。小女子出来彬彬有礼地说："客官，要是有这样

的肉的话，您可要付双倍的肉钱！"买肉老者上下打量一下小女子，就说："可以。"随即小女子从里屋掂出了猪头、猪蹄、猪心、猪肝、猪肺、猪肚、猪尾巴等所有猪身上的杂碎。

老者满以为能难为肉铺的女子一下，不承想被小女子看破了，满意地付了两倍的钱。临走时说了一句话："你真是一位聪明的卖肉女，果然名不虚传，我算服了，告辞！"

讲述者：　党从宾，男，76 岁，上蔡县崇礼乡西党村，
　　　　　小学，农民
采录者：　党德全，男，55 岁，上蔡县崇礼乡中，中师，
　　　　　教师
采录时间：1987 年 4 月 9 日
采录地点：上蔡县崇礼乡西党村

附记

党从宾、党德全是同村人。过去农村农闲吃饭时，无论大人小孩都喜欢在家盛碗饭，端着聚集到村里开阔的地方或大树下，天南海北，边吃边聊。党从宾年轻时走南闯北，见多识广，性格又比较豪爽，是饭场中心人物。党德全就是听他讲行话长大的，所以 1987 年被聘为《中国民间故事集成·河南上蔡县卷》的采录员，他就第一时间找到已经 76 岁的党从宾，抢救整理了一批民间故事，两篇被选入县卷。（赵新春）

10

巧娘

从前有一位绣花能手，名叫胡燕，人称"巧娘"。她的手艺是跟她娘学的。她娘就因为给一个大财主的母亲绣百花衣，少绣了一朵花，被活活打死了。从那以后，巧娘暗下决心，永远不再绣百花衣。

这年，有个武举给他娘祝六十大寿。他早听说巧娘绣花的手艺很高，便把巧娘请到了家里，叫她绣一件百花衣，限期一百天，工钱一百串。绣得好了，另外有赏，绣得不好，扣发工钱。巧娘接过这活，日日夜夜绣了起来。费了九十九天功夫，熬了九十九灯油，用了九十九根线，绣了九十九朵花。到了百天头上，大管家来唤巧娘，说老太太要看百花衣。巧娘拿着百花衣来到厅堂交给老太太，伸开一看，在场的武举、丫鬟和老太太，个个都夸巧娘的手艺好，绣出来的花比真花还鲜。这时候武举说话啦："嗯，花绣得不错。不过，这是件百花衣，丫鬟，你来数数，看够不够一百朵花！"两个丫鬟从上到下数了一遍，又从下往上数了一遍，数来数去只有九十九朵花。武举又亲自数一遍，还是九十九朵。他翻眼看看巧娘，遂命丫鬟拿来花谱，查对一下看少了哪朵花。丫鬟按着花谱对来对去，啥花都

不少，就少一朵海棠花。武举一听，气得暴跳如雷，说："好你个巧娘，竟敢狗胆包天，想折俺母亲的寿限，啥花不少，单少一朵海棠花！我今儿个非打你个腿断胳膊折不中！"说着举手就要上前去打。巧娘不怯不惧地说："武举老爷，你先别打，这百花衣你请老太太穿在身上，再数数看！"武举说："胡说！难道穿身上就能多出一朵花？"巧娘说："不信，你请老太太当面试试嘛！"武举耐着性子请老太太穿在身上，怒声怒气地说："来！你跟我数数，看哪来的一百朵花！"巧娘笑嘻嘻地问众人："你们看，老太太穿上它，像不像一朵花？"大管家、丫鬟等人讨好地说："像。"巧娘接着说："听人说，老太太小名叫海棠，我绣的海棠花再好，也比不上老太太穿上它更好看哪！"经她这么一说，可把老太太和武举高兴坏了！武举连声称赞："好，好！你做得好！我错怪你了。来！工钱照发，再赏纹银十两！"巧娘拿着银钱高高兴兴地回家了。

从那以后，百花衣上就只绣九十九朵花，把自己的老人当一朵花。

讲述者：　伍廷芳，男，55岁，汝南县城关，高中，干部

采录者：　富源，原名冀世清，男，58岁，汝南县文化局，高中，干部

采录时间：1987年4月9日

采录地点：汝南县城关

附
记

伍廷芳与冀世清都是汝南地方文化和民间文化研究的老人儿，两人认识很早。早在1981年冀世清整理《汝南县民间故事》小册子时，伍廷芳就给他提供了不少民间传说和故事素材。1984年《河南民间文学》第七集就曾登出了两人合作完成的汝南历史名人李本固的传说《巧对主考官》。伍廷芳是老汝南人，能讲很多汝南当地名人如明代李本固、傅振商的故事，也能讲不少本地流传的民间故事，《中国民间故事集成·河南汝南县卷》收录有他讲述的民间故事七篇。（赵新春）

11

刘九的媳妇

刘九老汉娶了个好儿媳，街坊邻居没有不夸奖的。儿媳聪明、贤淑，知书达理，过门三年，从没惹公爹生过气。因公爹的乳名叫"九"，儿媳说话从不带"九"字。

邻里有个爱逗趣的老汉，为检验刘九的儿媳是不是真的忌讳不说"九"字，在九月初八那天，他约来八个老汉，手里拿着韭菜，来到刘九家里。一进大门正好遇上刘九媳妇，逗趣老汉问道："刘九在家吗？"

刘九的媳妇连忙打躬施礼，说："我爹赶集去了。"

那老汉抖着手里的韭菜："对你公爹说，俺九个老汉来拜访看他，每人给他送把韭菜来，邀他九月九日到我家里来喝酒，每人必喝九盅酒。"那媳妇点头答应。

刘九赶集回来，一进门，儿媳妇迎上说："爹，上午有几位老汉拜访您啦。"

刘九觉得新奇，问道："拜访看我？噢，到底是几个人？来时带的啥？都说些啥？"儿媳妇答道："八个老汉加一翁，手里拿着扁扁葱，约你明日重阳会，每人得喝三三盅。"

刘九心里暗暗一想，明白了。八个老汉加一翁，不是

九个吗？扁扁葱，不是韭菜吗？明日重阳会不是九月九日相会吗？每人都得喝三三盅，三三见九，都喝九盅酒哩。刘九脸上的皱纹舒展开来，捋着胡子笑道："多孝顺的儿媳啊！"

媳妇说："公公呀，刚才来个人，他说他是三六大，又说他是四五爹，他说公公欠他一万短一个钱，叫公公重阳节还他。"公公听明白了她的意思，心里别提多高兴了。

果然何九叔仁字一字未提！来人真是服透[1]了。

讲述者： 潘唯友，男，43岁，正阳县城关，初中，工人

采录者： 常三忠，男，30岁，正阳县城关，高中，职工

采录时间：1987年10月22日

采录地点：正阳县城关

讲述者： 张振亚，男，50岁，西平县吕店街，小学，农民

采录者： 张功显，男，58岁，西平县吕店乡财政所，高中，干部

采录时间：1987年8月20日

采录地点：西平县吕店乡财政所

附 记

1987年，常三忠被聘为《中国民间故事集成·河南正阳县卷》故事采录员，主要负责陡沟、岳城和县城部分片区故事采集。那时候交通不方便，联络方式也落后，经常出现到地方找不到人的情况，尤其去乡村。没办法他只能随便找村民聊，他收集的不少故事就是这样聊出来的。这则故事的讲述人潘唯友是他朋友介绍的，虽然在县城工作，他也是找了好几次才碰到人。由于条件的限制，这在当时三套集成的采录者身上都曾发生过。（赵新春）

附 记

张功显长期在西平县吕店乡财政所工作，跟街上的很熟，没事儿爱跟街坊邻居喷阔，张振亚就是其中之一。张振亚是吕店街上的老门老户，见多识广，很会讲故事。街坊邻居知道张功显好收集民间故事，有啥稀奇古怪的也好给他说，所以三套集成编纂期间，张功显就提供故事素材十多篇，两篇被选入《中国民间故事集成·河南西平县卷》。聪明媳妇避"九"讳是一则在驻马店各县区流传很广的故事，除以上收录故事外，上蔡县还有和店乡三肖庄村农民肖永志讲述、董敏采录整理的《聪明姑娘》，大体情节与《刘九的媳妇》相似，最后儿媳妇说的话略有不同，是"门外进来八老加一翁，每手拿三三扁葱，恭祝公公百岁寿，每人要喝三三盅"。不是过重阳节，而是来过百岁寿。遂平县花庄乡农民李风清讲述、肖宪云采录整理的《聪明媳妇》，媳妇除用扁叶菜、重阳节避开"韭""九"外，还用巧妙地用"两瓶出门倒的高粱拐弯水"避开了"酒"。（赵新春）

异文：避讳

何九叔娶了一个儿媳妇，又孝顺又会说话，在他的面前从不提他的忌讳——何九叔仁字。何九叔满心欢喜，逢人就夸。同村有个人不相信，决定去试一下。

一天，有个人趁何九叔没在家，见了这个媳妇说："我叫何九伯，和你公公是一家兄弟。你公公借我九千九百九十九个钱，叫他九月九还我。你公公回来，你一定告诉他。"心想：看你不提何九叔仁字，咋向你公公学这几句话。

他找了另一个人跟着何九叔一块回到家。何九叔的儿

[1] 服透：方言，非常佩服。

12

杀狗劝夫

河湾村有兄弟二人，哥哥娶了位贤慧老婆。弟弟老实本分，在外给地主打短工。哥哥是个赌徒，成天游手好闲，和一些酒肉朋友混在一起。老婆劝，弟弟说，哥哥满口答应，就是说了不改。

一天，老婆趁丈夫出去赌钱的机会，把家里大黑狗杀掉，又找顶老太太的帽子戴到狗头上，然后用领破席卷起来拖到后院里。天黑时，丈夫回来了，老婆忙对丈夫道："不得了啦，不知谁想陷害咱，把一个死人扔到咱后院里了。"丈夫一听，吓了一大跳，到后院柴禾堆边一看，破席筒里果然卷着一个老太婆，吓得六神无主。老婆说："还不赶紧请你的朋友来把死人抬到别的地方去。"丈夫听了老婆的话，赶紧去找赌友。

他到第一个朋友家里，朋友一听，推脱有事。到第二个朋友家里，朋友说身体不大得劲。这两人不但不帮忙，反而串通一起到县衙告密去了，他们心想，不光能洗净身子，说不定还能在县太爷面前领赏哩。

老大转一圈子，也没找到帮手，垂头丧气地向老婆诉苦。老婆听后说："你这些朋友关键时刻不管你，算啥朋友哩？还是先把二弟找来吧。"老大找到弟弟，二人赶紧一块回来，要把死人转移出去。

这时老大的那俩赌友领着县太爷和一班衙役赶来了，老大的酒肉朋友上前对县太爷说："县太爷你看，他们杀了人正转移地方，您老来得正好。"衙役打开席子一看，是一条狗。

老婆诉说了杀狗劝夫的事，县太爷很感动，当下表扬了这个民女，并惩罚了诬告者。从此老大再也不交酒肉朋友了。

讲述者： 郭向三，男，42岁，西平县城南关，高小，
　　　　　农民
采录者： 郭卫国，男，18岁，西平县城镇中学，学生
采录时间：1989年7月21日
采录地点：西平县城南关

附
记

民间故事集成编纂时，郭卫国是班里的语文课代表，因为语文老师把收集民间故事作为语文作文练习作了动员，回家就攀着郭向三让他讲故事。那时候大多数人是听民间故事长大的，自然也能讲民间故事，郭向三虽然是个农民，也不例外，就讲了这篇故事。郭卫国整理后交给老师，被选入县民间故事卷。（孙艳芹）

13

巧瞒县官

从前，有姐妹俩在一块做针线活，俩人做着说着，妹妹对姐姐说："将来咱俩都怀孕了，要是都生男孩了让他俩同窗上学，要是都生女孩了让她俩同一鞋布笭[1]做针线活，要是一男一女就让他们拜堂成亲。"

到了第二年，姐姐生了一男孩，妹妹生了一女孩。小的时候表兄妹经常在一块玩，青梅竹马。转眼间俩孩子到了十五六岁该说亲的时候，姐夫不幸病故了，日子慢慢地不如从前了。妹妹家的日子越过越好，以前和姐姐商定的事也不再提了。姐姐心想，妹妹不提此事，自己也不好提，因为自己的家境不如她。

转眼间妹妹的闺女定好亲了，过了二年定好准备打发闺女，妹妹家准备很多嫁妆，离迎娶只有两天了，嫁妆赶不齐了，爹说："你把你姨叫来。"娘说："你拿着衣料去吧！做好赶紧回来。"

闺女到她姨家后，发现她姨有点不高兴，脸上还带着泪痕。姑娘心想，平时我到姨家，姨总是亲亲热热，高高

兴兴，今天姨咋了？就问她姨。她姨把从前姐妹俩商量的事给姑娘说了一遍。

姑娘说："姨，你不用伤心，你愿意不愿意让我到你家？"姨说："我咋能不愿意哩！"

"只要你愿意我自有办法。我不回去，我爹娘一定得来叫我，等来了我应付，你不用管。"刚好她姨的邻居添了一个小孩才几个月，姑娘对她姨说："你和邻居商量一下，我给她看孩子一天给她一个钱，喂孩子到咱家喂。"她姨给人家说好了，就把孩子抱到家里。

到了第三天，姑娘的爹娘都等不上了。爹叫娘去叫，娘说："你去吧！你走得快，马上娶亲的都要来了，你赶快去吧！"爹一到姑娘的姨家，只见自己的闺女躺在床上，还有小孩的哭声。姑娘的爹气得扭头就走，回到家里对姑娘的娘说："你的好闺女在她姨家坐月子哩。"说着两人吵了起来，吵着吵着又打了起来。正打得热闹，娶亲的抬着花轿来了。一听此事，人家也不娶了，说清就回去了。两家从此也不亲戚了。

姑娘等她爹走后，也不让人家喂孩子，钱也不给，人家要孩子也不给。邻居给她讲理，姑娘说："反正也不给你孩子，也不给你钱，也不让你喂，你情去告状咧。"人家没办法只好去告状。

县官传姑娘上堂，问姑娘："你可知罪？"

"启禀大老爷，小人不知。"

"那你为啥给人家哄孩子，不给人家的孩子？如实讲来。"姑娘说："我爹娘和我家邻居都说我有孩子，你说孩子是她的，那你就公断吧！"

"人家让你哄哄小孩子，你就不给人家，简直是胡闹。孩子是人家的，不是你的孩子，还给人家。"姑娘一听，乐了："谢大老爷！小女子有一要求。"

县太爷说："讲！"

"你断小孩是人家的，请你写出招子[2]，让人家知道知道，小孩确实不是我的。"

这样一来，就等于给姑娘恢复了名节，事后她就欢欢喜喜地和表兄结亲了。

[1] 鞋布笭：方言，指过去妇女做针线活用来装布料、针线的笭筐。

[2] 招子：官府发布的公文或告示。

讲述者： 薛有才，男，47 岁，驻马店市老街乡黑泥
沟，高小，农民

采录者： 张爱梅，女，33 岁，驻马店市老街乡，高中，
干部

采录时间：1987 年 7 月 28 日

采录地点：驻马店市老街乡黑泥沟

附记

1987 年三套集成编纂时，驻马店市还是一个县级市，管辖老街、橡林、顺河、刘阁四乡。张爱梅是老街乡的文化专干，也是本地人，收集民间故事四十多篇和谚语一百多篇，有十六篇选入《中国民间故事集成·河南驻马店市卷》。薛有才是老街蔬菜队的农民，听张爱梅在给另一位村民聊民间故事，就非常热心地讲了他知道的几则故事，这篇和《巧结姻缘》经张爱梅整理后被收入《中国民间故事集成·河南驻马店市卷》。这则故事说的表亲结婚是过去很常见的一种婚姻方式，一方面是因为人们觉得相亲的两个家族知根知底，从小一起长大，青梅竹马的男女相互了解。另一方面是人们认为这种亲上加亲的婚姻能让两个家族的关系更加紧密，有利于家族社会地位的共同提升和利益分配，实现家族利益最大化，确保肥水不流外人田。因为这种婚姻会导致家族病流传和后代畸形概率提高，所以 1980 年 9 月 10 日第五届全国人民代表大会第三次会议通过的《婚姻法》明确规定禁止近亲结婚。（赵新春）

14

大车咋生马驹子

古时候，有两户人家，他们是邻居。一家的主人叫张三，家里有一辆大车，全家人过着富裕的生活。另一家的主人叫李四，家里只有一个八九岁的小女孩，还有一匹马和一个刚刚生下的小马驹，父女俩过着清贫的日子。

有一天早上，张三的老婆起床后，看见自己的大车下面有一个小马驹，就对着家里的人大嚷起来："快来看呀！咱的大车生了个小马驹！"一家人急忙起来一看，大车下面果然有一个小马驹。全家人喜欢得不得了，就跳着嚷着，引得全村人都来看，其中还有李四。李四看那马驹很像自己家的，跑回家一看，自家的马驹果然不见了，就对张三说："这不是你的马驹，是我家的。"张三说："这是我家大车刚刚生下的。"李四说："你的大车咋会将[1]马驹子呢？"张三的老婆说："这是我起床后亲眼看见的，难道还会假吗？"

就这样，两家你一句我一句地吵了起来。没办法，两家只得去县里，叫县官为他们评理。李四哪里知道，张三

[1] 将：指动物分娩。

已用金钱买通了县官，上哪儿能打赢官司呢？

县官问："张三、李四，你二人为啥吵架？快快说来！"张三说："那个小马驹是我家大车生的，他非说是他的。"李四说："那不是他的，是我的。是我家的小马驹跑到他的大车下面了……"县官哪容李四分辩，没等他把话说完，就说："小马驹是张三的，不是李四的！"说完就叫退堂。李四哭着大声呼喊："我好冤枉啊！明明是我家的小马驹，咋变成人家的啦！"

县官听他在公堂里乱嚷，就想了一个办法逼他回家。他让手下人拿出五十个鸡蛋，说："李四，你把这五十个鸡蛋拿回去，十天之内叫它变成小鸡，再把小鸡送来，那头马驹就是你的。"李四没法，只得拿着鸡蛋回家了。一进家门，闺女看他愁得那个样子，就问："爹，你愁啥呀？"李四指着一堆鸡蛋说："县官叫我在十天内，把鸡蛋变成小鸡送给他。"闺女想了想说："爹，你不用愁，我有法子。咱先把鸡蛋煮煮吃了再说。"

李四愁得不得了，哪还有心思吃鸡蛋呀？闺女看爹爹不吃，就煮煮自己吃了。

转眼间快十天了，小女孩对她爹说："爹，你带一把稻秧种到县衙里去，就找县官要米，叫他三天之内把米碾好送来，还得叫他一天种上，一天割，一天碾。如果他能这样，我就能抱着小鸡去。"

爹爹如此这般把闺女的话传给了县官。县官想，这个女孩好聪明啊！就对李四说："你回去把你的闺女叫来，叫她一不骑马，二不坐轿，三不地下走，还拿东西，还不拿东西。"

李四回到家里想，这不是明明难为我吗？闺女看爹又愁成这个样子，就问："爹，你又愁啥呀？"爹爹把县官的话学给闺女听。小闺女听罢，满不在乎地说："爹，你不要愁，去捉只小鸟和兔子就行了。"爹爹照办了。

小女孩骑着兔子，拿着小鸟来到县里，向县官献出小鸟。县官伸手去接没接住，小鸟一下子飞跑了。县官问："你是骑马，是坐轿，还是地下走来的？拿没拿东西？"小女孩说："我一没骑马，二没坐轿，三没地下走，我骑兔子来的。我还拿东西，还没有拿东西，我拿的是只小鸟，小鸟又飞走了。"县官半天不吭，想了想又问："你爷俩靠

啥来维持生活？""吃鱼，在干沟[1]里摸的。""干沟里哪有鱼呀？""大车咋会生马驹呀？"

县官被反问得答不上话来，只得把那头小马驹从张三家要来，还给了李四。他要留小女孩在县衙里做事，女孩不愿，又跟她爹一起回家种地去了。

讲述者： 高红霞，女，62岁，新蔡县练村乡马埠村，不识字，农民

采录者： 高新娥，女，36岁，新蔡县练村乡马埠村，初中，村干部

采录时间： 1987年11月3日

采录地点： 新蔡县练村乡马埠村

[1] 干沟：没水的河沟。

15

三难儿媳

有对老夫妻，操心挂意地为自己的独生儿子娶了媳妇，瞧着儿媳妇不但长得俊俏，而且待老人也恭敬有礼，心里很高兴，想把家交给她当，可就是不知道儿媳妇头脑是不是机灵，手头是不是灵巧。老两口费了一番心思，准备出俩难题，考一考儿媳妇。

一天挨黑儿，两位老人坐在当屋[1]，公爹对儿媳妇说："夜深了，我肚中饥饿，想用点东西，你去操劳操劳吧！"儿媳妇听后笑笑说："你只管吩咐。"公爹看看老伴，开口道："说来简单，帮我找来四两蔫，四两鲜，四两辣辣水，四两止渴干，着急等用，越快越好。"儿媳妇点了点头，走到外屋准备去了。没多大工夫，儿媳妇从外屋进来了，她先搬过来饭桌，在饭桌上放上筷子和酒盅，然后端来一盘炒鸡蛋，一壶酒，轻轻地放在桌子上，接着又拿来烟叶和一杯茶，恭恭敬敬地说："二老请用吧！"公爹看看桌上摆的，正是自己所要的东西，说："烟、菜、酒、茶，样样周到，一切都好！"

[1] 当屋：客厅。

第二天，鸡叫头遍，婆婆就穿衣起床，把儿媳唤出屋，吩咐道："今清早，你做饭，我做菜，你快给我准备二两沉，二两漂，二两张嘴笑，二两弯弯腰吧。"儿媳妇说："你要的盐在水下沉，油在水上漂，花椒张嘴笑，虾米弯弯腰，随手可取到。做饭是媳妇的本分，何必您来操劳？"说罢，取来佐料和用料。婆母一见，笑得双眼眯成一道缝，乐呵呵地回房去了。

公婆商量，决定晚上就把家交给儿媳当。

讲述者：　安民生，男，50岁，西平县城关镇，初中，农民

采录者：　安国印，男，18岁，西平县城关镇中学，中学生

采录时间：1987年8月19日

采录地点：西平县城关镇南街

附记

这几则故事的采录者都是在读的学生，而故事的讲述者要么是他（她）们的长辈，要么是他（她）们的亲人，之所以出现这种现象与民间故事自身的教化作用有关。记得小的时候，农村需要纺线做衣服。母亲在油灯下纺线，我们孩子没事就坐在旁边，母亲就会讲惯子成盗、好人好报等因果报应故事，潜移默化地教育孩子。俗话说"妻不贤，不孝子，顶趾鞋，无法治"，妻不贤之所以放到首位，是因为在"男主外，女主内"的农耕社会，媳妇对家庭发展是至关重要的。一个能持家的儿媳妇，不仅有利于家庭和睦，也会让一个家庭走得更远。所以，选媳妇、考儿媳是民间故事的重要类型，也是流传很广的民间故事门类。虽然过去农村有"女人当家，房倒屋塌"的说法，但选择一个有担当、能持家的女人仍然是许多家庭的第一选择。（赵新春）

16

角也好

一个货郎挑着杂货，走到岗上的豌豆地边，只有一个大姑娘在地里拔草。只见那姑娘梳着一双大辫子，扎着蝴蝶结，四方脸又白又嫩，显得非常漂亮。正值豌豆花盛开，又多又鲜艳。他见四顾无人，有点心猿意马，便出言调戏，想讨些便宜，落个嘴上痛快。

货郎轻佻地说："这花开得恁好，不知角（脚）咋样？"

那时候兴缠小脚，姑娘一听就知道他不怀好意，很生气，就毫不留情地回敬他说："花好角（脚）也好，惹得野兔满山跑。"

讲述者： 不详

采录者： 王庆民，男，54 岁，泌阳县交通局，大专，干部

采录时间： 2004 年 2 月 3 日

采录地点： 泌阳县王店街

附记

王庆民是《中国民间故事全书·河南驻马店泌阳县卷》的编辑，到泌阳王店乡采风，正赶上王店古事。泌阳历来有"王店的古事，泌阳的灯，还数大装最有名"的俗语。王店乡 2013 年改为王店镇，是驻马店泌阳县文化名镇，王店大装 2011 年被驻马店市政府列入非物质文化遗产名录，2015 年入选河南省第四批非物质文化遗产。当时看王店大装表演的人很多，王庆民在与村民闲聊中得到了这则故事，所以也没来得及问他的姓名。故事中说女人的脚有轻薄的意思，所以姑娘生气，骂货郎野兔子，也就是说他是野种。（赵新春）

17

『二男人』巧骂俩和尚

龙王庙里住着仨和尚。这仨和尚中，有俩大一点的，经常干些寻花问柳、偷鸡摸狗的事。四方乡邻恨透了他们，想治治这俩畜生，可就是找不到机会。

却说龙王庙西北角有个郎庄，郎庄东头有个郎妮，这姑娘性情直爽倔犟，说起话来憨腔高嗓。她自小没裹过脚，一双大脚板走起路、干起活，显得非常有劲，因此，人们都叫她"二男人"。如今她已经十八岁了，虽然长得很标致，可因为脚大，从没有人前来提亲说媒。

一天，"二男人"从庙前路过。大和尚"铁半拉嘴"、二和尚"秃驴"瞧见后，眼都直了，顺口开河地大声调戏说："'二男人'长得美，大大的脚板长长的腿；大大的眼睛弯弯的眉，想跟俺和尚亲亲嘴。"

"二男人"听了这不堪入耳的调情话，怒骂道："大和尚，二和尚，爹多娘少舍庙上，您大姐，您二姐，一到天黑就打野，东庙上，西庙上，爱中俩小和尚。"俩和尚明明听的是骂自己，可心里痒痒的，还认为郎妮已经上了钩，就嬉皮笑脸地跑过去，无话找话说："大妹子真会说笑话，说得好听，又有意思。"郎妮心想，乡邻们都恨透了这俩秃驴，我得想个办法捉弄他们一下，就说："我爹有本笑话书，你们看了也自会说的。"大和尚说："借给俺看看行吗？""明天去找俺爹要吧！"俩和尚以为郎妮是在挂钩，喜得猴舔屁股似的赶回庙里，暂且不提。

第二天，大和尚、二和尚为试探虚实，就让小和尚到郎妮家去借笑话书。小和尚春心未开，哪知道是被别人利用，就真的来找郎妮借笑话书。小和尚见到郎妮就问："恁爹哩？"郎妮回答说："俺爹去采露水籽去了。""露水哪有籽啊！""笑话哪有本哩！"

小和尚白跑一趟，无趣地回庙，如此这般说了一遍。

二和尚"秃驴"确认郎妮水性杨花无疑。下午，以化缘为名来到郎妮家，问道："恁爹哩？"郎妮说："俺爹去看驴抵头去了！"

"驴没有角咋会抵头呢？""舍着它的光头碰啊！"二和尚被骂得灰溜溜地走了。

大和尚听了二和尚遭骂的经过，气愤地说："我就不信，一个黄毛丫头能把我这'铁半拉嘴'玩着！"第二天一早就来到郎妮家里。"铁半拉嘴"问："恁爹哩？"郎妮说："俺爹在锅台上犁地。""那就不怕牛屙锅里了吗？""不会贴半拉牛屁股眼吗！""铁半拉嘴"被骂得一句话也接不上了。

从此，郎妮再从庙门路过，仨和尚像老鼠见猫一样，连照面也不敢打。

讲述者：　柏成坤，男，41 岁，新蔡县陈店乡，小学，农民

孟环春，男，51 岁，新蔡县佛阁寺乡熊楼村，曲艺人

采录者：　韩世豪，男，40 岁，新蔡县韩集乡，高中，干部

龚国强，男，34 岁，新蔡县文化局，高中，干部

采录时间：1987 年 9 月 17 日

采录地点：新蔡县陈店乡、佛阁寺乡熊楼村

露水籽、故事捆或话成捆以及用人牛抵头、糊牛屁股巧骂人题材的民间故事在驻马店流传很广。遂平县车站乡赵群讲述、赵明高采录的《牛屁股糊住了》与所收故事基本雷同，主人公是聪明能人张大山与狡猾商人，对阵的有大山妻子、商人的妻子和和尚朋友。确山县任店镇 78 岁女农民张汉英讲述、王志强采录的《故事捆儿》，讲的是张三、李四酒后吹牛，李四说他有"故事成捆儿"。张三想出他洋相，第二天去看他家"故事捆"。结果李四的儿媳妇用"露水籽"化解了尴尬。汝南县舍屯乡农民邱凤祥讲述、邱全义采录整理的《三讨"冇话本"》与确山《故事捆儿》相似，也是说张三和"冇话篓"李四两人吹牛，除"冇话篓"妻子用露水籽化解危机外，也有《"二男人"巧骂俩和尚》中铁半拉嘴说话被骂的情节。上蔡县西洪乡白沟王村王冠山讲述、王殿齐采录的《张三妮》则有和尚捂半张嘴，问主人公张三妮父亲干啥去了，三妮说"老人家的痔疮犯了，刚才捂着屁股找大夫看痔疮去了"，刁骂和尚的情节。

而西平县杨庄乡农民赵广新讲述、赵三强采录的《"张铁嘴"败阵》讲的是一位能说会道，自称"张铁嘴"的老头儿，因为能干的外甥媳妇当了家，想替外甥出头，称半拉嘴就能说服外甥媳妇。到外甥家他问外甥媳妇外甥在哪，外甥媳妇告诉他外甥上锅台上套磨去了。他说："胡扯！在锅台上套磨，不怕驴屙在锅里吗？"外甥媳妇告诉他："不要紧，我把它的粪门用膏药贴上啦！"这里说糊的是驴屁股，不是牛屁股。（赵新春）

18

王生圆梦

从前有个叫王生的，准备进京应试，头天夜里做了个梦，梦见在路上遇见两口棺材摞在一起。他心里一惊，头上着了火，他抱着头跑进一家大院，见墙头上一棵草正在摇摇摆摆。他急了，就使劲敲门，把老婆给打醒了。老婆忙问是咋回事，他怕晦气，没敢给老婆说实话。

吃过早饭，王生就到东院去找二叔。他二叔是个算卦先生。王生把做的梦给二叔说说，请他圆梦[1]。二叔说："哎呀！这个梦不吉利。恐怕这次进京应试凶多吉少，还是不去为好。"王生问："咋啦？"二叔说："这棺材上摞棺材，说明要死两个人，先死恁娘，后死恁爹。这头上着火，说明大祸（火）落到了你头上。这墙头上一棵草摇摇摆摆，说明连你这根苗儿也难留啊！"

王生一听，吓坏了，闷闷不乐回到家里。老婆见他愁眉不展的样子，心想，去赶考是个喜事呀！他咋心里不乐呢？便再三问王生是咋回事，王生才把夜里做梦和二叔圆梦的事说了出来。

[1] 圆梦：解梦的意思。

妻子是个聪明人，还读过几年书，听丈夫这一说，笑了起来："咱二叔圆梦圆得不对。这本来是个喜事么，咋能那样圆法儿哩！你想：棺材上摞棺材，这不是官（棺）上加官（棺）吗？头上着火，这不是头一名（明）吗？墙头上的一棵草，这不是独占鳌头吗？这次进京应试，必能考中头名状元，还不赶快收拾行李起程？"

王生听了，高高兴兴地赶考去了。

讲述者： 王健，男，35 岁，汝南县水屯乡中，高中，教师
采录者： 谢文纵，男，51 岁，驻马店市文化馆，中专，干部
采录时间：1987 年 9 月 16 日
采录地点：汝南县水屯乡中

附
记

谢文纵是驻马店市（县级市）文化馆干部，主要从事文艺创作，是河南省民协会员、中国民间文学集成驻马店市编辑委员会副主编、《中国谚语集成·河南驻马店市卷》的主编，为了采集民间谚语，走了驻马店市的很多地方，也采集不少民间故事，《中国民间故事集成·河南驻马店市卷》收有他采录的民间故事七篇。王健是汝南县水屯乡高中的老师，因为是汝南老乡，又都喜欢文学创作，所以两人认识较早。当时王健到驻马店找谢文纵交流文学创作，知道他在收集民间故事，就给他讲了几则民间故事和谚语。为表示感谢，谢文纵还专门炒了几个小菜，请王健喝了点小酒。（赵新春）

异文：圆梦

有个秀才要进京去赶考，这天夜里他的老婆连做仨梦，不解其意，甚是纳闷。

第二天早上妹妹来家，见姐姐愁眉苦脸，问道："姐夫马上要进京赶考，你为啥不高兴？"秀才妻说："我昨夜连做仨梦，感到不好。"

"啥梦？"妹妹问。

"第一个，梦见你哥 [1] 在墙头上犁地。"

"这梦可不好，"妹妹说，"墙头上犁地'有去无回'呀！第二个梦呢？"

"我梦见树上吊着一个棺材。"

"哎呀，此梦更不好，这叫'死不得第（地）'。第三个梦呢？"

"梦见和你哥背对背睡觉。"

"这梦越发不好，这叫'死不见面'。"

秀才妻听罢，姐妹二人抱头痛哭起来。

正哭着她娘来了，一进门见此情景，便问："今天是个喜日子，你俩哭啥？"妹妹说："俺姐昨晚做了仨梦，一个比一个不好。"娘问："做了仨啥梦呀？说说，我听听！"

秀才妻说出第一个梦，娘一听拍手道："这梦好啊，墙头上犁地'一趟成'啊。"又把第二个梦说了，娘高兴地说："这梦更好，这叫'高官一品'啊。"又把第三个梦说了一遍，娘大笑："这梦越发好了，背对着背不是'翻身就成'吗？仨都是好梦，此次进京定能考中。"

姐妹破涕为笑，欢欢喜喜地打点行装，送秀才上路进京赶考。

讲述者： 藏长海，男，60 岁，遂平县关王庙乡，初中，干部
采录者： 殷海斌，男，42 岁，遂平县关王庙乡，中专，干部
采录时间：1988 年 2 月 9 日
采录地点：遂平县关王庙乡

[1] 你哥：遂平一带称姐夫为"哥"。

19

俩大喷不喷了

一天，王大喷[1]和赵大喷在大桑树底下相遇，两人一见就喷上了。

王大喷问赵大喷："你老兄近来做啥生意呀？"赵大喷说："我贩了趟银首饰。""在哪儿呀？""后面一百头骡子驮住哩。"

王大喷一听，心说："我的祖奶奶[2]，人称我王大喷，这回我不能输给你。"就说："这几天，我也做了趟生意。""啥生意？""我贩了珠宝。""在哪儿呀？""在后面，一百辆车拉住哩。"

"扑哧"，桑树上有人忍不住笑出声来。俩大喷抬头一看，只见一个毛头小伙子坐在树杈上发笑，觉得奇怪，就问："你在树上干啥？"小伙子说："割灵芝草呗。""割灵芝草干啥？""喂金马驹呀。""你家养的是金马驹？""是呀！我家的金马驹专吃这棵大桑树上的灵芝草，早屙金，晚屙银。"王大喷和赵大喷两眼直瞪瞪瞅着小伙子，看着他下了树，提着篮子，拿上镰刀走了。

王大喷和赵大喷生性好喷，喷了这大半辈子，还没被人喷倒过，今儿咋也不甘心输给一个小伙子，就追上去说："小老弟，你别走，俺老哥俩儿的银首饰和珠宝不要了，要去看看你家那金马驹。"小伙子一听慌了神，紧跑慢跑到了家，上住门[3]，对正在做饭的老婆说："不好啦，赵大喷和王大喷要看咱家的金马驹哩！"接着就喘着粗气把桑树下的事儿说了一遍。小媳妇听了洗了洗手，解下围裙擦了擦说："你歇着吧。"

开了大门，俩大喷刚好赶到，小媳妇笑眯眯地问："二位老人家，是看我家的金马驹的吧？"两大喷点点头。"哎呀，真不凑巧，多会儿我公公赶着金马驹到南天门上放去了。"

两大喷一屁股坐在门槛上说："俺今儿不走啦，就在这儿等他回来。""咦，您不知道，我那公公好下棋。他一到南天门，就和张果老下棋，一盘棋下一百年。"

两大喷一听，心里嘀咕：我的奶奶也，一百年，俺的骨头还不沤糟[4]哇！王大喷对赵大喷说："走吧，老哥，咱俩加起来够一百岁，连个小媳妇都喷不过，往后再别喷了。"

讲述者： 吴华，女，32岁，遂平县车站乡农修厂，高中，职工

采录者： 陈化，女，23岁，遂平县车站乡中，高中，教师

采录时间： 1988年2月3日

采录地点： 遂平县车站乡农修厂

异文：吹牛夫妻

有一对夫妻，特别好吹牛。

---

[1] 大喷：方言，指说大话。某人爱说过头话，往往会有大喷的绰号。

[2] 祖奶奶：字面上是指父亲的奶奶或姥姥。但在方言中，场合不同，意思也不同。在本文中"我的祖奶奶"是作为感叹词，相当于"我的老天爷"。"祖奶奶"有时也作为骂人的话，相当于"祖宗八辈"，如俚语中的"我日恁祖奶奶"等。

[3] 上住门：方言，即把门闩上。

[4] 沤糟：沤烂，快成粉末。

一天，丈夫在外边割草，碰见俩好事的人问："割哩啥草？"

丈夫答："灵芝草。"

"割灵芝草喂啥哩？"那俩人又问。

"喂金毛狮子。"

"你家有金毛狮子，俺俩能看看吗？"

"中，等割完这两筐灵芝草，就领你们去。"

到了家，丈夫对老婆说："快把咱的金毛狮子牵出来，让这俩客人看看。"

老婆说："金毛狮子咱娘骑着上天了。"

"啥时候回来？"

"明儿个。"

那俩人说："我们在你家住一夜，等你娘明儿骑回来看吧！"

老婆说："天上一昼夜，人间五百年，你能等多少岁，快回去吧！"

讲述者：　李春海，男，49 岁，遂平县和兴乡后楼村，初中，农民

采录者：　李记，男，16 岁，遂平县和兴乡中，学生

采录时间：1987 年 9 月 26 日

采录地点：遂平县和兴乡后楼村

附记

驻马店方言中，没事聊天叫喷空儿；称好说大话，说不着边际话的人叫大喷；说人说话不好听，叫满嘴喷粪。喷是一个与人们生产生活密切相关的词儿，尤其是"喷空儿"。在广播、电视等没有普及以前，农村的夜晚，除了偶尔放露天电影、唱大戏、说大鼓书外，"喷空儿"就是人们最重要的日常休闲消遣娱乐方式。夏天满天星斗的打麦场，冬天骚烘烘的牲口屋，农闲时端碗饭走了半个村聚集的吃饭地，农忙时忙得晕头转向、抽空休息的地头间，一台烟锅子，几颗好奇心，天南海北，从古到今，天上人间，凡人神仙，前三皇，后五帝的一骨碌事儿都在这风趣幽默的喷空儿中得到传承，无聊和劳累也在这云天雾地中烟消云散。喷空儿也成了一代人的记忆。（赵新春）

20

李素娟作诗骂僧俗

从前关王庙有一家"顺德"字号药店，店主李德有一个独生闺女，名唤素娟，她自幼聪明好学，读过五经四书，年过二八仍在家闲居。

一日，素娟到小清河洗衣衫，时逢三月初十关帝庙会，四乡八保的百姓都来赶会，非常热闹。素娟边走边看，不觉已到清河桥下，找一块大青石，脱下绣鞋洗起衣衫来了。这时候，河西走来一僧一俗，手扶南侧栏杆赏玩春景。僧人道："贤弟可知此桥来历吗？"

公子说："不清楚，老兄请讲吧。"

和尚手捻佛珠，一本正经地说："说起此桥还有一段风流佳话哩。"

公子紧催："兄长快讲，我最爱听那风流韵事。"

和尚闭目合掌，慢慢地说："传说古时候关帝庙有一个道清和尚，平日吃斋好善，为周围百姓所敬仰。观音菩萨想超度他升入仙界，又恐他六欲不绝，凡心不灭，就化作一个年轻美貌女子，夜入道清和尚静室，多次调情，道清不为情色所动，被菩萨点化成仙，后人为纪念他就建了这座清河桥。"

公子笑道："我却不信有此清高和尚，兄若遇此美色，能保凡心不动吗？"

和尚道："传说只是传说，世上哪有不吃肉的猫儿？"

二人一边说笑，一边细观那桥。只见清河桥高约三丈，宽丈余，桥墩为石柱，桥面为石板，有仨孔，每孔六块，共有三六一十八块。他俩转到桥北边，听到桥下有泼水洗衣的声音。二人低头一看，见有个黄花女子斜坐青石，一双耳环滴溜溜地动着，满头青丝似染一般，凤眼含情，樱桃小口，面似芙蓉出水。她半挽衣袖，十指如笋，水中金莲白玉一样，僧俗看得入了迷。

和尚轻轻推了一下公子说："春色如此美好，为啥不以清河桥为题，吟诗助兴！"随着递过去一个眼色。

公子如醉初醒，连说："吟诗，吟诗！吟！吟！老兄你先来一首。"

和尚略一思索，合掌念道：

"有水也是清，没水也是青。去水加争本是静，清静和尚人人爱，和尚喜爱黄花菜！"

素娟顺着声音往上看去，见桥上僧俗二人正注视自己，不觉脸上一阵绯红。打量那和尚年过三旬，身披袈裟，颈戴念珠，满脸横肉，一副凶相。细品和尚诗句，是有意戏弄自己，她强忍怒火，低头继续洗衣。又听那公子念道：

"有口也是和，没口也是禾。去口加斗本是科，新科举人人人爱，举人喜爱黄花菜！"

素娟再抬头看那公子，年龄二十出头，头戴纶巾，手拿折扇，身穿绿绸衫，腰系丝带。可脸上涂的白粉遮不住黄颜色，鼻勾目斜，又增添几分奸诈。气得姑娘满面通红，杏眼圆睁，忍不住就吟道：

"有木也是桥，没木也是乔。去木加女本是娇，娇滴滴佳人人人爱。园里种有黄花菜，秃驴想来吃，瘦猴想来采，畜生再不走，小心棒槌当头盖！"

二人见姑娘如此厉害，且言语辛辣，量不好惹，羞得掩面而去。

讲述者：　王天庆，男，32岁，遂平县石寨铺乡，大专，干部

采录者：　刘振乾，男，30岁，遂平县石寨铺乡，中专，干部

采录时间：1988年3月16日

采录地点：遂平县石寨铺乡

附记

此类作诗骂人的故事，以往汝南民间故事中有郭新民讲述、冀世清采录整理的《清河桥》，讲的是一个和尚和一个秀才结伴闲游，想调戏河边洗衣农妇的故事，吟的诗差不多，但又有不同。

和尚以"清"字为题，吟道：

有水也是清，无水也是青。

去掉清边水，添争念个静。

静和尚，人人爱，一心要吃那碗黄花菜。

秀才以"和"字为题：

有口也是和，无口也是禾。

去掉和边口，添斗念个科。

科秀才，人人爱，一心要吃那碗黄花菜。

洗衣农妇以"桥"字为题也作了一首：

有木也是桥，无木也是乔。

去掉桥边木，添女念个娇。

娇娘子，人人爱，胸前比您多两块。

一块喂和尚，一块喂秀才。（赵新春）

21

船妇巧对戏举子

臻头河沿岸的张湾，是南北交通的重要渡口。船家张二夫妇长年累月以渡船为生，不知渡过多少商旅举子过路行人。他两口态度和顺，干活勤快，深得路人的称道。只要乘上他们的船，便一路顺风有说有笑，不觉就到达对岸了。特别是张二嫂，生得腰粗壮大，活像个笑弥罗汉，搭船的人没有不望着她的大肚发笑的。

有一天，他们船上乘坐一文一武打扮的进京赶考举子，两人一见张二嫂胖乎乎的大肚子便小声说道："这女人肚子里不知是啥，这样大？"不料却被她听见了："想知道吗？安生坐在船上吧，等会儿对你说。"

当时正是仲秋之夜，天气很好，明晃晃的月亮照在河面上。张二看着二位客人举止不凡，便拿出烟酒、月饼让他们分享。二人也不客气，便行令饮酒吃喝起来。张二嫂说："看二位客官都像是读书人，今儿夜晚月光怎好，为啥不吟首诗？"文举人说："那就请大嫂出个题目！"

张二嫂笑眯眯地嗯了一声说道："我是个粗人，不懂韵律，就以我们的篙和船的'尖''圆'为题，咋样？"大家都说是个好题目。

首先由文举人作，他胸有成竹，开口吟道："我的笔儿尖尖，我的砚儿圆圆。此番进京去，定中文状元。"

武举子看他口气不小，也模仿他的格调说："我的箭儿尖尖，我的弓儿圆圆。三箭射出去，定取武状元。"

张二听罢挠下头皮想：你们一个是文状元，一个是武状元，我何不恭维一番，将来也好有个提携照顾？于是他灵机一动说道："我的篙儿尖尖，我的船儿圆圆。一船撑两个，文武两状元。"

二人听了皆大欢喜，连连向张二敬酒。

下面该张二嫂了，她想两位举子是读书人，都作得不错，今个连我那个老木磬[1]也敲响了，我该怎么办呢？她急得又拍肚又跺脚，就是想不出好的诗句。

张二乘着酒劲儿遭讥她说："你真是一肚子青菜屎，一点文气都没有。"二位举子也指着她的大肚子发笑。

众人的嘲笑，触动了她的思路，只见她两眼一转，咳嗽一声，随即吟出一首好诗来："我的脚儿尖尖，我的肚儿圆圆。一胎怀三个，文武两状元。只有老大不中用，臻头河中摆渡船。"

把仨人骂得都捧腹大笑。

讲述者：　黄天赐，男，82岁，驻马店市区，不识字，
　　　　　农民

采录者：　任真，男，60岁，驻马店市工会，大专，
　　　　　干部

采录时间：1974年3月23日

采录地点：驻马店市区

附
记

任真原名任志诚，是驻马店市（县级市）较早着手民间文学收集整理的一批人之一，三套集成编纂时，他任《中国民间故事集成·河南驻马店市卷》的副主编，不仅捐献了多年收集的民间故事和民间文

[1]　老木磬：磬是古代一种敲击乐器。老木磬即榆木疙瘩，指人大脑不开窍。

学资料，还找到以前他认识的黄天赐、王九州等80多岁高龄的"故事篓子"，抢救发掘保存了一批民间文学资料。

类似故事还有遂平县郭景洲讲述、陈富营采录整理的《二举一妇来过河》。主人公是进京赶考的文武俩举人和一孕妇，三人争着先过河，互不相让。因为小船每次只能摆渡一人，船夫便以"尖"为题要三人作诗，谁作得好谁先过。文举人作的是：

我的笔，笔头尖，北京城里去求官。

万岁爷见我文章好，亲笔点我文状元。

武举人的诗是：

我的枪，枪头尖，北京城里去求官。

万岁爷看我的武艺好，亲笔点我武状元。

而孕妇作的是：

我的肚子圆来脚头尖，一胎怀着仨男。

老大学文是文状元，老二习武是武状元。

剩下小三没事干，河湾以内去撑船。

于是，船工对俩举人说："你俩别争啦，让咱娘先过吧！"也是把三人都骂了。（赵新春）

22

秀才妻

从前，有个穷秀才，老婆挺聪明。邻居是个财主，平时仗势欺人鱼肉乡里，财主有个儿子，也总想捉弄穷书生。

一天，财主的牛丢了，他看这是个机会，就去县衙告状，说秀才偷了他的牛，县官就下令把秀才押了起来。

秀才被押，他老婆想写张呈子[1]去告。可又一想也无济于事，常言说"官向官，吏向吏"。但她又不甘罢休，于是就写了首诗呈了上去。诗云：二八正风流，家贫不自由。妾身非织女，夫婿岂牵牛？

她送到县衙那里，县官当时正在下棋，一看此诗觉得这女子不凡，抬起头来问："这是你写的呀？""是，大人。"

"你能再作一首诗吗？作好了，我就放你丈夫。""请出题吧。"

县官说："好，就以下棋为题，还押牛字韵，咋样？""好吧！"她略思片刻，说道："二老对弈在高楼，兴兵布阵显权谋。盘中车马般般有，唯少田单一火牛。"

[1] 呈子：状纸。

县官一听面有喜色，赞叹不已："好诗！好诗！不但押的是'牛'韵，还用了典故'火牛阵'，才女！才女！"说着把她让到后堂，叫来夫人陪坐，并备了酒席，放出秀才。

席间夫妻团聚，十分高兴。县官酒兴大振，开怀畅饮，不断夸赞秀才老婆，也很想试探一下秀才的才学。见书案上有一砚台，便对秀才说："你妻真是才貌双全，出口成诗，你也一定才识超众，请吟诗一首以助酒兴。"

秀才满口答应："大人出题吧。"

县官指着砚台说："好，就以砚台为题，还押'牛'字韵咋样？"

秀才拿起砚台掂了掂，张口吟出一首诗："四四方方一石头，年年可得伴君侯。有时弄得乌烟积，挥起文章射牛头。"

"好诗好诗，你俩真乃天生一对，地配一双啊！"县官非常高兴，提议要认秀才的老婆做干闺女，县官夫人也十分愿意，当即双双叩拜，定了干亲。县官又任干女婿做了县中的一个官吏，并要把那财主问罪。

饭后，县官派人用车把他们夫妇送回家中。消息传开，乡亲们都来道喜。那财主听了这消息，一时慌了手脚，当天夜里就逃跑了。

讲述者：　杨林蔚，男，83 岁，回族，遂平县阳凤乡医院，私塾，退休医生
采录者：　牛俊艳，女，17 岁，遂平县阳凤乡中，学生
采录时间：1988 年 2 月 12 日
采录地点：遂平县阳凤乡医院

附
记

杨林蔚是回族人，在遂平县阳凤乡阳凤街当赤脚医生。上过私塾，自幼爱好民间文学，由于他生活在群众之中，听到不少民间故事传说，也不断地给年轻人讲民间故事。20 世纪 80 年代中期民间文学普查时，杨林蔚已经八十三岁，但不顾年高，不辞辛劳，几次搭乘公共汽车，从乡下到近三十里外的当时的民间文学编辑室座谈，讲说故事，将自己动手整理出的民间故事二十余篇上万字转交给编辑部，其中八篇选入《中国民间故事集成·河南遂平县卷》。采录者朱俊艳也是阳凤街人，从小喜欢到杨林蔚家听他讲故事。1987 年遂平县征集民间故事，朱俊艳正在上中学，就把杨林蔚老先生讲的这则故事整理后交给了老师，入选《中国民间故事集成·河南遂平县卷》。（赵新春）

23

先生小姐对对子

从前，有个教书先生。一天，他出了个"六尺丝绦，三尺围腰三尺挂"的上联，要学生们对。其中有个学生咋也对不上来，到了放学时先生把他留下狠训了一顿，才让他回家，说："吃了饭回来再对。"

学生回到家，姐姐见他面有难色，就问道："咋了？为啥不高兴？"弟弟把先生让对对子的事告诉了姐姐。

"啥对子，拿来我看看。"弟弟把抄好的上联递给了姐姐。姐姐看了看，略微想了想，提笔对上。学生拿着姐姐对的对子到学校交给了先生，先生一看不是学生的字体，问道："谁对的？""姐姐。"只听先生念道："一床棉被，半边遮体半边闲。"念罢，先生沉思起来，暗想：小姐对我有意吧！可她家深宅大院，咋和她见面呢？想到此，又出一联了那个学生。

学生回家交给了姐姐，姐姐接过一看可气坏了，心想：谁想让你来沾我！原来先生写的上联是"山高林密，樵夫从何处下手？"小姐气狠狠地对道："舟小浪大，劝渔翁及早回头。"

先生一看也很生气，心想：能怨我吗，你要对一床棉被干啥？想到这儿，他又出一联"竹本无心，生出许多枝叶"。学生又拿给了姐姐。

小姐看罢，琢磨道：也怪我，不该对一床棉被，可当先生的也不该胡想乱猜。便又提笔对道："藕虽有孔，不沾半点污泥。"先生看完，心想：哦，原来是我闹误会了。

讲述者： 高书代，男，70 岁，遂平县槐树乡高楼村，不识字，农民

采录者： 高松林，男，38 岁，遂平县槐树乡高楼村，中专，干部

采录时间： 1987 年 10 月 16 日

采录地点： 遂平县槐树乡高楼村

附记

高书代与高松林是同村人。高松林在乡里一直做科技推广，受祖父高丙寅和父亲高明春的影响，没事儿喜欢收集民间故事和谚语，回家常找上了年纪的高书代喷阔。那时候很多东西都是靠民间故事传承的，所以高书代会讲很多民间故事，也会不少民间谚语。2020 年高松林收集整理的谚语集锦入选驻马店市第六批市级非遗代表性项目名录，一些内容就得益于高书代的提供。在驻马店民间对对子也叫对联，一些地方也叫对课，是本地喜闻乐见、很有地方特色的艺术形式，也是民间故事流传很广的一个种类。在民间故事中，最常见的是官员、名人与大字不识的田间野夫或无名稚子对对子。这些田间野夫或无名稚子的对子因为不拘体例、不事雕琢，或用民间俚语，或随采身边物事，更贴近人民群众的生产生活，也是人民群众智慧的象征，很受群众喜爱。（赵新春）

24

香囊计

李有德祖辈居于平舆县城内，开间杂货铺维持生计。他有个闺女名桂枝，年方二八，面貌清丽，心地善良。城内外上门求婚者络绎不绝，李有德最终相中了城西富户陈家的儿子陈万福。可李有德担心陈家有钱有势，祖上又当过高官，怕闺女嫁过去受人欺负，因此愁上心来，日夜难眠，把生意也耽误了。他的老婆许娥是个有见识的人，见状安慰丈夫，说自己已经想好了办法，可帮助闺女嫁入陈家后婚姻和顺，一生无忧。李有德听了将信将疑，自己也没有啥好办法，只好听老婆的。

出嫁之日，李有德老婆拿出一个香囊，对闺女说，我在这里面装了三条妙计，闺女若有烦恼，就可参考妙计而行。李桂枝是个孝顺闺女，听了娘的话，接过了香囊，小心地装在了衣袋里。

新婚三日后，李桂枝先打开了第一个香囊，只见上面写了六个字：勤做事，多积蓄。李桂枝依计行事，开始扮起一个儿媳妇的角色。她不光嘴巴甜如蜜，哄得公婆高高兴兴，还做出一副十分会过日子的贤惠模样。只要是家里有啥用度，需要出外采买啥东西，李桂枝马上应声而出，

劝公婆让她去办。她还说：我会去娘家的杂货铺采购，爹娘一文钱也不会多算的。

就这样，李桂枝很快就取得了公婆的信任，只要是家里添置物品，都由她去买。当然，价格高低没人会仔细盘问她的。家里的下人私下里都悄悄议论，这个少奶奶有心计，肯定会多报账藏上私房钱。

李桂枝对丈夫也表现得分外温存。陈万福喜欢出去玩牌，与一帮狐朋狗友喝酒玩乐，他的身上，经常装了碎银子。每次回家，李桂枝都会温上水给丈夫洗脚，也会顺手将陈万福的衣服拿走洗换。当然，丈夫身上揣的零碎银子，也都进了李桂枝的腰包。

日月如梭，转眼一年过去了，李桂枝生下了个胖乎乎的儿子。可渐渐地，那陈万福不爱在家待了，和李桂枝亲热的次数竟也屈指可数。李桂枝派人出去探问，这才知道，丈夫陈万福居然迷上了一个叫小彩萍的戏子，整天为了讨好小彩萍，不知要使出多少手段。

这男人臭毛病，让李桂枝心里好不难过。咋办呢？想来想去自己解决不了，只好打开娘的锦囊，取出了第二条妙计，一看，上面又是六个字：先扮丑，后妆靓。

李桂枝想了想，马上领会了娘的意思。她开始每天足不出户，不换衣服不洗澡，一副邋遢至极的表现。平日，李桂枝连头发也不梳了，披头散发。公婆见到她这副样子，都只道儿媳是被儿子气得行为失常，但他们又不好说啥，只能由她这样了。

这样的日子持续了俩仨月，陈万福每次回家，只要一闻到李桂枝身上的味道，都会吐出来，他索性连家也不回了。

中秋节到了，按照惯例，晚上陈家全家人要坐在一起吃团圆饭。奇怪的是，李桂枝竟将自己收拾得干干净净，清爽可人，衣服穿了最新的样式，连头发也梳了别致的发式，老远就从她身上散发出一股桂花的香气。

这天，好些天没有回家的陈万福也回来了，看到打扮一新的老婆，他的眼睛亮了，嘴巴也张得合不拢了。

这一晚，陈万福要回房和李桂枝睡，哪想李桂枝一把就推开了他，说自己早就习惯了一个人睡。

接下来的好几晚，李桂枝都不理陈万福，反而越发将

自己收拾得靓丽多姿。陈万福急得火烧火燎，他向老婆赌咒发誓，再也不出去鬼混了，李桂枝这才同意和陈万福一起住。奇怪的是，从这以后，陈万福真的收了心，再也没有去捧那个叫小彩萍的戏子。

日子刚太平了没多久，陈家出事了。之前有个远房亲戚曾来陈家住过一段时间，他走了没几天，竟然来了搜捕乱党的官兵，说是有人指认那个乱党是陈家的远房亲戚，在陈家住过。因为此事牵连，陈万福的爹被抓进大牢，后来，家里人出钱四处打点，好不容易将他赎回来，却已家道败落，空无积蓄了。

陈母索性也辞掉了下人，一应家务，都由自己和李桂枝一起做。可陈万福是做惯了甩手掌柜的人，啥也不会，花起银子来，依旧不懂得心疼。李桂枝再次拿出了娘给的香囊，看起最后一条妙计来，只见上面写着：信佛道，结善缘。

俗话说母女同心，李桂枝一看这六个字，很快又明白了娘的意思，心里再次有了主意。她拉着丈夫一起去了城东庙里，烧香拜佛。回家后，李桂枝告诉丈夫：我已经向佛主祈求令我们家再度兴旺，不过，既然信了佛，就得多放生才行。这样吧，我给你一笔钱，你去市场买几只要被屠宰的猪、羊、鸡回来吧。

说完，李桂枝就拿出一些银子给了丈夫。其实，这些银子都是她当初进了陈家门后，从采买东西和丈夫衣兜里多余拿出来的钱，李桂枝谨记娘的话，这笔多出来的钱，现在有了用场。

从这以后，隔段时间，李桂枝就让丈夫以放生的名义去买回几只家畜来，然后悉心放养，加以繁殖，再卖出去。这样几经循环，家里又有了积蓄，还置下几十亩好地。李桂枝又让丈夫多行善道，帮助穷苦人家，给陈家广结善缘。平舆城内，再也无人说陈家的坏话。

陈家再次富裕后，都视李桂枝为福星，对她言听计从。而李桂枝自此后，便将娘留下的那个香囊仔细保存，自己复制出许多份，赠给家里娶的媳妇和要嫁出去的闺女，让她们牢记香囊中的妙计，日后能勤俭持家，过上日益幸福的生活。

讲述者： 张留坡，男，50 岁，平舆县教育局，大学，干部

采录者： 张贤锋，男，24 岁，平舆县二中，本科，教师

采录时间：2005 年 6 月 10 日

采录地点：平舆县工会家属院

25

新媳妇当家

从前，有个大户人家种了几十亩地，日子过得不咋富裕，还能够填饱肚皮。一连三年大旱，庄稼颗粒不收，指望种庄稼过日子的这个大家，成了个破落大家，囤子里的粮食快光了。眼瞅着这个大家人要挨饿了，这时候人心散了，一百口人倒有一百零一个心眼儿，要不是祖传下来的家规严，早就分家另过了。老当家的看到这光景心里像猫抓似的，可也没有啥招儿。他寻思自个儿年岁大了，没能耐把全家的心捆在一起，想找个新当家的来接替他，叫谁当这个家呢？他专心找这个人了。

这一天，老当家的故意把一把扫帚放在房门口，自己躲在一旁看。大儿子过来了，一抬脚横跨过那把扫帚；二儿子过来了，一抬脚横跨过那把扫帚，理也没理。老当家的看了这些，喘了口粗气："唉！横草不拣，竖草不动，都不是当家立业的主儿。"过了不一会儿，过门不到一个月的三儿媳妇过来了，她哈腰[1]拣起那把扫帚，送到

[1] 哈腰：弯腰。

厦子[2]里搁起来，才回来进了房门。老当家的看在眼里记在心里。

第二天，他把装着半瓶豆油的油瓶放倒在房门口，自己躲在一旁看。大儿媳妇回来了，一抬脚横跨过油瓶，理也没理。二儿媳妇过来了，一抬脚横跨过油瓶，理也没理。老当家的喘了口粗气："唉，油瓶倒了不扶，都不是当家立业的主儿！"过了一会儿，三儿媳妇过来了，急忙哈腰扶起油瓶，到厨房找了个调羹[3]，蹲下来，把洒在地上的油一调羹一调羹地舀进瓶里。这油沾上泥不能做菜吃了，她拿着瓶走到大车旁边，把油倒进挂在车上的油窖子[4]里，留着浇车用。老当家的心意定了，这个新当家的非三儿媳妇不可。

他把全家召唤在一块儿，对大伙说："我年岁大了，得找个新当家的，这个新当家的就是三儿媳妇。"三儿媳妇吓了一跳，连忙说："爹爹，儿媳妇才过门不久，咱家的地皮还没踏遍，咋能当家？"老当家的说："我说你中，你就中！"

这阵子，老老少少的嚷起来："是嘛，这个大家，才过门的媳妇咋能当家？"三儿媳妇也说："咱家老辈儿有爷、奶、公婆，平辈有哥、嫂、姐、妹，我这小小年纪当家，怕众人不服。"老当家的听了，立时对全家人说："家有家法，铺有铺规，有我在，谁要不服，施行家法。"那些喊喊喳喳的人听了，再也不喊喳了。

三儿媳妇寻思了一大阵子，才答应了："有爹爹做主，我就当一年试试。"就这样，过门不到一个月的新媳妇在这个大家当了家。新媳妇一当家，就对全家人说："老人古话儿说得好：父子协力山成玉，兄弟同心土变金。咱们全家人的心得往一块捆，劲得往一块使，眼下第一要紧的是度过粮荒。"她立即定下规矩：多种十亩菜地，不论男女老少出门回来，都抓一把土放在大门旁边。

谁也不知道新媳妇的葫芦里装的啥药，可是家规严，没有一个敢质问一声的，都按照新当家的分派的活计去干。

[2] 厦子：农村堆放农具、杂物的小房子。

[3] 调羹：用于搅拌或喝汤的小勺子。

[4] 油窖子：本指过去土法磨油，在石磨下油口地下挖的方便放油桶（方言称油量子）接油的土坑。这里是挂在马车或机车上的为车轴膏油的油瓶子。

十亩菜地种上了，两口壳郎猪[1]进了圈，出门回来都抓的一把土就放在大门旁边。

过了些日子，菜地里各种各样的菜长齐了，吃也吃不了。新当家的叫吃不了的菜喂猪。又过了些日子，圈里的猪肥了，新当家的叫杀一口猪。大伙儿一听杀猪吃，都乐了，能吃到喷香的猪肉啦！老当家的可犯了愁，不年不节杀的哪份猪？吃香的喝辣的，也不是过日子之道啊！只是心里话没说出口，叫人家当家，就得信人家嘛！杀了一口猪，又圈上一口壳郎猪，三儿媳妇又吩咐人到菜地里间菜[2]，一天包两顿菜包子吃。

老当家的这才明白，种菜养猪是为了度过粮荒，全家人的心才能齐，日子过得才能好。不用说大伙抓回来的土，是垫猪圈攒粪用的。新当家的不仅想了当年，还想了日后。往后一个月杀一口猪，包菜包子吃。粮一半菜一半，度过了一个荒年。全家人见新媳妇有心计都服了，心捆到了一块儿，劲使到了一块儿，日子越过越好了。

讲述者： 毛子义，男，55岁，驻马店市顺河乡，不识字，农民

采录者： 毛敏华，女，13岁，驻马店市顺河乡中，学生

采录时间： 1987年9月22日

采录地点： 驻马店市顺河乡

[1] 壳郎猪：方言，也称架子猪，指尚未长膘的半大猪。

[2] 间菜：又称剔菜，为方便菜棵长大，把太稠或瘦小的菜苗剔除。

26

八个钱的宴席

从前有个穷秀才，要留几个朋友喝几杯酒。他一看酒倒有一瓶，就是没菜。可手里只有八个钱，就用这八个钱到街上买了一把韭菜，一小块豆腐和俩鸡蛋。秀才看看这些菜很不像话，他的老婆对他说："别发愁，你去陪客，我来做菜。"

不一会儿，他老婆端来了第一道菜。客人一看，韭菜铺底，上边放了俩鸡蛋黄，便都皱起眉头。他老婆说："这道菜还有个名堂呢！这叫'两个黄鹂鸣翠柳'。"客人一听，眉头都舒展开了。第二道菜来，还是韭菜铺底，上面把切成小条的鸡蛋清摆了一趟儿，他老婆说："这道菜名叫'一行白鹭上青天'。"接着端上来的第三道菜是水炖豆腐，他老婆说这叫"窗寒西岭千秋雪"。最后的一道菜是清水上面漂了四个鸡蛋壳，客人哈哈大笑起来，说："不用说，这叫'门泊东吴万里船'啦！"

讲述者： 席明长，男，58岁，泌阳县陈庄乡中，高中，教师

采录者： 席胜，男，15 岁，泌阳县陈庄乡中，中学生

徐书亮，男，59 岁，泌阳县文化馆，大专，

干部

采录时间： 1989 年 5 月 22 日

采录地点： 泌阳县陈庄乡中

附

记

　　席明长是泌阳县陈庄乡中的语文老师，经常把一些古代诗词编成故事讲给学生。这则故事就是他的学生席胜凭记忆记录下来交给徐书亮的。（刘艺）

（三）学能故事

27

少爷学能

从前，有个姓张的大户人家，四十五岁得一贵子，心里好不高兴。大宴宾客三天，当众给儿子起名承业。意在承祖大业，日后若能功成名就，也好光宗耀祖。

谁知少爷承业生下来就患了白痴病，到了八九岁上下还不会说话，只会早学鸡鸣，晚学狗叫，二十多岁还不通文理。他老爷子好不容易用重金在邻庄给他订下一房媳妇，哪知岳丈大人从别人嘴里得知，当面交谈中看出承业少爷有点呆傻后，婚期一拖再拖，硬是不让娶亲。承业少爷的老爷子望孙心切，但又不能及早为儿子完婚。无奈只得在一个春暖花开的季节，为少爷准备了一个钱褡子，内装五十两纹银，让他遍游名山大川，意在学能。

少爷承业生来饭来张口，衣来伸手，出得府院便不知东西南北，回头看看大门紧闭已没了后路，只得沿着乡间小路漫无目的地朝庄外游荡。

不多时，已来到庄外大河边，只见河水清亮，岸边杨柳葱郁，一派好春色。一个渔翁撒网提纲，遗憾的是网网落空，老翁脸上都是汗水。天天靠捕鱼为生的老翁没了收获，加之腰酸腿痛，饥肠辘辘，面对滚滚河水，不禁仰天长叹："哎，这清亮亮的水连个鱼打混也没有啊！"谁料想老翁长叹时，承业少爷正走在旁边，猛不丁有人长叹，吓了他一跳，忙走下岸边追着老翁问："老头，你刚才说的啥？"

老翁正心灰意冷、饥累交加之时，哪还有心与人答话，他手不离网，头也不抬，生气地回承业少爷一句："咸吃萝卜淡操心，你管我说的啥！""哎，老头。"承业少爷一点也不生气地说，"你要告诉我，这不，"他从钱褡子里摸出二十两纹银摆在手上，"它就归你了。"二十两纹银差不多是老翁一年的收获，那白花花的银子把老翁的眼都弄花了，他不觉丢下鱼网走上前去问道："此话当真？"

"本少爷说出话来不算数，我是小狗。"说着撅着屁股围着老翁"汪汪"地叫着转了一圈。

老翁一看，也认真起来："那你能不能把银子先付与我？"

"付你何妨！"承业少爷说着就把银子交与老翁。

老翁慌忙把银子揣在怀里，又把鱼网之类收拾停当背在肩上："小子吧，你听好，我刚才说的是：这清亮亮的水连个鱼打混也没有。"

说完一溜烟跑了，只剩下承业少爷在不停地吟唱"这清亮亮的水连个鱼打混也没有，这清亮亮的水连个鱼打混也没有"，边吟边沿河走去。不多时已来到河床较窄处，只见一个用树身做成的独木桥横架两岸，桥上一位独腿的残废人正在艰难地往河这边移动。

好不容易移过桥头就已出了一身大汗，独腿人手扶拐杖扭头再望桥身，涌出无限感慨："唉，这有桥好走，独木难行啊！"说着就一瘸一拐地迎着承业少爷走来。

承业少爷虽离得远，但拐腿人艰难过桥的情景，全看在眼里。饱汉子不知道饿汉子饥。拐子过桥如此艰辛，少爷想来很是可笑，只是拐子过桥后的感慨声，他只顺风听得"有桥难行"两个半句，很遗憾，慌忙跑上去伸开双臂拦住拐子。

"哎，拐子，你脚不得劲，还常出门溜溜哪！告诉少爷我，你刚才说的啥？"听承业少爷这么一说，拐子脸色陡变，手点着他的鼻子骂道："看你穿得像个人样，咋不说人话，人常说'打瞎子，骂瘸子可有罪'，要遭雷劈的，你小子积点德吧。"拐子骂完再不答话，扭头就走。

承业少爷在家里和仆人们儿戏惯了，一看拐子听了他的话气那么大，心里不觉有几分害怕，再不敢多嘴，看着拐子走去。一会儿呆劲上来，想想这么便宜让他走，话听半截留下来岂不受罪，不行，我得追他去。

拐子走路难，他几步就窜到前面，右手一伸拦住去路："拐子，你看这是啥！"他一伸左手，上面端着二十两纹银伸到拐子眼前。"你要是告诉我刚才你说的话，这不，银子全归你。"

拐子一看眼都直了，长恁大还是第一次见恁多银子，手脚也不觉颤抖起来："你当真、当真给我？"

"那还有假？"承业少爷说完把银子扔到拐子脚下。

拐子一看颤抖得更厉害了，怕他反悔，忙说："那好，我告诉你，我刚才说的、说的是，唉，这有桥好走，独木难行啊。"

"噢，这不得了！耽误我几步好路。"承业少爷说完哼着"这有桥好走，独木难行啊"走过桥去。

过了桥就是一个大庄子。此时庄头人声嘈杂，很多人里三层、外三层地围了一圈，不知在看什么稀奇。承业少爷天生好事，此时求知心切，急步走近。

远远地听到叫唤声好似有人打架。一会儿，一个满头血迹的汉子冲出人群，后面两个汉子在追，头破的汉子无心恋战，一边跑，一边高叫："我告你去。"好不容易脱开身跑远了。

承业少爷最爱看热闹，一场好戏他没赶上，好不懊恼。不过刚才跑远的那个烂头实在好看，花里胡哨，像个瓜似的，只是他跑时叫的啥，他只听得"你去！"两字，失望得很。他呆劲又上来了，不行，我得追他去。

承业少爷上气不接下气，好不容易在庄外的树林里找到挨打的汉子，那汉子正蹲在地上生闷气，思量着怎么去打官司。

承业少爷喘着粗气走上前来："我的爷，可找到你了。花脸瓜，你刚才叫的啥，我听着好听，你给我再叫一遍吧！"

挨打的汉子抬头用血红的眼睛瞅了他一眼，一看是个呆头呆脑的少爷在拿自己说笑，气都不顺了，他站起来一

步步逼近承业少爷，忽然抬起手来狠狠地在他脸上来了一巴掌。

汉子正在气头上，这一巴掌那个狠劲，承业少爷只觉得天旋地转，"扑通"一声就跪到地上，早忘了他二姨是谁。

一会清醒过来，承业少爷磕头如捣蒜："我的亲爷，你可别打我，你要高兴，我天天叫你亲爷中不中？这不，我就还剩这十两银子了，我没啥想法，只是爱听个稀奇，你要是告诉我刚才说的啥，我就把这银子送给你。"

挨打的汉子一听，一下子忘了疼痛："少爷你可不能哄我这受苦之人哪！"

承业少爷马上神气起来："哎，你打听打听，本少爷生来说一不二，说给你就给你。这不，拿去，快告诉我跑时说的啥。"

"唉！"汉子悲伤地说，"你没看见吗？他们弟兄俩打我一个，我能有啥法，打不过他们，但我有理，只好上县衙去告他们，我刚才说的就是'我告你去！'"

"噢，原来如此。"承业少爷双手一背，心满意足地走了。

无银一身轻，快到中午，少爷没出过远门，一路奔走过桥，此时早已腹内空空，前墙贴后墙。想想银两用尽，已完成了爹爹的心愿，高高兴兴地回府。

临近家院，早有家人通知了老爷子，老爷子一听早晨出的门，不到中午他就回来了，心里那个气，一拍桌子领着众家院出了府门。承业少爷一到府前，看到老爷子怒气冲冲领那么多人堵在门口，早吓得魂飞天外，慌忙跪下叩头。

老爷子浑身哆嗦，手指承业："我，我问你，叫你学能，你咋又中途回来了？"

承业少爷一听，忙说："爹爹呀，你叫我学能我学了呀，回来有啥不中？"

"学啦？你个没出息的东西。仁义、道德、伦理岂能是一个上午的功夫，苍天哪，该是我张家绝后。"老爷子说着说着泪流满面，悲痛欲绝。一会儿，他手指吓晕了的承业少爷说："那好，现在你就去你岳丈家，若是能把你的娘子带回来，我就还认你这个儿子，若带不回来，从今

以后，休来见我。"说完进得府内，"咣当"一声关了大门，只留得承业少爷软坐在地上。

好一阵子，承业少爷才从地上爬起来，一时想不起其他的出路，只得硬着头皮往丈人家走去。

承业少爷的丈人家也是个大户人家，离他家只有二三里地。订亲后，承业少爷随家人去过几次，只是未婚妻子的面一次也没见上，都是老丈人出来应酬。今天自己去丈人家，老爹说叫把娘子接回府，要是岳丈大人不叫接，那又咋办。"唉，管他娘的，去了再说！"

承业少爷一路想着来到丈人家，一看大门紧闭，不觉又累又乏，坐下歇歇吧。承业少爷坐在台阶上，背靠大门，闭目养神。

忽听"吱扭"一声响，少爷猛不丁跌个头朝下。原来是丫鬟开门，他不在意，跌进门去了，把个丫鬟吓得"妈呀妈呀"地怪叫。仔细一看，咦，这不是姑爷吗！嘿嘿，这个傻子又来了，想着忙去禀报老爷。

承业少爷的老丈人一听傻女婿又来了，本想不见，可又怕别人说闲话，只得出门把承业少爷迎进屋内。双方坐定，老丈人一声唤："来人，看茶。"

那时的规矩，女婿走丈人家，一定要先喝碗鸡蛋茶，丫鬟欺他人傻，听老爷说声看茶，就端了碗白开水上来了。

承业少爷朝碗里一看，这不对劲呀，过去跟爹爹来时，碗里都有几个圆圆的很好吃的白东西，今天咋没有了，不行，我得问问。咋问哩，少爷想呀想呀，两眉越皱越紧。

老丈人一看忙催他："姑爷，喝茶。"

承业少爷没听见似的，还在那猛想，忽然他一拍大腿："有了。"说着他眼睛瞪着丫鬟，手点着水碗一字一顿地说："这清亮亮的水咋连个鱼打混也没有？"

丫鬟一听慌了神，这傻子今天咋变样了？老丈人早已坐不住："大胆小人，你敢欺我姑爷，还不快快换茶。"

丫鬟吓得忙端着水碗跑出去。一会儿工夫，又端着一大碗鸡蛋茶上来了，丫鬟们和他逗惯了，碗上只放了一根筷子。

时已过午，承业少爷早饿了。一看吃的上来了，忙拿起一根筷子往嘴里捞。无奈鸡蛋光溜，捞到右嘴边从左嘴边掉下来，捞到左嘴边又从右嘴边掉下来，逗得丫鬟、仆人们一旁暗暗偷笑。

一阵忙活后不见成效，承业少爷气了，"啪"地一放筷子："唉，这有桥好走，独木难行啊！"

在场的人一听全愣了。这姑爷今天不得了，出口成章，不动声色就给了丫鬟们难看，老丈人心里好不喜欢。都说俺姑爷傻，我看他是大智若愚，满腹经纶啊！思量间早有丫鬟重取了筷子，只听得哧溜、哧溜一阵响，一大碗鸡蛋茶进了少爷的肚子里。

承业少爷觉得吃饱了，也喝足了，用袖子抿了抿嘴唇，"嗵"地猛拍一下桌子站了起来，手指丈人："我，我告你去。"说罢扭头就走。

丈人一看慌忙上前拦住，暗想，姑爷学富五车，他要到县衙告我昧亲，岂不丢了我一世名声？罢，罢，罢！这样的女婿何处去寻？

想到此，他手挽承业少爷的胳膊："姑爷息怒，姑爷息怒，我这就让家人打点行装，让姑娘与你上路，回家成亲，也了却了我一桩心事。"说罢就吩咐家人准备。一会儿工夫，在笙乐、唢呐声中，承业少爷高高兴兴地接着新娘子回府了。

讲述者： 翟坤如，女，65 岁，驻马店市区，不识字，工人

采录者： 王银武，男，28 岁，驻马店市文联，大专，干部

采录时间： 1987 年 10 月 28 日

采录地点： 驻马店市区

附
记

像很多解放前出生的人一样，翟坤如由于家里穷，没念过什么书，但那时候有很多说书、唱戏的民间艺人穿街游巷的，加上老辈人没事喜欢喷阔，也会讲天南海北的奇闻趣事，耳闻目染，所以那一代人基本上都会讲很多叶话儿和故事。王银武与翟坤如住同一个院，因为创作的原因，也爱听老太太唠叨。这天，老太太买水果回来，正好碰见

下班回来的王银武，非要拉他吃个水果。闲聊中，说起民间故事采集的事儿，老太太很高兴，就给他讲了这则故事。（赵新春）

异文：王立学精细

从前，王庄有个叫王立的人很傻，吃饭不知饥饱，睡觉不知颠倒，长到十六七岁，却娶了一个富家小姐。媳妇过了门，王立照样还是傻乎乎的，生活没法儿过，媳妇回娘家，一去不回，并要和他退婚。王立将媳妇退婚的事儿说给二老，二老很伤心，没有办法，给王立四百两银子，让他去外面学精细[1]。

王立带着钱出了门，一天来到一家大门前。一个人要进去，一群狗拦住了门。这人气愤地说："狗且莫叫，客人我到，主人有请，你瞎乱闹。"说罢进门儿去了。王立跑上前拉着那个人问他说的啥，并答应给他一百两银子，那人接过银子，把那套话重说了一遍。

王立又走到一处树林边，那里的鸟很多，叫个不停。一个老头儿走进树林，鸟声全无，老头儿说："一人进林，百鸟不语。"他上前拦着老头儿问说的啥，并答应给他一百两银子。老头儿接过银子，把话重复一遍，进林去了。

又一天，他来到一条小河边，见一年轻人在那里发愁，嘴里还唠叨着："一坑白鱼没网撒。"王立上前问他说的啥，并答应给他一百两银子，年轻人接过银子，把话重复了一遍。

又一天，他在村头看见一个阉狗的挑着红白布挑子，高声喊着："谁阉狗？阉牛？择猪[2]？"一群狗听见了，一窝蜂向他扑来。那人发狠地说道："老狗老狗别龇牙，明儿个我就把你拿！"王立听见了，忙上前拦着问阉狗的说的啥，并且答应给一百两银子。阉狗的高兴地接过银子，把骂狗的话重复了一遍。

银子花完了，王立也学了几套精细，就高高兴兴地把家回。这天回来正路过岳父家门，人来人往非常热闹，他就朝岳父家走去。原来岳父家在请亲朋好友，商定退婚的

[1] 精细：方言中有"能"的意思。
[2] 择猪：把公猪阉割掉。

事。到大门时，一群人知道他马上就不是这家的姑爷了，不让他进，还说些难听的话。王立说："狗且莫叫，客人我到，主人有请，你瞎乱闹。"这群人听了，丈二和尚摸不着头脑，只好让他进去。来到客厅，满屋的人正议论纷纷，他一进来都不作声了，王立说："一人进林，百鸟不语。"客人见他说话这么有风度，文词精彩，只好把他拉上首席。宴席间，人们还想嘲弄他，故意不给他筷子、调羹勺[3]。王立说："一坑白鱼没网撒。"人们一听只好把筷子、调羹勺给他，他只管吃。

席散，王立要走，岳父拉住他，想商量退婚的事。越拉他越火，他发狠地说："老狗老狗别龇牙，明儿个我就把你拿！"说罢，挣脱岳父扬长而去。

客人见此情景，都说："看来姑爷并不傻，说话有地方，要真告官府，坏了老爷名声，坐了牢，就麻烦了。"岳父害怕了，当天就把闺女送回了婆家。

讲述者： 王秀娥，女，56 岁，遂平县花庄乡，初中，农民
采录者： 刘晓春，男，27 岁，遂平县花庄乡长寺村，高中，农民
采录时间： 1987 年 10 月 10 日
采录地点： 遂平县花庄乡

附
记

有钱人家的傻儿子学能的故事在驻马店不少地方都有流传，具体情节也大同小异。

确山县刘国林讲述、刘文成采录的《傻小学语》除以上情节外，还有傻小学会被几个母狗撕咬的要饭人说的"母狗母狗别龇牙，劈头给你一钉耙"，用在小姨子身上的情节："吃过午饭后傻小要回去了。大嫂子、小姨子把他送到门外，难免说个三道个四的。傻小说：'母狗母狗别龇牙，劈头给你一钉耙。'"虽然不雅，但也很有民间特色。

新蔡县宋邦英讲述、龚国强采录的《二蛋走丈母娘家》则有二蛋

[3] 调羹勺：喝汤的勺子。

向农民学得"哎——老瘦牛扛老犍，劈头一响鞭"，吃完饭后活用的情节："这会儿，二蛋把十个鸡蛋全吃下肚，打了个响嗝，他又触景生情了，一撅站了起来，用他那粗粗的大嗓门，唱起了土梆子：'哎——老瘦牛扛老犍，劈头那个一响鞭，啪——。'开始老少爷们还起哄叫好，仔细想想那唱词，不对味啊，人们唉声叹气地走散了。"

平舆县张留坡讲述、张贤锋采录的《二半吊子成乡贤》，二半吊子赵大憨，虽然不够聪明，却很爱他的媳妇。他学的三句话，分别是"一人方入林，百鸟已无声""四四方方一块地，就是有点儿掉角""嗨，注意点，独木桥难沿啊"，因为别人想看赵大憨这个傻女婿究竟有多傻，于是就等他来出丑。具体这三句的用途，文中有这样的交代。傻女婿夫妻进屋，正在说笑的亲友，都停了口，大眼瞪小眼地看着他们俩。赵大憨开口说："一人方入林，百鸟已无声。"大家一听，觉得三女婿不但不傻，用的诗文还恰如其分。吃饭时，赵大憨是新女婿，应该坐到客座上，可偏偏有人安排他坐在桌角边，于是他就说："四四方方一块地，就是有点儿掉角。"众人一听，赶忙请他到客座上去坐。放筷子时小姨子想逗逗他，就给了他一支筷子，赵大憨就说"嗨，注意点，独木桥难沿啊"化解了尴尬。

原县级驻马店市卷、今驿城区卷收录的王兴讲述、谢文纵收集整理的《学精》，王员外的傻儿子学到"一鸟入林，百鸟不语""有水就有鱼呀""双木桥好走，独木桥难行"和训狗人说的"不用龇牙咧嘴，明天就把你拿"，于是他爹让他到岳父家认亲拜父，他学的话派上了用场。来到岳父家，满屋人正谈论傻子，一见他进来，便不再言语，傻子进屋便说"一鸟入林，百鸟不语。"大家一听，非常敬佩。但仍有人半信半疑，便给他端了一杯没放茶叶的白开水，傻子说"有水就有鱼！"端水人只得上前放入茶叶。吃午饭的时候，他岳父为考验他，故意只给他拿一根筷子。傻子便说："双木桥好走，独木桥难行。"老岳父不好意思，其他人也龇牙咧嘴地笑起来，傻子就来句"不用龇嘴咧牙，明天就把你拿"，说罢站起就走。他老岳父以为他生气走了，又担心王员外不愿意，第二天用轿把女儿送往王府去了。（赵新春）

28

秀才经商

清末，淮河沿岸有个窦集镇，由于水陆便利，四方商贾云集，颇为繁华。镇上有位腰缠万贯的马掌柜，名倾一时，人称"生意精"。

他本是落第的饱学秀才，只因家道中落，迫于生计才掂起了算盘筹子。说来也奇，他走南闯北不上十年，生意竟如滚雪球一般越做越大，令人瞠目不已。这位马掌柜不愧为秀才出身，经商之余，一头扎进书房里，手不释卷，儒雅十足。有人向他讨教生意秘诀，他总是摇头晃脑地吟起前人的诗句："汝果欲学诗，功夫在诗外。"弄得人云里雾中。

马掌柜有个独生子，名叫马金宝，马掌柜平时对他管教挺严，还特地把他送到省城新式学堂念书。不料金宝却认为自己早晚要继承家业，经商做生意。而做生意无非是贱买贵卖，从中牟利罢了，多念两年书又有何用？到了年底，他竟自做主张辍学回了家。马掌柜说服不了儿子，便叫账房先生支了一千块白花花的大洋，让金宝自个出门做生意去。这下正中金宝的心怀，他乐呵呵地叩头接钱，转身就走。

一年过去了。腊月二十八，在外奔波了一年的金宝空着两手回到家里。他不仅分文没赚，而且连那一千元大洋也输得只剩下几个铜子儿了。马掌柜未责怪儿子，让儿子和家人一起筹备过年，对儿子生意场上输赢之事只字不提。金宝以为老爹这是心疼自己，心里的石头这才落了地。谁知大年初二一大早，马掌柜便把金宝叫到堂前，又叫他像去年一样，出门去做生意，至于本钱，就是金宝年前带回来的那几个铜子儿。金宝以为老爹故意出自己的丑，不由羞愧万分，木头似的站在那儿。马掌柜一本正经地告诉金宝，这次出去虽说本小，但必须按他指定的线路，依次到古台城、青龙集、穆家寨、夹河集四个地方去做生意。而且每到一处，必须要买下当地最便宜的东西，然后带到下一个地方去卖掉。到了夹河集，也就是四个地方中最后一处时，只要买那里吴郎中的一贴狗皮膏药就行了。

金宝心中纳闷：老爹这番话是啥意思？但又不敢多问，只好拿了那几个铜子儿上了路。

到了古台城，马金宝在当地转悠开了。由于当时时局动荡，张、刘两姓军阀为争夺地盘开战，古台城刚刚经历了一场可怕的战火，老百姓纷纷逃散，店家们原本在年前购进了大批爆竹，准备发一笔横财，眼下积存难销，全成了哑巴货，价钱一跌再跌，便宜得惊人。金宝想起老爹的话，把几个铜子儿除留下雇车钱外，全买了爆竹，随后就赶车往第二个地点——青龙集而去。

这青龙集是深山窝的一个集镇，山路格外崎岖，金宝和马车夫足走了七八天才赶到。此时已近元宵，金宝没想到他的这车爆竹在集上一亮相，马上成了抢手货，价钱连翻了几个跟头，好销得很。金宝喜出望外，一打听才知道，青龙集地处山区，老百姓的生活很清苦，过元宵放串爆竹就算过节了。偏偏今年商家们因为时局乱，山路又不好走，没有进货，所以金宝的这车爆竹无疑是雪中送炭。

这笔生意做下来，金宝的腰包里丰盈了许多，兴致也高涨起来。接着，他很快打听到，青龙集一带沟多谷深，水草丰美，所以这里喂羊的特别多，山羊的价钱也特别便宜。金宝便倾囊购羊，又雇了个牧羊娃，将买下的羊群赶出山外，前往老爹指引的第三个地方——穆家寨。去穆家寨的路虽说较为平坦，但赶着羊一块儿走就要慢得多，他

们在路上足足花了一个月，才赶到穆家寨。

寨子里热闹非凡，不少人正牵着羊穿梭往来。更令人奇怪的是，寨子正中搭起了台子，周围还用栏杆围了起来。难道是要摆擂台比武吗？一打听，原来穆家寨正要举办三年一度的传统"斗羊大赛"。金宝平时就挺喜欢这一类活动场面，正赶上了时候，他立即从自己羊群里挑了几只膘肥体壮的山羊作"选手"。果然，一轮一轮斗下来，金宝的那几个"选手"力挫群雄，高居榜首。穆家寨人带着善意的微笑，纷纷向金宝表示祝贺，都说他的运气实在太好了。

原来穆家寨以往历次斗羊大赛，都是由黄河北岸骠悍善斗的大羯羊一统天下，其余各地的山羊无不甘拜下风。如此一来，一到大赛，大家都纷纷选黄河北岸的大羯羊作"选手"。可谁知今年因春气动得早，黄河凌汛提前到来，购羊的人们连人带羊被隔在了河对岸，眼巴巴地不能回来，而"斗羊大赛"还得如期举行。就这样阴差阳错，"瘸子里面选将军"，金宝买的青龙集山羊却在这里夺冠扬名。

盛名之下，金宝除了得到一笔数目不小的奖励之外，所有的羊立刻被穆家寨人抢购一空，以留作新的种羊，那几只高居榜首的羊更是身价倍增。

一连两次意外得手，金宝对老爹简直佩服得五体投地。他认认真真地到当地老百姓家里做调查，发现这一带非常适合养牛，牛的价钱也很低，于是当机立断，购买了一批肉牛，雇了两个壮汉赶着牛群，风尘仆仆地来到老爹指定的最后一地——夹河集。

他们到夹河集时，恰逢当地开庙会。原来当初两姓军阀开战之前，其中的刘姓军阀曾到这庙里来敬香许愿，若得菩萨保佑打胜仗，定要回来给菩萨重塑金身，光大山门。

巧得很，刘军阀在年前果真打了个大胜仗，他喜不自胜，命令将还愿之事沿路大肆宣扬。今天，他正式亲自率卫队前来还愿，并犒劳部下，唱大戏十天。于是，金宝的牛群一到，便被那刘军阀的军需长高价包下了。

面对到手的一大堆光洋，金宝惊喜万分，他往褡里一点数，嘿，巧了，不多不少，一千大洋整！金宝乐得手舞足蹈，走起路来如醉酒一般，突然踏空石阶，"哎哟"一声倒在地上，原来扭了脚了，脚肿起老高，疼得他龇牙咧

嘴。旁边有人好心地提醒他："小伙子，前面有个吴郎中，他的膏药专治跌打扭伤，一贴就好，灵极了！"哇，真有个吴郎中？金宝猛然想起老爹说的话，嘴巴张得如蛤蟆大：难道老爹能掐会算不成？

金宝发财回来，缠着老爹问秘诀。马掌柜领着他径直来到书房，意味深长地指着那堆得高高的一摞摞书籍，没有言语。金宝瞪着两眼，莫名其妙。

马掌柜语重心长地说："做生意讲本求利，固然应该知道贱买贵卖，但要知道怎样才能贱买贵卖，里面的学问可就大着哩。一个好的生意人必须上识天文，下知地理，对山川沟壑、风俗民情、时局形势等等，都应了如指掌，这样才能准确判断行情，巧妙筹划安排。而这些学识，不通过读书学习，又咋能真正明白呢？至于你最后跌伤了脚，知子莫知父，那是你心浮气躁的必然结果。"

一席话，说得金宝如梦方醒。没过几天，他背了行李，告别老爹，自己回省城学堂里重新念书去了。

讲述者：　单云秀，女，56 岁，正阳县慎水乡，不识字，农民

采录者：　王永坤，男，34 岁，正阳县慎水乡，高中，干部

采录时间：1987 年 10 月 19 日

采录地点：正阳县慎水乡

29

傻男人要聪明

很早的时候，有这么一对夫妇，男的很傻，而他的老婆却很聪明。

有一天，傻男人上街卖一只白兔，来到街上，他把兔子放在地上，让来来往往的人看。兔子猛地窜跑了，他就连忙追，追着追着，不知兔子跑到哪里去了。迎面来了一家办丧事出殡的，人家戴着白香帽子[1]，正伤心地哭着，他过去问："喂，你们看见一只白头兔子了吗？"出殡的人很气愤，认为是在骂他们，打了他一顿。

回到家里，傻男人就把事情的经过给老婆说了。老婆说："你说的那是骂人的，人家咋不打你呢？你说点张纸，点张纸。"傻男人连忙说："知道啦，知道啦。"就跑到街上，准备卖弄自己的聪明。可没找到出殡的，却看到一群抬花轿的。傻男人也不细看，就站在轿前喊："点张纸，点张纸。"抬轿的气得也打了他一顿。

回到家里，他又把事情的经过给老婆诉说一番。老婆

[1]　白香帽子：也叫白孝帽。本地习俗，亲人去世根据亲疏远近，会服不同的孝。亲属中的男性会戴用白布缝制的帽子，即孝帽。

说："你就不会说花红柳绿多好看，花红柳绿多好看？"没等老婆说完，他就说："知道啦，知道啦。"

他又来到街上，正好看见一家的房子着火了，就大声地喊："花红柳绿多好看，花红柳绿多好看。"救火的人能不气吗？也打了他一顿。

回到家里，他又把事情的经过给老婆说了。老婆说："你就不会说泼瓢水、泼瓢水？"

他又来到街上，看到打铁的火烧得很旺，就喊着："泼瓢水、泼瓢水。"并拿起瓢舀水泼了两下。打铁的正打得有劲，一下让他给泼灭了，打铁的气得也打了他一顿。

回到家里，他又把事情的经过给老婆说了。老婆说："你不会说帮帮锤儿、帮帮锤儿？"

他又来到街上，看见俩小孩儿在打架，就说："帮帮锤儿、帮帮锤儿。"打了这个小孩儿一锤，打了那个小孩儿一锤。俩小孩儿很气，合伙打了他一顿。

回到家，又把事情的经过给老婆说了。老婆说："你就不会拉拉架，别让他们打啦。"

他又来到街上，看见两头老水牛在抵头。他就过去拉拉这个牛尾巴，拉拉那个牛尾巴。两头牛火了，一下子把他的肚子抵破了，肠子都流了出来。

在回家的路上他抱着自己的肠子哭着走着，听见一只鸟叫着："嘟噜，嘟噜。"傻男人气愤地说："叫啥叫！你那一嘟噜还没有我这一嘟噜大哩！"

讲述者：　宋显，男，54 岁，遂平县花庄乡断山口村，
　　　　　高小，农民
采录者：　李书勤，男，32 岁，遂平县花庄乡，大专，
　　　　　干部
采录时间：1988 年 3 月 10 日
采录地点：遂平县花庄乡断山口村

死搬硬套，不分场合说话的故事，是驻马店民间故事中流传很广的一个类别，大多故事架构、情节基本相同，只是不同场合说的话略微不同。泌阳县余宪敏讲述，余茂广、徐书亮采录整理的《真不会说话》故事中，讲述傻子的父母让他骑驴出去学能。遇见送殡的挨打，是因为他的驴被狗咬了，他用三尺白布包着驴头，结果驴受惊跑了。他追驴，遇见人家戴孝帽的从村里出来，问人家"见一个三尺白布包着头的驴跑到这儿来了吧"，引起误会。回家他父母教他遇见这事儿要说"烧两张"（即烧两张纸），结果他遇见了娶亲的；遇见娶亲的要说"花红柳绿真好看"，他遇见了失火的；失火要说"泼两瓢"，他遇到了打铁的；打铁要说"帮两锤"，他遇到打架的；打架要说"别打了"，他遇到了牛打架。处处驴头不对马嘴。而在新蔡县戚健讲述，单铸坤、龚国强采录整理的《找驴头》中，傻子挨打是因为他把老丈人送的用白布包裹的驴头弄丢了，他问人家戴孝帽的见他的驴头包白布没有。故事围绕找驴头，他妻子教他遇到出殡的要说"破子孝"，他遇见办喜事的；教他要说"大喜"，他遇见失火的；教他说"泼瓢水"，他遇见打铁的；教他说"帮帮锤"，他遇见打架的；教他说"别打了"，他遇见牛抵头，最后搞了个头破血流。而新蔡县版本里没有遂平县版故事中后面遇鸟的情节。（赵新春）

30

错中错

过去，有一个老规矩：凡是婚丧嫁娶、喝喜酒、谢月老请年酒都是先下请帖，后摆筵席。

民国初年，汝南城北有一刘生，刚从大学毕业回来。他妻子正害伤风感冒病，卧床不起。他一时没法去探望岳父，就写一请帖，请岳丈来家赴宴，一来是显示自己大学毕业了，二来是安慰安慰病人。怎奈刘生在大学没有学过写请帖这门功课，他就凭自己的记忆，写副"汤饼候教"的请帖，叫人给岳丈送去。岳丈曾读过几年诗书，一看请帖，大惊失色，拿着请帖就去训斥妻子："这是你养的好闺女，才过门三个月，就生……真是辱家败门，丢尽脸面！"妻子听了也觉得奇怪，决心去女儿家看个究竟。她步行来到女儿家中，见女儿面黄肌瘦，头扎毛巾，躺在床上，以为女儿真的生了孩子，忙问："孩啦，几天啦？"女儿以为母亲问她的病哩，随口就答："三天了。"母亲一听，气得连茶也没喝就走了，到家给丈夫说："真的。"

且说刘生下了请帖，宴期已到，不见岳丈家来人，想着是自己没去登门拜请，得罪了岳丈，就买了一条八斤重的活鱼，用湿稻草包着，又封了二斤点心，到岳丈家去赔礼道歉。事逢凑巧，岳丈和岳母因事外出，刘生就把礼物往祖先桌上一放，走了。岳丈回来，听说刘生来了，见"礼物"在祖先桌上还一动一动的，气得暴跳如雷："你真欺我太甚，竟将污秽小儿送来！"说着，把稻草包往胳膊窝里一夹，跑到村后，扔到水沟里了。

事情终有水落石出的日子。隔了一天，岳丈怀揣请帖去找刘生，见面就问："你这个'汤饼候教'请帖，怎样解释？"刘生说："'汤'，是请您喝'汤'；'饼'，是请您吃'饼'。"

"'候'呢？"

"您来晚了，我就'候'着您。"

"那'教'呢？"

"你要不来，我就去'教'您。"

岳丈一听，哭笑不得，说："这'汤饼候教'请帖，是生孩子喝喜酒的帖子，怎么乱用呢？不懂别装懂，向别人请教请教嘛！"

讲述者： 关守经，男，60 岁，汝南县金铺乡老金村，
初中，农民

采录者： 冀世清，男，58 岁，汝南县文化局，高中，
干部

采录时间：1987 年 10 月 20 日

采录地点：汝南县金铺乡老金村

附记

《中国民间故事集成·河南汝南县卷》收录这则故事时，后面还有一句："后来，这个故事还被八区宣传队编成剧本搬上舞台演出了。"这里的八区指民国政府所设"河南省第八区行政专员公署"，负责管理清汝宁府地界。关守经是金铺乡老金村人，经常给村里人执掌红白喜事，非常熟悉这方面的礼仪道道，所以会讲很多民间礼仪方面的逸闻趣事。冀世清到老金村采风，村里人纷纷向他推荐关守经。当天正好赶上关守经给人家执掌喜事，冀世清还蹭了一顿喜酒。饭后，关守经给冀世清提供了不少民俗礼仪方面的故事素材，这只是其中的一篇。

31

傻子考状元

我国是礼仪之邦，过去驻马店孩子出生满月，主人家要办"满月酒"，发正式请帖给亲友，有一定格式。如："送呈×××台启：小儿（女）三朝荷蒙厚赐，×月×日汤饼候教。××鞠躬。×年×月×日。"或"送呈×××台启：×月×日×刻为小儿（女）×××诞生弥月，洁治汤饼，恭候光临。席设×××酒店，××时即席。×××鞠躬"。不同宴席发帖，用词不同。如寿宴帖叫"洁桃觞"，满月宴帖"洁治汤饼"，不可乱用，用错了就会像本故事一样闹笑话。（赵新春）

从前有位书生，家里只有他们夫妻俩。有一年，朝廷招考官员，当官要经过考试呀，这位书生也想去应考。可是，家离京城太远，自己独去恐怕不行，就和老婆商量咋办。老婆想了想说："我娘家有个傻兄弟只会喂牲口，如果让他去给你喂马做伴，我看还中。"于是，兄弟俩就起程了。

在路上，傻子看到人们在地里刨红薯，就问这位书生说："表兄[1]，那些人刨的是啥呀？"书生对他说："这是红薯。"他觉得奇怪，就嘴里反复背着"红薯，红薯"。

他们正走着，傻子又看到路边有人凉缫好的丝，就指着问书生："这是啥呀？"书生对他说："这是桑树、蚕丝。"傻子觉得奇怪，就又反复背着"桑树、蚕丝"。

又走了一程，傻子又看见一个老母猪正在拱红薯，他指着猪问书生："表兄，这是搞啥子的？"书生对他说："这是老母猪，拱地精。"傻子觉得奇怪，就又反复背着："老母猪，拱地精。"

[1]　表兄：确山方言，"姐夫"的意思。

来到京城天已经不早了，书生找个合适的地方住下来。第二天吃过早饭，书生对傻子说："兄弟，你在这儿好好喂马，不要乱跑，我去考试。"他安排好就走了。

再说这个傻子，把马喂得饱饱的，就趴在马槽边等他表兄。等到晌午，仍不见表兄回来，他已经饿了，忘了表兄的吩咐，就走出门去顺着大街往前跑，正好来到考场。只见这儿人山人海，有男的，女的，长得好的，长得丑的，好不热闹。他们正围着一张榜文看着直摇头，为啥？都不认识。

傻子从来没见过恁多人，就一蹦老高拍着大腿说："我的哐啷也！"其实榜上写的是梅花篆字，因主考官怕写一般字被举子们顺音子顺上了，就写一句俗语"我的哐啷也"几个金色大字，谁要能念出这几个字就点为头名状元。

主考官听傻子念出了这几个字，连忙把他招到跟前询问。主考官问傻子："你读的是啥书哇？"傻子随口答道："红薯。""啊，红书！"主考官大吃一惊，心想：我当了几年主考官，咋就没读过"红书"？看来这人学问不浅！

主考官问："你做的啥诗呀？""桑树、蚕丝。"

主考官一听《尚书》、参《诗》，连忙说："不错不错！连《诗经》上都没有。"

"你念的是啥经呀？"主考官又问。

"老母猪拱地精！"傻子回答说。

主考官觉得傻子学问高深，是国家的栋梁之材，于是，点他当了头名状元。

讲述者： 王端理，男，54 岁，确山县留庄乡，初中，
　　　　　农民
采录者： 王随堂，男，15 岁，确山县留庄乡中，学生
采录时间： 1988 年 10 月 9 日
采录地点： 确山县留庄乡

附　记

王端理、王随堂一门同村，王随堂小时候就爱黏着王端理讲故事。王端理性格随和，他讲的故事都是取材身边器物，很接地气，常常逗得人哈哈大笑，是村里人眼中的"活宝"。因为这则故事风趣幽默，王随堂记忆深刻，他让王端理讲，自己原样记录后交到《中国民间故事集成·河南确山县卷》编辑王奎山手中。王奎山是本地著名的小小说作家，很喜欢这种原汁原味的故事，就把它编入了县卷本。（杨建军）

异文：并肩皇

从前，一个富人家里有俩儿子，老大张团是个半调子[1]，成天只知道吃喝，斗大的字不识一个。可老二张五却不一样，从小就勤奋好学，考上了举人。

一日，街上贴出皇榜，招纳有才之士，平定叛乱。张五听说这件事，就跟他爹商量，前去应试。他爹就给他准备好东西，让张团给张五牵马，起程了。

张团牵住马在前，张五骑着马在后，这样一直走到天挨黑[2]才走了半程路。张五急着赶考，就说："黑夜里摸。"张团听见，就记在心里了。走到天明，张五看到被风吹得一起一伏的槐草地，就说："风吹草地十八荡。"张团听后，又记在心里了。走不多远，正碰见一个庄稼汉套住一个大老犍和一小犍在犁地，张五就说："我叭叭两响鞭，不打大犍打小犍。"张团在旁边听见又记住了。

他们赶到城里，见有好多人正看那贴出的皇榜，便走到跟前停了下来。这时正赶上张团要拉屎，于是他就上前，一把撕下榜文，往茅房跑去。刚从茅房出来，就被几个当差的抓住了，硬要拉他去考场。张团嚷道："我一个字不识，我不去！"当差的听了，高兴地说："你只一个字不识，看来你有学问！"于是，不管三七二十一，把张团推进考场。

[1]　半调子：确山方言，即不聪明的人。

[2]　挨黑：傍晚，黄昏。

张团进了考场，只得傻乎乎地往里走。刚到门口，张团就说："风吹草地十八荡。"皇上在屋里听见了，很惊奇，不错呀，这里正好是十八个人。张团见皇帝两边坐满了文武大臣，就又说："我叭叭两响鞭，不打大犍打小犍。"这些大臣们以为他知道谁是大奸臣，谁是小奸臣哩，吓得谁也不敢吭声。皇上也以为他文才出众，忠心耿耿，胆量过人，非常满意，当即命他带人马去边关退敌。

张团刚到边关，天色已黑，一个将领问他咋办。张团说："黑夜里摸。"于是，将领们带兵就趁黑杀进敌营，敌军没防备，被突然来到的人马杀得丢盔弃甲，大败而逃。张团领兵打了胜仗，班师回朝。皇上也以为他真有本事，便把他招为驸马，一半江山属张团管辖，和皇帝平起平坐。从此，张团就成了"并肩皇"。

讲述者：　采录者爷爷

采录者：　刘付廷，男，16 岁，确山县刘店中学，学生

采录时间：1988 年 4 月 15 日

采录地点：确山县刘店乡

32

弟兄仁学精能

从前，有老两口，他们跟前有仨儿子，老大是孬子，老二是憨子，老三是傻子，都缺心眼儿，地里活儿不会干，家里事儿做不了。老两口觉得不是长法，就分别给仨儿子每人十两银子，让他们出去学精能。

老大出去后碰上一班子盖房的，梁还没放稳就滚了下来，众人忙喊："快跑，梁倒了！"老大听了赶紧上前发问："你们喊啥？"众人都没理他，他忙从怀里掏出十两银子分给他们，人们才对他说："梁倒了快跑！"老大记了下来，走着嘴里嘟囔着："梁倒了快跑……"

老二这天走到一个小山坡，看见一群人正在抬一头倒在沟里的驴，众人抬着喊："快，抬头，拽尾巴！"老二慌忙赶下山坡，问他们喊叫啥。众人说："抬头拽尾巴！"老二忙给众人拿出十两银子，转身就往回走，嘴里念叨着："抬头拽尾巴……"

老三这天出去没碰上啥事，见天快黑了，就往回走。路上，他碰见邻村的一个妇女正一只手拉着孩子，另一只手边摸边喊："乖儿啦，别害怕！乖儿啦，别害怕！"叫魂哩。老三忙跑到跟前问："大嫂，你喊的啥？"那

妇女不耐烦地说："俺给孩儿叫魂哩！乖儿啦别害怕！"老三忙给那妇女十两银子，边走边念着："乖儿啦，别害怕……"

第二天一大早，老两口就把仨儿子叫到跟前，老头儿问："昨儿个你们仨都学的啥精能？"话音刚落，只听老大说："梁倒啦！快跑！"他爹一听吓得赶忙往外跑，一不小心被门槛绊倒了。老二忙上前喊道："快！抬头拽尾巴！抬头拽尾巴！"老三也赶紧过来拉住他爹的手说："乖儿啦，别害怕！乖儿啦，别害怕！"花三十两银子的结果是把他爹娘气个半死。

讲述者： 张学礼，男，32 岁，确山石磙河乡何大庙
村前何庄，初中，农民
采录者： 张强，男，17 岁，确山石磙河乡中，学生
采录时间： 1988 年 9 月 13 日
采录地点： 确山石磙河乡何大庙村前何庄

附
记

《中国民间故事集成》采编期间，驻马店不少地方动员了学校的学生和老师，就像这则故事的张强。他们大的二十来岁，小的十四五岁，却从身边的亲人、朋友那里收集整理了很多民间故事和歌谣、谚语，为三套集成编纂做了大量基础性工作。这则故事的讲述者张学礼与采录者张强也是一门亲人。兄弟学能的故事，在驻马店以往民间故事集中还有上蔡县张霞讲述、李万金采录的《兄弟仨学"能"》，新蔡县有戚有名讲述、龚国强记录整理的《兄弟仨学习》，西平县有张国政讲述、赵文采录整理的《三公子学艺》等。故事情节、内容与此差不多。不过，上蔡县和西平县老三最后学到的是叫魂用的"小乖乖（西平叫孩儿），来家了"。新蔡县老三学到的是安慰人的"乖乖甭怕，乖乖甭怕"。本故事中老两口的仨儿子老大叫孬子，老二叫憨子，老三叫傻子，上蔡县《兄弟仨学"能"》中爹叫王不臭，仨儿子老大叫小臭，老二叫小毛，老三叫小蛋，一方面反映了过去普通人家没文化，在孩子起名上比较随意，另一方面也与过去医疗条件差，孩子成活率低，民间认为名字贱了，死了阎王爷不收，孩子就能活下来的习俗有关。过去驻马店一些地方普通人家会把猪、狗、驴、骡等动物名称作为孩子名字也与此习俗有关。（赵新春）

民国年间，上蔡城南十里铺有家地主，家产万贯，骡马成群，但有一件事让他不称心，自己唯一的儿子有点不精气[1]，可他还是千方百计让儿子读书认字。

为了教好这个傻儿子，地主专门请了一位学富五车的先生。这天，在拜师宴席上，地主对酒足饭饱的先生说："俺这个孩子不太聪明，但我要求也不高，七天能教会一个字就算成绩不小。"先生听完心里想，孩子再不聪明，两天学一个字应该也能学会，就拍着胸脯说："这有啥难，我七天能让他学会仨。"地主大为欢喜，高兴地说："如是这样，学费加倍，另外还有重赏。"

第二天，开始教课了。先生首先教傻孩子"一"字，只一天，傻孩子很快就记住。接着就又教傻孩子一个"二"，学了一天，傻孩子也记住了。第三天，先生就想教傻孩子一个难字，就教了一个"被"字，傻孩子五天才学会。

七天很快过去了，先生高兴地对主人说："这七天教

[1] 精气：聪明。

会他三个字，两个稀哩，一个稠哩。不信当面试试！"主人一听很高兴，立即去请来自己的亲朋近邻到场，想让他们看看自己的儿子还是会认字的。在客厅里客人们都坐好了，先生和傻孩子也都到了，考试正式开始。

先生在黑板上写了个"一"字，提问傻孩子这是个啥字。不知是"一"字拉得有点过长，还是今晚在场的人多吓住傻孩子了，简简单单的一个"一"字，他就是念不出来。这时，在场的家长、先生连声追问，傻孩子不是摇头就是傻笑，问到急处，傻孩子脱口而出："这是扁担。"这时，先生在"一"字底下又添了一杠，问这是啥字，傻孩子毫不犹豫地说："这是筷子，还用问吗？"当时，先生被气得直发抖。地主忙劝道："先生，不要生气，三个字认错了两个，还有一个呢，只要他能认出一个，就算您过关了。"

先生心想：天爷呀！一和二这么两个简单的字就认不出来，"被"字怎稠还有啥希望？先生虽然灰心，但也想试一试，心里又想：真不行，我在旁边提醒提醒，不管咋说这个"被"字他学了五天了。于是，先生就在黑板上写了一个"被"字，让傻子认。傻孩子呆呆地看着，再也不吱声了。这时，先生就提醒他说："孩子别着急，你想想你床上铺的是啥？"傻孩子这时好像恍然大悟，很快答上来说："床上铺的是箔呀！"先生又问："箔上边是啥？"傻孩子接着答："箔上边是席。""席上边是啥？""席上边是衬单。""衬单上边是啥？"先生趁热打铁，抓紧往下问。傻孩儿斩钉截铁地说："衬单上边是俺娘。""你娘上边是啥？""俺娘上边是俺爹。"先生这才气急败坏地说："孩子乖，你的被子哪儿去啦？"傻孩子这时埋怨地说："被子被俺爹那个赖种蹬掉地下啦！"

讲述者： 明寒松，男，56岁，上蔡县外贸公司，大专，干部

采录者： 段继东，男，28岁，上蔡县崇礼乡段庄村，本科，干部

采录时间： 2006年3月7日

采录地点： 上蔡县外贸公司家属院

附　记

明寒松做过外贸，后来到县委宣传部，再到县广播电视局工作。年轻时做外贸，他接触过很多人，听说过很多民间故事，是一个"故事篓子"。朋友同事没事儿在一块喷阔，常听他讲闲话。段继东毕业分配到县委宣传部，两人共过事，也很熟。《中国民间故事全书·河南驻马店上蔡县卷》编纂，段继东任编辑，找明寒松采录故事。明寒松给他开玩笑说我兑菜，你兑酒，到我家边吃边喝。没想到段继东当真了，于是两人边喝边聊，收集十多篇故事，五篇被选入县卷，这也成为上蔡县民间故事编辑部的一段趣事。（柳书波）

异文：先生的指头

从前，有个姓赵的大地主家里很富，土地数百亩，牛、驴、骡、马成群，一家过着美满的生活。但是让老地主感到美中不足的是，老两口儿只有一个傻愣愣的独生子，整天只知道吃，别的啥也不知道。

老地主请了几位教书先生，连一个字也教不会他。后来赵家出了个告示：谁能在一年内教会这个孩子一个字，除了管他吃饭，年后再给他一百两纹银。告示贴出后，很多人围着看，看后都摇摇头走开了。有位老先生不服气，撕下告示，任教了。

开学后，先生在门上写了个"门"字让地主孩子学。从此这个孩子天天就指着门上的"门"字念："门、门、门……"吃饭念，走路念，坐着念，睡觉时嘴里也还是"门、门……"就这样整整念了一年。先生心想，他再傻也该学会了，为此，他暗暗庆幸。

腊月三十这天，赵家摆上酒菜，桌上又放上白花花的一百两纹银。先生、学生都来啦，左邻右舍也来看，里里外外围了不少人。学生站在桌前看看满桌酒菜、纹银，又看看满屋的人，浑身直哆嗦。先生叫学生脸朝门口，看着两扇门开始念，谁知学生傻愣愣地看着先生一言不发。先生用眼看着门，又看看学生，示意念"门"，学生说："眼。"先生又努努嘴示意念"门"，学生说："嘴。"先生急了，用手向门一指，学生大声说："对！先生的指头！"

讲述者： 曹芎川，男，68 岁，遂平县阳凤乡街，高中，
        农民

采录者： 杨翠玲，女，16 岁，遂平县阳凤乡中，学生

采录时间：1988 年 4 月 9 日

采录地点：遂平县阳凤街

34

仨傻瓜做生意

从前，有一家弟兄仨都是傻瓜。他仨见人家做生意赚大钱，一商量，也一块出门做生意去啦。

这天，他仨来到一家客店住下。半夜里老三的腿痒了，逮着老大的腿一个劲地挠起来。老大醒了，问小三："你挠我的腿干啥？"小三说："我挠我的痒哩，谁挠你的腿啦？"老大把腿一圈，心想：真傻，连腿是谁的都不知道，还咋出来做生意哩！第二天，老大就叫老三回家了。

老大老二又上路了，黑了住在一家客店里。夜里下大雨，老二站门口小便，整整站了一个时辰，还不睡觉。老大一看，见老二光着腚，一直站在那里，就问他："你咋不睡呀？"老二说："哎呀，你没看见吗，还没尿完哩！这不是还在滴啦着嘛！"老大气得哭笑不得，心想：这老二连尿泡[1]下雨就分不清，咋管去做生意哩！真傻。第二天，他又把老二撵回家了。

这天，老大没找着客店，就住在庙里跟和尚打通腿[2]

---

[1]　尿泡：小便，尿尿。

[2]　打通腿：睡在一张床上。

睡。和尚见他带了很多钱，趁老大睡着时，穿上老大的衣裳，拿起他的银两溜走了。老大天亮醒来，穿上和尚的袈裟，起身要走，他朝自己身上一瞧，大声吆喝起来："哎、哎，老和尚在这儿，我弄哪儿去了！"

讲述者：　李树森，男，64 岁，汝南县城关新华街，小学，市民

采录者：　任立功，男，55 岁，汝南县文化馆，高中，干部

采录时间：1987 年 6 月 16 日

采录地点：汝南县城关

35

生搬硬套

有一位新上任的县令，特别喜欢听人作诗。一天，他命人在县城里贴了告示：谁作的诗县太爷听了高兴，一首赏银一两。

有一个樵夫名叫胡侃，到城里卖柴，听到这个消息后，来到县衙见到县令，说愿意给大老爷作诗开心。县令于是让胡侃以自己的儿子为题作一首诗。胡侃作诗道："少爷长得水灵灵，头脑灵活真聪明。四书五经烂于胸，长大以后当王公。"

县令听了连声叫好，又用手指了指自己心爱的绵羊，让胡侃作诗。胡侃作诗道："这只绵羊白如银，一年四季把草啃。老爷要它没有用，不如赏给作诗人。"

县令非常高兴，就把绵羊赏给了胡侃。胡侃连忙谢恩，站立一旁。

这时，县令的家人买了几个老鳖回来，县令让胡侃以老鳖为题作一首诗。胡侃作诗道："这些老鳖圆周周，各种营养在里头。老爷吃肉补身体，剩下鳖盖药铺收。"

众人连声称赞，县令又赏了三两银子和一袋米给胡侃。胡侃磕头谢恩。他牵着绵羊扛着一袋米往外走，走到

门口，胡侃单腿跪下。县令问胡侃为啥跪那儿，胡侃说："偏沉。"县令让人又赏给胡侃一袋米，胡侃千恩万谢地走了。

胡侃高兴地走在大街上，碰见了同村的兄弟胡呛。胡呛一看哥哥牵着一只绵羊扛着两袋米兴冲冲往家走，就问："大哥，你今天发财了，咋买了恁些东西呀？"胡侃说："我哪有恁些钱，这是县令老爷赏的。"于是，把自己作诗的经过详细地对胡呛说了一遍。胡呛听了说："我也给县令作诗领赏去。"

胡呛来到县衙，见了县令说："大老爷，小人前来给您作诗。"县令问："你叫啥名字？""我叫胡呛。"县令让胡呛以自己心爱的小狗为题作一首诗。胡呛作道："小狗长得水灵灵，头脑灵活真聪明。四书五经烂于胸，长大以后当王公。"

县令听了十分恼火，命人打胡呛二十大板。胡呛连忙说："老爷息怒，我再作一首好诗给老爷开心。"县令命手下人暂时免打，让胡呛以自己的女儿为题作一首诗。胡呛作诗道："这个姑娘白如银，一年四季把草啃。老爷要她没有用，不如赏给作诗人。"

县令听了更加恼火，再次命人要打胡呛。胡呛急忙求饶，说："老爷息怒，我再给您作一首诗，作不好您把耳朵给我割了。"县令让胡呛以自己的母亲为题作一首诗。胡呛又作诗道："这个老太圆周周，各种营养在里头。老爷吃肉补身体，剩下鳖盖药铺收。"

县令气得脸色发青，命人打胡呛四十大板，割下一只耳朵，命胡呛赶快滚开。胡呛走到门口单腿跪下说："老爷，偏沉。"县令又好气又好笑，大声喝令："把他那个耳朵也割下来！"胡呛抱着没耳朵的脑袋逃回了家。

讲述者： 武长水，男，68岁，上蔡县西洪乡武庄村，初中，农民

采录者： 吴忠信，男，56岁，上蔡县西洪乡，中专，教师

采录时间： 2006年3月12日

采录地点： 上蔡县西洪乡武庄村

附 记

和三套集成编纂整理一样，2006年左右编纂的《中国民间故事全书》也邀请了不少学校的老师参与，吴忠信便是其中之一。吴忠信是上蔡县西洪乡本地人，随着老一代人的去世，他深感能讲民间故事的人也越来越少。接到任务，他便找到各村像武长水这样能讲故事的老年人，抢救整理了不少西洪当地流传的民间故事，其中三篇被选入《中国民间故事全书·河南驻马店上蔡县卷》。

驻马店有关死搬硬套的民间故事除这则外，以往收集的还有遂平县文城乡中学王群才讲述、王雪花采录的《胡家兄弟作诗文》，虽然与《生搬硬套》题目不同，主人公也换成了哥哥胡赖、弟弟胡文，从内容来看，应是同一故事的不同演绎。故事中哥哥好吃懒做，听说弟弟为知县作诗得了赏钱和肥羊，于是也想如法炮制，将弟弟以西瓜、鳖和山羊为题做的诗，生搬硬套。知县让他以乌纱帽为题，他把胡文的"这个西瓜圆不溜，黑籽红瓤在里头。里面瓤子老爷用，皮壳扔到墙外头"改成"这个帽子圆不溜，黑籽红瓤在里头。里头红瓤老爷用，皮壳扔到墙外头"。挨打后，让他为县官太太赋诗，他把弟弟胡文的咏鳖诗"这个老鳖圆不溜，四个爪子一个头。鳖肉熬熬老爷用，鳖甲弄到中药铺"稍作修改，搬出来"县太太您圆不溜，四只爪子一个头。身上的肉老爷用，甲骨扔到中药铺"。让他为县太爷闺女赋诗，他又把弟弟诗中的"山羊"换成"姑奶奶"搬出来："姑奶奶你白如银，荒郊野外啃草根。老爷养她没啥用，不如送给作诗人。"不但钱没捞到，还挨了八十大板，一瘸一拐地滚出了县衙。（赵新春）

36

傻子学习

从前，蔡州[1]有一个大财主娶有几房妻室，可到老来却只有一个傻不拉叽的儿子。傻子十八岁那年，财主为他先后请了好几位私塾先生，可学到最后，他连"一"字也没学会，把先生一个一个地都气走了。为这事，财主愁得整天吃不下饭，睡不好觉。

一天，管家给他出了个主意，说："要是给少爷拿些银子，叫他到外边闯荡闯荡，见些世面，学学人家说话办事，或许能学些刁处。"财主琢磨着管家的话也有些道理，就让傻儿子带些银两外出学习[2]去了。傻子带了三十两纹银顺着官道向南，走了一天来到一座山庄。

这山庄的王财主和傻子的父亲是至交，设宴款待傻子。傻子酒足饭饱，安歇在客厅里。到了半夜，王财主的儿子出外"打野"回来后，使劲敲门，把傻子惊醒了。他听到隔壁屋里有个女子娇滴滴地问："谁呀？"王财主的

儿子答道："我呀！""咋恁晚才回来？""我一时地高兴啊！"女子叽溜咣当把门打开说："我的心尖子，快上床睡觉吧！""当然了。"男子拖着长腔说道。傻子听了这一番对话，觉得怪有意思，就翻身起床，拿出十两纹银求王财主的儿子教他学习。虽然只有三句话，可傻子一直学到天明才学会背。

这天，傻子饭后没事溜出山庄爬山去了。说来也巧，不知山沟里啥时候死了一只老虎。傻子正在解手，忽然看见这只怪物和家里客厅挂的家伙一模一样，可不知道它叫啥名字，就好奇地用擦屁股的石头猛砸一下，正好击中老虎头部。再细看一会，还不见动静，喜得傻子跑过去骑到虎背上玩耍起来。正在这时，光山知县与一帮随从打这路过，知县就问："这只老虎是谁打死的呀？"傻子顺口答道："我呀。""你能会打死这只老虎吗？""我一时地高兴啊！"知县就让傻子骑上大马，衙役牵马侍候。

傻子被前呼后拥地送进县衙，喜得傻子猴舔屁股似的，神气得不得了。晚间，知县问傻子姓啥名谁，家住哪里，傻子这时正晕乎乎的，好像刚从地缝里裂出来一样，早把爹生娘养忘得一干二净，只会傻笑着又摇头又摆手。这样，知县更觉得傻子是一名了不起的壮士。

到了半夜，一名刺客为报父仇，越墙走壁刺杀了知县一家。第二天，州府派人检查现场时，发现傻子门前有一把匕首。因为傻子与知县同住，头一天晚上宴席散后，唯独傻子和知县在客厅里闲叙，所以傻子被当成嫌疑犯带进大堂。州官一拍惊堂木问："知县一家是谁杀的，你可知道？"傻子答道："我呀。""你为啥要杀死知县全家？""我一时地高兴啊！""罪犯供认不讳，打进死牢，秋后正法！"傻子不明白这句话的意思，还以为请他赴宴哩，就得意地说："当然了。"师爷拿着他的手去画押，他还以为是教他写字哩，不耐烦地说："还没吃饭哩。"众兵们哪管他吃饭不吃饭，一副木枷给他戴上了，前拉后推地把他装进了木笼。

转眼立秋已过，傻子尸首分家，无人葬埋，被狼吃狗拽吃个净光。傻子死搬硬套冤魂不散有情可原，可在傻子死后，一些自以为聪明的人，还做了不少死搬硬套而苦害了自己的蠢事哩。

[1] 蔡州：驻马店历史上属汝南郡，隋唐一度称豫州。后为避唐代宗李豫名讳改称蔡州，元初改为汝宁府，直至民国废府。

[2] 学习：学能的意思。

讲述者： 孟环春，男，51岁，新蔡县佛阁寺乡熊楼村，
小学，曲艺人

刘大头，男，65岁，新蔡县陈店乡阎楼村，
不识字，农民

采录者： 龚国强，男，34岁，新蔡县文化局，高中，
干部

韩世豪，男，40岁，新蔡县韩集乡，高中，
干部

采录地点： 1987年10月16日

采录地点： 新蔡县佛阁寺乡熊楼村、陈店乡阎楼村

附记

三套集成编纂时，新蔡县把采录重点放到两类人身上，一种是像孟环春这样走南闯北的民间艺人，一种是像李杰民那样阅历丰富的老师傅或像刘大头、龚灿美（附录有传）这样的"故事篓子"。韩世豪是新蔡县韩集乡的干部，三套集成的采集员。那时候采集故事远的才能打车，大多是骑辆二八大杠（当地对二八自行车的俗称）。很多时候好不容易到了人家家，又碰上人家下田或出门，就只能追到地里边帮忙干活边听故事，或等到人家回来再采集故事。因为录音机很少，主要配备给歌谣采集组，所以故事和谚语采集员都是白天收集，晚上整理。当时韩世豪找孟环春就是追到邻村他亲戚家才找到的。（赵新春）

37

憨子学话

张三和李四是一对要好的朋友，他俩各有一个男孩，年龄同岁，都在私塾里读书。张三的孩子叫明儿，生来聪明伶俐，很懂事理；李四的孩子叫憨子[1]，缺个心眼，遇事总爱死搬硬套，闹出许多笑话。

一天，李四到张三家去，李四一打门，明儿在里面问："击户何人也？"李四一听很高兴，说："是我，快开门！"明儿打开门，请李伯进院。李四见院里拴个小驴，就说这个驴长得不错。明儿说："糟糠之物，无须多问。"李四进了客厅，问明儿："你父何往？"明儿说："到南山与高僧下棋去了，天早则回，天晚与和尚同榻而眠。"李四点了点头，又指着客厅里的字画问："此画借与我挂两天如何？"明儿说："此乃老父心爱之物，侄儿不敢做主。"李四又点点头，问："这是画的何物？"明儿说："干枝梅一棵。"坐了一会儿，李四起身告辞，明儿送到门外。

李四回到家里，见了自己那个缺心眼的儿子，唉声叹

[1] 憨子：方言中多指不聪明，或称二半吊子。

气。憨子问他唉叹啥，李四就把他到张三家里，明儿如何聪明，说了哪些话，从头到尾讲述一遍。憨子听了，说："这有啥？不就是那几句话吗？明儿你看我的！"

第二天，张三到李四家回访来了。夜里，憨子早把他爹说过的那几句话背得滚瓜烂熟，今儿一见张年伯来了，他就连忙跑进院里关起门来等着。张三一打门，他问："击户何人也？"张三一听，这孩子不错呀！咋能说缺心眼哩？忙说："是我，快开门！"张三一进门，因为昨天李四先询问了自己，所以就问憨子："恁爹哩？"憨子是按顺序背的昨天的话，就说："糟糠之物，无须多问。"张三大吃一惊：这叫啥话？咋能骂他爹是畜牲呢！可能是他听错了？就又问："你娘在家吗？"憨子早已准备了第三句："到南山与高僧下棋去了，天早则归，天晚与和尚同榻而眠。"张三愣了：咋，他娘与和尚下棋还要跟和尚睡觉，太不像话了！这时，恰巧憨子他姐路过客厅门口，张三就问："这是你姐吗？"憨子又想起了第四句话："此乃老父心爱之物，侄儿不敢做主。"张三恼啦："你这叫啥话？"憨子连忙回答："干枝梅一棵。"

讲述者： 冯心善，男，41岁，汝南县城关新华街，
高中，市民
采录者： 冀世清，男，52岁，汝南县文化局，高中，
干部
采录时间：1981年9月9日
采录地点：汝南县城关

附
记

冯心善是汝南的老市民，熟悉汝南城的掌故、历史和故事传说，与冀世清在1981年冀世清整理《汝南民间故事》小册子时就认识。当时冯心善给冀世清讲了李本固给剃头铺写对联的传说，也提供了这则故事，收录到《中国民间故事集成·河南汝南县卷》叫《生搬硬套》，这次为避免名称重复，题目作了修改。憨子、傻子、痉（téng）子学话的故事在驻马店流传比较广，以往民间故事中收录也有不少。

平舆县张保善讲述、张桂英采录的《痉子学话》，与此则故事大体相似。主人公是财主的痉儿子和欠债秀才的儿子。财主去要债，一进门，秀才儿子说："伯父您好，光临寒舍，不知有何贵干？"问秀才家的猪，秀才儿子说："小小畜生，何足挂齿！"问欠钱的事儿，秀才儿子说："爹经手之事，小儿一概不知。"下面问画和归期内容也都差不多，只是后面还有财主看见他家供桌上供着几顶官帽，问从哪来的。秀才儿子回答："皇上恩典，祖宗功德，一代一个。"结果，财主的儿子不懂活学活用，见到的是岳父，见面一个"伯父您好，光临寒舍，不知有何贵干？"，把"岳父"叫"伯父"，就岔板了。后面岳父问自家闺女生孩子的事儿，他回答："爹经手之事，小儿一概不知。"问他娘在哪及与和尚下棋的情节与上文差不多。后面他岳父生气斥责："你家咋出了你恁个混蛋小子！"痉女婿连忙回答道："皇上恩典，祖宗功德，一代一个。"（赵新春）

38

傻媳妇学话

从前，有个傻媳妇，名叫王莲花。她又傻又笨，傻得让人可恨又可笑。

有一天，她和丈夫到邻居家去玩，丈夫看见人家墙上挂着一串一串的鞋，就说："哟，这鞋做得不错呀。"邻居说："做得不好，在灯光下做的。"丈夫又看见人家的孩子漂亮，就说："你家的孩子长得真漂亮。"邻居说："长得不好，都是他爷奶做好事，行善积德修来的。"

两口子回到家里，丈夫责怪妻子说："你看人家多谦虚，多会说话。你看你，别人一说你好，你也跟着说自己这也好，那也好。"傻媳妇听后，别提多羞惭了，并下定决心改正。

一次家里来了客人，看见她家墙上挂的一串一串的鞋，就问："你家的鞋，咋做这么好呢？"傻媳妇说："不好，都是他爷奶做好事，行善积德修来的。"客人觉得很奇怪，这时看见她的孩子，客人又说："你的孩子长得真好。"傻媳妇忙谦虚地答道："不好，不好，是在灯光下做的。"客人听后，哈哈大笑起来。

一天，王莲花到诊所给孩子看病，恰好一个老妇人也正在给自己的儿媳妇看病。大夫摸着那媳妇脉，把完脉后，哈哈大笑。老妇人问大夫为啥笑，我媳妇到底得了啥病，快告诉我。那大夫道："没啥病，有喜了，怀孕三月有余，成[1]等着抱孙子啦。"

傻媳妇把孩子领到大夫跟前说："大夫，别笑咪，再笑就笑死咪，快给俺孩看看吧。"大夫一听，强压着火气，勉强给孩子看了看，然后说："孩子没啥大病，受凉了，熬点中药喝喝就好了。"

傻媳妇拿着药领着孩子回到了家，丈夫问："孩子得了啥病？"傻媳妇回答道："没啥病，有喜了，怀孕三个月了，成等着抱孙子啦。"丈夫一听，可气坏了，脱了破鞋就往媳妇头上打。傻媳妇用手捂着头说："受凉了，熬点中药喝喝就好。"说罢，跑到屋里去给孩子熬药去了。

丈夫一听，哈哈大笑说："打得好，打得好，打得傻媳妇变能了。"

讲述者： 李香花，女，65 岁，上蔡县五龙乡老李庄，不识字，农民

采录者： 李万全，男，57 岁，上蔡县五龙乡老李村小学，中专，教师
李亚顺，男，12 岁，上蔡县五龙乡老李村小学，学生

采录时间：2006 年 3 月 15 日
采录地点：上蔡县五龙乡老李庄

附记

李万全是民师，后来转正为公办教师，是典型的"一头沉"。在村小学当老师多年，不少村民都是他的学生。李亚顺是他的学生，他们与讲述者李香花都是同村人。李亚顺从李香花那里听到这则故事，做了简单整理就交给了老师。李万全看故事不错，修改后推荐了上去，被收入《中国民间故事全书·河南驻马店上蔡县卷》笑话部分。（赵新春）

[1] 成：方言，有的地方也作"膆"，尽管、只管的意思。

39

俺是他的糊馇馇

张庄有个张秀才，李庄有个李秀才，他俩是好朋友。

一天，李秀才到张家去玩，见大门紧闭，就喊："张大哥，开门。"没人应声。他又叫："屋里有人吗？"一个女人应声说："没人。"门开了，李秀才见是个标致娘子，就问："你是我大哥的啥人？"娘子答道："是恁大哥的妾氏。"边说边把李秀才让进客房，泡上香茶。李秀才问："我大哥去哪儿了？"张娘子说："有事出去了。""咱大爷哩？""咱大爷上庙里给老和尚下棋去了。""今儿个还回来吗？""天早了回来，天晚了就给老和尚歇那儿了。"李秀才见她的孩子就夸奖说："这孩子长得多富态！"张娘子说："这是他爷爷、奶奶积的德。"李秀才看到孩子的小花鞋，就说："这小鞋做得真把劲[1]。""嗯，打灯活，不值得您夸。"

李秀才回到家里见到老婆，就夸张娘子会说话。李氏一听就说："她都给你说些啥？"李秀才就把张娘子的对话叙说了一遍，李氏听了一拍大腿说："就这些啊，我比她还会说哩。"

隔了几天，张秀才有事来到李家，他敲了敲门说："李老弟，开门。"

李秀才一听，赶紧对老婆说："张大哥来了，我藏到里面，你就说我不在家，我看你是不是真会说话。"

李氏一听慌了神，一把拉住丈夫说："我是你的啥人呀？""妾氏。"走了两步，她又忘了，回来又问："我是你啥人呀？""妾氏！妾氏！去，上麦圈里摸个烘柿拿住，忘了就看看。"李氏摸了个烘柿拿住，嘴里念叨着"妾氏"两字去开门。

张秀才久等不开门，就高声叫道："李老弟，快开门。"李氏听了心里发慌，手一紧，烘柿握了个稀巴烂。门开了，张秀才问："李老弟在家吗？""有事出去了。"李秀才听了，很高兴，心想自己老婆看来是学会了，还真会说话哩。只听张秀才又问："你是李老弟的啥人呀？""我是他的？"李氏慌忙瞅了一眼手里那烂馇馇的烘柿，说："俺是他的糊馇馇。"

张秀才皱着眉头又问："咱大娘哩？""咱大娘给老和尚下棋去了，天早了回来，天晚了就给老和尚歇那儿啦！"

李秀才听了火冒三丈，但已经说好了自己不在家，也没法走出来，只好忍住。

这时，张秀才指着牲口圈里的牛、马说："看这些牛、马的膘多好。"李氏赶忙说："这是他爷、奶积的德。"

张秀才又夸她的孩子："看这孩子长多俊！"李氏接口道："嗯，不好，打灯活，不值你一夸。"李秀才听老婆越说越不像话，气得脸发青、头发昏，扑通一声栽倒在地上。

讲述者： 吴华，女，32岁，遂平县车站乡农修厂，高中，职工

采录者： 陈化，女，23岁，遂平县车站乡中，高中，教师

采录时间： 1988年2月1日

采录地点： 遂平县车站乡农修厂

[1] 把劲：方言，即精致、好的意思。

吴华是土地被征收征用而安置到企业上班的占地工，在乡农修厂上班。她小时候经常听奶奶讲故事，记忆好，也能讲很多故事。陈化高中毕业，被聘为《中国民间故事集成·河南遂平县卷》采录员。当时别人给她推荐的一个"故事篓子"去世，她有点一筹莫展。正好她一位与吴华同在一个厂上班的同学来找她玩，听陈化为这事儿发愁，就向她推荐了吴华。吴华很能说，给她讲了从奶奶和别人那听来的不少民间故事，其中两篇被收入遂平县卷。（赵新春）

异文：李二嫂待客

张、李两家交情深厚，三天不见就不能受。张为大，称张大哥，李为弟，叫李小弟。

这天夜晚，李小弟到了张家寨，叩起张大哥的门："谁在屋？""我——"张大嫂打开大门，李小弟见箔篱子上挂着绣花鞋，就没话找话说："这花鞋绣得怪好哩！""不好，白天不得闲，夜里点灯瞎撮，瞎撮，让你见笑了！""大伯呢？""上山上和老和尚下棋去了。""晚上还回来不？""天色早了就回来，晚了就跟和尚打通腿。"这时，门口走来一头大肥猪，李小弟问张大嫂："这猪怪肥哩，过年是杀是卖吧？"张大嫂："过年杀，卖一半，吃一半，吃不完腌起来。""那你忙，我改日再来。"

李小弟回到家就把张大嫂如何会说话告诉了老婆李二嫂。李二嫂一听，嘴巴噘上了天："哼！谁不会说呀？你瞧着，赶明儿张大哥来，你看我的——"

第二天夜晚，李家有人敲门。李小弟躲在门后，老婆抱着孩子就去开门。"谁敲门呀？""张家寨你张大哥。"李二嫂把门打开。张大哥看李二嫂怀中小孩就说："这孩子长得怪好啊，多喜欢人！""不好，不好，白天不得闲，夜里点灯瞎撮，瞎撮，让你见笑了！""大娘哩？""上山上和老和尚下棋去了，天色早了就回来，晚了就跟和尚打通腿。"这时，张大哥看见李大伯正在门外闲坐，就问李二嫂："老人身体还壮实吧？""肥着哩，过年杀，卖一半，

吃一半，吃不完腌起来。"

李小弟再也憋不住了，从门后蹦出来大骂："我打你个日娘哩，听你说的是啥！"

讲述者： 孟环春，男，51 岁，新蔡县佛阁寺乡熊楼，曲艺人

采录者： 龚国强，男，34 岁，新蔡县文化局，高中，干部

采录时间： 1987 年 9 月 20 日

采录地点： 新蔡县佛阁寺乡熊楼

孟环春是一位农村老艺人，很小的时候就跟人学艺，在新蔡县佛阁寺乡十里八村非常有名。他为人风趣幽默，爱讲笑话，讲的幽默故事嬉笑怒骂，不拘体格，贴近人们生活，很受人们喜爱。龚国强也搞曲艺创作，与孟环春是老熟人。民间文学三套集成编纂，龚国强到孟环春家，吃住在他家，两人一个讲，一个记，合作完成的 7 篇作品被收入县卷，至今仍是新蔡县流传很广的民间文学作品。（赵新春）

40

王大嫂开店

从前，街上有兄弟俩，各开一家小店。王大店内冷冷清清，客人很少。王二店内门庭若市，热闹非凡。王大就让老婆去王二家请教是怎样开店的。

王大妻想：自己是长嫂，还去请教兄弟家，怪不好意思的。于是她就站在王二家的院墙边，向兄弟的店里边张望。只见一位客人进了王二的店，正在店内坐着的王二妻一见客人，忙请客人坐下，一边倒茶一边问："先生贵姓？"客人答："我乃姓张。"王二老婆又问："是弓长张啊，还是立早章？"客人答："我乃弓长张。"王大老婆一听，赶紧往回跑，见到丈夫，高兴地对王大说："我学会接待客人了，我保准能使咱的店生意兴隆。"

不一会儿，一客人进门，王大妻学着王二妻的样子请客人坐下，也边倒茶边问："先生贵姓？"客人答："我乃姓侯。"王大妻又问："您是弓长侯，还是立早……"王大妻觉着不顺嘴，便改口说："您是公猴啊还是母猴啊？"客人一听，满脸怒气，站起身来，拂袖而去。王大赶紧从内室出来，把她大骂一通，又令她去兄弟家请教。

王大妻又到兄弟家的围墙边去偷看。不一会儿，只见一客人走进门去，王二妻把客人让进门，问："先生贵姓？"客人答："我乃西北风来得猛。"王二妻忙说："啊，梁先生请坐。"王大妻听到这儿，赶紧跑回家对丈夫说："我这次可学会了，下次就看我的吧！"

不一会儿，一位客人进门，王大妻学着王二妻的样子，把客人让进屋里，轻巧地问道："先生贵姓？"客人答："我乃大口朝天。"王大妻一听不是西北风来得猛，便给说住了。但她眼珠一转，计上心来，床底下的尿壶不是大口朝天吗？于是便说："尿壶先生请坐。"没想到客人抓起行李就走。王大从室内跑出来，抓住老婆打了起来，边打边骂："蠢妇，真是不学无术。"

讲述者： 郭文玉，女，54 岁，遂平县阳凤乡中，中专，教师

采录者： 徐耀云，女，14 岁，遂平县阳凤乡中，学生

采录时间： 1988 年 3 月 22 日

采录地点： 遂平县阳凤乡中

附记

郭文玉是遂平县阳凤乡本地人，师范毕业后又回到乡中教学。阳凤乡有女娲等传说和"三领一道襟"等故事，郭文玉听着这些传说和民间故事长大，很会讲故事。与别人讲故事不同，她常把民间故事与课堂教学联系起来，对学生影响很深，这则故事的采录者徐耀云就是她的学生。《中国民间故事集成·河南遂平县卷》和《中国民间故事全书·河南驻马店遂平县卷》收录的她讲述的四则民间故事都是她的学生采录整理的。（赵新春）

异文：张大牛二

张大、牛二在外做生意结为好朋友。张大第一次到牛二家，牛二不在。牛二的老婆慌忙迎上来，问道："大哥贵姓？"

"免贵姓张。""是立早章，还是弓长张？"

"弓长张，我叫张大。""噢，牛二常说起您。用膳了没有？"

"没有。""那您坐，我拿刀去。"

牛二老婆杀鸡宰鸭招待一顿，张大很满意。

张大回家向老婆说起牛二老婆如何会说话，如何会办事。"你看，吃饭不说吃饭，而说用膳，还问弓长张、立早章，你应当向人家学着点儿。"张大老婆说："这有啥难的。"

几天以后，牛二也到张大家来。张大老婆赶忙向他施礼，问道："小弟贵姓？""免贵姓牛。"

"是公牛还是母牛？""公牛，大嫂取笑了。"

"骟了没有？""嗯——"牛二摸不着头脑。

"你等着，我拿刀去。"牛二想，是不是要拿刀骟人呀，吓得一溜烟跑了。

讲述者：　刘有群，男，35岁，泌阳县花园乡，初中，司机

采录者：　李四德，男，38岁，泌阳县盘古乡，大专，干部

采录时间：2001年5月26日

采录地点：泌阳县花园乡

附记

李四德老家是盘古山的，也会讲盘古爷盘古奶的故事，平时受王瑜廷、张正的影响，很注意收集民间故事。这天他在家属院门口碰见了同院的刘有群，俩人就点起烟说着话吸了起来。他见刘有群年轻，对他会讲故事其实并不抱太大希望，只是不经意地问了一下。结果"瞎猫撞上了死老鼠"，还真的从刘有群口中采录到这个故事。

老话说得好，"娶个好女人，幸福三代人""娶个坏女人，毁了三代人"，像这个故事里的这位，想学着知书达理，但就是说不到点子上。（谭咏利）

41 把抓口喃撵不上鼓点 [1]

在从前，有的小孩子几岁就订了娃娃亲，等孩子长到十七八岁时再圆房。老人们常说："过去女孩出了门，就成了泼出去的水，是坑是井就得往里跳。"上蔡城西坡有个村子，村子里住个老汉有六个女儿，四个儿子，到了他六十岁那年，几个孩子的婚事都已操办完了，老汉心里美滋滋的。

大年初二这天，王老汉家小六妮子和新女婿第一次来拜年。这小六妮和女婿是六岁订亲，十几年来也不来往，拜堂后才知道女婿有点傻乎乎的，天天光自己傻笑，也不多说话。小六妮整天泪流满面，心里难受。过去又不兴离婚，对娘家人没法说，又怕人家笑话。

初二这天，小六妮一大早就起来，梳洗了以后，喊起丈夫，便教他一些规矩，去到娘家后先说什么，再说什么，叮嘱他吃饭的时候要听着鼓点吃。鼓响一声，就叨一筷子，鼓不响不要叨菜 [2]。这傻丈夫一想：就这些事儿也不难记，

[1] 把抓口喃：大把抓、大口吃，形容赶时间。

[2] 叨菜：用筷子夹菜。

我记住了。

　　他们俩来到了娘家，该来的客人都来了。小两口给王老汉老两口拜过年后，女婿就坐在堂屋里。不一会儿，饭就做好了。娘家哥把七大碟子八个碗都端上了，王老汉先让小女婿吃，小女婿就是不吃。

　　这时候，小六妮赶紧把娘家的铜盆端到了灶火^[1]里，拿着开始敲盆了，咚……咚……咚……新女婿听着声响才叨菜，很讲规矩。

　　过了一会儿，小六妮要去茅房，她嫂子看见家里的一群鸡前后跟着不停地叫，就说："咱们吃饭，鸡也该饿了。"于是她从灶火里端着铜盆放到院子里，又去屋里捧了一大捧谷子撒里面。一群鸡蜂拥而上，啪、啪、啪……不停地叨，这可忙坏了新女婿。他听到这么多鼓点，用筷子叨，显得太慢了，干脆把筷子扔了，用两手抓，还是慢，就是撵不上鼓点。心里还直怪："小六妮今天傻了吗？怎么敲这么快呀？"桌旁客人都不吃了，瞪着眼睛看傻了。傻女婿抓累了，生气地说："把抓口喃，还是撵不上鼓点。"

讲述者： 刘喜梅，女，45 岁，上蔡县蔡都四小，中专，教师

采录者： 寇金星，男，40 岁，上蔡县蔡都四小，大专，教师

采录时间： 2006 年 3 月 15 日

采录地点： 上蔡县蔡都四小

附
记

　　刘喜梅与寇金星同在上蔡县蔡都四小上班，一个办公室。有一天突然说到吃饭，刘喜梅就聊起了这则故事。驻马店民间嘲讽人吃饭快，也有"把抓口喃撵不上狗舔"的说法，估计也是源于这一故事，"狗舔"是"鼓点"念转的结果。以往驻马店民间故事里收录的遂平县秦

二妮讲述、秦爱云采录的《精媳妇傻丈夫》也有敲盆吃饭的情节，不过后面增加了丈母娘教他打鸡蛋茶要看锅滚，结果傻女婿走到河边见水翻花，误认为是锅滚，把鸡蛋打到河里的情节设置。与新蔡县戚有名讲述、龚国强采录的《傻子做饭》类似。（赵新春）

---

[1]　灶火：方言，这里代指厨房。

42

徒弟出师

一天，师傅带着他那个傻儿巴叽的徒弟上街游玩。他在路上碰见两条狗正在交配，徒弟学习心切，问起师傅："师傅，它们这是在弄啥来？""恋吸红。"师傅不便用土话对徒弟说，就临时编了个新词。

师徒俩路过一个池塘，徒弟看见老鳖在岸上爬，就问："师傅，这是啥？"师傅随口说了句："拱地龙。"

正说着，不少人头戴白帽，哭哭啼啼抬一口棺材迎面过来。徒弟又问："师傅，他们抬的长木箱子装的是啥？"师傅说："那是死人归西去啦。"

一会儿，他们来到大街上，有几个妓女看师傅势派不小，都上来拉他，师傅板起脸回绝了她们。徒弟又问起来："师傅，她们这都是干啥的？"师傅说："站街亭。"徒弟心想，今儿上半晌真学到不少东西。

师傅还有事，就让徒弟先回家对师娘说师傅晌午不回家吃饭了。

徒弟回到师傅家，师娘对徒弟说："都说你平时不好好学习，我一直不相信，你作首诗我听听。"徒弟想了想说："好吧，师娘不笑话我，我就说了。师傅师娘恋吸红，

生下一子拱地龙。临到师傅归西去，单撇师娘站街亭。"其实师娘也不懂诗，听了连声叫好，就把这首诗牢记心上，也好向老头子夸徒弟呀。

黑了，师傅回来，师娘把徒弟夸了一番。"我说老头子呀，你徒弟可以出师了，他说起话来出口成章，他作的诗真呱呱叫，我给你念念。"师傅不听诗则罢，听了诗后唉声叹气道："你还夸他哩，他把咱都骂上啦！他是该出师啦！"

讲述者：　袁海明，男，78 岁，新蔡县佛阁寺乡项寨村，
　　　　　私塾，农民
采录者：　龚国强，男，34 岁，新蔡县文化局，高中，
　　　　　干部
采录时间：1987 年 8 月 15 日
采录地点：新蔡县佛阁寺乡项寨村

附记

袁海明读过私塾，因为村里很多人不识字，他常被邀请当场面人。经的事多，见得也多，野闻趣事知道得也多。当时他已经 78 岁，龚国强找到他时，他身体不是太好，一次不能讲太长时间。为了抢救保护民间文学材料，龚国强住在村里，在老人身体条件允许的情况下，每天找老人聊一会儿。从 8 月 9 日到 15 日，连续七天吃住在村里，收集整理了老人讲述的十余篇民间故事和部分谚语、歌谣，三篇收录到《中国民间故事集成·河南新蔡县卷》。（赵新春）

43

皮钱学精

从前，五沟营镇有一个富家子弟，名叫皮钱，奉爹之命，带银两去汴京城[1]学本事。数月学会了五句话：一是"您是明知，还是故问"；二是"朋友，要拴拴结实，跑了就难捉"；三是"我这好手不要多，一个顶十个"；四是"唐朝守留到如今"；五是"孙孙孙孙别打爷的嘴，明早给你买个油炸鬼[2]。走！寻你妈妈吃奶去。"

他起身回家，转迷了路，到半夜还没出城，也不知投宿住店，便趴到龙亭西墙根睡着了。四更时分，被俩巡更[3]查夜的发现，大声喝问："谁！吃了熊心豹子胆啦，敢在禁地睡觉，不是江洋大盗，也是一个刺客。"皮钱一

听，心想："这是给我安赃[4]，不怕，白天我学的有经，在京城不使，还带回家去烧锅吗？"揉揉眼，爬起身说："你们是明知，还是故问？"更夫说："咦！还是一个好样的呀。好汉，你委屈一时吧，拴住！"皮钱一看，这俩家伙带有绳索，随口说："朋友，要拴你拴结实，跑了就难捉！"更夫一听，特别小心，把他带到开封府衙。

堂鼓一响，府台大人披衣赤足升堂审训，更夫急报案情。

府台喝问："来京城行刺偷盗的不只你一人，同伙有谁，快点招来。"

皮钱说："我这好手不要多，一个顶十个！"

府台又问："来京作案有多长时间？"

皮钱说："唐朝守留到如今。"

府台拍案说："住嘴，你年龄大不过二十，小不过十八，你咋由唐代就偷呢？不动大刑，量你不招，来人，给我打嘴！"衙役拿嘴板痛打起来。

皮钱说："孙孙孙孙别打爷的嘴，明早给你买个油炸鬼。走！寻你妈妈吃奶去。"说得满堂衙役哄笑。

府台说："这案是谁办的？"

更夫说："是我们俩！"

府台说："赶快把他哄出城去，弄一个傻蛋憨瓜，耽误本府睡觉，退堂！"

更夫说："走吧，没有你的事了。"

皮钱回家把情况说给爹娘："要不是到汴京城学本事，这场官司可不好打呀。"

讲述者： 赵庆林，男，46岁，西平县五沟营镇，高小，农民

采录者： 张涛，男，16岁，西平县五沟营中学，学生

采录时间： 1995年7月19日

采录地点： 西平县五沟营镇

[1] 汴京城即开封城，是北宋首都，称汴京。元朝起为河南省省府所在地，直到解放后河南省会迁到郑州。

[2] 油炸鬼即油条，是驻马店地区逢年过节必备食品。不过随着人们生活水平的提高，现在已成为日常食品。油条据说源于南宋。因为人们憎恨秦桧害死岳飞父子，杭州一带一个制作油炸食品的小贩就给自己的油炸馍取名"油炸桧"，生意一下火了起来。因桧、鬼音近，后人便把"油炸桧"称为"油炸鬼"，到驻马店取其外形就成了油条。

[3] 巡更：为保一方平安，夜间巡查的人。

[4] 安赃：栽赃嫁祸的意思。

44

傻子进城交银子

从前，有一户人家，兄弟二人都娶了老婆。哥哥精明能干，是掌柜的，弟弟是个大傻瓜。弟弟的老婆却很有心计，看到哥哥买东西交给嫂子，非常生气，私下鼓动丈夫争当掌柜。一天，傻子说："爹呀，不能光叫俺哥当掌柜，俺也想试试。"爹说："好吧，再过几天就要进城交银子，到时就让你去。"

过了几天，爹卖了几车芝麻，把卖的银子放到钱褡[1]里，又备一头小毛驴，让傻子进城交银子，对他说："儿啊，到城里后看哪个房子高，就上那里去交。记住，交后要拿回来一张盖红印章的条子。"

傻子骑着毛驴向城里奔去，离城还有一里地，他问别人："伙计呀，到黑[2]俺能不能走到城里？"那人一看日头还老高，就没好气地说："要赶黑到城，除非爬着走。"傻子一听大喜：爬才能到城里，我就爬吧！他就把驴拴到腿上爬起来。

离城还有半里路，他又问别人："伙计呀，到黑俺能到城里吗？"那人一看日头还有丈把高，就说："要赶黑到城，除非轱辘[3]着走。"傻子一听，想：轱辘着才到城，我就轱辘吧。折腾到一更天来到城门外，城门已上锁，喊了半天无人应。他就把驴拴到一棵柳树上，背着银子，顺城墙摸去。

再说城墙里边有一户人家，靠城墙围个猪圈，在城墙下面掏个流水洞。傻子一见洞，想这是进城的门吧，屁股一撅，爬了进去。出得洞来，早已惊动了圈里的猪娃"哼、哼"大叫起来。主家起来一看有人偷猪，不由分说抓住打起来。傻子把咋样来交银子的事儿说了一遍，哀求道："我给你十两银子放我走吧！"人家把他轰到大街上。

半夜了，上哪儿去交呢？他在街上转来转去，稀里糊涂不知道东南西北。突然看见前面有亮光，再仔细一看，还是一所高房子，莫非这就是爹说的交银子地方？忙走过去，到里面一看，有几个人围在一起玩牌。他们看见进来一个满身臭气的人，吼道："干啥的，半夜三更来到这儿？"傻子吓了一跳，忙说是交银子的。几个赌鬼一听来了劲，说："这就是交银子的地方，把银子拿来吧。"傻子把银子递了进去，赌鬼说："走吧！"傻子说："爹说还得要一张盖了红印的纸条呢。"赌徒拿出一张红纸条递给他，把他打发走了。

傻子在街上摸到天明，肚子饿得咕噜叫，买啥吃呢？一摸钱褡子空了，急得哭了起来。忽然有个起牙的[4]，正低一声高一声地喊："起牙，起牙，一个三分。"傻子一听慌忙跑去，起牙人说："你的牙好好的，起它干啥？"傻子说："好牙我也起。"起牙人想，管你好牙坏牙，只要给钱，叫起就起。于是，一下子起了个精光。傻子说："一个三分，二十四个算算你该给俺多少钱？"起牙人说："你得给俺起牙费呢！"二人争吵起来，起牙人看他是个傻子，哭笑不得，只好给他五个钱打发他走了。

晌午，傻子才想起回家，走到城外柳树下一看，驴

---

[1] 钱褡：过去出门放钱，搭在肩上的钱袋子，多用一整条粗布制成，两头上卷缝制成袋。

[2] 黑：这里指晚上。

[3] 轱辘（方言音 gú lūn）：滚的意思。

[4] 起牙的：拔牙的人。过去人牙坏了，痛得厉害，没法治，就需要找拔牙的人拔掉。

的后半截没啦，前半截身子还吊在树上。他自言自语道："后半截身子一定是挂念驴娃子，自己先回家了。"解下绳子"卟哩"掉在地上，傻子说："啊，你还在这里调皮呢？还不赶快跟我回去。"他看驴身不动，又说："我看你还犟，背你也得跟我走。"于是背起驴就回家了。

爹见他背着半个驴身子，就问："咱的驴呢？"傻子说："后半截不是回来了？"一细问才知道银子也丢了，牙也没了，驴被狼咬死了。他爹顿时气得半死："儿呀，这个家你可不能当呀！"

讲述者：　龙存义，男，46 岁，遂平县石寨铺乡大魏
　　　　　庄村，初中，农民
采录者：　胡新文，男，25 岁，遂平县石寨铺乡大魏
　　　　　庄村，高中，团支部书记
采录时间：1988 年 4 月 23 日
采录地点：遂平县石寨铺乡大魏庄村

附
记

胡新文当时刚高中毕业，在村里当团支部书记，被聘为《中国民间故事集成·河南遂平县卷》故事采录员，他几乎把村里上点年纪、会讲故事的都访了一遍，采集了二十多篇民间故事，最后有七篇被选入县卷。（张宇广）

45

三天使道

从前，有一个宰相，他的儿子很蠢，可是宰相的儿子再蠢也能当官，宰相就让蠢儿子到一个县城当了使道[1]。新使道上任的第一天，正巧碰上了一个案子，有一个人赶着借的一头牛，路过一个石桥时，牛一脚踩空，掉到桥下摔死了。借牛的说是牛的不是，牛主人说是人的不是，争个不休，只好告到县上。

新使道听后，老半天想不出该咋判，就到后堂找老婆拿主意，然后又回到大堂上，照着老婆教给的办法，对告状的人说道："该活的活着，已经死了的就死了吧，扒下它的皮交给官府，割下它的肉卖掉，再用这些钱买个小牛犊，养大以后，顶上完事。"

待告状的两个人退走以后，使道长长舒了一个气，得意地摇起扇子来。

使道上任的第三天，又来了一个告状的。告状人走上前说道："夜儿黑了地保来收税，小民的父亲要求缓两天再交，地保一棍子就把他打死了，请大老爷做主。"

[1]　使道：朝鲜官员的称呼，相当于县令。

使道听了又不知道咋办，他本想再向老婆求教，可又一想：哼，凭我一个堂堂使道，啥事都要问老婆，这成啥体统！想到这儿，忽然记起头天判案的办法来，他悄悄地对衙役的耳朵说了一遍，传令人对告状人说："该活的活着，已经死了的就死了吧，扒下他的皮交给官府，割下他的肉卖掉，再用那些钱买个小孩养大，认作父亲，岂不更好！"

告状人听了这话，又气又恨，在官府大门外嚎啕大哭起来。

这件事很快就在百姓中传开了，愤怒的老百姓一齐连夜涌到县衙，要同使道论理[1]。新使道一听百姓打了进来，吓得魂飞魄散，他顾不得穿衣服，光着身子从狗洞里爬了出去逃跑了。

讲述者： 邵长清，男，66岁，驻马店市顺河乡马庄村，不识字，农民

采录者： 邵雪枝，女，13岁，驻马店市顺河乡马庄村，中学生

采录时间： 1987年8月9日

采录地点： 驻马店市顺河乡马庄村

46

书呆子拔牙

清顺治年间，西平境内，洪河北岸，有个书呆子，读了十年书，越读越糊涂，啥事也不会干，四体不勤，五谷不分，闹出不少笑话。

一天，他爹说："你书也读得不少了，媳妇也娶来了，往后家里就靠你顶门势[2]了。带点钱出去见识见识，学点本事吧！"于是，书呆子带上银两和书本出门了。一路上，他看见啥事都稀罕，看见啥都想问问。不知不觉，来到了一个集镇，见一人卖的木瓜又黄又大，他以为是黄梨，便掏了十文钱买了俩，拿起就吃，又苦又涩，直皱眉头。在街上玩耍的小孩子看见了，都围上来看稀罕，唱道："书呆子，来赶集，拿起木瓜当黄梨，咬一口，苦叽叽，吐了吧，钱买的，不吐吧，吃不哩[3]！"周围的人听着走着，哄笑起来。

书呆子手拿木瓜，边走边看，忽然眼前一亮，看见一家镶牙的招牌上写着"拔一牙，一百二十文"。心想，拔

[1] 论理：即讲道理。

[2] 顶门势：当家管事，支撑门户。

[3] 吃不哩：方言，即不能吃。

掉十个牙，就能卖一千二百文，何乐而不为？他紧走几步，来到牙医跟前。牙医以为他是来拔牙的，叫他坐好，检查一遍说："你这牙不能拔呀。"书呆子连说几个"拔"。牙医没法，狠狠手给门牙拔下，又劝书呆子："你这牙都是好的，不能再拔了。"书呆子说："拔！拔够十个。"牙医狠狠心，一直拔了十个，累得满头是汗，然后洗洗手，问书呆子要钱。书呆子一听，气红了脸，口齿不清地吵嚷起来："啥？我卖给你十个牙，疼得我受不了，你该给我一千二百文，反向我要钱，怪哉、怪哉！"牙医也不相让，两人吵了起来。不大工夫，看热闹的人围得拥挤不动。大家你一言我一语评论书呆子没理，又劝牙医："算了，你没看他是个书呆子。"就这样，大伙连推带拥把书呆子给哄走了。

书呆子捂着嘴，一边走一边想，倒霉，啥本事也没学，反赔了十个牙，回去少不了受抱怨，挨数落，不如我买点便宜货回去。书呆子想着看着，眼前来了一个卖芹菜的。他走向前去，掏出五十文钱递给卖芹菜的，说："不要梗子，全要叶！"菜贩好生奇怪，连忙把别人不要的叶子收到一起，捆了一大捆。书呆子扛起菜叶，高高兴兴地回去了。他想：以往老婆老嫌我买的菜梗子太多，今儿个买的都是叶，老婆见了保险喜欢。书呆子到家，把芹菜叶往老婆跟前一放，喊道："快端饭，饿死我啦！"老婆一看，哭笑不得，用脚把芹菜叶往一旁一踢，没好气地说："唉呀，我的亲人呀！你再去几天，牙还饿掉完哩！"书呆子吃了一惊，连忙把嘴张开让老婆看，说："你有先见之明，我的牙只掉了十个，还有二十二个哩！"

讲述者： 王云秋，男，64 岁，西平县谭店乡王吉白庄，不识字，农民

采录者： 王林森，男，46 岁，西平县谭店乡王吉白庄，中专，教师

采录时间： 1987 年 7 月 25 日

采录地点： 西平县谭店乡王吉白庄

附
记

　　王林森是民办老师，热爱民间文学，会讲民间故事，和《中国民间故事集成·河南西平县卷》的主编高沛早就认识。三套集成编纂时，高沛就邀请他参与编纂。这篇故事是 1987 年王林森暑假到同族王云秋家串门，两人边抽烟边喷阔，闲聊中王云秋讲给他的。（赵新春）

47

讲『百家姓』

讲述者： 游富才，男，51 岁，西平县东街，中专，市民

采录者： 常雪峰，男，25 岁，西平县东街，高中，职工

采录时间：1990 年 5 月 7 日

采录地点：西平县东街

新媳妇哩！"

　　王财主请了一位教书先[1]，教自己的儿子读《百家姓》。事前言明：先得把前两句教得会认会讲，方能议定薪水。先生无奈，只得逐字给学生讲解："赵钱孙李、周吴郑王都是姓。你对门住一家姓赵的，恁爹还领着你去看人家的新媳妇；钱是一文钱不值的钱；骂人的话'鳖孙王八孙'是这个孙；李嘛，不讲理（李）的理（李）；胡诌（周）八扯就是这个诌（周）；赖得跟吴奔拉样，就是这个吴；郑也是好不正（郑）经的正（郑）；恁爹是王员外，王员外就是恁爹。"

　　几天后，财主来查看。他写出"赵钱孙李、周吴郑王"八个字，让儿子给他念念。"会讲吗？"财主问。"我会！我不光会正着讲，还会倒着讲哩！"听了儿子的话，财主高兴得直捋胡子："讲来我听！"

　　儿子一口气倒着讲："你是王员外，王员外就是你，你好不正经，赖得跟吴奔拉样，你胡诌乱扯，毫不讲理，你个鳖孙王八孙，一文钱不值，就那还领着我去看人家的

[1]　先：简称，先生的意思。

（四）老行当故事

48

『奸相』王好

讲述者： 万洪文，男，65 岁，平舆县万冢乡万寨村，私塾，农民

采录者： 贺德全，男，30 岁，平舆县万冢乡万寨村万寨，高中，农民

采录时间： 1987 年 10 月 16 日

采录地点： 平舆县万冢乡万寨村

附记

万洪文出身于耕读世家，他的祖上是明代曾任汝宁知府的进士万孟雅，所以平舆县万冢乡万氏后人家境稍好，都要读书。万寨村有当地比较大的万寨，过去兵荒马乱，不少外地人也会聚集到这里避祸，天长日久，这里民间文化资源非常丰富。贺德全高中毕业，被聘为民间文学三套集成资料采集员，对村里情况比较熟悉，采集不少民间故事和其他民间文学作品。万洪文当时六十多岁，留着白胡子，虽然德高望重，但为人和气，很喜欢这个热情上进的青年，主动给贺德全提供不少资料。（赵新春）

从前，有个演员名叫王好，演得好，很受人们喜爱。有天夜里，演了一场《白玉杯》，王好演剧中的奸相严嵩。剧中严嵩运用种种手段，诬陷忠良，残害百姓，连清官海瑞也遭到了他的打击。王好简直把那奸相演活了。

演出后的第二天，剧团里忽然来了几个衙役，架起王好就走，一直架入公堂。王好连声喊冤。县官一拍惊堂木，厉声喝道："你有啥冤？昨夜你把清官海瑞害得好苦，难道还想加害本官不成？"王好明白了，哈哈大笑起来："是的，我昨夜陷害了海瑞，可是你这小小的芝麻官能把丞相我严嵩咋样呢？"

"小小"两个字弄得县官很不高兴，吼道："大胆刁民，你不过是个假的罢了。"王好说："你明知是假的，为啥还要抓我？"县官说："你奸得太很，气坏了多少人。"王好气呼呼地说："奸相不奸，人们咋会气恨那奸贼呢？"

县官听了，再也无话可说，只好把王好放了。

49

找胡须

附记

包公包青天在民间有很大的影响，老百姓对他也很崇拜，还包括他的三口铡：龙头铡、虎头铡、狗头铡。包公的形象不仅体现在戏剧、曲艺、小说里，民间还有专门的庙宇祭拜他，遂平县嵖岈山东半坡就有一座包公庙。相传包公微服私访时曾经救了一位民女，村民感激涕零，在此山中修庙供包公以作纪念。庙里还有王朝、马汉、张龙、赵虎和青天三口铡，香火也很盛。（谭咏利）

戏台上老演员一出场，举手投足之间都能做出戏来，即使是唱、念、做、打做错了，也能随机应变，设法补救。

一天，演包公的演员出场作戏，他踏着鼓点，走着台步，两手朝两颊一捋。糟了，忙中出错，忘戴胡须了，这回洋相可出大了。只见他不慌不忙地念出两句台词，就把这一失误给掩盖过去了。

他沉着冷静地念道："陈州放粮胡须掉，王朝马汉快去找。"扮演王朝和马汉的演员赶忙到后台把胡须给"找"了回来。

讲述者： 泌阳县泌水镇居民
采录者： 王庆民，男，55岁，泌阳县交通局，大专，干部
采录时间： 2005年8月6日
采录地点： 泌阳县泌水镇

50

罗圈戏迷

附
记

"罗卷戏"俗称喇叭戏，是由两个古老剧种"罗戏"和"卷戏"组合而成的稀有剧种，其根源可追溯到唐朝，有专家认为罗卷戏是百戏之祖。因为演出时，大伙围桌而唱，伴以简单的动作，所以俗称"罗圈戏"或"坐板凳头"，在汝南、遂平、上蔡、驿城区等地均有流传，目前驻马店仅存有汝南罗卷戏，代表剧目有《铡美案》《南阳关》《朱洪武吊孝》《花打朝》《四圣归天》等。2005年汝南罗卷戏《打金蛤蟆》和《海瑞搜宫》获河南省第二届民间文艺汇演金奖。2006年被列入河南省非物质文化遗产名录，2008年被列入国家级非物质文化遗产名录。汝南县还成立了"罗卷戏艺术传承保护中心"，致力于罗卷戏的传承和保护。（谭咏利）

张台街的李老七是个有名的罗圈戏迷。有一天，他与闺女在菜园子里浇菜，一个过路人问他上遂平县城咋走，连问几声，李老七也不搭理。这时，他闺女说："你向俺爹问路，得用罗圈戏腔说。"过路人明白了，便改用罗圈戏腔问李老七，李老七便用罗圈腔指示方向。李老七只顾说话，不小心，辘轳将他打到井里去了。他闺女被惊得趴在井口边连喊数声，井下的李老七一声也不应。闺女突然想起，只有用罗圈戏腔才行，于是改用罗圈戏腔叫喊，李老七才在井里用罗圈戏腔应道："不当紧，我在这里！"

讲述者：　余玉山，男，75岁，遂平县阳凤乡，小学，
　　　　　农民
采录者：　刘海，男，30岁，遂平县灈阳镇，高中，
　　　　　文化专干
采录时间：1988年3月13日
采录地点：遂平县阳凤乡

51

鼓
儿
词

一对新婚夫妇，住在村头的三间茅屋里。一个说鼓儿词的来他家避雨，天很晚了，雨还下个不停，只得在此借宿。这家把三间茅屋的东头一间作卧室，外间和厨房连在一起。他们安排客人睡在灶门前，反正是热天也好将就。

入睡后，男的不老实，动手动脚，女的羞涩地推辞说："别急嘛，等客人睡着了再说，这丢人现眼的。"为了弄清客人是不是睡熟了，男的迫不及待地问："师傅，你去过很多地方，外处豆换豆腐是咋换的？"

那人装着睡熟了，还微带鼾声。男的仍不放心，又试探着问："师傅，你今儿从山下过来，路上的泥巴深不深？"他仍不回答。男的对女的说："来吧，他真睡熟了。"女的还不放心，说："慌啥？再等会儿，我去试试看。"她下床点燃了个香头，摸着去灶间查看。哪知，说鼓儿词的身下铺着垫子，头枕着胳膊，一条腿压着另一条腿朝上蜷曲着，脚丫子朝外翘在半空中，当香头碰着了说鼓儿词人的脚后跟时，女的才知道。说鼓儿词的猛一蜷腿翻了个身，"叭哒"了几下嘴，鼾声又起。这样，女的才信以为真，认为客人的确已睡熟。

等到女的回到床上，俩人便肆无忌惮地忙乱起来。正在热闹之时，听见外间敲起了鼓，唱起了鼓儿词："哎哎——说的是，豆换豆腐斤对斤，路上有泥半脚深。您想办事我不管，好不该呀，好不该用香头烧伤我的脚后跟。"

讲述者：　泌阳县象河乡村民

采录者：　王庆民，男，55岁，泌阳县交通局，大专，干部

采录时间：2005年5月16日

采录地点：泌阳县象河乡

附
记

王庆民喜欢收集民间故事，记录、整理民间故事、笑话百余篇。这篇故事就是他下乡时，听一个村民说的。后来想起来整理时，忘了村民的名字叫什么了。

鼓儿词是流行在本地的一种民间说唱艺术，又叫高台鼓儿哼或大鼓书，一鼓一板一演员即可。说唱艺人一手敲鼓一手打板，边唱边说，把流传在乡间的神话传说、左邻右舍的家长里短在乐曲声中说唱出来，很受群众欢迎。（刘康健　王卫霞）

52

「没良心」的由来

从前，有个人叫小三，他听说远处山中有一个手艺很高的木匠，就去投师学艺。师傅收下了他，耐心地教他。

几年后，小三学会了一些手艺。一天，师傅把他叫到跟前说："你的手艺已经学得不错了，也该出师了。"小三临走时嘴很甜："师傅，我一辈子也忘不了您的恩情！"

谁知小三回去后，把师傅忘得一干二净。几年过去了，连个书信也不给师傅写。一天，他忽然想起：师傅没后代，如今已经年纪大了，我看他死没死，好落[1] 他的家业。来到师傅家一看，师傅还好好的，就想法害他师傅。谁知住了好几天，一直找不到机会下手，只好松松地[2] 回去了。

又等了几年，他又来看他师傅死没死，谁知还是没有死。他仔细打量一下屋子，里面有两个活龙活现的木头人。他不会做这样精细的活儿，就问师傅咋做。师傅说："你用尺子量量它的各个部位，自己学着做。"他量完尺寸，便动手做了起来。经过七七四十九天，总算做出来了，但

[1] 落：方言，继承的意思。

[2] 松松地：悻悻地。

做得还是不像，就让师傅指点指点毛病在哪儿。师傅问："你啥都量了吗？"

他说："都量了。""量心了没有？""没有。""噢！你没量（良）心，做啥人哪！"

从此，人们就用"没良心"这个词，来责骂那些忘恩负义的人。

讲述者：　谢老汉，男，80 岁，新蔡县城关，小学，市民

采录者：　谢志超，男，17 岁，新蔡县城关，中学生

　　　　　张敬忠，男，33 岁，新蔡县扶贫办，大专，干部

采录时间：1988 年 1 月 2 日

采录地点：新蔡县城关

53

名医治病

从前，有个非常有名气的医生，人们都说他是华佗转世、扁鹊显灵，天天找他看病的翁[1]破门。

这天排了二十一天病号的胖大叔总算轮到了，两个人扶着他，一步一步地挪到医生身旁。那医生一见胖大叔非常吃惊，这人也太胖了，胖得鼻子眼都挤到一块去了，坐在那儿像一堆肉。

胖大叔气喘吁吁地把自己的痛苦说了一遍，要医生给他减肥。医生给他检查一遍，伤心地摇了摇头说："你恐怕活不长了，最多一个月，你准备后事去吧。"

胖大叔回到家，连睡数日，以为没长活了，愁得饭不思、茶不进，日渐消瘦，让家人快为他准备后事，就这样他凄凄惶惶地过了一个月。可是，他并没有死，又过了几天仍没有死。于是，胖大叔见人便说那医生徒有虚名。他找到医生，当着好多病人的面责备他，说他胡言乱语，欺骗病人钱财。那医生含笑望着他，让他把话说完。等胖大叔的气消了，医生说："胖大叔，你让我给你看的是啥

病？"胖大叔说："是要你治掉我的胖啊！"医生说："胖大叔，你自己看看是不是比以前瘦了呢？"

胖大叔这才明白，原来这是医生治病的手段呀！想到此，他不自然地笑了，众人也都大笑起来。

讲述者： 年轻云，男，42岁，平舆县射桥乡越楼村，高中，农民

采录者： 乔蕾，男，18岁，平舆县射桥乡越楼村，高中，农民

采录时间： 1987年10月10日

采录地点： 平舆县射桥乡越楼村

附记

乔蕾与民间故事结缘有点偶然，1987年他刚刚高中下学，没事就想着写点诗歌散文之类充实自己。一天，他去县城找县文联主席李宏请教诗歌。当时李宏兼任《中国民间故事集成·河南平舆县卷》主编，就问他有没有兴趣收集民间文学，乔蕾想也没想就答应。这天他在村里收集民间故事，先散了一圈烟，没想到大家一听说是叫讲荤话儿、讲笑话，都笑话他高中毕业闲着没事干，一个个叼着烟不声不响地走了。这时，正好年轻云薅草路过这里，听说他在收集民间故事，觉得是个好事，就鼓励他好好干，并给他讲了自己知道的民间故事和谚语，还给他推荐了几个附近村会讲故事的人。（赵新春）

---

[1] 翁：方言，挤的意思。

54

盼头学艺

从前，有户人家，夫妻俩，一个孩子叫盼头，从小就想学木匠。

十来岁那年，他离开爹娘，带着干粮、盘缠，出外去找高明的木工师傅学艺。到哪里去找呢？盼头正发愁，恰巧碰见一位老道。他就向老道请教："老道爷爷，你知道哪儿有手艺高明的木工师傅吗？"老道说："打这儿一直往西走，啥时见山顶上有座庙，那庙里就有一位高明的木工师傅。"

盼头按老道的话就往西走去，走了九九八十一天，翻了九九八十一座山，越过九九八十一道河，终于看见了山顶上有一座庙。他进到庙里，果然找到了那位木工师傅。师傅说："你拜我为师不难，你先到庙院后边，砍倒九十九棵树，再来拜师。"

盼头就来到庙后，抡起大斧，一连砍了九九八十一天，砍完了树，高高兴兴地去见师傅。师傅说："现在还不能收你做徒弟，你把每棵树给我锯成九十九块板，每块板锯成九十九条掌[1]，再来拜师。"

盼头又费了九九八十一天，锯完了板和掌，高高兴兴地又去见师傅。可师傅说："现在还不能收你做徒弟，你把每根掌给我开出九十九个榫，打上九十九个眼儿，刻上九十九道花纹再来拜师。"盼头二话没说，又用九九八十一天的工夫，开完了榫，打完了眼儿，刻完了花，高高兴兴地又去见师傅。

这时候，师傅才笑了笑说："孩子，你做的活我看了，干得不错，你这个徒弟我收下了。你的手艺也学成了，已经出师了。为师没啥送的，把这套木工工具带回去，给人做活，挣钱孝敬父母去吧！"

盼头拜别了师傅，回到家里，由于勤学苦练，技术高超，后来成为一位很有名望的木工师傅。

讲述者： 黄胜利，男，30 岁，汝南县大王庄乡文化站，高中，专干

采录者： 孙世俊，男，50 岁，汝南县文化馆，中专，干部

采录时间： 1987 年 5 月 3 日

采录地点： 汝南县大王庄乡文化站

[1] 掌：桌椅等腿间的横木。

55

屠夫对哑谜

从前，有一位姓吕的私塾先生，一肚子墨水，讲学时口若悬河，连句成章，而且写一手好字，教出来的学子榜榜有名。因此，富豪名家都重金聘他教馆。他都婉言谢绝，宁愿守着自家私塾。

一天，有位马员外登门造访，吕先生以为又是来聘他的，哪成想，马员外是专程来考他学问的，而且是不动口，不写文章，只打手势的考试，并约好第二天来考他。吕先生哪里学过哑语，急得吃饭没味，饮茶不香，睡觉做梦。

第二天，罗屠户来给他家送肉，见吕先生愁眉苦脸，郁郁不乐，一问原由，才知来龙去脉，便爽快地说："这有啥难？包在老弟身上了！"

吕先生不屑一顾地说："你是粗人，只会杀猪宰羊，哪能舞文弄墨？你不要自讨苦吃，走吧走吧！"罗屠户满有把握地说："我有金钢钻，才敢揽瓷器活，不信咱打赌！""咋个打法？""我输了，让你老先生一辈子免费吃肉。赢了，你免费教我小儿子。"听他如此这般一说，吕先生才勉强答应让他试一试。

你别说，罗屠户换上吕先生的长袍马褂，穿上二道眉鞋子，戴上西瓜皮帽子，又描描眉，还用猪毛剪粘了三缕胡须，看上去，还活脱脱是个吕先生。

吃过早饭，罗屠户静坐在书馆里，书案上翻开一本书，哼哼哈哈，有声有词，有模有样，不知道的人还真搞不清他的底细。

不一会儿，马员外来了。宾主坐定，寒暄几句，马员外伸出一个手指，罗屠户伸出两个手指；马员外伸出三个手指，罗屠户伸出五个手指；马员外摸摸脑袋，罗屠户拍拍胸脯；马员外理理头发，罗屠户捋捋胡子。考到这里，马员外起身便走。

门外看热闹的人把马员外团团围住，问这问那。马员外说："我问一他答一，我问二他答二，我问得快他答得快，他对答如流，娴熟超人哩！"人们不解："到底说些啥？"马员外又说："我说一观音，他对二菩萨；我说三皇称王，他对五帝为君；我说头顶青天，他对胸怀日月；我说太上老君，他对黑须老仙。"人们听了，连称"妙！妙！妙！"

吕先生打着哆嗦从里屋出来，叫罗屠户说说如何打发马员外的。罗屠户轻松地说开了："他说杀一头猪多少工钱，我说两个铜板；他说宰三只羊多少工钱，我说五个铜板；他说猪头羊头给他，我说猪下水、羊下水给我；他说我头脑灵光，我说胡乱混口饭吃！"人们一听哄堂大笑。

讲述者：　张全厚，男，67岁，上蔡县小岳寺乡张庄村，高中，农民

采录者：　张天生，男，64岁，上蔡县小岳寺乡中，中专，教师

采录时间：2006年3月23日

采录地点：上蔡县小岳寺乡张庄村

异文：三句话不离本行

过去有个庙里有一位和尚，虽是和尚却不懂佛教的规矩礼节。有一位游方道人路过此庙，请庙堂和尚讲解佛经佛法。庙堂和尚急得脑门儿冒汗，说不出来，只会说

个"阿弥陀佛"。游方道人说："你不懂行，咋能吃这门饭哩？我许你回忆三天，如果真的不懂，就让我在这庙里支撑吧。"说罢，道人走了。

道人走后，庙堂和尚闷闷不乐。恰巧他表弟卖猪肉路过这里，见表兄这般愁眉苦脸的，问清原委便说："好办，我应付他。"

三天头上，游方道人来了，庙堂和尚让座，并把表弟介绍给他。道人说："好吧，在大殿东间放张桌子，桌子上放个椅子，椅子上放个凳子。"和尚的表弟就照此办理。道人顺序而上，坐凳子上，和尚表弟也坐到凳子上。道人伸出大拇指一个，和尚表弟伸出俩指头。道人又伸出仨指头，和尚表弟伸出指头五个。道人抹抹眉毛，和尚表弟捋捋胡子。道人下板凳就要走，庙堂和尚执意挽留。道人说："你表弟精通佛理，我不如他。我说上有古佛一尊，他说上有日月二气。我说上有三仙，他说下有五帝。我说我眼前就走，他说你走我也不留。你说我还咋能留在这儿？"

道人走后，和尚问表弟咋把他应付走了。表弟说："他说他有大猪一头，我说给他两串钱。他要三串，我说再添五百。他说我的眼大，我说你口气不小！"

讲述者： 王永哲，男，83岁，遂平县嵖岈山乡常韩村，
私塾，农民

采录者： 宋永祥，男，34岁，遂平县一高，大学，
教师

采录时间： 1988年3月20日

采录地点： 遂平县嵖岈山乡常韩村

附
记

王永哲是位老私塾先生，说起话来文绉绉的，但性格开朗，风趣幽默，很会讲故事，是十里八乡都知道的名人。老先生好赶集，每次都是地步量（方言，步行），喜欢与人边走边聊天，村里人都爱和他走在一起。老先生待人和气，脾气特别好，三套集成编纂时，遂平县一高的宋永祥老师、嵖岈山乡中的刘海龙老师和嵖岈山乡中的学生都找他采集过民间故事、歌谣和谚语，入选《中国民间故事集成·河南遂平县卷》有二十三篇，三套集成遂平县歌谣卷、谚语卷也收有他提供的作品。这则故事的采集有点巧合，这天，宋永祥在嵖岈山街上打听谁会讲民间故事，正好问到嵖岈山乡常韩村一位村民。在村民的指引下，宋永祥找到了王永哲，老人就给他讲了这篇和其他五篇故事。（赵新春）

56

自恃才高反受辱

从前有个生意人，因精通点儿文墨，便自恃才高，时不时想在人前显摆自己。

有一次，他从南方办了一些芭蕉扇回来，准备回河南周口去卖。这天，来到一个集镇时，天色已晚，他就去住店。店里女掌柜要给他上店簿子[1]，就问他："请问您贵姓？""顺水而来。"客人信口回答。女掌柜一愣，没法登记，又问："你办的啥货？""东倒西歪。"女掌柜仍然动不了笔。接下来又问："不知您从哪儿来的？""四门不开。"女掌柜一个字也没写上，只好转身为客人提了一壶茶，让客人慢慢喝茶。她就趁机溜出店房，去街对面找开书籍铺的小妹破解破解。

女掌柜把那人说的话原原本本对妹妹说了一遍。妹妹听了，略加思索后说："嫂子请想，'顺水而来'是流，'流'和'刘'同音，他一定姓刘；'东倒西歪'，只有卖扇子的才能把扇子东一个西一个捆顺当，那一定是办的扇子货了；'四门不开'，肯定是从周口来的。"嫂子听

[1] 店簿子：住店登记客人的基本情况的本子。

后，高高兴兴回到店房，见那人还在桌前有滋有味地喝着茶，就说："客官您姓刘吧？"那人点点头。"你办的货是扇子吧？"客人又"嗯"了一声。"你一定是从周口来的了。"客人说："一点不错。不过多会儿你咋没这样说？我想，你一定请高人指点了。"女掌柜笑笑说："一点不假，我见识少，好糊弄，我妹妹却不怕你。实不相瞒，这都是我小妹教我哩。"生意人听了，一百个不服气，心想：我素日最瞧不起女人，乡间女子肚里能装多少墨水？今儿个天太晚了，到明儿个，我非会会这位女子不可。

第二天早饭后，客人挑起筐子来到街对面的书籍铺。书籍铺里的姑娘一眼瞅见筐内的扇子，知道这位准是昨晚嫂子说的客人，忙赔着笑脸问："客官，不知您想买啥书？"客人听了，没回答，煞有介事地在书店转了一圈，眼睛盯着书架问："不知这里有没有《雷公子投亲》这本书？"姑娘一听就知这位是想占她的便宜。她不露声色地淡淡一笑，说："对不起，这本书卖完了。有《白沙滩买母》，不知你买不买？"这人本想戏弄一下姑娘，没想到偷鸡不成反蚀把米，不敢与姑娘再较量下去，脸一红，挑起筐子匆匆走了。

讲述者： 王冠山，男，62岁，上蔡县西洪乡白沟王村，初中，农民

采录者： 王殿文，男，69岁，上蔡县西洪乡中心小学，中专，教师

采录时间： 2006年3月12日

采录地点： 上蔡县西洪乡白沟王村

附记

王殿文是上蔡县西洪乡中心小学的退休教师，喜欢写作，有收集民间文学的习惯，2006年被聘为《中国民间故事全书·河南驻马店上蔡县卷》的采录员。虽然他已经69岁，但工作热情不减，到过西洪乡不少村庄。王殿文与故事讲述者王冠山是同村人，他们常在一块喷阔，这篇故事是他在王冠山家喷阔时采录的。调戏女店家的故事，

以往汝南县民间故事卷还收有和孝乡农民王凤龙讲述、吕国富采录的《巧骂人》，内容只有类于《自恃才高反受辱》的最后一节。

《雷公子投亲》《白沙滩买母》都是著名的戏剧曲目。《雷公子投亲》是投亲得姻缘的故事，用在这里，有调戏姑娘，想要露水姻缘的恶意。而姑娘说的《白沙滩买母》是晚辈认母长辈的事，这样客人成了晚辈，玩笑也就没法开了。（赵新春）

57

道士打井

从前，有一家酒铺顾客很多，生意很兴隆，有一位道士也常来这儿喝酒，店掌柜从没向他要过酒钱，道士非常感激。

一日，道士又来酒店，对店掌柜的说："我每次喝酒，从没付过酒钱，我帮您打眼井吧。"于是他就在店旁边打了一眼井。谁知那井里的水竟然是好酒，香气扑鼻。从此，店家不用酿酒也不缺酒卖，生意就更红火了。

过了不久，道士又来这里，问店家："井里面的酒好吗？"店掌柜说道："酒是好，就是没有酒糟子喂猪。"道士听后随口吟唱了首诗："青天白云飘，人心比它高。井水当酒卖，还说猪无糟。"

道士吟罢，拂袖而去。从此，井里的酒又变成了水，再也没有美酒了。

讲述者： 谢芝兰，女，50 岁，遂平县花庄乡陈庄，
小学，农民

采录者： 张付全，男，14 岁，遂平县花庄乡陈庄，

学生

采录时间： 1987 年 11 月 12 日

采录地点： 遂平县花庄乡陈庄

58

错一句没关系

从前，有个木匠，很爱听故事。有一年，他招了一个徒弟，正好爱讲故事。

一次，师徒俩在一起拉大锯，徒弟又讲起了故事。由于徒弟只顾讲故事，拉着拉着锯跑了线。徒弟说："师傅，不好了，错一锯。"师傅说："错一句没关系。"

不多一会儿，徒弟又偏了一锯，又说："师傅，我又错了一锯。"师傅说："我不是说过了嘛，错一句没关系！"于是，二人又继续往下锯。

故事讲完了，木板也锯到底了。师傅把木板拆掉一看，徒弟锯的那边斜了下去，就埋怨道："你锯的斜到一边去了，咋不给我说一声呢？"徒弟委屈地说："我给你讲了两次，可你总是说'错一锯没关系'！"

讲述者： 魏成章，男，46 岁，新蔡县豫剧团，初中，板胡师

采录者： 龚国强，男，34 岁，新蔡县文化局，高中，干部

采录时间：1987 年 9 月 18 日

采录地点：新蔡县豫剧团

59

卖墨斗

附记

这天县里有演出，结束后魏成章找到龚国强闲聊，聊着聊着就说到了民间故事上了。老魏说他也会讲故事，不知能帮上忙不？龚国强也很高兴，正好也可以多采集几个，真是"想睡觉给了个枕头"。就这样，他俩来到龚国强的办公室里，一边讲着一边用录音机录着，把故事记录了下来。

木匠的规矩有"凳不离三、门不离五、床不离七、棺不离八、桌不离九"之说。拉锯要严格按线走，不能一心二用，否则就会"一心二用不可取，既费功夫又毁料"。在驻马店等地方民间还有一种两个孩子手拉手，面对面，脚蹬脚玩的游戏，模仿的就是木工拉大锯的动作，所以也叫拉大锯。玩时边玩边唱，常见的有"拉大锯，扯大锯，姥姥家，唱大戏。接闺女，请女婿，小外孙子也要去。今儿搭棚明挂彩，羊肉包子往上摆，不吃不吃吃二百"。还有"捞锣锣，打镗镗。谁来了，大姑娘。兜的啥，果子糖，宝宝吃了冒一床"以及"筛锣锣，打镗镗。蒸馍馍，瞧姥娘。姥娘有在家，气得妗妗喳喳喳"等。

（谭咏利）

有一杂货铺，虽铺面不大，生意倒还兴隆。有一天，铺子一开门，就见几个人一齐进门。掌柜的忙上前招呼："客官要买啥货？""买墨斗。"掌柜的说声没有，也没把这事搁心上，就招呼别的顾客去了，几个来客败兴而去。不大一会儿工夫，又有几个人来买墨斗，掌柜的觉得这生意能做，就随口答道："等四天墨斗就到货，请你们等几天再来。"

来客走后，掌柜的想：看势头墨斗是个热门货，销得快，如果我搞到一批墨斗，一两银子进货，二两银子出售，能赚到一笔大钱。第二天，掌柜的便招集一批木匠，对他们说："你们做一个墨斗我给一两银子，做上一千只，限三天把货备齐。如不按期完成，分文不给。"于是木匠们开始拉锯的拉锯，雕刻的雕刻，三天头上做出了一千只墨斗交给了掌柜。掌柜的数完墨斗，木匠们点清了钱。

第四天，太阳刚出来，掌柜就开了铺门，准备迎接买墨斗的到来。可是一天到晚，不见一个买墨斗的人。第五天、第六天依然如此。掌柜的觉得奇怪，便去找同行的领教。他们的回答是："不识行情。"后来，掌柜的才知道，前几天来买墨斗的都是木匠，他们因遭灾荒，无法度日，才想出了这个点子。木匠用墨斗都是自己做，没有人会买，掌柜的自己不懂行，白白赔了一千两银子。

讲述者： 陈洪坤，男，61 岁，西平县柏城镇，小学，农民
采录者： 陈振雨，男，19 岁，西平县柏城镇，学生
采录时间：1988 年 8 月 4 日
采录地点：西平县柏城镇

附
记

这篇故事的讲述者与采录者是一对祖孙。故事中的墨斗是驻马店传统木工行业中常见工具，由墨仓、线轮、墨线（包括线锥）、墨签四部分构成，多为木制，也有金属的。墨仓即墨斗前端的圆形墨筒，内填棉花、海绵等蓄墨的材料，可注入墨汁等颜料。墨仓前后各有一个小孔，方便墨线从中穿过。墨线一般用蚕丝或棉花制作而成，它经过墨仓时能保留一定数量的墨汁。墨线的末端有一个线锥，也称"替母"，是用铁或铜制作的，可以插在木头表面来固定墨线的一端，也可以当铅锤使用。木工有时也用它"吊线"，看线面是否垂直。线轮是固定在墨斗上的手摇转动轮，主要用来缠墨线。墨线由木轮经墨仓细孔牵出，绷紧后，将墨线提起弹在要画线的地方，就会留下一条墨迹，木工叫放线。墨签多用竹木片制成，下端做成扫帚状，主要用于画短直线或记号。墨斗的造型、装饰根据木工的喜好，各式各样，有桃形、鱼形、龙形等，但大多朴实无华，经济耐用。（赵新春）

异文：左撇子镰

从前有个铁匠，镰刀打得好。一天，他正在铺里打铁，进来个壮汉，问他："有左撇子镰没有？"铁匠说："我从来不打那号镰。"壮汉说："南北街我跑遍了也买不到，请你给打一张吧。"铁匠说："我打不成。"壮汉说："这一带就数你的手艺高，你打不成，谁能打哩？我情愿掏两张镰的价钱，给打一张吧！"

铁匠听到夸奖，心里乐滋滋的：嗯，他愿出两张镰的价钱，这便宜上哪儿去找？想到这儿，就答应了。一会儿工夫，左撇子镰打好了。壮汉加倍付了钱，拿着镰走了。

铁匠想：别人都不会打左撇子镰，只有我会打，又能多卖钱，我为啥不专打这种镰卖呢？说干就干，很快打了一堆左撇子镰。谁知自从那壮汉买罢以后，再也不见有人来买左撇子镰了。这时候铁匠明白了，他长叹一声说："唉，都怪我自己错打算，不该把个别当一般。不懂行情瞎胡干，想发大财反砸砖！"

讲述者： 李德君，男，24 岁，泌阳县牧场，初中，工人
采录者： 刘振华，男，49 岁，舞钢市房产福利处，中专，干部
采录时间：1986 年 8 月 28 日
采录地点：泌阳县牧场

60

礼物吃到头啦

王天陆是个有名的伞匠，手艺高超，但有一点，就是不收徒弟。

这年，他外甥小六想跟他学修伞，为这事小六的娘跑了几趟，王天陆赖好[1]算答应了。

小六是个聪明又勤快的孩子，每天一大早就起来干杂活：破竹、镟木、拧丝、上油。出外就抢着担挑子，接活茬儿。一年下来，小六把修伞张伞的路数快学完了。

一天，王天陆把小六叫到跟前说："小六，这摆治[2]伞的活儿你都学会干了，该出师了。"小六忙说："舅舅，做伞蕲子[3]的活我还没有学哩。"王天陆说："剩那一点活就用不着教了，你要用就来拿。"小六说了很多好话，舅舅就是不教。没办法，小六回到家就试着做，可伞蕲不是劈就是炸。小六只好照舅舅说的，伞蕲子用完了就去他家拿，每次去小六都买很多礼物。

这年，刚过罢正月十五，小六带了礼物到舅舅家，进门就问舅母："妗子，俺舅不在家吗？"妗子对他说："恁舅在后院煮伞蕲子哩。"小六一听，心里立刻明白了：噢，原来这做伞蕲子的秘密就在"煮"上啊。他应了妗子一声，就掂着礼物回家了。

吃晌午饭的时候，王天陆煮完伞蕲回到前院，妻子问他："小六给拿的啥东西啊，恁多？"王天陆说："我可没见小六的影啊。"妻子说："小六找你，我说你在后院，他掂着东西就过去了。""你还说啥啦没有？""我说你在后院煮伞蕲子哩。"王天陆一听气得直跺脚："这礼物可算吃到头啦！"

讲述者： 胡海，男，35 岁，西平县重渠乡胡庄村，高中，农民

采录者： 谢连生，男，25 岁，西平县城关，高中，职工

采录时间：1987 年 7 月 19 日

采录地点：西平县重渠乡胡庄村

附记

谢连生当时高中毕业，在县城上班，是《中国民间故事集成·河南西平县卷》的采录员。那时候他骑着一辆自行车，他先后到过重渠、宋集、权寨等乡镇，白天走访，晚上整理笔记。找胡海，他骑车就白跑了两趟，最后还是让村干部事先约好胡海才找到的。由于当时通讯落后，这也是当时许多故事采录员面临的困难。

这则故事讲述的现象在过去驻马店等全国不少地方的手工艺行业非常普遍，有"教会徒弟，饿死师傅"的说法。出现这种情况一是因为当时生产力低下，市场狭小，多一个人就意味着生存竞争压力加大；二是基于"人心惟危"的现实担忧。虽然说"一日为师，终身为父"，但毕竟"人心隔肚皮""知人知面不知心"，出于"害人之心不可有，防人之心不可无"的避害心态，很多师傅会选择"留一手"，像我们耳熟能详的老虎向猫学艺故事。因此，在驻马店很多传统工艺会选择子承父业，甚至是"传男不传女"。（赵新春）

[1] 赖好：方言，好歹、无论如何。

[2] 摆治：方言，同"摆置"，有修理、收拾的意思。这里指制作。

[3] 伞蕲子：雨伞的骨架子。

61

老板和刁客

民国年间，县城东街路北，有个张记饭店老板，喜欢打赌。一次，他见仨顾客酒足饭饱，坐在那里谈天说地，没有付钱的意思，就走过去说："我出一道题，你们哪个做得出，就不用付钱了。否则加倍付钱。"仨顾客满口答应。

"我出九个字：上、下、左、右、前、后、三、五、一。要做九句诗，把你们的职业暗示出来。"老板出完题，第一个顾客就讲："我上有天门东，下有地首皮，左有左金丸，右有右归丸，前有车前子，后有后（厚）朴皮，三指切脉，五指撮药，一病人治好。"老板说："郎中先生好本事。"第二个接着说："我上识天文，下晓地理，左傍山，右依水，前有朝阳，后有八卦，三车石灰，五担黄土，一座坟造好。"老板有点紧张："你是干啥的？""我是阴阳先生。"老板只好点头通过。第三个也开了口："我天上没得掉下来，地上没得涌出来。左边债务亏空，右边亏空债务，前边有人讨债，后边有人逼债。桌旁有仨人吃饭，身上只有五个小钱，叫我一个人咋付得出？"老板忙说："等等，你是干啥的？没有说出来啊。"那人哈哈一笑

说："我是吃白饭的。"

老板目瞪口呆，懊恼不已。

讲述者： 裴文，原名高沛，男，46 岁，西平县文化局，大专，干部

采录者： 李景春，男，36 岁，西平县环城乡，中专，干部

采录时间： 1987 年 8 月 6 日

采录地点： 西平县城

附记

裴文是《河南民间文学集成·西平故事卷》《中国民间故事全书·河南驻马店西平县卷》主编高沛的笔名，他还用了"沛文、裴文、文志、艾教、武仁、吴友"等别名，是驻马店地区较早一批从事民间文化和民间文学研究发掘的中国民协会员。李景春也喜欢民间文学，与高沛是老熟人，经常跟着他去乡村采风。这篇故事是他们在一次下乡采风时，高沛在路上给他讲的。（赵新春）

62

卖酒

从前有个不识字的酒店老板，人们给他送了个外号叫"瞎老板"。

有一天，一个酒客到酒店对老板说："我今天没有带钱，想赊你一壶酒喝。"老板先是不肯，后经酒客再三缠磨[1]，只好应允。

他到别家酒店借来了笔墨纸砚，让喝酒人自己记账。酒客知道老板不识字，就在账本上胡乱写着："我酒一壶，某年某月某日。"写完交给老板。老板倒拿账本，装着看了一阵，连声称赞："好字！好字！"说完就打酒给酒客。

过了几天，有个过路人到酒店买酒喝，老板二话没说，拿出账本让他写，他接过账本掀开一看，上面写着："我酒一壶……"就接着写了："你酒一壶。"老板一看字迹和上次差不多，慌忙给他打一壶酒。

又过了几天，酒店又来了一位客人。老板热情接待，打来了一壶酒。客人说："老板，今日忘记带钱了！"老板说："请喝无妨，这有账本，请你记下就是了。"客人打

[1] 缠磨：方言，纠缠。

开账本一看，笑又笑，接着写道："他酒一壶……"

到了年底，老板盘点酒数，整整少了三壶酒，忽然想起了账本。他拿起账本，急忙出门讨账。仔细想想自己不识字，找谁去呢？正在着急时，有三位教书先生从对面过来。老板忙上前说："先生，请您替我看看账本。"

一位先生接过账本念道："我酒一壶……"老板没等念完，急忙说："慢来，咱是瞎子卖鸡蛋，一个一个地来，你先把那壶酒钱给我！"先生一听，莫名其妙，连忙解释。无奈，老板说："你再念！"

先生接着念："你酒一壶……"老板指着另一位先生说："你把那壶酒钱给我！"

那位先生说："我根本就不会喝酒！"老板没法只得说："往下念。"

"他酒一壶……"老板又把着第三位先生说："这酒钱该你给了！"那位先生也解释说："我从来没有在街上喝过酒。"

老板这时才知道被别人白白喝去了三壶酒。

讲述者： 席光景，男，36岁，泌阳县陈庄乡席岗村，初中，农民

采录者： 朱德普，男，42岁，泌阳县陈庄乡席岗村，高中，农民

采录时间： 1990年1月10日

采录地点： 泌阳县陈庄乡席岗村

63

能相公

从前有个药铺老板对雇来的相公[1]非常苛刻，他有个规矩，别人不干的活相公干，别人不吃的饭相公吃，好几个相公因受不了他这个气都走了。

快年底了，他又雇了一个。这个相公早就听说老板的规矩，他想：我非治一治这个老板不可。

腊月二十三黑了，老板在供桌上摆了一块肉和十个白蒸馍，烧了香，磕罢头，祷告了几句转身就走了。

不一会儿相公来了，他搬了把椅子，气气派派地坐在椅子上吃起供品来。老板又过来见相公正在吃供品，大怒道："你咋吃这呀？"相公振振有词地说："这是你的规矩，别人不吃的相公吃，我看了好半天人家都不吃嘛，这不就该我啦？"老板干气没啥说。

年底了，外赊药铺的账该收了，相公又生了一个点子。他看见赊的账都记在一块黑板上，趁老板不在，就把黑板擦得一干二净。到收账的时候，老板一看黑板上的账目没有了，连忙问："黑板是谁擦的？"相公慢条斯理地说：

[1] 相公：这里指柜台帮工。

"是我擦的，你不是说人家不干的活相公干嘛！"又叫老板气得干瞪眼。老板很生气："你真是傻瓜，我睡着也比你醒着强！"说罢便睡觉去了。

老板刚睡着，正好一个朋友送来请帖，要他去赴宴。送帖人正要喊醒他，相公忙迎上来说："他刚睡下，待会儿我递给他，保证光临。"送帖的人满意地走了。

相公把请帖在老板脸上晃了两晃，放在桌子上。老板一觉睡到正当午，起来就吃饭，等快吃完饭的时候，相公说："哎！掌柜的，不是让你去赴宴吗？""谁说的？"

相公说："请帖放在你脸上看过了，你咋不知道呀？""我不是睡着了吗？为啥不叫醒我？"

相公说："你不是说睡着也比我醒着强吗？"老板赴宴的机会失去了，自觉理亏，只好忍气吞声。

讲述者：　王国乾，男，43 岁，泌阳县陈庄乡，高中，医生

采录者：　刘广启，男，29 岁，泌阳县陈庄乡文化站，高中，专干

采录时间：1988 年 6 月 17 日

采录地点：泌阳县陈庄乡

64

陈贵圆梦

从前，有一个姓陈名贵的举人，大比之年[1]，进京赶考。临行前，夜做一梦：晴天打雷又下雨，但自己没淋湿，又见一火球从山上滚落到自己脚边。醒来后心情沉闷，怕是照应自己的功名。天一亮，找到同村算命先生李铁嘴，把自己昨晚的梦对他说了一遍，求他圆梦。

李铁嘴听罢陈贵叙述，手捻胡须，一阵沉思，突然满脸堆笑地说："举人老爷，恭喜你了。"陈贵说："我有何喜？"铁嘴说："你梦中所见，乃吉祥之兆呀。""咋见得？""你梦见晴天打雷，这是一鸣惊人呀！""雨不湿衣呢？"陈贵问。"是说你金龙护顶，雨淋不住。""那火球脚边落呢？""这更说明您是贵人了，火球是文曲星下凡，您是文曲星，宋朝包文正就是文曲星转世。您今年入京应试，定能金榜题名，衣锦还乡。"李铁嘴说着站了起来，向陈贵深施一礼说："常言道，火球落脚边，一定中状元。到那时请不要忘了我这个乡邻。"陈贵连忙还礼，口称："不敢，不敢。"并从袋里取出纹银十两，笑容满面递给铁

嘴说："如能高中，定有厚报，今有碎银少许，不足挂齿，万望笑纳。"铁嘴也不推让，笑嘻嘻地收了银子。陈贵得官心切，第二天就进京赶考去了。

两个月后，陈贵怒容满面地从京城回来，找到李铁嘴，大声斥责："你纯属胡说八道，骗我钱财。你说我能考上状元，可我啥也没考上，你应该改成豆腐嘴。"铁嘴一听，哈哈大笑说："我就知道你考不上。"

"你啥根据？"

"你梦中所见。"李铁嘴一字一板地说，"晴天打雷是干忽隆。你衣裳不湿，是雨点再大也淋不到你头上。火球从山上落下，是说你名落孙山。"

"你为啥那时不说？"陈贵气得浑身发抖，手指铁嘴，真想打他一顿。

"我若当时道破，岂不扫了你的兴，你会给我银子吗？"铁嘴并不示弱。

"原来你是咋说咋有理，全靠两片嘴皮子骗钱呀！"

讲述者： 郑中兴，男，43 岁，西平县权寨乡郑楼村，初中，农民

采录者： 谢文华，男，34 岁，西平县文化局，大专，干部

采录时间： 1987 年 7 月 18 日

采录地点： 西平县权寨乡郑楼村

异文：秀才赶考

有个赶考的秀才，连续考了两次，都没有中。这次他是第三次进京赶考，还又住到了这家老店里。

考试前一天，这秀才一个夜晚做了俩梦。第一个梦到自己在墙上种白菜，第二个梦到天下雨，他戴着斗笠打着伞。

天明起来，秀才感到这俩梦有些意思，可到底是啥，打破脑瓜子也猜不透。没法子，秀才赶紧去找算卦先儿解梦。

这卦先儿一听，叹了口气说："你甭考了，还是回家

[1] 大比之年：指科举时代举子们进京赶考的年份。

吧。你想想哇，墙上种菜，这不是白费劲吗？戴斗笠打伞，不是多此一举吗？"秀才一听，顿时泄气了，回到店里拾掇拾掇包袱就准备回家。

店老板一看，感觉很奇怪，就问秀才："不是明天才考吗，今天咋要走哩？"秀才就把他做梦请卦先儿解梦的事，如此这般说了一番。店老板笑了："唉，我也会解梦的，咋不找我呀？这梦不是这样解的，我倒是觉得，你这次一定能高中。你想想，墙上种菜，不是高种吗？戴斗笠打伞，不是说明你有备无患吗？"秀才一听，对呀，也是这个理呀，于是抖擞精神参加考试。等到放榜，居然高中榜眼。

一时间传遍京城。有相好的问店老板咋解得恁准，老板说，还不是为了多挣他几天店钱。

讲述者： 张文治，男，67岁，平舆县后刘乡葛庄村
　　　　　张庄，私塾，农民
采录者： 张桂英，女，34岁，平舆县后刘乡大黑土楼
　　　　　村，中学，民师
采录时间： 1987年4月10日
采录地点： 平舆县后刘乡葛庄村张庄

附
记

张桂英当时是民办教师，在其丈夫张留坡（又名张振立）的指导和鼓励下，也积极参与民间故事的收集工作。在娘家时，她就知道上过私塾的父亲张文治好讲故事，也经常听他讲故事。为了采集任务，她就赶紧回到娘家，从父亲和庄上他人口中采录了好几个故事，回来后在丈夫的指导下进行了整理。（谭咏利）

65

圆梦

明朝嘉靖年间，泌阳有一书生姓蔡名举，家境十分贫寒，但他刻苦用心寒窗苦读，五经四书虽不能倒背如流，诸子百家倒也翻得滚瓜烂熟。

有一年皇王开科，八方举子纷纷进京。蔡举也想进京应试，怎奈家道艰难，囊中羞涩，东拼西借凑了二两三钱散碎银子，莫说寻车雇马，就是路途饮食费用也尚且不足。蔡举感慨半天，实在没有别的办法，最后横下一条心，便收拾笔墨纸砚，决意沿途卖诗徒步进京赶考。

蔡举告别父母妻儿含泪悲凄上路，受尽了跋涉风霜之苦，好不容易走到保定府地界。腿肚子肿得如同瓦罐，双脚磨破鲜血直流，实在是寸步难行。可屈指一算，离应试之期仅差五天了。蔡举心想，别说自己现在走不动了，就是走得动，等赶到京城也肯定误考期了。

蔡举正在路边犯愁，从南边来了个赶脚的[1]，正好有头没有驮客的半大小驴。蔡举遂与赶脚的谈妥脚价，便骑上那头没鞍的小驴上了路。谁知那头小驴是头一次驮人，

[1]　赶脚的：赶着驴或骡子出租供人乘骑或驮货为业的人。

又是踢又是蹦，东扭西甩，蔡举死命趴在驴背上才算没有被甩下来。第四天黄昏赶到京城的时候，蔡举的屁股早被驴脊梁骨硌烂了几块，鲜血浸透了裤子和蓝衫，直把蔡举疼得喊爹叫娘。

路旁有一家干店[1]，蔡举疼痛难忍，加之又累又困，匆忙付了店资，顾不得喝口热汤便和衣滚在干店的大草铺上。

朦胧中，蔡举信步来到京城郊外。只见几十亩一块好地，田埂笔直方正，土细如面，地平如镜，地正中间只种了一棵大白菜。那棵大白菜有一人多高，一搂多粗，菜心白中透黄，菜帮晶莹剔透，如同玉砌冰雕一般。蔡举心想：我老家羊册乃盛产白菜之乡，且以白菜的独根、无丝、爽口、浑汤而驰名四海，不想这京畿之地竟有如此白菜珍品。稀奇中他用手抠点菜心，放嘴里一尝，又脆又甜。禁不住连着抠吃几把，更觉爽人心肺。忽而又想，羊册白菜特色之处还在于独根没杈，这么大的白菜独根肯定支撑不住，无意间用脚一踹，"扑通"一声，那棵白菜便倒在了地上，细看竟也是独根。

蔡举正在诧异，忽见远处有位挽弓仗剑的金甲武士飞奔而来，口中断喝："哒，哪来的狂徒，竟敢毁我御园珍品，该当何罪！"蔡举一听，知道闯祸不小，不知从哪儿来的力气，拔腿就跑，直跑得口吐黏沫，两腿酸软。

那武士看看追赶不上，急忙张弓搭箭，只听"嗖"的一声，那箭不偏不斜正中蔡举肛门。蔡举疼得一声大叫，忽然醒来，方知适才乃南柯一梦。但仍觉得浑身冷汗湿透，心跳气喘，肛门处真如箭穿火燎般的难受。

这时，雄鸡高唱，东方发白。蔡举挣扎着从铺上爬起，越想越觉得晦气，越想越觉得不吉利。看看天色不早，胡乱吃了点东西，无精打采地一瘸一拐往考场赶去。

来到前门大街，猛抬头，看见一座门楼坐西朝东，石狮守门，红砖碧瓦，十分气派。大门上面正中悬一块大匾，上书仨鎏金大字"圆梦园"。门两旁又有楠木镶框的对联一副，上联写"究梦境玄奥"，下联书"圆吉凶祸福"。蔡举暗想，俺老家也有不少圆梦的先生，不过都是些混俩小

钱的江湖术士。不想这天子脚下，皇城之中开设的"圆梦园"竟如此气派，想必真有圆梦高手。想着想着，就迈步进了大门。

转过影壁，蔡举一眼看见宽敞的前庭中十几张八仙桌旁已围了不少来圆梦的人。下首的一张八仙桌旁站起一位白面先生，朝着蔡举连声叫道："这位相公大驾光临，请这厢坐。"蔡举找座坐下，一搭话，三言两语那先生便听出了蔡举的来历和意图。那先生一边让茶，一边笑吟吟地对蔡举说道："相公乃学苑中人，自然是学识渊博，通晓古今。只是这圆梦之术乃周公所创，类同八卦，博大精深，玄奥无穷。有一点须明示相公，即所谓'心诚则灵'。梦中之事只要你说得清，我依梦而断，肯定能圆得明。"

蔡举这才慢吞吞把昨夜梦中情景说了一遍。那白面先生略一思忖便抚掌大笑，连叫"好梦，好梦！"继而又道："别人圆一梦只需纹银一钱，新贵人，我可要讨你一两的封子啦！"蔡举忙问："先生，这梦好在何处？新贵人又从何说起？"那先生这才品茶捻须，一字一顿地说道："相公你没有想想，你梦见几十亩好地啥也没种，单单只种了白菜一棵，你不但亲口品尝，而且又一脚踹倒，这不就应在你独中（种）一科（棵）？相公必然榜上有名，岂不是新贵人么？""那一箭射中肛门恐怕不太吉利吧？"蔡举嗫嚅着问。白面先生眯起眼睛神秘地说道："好就好在这儿呀，那不是正应在你中定（腚）了嘛！"蔡举一听转忧为喜，抖抖怀里的碎银交了圆梦之资，兴冲冲往考场报号应试去了。

三天后正当午时，红缨大炮响过三通，皇榜抬出，蔡举名落孙山。前几天蔡举的庆幸劲儿一扫而光，弯着腰，垂着头，顺着路边往回走。正走之间，猛然一头撞在了路旁的石狮子上，鬓角上立时起了个大血包。蔡举不看便罢，一看正是"圆梦园"门前龇牙咧嘴的石狮子，一时怒从心头起，恶向胆边生，骂骂咧咧地闯进了圆梦园的大门。

蔡举刚转过影壁墙，那位白面先生一瞅见蔡举吵吵嚷嚷闯进来的样子，慌忙拔腿就向后院跑去。蔡举紧追不舍，刚过二门，迎面碰上了一位鹤发童颜的老翁。那老翁一手托着个金丝镶嵌的铜水烟袋，一手捋着连鬓带腮的花白胡子大声呵斥道："何人敢在我这后宅吵闹！"蔡举一听这老翁的

口气，再一看派头，心想这老翁肯定是这里的园主，自然就该找他理论，于是便把前几天圆梦之事从头到尾说了一遍。那老翁一听，拍拍蔡举的肩膀，以教诲人的口气说："年轻人，你千里迢迢进京应试，本想求个一官半职，可你命里不济，这在你梦里早就显现了。你们这些人又都是不到黄河不死心，前几天那位先生没有对你明讲，也无非是想暂时宽慰一下你的心。你就没有想想你做的那梦！啥你梦不了，偏偏梦见几十亩好地只种了一棵大白菜。啥你吃不了，偏偏你又吃那菜心子，这不明摆着应验你是一肚子青菜屎嘛！更何况你又梦见肛门中了一箭，那更说明你只能中个屁！"

蔡举一听，又气又恼，大声嚷道："既然中不了，为啥要我一两钱？"老翁一听，正色说道："你中与不中，反正梦一定圆得中。今儿我给你圆得一清二楚，你还有何话可讲？"说罢拂袖而去。

蔡举听罢，气得头晕脑涨，一时搭不上话来……

讲述者： 张老师，男，72 岁，泌阳县官庄乡，高小，
退休教师
采录者： 张立民，男，51 岁，泌阳县文化馆，高中，
干部
采录时间：2004 年 3 月 16 日
采录地点：泌阳县官庄乡

附
记

张立民是泌阳县文化局创作组的，从小在农村生活，是听着民间故事长大的，这篇故事是他听村小学的张老师讲的。这几则民间故事都是读书人考前做梦、圆梦的，故事中无论皇王开科、进京赶考、大比之年，指的都是三年一试的会试。我国明清科举考试流程依次分为童试（考取后为秀才，在府城考）、乡试（第一名称解元，考取者称举人，在省城考）、会试（第一名称会元，考取者称贡士，在京城考）和殿试（第一名称状元，录取者为进士，在皇城考）。会试录取者才有资格参加殿试而成为进士，落榜者也可以通过大挑入仕，所以会试非常重要。金榜题名是众多学子的梦想，所以这类故事在驻马店流传很多。（赵新春）

66

休妻

西平县城东三里有个魏庄，庄上有一户人家，只有小两口和一位老母亲。有一天，小伙子突然被官府抓走了，婆媳俩有苦无处诉，只有忍气吞声在家苦度光阴。媳妇待婆母很孝顺，一日三餐，端茶送饭，侍候得很好，地里活家里活赶集上店全凭她一人跑。

再说那小伙子自从被抓走后一直没信儿，母亲想儿子，媳妇想丈夫，婆媳俩的心都快想碎了。随着时间流逝，一眨眼都四年了，可小伙子还是音信全无，婆媳俩都以为他一定不在人世了。有天夜里，媳妇做了一个梦，梦中她拿了一把纸扇正在"呼嗒呼嗒"地扇得起劲，突然扇子上张的纸全掉下来，手里光剩下扇子把了。她猛然醒来，心想不好，莫不是丈夫真的……她不敢往下想了。

清晨一大早起了床，对婆母说："娘，今儿我到城里买点油盐酱醋，一会儿就回来，您在家看好门。"说罢就进城了。

村子离城很近，不大一会儿就走到了。她要寻找会圆梦的先生，问问她做的梦是个啥解儿。县衙大堂外，见一个年轻的圆梦先生刚摆开摊子，她连忙上前打招呼：

"先生，俺夜里做了一个梦，不知是凶还是吉，想请先生解说。"女子把梦中的事情细细地说了一遍，那先生听后"啊"了一声道："大妹子，你丈夫没在家吧？""是的，已经四年了。""哎！他就是回来，也要休了你，不要再等了，趁早做个别的打算吧！"女子一听先生说的话，失声痛哭，任先生怎么劝也止不住。

这时，从大堂门旁边的小屋里走出一位老头来，他边走边整理衣服，看来刚刚起床，没走到跟前就问："徒儿，她哭啥呢？把我都吵醒了。"年轻先生忙回答："她一大早来圆梦，我给解说一下，谁知她就哭起来，劝也劝不住。"老头又问这女子："你做的啥梦？说给我听听。"年轻先生忙替女子给老先生说了一遍，老先生听后说："这女子不要哭了，我徒弟说的也有道理，不过他只知其一，不知其二，你做的是好梦啊。常言说，穿衣见公婆，脱衣见丈夫，你丈夫快回来了。"

女子一听老先生的解说，马上就不哭了。可她还是不放心，又问："老先生，刚才那位先生说，我丈夫回来要休我，可是真的吗？"老先生答道："不会的，不会的。"女子又问："那丈夫何时才能到家？"老先生道："要想知道何时到家，你必须随便指一物来。"女子就从篮中拿出瓶子对老先生道："这里面是醋。""好，就以醋来说吧。"他顿了一会儿就开口道："你丈夫明天下午天将黑时就到家了。"女子一听，十分高兴，笑着对老先生道："您老人家怎会知道他明天下午到家呢？"老先生解释说："今天不是二十吗，明天就是二十一，醋字的右边是'昔'字，'昔'字就是二十一日，左边是'酉'字，'酉'字的时辰就是天将黑的时候。可有一桩，刚才我说他回来不会休你，现在我可要说他回来后必定要休你呀。"

女子听老先生说丈夫回来一定要休她，又有点不信，笑着对老先生说："我在家四门不出，安分守己，辛辛苦苦侍候婆母，没有一点错的地方，难道他就那样没良心？"老先生也笑了，他对女子说："那你走着瞧吧。"女子给了先生圆梦钱，转身走了。

第二天，这女子兴奋得心里嘣嘣跳。刚吃过午饭，就忙了起来，又是炒菜，又是炖肉，又在自己房里摆好一个小桌，放了两个小凳，把炒好的菜用四个盘盛好摆在小桌

上，把酒壶也放在桌上，又放了两个酒盅，两双筷子，一直忙到日头快压山了，丈夫还没回来。她这时已经累得够呛，心想，先躺下歇一会儿，等丈夫回来了再起来，谁知她往床上一歪就睡着了。

正在这时，她丈夫真的回来了。可是走到她娘家庄时，正巧被她娘家爹碰见了。老丈人很亲热，非让女婿吃过晚饭再回家不可。吃过晚饭，岳父与他一同回家来了，两村相隔只有二里路，不大一会儿就到了。村上的人这时大都已经睡了，家家户户都没了灯光，可走到他家门前一看，屋里还灯光明亮。他心里怀疑，就走到窗前，把窗纸轻轻戳了个洞，往里一瞧，咦！这是怎么回事，屋里怎么摆起酒摊来了，莫不是她不走正道，干出败坏门风的丑事来了？想到这，他心里不由得火冒三丈，转身对老丈人道："爹，你窗前看看。"老丈人突然发觉女婿面带怒色，也不知是咋啦，真是丈二和尚——摸不着头脑。他走到窗前往里一看，啊！怪不得门婿生气，原来女儿在床上斜躺着，屋里还摆着四个菜一壶酒，两个酒盅两双筷，八成女儿干出了不正经的事了。他又退到门婿身边，轻声道："孩子，咋办呢，跑几天啦，你累成这个样子，先进屋歇着吧。"门婿生气地说："不进屋了，你回去吧，明天就把她休了，我丢不起这人。"老丈人也没办法，只好由他去了。

到了第二天，县太爷升堂，命人去传小伙子的媳妇。这女子昨晚没见丈夫回家，心想是圆梦先生骗她，不禁又伤心起来。正当她没精打采地做家务时，忽有一差人来到，不由分说就把她带走了。老母亲看到媳妇被差人带走，在后边大哭大喊起来："我媳妇犯了什么法呀，你们不明不白地就把她抓走了。哎呀，我那孝顺的媳妇呀，我那孝顺的媳妇呀！"她这一哭喊就围了一大群人，他们劝老人道："你不要哭了，赶快也上衙门去，看他们给你媳妇定的什么罪。"老婆一听有道理，也不哭了，就跌跌撞撞地向县衙走去。

老婆婆进了大堂，往堂上一看，怎么儿子也在这里，哽咽着："我的儿呀！"小伙子一见母亲来了，忙转身向母亲身边跑去，他劝母亲道："娘，不要哭，我不是很好吗？"母亲止着悲声说道："儿呀，你媳妇不知为什么被带到县衙来了。"小伙子对母亲道："娘，那是我告了她，

她在家不守本分，往后咋叫我混人呢，我今天就把她休了。"母亲一愣，"媳妇多好多正经呀，你听谁说的她不守本分，我要把他的嘴撕烂。"小伙子说："这是我亲眼看见的。"接着就又同着县官把昨晚碰到的事又说了一遍。

媳妇一听，可冤死了，她连哭带诉把事情的根由叙述出来。县官哪里肯信，把惊堂木一拍，说道："好个巧言花语的刁妇，你丈夫在啥时候回来是谁给你送信或捎书？不然，你怎么知道他昨日下午要回来？若再不从实招来，老爷我要打断你的脊梁筋。"

这一吓，把女子给吓慌了，她颤颤惊惊地说道："是堂口外的圆梦先生对我说的。"县官立刻吩咐去唤那个圆梦先生。不大一会儿，圆梦先生被带上来了，他站在堂下给县官深深地行个礼，然后说道："大老爷唤小民何事？"县官脸一板道："是你给这一女子圆的梦？"先生答道："是我。"县官又问道："你为何知道她丈夫要在昨日下午回家？"老先生就把他推测的道理说了一遍。县官"嗯"了一声，他很怀疑圆梦先生的话，不相信单从一个字上就能测出这件事情的原委，便对圆梦先生道："老先生，这样吧，我给你指一样东西，你若能说得对，这一女子就给你当义女，这个小伙子就是我的义子，我用两乘大轿把他二人送回家。若是说得不对，就别怪我不客气了。"老先生说："试试看吧！"

县官忽然看见大门外的小树跟前蹲个老者，身边放着半布袋东西，小树上拴住一头小猪，便指着说："你说那袋里装的是啥？"老先生抬眼看看说："核桃。"县官立即令人验证，果真是核桃。县官大惊：这老先生莫非是神仙？他怎么说得那么准！他问道："老先生，您是怎么看出来的？"老先生说："老爷，那位老者跟前是棵树，树即木，上边又拴着一头小猪，猪即亥，'木''亥'合在一起，不就是核桃的'核'字吗？"县太爷只好令人备轿送人。这小两口十分感激地跪在圆梦先生的面前："义父在上，请受孩儿、女儿一拜。"圆梦先生把小两口从地上扶起，县官让他二人各坐一乘轿出县衙去了。

这时，小伙子的母亲在轿后边喊道："孩子，等等我。"县官忙问一旁的差人："她是何人？"差人答："就是前面轿里小伙子的母亲。"县官忙又叫人抬来一乘轿，让小伙子的母亲也坐上轿回家去了。

讲述者： 陈运卿，男，35 岁，西平县吕店乡毛庄村，高中，医生

采录者： 张焱，女，22 岁，西平县吕店乡，大专，干部

采录时间：1989 年 7 月 16 日

采录地点：西平县吕店乡毛庄村

附

记

陈运卿是乡村医生，会讲故事，是西平县远近闻名的故事篓子，没病的人也喜欢到他诊所喷阔，听故事，可惜他在 2006 年《中国民间故事全书·河南驻马店西平县卷》编纂时已经去世。采录这篇故事时，张焱在吕店乡工作，是《中国民间故事集成·河南西平县卷》的采录员，不少人向她推荐陈运卿。她去时正去赶上陈运卿到邻村出诊，等了好半天才等到他。张焱后来调到了西平县图书馆工作，还参与了《中国民间故事全书·河南驻马店西平县卷》的编辑。（高蔚）

67

风水在于心

从前有个风水先生，从五台山瞄龙[1]下来。这天他来到一个村子前边，感到口渴得要命，正好迎面见一个老大娘，风水先生上前施礼道："大娘，借口水喝吧！我渴得实在走不得了。"大娘一见是个外乡人，就说："你是个过路人吧！喝凉水可不中，生了病咋办？不如我回家给你烧碗开水喝吧！"风水先生一听，急忙摆手道："大娘，不必麻烦了，就来碗凉水吧！因为我还急着赶路呢！"大娘见劝说不听，只得端碗凉水来，但在碗里还撒些麦糠。风水先生接过碗见水里漂有麦糠，心里很生气，心想，这老太婆真是嘴甜心苦，还说给我烧开水呢，这碗凉水还撒些麦糠，只有牛驴才吃麦糠。这存心骂我，不让我喝，先不管如何，解解渴再说。随即就一边吹着喝着，一碗水下肚，总算解了渴，这才站起来说道："你知道我是干啥的吗？我是从五台山下来的风水先生，今天感谢你这麦糠水，等你百年之后，我一定给你看一片好风水。"老大娘一听他是风水先生，像求神仙得到救命似的，一边施礼，一边恳

切地说道："都怪我有眼不识泰山，原来是先生驾到，老身有一件急事，想留先生片刻，不知能否赏光？"风水先生冷笑道："喝了你的麦糠水，感谢不尽，哪有不赏光之理！有话快说，我还要赶路。"老大娘说："不瞒先生说，我老伴在家停尸三天了，至今还没入殓，儿子到处求风水先不见，正发愁呢！今天可巧，遇上了先生，就求你晚走一时，给看一片坟地，我当感恩不尽了。"风水先生一听，心中高兴，心想，你要弄我，让我喝麦糠水，我正愁着没办法报复你呢！这下用上我了，我得整治整治你，出出这口怨气，就向老人道："大娘，你家的地在哪里，你领我去看看好吗？"老人一听来了劲，就把风水先生领到自家地里，一块块地看。可她哪知风水先生心里有气，好地一块不用，偏偏非让她用那块水火相克的地不中。老大娘信以为真，就让儿子把老伴埋在那块地里。

十二年过后，风水先生赶风水又路过了这个村庄。此时正赶上村里唱着三台大戏，原来是这个村里出了状元，正在修坟祭祖，荣耀乡里呢！风水先生想，上次路过这里，那老太婆让我喝麦糠水，是我让她家的人埋在绝地里，恐怕到现在她家的人也该死光了，不如我再去看看。谁知等他来到老大娘的门前，风水先生一下子愣住了，原来的草房，盖成了楼堂瓦舍，那老大娘不但没事，今天更健壮了。一见风水先生老远就迎了出来，爽朗大笑道："你可回来了，多亏你呀！要不是你看的风水宝地，我孙儿也成不了状元。现在家也变了，钱也多了，又请了三台大戏来庆贺，不像上次你路过这里，连碗开水都没有，你又急着走，非喝凉水不中。我怕你路远饥渴，身上热气没散，喝凉水激住了，坏了身子，弄点麦糠撒在水里，让你慢慢地吹着喝，省得喝猛了，得了病耽误你的事。这次你再想喝麦糠水也没有了，好好到我家住上几天，也让我们来报答报答你！"一席话说得风水先生既羞愧，又感激不尽，只得应酬道："大娘见外了，我哪里有啥功，还是你的积德好。这次咱家出了贵子，理应登门相贺。"说着随老大娘进府叙话去了。

一连几日，风水先生作为上宾，吃喝不尽。这天他出来游玩散步，由于心中怀疑，就特意到坟地里去看看，原来那块绝地，被人踩出了九条路，变成了九龙相会的宝地。

[1] 瞄龙：土语，迷信的说法，看龙脉风水。

他想自己赶风水，赶了十几年也没赶上，现在看来，风水不在地，而在于人心。从此，风水先生也积德行善起来，再也不赶风水了。

讲述者： 邢自文，男，55 岁，平舆县东和店乡仙翁庙村，初中，农民

采录者： 王继松，男，34 岁，平舆县东和店乡仙翁庙村，高中，农民

采录时间： 1987 年 10 月 19 日

采录地点： 平舆县东和店乡仙翁庙村

附记

仙翁庙村位于河南新蔡、平舆，安徽临泉等县交界地区，民间文化资源丰富，是平舆县著名的故事篓子村，村里很多人会讲民间故事，有不少像邢自文、苏王氏那样的故事篓子。王继松从小听民间故事长大，高中毕业后参军入伍，在部队爱上了文学创作。复员后，也爱写些小故事、小剧本之类的，1987 年被聘为《中国民间故事集成·河南平舆县卷》的采录员。当时，正是种麦季节，农活忙得脱不开身，王继松白天下地犁地，夜晚回家还要干家务、喂牲口，只能在大家劳作休息的间隙和下雨天采集故事。邢自文是仙翁庙村十队人，与王继松同村不同队。当时正逢秋忙，忙得不可开交，趁着下雨没事儿，王继松吃过午饭带着烟就找到邢自文，两人边抽烟边聊故事，一下子聊到天黑上灯，邢自文给王继松提供了二十四篇民间故事和二十多条谚语及歌谣，其中就有这篇故事。（赵新春）

68

王财来得财

从前，平舆有个人称王财来的，爹娘双亡，一个人过日子，眼看二十好几了，还孑然一身，家里只有三间草房，没有院子，连个鸡都没法养，人越过越懒，越懒日子越难过。

这天，王财来自己也着急了，就去平舆请来个阴阳先儿。王财来早就听说这个阴阳先很有本事，便好说歹说，把他拉到自己家，好吃好喝招待了一番，然后请阴阳先给自己指条明路。阴阳先也知道王财来的人品还不算坏，就是人有点懒散，也有心想帮助他。于是，他一边心里盘算着主意，一边拿起罗盘，围着王财来的房子走了起来。

阴阳先绕到王财来的房后，见那里有一条去平舆的大路，便停住了脚步，上下左右看了一圈，点了点头，又摇了摇头。王财来被他看得心里有些发毛，忍不住悄声问道："先生，您看出啥来了？"阴阳先摆摆手，郑重其事地对王财来说："你的家宅风水还是不错的，只是尚有点小问题，导致你难以成家立业。"王财来着急地问："您说说是啥问题？有没有破解的法子啊？"阴阳先拈须思索了好久，最后一拍大腿，说道："我倒是有个法子，只要坚

持三年，我管保你能发家致富，成家立业！可我担心的是你有没有这样的耐性啊！"王财来急切地应道："有耐性！有耐性！您老人家只要给我个法子，我一定照做不误就是了！"阴阳先说："你的财藏得太深了，一定要别人帮你叫出来才能。这样吧，你在房子的后墙上开一扇窗户，每天四更必须起床，把油灯点亮。我刚才转了一圈，发现你房后就是大路，每天清早去平舆赶集的乡亲都会从这里路过，看到你亮着灯，他们一定会问：'财来，起来了？'你听到后必须赶紧答应一声：'起来了，您早啊！'你名字里正好有财来二字，这样天天有人帮你叫财来，只要能坚持三年，乡亲们必定能帮你把财叫出来！"

王财来一听连连道谢。临走前，阴阳先又嘱咐道："记住，你翻身的机会只有这一次，这三年中要是有间断的话，以后就再也没机会了。"王财来忙点头说："不敢！不敢！"等送走阴阳先后，王财来不敢怠慢，一切照阴阳先的嘱咐办事。

时间过得真快，一眨眼三年就过去了。这天，王财来专程去平舆古槐树下，将阴阳先请到家里。阴阳先发现，三年不见，王财来家果然变了样，原来的草房不见了，取而代之的是三间青瓦房，房前拉起了一个大院子，院子里鸡鸭成群。王财来告诉阴阳先，自己还于去年成了亲，老婆很能干，给他生了个大胖小子，如今小日子过得有滋有味。

晌午设宴招待阴阳先，推阴阳先上坐后，王财来将一杯酒举到他的面前，佩服地说道："你的法子真灵啊，你看三年时间，乡亲们真的帮我把财喊出来了！"阴阳先端起酒杯，微微一笑，说道："说说看，这三年你是咋做的？"王财来恭恭敬敬地说："那天先生走后，我就按照先生的吩咐，在房子后墙开了窗户，每天四更前一定起床，点亮油灯，听到乡亲们问我：'财来，起来了？'我就赶紧答应一声：'起来了，您早啊！'后来时间一长，我就觉着这样闲着也是闲着，就开始找些事做，先是去给俺三叔帮忙磨豆腐，后来学会了自己做自己卖，赚钱就快了，磨豆腐的豆腐渣用来养鸡养鸭，省去了许多饲料，鸡鸭长得又肥又大，换钱也快。我先是按您说的四更起床，后来活多了，三更起床的时候也有，我想早起床肯定比晚起床

好些。现在日子真的好起来了，也娶媳妇成了家，有了大胖小子，老婆孩子热炕头，我王财来心满意足了。阴阳先呀，我这辈子都得好好感谢你哩！"

听了王财来的话，阴阳先哈哈大笑起来："王财来呀王财来，难道你现在还没有想明白，你如果不早起，不学着去做豆腐卖豆腐、养鸡养鸭挣钱，能有今天这样的好日子吗？"

听阴阳先恁一说，王财来这才恍然大悟，原来阴阳先帮他治的不是风水，而是懒病啊！

讲述者： 张留坡，男，50岁，平舆县教育局，大学，干部

采录者： 张贤锋，男，24岁，平舆县二中，本科，教师

采录时间：2005年6月2日

采录地点：平舆县工会家属院

附
记

风水先生在驻马店地区也称风水师、阴阳先生或阴阳先，主要是给人看住宅基地和坟地等的地理形势，研判风水，与五行师齐名。当地人认为风水关乎自身和家人安全、富贵以及子孙兴衰，所以对风水都特别重视。民间故事中挖风水、断龙脉的故事，侧面反映了人们对风水、地脉等自然风物的敬畏。（赵新春）

69

王天成杀鸡

穷书生王天成母亲去世后孤身一人，为了生活，就到外地当私塾先生，挣钱养生外，还希望将来进京求个功名。可教了几年书，他爱上了这行，也不想求功名的事儿了。

他有个学生叫秀刚，聪明好学，交不起学费，王天成经常帮他。

快到端午节了，秀刚母子为了感谢先生，就把家里养的一只芦花老母鸡送给先生，可天成不肯收。实在推脱不掉，王天成收下了鸡，并拿出一些碎银偷偷给了学生。

秀刚娘俩走后，王天成便磨刀杀鸡。正在这时，门外来了一位先生。他是王天成的老师，年纪大了，干不动活，就在家里闲着，听说自己最得意的门生在这儿教书，特意来看看。王天成看是老师来了，慌忙行礼，恭恭敬敬把先生迎进门来。

炖好鸡，打来酒，师生俩开始开怀畅饮。酒足饭饱，老先生捋了捋胡须，就问王天成今后的打算。听说王天成要继续教书，老先生直晃脑袋："大梁柱不做擀面杖。天成啊！你是个人材，还是应该求个功名，干些大事。"老先生随手抽出一本书，点出章目，王天成背得滚瓜烂熟，

讲得头头是道。老先生更是觉得自己这个学生是不可多得的人才，劝他进京应试，考取功名，但天成舍不得自己的学生，老先生一气之下，甩袖子走了。

没想到，第二天一大早，王天成的祸事来了。一个村妇来到私塾馆，指着墙边的鸡毛，硬说王天成偷了她家的鸡。不管王天成咋解释，那村妇就是不信。这事儿越闹越大，村里人纷纷指责教书先生缺德，偷鸡，不像话。王天成气愤难忍，拉着村妇要去到县衙打官司。

当地县官是王天成的同窗，天成相信他能给自己洗刷冤情。谁知一进县衙，那村妇就抢先递了状子。县官看后，二话没说，就把王天成轰出大堂，并让他今后不准再进学馆。

这下王天成说不清了，在人前也抬不起头，最后一狠心，离开了家乡，孤身一人到京城应试去了。三场殿试下来，考了个头名状元，被皇上亲封为八府巡按。上任前，他还惦记着他的学生，就匆匆来到当年教书的县城，见到县官就要兴师问罪，没想到县官哈哈一笑，要带他去见他的学生。

俩学友走出大堂，来到私塾馆，只见一位白发老翁把学生送出门外后，扶着门框，艰难地回到屋里。透过门缝，可以看见老人累得正趴在桌子上喘粗气，看得王天成止不住心疼。

这时，县官发话了："你爱学生，咱老师也爱学生呀。为了不让你这大梁做成擀面杖，他费尽了心机……"这时，王天成才明白，所谓杀鸡案，原来都是老师的安排。

讲述者： 李敏，女，56岁，新蔡县十里铺乡，不识字，农民

采录者： 张敬忠，男，33岁，新蔡县扶贫办，大专，干部

此录时间： 1988年1月6日

采录地点： 新蔡县十里铺乡

70

没有磨

村里人请剃头匠剃头，家家户户轮流管饭。有个吝啬鬼，轮到他家管饭时，他只叫人家喝稀饭，不叫吃馍。饭后给他剃头时，剃头匠就使钝刀子给他剃。

他问剃头匠："咋恁疼哩，刀子钝了吧？"

剃头的说："对，没有磨（馍）。"

讲述者：　程双宝，男，67岁，西平县人和乡王孟寺村，　　　　　　不识字，农民

采录者：　程金河，男，40岁，西平县人和乡王孟寺村，　　　　　　中专，教师

采录时间：1987年7月24日

采录地点：西平县人和乡王孟寺村

附记

张敬忠在十里铺乡扶贫，正碰上在田里放羊啃青的李敏。两人说着下季小麦的收成，作为《中国民间故事集成·河南新蔡县卷》编辑的张敬忠三句话不离本行，就说起民间故事的事儿。李敏从小听爷爷讲有话，时过多年，大多都忘了，回忆中就给他讲了这篇故事。《中国民间故事集成·河南新蔡县卷》收录这则故事时原题为《一只芦花大母鸡》。（张喜友）

71

滑稽大王赵子由

从前，有位老私塾先儿叫赵子由，秀才出身，天性诙谐，好捣笑话[1]。

有一次，邻居王胖子放了一个像炮一样响的大屁，他马上写了一篇短文，名曰《屁论》："夫屁者，气也，五谷杂粮之所生也。未放时滚上而滚下，既放后臭己而臭人。人闻之掩鼻而去，狗闻之摇尾而来，屁将军岂至乎？"

一天，好朋友关先生见到赵子由在学生作文后面有三种批语：一、放狗屁；二、狗放屁；三、放屁狗。关先生就好奇地问："老赵，你下这种批语是啥意思？"他说："这是把学生的作文分为三等：第一等'放狗屁'，是说一个人偶然放个狗屁，指文章基本好，略有不足之处，所谓'瑕不掩瑜'也。第二等'狗放屁'，是说一个狗偶尔放个屁，指文章错处多，但还有些正确的地方。第三等'放屁狗'，是说专一放屁的狗，在狗中也是遭人讨厌，指文章写得一无是处，最差。"

关先生闻之，不禁大笑起来，连说："奇批！奇批！"

有一年夏天，暴雨成灾。赵先生写了一篇《暴雨记》，这篇文章中写道："老天哥，生了气，尿泡尿，淹了地。东坡一片明，西坡一片明；兔子老鼠跑上坟，天作之合成了婚；蛐子也不叫，蚂蚱也不跳，何况老扁担[2]乎？"

这年，赵子由到省城开封参加乡试考举人，考题为《汉武帝与拿破仑论》。汉武帝是西汉皇帝中最英武的一个，讨伐匈奴，使国家强盛，人民安定。拿破仑是十八世纪法国的执政皇帝，兵力最强，曾横行欧洲。题目的含义是合论两人的文治武功并加以比较。可是，赵子由不知拿破仑是何方神圣，便把"拿"字理解为"擒捉""攻取"之意，把"破仑"当作一个地域名字。因此，他的文章开头破题就闹出了笑话："夫汉武帝一雄才大略之主也，区区一破仑岂足拿哉……"

名落孙山，自是应该。

讲述者：　关克己，男，102 岁，上蔡县城北街，私塾，教师

采录者：　石廷俊，男，88 岁，上蔡县东洪镇，大学，教师

采录时间：2006 年 2 月 3 日

采录地点：上蔡县城北街

附记

关克己居住在上蔡县北街，上过私塾，自己也是个著名的私塾先儿。石廷俊教了 30 多年的语文课，还在上蔡县地名办工作过，经常写一些地方文化和民间文学的文章，是上蔡县地方文化和民间文学研究的老人，也是关克己的学生。关克己老夫子，举止儒雅，说起话来文绉绉，经常会用故事来教学学生，这篇故事就是他在课堂上讲给学生的。重新编纂《中国民间故事集成·河南上蔡县卷》时，石廷俊就根据老师当年讲述的记忆，把这个故事收录了下来。（赵新春）

[1] 捣笑话：说笑话。

[2] 老扁担：是蝗虫的一种，身体细长，绿颜色。

72

瞎子说书

高中，农民

采录时间： 1987 年 9 月 6 日

采录地点： 西平县谭店乡大武庄村

附记

听书是过去驻马店民间主要的娱乐方式。说书人中不少是盲人，父母在他们刚刚懂事的时候，就送他们拜师学书，目的是学成一艺，能混口饭吃，养活自己。那时候，娱乐不多，每逢有说书的，村里男女老少就自备板凳或蹲坐在说书人周围。说书人怀抱三弦伴奏，用绑在小腿上的"刷板"或用小鼓、简板等打节奏，一人一弦，一鼓一板，扮男装女，说古道今。欢笑处，哄笑满堂；悲苦时，全场流涕，加上弦音低沉，鼓点张弛，似断非断，整个书场无人不悲、无人不恸。"天也不早了，人也不少了"的说法，是说书人常用的开场白。如今，随着人们娱乐形式的丰富，说书已呈衰落趋势，不少说书人成了非物质文化遗产传承人。（赵新春）

一个盲艺人到庄上说书，因为唱口不好，吸引不住人，他就想歪点子，老往唱词里加臊话[1]。

这天一开书，他又故技重演，没唱几段，听书的人可走光了，书场上静悄悄的，他还以为众人听出了神，越说越上劲。这时，一个老母猪在桌子腿上蹭痒，瞎子以为书场人多，坐不下，忙说："别挤，别挤！再挤就不说了。"老母猪可不管他说不说，又"哗啦啦"尿了起来。瞎子一听激动得忙伸手接茶，嘴里却故作谦虚地说："不渴，不渴，别倒茶。"一个老头笑笑说："哪还有人哩？早都走光了。"瞎子说："没人？没人你还在这儿干啥？"老头说："你坐着俺的墩儿[2]哩，我等着搬哩！"

讲述者： 武三省，男，60 岁，西平县谭店乡大武庄村，
小学，农民

采录者： 武桂亭，男，48 岁，西平县谭店乡大武庄村，

[1] 臊话：黄段子。

[2] 墩儿：板凳，凳子。

73

自取其辱

某村学董聘一塾师，在家中教儿子读书认字。开始好饭招待，日子久了，学董发现这位先生肚里文墨不少，但为人心术不多正，就有几分讨厌，想辞掉又没适当的理由。因此，茶饭招待，不觉有点懈怠，只有大葱和酱豆各一盘。

塾师吃得有些厌烦，便画了一幅画，贴在学屋的墙壁上。一天，学董来到学屋，见画上一个老将军手持大刀，对着一棵大葱怒目而视，不明其中含意，先是恭维了一番，然后委婉地问画是啥意思。塾师说："这画叫'老将战葱'！"学董点头沉思，明白了先生的意思。回到自己房中也画了一张画，上边坐着猴头先生，指手画脚地对着塘里的一群小鸭。学董把画贴在先生吃饭的客厅里，先生见了，询问学董。学董说："你看他猴头猴脑的，会教个鸭娃子！"先生心领神会，不觉面红耳赤。

一天，学董外出，学董婆问给先生做啥菜。学董说："不过是白菜、豆腐而已。"说罢匆匆走了。这白菜、豆腐不过家常便饭，这"而已"却没听说是啥菜。学董婆不知是啥，去问先生，先生说："而已就是小鸡！"学董婆知

道先生是调戏她，但并没有说破，晌午做饭时还是给炒了一只小鸡。不久，学董添了一对双生子[1]，先生问："这俩哪个是先生的，哪个是后生的呀？"学董婆答："我也忘了，反正先生是我的孩子，后生也是我的孩子！"先生又问："是先生的头，先生的脚呀？"学董婆又答："管那干啥，先生的头，先生的脚，都是我生的。"

讲述者： 张选，男，62 岁，西平县专探乡水泉汪村，初小，农民

采录者： 张建宏，男，23 岁，西平县专探乡，大专，干部

采录时间： 1987 年 8 月 29 日

采录地点： 西平县专探乡水泉汪村

附记

张选性格开朗，爱开玩笑，因为会讲荮话儿、笑话，村民戏称他"荮话儿笑话一箩张"。张建宏从小听他讲过荮话，所以专门回乡，找他喷阔，趁机收录了不少民间故事、笑话和谚语。"白菜、豆腐而已"这类故事，以往驻马店各县区民间故事里还收录有汝南王国文讲述，任保芝采录整理的《豆腐豆芽而已》；新蔡吴贺生讲述，张敬忠、王永红采录整理的《而已》。与此故事中先生心术不正，主家嫌弃不同，两县均是雇主对先生比较刻薄，只让先生吃萝卜、白菜或青菜，从不给肉吃，所以才有了先生戏弄雇主家婆称"而已就是鸡"的杀鸡炖鸡情节。（赵新春）

[1] 双生子：双胞胎。

74

仨财主难为教书匠

过去私学称私塾，教书的老师称先生。有仨财主聘请一个叫杨林标的先生教他们的孩子，人称杨先生。杨先生教到年终结账时，仨财主想找借口不付粮款，商量好用作诗来难为先生，让他当众出丑，无法张口索要粮款。

三人翻书查典，各自准备了首诗，请杨先生赴宴。此外，还邀几个名人绅士作陪，有意让他们作证。

寒暄之后，众人推杨先生入首席。酒过三巡，三财主以助兴为由，提议每人吟诗一首，规定诗中必须有三字同头，三字同旁。话音一落，姓苗的财主首先作诗：

"三字同头大丈夫，三字同旁江海湖。

"只有大丈夫，才游江海湖。"

众人拍手叫好，姓葛的财主随即念出：

"三字同头庙廊库，三字同旁檩柁柱。

"有了檩柁柱，能盖庙廊库。"

葛财主吟罢，萧财主站起来说：

"三字同头官宦家，三字同旁绸缎纱。

"只有官宦家，才穿绸缎纱。"

看到他三人得意的样子，杨先生就明白了他们用意是想让自己当众出丑，无颜去索要粮款。心想，我今天就当着众人的面直接来要。等萧财主吟罢，站起来拱手说："杨某不才，和诗一首。

三字同头苗葛萧，三字同旁杨林标。

"聘我杨林标，付钱苗葛萧。"

仨财主非常尴尬，但也挑不出毛病，不但当众付足了工钱，还确定来年继续聘用。

讲述者： 冯天生，男，65 岁，新蔡县宋岗集老街，小学，农民

采录者： 闫歌，女，12 岁，新蔡县宋岗集老街，小学生

采录时间： 2006 年 3 月 19 日

采录地点： 新蔡县宋岗集老街

附记

在民间故事集成和民间故事收集整理中，学校学生也是一支重要的力量。闫歌在上小学，年龄小，平时喜欢到邻居冯天生家玩。这天闫歌到冯天生家，冯天生看平常活泼可爱的孩子有点郁闷，就问她咋回事。一听她是为找民间故事发愁，冯天生笑了："你这丫头，咋把身边这个故事篓子给忘了呢？"冯天生读过书，喜欢拆字故事，于是就给她讲了这则故事，并把故事整理好交给她。故事中的"先生"在驻马店民间是一个应用很广的词儿。除像故事里教书的叫先生和我们日常对别人的尊称外，过去治病的郎中、账房里管账的或从事文书工作的人也称先生。在指称教书、说书、相面、算卦、风水为业的人时，也略称"某某先儿"。（赵新春）

（五）婚姻家庭故事

75

药治活

从前淮河边上有户农家，只有父女二人，老汉姓金，闺女叫红莲。红莲年长到十八岁还没订婚，金老汉想招个上门女婿，挑来挑去没有中意的，只好把这事暂时搁下了。

这天，金老汉赶集路上遇到一个小伙子，高高的个子，大大的眼睛，身上背着弓箭。老汉正要上前和他说话，正好一群大雁鸣叫着从空中飞过。小伙子张弓搭箭射去，那只头雁应声落地。老汉连声夸道："好箭法！好箭法！"这个小伙子身强力壮，箭法又好，不如招他当个上门女婿。金老汉想到这儿，便上前仔细询问小伙子的身世，知道了小伙子绰号"弓打雁"。他把自己的想法对小伙子说了，小伙子一听可高兴了，连忙跪倒拜未来的丈人。金老汉心里喜欢，连忙扶起小伙子，告诉他三月三是黄道吉日，要他在那天去进门成亲。

金老汉继续往前走，又遇见一个青年渔夫，不用网，不用钩，一猛子扎进水里就能捉到一条扑扑楞楞的大鱼。小伙子虽然长得精瘦，但两只眼睛却炯炯有神。老汉近前打听一下，原来小伙子的绰号叫"白拿鱼"。老汉又把闺女许给了白拿鱼，约定三月三上门成亲。

金老汉又往前走了不远，听见从村子里传出哭声，那声音听起来很惨，老汉出于好奇走近一看，原来是一个员外家死了独生儿子，全家人围着小孩的尸体哭得死去活来。正在这时走来一位青年郎中，只见那郎中二十多岁，面皮白净，身材不高不低不胖不瘦，手摇串铃，身背药箱。郎中走近小孩尸体用手指撑开他的眼皮，又诊了诊脉搏，连声说："不碍事！不碍事！这小孩还有救！"员外一家人正哭得天昏地暗，一听郎中说小孩有救，也都停止了哭声。郎中取出银针给小孩扎了几针，小孩慢慢苏醒过来了。郎中又取出几粒药丸，让小孩吃下，小孩哇地哭出声来，不一会又吵着肚子饿要吃饭。这下可喜坏了员外一家人，员外谢了郎中，并拿出一百两纹银相赠。

金老汉被郎中的医术惊呆了，心里想，这哪是人呀，简直就是活神仙，我把闺女许给他，就不用担心生病了。等郎中辞别员外后，金老汉赶上前去，经打听得知这郎中就是远近闻名的"药治活"。老汉又向他"招婿"，药治活也满口答应。

三月三这天，金老汉在大门口贴上大红喜字，没到晌午，弓打雁、白拿鱼、药治活仨人都到了。可糊涂的金老汉当时只顾欣赏仨年轻人各有绝活，把一个闺女许给了仨后生，肯定不行呀。

没办法，金老汉先道歉，把仨年轻人都称赞了一番，然后说："现在只能从恁仨中挑一人当女婿，你们仨并排站在院子里，我叫闺女出来，她手里的鲜花递给谁，谁就和她拜堂成亲。"仨人也只好同意，并排站着，只见红莲手里拿着鲜花，才走出屋门，突然被从天上扑下来的一只大鸟伸出两爪抓住飞跑了。金老汉见此情景急得直跺脚，嘴里连声喊："快救人！快救人！"

弓打雁等三人见姑娘长得美貌，都想娶她为妻，不料大鸟一下把姑娘抓走了。弓打雁问白拿鱼、药治活："这姑娘你俩还要不要？"二位心里想要，但要不成呀！只好说："不要了！不要了！"弓打雁连忙取下弓搭上箭向前追了一段路，拉弓箭射去，那只大鸟中箭后两爪一松，姑娘从空中坠落下来，正好落在河里。

弓打雁等三人赶到河边，水面上不见姑娘的踪影。白拿鱼问药治活、弓打雁："这姑娘你俩要不要？"俩人望着茫茫无边的河水说："不要了！不要了！"白拿鱼跳到水里，一个猛子扎到河底。不一会，只见白拿鱼一手托着姑娘，一手划着水向岸边游来。白拿鱼走上岸来，把姑娘往地上一放，众人一看姑娘已经被水淹死了，金老汉抱着闺女失声痛哭起来。这时，药治活问弓打雁、白拿鱼二人："这事咋办？"弓打雁、白拿鱼连忙说："先生救人要紧，只要救活了人，俺俩决不和你争婚。"药治活先把红莲肚里的水挤压出来，然后撬开她的嘴，灌进几粒药丸。不一会儿，红莲就醒过来了。不用说，这红莲和药治活结成了夫妻，而药治活、白拿鱼、弓打雁仨人也成了结拜兄弟。

讲述者：　叶本党，男，58岁，正阳县寒冻镇，初中，
　　　　　干部
采录者：　张树梧，男，34岁，正阳县城关，高中，
　　　　　教师
采录时间：1987年12月12日
采录地点：正阳县城关

附
记

　　正阳县在搜集民间故事过程中，动员了许多老师参与。张树梧老师首先想到了叶本党，等他抽空找到叶本党时，叶本党却说："你来晚了呀，几个人都找过我，讲完了！"张树梧想，他是附近有名的"故事篓子"，肯定还能"磨"出来一个两个。于是他就和叶本党拉起了家常，海阔天空地扯了一阵子后，叶本党又讲了这个故事。
　　《药治活》的故事在驻马店地区流传比较广泛，原县级驻马店市（现驿城区）"三套集成"故事卷收录的姚西岭采录、雷士英讲述的同类民间故事叫《一个闺女许三家》，郎中也叫医治活，逮鱼的则叫白手拿鱼，打鸟的叫弓常射，情节结构与《药治活》差不多，只是最后救姑娘的情节没有所收故事那么君子："大家围拢一看，新娘早已死。弓常射看看白手拿鱼，白手拿鱼看看弓常射，一个说我不要了，那个说人已经死了，还有何用？我也不要了。然后他俩对着医治活说：'新娘子就算你的吧！'说罢领着轿夫回家了。他们走后，医治活从怀里取出药包，拿出几粒药，塞入新娘子嘴里，不一会，新娘子活了，她站起来拉住医治活的手就往家里走去。"（郭永勤　赵新春）

异文：俞员外选女婿

　　从前，有个俞员外，名字叫俞刺，整天东游西逛。一天，老伴对他说："你今儿个到这，明儿个到那，也不要家啦。你看咱闺女都十七八岁了，你也不想法给她找个婆家。"俞刺光是打哈哈，好像没把老伴的话放心里。

　　第二天，俞刺叫老伴早早做饭。吃罢饭，俞刺拿了几十两碎银放在毛蓝钱褡子里，背起钱褡子就外出游逛去了。

　　俞刺在路上碰见一位手持弹弓的青年，就问他："你干啥去哩？""我去打鸟。"正说着，天上飞来一排大雁，青年人说："我打那第二只大雁。"只见他拉弓就把那只大雁打了下来。俞刺问："你今年多大了？""十八。""姓啥？""姓弓，名打鸟。""怪不得你打鸟恁准，名字取得好！弓打鸟，定亲没有？""俺家穷，谁舍得把闺女嫁给我？""公子，我有个闺女，与你为婚好不？""那，那太好啦！""你要是愿意，我就给你二十两银子，正月初六到我家搬亲，我家就在洪河北俞庄。"说罢掏出二十两银子给了弓打鸟。

　　二人分别后俞刺又往前走。走了一上午，他来到汝河边，见一个年轻人一头扎到河里，不一会那年轻人从水里出来，抱一条大鲤鱼上了岸。俞刺上前问："小伙子叫啥？""我姓鱼，叫鱼得水。"俞刺心想：要是把闺女许配给他，这下半辈子可有鱼吃了啊。又问："你今年多大了？""十九了。""家住哪？""汝河南边鱼庄。""要是没定婚，把我闺女许配给你咋样？""求之不得，谢谢大人。"俞刺掏出二十两银子给了鱼得水，又告诉他住处和娶亲日期，二人分别走了。

　　不一会，俞刺来到一个庄上只见人们都在哭，原来是一个小孩从树上掉下来，摔死了。这时，来了个看病先生，进庄就吆喝道："死人能治活，死人能治活。"庄上人就让先生给孩子看病，先生伸手摸了摸小孩的胸口，心还在跳，就从药包拿出几片药喂了小孩，只见小孩嘴一张一合又活过来了。俞刺心想：要是把闺女许配给这位先生，这辈子也不操啥心了。先生走了，俞刺跟在后面，喊他："哎，请问先生姓甚名谁，家住哪里？""我姓药叫药治活，家住药庄。""定亲没有？""未曾定亲。""我有一小女年方

二九，许配给你咋样？""太好了，谢谢。"俞刺掏出二十两银子给先生，又告诉他住处和搬亲日期，二人就分别走了。

天快黑了，俞刺回到了家，他跟老伴说："我已经给咱闺女找好了婆家。""把闺女说哪了？""到正月初六你就知道了。"转眼到了正月初六，仨女婿各自带着礼品前来娶亲了。开桌吃饭时都争着坐上席，他们都说："我是来搬亲的，上席该我坐，您咋乱坐？！"这一说，仨人才知道都是来搬亲的。仨女婿互相问："俞丈人到底有几个闺女哩？"一打听才知道就一个闺女。这时，庄上的人都来看热闹，议论纷纷，看俞丈人到底咋样把一个闺女许配给仨女婿。大家的议论叫俞刺闺女知道了，她气得去上吊寻死。土地爷知道这事难办，就变成一只老鹰把俞刺的闺女叼走了。人们就说："您仨也别争咧，俞员外闺女叫老鹰叼走了，谁撵上是谁的。"他仨拔腿就撵，一口气撵到汝河沿，眼看老鹰就要飞过汝河，弓打鸟一拉弓把老鹰打跑了，姑娘落在河里，眼看就要沉下去，弓打鸟泄气了，说："该我没福，我不要咧。"这时，鱼得水才跑来，他见姑娘在河水里挣扎，就一个猛子扎进河里把姑娘捞了上来，一看她已死了，鱼得水说："该咱没福，我也娶不着她咧。"看病先生药治活跑得最慢，等他来到见姑娘躺在河沿，那俩家伙都准备往回走，就说："您俩都不要死的，我要！"说着从腰里掏出几丸药，拿一丸药捏碎填进姑娘嘴里，连喂三丸姑娘被救活了。这时，鱼得水说："那——这个闺女不能算你的。"药治活说："我治活的咋不算我的？"鱼得水说："我不捞你咋治她？"弓打鸟说："不是我把她打下来你就捞着了吗？"仨人又争吵了起来，各说各的理，最后他仨就到县衙去打官司。

县太爷问："你仨为啥打官司？"仨人一起说："俞庄的俞刺员外一个闺女找了俺仨女婿。"县太爷说："谁有理谁先说！"他仨又争着说。县太爷一拍惊堂木，说："我让谁说谁再说。弓打鸟，你为啥争这个闺女？"弓打鸟说："这个闺女被老鹰叼走，是我一弓把她打落水里的，要不是我，她就叫老鹰叼远了，这闺女应该是我的！"县太爷说："这闺女是该给你。"鱼得水连忙说："大老爷，不能给他，闺女掉河里眼看要淹死，是我把她捞上来的。

不是我捞她就被水冲走了，这闺女应该是我的！"县太爷说："对对，这闺女应该是你的。"药治活一听抢着说："那不能给他，他捞上来人已死了，是我给她治活的，这闺女应该是我的！"这下，县太爷作了难，仨人都有理，判给谁呢？想了一会儿，说："你仨作诗，谁的诗作得好，这闺女就是谁的！"仨人都同声说："好！"县太爷说："弓打鸟你先作。"弓打鸟说："大老爷你出个题呀。"县太爷说："红字出头，黑字落尾。"弓打鸟说："日头出来一点红，初四五月亮弯似弓，天上星星成双对，一块乌云黑洞洞。"县太爷说："这首诗作得好，红字出头，黑字落尾都对。"鱼得水问："星星都成双对吗？没单头？"县太爷说："他作得不好，你作首好的。"鱼得水说："我以桃树为题作一首，'三月桃花一点红，个个树枝弯似弓，结得桃子成双对，满树桃叶黑洞洞'。"县太爷说："好，鱼得水作得好！"药治活说："大老爷，树上的桃子没单头吗？"县太爷说："那你作一首我听听。"药治活说："我以姑娘为题作一首吧。樱桃小口一点红，一对蛾眉弯似弓，眼睛耳朵成双对，一头青丝黑洞洞。"县太爷大叫："好好，还是这首诗作得好，您二人也别争了，俞员外闺女应是药治活之妻！退堂——"

讲述者：　王照青，男，74岁，新蔡县十里铺乡，不识
　　　　　字，农民
采录者：　王敏，女，25岁，新蔡县十里铺乡中，高中，
　　　　　教师
　　　　　龚国强，男，34岁，新蔡县文化局，高中，
　　　　　干部
采录时间：1987年12月20日
采录地点：新蔡县十里铺乡

76

选女婿

从前，有个财主叫涂爱财，他找了个孤苦伶仃的孩子给他放牛，光管饭吃，不给工钱。苦孩给财主干活干到二十岁，想向财主要点儿钱成个家，涂财主却分文不给，又不放这个勤劳憨厚的苦孩走。

见苦孩执意要走，涂财主眉头一皱，计上心来，把苦孩叫到跟前，皮笑肉不笑地说："你只要听话，我不会亏待你的。我那闺女秀荣还没说亲，你再干上两年，我成全恁们俩就是了。"苦孩信以为真。

涂爱财的闺女秀荣聪明伶俐，才貌出众，似出水芙蓉，这一带的小伙子没有不喜欢的。这苦孩对秀荣就别提了，他日想夜盼和秀荣成亲。秀荣呢，也希望爹能把她许给这个苦孩子，时刻盼着成亲这一天，明着不敢说，可和苦孩一碰面，便暗送秋波，苦孩也心领神会。

哪料到涂爱财又偷偷把秀荣许给一个富商为妻。一天，涂爱财领着那个商人到家里，叫秀荣去相亲。秀荣向她爹提出一个条件，另许他人也行，但要考试选婿，要不答应，就一头撞死在墙上。

涂财主一听，心想，一个有钱有势的商人还能考不

过一个瞎字不识的苦孩子吗？便答应了秀荣的要求，说："我把他俩叫来，你就考吧，可有一条，决不许反悔。"

"死不反悔！"秀荣果断地回答。

这场考试，由秀荣她娘当监考官。秀荣把答案交给她娘，考试开始了，秀荣一字一句地念道："啥子一点红？啥子像弯弓？啥子成双对？啥子乱哄哄？"

商人脱口对答道："太阳出来一点红，月亮出来像弯弓。树上桃子成双对，掉下地来乱哄哄。"

苦孩听罢，心里凉了半截：我就是不能做他的女婿，也得挖苦他一顿，便高声答道："小姐的嘴唇一点红，小姐的眉毛像弯弓，小姐和我成双对，急得他人乱哄哄。"

监考官说了声："苦孩儿答对了。"涂财主只好答应他闺女与苦孩儿成亲。

讲述者： 孙家亮，男，65 岁，正阳县城关，小学，农民

采录者： 范杰，男，29 岁，正阳县城关，高中，农民

采录时间：1987 年 12 月 21 日

采录地点：正阳县城关

附记

驻马店方言中把没有娶妻的男性叫"光棍儿""老光棍儿""光棍儿汉"，把没有男性继承人的家庭叫作"绝户""绝户头"，都带有一定的贬义。20 世纪 80 年代，驻马店农村还有很多打光棍儿的，有的是因为穷，有的是因为病，或者名声不好。

采录人范杰有个邻居，因为年轻的时候懒，落了个坏名声，三十多岁了还没有结婚，父母都非常发愁，到处托人说媒。当时人们吃饭的时候喜欢端着碗聚到一起，一次吃饭的时候有人说又看见媒人去谁谁家了，就聊到打光棍儿这个话题，范杰说："主要还是穷，富的话说不定没人嫌弃懒不懒的了。"孙家亮说："穷怕啥，关键还是得走正道，有本事！"就讲了这个故事。范杰后来凭记忆把它整理了出来，故事被《中国民间故事集成·正阳县卷》收录。（郭永勤）

异文：吟诗选婿

从前有个财主，吃喝不尽，还总想着点子发财。

有一天，他对新雇来的鞭把[1]说："你这三年给我干得好了，我一年给你二年的工钱；另外，再把我的独生闺女许配给你！"鞭把满口答应。

过了几天，财主来到学馆里，对教书先生说："先生，你三年能教得俺儿子考上秀才，我一年给你二年学钱，再把闺女许配给你！"教书先生也答应下来。

这天，财主来到牲口屋里，对喂牲口的小伙计说："你能喂好牛，三年下仨牛犊，我一年给你二年的工钱，再把闺女许配给你！"小伙计更是满心欢喜。

三年过去了，鞭把、教书先生、小伙计都按财主说的办到了。仨人都来找财主，要加倍的工钱不说，还要跟他闺女成亲。财主只好每人都给了六年的工钱。可闺女只有一个，这可愁坏了老家伙，没法了，就去找他老婆和闺女商议。他闺女聪明，对财主说："爹爹，你把他仨都请到客厅里，孩儿我自有办法！"财主只好照办。

鞭把、教书先生、小伙计都来到了客厅里，他闺女说："爹爹叫我许配怎仨，我都愿意，可就是我只能跟着一个人。这样吧！我今儿个出个题，谁能答对了，我就跟着谁！"教书先生第一个表示赞成，鞭把和小伙计也都答应下来。这闺女说："啥东西一点红？啥东西弯似弓？啥东西成双对？啥东西雾腾腾？"

教书先生心想：这有何难。接着就说："太阳出来一点红，初五的月亮弯似弓，天上的星星成双对，刮风下雨雾腾腾。"

这闺女想了想，说："不对，星星咋能成双对哩？"弄得教书先生一时答不上话来。

鞭把说："桃树开花一点红，桃枝压得弯似弓，结的仙桃成双对，桃树下面雾腾腾。"

这闺女说："不对，这仙桃我可没见有成双成对的！"鞭把也无话可说。

小伙计最后说："小姐嘴唇一点红，两道蛾眉弯似弓，

两只眼睛成双对，小姐的哈气雾腾腾。"

这闺女一笑说："还是小哥哥爱我，你看，他句句说的都是我！"弄得教书先生和鞭把只好松松地离去，这闺女和小伙计成了亲。

讲述者： 马文义，男，60岁，汝南县三里店乡，初中，农民

采录者： 范翠兰，女，22岁，汝南县三里店乡，高中，干部

采录时间： 1987年7月5日

采录地点： 汝南县三里店乡

---

[1]　鞭把：指雇的干活使唤牲口样样行的伙计。

77

考女婿

从前，有位漂亮姑娘被俩帅小伙儿看上了，姑娘对这俩小伙儿也都有感情，说嫁给张郎吧，怕李郎伤心，说嫁给李郎吧，又怕张郎伤心，就犹犹豫豫地没了主意。

一天，她终于想出个办法："我做件衣服，谁穿上合适我嫁给谁。"她东街撕来布[1]，西街买来线，认认真真地做，一身漂亮衣裳终于做好了。她把李郎喊过来："李郎，我给你做了件新衣裳，你穿穿看合适不？"李郎心里像喝了蜜一样甜，红着脸把衣裳穿上了，不大不小正合适。李郎走后，姑娘把张郎喊来："张郎，我给你做件新衣裳，你穿穿看合适不？"张郎笑嘻嘻把衣裳接过来，往身上一穿，嘿，不大不小正合适。张郎走后，姑娘轻轻地叹了口气。"我再做双鞋，谁穿上合适我就嫁给谁！"姑娘仍不死心，南街撕来布，北街买来线，白天做，灯下做，一双结实耐看的鞋做好了。她把张郎喊来："张郎啊，我做双鞋，看你穿上合脚不！"张郎接过鞋，这儿瞅瞅，那儿捏捏，往脚上一穿，不大不小正可巧儿。张郎走后，姑娘把

[1] 撕来布：即买来布。

李郎找来："李郎啊，我做双鞋，看你穿上合脚不！"李郎接过鞋，抱在怀里暖了又暖，往脚上一穿，嘿，也正合脚。李郎走后，姑娘长长地叹口气："我该咋办啊？"她愁得吃不下饭，睡不好觉，白胖胖的一张脸消瘦了。她娘看着心疼啊，就对姑娘说："妮呀，人长得一样，心可不一定一样，谁待你好，可不能听嘴说，从外面儿看可不中，你得想法儿试试他们的心！"

经娘一提，姑娘心里亮堂了。可咋试他们的心哩？姑娘用手指缠住头发辫梢在屋里转来转去，把点子想出来了。她有个姑夫，是本县县令，姑娘找到他，说："姑夫呀，我求你帮我一个忙！"县令问："叫姑夫帮啥忙，侄女就直讲吧！"姑娘说："我想借你的大堂用一用。"县令一听，摇摇头说："这不中，大堂是皇上封下调理民事的，谁敢外借呀！"姑娘说："姑夫呀，是你理会错了，我是想借大堂，让您替我试试两个人的心！"接下来，她把选婿发愁的事儿给姑夫说一遍。县令这才明白过来："噢，原来是这样呀。那让我咋试哩？"姑娘从怀里掏出两张写了字的纸片片递给县令，县令接过来一看，心里全明白了，一拍桌子，站起身说："侄女真是好计谋，好，姑夫成全你！"

县令升堂了，两班衙役手握水火棍立在两旁，外人不知，还真以为要审啥大案了。姑娘直挺挺地躺在公堂上，身子用白布盖住，装死哩。县令从桌上抽出两根令牌扔到堂下："李虎，你去东村把张郎带进大堂。赵龙，你去西庄把李郎带进大堂。"二人站出来，拾起令牌出去了。不一会儿，张郎、李郎被带过来，见公堂上躺个死人，不知发生啥事儿，吓得浑身打战。县令问："谁是张郎？"张郎向前走了一步，跪下说："我就是。"县令又问："谁是李郎？"李郎向前走了一步，也跪下说："我就是。"县令把二人从头顶看到脚底儿，一指堂下说："那个尸体看你俩认识不？"张郎、李郎站起身来，走到姑娘身边，掀开白布一看，妈呀，这不是姑娘吗？咋死啦？二人的泪流出来了，哭着说："姑娘呀，昨天你还好好的，今儿个咋死啦！"县令问："你们俩都认识她？"张郎、李郎回答："认识。"县令叹了口气说："她是今儿早上在野地里药死的，被衙役遇见抬进公堂里来了。从她身上搜出写给您俩

的信物，你们拿去看看吧！"县令把那两张纸片片，一张给张郎，一张给李郎。张郎展开一看，上面写着："张郎、张郎，我死你把我葬，身下铺黄金，身上放白银。"李郎展开一看，上面写着："李郎、李郎，我死你把我葬，身下铺黄金，身上放白银。"

俩人读罢这张纸片片，张郎可不想赔了棺材赔金银地与死人做夫妻，于是，扑通跪在大堂上，说："大老爷呀，我与这女子只是认识，不亲不邻，她死了让我去埋，于情理不合呀，大老爷得替我做主啊！"县令捋着胡子说："嗯，你讲得很有道理，本县不是个糊涂官，会公平判理的！"县令又问李郎："你呢？是不是也和张郎一样？"李郎向前一步，也跪下了，哭着说："大老爷呀，这姑娘就让我葬了吧。"县令问："你和她有亲？"李郎说："虽没亲，但比亲人还亲哩！"县令问："此话怎讲？"李郎说："我白天想，夜里念的都是她呀，既然她死后有这样的要求，我说啥也得答应她！"县令点点头，微微一笑说："好啊，难得你一片痴心，你就把她领回家吧！"

李郎哭着走到姑娘跟前，伸手就要抱她走，姑娘再也忍不住了，一挺身子坐起来了，把李郎吓了一跳，张郎吓得蹲地上了。"好心的李郎啊，我没死呀！"李郎瞪大俩眼说："你没死咋躺这儿吓人啊！"县官听了哈哈大笑。姑娘说："我是试恁俩的心哩！"张郎听了这话，知道事儿糟啦，耷拉住脑袋，灰溜溜地走了。姑娘高兴地拉住李郎的手，回家成亲去了。

讲述者： 刘玉名，男，64岁，确山县胡庙乡吴楼村，
小学，农民

采录者： 吴文龙，男，24岁，确山县胡庙乡吴楼村，
高中，农民

采录时间： 1988年7月16日

采录地点： 确山县胡庙乡吴楼村

附记

当时吴文龙刚接受了培训，对搜集故事的热情很高，把村里的老人都访了一遍，但是大家不是很配合，有的一看见他拿着本走过来，老远就对着他摆手："别找我别找我，我可不会！"这天吴文龙到刘玉名家，刚好碰到隔壁村一个熟人，想托刘玉名给闺女说个婆家，俩人在那说远近乡邻家的孩子，吴文龙就在边上坐着听。后来刘玉名问对方想找个啥样的，吴文龙抢着说，那得找个家里条件好点的，长得排场点的。刘玉名说，嫁闺女不能光看对方家底儿，也不能光看人长得好不好，长哩好又不能当饭吃！"那找啥样的？""找啥样的？俩人过日子，谁不知道得找个对自己好的？从前……"就这样成功地引出一个故事。故事后被《中国民间故事集成·河南确山县卷》收录。驻马店地区流传的考女婿、选女婿类故事数量比较多，情节上有一定相似性。（郭永勤）

78

张之贵休妻

从前，有一个名叫张之贵的富人，有万贯家业，老婆张氏漂亮贤惠，一双儿女聪明伶俐，一家人吃不愁穿不愁，百事顺心。张之贵心里很得意，常对着镜子欣赏自己那富态相，说自己福大命宽，一辈子不受穷。

一天，张之贵上街游玩，碰见一个算命先生，张之贵大大咧咧地走上前去，问道："你看我这副长相，有福没福呀？"当时围的人很多，不少人认识他，有的虽然不认识他，看他那富富态态的样子，也不像受罪的命。可那算命先生说："你没有福，可你夫人有福，你享的是你夫人的福，恐怕你连你夫人的福也不会享！"这话把张之贵气得半死，心想："我田地千顷，骡马成群，丫鬟仆女和长工伙计不计其数，张氏不过是个女人，一切还不都是靠我？她有啥福？今儿在众人面前丢脸，都知道我享的是她的福，我回家非把她赶出去不行，看看谁享谁的福！"

张之贵回到家闷闷不乐，老婆连忙上前问候，不想张之贵破口大骂起来，骂够了又写了一封休书扔给张氏。张氏见丈夫要休自己，吓得连忙跪下，哭着不愿离去，张之贵见张氏不愿意走，越觉得她是享自己的福，离不了自己。

从此就开始没事找事，借故挑张氏的毛病，张口就骂，抬手就打，经常把张氏打得皮开肉绽。时间一长，张氏觉得这样下去早晚也要被丈夫折磨死，还不如走了好。一天，张之贵又找事把张氏打得死去活来，逼她出去。无奈，张氏怀揣休书，骑上一匹白马离开了张家。

张氏骑在马上一阵心酸：自己平白无故遭到丈夫打骂不说，又不明又白地被休。古时候妇女被丈夫休了是见不得人的事，娘家万万不能回去，可举目无亲，一个妇道人家到哪存身呀？她只好哭着走着，信马由缰，走到哪算哪。张氏不吃不喝，由着白马日夜行走，一直走了三天三夜，来到离家六七百里的一个破庙前，马也累了，就不走了。这是一个"娘娘庙"，庙里住着两个老尼姑，因娘娘庙年久失修，香火不旺，俩尼姑的日子过得很清苦。张氏又渴又饿又累，只好下马走进破庙里，向老尼姑说明原因，老尼姑很同情她，就收她为徒，留在破庙里，一晃过了五年。

说也奇怪，自从张氏来到破庙里以后，庙里香客慢慢多起来，很多外地尼姑也来到庙中不想走了，人口越来越多，财帛也越来越多，老尼姑知道是张氏带来的福气，就把庙主让给了张氏。张氏当庙主后，对老尼姑更加敬重，如同对待亲生母亲。一天，张氏在庙内空地里种菜，突然挖出了十八缸银子，张氏没吭声，悄悄地把这十八缸银子一点一点搬到屋里藏好，重修了庙院，再塑了神像，又买很多庙产，广施善心，周济方圆附近的穷苦百姓，很受一方民众的敬仰，连附近各州府县的大小官太太，都和她结拜为干姊妹，有的还沾庙里不少光。这样一来，张氏尼姑名传千里，"娘娘庙"香火旺盛，成了一方巨富，比在张之贵家里还要富得多。

再说张之贵自从休了张氏，正要显显自己的福大命大，想不到却一天穷似一天，加上一场天火烧毁万贯家业，不二年卖尽了千顷良田，又将一双儿女也卖给人家，还是个穷，最后落得老将光肚[1]，四处要饭度日。一天，张之贵要饭来到张氏的娘娘庙里，正赶上庙里舍饭，几百个要饭的排成长队，张之贵来得晚，站在最后。轮到张之贵，没饭了，只好饿着。第二天张之贵起个早，排在最前面，舍

[1] 老将光肚：方言，指独自一人。

饭的尼姑今儿个是从后往前舍，轮到张之贵又没饭了。第三天张之贵站在队中间，心想："不论从哪头总能吃上饭。"可舍饭的从两头舍，轮到中间，正好又没张之贵的饭。张之贵三天没吃上饭又气又饿，一头栽倒在地，昏了过去。尼姑见一个要饭的倒在门前，连忙禀告张氏知道，张氏让尼姑们把张之贵抬到庙内偏房里，喂他些饭食，又请个医生给他看病，吩咐尼姑们让他在庙里多住几天，身体康复后再说。

张之贵受到张尼姑的关照，十分感激，等身体好些了，就找到张氏，当面拜谢救命之恩。张氏一见，自己无意救下的穷要饭的竟是自己的丈夫，又惊又喜。张氏是个贤惠的人，虽不念丈夫对不起自己的事，可怕当面相认，羞着张之贵，装着不认识，慢慢和他交谈。张之贵做梦也想不到，面前这位有钱有势有名气，又乐善好施的张尼姑就是自己的老婆，见了面只顾说好话，吓得连头也不敢抬。当张尼姑问到他老婆时，张之贵非常后悔，说自己如何对不起老婆，当说到自己两个儿女时，张之贵说是卖给一家没儿没女的财主了。张氏说："你想不想给老婆儿女再团圆呀？"张之贵摇着头说："那除非是下一辈子吧，这是我应得的报应啊！"

张氏见丈夫回心转意，心中暗暗高兴，就拿出百两黄金，让两个尼姑把一双儿女赎了回来。儿女与母亲相认后，张之贵还蒙在鼓里。张氏在庙里大摆宴席，请来很多名人贵客，打算在席上举家相认，让张之贵福从天降，高兴高兴，所以没有先说破。这天，张氏一早派尼姑给张之贵里外做了新衣裳，让他换上，客到齐时让张之贵坐在最上席，张之贵不知咋回事，说啥也不敢进客厅，钻到灶伙[1]里不出来，坐在锅台上等着吃剩饭。当张氏向众人说明自己就是被张之贵休了的老婆时，众人无不惊奇。张氏见张之贵不入席，就带着客人亲自到灶伙请他。张之贵知道张尼姑就是老婆张氏时，觉得羞愧万分，无地自容，又喜又羞又愧，竟死在了锅台上。

张氏和儿女厚葬了张之贵，又念他临死也没敢大大方方地吃顿饱饭，就将他的画像贴在锅台上，意思就是好让

张之贵开锅就吃，免得挨饿。张氏死后，因她是个大福大贵的好心人，能给人带来福气，民间就把她的像和张之贵画在一起，供了起来，称他夫妻为灶爷灶奶奶，让他们当一家之主，好保佑全家平安，吉祥如意。慢慢地成了民间风俗，这就是灶爷灶奶奶的故事，张之贵死后还是沾了老婆的光。

讲述者：　王方田，男，56岁，确山县顺山店，小学，
　　　　　农民
采录者：　杨建军，男，39岁，确山县文化馆，大学，
　　　　　干部
采录时间：1988年10月3日
采录地点：确山县顺山店

附
记

杨建军老师是确山县故事搜集工作的主要负责人，一开始他们会避开农忙的时候，后来考虑到农忙的时候人员比较聚集，就开始了"农闲往村里走，农忙往地里走、场里走"，为了和乡亲们"套近乎"，不仅要唠家常，有时候还帮干活。他每天骑着自行车下乡，一路走一路问，有时候走得远晚上就住在乡里的招待所。顺山店在确山县城南边四五十公里的地方，杨老师到那的时候又渴又累，看见场边上有几个人坐在树凉阴儿里剥玉米籽，就推着车走了过去。说明来意后，大家说在场的王方田就会讲故事。一听杨老师是搜集故事的，王方田还有点不好意思，后来说"快该吃饭，我讲个灶爷灶奶奶的故事吧！"讲得很生动，尤其是讲到张之贵抛弃妻子那一段的时候，边上听故事的人把玉米棒子都扔了，说"咦，咋恁没良心！"讲到张之贵后来破落了，大家又说"真是活该！痛快！"当时没有录音机，杨建军老师说他边听边记，累也忘了，渴也忘了，记了整整五大页，后来杨老师把这个故事整理并选入了《中国民间故事集成·河南确山县卷》。（郭永勤）

[1]　灶伙：即厨房。

79

郭三姐

很久以前，吕河北岸有个张家庄，庄上有个勤劳英俊的小伙子名叫张虎，娶了个眉清目秀，心灵手巧善良老婆——郭三姐。

郭三姐孝敬公婆，疼爱丈夫，亲邻近里，是远近闻名的好媳妇。全家人辛勤劳作，几年后他家已是猪羊满圈，骡马成群，破茅屋变成新楼房。转眼间十年过去，可郭三姐还未生育，虽经百般求医也未能治愈，这便成了张虎的一块心病。他终日闷声不语，也无心干活，交上了几个酒肉朋友，整天在一起吃喝解愁。一天，张虎的一位酒友来到家中，郭三姐做一桌丰盛的饭菜招待他。他们吃饭喝酒用的全是金筷、金碗、银酒盅，并用四块金砖支桌子腿。酒足饭饱后，朋友向张虎辞别，并邀他三天后到自己家做客。

朋友家生活困苦，本人游东逛西，老婆好吃懒做，上有年迈父母，下有八个孩子，还有一个麻脸小妹还没有出嫁。但小妹也和嫂子一样懒惰，还好骂人。张虎全家常常拿出银钱、衣料和粮食接济他们。张虎今儿个到他们家，全家人以礼相待，只是饭菜相差甚远，使用的东西是竹筷、

瓦碗、瓦酒盅。四个儿子一人抱一条桌子腿。席间，朋友让四个儿子一会儿把桌子往东挪，一会儿往西挪，一会儿抬高，一会儿放低，故意在张虎面前摆弄，并劝他赶走郭三姐，再为他另选佳人。

张虎回家强逼郭三姐离婚。这时，来了一位相面先生，张虎便让先生给他看看。看相先生对张虎说："郭三姐是个有福人，你家的金银财宝都是她带来的，明年三姐将生一个千金小姐，如赶走郭三姐，张家定遭大灾。"张虎一听火冒三丈，抬手便要打那相面先生，转眼工夫相面先生便消失了，原来这先生是个神人。

郭三姐被逼无奈，只好离婚，临走时只要了一辆多年不用的破车和一头老黄牛。老牛顺着一条道路漫无目的地走着，三姐泪流满面地对牛说："老牛啊，你把我拉到好地方去，你有草吃我有粮，你把我拉到赖地方，你无草我没粮。"老牛走啊走，日头快下山的时候，老牛把她拉到一座破庙前停了下来。

破庙前一位老婆婆正在收木柴。母子二人靠儿子丁子打柴换米度日。因为穷，丁子三十岁了还未成亲。郭三姐来到老婆婆面前，请求在这里暂住一宿，好心的老婆婆收留了三姐。

天黑了，丁子卖柴还没有回来，家里没有一粒米，丁母只好烧茶招待三姐，她边烧边叙说自己的身世。当三姐听到丁子还未成亲时，便说："老大娘若不嫌弃，我愿做您的儿媳。"丁母高兴得直流眼泪。茶才烧好，丁子担着柴回来了。他没卖掉柴，也没买成米。丁母看见儿子回来忙向儿子介绍了三姐，丁子看到自己没花一分钱便能娶个如花似玉的媳妇，高兴得搓着手嘿嘿地憨笑，瓮声瓮气地说："只是俺家太穷。"

"俺不嫌弃，只要人好能干，就能养活老娘。"

"那中。"

该吃饭了，丁母掀开锅，刚才的开水变成了一锅稠米粥，知道定是这女子带来的福气，全家喜不自禁。

睡到半夜子时，只听雷声隆隆，"恐怕是要下暴雨了！"丁子娘自言自语道。

五更时分，只听院内鸡鸣羊叫，骡马嘶鸣，荒野破庙咋会有这些东西？丁子和母亲想。

睡到天明，他们起来一看，破床变成了镶金边的牙子床，破被破衣都变成了绫罗绸缎。破庙变成了楼房瓦屋，骡马牛羊拴满整整两间屋子。猪羊卧满圈，鸡鸭在笼里咯咯、呱呱地叫，大白鹅嘎嘎地来回走着，一条黄狗威武地卧在过道门前。金银满屋粮满仓，门前绿树成荫……一时间，他们由穷变富。

三姐和丁子孝敬母亲，还拿银两周济穷苦邻里。第二年，三姐便生一个千金姑娘，全家人更是喜上眉梢。

再说张虎把三姐逼走后，便和那位酒友的麻脸妹妹结了婚。她十分懒惰，常常指桑骂槐，对公婆恶语相伤。婚后三年生了五个孩子，又遭两次火灾，金银化成了水，骡马死的死，跑的跑。可她还天天吃穿打扮，花掉家中所有积蓄，又逼张虎卖掉田地，父母因病无钱医治，先后去世。张虎和麻脸媳妇无奈，只得沿街乞讨。

一天，丁子门前来个讨饭的，只见他衣衫褴褛，手挎讨饭篮，后跟两个孩子，原来此人就是张虎。郭三姐知道后，就让丫鬟拿锭银子，又取下与张虎结婚时张虎送给的金戒指，交给张虎。张虎接过戒指一看，知道是郭三姐住在这里，他羞得无地自容，赶忙牵着两个孩子离开了丁家。

讲述者： 庞云停，男，60 岁，正阳县西严店乡曹楼村，小学，农民

采录者： 庞瑶，男，24 岁，正阳县西严店乡中，高中，教师

采录时间： 1987 年 9 月 8 日

采录地点： 正阳县西严店乡曹楼村

附
记

庞瑶老师当时在中学教书，也被动员参与故事搜集，有一天晚饭的时候他向家里人提起这个事情，就随口问了父亲庞云停一句，父亲说，他们以前没啥消遣的，就是听个有话，听多了也记着几个。晚饭后庞瑶就央着父亲讲，父亲说："你别拿本，你拿本我讲不出来！"

庞瑶发现父亲讲故事的时候，口齿比平时清楚、流利、生动，很投入，还不时问庞瑶："你说亏不亏？"得到"听众"的回答后才会接着讲。原文"婚后三年生了五个孩子"疑是口误，遗憾的是庞云停已去世，经庞瑶老师确认，此处并非记录错误，因不影响主题表达，为保存故事原貌，未作修改。（郭永勤）

80

赵二别子

从前，有个人称赵二别子的财主，膝下有仨闺女，家产万贯，住着高楼大厦，享着荣华富贵。邻村有个叫张大娃的穷汉，母子俩住着一间破草房，窄狭得连拐棍都没处放，平常以砍柴为生，吃了上顿没下顿，日子过得非常艰苦。

张大娃每次上山砍柴都得从赵二别子门前经过，赵二别子每回遇见张大娃总是说："你整天累死累活上山砍柴，饭也吃不饱，衣裳挂得稀巴烂，多往儿[1]能不穷哩？"

这年三十儿黑了熬年的时候，赵二别子和他老婆把仨闺女都叫到跟前，商量闺女们的婚事。他先问大妮："你是听爹娘的呀，还是任你自己呀？"大妮说："我听爹娘的。"问二妮，二妮也说听爹娘的。又问三妮："你哩？"三妮说："我谁的也不听，任我自己的命！"赵二别子的脾气可真别，听三妮这一说，差一点没有气死过去，决定把三妮嫁给砍柴穷汉张大娃，叫她吃吃苦受受罪。

大年初一清早，张大娃照常上山去砍柴，走到赵家门前，这回赵二别子见到张大娃很亲热地喊道："大娃！来坐会儿，我给你商量个事儿。"张大娃不敢去，赵二别子硬把他拉到屋里，亲热地说："大娃！你每天上山砍柴，没人在家照顾你娘，我给你说个媳妇中不中？"大娃说："我家穷成这个样子，连大年初一都得上山砍柴，谁家姑娘愿意跟着我受苦？"赵二别子说："你看俺家三妮咋样？"张大娃不敢相信自己的耳朵，心想：他能是疯了吗？张大娃吓得不敢吱声，连忙拿起家伙什儿就上山去了。

张大娃走后，赵二别子硬要把三妮撵到张大娃家去了，年也不让她在家过了，也不让她带分文财物。正巧，三妮心里正可怜张大娃哩。还是三妮她娘心疼闺女，在三妮的袄角包了几个金锭子，并偷偷地告诉了三妮。三妮临走，赵二别子还对她说："从今以后你也别回来，非叫你跟着大娃吃吃苦不中！"

这天张大娃担着柴回家，离老远就看见自己门前石头上坐着个穿小袄的大姑娘，走近一看正是赵二别子的三闺女。张大娃放下柴担，走到三妮跟前结结巴巴地说："你，你不嫌俺家穷？"三妮笑着说："这是我情愿的，屋里住不下，咱们就住院里，只要你肯干，会有房子住的，生活也会慢慢好起来。"说着就把自己的袄角拆开，拿出金锭子递给大娃，叫他到街上换些米面好过年。

张大娃接过金锭子一看，惊奇地说："这就是金子？今儿清早我在山上一个滴水坑里洗脸，看见有一大堆跟这一样的东西，我还以为是黄石头哩！"三妮说："真的吗？咱去看看！"张大娃和三妮赶紧拿着布袋上山去了，到山上的滴水坑边一看，果真是金子，他俩拣了一布袋，扛着回来了。张大娃用这些金子买了些地，盖起了楼房，下余的添补[2]了左邻右舍。

可也奇怪，赵二别子家从三妮走后一连遭了几场火灾，楼房被烧了，土地卖光了，钱也花完了，家境越来越穷，最后只好拉棍要饭吃。一天赵二别子到大妮的门口要饭，走到一座楼下，心想：张大娃不会住恁好的楼房。于是就走了过去。三妮出来一看是他爹来了，连忙上前去搀

[1] 多往儿：啥时候。

[2] 添补：即资助。

赵二别子一看是三妮出来了，有些害羞，转身就要走。因心里紧张，转得太慌，脚一滑，一头栽死了。

讲述者： 刘广忠，男，40 岁，泌阳县官庄乡，高中，农民

采录者： 刘金平，男，13 岁，泌阳县官庄乡中，学生

徐书亮，男，59 岁，泌阳县文化馆，大专，干部

采录时间：1989 年 5 月 17 日

采录地点：泌阳县官庄乡

附记

在 20 世纪 80 年代的故事搜集中，徐书亮作为泌阳县骨干，采录到不少好故事。当时泌阳县也采取了专人负责，发动教师，带动学生的搜集模式，很多教师和学生都参与了这项工作。刚上初中的刘金平，听老师讲了搜集故事的重要意义后very激动，当时乡中的学生都住校，周末才能回家，他怕自己忘了，还把老师提醒的"原汁原味"几个字写在语文书后封皮上。周末回家就拉着家人、邻居问，成功搜集到这则《赵二别子》的故事。原故事没有题目，现题为徐书亮整理时所加，后被选入《中国民间故事集成·河南泌阳县卷》。（郭永勤）

81

潘秀才考儿子

从前平舆县城有位潘秀才，虽是农家小户，小日子过得也不错。潘秀才有仨儿子，老大潘金、老二潘银都成亲了，媳妇也都很孝顺，只有老三潘才尚未成家。

有年潘秀才得了场大病，打那以后他觉得自己身体不中了，就想安排身后事。虽然儿子媳妇眼下都很孝顺，还是担心自己死后他们闹分家，就想在儿子中选个当家人，死前把家事交给他。潘秀才不想照传统方式让长子当家，而是想选个最能干的儿子接替自己。他想来想去，想到了一个考儿子的办法。

这天，潘秀才把仨儿子叫到堂屋，对他们说："我年纪大了，身体也不好，已没有精力管这个家了，想在你们仨中找个人来当家。"说完他拿出三百吊钱，每个儿子给一百吊，对他们说："谁能用这一百吊钱买回的东西，把咱家后院的那间空仓房给装满，我就把这家庭大权交给他。"三兄弟听后就分别拿上钱买东西去了。

老大潘金想：啥东西又便宜又衬堆[1]哩？当然是柴草，

[1] 衬堆：即显得体积大。

最便宜还最占地方，于是，他找到一个卖柴人，付了一百吊钱，把柴草挑回家，堆在那间空仓房内。他让父亲去验看，潘秀才看了看啥也没说，只是让他把柴草弄出来，腾空屋子。老二潘银思来想去，弄了满满一车棉花放进仓房里，让父亲来看。潘秀才只是安慰二儿子几句，叫他把房子腾空。

小三儿潘才平常爱动脑子琢磨事儿，年近二十，还没成家。潘才打听各种东西的价钱，盘算手里的钱，无论买啥也装不满屋子。他无意间走到一家店铺门口，看见里边点着蜡烛。潘才看到满屋的光亮，立马决定买支蜡烛。潘才回到家直接去了堂屋，请父亲一起到仓房，俩哥哥见他空着手回来，也跟了进来。潘才当着他爹和俩哥的面点燃了蜡烛，满屋子马上充满了光亮。

潘秀才连声说好，大哥二哥也都服了气。潘秀才选到称心的当家人，街坊四邻知道了这件事，都说，真是潘金潘银不如潘才啊！后来说着说着就变成了：盼金盼银不如盼才啊！

讲述者：　张留坡，男，50 岁，平舆县教育局，大学，
　　　　　干部
采录者：　张贤锋，男，24 岁，平舆县二中，本科，
　　　　　教师
采录时间：2005 年 6 月 8 日
采录地点：平舆县工会家属院

82

追画寻妻

从前有个穷书生，名叫张燕，娶妻白玉霜，贤慧善良，且又多才。但张燕一贫如洗，一心攻读。白玉霜只得要饭养活丈夫，供丈夫读书。后来张燕考中状元，把白玉霜接到朝中，共享安乐。

这天闲暇无事，夫妻俩坐在书房攀谈，张燕说："贤妻往昔为我吃尽苦头，今日苦尽甘来，全是贤妻之功。"白玉霜道："官人过奖了，如没官人苦读，哪有为妻之福？想咱家中无人，不能共享荣华，只有一个远门婶母仍贫寒在家，真让人放心不下，不如接来和我们生活在一起，免得他人说你我的闲话，你看咋样？"张燕点头道："贤妻言之有理，明儿派人接婶母过来就是了。"第二天，张燕果然派人把婶母接来了。

自从婶母孙氏被接来后，夫妻竟当母亲孝敬。谁知那孙氏行为不正，天长日久，竟和一个赌棍勾搭上了，经常在张燕家鬼混，后来被白玉霜发现了，但碍于她是长辈，也没有加责于她，更没有说给张燕。孙氏却恼恨在心，她和赌棍商量准备拔掉这颗钉子。

有一天夜晚，张燕夫妻早已安寝，忽听有人叩门，口

口声声喊着白玉霜的名字，玉霜问是何人，只听门外那人说道："我几天没来找你，你咋连我的声音也听不出来了，趁张燕今晚不在家，赶快开门，你我再欢乐一回。"白玉霜一听此言，顿时气得骂了起来，就急忙喊醒张燕，那贼一听急忙逃了。谁知张燕早已醒来，只见他眼中喷火，咬牙切齿骂道："好你个贱人，原来是这等贱妇，竟然背着我干那下流勾当，引狼入室，加害于我，真乃天良丧尽，今儿我不打你这个不要脸的贱妇，更待何时！"说着就狠命地打了起来，玉霜见打，急忙跪下来求饶道："官人息怒，为妻实在冤枉，根本没有此事，难道你就相信那贼人之言！"张燕怒道："你还这般嘴硬，刚才之事，难道是假？"白玉霜道："为妻确实不知！"张燕说："既然你不肯承认，我非打死你这贱人不可！"说着照头一摔，竟把白玉霜打昏在地，派人拉到荒郊野外去了。

当时正是三九寒冬，老天好像有意刁难，竟下起大雪来。再说白玉霜昏昏迷迷，雪花落在她脸上，只觉一阵寒冷，苏醒过来，再看看自己躺在雪地里，身上一阵阵发抖。心想，家不能归，难道我就这样冻死不成？张燕啊！你真好狠的心哪，你不该这样错怪于我，总有一天你会后悔的，我不能无缘无故地死去，我要等到雪冤的那一天。她想着哭着，艰难地爬起来，借着雪光，跌跌撞撞，深一脚，浅一脚地走着，不知走到啥时候，只感到脚下一滑，又昏倒过去，凑巧碰见一个赶早集的老人把她救了回去。这老人无儿无女，见白玉霜可怜，就把她作为义女收养，而白玉霜深感救命之恩，老人又忠厚善良，就终日孝敬老人，作诗绘画，把她和张燕的恩恩怨怨一幅一幅画了出来。

再说张燕自从打死白玉霜，心情一直不好，因在朝中忙于事务，经常不想进家，这就方便了婶母，竟和赌棍整日鬼混在一起。这天张燕想回家拿些衣物，由于公务在身，回去很晚。当他走到婶母的房门时，听见屋内有人说话。张燕心疑，就躲在门外听了起来，只听婶母说："这下可好了，白玉霜让咱们想法害死了，张燕又不回来，我俩可尽情玩乐了！"只听那男的说："虽然张燕不回来，可也是个眼中钉，如不像对白玉霜那样想法除掉他，我俩就不能做长久夫妻，我看咱们还是想想办法吧！"婶母道："有啥好办法呢？"那贼人道："等张燕啥时回来，我再去

杀他，或是你下毒药毒死他，就说他得暴病死了，你看咋样？"婶母道："好主意！好主意！"张燕一听，不由得打了个寒战，他明白自己冤屈了白玉霜，顿时又后悔，又愤怒。他要为白玉霜报仇，为自己雪恨，就马上回府命令衙役，拿下了赌棍和婶母，押送南监，等日后发落。

还说张燕这天正在书房看书，听说他的好友李侍郎求见，就急忙迎了出来。二人叙礼已毕，来到书房坐下。李侍郎道："刚才我在城里走了一趟，竟发现一幅抒情画，真乃画中有画，诗中有诗，细腻幽雅，寓意千言，所以我就买了一幅，特来让老兄观赏。"说着把画递给张燕。张燕接画在手，展开一看，不看则已，一看泪如雨下。侍郎见他如此，急忙问道："老兄咋这样动情？"张燕道："那卖画之人是个啥样的人？家住在哪里？"侍郎道："那卖画之人是个老者，说是他女儿画的，具体家住在哪里，愚弟没有详问，老兄为啥要问这些？"张燕道："没有别意，我也是想买一幅罢了。"侍郎道："这么说，老兄喜欢这幅画，愚弟就敬送你了！"张燕道："这哪儿能成，此画也是贤弟心爱之物。"侍郎道："你我亲如手足，这幅小画，算不得啥，尊兄尽管收下，愚弟就告辞了。"说着就别了张燕而去。

却说张燕送走了侍郎，回到屋里，仍对着那画流泪，看着看着，竟失声痛哭起来。他想起自己和妻子的往事，那生死与共、恩深似海的每一个情景，都毫不保留地在那画上展现出来，而且又是那样地逼真，如今妻子竟冤死在自己手中，又咋能不使他难过伤情呢？哭着哭着，他猛地一想，难道她没死，那卖画老人的女儿，难道是她？若不然，为啥这画又是这等相似呢？但又一想，明明是自己把她打死了，况且她没有爹呀，这一线希望实在太小了。但是不管咋样，我还是要走访走访，万一是她，哪怕是赴汤蹈火，也万死不辞。

第二天，张燕扮作一个买画的商人，拿着侍郎给他的那幅画做样子，经过千辛万苦，追查根源，终于找到了白玉霜的家。当白玉霜见到张燕找来，竟理也不理，并让义父快赶他走。张燕见白玉霜这样恼恨自己，心中更是悔不当初。他跪着老人，跪着白玉霜哭诉着自己的过失，乞求得到白玉霜的饶恕，哪怕自己不为官，也要夫妻再团圆。

他的真心真情终于感动了妻子和老人，一对夫妻破镜重圆，老人也被接到府里成了他们的亲爹。张燕又亲自审理了婶母和赌棍的案子，把他们判了死刑，为白玉霜雪了冤。

讲述者： 苏王氏，女，70 岁，平舆县东和店乡仙翁庙村，不识字，农民

邢自文，男，55 岁，平舆县东和店乡仙翁庙村，初中，农民

采录者： 王继松，男，34 岁，平舆县东和乡仙翁庙村，高中，农民

采录时间：1987 年 10 月 16 日

采录地点：平舆县东和店乡仙翁庙村

附记

《追画寻妻》的故事在平舆县流传很广，也作《张燕追画重鸳鸯》《再世姻缘再世情》。苏王氏和邢自文是村里有名的"故事篓"和"叿话篓"，两个人都能讲不少故事。王继松在邢自文家听故事的时候，一听到"再说个《追画寻妻》的故事"，就发现邢自文讲述的故事自己在苏王氏家听过，但是他没有急于打断邢自文，而是表现出足够的兴趣，没有影响邢自文的讲述情绪。邢自文说话比较幽默，讲故事很生动，门口围了一圈听故事的人，人越多，他越兴奋，一连讲了几个故事，王继松都认真做了记录。后来王继松对两人讲述的《追画寻妻》进行了比较，认为二人讲述的故事情节都比较完整，相似度高，因此在整理时综合了两位讲述者的版本，形成了现在的故事。（郭永勤）

83

大宝

从前，有个叫大宝的苦命孩子，才出生没几天他娘就死了，父亲又当爹又当妈地把他拉扯到三岁。那年，他爹从外边带回来一个年轻女人，叫大宝管她叫娘。娘是谁？大宝不知道，他爹让他叫他就叫了。

到第二年，娘又给他生个弟弟，这可喜坏了爹和娘，给弟弟取名叫宝蛋，整天围着宝蛋忙个不停，把大宝给冷落了。冬天到了，娘给宝蛋做了件新棉袄，也给大宝做了一件。大宝穿上娘做的新棉袄，一点儿也不觉得暖和，常常手脚冰凉，一个劲儿地嚷嚷着冷。他爹不明白，棉袄看上去比宝蛋的还厚实，咋宝蛋就不冷，你当哥的老嫌冷？他爹很生气，拿起鞭子抽了大宝一鞭子。鞭子落下去他爹也明白了，大宝的棉袄里露出茸茸的苇絮。

从那儿以后，他爹对大宝多了份关爱，可他爹不是每天都在家。他爹在家的时候，后娘对大宝还好一点儿，他爹不在家的时候，后娘对大宝非打即骂。大宝在这种吃不饱穿不暖的日子里长到十二岁。就在这时候，不幸又发生了，大宝的爹撇下母子三人，撒手西去。大宝绝望了，多亏弟弟宝蛋情意深厚，俩人就像一母所生一般

相互关心。大宝吃不饱的时候，宝蛋经常偷偷地拿些东西给大宝吃。

这天，后娘把大宝叫到跟前，笑着对大宝说："大宝，今儿你去放羊，等放饱回来，羊要一只不少，还要带回一样东西，能让我和宝蛋吃，能让猪吃，还能让鸡吃。"宝蛋在一边听了，真为哥哥担心。因为他知道，要是哥哥完不成这个任务，娘肯定会惩罚他，可大宝却一口答应了。天挨黑儿的时候，大宝回来了，他没有直接回家，把羊群留在了村口。在村口等他的宝蛋赶紧迎上去："哥，你找到那样东西了吗？""找到了。不过你现在不能让娘知道，你回家去把剪刀给我拿来。"宝蛋偷偷地把他娘裁衣用的剪刀拿给大宝，大宝把那只最大的肥羊拉到跟前，一下一下地把羊毛剪下来。他把羊毛拿到集上卖掉，买回来一个大西瓜。大宝抱着西瓜回到家，对后娘说："娘，您吃吧！让猪吃瓜皮，让鸡子吃瓜子。"后娘傻了眼，本想找个借口把大宝赶出家门，没想到这小子没被难倒。

一计不成，又生一计，后娘决定再次为难大宝。这一天，她对大宝说："村西边咱家那块地一直荒着，你去把它犁犁，种上啥都行，可我七天后就要看到收成。"宝蛋想，七天，种啥也不会七天就有收成呀？可大宝还是答应了，因为以前他放羊时知道有一种野果，叫"七日红"，第一天种上，第二天发芽，第三天长叶，第四天打苞，第五天开花，第六天结果，第七天成熟。七天后，后娘来地里一看，一大片红澄澄的果子，心里的恨甭提有多深了。

不达目的，誓不罢休。后娘坚决要除掉这个眼中钉，肉中刺。这天早上，后娘把大宝叫醒，让他到青石崖去放羊。大宝早就听村里年纪最大的胡子爷爷说过，青石崖水草丰美，可人们从不去那儿放羊，因为那儿经常有狼群出没。"看来后娘这一次是想把我置于死地呀！"大宝在心里默默地想。后娘把大宝送出家门，还破天荒地给大宝准备了晌午吃的干粮。因为她觉得大宝这次肯定是有去无回，这就是他最后一顿饭了。

大宝出了家门，找到胡子爷爷，把这一切都说给胡子爷爷。胡子爷爷说："别怕，大宝，爷爷教你个保命办法。你只要学会老虎的吼叫声，放羊时，吼几声，狼就不敢靠

近了。"大宝很聪明，一学就会。

到了青石崖，大宝把手指伸进嘴里，对着空旷的山谷吼叫几声，把羊群赶到一个向阳坡上，自己也找块青石板坐下来，歇了一会儿，就吃起干粮。因为那里绿草鲜嫩，羊比平时吃得更饱。当日头快要落山的时候，大宝已经赶着羊群回到村口，遇到后娘正站在路边急躁不安地向他来的方向张望。大宝一问才知道，宝蛋左等右等不见他哥回来，就趁他娘不注意，后半晌偷偷地溜出家门找大宝去了，到这会儿还不见回来。

大宝慌忙丢下羊群，拉着后娘向青石崖跑去。跑到那儿的时候天已经完全黑了，听到山坡背面有狼群瘆人的叫声，大宝赶紧扯起嗓子，吼了几下虎声，向山坡背面跑去。看到弟弟宝蛋趴在大树的树杈上，晕了过去，树的根部树皮已经被狼啃光，大宝赶紧爬上树把弟弟抱了下来。

原来宝蛋到青石崖没有找到大宝，却遇到了狼群，赶紧爬到树上去躲避。狼群围攻大树，宝蛋连惊带吓，晕了过去。后娘"宝蛋、宝蛋"地喊了半天，宝蛋才睁开紧闭的双眼，"哇"的一下哭出声来。后娘也转悲为喜，泪水溢满她的眼眶，一把拉过站在一边的大宝，紧紧地把他搂在自己怀里，泪滴落到大宝脸上。大宝感到从来没有过的温暖，后娘从那以后再也不难为大宝了。

讲述者： 王怀相，男，69 岁，泌阳县外贸局干部，小学，干部

李全武，男，49 岁，泌阳县林业局，高中，干部

采录者： 刘发淑，男，26 岁，泌阳县官庄乡文化站，高中，干部

采录时间： 2006 年 5 月 5 日

采录地点： 泌阳县官庄乡

附
记

在走访、搜集故事过程中，刘发淑看到同事们收获颇丰，自己还

没有成果，很着急。这天林业局李全武等人到官庄乡调研，刘发淑无意中聊到自己的苦恼，李全武说："别急别急，我给你讲一个，保证你完成任务！"故事讲完后，刘发淑又询问故事流传情况，李全武笑着说："我是听王怀相讲的，其他的我就不知道了！"后来刘发淑又联系到了王怀相，并请他再次讲述了这个故事，最后进行了综合整理，故讲述人为二人。该故事后被《中国民间故事集成·河南泌阳县卷》收录。（郭永勤）

84

两个烙饼

过去有兄弟俩，哥叫大刚，弟叫二刚，早年丧父，母子仨在一起过活，兄弟俩和睦相处。大刚十二岁那年，老娘突然病卧在床，病情一天天加重。她看着兄弟俩年纪尚小，放心不下，愁得直掉眼泪。

一天，二刚不在家，娘对大刚说："我不中了，二刚不是你亲弟，家产不能与他平分。今儿娘带病做了俩烙饼，那个带花纹的有毒，让你兄弟吃。"大刚听完目瞪口呆，万万没想到娘会这样说。二刚虽不是亲弟，却情同手足。他怕娘伤心，强忍悲痛点了点头。

二刚回来，见哥哥闷坐那儿不住地唉声叹气，就问："哥，你有啥心事？咋恁不高兴！"哥让二刚坐下，拿出烙饼："兄弟，娘带病给我们烙了俩饼，你累一天啦，快吃一个吧！"说完就把那个没带花纹的饼让兄弟吃了，他吃了那个带花纹的饼。吃完饼他跪到娘床前，含泪道："娘，儿对不起你，我不忍心毒死兄弟，带花纹的饼我吃了。"谁知娘脸上露出了笑容，说："俩饼都没有毒，娘这就放心了。"说完闭上眼睛就去世了。

从此，兄弟俩更加亲密，日子也越过越富了。

讲述者： 陈富荣，男，56 岁，遂平县文城乡中学，
大专，教师

采录者： 臧喜平，男，39 岁，遂平县委宣传部，大专，
干部

采录时间：1988 年 4 月 6 日

采录地点：遂平县城关镇

85

刨钱罐

附记

以前家里孩子多，结婚成家后基本都会分家，兄弟分家涉及宅子、房子、财物、耕地等。为了分得公允，一般都会请个主事的。作为一位热心人，陈富荣经常被乡亲们央着帮忙，有时候因为利益冲突，兄弟之间也难免闹点不愉快，这时候主事的就要出面调解。《两个烙饼》的故事就是臧喜平在搜集故事过程中，无意中在调解现场听到的，陈富荣用这个简短的故事来劝兄弟要相互爱敬，不要斤斤计较。该故事在平舆县也有流传，乔蕾讲述、乔军齐采录的《招来和跟来》情节与此基本相同，与此故事不同的是，兄弟俩中，弟弟招来的母亲去世，他父亲续娶了哥哥跟来的母亲，母亲病重时烙饼试探兄弟二人，最后母亲兰花的病也好了。其他情节内容相同，本书未收录。（郭永勤）

汝河边有个村子，住着个张老汉，他是个木匠，跟前有俩儿子，老伴早年去世，父子仁相依为命。张老汉为维持生计经常外出做木匠活，多在外，少在家，俩儿子疏于管教，逐渐养成不务正业、游手好闲的恶习。大儿子玩狗斗鸡，经常结伙打架。二儿子好逸恶劳，贪吃懒做。兄弟俩虽已长大成人，张家仍是筷子夹骨头——三条光棍。张老汉为俩不争气的儿子伤透了脑筋。

张老汉为生计疲于奔命，日久积劳成疾，加之秋收劳累，病倒在床，日日以泪洗面，唯恐自己死后俩不争气的儿子难以生存，断了张家香火。张老汉自觉时日不多，就把俩儿子叫到床前。拉着大儿子的手，用微弱的声音说："我攒了一辈子的钱，装在罐子里，恐怕贼偷，埋在咱家地里，你俩刨出来也好娶妻抱子，不要断了张家香火，也了却我一桩心事。""爹，咱家两块地，埋在哪块地里？是两头，是中间？"大儿子大声问道。"在……在……"张老汉松开了手，头侧向一边，咽了气。

弟兄俩安葬了父亲以后，就一人扛一把抓钩[1]到地里去刨钱罐。二人先在村南那块地里开始刨，唯恐刨漏，因此刨得很细，一抓钩接一抓钩地并排往前刨，唯恐找不到钱罐。从北头刨到南头，把这块地全部刨了一遍，累得汗流浃背，腰痛臂酸，然而，也没找到钱罐。休息两天后，哥弟俩又到村北那块地去刨，哥哥对弟弟说："那块地没有，肯定就在这块地里，要刨细点。"于是他俩又一点不漏地从地东头刨到地西头，但仍无所获。弟兄俩没刨到钱罐，坐在地头纳闷。弟弟说："会不会是咱爹骗咱？"哥哥说："我看不会，哪有爹爹骗儿子的道理？""大侄子说得对，古人云'人之将死，其言也善'，恁爹不会骗你们。"识几个字的张老伯是张老汉的堂兄，下地干活恰巧听到兄弟俩的对话，就接上一句。"爹爹说俺家的钱罐埋在俺地里，两块地都刨遍了，也没见到。"哥哥失意地说。

起初张老伯见到从来不干活的俩侄子在刨地，感到很是奇怪，觉得内里必有原因。当听说是在找钱罐，便明白了八九分。自从弟媳死后，该人家一屁股账，日子过得紧巴巴的，哪有余钱可存？知道堂弟的良苦用心，就鼓励俩侄子说："可能恁爹把钱埋得深一些，再刨深点就找到了。"

弟弟自作聪明地说："伯父说得对，埋得浅了一犁地不就犁出来了吗？"哥哥也同意弟弟的说法。兄弟俩刨钱罐心切，而且年轻力壮，于是，用尽全力，往深处刨，结果把两块地又深翻了一遍，仍然没见到钱罐。两人垂头丧气，回到家里，倒头就睡。

兄弟俩日思夜想，地里本来没有钱罐，爹爹为啥说埋有钱罐？悟不出为啥。有一天，该种麦子了，张老伯来到侄子家，道出堂弟的用意："恁爹是在教你俩辛勤劳动，才能过上好日子的道理。眼下正是种麦子的季节，把刨过的地种上麦子，明年不就有饭吃了吗？"弟兄俩听了伯父一番言语才恍然大悟，就在刨过的地里种上麦子。由于土地深翻两次，土壤整得很细，麦子长得较好，第二年获得了丰收。此后，兄弟俩改邪归正，勤劳节俭，生活一天天

地好起来，娶妻生子，都有个美满的家庭。兄弟俩十分感谢爹爹。

讲述者： 韩心旺，男，82 岁，汝南县三门闸乡黄庙村，略识字，农民
采录者： 韩凤龙，男，73 岁，汝南县城关，高中，干部
采录时间：2014 年 3 月 16 日
采录地点：汝南县三门闸乡黄庙村

附记

韩凤龙是汝南县一名退休干部，退休以后，积极投身公益事业，参加文化宣传文化建设。他小时候种过地要过饭，陪父亲磨过豆腐，陪母亲卖过鱼汤，因此和乡亲们非常亲近。他经常深入到田间地头，和乡亲们谈天说地，有一次他到黄庙村采风，遇到了健谈的韩心旺老人，两人坐在地垄上，从黄河聊到汝河，从汝南历史聊到乡土民风，韩心旺感叹"人勤地不懒"，就讲了这个故事，韩凤龙回去后就把它整理了出来。（王晶）

异文：十两黄金

古时候，有个老汉一生勤勤恳恳。他有俩儿子，可这俩儿子却与老汉不一样，整天是游手好闲，好吃懒做，连个媳妇也没娶上。

老汉为此事没少发愁，最后一病不起，眼看就要一命归西了，老汉就把俩儿子叫到跟前说："你们也不小了，也该成家立业了，可你们这样下去，谁家的闺女愿嫁给你们呀！"说着老汉便喘得上气不接下气。稍歇一会，又对儿子说："东地里，我埋了十两黄金，没有吃的时候可以去挖。"说罢便死去了。

弟兄俩埋了他爹，便扛上钉耙[2]来到东地里。地里青

[1] 抓钩：一种刨地用的农具。

[2] 钉耙：一种刨地的工具。

草长得很深，兄弟俩咬着牙，把地全翻了一遍，也没见有金子。看看地翻好了，他们就商量着种些麦子。麦子出来了，长势喜人，兄弟俩很高兴。

夏收季节，兄弟俩把麦子收割回来，留下口粮，将剩余的麦子拉到集上卖了，正好卖十两黄金。哥俩想起父亲的遗嘱，这才恍然大悟，只有好好劳动，把田种好，才能有吃有穿有钱花。

讲述者：　年轻云，男，42 岁，平舆县射桥乡越楼村，
　　　　　高中，农民
采录者：　乔蕾，男，18 岁，平舆县射桥乡越楼村，
　　　　　高中，农民
采录时间：1987 年 8 月 16 日
采录地点：平舆县射桥乡越楼村

86

尿床得福

据说清朝时候，有户人家娶新媳妇，晚上要喝闹房酒，喝了闹房酒，新女婿的同学、朋友还缠着新女婿不叫入洞房，非再喝一瓶不中，新女婿只好忙着应酬。新媳妇一人睡在床上，盖着新被子，铺着新被子睡着了，睡着睡着又做起梦来：梦见嫁给当官的了，当了太太，有丫鬟侍奉着，连解手都有丫鬟端着尿盆，就坐在尿盆上尿了一大泡。新女婿半夜回去了，脱下衣服往被窝里一睡，谁知被子湿了半截，冰凉冰凉的。新女婿穿上衣裳起来了，咋啦？生气！不睡了，坐了一夜。天明后，新女婿把新嫁妆和新媳妇一同送回娘家，算是把她休了。新媳妇的父母问因为啥，新女婿说："因尿床把她休了！"过去女的被休了丢人，再也不好找婆家。娘气得不行，新媳妇并不在意，休了就休了吧，在家当闺女好侍奉爹娘。

就在当年夏天，这闺女的爹种了几亩瓜，天天在地里看瓜。六月半间瓜正熟，这天有仨举子进京赶考，正晌午天气炎热，仨举子又渴又饿，有个举子说起了俏皮话："弟兄们走快点，这块瓜是俺岳父家种的，咱们快去吃瓜！"这话正好被瓜匠老头听见了。仨举人到瓜地里问：

"有好瓜不？"瓜匠就摘了两个最好的西瓜切开让他们吃。仁举人吃了瓜正准备付钱上路，瓜匠说："天都晌午了，请你们仁到我家弄点饭吃吧！"仁举人就到瓜匠家里，瓜匠备了酒、饭招待他们。喝酒的时候，瓜匠说："你们哪位举子说了孬话？"仁举子你看我，我看你，都不敢说。瓜匠说："没啥，说出来我也不生气！"有位举子说："是我，我叫李文生，刚才说着玩哩，您老千万别生气，别给我一样儿！"瓜匠说："好吧，你既然说了，君子口里无戏言，把俺闺女许配给你吧！你们俩作为媒人，写下庚帖。"正好这李文生还没定亲事，婚事就这样成了。这仁举人进京赶考，李文生考得最好，得了探花，尿床的新娘真的当了官太太。真是有福人不落无福之地，要不是她尿床还当不了官太太哩。

讲述者： 刘国体，男，47 岁，确山县李新店刘庄村，
小学，农民
采录者： 刘斌，男，21 岁，确山县李新店刘庄村，
初中，农民
采录时间：1988 年 1 月 12 日
采录地点：确山县李新店刘庄村

附
记

村里的老人们常说，天越冷，小孩儿越好尿床。大冬天的，再赶上阴天，尿湿的被子不好干，就一直在院子里晾着。所以看见谁家院子里晾着被子，就知道这家的孩子晚上又尿床了，见了难免会逗孩子几句。有的孩子脸皮薄，害羞得很，被逗哭的也不少。一天中午，几家子人都在刘斌家门口石墩边围着吃饭，一个尿了床的娃被羞得抬不起头，这时刘国体看孩子被难为着了，就说："尿床咋了？尿床是有福！"大家笑得筷子都停住了，问尿床有啥福。刘国体就讲了这个故事，故事讲完后，大家都笑着对孩子说："别哭了哈，尿床有福，以后接着尿！"结果孩子哭得更厉害了。刘斌对这个场景印象很深，至今还能清楚地说出当时几个人坐的位置，记得当天自己吃的饭是倭瓜面片。该故事后被《中国民间故事集成·河南确山县卷》收录。（郭永勤）

87

刘忠孝打茶盅

有一年，出山遭了一场大旱灾，遍地尸骨，家家断炊烟，一片凄惨景象。那时，出山镇有个刘财主，富得流油，家里大圈满，小圈流，粮食堆成了山。可是，他见死不救，囤粮不放，别说去借个斗儿八升，就是要口残汤剩菜也不给。这事儿，惊动了九女山上的神仙。他化作乞丐，到刘家要饭，不仅没要到一口吃的，反遭一顿毒打，一通臭骂。神仙十分恼火，一怒之下，决定整治整治这个为富不仁的财主。

刘财主家大业大，万事如意，就是年近花甲还没有个孩子续香火。他娶了六房妻妾，前五个都是"八月的菊花——没籽"。眼看第六房小老婆的肚子一天大似一天，他高兴得整天咧嘴笑，心里美滋滋的，盘算着如何给后代霸下更大的家业，因此对穷人更狠更毒。

小孩落了地，是个男孩儿，刘财主喜不够，爱不够，脸上的皱褶都笑成了核桃皮。他吩咐几个丫鬟，轮换着给小少爷玩，不准哭一声。五天之后，财主抱起他的宝贝蛋，小少爷突然"哇"地哭起来了，吓得丫鬟手忙脚乱，一不小心胳膊肘碰掉了桌上的茶盅，"叮当"一声，摔在地上

碎了。丫鬟一见，浑身打战，心想，今天非挨打不可！财主一见，"刷"地沉下脸，不知咋的忽然又换上了笑的模样。原来，他看到儿子听到茶盅的响声"咯咯"笑了。财主有生以来，第一次听到儿子的笑声，不知咋高兴好，哪还顾得发脾气呢。他说："别害怕，只要俺儿子高兴，打个茶盅算个屁！来，再给俺拿几个茶盅摔了，俺要看儿子笑！"丫鬟不敢怠慢，赶紧拿来几个茶盅，"当啷、当啷"摔在地上。果然，小少爷"咯咯咯咯"笑个不停。财主越看越乐，就借儿子打茶盅发笑的事儿，给儿子取个名字叫"刘忠孝"，并吩咐："啥时儿子哭，啥时打茶盅。"

没几天，家里的茶盅打完了，小少爷又"哇哇"地哭了，谁哄也哄不住。刘财主以为是儿子病了，把方圆附近的医生都请来，治不住；又请巫婆神汉驱妖拿邪，也不灵。他急得团团转，无计可施，忽然想起儿子一听打茶盅声就笑的事来，把管家唤来："去给俺买茶盅来！"茶盅买来了，原来的法也不灵了，要俩俩地打，小少爷才不哭。一月之后，茶盅又打完了，附近的茶盅都买完了，小少爷还是不岔声地"哇哇"哭。财主一听见就心疼得慌，又把管家唤来："去，给俺发粮放炊，叫那些穷光蛋们四处给俺买茶盅去！""这……""混蛋！快去！俺这么大家业怕啥？只要俺儿子不哭，花多少钱财俺也不心疼！"没隔几天，大批的茶盅，车拉船载，从四面八方运来了。可是，原来的法儿又不灵了，这回要成摞成摞地打，小少爷才不哭。就这样，运呀打呀，打呀运呀，小少爷笑了，刘财主也乐了。

半年之后，运茶盅的不运了，打茶盅的不打了，小少爷又"哇哇"地哭起来。刘老财对丫鬟发火了："没用的东西，咋不打茶盅啊？"丫鬟战战兢兢地说："茶盅没有了。"他暴跳如雷，把管家叫来大声训斥："为啥不买茶盅？"管家两手一摊，说："钱都花干了！""胡说，钱花干了有地，地卖完了有房子，少爷等着听打茶盅声，快给俺买去！"管家无可奈何地说："老爷，地卖完了，粮食也不多了，就剩下这房子啦！"小少爷哭得更厉害了。刘财主听了，心如箭穿，连忙上前去哄："儿啊，俺给你去……"买字没说出口，儿子"哇"的一声，哭得断了气，躺在丫鬟怀里不动了。刘财主一看，像个跑了气的猪尿泡，

眼一翻，腿一伸，气也不出了。

刘忠孝打茶盅，把一份家业打光了，儿子哭死了，刘财主气死了。

讲述者： 胡来西，男，59 岁，西平县重渠乡胡庄村，不识字，农民

采录者： 胡海，男，35 岁，西平县重渠乡胡庄村，高中，农民

采录时间： 1987 年 7 月 25 日

采录地点： 西平县重渠乡胡庄村

88

剃头匠的闺女

从前，有位齐知县，为官清正廉明，对任何人从没有贵贱之分，就连人们常说的"下九流"，也照样如此。

有一天，他脱下官衣，穿上民服，来到李老二的剃头铺里喷起来。正喷着哩，李老二的闺女腊梅送饭来了。齐知县见腊梅长得端庄大方，聪明伶俐，便想起了儿子齐元的婚事。他回到县衙，把这次出访的事跟师爷讲了一遍，想托师爷到李老二家去提亲。师爷说："大人，你身为一县之长，跟一个剃头匠攀亲，恐怕有失官体，被人耻笑啊！"齐知县哈哈大笑，说："官体怎样，匠人又如何？都是父母生养，并无贵贱之分。"他定要师爷前去提亲。师爷只好遵命，来到李老二家，提出此事。李老二婉言谢绝，说："我这入不得老坟的人，怎敢高攀朝廷命官哩！"后经师爷再三解劝，才答应下来，随即选择了良辰吉日举办了婚礼。

谁知齐知县的独生子齐元跟他爹不一样，一听说是剃头匠的闺女，打心眼里不愿意这门亲事，可又不敢说出来，只好应酬。入洞房三天，他从不上床睡觉。腊梅看出了他的心思，也觉得难受，埋怨她爹不该答应这门亲事。可如

今已过门成亲，说啥也晚了。她想来想去，最后对齐元说："相公，我明白你的意思，你并不嫌我丑陋无才，只是因为咱两家门不当，户不对，怕误了你的前程。为了却此事，你给我纹银百两，快马一匹，鞋帽蓝衫一身，我远走高飞。有人提起，你就说我私自出逃。这样成全了你，还可另寻高门！"齐元听腊梅讲出这话，急忙深施一礼说："谢谢小姐的美意！"然后取来银两、马匹和衣物交与腊梅。当天夜里，腊梅就女扮男装，骑马走了。

腊梅一连走了几天，这天来到一座县城，看见一家剃头铺，她想起了爹爹，心里一阵难过，昏倒在地。剃头铺掌柜的见一个公子突然倒地，赶忙上前把她扶起。醒来后，问她的家事，她说："我名叫齐元，爹爹是位知县，因为躲亲才来到这里。"李掌柜问："不知相公打算到哪里安身？"腊梅说："四海为家，并无去处。"李掌柜见她是个少年书生，心想：他身带银两，如遇坏人，必遭灾难。便说："你如果不嫌弃，就暂时在我家住几天，不知道相公意下如何？"腊梅看李掌柜忠厚老实，不像坏人，便躬身施礼说："我齐元眼下举目无亲，承蒙您老人家之爱，您就是我的亲生父亲，受儿一拜！"李掌柜高兴地收下了这个义子。腊梅把银两交给李掌柜作日常费用，整天在房里苦读诗文，第二年赴省应试，考中了举人。李掌柜非常高兴，开门施舍三天，表示庆贺，要饭的打发走一批又一批。一天，有个要饭的突然晕倒在店铺门口。李掌柜一看又是个少年书生，随把他扶到店内。经盘问，这少年也叫齐元。他把他爹齐知县咋遭坏人诬陷，咋满门抄斩，他又咋脱离虎口的事，一一讲述了出来。李掌柜心想：普天下同名同姓的人恁多，看他也不像坏人，便留他在店铺里当了一名小伙计，齐元感恩不尽。

再说腊梅中举后，被封了个知县。走马上任之前，她回家与义父拜别。义父把又收了一个齐元的事给她讲了一遍。腊梅一听，心里是又喜、又恨、又悲、又难。喜的是，想不到在这里见到了自己的丈夫；恨的是，他当初不该那样对待她；悲的是，公爹为人正直，竟遭此不幸；难的是，眼下应该咋办？她想：要是讲出自己是女扮男装，冒名顶替中的举，朝廷知道了，那就是犯了欺君之罪；不认下丈夫，又不忍心过一辈子寡妇生活。她思来想去，最后拿定

了主意，便对义父说："爹，你暂坐一时，我去去就来！"
她回到住室，取出自己出嫁时的衣衫罗裙，打扮一番，走
出房门。李掌柜一见，愣住了。腊梅上前深施一礼说：
"爹爹，不必吃惊。孩儿我是个女的，名叫腊梅！"接着
她把往事前前后后全部说了出来，并嘱咐爹爹依计行事。

　　李掌柜把齐元叫到官衙内，腊梅仔细一看，果然是
丈夫齐元，便以知县的口气问："齐元，你可曾结亲？"
齐元回答说："结过亲了。"腊梅又问："你妻子现在在哪
里？"齐元只好照实说来。腊梅说："本官看你忠厚老实，
你前妻无踪，本官想再给你续一贤妻，她是知县的女儿，
不知你意下如何？"齐元连连叩头说："大人，小民不敢。
我乃是一平民书生，又无功名，怎敢攀高结贵！再说，我
那贤妻虽然无影无踪，我还是想念她。她是个剃头匠的女
儿，跟我这剃头铺小伙计在一起，那真是再合适也没有
了。"话说到这里，腊梅把惊堂木一拍说："齐元，你仰起
面来，看看我是谁？"齐元抬头一看，原来竟是腊梅！他
悔恨交加，泪珠"嘟噜"滚了出来。腊梅上前把他搀起，
拿出文书让齐元一看，才知道她冒充齐元中了举人。

　　夫妻破镜重圆，两人一起拜谢了李掌柜。

　　后来，腊梅写了个奏章，辞去了知县之职，夫妻二人
回到了原籍。

讲述者：　冯心善，男，47 岁，汝南县城关新华街，
　　　　　高中，市民
采录者：　任立功，男，55 岁，汝南县文化馆，高中，
　　　　　干部
采录时间：1987 年 8 月 19 日
采录地点：汝南县城关

89

叫花子娶妻

　　从前，东洪桥北头住有一个员外，独养一个闺女，叫
巧霞，长得个有个，样有样。老员外舍不得闺女外嫁，便
想招个倒插门。老员外家财万贯，也是读书之人，招倒插
门可也不计较有钱没钱，只想找一个有学问的人。巧霞小
姐自幼书香门第，有满腹经纶，更对一手好对子，便自己
写了一副上联，对上者便可成婚。其上联为：皂白为婚，
去问不知南北。

　　上联贴出不久，九州一十八县才子蜂拥而来，却无一
人的下联押韵合辙，更不能对巧霞小姐的上联。

　　一天，巧霞小姐刚出大门，从南面来了个叫花子，看
了巧霞小姐的征婚上联，一蹦子[1] 跑到小姐面前，手一伸
说："青黄不接，特来讨点东西！"小姐刚想发火，仔细
一想，脸却一红，叫花子竟然对得天衣无缝。对上了！

　　说出去的话，吐出的唾沫，是无法收回的。无奈，小
姐只好把叫花子请到客厅，设宴招待。席间，有几只蝇子
在桌子上飞来飞去，老员外想再试试这叫花子是否是碰巧

[1]　一蹦子：即一口气。

对上的，还是肚里真有东西，便出了一联，说："席上苍蝇摆阵。"叫花子一边喝酒，一边手伸向腰间回答："腰间虱子练兵。"嘿，又对上了！

嫁给一个叫花子，小姐心有不甘。饭罢，小姐要再考考叫花子："白面书生，家中无财难娶妻！"叫花子头一昂，对道："红颜娇女，肚里有货不愁嫁！"小姐这一听，才知叫花子并非蒙对的，而是真有学问，便许了前言，即日拜堂成亲！

是夜，小姐进了洞房之后，闩了房门，待叫花子送完宾客来敲门时，还想考考他，又出一上联："北斗七星，水底连天十四点。"新郎官不假思索对道："南来孤雁，月中浮影共双飞。"新娘一听，高兴无比，忙打开门，把新郎迎进来，夫妻恩爱，共度良宵。

原来，叫花子是江南人氏，十年寒窗，进京赶考因无钱给主考送礼，被逐出考场，流浪到东洪。巧霞小姐知道丈夫身世后，更加敬重。三年后，他又赴京赶考，考取了头名状元。

讲述者： 赵三方，男，45岁，上蔡县东洪乡，初中，农民

采录者： 王武中，男，37岁，上蔡县东洪乡，大专，干部

采录时间：2006年3月16日

采录地点：上蔡县东洪乡

90

麻风女

据说在很久以前，有个美貌的姑娘，不幸患了麻风病。当时认为此病是不治之症，唯有找个丈夫把病传染给对方，才可以得救。其父把她视若掌上明珠，千方百计想救她，就找一个男青年和她结为夫妻。

姑娘心地善良，新婚之夜无论咋样不肯伤害那青年，不与共枕。可念及身患"绝症"，面对高堂红烛，姑娘黯然神伤，于是就借酒浇愁，从酒缸中舀酒大饮一顿。谁知，此后那个姑娘的麻风病竟然好了。

她想，莫不是酒中有啥秘密？探首往缸中一看，啊！酒中浸泡着一条跌落缸中淹死的大毒蛇。

讲述者： 劳伯勋，男，40岁，遂平县槐树乡胜桥村，高中，农民

采录者： 唐丰巧，女，14岁，遂平县槐树乡中，学生

采录时间：1987年11月10日

采录地点：遂平县槐树乡胜桥村

91

父子联句

遂平县广泛动员老师和学生参与故事搜集，涌现出一批积极分子。唐丰巧年龄不大，热情很高，在接受了老师的动员后，在村里逢人就问，成功搜集到几则故事。这则故事是唐丰巧根据邻居的讲述整理而成，后被《中国民间故事集成·河南遂平县卷》收录。麻风病在世界上流行已近3000年，历史上河南各地均有麻风病流行，尤以驻马店、南阳、信阳、商丘、周口为高发地区，故事的产生和流传有一定的现实基础。（郭永勤）

张某和五个儿子都有点文化，除夕夜和五个儿子喝辞岁酒，兴致大发，他便对儿子说："我说一题，你们联句，起大往小排，都必须接着前面句子的最后一个字往下说，用四书语刹尾。"儿子们同意。他们的联句如下：

爹："五谷丰登。"

大儿子："登殿见君。"

二儿子："君王见喜。"

三儿子："喜气临门。"

四儿子："门临五福。"

五儿子："福自天申。"

爹："申申如也。"

李某也有五个儿子，除夕夜同桌畅饮辞旧。酒过三巡，李某心血来潮，想在新年大节和儿子们说些吉利话，对儿子们说："我出一题你们联句！"因为人们都盼望粮食丰收，所以李某联句题也和张家相同。他们联句是：

爹："五谷丰登。"

大儿子："灯消火灭。"

二儿子："灭门绝户。"

三儿子："户大出鳖。"

四儿子："鳖爬鬼叫。"

五儿子："叫苦连天。"

爹叹曰："天之命也。"

讲述者： 杨林蔚，男，83岁，回族，遂平县阳凤乡卫
生院，私塾，退休医生

采录者： 毕红雨，女，22岁，遂平县阳凤乡文化站，
大专，专干

采录时间：1988年2月17日

采录地点：遂平县阳凤街

附记

毕红雨是阳凤乡的文化站站长，一个街上的，知道杨林蔚有文化，平时还爱说个俏皮话，春节期间，毕红雨跟着大家去杨林蔚家给老先生拜年，杨林蔚家里来来往往拜年的人很多，毕红雨进去的时候几个孩子正央着杨林蔚讲有话，杨林蔚说："大过年的，讲个啥呢？"后来就讲了这个联句的故事，逗得在场的人哈哈大笑。毕红雨回家后及时整理了出来，后被《中国民间故事集成·河南遂平县卷》收录。

民间有许多的语言及行为禁忌，重大节日期间尤其如此。比如在遂平境内，过年的时候要提前蒸馍，家家户户蒸馍期间都要闭门塞户，不允许串门、走访；过年蒸馍或者包饺子的时候不能数个数，不然也不吉利；做好了饭不能问够不够吃等，大多源于趋利避害的心理。

（郭永勤）

92

白脖老鸹探信

过去有一家三口人，老两口儿和一个儿子。老婆儿心善出名，从不打死任何活着的东西，有了蚊子、蝇子用手撵撵，不打不拍。看见蝎子就对它说："快进洞吧！"做饭锅上有虫子就轻轻捏着放到一边说："去吧，别在这儿烧着了。"

儿子生性聪明，二十岁就做生意，每次出去都赚钱，人们都说老婆儿一辈子行善积德，生了个好儿子，并给他送外号"生意精"。

一次，生意精做生意赚了一大笔钱，用钱袋背着高高兴兴地回家。途中在一家饭铺吃饭，呼啦啦把钱袋子放在桌子上，店掌柜做饭，生意精点数他的钱。掌柜的看他钱多，顿起图财害命之心，端上饭就和他拉起话来：

"小兄弟，是做啥生意的呀？"

"做啥都中，都能赚钱。"

生意精吃完饭背着钱走了，掌柜的对他养的一只白脖老鸹说："你快去生意精家报信，若他娘不打不骂你，真行善，放她儿子没事，若骂你一句撵出来，我就杀了他，钱也就归我们了。"白脖老鸹就飞走了。

再说生意精的娘这天正在织布，老鸹飞到织布机顶棚，"哇！哇……"叫得难听死了。可她一句话也不说，只管织布，不撵不骂也不打。老鸹叫了一阵，她仍旧织布。白脖老鸹就飞到织机框上，框子来回晃动，老鸹站不稳，一摇一晃，她就停下不织了。老鸹又屙到线子上一摊屎，老婆儿把屎擦掉又织起来。老鸹"哇！哇！"几声飞走了，飞到店铺报给掌柜的，掌柜的歹心消了。

讲述者： 段建芝，女，73 岁，遂平县花庄乡邓庄村，
　　　　　不识字，农民
采录者： 华梅，女，26 岁，遂平县花庄乡文化站，
　　　　　大专，专干
采录时间：1987 年 11 月 17 日
采录地点：遂平县花庄乡邓庄村

附记

华梅是遂平县花庄乡文化站专干，搜集故事期间，她几乎跑遍了花庄乡所有的村子。这天她来到邓庄，村口有个老太太在纳鞋底，华梅上前询问，老太太一听她是来收故事的，笑着说："这闺女，我光见过收麦、收鸡、收鹅的，没见过收故事的！你这咋收？"华梅给老太太讲了故事收集的意义，也讲了自己搜集故事的经历，列举了一些自己搜集到的故事，老太太听了很兴奋地说，那我不能叫你白跑这一趟，我也给你讲一个，就讲了《白脖老鸹探信》，华梅对故事进行了认真记录和整理，后被《中国民间故事集成·河南遂平县卷》收录。
（郭永勤）

93

扒灰头

从前，有个扒灰头[1]，他一心想奸污他的儿媳，就是不敢下手，恐怕儿媳不从，落得丢人现眼无法见人。没办法，他便去请教本村的一个秀才，想让秀才给他出个主意。

秀才问明他的来意后，对他说："这还不容易？等你儿媳梳头时，你只要站在她背后，咬着她的几根头发，她一定会从你的。"

扒灰头得了主意，走回家去。正遇到儿媳梳头，他轻手轻脚地转到儿媳背后，一下子咬住了她的几根头发。谁知儿媳不但不从，还转身打了他几个耳光，他捂着脸又去找秀才。

"你，你说的办法不灵，她不光不愿意，还打了我几个耳光。"

秀才愣了愣神说："真的吗？"

"我不说瞎话。"

"怪事。我再给你想个办法，等你儿媳低头做针线活的时候，你啃她的脖子。"

[1] 扒灰头：与儿媳妇有不正当关系的人。

扒灰头进家，见他儿媳正做针线活，他趴在儿媳脖子上就啃，儿媳又打他几个耳光，他再次捂住脸去找秀才。

秀才看着他那红肿的脸说："那就怪了，我见公鸡压蛋儿[1]是叼的母鸡顶光皮[2]上的几根毛，驴和驴、狗和狗啃的是脖子，她咋能不从呢？"

扒灰头说："那是兽，咋能和人比？"

秀才好像猛然醒悟似的说："噢，你是人，不是禽兽啊！"

讲述者： 王浩，男，61岁，遂平县嵖岈山乡中，大专，
　　　　 教师
采录者： 肖宪云，男，48岁，遂平县嵖岈山乡中，
　　　　 大专，教师
采录时间：1987年12月28日
采录地点：遂平县嵖岈山乡中

附记

王浩和肖宪云都是嵖岈山乡中学的教师，当年两人都积极参与了民间故事的搜集工作。他们以"打擂台"的方式，你一个我一个开始了讲故事比赛，贡献了不少好故事，像《嵖岈大仙造山》《雷打石的传说》《乾隆私访》《阎王殿村》等，是遂平县民间故事的代表作品。"扒灰"原指偷锡，谐音偷媳，后就演化为公公、儿媳间的乱伦关系。作为婚姻、家庭伦理中不光彩的一面，各类野史、民间秘闻却格外地钟情于这一题材，江浙一带至今还流传着地方戏《扒灰公公》。（郭永勤）

[1] 压蛋儿：即鸡鸭交配。
[2] 顶光皮：即头顶。

94

一箭双雕

方家寨有个方员外，家有三口人，儿子叫方林。方林长大后完了亲，爹妈就下世[3]了，剩下小两口儿，二百亩良田，四家佃户，夫妻俩感情和睦。

方林有个舅舅，住在西南五里董家寨。一次，方林去舅家。他舅父看他很瘦，知道是因恋着老婆，贪色所致，心想：照这样下去咋能中？外甥身体若有好个歹，财产不就是人家的了吗？于是就与老婆商定，借口说让方林来教表兄读书。方林听到舅舅说此事，很是为难，若不尊重舅舅吧，也不太合适。俗话说：舅父言如圣旨。他想了很久，还是决定去舅家教表兄读书。

方林离开老婆，自然十分想念，便每隔四五天，借换洗衣裳回去一趟，第二天再回来。谁知过了俩月左右，出岔[4]了。

方家寨东头有三间庵堂叫"姑子庵"，庵里的尼姑跟一个杀猪的屠夫勾搭上了。这一天，屠夫去庵堂的路上，

[3] 下世：去世。
[4] 出岔：即出了问题，有了麻烦。

看见河边有个洗衣裳的妇女，长得细皮嫩肉，水灵灵的，就动了邪念。屠夫到庵里问尼姑："那位妇人是谁？"尼姑说："她是方家寨方林的老婆。""你要是把那妇人骗到庵堂，你要啥我给啥。"

尼姑听屠夫许给东西，就答应将方林的老婆骗到庵堂，条件是要屠夫给她两匹布，五十斤大肉，屠户一口答应。第三天，尼姑来到方家，借口请方林的老婆剪裁衣裳，把她骗到了庵堂。到了晌午，方妻已裁剪完，起身要走。尼姑早做好饭菜，挽留住方妻，缠住方妻喝酒。方妻受骗喝醉酒，躺在床上昏睡不醒。

这时，屠夫乘机来庵。等方妻醒过酒后，睁眼一看，一个男人在同她一床睡，知道上了尼姑的当了。打那天起，那个屠夫就经常偷偷摸摸到方家找方林的老婆，日子长了，方妻渐渐变了心。初起[1]，方林回来她总是挽留不舍的，后来，她倒是觉得方林回家勤了。方林若在家待两天，她就问："教书恁忙，还不回去！"有学问人透风就过，方林心里想：我以往回来，她对我总是百般亲近，挽留不舍，可今儿个为啥撵我出门？他越想越觉得老婆背后有文章，就推说走，藏在佃户家里。

方妻与屠夫私通后，俩人约定以竹竿为暗号，就是门口放根竹竿，竹竿哪天倒了，就是方林回来了，竖起，方林没回或已走。这天，屠夫见竹竿又竖起了，就趁黑偷偷摸摸到方林家。睡觉前，屠夫说："相好的，我今黑了有点饿，你做点儿吃的吧。""吃啥？""吃汤圆。"方妻做了两碗汤圆，先端一碗给屠夫，说："吃吧。"屠夫问："咋吃？""一人一碗。""咱今天吃个二龙戏珠咋样？"屠夫见方妻不明白，就解释说："一个汤圆，咱俩嘴对嘴一人咬一半，这就叫二龙戏珠。"

这时候，方林已从墙头上翻到院子里，用舌尖将窗户纸舔湿，又用手指头捅个眼往里瞅，见老婆正和一个男人对咬汤圆。他汗毛一抖，浑身起鸡皮疙瘩。为了不惊动他们，就偷偷离去。

方林忍辱来到舅家，一连十多天没回去。这天半晚晌[2]，他回到家蒙头大睡不吃饭。等到黑透，老婆正要上床睡觉，他就说："我有点饿了，你做点儿吃的吧。""想吃啥？"老婆问。"想吃汤圆子了。"

老婆包好盛给他一碗，他又对老婆说："咱今晚吃个二龙戏珠咋样？"

"啥？"老婆心里咯噔一下。"我来教你。你咬这半拉，我咬那半拉，这就叫二龙戏珠。"

他老婆知道事情漏了馅，就"扑通"一声跪倒在丈夫跟前。方林让她从头交待，她一一说了真情。方林说："也好，明儿我出去，你照样按过去的办法行事，放他进来，然后让他吃二龙戏珠。在他吃汤圆时，让他把舌头伸长点，你就把他的舌头咬掉，不然我绝不饶你！"天一黑，屠夫果然又进方家院。睡觉前，方妻说："咱今儿个还吃汤圆吧！"屠夫自然高兴。汤圆包好后，方林老婆又要与屠夫吃二龙戏珠，屠夫就咬个汤圆笑眯眯地和方妻对咬，方林老婆说："我咬不住，你把舌头往里边伸伸。"屠夫将舌头一伸，被方妻"喳"的一口咬掉了。屠夫一见不妙，拔腿就跑了。

屠夫跑后，方林拿着舌尖子到尼姑庵，把尼姑杀死后，将舌尖放在尼姑嘴里，第二天又去报了案。县官一查此案，就认定是屠夫杀的尼姑，把屠夫判成死罪杀了头。

讲述者：李耀停，男，60岁，新蔡县龙口乡李楼村，不识字，农民

采录者：王永红，男，25岁，新蔡县马戏团，初中，工人

采录时间：1987年11月30日

采录地点：新蔡县龙口乡李楼村

[1]　初起：开始的时候。

[2]　半晚晌：即下午。

95

巧结姻缘

从前西平县汤买赵村有个卖豆腐的买老汉。一天他卖完豆腐，从城里往回走，走过洪河没多远，在一棵大柳树下拣到一个蓝布小包袱。解开一看，里面装着五十两白花花的银子，心中大喜，我卖一年豆腐也赚不了这么多银子啊！可转念一想，这是谁丢的哩？若是富家，还不要紧，要是穷人丢的，那可苦了人家啊，说不定会闹出人命来。常言说，无义之财不可取。我可不能坏这良心！主意一定，就把包袱藏在豆腐筐里，坐在树下等失主。

一会儿，有个人慌里慌张，满头大汗走了过来。原来他是山西洪洞县的商人，名叫门贵，刚才在这里歇息时丢了包袱。买老汉忙问："包袱里有啥东西？"门贵说了一遍。买老汉一听，正好说对，就递过包袱。"你看里边的东西少不少？"门贵接过一看，分文不少，当即取出十两银子，说："老哥拾金不昧，在下感激不尽，这十两银子算我对你的酬谢。"老汉一再推辞，说什么也不要。"我要是想要，就不在这儿等你了。"门贵拗不过，想了想说："你家离这多远？""前面这个庄就是。"

"我去坐坐行吗？""行！"二人相伴来到家里，买老汉老伴连忙让坐。三人正在拍话，一个十来岁的小孩一蹦三跳走进屋里，站在买老汉身边。门贵一见，上去拉住小孩的手说："这孩子长得多聪明，认给我吧！"

买老汉说："小五，快给你干大磕头！"小五连忙跪在地上，甜甜地叫道："干大，我给你磕头啦！"

门贵拉起小五，拿出三十两银子说："我离这儿太远，来一趟不容易，这银子给小五打个锁子吧。"买老汉无法推辞，只好收下。门贵临走时，留下地址说："如果碰到困难，叫小五去找我。"

六年后，西平一连二年遭水灾，买老汉生意做不成了，连吃的也打了饥荒。夫妻二人相对落泪，忽然想起了小五的干大。二人一商量，决定叫小五去找他干大逃个活命。第二天收拾个简单的行装，就打发小五上了路。

小五一路上饥一顿饱一顿，一连走了五天。这天天色已晚，来到一个小村庄，见一家门楼旁有个柴草棚，就钻进去歇息。这家门前人来人往，忙忙碌碌，原来这家明天要迎亲。可是万事俱备，儿子突然得了伤寒病，又烧又冷，不省人事。员外心急得像猫抓一样，想不出办法来。

这时，有一人说："员外，前面柴草棚里住一个走路的，十七八岁，长得也很齐整，不如叫他替少员外去迎亲，一来冲喜，二来顾了急。"员外说："赶紧唤他见我。"员外见了小五，把自己的想法说了，并答应一天给小五五千钱。小五心想：这也是一件积德事，就答应下来。员外给小五打扮一番，一看，十分英俊，员外心里踏实了许多。

第二天，小五骑上高头大马，随着花轿迎亲去了。到了女家，新娘上了轿，正准备起程，忽然风起云涌，下起了瓢泼大雨。新娘的父亲看天不作美，又怕误了良辰不吉利，就让新郎新娘在他家拜堂成亲，拜了天地之后，送入洞房。

晚上，小五坐在床这头，新娘坐在床那头，谁也不说话。小五心中不安，不敢睡，也不愿说话。二更以后，新娘憋不住了，说："相公呀，天不早了，你看，天气冷，咱还是睡吧！"小五不吭声。熬到半夜，新娘心疼自己的丈夫，又劝说："相公呀，你看天气冷，咱还是睡吧！"

小五还是不语。新娘很生气："说你两遍，都不吭声，莫非你是个哑巴？"小五开了口，"我哪里是哑巴，只因为我不是正主儿，我咋能睡呢？"新娘一听，吓了一跳，呆了一会儿问："你咋不是正主啊？"小五就把代人迎亲的事儿说了一遍。新娘一听大怒："你是谁？快说实话！"小五说："我是西平人，叫买小五，是来找干大的。""你干大是谁？""姓门，我拿的有他的地址。"新娘接过来一看，喜出望外，上前一把拉住小五："我爹就是你干大，走，咱赶快去见咱爹娘。"

二人见了爹娘，小五把自己的事儿从头到尾说了一遍。门贵一家听了，自是欢喜不尽。不过也有两条不放心，一是担心员外家的亲事不好结局，二是不知买老夫妇现在情况如何。

第二天，门贵一面派人去员外家探视，一面派人去西平接买老夫妇。那晚，员外的儿子归了西天。又过几天，买老夫妇也接来了。双方相见，免不了要各诉衷情，满心高兴。又叫小五夫妻重拜了花堂，吹吹打打，热闹非常。从此两家合成一家，小两口恩恩爱爱，居家人和和顺顺，欢欢乐乐。

讲述者： 秦乐天，男，82岁，西平县权寨镇秦庄村，初中，教师

采录者： 王瑞红，女，19岁，西平县柏城镇，高中，职工

采录时间： 1987年9月16日

采录地点： 西平县权寨镇秦庄村

附
记

王瑞红参与了故事搜集工作，还自告奋勇地要分包权寨镇，这天她本来要去冯唐村，结果走错了路，到了秦庄，秦乐天正在村口的大树底下乘凉，王瑞红想着既然到了，也不能白来一趟，就向秦乐天打听，结果还真的采录到一个故事。

此类故事在驻马店不少县区都有流传，戏曲《风雪配》主要情节也是这方面的内容，突出了好人有好报的主题。在以往民间故事集本中，驻马店市（今驿城区）老街乡薛有才讲述、张爱梅采录的《巧结姻缘》讲的是一对母子，一个卖茶一个卖花生，除类似情节外，前面还有捡到包袱里是五两银子，失主却说是十两的讹人内容，呈现了与农村不一样的市井气息，也很有教益意义。（郭永勤　赵新春）

96

百步还阳药

从前，南庄有个叫穆心的老汉，家境贫困，只有薄地二亩，所生一女长得眉清目秀，精明能干，学得一手好针线。闺女长大后，就给同庄家境贫寒的好友王进财的儿子王有志订了婚。穆、王两家请来了订婚证人，立下了明年三月二十结亲的婚约。

两家订亲还不到一年，有一天穆心的表弟来看望表兄，顺便给表侄女提亲。穆心听说提的是东庄张福的儿子，张家有八十亩地，骡马满槽，心里非常高兴，便随口说他家闺女还没有订亲，愿意将闺女许给张家为媳。并对表弟说，我眼下手里很空，急需用钱，先让亲家给我一百串钱，到明年三月二十结亲。表弟满口答应，到张家要了一百串钱给穆心。就这样穆心背着王家，又骗了张家一百串钱，把闺女第二次许配了人家。

一百串钱到穆心手里，没有两天就吃干花净了。八月十五那天，他舅来这里探亲，见到给他端茶的表孙女已长大成人，貌美贤惠，便说给她找婆家的事。穆心一听舅舅说的是方圆人所共知的财主刘发生的儿子，心里格外高兴，立即说："小女的事请舅舅多操心。"并说他现在手里很急，

需要二百串钱。他舅满有把握地对他说，人家地有三百多亩，仓有余粮万担，没有问题。

第二天，舅舅送来二百串钱交给穆心，订下了明年三月二十日结亲的喜期。

第二年三月二十日，张家、刘家按照订好的结亲日子，备了花轿和响器，从两路来穆家娶亲。原先结亲的王家知道了穆家嫌贫爱富，并已背着亲家将闺女又许配了张、刘两家，心里十分生气，想了半天，还是硬着头皮备了花轿按时到穆家娶亲。

三顶花轿来到穆家，王家说："咱两家自幼相好，自愿结亲，为啥你又将闺女许配他人……"

张家说："你闺女许给俺儿是你表弟亲自说的媒，当时给你钱一百串，你咋……"

刘家说："你穆心简直是个昧良心的人，你舅给我说了两回，当时还给你二百串钱作为订婚礼，可是今天你不该……"说着要拉穆心去找他舅说理。

张家一看，也上前拉住穆心，要找他表弟说个明白，王家也找来三媒六证。你一句，我一句，大吵大闹起来，新婚大喜之日，变成了又吵又骂的大闹剧。乡里乡亲也都来看热闹，都说穆心嫌贫爱富，拿闺女不当人，真是不要脸。

闹了半天，还是争论不休，没办法只好到县衙叫县太爷评个公道。县太爷听说是因嫌贫爱富的案子，便立即升堂。堂上，王、张、刘三人各自把自己订亲的经过讲了一遍，县太爷听了仨人的口诉状，心里已全明白了，便问穆心你有几个闺女，穆心讲只有一个闺女。县太爷把惊堂木一拍："大胆的穆心，自己只有一个闺女，咋能许配三家？"县太爷看到堂前跪着的穆家女子，便说："你是贞节素女，咋能同意恁爹做出这等不要脸的事情！你难道也愿意吗？"那女子连声说："我是良家贞节女，咋能做这丧天害理的事呢？"

县太爷听罢，对那女子说："此事是恁爹引起的，本官难以处理！这儿有毒药一包，你如果是贞节女子，就把它喝下去吧！"随即取来半碗水，那女子起身将药喝下，霎时死在堂前。穆心见女儿已死，跪在地上大哭起来。县太爷指着地上的死尸对张家说："你花了钱，就将尸体接

回去吧！"张家苦苦哀求："人已死，接回还有啥用？"县太爷说："你不愿葬尸就罚你一百串钱。"张家愿罚不接。县太爷又问刘家："你是愿打，愿罚？"刘家说："愿打咋说，愿罚咋讲？"县太爷说："愿打八十大板，愿罚二百串钱。"刘家认罚，立即取出二百串钱交给县太爷。县太爷回头对王家说："这女子本是你家媳妇，你们就接她回去吧！"

王有志还想说啥，县太爷起身对他说："还有啥话说呢？叫你接回，你就接回。这里有三百串钱，拿去办事吧！只准人背，不准车拉，并要脚脖朝上，头朝下倒背回家，不准违背，下堂去吧！"

张、刘两家见县太爷退堂，站起就走。王有志心诚老实，照县太爷的安排，倒背起女子尸体，走出县衙。刚走一百步，只听那女子肚里咕噜咕噜地响了两声，接着便呕吐起来，随后，只见她睁开眼睛，又复活了。

原来县太爷让她吃的是"倒背百步还阳药"，王有志搀扶着那女子，高高兴兴地回家去了。

讲述者： 王兴，男，65岁，驻马店市刘阁乡，不识字，农民

采录者： 谢文纵，男，51岁，驻马店市文化馆，中专，干部

采录时间：1987年5月6日

采录地点：驻马店市刘阁乡

97

忍字好

从前，有个落第秀才叫赵继德，三十多岁，两口子膝下无子，只有一女，年方十六岁，爱如掌上明珠。

"穷秀才，富举人。"赵秀才靠给人家当教书先生过活。这年腊月二十二，赵秀才拿着教书的工钱，买了过年的东西回家了，一家三口很喜欢。年二十三，赵秀才在同窗好友家睡觉醒酒，一直睡到日头落才醒过来，好友又留他吃了饭，才摇摇晃晃地回家了。

过去二十三虽是小年，要做的事可多了，最重要的是祭灶，祭灶还非得是男人。如果是女人祭灶，得罪了灶爷，就上天言祸事，家里不平安，不祭又不中。娘俩等赵秀才不回来，看看晚了，怕老灶爷生气，秀才的女儿就穿了父亲的蓝衫，戴上帽子，扮做男人祭了灶。祭罢灶娘俩就坐在床上，等秀才回来一块吃小年饭，等着等着，女儿就搂着她娘睡着了。

且说赵秀才回到家中，已是五更时分，推开家门，往床上一看，一个秀才搂着自己的老婆睡觉，不觉怒火冲天，抽出压书宝剑，举剑就砍。剑刃离那秀才的脖子只剩一头发丝，猛然想起"百忍堂前有太和"，忍固然心疼，然小

不忍则乱大谋也。但又一看那秀才和自己的老婆头挨头，脸挨脸，嘴与嘴只离二指宽，老婆的大半个胸脯被秀才压着，心里那个酸劲就像掉到醋缸里——酸透了。赵秀才心里想，忍又忍，饶又饶，忍字还比饶字高，忍了罢。想到这，将宝剑往床帮上一拍，大声喝道："大胆狂徒，胆敢欺辱有功名之人的眷属，该当何罪？"

床上娘俩猛然惊醒，只听得那秀才娇滴滴地说："爹，你咋啦？"

只这一声，吓得赵秀才"哐啷"宝剑落地，"咕咚"瘫倒在地，面色如土，说不出话来，他做梦也没想到这个秀才原来是他女儿装扮的。娘俩捏人中，灌姜汤，忙了半天，秀才才喘过气来，说："忍又忍，饶又饶，忍字更比饶字高，方才要不忍又忍，半个儿子无下梢。"

讲述者：　潘荣，男，55岁，驻马店市刘阁乡，不识字，农民

采录者：　高会武，男，42岁，驻马店市刘阁乡文化站，高中，干部

采录时间：1987年9月11日

采录地点：驻马店市刘阁乡

98

花钱买打挨

很早以前，有一个好挨打的婆娘在院外树荫下乘凉。五黄六月天，太阳火辣辣地烤在地上，像要把大地烤焦一样。这女人坐在凉荫里，还不停地打着扇子，她热得难受，身上被丈夫打过留下的伤痕也隐隐作疼。她撩起衣裤，看着胳膊上、腿上青一块、紫一块的痕印，禁不住伤心流泪。他的丈夫是个勤劳的庄稼人，只是脾气暴烈，每逢从地里回来，见老婆没把饭做好，或是饭菜做得不合口味，上前拉着就打，没轻没重，也不讲理由。往往是老婆挨了打，还不知因为啥，只好在背后偷骂几句。

一阵热风吹来，她撩下脸上汗涔涔的头发，站起身准备回屋做饭。这当儿，走过来一个算命先生，算命先生瞧见她气色不好，非缠着给她算一卦。这女人先是说不算，后又说怕男人知道了又得挨打。一语道破天机，算卦先生明白了八九分，便很有把握地说："大嫂，我的卦特别灵，给你算了后，保证你以后不再挨打。"

这句话算说到了挨打婆的心里，她想算一卦之后就不再挨打，就是花上几个钱也值得。算命先生眯缝着眼，把妇人浑身上下打量个透彻，又拐弯抹角地问了她丈夫年龄、

脾气、干啥去了，于是说："你丈夫今儿晌午从地里回来，往屋里一坐，肯定是取了帽子往下挠，搂起裤子往上挠，口干舌渴，非常焦躁。你马上给他递把扇子，再端过去一碗凉开水，然后把饭冷上，这样做他肯定高兴，就不会再打你啦。"

挨打婆默默记在心里，交了卦钱，回屋做饭。等她把饭做好，男人便满头大汗从地里回来，放下锄头，扔掉破草帽，一屁股坐到屋当中，双手抱着头挠开，直把个头皮刮得一道青，一道红。挠完了头，又卷起裤腿"哧啦、哧啦"挠起来。挨打婆先递过去一把扇子，端过去一碗凉茶，又把饭摆在小桌上，就没事人似的站在旁边看丈夫的表演。心想算卦先生的卦真准，不觉有点得意，"嘿嘿！嘿嘿"笑出声来。憨丈夫正挠得火起，问女人笑啥，老婆便把算命先生的卦复述了一遍。男人不听则已，一听跳了起来，抓着顶门棍劈头盖脸地往女人身上打，这一回和以前不同的是，一边打，一边骂："好个贱人，你一天不挨打就着急，骗走了你的钱，你还说卦灵。"挨打婆左躲右闪，还是挨了重重几棍，疼得她"爹呀！妈呀"地哭叫，四邻闻声过来劝架，丈夫方才扔下木棍。

直到这时，挨打婆才醒悟过来，知道上了算卦先生的当了，想出门找他算账，无奈浑身发疼，行走不便。其实，算命先生早就脚底抹油——溜之乎也。

讲述者： 余长书，男，60 岁，泌阳县（住驻马店市），
不识字，农民

采录者： 余庆玲，女，32 岁，泌阳县（住驻马店市），
初中，工人

采录时间： 1986 年 4 月 7 日

采录地点： 驻马店市区

附
记

余长书和余庆玲是父女关系。以前驻马店南天桥上有摆摊算命的，余庆玲经常见。一天吃饭的时候，余庆玲又提到算命的生意好，肯定算得准。余长书笑着说："你信他他就准，算命的就好骗你这样的！"就讲了这个故事，还问："你看，这个先生算得准吧？"大家听了都笑这个挨打婆娘蠢，后来余庆玲把它整理了出来。我小时候在遂平老家还能看到走街串巷的算命先生，当地也叫"看相的""看手相的"。

（郭永勤）

99

馋嘴媳妇

农民

采录时间： 1987 年 8 月 9 日

采录地点： 平舆县东和店乡

从前，有个馋嘴媳妇，总是爱偷吃东西。这天过节，家里杀了只鸡，这可把馋嘴媳妇急坏了，嘴里直流口水。没等做熟，她就偷偷地往嘴里塞了一块，刚塞进嘴里，就听见婆婆来了，怕婆婆看见，便强咽下去。可她吃的肉里偏偏有块小骨头，正好卡在喉咙里，憋得气都出不来，便一头栽倒在地上。

婆婆急忙喊来儿子，丈夫一看也吓坏了，抱着她问咋回事，她嘟哝着说："嘴里有骨头！"可她丈夫却听成了"要上床西头"，便赶紧把她抱到床西头。可她还是不住地叫："嘴里有骨头。"她丈夫又听成了"要睡床东头"，连忙把她抱到床东头。可她还是大叫不止，丈夫气急了，对准她的脸就是一巴掌，也巧，这一巴掌把骨头打出来了。

馋嘴女人流着泪说："这下子打得正好！"

讲述者： 谢军英，女，30 岁，平舆县东和店乡，中专，
教师

采录者： 谢四清，男，25 岁，平舆县东和店乡，高中，

100

不孝儿子

从前，有个老妈妈，生了个儿子叫潘猫。由于老伴死得早，老妈妈好不容易把儿子拉扯大，眼看已是三十挂零的人了，却连媳妇还没娶上。

这年，老妈妈从春忙到秋，终于为儿子订下门亲事。自从媳妇一进门，老妈妈就喜得合不住嘴，成天忙里忙外侍候着小两口。媳妇却不一样，经常指使老妈妈干这干那，稍不顺心不打就骂。老人家很伤心，一到夜晚就暗暗流眼泪，不久，就双目失明了。这一来，媳妇就更讨厌瞎眼的老婆婆了。

一天，媳妇让潘猫把瞎眼的老妈扔到山里去，潘猫开始不愿意，媳妇就说："你不去，我就不和你过了，看要你瞎眼老娘有啥用！"潘猫为了不失去媳妇，他就狠了狠心对老娘说："今儿儿子我拉你去看眼，明儿你就能看见路了！"就这样，他把老妈妈骗到山沟里。瞎眼老妈觉得不对头，就喊："猫儿，你把我领到这儿做啥？"可狠心的潘猫却头也不回地走了。

没过几天，潘猫的媳妇得了一种疼痛难忍的怪病死了，乡亲们都说是报应，谁也不搭理潘猫。孤身的潘猫想起死去的娘，悔恨交加，觉得在众人面前再也抬不起头，也一根绳子搭到梁头上，上吊死了。

讲述者：　龚美勤奶奶

采录者：　龚美勤，女，14岁，确山县胡庙乡龚楼村，中学生

采录时间：1988年10月3日

采录地点：确山县胡庙乡龚楼村

附记

龚美勤听老师讲了故事搜集的事后，就想到小时候奶奶经常给她们讲的一个故事，她记得奶奶还总是在故事结尾的时候问，娶了媳妇能忘娘不？一定要得到满意的回答才停。她按照自己的记忆整理了一遍，因为自己记不清了，回家她又央着奶奶讲了一遍，做了修改。故事后来被《中国民间故事集成·河南确山县卷》收录。

驻马店地区流传着这样一首歌谣："花（灰）喜鹊，尾巴长，娶了媳妇忘了娘。"在当地农村，人们把喜鹊和灰喜鹊分得很清楚，喜鹊的叫声很清脆，唧唧喳喳的让人听了舒心，也被誉为一种吉祥鸟，有"喜鹊叫，有客到"的说法。灰喜鹊虽然和喜鹊相似，但叫的声音上要相差许多，是一种比较粗的声音。在颜色上灰喜鹊不像喜鹊一样黑白分明，透着一种金属的光泽，所以也被人们称为"花喜鹊"。也正是因为"灰喜鹊尾巴长，娶了媳妇忘了娘"这句老话，在农村灰喜鹊一直是人们的反面教材。（郭永勤）

101

恶婆婆从善

从前，有个恶婆子跟她媳妇不和，整天想着坏点子坑害她媳妇。她媳妇贤惠，从来不计较这些，受了委屈，挨了骂，泪水往肚里咽。

这天恶婆婆吃饱啦，坐在那儿没事，想出了一个折磨她媳妇的坏点子。她娘家兄弟是个木匠，便叫她娘家兄弟做一对尖底桶。她对媳妇说："你呀，我看天天忙哩头掉地落的，吃不香，睡不好，以后叫你少干点活，光给咱家打水吃算了！"她媳妇想：这回婆婆咋恁好呀，光叫我打水，这还有啥难哩！恶婆婆接着又说："我怕你路上停住，抛撒水，你就用这对桶！"媳妇一看明白了：哦！原来拿这对桶折磨我呀！她心一横，你治就治吧！我咬咬牙也得撑下来！媳妇就答应下来。恶婆婆又说啦："不过，还有一条：咱庄的水不好吃，碱大，你去到十里地以外那个庄挑水，那庄的水吃着甜，一天不挑多，两趟就中了！"媳妇听这一说，"嗷"一下子痛哭起来："求婆婆饶了我吧！要是这样，路上又不能歇，我的脚又小，就是累死我也把水挑不回来呀！"恶婆婆冷笑一声，说："哼！实不瞒你，你能挑回来也得挑，不能挑回来也得挑，从明儿个起，就

这样定啦。挑不回来，你别打算吃饭、睡觉！"说罢，站起身走了。她媳妇回到房里痛哭了半天。

第二天，她媳妇只好从命，到十里外去挑水。回来时没走多远，就走不动了，想歇着，桶又没法放下。她正作难哩，只见一位英俊少年身穿白铠甲，骑了一匹白马迎面走来。见了这媳妇，那少年下马施一礼，说："大嫂，你挑的水叫我的马饮两口吧，你看它渴哩！"这媳妇一听说要拿她担的水饮马，心里一难受，眼泪滚了出来。她心想：饮就叫它饮吧！反正我也活不成了，救救这匹马，也比攉[1]了强。她便沾了沾眼泪答应下来。这位少年牵着马就饮起来。等马饮了水，少年说："我是天上的白马将军，是为解除大嫂的苦处才奉命而来的。这有一根马鞭，送给大嫂，啥时要水，只要往缸里搅上三搅，缸里很快就涨满水。大嫂，我去了！"话音刚落，白马往上一窜，带着白马将军腾云驾雾走了。这媳妇得了马鞭，水也不挑了，担了两只空桶回到家里。她用马鞭在缸里搅了三搅，过了一会儿，淤沿[2]淤沿的有了一缸清水，喝起来又凉又甜。从此以后，她再不愁打水的事了。

最初，恶婆子还当真以为她媳妇是从十里外担的水哩，可时间一长，她媳妇不光没折磨瘦，反而却越来越胖。后来她私下里一访，是媳妇用马鞭子搅来的水，可恼坏啦，跑到灶屋里夺过马鞭往地上一摔，关上门就要打她媳妇。谁知这一摔不当紧，灶屋平地涨起了水。水越涨越大，不一会儿水涨得比人还高，眼看要把这恶婆子淹死。她媳妇拼命往水里去，把马鞭摸出来，高高地举过头顶，这时水才慢慢地往下落。她媳妇推开门，把恶婆婆背了出去。这恶婆子半天才苏醒过来，一看还在媳妇怀里躺着，没有死，心里很受感动，眼泪一个劲儿地往下流，好大会儿才说出一句话："好媳妇，我实在对不起你呀！"

打这以后，她为了报答她媳妇的救命之恩，再也不虐待她媳妇了，对待媳妇跟对待自己的亲闺女一样。她逢人就说："俺媳妇真贤惠，打着灯笼也难找啊！"

[1] 攉：即倒掉。

[2] 淤沿：即到边儿到沿儿。

讲述者： 朱爱莲，女，64岁，汝南县马乡镇，不识字，农民

采录者： 朱海兰，女，35岁，汝南县马乡镇，高中，教师

采录时间： 1987年5月9日

采录地点： 汝南县马乡镇

附记

汝南县马乡镇是梁祝传说的发生地，在马乡周边方圆10公里的范围内，有梁祝墓（唯一的分开墓）、京汉古道、红罗山书院、祝家庄、马庄、鸳鸯池、十八里相送故道、曹桥（草桥）及梁祝师父葬地邹佟墓等遗址遗迹。当地以梁祝故事为背景的地方戏、民间小调、评书小段、剪纸、绘画以及民风民俗流传甚广。逢年过节，当地群众都会到梁祝墓焚香烧纸，举行各种民俗活动，以示纪念。

"千古绝唱出中原，梁祝之乡在汝南。"汝南县被中国民协命名为"中国梁祝之乡"，梁祝传说被列入第一批国家级非物质文化遗产名录，马乡镇也更名为梁祝镇。（谭咏利）

102

秀才砍树

从前，有个秀才，张嘴就是之乎者也，很有学问，但他不会种地，也不会经商，考官又考不上，所以日子过得很清苦，秀才愁得没办法。

有一天，他正在院里转悠，看见院里长着一棵大槐树，突然打着自己的脑瓜子说："四四方方一个院子，里面长一棵树，不是贫困的'困'字吗，难怪俺的日子清苦，原来就是怨它呀！"秀才叫儿子把树砍倒。

儿子看这棵树根深叶茂，又大又粗，不忍心去砍，有啥法儿能说服父亲呢？他想啊想啊，终于想出个门道儿。他走到秀才跟前说："爹，这树不能砍哪！"秀才问："咋啦？"儿子说："砍了树，人还在院子里住，这不是个囚犯的'囚'字吗？咱宁愿受穷，也不能做囚犯哪！"秀才听了，两眼瞪得圆溜溜的，只好不叫砍树了。

讲述者： 孟君正，男，24岁，确山县刘店小学，中专，教师

采录者： 杨红继，男，14岁，确山县刘店乡中，

学生

采录时间：1988 年 3 月 23 日

采录地点：确山县刘店小学

附
记

杨红继看自己很多同学都完成了老师交代的搜集故事的任务，很着急，回家路上刚好遇到了小学老师孟君正，孟老师关切地问到他最近的学习情况，杨红继无意中提到自己正急着搜集故事，孟老师笑着说，这个不难，我给你讲一个。杨红继很激动，就把孟老师讲的故事记录了下来，后来还有幸被《中国民间故事集成·河南确山县卷》收录。

庭院种树有很多讲究，有时是从植物的特性，有时是从植物的寓意甚至谐音来判定。在驻马店当地，院子里种植果木较多，以杏（幸）树、枣（早）树、石榴（多子）最佳，也有种植桂花、梅及海棠的，有些地方对种植桃（逃）树、梨（离）树、桑（丧）树有禁忌，农村大院落也有种植槐树和椿树的，但现在比较少。庭院中栽树的位置也有很多讲究，如在遂平县西部农村，讲求庭院中心不可种树，窗前也不可种树，既有实用的意义，也有所谓风水的禁忌。（郭永勤）

103

三子葬父

相传有个老头，有仨儿子，娶了三房媳妇，陆续分了家，各一家人家。老人孤单生活，家里的家产三三剩一地分光了。时间久了，老头生了病，仨儿子争着不管，眼看老头快病得不行了，大儿子把院内的大树赶紧出[1] 了，二儿子搬妻侄小舅子把院外宅基地上像样的树也都要放倒，三儿子把树抹上记号，说点着了就是自己的。这样一来，三家吵起来了，就在这时候老头断了气。三家吵得不可开交的时候去找老头评理，发现老头已经瞪着眼硬了。

这时弟兄仨就商量着把老头埋了，总不能让老头臭在屋里。老二说："老大是长兄，院内的树都是棺材料，那你就赊准备了。"

老大说："还是咱弟兄仨摊吧，我是老大，底板大些我拿，两边老二拿，老三拿两头的。"

老三说："数我小，院内外的树你俩抢完了，我啥都不兑。"

老大老二都说："你不兑板，埋不了老头，依理咱

[1]　出：即伐、砍。

也弟兄三个，总不能让老头软埋，要是软埋了邻居也笑话咱。"

说来说去老三说："我拿前面那一块，多一点儿我都不拿。"没办法，谁也不愿拿，最后商量说，小头用白纸糊着算了。

棺材问题解决了，亲戚来吊孝咋办？打墓抬棺吃饭谁管？老大说："亲里邻里咱都不说了，咱弟兄仨把墓坑打好，晚上咱们埋了算啦，也不用花钱招待了。"就这样商量定了。

弟兄仨扛着铁锨来到半山坡开始打墓。老二说："咱们也不用挖多大，棺材也不大，只要能盛下棺材就行，反正棺材上面还堆土哩。"挖好之后，天已经黑了，弟兄仨抬着棺材往山坡上走，开始平地，抬着还凑合，刚一上坡就不行了，没法儿，只好歇一歇，继续往上抬，结果一步也走不动了。老大和老二说："老三你回去喊你俩嫂子和你家里也来抬。"老三跑回家把她妯娌仨也喊来了，抬一抬，歇一歇，抬了大半夜了，还没抬一半路。最后她妯娌仨说："咱们往上拉吧，也不叫人累怎狠了。"他们又把绳重新拴好，一个劲地往上拉，眼看东方发白了，他们赶紧把棺材放到墓坑里，埋好就回去了。走到半山坡老大一跟头绊倒了，接着后面的也都倒下了，他们站起来说："看是啥东西？"一摸像是个死人在那躺着。老大说："这是谁家的人连埋都不埋？"老二说："软埋了也比这强。"老三说："这是谁不孝顺，就是用席卷卷也迷迷活人的眼。"就这样议论着回家了。

他们哪里知道半山坡上躺的死人竟是自己的父亲，在他们往上拉的时候，脚头上的纸被蹬破，人已经咕噜下来了。

第二天村上的人都知道了，一传十，十传百，传得老亲旧眷[1]都知道了。老亲旧眷来到不愿他弟兄仨的意，又把他爹从山坡上抬回来，重新做了大棺材，衣裳穿得整整齐齐，又请了一班响器，把老头安葬了。老亲旧眷和邻居把弟兄仨狠狠地教训了一顿。

[1] 老亲旧眷：方言，亲近的族人和亲戚。

讲述者：张效堂，男，47岁，驻马店市老街乡，初中，干部

采录者：张爱梅，女，33岁，驻马店市老街乡，高中，干部

采录时间：1987年8月10日

采录地点：驻马店市老街乡

异文：五子葬父

从前，有个姓王的老汉，老伴死得早，撇下五个孩子。王老汉一把屎，一把尿，既当爹又当娘，好不容易把几个儿子拉巴大了，自己却是耗尽的油灯，剩下了最后一口气。

王老汉一死，五个儿子聚在一起商量埋爹的事儿，让谁破费的多，谁也不干。五个儿子都嘟嚷道："爹一辈子也不知干啥哩，临死连口棺材也没挣下，这不是让咱作难吗？"争吵半天也没争出个眉目来。大热的天，尸体要是臭在屋里，弟兄五个也觉脸上无光，最后老大说："一口棺材四面大板由我、老二、老三、老四买，两头的挡板老五操置。"老五人小，最尖薄，听老大怎么说，不干了，瞪住眼说："爹把你们四个都养大成了家，我还没成家哩，我只操置一头的挡板。"哥儿四个劝了他半天，谁也没能说服老五。可是棺材缺一块挡板呀！让谁操置谁不答应，几个人愁眉苦脸地想了半天，最后，老二灵机一动，一拍大腿说："嘿，有办法了，用纸糊着不就中了吗？"弟兄几个连声称妙。老大说："老五，这张纸你就买了吧！"老五咧着嘴，"哼"了一声。

埋老人也算是件大事，四邻八舍，亲戚朋友都要来帮忙。五兄弟怕来人要吃要喝，破费不少。于是，他们一合计，还是自己动手吧。为了免得大家笑话，趁天黑，把尸体装入棺材，抬住走了。他们专拣背眼儿的地方走，过桥翻岗，一个个累得气喘嘘嘘。坟地在半山腰，起先平路还好走，渐渐地，开始上坡了，坡越上越陡，棺材倾斜得越厉害，这一斜不当紧，王老汉的尸体把那张薄纸蹬烂了，从里面滑了出来，掉在地上。五兄弟听到"呼啦"一声响，棺材轻了，可是谁也不去注意，轻点总比重点强呀！还是"呼哧，呼哧"地赶路。

安葬后，弟兄们才缓过一口气来，擦擦汗歇了一会儿，就往回走。走着走着，弟兄五个被啥绊了一下，弯腰一摸，吓了一跳："这儿咋扔个死人呀？"五个人绕过死人走了。在路上，五兄弟边走边叹息地说："人死了，谁咋扔到大路上不管哩！""这准是一家没良心的人！""咱爹死了，咱还弄口棺材哩！""是哩，咋着也不能让老人露尸呀！""看来天下不如咱的人还有呀！"

讲述者：　周天成，男，68 岁，确山县朱古洞乡，不识字，农民

采录者：　吴文龙，男，24 岁，确山县胡庙乡吴楼村，高中，农民

采录时间：1988 年 10 月 17 日

采录地点：确山县朱古洞乡

104

断头婚

古时候，吏部天官耿忠和镇京总头潘雄两人既是结拜兄弟，又在同朝奉君，两人情同手足，无话不谈。

一天，皇上见耿忠、潘雄提前来到皇廊，坐在一起聊起天来。

潘雄说："大哥，你弟媳将要分娩了。"

耿忠高兴地说："恭喜贤弟了！你嫂子也身怀六甲了。"

"既然二位爱卿的夫人都已身怀有孕，寡人给你们两家当个媒人咋样？"

耿忠、潘雄两人抬头一看，猛见皇上笑吟吟地站在面前，两人慌忙跪地，齐声奏道："万岁我主，微臣贱内虽都身怀有喜，但不知是生男生女，请问万岁咋当媒人？"

皇上说："若都生男，结拜为兄弟，同窗攻书；若都生女，结拜为姐妹，同楼绣花；若生一男一女，便结为百年之好，岂不美哉？"

二人一起叩头谢恩："多谢我主，万岁万万岁！"

时隔不久，耿忠的夫人生下一女。刚过罢年，潘雄向皇上禀道，他夫人生一男儿。皇上闻听甚喜，立刻传下一

道圣旨，令潘、耿两家择一吉日良辰，交换庚帖，结义兄弟又成了儿女亲家。

年复一年，潘、耿两家的儿女都已长大成人了。在这期间，潘雄的妹妹甚得皇上宠爱，被封为西宫娘娘，潘雄兵权在握，日益霸道起来。他上欺天子，下压群臣，抢拉良家美女，霸占百姓田产庄园，任意草菅人命，众人对潘雄恨之入骨，但又对他无可奈何。潘雄的所作所为，引起众人对耿忠的非议。耿忠感到与这种作恶多端的小人做亲家实在有辱自己的名声，天长日久，逐渐忧愁成病，想与潘家断亲，又怕惹他不起，万一有个好歹，将会危及全家性命，愁得终日卧床不起，茶饭懒用。

一天，拥国军郑青来天官府探病，询问病情，随坐榻床之上，忧心地说："多日不见，不知耿忠兄为啥病成这般模样？"

"唉！"耿忠一声长叹，"只怕为兄难以长寿了！我若过世，犬子尚小，还望贤弟多多关照。"

"耿忠兄不可过分忧伤，只要你静心调养，很快就会康复。"

"唉！"耿忠又是一声长叹，"多经名医调治，全然无效。"

"药不对症，自然无效，愚弟现有一妙方，只要耿兄以方调治，保你药到病除。"郑青说罢，摒退左右，便从桌上拿起毛笔和一块竹板来，不多一时，书写已就，递与耿忠："望年兄收存，保你百病驱除。"耿忠接过竹板一看，上面写道：

只因奸雄丧天良，为女亲事愁断肠。若从愚弟一良策，保汝遂心免祸殃。

耿忠看罢大吃一惊，翻身下床跪地："军师大人既知我病，万望赤心相救！"

郑青忙上前去扶耿忠："彼此年兄年弟，不必如此。"随即贴近耿忠的耳根，窃窃私语。耿忠听罢大喜，心病不治而愈。

郑青和往日一样为皇上参议军国大事，到御书房借书还书，到观星台观看星象，事事尽职尽责，从未流露任何破绽。

一天早朝刚要结束，耿忠突然跪在金殿之下，口呼万岁，提出让女儿与潘公子完婚之事。皇上一听龙颜大悦，立刻面旨，让郑青择一吉日，助潘、耿两家孩子完婚。

郑青从潘、耿两家拿来男女庚帖，便请求借阅御书库里《命理通书》。小太监把此书抬到郑青面前，郑青一边翻着，一边屈指盘算，然后取出男子庚帖对照一毕，紧锁双眉。手捧《命理通书》和男女庚帖来到金殿之上，禀道："启奏我主万岁，此一男一女，命理不合，不能相配。"

"有何为证？"皇上十分不悦。

"现有《命理通书》和庚帖为证。"郑青答罢，把证据呈上。皇上接过，一连看了几遍，才朗声念道：

白马（午）不能配青牛（丑），羊（未）鼠（子）相逢一旦休。

猛虎（寅）见蛇（巳）一刀断，黑猪（亥）从来怕猿猴（申）。

鸡（酉）犬（戌）自古不相配，龙（辰）兔（卯）配偶不到头。

坤（女）命克乾（男）男先死，乾（男）命克坤（女）女必休。

皇上念毕《命理通书》上的断头婚歌，又念起男女庚帖："乾为男，坤为女。坤命是乙卯年生，属大溪水命；乾命是丙辰年生，属沙中土命。此男属龙，此女又属兔，则正好和《命理通书》所著写的'龙兔配偶不到头'相照，在命理又是水土相克。"

"既然男女命理相克，请我主万岁降旨，解除两家婚约。"潘雄在殿上禀道。

"准潘爱卿之本。"皇上肃穆道，"寡人做主，潘、耿两家男女双方可另选偶，不得相互干预。其兄弟情长，一如既往。"

从此，这"断头婚"歌就在民间流传开了，直至如今。此歌的起因，是驱邪扶正的郑青为搭救廉洁清正的吏部天官，他趁御书库里借书还书的机会，将自己谎造的"断头婚"歌掺进了《命理通书》，用妙策惩罚邪恶势力，伸张了正义。后来，此歌被一些市侩文人谬用，把它当作"天命真理"来愚弄民众，混淆是非，颠倒黑白，骗人作恶。

讲述者： 白玉洁，男，60岁，正阳县城关，小学，
　　　　 农民

采录者： 刘东来，男，46岁，正阳县城关，初中，
　　　　 农民

采录时间：1987年11月3日

采录地点：正阳县城

附
记

白玉洁的祖父是老私塾先，很会讲故事，这则故事就是他听祖父
讲的。这天，白玉洁在家门口晒太阳，刘东来看他上了年纪，就向他
打听会不会讲有话。白玉洁好开玩笑，就说会讲的不多，估计附近几
个庄除了我，也没几个。两人就蹲在路边聊了很多，其中就有这则故
事。（牛林）

105

人长人短

从前，有两个小孩，大的叫人短，小的叫人长，兄弟
俩从小死了爹娘，全靠讨饭过日子。

一天，两个小孩讨饭来到王家庄。王家庄有个王员外，
王员外一生为人善良。他看到两个孩子讨饭无依无靠，缺
吃少穿，实在可怜，就把他们收养在自己家中。

过了几年，兄弟俩长大成人，能自己养活自己了，王
员外就把他们叫到跟前说："我好歹也把你们抚养大了，
你们也该独自过日子啦。"

兄弟俩都很聪明，跪到员外面前说："要不是您老把
我们收养，我们早就让狼吃了。这恩情，我们啥时候也忘
不了！"说罢，兄弟俩恋恋不舍地和员外分别了。

兄弟俩回到故乡，老大人短娶了亲。没想到，他娶的
这个妻子心肠狠毒，对弟弟人长不是打就是骂，还不给他
吃穿。人长为了哥哥，只好忍气吞声。一天，趁人长不在
家，人短的妻子把人短叫到跟前说："人长天天在家里扭
来扭去的，我不能看他，干脆把他害死算了！"人短忙
说："我们是同胞兄弟，从小相依为命，吃苦受罪好不容
易熬成个人样儿，这可一万个不中！"

妻子听了，气得拍桌子震板凳，骂得人短狗血喷头。人短经不住她恶语不善，终于答应下来。问咋样个害法，妻子说："人长不会凫水，明天，你带着他到江边打鱼，趁他不注意，把他推到大江里，淹死他！"

第二天，在妻子的催逼下，人短只好按照妻子的安排，带着人长去打鱼。当撒到桥底下时，趁人长不注意，人短一下把他推进江里，而后，拾起鱼网，一个劲地往家跑。

常言说：人不该死天有救。正当人长快要被淹死的时候，忽然一个又圆又光的东西进到他的嘴里，没再多喝水。正在这时，桥那边一位洗衣服的姑娘赶了来，她水性好，跳到水里，把人长救上岸来。这时，人长因开始喝了一些水，已经昏过去了……当人长醒来，发现自己躺在软绵绵的床上，床边还坐着一位老翁。老翁见他醒来，就把姑娘救他的经过一一告诉他。人长听了，泪水像断了线的珠子一样往下掉，他哭着把自己的身世向老翁讲说一遍。老翁很同情他，说："孩子，别难过了，我们家很清净，就父女俩，你暂时住下，等身体养好了再说。"

在父女俩的精心照护下，人长很快就恢复了健康。一天，老翁把人长在江里得到的那个又圆又光的东西拿出来，交给他说："俺闺女把你救上岸时，发现你嘴里有个东西，把它拿出让人一看，原来是个夜明珠。如今你身体好了，该回家了，给，把宝贝收起来吧。"

人长做梦也没想到在江里得到的竟是个宝物，更没想到父女俩恁重信义。他哽咽着说："我身边无亲人，只有嫂子和哥哥，哥嫂狠心害我，我还回去做啥？就让我留下来，做你的儿子吧，我也好日后报答你们的大恩大德哪！"老翁已过七旬，身后无子，这还有啥说的，就一口答应下来。

就这样，过了些日子，老翁看人长聪明能干，一天，他把人长叫到跟前说："孩子，你想不想娶亲？"人长说："我又没有钱娶亲，再说，谁家的姑娘肯嫁给我这流浪汉哪！"

老翁一听，心中欢喜，就把将女儿许配给他的话说了出来，人长感激不尽，满口答应。老翁择定个良辰吉日，让俩人拜了花堂。

婚后，人长把夜明珠交给了县太爷。原来这颗夜明珠价值连城，是稀世珍宝，县太爷看罢大喜，立即派衙役送给了皇上，封人长为举人，赏银一千两。当得知兄嫂定计害他之事，就又派人捉拿凶手。

谁知人短把人长推进江里后，吓得魂不附体，早就病死了，家里只撇下寡妇一人。衙役们把她带到大堂，县太爷把她判为死刑，当即开刀斩首啦。

讲述者： 谢晓，男，15岁，新蔡县砖店乡，学生
采录者： 张敬忠，男，32岁，新蔡县扶贫办，大专，干部
采录时间： 1987年8月9日
采录地点： 新蔡县砖店乡

附
记

张敬忠因为工作的原因，经常下乡，这天他到砖店乡调研，看到几个人在地里薅草，有说有笑的，就走过去询问庄稼情况，走近了才听到原来是一个人一边干活一边在讲话，张敬忠一下子来了兴趣，为了不打扰讲故事的人，他忍不住加入了薅草的队伍，最终成功搜集到这则故事。当得知讲述人还是个学生的时候，他询问了故事的来源，谢晓说是以前听老辈儿人讲的，张敬忠对谢晓表示了感谢，还鼓励谢晓好好学习。故事后来被《中国民间故事集成·河南新蔡县卷》收录。

（郭永勤）

106

鸳鸯配

从前，大王庄有个王员外，地有千顷，骡马成群。他有个儿子叫根生，爱如掌上明珠。根生慢慢长大了，进了学堂。一天，放学回家的路上碰到个老先生在看书，就上前问他看的啥书。老头说："啥书？小孩儿看不懂！"根生不服气，接过来一看，名叫《鸳鸯谱》，翻翻里头都是空白，没有一个字，根生就问老先生是咋回事。老先生说："这书是给神仙看的，专讲阴阳之法，男女婚配的事。"根生好奇地问："先生，你看我该配谁呢？"老先生翻书看了看，说："你该配你家佃户徐春的闺女徐英，哦，就是开菜园那个丫头。"根生很生气，心想，我万贯家财，配个开菜园的丫头，那还不丢死人，说道："我不配她！"老先生说："命中注定，不配不行！"根生气呼呼地说："我把她杀了！"说完头也不回地走了。回到家，他拿把菜刀到菜园里，见徐英正在地里薅草，上前就是一刀，只见徐英头流鲜血倒在地上，吓得根生扔下刀就跑。

徐英她娘连忙用布带包住流血的地方，这时候员外也来了，忙问徐春是咋回事儿。徐春说："俺小英正薅草，不知咋得罪了少爷，被他砍了一刀，险些丧命。"王员外听了很生气，对徐春说："你上我家拿钱买药医治，再买点好吃的给她补补。我要好好管教一下这孩子！"再说根生见没有杀死徐英，以为是刀不利，又在磨刀石上磨了磨，趁夜里又来到菜园。根生知道徐英住外间，她娘住里间，就偷偷摸进门，对准外间那个人就是一刀，砍完转身就跑。他砍死的不是徐英，是徐英的娘。原来，因徐英受了伤，外间透风，她娘跟她换了地方，结果徐英没有被砍死。

员外知道后，赶快买口棺材，将徐英她娘埋了，他对徐英说："你就住我家吧，以后吃住我全包了。"徐英害怕再遭毒手，当夜逃出大王庄，在娘坟前伤心地哭起来。正巧，巡抚大人从那经过，听到哭声，就叫人过去看看。一会儿，差役领来个小姑娘，巡抚便问她为啥半夜啼哭，徐英将实情从头到尾说了一遍。巡抚听了也觉得怪可怜，便对她说："我年过半百，无儿无女，想收你做个干闺女，不知道你愿意不愿意？"徐英马上磕头说："爹爹在上，小女这里有礼了！"

巡抚大喜，忙将徐英扶进轿里，回到京城。转眼六年过去了，皇王开科，巡抚成了主考官，恰巧王根生前来应试，没有考中。巡抚对王根生说："你的文才尚好，回去再努把力，争取明年再考。"王根生听了大哭起来，说："大人，学生怕是再也不能来应试了！"于是就把家里遭灾、爹娘遇难的事说了一遍，最后跪在巡抚脚下求他开恩。

巡抚见他可怜，就收他做了义子，给他一间书房，让他日夜苦读诗书。第二年，王根生果然金榜得中，成了新科状元。恰好皇王要招驸马，选中了他，巡抚忙奏道："万岁！我已将小女英英许配了新科状元。"根生、英英听了都很欢喜，双双拜了天地，入了洞房，英英忽然忧愁起来，根生问她，她也不答话，还把脸扭向一边。根生火了，说："英英，虽说你父是巡抚，我也是员外之子，又中了状元，难道配不上你吗？"此时，他们二人谁也没认出谁来。英英说："根生哥，我配不上你。"根生说："你说哪里话？""我脸上有伤，不能陪你上殿面君。"根生不信，掀开英英的蒙头红布，脸上果然有刀伤，便问是咋回事。

英英便将过去的事讲了一遍，越讲越气，越气越骂。根生一听，明白了眼前的新娘正是菜园里的丫头，到底成了自己的妻子，便说道："你骂得好，再骂狠一点，不过，你骂得让他听见了咋办哩？""他是不会听见的！""你看我是谁，我就是当年砍你的少爷！"英英这才明白过来，说："咱俩无仇无恨，你为啥要杀俺？"根生就把老先生看的鸳鸯谱讲了一遍，英英说道："该是鸳鸯，棒打不散。"

讲述者： 赵林，男，53 岁，平舆县万冢乡万寨村，
　　　　 不识字，农民
采录者： 贺德全，男，30 岁，平舆县万冢乡万寨村
　　　　 万寨，高中，农民
采录时间：1987 年 10 月 12 日
采录地点：平舆县万冢乡万寨村

107

蔡州小三儿

蔡州从前有个叫小三的，他家中贫寒，父亲早亡，母子靠沿街乞讨糊口。小三每逢站在富人家的红漆大门前，看见富人家的阔气摆设，衣食做作，总是眼馋。

一天，家里的一只母鸡落窝[1]，想孵鸡娃，可是没有鸡蛋。他娘向左邻右舍去借，结果一个也没借着，就对小三说："走，咱到你姥家借二十个鸡蛋吧。"小三和他娘来到姥姥家，说明来意，妗子一听，坚持不借。小三说："三十年河东，四十年河西，你不要隔着门缝看人，砖头碗渣还绊倒人哩！我穷只在今日，待到我家富裕时，妗子您需要啥，只要说一声，我就会让伙计们给您送来。"

妗子听了小三的话，心想：这孩子年纪不大，志气不小，以后兴许有走运的时候，就借给他吧。母子俩拿着鸡蛋，高兴得饭都没吃，就急着上路了。母子俩走在路上拉起了家常。他娘说："咱家老是恁穷，将来你连个媳妇都讨不起，得想个扒富的门路哇！"小三说："这不就富了吗！""富从哪来？"小三就把夜儿个梦中的事说了一遍。

[1]　落窝：方言，即孵小鸡。

他说："咱借来的二十个鸡蛋哪，孵出了五只公鸡，十五只母鸡。五只公鸡换来一只母羊。母羊一年两窝半，子生孙孙生子。不到三年就发展到二百多只，可换来一匹好母马。母马一年一驹，不到四年发展到十几匹。用十匹上等马，换来十亩地，雇上两个伙计，每年卖上几担粮……不到十年，家里就能挂起了千顷牌，鱼鸭满塘、牛羊满坡、骡马成群、楼台亭阁；轿上来，马上去，奴仆殷勤，美女成群……"

他娘听了儿子有声有色的讲述，小脚板哽哽地扭得老高，乐滋滋地说："娘给你到高员外家求亲去。"小三摆摆手说："高员外的闺女鼻子太大了。"母亲说："李秀才的闺女长得不错。""长得黑了点，做个二房还差不多。""听说蔡侯家的千金一表人才，如同天仙，琴棋书画样样精通。"没等他娘说完，小三接上去说："那天我在大街上讨饭，挡着了蔡小姐的花轿，管家一脚把我踢了个仰背叉[1]，疼得我嗷嗷直叫，蔡小姐掀起轿帘望着我嘻嘻地笑了好一阵子。笑得真好看，笑得有情有意的！""这是天意，也是蔡小姐有眼力，看出了俺小三不是俗人。"他娘接着说。"嘻嘻！""哈哈！"他娘高兴得直喘粗气，小三笑得前仰后合，手舞足蹈，左手提的二十个鸡蛋，一不小心，一下子扔了一丈多远，摔得稀碎。

娘俩眼巴巴地望着摔碎的鸡蛋，呆在那里，说不出话来……

讲述者：韩子全，男，86 岁，新蔡县韩集乡，私塾，
教师
采录者：韩世豪，男，40 岁，新蔡县韩集乡，高中，
干部
采录时间：1987 年 9 月 20 日
采录地点：新蔡县韩集乡

附
记

这天韩世豪带了点月饼和点心来看韩子全，韩子全年龄虽然大了，口齿却很清楚，一看韩世豪带的点心，笑着说："正想吃个啥，真是想啥有啥，我这也是想哩怪得！"韩世豪也笑了，说："有人想啥有啥，那肯定也有人想了木有呀！"韩子全说："那可不，那老辈人经常说的小三儿娘俩……"就这样自然而然地搜集到一则故事。驻马店方言常用"想得怪得（dǎi）"形容一个人痴心妄想、白日做梦。（郭永勤）

[1] 仰背叉：方言，仰面倒在地上，四肢叉开的样子。

108

枕头风

附记

　　刘广启作为乡里的文化专干，很重视故事搜集工作，走到哪就宣传到哪。这天在路上遇到王小兵，王小兵拉着刘广启，说自己会讲故事，还问自己讲的故事能收不。刘广启又把故事搜集的相关要求给他讲了一遍，王小兵就讲了几个故事，都比较短小，刘广启认真做了记录，还说如果被收录了一定通知他。后来该故事被《中国民间故事集成·泌阳县卷》收录。民间常把妻子向丈夫说的悄悄话叫作"枕边风"或"枕头风"，也被戏称为"世界上最厉害的风"，有嘲讽之意，多为男子拿不定主意，爱听妻子的，没有主见。（郭永勤）

　　从前有一家数代同堂的大户，家有几百口人，名声很高。县官的老婆给县官说："得把这家人拆散，不然的话，造了反谁能管得住？"县官就下令传这家当家人，谁知来了一个小孩儿，县官便问："我叫你们当家人来，你咋来啦？"孩子回答："我就是俺家的当家人。"县官又问："为啥叫你这个小孩子当家，不叫大人当家呢？"孩子又答："我家从来不叫结过婚的人当家。""为啥？""因'枕头风'太厉害，'枕头风'一兴起，就没有好日子过了。"

　　这时县官才意识到自己就是"枕头风"的缘故，就把那小孩奉承了一番，让他回家了。

讲述者： 王小兵，男，20岁，泌阳县陈庄乡，高中，农民

采录者： 刘广启，男，30岁，泌阳县陈庄乡文化站，高中，专干

采录时间： 1989年1月3日

采录地点： 泌阳县陈庄乡

109

全家对诗

从前，有一个刘老汉，这人遇事心平气和，活到九十八岁才去世。他有二女一男，大闺女已出嫁，儿子也娶了媳妇，小女儿年方二八，尚未婚配。

刘老汉七十六寿辰的时候，闺女、女婿前来拜寿，亲朋好友都来祝福。刘老汉精神焕发，特别高兴，设宴招待大家。女婿到丈人家为贵客，大家都给他敬酒，直灌得他酩酊大醉，饭还没吃完，就被他妻扶到屋内休息去了。

饭后，大闺女帮助她娘洗碗刷锅，便叫小妹去房内给姐夫送点茶。她端着茶来到屋里，只见姐夫两腿蹬着床帮，呼噜呼噜正在睡觉，她将茶放在桌上，转身想走。可是她想，我走了，他咋知道有人送茶呢？于是她顺手拉了姐夫一把，想叫他醒过来，谁知他姐夫哥这时候猛地坐起，双手把小姨子搂在怀里，小姨子大惊，猛一挣，一屁股蹲在地上，那姐夫又躺在床上呼噜起来。

小姨子站起来非常生气，但又没法对他发脾气，于是就顺手拿起笔在桌上写了一首诗："小奴好心来送茶，拉住小妹就要咋。不是奴家跑得快，一时犯在你手下。可耻！可耻！"

小姨子写了诗走出房门后，她姐夫一抬腿坐了起来，见房内没有人影，就下床来到桌前，看了小姨子的诗，觉得事情不妙，他想我也写一首诗，来表白表白。他提笔就在小姨子诗的旁边写了起来："我喝酒醉床上睡，突然闻到香粉气（儿）。我只当来的是她姐，谁知拉的是小妹。酒醉！酒醉！"

他写罢又躺在床上睡了。这时他弟妹也来看望姐夫，走到桌前一看，"扑哧"一声笑了起来。心想我也留诗一首，她拿起笔写了起来："女大淫心重，自己往外送。姐夫小姨子，叫弄只管弄。不管！不管！"

弟妹写完诗刚走不一会，他内弟送走了客人，转身进内屋来看姐夫。走到桌前，见到桌上的三首诗，十分气愤，恼恨姐夫不该做出伤风败俗的事情，真想狠狠地打他几拳，可又想今天是老父寿诞之日，他又是姐夫……想来想去，他也写下一首诗："没醉假装醉，躺在床上睡。如不为亲戚，把你骨砸碎。可气！可气！"

刘老汉饭后一支烟吸完后，端着"长寿汤"，边走边喝来到内房，想看看女婿酒醒了没有。刚把汤放在桌上，就看到桌子上写的密密麻麻的字，定神一看，气得山羊胡子直翘，心想真不像话。他一气之下，也写了一首诗："老汉今年七十六，闺女女婿来祝寿。喝醉酒后床上睡，不该把我小女斗。可恼！可恼！"

丈母娘疼女婿古之常理。她洗刷完毕就来瞧看女婿，当她走进内屋，看见桌上写满字，不觉好奇起来，赶紧用手揉揉眼，拿出老花镜，看了个仔细。随后只见她"嗯"了一声，拿起笔也写了起来："做事要像搪墙，家丑不可外扬。如要外人知道，定会笑断肝肠。擦掉！擦掉！"

讲述者： 高世友，男，65岁，驻马店市刘阁乡，初中，农民

采录者： 谢文纵，男，52岁，驻马店市文化馆，中专，干部

采录时间： 1988年5月16日

采录地点： 驻马店市刘阁乡

110

傻子做饭

从前有个傻子，婆娘生了个小子，让他去丈母娘家报喜信，顺便拿点吃的米。

丈母娘听说得了个胖外甥，高兴得不得了，连忙拿出鸡蛋和米让女婿捎回去。丈母娘担心女婿不会做饭，就特意关照他："水响就下米，锅滚就打蛋。"

"不就这两句吗？我记下了，您老就放心吧！"

傻子背着米，掂着一筐鸡蛋，兴冲冲地上了路。不觉来到小溪边，他听见流水哗哗响，马上想起丈母娘"水响就下米"的话来，于是他手忙脚乱地把一布袋米全倒进溪水里。白花花的大米在水里滚动翻花，他又想起"锅滚就打蛋"的话来，于是，他又把鸡蛋一个个打碎扔进水里，傻子自言自说："嘿，做饭有啥难的！"

傻子回到家里，婆娘问他："咱娘给你的东西呢？"

"我已给你做上了，你就等着吃吧！"傻子美滋滋地说。

"你咋做的？"婆娘不相信他会做饭，就反问他。

"那还不好做？不就是'水响就下米，锅滚就打蛋'吗？我走到小溪边，听见水响就把米全倒进去了，后来水

翻花，我又把一筐鸡蛋都打进去喽！"

"你——"婆娘一下子气晕了。

讲述者： 戚有名，男，20岁，新蔡县河坞乡戚土屯，小学，农民

采录者： 龚国强，男，34岁，新蔡县文化局，高中，干部

采录时间：1987年8月10日

采录地点：新蔡县河坞乡戚土屯

附记

8月份天很热，龚国强下乡搜集故事出发得也早，到河坞乡戚土屯附近的时候，看见几个人在地里锄草，就想着先打听打听，结果一个年轻人说他也管讲几个，龚国强很兴奋，就在地头上搜集到了这则故事。他询问故事的来源，讲述者戚有名说，这些故事在当地流传很广，很多人都会讲，大概都是老辈儿传下来的，具体从谁那传出来的，他也说不清。

同一题材的民间故事在不同地区的流传中，会结合当地的风土人情有所增入或删减。在以往民间故事版本中，遂平县秦二妮讲述、秦爱云采录的《精媳妇傻丈夫》中就增入了前面《把抓口嗨撵不上鼓点》的内容，而省去了水响下米的情节，是不同故事在不同地方的拼接。（郭永勤　赵新春）

111

丈人的生日

讲述者： 邵长法，男，66 岁，驻马店市顺河乡马庄村，
不识字，农民

采录者： 邵学枝，女，13 岁，驻马店市顺河乡马庄村，
中学生

采录时间：1987 年 8 月 2 日

采录地点：驻马店市顺河乡马庄村

从前，有个胖地主，他有两个女婿，大女婿是个有钱的秀才，二女婿是个庄稼汉。胖地主心里只喜欢大女婿，看不起二女婿，见人总说："大女婿才学好，心思好，啥事都懂；二女婿是个呆子，呆头呆脑啥事也不懂。"

有一次，胖地主过生日，他见两位女婿在花园饮酒。那时刚巧桃子快熟了，胖地主想显示一下大女婿的才学，就指着桃子问大女婿："桃子为啥尖先红？"大女婿应声答道："因为尖上阳光晒得多些。"丈人听了连连赞许答得好。

二女婿一听便笑着说："丈人，他错了。为啥红萝卜生在地里，从没见过日头，反而恁红呢？"丈人被问得说不出话来。

吃过酒，丈人带着两个女婿游园，他又指着一棵花问女婿："这朵花为啥比那朵花长着肥些？"大女婿答道："这朵大概吃的粪水多些。"丈人说："有理。"

二女婿插嘴道："这就更不对了，丈人没吃过粪水，为啥长得也很肥哩？"

异文：岳父考女婿

从前，有个财主的俩闺女，分别嫁给了住在一个庄的哥弟俩。哥哥文龙在岳父面前说话、办事总是受到岳父的称赞，而弟弟文凤则常把岳父气得咬牙暗骂。

有一天，哥弟俩同时来到岳父家。宴席上，岳父喝了点酒，兴致很高，要在饭后考考哥弟俩。吃罢饭，岳父就领着俩人在院子里转来转去找考题。看见大门旁拴着一匹白马，岳父就摸着胡子说："就以这匹白马为题，看谁形容马跑得快，越快越好。"

文龙想了想，说："一根鸡毛，落入火窑。鸡毛还没烧完，岳父的白马跑了一千里又还。"岳父听了捋着胡子哈哈大笑，称赞作得好。该文凤，他挠着头皮想，我咋整呢？岳父这时在一旁用白眼珠瞥了他一眼，大声催促他快些。谁知这一使劲说话，就放了个屁。

文凤一听，说道："岳父放个屁，你的白马跑了二万八千里。白马返回转，岳父的肛门还没合住哩！"

这岳父一听，又气又恼，但又不好责怪文凤，只好点了点头。

讲述者： 李付生，男，69 岁，遂平县花庄乡下阳村
殷庄，小学，农民

采录者： 张磊，男，16 岁，遂平县花庄乡下阳村殷庄，
学生

采录时间：1988 年 2 月 10 日

采录地点：遂平县花庄乡下阳村殷庄

112

孙斯文考女婿

清朝顺治年间，大林这一带有个孙员外，因他识几个字，常常在人前夸耀知识渊博，因此，人们都叫他孙斯文。

孙斯文有仨闺女，都相继嫁人。在三闺女出嫁后三天回门时，三女婿也来了，大女婿和二女婿应邀前来陪客。孙斯文为在女婿面前显示自己的才华，大讲起三皇五帝和神话传说，引得大女婿和二女婿哭笑不得，新贵人三女婿也暗自叫苦。

这还不算，他又挥笔为仨女婿出题作诗，要他们用"好、大、小、多、少"作句尾，各自作诗一首。仨女婿只好答应。

大女婿看到门后头有把雨伞，便以伞为题，作起诗来：

"这把雨伞就是好，撑起来大，收起来小，雨天用得多，晴天用得少。"

二女婿看了看孙斯文，就以岳父的大袍吟起诗来：

"岳父的大袍就是好，穿起来大，收起来小，冬天穿得多，夏天穿得少。"

三女婿见人家都作了诗，自己肚里没词，急得满头大汗。孙斯文也为他着急，心中又暗暗生气，忙上前来扯了三女婿一下，这一扯却扯出诗来。

三女婿一拍大腿，高声叫道："有了！"孙斯文见状大喜，便催三女婿快吟诗来，三女婿说道：

你的三妮就是好，在你家里大，在我家里小，和你睡得多，和我睡得少。

三女婿念罢，引起哄堂大笑，气得孙斯文破口大骂："好你个畜生，胆敢侮辱老夫！"三女婿立即上前笑辩道："岳父息怒，请问大姐、二姐出嫁以后，你家里孩子数哪个大？"

"自然是数三妮了。"

三女婿又插话道："在你家她是大孩，在我家她却是小媳妇，怎能说我侮辱岳父呢？"孙斯文一听，也有道理，便又追问："好，最后一句怎讲呢？"

"请问岳父，她小时候跟你睡过吗？"三女婿问。

"自然睡过，一直睡到六岁才分铺。"

"这就对了，这六年与三天相比，她跟谁睡得多呀？"

孙斯文听罢，满意地点头微笑："对！还是三女婿文才高超，他的诗，连我老夫也理解不透。"

讲述者：　潘中贵，男，50岁，正阳县城，初中，农民
采录者：　范杰，男，29岁，正阳县城，高中，农民
采录时间：1987年10月6日
采录地点：正阳县城

113

老秀才考女婿

古时候，有个老秀才，跟前没儿，只有仨闺女。这仨闺女正巧都在一个月里找了女婿。老秀才对大女婿、二女婿都很满意，因三女婿是个铁匠，他心里总是不愿认这门亲事。三闺女相中了铁匠，说别家人她都不依，一提媒就要寻死上吊。老秀才没法，想出个点子，把仨女婿一齐请到家里来，让仨闺女都到场，他出题，让仨女婿作诗，哪个作不好诗，就不认哪个女婿。

这一天，仨女婿都来了。大女婿是个秀才，二女婿出身书香门第，唯有三女婿念书最少。老秀才心想，这一考，非把三女婿考掉不可。

看仨女婿到齐，老秀才提出让他们用一个字拆二，一个字拆三来吟诗。大女婿先说："尸至是个屋，一个森字三个木，屋屋屋，不知用了多少木。"

二女婿吟道："木午是个杵，一个姦字三个女，女女女，不知挨了多少杵。"

老秀才一听，感到刺耳不中听，但也找不出毛病来。轮到三女婿，他心想，你一个铁匠绝作不出好诗来，别梦想寻我那三妮啦。

只听小铁匠说："干东行不说西行，作诗也不可离开本行。金牛是个铁，一个轰（轟）字三个车（車），车车车，不知用了多少铁。"

老秀才哪里料到铁匠会有这手，吐地上的唾沫又不能再舔起来，只好答应了三闺女的婚事。

附记

此故事在正阳县选送本里是作为《孙斯文考女婿》异文报送的，没有标注讲述者、采录者及采录时间、地点等信息。向采编者征询，只知道收录自以往集本，也没署录相关信息。（赵新春）

114

张员外选继承人

过去有个张员外，老伴儿早亡，膝下无子，只有俩闺女，大花和小香。大花长得如花似玉，小香也是精明能干。

转眼闺女都到了出阁的年龄，大花过惯了财主家的豪华生活，当然也找了一个门当户对的婆家，公子叫文生。小香自己做主，嫁给了一个农民后生敏忠为妻。员外虽心中不悦，但也算明白，勉强同意了小女的婚事。

平日里，大花老是拿眼角看待小香，文生更瞧不起敏忠。小香他们整天倒也快乐，从未有过苦恼，也真拿他们没办法。

光阴荏苒，转眼员外到了暮年，有心在两婿中选一个人来延续张家香火，再者也让庄上人品评一下两婿的德才。

到了大年初四，文生、敏忠夫妇都来给员外拜年，午饭桌上摆满了美味佳肴，但也摆上了两碗酸辣的姜汤。员外首先发话："今中午咱作诗吃饭，方法嘛，按我的规定来。天上飞的，地上走的，桌上放的，后花园里走出来的，两贵婿各作诗一首。"

敏忠一听不慌不惊，因为小香过门后，帮他学了不少诗文，对诗出口即成。文生心里有点发慌，但想到自己的门第身份，倒也十分自信。员外又说："话先说个明白，诗作得好吃大鱼，对不上来喝姜汤。"

大花早就垂涎三尺，一听这话，忙让文生答对。文生也不愧喝了十多年墨水，对答如流："天上飞的燕子和凤凰，地上走的鸡子和绵羊，桌上放的四书和文章，后花园里走出来的丫鬟陪姑娘。"

员外说："好诗！"大花忙拿起筷子去夹大鱼。小香说："大花姐目中无人，诗没对完咋能吃饭？"坐在下席的敏忠仍不言语。大花看罢哼了一声："农夫之辈也会对诗？还不认输把姜汤喝下去，待会儿就凉了。"小香知道敏忠能对得出，就给他递了个眼色。敏忠站起来恭敬地说："我对的是：天上飞的是鸟枪，地上走的是虎狼，桌上放的连盆火，后花园里走来一个光脊梁……"

员外一听，心想敏忠这诗虽作得有来头，但不曾有什么结果，所以稍有不悦。大花见状嘲笑地说："啥鸟枪、虎狼、光脊梁，还不快喝你的姜汤！"说罢又拿起筷子夹那大鱼。

敏忠说："大姐，我还没说完嘛，咋好就动筷子？"大花又无可奈何地收回筷子。敏忠接着答对："天上飞的是鸟枪，打死你的燕子和凤凰；地上走的是虎狼，吃掉你的鸡子和绵羊；桌上放的连盆火，烧毁你的四书和文章；后花园里走来一个光脊梁，背跑你的丫鬟和姑娘。"

大花夫妇听后哑口无言，员外也静坐不语。小香心中为敏忠高兴，但也捏一把汗。就这么静了一会儿，只听员外吩咐道："咱们同吃大鱼，吃，吃！"虽不公平，但敏忠和文生受到同等招待，小香心里也自然欣慰。

午饭吃罢，两夫妇都要各自回家。员外的心事没有了结，自然不应，非让继续对诗，还说自己只在一旁静听观看，不再做规定。大花夫妇在午饭时知道了妹夫的本事，不敢轻举妄动。但一想到这回可是爹选继承人，那可是一笔可观的财产呀！于是他们夫妇两人千思万虑，最后决定让敏忠先作，文生后对。而小香呢，早和几个人玩去了。

敏忠想了片刻，就开始作。

敏忠："东也荡，西也荡，东荡西荡荡东西。"

文生："春也读，秋也读，春读秋读读《春秋》。"

敏忠："一犁犁破路边土——明日'芒种'。"

文生："怀抱火炉暖烘烘——明日'大寒'。"

……

敏忠有意不让文生作难，都是信手拈来的很平常的对偶诗。又听敏忠："踢开磊字三块石。"

"我……啊……叫我想想。"文生抓耳挠腮想不出来，大花也无办法了。眼看员外就要拍板，钱财落不到自己手中，非常妒恨，对文生也很恼火，当着众人丢了脸面。

就在这时，小香在左右人的簇拥下兴兴而来，欢喜地对员外说："爹爹您看，这一幅山水画要从中间剪开才更好看哩。"

文生也不算傻，赶快说："对，剪开出字两座山。"

员外和众人都哈哈大笑起来："文生，你真是平庸之辈，还是有小香的提醒，用了一个'剪'字答对。唉，真是人不可貌相，海水不可斗量。"

员外走到正中央，当即宣布："老夫决定：我爱女小香和贵婿敏忠为我的继承人，来人给我把文书立下！"

讲述者： 刘才，男，61岁，遂平县槐树乡高庄村五队，不识字，农民

采录者： 李俊杰，男，28岁，遂平县槐树乡中，高中，教师

采录时间： 1988年5月26日

采录地点： 遂平县槐树乡高庄村

115

仨女婿献诗

马天官在朝为官多年，后来告老还乡。这年他过七十大寿，仨女婿都来为老丈人拜寿。

大女婿出身官宦之家，是个进士，为翰林院编修。二女婿是个举人，家中殷实。三女婿家道中落，又不肯上进，常遭马天官白眼。这天拜寿，仨女婿齐聚一堂。马天官想考考仨女婿的学问，要仨女婿每人当场作诗一首，诗中要有药名、人名、古语、童谣，作不好不准入席。

大女婿先作诗："上山采伏苓，下山遇孔明。子曰学而时习之。小老鼠爬灯台，偷油吃下不来。叫毛妮，抱猫来，叽扭咣当它跑来。"

二女婿接着诵道："上山采葛根，下山遇朱温。温故而知新。小麻嘎[1]，叨豆茬，豆茬弯，拍扁担，扁担扁，拍细碗，细碗细，大闺女，多好哩，今黑哩，嘀嘀嗒嗒俺过去。"

三女婿最后献诗："上山采雄黄，下山遇霸王。王顾左右而言他。"马天官原不相信三女婿也会作诗，当听到

[1] 小麻嘎：方言，喜鹊。

前面几句，感到稀奇，就说："快接着说！"三女婿接着又说道："他三姨，白肚皮，拍着梆梆响，里面有些好东西。还有官，还有宦，还有举人翰林院。"马天官和老大、老二女婿越听越不对劲，抄起家伙就打。三女婿见状，拔腿就跑，要不是跑得快，家伙早落到头上了。

讲述者： 张拧劲，男，55岁，上蔡县小岳寺乡业王村，
　　　　　大专，教师

采录者： 张玉久，男，54岁，上蔡县小岳寺乡业王村，
　　　　　大专，教师

采录时间： 2006年4月4日

采录地点： 上蔡县小岳寺乡业王村

116

仨女婿祝寿

过去，有家财主生了仨闺女，都已长大出嫁。大女婿、二女婿都是有钱有势的人，还有学问。只有三女婿是个穷汉，又识字不多，攒几个钱跑江湖做小生意，老岳父很瞧不起他。

一天，老岳父六十大寿，仨女婿都来祝寿。晌午吃饭时，老岳父知道三女婿没能耐，就想难为他，不让他坐桌吃饭。他心生一计，说道："今儿酒席宴前，咱以对对联来排座位，谁对得好就坐上首，对得差坐下首，对不上的坐锅门[1]去吃。老夫我出题：上联三字末要同字头，下联末三字要同字旁。"

大女婿为了炫耀自己，就抢先说："这容易！三字同头官宦家，三字同旁姐妹妈！"

老岳父连声称赞："好，好，吉祥之兆！"

二女婿接着说："三字同头芙蓉花，三字同旁绫罗纱！"

老岳父又连声称赞："不错，不错，但愿如此！"

[1]　锅门：厨房，也叫灶伙。

该三女婿了，他看了看岳父和大女婿、二女婿洋洋得意的样子，想也没想就张口说："三字同头大丈夫，三字同旁江海湖！"

老岳父一听，很不高兴，问他："你这对子虽说是同头同旁，但我琢磨不出就啥意思！"大女婿、二女婿也直摇头。

三女婿不慌不忙地说："意思很好说：大丈夫我常串江海湖，可惜我手里没有刀。"老岳父吃了一惊，忙问："拿刀干啥用？""我要是有刀，先割断他的绫罗纱，再抢走他的姐妹妈！"一下子把大女婿、二女婿骂得无言答对，满脸通红。

老岳父只好让三女婿坐了上首。

讲述者： 吴长兴，男，60岁，汝南县三里店乡，私塾，农民

采录者： 范翠兰，女，22岁，汝南县三里店乡，高中，干部

采录时间： 1987年6月10日

采录地点： 汝南县三里店乡

117

仨女婿作诗

从前，有个员外，有仨闺女。大闺女嫁了个举人，二闺女嫁了个秀才，三闺女却嫁了个庄稼汉。大女婿和二女婿都看不起三女婿，总想法出他的洋相。

这年，老员外六十大寿，仨女婿都来祝寿。席间，大女婿自恃懂点文墨，想捉弄三女婿，就说："咱每人作首诗，谁作出来谁吃饭。"二女婿听了，立刻表示赞成，三女婿便也点头同意。大女婿为了讨好岳父，就让员外出题。老员外说："你们仨都说一样东西吧，这种东西身上必须有毛，还要和它的上辈一样。"

大女婿听了，一抬头看见院子里拴着一头驴，便说道："灰驴头上一撮毛，卧着低来站起高。它和上辈一个样，不信你们上去瞧。"

他刚吟完，周围的丫鬟都说："妙！妙！"

二女婿也不示弱，他看见院里有一只大公鸡，就说："公鸡头上一撮毛，卧着低来站起高。它和上辈一个样，不信你们仔细瞧。"

他刚吟完，周围的丫鬟又都说："好！好！"

三女婿见大女婿、二女婿都作了，该自己了，作啥

呢？他一抬头，看见岳父头上留着一撮毛发。立刻说："岳父头上一撮毛，坐着低来站着高。样子和他爹一样，不信你们按住瞧。"

周围的丫鬟一听，立刻嚷道："不对，不对，他爹不是秃子，他和他爷一样。"老员外一听，大声说："混蛋，难道我是我爷的孩儿！"

讲述者：　彭玉清，男，43 岁，遂平县文城乡中，高中，教师

采录者：　刘永梅，女，14 岁，遂平县文城乡中，学生

采录时间：1988 年 2 月 9 日

采录地点：遂平县文城乡中

附
记

刘永梅很想参与故事搜集，但是又不知道该怎么去搜集。这天下课后她找老师请教问题，几位老师在办公室谈笑风生，想到老师们平时说话就幽默风趣，一定会讲故事，就问能不能给她讲一个故事，后来彭玉清老师就讲了这个故事，还表扬了她。

借作诗戏弄势利岳父的民间故事，泌阳县吴媚讲述，吴明来、徐书亮采录的《女婿拜寿》也属同一类型，内容大同小异。员外出的题目是"诗中有一动物，从头上说起，能高能低，还得和它上辈一样。"三人赋诗对象也是驴、鸡和岳父的头。（郭永勤　赵新春）

118

仨女婿比作诗

过去有个老员外，有仨闺女，都出嫁了。这仨闺女约定，都到过了年初四去走亲戚。到了这一天，他老岳父出来了，要出题作诗，谁要作对了，就叫谁吃饭，作不对就不叫谁吃饭。啥题呢，就是用同旁[1]二字作诗，还要求第一句必须用上同旁二字，第二句把一个字必须分开了讲，末了的两句诗，还必须把前面一个分开的字分两次说，还落到同旁二字上。

题出了，自然是大女婿先作。大女婿是个举人，这事对他来说是小菜一碟。他略微想了一想，就得意洋洋地说道："同旁二字锡和铅，出字分开两座山，一个山出锡，一个山出铅。"

二女婿是个秀才出身，这样的题对他来说也算不了啥难题。他低头想了一会儿，说："同旁二字汤和酒，吕字分开两个口，一个口喝汤，一个口喝酒。"

这小三女婿呢，家里是个土财主，父母就他一个独羔子，平时对他娇生惯养，他又不愿意学习，所以他的学

[1]　同旁：即同偏旁。

问浅些。老岳父要作诗，他可是作了难了。他看看大姐夫，又看看二姐夫，再往院子里一撒[1]，见有一只羊，有了。只见他笑眯眯地指着大女婿和二女婿说："同旁二字你和他，羊字分开两个叉，一个叉叉你，一个叉叉他。"

这个小三女婿的点子多，赖材料子[2]多，专逗他俩姐夫的个子，算是出了口气。他老岳父一听，虽说作得不雅道，该用的字也用上了，该分开的字也分开了，也合乎要求，只好让他吃饭。

讲述者：　张化帮，男，57 岁，平舆县后刘乡葛庄村
　　　　　张庄，小学，农民
采录者：　张桂英，女，38 岁，平舆县后刘乡大黑土
　　　　　楼村，中学，民师
采录时间：1991 年 4 月 11 日
采录地点：平舆县后刘乡葛庄村张庄

异文：抢首席

从前有个老教习[3]有仨女婿。大女婿是个举人，二女婿是个秀才，三女婿是个木匠。过罢新春年，仨女婿都来家给他拜年。因老教习看不起三女婿，便出个点子，叫仨女婿吟诗抢首席。他出的题目，谁作不好诗，不能坐首席。

这天晌午，菜上满桌，老教习说了："今天我出个题目，用一个字拆开，二字同头，两字同旁来吟诗。哪个作不对了，不准坐首席。"

他这一说，自然是大女婿先作了。大女婿吟道："一个朋字两个月，两字同头霜跟雪，不知哪月落霜，哪月下雪。"

二女婿笑了笑说："我就以吕字为题作吧！一个吕字两个口，两字同旁汤与酒，不知哪口喝汤，哪口喝酒。"

三女婿虽不识认得字，却也有一点文才，他思考了一

下说："我就以交字为题吧！一个交字两个 ×，两字同头你和他，不知哪个 ×× 你，哪个 ×× 他。"

老教习一听，觉得此诗虽没有前两首是味儿，却又推不倒，只好来一个上三座了。从此，哪家贵客多了，就兴起上三座了。

讲述者：　叶本党，男，58 岁，正阳县寒冻镇，初中，
　　　　　干部
采录者：　夏纪德，男，53 岁，正阳县文联，初中，
　　　　　干部
采录时间：1987 年 12 月 19 日
采录地点：正阳县城关

附
记

叶本党是有名的故事篓子，这天中午夏纪德遇到了来办事儿的叶本党，就拉着他到家里一起吃饭。吃饭的时候因为座位问题，两个人推让不休，后来叶本党说得按他说的来，他这都是老辈儿传下的规矩，有讲究，他给大家介绍了排座次的规矩，又讲到这些规矩是咋来的，后来就讲了这个故事。

驻马店有着丰富的饮食文化，排座次是其中重要的部分，也可以说是宴席的基础仪程和中心环节，也叫"安席"。首席，一般指最尊贵的座位，当地也把首席叫作"上岗子"。通常家宴时，首席为辈分最高的长者，末席为最低者。（郭永勤）

[1]　撒：土语，看的意思。
[2]　赖材料子：即歪点子，孬主意。
[3]　教习：教头的助手，教员的旧称。

119

仨女婿赋诗

伸出拇指连声叫好。

三女婿随口作诗:"丈伯丈妈圆又圆,死去一个少半边。全家哭得乱糟糟,两个死完静悄悄。"说完牵着驴回家了。

讲述者: 刘广启,男,25岁,泌阳县陈庄乡文化站,高中,专干

采录者: 徐书亮,男,54岁,泌阳县文化馆,中专,干部

采录时间:1984年12月28日

采录地点:泌阳县陈庄乡文化站

从前有个老员外,有钱有势,跟前有仨闺女,找了仨女婿。大女婿是个家有万贯的富翁,二女婿是个良田千顷的财主,三闺女找了个穷女婿。老员外很看不起三女婿。八月十五这天,仨女婿都来到老员外家做客,大女婿是坐着大花轿来的,二女婿是骑着高头大马来的,三女婿却骑了头小毛驴。

晚饭时,桌子上的酒菜都摆好了,老员外嫌气[1]三女婿,心生一计,便对仨女婿说:"今儿你们各作一首诗,必须用上'圆又圆''少半边''乱糟糟''静悄悄'。谁作得好,喝酒吃菜,作得不好,喝稀菜汤。"仨女婿都答应了。

大女婿先作:"十五月亮圆又圆,十七十八少半边。天上星星乱糟糟,黑云过去静悄悄。"老员外听了,点头称赞叫好。

二女婿接着作诗:"中秋月饼圆又圆,掰开一半少半边。屋里老鼠乱糟糟,猫娃一来静悄悄。"老员外听了,

[1] 嫌气:即讨厌,不喜欢。

120

仨瘸婿拜寿

从前，有个王员外，家中仨如花似玉的闺女，听从爹娘之命，媒妁之言，寻了三位瘸女婿。大女婿是个拐腿瘸，二女婿是个点脚瘸，三女婿是个拖腿瘸。

这天，王员外五十大寿。村上的男女老少想凑热闹，看笑话，老早就挤在王员外大门前，等候仨女婿来给岳父拜寿。天近午时，咋恁巧，仨瘸婿分别乘着轿子车子，一齐到达。仨女婿一看门前围了恁多人，心里早已明白了八九分。大女婿纵身跳下车，双手抱拳，面向众人施礼说："诸位乡亲，今日是老泰山的大喜日子，大家齐来庆贺，在下深表谢意！都听说过有人能用双手写梅花篆字，谁见过用脚写梅花篆字吗？在下不才，愿当众献丑，请看：这是个啥字，这是个啥字？……"说着，腿一拐一拐地走进了大门。

二女婿也是个机灵鬼，纵身跳下车来，也双手抱拳，面向众人施礼说："诸位乡亲，我大哥有奇才绝技，用脚写的梅花篆字，真是龙飞凤舞，脚下生辉！不知大家认识不认识是啥字？在下不才，对书道略有研究，待我念给大家听听：这是个寿字，这是个比字，这是个南字，这是个山字……"说着，脚一点一点地走进了大门。

三女婿心中早已有数，也纵身跳下车来，双手抱拳，向众人施礼说："诸位乡亲，恕在下直言：字是先人所造，书由圣人所教。二位兄长乃是生员，本应知书达理，可用脚在地上写字，点点划划有伤大雅，有辱圣贤。哎，待我给他擦了……"说着，腿一拖一拉地走进了大门。

王家仨瘸婿以聪明才智，回敬了那些看笑话的围观者。众人无不由衷地赞叹："人不可貌相，人不可貌相啊！"

讲述者： 富源，原名冀世清，男，58 岁，汝南县文化局，高中，干部
采录者： 孙世俊，男，50 岁，汝南县文化馆，中专，干部
采录时间： 1987 年 7 月 5 日
采录地点： 汝南县城关

异文：仨小伙相亲

过去，汝河南岸有个贾员外，没有儿子，只有仨闺女。这仨闺女都长得端庄秀丽，人面桃花，一个更比一个漂亮，可遗憾的是，仨闺女腿脚都有点儿毛病。大妮走路踮脚尖，二妮走路扭脚尖，三妮走路拖拉腿，坐着不动弹，谁也看不出啥毛病。只为这，仨闺女在附近都寻不上女婿，急得贾员外四下托媒人，给仨妮说婆家。说来也巧，这一天，仨小伙子同时来上门相亲，慌得贾员外像热锅上的蚂蚁，忙把仨闺女都叫到院里，一个一个细心交代。

仨小伙子坐在客厅里，一边喝茶抽烟，一边盯着院里的仨闺女。姐妹仨坐在院里一条板凳上，大姐望着俩妹子，笑着说："我来给你们作首诗。"她踮着脚尖走着念着"君爷驾到郎才女貌"几个字便离开了院子。二妮忙站起身来，扭下脚尖，边走边说："这诗作得不错，我给你数数、一、二、三、四、五、六、七、八……"她念一下，扭下脚尖，借机离去。三妮走路拖拉腿，她站起身来，装着生气的样子，拖拉着腿说："尽是胡扯八道，我给你统统拉掉！"说着她拖拉着腿也走了。

仨小伙子看罢，谁也没注意这仨闺女的腿脚有毛病，个个欢喜，都满意地望着贾员外点头微笑。这一天，仨闺女都寻到了婆家。

讲述者： 唐建中，男，61 岁，正阳县城关镇，初中，干部

采录者： 夏纪德，男，53 岁，正阳县文联，初中，干部

采录时间： 1987 年 11 月 12 日

采录地点： 正阳县城关镇

121

女婿作诗

从前，有个官员人家嫌贫爱富，他有仨闺女，大女婿是秀才，二女婿是富豪。三女婿定亲时也是大财主，因时运不好，后来穷了，一贫如洗。

官员寿诞之日，大女婿、二女婿使人抬着厚礼来到岳父家，三女婿没钱买礼物，只抱个老母鸡。岳父见他衣不遮体，很瞧不起他，嫌丢他的人，就想能用个啥办法不叫他在客厅坐桌吃饭。官员想：大女婿、二女婿都有学问，让他们作诗吧。于是对仨女婿说："今儿你们来给我贺寿，我出一题，你们各作一首诗。作好了，在这客厅坐桌就餐，作不好，到下房去吃。"女婿们说："请岳父命题吧。"岳父说："用'又高又大''两边跨'，最后加个'害怕'，次序是从大排小作。"

大女婿向门外一看，见岳父的马在院里拴着，就说："老岳父的马又高又大，一副金镫两边跨。除非是老岳父骑，叫我我害怕。"岳父夸赞说："好诗，好诗！"

二女婿抬头看了看说："老岳父的客厅又高又大，一对窗户两边跨。除非是老岳父住，叫我我害怕。""是，是！也是好诗。"岳父高兴地说。

该三女婿作啦，他想，大哥、二哥比着马、客厅作，来奉承岳父，我比着啥作哩？这时他丈姐、岳母娘都在屏风后边听小三咋作哩，岳母一露头，被小三看见了。小三马上说："岳母娘的个子又高又大，两只大脚两边跨。除非是老岳父摸，叫我我害怕。"老丈母娘一听，暗暗骂起了小三，可她怕三女婿吃亏，只好忍了。

岳父想，作得好歹也算合题，我还得出题，总得叫三女婿答不上来，就到后堂对丫鬟仆女说："我再给他们出题作诗时，你们去听，小三说得对，你们也说不是哩。反正中午得把他弄到下屋去。"丫鬟仆女齐说："遵老爷命！"

岳父来到客厅又说："酒菜尚未齐备，你们再以'翅膀翅，有膀没有毛'，最后用'是哩不是哩？'为题作首诗，马上就开宴。"

大女婿作道："翅膀翅，翅膀翅，蚂叽嘹[1]有膀没有毛。人人都说是爬蚱[2]的儿，也不知是哩不是哩？"岳父忙说："是哩、是哩！作得对。"丫鬟仆女也随声附和。

二女婿顺口说道："翅膀翅，翅膀翅，蜻蜓有膀没有毛。人人都说是吃鱼鳖[3]的儿，也不知是哩不是哩？"岳父说："不错、不错！作得妙！"丫鬟仆女也跟着这样说。

该三女婿作了，小三想着就这两样有膀没毛的，他俩都说了，我说啥哩？一抬头，看见条几上放着岳父的乌纱帽，就说道："翅膀翅，翅膀翅，岳父的纱帽有膀没有毛。人人说他是爹的儿，也不知是哩不是哩？"话音刚落，丫鬟仆女们连忙抢着说："不是哩，不是哩！"岳父把眼一瞪："混蛋！谁敢说不是哩！"丫鬟仆女们说："还是老爷您对俺说的不是哩！"

讲述者： 杨林蔚，男，83岁，回族，遂平县阳凤乡医院，私塾，退休医生

采录者： 陈富营，男，52岁，遂平县文城乡中，大专，

[1] 蚂叽嘹：即蝉。

[2] 爬蚱：蝉的幼虫，皮称蝉蜕。

[3] 吃鱼鳖：蜻蜓幼虫，人们说它吃鱼，所以叫它吃鱼鳖。

教师

采录时间：1988年4月16日

采录地点：遂平县阳凤街

附记

陈富营是《中国民间故事集成·河南遂平县卷》的主编，不仅负责卷本的编辑，也亲自搜集了不少好故事。他对这一带的"故事篓子"都很熟悉，故事搜集比较有针对性。杨林蔚作为当地比较有文化的人，在搜集故事过程中被很多人拜访过，他都积极配合，只讲了一个故事，他觉得不好意思，说："不是我不给你讲了，一时半会想不出来了！"

财主或员外作诗为难穷女婿的故事流传很广，故事架构和内容设置基本相同。原驻马店市（今驿城区）民间故事卷还收录有李麟芳讲述、常华采录的《三个女婿》，类似本故事的前一部分情节。第一个出的题目是"按天上飞的、地下走的、书房里有的、后花园里有的吟诗一首"。大女婿吟的是"天上飞的是凤凰，地下走的是绵羊，书房里搁的是《春秋》，后花园使唤的是小丫头"。二女婿吟的是"天上飞的是斑鸠，地下走的是残狗，书房里搁的是文章，后花园使唤的是小梅香"。三女婿吟的是"天上飞的是鸟枪，地下走的是老虎，书房里坐的是火神爷，后花园里使唤的是小伙计"。因为老岳父对此有质疑，还有三女婿辩护的情节，辩护内容与所录故事三女婿胡诌的诗差不多。第二个题目，三女婿吟的是："丈母娘有立有站，招来的姑爷来回窜，老丈人你回来了，把他们冲散。"没有此则故事里的荤段子。而泌阳县陈平安讲述、徐书亮采录的《三女婿云诗》则只类似本篇所选故事的后一部分。大女婿说的是"满院花开得实在好看，招惹得百鸟成群成群结队。老鹰子一来，吓得四下分散"。二女婿说的是"石榴树花开实在好看，招惹得蝴蝶成群成群结队。小孩子一撵，吓得四下分散"。三女婿说的是"岳母的头梳得实在好看，招惹得野姑佬成群成群结队。老丈人一回来，吓得四下分散"。（郭永勤　赵新春）

122

饭前赋诗

过年了，仨女婿去给岳父拜年，大女婿是文状元，二女婿是武状元，三女婿是种地的。岳父不喜见三女婿，总想难为他一番，于是说，饭前每人必须用数字赋诗一首，方可用餐。

大女婿说："二八一十六，先吃一块肉。"然后叨起一块肉吃了。

二女婿接着说："二九一十八，两块一齐夹。"然后动筷夹起两块肉。

最后，三女婿叹口气说："三七二十一，端着盘子吃。"一盘子肉他吃光了。

岳父见没有难住三女婿，反叫他沾了光，就又出一题，要求每个女婿用"高大、胆大、害怕"再作首诗，作不出来就不能吃饭。

于是大女婿说："岳父的门楼高大，岳父住着胆大，别人住着害怕。"

二女婿说："岳父的马高大，岳父骑着胆大，别人骑着害怕。"

三女婿一时想不起来，突然看见岳母挺着胸脯子过来了，马上说："岳母乳房高大，岳父摸着胆大，别人摸着害怕。"

岳母气得直瞪眼。

讲述者： 白丰义，男，50 岁，泌阳县泰山庙乡，中专，干部

采录者： 张正，男，45 岁，泌阳县文化局，大学，干部

采录时间：1985 年 7 月 19 日

采录地点：泌阳泰山庙乡

123

傻小拜寿

王小是个傻子，娶了一个俊俏而有心计的媳妇。媳妇开初不知道丈夫傻，过门后知道了。但出于脸面，尽管心中不满，也只好忍耐过下去。

媳妇娘家是个员外之家。这天员外要过六十大寿，派人送来了请帖，要女婿女儿前去祝贺。媳妇想：这下傻丈夫要露馅了，可不去又不行。但大姐夫、二姐夫都是有学问的人，俺爹又爱好作诗答对，如果要考问起仨女婿来，我这傻女婿可咋办呢？这不仅丢丈夫的人，而且连自己也没脸在父母姐妹面前立足。于是她就找了一个破鼓，中间打了一个孔，里面放了些麦麸子，把丈夫叫到跟前，对他说："明儿到了我娘家，你要听我的号令。这里有个鼓，有个孔，里面是麸子，放在你的胳膊弯里夹着。俺爹肯定要问你读的谁的书，你就说读的孔夫子的书。要是忘了，看看这鼓就知道了。"傻小点点头，把鼓藏了起来。媳妇又说："吃饭的时候，俺爹只给你一根筷子，你就说双板好过，独板难沿，俺爹就会给你一双筷子了。吃饭不能乱吃乱抢，一定听我敲盆为号，我在里间里敲一下，你用筷子夹一下，不能多吃，记住了吗？"傻小说："记住了。"

媳妇又说："还有，吃了饭俺爹要出题作诗。他家有个大柜子，是个槐木做的，非常漂亮，可能俺爹要以柜为题。如果轮到你作诗，你就说岳父的柜子真正美，漆漆的，油油的，想必是个槐木的，山西小枣定做的。记住了？"傻小又点头。他媳妇怕傻小记不住，又让他从头再说一遍才放心。

第二天，夫妻俩备了厚礼，一起来到岳父家。员外生日非常隆重，来了很多亲戚朋友。大姐夫、二姐夫早已来到，大家相见，员外夫妻非常高兴，和女儿女婿们说说笑笑，频频点头。特别是对小女儿夫妇更加器重，问这问那。凡是小女婿要回答的话，都由小女儿抢着回答了，傻子只是点头微笑。闲叙已毕，员外便大摆宴席，男女分开各摆一桌，男的在前厅，女的在后院，大家按上下、宾主依次就座。

前厅员外把宴席摆好，就对女婿说："今儿是老夫的生日，烦请贤婿前来相贺，难得一会，老夫万分高兴。在没开席之前，我想问问贤婿们近来都读些啥书？"大女婿说："回禀泰山，小婿近来读的是五经四书。"二女婿回答："回禀岳父，愚婿近来读的是孟子的书。"员外点点头。"那么三贤婿近来读的又是啥书呢？"傻小听到问自己，慌得一时忘了妻子教的话，急忙低头看了看自己怀里的鼓。哪知那鼓被胳膊压瘪了，就赶快回答说："岳父，我读的是孔瘪头的书。"顿时逗得大家哄堂大笑。傻小急了，忙问："你们笑啥？"员外说："都听说人家读的孔夫子的书，哪有个孔瘪头呢？"傻小说："这你不知道，孔瘪头是孔子的爹。"他这么一说，大家都惊呆了。真没听说过，孔夫子的爹叫孔瘪头，看来三贤婿的学问真比大家高了一等。员外暗暗佩服起三贤婿了，点头说道："看来三贤婿的学问，老夫望尘莫及。咱们先吃饭，饭后再请三贤婿指教。"大家一听，才低下头来，准备拿筷子。可是一看女婿们每人面前只有一根筷子，这时大女婿随口说道："一人一马不成伍，二人二马才成行。"员外随即给他添了一根筷子。二女婿接着说道："单丝不成线，独木不成林。"员外又给二女婿一根筷子。只见傻小想了半天，才慢腾腾地说："双板好过，独木难沿。"员外也给他一根。随后，大家开始吃饭了。

却说三妮推说有事离开了后院，偷偷来到前厅隔间。透过门帘，看到开始吃饭了，就把事先准备好的脸盆敲了一下，傻小听到盆响，才拿起筷子夹了一下。就这样敲一下，傻小吃一下。员外夫人等三妮不来，自己来叫，三妮不得不回后院。她们刚走，正好大姐的孩子来这里玩耍，看到有个盆子，就连连敲了起来。傻小听到盆响，用筷子赶不上，就扔了筷子，把抓口喃起来，嘴里还一个劲地嘟嚷道："把抓口喃，都赶不上鼓点。"看他那傻样，大家一个个笑得把口中的饭喷了一地。员外气得干瞪眼，不知说啥是好。

吃罢饭，员外忍着气，又对仨女婿说："老夫很爱诗，想请贤婿们每人作上一首。今儿是老夫的生日，就以老夫为题吧。"只见大女婿略加思考，说："岳父好比老寿星，福禄高悬寿无穷。福如东海长流水，寿比南山不老松。"二女婿接着道："岳父好比李太白，诗文无双随兴来。一首好诗一壶酒，酒仙诗圣名扬开。"轮到傻小了，只听他吞吞吐吐地说："岳父……岳父……"他把柜子忘了，只得接着说道："岳父岳父真正美，漆漆的，油油的，想必是个槐木的，山西小枣定做的。"话没说完，员外气得跳了起来，口中骂道："住你的狗嘴，我当你是个有才之人，原来是个蠢猪！俺闺女白嫁你了，快给我滚出去，我不要你这样的女婿。"大女婿、二女婿见岳父发了火，连忙笑着劝说，把傻小推出门去。傻小无奈，灰溜溜地一人走了。

讲述者：　邢自文，男，55 岁，平舆县东和店乡仙翁庙村，初中，农民
采录者：　王继松，男，34 岁，平舆县东和店乡仙翁庙村，高中，农民
采录时间：1987 年 10 月 16 日
采录地点：平舆东和店乡仙翁庙村

124

亲外孙不如远门侄儿

从前，有个老头儿叫许涛，中年丧妻，撇下一个闺女。为了养活闺女，他给一家地主当了长工。后来老了，干不动了，就偎着闺女过日子。

女儿家有四口人：闺女、女婿、外孙和闺女的公公。日子虽不宽裕，也不至于挨饿。许涛在闺女家从不干活，整天吃了饭就休息。开始闺女家的人也不说啥，谁知过了半年以后，闺女不像以前那样热情了，女婿也时常指鸡骂狗地摔东西。他知道这是冲着他来的，无奈，只好默默地忍着，时常偷偷流眼泪。实指望闺女、女婿能回心转意，不料想，闺女、女婿越来越不像话。

这天，他正和闺女的公公拉家常，到吃饭的时候了，他的外孙老远就喊："爷爷——吃饭啦。"偏偏闺女的公公耳朵有点背没听见，当外孙走近时，许涛故意问："喊我吗？好，我就去！"谁知外孙瞪着眼说："谁是叫你！我喊俺爷吃饭哩！"许涛听了，像当头挨了一棒，几乎晕倒，他知道靠闺女送终是没希望了。这时，他忽然想起家乡里还有一位同姓的侄儿，就辞别了闺女，来到了侄儿家里。侄儿、侄媳妇热情地接待了他，并让他长期住下来不

走了。侄儿没有地，全靠卖馍度日，生活很清苦。为了照顾好老人，侄儿、侄媳妇每天把要卖的馍留俩给他吃，自己却吃杂面馍。许涛为了试探他们是不是有诚心，就毫不客气地吃起来。久而久之，他觉得侄儿是诚心待他，自己不应该这样下去了。一天，在侄媳妇给他送馍时，他说："别再给我这样的馍吃了，我跟你们吃一样的就中了。"侄媳妇说："俺叔，看你说的，您恁大年纪了，应该吃点好的。俺家虽然穷，可吃白馍还是能办到的，您只管吃吧。"一席话说得他嗓子直哽，鼻尖直酸，可是他还是不放心。又过了一年，侄儿、侄媳妇待他还是和以前一样，他就决心在这儿度晚年。

一天，他对侄儿说："我整天就见你买粮推磨，忙得太狠了。你不会一次多买些麦子放在家里，再买一头驴来拉磨吗？"侄儿笑着说："叔，我咋不想这样哩？可我手里没钱，就这，每天弄的麦子也是借的，卖了馍才能还钱哪！"他说："今儿你先去赊十石麦子回来，明天再去买头驴。"侄儿听后吓了一跳，说："叔，咱家没有钱哪！这些我从来没敢想过。""你只管照办！"

侄儿觉得他叔恁大年纪了，不能同他顶嘴，就到城里赊了十石麦子，并借钱买了一头驴。

吃过午饭，许涛又对侄儿说："下午你找辆车子，到我以前干活的掌柜家里，把我支床用的二百块土坯全部拉回来，不要留下一块。"

侄儿心想：俺叔是老糊涂了，叫我又赊粮，又买驴，还让我跑恁远拉破坏头子，不如找个借口不去，就说："你这么多年没去了，那破坏早该被人家扔了。""不会的。我走时同掌柜的说过，到时我让人来拉。俺掌柜的是个忠厚人，一定还会给我留着。"侄儿没办法，只好拉着车子来到了掌柜家里。一看，土坯果然还在。他把二百块土坯装上车，拉回家了。回到家，许涛搬起两块土坯往地上一摔，坏烂了，里面现出四个元宝，侄儿、侄媳又惊又喜。许涛直起腰说："每块坯里都有两个元宝。这些元宝是我在一次挖地时挖出来的，这四个元宝你先拿去，明儿还咱赊的账。"

侄儿有了元宝，生意也兴隆起来。他们对许涛还跟以前那样好，家里收入的钱全让许涛保管。知道内情的人都说："亲外孙不如远门侄儿。"以后，这句话成了这里人们的口头禅。

讲述者：　黎洁民，男，80岁，新蔡县十里铺乡，小学，
　　　　　农民
采录者：　黎学超，男，30岁，新蔡县十里铺乡，高中，
　　　　　干部
　　　　　张敬忠，男，32岁，新蔡县扶贫办，大专，
　　　　　干部
采录时间：1987年8月9日
采录地点：新蔡县十里铺乡

附
记

这天是周日，张敬忠再次骑车来到了十里铺乡，拜访上次没有见到的老人黎洁民，考虑到老人年龄大了，可能吐字不清，他还邀请了和老人比较熟悉的黎学超。黎洁民正在大门底下凉快，张敬忠说明了自己的来意，老人想了想，就给他讲了这个故事，老人说得不清楚的地方，黎学超就给他翻译一遍，最后张敬忠笑着对黎学超说，没有你在，这故事我听着还真有点费劲，采录人我得把你写上！

故事中"亲外孙不如远门侄儿"，可能今天不少人会不理解，其实这与"嫁出去的闺女，泼出去的水"是一脉相承的。闺女嫁给了别人，就是别人家的人，是"外人"。而侄子再远也是同姓人，是同一族谱的人，是自己人。在一些地方甚至有"亲外孙不如抱草墩""外甥狗，吃了两头走；侄儿亲，打断牙齿连着筋"的俗语。（郭永勤 赵新春）

125

大路不平众人铲

俗话说"大路不平有人铲"。可"大路不平众人铲"这句话，在咱这一带却成了人们的口头禅。

从前，新蔡有一个老员外，四十八岁才得了个大胖小子，夫妻俩高兴坏了，给这小子取了个名字叫大路。大路长到十八岁，老员外暴病身亡，大路就跟着母亲过日子。大路从小娇生惯养，父亲死后他就吃喝嫖赌，不到一年把家产都弄光了，只好跟着母亲去要饭。大路没一点人性，母亲要来的饭，他都吃了从来不让娘吃。母亲一天天瘦了，连饿带累一点力气也没有了。大路扶着母亲走到山上，累得浑身是汗，感到母亲是个累赘，便生歹意，趁娘不注意，把她推到山下。

山下一个砍柴的小伙子正要回家，突然看见从山上滚下一个人来，就扔下柴捆奔了过去。他一摸老人还有口气，就背着老人回到家里。小伙子又是给老人擦伤，又是灌茶，不住地喊魂儿，一会儿老人苏醒过来。小伙子忙问她咋从山上滚落下来，老人鼻子一酸，哭着诉说了自己的不幸。小伙子痛骂了一顿大路后，想到自己从小没爹没娘，就跪在地上说："如果你不嫌俺穷，我就认你为娘。"老人当下

同意了。从此以后，小伙子砍柴，母亲做家务，苦日子也变甜了。

快过年了，小伙子想，母亲慌了一年，该做一件新衣服了，就上城用卖柴钱给娘扯了一个布衫。小伙子买了布，顺手从城墙上撕了一张黄纸包布料。刚要走，被两个当差的抓住了，送到皇帝那儿。皇帝问他："你知道大印在哪吗？""啥大印？"小伙子被问糊涂了。"不知道，为啥揭皇榜？""我是用来包布啊。""大胆，拉下去重打四十大板，关进大牢！"小伙子一听吓坏了，就连忙求饶："皇上，坐大牢不要紧，只是家里还有一个年迈的母亲，能让我再见上一面吗？"皇帝见他恁孝顺，就恩准了他的请求，派两个当差的把他送到了家。母亲见儿子恁晚才回来，还有两个当差的跟着，可吓坏了。小伙子把事情经过告诉了娘，他娘心里难过极了，说："上午我在河边洗衣裳，拾到了一个黄包包，也不知是啥东西，就捡回来了。"说完就把包包拿了出来，小伙子拿给两个当差的一看，正是皇上被盗的大印。当差的连忙向皇帝报告，皇上特封了小伙为"献宝状元"，准备把他娘俩接到宫中。

再说大路，自从把母亲推下了山，没人给他要饭了，他就开始偷。周围一带让他偷遍了，人们都恨透了他。大路听说他娘被人救了，还有好日子过，就想去认娘。问人有啥好办法，庄上的人谁也不给他出点子。有一个老头对他说："在大路上挖个坑，你就站在里面，光露个头，等轿一来到你就喊娘，她肯定答应你。"大路这会儿认娘心切，就按老头说的去做了。到了晌午，大路看威风凛凛的御林军抬着两抬大轿过来了，就连忙喊："娘，我是大路呀！娘，我是大路呀！"这时，坐在轿里的"献宝状元"听到了，就问母亲："这是谁？"娘说："这就是那个不孝的大路！"他一气之下，就吩咐御林军："大路不平众人铲！"御林军前呼后拥，三下五除二把大路铲平了，也把大路的头铲掉了。

从此"大路不平众人铲"这句话，在咱这一带就这样留传下来。

讲述者：陈氏，女，67 岁，新蔡县佛阁寺乡陈楼村，
　　　　不识字，农民

采录者：陈磊，女，18 岁，新蔡县佛阁寺乡陈楼村，
　　　　学生
　　　　龚国强，男，34 岁，新蔡县文化局，高中，
　　　　干部

采录时间：1987 年 10 月 29 日

采录地点：新蔡县佛阁寺乡陈楼村

附
记

　　"大路不平众人铲"这句话，在新蔡当地民众中流传很广，也有不少人能讲述这则故事。陈磊在接受了老师的动员后，很有信心完成这个任务，她开始回忆奶奶讲过哪些故事，但是印象不深，情节也记不清楚了，周末回家的时候就给奶奶说了学校动员搜集故事的事，一听孙女说只是讲个有话就算是做贡献了，陈奶奶也很乐意。就这样，陈磊烧火，奶奶做着饭就把故事讲了。后来龚国强对故事做了一定的整理，故采录者为两人。（郭永勤）

126

儿
不
嫌
母
丑

　　从前，有一户人家，只有母子二人相依为命，另外还喂着条大黄狗。母亲长得虽丑，可身体结实，风里来，雨里去，拉扯唯一的儿子铁柱，盼他快快长大成人。转眼十几年过去了，铁柱长大成人，日子也一天天好了起来。乡邻们看到铁柱这小伙子很有出息，都想着给他说媳妇，可是一看见他那很丑的母亲，都怕新媳妇嫌弃，不敢提亲了。

　　铁柱娘为儿子找不到媳妇，整日愁得唉声叹气。一天，邻居张二婶给铁柱娘出了个主意，铁柱娘想了想，说："中，就这样办。"不久，张二婶作媒给铁柱说成了一个漂亮的媳妇。媳妇过门后，看家中无老无小，还雇了一位腿脚麻利的老婆子，给他们洗衣服做饭，活儿干得非常周到，真是称心如意，小两口更是百般恩爱。

　　老婆子住在下房，平时不声不响地干着活，奇怪的是她在喂大黄狗时，总是自言自语地说："儿不嫌母丑，狗不嫌家穷。"天长日久，媳妇问铁柱怎么回事。铁柱看媳妇心地善良，才对她讲了实情。贤慧的媳妇听说这佣人原来是自己的婆母娘，心里十分感动，就埋怨铁柱不该这样做，说："母亲长得再丑，你也是吃她老人家的奶水长大

的，没母亲哪有你啊！"话说得铁柱心里热乎乎的。

小两口高高兴兴地把母亲接到上房。从此，小两口精心侍奉自己的母亲，一家三口和睦相处，日子越过越好。

讲述者： 皮会明，男，40岁，新蔡县蛟停湖乡皮庄，
农民

采录者： 皮小如，男，18岁，新蔡县蛟停湖乡皮庄，
中学生

龚国强，男，34岁，新蔡县文化局，高中，
干部

采录时间：1987年9月20日

采录地点：新蔡县蛟停湖乡皮庄

附记

当时新蔡县许多学生都参与到了故事搜集中，陈磊、皮小如、彭金学、龚美勤都是其中的优秀代表。本故事原由皮小如在家中搜集，后龚国强进行了整理修订，故采录者为两人。"儿不嫌母丑，狗不嫌家穷"，也作"儿不嫌母丑，狗不嫌家贫"，通常用来劝告一个人不要忘本。（郭永勤）

127

孝顺媳妇劝恶婆

从前，西平县仪封镇有户姓钱的人家，当家的叫钱升，常年在外做生意，家里剩下老娘、老婆贾氏和儿子。

钱家老夫人，年近八旬，耳目还好，但半身不遂，能吃不能干，还得有人侍候。这贾氏操持家务倒还好，就是缺乏教养，不知孝顺老人。自婆婆卧床以来，贾氏成天比鸡子骂狗让婆婆听，并让婆婆搬进一间原来当猪窝的草棚里，在墙上掏个洞，放进去个粗瓷大碗。一日三餐，贾氏只从洞里递过去一小碗饭，顺手倒在大碗里。天长日久，大碗上的饭结巴比碗沿还厚，蝇子趴在上面赶都赶不走。

有一天贾氏娶媳妇，待完客剩下半盆残汤剩菜，贾氏发愁了："剩下恁多肉菜咋办哩？"这话叫老夫人听见了，老人心想，这几年我都没有沾过荤腥儿，趁这场大喜事，我也喝点剩菜汤儿润润肠子。她鼓了鼓勇气喊道："菜汤您吃不完别倒，给我盛点吧！"孙媳妇听见了，赶忙去拿碗。贾氏脸一沉，厉声说道："你就是好吃，吃哩多屙哩多，谁给你收拾？"孙媳妇听着气不顺，可自己新来乍到，不好给婆婆顶嘴，就松松地把碗放下了。老妇人见这种情景，不敢多说了，只是暗中落泪。

贾氏有了儿媳妇，给婆婆端饭的事自然用不着亲自干了。孙媳妇看着骨瘦如柴的奶奶，心里着实不忍，有时趁婆婆不注意给奶奶多添些饭，老夫人也因此气色一天比一天变好了，贾氏的脸色却越来越难看，孙媳妇也少不了听些不三不四的难听话。对婆婆的作为，孙媳妇实在看不惯，但一时又想不出好主意来。

这天，新媳妇又听见贾氏骂老人，忽然心中一动，计上心来。中午，贾氏刚端起饭碗，只听见外边"啪"的一声响，她急急忙忙往外跑。孙媳妇见婆婆出来，不等她说话，就装着生气的样子大声喊道："你这该死的老婆子，接饭不接好，把俩碗都打烂了。等我婆婆老了，我用啥给她端饭？"贾氏一听，张大了嘴巴，瞪大了眼睛，要骂人的话被呛了回去。这时，老夫人也发火了，一个贾氏就够她受了，又添个厉害的孙媳妇，反正她也不想活了，心一横，大声嚷起来："我没本事，我真该死。你俩找个火把草棚点了，把我这个老没用的东西烧死算了！"孙媳妇一听，那还得了，怒气冲冲地说道："想得怪好，草棚还得留着俺婆婆老了住哩，要死你就快点死，省得我一天三顿给你端饭吃！"

贾氏听了，如梦初醒，心想，我如今嫌怠婆婆，将来我老了，儿媳待我又该如何呢？老猫卧屋檐，辈辈往下传，说不定我将来的日子比俺婆婆更难过。没待贾氏开口，新媳妇又问："娘，你看这事咋办？"贾氏听了儿媳的话，心中难过起来，叹声气，勉强笑着对儿媳说："你奶奶老了，手脚不灵便，打个饭碗当啥哩。她不愿住这儿，咱把她搬到堂屋里。"

贾氏的婆婆在堂屋住下来了，贾氏同儿媳轮流侍候老夫人。老夫人饭吃饱了，衣穿暖了，气顺心和了。往日经常泪涟涟，现在整天笑开颜，见人就夸她的好媳妇。

讲述者： 武天权，女，82 岁，西平县宋集乡，不识字，农民

采录者： 刘梅婵，女，25 岁，西平县宋集乡，初中，农民

采录时间： 1987 年 7 月 19 日

采录地点： 西平县宋集乡

附记

武天权虽然年龄大了，但是待人热情，说话风趣，天天把自己收拾得干净利落，大家都喜欢围着她聊天。这天邻居家婆媳吵架了，她让几个年轻人把媳妇儿叫到自己家里，又是切西瓜又是倒茶，给媳妇儿消气。大家都在边上劝，媳妇儿也慢慢平静下来，开始给大家摆理，武天权一边笑一边劝，一直说："人心都是肉长的……人心换人心……"后来就讲了这个故事。刘梅婵当时也在场，听了之后很受触动，想到县里在动员搜集故事，就想着把它记录下来试试，故事后来被《中国民间故事集成·西平县卷》收录。

儿媳不孝，虐待婆婆，孙媳妇用破碗劝解的故事在驻马店流传很广。以往驻马店地区民间故事搜集到的还有新蔡县张海珠讲述、王永红采录的《瞎婆婆摔碗》，平舆县王兰英讲述、王翠歌采录，汝南县王道显讲述、刘侠采录的《一只破碗》，遂平县郭景州讲述、陈富营采录的《弃恶从孝》等。（郭永勤　赵新春）

128

四只大元宝

从前有户人家，家里老两口生有仨儿子、一个闺女。过了几年，仨儿子都娶了媳妇，在一块不好过日子，就分了家，闺女也出了门子[1]，这时老太太因病去世了，光剩下老头儿一个人，年纪大了，又不能干活，日子怪难过哩。

看这种情况，弟兄仨商量着咋样养活老头。最后达成协议，轮流管饭，每家半个月，先从老大家开始。开始轮时还好，轮来轮去，时间一长，儿子、儿媳们有些厌烦了。仨媳妇凑到一起商量，大儿媳说："这个老东西也不死，天天不干活。不管到谁家，都是干锅饼[2]、稀糊涂[3]、咸菜疙瘩，中不中？"听嫂子这样说，俩弟媳都说："中，就那么办！"商量好后，先从大儿媳家开始轮。大儿媳照自己说的，顿顿端的是干锅饼、稀糊涂和咸菜，一连半个月，天天如此。老头想：大儿媳妇不孝顺，盼着多这儿[4]到二儿子家就好了。谁知半个月后轮到二儿子家里，二儿

[1] 出了门子：方言，指出嫁。
[2] 锅饼：一种北方面食。
[3] 糊涂：即面稀饭。
[4] 多这儿：方言，指啥时候。

媳妇端上来的也是干锅饼、稀糊涂和咸菜。老头又想，二儿媳妇也不孝顺了，盼着多这儿到三儿子家吃几顿好饭食吧！结果轮到三儿子家里，三儿媳妇端的仍是干锅饼、稀糊涂、咸菜疙瘩。

几个月过去了，一个七十多岁的老人被折磨得皮包骨头，又黑又瘦。老头伤心地想起闺女，就到了闺女家。闺女一看爹瘦成这样，心里怪难过，哭着问："爹，您老病了吗？"老头说："别提了，他弟兄妯娌合谋折腾我，到谁家都是给我吃干锅饼、稀糊涂、咸菜疙瘩，天天如此。"正说着，他当锡匠的女婿挑着担子回来了，一见老岳父就说："爹，有病吗？咋瘦成这样！"闺女把前前后后的一说，女婿想了想说："爹，你别愁，我给你想个办法。"说着走到院子里，把小炉子支起来，拉着风箱，用锡叮叮当当打了四只大元宝。女婿打好后对老头说："爹，你把它拿回去。你不是自己住了两间房吗？到黑了你把它放在桌子上，在灯下摆弄它，还得嘟囔说：'不怕你们弟兄们不孝顺，我还有点财物哩，谁孝顺我给谁，谁不孝顺我叫他啥也落不着！'"

老头听了闺女、女婿的话，拿着四只假元宝回到了家里。这一轮还是先从大儿子家开始，大儿子家的饭食仍然照旧，干锅饼、稀糊涂、咸菜疙瘩。到黑了，老头在屋里点上灯，拿出闺女、女婿给他的"四只大元宝"，放桌子上边摆弄边说："不怕你们不孝顺，我还有这点财物，谁孝顺我给谁，谁不孝顺叫他啥也落不着！"正巧，大儿媳妇端着簸箕到后院去轧碾子，听见老头在屋里一个人嘟嘟囔囔，就趴在窗户外向里看。一看，见桌子上放着四个明晃晃的东西，也不知道是啥，赶紧回屋里给她丈夫说。大儿子跑去一看，原来是"四只大元宝"。大儿子心想：有这四只元宝，能买几十亩好地，高兴地跑回去对他老婆说："那是四只大元宝！快！快！你到鸡窝里逮只小鸡，杀了炒炒。"他老婆听说老公公还有四只元宝，手脚也麻利了，不一会儿小鸡炒好了。大儿子提着酒壶，去喊他爹的门："爹，开开门！""啥事儿呀？""我给你送酒来了！""黑了喝个啥酒哇？明儿喝吧！""明儿还有哩！"老头开开门，爷俩喝了起来。从这天起，老头儿在大儿子家又是酒，又是肉，再也不吃干锅饼、稀糊涂、咸

菜疙瘩啦。

老二到他大哥家，见他大哥给爹又是酒又是肉的，心里怪纳闷，心想："不是都说好了吗？不给他吃好的，咋变了？"又想："你给他吃好的，反正我还是照旧老饭食。"半个月后，轮到老二家，端上的还是干锅饼、稀糊涂、咸菜疙瘩。老头儿黑了又用那个办法，在灯底下摆弄"元宝"。二媳妇听说在老大家吃好饭食，吃好菜，怕老头夜里背后骂她，便偷偷地趴在窗户上听。老头边摆弄"元宝"边说话，恰巧被她看见听见了，她慌忙跑回屋说给她丈夫："怨不得咱大哥家换了饭食，原来他们看见了四只大元宝。"他男人说："还不快点把羊杀了，给爹下酒！"第二天老头吃的饭食变样了，羊肉汤、羊肉包子、炒鸡蛋、喝好酒，每天都换着样儿吃。

三儿子和二儿子同住一个院，一个北屋，一个西屋。他见二哥家换了饭食，不知是咋回事，心里想："你吃你的，反正我还是老饭食。"所以轮到三儿子家，端上来的还是干锅饼、稀糊涂、咸菜疙瘩。到黑了老头又用那个办法，边摆弄"四只元宝"边嘟囔，恰巧又被三儿媳妇趴窗户看见了，忙来对她丈夫说："怪不得咱大哥、二哥家换了饭食，原来是都看见了爹的'四只元宝'！"三儿子说："咱也得给爹改善生活，快把咱家的猪杀了！"第二天老头吃的饭就变了，不是炖猪肉，就是包饺子，比在老大、老二家吃的饭还好。

几个月轮下来，老头吃得脸上红扑扑的，身子板也结实啦。这天背着"四只元宝"来看闺女了，一见女婿就说："你的办法，还真灵啦！"把"四只元宝"还给了闺女。老头接着问："以后要是他们要这'四只元宝'咋办？"女婿说："有办法，我给你写个纸条，你到集上买两个小瓦盆，把纸条放在盆里扣起来，埋到你房屋的东南角下。多这儿你不行的时候，他们肯定会问你要，你那时别说话，问紧了，就指一指。"

老头按照闺女、女婿的话办了。过了几年，老头的寿限到了，躺在床上奄奄一息。仨儿媳慌了，一齐趴在老头的枕头边问："爹，你那点财物，搁在哪儿了？可别

失落[1]了呀？"老头眼也不睁，嘴也不张。仨儿媳更急了，这个"爹"，那个"爹"地直喊，老头儿最后抬了抬胳膊，向东南角指了指就断气啦。

仨儿媳忙把自己的丈夫找来，商量着咋分这几只元宝。商量来商量去，决定一人一只，剩下一只作为埋葬费用。好，丧事一完，亲戚朋友要走了，老大说了："表叔、二舅你们都等等，守着你们把俺爹撇下的那点财物分分！"他表叔说："你们不是早就分家了吗？光剩下恁爹住的两间破屋还不好分吗？""不，俺爹还有'四只元宝'。"听说还有四只元宝，他舅说："在哪儿？快拿出来看看！"仨儿子拿着镢头到屋东南角去刨，一刨刨出来两个扣着的瓦盆子，掀开一看，哪里有啥元宝，只有三寸长的一张小纸条。仨儿子不识字，拿给他表叔念，他表叔念道："东南角下盆扣盆，一无金来二无银。不是老头用巧计，不孝之子欺负老人。"他表叔念完，哈哈大笑。仨儿子和媳妇都说："那四只元宝是俺亲眼看见的呀，咋会没有呢？"她妹夫在旁插话了："那是假的。咱爹还给我，让我化成锡卖啦！"

讲述者： 王永祥，男，68岁，确山县任店乡陈门店村，小学，农民

采录者： 王奎山，男，41岁，确山县文联，大学，干部

采录时间：1987年6月10日

采录地点：确山县任店乡陈门店村

异文：瓦片与孝子

从前有个老头，仨儿子都已成了家，生了孙子。树大分枝，仨儿子分家，自立门户。依照儿子分家时的协议，老头的生活由仨儿子轮流抚养。这样不到半年时间，老头察觉不论轮到吃谁家的饭，谁家原来有说有笑的融洽气氛一下像被刮进股冷风，吹散了。媳妇冷着脸，儿子埋着头，

[1] 失落：即丢失。

无端地骂鸡踢狗打孩子，老头暗中叫苦，却不敢吱声。到了年底，快过春节了，老头儿的仨儿子家都忙于置办年货，每家的厨房都油香四溢，刀勺交响，好一番喜气洋洋的景象。

年三十下午，日头刚偏西，老头就端坐在屋里板凳上，等儿媳来请吃年饭。可是，等着等着，老头一锅接一锅地抽着旱烟，直到日头下山，也不见哪个儿子、媳妇露面。一直等到吃罢年饭，老头还呆坐在屋里板凳上干吞口水。从此，老头长吁短叹，夜间辗转反侧不能成眠。有苦没处诉，老头找到深交多年的老朋友王川倾诉衷情。王川是个仗义而又机智的老人，了解到老人的苦衷，愤愤不平。于是两个老人商量一阵，终于打定了主意。

老头回家后，第二天收拾点简便行装对家里人说："外边有朋友合股去做生意，我十天半月不会回来。"儿媳妇们巴不得省张吃饭的嘴，谁也不当回事，听任老头去了。老头并没有远去，就歇在王川家，天天拾回一块块瓦片敲呀磨呀，一块一块包起来。一个月后，老头向王川借了二十块钢洋，担着沉甸甸的一担木箱回来了。

老头的儿媳们眼见老人挑着沉重的木箱，都争着凑近想看个究竟，可老头儿不声不响，径直把箱子挑进自己房间，关起门来。从此，老头常独自关在房里很少出门。儿媳们感到奇怪，就透过门缝往里探视，只见老头子坐在床上，手里拿着白花花的银元，轻轻敲着数着，床上还放着一个个纸包，估计是封好的银元。这时儿子和媳妇，个个都惊喜得直吐出舌头。自此，出现在老头眼前的儿子、媳妇，每个都是一张看上去讨人喜欢的谄媚笑脸。老头轮到哪家去吃饭，哪家就像逢年过节似的，三餐桌上都摆上好菜，隔几天总免不了杀鸡呀，宰鸭啦，做好端到老人面前。妯娌间互相比着表达自己对老人的尊敬和孝顺，仨儿媳妇还常把自己的小孩推到跟前讨爷爷欢心。

有一天，老头经过一场大病后，死期将到了，儿子、媳妇、孙子围满床前问候老人。老人吩咐把他的老朋友王川请来，当着老朋友和儿子媳妇的面宣布："我不行了，平生有点积蓄都在这枕头箱里。我死后请王川作个公道，请来族里的亲人当场把这些钱均分给你们。"说罢，老头就咽了气。

老头的儿子、媳妇紧跟着捧着枕头箱的王川来到堂屋，族人邻居听说老头竟然私积下恁多的遗产，都感到惊奇，纷纷赶来看热闹。只见王川慎重地打开箱盖，果然里面陈放着一层闪光的银元。拆开第一卷，原来里面是一块块磨成银元状的瓦片，第二卷是这样，第三卷也是这样……人们屏着呼吸，瞪着惊疑的眼睛，看着王川从箱底取出一张纸条。王川手捧着纸条，高声念道："二十块钢洋是救命钱，王川借我理该还。幸得瓦片生孝子，老子才能到今天。"读完，王川把那二十块钢洋往自己口袋里一装，一言不发，拂袖而去。老头儿的儿子、媳妇"唰"地红了脸。

讲述者： 申宏亮，男，58岁，驻马店市顺河乡马庄村，小学，农民

采录者： 申国学，男，12岁，驻马店市顺河乡中，学生

采录时间： 1987年6月2日

采录地点： 驻马店市顺河乡马庄村

129

狗屎粽子

张五能的老婆周氏嘴馋好吃，经常向丈夫咕咕哝哝地说："我想吃粽子，我想吃粽子。"张五能说："买粽子不难，就是往家里带着不容易。"周氏生气地说："我就不信买粽子拿不回来，你怕我吃就是啦！"五能说："上有母亲年老，下有弟弟妹妹幼小，买多了没有钱，买少了人都看着，咋能叫你吃独食哩？""我有个办法，只要你按照我说的去行事，自然到我一人嘴里。""你说的办法只要中，我就办。你是我的心上人，宁可不让娘吃，也得叫你吃。"周氏笑笑说："咱庄南边不是有一块秫秫地吗？买了粽子你用手巾包着，先埋到秫秫地里，到天黑了再扒回来，神不知鬼不觉，这不就吃到我嘴里了？"五能一听，喜得合不拢嘴："你真有办法，不愧是个好内当家的！"

夫妻俩商量停当，第二天，张五能到街上买了一手巾兜粽子，包得严严实实，走到庄南边就拐进秫秫地，照老婆的嘱咐去办。他恐怕忘了地方，还特意作个记号，到家对老婆说："今儿黑了[1]你一定能吃到粽子！"周氏听了，不由得暗自高兴，单等入夜拿回一饱口福。

入夜以后，张五能到地里取回粽子，递给老婆周氏。因为怕家里其他人看见，也没敢点灯。周氏馋得难忍，在暗中解开手巾，剥去竹叶，摸着粽子猛咬一口，觉得又臭又苦，赶紧吐了出来，小声问五能："你坑老娘，你买的粽子咋又臭又苦？"五能不相信，拿起来闻闻，确实很臭，想是埋在地里闷坏了也是可能的，赶快点灯看看，原来是狗屎。

周氏大哭起来，五能赶紧捂着周氏嘴小声说："我的姑奶奶，千万不能大声吵闹，娘知道了要生气，邻居知道了会说你我不孝，赖名难落呀！再说粽子是我亲手买的，到地里又是我亲手埋的，好好的糯米粽子变成狗屎，真是难以解说呀！"

夫妻再三考虑，始终想不出是啥原因，想来想去认为这可能是为儿不孝受到神灵的惩罚。从此，夫妻一反常态，对母亲尊敬如神，冬天问寒问暖，夏天给摇蒲扇，从街上买回的好东西，先让他娘吃后自己再吃，很受邻居称赞。

原来粽子变狗屎并不是神灵暗中调换，而是事有凑巧。刘三到村外拾粪，看见张五能从秫秫地出来，认为他一定是在地里解大便。他便顺着五能走出的方向去铲大粪，到地里踅摸一圈却没有看见粪便。正疑惑间，突然看见有个标记，土松色湿，暗想，这个张五能出恭特别，给猫屙屎一样，还要盖着哩。刘三用铲子一剜，原来是个手巾兜，解开一看，是粽子。他不知道张五能为啥把粽子埋在地里，心想：不管咋的，我先吃了粽子再说。吃完后，又怕挨张五能的骂，给他来个抽梁换柱，用包粽子的竹叶把狗屎包上，埋在原处。要不是刘三久后说出，谁也解不开这个谜哩。

讲述者： 陈绪堂，男，81岁，泌阳县官庄乡陈楼村，小学，农民

采录者： 余建方，男，50岁，泌阳县电影公司，中专，干部

采录时间：1988年7月16日

采录地点：泌阳县官庄乡陈楼村

[1] 今儿黑了：方言，即今天夜里。

130

孝子李丙

余建方平时就好听个稀奇事，为了做好故事搜集工作，他经常跟着电影下乡活动到乡里去。放映员布置场地的时候，他就在边上和乡亲们聊天，《狗屎粽子》就是在这样的环境下采录到的。故事中的张五能应该是张无能的谐音，这也是民间故事常用的手法。与此相似的故事，以往新蔡县民间故事中有一篇孟环春讲述、龚国强整理的《王豆买粽子》，也是讲夫妻怕老娘吃到，先将粽子埋秫秫地里，夜晚偷吃的事儿。不过，故事的重心是放在"花喜鹊尾巴长，娶了老婆忘了娘"，夫妻秀恩爱，老娘扔一边的情节渲染上，没有夫妻俩以为神明惩罚而孝敬母亲的情节。（郭永勤　赵新春）

很久以前，有个叫李丙的男孩，五岁那年父亲因病去世，家里只剩下他和他娘。

李丙家中贫寒，只靠他娘耕种的二亩薄地维持生活，遇到天灾人祸，往往是吃了上顿没下顿。李丙娘把儿子当作命根子，对他万般疼爱，衣食住行都是紧着儿子，生怕儿子吃不饱，穿不暖。万一孩子有个三长两短，咋能对得起死去的丈夫呢！

为了把孩子早日养大成人，李丙娘经常是省吃俭用，一年三百六十五天大都是以野菜和小米汤充饥，把家里好吃的饭菜都留给儿子吃。就这样日复一日，年复一年，十多年过去了，李丙已长成一个十七八岁的大人了。李丙长大了，可他的娘老了。李丙的性格也渐渐变坏了，母亲的话也不听了，别人的劝说他更是只当耳旁风。娘对李丙十多年的疼爱和娇惯，不但没有换来儿子的孝心，却常听到的是李丙打骂他娘的声音。

有一年，老天爷久不下雨，庄稼颗粒无收。李丙家里更是度日如年，他娘只能以野菜树皮充饥。为了不让儿子饿着，李丙娘不顾脸面，常常背着李丙跪在别人面前，哀求点米面来养活儿子，生怕李丙渴着饿着。可是，李丙整天光知道贪玩和吃喝，根本不问饭菜从哪里来，更体会不到娘的苦心和辛酸。

一天下午，李丙和往常一样，外出玩耍。天快黑了，他娘把家里仅有的面收拾后烙了两个饼，等着儿子回家吃饭。门响了，儿子回来了，娘亲连忙把两个面饼和稀饭端给了儿子。李丙二话没说，一口气把两个面饼吃光后对娘说："今晚的面饼真好吃，再给我拿两个。"他娘听后低头不语，不停地掉眼泪，在李丙再三追问下，他娘说："儿啊，就两个面饼你都吃了，叫娘上哪给弄呢！"李丙一听，大为恼火："你这老东西，明明是你把面饼偷吃了，还敢说瞎话。"说着连打带骂将他娘撵出了门外，要她弄不来面饼，永远不要回来，并将门紧紧关上。

天黑黑的，风呼呼的，被儿赶出家门的娘躺在地上呻吟着，啼哭着。正在这时，一个名叫心平的小伙子出来解个手，听到有人在哭啼，便顺着哭声找来。当得知是李丙的娘后，小伙子二话没说，搀扶老人回到自己的家中。心平的家人对李丙的行为恨得咬牙切齿，恨不得马上将李丙揍一顿，可是最终还是被李丙的娘劝阻了。

李丙把娘赶出家门后，这天夜里，他在床上翻来覆去睡不着。心想：我怎么能把自己的娘赶出门外呢？她毕竟是辛辛苦苦养育自己多年的娘啊！越想越觉得不对劲，越思越觉得自己愧对娘。

第二天，李丙出来去找娘，当走到心平家门口时，正好看见心平在侍候自己的娘，顿感心中不安。他不好意思再面对自己的娘，便转身回家，拿起铲子到村外挖野菜去了。

老娘疼儿不回心。虽然儿子将娘黑夜赶出家门，但是李丙他娘每时每刻都在想念自己的亲生儿。当她听说李丙到村外挖野菜时，更是心疼难受。她从心平家里要了两个馍给儿子送去，李丙听到娘的喊声，急忙赶上去迎接。他娘看见儿子拿着铲子快步向自己身边跑来，以为儿子又要来打她，便扭身向后跑，一下子撞死在大树上。李丙见到娘撞死在地，"扑通"跪在娘的身边，大声哭道："娘啊！是孩儿不孝，是孩儿害死了你！"

李丙非常后悔，又很想念他的娘。于是，他就用木头

雕刻了他娘的像，天天背着他娘，一步也不让娘离开自己。这样，日复一日，年复一年，玉皇大帝终于被李丙的所作所为感动了。为了考验李丙孝顺他娘的诚意，玉皇大帝派神仙下凡到李丙晒麦的地方，想吓吓李丙，看李丙是要娘还是要麦子。这天，李丙背着木头刻的娘的像来到晒麦的地方，拿着一把伞给他娘遮太阳，生怕晒着了他娘。刚才天气好好的，一会儿雷声轰隆轰隆地响，狂风呼呼地刮。李丙知道要下雨了，他不顾麦子被淋，背着娘就往家里跑，玉皇大帝知道了李丙是真心地孝顺。

为了再考验李丙的真心诚意，玉皇大帝又派了一位仙女下界去勾引李丙，看李丙是要他娘，还是要美女。

这天，李丙背着木头像在地里挖野菜，仙女装扮成一位美丽的村姑来到李丙身边，妖里妖气地说："这位公子，你天天背个木头多累啊！如果你把它丢到河里，我愿嫁给你，保你一辈子享不完的荣华富贵。"李丙听了非常气愤："你这哪来的妖精，这木头刻的是我娘的像，我宁愿一辈子吃糠咽菜，也不能离开娘，你快滚开！"

停了一会儿，仙女又来到李丙身边，拉住李丙的手说："公子的脾气真怪啊！我是真心对你好，谁家男儿不娶妻？我看你怪可怜的，要那木头有啥用，不如把它烧了，然后咱俩生儿育女白头偕老，过天堂似的生活多好呀！"说罢就去夺李丙背着的木头像。李丙听了仙女的话，恨得咬牙切齿，转身给那仙女一耳光，并大声斥责："你这妖女，我宁愿一辈子不娶妻，也不会要你这不孝之妇。你快离开这里，不然我就用铲子把你的头铲掉。"仙女一听，又恨又喜，心里想：这李丙还真是个大孝子呀！

玉皇大帝被李丙的孝心深深感动了，于是，派托塔李天王将李丙的娘还魂回到人间，又将那位仙女许配给了李丙。

讲述者：　李万全，男，57岁，上蔡县五龙乡老李村，大专，教师

采录者：　李咏柳，男，11岁，上蔡县五龙乡老李村，小学生

采录时间：2006年3月10日

采录地点：上蔡县五龙乡老李村小学

李咏柳想参与老师说的故事搜集，回家后就按照老师说的，从村里年龄大的、平时爱说俏皮话的人入手，他找到了李万全，李万全夸他积极，说："姓李的名人你知道哪些？"李咏柳说了李自成、李白、李天王，李万全笑着说："姓李的名人多呀，咱今儿个也讲个咱姓李的故事吧！"李咏柳记得慢，整理出来后又让李万全校对了一遍，后被《中国民间故事集成·上蔡县卷》收录。

刻木孝母的故事源于二十四孝中的东汉丁兰刻木事亲，这则故事在驻马店多地有流传。以往驻马店民间故事选本里还有遂平县段建芝讲述、华梅采录的民间故事《明工孝母》，主人公叫明工，故事内容与此相差不大。不过原县级驻马店市顺河乡宋张氏讲述、宋晓凯采录的《刻木敬母》，主人公张郎是受树上乌鸦反哺感染，真心悔过，没有神仙什么事儿。（郭永勤　赵新春）

131

拉荆车

古时候，泌阳县北山脚下有个姓闫的人家，有老母亲、儿子、儿媳和小孙子四口人。儿子叫闫俊，孙子叫闫义。

母亲勤奋操劳，但到年老时眼却瞎了，就这样，还经常摸索着纺花转线。儿媳妇是个凶狠刻薄的女人。有一天，儿媳妇给闫俊说："咱家里穷，上顿不接下顿。他奶跟着咱活受罪，还不如让她上西天享清福哩！"闫俊说："那不中，俺娘养活了我，咋能让她离开咱呢？"儿媳妇说："那我跟着你受不了这个穷罪，不如我死，我上西天，撇下你们，少一个人吃饭，你们赖好好过啦！"

闫俊舍不了娘，又舍不了老婆，想来想去没有想出办法。闫俊的老婆便说："那我非死不可！"说着就拿根绳子假装要上吊，闫俊赶快抱住老婆说："好！那让俺娘上西天算了！"停了一会儿，又问："可咋让她上西天哩？"他老婆说："好办！母猪峡西岭上有个'乱草窝'，旁边有个土地庙，都说很灵验。老辈子想上西天的人，在那烧烧香，祷告祷告，然后静心打坐，不到第二天天明就走了。""那恐怕是让狼给吃了吧！"闫俊说。"你知道啥？俗话说狼是土地爷的狗，吃了肉体魂儿才能上天。即使暂时受点罪，可灵魂永远安生啊！"在老婆的诓骗下，懦弱的闫俊终于同意了。于是，那女人让丈夫用荆条缠了个荆笆车，并商量好拉母亲的方法和时间。

一天，闫俊对他娘说："娘呀！你都六七十岁了，还没享过福，今儿个我拉你到乱草窝去，那儿离咱这儿四十五里，有土地爷保佑。听说想享福的老年人都到那里去了，可过神仙一样的日子。"母亲犹豫了好久，最后想着，又可享福，又能减轻儿子的负担，以后不再连累他们，于是便同意了。闫俊让他娘换了衣裳，扶她坐在荆笆车上。这时，儿媳妇也亲热地过来拍着婆婆的肩膀说："娘呀！你要享福去，俺还会常去看你哩。"

就这样，闫俊拉着荆笆车向乱草窝进发了。走到路上，他娘听见咩咩的小羊叫声，就说："儿呀！你和'小羊跪乳'一样有孝心啊。"闫俊听后，眼泪却扑簌簌地落了下来。到了晌午，闫俊翻坡越岭将他娘拉到了乱草窝，他给土地庙上了供馔，又祷告了土地爷后，便对娘说："娘！你在这儿等着吧，土地爷一会就接见你的！"说罢，转身低着头走了。

这天晌午，孙子回来不见了奶奶，便哭着要找。邻居二母偷偷告诉他："今儿见恁爹用荆笆车拉住恁奶不知道上啥地方去了。"孙子一听，便哭着独自顺着荆笆车印去找奶奶。闫俊在路上遇见了儿子，只得说明情况，又领儿子跑到了乱草窝。

闫俊走后，他娘听见山风刮了起来，自己已饥肠辘辘，等了又等，并不见土地爷派人来接。忽然，她又听到远处嗷嗷的狼叫声，害怕极了，于是便在山上摸着爬起来。突然，两脚一空，栽下了山谷。

日头还没落山，闫俊领着儿子赶到土地庙，已经不见他娘的影子。孙子大声哭喊，儿子也哭泣。他们四处寻找，终于在山半腰树杈间找到了被树杈棚架着的母亲。闫俊将他娘救了下来，又让娘坐在荆笆车上，由孙儿扶住，拉回到家里。

第二天，闫俊要扔掉荆笆车，儿子拽住车把不让扔，说："您俩拉俺奶四十五，我长大拉您俩上阎王府。荆车挂到屋檐下，风不刮来雨不洒，咱一辈一辈往外拉。"闫俊夫妻听后，怕得很，再也不敢嫌弃老母亲了。

讲述者：　刘明传，男，60岁，泌阳县黄山口乡，初中，干部

采录者：　张正，男，49岁，泌阳县文化局，大学，干部

采录时间：1989年4月15日

采录地点：泌阳黄山口乡

异文：扔娘记

很久以前，山脚下住着一个寡妇，带着一个男孩。

寡妇带着孩子历尽千辛万苦，把孩子拉扯大了，孩子非常孝敬母亲。母亲心里有一桩事放心不下，要是能娶个媳妇就了了娘的心事。这几年，风调雨顺年景好，家里也富裕了，娶了个媳妇，生活也一天比一天好了。第二年又添了个白胖的小子，一家四口欢欢乐乐，又过了七年又添了两个孩子，生活上慢慢有些紧张了。加上年景不好，老婆儿又生了病，一家六口，全靠小两口种地维持生活。老婆儿不能干活，还得花钱，媳妇整天嘟噜，老婆儿的病也就越来越重，媳妇也就越来越不待见，家里整天生气。

有一天，媳妇对男人说："现在就咱娘是个累赘，不能干活，还得花钱，照这样下去，咱的日子可咋过呀！"男人说："明儿你把独轱轮车给我准备好，再找个大筐。"媳妇说："找这些干啥？"男人说："把她推到山那边的山沟去！"这话被八岁的大儿子听到了，小孩也不知道是咋回事。

第二天一切都准备好了，让老婆儿坐在独轮车上的筐里，儿子推着。大儿子问："爹，你推俺奶奶干啥去？"

爹说："你奶奶病好长时间了，去山那边找个名大夫看看病。"

儿子说："爹，我也去。"

爹说："你别去了，可远可远的，回来到集上给你奶奶和你买点好吃的，你在家里等着吧！"

吃了早饭就上路了，翻了一座山又翻了一座山，老婆儿问还有多远，儿子说快到了，老婆儿说："要是远了咱就不去了，山路也不好走！"说着说着，儿子把车放好，就往山沟里推老婆儿，老婆儿这才明白，哭着喊着："你

们不能把我往山沟里扔，等我病好了，我还能给你看看孩子，缝缝补补，做个饭，干个杂活。"老婆儿抓紧筐子不放，儿子没法，只好连筐也扔到大山沟里，推着独轱轮车回家了。

回到家里儿子问他爹："我奶奶呢？"

"你奶住下了。""那筐呢？""筐扔了！"

儿子嚎啕大叫地哭了起来，爹问儿子："你哭啥？"

儿子说："我哭筐！"爹说："扔个筐哭啥？"

儿子说："等我长大了，你长得跟我奶奶一样的时候，没有筐我用啥推你、扔你呀！"

一句话刺疼了爹的心，爹爹抱着儿子的头大哭起来，后悔莫及。

讲述者： 张效堂，男，47岁，驻马店市老街乡，初中，干部

采录者： 张爱梅，女，33岁，驻马店市老街乡，高中，干部

采录时间： 1987年7月7日

采录地点： 驻马店市老街乡

附记

张爱梅是老街乡文化专干，她热心工作、熟悉群众，按同事说的就是，她不仅知道该找谁，连该啥时候找都知道！这为她的搜集工作提供了便利，也保证了搜集的质量。张爱梅习惯在家常式的聊天中随机搜集故事，再凭自己的记忆进行整理，这则故事就是她在与同事交谈中随机搜集到的，整理后她又找到讲述人进行了校对。相同主题的故事在驻马店地区流传很广泛，本书收录的《四只大元宝》《瓦片与孝子》等都是同类故事，情节略有差异。（张毅）

132

董书平改过

从前，有个卖狗肉的，名叫董书平。他从小失去了父亲，家境贫寒，就跟随母亲在街上要饭。母亲非常疼爱孩子，要的咸汤好饭都给儿子吃。娘俩整整要了十年饭，儿子长到十五岁，娘俩就在十字街口卖狗肉。自从书平能挣钱了，就嫌母亲这也不会，那也不中，样样都不行，甚至又打又骂的。

一天，书平买来一只母狗，还带一只小狗娃。大狗被绳子捆着，小狗在它母亲身边。书平"呼拉呼拉"磨好刀，把刀放在地上，到屋里拿盆准备接狗血。这时，小狗把刀衔在一旁，卧在刀上面，不让主人看见刀。书平拿来盆，不见刀了，东找西找也找不到。后来，他看见小狗娃在那儿卧着，俩眼泪水流个不停，就看出了门道。他想：这小狗是怕我杀它娘，把刀藏在身子底下了。小狗就知道疼它娘，可我天天不是打俺娘，就是骂俺娘，这不是连狗娃都不如吗？我要这样下去，还咋站街头呢？想到这，他就走上前去，双膝跪在娘身边。书平娘这时正在烧锅，看见儿子双膝下跪，吓得直往一边躲，说："书平你、你、你咋？又想打我吗？你看我正在烧锅呀！"书平说："娘，

从今往后，我再也不打您老人家啦！"

打那起，书平真的变好了，改行做了卖包子的生意，经常买好吃的让他娘补身子。娘俩有吃有穿，日子越过越好。

有一天，书平正在十字街口卖包子，一个大汉突然走过来，也不问价，伸手拿个包子就吃。书平说："你这人咋回事，不问价就吃！"这个大汉也不答话，挑起书平的卖包子挑子就跑，转眼就不见了。书平急忙去撵，谁知没跑多远，刚才身边那座房子就倒了。书平要是不走，正好拍在里面。书平再回头一看，卖包子的挑子就在跟前，包子没少一个。

书平问那个大汉是谁，街上没一个认识的。后来有人传说是董书平碰上了济公。

讲述者：　王得功，男，87 岁，新蔡县搬运站，小学，
　　　　　退休工人
采录者：　邹凤英，女，53 岁，新蔡县文化局，初中，
　　　　　干部
采录时间：1987 年 10 月 10 日
采录地点：新蔡县古吕镇

附
记

古吕镇历史悠久，曾是虞、夏时期伯夷的封地，现改名古吕街道，为新蔡县政府所在地，境内仍保留春秋战国故城遗址，当地流传着许多动人的故事和传说。邹凤英是新蔡县文化局干部，因少年时曾跟随父亲邹长海常年挑担走街，本人会讲很多故事。她为人随和，阅历丰富，容易和人沟通，在搜集故事过程中，她又开始了"走街串巷"的生活。这天是周六，她在巷子口遇到了王得功，她觉得这个老人肯定有故事，就停下来和老人聊天。当时王得功因为年龄大，口齿已经不是很清楚了，邹凤英用故事引故事，用故事换故事，逗得老人家开怀大笑，成功地搜集到这则故事。故事后被《中国民间故事集成·河南新蔡县卷》收录。（郭永勤）

133

孬儿变孝子

从前在留庄崔楼庄，有一个寡妇，年纪轻轻就守着独生儿子过日子。可儿子长大后待她很不好，整天逼她下地干活、做饭，有时还打骂她。日复一日，年复一年，这个不孝顺儿子虐待他娘的事儿让老天爷知道了，决定惩罚他一顿。

一次，他老娘突然得了病，儿子为得个"孝顺"名儿就跑六七里路去给他娘请先生[1]。他出门时晴天无云，可回来时突然下起大雨，刮起大风。他的双眼被风雨遮着了，啥也看不见，闭着眼深一脚浅一脚地往前走。忽然，眼前一亮，闪出个银闪闪的小白兔。小白兔说话了："你这个不孝顺的东西，对你娘不好还光想装好人，你知罪不？"说完，一眨眼就不见了。这一次可把他吓坏了，正想跑，觉得有鬼拉住他道："他不孝顺，叫他吃沙糖！"他慌忙把戴在头上的草帽往屁股上一扣，趴在地上一动不动了。可他觉得有人在往他屁股上捂沙，吓得连大气也不敢出。就在这时候，他眼前出现一个白胡子老汉，用拐杖点

---

[1]　先生：即医生。

着他的头说："以后你孝敬你娘吧！你娘熬寡容易吗？你娘把你养恁大，你对你娘恁不好，你知罪吗？""知罪！知罪！饶了我吧！"他在地上连声求饶。"不是看在你娘面上，早就把你五雷轰顶了，叫你不孝顺！"老汉说完就不见了，天也立刻晴了。

他回到家，老娘的病也早好了，娘见他一身水，一身泥，屁股上净是沙，心疼得不行。他后悔极了，一头扎进娘怀里，泣不成声地说："娘，原谅我吧！我以后再也不虐待你啦！"真的，打那以后，他待他娘可好了，成了方圆附近有名的孝子。

讲述者：张景坤，男，53 岁，确山县留庄镇潘古洞村，
　　　　初中，农民
采录者：张毛山，男，38 岁，确山县留庄镇潘古洞村，
　　　　初中，职工
采录时间：1988 年 9 月 13 日
采录地点：确山留庄镇潘古洞村

附
记

故事中"吃沙糖"的情节，我小时候也听大人们讲过，就是小鬼想害人，就往人嘴里捂沙。说的是一个人走在河边时被小鬼拉住了，嚷嚷着让他吃沙糖。他一听，就赶紧把头低下、脱下裤子屁股朝上，结果小鬼就把屁股当成了嘴，让他吃了一屁眼子沙糖。同时大人们还教导我们，遇到鬼时不要急，鬼怕血，把鼻子捶淌血，这样才能保住命。可我目前为止一次鬼也没有遇见过。（谭咏利）

134

四子认父

很早以前，驻马店西边十五里处，住着一个姓高的年轻人，自幼父母双亡，孤苦伶仃，自奔自吃。他为人老实，乐于助人，从不得罪谁，年长日久大家给他送了个外号叫"高老好"。

高老好年近三十才娶了个外地要饭的女子为妻，两口子勤劳俭朴，日子勉强能过得去。一年后老婆生了个男孩，两口子非常高兴。孩子四五岁时，爱蹦爱跳，爬高上低，村里人都叫他"小淘气"。

小淘气生来命苦，七岁那年，母亲因病家里又没钱医治，就过早地下世了。高老好当爹又当娘，好不容易把淘气拉扯大。淘气十八岁那年，老好就张罗着托人说媒，给淘气娶了个媳妇。这一下，高老好多年的心事总算实现了，心想家里总算有了做饭洗衣的"家里人"了。

谁知好景不长，媳妇进门不到三天，对她老公公就大骂起来，骂老头吃得多，不干活，做事没眼色。总之一句话，她是鸡蛋里挑骨头——没事找事。

有一天，高老好挑起箩筐去拾粪，想起家里事，心里很难受，真是娶了媳妇接了神，往后这日子我还咋过呀！

老好越想心里越难过，哪还有心拾粪，走到东庄关爷庙时，他坐在庙里竟悲痛地哭起来。哭了一会，他想如拾不到粪回去又不让吃饭，便挑起箩筐走出庙门拾粪。拾了一会觉得又渴又饿，便又回庙休息。刚进庙门，发现里面地上放着一个小黄布包，拿起来一看还是黄绸子包的，打开一看是两锭白银，整整二十两。老好猜想刚才定有人来，如是商人丢银，那可要倾家荡产，咋得了？如是进京举子应考，丢了银钱咋能去到京城呢？误了考期岂不误了终身，毁掉前程！老好想了许多，觉得事关重大，决定暂不回家，守庙等人。

约过了一顿饭工夫，只见北方来一个骑马大汉，直奔关爷庙。只见那人满头大汗，气喘吁吁，神态紧张，下马后急进庙门，东瞅西望一番便回身向老好行了一礼，说道："老大爷，我是进京应考之人，不小心将盘费钱银子二十两忘在庙内，不知您老见到没有？"老好一听心里十分高兴，总算自己没有白等，赶紧把拾到的两锭白银如数交给那人。那人见到丢失的白银已找到，倍受感动，立刻双膝跪下，向老好磕头致谢，并诚心诚意地说："多谢救命之恩，我愿拜您为父，请受孩子一拜！"老好忙上前扶起那人，说道："罢了，罢了。你快赴京赶考吧！路上多加小心，望儿应考取胜！"那人连连点头拜谢，并再三表示如能考中，定报救命之恩，说罢便上马扬鞭北去。

高老好等人送银耽误了半天，眼看太阳偏西，粪筐里还没有拾到粪，回家又要挨骂受气，便匆匆到庄外拾粪去了。天挨黑儿时，好容易才拾了半筐粪，这才敢朝家走。

儿媳妇见公公恁晚才回来，想一定拾粪不少，上前一看，才半筐。她大发雷霆，骂了起来："你这个老不死的，又上哪脱滑[1]去了？一天就拾这点粪，够你吃的吗？嗯！今儿没有饭……"高老好一听，脑子轰的一声，满腹的委屈使他再也憋不住了，他将庙里拾白银二十两的前后经过，详细地告诉了儿媳妇。原想能得到她的谅解，谁知不说还好，说出真情，儿媳妇反而火气更大，用手指着公公的头又大骂不休！说："越活越傻，拾了银子不拿回来还坐在庙里等人家来找，简直是个大傻蛋！还不如个三岁的小孩

[1] 脱滑：方言，偷懒。

能哩！"

高老好做了积德行善的好事反被儿媳妇痛骂一顿，还不给饭吃，如是老伴在世，哪有这些气受呢？他想到，这鼻子一酸，眼泪像断了线的珠子，顺腮而下。就在这个时候，他儿子淘气一脚进门，见到爹爹俯首擦泪，就忙问原因。他媳妇没等公爹开口，就来个恶人先告状，一口气把公爹在外拾银不归反而坐等失主还银子的事，添油加醋地讲了一遍，最后又朝公公大声训斥："要是这二十两银子拿回来，咱盖三间房子买两匹马还用不完哩！"

淘气一听能盖三间房、买两匹马，马上怒气冲冠，冲着他爹开了火："我看你根本不是俺爹，我算白养活了你！今天你要把我气死，一辈子也难挣二十两银子，你还有这个家吗？今儿打开窗子说亮话，屎壳郎搬家——赌滚你的蛋！"高老好听到儿子说出这样绝情的话，真是心肺欲裂，十分难受。他反复思索着这日子再没法过了，就在那天夜里，提起小篮，拿着根小棍，走出了家门。

高老好离家后先到驻马店，向南到确山县，白天要饭，夜里睡在小庙。第三天他要饭来到正阳县东关，又累又饿，天气又热，渴得他头晕目眩，便一头倒在一家菜园里井边上。菜园的刘大、刘二弟兄俩正在锄地，见到老汉摔倒，连忙跑过来将老汉扶起。只见老汉手往井里指，知道他要喝水，刘二忙从屋里端来茶。高老好喝了茶后，心里顿时好受多了，望着刘大、刘二，泪水又流了出来……

兄弟俩将老汉搀到屋内，问他是哪里人，为啥一人外出。高老好擦擦眼泪，便将自己的身世、儿子媳妇怎样赶他滚蛋的事，一五一十地讲给他俩听。刘大、刘二深表同情，刘大对弟弟说："咱要是有这样个爹该多好！"刘二忙接着说："大爷，俺家就俺兄弟俩，家里就缺少个老人，您要不嫌俺穷，就在俺家吧！您就是俺爹！"从这以后，高老好就留在这里了。刘家兄弟对他十分孝敬，吃饭先让老人，经常问暖问寒，老汉没事时就帮他俩看管菜园，没过多久高老好就长胖了，身子骨也硬实多了。

高老好在刘家一晃过了十六年。这十六年，淘气的孩子已长成大小伙子，有一天这孩子突然问他爹，人家都有爷，我咋没有？他爹开始不讲，谁知这孩子直追不放，非要问个明白不可。他爹没法，才将十六年前爷爷被迫出走

的事讲了一遍。谁知这一讲，那孩子更不愿意了，非要他爹找回爷爷不可，说是找不回爷爷，我也像您那样把您赶走。这孩子闹得爹娘不能吃饭，无法睡觉，没办法，两口子只好带上干粮去找他爷。

根据别人提供的线索，他俩边走边问，带的干粮吃完了，也没找到他爹，没办法只好讨饭找爹。当他们来到正阳县东关时，饿得实在走不动了，就进了一家菜园讨饭吃。来到门口，见屋里正坐着一位老汉，头戴毡帽，身穿长衫，一手端茶，一手拿着烟袋正在吸烟。他俩进门就跪下，求老汉给碗饭吃。老汉看看他俩，很面熟，就问："恁俩恁年轻，为啥外出要饭？"淘气一听这咋像俺爹的声音，他抬头一看，果然是他爹，便上前抱着他爹的腿，哭喊起来，说是出来找你老人家，三天了，干粮也吃完了。又说您孙子很想您，一定要您回去，你不回去，他就把俺俩撵出来呀！

在菜地干活的刘家兄弟，听到家里的喊叫声，以为出了啥事，把锄头一扔就往家跑，听到那一男一女称他爹为"爹"，非常生气，问道："哪是恁爹？这明明是俺爹，咋是恁爹呢，十六年来谁不知道？"淘气抢着说："他真的是俺爹，离家十六年啦！爹，您说是吗？"

这时，高老好不慌不忙地说："我的确是他的亲爹，可是十六年前，他已和我断了父子情呀！"

三人争爹不让，淘气两口要爹回家，刘家兄弟让爹住下，争来争去，也无法解决，最后只好经官府判处。

县太爷听说三子争父一案，实感新鲜，也算是民间奇闻，便立刻击鼓升堂。堂上双方互不相让，都争认是自己的父亲，县太爷也很纳闷，惊堂木一拍："住口！请老人家说说情况。"高老好一听县太爷叫他说话，就将淘气媳妇咋虐待他，他咋拾银归还失主，咋样被迫出走，又怎样被刘家兄弟收留为父的事详细地说了一遍。

县太爷一听忙站起来问道："难道您就是十六年前在关爷庙拾银子的老大爷吗？"

老汉说："正是！"

"银子用啥包着？"县太爷进一步问道。

"是黄绸子包着。"老汉爽快地说。

县太爷又问："银子是几两？"

"是二十两。"老汉对答如流。

县太爷一听，不顾两边衙役在场，便"扑通"一声跪在老汉面前磕起头来，说救命恩人到了，我就是您当年还给银子的赴京应考之人。"爹爹在上，受孩儿一拜！"说着又磕起头来。

只见县太爷就坐堂位，当众宣判："高老汉是我救命恩人，也是我义父，知恩不报非君子，本官也已寻他多年，今日相逢咋能怠慢，高老汉身为我义父，理应赡养尽孝。淘气夫妇后堂吃饭，返回原籍去吧！刘家兄弟各赠白银一百两，建房造田精心耕种。每月初一、十五，本官携老带幼去看望你们！退堂！"

讲述者：　王兴，男，65岁，驻马店市刘阁乡，不识字，农民

采录者：　谢文纵，男，51岁，驻马店市文化馆，中专，干部

采录时间：1987年5月10日

采录地点：驻马店市刘阁乡

附　记

儿子争认父亲的故事，以往驻马店民间故事里收录较多。如遂平县李天成讲述，陈英采录的《三子争父》，主人公善良老汉李实良是因为捡到银两归还失主（后来断案的知县），被亲儿子赶走的。后面有儿子败完家产，要饭遇到自己亲爹而与老汉干儿子争爹的情节。新蔡县赵清真讲述，龚国强、刘振斌、王文亚、袁卫民整理的《八子争父》，主人公王宝川有三个亲生儿子，出走后认了三个干儿子加上捡到盘缠认识的两个举子，一共有八个儿子。虽然他是被他儿子气走的，但仍不忘家中的儿子。流浪到湖北后，遇到收养他的胡家三兄弟，有挖出四十八个大元宝，八个留给三个干儿子，四十个运回老家给亲儿子的内容。是因为湖北的三兄弟到新蔡寻亲，才有了八子争养父亲的情节。（赵新春）

135

状元认父

淮河岸边有个单身汉，因家里穷得叮当响，人们都叫他光蛋。

这光蛋人穷志不短，终日靠贩粮营生，安分守己，平日也爱积德行善，帮乡邻做些好事。

一天，鸡子刚叫，光蛋就推着一车子大米去赶集，经过乱坟岗旁边，猛然听到一个婴儿的哭声。他放下米车，近前仔细一听，是从一个草捆里传出来的。他解开草捆，见一婴儿在啼哭，他心疼不已，便把孩子抱在怀里，脱下衣衫，将孩子背在背上，又推车子赶路。

孩子不停地哇哇大哭，光蛋想，这孩子一定是饿坏了。这时刚好走到一个村庄，他推车子来到一家门外，此时天色将亮，又不好叫门，只好抱着孩子在门外来回走动着，他看孩子哭得可怜，自己也哭起来了，哭声惊醒了这家掌柜。

这家掌柜，姓杜名轩，老两口年近五旬，没儿没女，是个老实人。听见哭声，老汉开了门，一见光蛋和孩子，便问他为啥在五更天抱个吃奶的孩子啼哭。光蛋编了个瞎话，说他妻子才丧，孩子没奶，没法养活，想找个良善人家给孩子条活命。

那杜老汉夫妇是个慈善人，自己刚好没有孩子，便答应收留。光蛋见孩子有了着落，便放心推车走了。

杜老汉收留孩子后，立即花钱雇了个奶妈。经过精心抚养，孩子渐渐长大，送他到学堂读书，还给起了学名叫杜文俊。因这孩子天性聪明，苦心攻书，十七岁时就中了状元。

杜文俊金榜题名以后，便衣锦还乡，荣归故里，回来筹立状元旗杆。可在立旗杆时，咋也立不住，感到奇怪。此时已年至七旬的杜老汉向状元讲了当年他生父寄养的经过，让状元去寻找生父便能立杆，并告诉了其父的模样。

这时光蛋已年逾五十，因一生劳苦，常年多病，卧床不起。这一天，他正躺在床上苦不堪言，突然门外停下一乘小轿。光蛋听到门外人声喧哗，翻身下床去看，还没等他走出门外，就见一个新科状元跪在面前，吓得他目瞪口呆。

状元把来龙去脉讲了一遍，光蛋说："其实我也不是你的亲爹，你是我从乱坟岗捡来的。"

杜状元听罢更受感动，连连叩头说："亲爹娘把我扔掉，是你才救了儿一条命，你和养父都是我的亲生父亲。都怪孩儿知道太晚，让您老受苦了，请父亲大人恕罪！"

于是，状元便把光蛋、杜老汉恭恭敬敬，一直奉养到百年。

讲述者：　吴忠信，男，62 岁，正阳县慎水乡，高小，
　　　　　村干部
采录者：　夏纪德，男，53 岁，正阳县文联，初中，
　　　　　干部
采录时间：1987 年 11 月 10 日
采录地点：正阳县慎水乡

136

二子争母

从前，牛蹄街有户王姓人家，哥哥叫王大成，弟弟叫王二麻子，家有良田千亩，骡马成群，日子过得很美满。老大娶妻生子以后，怕连累老二，就和弟弟商量着分了家。

王二麻子分居后，生活也算自在。因为他心地善良，同情穷人，乡亲们有事都要找他转借银两，他都尽力满足，慢慢地把全部家底用光了。他去找哥想办法，他哥也很同情他，就把一辆平斗小车推出来，又拿出十两纹银给他，说："你可到外地去做点生意，一路上要小心，赚钱不赚钱，年而半载可要回来。"

王二麻子推着小车出去了。一天，他走到一个山脚下，天色已晚，看着前不着村后不着店，只有一座庙宇在前面，走近一看叫"白莲庵"。他推开庵门进了大殿，正在收拾地铺准备歇息，从耳房里走出一个尼姑来，仔细地问了王二麻子的情况，明白了他不是一个歹人，就让王二麻子到伙房里去吃点东西。王二麻子随尼姑来到伙房吃了晚饭，尼姑说："大哥，我有一事相求，不知大哥肯答应不？"王二麻子说："妹子，有啥事请直说吧，只要我能办到就一定给你办！"尼姑说："明儿早上鸡叫头遍，你

到我门前等，帮我捎出去一样东西。"

第二天清早鸡刚叫，王二麻子就到尼姑住房门前，尼姑把一个婴儿和十两纹银交给了王二麻子，并说："你把他扔到百里以外，不要让任何人知道。"王二麻子虽然憨厚，但知情理，二话没说接过婴儿放在车子上，推着离开了白莲庵，一口气走了二十多里路，累得满头大汗。这时天已大亮，就坐在路旁歇着。当他听到婴儿哭啼时，便双手抱了起来，掀开包布，看见婴儿小脸长得十分可爱，他不忍心扔掉，决心要饭养活这个孩子。有一天午饭后，他抱着孩子在一棵树下乘凉，碰见一位妇女好奇地问道："你这孩子恁小，他咋能离开他娘哩？"王二麻子一听，就装作十分痛心的样子说："这孩子苦呀！才生下来他娘就死了，扔了吧舍不得，只好……"说着就哭得泣不成声。那女的很同情，便接过孩子喂了几口奶，又交给了王二麻子。王二麻子就这样走东串西度过了一年。

第二年冬天，王二麻子来到信阳西边的李家寨，那天大雪纷飞，冷风刺骨，他就到李家寨避雪。他停在一家门前，这家伙计说："我家李员外，年过半百，乏子无后，不如把孩子送给他当个亲生，你也在这里吃一辈子安生饭，你看咋样？"伙计这么一说，王二麻子也就同意了。给员外一说，老两口子都高兴极了，立即开箱子拿出小孩衣帽，让佣人把小孩抱到家里，并给孩子起了个名字叫"李生"。从此王二麻子就在李员外家生活。

因为水土不服，王二麻子没有住到半年就病魔缠身，吃了不少的药也不见轻，身体慢慢地消瘦了，一心想回老家。李员外是个通情达理的人，对王二麻子说："你想回家我不强留，把孩子领走也中，留下也中。只要你的病好了，我就算放心了。"王二麻子说："员外把话说到哪里去了。我是水土不服，小孩在这里比跟着我强。再说，我想来就又来了。"随后员外拿出来了许多银两财宝给王二麻子送行，王二麻子又回到了牛蹄街。

当李生长到五岁时，李员外又得一子名叫李虎，兄弟俩先后都上了学堂。李生聪明伶俐，好学上进，先生很喜爱他。李虎调皮捣蛋、疯疯打打，闹得学堂不得安宁。李生多次以哥哥的身份教育弟弟李虎，开始李虎还能接受，时间长了就产生了反感，加上有人挑拨，他就不听哥哥

的劝告了。有一次李虎居然指责哥哥："你不是俺姓李的苗，你姓王，是泌阳县牛蹄街的穷鬼，你是王二麻子的儿子，不许你再管我的事！"李生一听，气昏在地，经人急救才缓过气来。李员外不得已才把实情讲给李生，员外夫妇关心地说："等你长大后，给你娶了媳妇，你们想回去的话一块儿回去，也体面些。如果就这样回去，外人会说我的不是，你看咋样？"李生听了员外的劝告，学习更加勤奋了。

转眼间李生已长大成人，员外给他完了婚，小两口经过商量要求回老家探亲。员外夫妇虽然留恋，但已有李虎续后，就让他们回老家了。员外吩咐套三辆马车，装上粮食、金银和生活用品，送李生回泌阳认亲。

不几天来到牛蹄街南门外，李生下车让马暂停，独自向街里走去。见一位老者，走上前去深施一礼，然后问道："老先生，请问这里有一位叫王二麻子的老人吗？"老者一听，反问了一句："王二麻子是你啥人？""是我的父亲。"老人听后，口中不言，心内暗想，街坊谁不知道王二麻子从没有娶过老婆，更没听说他有儿子，这是咋回事呢？但又不好意思给他说明，只好用手往那边一指，说："学生，菜园里坐着的那个人就是。"李生道了谢，直奔菜园，见到王二麻子，叙述了分别后的情况。王二麻子听后就叫儿子领回车辆，赶忙到哥哥王大成家说明情况，暂借两间房子居住。大成忙叫几个儿子收拾房舍，又和弟一起出门迎接侄儿侄媳。消息像风一样刮满全街，街坊邻居都来给王二麻子贺喜凑热闹，一时间热闹非凡，人来人往，直到半夜才散。

第二天，李生要求到他娘坟上烧纸祭拜以尽孝心，这可难坏了王二麻子，他暗想：根本没娘上哪找呢？想来想去，忽然想到了街西边一块荒地里埋有一个山西爪子[1]小

老婆的坟，恁多年没人来烧过纸、上过坟，就说是他娘吧。李生带上纸炮和祭品，和妻子一起来到地里，看到一大块荒地上只有一个孤零零的坟头，心中十分悲痛，不由放声大哭。烧罢纸磕罢头，正要放炮时，忽然从北边扬鞭打马过来一男一女两少年，两少年一见有人在他娘坟前烧纸放炮，没好气地说："你是谁家野种？咋在我娘坟上祭奠！"李生一听，火冒三丈，冲上前去把那个书生拉下马，打了两个耳光。俩人在坟前撕打起来，围观的人们都莫名其妙。

街坊的老少爷们想不到两位公子来争娘，不少人上前劝解，可咋也劝解不开。最后人们去找王二麻子，王二麻子可急坏了，咋办哩？他一边走一边想法子，快走到坟上时他高声大骂："这两个兔崽子，都不要打了，快给我住手！"王二麻子这么一骂，两位公子便停止了撕打。王二麻子走到跟前又说："因为您娘下世早，我没办法，把您俩一个送给山西爪子，一个送给信阳李员外，想不到您俩长大回来祭奠母亲，也不问清，就打了起来，你们咋对得起死去的亲娘，都快给我滚回家。"二人听王二麻子这么一说，双双跪在王二麻子面前磕头请罪。王二麻子说："算啦，不知不为罪，快快站起。"顺手拉起两位公子回家了。

回到家里，彼此问了情况，知道了山西这位公子姓善名财，也是听了别人闲话来祭娘的。王二麻子就是他们的父亲，兄弟二人都恢复了王姓，一个叫王李生，一个叫王善财。两对青年夫妇对王二麻子都非常孝顺，全家日子过得很好。

光棍汉王二麻子有了儿子和媳妇，并且两双儿媳对他非常好，附近村庄和街坊邻居都十分羡慕。更使人钦佩的是兄弟二人团结一致，发奋求学，进京赶考，一个得中状元，一个得中榜眼。从此，这件事在泌阳县一带传为美谈。

[1] 山西爪子：是对山西人的贬称。清朝康熙年间保和殿大学士兼刑部尚书吴琠《山西爪子论》称其源于"四方之风气不通，而人之言语各别"，"如四川称川老鼠，浙江称挑粪桶，江西称臭腊鸡，河南称草灰子，福建称土狗子，山东称侉子，陕西称偷驴汉，江南称南蛮子，北京称京花子，种种有之"。明《解学士诗话》记载有一首据是解缙写的诗："骂声江西是腊鸡，苏浙盐豆落筲箕。云贵两广真蛮子，福建土狗出诗书。四川最尖老鼠，湖广都是臭干鱼。河南俱是偷驴汉，侉子多数在山东。南京金陵挑粪桶，北京奋子吃酥酥。"各地都有外号。这是因为我国地域广阔，文化习俗差异较大，来自不同地区的人彼此有误解，于是就有了口头上略带"地域黑"的称呼。

讲述者： 张白云，女，87岁，泌阳县泰山乡，不识字，农民

采录者： 张书果，男，14岁，泌阳县泰山乡中，学生
　　　　　宁德录，男，55岁，泌阳县二小，中专，教师

采录时间：1988 年 11 月 10 日

采录地点：泌阳县泰山乡

异文：状元起坟

从前，有个终身未娶的单身汉叫王三四，靠卖碗为生。虽然很穷，可心地善良，经常收养别人丢掉不要的孩子，救活后送给他人抚养。

一天，他去卖碗，走到一个叫鬼洼的坟地，听见孩子的哭声，他找到这个孩子，把他抱回去喂养了几个月。一个大男人不会抚养孩子呀，再说家穷还得四处卖碗糊口，实在没法儿，就把这个孩子送给一个姓黄的夫人，给孩子取名叫黄聪。

黄聪自小聪明，长到五六岁时，家里给他找个教书先生。黄聪不管教书先生教啥，一学就会，可黄家亲生儿子黄东却懒惰不学。有一天，教书先生给他俩布置完功课出去了，黄聪专心做功课，一会儿做完了。黄东贪玩，咋也做不出来，黄东让黄聪替他做功课，黄聪要黄东自己做，这样，黄东生气了，说："你学习再好，也不是亲生的，你是要的，我非叫咱娘打你一顿不中！"黄聪一听哭起来，缠着黄夫人问谁是他的亲生父母，夫人只好说王三四就是他爹。

时间慢慢过去了，黄聪进京赶考，得个状元，领着人马坐着轿，浩浩荡荡地开进王三四家，见王三四慌忙跪下行大礼。大家坐定后，黄聪向王三四问起母亲的下落，这可把王三四给难住了。他想了一会儿说："恁娘死得早，鬼洼西北角的那个孤坟，就是恁娘的坟。"黄聪听后就说："我去把俺娘的坟起回来。"

王聪来到坟前，正准备动土，碰巧又来一个状元郎起这个坟。俩状元郎都争着起坟，没办法，只得把王三四喊来问个明白。王三四见又来一个状元郎，就问他是哪里人。状元郎说："我叫张明，从小随爹娘要饭，与爹走散了，是被一家叫张五的人要去做义子，他见俺娘儿俩可怜，就让俺娘在他家当佣人。那时候我还小，没多长时间俺娘就死了，是他把俺娘埋在这里，抚养我长大的。"王三四

听完状元郎的话，想了想说："你们俩是兄弟俩，要饭时我和你哥与你娘儿俩分开了。后来我听说这坟是你娘的，就叫你哥来起，现在好了，你也来了。"张明一听，站在面前的老头儿竟是自己的爹，慌忙跪下喊爹。王三四扶起张明高兴地说："你们兄弟俩把你娘的坟起回去吧。"就这样，王三四拾了一对状元儿，从此过上快活的日子，再也不用卖碗了。

讲述者：　胡炳辰，男，70 岁，确山县石磙河乡何大庙村，不识字，农民

采录者：　陈全喜，男，32 岁，确山县石磙河乡文化站，高中，专干

采录时间：1988 年 11 月 3 日

采录地点：确山县石磙河乡何大庙村

附
记

《状元起坟》原名《王三四卖碗》，陈全喜整理的时候对题目做了修改。陈全喜长期从事群众文化工作，和乡亲们非常熟悉。这天他来到大庙村，遇到了胡炳辰，两人在路边寒暄了几句。胡炳辰问陈全喜今天是来安排放电影还是唱戏，陈全喜说："这回啥都不弄了，专门来收，收故事！"接着他向胡炳辰简要介绍了故事搜集工作，并询问胡炳辰是否会讲故事。胡炳辰一听也很兴奋，就讲了这个故事。陈全喜还问胡炳辰，主人公为啥叫王三四，一般不是都叫张三李四吗？胡炳辰笑着说："不三不四嘛！"故事后被《中国民间故事集成·河南确山县卷》收录。（郭永勤）

137

假鸳鸯真夫妻

早年，有个木匠叫王保，家里很穷，三十露头了，还是独身一人的光棍汉。

一天，王保半夜起身，到外地去做活，半路上拾了一个刚出生的婴儿，还是个胖小子，他心里怪喜欢，遂给这孩子起个名叫王路。他本想把孩子抚养成人，到老了有个靠头。可是，回到家里，心里发了愁：一个光身汉，又没钱雇奶妈，咋养活这孩子哩？想来想去没法子，就又把这孩子给了一家李员外。

李员外夫妇跟前无子，就精心抚养王路。王路七岁入学读书，十七岁进京应试，一举中了进士，皇上命他回乡修坟祭祖。李员外只好把收养他的经过如实说了一遍，王路不几天就打听着了王木匠的下落。王木匠见王路来认姓归宗，修坟祭祖，心想：要说自己是他真爹，又上哪儿去找他的娘哩？他就编了几句瞎话，对王路说："孩子，你生下来不到一个月，我和你娘带着你外出逃荒要饭，走到一座尼姑庵附近，被一伙强盗冲散了。从那时候起，我再也找不到你娘了。"王路听罢，遂命人速作准备，要在官路沿上给他娘立碑。

破土立碑那天，来看热闹的人很多。从人群中挤进来一个四十来岁的中年妇女，上去拉住王木匠，哭着说："夫君哪，你叫我想得好苦啊！咱夫妻已经十八年没有见面了，这是不是咱那孩子王路啊？"王木匠愣住了，心里说：老天爷，这女人是谁呀？难道……想到这儿，就顺水推舟地说："你，你也叫我想得好苦啊！"王路在一旁问："爹，这位可就是失散多年的母亲吗？"这时，王木匠只好含含糊糊地说："走吧，走吧，有话回家再说。"回到家里，王木匠说："孩子，你先到外边去。这位是不是你娘，我人老眼花看不清了，得盘问盘问她。"王路走后，王木匠问那女人："你到底是谁？快说实话！"那女人说："我呀，是王路的亲生母亲，尼姑庵的尼姑。十八年前，我忍不住清规戒律的约束，暗同一相公私通，怀了孕，生下了他。庵内无法抚养，我只得一狠心把他放到官路上。我在远处看着，正好遇见了你这个好心人，将他抱起收养，我才放心远离！"王木匠心里明白了，忙问："这事可咋办哩？如果你说出实情，那可有失官体呀！"尼姑说："这事可不能叫孩子知道，我看这样吧！我知道你是好人，又没娶妻，咱们就来个假戏真唱算了，你就是我的丈夫，我就是你的老婆。你看哩？"王木匠一听，心里当然高兴，满口答应下来。

王路拜过爹娘，全村人都来贺喜，十分热闹。后来，听说王路当了知县，把李员外夫妇和王木匠两口子都接到县衙去了。

讲述者： 黄会鹏，男，55 岁，汝南县和孝镇，私塾，农民

采录者： 米西广，男，35 岁，汝南县文化馆，高中，干部

采录时间：1987 年 8 月 5 日

采录地点：汝南县和孝镇

138

刘勇算命

刘员外夫妇只有一个儿子叫刘勇，娇生惯养，长大以后掌管家业，常常打骂爹娘。

有一天，刘勇在家闲着没事，心想：正逢科举，何不去混个官当当？于是，他带上银两出门了。在赶考途中，不幸得了一场大病，病愈后考期已过，他想：去大街溜达溜达，玩上两天再回家不迟。

他来到大街，看见一个算命先生手里拿着一个牌子，上面写着"算命"俩大字。刘勇走过去想算算自己的命运咋样，还没开口，算命先生就问："你叫刘勇？"

"你咋知道我的名字？"

算命先生不答话，又问："你想算命吗？不给你算！""你为啥不给我算？"

算命先生被缠得没法，只得说道："好吧，就给你算上一卦。算得不好，可别怪我！""不怪你！"

算命先生说："你在家不孝敬爹娘，三天之内，一定死去。你现在就快动身回家，如果三天到不了家，你就死在半路；如果到了家，你就死在门口，还是一脚门里，一脚门外。"

刘勇听后吓得慌忙往家赶。他走到一个大树林里，忽然听到哭声，走近一看，原来是个女子正准备上吊。刘勇想：自己是该死的人了，何不去做件好事？他赶紧上去解开绳子，救了这位女子。女子哭着说："婆婆天天打骂我，我实在受不了啦！"刘勇看她哭得可怜，就说："我找恁婆婆去，给你说个情！"他俩一块儿来到女子家，把情况给婆婆一说，婆婆非常羞愧，说以后再也不打她了。刘勇就又赶路，那位婆婆还送了十两银子的盘缠。

他走在路上又听到哭声，走过去一看，还是一个女子，正在上吊。为了救命，他不顾男女之嫌，上去拉着她问为啥寻死。她说："我已有了意中人，可爹非让我嫁给一个我不想嫁的人，您救救我吧！"刘勇答应了她，一同到她家，说通了她爹的思想，让她嫁给所爱的人。

快到家的时候，看到一个男人投河，刘勇急忙跳进河里，把他救出。问他原因，他说："实在不想活了。"刘勇说服了他，他感到很惭愧，回家了。

刘勇赶路已是第四天了，还没死去，知道那个算命先生是个骗子，他就闷闷不乐地回到家里。

一天，管家禀报："门口坐一个算命先生，说要给掌柜的算命。"刘勇问他模样儿、装扮，管家一一说了。刘勇想可能又是那个算命的，气冲冲来到门外一看，果不出所料，就骂他是骗子。算命先生说："你本来是该死的人，可你在路上救了三条人命，罪给免了，这是你的福分！"

刘勇听了，后悔不该骂他。算命先生接着说："你必须向爹娘认错，不然会得一场大病。"说完，拂袖而去。

刘勇向爹娘认了罪，并让爹重掌家业。从此，刘勇成了孝敬爹娘的好儿子。

讲述者： 丁凤，女，26岁，遂平县石寨铺乡大金庄，小学，农民

采录者： 杨艳秋，女，13岁，遂平县石寨铺乡大金庄，小学生

采录时间： 1987年8月26日

采录地点： 遂平县石寨铺乡大金庄

139

八十块大洋

从前有个孤寡老头，七十多岁时，身体还很结实。他平时省吃俭用，勒紧裤腰带攒钱，衣服破得没有一块囫囵地方了，也舍不得扔了换件新的。

又过了几年，他老得干不动活了，就带上一辈子攒的钱上城里去住。天有不测风云，走到半路上，老头忽然得了一场大病，躺在一家客店的床上发高烧。他一阵阵昏迷，口渴得要命，就喊："谁给我倒碗水喝，我认他做干儿子！"客店掌柜听了，以为他骂人，自然不给倒水。老头求救的声音被店小二听见了，小二爹娘死去六七年了，为办白事，他借掌柜的钱还不起，就来扛活抵债。他看见老头可怜，忍不住掉下泪来，心想老人就是老人，当一个干儿子有啥？于是走到井边倒了一碗凉水，端到老人跟前说："爹，您喝吧，我就是您的干儿子！"掌柜的拦住了，说："小二，你没看见这老东西是个要死的人了，你认他当干爹，这店钱你付？"小二说："掌柜的，你别欺负老人啊，谁家没有爹娘？人要讲个良心啊！"掌柜一听，又来气了，说："讲良心，你背回家养着！"小二不再吭声，背起老人回家了。

小二的老婆也是个善良贤惠的女人，两人待老人就像对待自己的亲爹一样，借钱买药给老人治病。可是老人已劳累成疾，一直不见好。一天，老人把小二两口儿叫到跟前，脱下自己的破棉袄说："孩子，你们就是我的儿子、媳妇，爹没啥给你们的，这破棉袄可好好留着。"说完，就死了。小二两口像对待自己的爹娘一样，东借西磨，买个棺材把老人埋了，结果又欠下了不少钱。

这年春天，小二的老婆收拾屋子，从屋角里摸出了老头死时扔下的破棉袄，觉得沉甸甸的，一摸里边硬邦邦的。两口子拆开棉袄一看，只见每个补丁里都藏着一块大洋，整整八十块。

小二用这笔钱还清了店掌柜的债，用剩下的钱做本，做起了小买卖，日子一天比一天红火起来。

讲述者： 张国顺，男，44 岁，西平县环城乡学校，中专，教师

采录者： 李晓婧，女，16 岁，西平县环城乡学校，中学生

采录时间： 1994 年 7 月 16 日

采录地点： 西平县环城乡学校

附 记

《中国民间故事集成·西平县卷》1987 年已经出版，但是当地对民间文学的发掘和整理一直在持续。后来再版，正在读中学的李晓婧了解到故事搜集的情况，匆忙找到了张国顺老师，表达了自己的期望，张老师说，刚好自己也因为当时没有及时把自己会讲的故事整理上报而遗憾，不如就由李晓婧整理出来，于是就给李晓婧讲了这个故事。

在民间认干亲也有很多讲究，形成认干亲的原因，大致是这样：两家是朋友，交往甚好，为把这种交往相对固定，就采用让下一辈认干亲的办法使交往加深。诸如认义父、义母之类。有些是因为一方对另一方家中有大恩大德，一方为图报对方的恩情，就以认干亲、当义子的办法，以相对固定的程式形成长期交往关系，以达到知恩图报的目的。还有的是由于孩子娇贵，怕中途夭亡，便采用认干亲的办法，让干爹、干哥、干姐保住孩子，使其能避免不幸，长大成人。也有些

人家，是为了攀高结贵，让孩子认有钱人为干爹，将来或能从中得到好处。也有这样的：孩子从小送到奶妈家喂奶，从而使孩子与奶妈形成了一种新的关系，乡间称之为奶妈、奶爸、奶哥，实际上这也是一种干亲的关系。乡间习俗，凡认干爹干妈之后的孩子，过年、过节、寿诞等都要按乡间礼俗程序去做。做干儿子的，平时要照料上了年岁的干爹、干妈，从经济上也要给予一定的支持，尽一个做干儿子的义务；而干爹干妈，对干儿子的娶妻、生子、盖房等重大活动都要过问，并给予必要的支持与资助。（郭永勤）

讲述者：　张立民，男，36 岁，泌阳县文化馆，高中，
　　　　　干部
采录者：　徐书亮，男，58 岁，泌阳县文化馆，大专，
　　　　　干部
采录时间：1988 年 8 月 9 日
采录地点：泌阳县泌水镇

140

代夫行孝

　　很久以前，汝南宿鸭湖边有个曾庄。庄里有个名叫曾申的人，远离家乡，出外做官，整整三年才回家探亲。他一进大门，看见院里有一个头戴儒巾，身穿蓝衫的青年，匆匆忙忙朝老婆房里走去，不由感到惊奇，心生猜疑：明明家中只有母亲和老婆俩人，从哪儿来一位男人呢？想必是老婆在家做下苟且之事，偷养了汉子。于是他连母亲也不先拜见，便悄悄来到小房，用眼扫视了一下，并未见到男人，只见老婆正对镜理妆，心想：准是老婆把那个男人藏了起来。因此，他怒气冲冲地上前抓着老婆的衣领，不问情由劈头盖脸地就打起来。老婆蒙在鼓里，又惊又气，含着泪水问丈夫："您为啥才回到家就抓着我又打又骂？"

　　丈夫硬说她屋里藏了个男人，老婆让他搜查。曾申又把小房仔细看了一遍，可仍然没有发现男人。自己也感到奇怪，难道活见了鬼不成？便想去问他娘。老婆呢，憋了一肚子气，也想找婆婆诉诉冤，辩辩理。于是夫妻二人一同来到堂屋，齐向瞎眼母亲叩拜。曾申说道："孩儿曾申拜见母亲！""多会儿才请过安，咋这时又来拜见？""孩儿刚进家门，不曾向母亲问过安哪！""哎！你已经回

来一年多了，天天来问安，咋才进家门呢？""在母亲面前不敢撒谎，孩儿确实才从外地回到家里。"儿子回来了，母亲自然高兴。但是，那个"儿子"是谁呢？婆婆急忙问媳妇："这究竟是咋回事呀？"媳妇只好把事情的原委一五一十地告诉婆婆和丈夫。

原来曾申出外做官走了以后，家中撇下母亲和老婆，婆媳关系相处很好。可由于曾申长期离家不归，母亲难免想儿子，老婆念丈夫。开始还是婆劝媳，媳劝婆，互相安慰。谁知日子一长，媳妇毕竟年轻，心里还想得开一点，可婆婆人老惜子，害起心病来，日夜哭哭啼啼。媳妇心里发了愁，怕婆婆万一有个三长两短，以后咋向丈夫交待呢？想来想去，终于想出了主意，打开箱柜，取出丈夫原来穿戴过的衣帽，扮成丈夫的模样，学着丈夫的声音和语调，向母亲问安。婆婆听声音像儿子，摸了摸衣帽也像儿子，问了问话，回答得也像儿子，就以为儿子真的回来了，从此病也好了。

这时，曾申如梦方醒，羞愧难当，恭恭敬敬地向老婆施礼赔情。

讲述者： 伍廷芳，男，54岁，汝南县城关，高中，干部
采录者： 冀世清，男，57岁，汝南县文化局，高中，干部
采录时间： 1986年10月3日
采录地点： 汝南县城关

141

幼子杀父记

很久以前，西平县澍河坡有一个叫子夫的农民，过分溺爱自己的独生儿子拴紧，对他百依百顺，无论走乡串户、赶集看戏，不是背着他就是驮着他。

拴紧七岁那年，子夫驮着拴紧正在看戏，拴紧哭闹着要撒尿，还要把尿撒到爹的耳朵内。子夫无奈，只好说："紧呀，你要少尿点。"

拴紧十岁这年，拴紧的奶奶染了重病。子夫借了几个铜板给娘抓药回来，拴紧闹着要包儿[1]吃。子夫说："钱给恁奶买药吃了，没给你捎包儿。"拴紧说："你不给我捎包儿，我杀你。"子夫笑笑，心想：我不给你捎包儿你就杀我，小小年纪，这可能吗？到黑了，见拴紧真的在磨刀，子夫看着也不作声，但心里警觉起来。晚上睡觉时，子夫把被子里面放上衣服，床前放双鞋，看上去就像一个人躺在那里，自己则藏在门后的席筒里观看。半夜，拴紧进屋举刀向床上砍去，然后回身就跑，一去十几年没信儿。子夫两口子越来越老，生活一年不如一年，实在过不下去了，

[1] 包儿：大人赶集或走亲戚时带回来的零食。

就到外地逃饭。

这一日，他们到了尉氏县一户人家要饭，出来一个青年男子，一个劲儿地瞅子夫，又问他们是啥地方的。子夫说了，那男子一听，就把他们领到家里住下。二日后，男子又问："你们出来要饭，家里没有儿子吗？"子夫就把先前的事说了一遍。男子一听凄然泪下，说："您二老若不嫌弃，就暂住到俺家好了。"两人住下后，男子如同亲生儿子一样对待他们。

这天男子拿了许多细柳条和一根粗柳条，让子夫编筐。子夫把小柳条用完了，剩这根大柳条没有用上。男子问他："这根柳条你咋不编呀？"子夫说："我拗不过它。"男子说："这也跟教育小孩一样，小时候好拗，等到长大了就不好拗了。纵子如害子呀！"子夫说："是啊！"这时男子扑通跪下说："爹，我就是您的儿子拴紧啊！"

从此，全家人团聚在一起，拴紧对爹娘照顾得无微不至。

讲述者：耿进贤，男，70 岁，西平县重渠乡澍河坡村，不识字，农民

采录者：耿国恩，男，46 岁，西平县重渠乡澍河坡村，高中，教师

采录时间：1987 年 8 月 18 日

采录地点：西平县重渠乡澍河坡村

附
记

这则故事也是发动师生采集上来的，耿进贤和耿国恩讲述、采集的故事有多则，"集成"收录的有两则。故事的主人公叫"拴紧"，侧面反映出驻马店地区取名上的一种倾向。以二十世纪五六十年代出生的人为例，尤其在农村，取名大概有三种：一是表达对未来生活的美好期望，如叫发财、富贵。二是取贱名的很多，叫"骚""臭""尿"的大有人在，叫"石头""大山"的更多，民间认为贱名的孩子好养，同时以自然物取名还反映出一定的自然崇拜。如在二十世纪九十年代，村里还有体弱多病的孩子认大石头、石碾等为干娘的；再如遂平、西平境内流传的一首歌谣，"椿树王，椿树王，你长高，我长长"。小孩

子在唱诵的时候双臂环抱院里的椿树，以为完成仪式就可以获得椿树的"庇护"，很快长高。三是表达对孩子生长的期待，或深受孩子夭折的苦痛，取名叫作"留""锁""栓柱（住）""留柱（住）""存柱（住）"的非常多，坚信孩子的顺利成长和名字有很大关系。（郭永勤）

142

善恶有报

从前，张齐庄有对老夫妻，他们的儿子因还不起财主的债，被逼死了，儿媳妇又被逼到财主家做饭抵债。老夫妻俩没吃没穿，整日卧床不起。儿媳妇每天做完饭，带着满手的面回家，把手在水碗里洗洗，倒在锅里和着野菜煮熟给公公婆婆喝，而自己却忍饥挨饿，苦度时光。

有天晌午，儿媳妇正给公婆做饭，外面雷声阵阵，电光闪闪。老夫妻俩一看，同声说道："这是谁做坏事了，龙要抓人了。"儿媳妇顿时面如土色，心想一定是我用洗手水给公婆喝，老天怨我不孝，来抓我了。正在这时，忽然一声炸雷响在屋顶，一道耀眼的闪电过后，一个用绸缎包裹得严严实实的东西，落在了老夫妻家。天放晴了，老夫妻俩战战兢兢地走到包裹前，只见包裹上有八个金光闪烁的字：孝心可敬，特赠金银。老夫妻俩又惊又喜，打开包裹一看尽是金银财宝。他们用这钱还了债，又买了些土地耕牛，一家人有吃有穿。

这件事很快传扬开了。财主闺女听了，非常嫉妒。她也想得到金银，就学那家儿媳妇，把洗手水让爹娘喝。爹娘为了得到财宝，也就硬着头皮喝。终于有一天，天又打

起了炸雷，财主的闺女赶紧跑到院子里，伸出手接财宝。只听"轰隆"一声，财主闺女不见了。不一会儿从天上飘下一幅黄绢，上面写着一行字：此女不孝，苍天一报。

讲述者： 艾教，原名高沛，男，48岁，西平县文化局，大专，干部

采录者： 陈向阳，男，23岁，西平县吕店乡吕店街，大专，教师

采录时间：1989年7月11日

采录地点：西平县城

附 记

陈向阳大学毕业后在吕店乡中学当教师，喜欢文学，收集三套集成时，他也留心注意收集民间故事，只要一碰见熟人，打过招呼后没说几句话就问人家会不会讲故事。这天他到县城找高沛老师请教故事采录问题，完了后就在一起闲聊，高沛当时负责全县三套集成的编辑工作。陈向阳知道高沛会讲故事，就让他讲个故事收录一下。刚开始高沛还不愿意，但搁不住陈向阳的再三恳求，就讲了这个故事。为了避嫌，在高沛的坚持下，就用了艾教这个笔名。（谭咏利）

143

屠夫杀驴治鹰子

从前，有个女子长得十分漂亮，再加上她平时擦胭脂抹粉，注意修饰打扮，所以招来了许多男人挑逗的目光。她不仅满不在乎，还故意和那些男人套近乎。谁有钱有势，她就嫁给谁。但她并不和人家正儿八经地过日子，而是大吃大喝，等她把这家吃干霍净了，就挎着小包袱另找他人。就这样，她一连嫁了五六家，人们背后叫她喂不熟的"山鹰子"。

鹰子的坏名声越传越远，一般的家庭再不敢招惹她了。鹰子也有办法，整天走酒馆，串赌场，到处打听想找个合适人家。一天，她听说有个男人三十五六岁，孤身一人，靠杀猪、宰羊、拧牛头过日子，手中存了不少钱。鹰子想，我若能到他家里，就够我享受一阵子啦。于是托亲戚，找朋友说合，做了屠夫的老婆。鹰子过门后，活不干，肉可没少吃。没过几个月的光景，鹰子又想改嫁了。她觉得经常和一个浑身油灰又不会说体贴话的人过日子，心里别扭。可她不知这位屠夫可是个厉害货，老早没了爹娘，办事一人做主，待人接物忠厚又富于心计。连日来，他看老婆想挪窝，就心生一计要治治她。

这天，屠夫一大早从集上买回来一头驴，告诉鹰子："今儿个不杀牲口，也不杀猪，咱俩去岳父家看看。很久没去，怪想念哩！来，我套车。"鹰子一听，心想今儿个日头从西边出的吗？这死鬼嘴也变甜了。于是一边答应，一边去梳洗打扮。等屠夫一切收拾停当，鹰子上了车。屠夫又把他那一套杀猪宰牲口的家伙也放在车上，对鹰子说："今儿个回来碰着茬了再买个菜货。"夫妻上路了。

夏天好下车辙雨，走了六七里路，遇上一场大雨。路上水深泥大，驴又小，车打在泥辙里咋着也拉不出来。屠夫用鞭子打驴，驴就是不走。那屠夫故意把眼一瞪，掂着刀气愤地骂道："妈来个×，你不给我正经干，别说你是个驴，是个人我也宰了你！"话音刚落，尖刀就扎在驴身上，小毛驴挣了几下就蹬腿了。屠夫又指着鹰子说："坐着弄啥？还不快下来，把驴抬到车上，回家！"鹰子连忙下车，吃奶的劲都使上了，才把驴抬到了车上，屠夫驾起车子往回走。鹰子心里非常害怕，心想要是我不跟他好好过日子，他真敢把我杀了。我要死了，这辈子可嫁不成人了。想着，大气都不敢出，一溜小跑跟在车后面。

后来，鹰子和屠夫顺顺当当过起了日子，生男育女，再不敢有非分之想。

讲述者：　叶香，女，59岁，西平县重渠乡敬庄村，不识字，农民

采录者：　丁文平，男，23岁，西平县重渠乡敬庄村，高中，农民

采录时间：1987年9月30日

采录地点：西平县重渠乡敬庄村

144

抓阄

退休干部

采录时间：2006 年 3 月 22 日

采录地点：新蔡县古吕镇

附
记

2005 年，中国民间文艺家协会发起了抢救收集、编辑整理出版《中国民间故事全书》行动，驻马店市各县区积极行动，崔之明也在生活地周边进行了走访，搜集到一些故事，多与原集成本重复，只有这则故事被全书收录。

故事里提到了娘家舅，也就是舅舅，在过去是人们社会生活中的重要角色，俗话有"娘亲舅大"的说法。子女分家要请舅舅，双双协商好后，由舅舅代表父母宣布财产分割方案。母亲去世要请舅舅，检验是否正常死亡，不然不能封棺。一些地方甚至有这样的习俗，如果媳妇不孝顺婆婆，婆婆出殡之日，媳妇要跪在地上，头顶着放着孝布的托盘，舅舅们不把孝布接过来，媳妇和儿子就不能站起来。到墓地，也要由舅舅先看墓穴，如果没有问题，才可以下葬。在此，舅舅是主持大局的角色，民间有"娘家人出气人"的说法。这则故事在本地还有一个版本，说是兄弟俩为赡养父母"叨蛋"（即抓阄），兄弟打开后高兴地对他爹说："爹、爹，我叨住你啦！"（郭永勤 赵新春）

从前有一农村妇女，丈夫早年过世，自己辛辛苦苦拉扯着俩儿子过日子。等俩儿子长大成人都娶上媳妇后，妇人老了，家里仍然很穷，只喂有一头母猪。俩儿子要分开过日子，经过多次商量，谁也不愿养活老娘。后来娘家舅提议老娘在俩儿子家轮着吃，可俩儿子都不愿意，理由是："老娘可以轮着吃，一只老母猪不能轮着喂。谁要老母猪谁打钱又打不起。"又经过一段的协商，兄弟俩终于想出个好法子，就是谁养活老母猪，谁养活老娘。可老母猪又怎么分呢？兄弟俩都争着不要。最后，还是想个"抓阄"的办法，由哥写个字条团成蛋，撂到桌子上，弟弟先抓。抓阄后，二儿媳问她男人："你抓个啥？"二儿很不高兴地说："我抓个老母猪！"结果，他这个"抓阄"分家的丑闻很快便被当地人传扬出去。

讲述者： 郑立芳，女，67 岁，新蔡县河坞乡郑庄，小学，农民

采录者： 崔之明，男，71 岁，新蔡县古吕镇，大学，

（六）为人处世故事

145

砸秤

过得安安稳稳。

讲述者： 王永哲，男，83 岁，遂平县嵖岈山乡常韩庄，
　　　　私塾，农民

采录者： 刘海龙，男，30 岁，遂平县嵖岈山乡中，
　　　　中专，教师

采录时间：1988 年 1 月 15 日

采录地点：遂平县嵖岈山乡常韩庄

附记

　　王永哲是村里上了年纪的人中少有的文化人，刘海龙接到搜集故事的任务后，最先想到的就是他。这天刘海龙包了两斤馃子就到王永哲家来了。虽然已经八十多岁了，但是王永哲头脑清楚，说话流利，对刘海龙在学校的工作问长问短，后来刘海龙说明了来意，王永哲一直说："这个好！这个好！"一口气给刘海龙讲了四五个故事。后来其他搜集故事的人也找到王永哲，王永哲都非常配合，又讲了几个故事，多篇被《中国民间故事集成·河南遂平县卷》收录。（郭永勤）

　　有家开杂货店的，爹叫李常星，儿子叫群柱。李常星临死时对儿子说："群柱呀，我死后，万贯家产可丢，那杆秤千万不能丢。咱家的钱、地都是那杆秤挣来的呀！"

　　李常星死后，群柱把那杆秤砸了。原来，那秤杆是空的，里面灌有水银，称东西时，秤杆翘得越高，货越少，因此坑了不少人。可是砸秤没俩月，群柱俩儿子先后都死了，他也忧郁而死。

　　李群柱来到阴间，阎王爷问他："你不该死呀，咋也来了？"

　　群柱说："不到俩月，我的俩孩子都死了，我痛心呀！"

　　阎王爷说："你看，那是你的俩孩子和你爹。"

　　群柱抬头看，只见俩孩子，东、西山墙各站一个，手里拿个破财叉子。爹被秤钩子钩着脊梁，挂在横梁上。

　　阎王爷又说："你这俩孩是破财童子，你是老实人，我把他们收回来，再给你送个就是了。你爹活着坑害人太多，死后也得受罪，你不要学他，快回去吧。"

　　李群柱重返阳间，一年后又得一子，从此他家的日子

146

公平交易

过去，做生意人的秤上、斗上、尺子上都好贴上"公平交易"四个字，表明自己做生意不欺不骗讲良心。那么，"公平交易"这句话是从哪儿说起的呢？我听老辈人是这样讲的。

在很早以前，有个要饭的，名叫交易。他整天身背挎篓，手拿一副呱哒板四处要饭。一天晌午头，他正在路上走着，突然被一个啥东西绊倒在地。他从地上爬起来一看，原来是一个金元宝。他弯腰拾起来，见上面刻有两行字：天赐交易一锭金，找到公平你俩分。交易看罢心想：噢！这是天意赐给公平俺俩的呀，我自己可不能独吞。可上哪儿去找公平这个人呢？他就把金元宝揣在怀里，一边要饭，一边寻找公平。

交易找了好长时间，去了好多地方，问了好多人，也没有打听到公平的下落。这天，交易来到江南一个小集镇上，看见一家店铺门前挂有一块横匾，上面写着"公平集"仨大字。交易心里大喜，赶紧问这家店铺里的一个伙计："呃！伙计，这集咋叫公平集呀？你们这里有没有叫公平的人哪？"伙计说："俺这集西边三里半地有个公平

庄，庄里有个公平员外。他平时好行施舍，周济穷人，俺这集的名字还是他起的哩！"交易辞别了伙计，就去公平庄找公平员外。

交易来到公平员外的客厅里，把金元宝拿出来放到桌子上，把来意讲了一遍。公平员外听了很受感动，对交易说："交易老兄，你的一片心意我领了。我家有万贯，不缺钱财，这金元宝还是你拿回去自己用吧。"交易说："公平员外，这是天意，我自己没有这个福分。你要是不要，那我也就不要了。"说罢站起身来就往外走。公平看交易一片诚心，自己不要不中，就拉住交易说："那咱俩就平分吧。"公平叫家郎院公抬过来铰金剪架在客厅门口，把金元宝放在上面，使劲往下一按，只听"咔嚓"一声，金元宝从中间一分为二，一块门里，一块门外，同时落入地下，不见了。在场的人都惊呆了。公平心想：人家交易千里迢迢来找我分金元宝，这一下子咋对起人家哩！他就赶紧叫家郎院公用钉耙、铁锨往地下扒。扒到二三尺深，没有扒出金元宝，却扒出两块青石板。公平叫众人掀开石板还往下扒，家郎院公掀开石板一看，咦！门里门外的两块石板底下各有一缸耀眼明光的金子。众人把两缸金子抬上来。公平高兴地对交易说："交易老兄，这两缸金子咱俩分了，一人一缸。"交易指着两缸金子对公平说："公平老弟，这两缸金子是你祖上给你留下来的，这是你的福分，我不能请受。"公平说："你要是不来找我分金元宝，我也扒不出这两缸金子，它就永远地埋在地下，我也得不到，这也是天意。你要是不要，我也不要。我不光给你分金子，我还要把我的家业分给你一半哩！"俩人一个坚决要给，一个说啥也不要。他俩推来让去，谁也说服不了谁。最后，交易看好说歹说推辞不过，就只好要了一缸金子和一份公平员外分给他的家产。从此以后，公平和交易就成了知心好友，亲如兄弟。

后来，人们就把他俩的名字联在了一起，生意人用"公平交易"来表达自己做生意是凭良心、讲信誉。

讲述者： 董清玉，男，69岁，汝南县三门闸乡大辛
庄村，私塾，农民

采录者： 魏建国，男，30 岁，汝南县三门闸乡文化站专干，高中，干部

采录时间：1987 年 8 月 19 日

采录地点：汝南县三门闸乡大辛庄村

147

久后知人心

附记

董清玉父亲是汝南县有名的说书艺人，他自幼喜爱听故事，也是三里五村出了名的"冇话篓子"。魏建国找到董清玉时，并不知道他能讲多少故事，但是他相信既然是"冇话篓子"，应该不少。因此在采录过程中，他多次去拜访董清玉，每当一个故事讲完了，他就笑着说："你歇歇，一会儿再讲个呗！"最后竟然成功搜集到近百则故事。

《公平交易》的类似故事在驻马店流传很广，如平舆县吴传中讲述，吴传林采录的《公平交易十六两》，后面又有两人平分金子后，把金子放入熔炉重造，源源不断出金子，且每个新铸金子都有"公平交易十六两"字样，由此公平、交易都成了大财主的情节。（郭永勤 赵新春）

久后和人心是最要好的朋友。他们从光屁股时就在一起玩，长大后又一起割草，一起放牛，后来又一起上学念书。人心年少为弟，从小聪明好学，成绩很好。久后年长为兄，学习赶不上人心。两人虽说很要好，但年龄一大，各人有志，各有各的事儿，来往也就少了。

这一年，久后成了亲，人心前来贺喜。喝过喜酒，两好友就像小时候一样又亲热地聊上了。人心说："久后哥，你成了家，咱俩就不能像从前那样常在一起玩了。"

久后说："没关系，我虽然成了家，是不会忘记你的。以后你要常来，咱们一直好下去。"

人心说："既然如此，我有件事要跟你商量，你能同意吗？"

久后说："只要你提出的事，我没有不答应的。"

人心开玩笑地说："那好，你结婚了，我离结婚还早呢，家里又穷，娶不起媳妇。你要是真心跟我好，能不能把新娘子头三天让给我？"

久后一听，这个要求实在出乎他的意料，不免有些荒唐，心里很不乐意。可是，刚才已经把话说出去了，不答

应又不好，于是就满口应承下来。当天夜里，久后就另住他屋，把新娘子和新房让给了人心。

三天之后，人心告辞而去，久后闷闷不乐。这天晚上，他就坐在新房独自读书解闷。只听新娘说道："相公，咱结婚三天了，你都是坐在那里埋头读书，让我一人守着空罗帐，难道今天你还要读一夜的书吗？"久后一听，心中全明白了，顿时喜笑颜开，对新娘子说道："马上咱就共同歇息。"

过了一些时候，人心又来到久后家串门，久后备了酒菜款待。久后娘子在给人心打洗脸水时，一不小心将金戒指掉入水盆里，一时匆忙没顾上及时捞出。等人心吃过饭走了之后，便忽然想起戒指之事，再到水盆里去寻，哪里还有踪迹？久后夫妻俩很是奇怪，这期间，除了人心来过，洗了手脸，别的并无人来，难道是人心捞去了？也许，因他家境贫寒，拿回家变卖糊口度日了。久后便对妻子说，他拿去就拿去吧，回头我再给你置办一个。

第二天，久后家养的一只鸭子突然死去，开膛时，在鸭嗉子里找到了那个金戒指。两人这才恍然大悟，原来人心洗过脸后，鸭子到水盆里喝水，将金戒指误吞到肚子里丧了命，险些冤屈了人心。

两年之后，贫苦的人心却因好学而科考得中，到外地做了县令。而久后的家乡连年大旱，庄稼颗粒不收，日子越来越艰难。村子的人逃荒的逃荒，要饭的要饭，久后家也难支撑。无奈，夫妻俩商量，让久后去找找当县太爷的昔日好友人心，兴许人心能给些银两，度过荒年。

这年底，久后打点行装，到了人心的官府。看到人心住的是楼房，穿的是绫罗绸缎，吃的是山珍海味，而自己却贫穷潦倒。久后见了人心，说明了家乡大旱遭灾情况。人心颇为担忧，就让久后在这里好好住着，每天好酒好饭招待。

久后却挂念着家里的老婆孩子，心急如焚，不几日，就要返家。人心哪里肯放，一连过了十天，久后实在住不下去了，对人心说："我来的时间不短了，真该回去了。"

人心说："哎！刚来十天，不算多，多住些日子。"久后无奈，只好又留下来。

三个月过去了，天气渐渐变暖。久后实在焦急，决定无论如何也要返家。人心见挽留不住，便给这个兄弟又买了新衣，并送久后到城外十里长亭。久后想，我在这天天吃请，人心待我不薄。我要回家了，总得送我些度灾物资吧，可人心咋啥也不送呢？不禁生气："人心哪人心，你咋恁不近人情，家里闹了灾荒，你也不让我带点东西回去。这样回去后，我不还是受苦吗？"

不几日，久后回到家里，进门一看，吃了一惊。这里的一切全变了，房子翻了新，妻子儿女穿的都是新衣服。久后茫然了，这到底是咋回事？当问起妻子哪来恁多东西时，妻子说："你走后不久，人心就叫人送来了粮食、金钱，又帮我们盖了房子。全村的大人小孩都分到了东西，你看现在咱家里吃的用的，都是人心送来的。"

久后这才明白，原来人心背着他把一切事都办妥了，而自己还在那里误会他呢。人心哪人心，这可真是久后知人心啊！

讲述者： 段梅，女，回族，36 岁，驻马店市 693 厂，高中，职工

采录者： 陈书亮，男，42 岁，正阳县文化馆，大学，干部

采录时间： 1987 年 10 月 22 日

采录地点： 正阳县城关

附记

这天段梅回娘家，正好碰见陈书亮，两个人彼此都熟悉，就闲聊了一会。陈书亮知道段梅的奶奶是个"故事篓子"，就问她还能不能讲讲原先听过的故事，并把采集民间故事、歌谣、谚语的事给说了说。段梅当然会讲了，但不知讲得好不好，正好要在家待几天，就约定时间好好讲讲。讲故事那天，陈书亮鼓励她不必担心，自己想到哪就讲到哪，别怕说方言，方言越多越好。就这样，陈书亮和段梅共同完成了十多篇故事，其中还包括几篇回族的故事。（谭咏利）

异文：苟二马扯

苟二和马扯两家是世交，他们都富甲一方，分别住在南北相邻的两个县。两个县相距百十里，中间还隔一座大山。

常言说"水火无情"。有一年，苟二家不幸失火，家里东西烧光了。本是富家子弟的他，只落得一贫如洗，真是欲哭无泪。他艰难度日，快到而立之年，还没有娶妻成家，没奈何，只得翻山越岭去找马扯帮忙。

他们二人见面后非常高兴，苟二说明来意，马扯爽快地一口答应了，并说为兄弟成家立业，他愿意承担全部费用。但是，他却向苟二提出一个条件：结婚的第一个晚上，由马扯进洞房。常言说"人穷志短"，苟二心中万分不痛快，也只好咬牙违心地答应了。

婚事如期举行，马扯亲自张罗，操办得既热闹又气派，人人羡慕不已。结婚的第一个晚上，按照事前的约定，由马扯进了洞房，苟二仍住在客房。一夜之中，苟二如芒刺在背，坐卧不安。他又气又恨，咬牙切齿地咒骂了大半夜，直到天快亮，才蒙蒙眬眬睡了一会儿。第二天晚上，苟二进了洞房。他又羞愧又气恼，满心不自在，一个劲儿地在灯下看书，心中直骂马扯禽兽不如，为富不仁。突然，新娘子开言说："相公，咱们已拜了天地，我生是你家人，死是你家鬼，你要嫌弃我就不该娶我进门。你昨夜看了一夜书不肯入寝，难道今夜再看一夜书不成？我到底错在哪里，你须明言！"说完，大哭起来。苟二一听，才知马扯兄弟够朋友，讲义气，决非鸡鸣狗盗之徒，他只是和自己开玩笑而已，想到这儿他忙起身劝解。

从此，苟二和马扯成了心贴心的好朋友。马扯又帮助苟二重整家业，都说他们搁合[1]得像亲弟兄一样。

十年后，马扯家不幸遭了水灾，到处一片汪洋，田里颗粒无收，家中东西全部冲走。仁孩子经不住饿，整天"哇哇"直哭，家中能典当的东西都当完了。实在难以糊口，马扯让妻子挖些野菜充作干粮，自己前往苟二家去求借，以救燃眉之急。

他到了苟二家，那些家丁、丫鬟个个向马扯伸手借钱，弄得他有口难张。那些下人们还有意没意说："还是大财主哩，借点钱还推三阻四的不答应，真抠门儿。"苟二听到后大怒，当着马扯的面宣布："马扯兄弟难得来一次，是稀客，是贵客，要好好款待，谁也不准再说借钱的事，谁也不准离开后院。若一月之内马扯兄弟离开后院，我决不轻饶你们。"那些家丁、丫鬟一听，对马扯倍加尊敬，认真款待，寸步不离。

马扯虽然每天锦衣玉食，但他度日如年，如坐针毡，整天愁眉不展。好不容易熬过了一月，马扯始终没有机会张口求借。苟二每次过来看望，马扯刚要开口，都被他借故岔开了。万般无奈，马扯只得告辞回去。

一路之上，马扯自怨自艾。一会儿埋怨自己命苦，不该遭此厄运。一会儿又埋怨自己不该强占朋友初夜，闹出误会，玩笑开得太过分了。一会儿又挂念家里，这个月恍若隔世，他们娘儿几个咋熬过？说不定妻子、儿子早成饿殍。想到此，他泪如雨下。

不知不觉自己下了山顶，望见村庄和自己的家。他看到在自己家的地盘上，不知谁盖起新的楼阁，非常气派。他想，宅基不知卖给谁了，人家已盖好新房，我还有啥脸面去见老婆孩子？不如死了算啦。

这时，他正好走到半山坡的一片树林，便解下腰带，看好一棵树准备上吊。忽然，山下一匹快马转眼来到面前，马上的人急忙把他解了下来，并双手交给他一封信。马扯拆信一看，笑了起来。原来，信上有这么几句话："知心朋友，患难与共；扶贫济困，两心相映。你让我一夜不舒服，我还你一路不自在。"马扯正傻笑时，只见自己老婆带着孩子，仆人丫鬟挑着食盒，担着酒坛，走上山来，苟二兄弟也骑马来到面前。他忙向老婆询问别后情景，妻子眉飞色舞地介绍起事情的经过。

原来，马扯一到了苟二家，苟二就让管家带着成群的工匠来到他家，扒的扒，盖的盖，半月多时间，房子盖好了，他们又送来粮食衣裳。就在夜儿个，苟二派快马来通知，说马扯今儿要回来，约定在这儿畅饮欢聚。情况明了后，大家都"哈哈"大笑起来。真是日久见人心，患难见真情啊。

[1] 搁合：相处。

讲述者： 王广照，男，51 岁，泌阳县广电局，高中，
　　　　 干部

采录者： 王庆民，男，55 岁，泌阳县交通局，大专，
　　　　 干部

采录时间：2005 年 8 月 10 日

采录地点：泌阳县泌水镇

148

天神惩奸

相传，很久以前，慎阳境内朱仙镇[1]集市上有一帮无赖。他们纠集在一起，成天欺行霸市，卖货缺尺短两，还不许别人卖货给够数。哪家商人给顾主足尺够秤，就要遭他们毒打，或被驱出集市。对此恶劣行径，乡人皆恨之入骨。大家一合计，去人到县衙告了他们。

谁知遇上了不良县官，他不但不伸张正义，还说："买卖，买卖，一家愿买，一家愿卖，这是你们商人与顾主之间的事，为何告到县衙？纯属无理取闹，给我轰出去！"

告状人哪里知道，这县官早被那帮无赖暗地买通了。人们只好忍气吞声，有苦难诉。

天长日久，这件事情就被天神知道了。

这天，朱仙镇又是逢集，人群里走出一位老人。他衣衫褴褛，蓬头垢面，胳膊上挎一竹篮，篮内用一片破布片盖着几个大烧饼，叫卖道："八两大火烧，九两小火烧！……"

[1]　朱仙镇：即现在正阳县皮店乡潘店村。

行人见他模样又脏又傻，哪有大的轻，小的重的火烧呢？便纷纷捂住鼻子躲开，可那老人不管有人买没人买，还是"八两大火烧，九两小火烧！……"照例叫卖着，人们嘻嘻笑他疯癫。

一连几个集日，那老人仍然照例到集市上那样叫卖，却没多说一个字。后来，连刚会说话的孩子也学会了疯老汉的叫卖。一连数集，都没人买他的货，那老人突然无踪影了。

老人失踪的这天深夜，镇上突然刮起怪风，并出现无名火。风起火灼[1]，越灼越大，一直灼到天色大亮，才算罢休。第二天，众人到集市上一看，那些欺行霸市的无赖大都被烧焦，房产、财物也都烧尽，其他人家与这些人通屋脊的房屋却一点没烧。众人正在暗暗叫奇，忽听几个玩童边嘻闹边唱道："八两大火烧，九两小火烧！"街道旁，有一老人猛拍前额，恍然大悟道："这话不正对上那疯老汉的话了吗？'八、九'不就是'霸九'吗？'大小火烧'不就是把那些霸占集市的人和财产都大火小火烧了吗？看来那疯老汉定是神人。只是我们肉眼凡胎看不出，听不出罢了。"

从此，天神下凡惩奸的事传遍了整个朱仙镇。有个别罪行还不太大，刚有苗头的人，吓得魂不附体，连连跪地叩头向上天求饶，表示再也不干、也不想那种欺行霸市的缺德事了。从此，朱仙镇的集市上，再也看不到缺尺短秤的事了。

讲述者： 吴臣，男，60 岁，正阳县城关邹楼村，小学，农民

采录者： 吴春霞，女，19 岁，正阳县城关邹楼村，初中，农民

采录时间： 1987 年 12 月 22 日

采录地点： 正阳县城关邹楼村

[1] 火灼：着火、燃烧的意思。

149

路遥知马力

民间流传有一句成语："路遥知马力，日久见人心。"意思是：路途遥远，才能知道马的力气大小；日子长了，才能看出人心的好坏。关于这句成语，还有个来历哩！

话说北宋年间，江南举子马力赴京应试，路过蔡州时遇到一伙强盗，被打昏在地，抢走了包裹银两。这时，恰巧路遥到此，将他救了下来。路遥心地善良，一向仗义疏财。他把马力背回家中，调养数月，始得伤愈。由于二人情投意合，焚香盟誓，结为金兰之好。路遥卖了二亩田地资助马力进京，马力感激不尽，施礼拜谢："仁兄救命之恩，小弟终生难忘！有朝一日发迹，定报仁兄恩德！"路遥说："既是兄弟，何必言报！"

因为马力途中耽搁一些时日，待他到了京城，考期早已过去。时值北辽犯境，朝廷下诏扩军，马力毅然弃笔从戎，保国抗辽，因屡立战功，做了山西大同府尹。

路遥自马力走后，家中失火，烧得一贫如洗，难度日月。路遥悲愁万状，苦无生计，听说马力在大同做官，便起身登程，奔赴大同。路遥跋山涉水，历尽艰险，千里迢迢来到大同，找到了马力。故友久别重逢，马力分外亲热，

把路遥奉为上宾，盛情款待。路遥在马府做客，转眼三月有余。马力既不解囊相济，亦不让其返乡归里。路遥牵挂家中妻儿老小，难免心神不安，只好借酒消愁，用以排忧解闷。

一天，路遥醉酒，上司命马力火速去太原议事，马力无法奉告，匆忙而去。路遥酒醒，认为马力忘恩负义，轻薄自己，一怒之下，便不告而辞。途中，路遥越想越气，感到无脸面见乡亲邻里，决意寻短见一死，便在路边树上上吊自缢。也是人不该死有人救，幸好遇到一位贩马商人将他救了下来。商人问道："先生年纪轻轻，为啥这样轻生呢？"路遥双目含泪，强忍悲痛，把事情原委如实陈述一遍。商人劝路遥返回马府，待马力议事回来再作道别。路遥摇摇头叹息，执意不肯。商人无奈，慷慨说道："我叫日久，祖居大同，以贩马为业，平时好朋好友，咱俩交个朋友吧！此去贩马，正好顺路，愿结伴而行，送先生归家。路上花费由我开销，不知先生尊意如何？"路遥听日久说话诚实可信，点头应允，躬身致谢。

二人乘马，行了数日，来到路遥家乡路家庄。路遥进村一看，见自己的住宅已非旧居，茅草庵棚变成了青堂瓦舍，不由十分惊奇，心中暗想：是妻子将宅基卖给哪个富豪了，还是哪家官员强占了我的宅基？路遥正疑惑着，妻子王氏从大门里走了出来，她见了日久赶忙上前施礼："日久先生，你为俺建房造屋，操劳数日，已经够辛苦的啦，如今又把孩他爹送回家来，真是俺……"路遥不等妻子把话说完，即插言问道："啊？你是……""我是马府的大管家——日久。"路遥顿时恍然大悟，责怪自己错怪了马力贤弟，便写封书信让日久带给马力，信中写道：

患难情谊深，烈火炼真金。路遥知马力，日久见人心。

从此，这个成语故事便在世上流传开了。

讲述者： 伍廷芳，男，54 岁，汝南县城关，高中，干部

采录者： 冀北，原名冀世清，男，57 岁，汝南县文化局，高中，干部

采录时间：1986 年 10 月 3 日

采录地点：汝南县城关

异文：清风细雨

很久以前，陕西有个财主名叫清风，家产万贯。河南有个人名叫细雨，因家中遭受天灾，没法生活，夫妇俩讨饭到陕西。俩人经过清风家大门口，清风一看二人貌相，又听了细雨的叙述，便动了同情之心，把细雨夫妇留下，安排在厢房住着，天天宾客相待。闲时，清风和细雨就谈些天下奇事，话很投机，渐渐成为挚友，一住就是好几个月。

细雨夫妇对清风的招待深感不安，觉得这给清风添了很大麻烦，趁清风不在家时就偷偷地走了。清风回来一看细雨走了，便骑马追赶，一直追了几十里路才赶上，要他们回去再住一段儿。细雨说啥也不愿再回去。这时，清风心生一计，厉声厉色地说："你走不说一声也就算啦，不该偷走我家的东西。"说着便将竹篮搜查一遍，顺手放进两个元宝，打马转身就走。

细雨看到他的举动心里不得劲，面上也不好说啥。黑了住在一个小店里，在取东西铺床的时候，发现竹篮里有两个元宝，心里明白了清风搜查的用意，内心对清风更加钦佩。

第二天赶路走到潼关附近，正遇有人在修庙，细雨就献上一个元宝，记上姓名"陕西清风"，然后继续赶路。一天来到一条河边，见人正修一座大石桥，他又献上一个元宝，仍写"陕西清风"。

夫妻俩晓行夜宿，不一日来到洛阳西边一个小镇，天色已晚，便到镇上一个大商人家请求借宿。老板出来说："我有新建门市三间，自房子盖成后，屋里一直不僻静，夜里闹得不能入睡，你们要是不害怕可以住下。"出门之人，哪管这些，就住了进去。前半夜倒很安静，睡到后半夜，忽然从梁上跳下来两员小将，一个金盔金甲骑一匹黄马，另一个白盔白甲骑一匹白马，二人一见面便对打起来。细雨夫妇惊醒后吓得不敢吱声。鸡子一叫，两员小将转眼

不见了。第二天老板派人查问究竟，细雨夫妇便把夜间所见说了一遍。老板听了，便劝二人再住一晚上，并交代他们晚上用斗将灯罩着，待两个小将再出来比武时，猛地把斗掀开，以便观其详情。细雨夫妇听后，料也无多大妨碍，就答应了。

第二天晚上半夜以后，两位小将照样从梁上下来比武，正打得不可开交时，细雨把斗掀开，不料两位小将同时转身用枪向细雨刺来。细雨一看不好，顺手拿起扁担，用尽一身力气迎将上去。只听"当"的一声，金甲小将和黄马一头栽倒在地上，白盔小将出门不见了。这事可吓坏了细雨夫妇，不待天明便向老板说明情况。

老板带人来门市一看，金人金马在那里躺着，就命家郎抬回住宅，并对细雨夫妇说："你们吉人命相，打死的是金子。你们不要害怕，这三间门市我就送给恁，我再叫人把其他店中的货底子搬来一些，你们就在这做生意，赚的钱足够你俩吃穿享用了。"空口无凭，老板就请来地保和街坊，当面写了交接文书："洛阳某镇临街门面三间，细雨夫妇永占为业，且可传留给子孙。"从此以后，细雨经营有方，生意兴隆，财源茂盛。不长时间，便成了这个小镇上很有名气的大商户了。

自从细雨走后，清风家天灾人祸接连不断，土地卖的卖了，当的当了，一场大火又把全部房屋家产烧成灰烬。后来他听说细雨在外经商生意兴隆，可能是当年送的两个元宝做本发了财，又想到和细雨当年的交情，便决意到河南访友。当他走到潼关附近，见一座庙宇门前立一个石碑，走近细看，碑后有"陕西清风献元宝一个"的字样，便赞叹细雨人格的高尚。不一日又经过一座新建的大石桥，桥头一侧也立有一个石碑，又有"陕西清风献元宝一个"的字样，他真正明白了细雨的为人。又想，细雨既然将两个元宝都舍施出去了，手无分文，如何发财？我倒要看个究竟。

几天后，清风终于和细雨见面了，那亲热劲儿就别提了。清风出身富豪之家，怕人耻笑，人穷架子不倒，不肯说出家境的实际情况。可细雨已猜出，这次来必有原因，只是不肯说出来。他就让清风住下，暗地儿派亲信去陕西了解情况。亲信来去月余，回来后将实情一一告知细雨。

细雨立刻安排人携带巨款去陕西清风家，把清风当出去的地全都赎了回来，并重新建起一座住宅。

清风离家已有半年之久，苦苦要求回家，细雨挽留不住，只好送行。临别所赠银两仅够路费，清风心中很不乐意。细雨让两名亲信装扮成去陕西经商，和清风一路同行，暗暗护送，以防万一。第二天晚饭后，他们谈到了细雨，清风除了表白自己对细雨好处外，净谈些细雨的不是。清风想到自己回去实在没法生活，半夜里用绳子绑在梁上打算自尽，被细雨派去的两个人救了下来。回到家里，清风看见自己的房子盖得崭新，简直不敢相信，正奇怪的时候他老婆从屋里出来，他们才走进大门。进屋后妇人把细雨派人来建房的事告诉了丈夫，清风感到满面羞愧，悔不该在路上牢骚不满，冤枉了细雨，还差一点丧了性命。

细雨的两名亲信见清风细雨如此情深义长，感慨地说："真是不行清风，难得细雨呀！"

讲述者：　朱富恩，男，65 岁，泌阳县赊湾乡，小学，农民

采录者：　万献涛，男，60 岁，泌阳县赊湾乡，初中，退休教师

采录时间：1988 年 9 月 30 日

采录地点：泌阳县赊湾乡

附
记

退休后的万献涛比较清闲，每天早晨都出门转转。这天他遇到了放羊的朱富恩，两个人坐在河边上唠了一会。万献涛问到羊的价格，朱富恩说只要不卖给专门贩羊的羊贩子，都还比较公道。俩人从做生意聊到为人处世，万献涛说："老哥这么会说，会讲有话不？"朱富恩就讲了这个故事。

这则故事的主人公虽然是清风、细雨，演绎的依然是"路遥知马力，日久见人心"主题，在以往驻马店各县区民间故事集本里也收录不少。如平舆县王国军讲述、王新军整理的《路遥知马力》，主人公是路遥和马力；驻马店市（今驿城区）王新讲述、谢文纵整理的《交

穷朋友》，主人公是李毛和张铁蛋。这些故事的框架都是两人是好朋友，后来一方富贵，一方潦倒。穷人向好朋友求助，表面看朋友不愿意帮助，其实暗地里已把对方安置得好好的。（郭永勤　赵新春）

150

胡二麻叶

从前，大麻庄有家财主，名叫麻叶，年过六十，无儿无女。他虽富却很小气，谁也别想占他一点便宜。于是，村里人见了他的东西就偷，弄得麻叶顾前顾不了后，顾东顾不了西，眼看家产要被偷光。这天，他猛然想起北庄的胡二，想请来看守他家的财产。麻叶对妻子一说，妻子也点头同意了。

胡二很穷，但肯帮别人的忙，名声很好。麻叶备了一桌丰盛的酒席，请来了胡二，又吃又喝。吃饱喝足，便对胡二说："我无儿无女，想收老弟的儿子为干儿子，不知你同意不？"胡二听了满口答应。这事立刻在全村传遍了，人们看在胡二的面子上，便不再偷麻叶的东西了。

一天，胡二要到朋友家送礼，想穿得排场[1]些，便来到麻叶家借衣服，麻叶立刻拿出最好的衣服借给了胡二。胡二刚走，麻叶的妻子怒气冲冲地进了屋，对麻叶说："我昨晚睡觉时放在柜子上的金镏子哪里去了？"麻叶说："可能是胡二老弟为了排场借衣服时拿走了。"晚上，

[1]　排场：方言，好看。

胡二来还衣服，却没见镏子，麻叶的妻子便问胡二："你借俺家的金镏子呢？"胡二说："我没有借金镏子啊！"麻叶说："你嫂子昨晚睡觉时，把金镏子放在柜子上，找不到了，我以为是你拿走了。"

胡二怕此事传出去，坏了自己的名声，便只好承认自己拿了，并答应明天上午归还，麻叶妻子这才放下心来。胡二回到家里左思右想，也想不出咋样才能还人家的金镏子。他家穷，哪有钱买呢？最后将妻子卖掉，换了个金镏子，送还给麻叶。

当天下午，麻叶妻子在屋里扫地，发现了一个金镏子，拾起一看，正是自己的。她急忙喊丈夫问是咋回事。麻叶心想：这镏子胡二没拿，可能是拿衣服落在地上了。麻叶知道胡二家穷，买个金镏子多不容易。当夜，麻叶赶到了胡二家，见俩孩子趴在门口大哭，忙问："你们哭啥哩？"俩孩子说："俺爹把俺娘卖了。"麻叶急忙把俩孩子拉起来，找到了胡二说："胡二老弟，你就没借俺的金镏子，咋说借了呢？现在找着了，给，把这金镏子拿着去赎回孩儿他娘。以后咱两家不分彼此，我的你的都一样，胡二麻叶过一辈子算了。"胡二接过镏子，连忙到集上赎回了妻子。

从此，两家好得像一家人一样。

讲述者： 万世清，男，70 岁，平舆县万冢乡万寨村，
不识字，农民

采录者： 贺德全，男，30 岁，平舆县万冢乡万寨村
万寨，初中，农民

采录时间： 1987 年 10 月 16 日

采录地点： 平舆县万冢乡万寨村

附
记

贺德全骑着自行车到各个村转，在村后边看到万世清在地里镏花生，他就停下来，招呼万世清歇歇。他简单介绍了自己搜集故事的情况，希望万世清能帮助自己。万世清一听连连摆手："那都是恁文化人的事，我哪会呀！"贺德全又向他介绍了故事搜集的要求，万世清一边听一边点头，最后说："我就会说个《胡二麻叶》，你听听中不中！"贺德全听完故事后连连叫好，夸他讲得清楚，生动。后来贺德全根据记忆把故事整理了出来。

以往驻马店各县版本中收录的类似故事还有驻马店市（今驿城区）张桂花讲述、曹锡忠整理的《胡二马叶》，遂平县赵祥讲述、秦廷召整理的《胡二马三过一辈子》，以及泌阳县朱富恩讲述、余建方整理的《胡二马三兄弟》。前两则内容较为简略，后一则内容情节较详细，情节也较为曲折。马三被兄弟胡二夫妻误会偷戒指后，他主动承认是自己看戒指式样好，想比照着给闺女做一枚，就拿走了戒指。虽然被误会，为了友情，他还是用儿子换了一枚戒指归还了胡二。胡二夫妇从鹅肚子里找到了戒指，也得知了实情，就赎回了马三的儿子，也有了"胡二马三是一家"的说法。故事中的卖妻，与泌阳县《胡二马三兄弟》中的鬻子，今天看来觉得很不可思议，但在旧社会却是一种常态，道尽了人世万般无奈。（郭永勤 赵新春）

151

拜
把
子
兄
弟

从前，有仨拜把子兄弟，他们曾盟誓，有福同享，有难共担，一家困难，三家供给，谁若失言，天地不容。原来三家的经济状况不相上下，没过二三年，有了悬殊：老三富起来了，老二中上等，老大仅能糊口。

这一年，老二因遭人诬陷，进了监狱，老二的妻子痛哭欲绝。老大和老三都来探望，可谁也没带东西，只安慰了一番，便各自回家了。

老二的妻子只会针线活，地里活儿一窍不通。独生子才十来岁，更谈不上养家糊口。母子俩坐吃山空，没多长时间就把家里积蓄吃光用尽了，生活陷入困境。老二的妻子心中暗骂老大、老三太不讲情义了，过去常来常往，现在家中遭难，他们谁也不来接济，这算啥拜把子兄弟！无奈，老二的妻子只好缝烟布袋，赚几个钱度日糊口。她从早忙到晚，从晚忙到深夜，一天能缝二十来个烟布袋。她让儿子赶集去卖，要五个铜板一个。第一天，儿子卖了五个烟布袋。第二天，一直卖到天黑，才卖出去仨。第三天，儿子又上集去卖，可从早到晚没卖出去一个。当他哭丧着脸回到村头时，有个老头要买烟布袋，给六个铜板一个，

有多少要多少。儿子想了想，一个烟布袋还能多赚一个铜板，一下子卖完能卖一百多个铜板，他就把身上带的烟布袋全部卖给了老头。儿子回到家后，给母亲一说，母子俩都很高兴，照这样下去，就可以维持生活了。

就这样，母亲每天做二十来个烟布袋，儿子到集上有时卖仨，有时卖俩，有时连一个也卖不出去。可每天挨黑回到村头，总能碰见那个老头，把烟布袋全部买完。母子俩起五更，搭黄昏，虽然辛苦些，生活却渐渐好起来。

转眼二年过去，老二遇到清官，弄清了老二的冤情，把他放了。老二回到家，全家人悲喜交集。老二问妻子，这二年生活是咋过来的，妻子便把前前后后的经过说了一遍。老二又喜又气，喜的是一家平平安安地过来了，气的是老大、老三太不讲义气了，将拜把子时的盟言全都抛弃了！老二对妻子说："老大不来接济，有情可原，他家也困难。老三为富不仁，我得去找他算账！"

老二来到老三家，一进门就骂开了："老三，你这个背信弃义的家伙！我坐监二年，你一回也没去俺家探望过，你把'有福同享，有祸共担，一家困难，三家供给'的盟言忘哪去啦？"老三抱拳施礼道："请二哥息怒！有话慢慢说。""慢慢说？还有啥可说的！"他把老三推开，"从今以后我不承认你这个拜把子兄弟！咱们各走各的路！"说着就向门外走去。

这一下，老三可急了，慌忙拽住老二，把他按在椅子上，然后心平气和地问："二哥，嫂子和侄儿饿着没有？""没有！""冻着没有？""没有！""有人说嫂子闲话没有？""没有！可那是我妻子贤惠、勤劳，与你何干？""二哥，你也不仔细想想，你坐监不在家，我若常去你家送钱送粮，外人会不会说闲话？"老二细心一想，有道理，心里的气顿时消了一半。

老三接着又说："你知道买你家烟布袋的老头儿是谁吗？"老二问："是谁？"老三说："那是我岳父！我让他天天挨黑儿在村头等侄儿，买侄儿卖不出去的烟布袋。"老三见老二半信半疑，便拉着他走到里间，从床底下拉出两条装得圆鼓鼓的麻袋，说："你解开看看吧！"

老二解开一看，里面装的全是他妻子缝的烟布袋，不由感叹地说："唉！还是三弟想得周全，我错怪你了！"

说着躬身便拜。老三连忙把老二扶起，真诚地说："谁叫咱们是拜把子兄弟哩！"

讲述者： 李二铁，男，60岁，确山县李新店乡李新店街一队，不识字，农民

采录者： 李强，男，22岁，确山县李新店乡李新店街一队，初中，农民

杨建军，男，39岁，确山县文化馆，大学，干部

采录时间：1988年5月20日

采录地点：确山县李新店乡李新店街一队

附
记

　　杨建军经常下乡搜集故事，乡亲们对他也逐渐熟悉了。这天杨建军到李新店街，老远李强就冲他打招呼，李强兴奋地说，我也搜集了一个故事，讲给你听听。由于李强讲述得不是特别流畅，杨建军担心故事不符合原貌，就询问故事的来源，李强笑着说他是听李二铁讲的，于是杨建军又请李强陪同找到了李二铁，进行了二次采录，后被《中国民间故事集成·河南确山县卷》收录。

　　"拜把子"是驻马店地区对异姓结拜的称呼，是"拜把子兄弟"的省称。结拜是旧时社会交际习俗，没有血缘关系的人因为志趣相投，或基于共同利益，以磕头换帖、同饮血酒、对天盟誓的方式结为兄弟姐妹，以共同的信仰和誓言来约束和维护共同的利益关系。拜把子兄弟之间的称呼也不太统一，有称"干哥""干弟"，也有以排行称呼，如"大哥""二哥"等。（郭永勤）

152

两好搁一好

　　"你好我好，两好搁一好。"这句话在咱们这儿早已成为人们的口头禅，说起来这事儿，还有一段来历呢。

　　从前，有一位名叫两好的人，经常行好，谁有困难请他帮忙，他总是尽力而为。他的行为得到很多人的赞誉，可有的人却说他行好不是真心实意。说真正行好的人，要数离这里一千多里外的搁一了，两好跟搁一相比还差一千里。这话传到了两好的耳朵里，他听了很气愤，但仔细一想，对呀，搁一离咱这儿一千里，庄上的乡亲们都知道他的为人，可见人家比咱强。两好就决定到千里之外去拜访搁一。

　　第二天一大早，两好就带着盘缠上路了。两好费尽了千辛万苦，终于来到了搁一家中。两好向搁一说明来意，搁一热情地把两好让进堂屋。两好有意试探搁一，就毫不客气地进了里屋，"咚"的一声坐在搁一的床上。他这一坐可不得了，搁一脸色"唰"的一下变白了。这是为啥哩？是搁一恨两好太没礼貌了吗？不，是床上被窝里盖着搁一还没满月的儿子，你说搁一恼不恼？但他马上又镇静下来，把两好请进邻居家的客厅里。当搁一安排好客人回

来看儿子时，儿子早已归天了。可怜年过四十才得了这么个宝贝儿的搁一，心里悲痛万分，又不好去责怪人家。人家是千里遥远来拜访自己，是无意的呀。搁一强忍悲痛，自认倒霉，还设宴款待了两好。两好见搁一有难言之色，误认为搁一不欢迎他，就起身告辞。搁一挽留不住，就派人备轿送行，还送两好许多纹银做盘费。

路上，两好气愤地问为他送行的人："搁一为啥不高兴，他不欢迎我吗？"送行的人只好一五一十地把他坐死搁一宝贝儿子的事说了。两好听后才恍然大悟，十分后悔，觉得太对不起搁一了，回家一下睡了三天三夜没吃饭。

转眼二十年过去了，搁一已是六十来岁的老人了，膝下无子没人照料，穷得叮当响，夫妻二人只能合伙穿一条裤子。丈夫出去妻子就得蹲被窝，相反，妻子出去，丈夫也得蹲被窝。一天，搁一的妻子实在受不过去了，就埋怨丈夫行好不落好。搁一只是叹气，甚至想要寻死。妻子见丈夫要死，心中一急，猛地想起了廿年前两好拜访搁一坐死孩子的事，就想让搁一去求助两好。搁一也觉得没啥办法，只好硬着头皮上路了。

搁一一边要饭，一边赶路，终于来到了两好庄上的一座破庙里。他问庙里的和尚："这里可有个叫两好的人？"和尚一听却怪道："你这个要饭花子真大胆，敢叫两太爷的小名！"搁一忙问两太爷现在的情况，和尚说："两太爷膝下有三子，个个都是有功名的人。大儿子是状元，二儿子是榜眼，三儿子是探花。今天正在庆贺小儿子身获高官呢。"搁一听罢十分高兴。他知道自己穿得很破，怕进不了状元府，就请和尚代自己去报信，对两好说你二十年前的朋友搁一在村外破庙中求见。

再说两好自从坐死搁一儿子后，一直非常后悔。一天，他听说夫人又生了个胖儿子，计上心来，就和夫人商议把第三个儿子送给搁一。当时怕搁一不收，就决定把孩子养大成名后，挑明三子的生父是搁一。如今搁一找上门来，就急忙前去迎接。两朋友久别相见，分外亲热。两好急忙把还子补悔之事告知搁一，搁一推辞不掉只好答应。这时两好三子前来相看，两好拉过三子指着搁一说："这就是我常和你说的你的亲生父亲。"三子急忙跪拜认父，搁一乐得合不拢嘴，只好连连答应。

从此"两好搁一好"的口头禅就这样流传开来。

讲述者：　彭付堂，男，65岁，新蔡县杨庄户乡，不识字，农民
采录者：　彭金学，男，19岁，新蔡县杨庄户乡，中学生
　　　　　龚国强，男，34岁，新蔡县文化局，高中，干部
采录时间：1987年10月15日
采录地点：新蔡县杨庄户乡

附记

"两好搁一好"在驻马店民间也称"两好合一好""两好并一好"，意思是两边都往好处想，都往一块想，就是一个大好。在过去，民间出嗣、过继的事情时有发生，一般都发生在同宗之内，而民间故事中认娘、认爹、出嗣等情节的发生就比较随意了。（郭永勤）

153

千里送鹅毛，礼轻人义重

故事发生在汝南县金铺。明朝，陕西有一商人去安徽经商，回来路过金铺，向一老妇讨水喝。妇人进屋取水，很久不见出来。商人进屋察看究竟，见老妇人正口对着灶堂门吹火，因都是碎柴，熏得老妇两眼泪流不止。商人问老妇为何烧火，老妇答："出外人难，喝生水万一生病无人照管咋办？我给你烧碗茶。"

商人感动，喝着茶询问老妇家中人等。老妇答："还有一个儿子叫任义，出外去啦。"商人说："我想和你的儿子交个朋友，因事急我不能在此久留，得马上赶路。回来你告诉他，他若是愿意的话，有空务必叫他去我家。"于是给老妇人留下一百两纹银和家乡地址，便匆匆上路了。

任义回来，老妇给儿子讲了此事。任义满口答应，就准备去陕西拜见商人，但是，想来想去觉得没有什么礼物可带，便问母亲。老妇说："家里虽穷，可养的这两只鹅娃倒还不错。"于是任义便逮了家中那两只鹅娃向陕西出发了。

从汝南到陕西，先是走陆路，中间需要经黄河乘船西上。从汝南至黄河一段路，鹅因数日不曾见水，搭上船后猛一见水，分外感到新鲜，挣扎着往水里去。任义见鹅要跑，赶紧伸手去捉，鹅没抓到，只抓了一把鹅毛。到了陕西见到商人，任义拿着那把鹅毛，非常抱歉地说："承蒙哥哥厚意，来时没啥可带。听老母言，兄在我家时，曾夸奖我养的那双鹅娃，弟把它带来了，以表弟之深情。不幸路经黄河，鹅又下水跑了。弟无能，只抓到这把鹅毛。"商人接过任义手中的鹅毛，十分感动地说："这真是千里送鹅毛，礼轻人义重啊！"然后把鹅毛很珍贵地藏了起来。

任义在商人家里住了些日子，便要告辞，说："家中有七旬老母，弟不能在此久留。"商人送任义许多金银财宝，任义拒绝不收："情深意重，岂能在金钱呢？"商人再三解劝，任义才稍留些作盘缠。临行，商人携任义手说："明年此时是兄婚姻，弟不到兄不举行婚礼。"任义说："兄放心，兄如此大事，弟决不失约。"

第二年五月初七日，是商人大婚大喜的日子，家中宾朋亲友俱到，唯不见任义到来。近午时，只见任义骑着大马，大汗漓淋地赶到了。任义下了马，商人又携其手说："不是等弟，婚礼早举行罢了，众人只等弟呢！"不论商人如何问长问短，总不见任义回说一句，婚礼刚罢，还未坐桌聚饮，任义与马霎时不见。商人跪在地上大哭说："不好了，我弟已不在人世了！"于是焚纸相送。

商人刚刚办完婚事，便快马加鞭至汝南金铺，下马便问："我弟如何？"老妇哭着说："自你处回来还好好的，不想今年春天就一病死了。临死时交代我说：'五月初七是我哥的婚宴日子，我不到哥不举行。不想我病成这个样子，看来我是去不到了。我死后到了那天近午时，你扎一纸马焚掉，嘱咐说今日是哥哥的喜日，骑着这匹马参加他的婚礼去就行了！我的灵魂就如约而至了。'"

商人听罢，至任义坟前焚纸，并杀掉自己骑的那匹马，痛哭道："弟如此重义，世间少见。兄与弟交友，情同手足。与弟约，临死不忘，怎不令兄痛心也？弟生前不曾骑到一匹真马，临死为了赴兄的婚礼，嘱老母制一纸马，更令兄感动啊。今兄把我骑之马杀掉与弟，望弟阴司受之。"

商人祭罢又哭，愈哭愈伤心，哭到极伤心时一口气儿没上来，死过去了。死后大风骤起，旋起三个大坟，其中有两个人坟，即任义和商人的坟，一个是马坟。那商人说的"千里送鹅毛，礼轻人义重"，却成了一句俗语，从明朝一直流传至今。

讲述者：盛兴忠，男，50 岁，驻马店市，初中，工人

采录者：魏松山，男，46 岁，驻马店市史志办公室，高中，干部

采录时间：1987 年 3 月 22 日

采录地点：驻马店市区

附
记

这个故事在驻马店汝南金铺一带流传很广，我在很小的时候，也听老辈人讲过，尽管细节不同，大体情节相似。汝南金铺是著名的范张鸡黍君子之交的发生地，留下了张劭、范式生死交的千古绝唱。这则故事的后半截显然是化用了《汉书》记载的范式不远千里，素衣白马祭祀好友的情节。据《路史》记载，这故事也发生在唐朝。说回纥土官缅氏派遣缅伯高送天鹅给唐朝，过沔阳湖时，天鹅飞走了，只坠下一只翎毛。没办法，缅伯高只好用一块洁白的绸子将翎毛包好贡上，并题了一首诗："天鹅贡唐朝，山重路更遥。沔阳湖失宝，回纥情难抛。上奉唐天子，请罪缅伯高。物轻人义重，千里送鹅毛！"（赵新春）

154

咱闺女咱儿

从前，有个乡下人叫李憨，进城卖柴禾，正好碰见做生意的远门子表兄王刁。王刁见李憨担的是干柴禾，上前就说："哎呀！是你呀表弟！咱挑的这柴禾咱别卖了，挑到咱家，咱要啦！"李憨只好给他挑去。到了王刁家，卸了柴禾，王刁又说啦："咱的柴禾挑到咱家，还会给咱要钱吗？就是给钱，咱也不会要哇！咱下回再说吧！"说罢，连顿饭也没留李憨吃，就让李憨走了。

过了几天，王刁又跑到李憨家说："咱家的驴叫咱牵到咱家磨点面！"李憨无奈，只好让他牵走。王刁把驴牵走一用半个月也不还，李憨气得不行。这事被他二大爷知道了，就给李憨出了个点子。

这天，李憨来到王刁家，进门就说："咱庄唱大戏哩，我想叫咱闺女到咱家看咱庄的戏。"王刁一想，闺女去看戏吃住在他家，是个便宜事，就说："这事咱愿意，叫咱闺女去看戏咱放心！"说罢，李憨领着王刁的闺女回到家里。

王刁见闺女一去半个月没回来，急坏啦，跑到李憨家去领闺女。李憨见了王刁就说："哎呀，你来得正好！咱

闺女跟咱儿结婚啦，咱成了亲家啦！"一时弄得王刁无话可说，只得认账。

讲述者：　董清玉，男，69 岁，汝南县三门闸乡大辛庄村，私塾，农民

采录者：　魏建国，男，30 岁，汝南县三门闸乡文化站专干，高中，干部

采录时间：1987 年 4 月 29 日

采录地点：汝南县三门闸乡大辛庄村

附记

在驻马店各县区民间故事中，确山县程国玉讲述、李建伟整理的叫《胡二马三》。故事中胡二与马三两人是一对拜把子兄弟，没有前面要柴禾不给钱的情节。后面是胡二把马三的驴借走后卖了，又不给驴钱，于是马三趁胡二闺女在他家看戏，让儿子娶了她，所以有"管他胡二马三，过一辈子算啦！"的说法。遂平县王德讲述、刘晓春整理的民间故事《城里人和乡下人》主人公分别是一个种地的乡下人和一个经商的城里人，内容情节也与《咱闺女咱儿》差不多，都是好人、老实人不吃亏。（赵新春）

155

看财奴

从前有个财主，爱钱如命，人称"看财奴"。

看财奴在临死前把仨儿子叫来，安排后事。他问大儿子："孩呀，爹死了，你打算咋办丧事呀？"大儿子说："爹下世了，一定要厚葬，有棺有椁，再请班子和尚、道士念经。"他一听火了："滚！你这个败家子，这个家不能叫你当！"他又问二儿子。二儿子说："爹下世了，织领秫秆箔，把你老一卷，埋了算啦！"他叹了口气，说："唉！比你哥强点，不过这家还不能叫你当！"他又问三儿子。三儿子说："爹下世了，把你的衣裳扒光，留下俺好穿；把你的身子洗净，剔去骨头，把肉腌起来，以后好卖钱。"他这才咧嘴笑了笑，说："还是三儿子会办事，这个家就交给你当啦！"说罢，头一耷拉，断气了。

一家人正在啼哭，他又醒过来了，对三儿子说："孩呀，爹还有一句话对你说：卖肉的时候，千万别走恁大舅门口过！"三儿子问："为啥？"他说："你大舅是个野猫嘴，好吃肉，吃了肉光不打钱！"说完，这才真正闭了眼。

看财奴到了阴曹地府，阎王爷说他在阳间尖酸刻薄，要把他拉下去下油锅炸。他连忙跪下苦苦哀求："阎王

爷，您千万别叫我下油锅呀！"阎王爷说："啊！你总算害怕下油锅炸吧！"他把头一仰说："小的倒不是那个意思。我是说，把油留下来给俺孩儿。我呀，你就干炕炕妥啦！"阎王爷气得把惊堂木一拍："你呀，真是个头号的看财奴！"

讲述者：　任西俊，男，60 岁，汝南县板店乡，高中，
　　　　　教师

采录者：　费海英，女，32 岁，汝南县板店乡，高中，
　　　　　干部

采录时间：1987 年 6 月 10 日

采录地点：汝南县板店乡

异文：吝啬鬼

从前有个财主，爱财如命。一天，在门外看见一个小孩儿把口袋里的小钱弄掉了一个，他连忙跑上去捡到手里，生怕小孩儿看见了。谁知正被小孩儿看见，跟着问他要钱。财主把钱藏在口袋里，藏在袖筒里，都被小孩儿找到了，无奈，便把小钱塞在嘴里。小孩儿还是不依，他一狠心把小钱咽在肚里，本来他的身体很瘦，肠子里塞了一个钱，快要憋死了。

他临死的时候，把仨儿子叫到跟前，问大儿子："我死后，你打算咋办？"大儿子说："你死了以后，我给买口棺材，把亲戚朋友都请来，摆几桌酒席，请班子鼓乐，再把你埋了。"财主听罢，两眼一瞪说："你这个王八羔子，我操劳一生，你把它糟踏糟踏，快给我滚！"又问二儿子，二儿子说："你死后，我给你买领席子，把你卷着丢在西沟里。"财主听后，又骂了一顿，叫他快滚开。后又问三儿子，三儿子想大哥、二哥说给他买东西都不行，只有投其所好，便说："我先把你的肚子割开，把塞在肠子里的一文钱取出来。再把你的头发换成针，骨头削成扣儿。"他连声说："对！对！你真是我的好儿子，肉和肝肺也卖了。"说罢，他闭上了眼睛。一会，他又睁开眼说："肉不

能腌，一腌会折秤[1]的。记住，肉要卖给街东头，不要卖给西头，西头的秤太硬。"说罢，便闭上了眼睛。

讲述者：　余文江，男，18 岁，泌阳县陈庄乡老店，
　　　　　初中，农民

采录者：　徐书亮，男，60 岁，泌阳县文化局，大专，
　　　　　干部

采录时间：1990 年 4 月 5 日

采录地点：泌阳县陈庄乡老店

附记

徐书亮在搜集故事的过程中，能关注到各个年龄段的人。他常常说，有的孩子好听故事，从小听得多记得多，可能比老年人掌握的故事还多，不能因为年龄小就被忽略在搜集范围之外。余文江就是这样一位年轻人，他从小爱听村里老人讲故事，下学后就在家里种地，也爱给一块干活的人讲故事解闷，徐书亮在采录过程中偶然遇到他，意外采录到这则故事。

以往驻马店民间故事里平舆余国防讲述、余景红整理的叫《钱如命》。遂平县王赵生讲述、李洪昌整理的叫《惜财不惜命的人》，情节类似且较此简略。新蔡县熊效德讲述、张敬忠采录的叫《钱迷》，很有方言特色。财迷安排后事，儿子说给他做个好"活"，"活"在方言里指"棺材"；又说"做个差实点的"，"差实"方言的意思是"次一点、差一点"的意思。最后财迷也是提出别埋，卖自己的肉换俩钱。

（郭永勤　赵新春）

[1]　折秤：即减少重量。

156

看谁小气

从前，在仨相邻的庄子里住着仨财主，一个人送外号"老乌龟"，一个人送外号"老王八"，一个人送外号"老鳖熊"。他们一个比一个小气，做梦都想占别人的便宜。

一天，老乌龟和老王八在地头碰了面，提出去老鳖熊家喝酒，俩人一拍即合。第二天上午，老乌龟和老王八分别提着让老婆用纸剪成的一只鸡和一条鱼，大摇大摆地去到老鳖熊家。可巧这天老鳖熊外出不在家，只有他的儿子小鳖熊在家迎着。小鳖熊看着客人的"礼物"，眼珠子一转，便来了主意。

小鳖熊便彬彬有礼地说："请两位伯伯稍等，孩儿我这边去备席。"俩财主为了赴席，已经空了两顿肚子，一听小鳖熊说去备席，那肚子叫得就更响了。

不一会儿，小鳖熊手拿一根柴棍上来了，先在地上画了一个桌子，又在桌子上画了俩盘子，指着说："这盘是烧鸡，这盘是炸鱼。"俩人大眼瞪小眼，讨个没趣，悻悻回家了。老乌龟、老王八刚走，老鳖熊回来了，他发现地上画了俩盘子，便问谁来了。小鳖熊眉飞色舞地将刚才的事叙述了一番，满以为能得爹的夸奖。谁知迎来的竟是爹

劈头盖脑的破鞋，老鳖熊边打边骂："你小子，真够大方的，把盘子画恁大，穷阔气！"

讲述者：　郑新运，男，61岁，平舆县高杨店乡王庄村委郑庄，不识字，农民
采录者：　郑健，男，28岁，平舆县高杨店乡联中，高中，教师
采录时间：1987年10月10日
采录地点：平舆县高杨店乡王庄村委郑庄

异文："针尖儿"对上了"枣刺儿"

有个财主叫张望利，平时给别人共个啥事，总得占点便宜。要是拔他根汗毛能救活一个人他都不干，谁也别想占他一点儿东西。都说他尖[1]得很，大家就送他个别名"针尖儿"。针尖儿有个财主朋友叫王为己，也是个吝啬鬼，一个小钱看得比碾盘还大。和他共事，拿一个不赚你十个，他就觉得吃亏，八夜睡不好觉，尖得头上搁不住个栗子，人家给他起了个雅号"枣刺儿"。

一天，针尖儿在家闷得慌，想去串朋友。串朋友拿啥礼物呢？拿啥也舍不得，但空手儿又觉得不太体面，最后让他老婆用纸剪了一条大鲤鱼。老婆问他："这条鲤鱼干啥用？""瞧朋友。"老婆一听是瞧朋友用，就发脾气了，指着针尖儿数落开了："你真不会过日子，瞧朋友能拿恁大条鲤鱼？"针尖儿忙赔笑说："这回浪费了，下次剪小点。"说罢，提着这条大"鲤鱼"到枣刺儿家去了。

针尖儿来到枣刺儿院里就高声问："为己弟在家吗？"枣刺儿的老婆听见来了客人，忙出门迎接："在家，进屋吧。"针尖儿举着手里掂的大"鲤鱼"说："我来瞧您来啦！"

"哎呀，掂恁大一条鱼，叫哥破费了。"

枣刺儿听老婆说掂条大鱼，赶紧跑出来接，一看是纸的，心想：你真尖。

[1] 尖：方言，吝啬、小气、不大方的意思。

该吃饭了，枣刺儿拿笔在桌上画了几个盘子，盘子里写上炖大肉、炒鸡肉、松花蛋、豆腐块等，把针尖儿让到客座上，用手比个圆圈儿送到针尖儿面前："给，先吃个烧饼。"接着指着画的盘子说："别忘了吃菜。"一会儿又用手比个圆圈："给，再吃个烧饼。"针尖儿说："吃饱了，吃饱了。"

饭后二人又坐在一块叙话，针尖儿肚里饿得直叫唤，便告辞回家了。枣刺儿问老婆："你看，这回没吃亏吧。"老婆却把眼一瞪："你太大方了，盘子里净是好菜。烧饼吧，你还比画恁大！"

讲述者： 桑林秀，男，65 岁，遂平县阳凤乡中，私塾，离休教师

采录者： 陈富营，男，51 岁，遂平县文城乡中，大专，教师

采录时间： 1987 年 10 月 28 日

采录地点： 遂平县阳凤乡中

附记

桑林秀虽然已经离休了，但是对学校的事依然非常关心，他听说陈富营正在收故事，就主动找到了陈富营；"我也会几个故事，你听听你收过没有。"接着他就讲了几个故事，这些故事在当地流传比较广，陈富营一听都是别人讲过的，一直讲到这个故事，陈富营兴奋地说："这个好，这个我还没有记录过！"于是就把这则故事记录下来，后来被《中国民间故事集成·河南遂平县卷》收录。

比谁小气，看谁尖刻是驻马店民间故事常见类型，多是和上面一样用手比画，对确。西平县陈泉志讲述、娄本效整理的《送礼》，主人公张吝啬剪条纸鱼送好友李啬，李啬的儿子用手比画了个大饼，结果李啬嫌大揍了儿子。泌阳县陈平安讲述、徐书亮整理的《俩吝啬鬼》，说的是泌阳和西平的两个吝啬鬼朋友，泌阳的剪了两条鲤鱼，西平朋友的孩子画了四个盘，被父亲嫌多训斥。新蔡县武云山讲述、龚国强采录的《尖对尖》则是画了个西瓜，内容情节也与此差不多。（郭永勤　赵新春）

157

『小擀杖』与『枣核钉』

从前有俩人，一个叫"小擀杖"，一个叫"枣核钉"，他两家虽然结了亲家，却一个比一个尖酸。

一天，枣核钉过生日，下请帖告诉了小擀杖。小擀杖想：俺亲家过生日，我送礼得大方点，别叫他说我尖酸。第二天，他就把礼物和礼单送去了。枣核钉一看礼物，只有五十个小制钱和一个鸡蛋。再看礼单，上写着：亲家寿诞辰，送礼一百文，现钱五十文，下欠五十文。母鸡一只，嫩点。枣核钉心想：俺亲家真不愧叫小擀杖，就是尖！

时隔不久，小擀杖过生日，也通知了他亲家。枣核钉也派人送了礼物和礼单。小擀杖见礼物只有一把豆秆，不知道是啥意思，再看礼单，上写着：亲家寿诞辰，送礼一百文，扣债五十文，下欠五十文。豆芽一把，老点。小擀杖这才知道上当了，后悔自己不该太大方。

讲述者： 唐仲飞，男，55 岁，汝南县城关，高中，教师

采录者： 任立功，男，49 岁，汝南县文化馆，高中，

干部

采录时间： 1981 年 7 月 15 日

采录地点： 汝南县城关

158

喝水好

从前，有个非常吝啬的老财[1]。一天，他骑着毛驴赶集，走到半路，看见一股清丝丝的泉水从路边的泉眼里流出来，就摇头叹气地说："真可惜呀，这水白白地淌走了。"说着向集上走去。

到了集上，天快晌午了，老财觉得肚里有些饿，吃啥呢？都说馃子好吃，他来到馃子铺前，问："掌柜的，这馃子好吃吗？"馃子铺掌柜一见有人问馃子，忙说："这馃子好吃得很，跟酥梨一样。"老财心想：我为啥不去买梨哩？于是走到一个卖梨的跟前，问："你这梨好吃吗？"卖梨的忙说："好吃，好吃，我这梨一咬一口水。"老财一听，我不如去喝水呀，于是就骑着驴去找半路上碰见的泉水喝。他喝着泉水品着味儿，心里想，这真比馃子、梨好吃，还不用花钱。

讲述者： 肖德志，男，41 岁，遂平县花庄乡中学，

[1] 老财：方言，民间对有钱人的贬称。

大专，教师

采录者：　李志刚，男，16 岁，遂平县花庄乡中学，
学生

采录时间：1988 年 1 月 3 日

采录地点：遂平县花庄乡中学

附记

学校要放寒假了，李志刚在学校帮老师收拾东西。闲谈中老师问他回家后准备怎么搜集故事，李志刚说还不知道，准备趁拜年的时候找村里的老人问问。肖德志说："处处留心皆学问，一般老人会讲的可能多些，但是不能光盯着老年人。"李志刚就随口问了一句："老师，那你会讲不？"肖德志一边笑李志刚现学现卖，一边讲了这个故事，李志刚开心地说："那我还愁啥，我把你讲的这个故事写一下不就妥了！"就这样完成了故事搜集。

"馃子"是驻马店地区的一种特色点心，本地还流传着与馃子有关的儿歌"拉箩箩，打汤汤。谁来了，大姑娘。兜的啥，馃子糖，叫你吃了屙一床尿一床"。馃子一般为甜味的，也有咸的。在制作方法上，首先是用开水烫面，加入红糖或白糖、食用油等。有的为了好看，还要加入各种色素，但以红绿为主。待面醒发后，制作成各种形状，经过油炸、糖浆裹霜等程序后，就成了吃起来满口酥脆的馃子。在 20 世纪，馃子是逢年过节走亲串友的主要礼品，平常很少有人舍得吃。（郭永勤）

159

咱们两家都管吃

从前，有一家地主，好占别人的便宜。

一天，财主婆馋了，又不愿花钱买肉，就想了个妙法。她扛着篮子，里面放把菜刀，用抹碗布盖着上街了。

她走到街上肉铺里，卖肉的一看，扛着篮子像是买肉的，忙问她："割肉吗？要多少？"财主婆说："如果我的刀能割掉这肉，我就买。"卖肉的为了早点卖完，就答应了。只见财主婆用刀在肉上磨了又磨，也没割掉。她对卖肉的说："这肉太瘦了，我要买的是肥肉。"就把刀放进篮子盖好走了。

回到家里，她把刀在锅里涮了又涮，中午用涮刀水做了一锅面条，吃饭时全家人都说很香。她把在街上的事情给财主详细说了一遍，财主指着她说："你这蠢婆娘，为啥不搁缸里涮呢？要不是咱还管多吃几天。"

他们的争吵，被住在后院里财主的哥听见了，跑来问明原因后，气急败坏地说："你们这些蠢货，为啥不在井里涮呢？咱们两家都管吃。"

讲述者：吴学中，男，63岁，遂平县花庄乡赵庄，
　　　　高中，教师

采录者：王永，男，14岁，遂平县花庄乡赵庄，学生

采录时间：1988年2月11日

采录地点：遂平县花庄乡赵庄

附
记

　　这个故事当时是通过发动师生采集上来的。此类故事在我市西
平、上蔡、汝南、确山等地也有流传。过去人穷，日子都是算计着
过，精打细算，该省就得省，肚里更没有什么油水。碰见的不是卖肉
的，就是卖油条的，反正都是有"油水"可占，占了便宜还是少不了
挨骂，生活难呀。故事不是讽刺会过日子的人，而是讽刺爱占便宜的
人。（谭咏利）

160

叫
花
子
员
外

　　从前，练村乡汪庄有个汪员外，是个守财奴。他一生
积攒了很多钱，谁也不知道，也舍不得花。后来，他把钱
放到坛子里，偷偷地埋在屋前宅基地里。

　　埋了钱以后，他整天心惊胆战，生怕别人知道了。他
整天装穷，穿的是补丁摞补丁的衣裳，吃的是糠菜饭。亲
戚朋友来了，装着招待不起客人的样子。

　　俗话说：瞒天瞒地，瞒不了邻居。邻居们心里明白，
有嘴快的就说起来了："汪员外又不穷，整天装得像个叫
花子，何苦哩！"

　　汪员外到了晚年，还是每天只吃一些烂红薯片，不肯
把放着的钱拿出来花，老婆孩子只好跟着他受苦。到他临
死的时候，老婆孩子守在床边，问他有啥事要交代，他还
是不肯把埋在地下的钱说出来。直到他觉得自己不行了才
想说，可是已经来不及了，舌头发硬，喉咙里堵着一口痰，
说不出话来。他急得"呼噜呼噜"在胸口乱扒，好像要把
埋的钱扒出来似的。

　　他死以后，老婆孩子穷得连一口棺材也买不起，只好
借钱给他买了一口薄得跟纸一样的板，把他埋了。

讲述者： 赵永见，男，65 岁，新蔡县练村乡，不识字，农民

采录者： 赵秀丽，女，25 岁，新蔡县练村乡，高中，教师

采录时间： 1987 年 11 月 19 日

采录地点： 新蔡县练村乡

161

齁死你哩

　　赵老头和张老头到李老头家串门，说起盐来之不易，特稀罕。赵老头说："我一斤盐吃一整年。"张老头说："我一斤盐吃一年还剩半斤多呢！"李老头年纪最大，一向以节俭著称，他用教训的口气说："你们真是太不会过日子了。俗话说，吃不穷，穿不穷，打算不到一世穷。过日子比飘树叶还稠，咋能恁大手大脚哩？我一斤盐吃两年了，现在差不多还有一斤在那盐罐里放着哩。"赵老头和张老头惊奇地问："你咋吃哩？"李老头得意地说："吃饭时看看不就妥啦！"说话时，李老头的小孙子才知家中的罐里装的有盐，盯着盐罐看起来。李老头一见忙过去说他的小孙子："快出去，看多会儿了，齁[1]死你哩！"

讲述者： 泌阳县花园乡农民

采录者： 孙建，男，38 岁，泌阳县花园乡，高中，工人

[1] 齁：方言，这里指吃太咸的东西后使喉咙不舒服。

162

半袋烟

附
记

这天孙建在街上吃凉粉，旁边坐了一个人，年龄大约三四十岁，也要了一碗凉粉。这人非常开朗，一边吃一边和老板聊天："老板，人家都说确山的凉粉好吃，我看你这也不赖呀！""老板，你家是盐不要钱吗，我这碗可有点咸了！"老板笑呵呵地又给他加了一点凉粉，这人一边拌一边说："盐可是个好东西，不光咱老农民离不了，皇帝老儿也离不了！有的人把盐看得比钱还重嘞！那有仨老头……"孙建听了觉得这个故事很有意思，就记住了。后来上报的时候，缺乏讲述人的信息，他多次跑去找凉粉店，可惜再也没有偶遇这个人，店里来来往往的人多，老板也不认识了，猜测是附近的农民。（郭永勤）

从前，有仨财主，都是一毛不拔的小气鬼：一个叫张三，一个叫李四，还有一个叫赵五。

这天，庙里唱大戏，仨人约定一起去看戏。张三心想：得多带点儿烟。可又一想：不中，万一光我带烟，他俩不带烟，那都得吸我的呀！我呀，干脆一点儿不带，吸别人的。于是，他把烟布袋里的烟都倒出来，只带个空烟布袋去看戏。李四和赵五呢，也和张三一样的想法，他俩干脆连烟布袋都扔到家里，光拿个烟袋去看戏。

到了戏台下，仨人碰在了一起。这仨人中数赵五最机灵，他见张三腰里挂个大烟布袋，就拿出烟袋说："来，来，老哥们，吸着，吸着，尝尝我这蛟河烟儿。"说着，往腰里一摸，"哎呀，这可糟了，来得太慌了，把烟布袋落家了！"李四一听，心想，尽耍花招，你根本就没带烟，跑这儿装相来了！就说："咳咳，我也是。噢，张三哥这不带个大烟布袋吗？来，哥，先熏着。"说着，就去摸张三的烟布袋。张三是个闹鬼的老行家了，吃他这一套？心想：多亏我把烟都倒出去了，想跑我这儿来找便宜，没门儿！于是，他解下烟布袋用手拍了拍，说："这不，空的。

夜黑了[1]我还叫老伴给装满了呢！哪承想，她也忘了。我先挖挖看吧，兴许能挖出一袋半袋的呢！"说着，就把烟袋伸到布袋里去挖，他挖呀挖呀，挖了老半天，好不容易挖出来半袋烟。张三奸笑一声说："对不起，这半袋烟就得我自个对付着吸了。"说完，他拿出火镰子就打火。李四一见可不干了，一把按住张三的手说："哎，老哥，你知道我的烟瘾最大，还是我吸吧！"李四刚去抢烟袋，赵五手也伸过来了。赵五说："不行，咱人同行，岁数我最大，这半袋得我吸！"张三这回可急了："咋的，我的烟，恁俩凭啥吸？"

咱人争执不下，后来，还是赵五出了个好主意，说："这么办吧，咱咱比穷，谁最穷谁就吸这半袋烟，好不好？"两人一听，也只好这么办了。

于是咱人开始比穷。烟是张三的，当然得张三先说了。只见张三把小眼珠转了转，说："家住半间房，从来没口粮。盖个麻袋片，吃的是谷糠。"张三说完，问道："咋样？够穷了吧！"李四说："不穷不穷，比我富多了。听我的，家里没有屋，月亮当灯烛。铺着扁担睡，盖着破抹布。"李四刚说完，赵五急忙插嘴说："是够穷的了。"李四一听，忙去抢张三的烟袋："那烟就得我吸了。"赵五伸手把他拉住，说："先别忙，我还没说哩，听我的。家住半天悬，断饭七八年。留着这口气，为抽这袋烟！"赵五说完，自鸣得意地说："咋样？是不是比恁俩都穷啊！这半袋烟嘛……对不起，就得归我喽！"

张三拦住赵五伸过来的手，说："不中，你说的不合理。你说断饭七八年，不用七八年哪，就是七八天也把你饿死了！"李四忙说："对对对，他说的那个不算。我最穷，这半袋烟得我抽！"就这样，咱人你争我夺的，最后，竟动起手来。不过，打归打，那张三手里捏着烟袋锅儿，说啥也没舍得扔。

他咱这一打，围观的人越来越多，再加上有不少年轻人也跟着起哄，戏台底下可就乱了套了，台上的戏也演不了啦。坐在看台上的县太爷忙问底下出了啥事儿，手下人报告说有一伙儿打架的，把戏给搅黄了。县太爷一听，勃然大怒，命官差把打架的抓来审问。不多会儿[2]工夫，张三、李四、赵五都被带到县太爷跟前。

等他咱把多会儿的事儿学完了，县太爷反倒笑了，也随口说了四句顺口溜："狂徒好大胆，闹戏理不端。每人二十板，黄烟得归官。"说完，叫人抢过来烟袋，他自个吸上了。这下，张三、李四、赵五咱可全都傻眼啦。

讲述者： 张国民，男，74 岁，上蔡县洙湖镇曹寨村，小学，农民

采录者： 肖五毛，男，57 岁，上蔡县洙湖镇二中，中专，教师

采录时间： 2006 年 3 月 28 日

采录地点： 上蔡县洙湖镇曹寨村

异文：贪官判钱

从前，有咱秀才在路上拾到一串钱，都说自己先看到，钱应该归自己，你一句，我一句，谁也说服不了谁，大家争执不休。这时，来了个县官，问明了情况，说："你咱都不要争了，各自作一首诗，看谁最穷，这一串钱就归谁。"

听了县官的话，三个秀才停止争执。秀才甲抢着说："茅屋向青天，炉灶断火烟。日无鸡啄米，夜无鼠窃餐。"

秀才乙也不示弱："天地是我屋，月亮当蜡烛。身上无衣冷，沟边路旁宿。"

秀才丙摇头晃脑地说："重病二三年，绝食七八天。微微剩口气，就等这串钱。"

咱秀才说完，都眼睁睁地等县官判决。县官看看咱秀才，从地上拾起那串钱，嘿嘿一笑说："千里来做官，为的是吃穿。要钱不要脸，我要这串钱。"说完，揣起钱转身扬长而去。

望着县官远去的背影，咱秀才只好面面相觑。

[1] 夜黑了：昨天晚上。

[2] 不多会儿：不一会儿。

讲述者： 洪四望，男，63 岁，驻马店市区，不识字，
农民
采录者： 袁亮，男，25 岁，驻马店市，高中，军人
采录时间：1987 年 6 月 6 日
采录地点：驻马店市区

163

三个叫花子

　　从前有仨穷要饭的，除了乞讨的时候，常常是形影不离。有一天，他们在路上拾到一块银元，仨人都说是自己先发现的，应该归他，吵吵嚷嚷，争论不休。

　　最后有人提议：每人说一句顺口溜，得往自己的穷处说，最后评一下，谁说得最穷，这银元就归谁。第一个说："说到穷，你们谁也比不上我。不说别的，就说睡觉吧，我每天是铺稻草，盖破窑，头下枕个破烂瓢。"第二个说："你并不穷，还有窑住，有稻草铺，有烂瓢要饭，我呢，每天铺着地，盖着天，头下只枕半块砖。"第三个不慌不忙地说："你也不穷，半块砖头也算有家当呀。俺每天睡觉是铺脊梁，盖胸膛，头下只枕两巴掌。"

　　当然，结果是最后那位得到了银元。因为论穷谁也比不上他，不仅一丝不挂，而且一无所有。

讲述者： 徐河清，男，73 岁，新蔡县韩集乡蒋店村
委老庄子村，不识字，农民
采录者： 徐华宁，男，24 岁，新蔡县二高，大专，

教师

采录时间： 1987 年 9 月 10 日

采录地点： 新蔡县韩集乡蒋店村委老庄子村

164

一坛子元宝

　　从前，蔡州城里有俩贩山货的商人，一个叫王七，一个叫李九。王七为人刁滑，李九为人憨厚。

　　这年夏天，他俩一块出去做生意，走到一座凉亭跟前歇脚。王七往一个破石凳上一坐，不小心把石凳弄倒了，石凳散了架。王七拍拍屁股，又挪到别处坐下。李九说："七哥，你把石凳坐倒咧，咋不收拾收拾，以后还好让别人坐呀！"王七不耐烦地说："咱啥时候还会再到这儿来？管他谁坐哩！"李九看王七不收拾，就自己动手收拾起来。谁知一搬那块石头，只见从石头下面射出了一道金光，金光过后，眼前站着一个白胡子老头。李九一见是位老者，就说："老大爷，撞着你了吧？"老头说："不，你常年给百姓办好事，上神命我周济你。这下面埋有三十五对金元宝，你收起来吧！"说完，转眼老头不见了。李九往下一扒，果然有一个坛子，里面不多不少，正好装了三十五对金元宝。

　　王七看见了，后悔自己不该挪地方，这时他只好凑到李九跟前笑嘻嘻地说："九弟，你好运气呀！发大财啦！这多亏我坐倒了石凳哩！"李九说："七哥，你咋这样说哩！咱一块出来的，有福同享，有祸同担。这三十五对元宝，咱每人一半。"王七高兴地说："九弟，我先谢谢啦！"然后，他眨了眨眼又说："不过，我想咱还把元宝先埋在这里，等咱回来路过这里时再扒出来，这样比带着它惹人扎眼要好得多！"李九点点头，把元宝埋好，就上路了。

黑了，他们二人来到客店住下。第二天一大早，准备上路哩，王七就叫唤开啦，说他肚子疼得厉害，不能走。李九说找人给他瞧瞧，他不叫。李九说要等他病好了再走，王七摇了摇头说："你先走吧。要不天气热，山货坏了不好买。我这点小病，歇一天就会好的。"李九只好自己先走了。

谁知李九前脚刚走，王七后脚就从床上蹦起来，叫掌柜的算了账，挑着货担，一路小跑，来到了凉亭。他连三赶四地把那块石头搬开，扒出坛子，将坛盖打开，往里面一看，坏了！咋？里面是一坛子清水。这一下，弄得王七倒出气，加上一路小跑又热又渴，他端起这坛子清水咕咚咕咚喝了个饱。喝完水后，他把坛子埋好，把石头放好，正打算走哩，就觉得肚子里一阵搅疼，头一晕，眼一花，腿一软，倒在了地上。这时，来了个过路人，一看他病成这个样，问清了他的住处，就把他送了回去。

李九哩？来到西山还挂念着王七，就连忙买了些山货，连夜往那个客店赶去。到客店一问，掌柜的说："你走后，他就走了。"李九这才放心。第二天，李九来到凉亭下搬开石头，扒开坛子一看，三十五对元宝，还剩下三十四对。李九也不管这些，带着元宝回家了。他到家里把山货挑子一放，就跑到王七家里说："七哥，那一坛子元宝，我回来时把它扒出来了，一数只有三十四对，少了一对；给您三十五个，我留下三十三个。"王七一听，心里明白，看来这财不是我的，我说啥也不能要。李九一定要给他，推来让去，正在争执不下哩，王七就觉得心里一阵难受，只听"哇"的一声，从他嘴里猛地吐出来俩元宝。这时，王七才感到心里得劲一些，他说："老弟，我对不住你呀！"

后来，王七改好了，他跟李九还是在一块做生意。

讲述者： 陈永齐，男，53 岁，汝南县马乡初中，高中，教师

采录者： 李耀华，男，37 岁，汝南县马乡镇罗庄村，高中，教师

采录时间：1987 年 4 月 25 日

采录地点：汝南县马乡镇罗庄村

附
记

陈永齐和李耀华都是老师，两个人也比较熟悉。在接到关于故事搜集的动员通知后，李耀华就经常抽空出去采集故事。这天周六，临近中午他就来到了陈永齐家，一是想让陈永齐给自己介绍介绍村里的情况，再引荐一下；二是想在他家吃个便饭、叙叙旧。陈永齐一听，就高兴地说："放心，保证你不落空！"吃饭的时候李耀华一直问，陈永齐笑着说："别着急，先吃饭，说了不会让你落空，肯定说到做到！不用找别人，我都会讲。"后来就在饭桌上讲了这个故事。

类似的故事在驻马店各县都有流传，情节内容基本相似。如遂平县殷宾讲述、华梅采录的《一罐银子》，主人公张生、王义是姑表兄弟，内容只是选取其中银子变水的情节。驻马店市（今驿城区）胡氏讲述、常华采编的《一坛银子》，主人公是一对要好的赶考秀才，一个叫张诚，一个叫李智。金子化水后，李智喝下得病，不仅耽误了考试，还辜负了朋友，浪费了住宿钱。（郭永勤　赵新春）

165

勤俭匾

从前，有一位勤劳的农民叫李成，一妻二子，薄田数十亩，日子过得挺宽裕。

李成临死对俩儿子说："如果不想挨饿，墙上不是有块写着'勤俭'的匾吗，按那俩字去做就可以啦。"李成死后不久，老伴儿也下世去了。

随着时光一天天过去，弟兄俩转眼二十多岁了，都有了妻室，妯娌不和，分家了。财产都分光了，只剩下那个匾额，他们就从中间一分两半，一人一块儿，都挂在各自的屋中央。

老大分了个"勤"字，每天起早贪黑，没明没夜地干，打了不少粮食。可他的老婆嘴馋，今儿拿粮换糕点，明儿用粮换肉，陈粮吃光，新粮囤空。

这年，遭了旱灾，粮食歉收，开春种地时，粮已用尽。这时，他看见"勤"字匾，越看越气，我勤劳得不能再勤劳了，如今还是落个老少饿肚子。就一把扯下，"啪"的一下摔个粉碎，里面有一个纸条，上面写着：只勤不俭，如端没底碗，盛也盛不满！

正当老大来借粮食，老二也刚把"俭"牌摔烂了。因

为老二照"俭"过日子，稀饭舍不得下豆，一分钱分成两半儿花，还是食不果腹，衣不蔽体。他把"俭"字牌匾摔烂后，里面也有张纸条，写道：只俭不勤，会饿死人，还是受贫！

原来李成怕儿子只顾这头，忘了那头，就偷偷写了两张纸条，藏在匾额里。弟兄俩把两张纸条对在一起，才醒悟过来。

村里人听说李家弟兄没粮，就来周济他们。

从此，每年春节贴对联时，人们把"勤俭持家"这四个字贴在门楣上，以此告诫后代。

讲述者： 魏明清，男，52 岁，遂平县石寨铺乡竹园村，小学，农民

采录者： 张奎，男，14 岁，遂平县石寨铺乡竹园村，学生

采录时间：1988 年 2 月 26 日

采录地点：遂平县石寨铺乡竹园村

附记

老师让利用假期时间搜集故事，眼看要开学了，张奎还没有搜集到故事，父亲看他着急，就劝他说："来咱家的人少，你天天待在家里，哪能搜到故事呢？你到村里各家转转拜个年，故事就有了！"张奎半信半疑地照做了，居然真的搜集到几则故事。该故事后被《中国民间故事集成·河南遂平县卷》收录。

《勤俭匾》的故事在驻马店地区不少地方都有流传。以往民间故事中还有西平县陈云翔讲述，陈洪波整理的《勤俭牌》；新蔡县崔敏讲述，韩世豪采录的《勤俭匾的故事》。遂平县还有"男的是个耙，女的是个匣。不怕耙没齿，就怕匣没底"的说法，都是警示后人居家过日子不仅要勤劳，更要学会节俭。（郭永勤 谭咏利）

166

瞌睡虫儿醒来了

从前，有个孩子叫喜娃，爹妈都死了，一个人过日子。由于没人调教，整日闲闲散散，睡到日头晒着屁股还不起床干活。村里人看他懒惰，就给他起了个外号叫"瞌睡虫儿"，天长日久，连原来的名字也代替了。

常言说"坐吃山空"，老人留下的一丁点产业，渐渐被耗用光了。瞌睡虫儿的日子也越过越艰难，二十多岁了，也没讨上媳妇，整天唉声叹气，怨自己命不好。

瞌睡虫儿有个木匠邻居，想帮他改掉懒的习惯，就对他说："喜娃呀，我看你脸上气色不好，必定有懒鬼附体，如不及早治治，恐怕坏事还在后头哩！"这话把瞌睡虫儿吓了一跳，那咋办哪？木匠说："我有个破法。"瞌睡虫儿问："啥破法？你快给我说说。"木匠笑了笑，神秘地说："天机不可泄漏，说出来就不灵了。"

过了几天，木匠给瞌睡虫儿做了一扇新门，亲自帮助安好，嘱咐道："这门做得跟普通门不一样，是按照鲁班老师的驱邪正身法安的榫，不论是开是关，都会发出咙大的响声。从明儿个起，你必须每天在五更以前起床开门，夜晚二更以后关门睡觉。这个时候，正是懒鬼穷神得意的

时候，你要用开门关门的声音把他们吓跑，这样，天长日久，就会奏效的。"

从那以后，瞌睡虫儿就按木匠说的，早起晚睡，起床后，没事干，就学着别人担起粪筐去拾粪。白天在家又怕懒鬼附身，就躲到地里学着别人去种田。夜晚二更以前，闲着没事，他见木匠叔叮叮当当加夜班，就去帮助拉拉锯，扯扯线，推个刨子凿个眼儿，慢慢地也学会了木工手艺。

一晃三年过去了，喜娃已不再是以前的瞌睡虫儿了。他就靠五更早起的开门声和二更晚睡的关门声，赶走了懒鬼，吓跑了穷神，没明没夜地干呀，地里庄稼长得好，打的粮食吃不完。农闲时给人家做家具、打嫁妆，挣的钱花不完。后来，又娶了个心灵手巧的花媳妇，小日子过得鲜腾着哩！他在街上走，老少爷们都说："瞌睡虫儿醒来了。"

讲述者：　吴振祥，男，71岁，平舆县东和店乡前楼村，不识字，农民

采录者：　吴传林，男，44岁，平舆县东和店乡前楼村，高中，农民

采录时间：1987年9月19日

采录地点：平舆县东和店乡前楼村

附
记

吴振祥虽然不识字，但爱说好唱，村里后生就爱听他讲行话儿。那时候村里的大槐树下是村民吃饭聚集的饭场，边吃边聊，吴传林就是在饭场里听了吴振祥讲的很多故事。收集民间文学三套集成时，吴传林被聘为《中国民间故事集成·河南平舆县卷》编辑，他就找到了吴振祥收集材料。吴振祥不仅给他讲了很多故事，还唱了不少民间歌谣，提供了十多条谚语，为民间文化保存奉献了自己的力量。
（赵新春）

167

两只水桶的故事

有这么一家，兄弟俩分着过日子，两家的进项一样多，人口也差不离儿，可是哥哥的日子过得挺宽裕，弟弟的日子挺紧巴，常为吃穿发愁。弟弟很纳闷，就找哥哥问他的日子是咋过的。哥哥听了笑笑说："想过好日子有法，明天跟我到井边上打水，打完水再告诉你。"

第二天，哥哥把弟弟领到井边，说："这里有俩水桶，你就在这儿打水吧。可是，盛水的桶只能盛水，打水的桶只能打水，不能调换着用，等桶里盛满了水再回家。"

弟弟一看愣住了，盛水的桶是没底的，打水的桶是有底的，这咋能盛满水呢？他想，既然哥哥这么说了，就照着办吧。

弟弟打到天黑，桶里一点儿水也没存住，只得回家告诉哥哥。哥哥说："明儿再来吧。"

第二天，哥哥又领弟弟到井边。刚要打水，弟弟发现俩水桶换了个个儿，盛水桶是有底的，打水桶是无底的。

弟弟想，盛水桶能盛住水了，打不上水还是不中啊。可是哥哥叫这样做，就照他说的。哪知结果却出人意料，用没底的桶打水，虽然每次只能带上来一点儿水，可打的

次数多了，天黑时，盛水桶居然存得满满的。弟弟高兴极了，急忙找哥哥教他过日子的方法。

哥哥笑着说："第一天打水，打水桶有底，盛水桶没底。就好比你不论有多少进项，要是有多少用多少，不知道节约，日子就越过越艰难。今儿打水，盛水桶有底，打水桶没底。虽然每次只能带上来一点儿水，聚少成多，积存起来，就能装满。过日子也是这个道理，只要懂得节约，知道积蓄，一点儿不浪费，日子就自然好过啦！"

讲述者： 杨建华，男，38 岁，遂平县文城高中，大专，教师

采录者： 杨芳，女，18 岁，遂平县文城高中，高中，职工

采录时间： 1988 年 4 月 9 日

采录地点： 遂平县文城高中

附记

本故事的讲述者和采录者是父女，杨建华是数学老师，讲话风趣幽默。学校动员师生搜集故事的通知发了之后，杨芳就和父亲商量："你以前给我们讲那个水桶的故事，我记不清了，你再给我讲讲吧，也算我完成了任务！"于是晚饭后杨建华讲述，杨芳记录，完成了故事的搜集。杨芳说，通过对故事的整理，她再也不会忘了。1995 年至 1998 年，我在遂平县第二高级中学就读时，杨芳是我的语文老师。在教育同学们要注重知识的积累，长期不懈地坚持用功时，她就给我们讲这个故事。通过故事来讲道理，更有说服力，我也是印象深刻，经年不忘。（郭永勤）

168

掏钱难买后悔药

讲述者： 代田，男，50 岁，正阳县城，小学，农民
采录者： 代红貌，男，19 岁，正阳县城，学生
采录时间：1987 年 12 月 26 日
采录地点：正阳县城

附记

当时代红貌正在读高中，老师在班里传达了故事搜集的倡议，代红貌很积极，回家后就对家人说："你们平时总说，学校里的事，学习得靠我自己，你们帮不上忙。现在有个事儿你们能帮忙了，可不能让我落后！"接着就给家人讲了故事搜集的事情。就这样，在家人的帮助下成功搜集到了这则故事。"掏钱难买后悔药"在当地有多种说法，如"有钱难买后悔药""千金难买后悔药"等，多用来表达悔恨，或用来劝说、勉励他人。（贺建）

天还没亮，一老汉挑担生姜去赶集，经过湖边，突然听到有人在呼喊："我落水啦，快救救我呀！"老汉听到呼救，赶过去，果然见一人在水中挣扎。老汉正犹豫时，只听得那人又在呼喊："快救救我吧！把我捞上去，我送你一把豆子。"说着把紧握的手张开，里面真有一把豆子，并使劲扔向岸边的卖姜老汉面前。老汉想，一把豆子算啥哩？我才不去冒那风险呢。他知道这水也不深，应该淹不死人的，于是，担起姜挑子就走了。

刚走不远，他突然想起，听人说这个地方常有人借故扔金银财宝。要是他就是那个扔财宝的人，把他捞上来，他给我的是一把金豆子，我不就发财了吗？想到这里，他急忙又回到原来的地方看。一看，呼救的人不见了，方才那人撒的那把豆子还在闪闪发光，金灿灿的。"啊呀！果真是把金豆子。"他慌忙动手去拾，结果啥也没拾到，却摸了两手稀泥。他拍着脑袋后悔莫及："哎呀！金豆变稀泥，只怪我嫌豆子不值钱，没能及时救人，真是掏钱难买后悔药呀！"

169

『奸』城记

讲述者： 夏生，男，53 岁，正阳县皮店乡，初中，农民

采录者： 夏仁元，男，30 岁，正阳县皮店乡中，高中，教师

采录时间： 1987 年 9 月 28 日

采录地点： 正阳县皮店乡

古时候，在正阳县皮店乡境内有两座城镇，一座在高店，一座在朱店，两城相距数十里。那时，朱店城里国王是个女子，叫赵氏，高店城里的国王叫方钟。因两城关系密切，后来他俩结为了夫妻。

一日，赵氏对方钟说："我城兵力薄弱，如有强敌来犯，我鸣炮三响，你速派兵助我。"方钟点头应诺。

这女王是个多心人，为试探方钟是否对她忠诚，在一个深夜子时，鸣炮三响。方钟一听炮声，立刻率兵将朱店城围得水泄不通，一直等到天色大亮，城内却毫无动静。方钟入城究其原因，女王说："我是试探你对我的心。"方钟气恼，遂即率兵返回本城。

时隔不久，此事被信阳侯得知，觉得有机可乘，经密谋策划，在一天深夜率兵攻破了朱店城。尽管女王在危难之时又鸣炮三响，方钟却不出兵增援，仍以为女王又在试探他呢。

女王全军覆没，被迫自尽，留下千古遗憾和笑柄。

170

刘老别巧治口头禅

大林店南边淮河湾里有个渡口，每天都有许多南来北往的行人从这里乘船过河。渡口摆渡的艄公名叫刘老别，五十出头，身高脸黑，性偏心肠慈，爱管闲事，凡是不顺理的事情，他都要管一管。

一天，从北岸来五个年轻汉子乘船渡河，老别把船靠近岸边，那年轻汉子便纵身一跳，登上船头，把船蹬得一摇晃，那汉子脱口骂了一声："我日你个姐呀！"一连跳上五个汉子都是那个骂法。

刘老别也不言语，将船篙往岸边用力猛点，脚一蹬，木船像箭一般样地驶向河心。船到河心，刘老汉将船篙往下一扎，说："麻烦大伙把船钱交了吧。"

船上的老少客人都不声不响地付了钱，唯有那五个年轻汉子不交船钱，还骂骂咧咧地说："我日他姐，这是啥规矩呀？""日他姐，这是干啥呀？"

"我非治你们的病！"刘老别把眼一瞪，"你们的毛病太大了！"

"我日他姐，哪个有病啊？""我日他姐，你给谁治病啊？"

"实话告诉你们，老夫今天就是要治治你们'日他姐'的病！"刘老别把腰一叉，"今天不改改'日他姐'的毛病，拿两份船钱也别想坐船渡河。"

几个汉子一见河水不断上涨，洪水凶猛，在水上谁敢跟艄公来硬的呀，互相使了个眼色，一汉子挥手道："'日他姐'是我们淮北的口头禅，请大叔原谅，往后我们改了就是。"

"粗鲁的口头禅不能要。"刘老别教训道。

"是。"五个汉子同声说。

刘老别见他们认了错，满意地说："记住，往后谁再这样，我可不答应了。今天念你们改了毛病，这船钱就不收了。"

讲述者： 叶本党，男，58岁，正阳县寒冻镇，初中，干部

采录者： 夏纪德，男，53岁，正阳县文联，初中，干部

采录时间：1987年11月18日

采录地点：正阳县寒冻镇

附记

这天夏纪德到寒冻镇，刚好遇到叶本党在调解矛盾，两个人都骂骂咧咧的，叶本党说："咱说话是说话，别出口带把！"两个人走后，夏纪德和叶本党又聊了一会儿，叶本党说："最烦人说难听话，也没有个刘老别治治他们！"夏纪德一听，有故事，就追问了起来，后来叶本党就讲了这个故事。在民众生活中，确实有一些比较粗俗的口头禅。因为这些词中有一些不雅的成分，生活中也容易引起误解，随着文明语言的普及，在现在交流中已经日趋少见。（郭永勤）

171

善人得福

讲述者： 袁天庆，男，58岁，泌阳县春水镇，小学，农民

采录者： 杨春丽，女，39岁，泌阳县春水镇文化中心，大专，干部

采录时间： 2006年4月6日

采录地点： 泌阳县春水镇

从前，有一位袁大哥带着妻儿老小逃荒到北山朱园，靠打柴为生，尽管自己吃了上顿没下顿，还时常接济比自己更穷的人，被当地人称为袁大善人。

这天，一起砍柴的农夫对袁大哥说："你在这儿没头儿住[1]，敢不敢住庄上的一个空院？那里边有鬼怪，时间长了，没人敢住。"袁大哥听后很高兴地说："谢谢大哥，俺一家人总算找到住的地方了，我明儿就搬进去。我不信邪，就信人。"

第二天，袁大哥带着妻儿老小就住进了那所大宅子。到黑了，他梦见有人在耳边说："我给你看了几十年宅子了，今儿交给你，不给你看了。客厅东北角地下埋有两缸银子。"一连几个黑了都做着同样的梦，他虽不信邪，但也觉得怪。

这天梦一醒，他就用镢头刨梦里人说的地方。奇迹出现了，他果真挖出了白花花的两缸银子。

[1]　没头儿住：即没有地方住。

172

尖头杵子遇见挖苦人

从前，有个叫侯六的，是个有名的尖头杵子[1]。这年请年酒，侯六请谁谁不去，谁都怕吃他的不多，可还他的不少。

这天，他来请牛五，正好马三在场。侯六再三邀牛五去喝年酒，牛五就是不去。马三早知道侯六的底细，就给牛五使了个眼色说："牛五弟，你看侯哥有这般诚意，不去打搅反倒不好。走！马老兄陪你一同前往！"侯六一听马三要去，知道他是个快嘴，不好对付，心里就很不乐意，可又说不出口。马三没等侯六再请，拉着牛五就去了。

他们来到侯六家，客已到齐，酒菜已经端上。入座后，马三一见酒杯，小如制钱，心里便作好了准备。众人饮酒时，马三端起酒盅直掉眼泪。大家都问马三："年酒是喜酒，为何掉泪哩？"马三擦了擦泪说："端起这样的盅子，我就想起了俺大哥啦。那年俺大哥到一家去赴宴时，也是用这样的盅子。谁知因盅子太小，他一不注意连酒带盅子咽了下去，酒盅子卡在喉咙里吐不出来，憋死啦！"侯

[1] 尖头杵子：方言，小气鬼、吝啬鬼。

六一听就明白，这是马三在挖苦他，嫌他的盅子太小，只好捏着鼻子换上了大盅子。不一会儿，一壶酒喝了个净光。侯六心想：老天爷，用这么大的盅子，那得多少酒哩？他一想：有了！下一壶酒我兑上一半水，叫他们使劲喝去。不一会儿，客人们又喝了一壶酒。马三喝了一口，仔细一品，乖乖！这家伙兑水啦。他脑子一转，"噗"把一口酒吐了出来。大家问他为啥把酒吐了，马三笑了笑，对诸位说："酒，我已经咽肚里了，我吐的是水！"有人说："你的嘴咋能分出酒和水哩？""话不说不知，我从小摔掉了门牙，俺爹请人又给我镶了个用分水石做的牙，所以酒到我嘴里，水和酒就能分开。"众人品了品这壶酒，就是淡如水，知道这酒里兑了水。侯六干气没话说。

众人为照顾主家的面子，都推说酒喝好了，请主人端饭吃。侯六把饭菜端上，马三见端来的肉切得像纸一样薄，二话没说，站起身来赶紧把门关上。侯六再也憋不着了，把眼一瞪，说："马三，你关着门干啥？"马三眨了眨眼说："侯老兄，别生气，这是为你好！你切的这肉片子比纸还薄，要是一阵风刮来，肉片子刮跑了，你不是还得再端上一碗吗？"众人听了都哈哈大笑起来，弄得侯六不知道说啥好啦。

讲述者： 吕凤岐，男，65岁，汝南县和孝乡黄屯村，私塾，农民

采录者： 吕国富，男，42岁，汝南县和孝乡黄屯村，初中，农民

采录时间：1988年11月16日

采录地点：汝南县和孝乡黄屯村

附记

吕国富从记事起就喜欢听父亲吕凤岐讲故事，后又把听来的故事讲给乡亲们听，在故事搜集过程中，他采录到很多优秀的故事。这天才过罢"十来一儿"，地里不忙了，几个人在他家商量着想去出个河工，挣点钱。吕凤岐调侃说："恁几个挣了钱回来得请年酒呀！""请

请请——"几个人问，"我们管请酒，你管包我们多挣点不？""只要恁几个不想着当尖头杆子，保证你们挣大钱！"在场的人都笑着说："你想着我们都跟侯六似的？"吕国富一听，觉得侯六有故事，自己不熟悉，就央着父亲又讲了一遍，并记录了下来，后被《中国民间故事集成·河南汝南县卷》收录。

喝年酒至今在驻马店一些地方仍然存在，就是在年初一邀请至亲好友在家里摆上一桌喝酒庆新。过去物质紧缺，酒不丰裕。喝酒讲的是气氛，所以都是用小酒盅子。酒过三巡，开始猜枚、杠子打老虎等，现在还有大压小、猜有无，文化人则会行酒令，谁输谁喝。因为主要是聊天说话，打发时光，一场酒下来要用好几个小时。那时候民风淳朴，即使偶有喝酒出事的，也是愿打愿挨，互不相欠。由于酒是主贵东西，用来招待贵客。为了活跃气氛，有时会选定一个目标，全桌合力劝酒（也叫攀酒），将其灌醉，越醉显得主家越实诚。（郭永勤　赵新春）

173

没有马屁我咋拍

从前，有个财主的儿子叫王启，因为他好吹牛，人们给他送个外号叫王瞎吹。

这天，王瞎吹在众人面前说："我昨天钓鱼，一下子钓上来两个鸡蛋。"众人一听谁也不相信，尤其那个好抬杠的李强，马上问道："你别瞎吹！鸡蛋光不溜的，你咋能钓上来？"王瞎吹说："你不信，我可有证人。"李强打破砂锅璺（问）到底："你说说那个证人是谁？"王瞎吹本来是瞎吹，他上哪去找证人呢？没想到，正当他作难的时候，站在一旁老想巴结王瞎吹的赵顺，连忙搭了腔："不错，我亲眼所见。他钓上一只鞋，鞋壳篓[1]里有两个鸡蛋。"李强听赵顺这一说，一时没词了，大家也都觉得很稀奇。

王瞎吹一看把大家吹住了，更加炫耀地说："钓上鸡蛋以后，我骑着大马去赶集。刚到集上，有人就给我捎信，说河南岸有个朋友要我去他家一趟。我把马拴在亲戚家门前，急忙来到河岸边，可是河岸边不见摆渡人。我急了，

[1]　鞋壳篓：鞋里面。

一跃身，就腾空飞过了河。"大家听了更觉得玄乎，他啥时学会了腾云驾雾？还没等大家反问时，赵顺又接了过去："这不错。我送他到河边，忽然一阵旋风刮来，把他手中的雨伞刮开了。他拽着雨伞把死不丢，就连人带伞旋到空中，顺风飘到河那边。你说鲜不鲜？"说得大家直伸舌头，瞪眼睛。

王瞎吹觉得赵顺真会给他帮腔拍马屁，有他在身边，我咋不继续吹下去？于是，又吹说："我赶罢集骑马回来，刚走一里路，那马不走了，用鞭子咋打它也不走。我一恼，取出大刀向马的后腰砍去，把马砍成两半截，我骑着马前身跑了回来。"

大家觉得他越吹越玄乎，可谁也不便直言问他啥，唯独李强问道："马被你砍死了，你咋还能骑着马回来？"王瞎吹说："你不信，可问问赵顺嘛！"

王瞎吹竖起两耳听赵顺回答，可是，赵顺咋也不说话了。王瞎吹急了，便向赵顺问道："你不是亲眼所见吗？咋不说话呀？"

赵顺说："你把马屁股都砍掉了，没有马屁我咋拍呀！"

讲述者： 张万民，男，56 岁，上蔡县小岳寺乡张庄村，初中，农民
采录者： 张天生，男，64 岁，上蔡县小岳寺乡中，中专，教师
采录时间： 2006 年 3 月 22 日
采录地点： 上蔡县小岳寺乡张庄村

附
记

在 2005 年开始的抢救性搜集中，张天生采录到不少好故事。他利用自己对老家张庄村熟悉的优势，走遍了全村。他知道张万民爱说个"能话"，这天就特地来找他。张万民正在门口小菜园里翻地，一听说收故事，就头摇得跟拨浪鼓似的，忙说："不行不行，我说那都是糙话，哪能写到书里！"张天生简要地讲了故事搜集的要求，说

"越俗越好！"后来张万民一边翻地，一边讲了这个故事。

驻马店本地把说大话吹牛，以及说话不着边际的人统称为"大喷"或"老喷"。过去没处打工，农闲季节没事干，就喜欢聚在一起喷阔，听人云天雾地地吹牛或参与吹牛也是一种打发时光的休闲娱乐方式。吹牛一般限于喷阔闲扯，还能说些天南海北、云天雾地的话寻开心。但也有人借吹牛来掩饰无能、不靠谱，或实施坑蒙拐骗，便变得人人嫌弃，没有人愿意和其交流，成为民间故事嘲讽的对象。（郭永勤）

174

庙里佛多神不灵

从前，上蔡有李洼斗和李狗捞两家人，虽说是同一门子李，不知因为啥事儿，竟恼得如出了五服[1]。有一天黑了，李洼斗掂两瓶酒，主动去找李狗捞和解。李狗捞见李洼斗热情登门，便三下五去二弄了四个小菜，又掂出传家宝——绿玉壶。二人一盅一盏地对着喝了大半斤，看看月奶奶[2]爬上树梢，哈哈散席。

在李洼斗寻摸着黑路，回家敲门的当儿，李狗捞气冲冲追了过来，上前拉着李洼斗，劈脸就问："好个李洼斗，为啥偷走我家宝物？""啥宝物？""绿玉壶！""哈哈，你真会打哩唏[3]！""哪个与你取笑！"说话间李狗捞便伸手在李洼斗身上摸了个遍，不见酒壶，吼道："将我酒壶放哪了？"

[1] 五服：有天子五服和丧服五服。天子五服指甸服、侯服、宾服、要服、荒服五种。丧服五服指《仪礼·丧服》篇中所制定的五等丧服，由重至轻分别为斩衰、齐衰、大功、小功、缌麻。这里的五服是以男性家族血缘远疏作区分，指同一高祖所出的族兄弟，之外则是出了五服。
[2] 月奶奶：月亮，也叫"月亮头"。
[3] 打哩唏：开玩笑。

这时，李洼斗看出李狗捞说话当真，忙解释说："我一辈子没偷过人家一根薅草把，没有昧过人家一文钱，咋会偷您家玉壶哩？""鳖才信呢！刚才送你出门，转身回到屋里，不见酒壶。又没二人进屋，难道它会插腿跑了？""算了，算了，算我偷了你家酒壶，等我明儿个买上一把，赔你中吧？"李狗捞一听，像抓着了理把子："你若真的没偷，咋愿买上一把赔我？自个子说漏了嘴，定是你偷了！""老兄，我给你赌咒！""哼，这不是赌咒的地方，真若有胆，敢随我去蟾虎寺同着佛祖爷赌咒吗？"李狗捞气盛地说。李洼斗自知不喝凉水肚不疼，应口说："走，上哪儿随你！"

二人拉拉拽拽，不一会儿到了蟾虎寺。叫开寺门，走进大殿，各烧香表，拜佛赌咒。"佛祖在上，我李洼斗若偷了李狗捞的酒壶，叫我不出半月一命归天！"李狗捞接着："李洼斗没偷我家酒壶，叫我十天晚上化血流脓，死不入棺！"二人赌罢，各自回家。

说也怪，李洼斗自赌咒后，像掉了魂，跑了神，睡到床上就发吆怔："本揣一片好心，反落偷壶之嫌……"不出半月，可怜他积郁成病，一卧不起，命归西天。

李狗捞自认咒语灵验，当谢神明，即请工匠制了一块烫金木匾，选个好日子，吹吹打打，将匾悬挂佛祖殿堂。那匾上写着：天上星多月不明，地下人多心不平。山中树多花不开，河里鱼多水不清。

消息一传，惊动四方，引来无数善男信女，焚香化纸，磕头许愿。一晃仨月过去。一天，李狗捞因捕捉老鼠，用棍朝床下胡冒一打摸，听见"叮嗒"声响，伸手取物一看，"啊！"不由打个寒战，两眼直勾勾傻了！你道拿出何物——两瓣绿玉酒壶！"这把酒壶早被李洼斗偷走，咋跑到自家床下？"李狗捞心里"嘡嘡"打着鼓。忙问老婆，不知原由，又审五岁小儿，才知底端。那天晚上喝酒之后，就在李狗捞送李洼斗出门那阵子时间，小儿从内间跑出撒尿，看见桌上酒壶，感觉怪稀奇，就随手拿起观看。说也巧，"嘣嚓"一声，失手落地，摔成两瓣。当时小儿害怕爹爹回来责骂，不敢吭声，拾起烂壶塞进了床底下。

此时李狗捞心里像清早起来下大雪——天明地白，随即备果品，带香火，一蹦子跑到李洼斗坟前，又愧又恨，头磕得像鹌鹑叨食般，大声哭喊着："洼斗弟，你真是好人哪！佛祖爷没睁眼，错点了你的卯[1]呀……"哭了好半天，回到家里，又挎着纸请塾师先生写了七个字，自己搬梯贴在佛殿那块木匾上，压盖着最后一行匾文。大家再看，匾文变成了：天上星多月不明，地下人多心不平。山中树多花不开，庙里佛多神不灵。

讲述者：　李希恩，男，60岁，上蔡县芦岗乡绳李村，
　　　　　小学，农民
采录者：　陈玉德，男，50岁，上蔡县芦岗乡大路张
　　　　　村，高中，农民
采录时间：2006年3月6日
采录地点：上蔡县芦岗乡绳李村

附记

陈玉德一生酷爱戏剧创作和民间故事搜集，由于他长期工作生活在基层，对农村生产生活和民间习俗语言十分熟悉，这为他的故事搜集提供了极大的便利。这天刚好是惊蛰，陈玉德来到绳李村，见李希恩在麦地里打药，陈玉德说："俗话说，到了惊蛰节，锄头不停歇。现在地里扛锄的人基本上看不见了，以后的孩子估计都理解不了这句俗话了！"俩人就着这个话题在地头聊了一会儿。李希恩就问陈玉德："听说你收故事哩，还收不？"陈玉德大喜："收呀！故事不收，以后怕是也听不着了！"于是李希恩就给陈玉德讲了这个故事，嘱咐他一定记下来。

蟾虎寺是上蔡县著名的古寺，据传为东汉明帝时天竺高僧智渊大师所建，是我国最早的寺院之一，位于县城西北3公里的卧龙岗上。故事里的月奶奶、黑了、明个儿、打哩唏、理把子、发吃怔等，都是很有特色的上蔡当地方言。（郭永勤）

"庙里佛多神不灵"是驻马店流传很广的一句谚语，意思就相当于"鸡多不娓蛋，人多瞎胡乱""一个和尚挑水喝，两个和尚抬水喝，三个和尚没水喝"。庙里佛多，拜了这个拜那个，这个神想管事，但又想着其他神要管就没管，结果众神都没管。跟人一样，人多干事都相互依靠，不尽职，反而不成事。民间还有"烧的香多，惹的鬼多""烧香惹鬼叫——好心得不到好报"的说法。（谭咏利）

还有一种意思是劝诫人们不要光听别人的意见，要有自己的主意和判断，要不"公说公有理，婆说婆有理"，"神多了"就会失去自己的判断，与这则故事说的关系不大。驻马店民间还有"佛多不灵，眼大无神"的谚语。（赵新春）

---

[1]　点了你的卯：点了你的名。

175

治忧疾

从前，有位姓王的医生，医术很高明，上门求医者经常不断。王医生年近六十，他常想：人们都说我的医术比别的强，病人经我的手一治就好，要是我有病了咋办？我死后家里人得了病咋办？是不是还有像我这样的呢？为这个事，他常想常发愁，结果忧郁成疾，卧床不起。

一位姓张的医生，得知了王的病因，一天上半晌儿[1]，他主动上门给王医生治病。家人报知王医生，王医生唉声叹气地说："病已经到了身上，也没有别的办法，就让他治治吧。"张医生本来已经知王医生的病根，但还是要求给王医生抚脉诊断。抚脉后说："王先生为忧疾，我给你配剂药服下即愈。"就吩咐王家的人，把王医生卧室腾空，只留一张床、一张方桌即可，让王医生闭门安神，其他人禁止入内。他还让人采一担椿树叶捣碎。王家的人按张的要求做了。张医生用碎椿树叶团制一个大药丸，药丸大如斗，放王医生卧室的方桌上，对王医生说："王先生，请把我给你配的这丸药服下，并静心养神，不要他人打扰，

[1] 上半晌儿：也称前半晌或前半晌儿，即午前或上午。

病可除。"说罢，退出卧室，关上门走了。

张医生走后，王医生一瞅药丸大如斗，就爬起来走到桌前仔细一看，药是臭椿叶所制，不由得心里好笑。他自言自语地说："我没见过这样的医生，制这样大的药丸，叫咋吃呢？"王医生越看越觉好笑，在室内走来走去，看看桌上的药丸笑一阵。这样忧郁之事忘得一干二净，病情大减，顿觉浑身轻松。他想，看来还有比我能的医生。

下午，张医生推门来到王的卧室，问道："王先生，病轻些了吗？"王先生一见张，大笑道："好了，好了，你治病的办法比我强！"

从此，王医生再无忧虑。

讲述者： 郭老二，男，72 岁，遂平县文城乡，私塾，村医

采录者： 陈富营，男，52 岁，遂平县文城乡中，大专，教师

采录时间： 1988 年 2 月 9 日

采录地点： 遂平县文城乡

附记

郭老二是村里的赤脚医生，村里谁有个头疼发热的都找他瞧，他待人热情，特别善于缓解人的紧张情绪。有的小孩看病害怕，他逗逗孩子，一会儿就好了。他经的事儿多，听的事也多，会讲一些故事。陈富营找到他的时候，他还谦虚地推辞，陈富营耐心地讲了搜集故事的目的和意义，又说，你别把我当成搜集故事的，你就把我当成你的病人，随便唠唠。后来郭老二就讲了这个医生的故事。故事后被《中国民间故事集成·河南遂平县卷》收录。（郭永勤）

176

馋嘴猫

讲述者：　王德，男，60 岁，遂平嵖岈山乡赵庄村王
　　　　　庄，小学，农民

采录者：　刘晓春，男，27 岁，遂平县花庄乡长寺村，
　　　　　高中，农民

采录时间：1987 年 11 月 29 日

采录地点：遂平县嵖岈山乡赵庄村王庄

　　从前，有个远近闻名的"馋嘴猫"，好吃懒做，嘴馋脸厚。哪有吃喝，都少不了他，而且从来是白吃白喝，村里大人小孩都讨厌他。

　　一次，张三家来客正在吃饭，馋嘴猫来到这里。一家人都不理他，让他坐在一边。

　　张三说："你看，要不是没碗，就给你盛一碗。"

　　馋嘴猫斜眼看一圈，发现碗架盆里有一个碗，就想了想说："今儿我到集上，见一个人卖的甜秫秆[1]特别粗。"

　　张三问："有多粗？"

　　"给恁家碗架盆里那个碗口一样粗。"

　　张三碍着客人的面子，无奈只好把那只碗刷了，盛好饭给馋嘴猫。

　　馋嘴猫接过碗，便狼吞虎咽地吃起来。

[1]　甜秫秆：即甘蔗。

177

孙天福学艺

说来也怪，原来老欺侮实在的邻居，这天晚上竟掂着点心登门道歉来了。

讲述者： 孙玉亭，男，62 岁，西平县谭店乡范楼村，高小，农民

采录者： 徐书营，男，16 岁，西平县谭店乡范楼村，学生

采录时间： 1987 年 11 月 6 日

采录地点： 西平县谭店乡范楼村

从前，谭店范楼村西头住着一个老人，叫孙实在，一生为人忠厚，常被坏人欺侮。他有一个儿子，长得方面大耳，膀阔腰圆，自幼取名天福。

孙实在决心让儿子到外面求师学艺，指望儿子学两年，好撑门面，这天备好盘缠让天福带上出门去了。天福在外，多方求师，不辞劳苦，练成了一身好武艺，三年学会了柔功、轻功、硬功、气功，十八般兵器样样精通。后来回到家乡，父子团聚。实在心想，从此，再不怕人欺侮了。

可有一天实在因为和邻居争地边，两家干起仗来，天福竟被邻居追得躲在家里不敢出来。孙实在看在眼里，气在心头，对着天福大发脾气。天福说："不值得为这事生大气。"他爹气鼓鼓地说："啥，不值得生气？你白在外学艺三年，没啥本事。""爹你不用气，我这就和他们拼去！"天福说着，巴掌朝桌子上一拍，方桌四角落地，桌面被拍得粉碎。实在一看，吓傻了眼，原来不是儿子没本事，而是儿子不轻易露本事。这叫教师不打人，打人不教师。想到这里，慌忙拉着天福的衣裳襟说："听你的，听你的！"

178

土财主耿五

清光绪年间，老街北街有一财主名叫耿五，有地数顷，宅院进三，骡马成群，伙计帮工数人，被人称为地皮宽[1]的"土财主"。西街住着一家张财主，地多家富，官场有位，地方有权，被人称为"官财主"。

一天，官财主从街上回来，路过耿五门前，看见牲口场起有一堆粪，沤得黝黑发臭，翻开冒烟，不觉心头一动，自语道："这堆粪若上到我家麦地，保管能增产三成。"他看在眼里喜在心上，可就没法上到自己地里。官财主回到家里生下一计，想法要将耿五的那堆粪上到自家地里。他趁耿五家伙计们正在倒粪[2]之机，对伙计们说："你们要是把这堆粪上到我家麦地，收罢麦子给你们每人换身新衣。"伙计们说："把人家的粪上到你家麦地，那哪成啊！"官财主巧言说："敝家的地与耿家的地头相邻，边搭边，头顶头，两家的地都是恁宽，哪能分得恁清？你

们半夜起身，冷星明[3]趁冻套车拉粪，天黑雾漫，把粪故意拉到我家麦地，事后就说拉错了。耿家是有名的老鳖一，还有啥屁放？"真是老实人顶不住巧言劝，伙计们真的依着官财主的说法做了。夜半光景，伙计们牵牲口套车，把耿家的粪拉进了张家麦地，不到天亮一堆粪拉个净光。

天一亮，耿五到地里看看粪拉了多少，麦地里粪上够没有。一看，粪全拉到张财主地里了。耿五气冲冲地把伙计们叫到跟前，大发脾气："咋拉粪拉到人家地里呢？"伙计们说："掌柜的，你地宽得无边无头的，谁知天外还有天。起得早，天黑又起雾，辨不清哪块地姓耿，哪块地姓张，俺们又不是故意的。"耿五张口结舌，无话可说。事后心想：既然如此，姓张的咱也惹不起，不如备上几包礼品，登门说个情，打下麦子偿还个石儿八斗的也就算了。

一天早上，耿五提着四包礼品去见张财主。一登门，二人见面，宾主坐下，张财主备饭留他进早餐。吃饭间，耿五提出拉粪的事，张财主直言不讳地说："粪拉到地里就算了，用不着赔不是，地头相邻的没什么。"耿五听罢暗想：张财主暗中仗势欺人，粪又不是人家拉的，就是官场说理，人家官场有人，当官的又都是官官相护，有啥理可讲。耿五只好把礼物留给张家，自己扫兴而归。

麦子成熟的时候，张财主的麦子长得很好，撒土不漏，穗大粒饱，果不出意料，肥足粮丰，能增长三成。搭边的耿五的麦子，棵瘦穗小粒秕，两家一起收麦，张家暗喜，耿家晦气。谁知半夜刮起了西风，把张家的麦子刮到耿五的地里，乱麦子盖了一地。张财主想法把麦子收回，但又没个主意，一地麦子哪能分清姓张姓耿？

当天，张财主也备了礼品，到耿家说情，想把麦子收回。一登门，耿五让坐，备饭进餐。吃饭间，张财主提到西风刮麦的事，耿五也急忙插嘴："麦子刮到我家地里，也就算了，哪用着备礼说情？地头相邻的，不能再为此失和气，我受礼表示谢意。"张财主听了有些懊悔，想当初不该设计骗人，到如今反落个便宜没占反而吃亏。

此事一直流传至今，人不留情天留情，耿五收麦赖西风。

---

[1] 地皮宽：土地多。
[2] 倒粪：把沤成的粪从粪坑里挖出来晾晒。

[3] 冷星明：冷星即启明星。冷星明指启明星出来，天刚麻麻亮、似明非明的时候。

讲述者： 乔永固，男，63 岁，驻马店市老街乡，大专，干部

采录者： 王恩信，男，66 岁，驻马店市，大专，干部

采录时间：1988 年 4 月 30 日

采录地点：驻马店市老街乡

179

称石磙

附记

这天王恩信在路上遇到乔永固，两个人闲聊了几句，王恩信说："周围的人都在收故事哩，你收没有？"乔永固笑了笑说，好像会讲几个，也没有出去收。王恩信说，你咋不积极呢？干脆咱俩合作一回吧！于是王恩信就和乔永固一道走，边走边听乔永固讲，回家后根据记忆整理出这则故事。

过去农谚说："庄稼一枝花，全靠粪当家。""种地不上粪，等于瞎胡混。"过去农村家家都有粪坑，将生活垃圾、人粪尿和植物秸秆一起沤制几个月后，就成了粪肥。这些粪肥经过倒粪、晾晒、粉碎就可以拉到田里，成为庄稼的肥料。（耿瑞）

从前，姚家寨一带不出石磙，每逢麦收季节，那里的农户得跑到几十里外的青石山去买。青石山下有个财主叫王一行，专门以卖石磙来敲诈别人，他石磙的价钱一年比一年高，做的石磙却一年比一年小。人们看他贪财如命，便给他送了个绰号叫"王二命"。

有一天，山下来了个年轻人，把一张告示贴到王二命家门口。管家的知道后连忙跑出来撕下告示，交给了王二命。只见上面写着：我府建祠，用石磙垫基，论斤计价，一钱一斤，立字为据，空口无凭，决不食言，天地良心。王二命看后大喜，想自己一星一点地算计了大半生，到现在福神才降到自己头上。他立马传那人到客厅来商量，不多一时，事已谈好，当下立了字据，按了指押，定于农历四月二十日把石磙送到三十里外的姚家寨。

到了这天，王二命咬咬牙，狠狠心，花钱雇了几十辆牛车，把过去存放的和这些天赶做的二百多个石磙都装上了车，翻山越岭，爬坡过河，到姚家寨时天已经晌午了。拉石磙的车辆，人困马乏，饥渴难忍。这时村头已经有一大帮人等在那儿，只见那个年轻人提着一杆几丈长的大秤，

迎面走来，对王二命说道："掌柜的一路辛苦了，先请到寒舍一坐。"王二命连忙摆手道："免了，还是赶紧过秤，付了钱，伙计们好赶回去。"

只听那个年轻人喊了一声，从后面来了几个棒小伙子，用一根又粗又长的木棍抬起那杆大秤，其余的人七手八脚地把石磙卸下来，装进准备好的网兜里。那个年轻人亲自掌秤，只见秤梢轻轻一翘，他立刻报出石磙的重量："一钱，一钱三厘，一钱一厘……"

王二命在一旁听傻了，心想：这到底是称石磙，还是称银子？他到秤前一看，愣了半天，才自言自语说："这是啥秤？几十斤的秤砣，打到梢也不到二钱重。"这一下子可惹恼了王二命，他指着那个年轻人大声说："你咋用恁大的秤！"那个年轻人说："你的石磙恁重，不用大秤咋称呢？"王二命一听，气得直翻白眼，他有气无力地说："我上当了，不卖啦，一个也不卖啦！"那些雇来的车把[1]一看情况，早已明白了八九分，把石磙从车上胡乱往下一推，赶着空车回家了。

年轻人当众把字据又念了一遍，然后转过身来对王二命说："你要是不怕坏良心，现在就把石磙拉走，要是晚了就连你一块埋到祠堂里去！"王二命一听，石磙也不要了，爬起来就往回跑。老管家在后边一边跑一边喊："老爷！等等，你的鞋。"

第二天，那个年轻人招呼远近乡邻到姚家寨来领石磙。

讲述者： 李军，男，18 岁，泌阳县城关镇，中学生
采录者： 宁德录，男，55 岁，泌阳县二小，中专，教师
采录时间： 1988 年 10 月 18 日
采录地点： 泌阳县城关镇

宁德录非常关注民间故事在学生群体中的传承情况，在走访过程中成功地从中学生中搜集到多则故事。石磙是我们的祖先发明的一种脱粒农具，由质地坚硬的石头制成。多为圆柱体，根据用处不同，也有一头大、一头小的圆台体。柱体两端有磙眼，使用时用特制的木架子套上。小时候在农村还可以看到牛、马拉着石磙碾麦子的场景，后来还有了适合拖拉机带动的大石磙。现在只能在一些农耕主题景区还能见到这些东西。（郭永勤）

[1] 车把：也叫车把式，是专门赶车的人。过去的车都是牛车或马车，需要操控好拉车的牲口。那些能熟练驾驭牛马的赶车人叫车把或车把式。

180

针
赞

高中，农民

采录时间： 1987 年 7 月 26 日

采录地点： 西平县城

附
记

高沛在编纂民间文学三套集成时，怕引起别人的意见，他把自己的故事用"沛文、裴文、文志、艾教、武仁、吴友"等别名收录了进去。这次编纂时，他才打消顾虑把这件事说了出来，我们也就尊重他的意见给予了纠正。

故事中夹杂的这首歌谣，在遂平县农村有另一个版本："头尖身细白如银，论秤没有半毫分。眼睛长到屁股上，光认衣裳不认人。"小时候母亲是作为谜语说给我们听的，谜底是针，歌谣的详细流布情况不可考。（谭咏利　郭永勤）

前董庄有个董财主，明明蚂蚁尿书上——识（湿）不了几个字，却爱自作风流。一天，他请地方的名人士绅到家谈古论今，有钱有势的名流相继来到，最后到的是位穷教书的郭义之先生。

酒宴停当，董财主邀客入座。名流富豪看郭先生衣裳褴褛，不想让他入席，便设计对诗，诗佳则入座，诗劣就退席。众人以主人为题，尽献阿谀奉承之词，喜得董财主如腾云驾雾，飘飘然不知东西。轮到郭先生，只见他从衣衫上取下一根针，吟道："小小钢针赛如银，能工巧匠铸成针。眼睛长到屁股上，只认（纫）衣裳不认人。"郭先生吟罢，众皆瞠目结舌。

董财主生怕他道出更难听的话，只好违心地称赞一番，让其入了首席。

讲述者： 武仁，原名高沛，男，46 岁，西平县文化局，
　　　　　大专，干部

采录者： 崔西亮，男，36 岁，西平县宋集乡崔敬庄村，

181

仨朋友作诗

讲述者： 肖中发，男，36 岁，汝南县城关，初中，工人

采录者： 冀世清，男，58 岁，汝南县文化局，高中，干部

采录时间：1987 年 4 月 23 日

采录地点：汝南县城关

县官店当府，别称老爷叫大叔。三位划拳挺威武，酒钱平摊都不苦！'"末了，仨人三一三剩一平摊了酒菜钱。

从前，有仨常在一起做生意的人，一个山东的，一个山西的，一个河南的，在一个店房住。仨人想喝酒咧，店家知道了，赶紧摆了一桌菜，掂了一壶酒，他仨就喝起来啦。

吃喝一毕，店家来结账，仨人都不想掏钱。山东大哥说："二位老弟，叫谁拿钱，谁都拿得起，不过那样没意思。我有个办法，咱仨人赛诗，四句诗要落到府、叔、武、苦四个字上。谁作不好，谁付钱。二位看咋样？"山西和河南的说："俺愿意，就请大哥先作吧！"

山东的说："山东有个济南府，府里有个秦二叔。这人生来好习武，两肋插刀可真苦！"山西的说："山西有个太原府，府里有个关二叔。过关斩将好威武，刮骨疗毒也怪苦！"河南的这位想了想，说："河南有个汝宁府，要不您俩喊我叔……"刚说到这，山东、山西的二位一听河南的骂人，不等他再作下去，就照着河南的打起来。河南的说："别打别打，我接着作，'您俩打我非常武，这顿挨得实在苦！'"作完，河南的就跟他俩打了起来。

店家前来劝解说："听我的！我也给您作一首，'我当

182

吃
葱

有一个叫郭老三的人，待人接物很讲究礼数，凡到他家坐的人，他总是先让烟，后倒茶。偏偏他的儿媳妇烦这一套，说他："吸烟、倒茶多浪费，胜省下钱来买棵葱吃吃吗？"郭老三听了，没有言语。

这一天，亲家翁来看闺女了。郭老三客客气气地把他迎进屋内，一不拿烟，二不泡茶，却跑到厨房里拿棵葱送到他的面前，说："给，亲家，吃棵葱吧！"亲家翁很惊奇，忙问："咋啦！亲家，小女惹你生气啦？"郭老三说："吸烟、泡茶胜买棵葱吃吃吗？"

这时，站在一旁的儿媳妇耷拉着头，红着脸，一句话也不说，巴不得地下裂条缝子立刻钻进去。亲家翁看了，心里明白，就批评闺女说："俭省节约，固然是治家之本。但是，待人接物，烟茶也是少不了的礼数啊！"

讲述者： 邵壮，男，69岁，西平县柏城镇邵庄村，
不识字，农民
采录者： 邵兴治，男，39岁，西平县柏城镇邵庄村，

大学，干部
采录时间： 1987年8月4日
采录地点： 西平县柏城镇邵庄村

附
记

邵兴治热爱写作，酷爱民间文艺，平时就很注意民间文学的搜集工作。这天邵兴治刚好在家，那时候风扇还没有普及，电也得省着用，夏天的晚上，大家都是到外边凉快。邵壮好听评书，总拿个收音机。这天晚上评书听完了，人还没有散，大家都说："收音机里不播了，我们还想听，你给我们讲吧！"邵壮见推辞不过，就讲了几个故事，逗得大家哈哈大笑，说他讲的比收音机里播的还好。后来邵兴治把他讲的故事进行了整理。（郭永勤）

183

长腿长胳膊争功

还撕扯着争高低呢。

讲述者： 郑学山，男，50岁，西平县城关镇东街，
小学，农民

采录者： 鲁海泉，男，24岁，西平县城关镇东街，
初中，农民

采录时间： 1987年7月24日

采录地点： 西平县柏城镇东街

从前有对孪生兄弟，一个长腿，一个长胳膊，都长了一对深眼窝。家里盖房子，长腿垒墙，长胳膊递砖；田里浇水，长胳膊打水，长腿挑担；赶集上店自然是长腿的活，收湿晒干总是长胳膊干。由于两人通力合作，很快挣下一份家业，真个是楼房一片，鸡鸭满圈，亲邻十分羡慕。这一来，兄弟俩反倒有了意见，长腿说全凭他的两条长腿，长胳膊说全凭他的一双胳膊，弟兄争功，越闹越厉害。

这一天，他俩为了争功劳，当众比本事。办法是，从日出到日落长腿跑出一天的路程，长胳膊一伸手把长腿拉回来，算是长胳膊胜，如果拉不回来，就是长腿得胜，然后胜者把败者的眼珠挖出来。

比赛开始了，长腿跑出去一天，长胳膊一伸手把他拉了回来，长腿泄了气，一屁股坐在地上，叫长胳膊挖他的眼珠子。可是，长胳膊把双手伸进长腿的俩眼窝里，直到胸口挨着长腿的鼻子，也没有够着长腿的眼珠子，长胳膊只好把双手收回来。

兄弟俩整天闹气，没完没了。田里的庄稼荒了，圈里的粮食吃光了，弟兄俩还不罢休，结果双双饿死了，临死

（七）生产生活故事

184

朱蛤蟆算卦

　　正阳东汝河南小朱庄，有个顽皮孩子名叫朱蛤蟆。因他平时好欺欺哄哄，冒充算卦先生，曾引出一段有趣的故事。

　　朱蛤蟆十三岁那年，因偷着烧鸡蛋吃，娘打了他，他跑出去牵算命瞎子混了两年，回来后，也学着算命瞎子给人家算起卦来。为了显示他算卦神灵，便先从他嫂子身上做起文章。

　　一天，朱蛤蟆暗地里将她嫂子的木梳藏了起来。嫂子到处找不到木梳，朱蛤蟆装模作样地给嫂子算卦找木梳。他皱起眉头，屈指一算，笑道："哈哈，木梳被老鼠拉到秫秸垛里去了，你去搬开第三个秫秸捆子便能找到木梳。"开始他嫂子半信半疑，等搬到了第三个秫秸捆子一看，果真找到了木梳。从此，他嫂子逢人就夸朱蛤蟆算卦如何如何灵验。

　　时隔不久，邻里杜平家的一头发情的花母猪不见了，来找朱蛤蟆算卦。朱蛤蟆猛然想起，方才他路过竹园，见一头花母猪在竹园里拱竹笋。朱蛤蟆便照旧皱起眉头，屈指一算，微笑着说："哈哈，猪不离竹啊！你家的猪在西

南角竹园里呢。"杜平来到竹园一看，花母猪腿上戴的那根断绳缠在竹竿上了。杜平找到母猪，把朱蛤蟆吹得更神乎其神了。就这样，一传十，十传百，越传越神，越传越远了。

　　一天，知县的大印突然不见了，到处寻找，找不着。做官丢了印，是犯了杀头之罪，急得县太爷头上冒火。这时，一个班头说："听说朱蛤蟆算卦如神，何不去请他算一算啊？"这知县心急如焚，一听这说，便差张魁、李强二衙役去请蛤蟆。

　　朱蛤蟆一听县太爷请他算卦，吓得魂不附体。县太爷丢失大印，我哪里知道啊？这要算不出来，非坐牢不可。他知道自己吃几个馍，越想心里越难过。不管此去好歹，得给娘说一声，要是坐牢了，娘好给送饭吃。他哭着把县太爷差人叫他去算卦寻印的事对娘说了，并叫他娘见他出庄时，把自己家的麦草垛点着，为儿子送行。他娘只好答应。

　　朱蛤蟆跟随着张魁、李强二衙役出村不远，便蹲下不走了。张、李二人问他为何不走，他装模作样地说："不好！我得回去救火，我算着俺家的麦草垛着火了。"二衙役回头一看，果真村里烟火冲天，刹时吓得面色苍白，两腿打战，试探着问朱蛤蟆："朱先生，你算得真神！你在这儿能不能算出来县太爷的大印是谁个偷的吗？"朱蛤蟆正为此事焦急，烦躁地冲着衙役说道："哼，这大印，不是姓张的偷的，就是姓李的偷的，问你们自己去吧！"张魁、李强一听吓破了胆，忙跪在地上求饶："朱先生饶命……这印真是小人偷的。"朱蛤蟆见状，心中暗喜，装作一本正经地冷眼逼近二衙役，说："你俩为啥要偷印？把印放哪里去了？"张魁望了李强一眼，李强说："只因县太爷成天拿大印搜刮民财，逼死人命，俺恨他没办法，就把大印给他放到屋山墙洞里了。原想叫他丢官，谁知朱先生却算出是我们偷的了……请先生饶命！"朱蛤蟆暗喜，却装模作样说："念你们为民着想，饶你们一条活命。见了县太爷，我自有主意。"张魁、李强二人磕头谢恩，跟朱蛤蟆一起回到县衙。

　　当天晚上，朱蛤蟆吃罢县太爷的酒席，神气十足地半仰躺在太师椅上，眯缝着眼睛装作屈指一算，哈哈大笑

道："啊，印非小人动，是县太爷要高升。""啊，我要高升了，升知府？"县太爷半信半疑地发问："那大印，可算到在哪里了？"

朱蛤蟆装着斯斯文文地点了点头，指指洞说："瞧，大印登山，县太爷必升高官。"县太爷听罢，急不可耐，立刻命张、李二人从山墙洞里取出大印。县太爷见大印到手，便查问作案人来。朱蛤蟆给他使个眼色，诡秘地说："天机不可泄漏。县太爷高升，是上天恩赐啊！"县太爷忙对朱蛤蟆施礼，张、李二衙役也为朱蛤蟆的掩护而感动。这一下，朱蛤蟆名气就更大了。

一月过后，太上皇平时最钟爱、能学人话的一只画眉鸟，因被猫抓破笼子而飞得无影无踪。为此事，太上皇忧思患病，卧床不起。

公主见此，便亲笔写出告示："因蠢臣管理不慎，将当朝的画眉宝鸟丢失。若哪位壮士能寻得太上皇的画眉宝鸟，公主愿招他为当朝驸马。若是女流寻得，我愿与她结为骨肉姐妹……"

朱蛤蟆所在的县的县太爷看罢告示，喜不自禁，认为自己升官发财的时候到了，便揭下告示，立刻差张魁、李强护送朱蛤蟆进京算卦寻鸟。

朱蛤蟆坐在轿内，像二十五只老鼠钻进肚里——百爪挠心，这回可不比上次给县太爷算卦了。上次二衙役偷印为民，被我无意中喊出，可这次我就没有这么幸运了。这画眉鸟飞到何处，我怎会算出来？可算不出，就是犯下欺君之罪，不光坐牢，还要人头落地。走着想着，离京城越来越近了，朱蛤蟆越想越难过，越害怕，禁不住嚎啕大哭起来。哭声惊动了张、李二衙役，忙停下轿问他为何伤心。朱蛤蟆哪敢吐露实情，便随口说肚子疼得厉害，要拉稀。

说来也巧，正好来到一片大树林，朱蛤蟆便钻进密林，蹲下假装拉稀，二衙役在树林外等他。朱蛤蟆胳膊肘顶住膝盖，仰目望天，就想着寻机逃走。正在左顾右盼时，突然看见一只画眉鸟站在一棵刺槐树上，也像他一样左顾右盼。仔细一看，那鸟腿上带着的一条金子般的绒线绳缠在一个树枝上。这种金黄绒线只有出自皇宫，百姓岂敢使用？他顿时转忧为喜，心想，不管是不是太上皇丢的那只鸟，只要有了这只鸟，自己就犯不了死罪了。一提精神，

便提起裤子出了树林，上轿进京去了。

朱蛤蟆被迎进朝阁，自然被当作贵宾款待。当晚宴毕，他当着皇上、群臣在宫殿里装模作样屈指一算，又吹开了："君不离贤臣，鸟不离森林。寻不到画眉鸟，我做鬼也伤心。"说得君臣震惊，立刻差人随朱蛤蟆出宫。朱蛤蟆坐上豪华小轿，直向那片密林飘去，去不多时，果真寻回了那只画眉宝鸟。

公主心有不甘，自己一个金枝玉叶，怎么能嫁给这么个流里流气的人呢？当夜，朱蛤蟆睡在床上，心想这回我这个当朝驸马算是当定了。他哪里料到，公主早已想好了对策。

次日一早，文武群臣欢聚一堂，单等公主会见新驸马，听候圣旨筹办喜事。朱蛤蟆环顾群臣，廷内鸦雀无声，心中十分着急，不知皇上如何传旨。猛一抬头，只见两个女仆扶着一位衣着非常美丽的姑娘，怀抱一个精美的长方形红色盒子来到眼前。站立一旁的一位官员说话了："朱先生既然算卦如神，若能当即算出这盒内装有何物，公主就……"那姑娘满面羞色地施礼接着说："若能算出盒中何物，公主情愿将先生招为当朝驸马。如有半点差错，当以欺君之罪论处。"

"唉哟我的娘啊！要杀要剐，你们看着办吧，何苦再拿盒子害人哪？"这是朱蛤蟆的心里话，他哪敢叫出声来？想哭，一时也哭不了，想跑，也跑不脱了，吓得一身冷汗，二目圆睁，三魂飞散，四肢颤抖，五体投地，六神不安，七窍生烟，刹时昏倒桌案。那众朝臣不知道咋回事呀，还以为朱先生又在神算呢。朱蛤蟆咋会知道公主会来这一招？公主为拒婚，便暗中差人捉来一只小蛤蟆，放进小盒内，单在今日当众难为朱蛤蟆，好以此拒婚。

朱蛤蟆醒来，哭得跟泪人一样，悔恨万分，埋怨道："蛤蟆啊蛤蟆，你小小年纪，死在这里头（实际是指他自己死在朝阁里），真亏啊……"公主一听，目瞪口呆，大吃一惊，想不到又让此人算准了，看来是命中注定该下嫁于他。她当众打开木盒，众臣近前一看，那盒里果真是一只闷死的小蛤蟆，群臣个个啧啧称赞。公主环视众臣，只好对朱蛤蟆说："有了他这个神算的驸马，以后，就再不担忧朝内会出奸臣了！"

讲述者： 唐建中，男，61 岁，正阳县城关镇，初中，
　　　　　 干部

采录者： 夏纪德，男，53 岁，正阳县文联，初中，
　　　　　 干部

采录时间：1987 年 9 月 22 日

采录地点：正阳县城关

附
记

夏纪德是正阳县文联的主席，手下人不多，开展"三套集成"工作后，只好老将亲马上阵，成天坐汽车下乡采风。这天下乡返回刚下车，迎面碰上"老酒友"唐建中在路上转悠，手里拿着一瓶"叔度酒"。唐建中也是民间文学爱好者，少年时代爱听爱讲民间故事，参加工作担任区长、副县长以后，仍一如既往地致力于民间文学创作活动，经常深入民间采风，采录、讲述民间故事。可贵的是，他把到民间采风作为密切联系群众的"法宝"，从而体察群众的心声，克服官僚主义，指导工作。几十年来，唐建中通过耳闻手录，共搜集民间故事六十余篇，为抢救保护传承民间文化遗产做出了一定的贡献。看见老夏，唐建中不由分说就拉住不让走了，非让到路边的小酒馆里怼一伙不中。二人进了小酒馆，点了俩凉菜，开喝起来。听说老夏每天下乡采集民间故事，唐建中一拍大腿说，我给你喷几个中不中？老夏正求之不得，忙说，我喝几杯酒，你讲几个故事中不？唐建中说，就一瓶酒，咱俩碰着喝吧，我讲几个。"朱蛤蟆算卦"等故事就是这时候讲出来的。老夏还不过瘾，说，下回我请你喝酒，再倒倒你的肚话篓子。

此类故事在驻马店各县区都有流传，尽管主人公叫法不同，但故事情节、内容、结构与此大同小异。如新蔡县董大栓讲述，董金春、龚国强采录整理的《张三和天书》故事，主人公张三谎称自己得到了天书，能掐会算。他出名后被朝廷请去追查被盗大印，他感叹了一句"下雨天，润湿盐缸"。因"盐缸"与严刚谐音，让做贼心虚的奸臣严刚主动交代盗印。（刘康健　赵新春）

异文：阿毛鼻子摔坏了

从前，有一个懒汉叫阿毛，整天胡吃闷睡，无所作为。

一天，妻子抱怨他说："别的男人都能出去做些生意赚点钱，就你等吃等喝，四门不出。"阿毛有些不服气，说："赚钱我也会，可就是没本钱。"妻子听了觉得也在理，就求亲告友，七拼八凑，寻了二十两银子交给了他。

第二天，阿毛带着二十两银子出门了，一直走到太阳偏西。他看到前面有一群大白鹅，有五六十只，个个肥胖，每只约十几斤重，不远处有一个老汉蹲在那里抽闷烟。阿毛走过去，向老汉说要买他的鹅。老汉说："这群鹅我实在舍不得卖掉。可家里人手少，如果价钱合适，卖也可以。"阿毛忙把二十两银子全部交给了他。

老汉收了银子，嘱咐阿毛等他走远后再赶鹅，不然，鹅会跟他跑回家去。阿毛很听话，待老汉拐过角走得看不见时，才去赶鹅。谁知"呱……"的一片叫声，鹅全部飞上天空，原来那是一群天鹅。

阿毛自知上当，便顺着老汉远去的方向追。追到一个村子，正巧一家办喜事。花烛之夜，闹洞房的人很多，阿毛正发愁无处安身，就混入洞房钻到新娘的床下。闹洞房的人陆续离开后，小夫妻开始亲亲热热说着私房话。新郎问新娘："新婚之夜，心情是否愉快？"新娘回答："很愉快，就好像在天上飞一样。"阿毛听到"在天上飞"几个字，就立即从床下钻出来，问新娘："你在天上飞，见到我的那群鹅没有？"俩人吓了一跳，把阿毛狠狠地打了一顿，赶出门外。

第二天早上，阿毛的妻子估计丈夫做生意该返回了，就蒸了一碗面条，炒了一盘肉菜盖好，放在床头柜子上。阿毛已经一天没吃东西啦，又累又饿，还白扔了二十两银子，羞得没脸见妻子。他到家从窗缝向屋里偷看，正巧妻子把饭放在柜上。阿毛赶忙推门进屋，妻子见丈夫回来，满心欢喜，开口就问赚到钱没有。阿毛结结巴巴地说："没赚着，买了一个长鼻子。"妻子不明白啥意思，他解释说："我买的这个长鼻子，能闻到十几里内的东西。"妻子让阿毛闻一闻给他准备了啥饭，阿毛当然可以闻得着。于是，他美滋滋地饱餐了一顿。

妻子信以为真，马上把阿毛买长鼻子的事告诉左邻右舍，一传十，十传百的都知道啦。凑巧，张大娘一头母猪丢了，急得坐卧不安，听说阿毛买了一个很灵验的长鼻子，就请他帮忙。阿毛在院子里转了几圈，还装腔作势地闻，告诉大娘，母猪在西北地那个大菜园里。大娘随即让人去

看，果然在那儿，原来是阿毛回来时路过那儿看到的。这样一来，阿毛的长鼻子就更有名气了。

不久，皇上大印丢失，久查无有下落，文武百官纷纷献策，让长鼻子来帮忙。皇上立即传旨，让差使备马去请。阿毛听说皇上有请，心里害怕。如果不去，就是违抗皇令。如果去后闻不出来，也犯欺君之罪。想来想去左右为难，就向妻子说了实话。妻子问他咋办，他挠了挠头皮，向妻子耳语了几句。

行至十余里，阿毛让差役勒马停步。差役问出了啥事，阿毛说："我家失火了。"差役问："你咋知道的？"阿毛说："我闻到啦。"于是，差役调转马头回到阿毛家里。果然，一个草棚子着火了，房子也烧了大半间。

阿毛让妻子制造失火假象，是想借故躲避去京。谁知皇上又传旨，阿毛没法只好前往。皇上亲自陪着，宴请三天，最后说明意思，阿毛不加思索地说："大印在后花园的水井里。"皇上派人去打捞，果然从水里捞出。原来偷盗大印的人听说皇上请来了长鼻子，生怕被他闻到抓去问罪，暗地里找阿毛坦白，哀求阿毛保住他的性命。他告诉阿毛，大印在后花园水井里，所以阿毛才不费吹灰之力"闻"到。

皇上亲眼看到阿毛给他找到了大印，对他十分佩服，派三辆车给阿毛家送去粮食、布匹、金银财宝，并封他为"千里灵"的官衔，和诸位大臣平起平坐。

皇后却不信这一套，她说世上哪有这样神灵的长鼻子。一天，她把一根鹅毛装在一个小盆子里，放在桌案上，让阿毛坐在对面，限定时间闻出来。

一天过去了，阿毛急得满头大汗，心想这次咋着也瞒不过去了，于是就说："我老毛这次可是不行了。"皇后听了"老毛"二字，高兴地跳起来，说："不错，里面正是一根鹅毛。"从此，皇后也打心眼儿里佩服阿毛，并禀报给皇上要给他加官。

阿毛明知自己迟早会露马脚，他不当官也不要封赏，只求皇上送一对一尺厚的木底鞋。皇上答应了他的请求，阿毛穿上这双鞋，东奔西跑，不小心摔了一跤，鼻子流出血来。从此，别人再找他闻东西，他就说："我的鼻子摔坏了。"

讲述者： 刘康敏，男，40岁，遂平县花庄乡魏楼村梅洼，初中，农民

采录者： 汪海舟，男，23岁，遂平县花庄乡魏楼学校，高中，教师

采录时间： 1988年1月16日

采录地点： 遂平县花庄乡魏楼村梅洼

附　记

梅洼有点凹，但不涝，因为村边有条小河常年淌水。汪海舟是民师，一有空就得往家里跑，责任田得种。眼看入腊月，汪海舟想到花庄集上赶趟年集，顺便买点年货，走到梅洼村头，正好碰上也去赶年集的刘康敏。二人平时都认识，熟人见面话多，走了一路喷了一路，刘康敏也真能喷，一下子讲了好几个故事。到了花庄集上，汪海舟的肚子咕噜咕噜叫唤，才想起只顾赶路忘了吃饭，闻到一股牛肉汤味，说，我得怼一碗牛肉汤去。刘康敏笑着说，你的鼻子没有坏呀……几天后，汪海舟把整理好的故事交给了乡文化站的华梅。

"喷"是方言，是谈天、闲聊的意思，驻马店还有"咱来喷喷""喷空儿""没事儿喷会儿""大喷""老喷""胡喷"等土话。（刘康健）

185

老二算阴晴

从前，有弟兄俩，爹娘早下世去了，老二还没成家，很有心思，又聪明又能干，跟着哥嫂过日子，哥嫂也很喜欢他。一天，他哥正在晒麦，老二说："哥，快把麦收了吧，今儿个有大雨！"他哥说："净瞎说，晴天老日头哩，咋会下雨？"老二说："真哩，我能掐会算，今儿保准下雨，赶紧收麦吧！"他哥只当小孩儿瞎说，没当回事儿。刚吃了晌午饭，就起云彩了，不大一会儿，整个天都阴了下来。他哥连忙收麦，麦刚收完，就下起瓢泼大雨。

有年麦罢，天连着下半月雨，收下来的粮食晒不成，快捂坏了，家家都急得不行。一天，雨才住，天阴得厉害，谁看谁说天还得下雨。老二对他哥说："快套牲口造场[1]吧，明儿是个好晴天，赶紧晒麦。"他哥开始不信，可上次下雨说照了，就信了，连忙套牲口造场。全庄的人都笑话他白搭工夫，造好场不耽误下雨。说也奇怪，这天没下雨，场造好了，第二天果然是个好晴天。他哥俩连忙把麦子都弄出去晒了一遍，结果人家的麦捂霉了，只有他家的

麦没捂。从此他弟弟能掐会算的名声就传出去了，谁想问个天阴天晴的事儿，都找他请教，结果十有八九是准的。

名声一大，很多说媒的就上门儿了，他哥嫂给他定了个长得好又懂事，还聪明能干的闺女。成亲以后，新媳妇问他："你跟谁学的本事，能掐会算知阴知晴呀？"老二说："自己多个心眼，再看看我的两件宝贝，天阴天晴就知道个差不多！"新媳妇一听，非缠着他要看宝贝不中。

老二把新媳妇领到灶火里，指着盐罐子和水缸说："这就是我的两件宝贝。'盐罐水淋淋，晌午过后大雨临''盐罐干，明儿个准是好晴天''水缸渣子往上翻，三天里头要阴天''水缸穿湿裙，明天大雨临。'"新媳妇听了连连点头说："俺娘家也有这两件宝贝，咋就不着[2]用呀！"老二说："宝贝家家有，看你瞅不瞅。处处留心皆学问嘛！"这件事传出去后，人人都夸老二是个有心人。

讲述者： 王成信，男，52岁，确山县文化馆，高小，干部

采录者： 王文亚，女，26岁，确山县文化馆，中专，干部

采录时间：1988年3月22日

采录地点：确山县文化馆

附记

在"三套集成"搜集的活动中，确山县文化馆全部行动起来了，人人都开始搜集民间故事，王文亚也参与其中。这天他找到王成信，请他讲一个故事。王成信想了想，说，我给你讲一个"老二算阴晴"的故事吧，这个故事在农村很多人都知道。（刘康健）

[1] 造场：整理晒粮食或收获庄稼的场地。

[2] 不着：方言，不了解、不知道、不清楚。

186

高升

从前，泌阳县有个县令，为人吝啬刻薄，动不动就抬脚踢人。所以当时的百姓都怕他又恨他，连当差的衙役也都辞职不干了。

这年大年初一，县令正为找不到差役而闷闷不乐，正巧有个名叫高升的主动找上门来。县令一听"高升"二字，十分高兴，又仔细打量了一下高升，只见他长得彪彪实实，膀大腰圆，十分满意，就问道："你要多少工钱？""我不要工钱！"县令一听不要钱，顿时喜笑颜开，拉着高升说："那真是太好了，今儿就来好吗？"高升说："不！我需要你答应三件事。"县令催他道："你说吧！"高升说："第一你不能踢我，如踢我一脚，我回敬三脚；第二吃剩下的东西都得由我处理；第三咱们一块儿出去的时候，我走在你的后边。"县令想，反正你不要工钱，咋的都行，便同意了。

一天，县令宴客，来赴宴的人都是当地富豪。宴席十分丰盛，这些肚满肠肥的家伙没动几下筷子就不吃了，剩下很多酒菜。高升当着众人的面问道："老爷，这些剩菜你家吃不？"县令有点碍于面子，便大声对高升说："你快点收了它，老爷咋能吃剩菜！"这句话正合高升心意，

他忙把酒菜端到门房，叫来了一帮穷朋友，不一会儿就吃了个净光。县令知道后大发雷霆，高升笑着说："老爷，我可是按约定办事。"县令气得抬起脚就想踢高升，忽然想到他们之间的约定，只好忍声吞气地走了。

第二天黑了，一个地方绅士请县令赴宴。宴罢，县令哼着小曲出了大门，高升打着灯笼请县令先走。县令大怒："你咋连这点规矩都不懂，在前边给老爷引路！"高升不慌不忙地说："老爷，你咋忘记了咱俩的约定！"县令无奈，只好自己打着灯笼在前边走。

县令知道斗不过高升，决定辞掉他。到了除夕那天，县令派人去叫高升，可到处找遍，连个影子也没找着。直到天快亮的时候，也就是第二年的大年初一，高升却自己欢欢乐乐地回来了。

高升见了县令，还没有等他开口，就笑嘻嘻地说："恭喜大人，贺喜老爷！请问今后还要不要高升？"县令怒气不息，想说"不要"，又一想，今天是大年初一，连忙改口说："要！要！当然要高升，一定要高升！""你既然要高升，那就约法三章再过一年吧！"

就是这样，一年一年地过去了，聪明的高升终于把这个县令治服了。

讲述者： 孔祥云，女，17岁，泌阳县城关，中学生
采录者： 宁德录，男，55岁，泌阳县二小，中专，教师
采录时间：1988年6月10日
采录地点：泌阳县城关

附记

宁德录是泌阳县收集民间故事的热心人，泌阳县城西关人，泌阳师范毕业，教师。孔祥云是他的学生，作文好。这天，宁德录老师在班里讲了收集民间故事的情况。孔祥云下课后找到他，说"我奶奶给我讲过一个故事，不知道算不算民间故事"。说着就在学校院子里向宁老师讲了这个故事。宁老师听后，说这就是民间故事啊，你以后多收集点，整理出来，还能发表哩。（周玉林）

187

张二弟教书

有一年大旱，张老大对二弟说："二弟呀，咱不能都等着饿死在家里。我虽才学不高，也读了十年私塾，还能教二年书。我出去碰碰运气吧！"张二弟知道哥哥忠厚，叮嘱哥哥出门在外，要多个心眼。

张老大背着行李往南行，一路讨吃要喝，好不容易行至桐柏山地界。看看这里年景较好，就打算歇脚停下，寻找门路。

一天，他来到一个山沟里，看到一片楼房瓦舍，认定这里一定有豪富之家，就向村里走去。一进村，碰上一位身穿绸缎的长者。张老大忙上前施礼道："请问老先生，贵村可缺教书先生？"长者一看，来人衣着褴褛，先有几分不悦，说："我们这里就缺这，不过得考试考试，考取者方可留下。"

老大想，我苦读十载，又不是考状元，难道还怕你不成。想到这儿，就说："行呀，咋个考法？"长者随手拾了个干柴棍，在地面上画了一圆圈和两条横道，问道："这是啥字？"张老大一看，摇了摇头说："这不是字。"长者瞪起眼，说："谁说这不是字？连这个字就不认识，

还出来教书吗？这圆圈是'碗'字，这两横是'筷子'，合起来念碗、筷。"说罢，手往山外一指，"请下山吧！"

张老大出门碰了钉子，背着行装回家了。老大回到家里，把事情对二弟一说，二弟生气地说："哥，我去！"老大说："你不识字，咋能教书呀？"二弟说："碰碰运气吧！"

张二弟借钱做了件长衫，经一番修饰，满精神，然后一直向桐柏山走去。一日来到他哥曾到过的那个山沟，专找那个穿绸缎的长者，也巧，碰上了。张二弟上前施礼道："请问老先生，你们这里需要教书先生吗？"长者一瞅，来人衣着整齐，气度不俗，说："上回来一个和你年纪差不多的穷先生，没有考上，走了。好哇，这是规矩，考试考试你。"他又在地上画了一圆圈和两条横道，然后问："这是啥字？"张二弟说："这是碗筷二字。"长者一惊，笑道："行！考上了。不瞒你说，我是族长，说句话满山沟响。你现在就去坐馆，我马上把学生找来，开馆上课。"张二弟说："老族长，我教书可有个规矩，家长把学生送来，一年不准见面。学生住在学馆里，吃得送。要出状元，必须管得严！"老族长说："行，行，要想出状元，就得吃十年寒窗苦嘛！"族长把张老二带到一所祠堂里，就去动员学生了。

族长挨门串户，到处夸耀自己有眼力，请来一位有学问的教学先生，让家长快送学生去上学。

学生到齐了，马上就要开始上课，张二弟在房周围转了一圈，心里有谱了。他让学生坐好，跟着他读书。他说："屋前三棵柳，房后一园竹。"学生也跟着读起来。老族长和一些学生家长，在外面一听，可高兴了，都说这先生会教书。就这样，张二弟每天散步时编几句，回来教给学生读。学生光念书，不写字，家长也不便问，怕犯了先生学规。

一学年过去了，入腊月，老族长喜笑颜开地说："张先生，一年来，你辛苦了，马上该解馆啦，你写个请帖，把这山沟里的名士都请来，给你送送行。"张二弟一听，顿了一下，说："行，你有事先忙，明早来拿就是。"张二弟可费了思量，怎能唬过这一关呢？他来到厕所，看到墙角处有一个干死的屎壳郎，忽然计上心来。他回到书房，

将屎壳郎往墨盒里蘸了蘸，又往裁好的红纸上按行点了点。点完后，就休息了。

第二天，老族长来拿请帖，嘴里不住地称赞："写得好，写得好！"说着就出门下请帖去了。老族长到了第一家，把请帖递上去，学生家长接过一看，问："这是啥？"老族长说："上面写的有，看看吧！你看人家写的梅花篆字，多好啊！"那位家长怕说不认识，被人笑话，就说："我不看了，你说是干啥的吧。"老族长心里说，这家伙学问小，不认识，哼，你们都不如张先生啊！老族长越想越高兴，就说："明天给先生送行，你去！"那人说："好，我明天去就是啦！"老族长把要请的人都通知到了，没有一人说不认识这字的。

送行这一天，张二弟想：今天来的人都是有点路数的，我得动动心思，可不能露馅。人到齐了，都入了席，张二弟说："诸位，我有一个问题，想请大家回答一下，不知可否？"一屋子学生家长都说："好！好！"兴冲冲地准备回答先生的问题。张二弟说："猪夫子，生有九子，一子入泥河，其余八子归于何处哇？"众人大眼看小眼，没人能回答得出。有的小声说："人家学问就是大，咱只知道孔夫子，他还知道有个朱夫子，还知道朱夫子有九个孩子。一个孩子入了泥河，那其余八个往哪儿去了呢？"有的人看问题难答，溜走了。

这时，张二弟冷笑一声，说："列位，连《转场犁地十八篇》都没读过？"下面又是一阵窃窃私语："《转场犁地十八篇》咱就没听说过，谁读过呢？"老族长一看张先生难住了一群名士，更加高兴地说："大家佩服我的眼力吧，我就是会选人才！"张二弟得了全年的薪水，背着小行李，辞别了老族长，走出山沟。很远了，老族长还招手大声说："张先生，过罢年早点来呀！"

张二弟回到家向哥哥说了教书的经过，惊得哥哥睁大了双眼。他问二弟："那朱夫子还有十八篇，咋我也不懂啊？"张二弟说："去年咱的老母猪生了九个猪娃，咱俩抬着到集上去卖，走到河沿掉到河里一个，那八个咱卖了，他们哪里知道？咱的麦场，我年年犁，都是转圈犁的，回回都是十八圈犁完，我把'圈'字改为'篇'字了。"

哥哥听了，再瞅瞅二弟的一身入时打扮，顿开茅塞，

叹道："唉，这世道，只认衣裳，不识学问啊！有辱圣哲，实在可悲！"

讲述者： 于忠显，男，48岁，西平县专探乡中学，大专，教师

采录者： 康晓华，男，29岁，西平县柏城镇东街，大专，干部

采录时间：1987年10月22日

采录地点：西平县专探乡专探中学

188

王二教书

王家兄弟二人，王大为人忠厚，学问渊博，常年以外出教书为生。王二为人精干，学问不深，在家操持家业。

这年王大被贾员外家聘走，年薪三十六两纹银。光阴似箭，辛苦一年的王大终于等到了年终，他到员外家领薪水，这个尖酸刻薄的员外却说："王大先生，你只要答出我的三道题，薪水分文不少，否则分文不取。"员外就出了三道题：一是天离地多高，二是天上有多少星星，三是井里有个人是啥字。三道题王大一个也答不上来，所以，没拿到一分纹银。

王大回家见到弟弟，委屈得流出眼泪。弟弟一问才知道了其中缘故，便安慰哥哥说："别难过，明年我去。"哥哥说："你从没教过书，会中？"弟弟说："你别管了，我一定能拿回工钱。"

新的一年开始了，王二去到贾员外家，经常领着孩子到后岗上课，其实是在逗小松鼠玩，这也正称了这帮纨绔子弟的意。老师学生看到小松鼠出来，说"出之乎也"，看到小松鼠进去，说"溜之乎也"。员外经常听见孩子们说出之乎也，溜之乎也，问孩子们，孩子们说老师教得好。

贾员外怕误了孩子们的前程，这天清早请来了一帮才高八斗、学富五车的乡绅来考王二。这帮乡绅说："王二先生，你说说三皇五帝吧！"王二灵机一动，说："三皇五帝三岁顽童都知道，我给你们讲讲大皇二皇吧。从前大皇二皇相斗，若不是周文王一手救之，岂不是一命哀哉？"一群乡绅从没听过，也不便多问。他们又说："你讲讲孔夫子吧！"王二又说："孔夫子谁人不知，谁人不晓，我给你们讲讲朱夫子吧！昔日朱夫子有八子，三子入林，四子入山，其一子何去也？"一群乡绅考了半晌没考着王二，竟让王二唬得自觉学问有限，直对贾员外说王二先生学识渊博。

一晃又到了年底，王二去找贾员外领工钱，贾员外说："我出三道题，你全答对了，就给你工钱，否则分文不取。一是天离地多高，二是天上有多少星星，三是井里有个人是啥字。"王二一一回答："日行千里，夜行八百。老灶爷说二十三日去，初一五更回，也就是说八整天打个来回。一天一夜是一千八百里，很显然一千八百里乘以八除以二就是天地间的距离，你一算就知道了。二是天上有十六颗星星：北斗七星，南斗六星再加福禄寿三星。你觉得我说得不对，你再说说有哪些星我来加。三是个'瞎'字：井里有个人肯定是个瞎子，要不会掉到井里？"三道题王二回答得天衣无缝，贾员外只好很不情愿地把三十六两纹银给了王二。

王二高高兴兴回家了，把经过一五一十地给他哥说一遍。哥哥问王二，大皇二皇相斗是咋回事，朱夫子又是咋回事。王二说："咱家喂的大黄狗和二黄狗斗架，不是邻居周大叔用一瓢冷水泼开的吗？还有咱家喂的老母猪生了八个猪娃，仨跑了，四个叫狼给吃了，一个卖了，不知去向。"哥哥听了喜从心生，弟弟虽然文化不高，但机智果断，智慧超人，以后还要向弟弟学习。

讲述者： 袁天庆，男，58岁，泌阳县春水镇，小学，农民

采录者： 杨春丽，女，33岁，泌阳县春水镇文化中心，

大专，干部

采录时间：2006 年 4 月 6 日

采录地点：泌阳县春水镇

附
记

春水镇文化站杨春丽专干除了参加文化活动，还得参加乡里的中心工作。这天，乡里让杨春丽跟着其他几个人，到镇上做计划生育工作。杨春丽很不情愿参加，但也只能跟着去。街上一个摊点前，杨春丽看到了卖草帽的袁天庆。三月三前后，卖草帽的多起来。杨春丽本来就不想参加，就站在一边和袁天庆说话，问他能讲故事不。卖草帽的袁天庆说，乡下人谁不会说几个乔话。就这样，杨春丽收集到了《王二教书》等故事，最后她买了一顶草帽走了。（刘康健）

异文一：巧解难题

从前，有个私塾先生姓王，赶集回来，碰见一个外庄的财主。财主问他："王先生，管不管上我家教书？人家给你二十串钱，我给你四十串钱。"王先生一听，那咋不中哩？

第二天清早，财主用马轿车子把王先生接去了。王先生尽心尽力地教财主的儿子，转眼到了年底，该解馆了。财主叫来王先生说："你来年把了，我还不知道你的学问有多大哩。我考考你吧，答上了，就给你一年的工钱。答不上，可就没有了。"王先生心想这有啥难的，就答应了。

财主问："孔子有几个弟子？出名的几个？"王先生回答："弟子三千六，贤人七十二。"

财主又问："贤人七十二几个有胡，几个没胡？"王先生答不上了。

财主说："我再出个题，你要答不上，再给我儿子教一年书吧！"王先生点点头。

财主说："从地下到天上有多远？"王先生又答不上了。第二年又白白给财主的儿子教了一年，两手空空地回了家。

王先生有个弟弟叫王二别子，见哥哥两年没弄一啥回来了，就问咋回事。王先生说："我输了。"王二别子问："你跟人家是玩纸牌，还是打麻将了？"

王先生说："都不是，是我答不上东家的题。"接着就把财主出的题说了一遍。王二别子一听，说："我当啥难题哩，这还不好办？我去找他要钱。"

第二天清早，王二别子来到财主家。财主迎上来说："王二先生，有事吗？"王二别子说："我是想听听你的难题。"

财主挤巴挤巴眼，说："那好。我问你，孔子的弟子贤人七十二几个有胡，几个没胡？"王二别子说："三十个有胡，四十二个没胡。"

"这话从何说起哩？"王二别子说："四书上不是说'弱冠五六人，童子六七人'，冠带都是扎了胡子的才能戴，童子不是小孩吗？当然没有胡子。"

财主又问："你说说从地下到天上有多远？"王二别子说："二百四十里。"

财主眨眨眼儿，问："这话咋讲？"王二别子说："老灶爷的对子不是明明写着'二十三去，初一五更回'吗？官站每站相距六十里，也就是每天应走六十里。从二十三到三十，正好八天。六八四百八，来回各一半，不是二百四吗，你说是多远？"财主无话可说了。

王二别子说："这么着吧，我也出个题。你要答不上来，就得多出一年的工钱。"财主不想同意，但哪有一头来往哩？只得点头答应。

王二别子说："昔日有二黄争骨，得骨者而喜之，不得骨者而忧之，一担而解之。你说这是咋回事？"

财主答不上来，只好给了三年的工钱。王二别子高高兴兴回了家，一五一十跟他哥学说一遍。王先生说："兄弟，你那几句出于哪个书上呀？"

王二别子笑了，说："出自后续聊斋，是我编造的。二黄争骨，乃两个黄狗为争一块骨头而撕咬，被我一扁担下去，打跑了二狗，这叫一担而解之。"

讲述者： 朱朝富，男，43 岁，平舆县杨埠乡，高中，
教师

采录者： 李万毫，男，21 岁，平舆县农科所，高中，
待业知青

采录时间： 1987 年 12 月 16 日

采录地点： 平舆县杨埠乡

189

说娘要粮

附记

教书先生也称教书先。在明清两代，能够担任教书先生的都是通过童子试的府、州、县学的生员，俗称秀才。秀才在地方上受到一定的尊重，亦有某些特权，如免除差徭、见知县时不用下跪、知县不可随意对其用刑、遇公事可禀见知县等等，有了进入士大夫阶层的最低资格。因为生员没有俸禄，读书人如果未能通过乡试中举，亦不足以为官，只能回乡以教书为生，因为经济并不富裕，也被称为"穷秀才"。他们像鲁迅先生笔下的孔乙己，在民间文化里常被作为迂腐、不知变通的嘲讽对象，甚至被列入"下九流"。（赵新春）

从前，有兄弟二人，哥哥有点学问，弟弟没学问，有点歪材料。

哥哥在财主家教书挣粮食，教到年底了，财主请了一桌客。请客的时候，财主说："我提三个问题，你回答上来了，你就把粮食拉回去。答不上来，你就别拉粮食。"哥哥答应了。

财主说："第一，诸葛亮的娘是谁？第二，周瑜的娘是谁？第三，张飞的娘是谁？"结果哥哥一个也答不上来，只好空手回家。回到家里，弟弟问哥哥拉的粮食呢，哥哥就把情况给弟弟说了一遍，弟弟说："我去。"

到那以后就问财主："你提的啥问题，我可以答不？"

财主说："可以。老规矩，答对了给粮食，答不对不给。第一，诸葛亮的娘是谁？"弟弟回答："是纪氏。""第二，周瑜的娘是谁？"弟弟回答："何氏。"财主又说："第三，张飞的娘是谁？"弟弟答："是吴氏。"

实际上弟弟也不知道他们三个的娘是谁，只是顾名思义。周瑜气死在巴丘时，不是说"既生诸葛亮，何生周瑜"吗？所以诸葛亮是纪（既）氏生的，周瑜是何氏生的。

张飞就更简单了，不是有"无事生非（飞）"吗？所以张飞是吴氏生的。

财主见没难住弟弟，只好把粮食给他了。

讲述者： 吕彦堂，男，50岁，回族，驻马店市老街乡，高中，农民

采录者： 张爱梅，女，33岁，驻马店市老街乡，高中，干部

采录时间：1987年5月30日

采录地点：驻马店市老街乡

附
记

张爱梅，驻马店市橡林乡申庄村（今属驻马店市高新区）人，曾任驻马店市老街乡文化站站长。她长期生活、工作在农村，对民间文化接触多。在民间文学普查搜集中，她不顾工作繁忙和家务缠身，搜集整理了大量资料，其中选入驻马店市（今驿城区）卷的民间故事和谚语有一百多篇。（张勇）

190

过了夏至种芝麻

这一家有八亩夏茬地，过了夏至十多天，他把八亩地都种成芝麻了。赶集的人路过这里，都说："到这个时候，季节都过去了，还种芝麻哩，净瞎搭[1]。"

后来天气很顺，每隔六七天下次小雨，芝麻得到这好天气，一个劲地往上长，结果这八亩芝麻收了一石八斗（每斗一百斤）。他很高兴，就写了一首诗，贴在路口。诗曰：过了夏至种芝麻，人人都说净瞎搭。八亩芝麻打石八，不为庄稼为撞稼。

讲述者： 杨林蔚，男，83岁，回族，遂平县阳凤乡医院，私塾，退休医生

采录者： 毕红雨，女，22岁，遂平县阳凤乡文化站，大专，专干

采录时间：1988年4月28日

采录地点：遂平县阳凤街

[1] 净瞎搭：即没有用，白忙活。

191

裹着算

在阳凤街，大家都知道杨林蔚是个乐天派，大善人，在公社的医院里当骨科医生，上过私塾，种过地，担任过县人民委员会委员。由于他长期生活工作在农村基层，听到不少民间故事传说，也喜欢讲民间故事。杨林蔚脾气很好，对病人一视同仁，做着手术还不耽误讲笑话，尤其擅长编"坎子"，会玩几百个"坎子"，大人小孩都喜欢他。退休后在阳凤街开了个小外科诊所，早上放两只羊。毕红雨早就知道杨林蔚是"冇话篓子"，抽空都要到小诊所，缠着杨老人讲故事，老人一边坐诊一边讲故事，其中就讲到了这个故事。（刘康健）

很久以前，一个偏僻的山寨里来了一个走方郎中[1]，看看天色已晚，就住在一家客店里。这时，店主端来一碗面。郎中一看，只见精稀[2]一碗汤里有几根面条，连个油花也没有，要四百钱，便说："咋恁贵？"店主道："不贵，不贵！这面吃也是四百钱，不吃也是四百钱，都在店钱里裹着算哩！"这郎中知道这寨里就这一家店，蝎子屎——毒粪（独份），走不成，留也不是，只好认了。

谁知事有凑巧。半夜里，店家婆牙疼病犯了，疼得喊爹叫娘的，店家只好厚着脸皮求郎中给治治。那郎中笑笑，向店家讨了火，从药箱里取出一张狗皮膏药，猛地贴在店家婆脸上。那婆娘一惊，大叫一声，牙不疼了。店家忙赔上笑脸，问多少钱一张膏药。郎中说："不多，就八百钱。"店家咧开嘴，连说："太贵了，太贵了！"郎中一听，又烤化一张膏药，乘店主不备，"啪"的一声，贴在了他脸上。店主捂着脸，倒退几步："客官，你这是啥意

[1] 走方郎中：串村走巷行医的江湖医生。

[2] 精稀：非常稀。

思，我也没长疮害病？"郎中说："你刚才说话时，龇牙咧嘴的，我想你也患了牙痛病。这膏药八百钱一张，贴也是八百，不贴也是八百。你两口各贴一张，裹着算，总共一千六百钱。"

双方争吵了一阵，店家自知理亏，只好以膏药钱顶店钱，算来算去，还得找郎中二百钱。

讲述者：　裴文，原名高沛，男，46岁，西平县文化局，大专，干部

采录者：　赵尊体，男，30岁，西平县城关镇东街，大专，干部

采录时间：1987年11月20日

采录地点：西平县城关

附记

裴文是高沛的笔名。这天赵尊体到高沛的办公室串门，被高沛叫住了，说，尊体呀，县里搜集民间故事工作开始了，我抓这个事，你的故事收集得怎么样了？赵尊体很不好意思地说，还没有开始呢，不知道从哪里下手，摸不着头脑。高沛就说，我给你讲一个，你记一下，整理后交给我，按照这样就行啦。听了高沛讲的故事，赵尊体惊奇地说，我知道了，今后也多搜集几个交给你。（刘康健）

192

写福

李财主家里有个小伙计名叫栓柱。这栓柱自七八岁上爹娘都相继去世了，他就以讨饭为生。后来要饭要到本庄，李财主见他长得聪明伶俐，家里也缺个帮手，说好只管吃住不给工钱，就把栓柱留了下来。栓柱每天在灶房里洗洗刷刷，再干些其他杂活，一晃就是几年。

这一年，李财主花了不少钱请工匠，对砖抹缝盖了一处青砖大瓦新宅大院，又请来风水先生看。风水先生吃饱喝足后，一本正经地说："唉呀！你这宅子哪都好，只是大门对着路不好，为剑封门哪！对你们家各方面都不利的。"

李财主听后慌忙说："那咋办？"

"这也容易，应着大门垒一道影壁墙就挡住了。"

影壁墙好垒，不消半晌就垒好了，只是光秃秃的一个影壁墙实在不好看，为此他费了不少心思。有人出主意，在墙壁上写个大大的"福"字，既好看又吉利。可为了这个"福"字，李财主又作了难啦！方圆百里的秀才呀，举人呀，凡懂些文墨的他都请过了。今儿拼几盘，明儿备几桌，可写出的"福"字他都相不中，这件事就暂时放下了。

再说这个刷锅洗碗的小伙计栓柱见财主为个"福"字，今儿一桌，明儿一桌，可见这个字的主贵了，就暗下决心写好这个字。每天刷洗完毕，他就用刷锅的炊帚[1]蘸刷锅水在锅台上练习写福字。他先是比葫芦画瓢，后吸取众家之长，练呀，练呀，直把这个"福"字写得龙腾虎跃一般。有一天练到半夜，一时兴起，竟把炊帚蘸上墨汁，对着影壁墙"刷刷刷"写了起来。待写好后，栓柱不由"妈呀"叫了一声，这东家为个"福"字左请右请，大举人、小秀才都写得不行，我写得中吗？哎呀，这可闯祸了！跑吧！当夜，小伙计卷起铺盖卷儿就跑了。

第二天，李财主一眼就看见影壁墙上的"福"字，不由惊喜万分，连连夸赞："好字，好字！天赐我也！正合我意！"连问几个人都不知道是谁写的。后来发现小伙计栓柱跑了，地上又丢下带墨汁的炊帚，才知是这个小伙计写的。

讲述者：朱长庚，男，48岁，驻马店市，高小，工人
采录者：何春华，女，32岁，回族，驻马店市丝钉厂，高中，职工
采录时间：1987年6月10日
采录地点：驻马店市区

附
记

春节写福贴福字，是民间由来已久的风俗，象征着人们对幸福的祈祷和祝愿。旧时北方有钱人家在影壁墙上写福字，喜欢将其偏旁"示"变成狗头，以狗、勾谐音，寓意把福勾到家里。（王卫霞）

[1] 炊帚：用脱籽后的高粱梢扎成的刷锅用的把子。

193

除恶僧

古时候，蛟亭湖岸边有一片柳树林，柳树林边有个大寺院，寺院内有一个老和尚，长着猪嘴驴脸，象头熊腰，做起事来也和畜生一般。

这和尚是当朝皇上的舅舅，仗着他外甥的皇权，经常横行霸道，鱼肉百姓。有一年，他叫当地官府派民夫，给他在寺院里打了一口深井，然后强兴规矩，寺庙百里以内老百姓不准打井，现有的井都得填住，老百姓吃水都要到寺院去取，又规定取水者必须是十七八岁的黄花姑娘。他看到哪个姑娘长得好，就拉到屋里任意糟蹋，如有不从者即乱棍打死。老百姓对他恨之入骨，联名结伙去官府告状，官府不敢过问，他们就告到皇上那里。昏庸无道的皇上听了，心想，我乃当朝皇上，舅舅玩几个女人算不了啥，便不以为然地说："罢了！罢了！"聪明的老百姓一听，就跪地磕头谢恩。

回来后，百姓们就串连一起，在野地里挖了一个坑。闯进寺院，把和尚绳捆索绑，弄到坑边，让他站到坑里，用土埋到脖子上，露着头。然后套上七匹骡子八匹马的，按皇上的吩咐对着和尚的头耙了起来。皇上闻听此事，大

为恼火，百姓们说："皇上，你不是叫耙了耙了吗？"皇上一听，哑口无声。

讲述者：　张世传，男，70 岁，平舆县西洋店乡蛟亭
　　　　　湖，私塾，农民
采录者：　卫明国，男，25 岁，平舆县西洋店乡蛟亭湖
　　　　　灌区，高中，水利专干
采录时间：1987 年 1 月 13 日
采录地点：平舆县西洋店蛟亭湖

附
记

　　像《除恶僧》这样用谐音除恶僧的民间故事在驻马店地区流传很广。以往各县区民间故事里上蔡县王俊峰讲述、王殿文采录的叫《官司打到这儿就罢了吧》，是因为恶僧转移证据，知府无可奈何地说："官司打到这儿，就罢了吧！"正阳县陈培建讲述、徐宏采录的叫《罢了》，是因为派去处理的京官记错了地址，一听告状人再次申诉，不耐烦地说："差人查访半年，查无此寺。罢了！罢了！"泌阳县樊立方讲述、宁德录采录的叫《小三送姐》，是因为小三的姐姐被朱元璋出家的皇觉寺的和尚抢了，朱元璋不想处罚，想息事宁人，说"出家之人罢了吧！"汝南郭甲士讲述、冀世清采录的《吉祥寺的钟声》则附会到明朝进士李本固身上。他把汝南吉祥寺和尚作恶的事儿奏与皇上。皇上没有在意，说："他们已是出家之人，脱离了红尘。罢了，罢了。"西平县赵天觉讲述、赵国富采录的叫《郑天官怒耙黄花寺》，说的是郑天官闺女被抢，皇帝因黄花寺和尚曾参与镇压民乱，不愿治罪，脱口说道："罢了吧。"新蔡县李方明、王振海讲述，童效迁、赵桢、张敬忠、龚国强等采录的《和尚坟》，说当地弥陀寺方丈是太子的亲老表，无恶不作，因着太子不忍心将他处斩，一甩袖子说："罢了！罢了！"群众联合捻军耙了这个和尚。这里面有传说，有民间故事，情节内容都差不多，都表达人们对不守清规戒律的出家人和当权者不作为的憎恨，寄托了人们恶人恶治的美好愿景。（赵新春）

194

我来也

　　从前，有个贼偷了人家东西，一定要在这家门上写上"我来也"仨字，官府很头疼，四处派人捉拿。

　　一天，一个衙役抓了一个犯人，押到县衙说："'我来也'抓到了。"县官听了大喜，立即命令把这个犯人押上大堂审问，可这个犯人就是不承认自己是"我来也"，县官只好把他下到大牢里。

　　这天，犯人偷偷地对禁卒说："我是个贼，但不是'我来也'。我有一些银子藏在宝塔第九层上，你拿着用吧。"禁卒怀疑这犯人在捉弄自己，看看又不像，抱着试试看的心理，上宝塔第九层去找，果然得到许多银子。

　　过了几天，那犯人又对禁卒说："我有一大缸银子，沉在了侍郎桥下，你可以取出用。"禁卒说："那里人太多，咋取呢？"犯人说："你拿着衣裳到河边去洗，背地里下到水里，将银子拿出，包在衣服里就行了。"禁卒照他说的做了，又得了很多银子。狱卒每天对犯人照顾得很周到，天天有酒有肉，但他却不知道犯人的用意何在。

　　一天夜里二更时分，犯人对禁卒说："我准备到外面去一下，四更我就回来，决不连累你。"禁卒得到他许多

银子，只好答应了。

犯人走后，禁卒就坐在牢房门口等着，过了一阵，犯人从房顶上下来了。禁卒放心了，就将犯人又关了起来。

天一亮，禁卒就听见有人喊冤告状："昨天三更时分，我家的银子被偷了，门上还写着'我来也'仨字。"

县官一听，惊呼道："本官差一点判错了这个案子，难怪牢中那个犯人死也不承认自己是'我来也'。"随即下令将那个犯人放走了。

讲述者： 杨小星，男，33岁，平舆县万冢乡万寨村杨楼，初中，农民

采录者： 贺德全，男，30岁，平舆县万冢乡万寨村万寨，高中，农民

采录时间：1987年10月13日
采录地点：平舆县万冢乡万寨村杨楼

195

梁小人

梁小人姓梁，因身高只有四尺五寸，人们便称他为"小人"，真名已经没人知道。

才开始，梁小人随师兄在崇礼集东门里一所古庙里读私塾。先生是个传奇人物，文武兼备，尤精武术，高深莫测。因此，四方学子慕名而来，一时间庙舍瓦屋热闹非凡。

当时每年农历二月二，集北五里龙王庙都要唱五天大戏，以祈求当年风调雨顺。庙会期间，私塾会放假三天，让学生逛会游春。那时，大个子师兄总是欺负梁小人年龄小，个子低，武艺不精。先生不在时，他们双脚跨住门框，经常让梁小人钻裤裆。到了会期又老是让梁小人一人留下来给先生提水烧茶，他们却玩个不亦乐乎。梁小人无奈，只有忍气吞声，敢怒不敢言。还好，他喜欢先生，敬重先生，乐得和先生一起，侍奉左右。

有一年，庙会又到了，学生们都准备结队逛会。早饭过后，又把梁小人留了下来。一连三天，始终没见梁小人走出庙门。然而，师兄弟回来之后，再欺负他的时候，却没有一个人是对手。于是，他们传言是先生私下给梁小人传授了真功夫。

梁小人几年后学艺期满回到家，常打抱不平，惩霸安良，做了许许多多善事，却从不让人感恩。平常只是做些小本生意，过着清贫的日子。

这一年，他和同村的几个伙伴搭帮到周口贩猪，推着独轮小车，一路上说说笑笑，非常高兴。走到马河，听过往客商说，集上有个开茶店兼卖杂货的掌柜，说话极其傲慢，仗着自己有两下子，常欺负外地客人。他心里很想治治他。

到了这家店，他们一行人停下车子，走进茶棚。梁小人边喝茶边问道："掌柜的，有车轴没有？我想换个车轴。""有！"掌柜边说边让小伙计从柜台里拿出一个车轴。"是空心的呢，还是实心的？""生铁倒的，当然是实心了！"掌柜有些生气。"能不能敲开看看？""敲吧！要是空心的，决不要钱。"梁小人听罢，左手拿过车轴，伸出右手食指轻轻一敲，只听"啪"的一声，车轴断成两截，他拿着看了一眼说："这个是空心的，里面尽是小窟窿。""好！"掌柜的边说边从柜台里亲自拿出一个车轴，"你看看这个是空心还是实心。"梁小人接过车轴，又是轻轻一敲，车轴依然断开，随手扔在地上，笑笑说："谁知还是空心。"掌柜随即让伙计抱出了一堆，气得脸红脖子粗地说："你都看看，哪个是实心就要哪个。"梁小人听罢，不慌不忙，手拿车轴，一下一个，嘴里不住地说道："空的，还是空的！"不多一时，断车轴就扔了一大堆，眼看只剩下最后一个了，掌柜的叫了声："停！"拿起这个车轴，不好意思地笑了笑，说："好吧！就这个空心的你用用吧，不要钱，算是奉送了。"

临行，掌柜的送出店外老远，抱拳连声说道："佩服，佩服！"

到了周口，一进南门，猪就被一家姓杨的掌柜接走了。几个人跟着杨掌柜，左拐右拐来到牲口市南头杨家大院里，一个一个把猪称过放进了大圈里。等了半晌[1]，谁知柜上说暂时没钱，让他们等几天再来取。无奈，梁小人让其他人先回家，自己和一个绰号叫"二牛"的就在店里住了下来。过了三天，他们没领到钱。又过三天，他们在杨家只

落了一句话："等卖了小猪娃再给你钱。"

他们开始发愁了，走到街上去打摸[2]。一位好心的老伯把他俩叫到背地，小声说："你们咋把猪交给他呢？他家接外地的猪是很少给钱的。说啥卖猪娃后给钱啊，恐怕连母猪都没喂上呢！半个月前，有两个外乡要钱的，不光钱没要到，还挨了顿打，是从院子里拖出来的。杨掌柜有五个儿子，父子六人都有一身好功夫，谁敢惹他啊！""他不讲理，人家不会告他吗？""告，他家衙门里有靠头[3]，不怕打官司，蛮横得很哩！你们还是少找闲事吧。"梁小人听后十分生气，说："走，回店歇着，明儿确定拿钱。"

第二天一大早，梁小人将自己身上捆扎停当，对二牛说："到了大院，你拿根大杠子站在大门后，看我眼色行事。我说走，你赶快先走。我说叫顶门，你就把大门牢牢顶住，谁也不让他进来。"

到了大院，杨家二儿子客气些，笑着说："南乡的客，请上屋喝茶。"五儿子却冷笑着说："咋还没走啊！俺三哥不是说了吗，卖了猪娃给你钱，你不走想赖着俺是吧！"梁小人也不搭话，到了上房，见掌柜正在算账，就心平气和地说："掌柜的，我们盘缠花完了，不能再住下去了，求您老帮个忙，把账算了吧！"掌柜一听，斜眼看看刚比桌子高一点的梁小人，把眼一瞪，算盘子拍得哗哗响，说："嗨！该你几个臊钱，赖这儿不走了。咋啦！别说没钱，就是有钱，也不给你这死难缠。要是明白人，你就赶快滚出去！"梁小人一听，气愤异常，一字一顿地说："要这样说，掌柜的，不怕你生气，今天你给也得给，不给也得给！""哟呵！碰到硬的啦！想打架不是？小五，去给他比画两下子！"杨家五儿子就恶狗似的扑了上来。

他们两个在大院里一蹦一跳，一来一往，斗有半个时辰，掌柜见小五拿他不下，就大声命令："小三，下手。"几经交手，两人还是不占上风，接着老大、老二、老四都盘起辫子，围了上来。只听院子里噼噼啪啪，打斗多时，掌柜睁眼仔细看看，只见梁小人不慌不忙，进退自如，一

招一式，看似平常，可就是打不到他身上。几个儿子却气喘吁吁，热汗直淌。于是，他站起身来，把大布衫子往腰里掖了掖，一个箭步，飞到院里，父子六人一起围攻梁小人。

相持不久，梁小人叫了声："顶门！"二牛不敢怠慢，把大门顶得结结实实。一人抵住六人，二十八只拳脚乱晃，那种场面真是难以形容。杨家父子尽出狠招，想一下子就把梁小人灭掉。但是只见前前后后尽是梁小人身影，却谁也接触不到他的身体。大院里站了一圈妇女、小孩，一个个目瞪口呆，没有谁敢大声说一句话。时间不长，只见杨家父子大汗淋漓，相继躺在地上打起滚来。梁小人拍了拍手，从腰里掏出旱烟袋[1]，点火抽了一袋烟，问道："今儿是给钱呢还是不给？"老二说："给钱咋说，不给钱咋说？""给钱呢，我只用手指头点你们一下，算是给你们一个教训。若不给钱，马上要了你等性命，看你们还能不能作恶。""给钱，我们给钱。"老掌柜呻吟着说。

于是，他让人把钱筐子搬了出来，梁小人让二牛留够他们的猪钱，余数全部退了回去。又抽了两袋烟，走到他们六人身边，伸手照每人的尾巴莛子[2]上点了一下，六个人就又打着滚大声叫唤起来。老二哽咽着说："客官，你是君子，我们是小人，我们作下不义之事，你还不如把我们结果了呢！"梁小人听了，"哼"了一声说："就你还算明白些事理。好，我再送你一巴掌吧！"说着又在老二尾巴莛子上拍了一掌。

说也奇怪，梁小人走后，杨家父子面色越来越黄，常拉稀屎不止，闹成终身抱病不起。只有老二在一个月后才恢复了元气，过上了正常人生活。

讲述者：　孙文生，男，83 岁，上蔡县崇礼乡孙庄村，
　　　　　私塾，农民
采录者：　孙世民，男，55 岁，上蔡县崇礼乡，大专，

[1]　旱烟袋：旧时抽烟的工具，又叫烟袋锅子。前面有一个装烟叶的金属锅，多由铜制成，中间的一段为木或竹制杆，后面的烟袋嘴多为玉质。
[2]　尾巴莛子：尾骨。

教师
采录时间：1998 年 9 月 7 日
采录地点：上蔡县崇礼乡孙庄村

附
记

孙文生上过私塾，是村里为数不多的读书人，村里谁家需要写写算算，都好找他帮忙。当时他八十多岁，其他都好，就是有点耳背，孙世民一直犹豫找不找他。没想到孙文生却主动找到他，说"别看我听不清，但我不糊涂"，于是就给他讲了这则故事，还讲了孔子周游列国在崇礼一带布道讲学，当地民众崇尚礼仪，所以上蔡县崇礼乡叫"崇礼"的传说。（余全有）

196

好
人
贼

从前有个被称为"好人贼"的江湖大盗，武功高超。官府也多次缉捕擒拿，均未得手。为了摆脱官府缉拿，好人贼只有隐姓埋名，洗手不干，当一个守本分的百姓。正巧，有个李员外招收伙计，他便进了李员外家。

好人贼在员外家干活很卖力气，人又忠诚老实，很得员外器重。有一天，从外地来了一个马戏班子，在员外的大门口，立高竿，围场子，玩起把戏来，一时间很多人都来看热闹。这天，员外的儿子回来问好人贼为啥不去看，他说："我看他们不是玩把戏的，他们是想偷咱家的东西。"李员外很奇怪，便问好人贼有啥证据。好人贼对李员外说："员外，你看他们立的竿子，正对咱家大院，上竿子的人都往院里看，这不是一般玩把戏的人，员外可要留神呀。"员外一听，想想有理，便急切地问他此事该咋办，好人贼说："明天你把大厅里所有贵重的东西挪到别处去，家里人暂住东西厢房里，我自己睡在大厅里就行了。"

夜里，好人贼自己睡在大厅里。夜半，果然听到房上有瓦响，好人贼便目不转睛地盯着，只听一声响动，有个

贼顺着绳索下来了，还没明白过来就被杀死了。他拉着绳子摇了摇，随即又有一个贼下来了，又被杀死了。他又把绳子摇了摇，这时房上人只有一个看景的，见绳子还在摇，心中犯疑，这和事先商定的不一样，就知大事不好，拔腿就跑。好人贼急忙追赶，那人还是跑掉了，只拣了一口宝刀。李员外见好人贼帮了他的大忙，很感谢，命人将尸首掩埋，并告诉手下人不要声张出去。

事隔不久，好人贼同员外一块去城里卖粮，由于行情不准，想打听一下，正巧碰上了那夜逃走的那个贼。他一见好人贼随身带的宝刀，便认了出来，想个办法将他们稳住了。那人立刻找到同伙商量，决定在宴席中把他们杀了。

第二天，他们以买粮为名，把员外和好人贼请到事先准备好的地方赴宴。你想好人贼是谁呀，一下看穿了他们的计谋，他和员外趁上厕所的机会商定，两人以师徒相称，席间之事让徒弟好人贼代替一切。

二人回到席上，贼人便把毒酒敬给员外。员外说不会喝酒，让徒弟代替，好人贼一个接一个地把酒全喝干了。众人见毒不倒他，又用大碗，还是不行。最后就敬肉，用刀子扎着肉，让好人贼吃。好人贼用牙一下子把刀尖咬断，将肉吃了，然后"扑"的一声把刀尖吐出来，"叭"的一声扎在房梁上。众贼人见徒弟这般厉害，师父更不必说，哪里还敢在太岁头上动土？

有几个年轻汉子不服，上来要杀好人贼。好人贼没用几招，便将他们全打倒在地。众人大惊，才知这个人非等闲之辈，便请求饶命。好人贼让他们以后不要再做坏事，否则定不饶恕他们。

从此，好人贼不再是贼了，成了人们心中的英雄侠士。

讲述者： 刘金居，男，78 岁，平舆县东和店乡仙翁
　　　　庙村，私塾，农民
采录者： 王继松，男，34 岁，平舆县东和店乡仙翁
　　　　庙村，高中，农民
采录时间：1987 年 4 月 29 日
采录地点：平舆县东和店乡仙翁庙村

197

飞贼胡六

附记

搜集民间故事时王继松家很穷，老婆陪他度过了辛苦寒酸的日子，住了西屋住东屋。但他是个有理想抱负的人，经常给老婆讲马克思、讲居里夫人的故事，讲很多伟人对事业的执着追求，讲民间文学中动人的故事，讲对金钱和名誉的不同看法。他认为：一个人生在世上，在金钱窝里庸庸碌碌过一生，还不如为事业穷困潦倒地过半世，为了民间文学事业，自己少活二十年都行。在王继松的多次开导下，妻子想通了，把大部分家务揽下来，把孩子们学习的小桌子让给丈夫。王继松搜集民间文学的劲头更大了，常常是一出门就是一天，一坐下来就是半夜。这次在刘金居家听故事回来已经是后半夜，但他还是坚持坐在小桌子前，连夜整理出来。（刘康健）

张老汉两口，膝下只有一女，嫁给了大飞贼胡六。

胡六偷鸡摸狗，盗技娴熟。一次，他去岳父家做客，岳父有心想考考他，看看他究竟有多大本事："听说你偷东西本事大，不知究竟咋样？"

胡六一听，就明白岳父意思："岳父大人，您说叫我偷恁家的啥东西吧！"

"锅。""好。""限三天时间。偷不走呢？""再给您老人家买两口锅。"

胡六走后，张老汉对老伴儿说："晚上，咱俩睡锅上，我就不信他能偷走。"于是老两口儿把铺搬到锅台上，一夜没合眼，等着胡六来偷。可胡六没去，老汉想：哼，你想前两夜把俺熬瞌睡，第三夜再来呀，我就不上你的当。

第二夜，老两口儿呼呼地睡着了。胡六半夜赶到，走进厨屋门，就听见鼾声。他来到牛屋，摸到牛槽旁一个大木桶，就把木桶套在牛头上，躲在院子里。牛顶着木桶不得劲，左摇右摆呼啦呼啦响，把老两口儿惊醒了。老汉拿灯到牛屋一看，忙上前替牛拿掉。可牛头左右摇动，他就喊老伴儿帮忙，胡六趁机溜进厨房。老两口儿把木桶从牛头上取下，回锅台前一看，锅没了，才知上当啦。

第二天早上，胡六把锅送来，张老汉不服，让他再偷一次。胡六说："就偷你穿的裤子吧。"老汉想：裤子穿在我身上，睡觉也不脱，你有多大本事也偷不走。就满口答应，期限如前。

又到第二天晚上，胡六买了几个烘柿，溜进屋里，待老两口儿睡熟，慢慢把烘柿放到老汉屁股边，躲在床下听动静。夜里，老汉醒来一翻身，压烂了烘柿，黏糊糊的弄了一裤子，忙喊老伴儿。"看你，咋屙床上啦？"老伴儿也摸到了，埋怨是老汉屙的。老汉忙把裤子脱掉，扔在床下。

天明老汉起床一看，没了裤子，知道又上当了。

讲述者：　郭景洲，男，80岁，遂平县车站乡郭庄村，
　　　　　私塾，农民
采录者：　陈富营，男，52岁，遂平县文城乡中，大专，
　　　　　教师
采录时间：1988年5月22日
采录地点：遂平县车站乡郭庄村

附
记

陈富营因为搜集民间故事积极，被县里抽到文化馆里，专门做搜集工作。他早就知道郭景洲老人是个"冇话篓子"，郭民已经找老人搜集了很多故事，都不错。陈富营觉得老人还应该有冇话，就骑着车子专门来到郭庄拜访老人。郭景洲老人是个热心人，看陈富营大老远跑来，连忙搬小椅子让他坐下，开始讲起来。（刘康健）

异文一：勾头记

从前，有个王财主好想孬点子欺压百姓，庄上人人恨之入骨。

有一天，村里来了个年轻人，此人聪明伶俐，又一身好武艺。他遇到问题一勾头就有了主意，人送外号"勾头"。听说王财主作恶多端，勾头气不过，想寻机会会他。

这天财主放风打赌：谁如果能把我家的锅偷走，赏钱二百文。偷不走，叫逮住了，干三年长工不给工钱。勾头听了这话，脑子一转，便应了赌，并当众与财主立下了字据。到黑了，财主用床顶住门，把大铁锅揭下来枕在头底下，点上灯和老婆一起躺在床上睡了。心想，凭谁天大的本事也偷不走我的锅，明天，那穷鬼就得乖乖地给我做长工。

天擦黑的时候，勾头也上床睡了。等到夜半三更人脚定，他只身来到财主院内，闪入厨房，看到锅已没了，便提了一个小桶出来，一个燕子展翅落到财主睡的房顶上。他掀开几片房瓦，见财主两口子在当门的床上睡得正香，左套间空着，右套间两头牛和四只羊在吃草。勾头便在右套间房顶掏一个洞，身子一缩带着小铁桶滑落下去，把喂牲口的大铁桶往牛头上一扣，三下五去二用绳子拴着四只羊的尾巴吊在梁上，然后提着小铁桶蹲在财主的床底下。

这时，羊被吊得咩咩直叫，牛被铁桶闷得乱甩头，牛铃和铁桶碰得叮叮当当响。财主被惊醒，跑过去一看，赶紧喊他老婆："快，孩子他娘，快起来，闹鬼了，羊被吊住了！"财主婆一乱，早把锅的事忘了，两人又是解绳又是取桶。这边勾头从床下钻出来，掀开被窝掂起小桶往床上一倒，拿住铁锅攀上了房顶，一个狸猫打挺，越房而去。财主两口子折腾了半夜，才把牛羊理料停当，看看天还不亮就又睡了。刚钻进被窝，又忽地钻了出来，财主用手一摸，黏黏乎乎一大摊东西，顿时变了脸色："老婆子你真他妈的草包，羊叫唤几声就把你吓得拉一床稀屎！"财主婆哪能认账，二人又大吵大闹起来。原来，勾头在厨房弄了半桶剩饭，倒进了他们的被窝。

第二天，勾头和一帮穷哥们拿着铁锅去要钱，财主和财主婆这才明白昨晚上的事，气得咬牙切齿。可众怒难犯，又有字据在，只好乖乖地按数付了钱。

讲述者：　崔丙志，男，48岁，西平县城关，小学，
　　　　　农民

采录者： 冯月嫦，女，16 岁，西平县城关，学生

采录时间：1987 年 9 月 2 日

采录地点：西平县城关

198

『无不晓』巧治『赛神仙』

附记

当西平县发动师生收集故事的任务布置下去后，作为学生的冯月嫦就回家给家人说了这件事，说学校有任务，每个学生必须要完成至少一篇。她的家人对周围邻居家情况都很熟悉，知道同邻崔丙志会讲故事，就陪同孩子找到了他。崔丙志也很愿意帮孩子的忙，就讲了几个故事，并帮冯月嫦整理好，忙活了好几天才完成。这个故事很有特点，入了县卷本。（谭咏利）

从前有一个偏僻的村庄叫杨庄，庄上有个叫杨全的人，常以迷信蒙人骗钱过日子，自称"赛神仙"。村里还有个叫杨能的人，无论讲起啥事没有他不知道的，人们都叫他"无不晓"。

一天，"无不晓"的驴病了，找了几个郎中都没治好，他想考考"赛神仙"的本事，就问："你能治好我的驴吗？"杨全说："看不好，输你一坛好酒，一百个馍，一个活人头。治好了，你也如数到土地庙还愿。"二人说定，当场立约。

"赛神仙"的父亲在世时行过医，他跟父亲学过两手，就给驴灌了一剂药，驴真的好了。"赛神仙"让人捎信给"无不晓"，说驴好了，让他到庄后庙里还愿。原来，村后有个土地庙，杨全整天就利用庙散布迷信，收些供品。"无不晓"事前给人家打了赌，不还愿不行呀，他眉头一皱，想出了一个办法。"赛神仙"一时心里美滋滋的，专等"无不晓"上供品哩。

第二天，"无不晓"空手来到庙里，到庙里进香的人还真不少，供桌上摆满了供品。"赛神仙"一见"无不晓"

空手而来，不由一怔，心里说："我到底看看他耍的啥把戏！"他进庙一看，不禁气歪了鼻子，只见"无不晓"跪在地上说道："土地爷呀，你给我的驴治好了病，今天我特地来给你还愿。"他从怀里掏出小酒壶，用中指点了一点酒，往土地爷脸上一弹，说："土地爷，这是一坛（弹）好酒。"又从怀里掏出一个馍，把馍一掰两半，说："土地爷，这是一百（掰）馍。"这下把"赛神仙"气得直咬牙，他暗暗说，看你的活人头怎样拿来。只见"无不晓"又从怀里掏出一双筷子，夹着自己的耳朵说："土地爷，这是一颗活人头，你就吃了吧！"这时，大大小小的进香人全望着他，"无不晓"夹了一会说："土地爷，你咋不吃呀！土地爷不吃，乡亲们，你们都拿回去吧！"大家听他这么一说，纷纷拿了自己的供品离去，"无不晓"也收拾一下走出庙门。这下把"赛神仙"气得浑身发抖，身子往后一仰，瘫倒在地上。

讲述者：　刘有才，男，45岁，平舆县高杨店乡刘庄，
　　　　　高中，农民
采录者：　刘小文，男，15岁，平舆县高杨店乡刘庄，
　　　　　学生
采录时间：1987年10月6日
采录地点：平舆县高杨店乡刘庄

附
记

过去，但凡有民众居住的地方，就有供奉土地神的地方——土地庙，大多数土地庙制式简陋，只是在村头用砖石盖砌成不足一平方米的小房子，供土地爷栖身。土地爷官虽不大，但管的事却不少，是离人最近的神祇，所以民间有"别拿土地爷不当爷"的说法。辖区内凡婚丧喜事、天灾人祸、鸡鸣狗盗之事都会请他帮忙，让他指点迷津，主持公道，所以民间的土地爷大都是一副慈眉善目老翁的模样。在驻马店土地庙中，除塑土地爷外，还有"土地奶奶"。虽然管理一方土地是土地爷的事儿，有时候土地奶奶也会干政，比如驻马店民间就有土地爷爷让权的故事。（赵新春）

异文：还愿

从前，蜘蛛山脚下，住着一个老汉，家里很穷，靠打柴度日。

有一天，老汉在山中打了一担柴，走到半山坡坐下歇息，从腰中掏出烟锅，按上一锅烟，边吸边自言自语地说："人家都说蜘蛛山里银钱多，九缸又零十八锅，不在前坡在后坡。上神有灵，能送给俺一锅，俺许您一猪一羊。"他刚说完，烟锅不通气了，往地上一磕，银光一闪，倒出一烟锅白花花的银子。他回到家里，心想神仙真灵，说给就给，可也怪小气，一锅变成了一烟锅，我许的愿咋还呢？思来想去，有了办法。

第二天老汉肩扛钉耙，手拿铁锨，来到头天休息的山坡上，大声说："上神有灵，俺还愿来了。"说罢，举耙一筑说："这是一猪（筑）。"又用锨向上空一扬说："这是一羊（扬）。"然后收起工具慌忙下山了。走到山脚，被石头绊了一跤，小腿碰破血流不止。回家请医治疗，一烟锅银子花光了，伤也治好了。

讲述者：　王二套，男，68岁，西平县酒店乡朱仓庄村，
　　　　　小学，农民
采录者：　王松山，男，32岁，西平县酒店乡，中专，
　　　　　教师
采录时间：1987年7月9日
采录地点：西平县酒店乡朱仓庄村

199

比智慧

从前，有一个人，自以为有学问，常在乡亲们面前夸海口，说谁也没有他聪明，谁也不敢跟他比智慧。

一天，他又在乡亲们面前夸夸其谈。一个外乡人走到他面前说："我敢与你比智慧。"自以为有学问的人瞟了一眼外乡人，说："你打算怎样个比法？"外乡人说："不好，我今天忘带智慧了，得回去取。我家离这不远，我骑着你的马去，待我取回智慧后再与你比试。"自以为有学问的人便把马给了他，于是外乡人骑着马一去不回。等呀，等呀，咋也等不到那个外乡人，乡邻们说："你输了，那人用智慧把你的马骗走了。"

自以为有学问的人只好低着头走了，从此，再也不敢夸耀自己了。

讲述者：陈守才，男，75岁，平舆县十字路乡，私塾，农民
采录者：陈建中，男，15岁，平舆县十字路乡中，学生
采录时间：1987年5月25日
采录地点：平舆县十字路乡

200

写挽联

从前，南村有两个秀才，一个姓张，一个姓李，他俩是同学。大比之年，俩人一块进京赶考，路过一个村头，听见村里一片哭声，抬头一看，见还搭的有灵棚，知道是死了人，办丧事哩。张秀才对李秀才说："咱去送个挽联吧，也好弄顿饭吃。"李秀才说："咋不中哩！"

他两个进去一说，孝子连忙磕头，让到屋里，又是敬茶，又是拿烟，然后研好墨，铺好纸，叫写哩。李秀才说："张哥的字比我强，你写吧！""我写就我写。"张秀才也不谦虚，提起笔来问孝子："过世的是你啥人哪？"孝子说："是我老母亲。"张秀才蘸饱墨，提提神，略一思索，唰唰唰唰，写成了第一句。孝子一看，写的是"这个老婆子不是人"，你说孝子恼不恼，举起哀棍子就要往张秀才头上夯[1]。李秀才一看，坏事，赶紧出来打圆场，他也掂笔写了一句"普陀山上一尊神"！孝子又一看，不火了，咋？说他娘不是人是神，咋不中哩！

谁知道这个围刚解了，张秀才又写了第三句"生了一

[1] 夯：方言，打的意思。

个贼儿子",说孝子是个贼！搁是谁谁愿意？孝子这回可不饶他了，跑上前去抓住衣领，伸巴掌就往脸上扇。李秀才连忙拉住，劝道："你先别生气，等写完嘛。"孝子松开手，李秀才提笔在手，点点如桃，撇撇如刀，眨眼工夫写完了最后一句"偷来仙桃敬母亲"。孝子不明白是啥意思，李秀才解释说："说你是贼，这是拿白猿偷仙桃敬母的典故作比拟的，意思是你母亲是神仙，你是孝子。白猿的孝心能感动老天爷，说不定你的孝心也会感动朝堂，以后要受御旨加封哩。"

他这一说，嗨！孝子喜欢坏了，赶紧酒菜招待。

讲述者：　李帮良，男，78岁，平舆县东和店乡前楼村，
　　　　　不识字，农民
采录者：　林云，男，45岁，平舆县东和店乡前楼村，
　　　　　初中，农民
采录时间：1985年10月18日
采录地点：平舆县东和店乡前楼村

附
记

林云是从同乡王继松那儿得知收集民间故事的事的，就抽空做了准备，试试自己的真正水平。他和李帮良是地头搭地头，秋收农忙，这天二人一块下地掰玉米棒子，虽然秋天了，但玉米地里还是很热。掰了一阵子，二人钻出玉米地，在地头拧"喇叭头"吸烟，说笑着喷着闹，李帮良就讲起了"写挽联"的故事。这个故事借助了汝南李本固贺喜作诗的情节。

据说唐伯虎也写过类似的对联：这个婆娘不是人，九天仙女下凡尘。生的儿子都做贼，偷得蟠桃献母亲。写的过程也和此故事情节类似，在大家的一恼一乐一恼一乐中，显示出这位江南才子的机智与幽默。（刘海峰）

201

比学问

从前有两个秀才，一个名叫王君，一个名叫王六。这王君聪明好学，在当地是小有名气。而王六则是生性孤傲，自命不凡，自考取秀才后更是洋洋自得，总不把王君放在眼里，而看到王君如此受人抬举，便决定要去王君家比一下学问。

这天，王君和王六见面了。王六请了个德高望重的老人出题，出的题是：啥最高？啥最厚？啥最香？啥最臭？王六乐哈哈地提笔便写：天最高，地最厚，肉最香，屎最臭。而王君写道：父母养育之恩最高，朋友友情最厚，饿了饭香，饱了饭臭。王六愣住了，没等老人评卷，他自己先认输了，并说："学问只有从刻苦学习中来，深入领会才能得到，我不过是一知半解而已！"

后来，王六发奋学习，终于和王君一起考上了进士。

讲述者：　秦小贯，男，67岁，平舆县十字路乡，私塾，
　　　　　农民
采录者：　秦红臣，17岁，平舆县十字路乡中，学生

202

讨马打缸

附
记

在学校里听到搜集民间故事的消息，秦红臣放学以后回到村子里，就想找个人讲故事。近门的爷爷秦小贯正在用荆条编竹筐子，秦红臣背着书包来到大爷身边，问能不能讲一个故事听听。大爷眯着眼看了红臣一眼，手里继续编着荆条筐子，说，中啊，就讲个你们学习的故事吧。秦红臣连忙把书包放在腿上，掏出了作业本。大爷就一边编着筐子一边讲起来。

"比学问"这个故事，似乎是从孔子困陈蔡的故事中脱胎而来的，告诉人们实践出真知的道理。孔子进入蔡国时，因迷路让子路问路，路人就让他回答"啥最高？啥最厚？啥最香？啥最臭？"子路回答"天高地厚，肉香屎臭"。结果错了。返回后问孔子，孔子说是"父母的恩情高，夫妻的情谊厚，饿了吃饭香，饱了吃饭臭"。至今在我市新蔡县南汝河岸边仍留有"子路问津处"的石碑。（刘康健　谭咏利）

从前，有个姓李的人娶亲，找姓张的朋友借了一匹马，娶完亲正要归还时，马却得急病死了。姓李的就在市场上买一匹好马还给姓张的，姓张的却说："买的马不如我的马！"姓李的说："买两匹马还你，中吧？"姓张的说："不中，我就要原先那匹马！"姓李的急得团团转，也想不出办法，只得请兽医来调解。

兽医见姓张的故意刁难，无法调解，就想出一个办法。他对姓张的说："等三天时间还你马。"姓张的听到此话，信以为真，便回家去了。这时兽医对姓李的说："古人说，人死不能复生，别说马啦！我看这姓张的是无理取闹，我不得不假言劝他走。这个人三天后还会到你家要马，我给你想个对付的办法。"

过了三天，姓张的果然又登门要马，姓李的闭门不见。姓张的急得暴跳如雷，一脚踢开姓李家的大门，不料门倒缸破。姓李的闻声而出，声色严厉地问道："你也太不讲理啦，为啥把我的门踢倒，把缸打破？"姓张的冷笑着说："这算啥？赔你一口缸就是了！"姓李的说："不中，我只要原先那个缸！"姓张的说："赔一口不中那就赔两口，中了吧？既然那个缸打烂了，又咋能复原呢？"姓李的说："对呀！既然马已死了，又怎能复生呢？"

姓张的知道自己错了，无言对答，只好把人家赔他的那匹马牵走了。

讲述者：　陶文斌，男，70岁，确山县李新店乡陶庄，
　　　　　不识字，农民
采录者：　陶根领，男，24岁，确山县李新店乡陶庄，
　　　　　高中，农民
采集时间：1988年8月10日
采录地点：确山县李新店乡陶庄

203

王贵

从前，有个小孩儿叫王贵，十五岁了，爹死得早，撇下娘儿俩相依为命。王贵家里穷，这一年，该过年了，家里断了顿儿。娘愁得没法儿，把王贵叫到跟前说："儿呀，该过年了，咱家断顿儿了。今儿个没啥事儿，你到姥家背些米面去吧，咱赖好也得把年过去呀！"王贵说："中啊！"他拿个布袋走了。

从他家到姥家要过几道沟岭，到处都是树扑楞子，平时胆小的，一个人根本不敢打这儿过。别看王贵年纪小，胆却大，他把布袋搭在肩膀上，哼着娘教的儿歌，一蹦三跳地往前走。刚翻过头道岭，从小道旁的草扑楞子"噌"地窜出一个人，拦住了王贵。王贵见这人五尺多高，生得贼眉鼠眼，王贵心说："这八成是个劫路的，我身上啥也没带，看他能把我咋着！"贼见王贵是个小孩儿，身上穿得破破烂烂的，肩膀上搭个破袋子，知道没啥油水可捞，就问："小孩儿，弄啥去呀？"王贵说："走姥儿家去。"贼又问："背个袋子干啥呀？"王贵眼珠子一转说："俺家的猪没糠了，俺娘叫俺上姥儿家背糠喂猪哩！"那贼就放王贵走了。

王贵到了姥儿家对姥说："姥儿呀，俺家没吃的了。"姥见外甥来了，亲得不行，听说没吃的了，就说："吃了饭，我给你装袋子面背回去。"外甥来得稀，姥姥就做好吃的。吃罢饭，王贵说："姥儿呀，俺家远，我得走啊！"姥姥不强留，叫王贵背着袋子去装面。装半袋子了，王贵想到路上的事儿，心里嘀咕了，对姥儿说："姥儿呀，面装多了我背不动。俺还有一个猪娃儿哩，也没糠吃啦。"姥姥又给他装了半袋子糠。

王贵这就背着走，见姥姥院里有个破刀，捡起来别腰里了。他走走歇歇，到那道沟里，日头已经落山了。沟里到处黑乎乎的，也不着啥东西，它在这儿"叽叽叽"，它在那儿"咕咕咕"，真吓人。王贵胆子再大，还是个孩子，天恁晚了，路上又没行人，心里发毛了，头发稍子直支棱。就在这时候，"噌"，那个贼又从暗处窜出来了，手里掂个大棍，拦住了王贵："小孩儿，背的啥东西？快放下！"王贵不慌不忙地说："上午俺遇见你，不是说上姥儿家背糠吗？不信，你自己看吧！"那贼半信半疑，看看鼓鼓的袋子，看看王贵是个孩子，便大胆地走了过去，弯腰去解袋子。瞅准这个机会，王贵"刷"从腰里抽出那把破菜刀，朝那贼的头上使劲砍下去。那贼晕倒了，血直流，王贵一见，背上布袋拔腿就跑。天黑，加上心慌，走错了路，见前面有个村子，村头有个灯明儿，他就跑了过去，原来是一户人家。

王贵把门喊开，从屋里走出个五大三粗的丑婆娘，眼珠子滚滚看王贵。王贵说："大嫂子，天黑看不见路，俺家远回不去了，想在恁家睡一夜。"丑婆娘看到王贵身上背个鼓鼓的袋子，就答应了。她把王贵领进屋里，接过面袋子问："你背的这是啥呀？"王贵说："背的糠。"丑婆娘问："糠咋恁沉呢？"王贵瞒不住了，说："里头还有面哩！"丑妇笑嘻嘻地说："袋子放这儿，你跟俺孩儿睡一个床吧。他在东头睡，你就睡西头。"王贵一挑门帘子进里间了，摸床就睡。

人有心事，再累也睡不着。约莫鸡该叫的时候，王贵听见有人敲门，那丑婆娘忙住去开，王贵只听："死鬼，你咋到这时候才回来呀？""唉，别提了，大江大海都没翻船，今儿个碰见个小孩儿把我制住了。你看看我的头

吧！"王贵一听，心说坏了，我住进贼窝了。

这时候又听那丑婆娘说："那孩子啥样儿？""穿得很破，背个布袋。""咦，小点儿声。""咋啦？""那个孩子闯进咱家了，在咱孩儿床上睡住哩！""你给我找刀，我今儿个非杀死他不可！"呼呼啦啦一阵响声过后，贼说："刀不快了，我再磨磨。"

王贵听到霍霍的磨刀声，心想咋办哪？我不能等死呀！他用脚碰到贼的孩子，有主意了，抱起那个熟睡的孩子，和他调换了头。那贼把刀磨好了，问："他在哪头睡？"丑妇说："咱孩儿在东头儿，他在西头儿。"贼一撩门帘子进里间了，在床西头儿抓住个孩子的头，"刺啦"割了下来。丑婆娘问："把他扔哪儿哩？"那贼说："扔咱庄大老张家，上一次他到县衙告我偷他的牛，这回趁机治治他！"丑婆娘说："中！"

贼抱着身子，丑婆娘掂住头，上大老张家去了，王贵趁这个机会跑了，也顾不上要那半袋子面了。那贼夫妇把尸首在大老张家院子里藏好，回家了，端灯进里间打扫血迹，床是空的，儿子不见了。他俩知道坏事了，哭不敢哭，喊不敢喊，真是哑巴吃黄连——有苦难诉。

第二天一大早，贼领着丑婆娘到大老张家，问大老张："老张哥，俺孩儿昨儿黑了到恁家玩，咋没见回去呀？"大老张说："没见他来呀？"丑婆娘说："昨儿黑了喝汤[1]时我还见俺孩儿在恁家哩，你咋能说没见？是不是把俺孩儿害了？"大老张一听火了："我没见就是没见，不信，睛只管搜！"贼和丑婆娘在大老张院里翻腾开了。贼用木杈去挑柴禾垛，找出尸首。丑婆娘跑过去说："这不是俺孩儿的尸首吗？"话音一落，哭开了。贼也哭着说："大老张，俺也没咋得罪你，你为啥要杀死俺孩儿呀！"大老张被这飞来的横祸吓呆了。

贼领着丑婆娘抱着孩子尸首进城告了官，县太爷没说二话，把大老张抓进监狱，单等秋后处决哩。这件奇案传得多快呀，王贵也听说了。

这一天，他来到县衙，把门外的堂鼓敲得"咚咚"直响。听到鼓响，县官升堂，衙役把王贵带了进去。县官

[1] 喝汤：吃晚饭。

见是个孩子，拂袖就要退堂，王贵慌了，跪下说："大老爷，冤枉啊！"县官听孩子喊冤，觉着奇怪，问："小孩儿，你年纪轻轻的有啥冤哪？"王贵说："大老爷，我没冤，我是在替别人喊冤！"县官问："替谁喊冤呀？"王贵说："替大老张喊冤！"县官一听火了："本县是位清官，从没断错过案。大老张杀人偿命，铁证如山，他有啥冤呀？"王贵见县官动怒了，就把事情的经过给他讲了一遍。县官听后，惊得张住嘴巴："你有啥证据吗？"王贵说："那贼头上有我用刀砍的伤口，他家还有我的面袋子为证。"县官令衙役前去搜捕。一会儿，贼和丑婆娘被带上堂，还搜出那个面袋子。贼两口子看到王贵，身子软了。

县官走下公堂亲自查看，见贼头上真有刀砍的伤，还浸住血哩。再查看那面袋子，真如王贵所说，上半截是糠，下半截是面。贼两口子在这真赃实证面前，头像熟透的大麦——耷拉了。县官立即放了大老张，把贼夫妇打入死牢，平了这桩冤案。

讲述者： 刘玉名，男，64 岁，确山县胡庙乡吴楼村，
　　　　 不识字，农民
采录者： 吴文龙，男，23 岁，确山县胡庙乡吴楼村，
　　　　 高中，农民
采录时间：1987 年 2 月 27 日
采录地点：确山县胡庙乡吴楼村

附
记

吴文龙和刘玉名是邻居，吃晌午饭的时候，吴文龙端着碗蹲在自家门口，刘玉名也端着碗蹲在自己家门口。吃着饭，吴文龙问，讲个冇话吧。刘玉名呼噜呼噜喝着饭，说，中，我讲个王贵的故事吧。
（张丽）

异文：孙春花寻亲

从前，有个叫孙春花的，从小就和家人失散了，被一个老员外收养，后来，她就做了员外的儿媳妇。可好景不长，孙春花的丈夫病死，老员外因失去儿子，伤心过度，不久也离开了人世，只剩下孙春花一人，虽说撇下不少家业，可无依无靠。她思念失散的亲人，她就四处打听。

一天，有个自称是孙春花哥哥的人找到她家，对她说："妹子，你叫哥找得好苦啊！咱爹娘都快想疯了，这下可好了，咱家又能团聚了！"春花从小就和家人失散，也不知她哥长啥样，见这人一说，就信以为真，惊喜地说："哥，我可等到你们了，咱爹娘在哪儿？快带我去见他们！"于是，这个人就牵着马，驮着春花和老员外生前留下的一布袋元宝，回去了。

原来，这个自称是春花哥哥的人叫张八，别人都叫他"大刀贼"，是个无恶不作的强盗。他老婆摸清了春花的家底，就和丈夫商量，去冒充她哥。想不到春花真相信了，大刀贼心中暗喜。

他们一直走到天黑，在一个客店停下来，大刀贼说："妹子，这就是咱家，那是你嫂子。"说着，指了指自己的老婆。春花上前说："嫂子，可找到你们了，咱爹咱娘在哪儿呢？"那女人说："咱娘走亲戚去了，咱爹赶集还没回来。"春花听了，这才放下心来。喝罢汤，春花便躺在"嫂子"床上睡了。

过了一会儿，春花迷迷糊糊听到外面有人小声说话，只听"嫂子"说："你可真行，还真把她给骗来了，有这一袋子元宝，又够咱花几年的。""哥"说："这算啥？我大刀贼哪有办不成的事，等半夜里她睡着了，我就一刀把她砍死！"春花听到这儿，吓出一身冷汗，知道自己上当了，可又咋脱身哩？对了，不如给他来个将计就计。想到这儿，她又装着睡了下来。

时间不长，就听见那女人也进了屋，躺在床的另一头。春花大气也不敢出，约莫这女人睡着了，给她调了个头儿，然后藏在门后。到了半夜，大刀贼掂着刀悄悄地推门进来，对着春花原来睡的那一头儿，一刀砍下去。

春花趁着这机会跑出去了。春花跑到大路上，迎面碰

上一个拉缸的车队，她就走到一个拉车的老头儿跟前，讲了自己的经历，求老头儿救救她。老头儿听了，赶快把春花藏在车上的一个缸里。大刀贼见杀死的是自己的老婆，知道中了计，赶紧追过来，见是拉缸的车队，就挨个搜查起来。他来到老头儿的车前，正要看那口缸，这时，车队的人见他那股蛮横劲儿，早就气愤不过，就一拥而上，你一棍我一扁担地打起来。不一会儿，这个可恶的大刀贼就被打死了。春花见大刀贼死了，连忙出来向老头儿和众人道谢，并说明原因。

说来也巧，这救她的老头儿正是春花的父亲，父女相见，悲喜交加，不免叙道一番，春花就和爹一起回去了。从此，春花一家才真正地得到了团聚。

讲述者：　孙亮，男，50 岁，确山县胡庙乡藏集村，
　　　　　　不识字，农民

采录者：　郑朝芳，女，15 岁，确山县胡庙乡藏集村，
　　　　　　中学生

采录时间：1987 年 10 月 9 日

采录地点：确山县胡庙乡藏集村

204

巧骂财主

从前，有个大财主，家里有钱有势，一贯骄傲自大，目中无人。不久前，他盖了一座很体面的门楼，粉刷得光滑白净，准备请个有名的文人在门楼上写首好诗文。

这天，一个靠卖诗吃饭的江湖艺人路过这儿，见这白净的门楼，就要上前写诗。财主见了，气势汹汹地说："别乱写，小心弄脏我的门楼，我这是要请名人写的。"卖诗人听了心里很生气，对财主说："当今相府的门前都有我的大作，你尽管放心，这诗文我包了。"说着，只见他饱蘸墨汁，飞龙走凤，在门楼上写了四句诗："漫山遍野挂金铃，隔江吹灭汉阳灯。姊妹二人并肩坐，五谷杂粮一处生。"不但字迹写得俊秀流利，句子也通顺上口。财主看罢很满意，可诗里的内容他却一窍不通。

时隔不久，这财主五十大寿，许多有钱人都来为他祝寿，其中有个精通诗文的教书先生，看了这首诗后对财主说："这写诗人你一定慢待了！"财主一听忙问："先生，你说诗不好？"教书先生说："人家是在骂你呀！"财主慌忙问："到底是啥意思？你说嘛！"只见那教书先生慢条斯理地说："头一句是说你财大，第二句说你气粗，

第三句是个'好'字，这第四句是杂种，连起来就是'财大气粗好杂种'！"财主一听，气得直翻白眼。

讲述者： 王国平，男，54岁，确山县石磙河乡夏庄村，高小，医生

采录者： 夏国清，男，29岁，确山县石磙河乡夏庄村，高中，农民

采录时间： 1988年9月19日

采录地点： 确山县石磙河乡夏庄村

附记

故事中这类靠卖诗行走江湖讨生活的艺人，驻马店方言中叫"戳垛子"，我小时候也见过。他们自带笔墨，走到谁家，就在这家门墙上写诗题字，但大多是谜语一类的东西。有的像诗，有四句，也有两句的或只有一行字的。那时候农村没什么娱乐，识字的人也不多，所以也没多少人关心内容，孩子们主要是跟着外乡人看热闹。他们几乎每家都题，限于当时的生活条件，对主家给什么、给多少似乎也比较随意。由于我家老房子翻新比较晚，我记得我家写的是"一字九口，天下少有。当朝一品，坐过许州"。谜底是曹操。（赵新春）

205

巧加对字

从前，有个不会过日子的秀才，逢年过节，总是没钱买年货，缺吃少穿，没柴烧。有一年春节，他就自己宽慰自己，在门上贴了这样一副对联：

行节俭事，过淡薄年。

一个很有学问的邻居非常了解他的底细，便在对联前边分别加了一个字，成了：

早行节俭事，免过淡薄年。

秀才出门一看，正刺着自己的痛处，也只得连声赞好！从此秀才对生活就精打细算，日子也好过多了。

讲述者： 任立功，男，55岁，汝南县文化馆，高中，干部

采录者： 孔爱民，男，24岁，汝南县城关，中专，干部

采录时间： 1987年5月5日

采录地点： 汝南县城关

206

贺二戏财主

韩溪河北岸有个马庄，出了个飞毛腿名叫贺二，这个人好打抱不平，为穷人出气。东马庄有个马财主，别看他喂了不少骡子马，可种地还是叫伙计们拉犁子拉耙。贺二早想教训这个老杂毛了。

一天，马财主套上对青骡子，拉着拖车[1]在官路上溜哒哩！车前面走着一个人，正是贺二，趿拉着一双破草鞋，慢慢腾腾地在大路中间走着。马财主喊了声："快让道！"贺二只管走，头也没扭。马财主气了："咳，你聋吗？不让道，撞着你咋办？"贺二这才扭过头说："这样吧，你这轿车子[2]能赶上我，我就让道！"马财主一看是贺二，也知道他行走如飞，心想，你走得再快，还能有我的大青骡子快？顺口就说："贺二，我的车要是撞死你，别怪我没说到。""撞死活该！""好吧！"马财主说罢，朝骡子身上猛抽几鞭，骡子没命地飞跑起来。眼看骡子头要碰着

贺二了，可仔细一看，还是差一步撵不上，又撵了一会还是这样。这可把马财主气坏了，他把鞭一颠倒，使劲地夯了几鞭杆，俩骡子像疯了一样跑起来。也不知道又撵了多远，贺二还是在骡子的前头。可再看骡子是越跑越慢，不大一会，两大青骡子都栽倒在地死了。马财主又气又累，一口气没上来，上了西天。

贺二见气死了马财主，心里很高兴，夜里去到马家，从马棚里把骡马都牵出来，送给了穷人。

讲述者：　陈国志，男，33 岁，汝南县老君庙乡中，高中，教师

采录者：　王众胜，男，34 岁，汝南县老君庙乡房坡村小学，中专，教师

采录时间：1983 年 6 月 26 日

采录地点：汝南县老君庙乡

附记

韩溪河也叫寒溪河，发源于确山县乐山脚下，流经居于汝宁府往确山、信阳官道旁的韩庄镇。明清，韩庄当地有著名的寒溪书院，据明弘治五年重修书院碑志记载，当时书院"占地六百余亩"，有"厅堂走廊四十余间"，院内"树木合抱者两万余株"。有著名的清凉寺，现存有汝宁府最后一代崇王题写的"永寿禅寺"碑。因其居于官道，南来北往的人常在此歇脚，当地流传有许多文人墨客、英雄豪杰美丽动人的故事和传说，如"三里直河出韩信""砚汪池""娘娘坟""清凉寺的传说"等等。（赵新春）

---

[1]　拖车：木制家具，没轱轮，下有两梆，上安立柱、檐子，农民下地耕种用来拖运犁耙耧等。

[2]　轿车子：带顶的双轮马车。

207

豆子腐与打豆腐

从前，有一个卖豆腐的从汝宁府门前经过，他一边走一边吆喝"豆——子——腐——喽！"声音传进府内，把正在审案的知府吓一跳，原来，他把"豆子腐"错听成"斗知府"了。于是，便叫几个差役把卖豆腐的带进大堂，二话不说，重打了四十大板。然后问："你为啥造反？"

卖豆腐的忙说："不敢！不敢！小人一向安分守己，哪有造反之意呀！"

"胡说！"知府把惊堂木一拍，"那你为啥要斗知府？"

"斗知府？"卖豆腐的想了想，才明白知府是听错了，忙说："老爷，您听错了。小人不是要斗知府，小人卖的是豆子做的豆腐块。"

这时，知府才恍然大悟，就对卖豆腐的说："起来，没你的事了！"然后向衙役们挥了挥手说："退堂！退堂！"

卖豆腐的慢慢站了起来，转身就走，又被知府喊住："哎，卖豆腐的，回来！"

卖豆腐的转身走到知府面前，说："老爷，有何训教？"

知府说："老爷忌讳这个喊法，得改改！以后不准你再'豆子腐、豆子腐'地喊啦！"

卖豆腐的说："依老爷之见，该咋喊呢？"

知府略思片刻，一本正经地说："告诉你，谁斗知府就打谁，以后你就喊打豆腐好了，去掉那个'子'字！"

"小人遵命。"

打那以后，在汝南一带，卖豆腐的都是喊："打——豆——腐！"

讲述者： 镇新安，男，76 岁，汝南县韩庄乡，私塾，农民

采录者： 王太广，男，26 岁，汝南县韩庄乡政府，大学，干部

采录时间：1983 年 11 月 28 日

采录地点：汝南县韩庄街

附记

王太广毕业分到韩庄乡，他喜欢文学，文笔好，经常在报纸杂志上发表文章。镇新安老人很喜欢有文化的年轻人，也知道王太广经常搜集民间故事，这天在集上正好碰见王太广，就说，我给你讲几个吧。王太广连忙掏出笔和本，说，你讲，我记。身边不时有赶集的人路过，看着这一老一少站在街头，都感到很新奇。多少年后，王太广还清楚地记得当时站在街上听镇新安讲故事的情景。做豆腐的手艺，在淮西地区很多人都会，源于淮南王刘安的创造。受其影响，千百年来，在农村每天都可以看到豆腐匠人，担着豆腐架子，挨村卖豆腐。（刘康健）

208

说媒

清朝时候，华陂镇上有一个姓郑的财主，只有一个独生子。这孩子别的都长得特别好，要个有个，可就有一个特别大的缺点，是个豁嘴子。孩子到了该娶媳妇的年龄，可愁坏了郑财主。

这天，郑财主花重金请了一个能说会道的媒婆给儿子说媒，希望给儿子说个好媳妇，可只有一条，就是不能说自己的儿子是个豁嘴子。也巧，二十里外也有一户大户人家正托这个媒婆给闺女找婆家。这个姑娘哪儿都好，瓜籽脸，大眼睛，也有一个最大的缺点，就是没鼻子。想找个好人家，要求媒婆在给姑娘说媒时，不能说姑娘没鼻子。

这天，媒婆首先来到姑娘家里，说："你家姑娘的媒我是说破了嘴，溜细了腿，总算找着一家，是距本村二十里外郑财主家。这小伙子我见了，长得一表人才，高个头，尖下巴，眉清目秀，可就有一样，这孩子嘴有点赖。"这家人一听很乐意，想想年轻人嘴赖点也没啥，将来成了亲，让姑娘多管管也就是了，于是就同意了这门亲事。

媒婆又急忙来到郑财主家，说："我跑遍了远近几十里，总算给你家少爷找到一家好姑娘，是二十里外的大户

人家的姑娘。姑娘个头不高不低，不胖不瘦，大眼睛，小嘴唇，可就有一样，这姑娘眼下没东西。"郑财主一听也很高兴，想想又不是穷苦人家，娶过来也不要她干啥活，眼下有没有东西也无所谓，也一口答应了。

就这样两家选定了日子，为俩孩子举行了婚礼。等到新婚那一晚，新郎掀起新娘的盖头一看，发现姑娘没鼻子，姑娘也发现新郎是个豁嘴子，就又哭又闹，折腾了整整一个晚上。

第二天一大早，两家都到媒婆家去闹事，可媒婆早有准备，一不慌二不忙地说："刚开始我就给恁两家说清楚了，说男家嘴赖，女家眼下没东西，你们不在乎。一个说年轻人嘴赖点没关系，一个说眼下没东西又不叫她干啥活，都同意了。咋？现在找起我的不是来了。我看恁两家也算是门当户对，俩孩子虽然都有点小缺点，也算般配。再说了，天地也拜了，喜宴也摆了，我看就这么着吧。"两家一听也只好如此了。

讲述者：　明寒松，男，56岁，上蔡县外贸公司，大专，干部

采录者：　段继东，男，28岁，上蔡县崇礼乡段庄村，本科，干部

采录时间：2006年4月18日

采录地点：上蔡县外贸公司家属院

附记

过去驻马店婚姻讲究明媒正娶。结婚若不经媒人从中牵线，就会于礼不合。即便有两情相悦的，也会假以媒人之口登门说亲。有了父母之命，媒妁之言，方才行结婚大礼，所以媒婆就显得十分重要。老话说"媒人的嘴，跑堂的腿"，指的就是媒人凭一张嘴，巧舌如簧，能把死的说成活的，把丑的说成美的，最后把事给说成了。媒婆这碗饭也不是好吃的，难就难在能把不可能走到一起的人凑合到一块儿，结成秦晋之好。（王卫霞）

209

王皮匠当驸马

过去，有个皇帝想给闺女选个好女婿，就召集了满朝文武大臣，商议闺女的婚事。一时间，攀亲的权贵子弟成群结队，可是公主一个也看不上。皇上急得不得了，问公主："闺女，你到底要挑个啥号哩[1]？""父王莫急，小女有个办法。""快说，啥办法？""我写一百个梅花篆字，只要有人全认得，小女就……"公主脸一红，低下了头。"好哇，朕这就下旨为你招亲，哈哈哈。"

第二天，全国各地都贴上圣旨和一百个梅花篆字。几天后，各地禀报，认得最多的才八十五个字，皇上、公主都闷闷不乐。

这一天，王皮匠来到京城，城墙根围了不少人。王皮匠走上前打听，才知道都在认那一百个梅花篆字，扭头就走，说："一字不识。"站在一边的俩御林军听见了，想他就一个字不认识，问问公主看咋样，要不然我们守皇榜要守到啥年月？想到这，就一把拉住了王皮匠，上殿禀报。王皮匠吓坏了：咋，说句话就有罪啦！

[1] 啥号哩：方言，即啥样子的。

皇上听了禀报，问小女："就差一个字不识，我看就中了吧！"公主也等得不耐烦，就点点头。接着皇上择了个良辰吉日，让公主与王皮匠完了婚。

一天，公主问王皮匠："驸马公，你到底是哪个字不认识呀？""我说一字不识，就是一个字也不认识。"王皮匠认真地说。"啊？你……"公主伤心地哭了起来。"我没说谎啊，你要不同意，我马上就走！""你要走了，父王的脸面可丢光了。就凭你不说假话，我也跟定你啦，终身大事岂敢儿戏？你不会的，以后我教！"

公主、驸马相亲相爱，天天公主在花园里教驸马："盘古一初分天下，三皇五帝称国家……"

三六九日，八大朝臣去参拜皇上，驸马王皮匠也上朝参拜。这种场面王皮匠哪里见过，吓出了一身冷汗。满朝文武大臣朝拜完毕，迟迟不肯下殿，皇上说："众位爱卿，还有何事？""想跟驸马爷领教！"众口同声。王皮匠心想，这下要出丑了，顺口说了句："吾等才学非浅也！"想谦虚反而说了句大话，大臣们听了直愣神。一个大臣问："驸马公，开天劈地是哪一朝？"王皮匠急得说不出来，就往袖里摸。原来是临上朝，公主捏了个面秤盘放在他袖里，他一急把圆秤盘捏扁了，就脱口而出："扁古一初分天下，三皇五帝来到家……"

大臣们哄堂大笑，大家纷纷说："错啦，错啦！应该是盘古……"驸马接着说："扁古是盘古他爹！""怪不得驸马爷学问深，咱学的是盘古，人家学到盘古他爹扁古去了！"大臣们纷纷议论："一个草民皮匠，他只会补鞋，懂啥？""你说说，盘古他爹的来历吧！"

王皮匠一听心中大怒，大声说："盘古一初分天下，哪有大臣盘驸马！"众臣们一听，都被镇住了。皇上说："驸马儿，甭恼，也甭见怪，这都是开国元勋，众位爱卿退朝去吧。"

讲述者： 龚灿美，男，44岁，新蔡县佛阁寺乡老围孜村龚楼，小学，农民

采录者： 龚国强，男，34岁，新蔡县文化局，高中，干部

采录时间：1987 年 9 月 19 日

采录地点：新蔡县佛阁寺老围孜村龚楼庄

210

心急喝不了热稀饭

附
记

龚灿美，外号"铁头"，别看小学文化，幼时深受父亲龚继川（私塾先生）的影响，会讲很多故事，人们都叫他"笑话头"。这天看到龚国强骑车子来到村子里，龚灿美笑着说，今个不中啊，我得上地翻红薯秧子。龚国强也顺手拿起一根木杆子，说，走吧，我帮你翻红薯秧子。二人下到地里，红薯秧子拖得很长，已经在土里扎了根，他俩一前一后开始翻秧子。龚国强说，老本，别光动手，嘴也别闲着，讲个有话。龚灿美说，我得掏工钱啊。1988 版《新蔡县民间故事卷》收入了龚灿美讲的十三篇故事，他还荣获驻马店地区颁发的民间文学普查搜集突出贡献奖。（刘康健）

　　从前有个庄户人家，三口人，爹和俩儿子。爹临死前，对俩儿子说："我不中啦，没给恁俩留下啥，只有些不值钱的破烂货和一头黄牛，恁俩看着分吧，也好自立门户。"

　　俩儿子安葬了爹，就动手分东西了。别的东西还好说，就是这头黄牛，为了以后的日子，俩人都想得到。二人争执不下，吵了起来，吵来吵去也没个结果，于是他们就找来一个公证人。公证人也很为难，最后想了个主意，说："这样吧，恁俩进行一个比赛，谁赢了，黄牛给谁。"兄弟俩同意。

　　公证人做了两碗热腾腾的稀饭，对他俩说："每人一碗，先喝完者赢。"这样，比赛就开始了。老大想：得快点喝，不然黄牛就得不到手了。于是，嘴唇放在碗边上，"哧溜，哧溜……"一个劲地往嘴里吸。老二却不慌不忙，口对着热稀饭一个劲地吹气，却不去喝。老大已经喝肚里几口了，他还在吹。看饭不烧嘴了，老二端起一饮而尽。当他放下碗时，老大还没喝完，嘴上却烧了不少泡。

　　比赛结束了，老大留下一肚子委屈，只好眼看着老二把牛牵走了。

讲述者：　崔允志，男，78岁，遂平县文城乡上仓村，
　　　　　不识字，农民

采录者：　崔胜利，男，18岁，遂平县文城乡上仓村，
　　　　　中学生

采录时间：1988年2月23日

采录地点：遂平县文城乡上仓村

附记

　　"心急喝不了热稀饭""心急吃不了热豆腐"，都是驻马店本地劝人遇事沉着，做事循序渐进的俗语。通过把主旨赋予到某人身上，用故事讲给下一代，是老辈人教育孩子的一种常用方法。（刘献丽）

211

一幅宝画

　　早年间有个收破烂的，也不知叫啥名字，大家都叫他"破烂张"。破烂张挑着两只大筐，手里敲着小鼓，整天走街串巷收破烂，收多了就到城里破烂市上去卖。

　　一天，破烂张收到一副象棋子，拿到破烂市上出售。镇上一个大秃脑壳的乡绅看到了，就凑到破烂张跟前问："老哥，你这副象棋子要多少钱？"破烂张看了看光脑壳乡绅，开口说："两块现洋。"乡绅听了，从怀里掏出两块现洋，唏哩哗啦把三十二个象棋子搂在怀里。他见破烂张装好现洋，忙站起身，洋洋得意地说："你可真是有眼不识金，连啥是金、啥是铜都不懂，趁早收摊改行。"

　　原来这是一副金棋子，被破烂张当铜买来，又当铜卖掉了。他知道自己吃了亏，心里很后悔，却装出不以为然的样子："我破烂张买卖了半辈子，咋会不识金？"乡绅得了便宜卖乖，听破烂张这一说，不解其意，便问："既然你知道这是副金棋子，为啥只要这点钱？"破烂张装出一副满不在乎的样子，把脸一扬，说："咳，一副金棋子算啥，比这值钱的东西有的是，俺不为赚钱，爱玩这个。"乡绅讨了没趣，揣着金棋子回家了。

眼看着三十二个金棋子被人拿去，破烂张心里很不是滋味儿，从集市上回来，担着筐一边走一边想，用啥法子再把金棋子弄回来呢？

半月以后，破烂张又来到集上，摆摊卖破烂。好拣便宜的乡绅一看，破烂张摆出一张画，题目叫《夜半钟声》。画面上有一条小河，河边有一只渔船，船舱里躺着一个老翁，河面上空是数不清的亮星星。

起初乡绅没有发现画上有啥奥妙，但是，他总惦记着上次买金棋子时破烂张的话，总想从他那捞到更大的便宜，就天天到市上转游。过了三五天，他发现画面天空上出现了月牙儿，再过几天，月牙儿渐渐变圆了，星星也变得稀少了。乡绅认定这是一张宝画，直流口水，眼都红了，恨不得一时把画抓到手，急忙对破烂张说："老哥，把这张画卖给我吧！价钱嘛……依你说。"说着伸手掏钱，破烂张摆出一副不以为然的样子，说："两块现洋，不为赚钱，爱玩这个。"乡绅扔下现洋就要去拿画，破烂张用手一拦，说："好东西不能让你一个人都买去，如你喜欢这画，得把上次买的棋子退回来。"

乡绅这可犯了难，直抓秃脑壳，到了手的金棋子咋再拿出来呢？可又一想，宝画是世上稀罕之物，价值连城，比一副金棋子贵重得多了，无奈只得把三十二个金棋子如数退回了。

乡绅得到宝画，甭提多高兴啦。他把画高悬在屋里，一家人从早到晚整天瞧啊看啊，从初一看到十五，也不见星星稀月儿圆，连个小月牙儿也不出。他拿着画到市上去找破烂张："你卖给我的画挂了半月，咋不见星星稀月儿圆啊？"破烂张扑哧一笑，说："你要买星儿稀和月儿圆的画呀！告诉你吧，我让画匠给我画了十五张画，若把我家里剩下的十四张都买去，你就会看到星星稀月儿圆了。"

乡绅手里提着画干瞪眼，秃脑壳直流汗，一句话也说不出来了。

讲述者： 杨林蔚，男，83岁，回族，遂平县阳凤乡医院，私塾，退休医生

采录者： 郭敏，女，17岁，遂平县阳凤乡中，中学生

采录时间： 1988年2月6日

采录地点： 遂平县阳凤街

附
记

杨林蔚是个外科医生，退休后在阳凤街开了小诊所，为乡邻瞧病疗伤。郭敏在学校里领到了收集故事的任务，趁着春节学校放假，就来到杨林蔚医生的小诊所里。看到郭敏的到来，杨林蔚笑了，说，又是来叫讲闲话哩。郭敏说，大爷，俺学校里布置了任务，你得帮我完成。小诊所里生了小煤火炉子，烧蜂窝煤。杨林蔚让郭敏烤着火，讲了这个《一幅宝画》的故事。（刘康健）

212

弟兄仨抬杠

"在屋里生孩子哩。"

"尽胡扯，谁见过男人生孩子？"

"好！"小三妻指着老大、老二说，"您抬杠，您管饭，省得弟妹做午饭。"

讲述者： 祁双全，男，41 岁，遂平县文城乡中，高中，教师

采录者： 臧忠祥，男，41 岁，遂平县文城乡中，高中，教师

采录时间：1988 年 2 月 2 日

采录地点：遂平县文城乡中

从前，有弟兄三人，小三在兄弟仨中最老实。油头滑脑的老大和老二，总想占小三的便宜。

一天上午，仨人正在锄地，老大说："今儿个咱仨，谁抬杠谁就管晌午饭！"老二明白大哥的意思，忙接着话茬说："中，咱一言为定！"两人偷偷地朝小三看了看，小三憨厚地笑一笑，没吭声。

过了一会儿，老大指着一棵树说："依我看呀，今年的场面就造在这棵树上。"

老二立即附和说："中，中，那儿最得风！"

小三哪里服气，不加思索地顶了一句："那才不中哩，谁见过树上造场？"

"好！"老大、老二齐声笑道，"你抬杠了，你得管饭！"

小三没办法，只好回去做饭。小三的老婆听说后，就对小三说："知道了，躺在床上歇着去吧。"老婆就坐在门口。

眼看晌午了，老大、老二来到小三家，见弟媳像没事人一样，没好气地问："小三呢？"

213

刘聪斗虎

讲述者： 王永哲，男，82 岁，遂平县嵖岈山乡常韩村，
私塾，农民

采录者： 赵义娥，女，17 岁，遂平县嵖岈山乡常韩村，
中学生

采录时间：1987 年 9 月 19 日

采录地点：遂平县嵖岈山乡常韩村

附
记

按说老虎是食肉动物，一般不吃红薯。这个故事反映了在贫困年代，老百姓只能吃红薯，所以故事只能和红薯有关。正像俗话说的那样：红薯汤，红薯馍，离开红薯不能活。常韩村不远就是大山，二十世纪初期还有老虎出没，王永哲还见过老虎。火烧秤砣治老虎的故事，在驻马店流传很广，在确山县民间故事集成里，潘铁山讲述、王军采录的叫《火烧秤砣喂老带》，老带就是老虎。（刘康健）

从前，在遂平县西部的山里住着一家猎户，当家的叫刘成，家里还有他老婆和儿子刘聪。刘聪很机灵，空手能逮住找山果吃的松鼠，他爹出去打猎时经常带着他。

一天，刘聪爹娘天不明就一起到山外卖兽皮去了，家里剩下刘聪一人。严冬北风打哨，他生起一堆火，饿了就拿红薯放火里烧，红薯熟了，喷香喷香的。刘聪拿一个刚咬了一口，突然听见外面"呼咚"一声，开门一看，一只老虎扑来。他心里嘣嘣直跳，赶紧把红薯扔给它，老虎一口咬住吞吃了。老虎又要往前走，刘聪赶紧又扔过去一个，就这样扔一个，老虎吃一个。刘聪扭脸看见门后有个秤砣，赶紧把它埋在火里，又接着扔红薯。红薯扔完了，他就扒出那个已经烧得通红的秤砣扔过去。老虎以为又是大红薯，一口吞下肚去，烧得老虎打着滚吼叫起来。刘聪忙把门拴紧，直到外边没有动静了，开门一看，那只大虎已经直挺挺地死在院里了。

214

山
娃
儿

山娃儿是个勇敢机智的小伙子，住在山脚下的一个村子里，父母早死了，就他一个人靠放羊生活。

他家西面是一座大山，山里有一片茂密的树林，树林里住着三个野人，时常出来糟蹋地里庄稼，见猪吃猪，见羊吃羊，祸害得方圆几十里不得安生。几个村子一合计，决定进山除掉这几个野人。几十个壮汉子带住家伙进山了，去一天没信，两天还没信，三天头儿上，一个打猎的回来说："去的那些人都被野人撕吃了，惨哪！"打这儿，谁也不敢说进山的话。

眼见野人还出山祸害人，大伙儿都愁得没办法，山娃儿眨巴眨巴眼，对大伙儿说："都别愁了，我有办法除掉这仨野人！"他才是个十四五岁的孩子，说这话谁信咧？

大伙说："你别小孩儿净说大人话啦！你进山，还不够那野人一嘴吃哩。"

山娃儿也不争辩，只是说："你们不信，走着看吧！"

他回到家，杀死自己一只羊，放锅里熬熟，又拿三个大布袋进山了。天黑的时候，山娃找到那三个野人，发现他们正躺在草窝里睡觉呢。山娃不敢惊动他们，就动手在

不远的一棵大树下扒个坑，把熟羊肉放进去埋住，然后悄悄地来到三个野人身边躺下睡了。

日头翻山天亮了，叽叽喳喳的野鸟把三个野人和山娃儿都吵醒了。三个野人坐起身来用鼻子闻闻："咦，咋有股子生人味呀？"它们往身边一看，发现了山娃儿，哈哈大笑起来："来了个嫩的，咱仨分住吃，打打牙祭。"

山娃听到了，一点也不怕："你们别慌吃我，我正做梦哩！"

三个野人问："你梦见啥了？"

"我梦见前面那棵大树下埋住一大块香香肉。"

三个野人半信半疑，走到那棵大树下就动手去扒，把羊肉扒出来了，香喷喷的。三个野人喜得不行，撕住就吃，因为肉是熟的，吃住比生的香。三个野人心想："要是俺也会做梦该多好啊，每一天都可以吃这满口香的香香肉啦。"它们把山娃围住说："小孩儿，你把做梦教给俺吧！""不中啊！"

"咋啦？""教给你，我的梦就做不成了！"

三个野人吓唬山娃说："你要是不教，俺吃掉你。""好吧，我教你们。"

山娃拿出了那三个布袋，对野人说，"你们得钻进这布袋里，学做梦不能见日头，见日头就不灵了。"仨野人为了学成做梦好找吃的，也就没多想啥，钻进布袋里去。山娃用绳子把三个布袋口扎紧，就听三个野人争住说："小孩儿先教我！"

山娃搬起一块大石头，举起来，瞅准野人的脑袋瓜子，说："都别慌啊，我挨个都教！""扑哧，扑哧，扑哧"，三石头下去，三个野人的脑袋全开花了，到阎王爷那儿学做梦去了。

讲述者： 刘玉名，男，64岁，确山县胡庙乡吴楼村，
　　　　　　小学，农民

采录者： 吴文龙，男，23岁，确山县胡庙乡吴楼村，
　　　　　　高中，农民

采录时间： 1987 年 11 月 21 日

采录地点： 确山县胡庙乡吴楼村

215

一个鳖来一个龟

讲述者：李封祥，男，36 岁，遂平县石寨铺乡柳庄村
　　　　王庄，高中，农民
采录者：李彦丽，女，12 岁，遂平县石寨铺乡柳庄村
　　　　王庄，小学生
采录时间：1987 年 10 月 3 日
采录地点：遂平县石寨铺乡柳庄村王庄

　　从前，有个地主和他的账房先生在一块喝酒。一个伙
计干了一天活儿回来，见他俩正在吃喝，便也坐了下来，
地主满心的不高兴。账房先生眨眨眼，为讨好地主，就想
了个主意，说："今儿咱喝酒，兴个酒令。每人作诗一首，
不会的，请他下去。"地主高兴了，他以为伙计不懂得啥，
于是忙说："我兴酒令，把一个字拆成俩相同的字，说出
两件颜色相同的东西，这样联成一首诗。"

　　地主首先开口说道："出字拆成两座山，一山煤来一
山炭。煤炭本是同一色，这是煤来那是炭。"说完，便吃
喝起来。

　　账房先生接着说："吕字拆成两个口，一口茶来一口
酒。茶酒本是同一色，这是茶来那是酒。"说完，也跟着
吃喝起来。

　　伙计听他们说完，连想也没想，便脱口说道："二字
拆开两个一，一个鳖来一个龟。鳖龟本是同一色，这是鳖
来那是龟。"他一面说着，一面指着地主和账房先生。说
完，也毫不客气地吃喝起来。

216

会说话的人

从前，王楼村有仨青年人，平时很要好，经常在一起干活，亲如兄弟。其中一人在家是小掌柜，逢吃饭时，有人给他送饭。

有一天早晨，他仨又在一起锄苞谷，锄得正起劲儿时，送饭的人来了，小掌柜说："咱们锄到地头吃饭。"快到地头时，老大猛一抬锄，"咣铛"一声，锄头碰在瓦饭罐上，稀饭淌一地，稀饭里的豆子也滚在土里。仨人又好气又好笑，你一言，我一语地说开了："咱们仨有福同享，有祸同当，今天咱就这样吃。"说着捏起地上的豆子就吃起来。仨人拣了三根莕草当香，对天盟誓，拜起了把兄弟。

兄弟再好总有一别，不久便你东我西分开了。

光阴似箭，一晃就是十年。听说老大哥在外县当了县令，有权有势，老二找老三商量，咱俩在家还是缺吃少穿，不如去找大哥。

第二天，兄弟二人就翻山越岭，走了二百多里路来到大哥的县城，进城后天已渐黑，便先找个客店住下。

次日一早，老二对三弟说："我先去县衙打听大哥的消息，你暂且在客店等候。"老二来到县衙前，只见衙门庄严高大，显得威严可怕，又见班头衙役手持大棒站在两边，不觉生怯三分，便慢慢走上前去询问。班头上前问道："你是干什么的？""我是探亲访友的，请禀报县太爷，就说他家乡有人求见。"老二慢慢地回答。

班头一听是县太爷家乡人来拜见，不敢怠慢，立刻向县太爷报告。县太爷带领跟班衙役、卫士及师爷二三十人来到县衙大门，会见亲友。可是来到门口时，只见一个汉子衣着破烂，心里就有点不耐烦，就问："你是何人？"二弟见大哥不认识他，心急如火，便信口直说："大哥你不认识我了，咱是把兄弟呀！我是老二。从前在一起锄苞谷，你不小心一锄头把一罐子稀饭打泼在地上，稀饭里的豆子撒了一地，咱们还用手把豆子一个个捏吃了，你忘了？"

此番往事，不听则罢，谁知县太爷一听，反而非常生气。这种不体面的事，怎能是县太爷所为，真是有损官体。想到这，县太爷的怒气难以抑制，便摇手摆头地说："根本没有此事，我不认识你。"说罢转身回衙。老二回到客栈，垂头丧气地把县太爷的事对三弟讲了一遍，三弟说："你真不会说话，明天我去。"

第二天，老三更衣洗梳后来到县衙，向守门卫士讲明自己是县太爷家乡人，前来拜见县太爷。县太爷闻讯，便带领内侍二十余人来到衙门口，欢迎远道而来的家乡人。县太爷来到衙门口，看见眼前的陌生大汉正在寻思，老三便抢先开口："老哥，怎么你把三弟给忘了？想当初咱们结义为兄弟，兄弟我跟着你大战青纱帐，手持弯头枪，攻破瓦罐城，血淌遍地红，贼头举手降，活捉胡豆王，大哥难道你忘了吗？"县太爷被这段英雄赞歌激得心花怒放，眯缝着眼，咧开大嘴，乐滋滋地一个劲哈哈大笑。当听到"大哥难道你忘了吗"这句话时，他立刻答道："不错！不错！那出生入死之战怎能会忘呢？"说罢，身子一侧，大手一摆，说了声："老弟，请！"

众衙役一听老爷还有这经历，对县太爷更加崇拜了，老二也打心眼里佩服老三会说话。

讲述者：　高世友，男，65 岁，驻马店市刘阁乡，不
　　　　　识字，农民

采录者：　谢文纵，男，52 岁，驻马店市文化馆，中专，
　　　　　干部

采录时间：1988 年 5 月 16 日

采录地点：驻马店市刘阁乡

217

『圣贤愁』

附
记

　　确山县民间故事中此故事叫《话，分人说》，主人公仨人都是
给财主扛活的，后来老三做了官。老大会说话，说的是"保过苗
王，锄过草王，破过罐子城，活捉过豆将军，哥儿仨多年同床伴君"。
（王卫霞）

　　从前有一个人，他聪明过人，机智勇敢，因此，人
们给他送了个绰号叫"圣贤愁"。一向高傲自矜的李秀才，
自然不服，就处心积虑，暗暗准备对策。

　　一天，李秀才请来了王举人作为他的帮手，两人如此
这般地合计了一番，决心在酒桌上与圣贤愁论个高低。

　　仨人按宾主落座，只见酒桌上冷冷独放着一壶酒。这
时李秀才向王举人递了个眼色，王举人开始向圣贤愁发难
了。他捋着三绺胡须慢腾腾地说："我等早有耳闻，知先
生学识渊博，才华横溢，今有幸与先生相见，我们何不吟
诗答对，以助酒兴？"没等圣贤愁答话，王举人眉毛一
扬："李秀才，请你出个题目，立个酒令吧！"

　　李秀才孤傲地说："今酒令规定，以圣、贤、愁为题
各赋诗一首，并取题目这一字，拆开念，为头一句，这是
第一条；第二，以酒席为内容；第三条，吟罢最后一句，
要自备出一盘菜，供我们饮酒。先生如若不能按照酒令行
事，今生今世不得舞文弄墨，徒扬虚名，并要与我们俩敬
酒三杯，甘拜下风！"说罢，一意孤行地"抢"去了个
"圣（聖）"字，起诗道：

"耳口王来耳口王，壶内有酒我先尝。

桌上无肴难下酒，端盘猪耳尝一尝。"

吟罢，随即端盘猪耳放到桌上。

随后王举人"夺"去了一个"贤（賢）"字，吟道：

"臣又贝来臣又贝，壶内有酒我先醉。

桌上一盘下酒少，抓把花生配一配。"

随即从衣袋里，把事先准备好的花生米掏了一把，放在盘内端了上来。

该轮到圣贤愁了。李秀才可乐了，心想：即便他能吟诗答对，可一时也难端上来自己的菜呀，这一条过不了关，他就输了。王举人在一旁早看透了李秀才的心思，忙帮腔说："快，该你了，先生。"

"好！"只见圣贤愁略加思索，端起一杯水酒，一饮而尽，不慌不忙地说："自然该我摊个'愁'字啦。"便随即诵诗道：

禾火心来禾火心，壶内有酒我先饮。

桌上两盘足够咽，拔根汗毛表寸心。

随即拔了根汗毛放在盘内，端了上来。

圣贤愁超人的应答，令人惊叹！李秀才、王举人非常尴尬，只得强赔笑脸斟酒，为圣贤愁敬酒三杯。

讲述者： 何贵山，男，48岁，驻马店市，高小，农民

采录者： 徐开倜，男，48岁，驻马店市，中师，教师

采录时间： 1986年3月22日

采录地点： 驻马店市区

218

拆字饮酒

过去有赵、钱、孙、李四位秀才，围坐桌前饮酒。赵秀才说："闷酒难吃，咱们寻个字令以助雅兴不好吗？"众人说："好，寻啥字令呢？""咱们今天破字谜。啥字不透风？啥字在当中？啥字推上去是个啥字？必须合辙押韵！谁输了，罚酒三杯。"众人说："好。你先说吧！"

赵秀才随口就说："田字不透风，十字在当中，十字推上去——"众人说："那是个古字。""对，古来有神明。""好，过了。"

钱秀才想了一下，说："困字不透风，木字在当中，木字推上去——"众人说："那是个杏字。""对，杏花落满庭。""好，过了。"

孙秀才略加思索，赶紧接着说："回字不透风，口字在当中，口字推上去——"众人说："那是个吕字。""对，吕布占先锋。""好，过了。"

最后轮到李秀才，他想了半天，迟迟不说。众人以为他想不起来说啥字好，一再催他，他这才不紧不慢地说："曰字不透风，一字在当中，一字推上去——"众人说："看你说个啥字！""哎，我一口一大盅！"端起酒杯一饮

而尽，引得众人哈哈大笑。

讲述者： 冯干君，男，42 岁，汝南县城关，高中，
干部

采录者： 冀世清，男，58 岁，汝南县文化局，高中，
干部

采录时间：1987 年 10 月 2 日

采录地点：汝南县城关

附 记

汉代的汝南是汝南郡，历史上有过"汝半朝"的美誉，晴耕雨读是很多农家的家风，所以流传下"拆字饮酒"的习俗。冀世清对此民俗十分熟悉，在喝酒中也经常参与这种活动。当邻居冯干君讲起这个故事时，冀世清自然想起来，就整理入卷中。（刘康健）

219

乞丐戏和尚

从前有兄弟俩，父母早亡，无依无靠，白天沿街要饭，夜晚就睡在别人家的房檐下，或野外看庄稼的草棚中。生活给弟兄俩磨练出一副怪脾气，谁要是看不起穷人，他俩非想办法作弄戏耍谁一番不可。

有一天，他们要饭来到集上，听人说附近山上有一座庙，庙里有个和尚是个势利眼，贪财迷，一贯看不起穷人，便决定去惩罚和尚。他们来到庙前，敲开庙门，向老和尚请求住一夜。老和尚一看是两个穷要饭的要借宿，便说："恁俩瞎了眼，也不看看这是啥地方，别弄脏了我的殿堂，赶快滚开！"弟兄俩再次请求说："师父，你就发发善心，让我们住一夜吧！天都恁黑了，在这荒山野岭之上，前不靠庄，后不靠店，叫我们到哪儿去找过夜的地方？你留我们一晚上，胜造七级浮屠，我们永远记住你的大恩大德。"和尚恶狠狠地说："不行，赶快滚开，不然，我就用棍子把恁俩送下山。"

弟兄俩一看求情不行，老大眼珠一转，给老二使眼色说："老二，走吧！你还说找个保险的地方分钱呢，这下可好，连个落脚的地方都没有。"老二心领神会地说："别

慌嘛，咱再求求师父，真不行咱先不分，等找到住的地方再分也不迟。"边说边把兜子里的石子弄得叮当响。

正在发火的和尚一听说钱，两眼立即瞪得像鸡蛋大，把弟兄俩看了个仔细，心想：真没想到这两个穷小子，还是俩财神爷呢！千万不能放他们走。想到这里，便急步走下台阶，拉着老大说："小施主莫见怪，这里常闹强盗，我刚才是试探恁俩呢。天恁晚，恁俩另找地方确实不便，带着钱遇上强盗和野兽可就完了。老衲今天破例让恁俩住一晚，也积个德。"老二顺水推舟地说："师父既有如此善心，那我们只有表示谢意了。"和尚听了，这才高兴地说："这就对了，恁俩随我先到客房坐坐，我去给恁倒茶喝。"说着拉着他俩来到客房。

刚坐下，老二就嚷道："哥，要喝茶你自己喝，我可不喝。"老大问："那为啥？"老二说："肚里没本，难下清水。忙着赶路跑了一整天，我的肚子都咕咕叫了。"老大还没有开口接话，和尚就接着话说："小施主，不用慌，我这里有饭，有菜，还有酒。我去给恁俩弄点来先充饥，恁弟兄俩再喝两杯酒解解乏。"弟兄俩忙说："多谢师父。"和尚说："出家人慈悲为本，这点小意思没啥，恁俩先稍等。"说完就出去弄饭了。和尚出去以后，弟兄俩就偷偷地互相对笑起来。

停了一会，和尚端着四盘菜，两碗饭，一壶酒走了进来，笑容满面地说："小施主，请用饭菜。"弟兄俩一见香喷喷的菜和饭，还有一壶酒，高兴起来，与老和尚谦让一番，便大吃大喝起来。待到酒足饭饱，老和尚又讨好地对他俩说："小施主，山上风大天冷，恁俩就住到我的屋里吧，我在客房暂住一晚。"弟兄俩忙推辞说："刚才已经给你添麻烦了，哪能再给你找麻烦！我们随便找间房子休息一晚就行了。"和尚忙说："不妨事，请小施主莫客气，快跟我来休息吧。"说完拉着弟兄俩就朝自己的宿房走去。来到宿房，又仔细地叮嘱了一番，便关上门走了。弟兄俩无奈，只好依老和尚之言，上床休息了。待到屋里灯灭以后，老和尚便心怀鬼胎地溜到门口，偷听兄弟俩说话，好弄清钱有多少，放在啥地方，然后杀人劫财。

刚刚躺下的弟兄俩一见门口有条黑影晃动，便知是老和尚在使坏。二人咬了一会儿耳朵，只听老二说："老大，现在有住的地方了，咱俩商量一下分钱的事吧，这五百两银子你可不能独吞。"老大忙说："喂！你个大傻瓜，小声点，小心有人偷听去。现在咱俩先舒服地睡上一觉，天快亮时再商量分，那时候人都睡得正香甜，保险没有人偷听。快睡吧，到时候我叫你。"老二打了个哈欠说："好吧，就依你，可别到时变卦。"说完屋里就再没有声音了。

和尚在门外听了弟兄俩的话，可进退两难了。回去吧，怕睡过了时。等着吧，得在房檐下待到天明。叫徒弟来换吧，又怕徒弟知道了此事，背着自己吃独食。左思右想也想不出个两全其美的好办法来，最后一咬牙，便在门外的石墩上坐下来自己独等。

夜晚山上的风又大又凉，冻得老和尚浑身直打哆嗦，但他一想到钱，便又有了精神，好像看见一堆白花花的银子正在朝自己滚来。四更天，冻得老和尚实在受不了啦，便去找了一条被子披在身上。他只恨这一夜太长了，一夜之间尝尽了酸甜苦辣。

第二天一大早，在床上美美睡了一夜好觉的弟兄俩，穿好衣服，轻手轻脚地走到门口，一看，冻了一夜的和尚还在门外等着。老二对老大挤挤眼说："老大，现在开始分钱吧！"老大说："我想了整整一夜，总觉得这五百两银子不应该咱俩平分。"老二说："咋？你咋像夜儿黑了那个秃驴和尚，认银不认人。说好的一人一半，一夜就要变卦了。"老大反击说："你才像夜儿黑了那个秃驴和尚呢，一见别人的钱就眼红。我拾的应该归我，凭啥分给你一半？"老二说："咱是亲兄弟呀，你不能学和尚六亲不认。"老大说："你才学和尚见钱比见他爷都亲呢。"兄弟俩你一个臭和尚，他一个臭秃驴地对骂起来。

整整一夜没有合眼的和尚，在门外被骂得狗血喷头，气得两眼冒火，真想立刻冲进房门，把这两个穷小子狠狠地打一顿解解气。可一想到钱，满腔的怒火顿时消失，自己劝自己只当没听见，大风都给刮跑了。开始还可忍耐，越听越觉得不是味，便气冲冲地破门而入说："别争了，别争了，大清早吵个啥？恁俩说的我在门外都听见了，我来给恁分个公平合理。"老大说："对，让师父分，公平合理。"老二也接着说："对，就让师父分。"和尚喜气洋洋地说："不是五百两银子吗，你二百两，你二百两，不是平均了吗？余下一百两给我老衲，算是夜儿黑了的食宿费用。"老二说："好，我同意师父的意见，每人二百两。"老大看了看和尚，又看了看老二说："好吧，今天就看在师父的面上，就这样分。"老大话音刚落，和尚便把手伸到老大面前，说："好，把我的给我吧。"弟兄俩你看我，我看你，愣了半天不吭气。和尚心想，这两个傻小子还舍不得呢，得赶快要，别等他俩明白过来了，便催道："快点给我呀！"弟兄俩齐声说："师父，银子我俩还没拾呢，现在只是先分好，等到万一拾到了不麻烦了，拾到一定分给你！"

和尚这下可气了个倒憋气，没想到被两个要饭的戏耍一夜，又挨了一顿臭骂，真是气炸五脏六腑。跑到院内，伸手拿起一根棍子，就去打他俩。他俩一见情况不妙，早跑到庙门口，刚下台阶便听见后面"扑通"一声，还有和尚叫痛的"哎呦"声。回头一看，和尚双手抱着光头，正在门槛口顺着台阶朝下滚呢。原来和尚追他们俩时，气得只顾往前跑，没想到棍长绊在门框上，一下把他甩出庙门。

弟兄俩一见和尚的狼狈样，高兴地跳了起来，对和尚大声喊道："老秃驴，不要远送啦。"然后，一溜烟似的钻进树林跑走了。待和尚从地上爬起来，再找他俩时，连个人影都不见了。和尚只得自认倒霉，双手抱着满是肿包的光头回庙里包扎去了。

讲述者：　陈世禄，男，68岁，驻马店市，小学，市民
采录者：　陈保国，男，28岁，驻马店市，高中，干部
采录时间：1987年4月16日
采录地点：驻马店市区

220

李虎计促婆媳和睦

李虎在外做生意，一年多没回家，这天终于回家了，先拜见娘。娘看到儿子后，就一把鼻子一把泪地给儿子诉起苦来了："儿啊，你可回来了，自你走后，恁媳妇整天跟我吵，叫我干了这活干那活，我可受不了啦！"

李虎听后心生一计，说："娘啊，媳妇不孝敬您，叫您受苦了。苏州有一种刀，杀人不见血，我买一把回来，把她杀了，你看好不好？"

"哎哟，太好啦！我早就这么想过。"

"娘，虽说这刀杀人不见血，可邻居都知道恁俩不和，整天反唇吵嘴。她好好的，如果突然死去，别人可要怀疑，有人报告官府，杀人要抵命啊！"

"咦，那咋办？"

"依我看，你不如先假装对她好些，把孩子带好，活抢着干，做啥好吃的先让给她。这样，过些时候，邻居们看你待她恁好，她一死，谁还会怀疑你？"

"中，就这么办。只要能把她杀了，再苦再累我也干！"

"那好，我就买刀去！"

李虎悄悄回到自己屋里，老婆扑到他怀里哭诉："你

一走，可把我害苦了。娘不给我带孩子，好饭怕我吃，整天累死累活地干，还吵我、嚷我，我可受不了啦！"

李虎心里已经有数，小声对老婆说："我在外做生意，听说苏州有一种刀，杀人不见血，我买回一把，把娘杀了，你看咋样？"

"那是恁娘哩，就依着你的办吧！"

"可是有一样，这刀虽然杀人不见血，但邻居都知道恁俩不和，娘好好的突然死去，人家不怀疑咱害的吗？有人告到官府，县太爷把我们拿到大堂，问成死罪，可是有命难保啊！"

"你看咋办？"

"依我看，你不如先对她好些。孩子自己带，有活抢着干，好饭先让她吃，过些日子把她杀了，人家不但不怀疑你，还会说咱娘没福气死啦！"

"行，就按你说的办。只要她能死了，跪着给她端饭也干！"

"我去买刀去。"

不说李虎买刀，却说这婆媳俩，次日一大早，媳妇起来做饭，婆婆已经准备开始做饭了。媳妇忙上前劝道："娘，您恁大年纪了，还起恁早做饭，真叫我过意不去，以后我做吧，别累着您老人家！"

婆婆笑着说："你晚上照顾孩子哩，睡不好觉，还是我做吧！"

虽然都是醉翁之意，但心里都萌动着一种快慰感。于是，婆婆烧火，媳妇掌锅，很快把饭做好，端到桌上。媳妇照料孩子吃饭，婆婆争着要带孩子："孩子叫我带吧！""那能中？您老了，不能再干这干那！""没啥，干点活，活动活动，身板还会硬实哩！"

吃饭时，有好吃的，婆媳互相推让，最后还是让婆婆先吃。就这样，婆媳俩你敬我，我敬你，日子越过越好。

转眼一年过去。这天，李虎回到家，先到娘屋里，小声说："娘，我把刀买回来了，夜里把她杀了吧？"

"咦，可别杀她！"

"咋别杀？"

"你不知道，你走后，她待我像亲娘。饭不让我做，还叫我吃好的，怕我累，连孩子也不让带。咱这个媳妇算

是娶对了，比谁家的媳妇都好，千万别杀她呀！"

"行，我听娘的。"

李虎笑着来到自己屋里，老婆一见丈夫，高兴得一头扑到他怀里。

"我把刀买回来了，夜里把咱娘杀了吧？"

"啊，可别杀！"

"咋别杀？"

"你不知道，你走后娘待我像亲闺女。饭不让我做，好的让我吃，家务活争着干。杀了，我到哪也找不着恁好的婆婆了！"

李虎一听，知道计已成功，高兴得把老婆紧紧搂在怀里。

讲述者：　郭景洲，男，80 岁，遂平县车站乡郭庄村，
　　　　　不识字，说书艺人
采录者：　郭民，男，21 岁，遂平县车站乡郭庄村，
　　　　　初中，农民
采录时间：1988 年 3 月 15 日
采录地点：遂平县车站乡郭庄村

附
记

当年郭民是个知识青年，对民间故事收集热情很高，和郭景洲一个村，从小就好到他家听他说书、讲有话，也知道他经常走南闯北，见过世面，懂的也多。郭景洲小时候因为家境贫寒，所以才走上说书这条路的，一辈子也没有娶上媳妇。

采集故事时是在郭景洲家的堂屋里，郭景洲也很重视故事采集，虽说 80 岁高龄了，还是要求要一边敲着鼓打着锣、说着书，一边讲着故事，说这样讲起来顺口，有灵感。当时他家围了一屋子人，都是没事过来听老人讲有话，就这样郭民就在这里采集了多个故事。回来后他认真地整理了一番，还特地交给了县文化馆，最后还真有好几个故事入了县卷本。（谭咏利）

221

李三嗒子买早点

李三嗒子，大名振宜，才学过人，十八岁就中进士。为啥叫他嗒子？因为他有点大舌头，人们习惯称这类人为嗒子。

相传，小岳寺附近有家老字号药店叫"仁源生"，仁源生的老板那时叫东家，为人十分刻薄，每天早上让伙计们尖起嘴来喝稀粥，他自己则要独享一份早点。李三嗒子在店里做小伙计的时候，经常把这个东家捉弄得哭笑不得。

一天早上，东家拿出四个大钱，让李三嗒子去买一碗猪肝面。李三嗒子买了面，在半路上就"巴嗒马嗒"把猪肝消灭光了。猪肝炒得稍微咸了些，他又捎带把面汤也给喝了。东家接过碗一看："嗯，不对呀！这是啥面哪？怎么干巴巴的！"李三嗒子说："东家，您不是要一碗煮干面吗？看看，这不是依您的吩咐，一点汤也没有呀！"东家气得直翻白眼，暗叫倒霉，可又想不出啥话来骂他。

第二天早上，东家又让李三嗒子去买早点。他问："还买煮干面？""不，不，买一碗馄饨，带汤。听好了，要带汤！"李三嗒子一听，哟嗬，老家伙防上我了！不过这也没关系！过了半晌，馄饨买回来了，可东家在碗里

捞了大半天，才捞了两个可怜兮兮的小馄饨。东家怒道："这叫啥馄饨？"李三嗒子说："东家，东家，您不是再三关照要带汤吗？这叫'高汤馄饨'！"东家被说得张口结舌。

到了第三天，东家说："给我去买四只汤圆，四只！"东家心想，臭小子，这下看你咋偷吃！果然，李三嗒子先偷偷尝了口汤圆的白汤，唔！不好喝，跟白开水一样。打汤圆的主意吧，可四只偷吃了一只，难道去骗老家伙说是狗偷吃了不成？咋办呢？咳，李三嗒子有的是办法。只见他从人家草堆上掐了一根麦管，轻轻戳进了汤圆肚里，一吸，啊！真香，真甜！这汤圆全凭一肚子馅鼓着，吸去馅，眨眼间就像漏了气的球，成了个瘪三汤圆了。而李三嗒子随口又吹了一口气进去，嘿，汤圆又鼓起来了，比以前还要胖上一圈。

东家笑眯眯地接过碗一数，四只，一只不少，就问："咋恁大？"李三嗒子说："这是为您特地订做的！""噢！"东家蛮高兴，兴冲冲地夹起来一咬，"啪"，不得了，汤圆"爆炸"了，把东家烫得跳起来骂道："混蛋！这是啥汤圆？"李三嗒子嘿嘿一笑："东家，这叫气汤圆哪！"

讲述者： 张四元，男，74 岁，上蔡县小岳寺乡张庄村，不识字，农民

采录者： 张天生，男，64 岁，上蔡县小岳寺乡中，中专，教师

采录时间：2006 年 3 月 22 日

采录地点：上蔡县小岳寺乡张庄村

222

谭朋买水

有一年遇到大旱，谭店只一家财主家的井深有水。财主想趁机发财，挑他一担水，收一文钱，过几天，增加到一两银子一桶水。谭朋就想法整治这个财主。

第二天一早，谭朋抱一只鸭，带几两银子来到这口井边。财主一见就笑着问："谭老弟，你要买多少水呀！"谭朋说："一个乡邻一桶水。"财主想他是说大话的，没在意。谭朋从身上掏出些碎银，财主看了摇摇头。谭朋就拍着他怀里的鸭子说："你看看我这东西。"说着朝鸭子身上连打两巴掌，只见鸭子屁股一动，屙出一把银子。财主一见红了眼，就问谭朋："要多少钱？"谭朋不紧不慢地说："我不要钱，还是一个乡邻一桶水。"财主急忙说："好，不过你得先教我咋让它屙银子。"谭朋说："你抱回去，把它的屁眼儿塞住，让它吃三天饱食后，你再把它的屁眼儿里塞的东西弄掉，它就给你屙银子了。三天屙一回，多的三五斤，少的三五两。"财主抱着鸭子就往家跑，水井也不顾了。谭朋招呼大家赶紧打水。

第三天一大早儿，财主爬起来，拿出了新被子铺着，

刚弄下鸭屁眼儿上的塞子，"扑"，鸭子屎窜[1]他一脸。财主知道是上了谭朋的当，便丢开鸭子向水井跑去，趴在井口一看，早见了底儿。

讲述者： 吴仁，原名高沛，男，49 岁，西平县文化局，大专，干部

采录者： 黄雁鸣，男，20 岁，西平县谭店乡，高中，职工

采录时间： 1990 年 8 月 2 日

采录地点： 西平县城关

[1] 窜：即喷射。

223

老和尚看钟

送回来。"老和尚不信，说："有办法把它卖掉，他们不会在水里砸，钟里填满土也能砸啊！"

强盗按老和尚说的法子，把钟砸烂卖掉了。老和尚呢，也认为佛爷不灵，连一口钟也保护不住，一气之下，还俗去了。

讲述者： 张土，男，64 岁，西平县五沟营乡五沟营村，
　　　　　高小，农民

采录者： 张永生，男，37 岁，西平县五沟营乡五沟
　　　　　营村，高中，教师

采录时间：1987 年 7 月 16 日

采录地点：西平县五沟营乡五沟营村

过去，有个寺院里有口黄铜大古钟，一敲，方圆几十里都能听到。老和尚整天磕头烧香，乞求佛爷保护大钟。

附近有一伙强盗，早对此钟垂涎三尺，又苦不得手。一天，一个强盗扮作个香客向寺院里走去，他见老和尚又在念经，就走上前去深施一礼道："这位老和尚，你咋天天祷告佛爷护钟呢？寺院周围，铁桶一般，怕个啥哩。"老和尚说："施主不知，贼有非志。假如他们弄个没底大缸，往刺树里一放，从缸里把院墙掏个大洞，有多少人过不来呢？"那强盗一听，有门！又问道："就是过来也不碍事，钟挂恁高，钟声一响，就会惊动很多人。"和尚说："要是用绳拴着钟鼻，慢慢往下卸，再用绳捆住，抬出去谁会知道哩？我求佛爷要施法力保护住这口钟。"那强盗暗暗高兴，又说些无关痛痒的话，扬长而去。

当夜，他们按老和尚说的办法把钟盗了，可是恁个大钟又不敢砸，囫囵着又不敢卖，又发愁了。无奈，那个强盗扮着香客又来找老和尚，见老和尚正在哭，问："老和尚，你哭啥？""钟叫偷走啦！"那个人说："不要紧，恁大个钟，他砸不烂，咋敢卖呀，放心，就是偷走还得给你

224

卖灯笼

谢家寨有个谢保安，家里穷得叮当响，为了生活，他糊起了灯笼，可手艺不中，糊的灯笼没人买。正月十四那天，他想再不把灯笼开销出去，明天就没人要了，就想出一个点子。

他把灯笼担到集上大声叫："一个灯笼八个钱，仨灯笼二十三个钱，有要的快买呀！"有个老头对他说："你算错了，三八咋会是二十三哩！"他说："我记得准着哩，三八就是二十三。"不大一会儿，谢保安的灯笼全卖完了。

讲述者： 谢平，男，60岁，西平县谭店乡桂河村，
小学，农民

采录者： 谢耀臣，男，16岁，西平县谭店乡桂河村，
中学生

采录时间： 1989年7月22日

采录地点： 西平县谭店乡桂河村

异文一：乡下娃和城里人

先前，城里的人都说乡里人生得憨，认为自己聪明。

有一天，两个乡里的孩子挖了很多刺刺芽，用篮子提到城里去卖。

这时，一个城里人走过来问："你这茄子芽多少钱一斤？"俩孩子说："八分钱一斤。"

城里人说："我要买三斤，得多少钱呀？"俩孩子随口回答："三八二毛三。"

城里人听了笑着说："乡里人生得憨，三八二毛三。"

俩孩子说："城里人生得妙，茄子开花惹人笑。"说完，提着篮子跑了。

讲述者： 陈大妮，女，83岁，遂平县嵖岈山镇鲍庄村，
不识字，农民

采录者： 王威，男，11岁，遂平县花庄乡陈庄小学，
学生

采录时间： 1988年4月12日

采录地点： 遂平县嵖岈山镇鲍庄村

附记

过去，女孩子取名很随意，讲究的就叫花、红、菊、勤、艳、莉……不讲究的，尤其是女孩多的，就叫妮，大妮、二妮、三妮……按顺序往下排。本卷中就有张毛妮、于大妮、李二妮、秦二妮、王六妮、潘七妮等故事讲述者。（谭咏利）

225

利地

从前，有个贪得无厌的县官，终日狠着心肠敲诈民财，过着灯红酒绿的神仙生活，但他有一件事不顺心：眼气轿夫能吃、能睡、能喝、能拉。

有一天县官问轿夫，咋样能吃得多、喝得多、拉得快。轿夫们一听，差点儿笑岔气。为头的一个轿夫说："这好办，你只需依小人三件，我保你吃喝香甜，拉屎能找到利地。"贪官忙问："哪三件？"轿夫不慌不忙答道："一要先斋戒三日，二要再吃三日粗粮，这第三……"贪官看轿夫打住了话头，忙说："但讲无妨！"轿夫接口道："当三天轿夫！"贪官犹豫了，这前两件还好办，这第三件太伤面子。想想又开了口："我说轿夫们，这头两件老爷依从，这第三件嘛，能不能换换别的？"轿夫说："那不中，三件缺一，拉屎就找不到利地。"贪官瞪起双眼："我要是吃饭不香，拉屎找不到利地呢？""小人甘愿受罚！"一听说罚，贪官来了劲。"咋个罚法可得由我！""任凭老爷处置！""我罚你们一年薪水！"轿夫们齐声答道："情愿两年不要薪水！"贪官一听来了生财之道，大喜，随即立下契约，按了指押。

先是斋戒三日，又连吃了三日粗粮。你想这狗官平时山珍海味都吃腻了，粗茶淡饭咋能下咽？三天只是喝点稀汤，硬是没吃下一口黑面窝窝。更难过的是当了三天轿夫。本来他伸手不取四两之物，抬步不走一里之遥，加上三日来不曾吃多少东西，强咬牙关，抬了半天轿子，已累得大汗淋漓，饿得饥肠辘辘，再三要求停下歇歇，吃点东西再上路。轿夫们也不理，甩开大步，连拖带拽，又行了十里，贪官实在走不动了，瘫倒在地。看看日已偏西，轿夫们买来饭菜，贪官也顾不上体面，一连吃了三大碗，又饶了[1]三块红薯。

第三天，轿夫们说："今天去找利地，说不定要赶过时辰，众位兄弟要饱餐一顿。"贪官听说，也不等轿夫们让自己，狼吞虎咽吃了个大饱。众人抬着轿子紧赶慢赶，日已正午，贪官觉着要大便，问轿夫："这儿到利地还有多远？"轿夫知道贪官要大便了，便皱着眉头算了算，说："还有二十里！"贪官说："别歇了，快走吧，早一步赶到利地，老爷要……"轿夫们互相挤挤眼，吆喝一声，起轿上路。走了一阵，贪官连放仨响屁，又问轿夫："利地还有多远？"轿夫打住轿子，说道："十里，老爷累的话，歇歇再走。"贪官忙说："快走！"又行了一程，贪官有点憋不住了，扭着屁股问："还有多远？""五里！""快！快！快！"轿夫们笑笑，一声吆喝，飞跑起来。这一跑不大紧，可苦了贪官，只觉得一阵肚疼，再也憋不住了，稀哩糊涂拉了一裤子。事已至此，也顾不了羞耻，扔下轿杆，蹲在路边拉了起来。轿夫们笑得前仰后合，对贪官说："老爷，这刚刚沾利地边，你咋……"贪官哭笑不得，只好说："这利地真厉害，刚沾上边，就拉了一裤子！"

讲述者：　高沛，男，53岁，西平县文化局，大专，干部

采录者：　高蔚，女，24岁，西平县文化馆，大专，干部

采录时间：1994年6月9日

采录地点：西平县城关

---

[1] 饶了：饶，是增加的意思，吃饱后又多吃了。

226

巧吃

有个穷汉叫赵田，巧吃富家不掏钱。一天，赵田身穿长袍，背了一个钱褡子去（正阳）王勿桥。到了庄头他看见一个大麦秸垛，四个伙计正在垛头铡草。他来到那里，把空钱褡和烟袋放在地上，不声不响地步量起这个麦秸垛来，心想这个麦秸垛真不小，占了三亩地。他不动声色地坐下，抽起了旱烟。四个伙计看他来头不小，不敢胡问。这时赵田大大咧咧地问："这是谁家的麦秸垛呀？""是俺家掌柜王三眼的。"一个伙计小心地回答。

"恁家掌柜的麦秸垛不大呀。"话里充满了轻视。

"这还不大，那恁家的有多大？""比他的大几步。"

听他这么说，一个伙计偷偷跑回家，把这事添油加醋地告诉了王掌柜。王三眼常常结交富户，就让伙计把赵田接到府里叙谈。一会儿，酒席备好，宾客入座。酒兴高时，王掌柜才问赵田："请问——贵府在哪儿？""正阳汝南埠。""听说，咱府上田地不少啊！""不多不多，俺汝南埠有五顷四，梁湾有二顷一，石庄有十驹，河北的瓜都是俺的，前楼、后楼都不吃，专吃腰楼。让您见笑，让您见笑了。""赵先生家产万贯，我一定前去拜访。"

赵田酒足饭饱，起身告辞，双方自然又是一番客套话。

树叶黄的时候，王三眼骑着高头大马带着伙计来到汝南埠，拜访赵田。初到生地，一个伙计问街坊邻居："赵先生住哪啊？""您说的是赵田吧！""对、对，他住哪？""住在庄东头那个破庙里。""不对呀，他说汝南埠有地五顷四……"王掌柜插上话。"有啊，汝南埠有个叫吴请示的人，不是地呀！""那他还说梁湾有个两顷一，石庄有十驹，河北的瓜都是俺的，他前楼、后楼都不吃，专吃腰哩！"王掌柜一口气把话都倒了出来。

"嘿！梁晴衣、石桔都是人名，谁家的瓜不是淹（俺）种的哩？他前楼后楼都没有，就靠腰里拴根绳子用竹笆子[1]搂着吃。他说的都对，您听错了！哈哈哈……"

"嘿！"王三眼一伙人掉头就走了。

讲述者： 梅春杰，男，67岁，新蔡县佛阁寺乡老围孜村，小学，农民

采录者： 龚国强，男，34岁，新蔡县文化局，高中，干部

采录时间： 1987年8月19日

采录地点： 新蔡县佛阁寺乡老围孜村

附 记

故事中的王勿桥、汝南埠、佛阁寺都相距不远，以汝河为界分属两县。王勿桥以盛产醋出名，汝南埠因汝河埠头而得名，佛阁寺是《搜神记》干宝的故里。当年梅春杰虽说年纪大了，但记忆力很强，讲故事都是张口就来，有说有笑。他在讲这个故事时，怕我记忆了，还专门把重点词给写了下来。（龚国强）

[1]　笆子：竹耙，一般为五齿，用以聚拢柴草或谷物等。

227

金马驹和火龙衣

从前，在通往嵖岈山的大路旁，有个小集子叫玉山街，街上有个财主叫钱百万，是个铜板做眼睛——认钱不认爹的财迷精。他能舍千句话，不舍一纹银，人送外号"钱为命"。

钱为命剥削起四方老百姓，心狠手辣，什么驴打滚利，黑红荄子……使尽各种手段。人们提起钱为命来，恨得咬牙切齿，骂声连天，可就是因为他势大财广，谁也没法惩治他。

玉山街南头的土地庙里住着个靠打短工度日的穷人，叫王二，他为人心地善良，足智多谋，为穷哥们能两肋插刀，穷人家有了冤屈都愿意向他诉说，请他出主意。他总是说："善有善报，恶有恶报，有叫姓钱的哭爹的那一天。"

这年腊月的一天，吃罢早饭，钱为命闲着没事在大门外转，突然发现王二从不远处走过来。

王二身穿蓝布大衫，头戴礼帽，打扮得好似娶媳妇一样，手里还牵着一匹瘦得像刀螂一样的红马。那马儿走起路来一步三停，还不时地翘尾巴，王二紧紧地扯着缰绳，

嘴里大声吆喝着："妈的，快点，别屙在半路上。"

钱为命看了暗自好笑：好个王二，掏钱买个"一风吹"，还想当千里马用，连拉屎撒尿都不让扔在外头。接着嘲弄道："王二买了匹千里马呀！"

王二像没听见似的，仍神气十足地赶着马走。钱为命又喊了一次，王二还是不理他的茬儿。

咦！钱为命奇了，王二是咋啦？大派头，难道拾了元宝不成？不行，得盘问盘问他。他走上前去，拦住王二道："老兄弟，慢走一步！"

王二这才转过脸来问："啥事？"

钱为命故作关心地问："最近日子过得咋样？"

王二喜气洋洋地说："咱是黄鼠狼娶媳妇——小打小闹，准备先盖几间大瓦房，买几垧地。"

"啥？"钱为命惊奇得张着大嘴，问道："你咋有那么多钱？"

"我得了……"王二欲说又止，转身要走。

钱为命哪里肯放，扯着问："你得啥了？"

王二吞吞吐吐地不想说，钱为命脸一沉："王二，你知道我姓钱的是干啥的？咱明白人好说话。"

王二害怕了，贴近钱为命的耳朵说："不瞒你说，昨夜里我睡着了，一个白胡子老头到我屋里对我说：'西北地有一个屙金尿银的金马驹，请你牵回来。'我睁眼一看，啥也没有，就连忙跑到西北地看看，是这匹马，就把它牵回来了。"

钱为命不相信，王二照马屁股上拍了一下，马真的拉了银子。钱为命看得真切，眼都红了，拉着王二不让走。

王二跟着钱为命来到堂屋，在为他摆的酒席上又吃又喝。钱为命跟王二商量道："好兄弟，你这匹金马驹让我喂着，你要多少东西，我给你多少。"

王二开始不肯，后来架不住钱为命又哄又吓，只好答应道："多了我不要，就给我三千两银子吧！"钱为命咬咬牙答应了。

当下，动手拉东西，王二把换来的钱都分给了穷百姓。

再说钱为命把金马驹弄到手后，差点没高兴疯了，忙吩咐家人精心饲养。又把家中红毡铺地，绿绸罩顶，披红挂绿，鸣放鞭炮，单等金马驹屙金尿银。

钱为命穿上新衣裳，等了上午等下午，等了下午等晚上，瘦马只是一个劲地猛吃，连尾巴也不曾翘翘。到了后半夜，家人慌慌张张来喊钱为命，说是快了。

钱为命一溜小跑来到马屋，一看，马直翘尾巴，连忙跪在马屁股后面，双手张开前襟，张着大嘴，准备接住金马驹拉下的金银。哪知道金马驹原来是王二用十九串钱买的一匹快死的老马，又借了九两碎银子，塞进马屁股里的。那马现在猛吃了一顿好料，肚子胀得像鼓一样，连翘了几下尾巴，接着"忽啦"一声，稀屎喷了出来。金马驹拉了一道稀屎后，倒在地上断了气。钱为命一看这情况，好像洋鬼子看戏——傻了眼，明白自己上了当，气得一蹦三尺高，忙叫家丁把王二抓起来。

王二被抓到钱家大院，钱为命让人把他的衣服脱得只剩下一个裤头和一件烂衬衫，然后关进磨坊，想把王二活活冻死。

喝罢汤，天下起了鹅毛大雪，北风挟着雪花一个劲地往四面透风的磨房里钻，磨房顿时成了冰窖，王二冻得手脚麻木，直打哆嗦。他一眼看见磨上的磨杠子，灵机一动，便抱起磨杠子推起磨来。天亮时，钱为命在前院吩咐家丁，把王二的尸首拉出去，扔进乱葬岗子。家丁来到后院，刚打开磨房门，王二便满头大汗地从屋里跳出来，连声喊："哎呀，热死我了，热死我了！"

家丁把王二带到前院堂屋，王二一屁股坐在椅子上，伸手拿了把扇子，边扇边嚷："差点把我热死，好玄哪！"

钱为命问："你咋恁热呢？"

王二神秘地说："给你说吧，你又说我糊弄你哩！"

钱为命指着天赌咒："我要那样，就是王八变的。"

王二这才说："俺身上穿的这件烂衬衫，是俺祖传的宝贝，取名'火龙衣'，穿在身上天越冷它越热。"

王二这番话着实又把钱为命糊弄住了，钱为命他眼珠一转，笑着说："你脱下来我看看！"

王二脱下来给了他，钱为命拿到火龙衣就说："这件火龙衣我买了！"

王二摇摇头："我不卖！"

钱为命蛮不讲理地说："卖也得卖，不卖也得卖！"王二无奈，只好依从。

事情也凑巧了，第二天，县官请钱为命到城里看戏，钱为命高高兴兴地穿上火龙衣坐上轿子上了路。走着走着，钱为命冻得直发抖，以为火龙衣还没到发挥作用的时候，就咬住牙不吭气。谁知越走越冷，钱为命冻得几乎要死了，忙让轿夫停下轿子。

　　钱为命抖索着钻出轿子，看见路旁有一棵被雷电烧焦的大柏树，树根处有一个大树洞，他也不管三七二十一，像没头苍蝇似的钻了进去。轿夫们看他这副狼狈样，心中暗暗好笑。

　　钱为命在树洞里哆哆嗦嗦地说："我……我快冻……死了，你们快……回家，给我……拿棉衣来！"

　　轿夫们一听，扭头就走了，他们平日受尽了钱为命的气，这会儿，只嫌他死得慢，故意磨磨蹭蹭地回到钱家大院，把这事告诉给钱为命的大儿子。等到他儿子带人赶到那个烧焦的树洞前时，钱为命早冻成冰棍，没气啦。他大儿子把尸首弄回家，就到县衙把王二告上了。

　　第二天，衙役传王二，王二满不在乎地来到大堂上。县官一拍惊堂木，喝道："大胆刁民，竟敢欺骗财主，该当何罪？"王二申辩道："小民何罪之有？"县官便把金马驹和火龙衣的事说了一遍。

　　王二不以为然地说："大人错了，火龙衣确是我家祖传宝贝，钱财主命不好，享不了这个福，被烧死在树洞里，怎么能怪小民呢？"

　　县官一听，大发雷霆："胡说！钱财主明明是冻死的，你怎么说烧死的呢？"

　　王二面无惧色地说："请大人明察，钱财主藏身的大树都烧焦了，人还能不死吗？"

　　县官听了，马上派人去了一趟，回来说："大树确实烧焦了。"县官无奈，只好把王二给放了。

讲述者： 鲍成山，男，70 岁，驻马店市区，不识字，农民
采录者： 张华荣，男，49 岁，驻马店市文化馆，中专，干部
采录时间： 1979 年 12 月 9 日
采录地点： 驻马店市区

附　记

　　张华荣是驻马店市（现驿城区）文化馆的馆长，对民间文学很有研究，从七十年代起就十分注意搜集民间故事，曾经到过遂平县的玉山街搜集民间故事，听到过这个故事。后来找到鲍成山后，又听鲍成山讲起了《金马驹和火龙衣》的故事，张华荣老师就把原来听的和鲍成山的捏合到一块，成了现在的故事架构。火龙衣的故事在驻马店各县区都有流传，驿城区称宝衣，遂平县、泌阳县称火龙衣，平舆县叫火龙单，只是故事的主人公名字不同，如正阳县是知县之子，遂平县是张三，驿城区是樊江山，泌阳县是张四妖奇，平舆县是三姑爷等。在情节设置上，本故事是推磨，也有的是穿着单衣在室内跑或路上跑，搞得满头大汗，最终达到用单衣换取厚衣服或卖金钱的目的。（刘康健）

228

秀才吃鸡

有个穷秀才去看他岳父，正赶上他岳父杀鸡。岳父见女婿来了，怕吃他的鸡，就想了个主意。

吃饭时，他对女婿说："咱家吃鸡有个规矩：吃的时候，得说出吃的是鸡身上的哪个部分，说错了可不能吃。"说了，就夹一块儿，说是啥是啥，吃了起来。秀才也夹一块儿，说："这是鸡胸。"岳父说："不对，不对，这是'鸡前脯'，放下！"秀才看见了鸡脖子，心想：鸡脖子没多少肉，岳父不会叫放下吧！就夹起来说："这是鸡脖子。"岳父又说："还不对，这是'鸡前腔子'，放下！"鸡肉快吃完了，秀才想：能一块儿也不叫吃吗？又夹起一块儿说："这是鸡屁股。"岳父说："又说错了，这叫'肉葫芦'，放下！"说着，他又夹吃了。最后，秀才叹口气说："唉，就剩两个鸡爪子了。"岳父说："你一错到底，这叫'鸡后蹬子'。"就这样，岳父把鸡吃完了，秀才一块儿也没尝到。

后来，秀才考中了，当上了县太爷。岳父倚仗女婿的势力欺压乡邻，众人联名告到县衙。秀才派人把他岳父抓去，"啪"一拍惊堂木："跪下！"岳父以为女婿只是做做

样子，勉强屈了屈身。秀才喝道："'前脯'着地！"岳父一看女婿动真的了，慌了，忙说："看在小女面上，饶了我吧！"秀才又喝道："拉开他的'后蹬子'！"两个衙役上前拉住他的腿一拽，把他拖翻在地。秀才又丢下一根签子，吩咐说："按住他的'前腔子'，狠打他的'肉葫芦'！"就这样，秀才把岳父整了个"前腔子"酸疼，"后蹬子"木麻，"前脯"青肿，"肉葫芦"开花。

讲述者：　雷建华，男，32 岁，确山县双河乡，高中，农民

采录者：　李华荣，男，36 岁，确山县双河乡文化站，高中，专干

采录时间：1987 年 4 月 28 日

采录地点：确山县双河乡

229

『王大胆』和『张不怕』

古时候，山北有个集镇，镇里七姓八家，生活虽不富裕，却也是小康之家。每年夏季或闲暇时间总爱集在一起说南道北，谈着自己的见闻，共同获得乐趣。有人谈起镇北山坡上的龙王庙近来闹鬼，每到夜晚都没有人敢走进庙里，怕鬼把人弄死了。人们听了非常害怕。这时候有两个人却哈哈大笑，大家一看，原来是本镇有名的"王大胆"和"张不怕"。

王大胆说："什么恶鬼，那都是骗人的鬼话，我从来就不相信。如果真有，我一定叫他知道我王大胆的厉害。"

张不怕说："对！什么鬼怪，我才不怕呢！我若遇见，定叫它知道我张不怕不是好惹的。"

说也凑巧，第二天，俩人到县城去卖鱼，龙王庙就在去县城的路口。他俩卖了鱼，天已经快黑了，王大胆先走了一步。等张不怕卖完鱼，天完全黑下来了，因为家里锅烂了，补也补不住，他买了口锅，就立即往家里赶。半路上忽然狂风大作，电闪雷鸣，接着就下起倾盆大雨。王大胆正巧走到龙王庙前，就想到庙里避避雨，可心中发慌。别看他白天吹的不怕，这时他可真的怕鬼怪出现。心

中有鬼，他就站在庙门口，紧握手中的扁担，两眼四下张望，随时准备和恶鬼拼搏。此时的张不怕正头顶大锅，在路上冒雨前进，心里想着到龙王庙避避雨，但也怕遇见恶鬼，站在门口不敢进去。这张不怕也是个假不怕。

王大胆正打算趁雨小快点离开龙王庙的时候，忽然一个闪电，他看到一个大头黑东西站在门口，晃晃荡荡。他想真的有鬼了，就壮一下胆子，举起扁担向黑东西打了一下。只听"咣"的一声，吓得他转身就朝家跑。

王大胆经过恐吓，出了一身冷汗，又遭到雨水一淋，就病倒了，昏迷中还断断续续地说："我活见鬼了，活不长了。"那张不怕呢？不明不白地挨了一扁担，也以为是碰上恶鬼了，庙也不敢进，就没魂似的往家中跑，到屋一头栽倒床上，又冷又烧，也病倒了。

这下两家可忙坏了，都急着请医生看病。这个镇子上只有一个医生，只能一个一个地看。医生向王大胆了解了病情，说："你是受了惊吓，加上风寒，并不是碰到鬼了，定下心，吃了药就好了。"

医生来到张不怕家，听完他的叙述，医生哈哈大笑，说："看来王大胆并不'大胆'，张不怕并不是'不怕'，恁俩的病都是自找的。要不是你把锅举起挡了一下，出的问题就大了，这病你问问'大胆'，啥病都好。"

俩人见了面，说了昨晚的事，都不好意思地笑了。王大胆和张不怕的故事从那时起就在镇上传开了。

讲述者：　冯旭灿，男，18岁，泌阳县大路庄乡中学，学生

采录者：　宁德录，男，54岁，泌阳县二小，中专，教师

采录时间：1987年6月3日

采录地点：泌阳县大路庄乡中学

230

逃兵捉鬼记

从前，有一古庙，坐落在漫天地[1]里。民国年间，不知谁家死了人，把一口白茬棺材[2]放在庙内，从此这里常常闹鬼。

一天夜里，细雨绵绵，一个逃兵进庙避雨。进庙后他抹去脸上雨水，脱下湿衣，正想找个地方休息会，猛然看见那口棺材，嘴里不说心里却有点毛毛的。但是他太累了，不管三七二十一，打开小包袱，拿出一条小单子铺在神座下的空地上，就躺下了。刚想睡着，棺材突然"咔嚓"一声，把他惊醒。他猛地坐起，瞪着眼看，四周静静的，棺材还是原样。"这庙里难道还有啥惊动儿[3]？"逃兵自语。

风停雨住了，房檐上的水"扑嗒、扑嗒"往下滴，庙院就更显得吓人了。停了一会儿，逃兵想：也许自己听错了声儿吧。他平了平小单子，还准备躺下。

突然"嗷"的一声，棺材里跳出个怪物来，逃兵一

看，好家伙，怪物像个木桩，看不见头，分不清脚，上下一笼统。逃兵抓起小单子就往外跑，不料一下子绊着门槛，"扑通"一声倒在地上，心想，这下子可完了。向前爬了一步，摸到一块砖头，回头一看怪物离自己只有一步远，又想，死也得砸你一家伙。他用足力气，把砖头猛地砸去，那怪物"哎呀"一声倒了下去。逃兵猛地跳起，按着怪物，准备死拼一场。谁知怪物求情道："好汉饶命！我也是个人。""你是啥人？"逃兵忙问。"你……放我，再说。"原来他是个要饭的，见庙里放口棺材，便把死人拖出，晚上睡里边。见路人来庙里住宿，就带着纸糊的头，披着狗皮，想跳出把人吓跑，留下东西，变卖糊口。不料遇着这个胆大的逃兵，没得到东西，反被砸伤。

从此，庙里再没闹过鬼。

讲述者： 李学清，男，55 岁，遂平县花庄乡长寺村，小学，农民

采录者： 刘晓春，男，27 岁，遂平县花庄乡长寺村，高中，农民

采录时间：1987 年 10 月 6 日

采录地点：遂平县花庄乡长寺村

附记

长寺原来有寺，后来在五十年代初扒掉盖了学校。很多捉鬼的故事大都发生在庙里，因为平时人们认为庙里很神秘，神秘的地方容易产生鬼神的故事。刘晓春的家就在长寺村的老庙附近，所以对这个故事十分熟悉。村子里的李学清也对这个故事熟悉，干活的时候和大家讲过。刘晓春记在心中，回到家整理出来。（刘康健）

[1] 漫天地：即荒野。
[2] 白茬棺材：即没有上漆的棺材。
[3] 惊动儿：迷信中的鬼神。

231

胆大妄为

讲述者：　刘纪昌，男，43 岁，遂平县花庄乡长寺村，
　　　　　初中，农民

采录者：　刘晓春，男，27 岁，遂平县花庄乡长寺村，
　　　　　高中，农民

采录时间：1987 年 9 月 18 日

采录地点：遂平县花庄乡长寺村

　　从前有个叫王伟的人，常向别人说自己胆大，夜里到哪去都不怕。

　　一次，村里几个年轻人赌输赢，说乱坟岗有个死人还没有埋，谁能夜里在死人嘴里抹上米饭就算赢，给他摆一桌酒席。看别人谁也不敢去，王伟就自告奋勇说他敢去。

　　这天晚上是半阴天月亮头，朦朦胧胧看得见东西。到了夜里，王伟端着一碗米饭到了乱坟岗。来到死人跟前，他把米往死人嘴里抹，抹一下，死人吃了，又抹一下，又吃了。眼看一碗米饭要抹完，王伟害怕了。这时又听死人哼了一声，王伟扔了碗就跑，跑着回头一看，那死人竟追上来了。他拼命往家跑，到家一头倒床上吓昏了过去。好不容易才把他叫醒，追他的"死人"也赶到了他家，王伟一见，又"哇"的一声吓死过去了。

　　原来是村里一个青年把死人拉到边，自己躺那儿冒充死人，把米饭吃了。王伟不知实情，结果被吓得半死。从那以后，人们讥笑那种口称胆大，实际胆小的人就叫"胆大王伟"，沿传至今成了"胆大妄为"。

232

尼姑坟

古时固城[1]附近有一尼姑坟，这里常常闹鬼，人们都很害怕。别说小孩，即便大人对此也十分害怕，不敢随意到这里来。

隆冬农闲，正是小伙子闲得磨牙的时候。一天晚上，南庄几个打着饱嗝的青年愣小伙凑在一起，互相吹嘘都说自己胆大，各逞其能。

张三抢先说："我生下来胆就像鸡蛋大。"

李四也不相让："我的胆像西瓜。"

王五更是大夸海口："我的胆大得像碾盘。"

几个人争得脸红脖子粗，一时相持不下。赵六在一旁说道："诸位别争了，我说个办法，就能证明你们谁胆最大。"大伙一听都停住了争吵，齐问赵六有啥好办法。赵

---

[1] 固城：即固城寺，是正阳县西北重镇寒冻镇附近著名的文化遗址，位于两汉三国知名城市安城（也称安成）的中心区域。民国《重修正阳县志》称此即"为汉安城旧址。"西北六里有赫冢，高丈余，周围十余亩，相传为梁襄王墓。寺内旧有隋开皇二年所立固城寺碑，下书"男发心，主女邑子某妃"字样，光绪九年（1883）被寺僧盗卖。清代固城寺叶家是正阳县出名的耕读世家，出过三位进士和多名举人。

六说："你们几个谁能在月黑头加阴天，敢到尼姑坟走一趟，不就证明谁胆大了吗？"

听了这话，几个人都不敢吭声了。王五仍不示弱，说道："去就去，男子汉大丈夫绝不装狗熊！"

赵六说："王五哥，你若敢去，我请客。你若不去，你可要请客啊！"

"一言为定！"王五毫不退让。

李四插话说道："王五哥去，我们可不能跟你一块去，那岂不壮了你的小胆！"

咋能证明王五一人到坟上去过呢？议来议去，决定砍几个木桩，让王五在夜晚将木桩钉在坟上，第二天大伙去看，便见分晓。于是打赌之事，算是定下了。

恰巧，第二天夜晚，正是伸手不见五指的月黑头加阴天，西北风呼啸，阴森可怕，大伙一再鼓动王五去尼姑坟。王五也害怕，只因大话说出，不得反悔，只得备好木桩，披上棉袍，灌下二两小烧酒，抄起斧子便上了路。

大话归大话，临行之时，王五心里就想："万一真有鬼，我手中有斧子，砍它！"话虽如此，心里却如十五个吊桶打水——七上八下。到了尼姑坟，只见鬼火跳跃，飘忽不定，每座坟头都好像会跳出鬼来，阴森可怕。王五早已吓得毛发倒竖，冷汗淋淋，浑身抖得像筛糠一般，就急忙蹲下，"嘭嘭"几下，在坟边钉下木桩，起身就走。"哎呀！"咋也走不脱了，好像有人拉住了他的棉袍衣襟，咋也拽不掉，抢斧劈砍也砍不着。他眼也花了，腿也软了，脑袋"嗡"的一声像个大斗。这下完了！他用上全身的力气往后一拽，到底鬼没人的力气大，只听"咔啦"一声，猛地一下松了。王五拔腿就跑，一气跑到家中，一头栽倒在床上，口吐白沫，眼往上翻，不醒人事。老娘见状急忙掐住人中穴位，捶胸拿背，灌汤喂水，半晌才缓过气来。

这一惊非同小可，王五大病不起。张三、李四、赵六闻听王五病了，都说看来王五真的碰到鬼了，拉着他走不掉了。

这到底咋回事呢？仨人便一同来到尼姑坟，看到王五钉的木桩，不约而同地叫道："原来如此。"

原来王五在慌乱之中，将自己的棉袍衣襟钉在了木桩上，衣襟是他死拉硬拽地硬给撕掉了。他们仨人拔了木桩，

拣回衣襟，跑到王五家里，给王五一五一十地讲了真实情形。王五听此情景，不禁哈哈大笑。这一笑，身上顿觉轻松，病也好了。

从此，尼姑坟闹鬼的传言不攻自破。

讲述者：韩素乾，男，45 岁，正阳县寒冻乡，高中，干部

采录者：陈书亮，男，42 岁，正阳县文化馆，大学，干部

采录时间：1987 年 10 月 19 日

采录地点：正阳县寒冻乡

附记

在驻马店当地，有一些和坟墓相关的行为禁忌，比如中午和夜里不能到坟场去。其实都是有现实原因的，中午和晚上大家都在家里休息，坟场一般在比较偏远的野外，一个人去不安全，环境因素也会加重一个人的恐惧，和闹鬼无关。再如，不能到坟茔附近玩耍，主要是出于对逝者的尊重，也和闹鬼无关。

新蔡县张敬忠采录的《打赌》，内容情节也与此差不多。（郭永勤）

233

稠了兑水

从前，有这样一户人家，家里有老两口和一个闺女，一家三口人都很笨，常常闹出一些笑话。

有一天清早，老汉起床后到院子里去垛麦秸，老妇在屋里缝被子，闺女梳洗打扮后便到灶房去做饭。

闺女到灶前先点着火，然后连忙去舀水，但是没等把水添到锅里，灶里的火却早灭了。于是她又回到灶前点着火，然后再慌忙去舀水，没等她走近水缸，灶里的火又灭了……折腾了半晌午，火还是没点着，水还是没添到锅里，自己急得"呜呜"地哭了起来。老妇只好放下手中的活计来帮闺女，母女俩一个烧火，一个添水，一阵手忙脚乱，总算点着了火，添好了水。

闺女好不容易把水烧开，本来是要搅稀饭的，不料面糊往锅里一倒，竟稠得像糨糊一样，于是她忙喊道："娘，太稠了。"

老妇随口答道："稠了兑水。"

闺女兑了几碗水，又焦急地喊："娘，太稀了。"

"稀了拌面。"

闺女抓了几把面，一会儿又喊："娘，又稠了。"

"稠了还兑水。"

"娘，又稀了。"

"稀了还拌面。"

就这样没完没了地加了水再加面，加了面又兑水，闺女突然又惊叫起来："娘，水溢出来了，火也浇灭了。"

老妇见闺女忙了半天也没做好一顿饭，憋了一肚子火，破口大骂道："没有用的吃才，连饭都不会做，要不是我把自己套在被子里出不去，早打你耳光了。"

老汉听到闺女连饭也不会做，老婆子竟会把自己连同棉絮一起缝在被子里，气愤地大声吼叫："俩蠢猪，吵吵个啥家伙，要不是我把自己垛在麦秸垛里出不去，非撕烂恁俩的嘴不可。"

讲述者： 徐俊彦祖母

采录者： 徐俊彦，男，27 岁，遂平县地名办公室，大专，干部

采录时间： 1987 年 9 月 21 日

采录地点： 遂平县城关

附记

徐俊彦虽然在地名办上班，但喜欢文学，总到文化馆找梁永祥老师喷空。梁永祥劝他也搜集点民间故事，徐俊彦想了想说，俺奶奶讲的有话中不？梁老师说，可中。你整理出来，我看看。徐俊彦整理出来后交给了梁永祥老师。故事中的三个人都与农事有关，套被子、垛麦秸垛、搅稀饭都呈现了豫南的风俗。《稠了兑水》在新蔡县郭敬东讲述、张建伟采录的民间故事里叫《学干活》，主人公是王员外、老婆和女儿。员外学垒猪圈把自己垒到圈里，老婆学套被子把自己翻在被里面，女儿学和面结果面盆盛不了。（刘康健）

234

乞丐状元

从前，穷秀才王生进京应试，因没钱给主考送礼，不让参加考试，还重打他四十大板，被赶出考场。王生无钱回家，只好流落街头乞讨度日。

这件事，你传我，我传你，不久传到皇上的耳朵里了。他听说主考官收受贿赂，赶走、殴打贫穷考生王生，便想在城内寻找到此人，取得证据后好拿主考问罪。该去何处寻找呢？

有一天雨过天晴，天空出现了一道像弯眉一样的彩虹，分外好看，皇上便和大臣一起到市郊去观虹。面对这迷人的美景，皇上禁不住诗兴大作，大声吟道："谁挂青丝现雨条，和云和雨系天腰。"他一时想不出下两句，大臣们也无人能对答得上，皇上心中十分不快。这时，从远处走来一位衣衫破烂，手里拿个讨饭碗的乞丐，接上吟道："玉皇知有銮兴出，万里长空驾彩桥。"

众人注目一看，原来是个乞丐。一卫士想：好个大胆的乞丐，竟敢与皇上吟诗答对？十分恼怒，便一边抽宝剑，一边大声喝道："你这无耻的小人，竟和当朝天子吟诗答对，耍此威风，还不快给我滚开！"这时，皇上却大笑

道："答得好呀！答得好呀！快快将此人唤来。"

皇上经过仔细盘问，才知他就是那个穷秀才王生。皇上心中又高兴，又惭愧，便拉着王生，带大臣回宫了。

当晚，皇上特意让主考官和王生到宫里看宫女们舞蹈，谁知，主考官已不认识王生了。等到跳得最精彩的时候，皇上忽然大声朗诵道："锄禾日当午，汗滴禾下土。"这分明是背诵前人的诗句，主考官张口结舌对答不上。王生紧接着答道："谁知盘中餐，粒粒皆辛苦。"

皇上满意地点头，又吟道："扶铁拐，乘清风，欣赏千山万水。"

王生对答道："推纱窗，移明月，静观碧海青天。"

这时，主考官已认出这个才思敏捷的人就是被他重打四十大板，赶出考场的王生，不禁浑身冒着冷汗，胆战心惊，欲寻机溜跑。

这一切，都被皇上瞧在眼里，但不动声色，拿出他所作的绝联："收二川，摆八阵，六出七擒，五丈原前四十九盏明灯一心想酬三顾"。

这个上联很难对，不仅概括了诸葛亮的一生，还用上一到十十个数字。王生沉吟片刻，对出下联："太甲放，盘庚迁，丙殁乙亡，辛勤建业戊己丁生金阙癸从岂知拜壬宫。"他巧妙地用十个天干对十个数字，说出了殷商兴亡的全过程。

皇上再也忍不住了，连连夸道："奇才，真乃举世奇才！"又对主考官喝斥道："大胆奴才，朕委托你承担选拔人才的重任，你为何收受贿赂，徇私枉法？"

主考官吓得面如土色，连连叩头求饶，头都叩破了，鲜血直流。皇上立即传下圣旨："主考官欺上压下，王法难容，革除官职，永不复用，发配云南。王生学富五车，才高八斗，不畏权贵，官封文状元。"

讲述者： 袁凤针，男，39 岁，正阳县城关，高中，职工

采录者： 熊华民，男，28 岁，正阳县城关，高中，职工

采录时间： 1987 年 11 月 12 日

采录地点： 正阳县城

附记

乞丐成为状元，是老百姓的理想，当然现实中不可能。此故事被熊华民整理后，显得有些文绉绉的，其原因盖出于他是搞戏剧创作的。《乞丐状元》最早收录于 1988 年版的《中国民间故事集成·河南正阳县卷》，题目为《乞丐封文状元》。（刘康健）

235

脓包大人

从前，庙湾有个巡检衙门，巡检姓许，人们给他送个外号"脓包大人"。为啥叫"脓包大人"呢？许巡检原本是平舆城里有名的大财主，此人学文不成，习武不就，用三千两纹银买个九品官，当上了庙湾的巡检。

这家伙上任不久，汝南新任县令来庙湾巡察。九品巡检见了七品县令，自然是毕恭毕敬，以礼相迎。请进客厅，让座献茶已毕，县令知道过去洪河不断决口漫溢，所以开口就问："贵使到任，察看庙湾的水势如何？"许巡检想了半晌，以为是问水柿（也叫懒柿），于是答道："禀大人，我吃过。庙湾的水柿有点涩，不如烘柿子好。"县令心想是他听错了，赶快补充解释一句："不，不，我问的是水。"许巡检躬身答道："水不错，大人！洪河水煮茶味道好。"县令见所问非所答，随即改了话题："请贵使谈谈这里的风土吧！"许巡检一听，忙又答道："大人，土蜂不错，蜜很甜，不过太少，没柿子多。大人要用，回头我派人给大人送去。"

县令连问几次，见他答的都是驴头不对马嘴，脸色一沉，拂袖而起，厉声说道："贵使请便！"说罢，便打轿回县城。许巡检见县令面带怒色而走，吓得呆了半天，心想，我没有说错啥话呀！大人为何如此？事后有人问县令："庙湾巡检使咋样？"县令说："脓包一个。"从此，"脓包大人"这个外号就传开了。

讲述者： 程景州，男，53 岁，平舆县文化馆，高中，干部

采录者： 冀世清，男，55 岁，汝南县文化局，高中，干部

采录时间：1984 年 10 月 16 日

采录地点：平舆县文化馆

附记

冀世清先生因为参加"三套集成"的搜集工作，这天来到平舆县找李宏老师商量下步工作。李宏老师外出了，接待他的是程景州。二人坐在办公室里，说起民间故事搜集工作，程景州说，闲着也是闲着，你大老远跑来了，我给你讲一个，你看中不中。冀世清忙说，你讲，我记住。

因为元明清三代平舆县被并入汝南县（时称汝阳县），直到1951年4月才复置，所以平舆县的很多民间故事、传说往往与汝南密不可分。故事中说到的巡检司或设于州县关津险要之处，或设于市镇发达之区，或设于人口繁多之域，是负责巡捕盗贼，禁察奸伪的次县级行政单位，设巡检一员，为从九品。明清时期驻马店地区正阳（明初县废入汝阳县，景泰四年设巡检司。弘治十八年复县）、姜寨（今属安徽阜阳）、竹沟、明港（今属信阳）以及庙湾均设有巡检司。庙湾巡检司位于今天平舆县的庙湾镇，位于当时重要水道洪河岸边，负责把守洪河渡口和盘查来往商船。（刘康健 赵新春）

236

仙姑下神

有一位神婆子，整天装神弄鬼，日子一长，大家都习惯地称她为"仙姑"。

这天清早，仙姑听说村东头王二婶家的小儿子头疼发烧，病得厉害，觉得这是个骗钱的好机会。于是，她匆忙烧好锅后，就急忙朝二婶家赶去。一进门，她就吃惊地叫道："哎呀，她二婶，怪不得我今儿个心里乱扑通，原来是你家的孩子中了邪。"王二婶正发愁，一听说孩子中了邪，赶快燃起香烛，请仙姑捉邪。仙姑看时机成熟，忙纵身登上香案，双脚盘坐，双手合拢，两眼微闭。不一会儿，只见她嘴一张，一晃打了仨呵欠，摇晃着脑袋，真像是大仙附体了。她口中念道："上神灵，下神灵，离地三尺有神灵。左一寻，右一寻，小子撞上狐狸精。要想赶走狐狸精，还得找王母动大兵。"王二婶子听说儿子遇上了狐狸精，连忙磕头祷告："王母大仙，快派神兵捉妖精吧。"

这时，村里的人听说大仙在王二婶家下神，都三三两两地跑来看热闹，房里挤满了人，就听仙姑拉长声调唱道："调大兵，要心诚，粮草供应要先行。若是供上好供品，小儿自然免灾星。"二婶低着头说："只要小孩病好，

要哪些供品，请大仙指点。"仙姑偷偷把眼睛往左右一瞟，发现有一个面缸，一个油壶，又把眼睛往上一翻，心中不觉一喜，那梁上挂的不是很多腊肉吗？于是她马上念道："白面三斗做供品，香油四斤点神灯。山珍海味咱不要，梁上腊肉整五斤。"二婶听说要梁上腊肉，连忙跪下："大仙，屋梁上挂的不是腊肉，那是俺腌的茄子干。"仙姑不由一怔，马上改口道："吾神来得太紧急，迷迷糊糊没看清。只要心诚供大仙，茄干也可代供品。"

这一来，可把大伙乐坏了，屋里顿时响起一阵阵哄笑。仙姑明知自己露了马脚，心里很慌张，可她表面挺镇静，只是偷偷地翻了翻眼皮，刚想往下念啥，忽然人群中有个人大叫："哎呀，不好了，大仙家的房子起火了，快去救火哟！"那仙姑听说自己家的房子起火了，这才想起自己刚烧好的锅，忙哭叫道："哎，我的妈呀！"赶紧跳下桌子，拔腿往家跑去，身后看热闹的都捧腹大笑。原来是几个调皮青年出的鬼主意。

从此，再也没人请仙姑下神了。

讲述者： 李鸿恩，男，73岁，平舆县双庙乡南付楼，
　　　　 私塾，农民
采录者： 秦挺战，男，21岁，平舆县双庙乡南付楼，
　　　　 初中，农民
采录时间：1987年10月13日
采录地点：平舆县双庙乡南付楼

附
记

秦挺战在县里接受完民间故事搜集培训后，回到村里，很注意搜集民间故事。李鸿恩是村里有名的"嘴子精"，秦挺战先找到他，请他讲几个故事。李鸿恩架不住三劝，就坐在场里讲开了。仙姑，也有的地方称师婆，会下神占卜。过去由于医疗条件差，人们生病或医生看不好，就会"病急乱投医"，请仙姑、神汉来帮忙治疗、驱邪。记得小时候农村有"小孩惊着了"的说法，也会请这些人帮忙看看。他们做法时，往往借助神灵附体，施法驱咒，大体与上古巫医相似。
（刘康健）

237

为啥不许说卖倭瓜

在咱们汝南、正阳一带，市上卖瓜的很多，都是卖啥瓜吆喝啥瓜，就是卖倭瓜的不吆喝卖倭瓜，却吆喝卖南瓜，也不许别人说他是卖倭瓜的，一说就吵架，为啥哩？据说卖倭瓜是骂人哩。

从前，有个员外吃了饭没事干，跟自己的孙女勾搭成奸，没脸在家居住，祖孙二人私逃在外，来到正阳城北一个村，找间闲房子落了脚。这个员外读了多年书，给当地的头面人物一商量，办了个小蒙学，教起书来。眨眼工夫，几年过去了，孙女生了孩子，也已长到好几岁了。这时，员外的儿子找到了这里。

原来，祖孙二人私逃出走以后，员外的儿子少掌柜时时处处都在打听爹爹和女儿的下落。当打听到爹爹在正阳城北某村教书的时候，便一路寻问找到了家。女儿见爹来了，一面让爹坐在屋里歇息，一面对儿子说："去！到学屋里叫恁爹喊回来，就说恁姥爷来啦。"小孩跑到学屋对他爹说："爹，俺娘叫您回家哩，俺姥爷来啦！"老员外一听，脸上刷地变了色，心里想：这回儿子来找，我办了这个没脸见人的事，见面咋说哩？左思右想没办法，便提

前放了学，然后对儿子说："你头里先走，我一会儿就回家。"儿子走后，剩下他自己，解下裤腰带吊死在学屋里。

从老家来的儿子在屋里老等也不见爹爹回来，就问女儿："学屋在哪？我去看看。"女儿就给儿子说："领着恁姥爷到学屋去吧！"他俩走后，她也感到无脸见人，见了人咋说哩，不如死了干净，就在屋里也上了吊。少掌柜到学屋里一看爹爹吊死了，又回来，看看女儿也上了吊，心里说：爹爹和女儿干这号见不得人的事，他们是没脸活在世上，都死了也好。看看身边这个小孩子，心想：我要是留下他，咋称呼哩？爹爹的儿子，女儿生的，是叫我哥呢，是叫我姥爷呢？干脆！他们三人都死了最好。想到这里，他拿起切菜刀，一刀把小孩砍死了，然后把三个人头都砍下来，装在皮布袋里，背着到县衙去投案。

半路上，碰到好多赶集的，问他背的啥东西。他不好明言，就支支吾吾地说："背几个倭瓜去卖。"到了县大堂，知县问他："你来投案，杀的这三个人都是谁？"他指着男人的头说："这是爹爹女婿的头。"又指着女人的头说："这个是母亲闺女的头。"最后指着小孩的头说："这个是弟弟外孙的头。"聪明的县官一听，立刻明白了，说："你没有罪，回去把他们埋了算啦！"他把三个人头又背着到他爹教书的那个村头上，挖个坑埋了。

后来，人们就把这个村叫"三头铺"，从那时起，汝南、正阳一带就不许说卖倭瓜。

讲述者： 吕凤歧，男，64岁，汝南县和孝乡黄屯村，
私塾，农民

采录者： 吕国富，男，41岁，汝南县和孝乡黄屯村，
初中，农民

采录时间： 1987年8月22日

采录地点： 汝南县和孝乡黄屯村

吕凤歧、吕国富是父子关系，吕凤歧是村里有名的"故事大王"，从小吕国富就喜欢听父亲讲故事，后又把听来的故事讲给同学和乡亲们听。1987年，在民间文学三套集成普查中，吕国富就回忆、采录、整理出民间文学作品达十余万字。其中《尖头处子遇见挖苦人》《杜歪变驴》《翻嘴婆》等六篇故事被选入县卷。这些故事大都情节完整，尤其是在语言上颇具地方特色。

三头铺就位于和孝镇的汝南到正阳的公路旁边，旧为北宜春城。除此一说外，也有说是源于当地三王墓的传说。说是楚国铸剑名匠干将替楚王铸剑，一雄一雌，干将莫邪剑过了三年才铸成。楚王得到其中的一把后，就杀了干将。干将的儿子长大后，为了报仇，请一位游侠带着自己的头和另一把剑献给楚王。趁楚王看煮在镬中的干将儿子的头时，游侠砍下了楚王的头，并自杀，两人的头也落入镬中。由于三个人头在沸水中一起煮烂，不能识别，人们就将三个人头一块儿埋葬，笼统地称作三王墓，附近的村庄被称为三头铺。

（刘康健　赵新春）

238

箭箭不离肛门

从前，一个小山村里住着十几户人家，由于没地种，都以打猎为生，所得的猎物共同分配。村内有个叫郑娃的年轻人，因每天都能分到猎物，不学打猎本领，跟着大家混水摸鱼。

说来可笑，他天天背着弓箭和村上人一起上山打猎，同样起早贪黑，但他从来都没有打住任何猎物。天长日久人们对他烦了，不愿将自己的猎物分给他。这样一来，他天天在山上瞎转，即使是发现啥野兔、山鸡之类，他也没办法捉到它们。

这样一天、两天过去了，他始终没得到猎物。这一天，他垂头丧气，无精打采地坐在山石上打瞌睡，忽然听到了一阵风声和吼叫声。他一惊，猛抬头看到一只金钱豹和一只老虎，因争吃一只兔子斗起来，它们俩难分难解。说来也怪，这两只野兽打着打着，慢慢向郑娃靠近。郑娃吓得双腿发软，可是为了保命，他连滚带爬来到一个石缝前，一侧身刚好进去。他定住神时，老虎和金钱豹已经来到石缝边，忽地一转，老虎的屁股调到郑娃面前。这时可是机不可失，郑娃顺手把一支利箭对着老虎的肛门刺去。老虎临死也不松口，死死咬住豹子的脖子倒下了。郑娃又一步跳出，把另一支利箭刺入豹子的肛门（当时箭大都浸了毒），豹子长长地叫了一声也终于倒下了，俩森林"猛将"就这样成了郑娃的"胜利品"。

郑娃射死虎豹的消息传开了。"二哥，听说一个郑好汉，一会儿工夫打死了一虎一豹，是吗？""你还不知道吗？二弟，郑好汉当时是用一张弓，两支箭，同时射出。两箭都射着虎豹的肛门，人家那才是神箭手。听说他是箭箭不离肛门，别处不去射。"就这样越传越神奇。

伏牛山区有一断山口，是交通要道，可是，这儿近来出现一只吊睛白额大虎，人们经过此地时，十有八九都落于这只大虫之口。这时人们想起了郑娃，就报给官府。县官派人请他，他没敢答应，因他知道自己的本事。第二次，人们抬着轿来请他，他心中暗想了个办法，就去了。

到官府后，郑娃向县官提出个条件，要二十个二十岁以上、二十五岁以下的哑巴，十五个同龄的瞎子，每人一根木棒。县官马上令衙役把人找齐，立刻进山。刚一进山，那只老虎闻到人的气味，就跳出来。郑娃本无本领，所以一见老虎他就吓得尿了一裤子，爬上树去了。瞎子只是愣愣地站在那，哑巴可慌了手脚，常言道：人到死心齐。并且哑巴一般脾气不好，这一气、一吓，哑巴们就同老虎狠狠地厮打起来，出乎意料地把老虎打死了。这时郑娃跳下树来，把一支箭插入老虎的肛门，然后命令瞎子把老虎抬到县衙。

这下可热闹了，到了县衙，哑巴手舞足蹈脸红脖子粗地嚷嚷着，两眼发红，口吐白沫，人们以为他们在说当时郑娃与虎搏斗射箭的场面，可哑巴就是急死也说不出老虎是他们打死的。瞎子呢，更是说得有形有色的："这家伙可真厉害，我们一进山它就窜了出来，要不是郑大汉，我们就回不来了。不信你们问哑巴，他们还吆喝着喝彩呢。我们虽看不见实际搏斗的场面，说实在的，这一辈子要真看到这场面，就死而无憾啊！"人们把目光集中到郑娃身上，见他裤子湿了，还以为是汗湿透的呢，因此县官赏给他许多财物。

人怕出名猪怕肥，这下郑娃的大名传到了京城。说来也巧，在皇宫的后花园内有一只大熊，不知吃了多少宫官、宫女，多少武林高手都死于它的掌下。皇帝下旨传郑娃，郑娃也知道这次弄不好就会命丧熊口，但如能杀死大熊，以后就享不完的荣华富贵。他立即上殿，并决心处死大熊。皇上说："多少武林豪杰，都死到这个家伙掌下，你中吗？"郑娃满口答应。

皇上要做个初试。郑娃一出城门，见一个小孩拿着一只麻雀，他从小孩手里把麻雀骗走，把箭往麻雀肛门内一插，就这么举着去见皇上了。这下皇上紧皱的眉头可算展开了，忙令人打开园门让他进去。

郑娃进园没走几步，就发现大熊向他冲来，他一见无法躲闪，只好顺着一棵树爬了上去。可是大熊也会爬树，就跟着往上爬，这可吓坏了郑娃，尿顺着裤腿就流了下来。大熊的嗅觉很灵敏，闻到扑鼻的臊气，就调过头，准备倒着爬下树。郑娃这次虽然害怕，可是由于上两次的经验，他又抽出带毒的利箭插入大熊的肛门，不一会儿大熊就倒地死亡。

皇上大喜，赏给郑娃许多钱物及丫鬟仆女还有美妾，让他住到一处楼房里。

郑娃成了有名的富翁，一伙小偷就想来偷他，但又不敢贸然行动。在一个漆黑的夜晚，他们偷偷地摸到郑娃后院。这时郑娃还没睡着，对仆人说："拿便壶来。"小偷把"便壶"听转了，听成"拿箭壶来"，知道郑娃专射肛门，都害怕了。他们一看院里有一大堆瓦，每人忙拿一只盖住屁股就逃。过去制的锁，钥匙都是很长很长的铁片，每个小偷的腰后都挂了几个偷盗备用的钥匙，因此，他们跑起来，钥匙一蹦一蹦地打在瓦片上，发出"嗒、嗒……"的声音。小偷听到响声，就飞命地跑，跑得越快，声音响得越急。

"大哥，箭箭不离肛门，真是名不虚传啊！"一个人气喘吁吁地说。

"快跑二弟！那箭壶内也不知有多少箭，万一把瓦射破，咱哥们儿还有命吗？"

从此，再也没人敢偷他的东西了。

讲述者： 贾才甫，男，76岁，遂平县嵖岈山乡鲍庄
村，私塾，农民

采录者： 高亚州，男，17岁，遂平县嵖岈山乡中，
学生

采录时间：1988年1月11日

采录地点：遂平县嵖岈山乡鲍庄村

附
记

这个故事是发动师生收集上来的。高亚州放寒假回到了家，就给家人说了故事采集的事。家人就给他说贾老汉见多识广，懂得多，更会讲有话，不用再找别人。就这样，高亚州来到了贾才甫家，说明了来意后，贾才甫就给讲了这个故事。这个故事长，高亚州打好底稿后又来了几次进行了补充和修改，最终完成了任务。

贾才甫喜读各种书籍，被誉为"百事通"，先任教师，后从医。他在长期行医过程中，收集大量民间故事、地方传说、奇闻轶事，特别熟悉嵖岈山的种种传说。他讲故事描述形象化，听之如身临其境。代表作品有《隐士沟的由来》《尖山白龙池》等。（刘康健）

异文：李二喷除害

从前，李家寨有位老员外，老员外有个千金小娇女。不少小伙子来求亲都没成功，李二喷可不信。

一天，李二喷拾到一个麻雀，用箭从麻雀屁眼直穿出嘴，把麻雀扔到老员外后花园内，就去敲员外的大门。

"找谁？"管家问。"我打的一只鸟落到您家后花园里了。""待我问问员外。"一会儿管家开门说："请进吧。"

李二喷和管家径直到后花园找到麻雀，管家一看箭是从麻雀屁眼穿到嘴，连声夸奖："好箭法，好箭法。"管家心想：员外正想找一个武艺高强的人作女婿，我把他带给员外看看去。

员外看小伙子长得很俊，又有一手好箭法，就托管家做媒，择了个良辰吉日，让他们拜堂成了亲。

一天，员外骑马进城，城门外人山人海，不知在看啥。员外打马上前，才知大家在看告示。只见榜上写着：

方圆百里两只虎，残害百姓到城府。谁能除害黄金赏，有了黄金可享福。

员外心想，让贤婿去除害，升官发财的机会可就到了。想到这，他把告示揭下。衙役说："你能中？""不中敢揭告示吗？"衙役带员外到了衙门，员外如此这般地说了李二喷咋厉害，县令听了就让他赶快回去准备。

员外催马赶回家中，把女婿找到跟前说："今天进城，我给你揭了张告示。""啥告示？"员外把告示讲一遍，说："县太爷还说，只要把虎打死，赏黄金三千两，想作官也中，你看中不中？"

李二喷想，这下可坏啦，我一只鸟也打不下来，哪能打虎呢？这不是让我去送死吗？他心里怵想，嘴上可没怵说。"中，中，为民除害小事一桩，那小小的老虎还不是瓮中取蛋——手到擒来？反过来说，我就是叫老虎吃了，也是岳父您的光荣。"

员外同贤婿喝了分别酒，千金与郎君难分难舍。李二喷心里哪儿有底，他是猪八戒刚进高家庄——假装好汉子。

李二喷骑马到了县城门口，衙役们前呼后拥把他领到大堂上。县令又是让坐又是赐茶，李二喷哪里经过这种场面，心里真有点不知王二哥贵姓了。

县令问他："你有把握吗？""没……没问题！"

正说着，有个衙役上来报告："太爷，二猛虎眼看要蹿上城头。"李二喷说："县太爷，给我一根杠子，要一头红一头黑的，我去看看！"

李二喷来到城头一看，两只饿虎真是凶猛，咋对付它呢？衙役在后面催他："快下城去打呀！""别慌，我在陕西经常和这两只虎打交道……"李二喷想拖延时间，就信口胡喷。

"这不是老虎兄弟吗？请上来上来！"二喷拿着杠子晃来晃去地叫喊。

虎怕红不敢动。老虎不再吼叫扑城，一只老虎在城墙根仰脸瞪着二喷子的红杠子。这时，李二喷无意中把城墙的砖头搲下一块，正巧砸着老虎鼻子，俩虎惊叫着逃跑了。

衙役上前一看老虎逃窜了，就问："你用啥法叫老虎吓跑了？""咋说哩？这二年我招了亲，不然，这两只虎也到不了这里。"

衙役向县令禀报了李二喷不费一刀一枪把虎吓跑的事，县太爷高兴得下令，喝三天庆功酒。

第三天，正当人们猜拳行令大吃二喝的时候，衙役禀报："不好啦！两只猛虎又带俩野人就要攻进城府。"县太爷拿眼瞟了瞟二喷。二喷心想，大话还得吹，硬着头皮也得吹到底呀。他又掂着杠子来到城头，一看野人浑身黑毛，高七尺有余，瞪着两只血红的大眼珠，二喷喊了起来："二位黑大哥，您欠我三年钱没还，今天就带两只虎来还账？"

俩老虎心想，咱请野人来帮忙，它俩却拿咱们来还账，岂有此理！俩老虎掉头就跑，谁知野人比老虎跑得快，只见俩老虎在野人后面不断翻筋头，一股烟尘直卷进深山老林。

原来是俩老虎自从上次吃了亏，就去请野人，老虎对野人说："城里有个人真厉害，他用根红杠子在城头上晃来晃去，就把我鼻子弄烂了。黑大哥走吧，替老弟报仇去！"野人答应了。老虎怕跑起来跟不上野人，来的时候，就用藤条绑在野人和自己腰上。刚才说俩老虎在野人后面不断地翻筋头，那是野人拉哩。到了密林中，两只老虎都被拉死了。野人想，城里人就是厉害，不知啥时候把虎老弟也弄死咧。

再说，衙役见李二喷只说了一句话，老虎和野人就惊跑了，马上跟在后面，在树林里发现两只老虎已死，才回城禀报县太爷。县令喜欢得直捋胡子，吩咐手下打开金库，赏李公子黄金三千两。他又对李二喷说："李公子，恭贺你为民除害立下了汗马功劳，这点小意思不成敬意。你能不能留下为官？""不敢，小人还是回去的好，谢大人。"

县令见李公子愿回家，就不再挽留，又赏白银一千两，用八抬大轿把他送回李家寨。员外一家自然是皆大欢喜，设下酒宴庆祝一番。

过了俩月，衙役又来请李公子出山。原来是，那俩野人这些天咬死了不少山民。李二喷来到县衙，县令再三吩咐，只听李二喷说："太爷放心，小人一去马到成功。""你要带多少人马？"县令问他。

"我只带四十个哑巴，四十根杠子，另外带一棵大树。""带哑巴？"

"哑巴听话。"二喷心里有数。

李二喷训练了几天哑巴，又在掏空的树洞上安上一副铁门，从里边安上锁。一切准备停当，他们就向深山进发了。

他们刚来到山脚下，就见俩野人嗷嗷叫地从山上冲下来。李二喷跳下高头大马，惊慌地比画："谁不上前杀头。"哑巴全迎着野人冲上去了。李二喷一头钻进抬来的大树洞里，关上铁门，从门缝看他们格斗。野人真是力大无比，抓起一个哑巴就摔死，哑巴有的眼珠被抠出来，有的喉咙被咬断……二喷心想，幸亏我想了怎个点子，要不然也和哑巴一样暴死山下。打了半天，死了三十个，伤了四个，还剩下六个膀大腰圆的哑巴，俩野人体力耗尽，终于被六个哑巴乱杠打死。李二喷看到这儿，马上跃出树洞，拔剑对着死野人就捅几下，说："这下我叫你上西天！"

李二喷带着哑巴，让他们抬着野人回县衙交差。一路上，哑巴呜呜啦啦不知说啥。到了城门，县令带着群众早在城门外等候李公子凯旋归来。哑巴见了县太爷纷纷比画李二喷钻树洞，不敢上前打野人。县太爷丈二和尚——摸不着头脑，就问李二喷："李公子，他们比画啥？""比画的意思是，要不是我，他们几个都死啦。不过他们很勇敢，应该重赏。"

县令重重地封赏了他们，对李公子格外重赏。李二喷坐在县令送他回去的大轿子里，得意地看哑巴在那里比画。

讲述者： 龚灿美，男，44 岁，新蔡县佛阁寺乡老围孜村龚楼，小学，农民

采录者： 龚国强，男，34 岁，新蔡县文化局艺术股，高中，干部

采录时间： 1987 年 9 月 19 日

采录地点： 新蔡县佛阁寺乡老围孜村龚楼庄

239

取吉利

以前，五沟营镇有个姓康的商人，家产万贯，人称"康百万"，在十字街开杂货铺。他一生爱听吉利话，当然也最忌讳不吉利的话。

为使生意兴旺，康百万每天早晨鸡刚叫就起来，站到高处使劲咳嗽几声，让街坊邻居听见后，说上一句吉利话："康百万起来啦！"那几年年景不错，康百万的生意确实兴隆起来了。这年他雇俩学徒，一个叫窝囊，一个叫狗气，康百万每喊他们，老是"窝囊""狗气"的，认为很不吉利，后来，给他俩改名为发财和高升。每次叫："发财！""来了！""高升！""来了！"这样很吉利。

大年初一早晨，是取吉利的最好时机。这天鸡子刚叫，康百万就起了床，站在院子里向楼上喊："发财！发财！"发财正睡得香甜，被掌柜叫醒后，睁眼一看窗外，天还黑乎乎的，不耐烦地说："早着哩！"康百万一听，气得两手发抖。高升听见后赶快起床下楼，康百万又喊："高升！高升！"高升随口答应："下去啦！"又一句不吉利话，直噎得康百万昏了过去。

没过破五，康百万就把这俩学徒赶跑了。

讲述者： 尚德，男，49岁，西平县五沟营镇，大专，干部

采录者： 王泮池，男，24岁，西平县五沟营镇，高中，干部

采录时间：1987年9月8日

采录地点：西平县五沟营镇

附记

类似故事在驻马店各县都有流传，汝南县民间故事叫《财主讨吉利》，两个伙计的名字叫进宝和发财，情节与此类似。（王卫霞）

240

抓住谁是谁

附记

此故事在泌阳县民间故事里叫《抓到哪个是哪个》，情节类似。（王卫霞）

从前，张家夫妻俩开个米店，贪财缺德，经常米里掺沙卖。一天，一位买米的问："这米中咋恁多沙子，是你们掺进去的吧。"夫妻俩发誓赌咒道："要是俺往米里掺沙，龙抓天收！"

说来也巧，这天晚上打雷闪电，就下起大雨来，夫妻俩做贼心虚，不知道往哪躲着是。丈夫爬到床上用被子蒙得严严实实，老婆也想躲床上，猛不防帐钩挂着了发髻。这时正好一个响雷在屋顶炸响，她以为被龙抓住了，连声求饶："龙爷爷，不是我，是那该死的老头子。"丈夫以为龙真来了，吓得在被窝里发抖，说："两人都有份，抓住谁是谁，以后我再也不敢掺沙了。"

讲述者： 孟银，男，56 岁，西平县专探乡衡坡村，
　　　　　农民，初中
采录者： 孟东海，女，18 岁，西平县专探乡衡坡村，
　　　　　学生
采录时间：1987 年 7 月 15 日

241

大力士张坤

从前，有个叫张坤的人，生得膀扎腰圆，力大如牛，方圆百里内，没有人不怕他的。他生性懒惰，不爱说话，每天人家吃完早饭，他才起来。那时全村只有一口吃水井，水很浅，到他起来后井水已被打干了。

这一天人脚定[1]后，他到场里，双臂携两个石碌，往井口上一卡就睡觉去了。到了天明，村里人起来打水，咋也弄不动。大家知道是他干的事，就去请他把石碌掷开。从那以后，每天打水，大家先给他打出一桶放在一边才敢打。

可他最恨的是当时做官的和地主。有一天，一家地主娶媳妇，路过他的村头。他到村外一看，一顶花轿忽闪忽闪地被抬过来了，三眼枪，对子锣，笛子喇叭，吹打一片，庄上的大人小孩都跑去看。有人说他不敢和新娘子换裤腰带，他大步一迈，二话没说，走到轿门口，把轿拦着，说要和新娘子换换裤腰带。众人一看他那个模样，谁也不敢

吱声。轿内的新娘子从轿门缝里看他腰里带有一把大刀，遂转念一想，说："好吧！裤腰带结死了，你把刀借给我用一下。"不料新娘子接过刀自尽了。

这事惊动了官府，于是派了一帮人马来捉拿他，他安排家人做饭等着。官军来到，把庄子团团围住，有两个带兵的先到里面探听探听，家人把他们迎到屋里，拉开桌子进行招待。只见张坤用碾盘端着饭菜过来了，官军一见，大叫一声逃了出去，外边官军大声疾呼要捉拿张坤。张坤看势已不能走脱，便一使劲把院里一棵两把多粗的枣树拔掉，走着要着，冲出了人群。官军手里虽拿有大刀，也没人敢沾他的身。

后来这事越闹越大，有人给朝廷出点子说："对这样的人，不能硬拼，以劝说让他投降为好。"朝廷便派他到陕西去做官，实际上是让他充军。他到达陕西约两个多月，便把地方的情况摸透了。一天夜晚，他随身带一把利刀，把当地的贪官污吏杀死了十多个，把人头背在身上，由长安过洛阳到达开封，前去投案。据说，因长途跋涉，劳累过度，病死在半路上。

讲述者： 张心端，男，50岁，平舆县东和店乡，高小，干部

采录者： 吴伯芳，男，74岁，平舆县东和店乡，私塾，离休教师

采录时间： 1987年5月23日

采录地点： 平舆县东和店乡

[1] 人脚定：方言，指夜里亥时。此时夜色已深，人们也已停止活动，安歇睡眠了，故称。

242

韩大牛赴宴

从前，有个少妇长得如花似玉，结婚半年，丈夫就死了。这事儿被阎财主知道了，他虽有三房太太，还想娶这个少妇为妾。

那时，死了丈夫的女人低贱得很，要娶亲不能见日头，只有在夜里迎娶。阎财主也不管人家愿不愿意，仗着自己有钱有势，派家丁夜里抬着少妇就走，半路上正好碰上壮士韩大牛。韩大牛有九牛二虎之力，一阵拳脚，打跑了家丁，救下了少妇。

过了三天，阎财主派人送来一封请帖给了韩大牛，上面写着："韩壮士：前天之事，一笔勾销，今日家中有客，特请壮士赴宴。来是君子，不来是小人。"

韩大牛看罢，一阵冷笑："别说赴宴，就是上刀山下火海，我韩大牛也不怕。"就换了衣服，大摇大摆地进了寨。走进财主的大门，便觉得寒气逼人。客厅里坐满了人，见他来了，都不吭声，拿眼盯着他。韩大牛也不客气，在一张椅子上坐下。

这时，酒菜上桌，韩大牛就同客人们一起大吃大喝起来，吃饱喝足，又上来了红烧鱼压桌，外带一把钢刀。坐

在韩大牛对面的人忙抢在手中，用刀扎了块肉，说："韩壮士，久闻大名，我敬你一块肉。"说着连肉带刀朝韩大牛嘴里捅去。韩大牛用牙一咬，把刀尖咬断了，将肉吃下，把咬断的刀尖吐出一丈多远，"叭"的一声扎在门上。拿刀人惊了，忙叫："伙计们快动手！"

说时迟，那时快，韩大牛一下子掀翻了桌子，一脚把顶梁柱踢断了，房子垮了下来，吓得众人一窝蜂朝外挤去。韩大牛趁机跃上屋顶，跳出院外，扬长而去，并甩下一句话："不怕死的来追吧！"家丁们没一个敢去追，眼睁睁地看着他走了。

讲述者：　赵林，男，53岁，平舆县万冢乡万寨村，不识字，农民

采录者：　贺德全，男，30岁，平舆县万冢乡万寨村万寨，高中，农民

采录时间：1987年9月28日

采录地点：平舆县万冢乡

附记

贺德全找到赵林时，赵林正在忙着沤麻，先把麻砍下来，再放进水坑里，上面压上石头。赵林抱着麻秆，问找他干啥。贺德全说，县里叫搜集民间故事，想请他讲几个。赵林说，啥叫民间故事？我可不会讲啊。贺德全说，就是有话，你平常经常讲给大家听的。赵林说，有话呀，咱村里人人都会讲。贺德全说，坐下歇歇，喷几个。赵林坐在麻秆上拧了个"喇叭头"吸了几口，慢慢讲起来。（张耀征）

243

王大憨的驴舅父

从前，泌阳县有个叫王大憨的人，生性纯厚，在邻居间从不多言多语。其父早丧，母子相依，几亩薄地，足可糊口。

王大憨的舅父刁三黑不务正业，吃喝嫖赌，把祖上家业慢慢挥霍完了。刁三黑每次赌场输钱，总是到外甥家来要，因此，王大憨累死累活地干，到了[1]也没有积攒住钱。有一次，王大憨的母亲得了重病无钱吃药，就请求舅父借钱相助。刁三黑一听，不但不给，还说大憨不孝，连自己的娘也养不住。王大憨一肚子气，念其舅父情分，也没说啥。

不久，刁三黑病故，因为他是光独汉儿[2]，丧事全由王大憨承办。自此，王大憨再无累赘，不几年就富了起来。他成了家，先后添了俩孩子。买了一头带驹母驴，还买了一盘磨，既方便乡亲磨面，又能收俩压磨底的麸子钱。

有一天夜间，王大憨睡得正甜，忽听见舅父刁三黑喊道："外甥快起来，我还你账来啦！"王大憨猛地惊醒，原来是一个梦。正惊讶间，母驴生下了一个叫驴娃儿。王大憨思忖：刚才梦中舅父喊我还账，莫非驴娃儿是我舅父转生？梦中之事不可全信，也不可不信。从此之后，对驴娃儿格外用心饲养，喂得油嫩肥胖，屋内屋外见到驴娃儿，常以舅父称呼。一年后，驴娃儿已经长大，几次买主到家来，都愿出高价，而王大憨因有异梦在前，不忍心将它卖掉。

一日，王大憨牵着驴娃儿上官庄街赶集，临走时向它嘱咐说："舅呀，今儿咱舅甥俩去赶集，比不得在家，街上人来人往，摊贩又多，你可不要胡踢乱咬给我闯祸，闯出乱子外甥赔偿不起。"嘱咐罢，牵着驴娃儿上街去了。

驴娃儿一路上服服帖帖，来到街口站定，有一个叫施永生的人，挑着一担瓦盆从屁股后经过，驴娃儿抬腿一蹄把一担瓦盆踢得粉碎。施永生非常恼火，吵闹着要王大憨赔偿。不多时，赶集的人里三层外三层地围着观看。王大憨没有办法，便责怪着驴娃儿说："舅呀舅，上街前我就先嘱咐你，不要闯祸，刚到街口你就踢烂人家一担瓦盆，得叫我赔钱，你真是……"施永生一听，王大憨喊驴娃儿叫舅父，很不理解，就问起缘故。王大憨长叹了一口气，才从头到尾地把经过叙述了一遍。

施永生听后，转怒为笑道："你舅既是刁三黑，我还欠他七百钱，没等还他就死去了。这一担瓦盆恰巧是七百钱买的，如今已被踢烂，不能让你再赔，算我还了你舅的账。"俩人一个要赔钱，一个要还账。围观的人们都感到奇怪，从那时起这个故事就传开了。

讲述者： 陈绪堂，男，80岁，泌阳县官庄乡陈楼村，小学，农民

采录者： 宁德录，男，54岁，泌水镇二小，中专，教师

采录时间： 1987年10月6日

采录地点： 泌阳县官庄乡陈楼村

[1] 到了：即到底，始终。

[2] 光独汉儿：即一个人独立生活的光棍汉。

过去把粮食弄成面粉，离不开石磨。石磨也不是家家都有，磨面要到磨主人家里。那时候钱都不多，使用费也是物物交换，用完人家的磨最后要留些麸子作为答谢，所以故事说王大憨家里置了一盘磨，还能收俩压磨底的麸子钱。（赵新春）

244

地下有银往下挖

从前，有个穷人养一只八哥鸟，整天教它学说话，但教来教去，八哥鸟只会说一句"地下有银往下挖"。他灵机一动，便想了个发财的妙法。

一天，他驮着八哥，带了把铁锹，向一个财主家门前走去。来到大门前，财主正好开门。他一耸肩，八哥鸟随即说道"地下有银往下挖"，他就拿起铁锹往下挖，不一会儿，便挖出一堆明晃晃的银子，拿起就走。

财主一看，感到莫名其妙，便跟着他瞧瞧到底咋回事。当穷人走到一棵大树下，又耸了耸肩，八哥又叫道"地下有银往下挖"，穷人整整挖了两锹，一堆白银又出来了。财主见八哥是个宝鸟，便出银子要买，穷人开始说不卖，但财主不死心，一个劲儿地往上加钱，结果穷人把八哥鸟卖给了财主。

财主拿着八哥高高兴兴地回到家里，看见院内一群鸡正吃食，就把鸡吆喝走，想让八哥吃。谁知刚一动肩，八哥鸟便叫了起来："地下有银往下挖。"财主一听，激动得直放响屁，赶紧找来铁锹，使劲地挖。挖呀，挖呀，累得满头大汗，气喘吁吁，就是不见银子出来，就不想再挖了。

正在这时，又听八哥叫道："地下有银往下挖。"财主恍然大悟，准是这地方银子埋得深，又没命地往下挖。挖着挖着，水都泉[1]了好深，还是不见银子。他这才如梦初醒，一定是穷人事先在那俩地方埋下了银子。

财主知道自己上当了，觉得没脸见人，一气之下，摔死了八哥鸟。

讲述者：　付新桥，男，35 岁，平舆县辛店乡付庄村，
　　　　　小学，农民
采录者：　宋俊华，男，14 岁，平舆县辛店乡付庄村，
　　　　　中学生
采录时间：1987 年 10 月 11 日
采录地点：平舆县辛店乡付庄村

[1] 泉：土语，积，积累。

245

小走驴

很久很久以前，泌阳县东山大林子村潘湾有一大户人家，全家六口人，老两口子生有俩儿子：大儿叫潘文，二儿叫潘武。土地数百亩，骡马成群，加上长工、短工数十人，好不气派。

老大潘文，细高挑，白净子，赶集上店，精打细算，样样得体，娶妻何氏。老二潘武，五大三粗，满身横劲，就是缺心眼。一家人相安无事，和和气气。

老二潘武二十岁那年娶妻张氏。张氏进门不久，就看不惯哥哥潘文的小心眼，常在潘武身边唠叨："你看，咱哥赶集上店，吃香的，穿光的，好事都轮给他。你整天一头扎进地里，脏活、重活全包了，好事没一点儿。要是咱跟他分开另立门户，我保准也叫你跟咱哥一样，赶集上店，风光无限。"开始，潘武并不在意，说多了，时间长了，潘武想想老婆说得也有道理。

一天吃早饭时，老二提出想和哥哥分家，另立门户，这使全家人大吃一惊。问其原因，老二把其妻张氏的话原原本本说了一遍。老大想了想，从袋子里拿出一些银子对老二说："你不就是想赶集吃饭吗？这银子给你，今儿你

去赶个集，吃顿饭，想买啥买啥，想吃啥吃啥。"老二接过银子，张氏把他一番精心打扮送出门去。

潘武整天在家干活，四门不出，外面的事见啥啥新鲜，一路走，一路看，处处好奇，不知不觉，日已偏西，肚子已经咕咕乱叫。吃饭，到哪儿吃呢？从没出过门的潘武思前想后，还是找一个好饭店吧。好不容易他找到了一家饭店，大摇大摆地进去了。店小二一看来客，哪敢怠慢，又抹桌子，又倒茶，问："老客倌，想用点啥？"老二把银子往桌子上一甩，道："就吃它！"店小二一看这人出手大方，再看穿着，绝不是等闲之辈，吃饭是吃味道的。连忙铺排厨师及帮手，山珍海味，生猛海鲜，天上飞的，地上跑的，水里游的，应有尽有全端上来啦！

潘武三下五去二，喝净各类汤水，又叫道："还给我端！"店小二陪笑说："没了，再吃，还拿银子来！"这一下可气坏了潘武，一路小跑，到家操起一根木棍，见潘文就打，边打边说："你叫我赶集，给的银子连一顿饭就吃不饱。"老大莫名其妙，问清事由之后，又给他些银子，说："明儿个，你还去赶集。"

第二天，老二又去赶集，到集一看，有玩杂耍的，其中一头小黑驴跑得又快又好看。老二心想，这小毛驴是咋来的呢？有没有卖驴蛋的？要有，买一个抱回去那该多好啊！于是顺着大街一路前行，恰好碰见一个卖西瓜的，问："这驴蛋多少银子一个？"卖瓜人抬头看了他一眼，没好气地说："一两银子一个。"这老二从腰里拿出三两银子往瓜摊上一放，抱起一个大西瓜就跑，到家后二话不说，进了自己房间，门一上，再也不出来了，任凭谁喊，死活不理。大家都说："老二病了。"

这样一直持续了三天，家人才想出办法把门打开。见老二用被子蒙着头，拉开被子一看，老二怀里抱住一个暖坏了的大西瓜。可把一家人给气坏了，老大夺过大西瓜，扔到南边去，刚好扔到一只兔子头上，兔子一惊，撒腿就跑。老二跟着就撵，撵了半天，也没有撵上，回来就和老大闹得不可开交，说："小走驴[1]出蛋壳就跑那么快，你得赔我驴蛋。"

---

[1]　走驴：专指供骑行代步的驴。

讲述者：　泌阳县老河乡村民

采录者：　王廷义，男，37岁，泌阳县广电局，中专，干部

　　　　　王青业，男，32岁，泌阳县审计局，大专，干部

采录时间：2006年3月26日

采录地点：泌阳县老河乡

附
记

这个故事是王青业从家乡听人说的，至于是谁讲的，已经记不清了，所以信息缺少。王廷义是县广电局的干部，也知道县里开始整理当年"三套集成"的事情。这天几个人在一块喝酒，喝着喝着讲起了民间故事的事情，王青业说，俺庄里有人讲过这样一个故事，不知道中不中。几个人都说，你讲出来俺们听听。王青业就讲起来，讲完后，王廷义一拍巴掌，说，可中，我整理一下，送给张正局长，让他把把脉。泌阳驴是我国特有的品种，如今已经不多见了，但泌阳流传的关于驴的故事却不少。（刘康健）

246

四兄弟云诗

从前，有个老汉带着四个儿子去锄地。到地里还没干着活哩，四个儿子云起诗来：

老大说："南边雾腾腾。"

老二说："必定要刮风。"

老三说："刮风就下雨。"

老四说："下雨锄不成。"

说罢，弟兄四人扛起锄头回家了。老汉气得很，也跟着回到家里，气呼呼地把锄一放，拿起扫帚就扫院子。四个儿子见爹生气了，又云起诗来：

老大说："院里一只虎。"

老二说："气得肚子鼓。"

老三说："他鼓他有气。"

老四说："没气他不鼓。"

老汉听到四个儿子在骂他，就更气了，跑到县衙把四个儿子告上了。县官把他四个儿子传到县衙，问道："你们为啥骂恁爹？"弟兄四人说："我们不是骂，是云诗。"县官一听四人会云诗，兴趣来了，就指着院里一棵竹子说："你们以竹子为题，云一首诗我听听。"

老大说："院内一棵竹。"

老二说："长得碗口粗。"

老三说："粗里能解板。"

老四说："解板打屁股。"

县官一听，四人诗云得怪好，就判老汉没理，叫衙役们重打老汉四十大板，赶出衙门。老汉前头走，四个儿子后边跟着，老汉生气地回头看了他们一眼，四个儿子诗兴又来了。

老大说："老汉回头望。"

老二说："瞎去告一状。"

老三说："净挨四十板。"

老四说："犟也不敢犟。"

老汉挨打受气，回家不久就得了大病，医治无效，含恨去世。没过多长时间，四个儿子把家底全部弄光了，没吃没穿，只好外出要饭。弟兄四人走在路上又云诗一首：

老大说："父教咱不听。"

老二说："落得一身空。"

老三说："只得去要饭。"

老四说："饿得肚子疼。"

讲述者：　徐书亮，男，58 岁，泌阳县文化馆，大专，干部

采录者：　宁德录，男，55 岁，泌水镇二小，中专，教师

采录时间：1988 年 5 月 16 日

采录地点：泌阳县城关

附记

宁德录参加县里的民间故事搜集，完全是受徐书亮的鼓动，两个人是多年的文友，都喜欢文学写作。宁德录喝罢汤来到徐书亮的屋子里，徐书亮也喝罢汤了，二人坐着喷空。徐书亮问宁德录最近又搜集几篇民间故事，宁德录说，不多。徐书亮一拍大腿说，我给你讲一个吧。

除本则外，西平县张胜武讲述，张金勇采录的叫《四兄弟作诗》。说一天，老汉派四个儿子去锄地，结果没锄多大一会，老大说："天边雾腾腾。"老二说："眼看要刮风。"老三说："刮风要下雨。"老四说："下雨锄不成。"于是就回来了。老汉生气就到县衙想教训一下儿子，不料被糊涂官打了一顿。回家的路上，这四兄弟又吟诗道："咱爹去告状，哪能告得赢。挨了四十板，吭都没吭吭。"

民间故事中云诗，应该是从古代的"子曰诗云"而来的，这类故事中所谓诗作大多是打油诗，语言幽默生动，与人们日常生活相关，是人民群众智慧的体现。在以往民间故事中，驻马店有父子云诗，父女云诗，女婿云诗，登徒子、歪嘴和尚与良家女云诗等，语言质朴，幽默风趣，很受群众欢迎。（刘康健　赵新春）

247

弄巧成拙

张三和李四都是身无分文的穷汉，流浪到县城里。一天，李四看到张三头发理得光光的，脸也修得油光发亮，深感奇怪，就问张三。张三说："我早想理发，可是没钱，忽然看见正在大街上玩耍的一个小孩儿，我把孩子带到理发店，让小孩儿坐在一边等着。理完发，我对理发师傅说：'师傅，我有点小事，得马上办，请你招呼一下孩子，一会儿我回来付钱。'说完我就溜了。"

李四听了张三的叙述，觉得是个好办法，也要试一试。他便向另一个理发店走去，可在街上没有碰见一个小孩儿。到了理发店门口，发现店门口坐着一个小孩，就若无其事地走过去，在孩子耳边轻轻地说："等会儿我给你买糖吃！"李四把孩子抱进理发店，放在长椅上，自己舒舒服服地过去理发修面。

一会儿李四理完了发，就把小孩放在理发椅上。李四抬头正要对理发师说啥，可理发师瞪着大眼直看他。李四这下可慌了，以为露出了啥马脚，便稳稳神，又装作很急的样子对理发师说："我，我有点急事得去办，您先给孩子理发，等会儿我回来付钱。"理发师还是两眼瞪着看他。

李四又装模作样地对孩子说："乖乖，不要哭，爸爸一会儿来接你……"没等李四说完，理发师再也忍不住了，大声说："胡扯，这是俺的孩子！"

讲述者： 牛国和，男，31岁，泌阳县陈庄乡姜庄，
　　　　　初中，农民
采录者： 冯文红，女，13岁，泌阳县陈庄乡姜庄，
　　　　　学生
采录时间： 1988年7月16日
采录地点： 泌阳县陈庄乡姜庄

248

女儿探父

有个老汉好说侃子[1]。一天他病得很厉害，闺女听说以后，急忙从婆家跑回来看他爹。

回到家，闺女对他说："爹！我回来看你来啦！"爹说："我还当是'肉包子砸狗——一去不回'了呢！现在恁爹心里是'麻秆棍搭桥——不好过'呀！""你咋啦？""唉！'俩方桌拉在一起——病（并）啦。""你觉得轻些吗？""我看是'大河里撒把面——活（和）不成'啦。""能吃点饭不能？""'碾盘上搠橛子——一点也不进'。""你光睡着也不是办法，得动弹动弹！""妮呀，我是'床底下放风筝——起不来'呀！""就没有请个医生看看？""看啦！先生说我这病是'土地爷的胳膊——麻缠'哩。""给开点药没有？""抓了点药也是'小秃头理发——白扔俩钱'。""吃了显轻不显轻？""还是'闺女穿她娘的鞋——老样子'。""慢慢治嘛！哪有神仙一把抓哩！""我看是'外甥掉泪——没救（舅）'啦。""看你说的，谁能没个头疼脑热的？""我'一嘴吃个鞋帮——心

[1]　侃子：即歇后语。

里有底'。"

"爹！俺哥呢？""他呀，'澡塘里的鞋子——别提'啦。""那也得管管哪！""他是'灯草做梯子——靠不住'。""俺哥上哪儿去啦？""他'脚底下抹黄油——溜啦！'临走时给恁嫂子说，我这病是'水多面少——活（和）得稀'，叫恁嫂子一天看我两遍，问问吃饭不吃，要是不吃那就'湖北到河南——两省'，还说'芝麻秆喂驴——吃不吃让到'算啦。""俺哥走后就没来看看你？""来看看咋着，也是'卒子上舞台——走走过场'，说两句话也是'唱戏哩胡子——假的'。""你不会劝劝他不让他走？""劝也是'嘴上抹石灰——白说'。""俺哥走就没给你撒几个钱？""撒几个零钱也是'新媳妇放屁——零消啦'。""你恁大的病没钱能行？""咱不是'蚯蚓立竖——没腰劲'嘛，我看不如'食积孩吃泻药——往下推推'再说。"闺女埋怨着说："俺哥现在咋成这样子？""那全是'吸烟烧枕头——怨不得别人'，你说他的轻了是'仨钱买个漏锅——不管用'，说重了他就'关二爷长癣——粗了脖子红了脸'，一说起来你哥我就'心里塞砖头——瓷死啦'。"

"妮呀，我知道我这病是'胶轮放炮——气伤的'。""俺哥走啦，俺嫂子哩？""她呀，是'棺材铺里咬牙——恨人不死'，和恁哥是'黄鼠狼噙油条——一道色'。""俺嫂子待你也不好？""她不过是'后娘打娃子——使暗劲'。""我去找俺嫂子说说去。""别去啦，说了也是'掂着屁股走亲戚——两半子理（礼）'。"

"爹，要真是这样，还不如到俺家去哩。""恁家也不富裕，我去了不又是'一杆秤上挂俩秤砣——多个坠子'！""俺老公公很想叫你去住几天。""那我就'隔河作揖——承情不过'啦！""爹！你到底去是不去呀？""'庙院里失火——光落中（钟）'啦。""你要是去了别再光说侃子啦，人家会笑话的。""我好说侃子是'小秃头上的虱——明摆着哩'，要是不让我说侃子，那才是'三间房子净窗户——没有门'，再说这也是'胸口上扎钥匙——开开心'啦。""爹，看你说起来侃子就没个完！""恁爹是'掂着斧子进荆林——不侃（砍）进不去'呀！"

讲述者： 马太平，男，68岁，泌阳县城关，不识字，市民

采录者： 高振华，男，23岁，泌阳县城关，大专，干部

采录时间：1989年1月28日

采录地点：泌阳县城关

附
记

歌后语在驻马店也称俏皮话。它前一部分是隐喻或比喻，后一部分是意义的解释，通常说出前半截，"歇"去后半截，就可以领会和猜想出它的本意，所以就称为歇后语。说俏皮话的人，不仅要经历丰富，能说会道，还要聪明过人，能在特定的语境下说出恰当的侃子，逗得大家哈哈大笑。故事中的这位就是典型代表，他在病重期间还不忘说侃子，真是"汽车压罗锅——死了也值（直）"了。

流传于本地关于"嘴"的歇后语有"夜壶没有把——光剩下嘴""死了三年的老鸹——光剩嘴了""老母猪拱地——全靠一张嘴""狗掀门帘子——全凭一张嘴""尿罐子镶金边——就长一张好嘴""歪嘴子吹风——有股子邪（斜）气""嘴上抹面——白说"等。（谭咏利）

249

你也是赴宴才回来呀

过去，有个人好吃好喝、好占小便宜。这天他接到一个朋友的请帖，拆开往上一抽，写的是十一赴宴，还没把贴子抽完，就又装进去了，单等明儿十一赴宴哩。

第二天，左等右等，晌午偏了，还没见人来请，心想：这是咋回事哩？他拿出帖子抽了抽，一看写的是十二，就自己埋怨起自己来：不该不把帖子抽完。那吧，既然是明儿请客，那就再等上一天不吃饭，到明儿一起吃个饱。

谁知又过了一天，等到晌午还不见人来请。他可真急了，拿起帖子猛一抽，自言自语地说："真该死！人家咋会来请哩？弄了半天，是三十待客，还等啥哩！"他逮着馍饭就大吃起来，刚吃饱，请客的来了。他着急地说："不是三十待客吗？"请客的说："你再看看帖子上是咋写的。"他拿起帖子一看，才知道把帖子看颠倒了，把十三看成三十了，吃饱了也没法，只好去了。他在宴席上又使劲大吃起来，吃得连腰都弯不下去了，才放下筷子。

回家的路上，不巧一阵风把他的帽子刮掉了，他干着急，也没法弯腰去拾。这时，正好从对面过来一位妇女，他连忙说："大嫂，请受劳把帽子给我拾起来吧！"谁知

那位妇女怀孕快生了，气得把眼一瞪，说："你也不长眼！你没看我这在咋受着哩！"他一看那妇女的肚子，点点头，笑了笑说："噢，你也是赴宴才回来呀！"

讲述者： 秦志全，男，38岁，汝南县马乡，高中，农民

采录者： 江山成，男，27岁，汝南县马乡，高中，农民

采录时间：1987年5月16日

采录地点：汝南县马乡

附记

回乡知青江山成在街上听王新立说，县里让搜集民间故事。回到家里，他找到秦志全，说他准备搜集民间故事哩。秦志全说，我给你讲一个如何？江山成忙说，你讲，我记住，讲得好我请你吃大席。秦志全说，那我就给你讲个吃大席的故事吧。

此故事表现了汝南流行的"吃一顿大席饱三天"的民俗，意思是吃一顿好饭可以三天不用吃饭。在乡下遇到娶媳妇、打发闺女这样的大事，都要通知亲朋好友、左邻右舍来吃饭，叫"吃大席"。"大席"就是在一个大八仙桌上摆满七大碟子八大碗，鸡鸭鱼肉齐全，男女老少围坐在一张桌子前，叙着家常，吃着美味佳肴，比过年还要热闹。"吃一顿饱三天"的说法一直传到现在。（刘康健　王卫霞）

250

背
小
秃

一个女人作风下流，相与了几个情夫。她男人非常生气，认为住的地方不好，便和她搬到一个新地方居住。不料到了新住地，这个女人很快又和俩小秃私通，她男人决定惩治一下这俩小秃。

一日，男人对女人说："我今儿有事，要到朋友家一趟。"女人一听，心中暗喜，赶紧让一个小秃来了。正想温存一番时，忽然听见门外有敲门声，慌乱间，便让小秃藏到了大缸里。她出去开门一看，却是另一个小秃情夫来了。她上好门，领那小秃进屋。那小秃二话不说，便去搂她，突然，大门外又有敲门声了。惊慌中，她让这个小秃也跳进了那口大缸中，并盖上了缸盖。

她不耐烦地去打开大门，一瞅，见是自己男人回来。男人说："我那朋友一会儿就来，你快去厨屋烧开水，好给朋友泡茶。"停一会儿，女人把水烧开了。男人又说："你出去在门外等着客人，我好准备烟茶。"待女人一出去，男人赶快将开水起在盆子里，端到屋内揭开缸盖就浇，只听"哗"一声，一阵尖叫，那俩小秃全被浇死。然后，他盖上缸盖，出门给女人说："朋友咋还不来呢？我去他家

瞅瞅。"

女人一看男人走了，便急忙跑到屋内，掀开缸盖一看，说："咦！你俩咧着嘴、龇着牙还笑哩！"但不听答话，再一看，才知道是烫死了。她忙跑出门外，恰巧遇到一个要饭的，忙说："俺孩儿死了，你给他背到远远的地方扔了，回来我给你十块钱。"那女人从缸内拉出一个小秃，让要饭的背走了。一会儿，要饭的回来要工钱，那女人说："我说让你背远远的，谁知他想家，你没拐回来，他就先回来了。"要饭的觉得奇怪，便又背着另一小秃走了。这次，他背着小秃到一个破砖窑顶，心想，我这回从冒烟洞向下扔，摔你一下，看你还再往家跑不。于是，他将小秃顺冒烟洞往下丢去。谁料，窑内有一小秃正解溲哩，忽听上面掉下一个东西，提着裤子窜出了窑门。要饭的在上面看得清，说："看看，这孩儿可又往家跑哩，啥时才能背走他呢？算了，这十块钱我也不要了。"

讲述者： 褚礼勤，女，65 岁，泌阳县泌水镇，高中，会计

采录者： 张正，男，65 岁，泌阳县文化局，大学，干部

采录时间： 2005 年 6 月 16 日

采录地点： 泌阳县泌水镇

附
记

张正老家是南阳的，大学毕业分到泌阳工作。此故事是张正吃过晚饭，去泌水河边转悠时听褚礼勤讲的。两个人都是熟人，一边散步一边讲着故事，回来后张正觉得很有意思，就整理出来。过去，泌阳山区卫生条件不好，有很多人是秃子，也娶不上老婆，所以，就有人编排他们。

在本地方言中，"小秃"就是蟋蟀，因为蟋蟀脑袋油光锃亮，像个秃瓢，本地还有"小秃抹（mā）帽——头一名（明）"的歇后语。

（刘康健）

251

死爱面子活受罪

开出了一块香喷喷的熟肉，众人哈哈大笑。这就是死爱面子活受罪。

讲述者：　不详

采录者：　韩凤龙，男，60 岁，汝南县城关，高中，
　　　　　干部

采录时间：2001 年 8 月 16 日

采录地点：汝南县城关

以前，一个叫艾勉志的新女婿到丈母娘家走亲戚，丈母娘家境不富，住一大间屋子，厨房床铺同室。丈母娘熬肉招待女婿，香气扑满屋子。艾勉志因劳累过度起床晚，没喝稀饭，又带着礼物走了三十多里山路，闻到肉香，肚里咕咕直叫。

丈母娘正在案板上切熟肉，有人喊道："小孩掉水里啦，救人呀！"丈母娘赶快丢下菜刀，解下水裙跑出去救人。这时饿极了的艾勉志抓起一块肉填到嘴里，不巧的是还没顾得嚼，丈母娘就回来了，原来听说落水小孩捞上来了。丈母娘怕冷落了新女婿，就与他说话，可是，他嘴里有块肉没法说话，不是哼哼，就是点头摇头。丈母娘看见他的嘴高高鼓起，不能说话，以为是长了病疙瘩，拉他去集上瞧病，他就是不去。

说来也巧，正好来了个游医，丈母娘就让游医给他瞧病。游医瞧过后说："是个毒瘤子，得赶快开刀，不然性命难保。"新女婿一听"开刀"二字，庙里长草——慌（荒）了神，撒腿就跑，不料被几个来看新女婿的后生截住。丈母娘一招呼，拉了回来，按在床上。游医一刀下去，

252

接县官

从前，有个目不识丁的土财主，财大气粗，横行乡里。他为了给自己找个硬靠山，就千方百计地巴结官府。

有一天，他托人给县官送了厚礼，并请县太爷赏光来他家吃饭。见钱眼开的县太爷一看有利可图，便欣然答应了，并约定去他家做客的日子。

土财主别提多高兴啦，但他知道自己没有见过大世面，恐怕奉承不当，县太爷会怪罪，于是他花钱请了一个闯荡江湖，能说会道的"明公"到家里来教他。酒足饭饱之后，土财主便向明公请教，咋样接待才能让县太爷高兴。这位明公哈哈一笑，说："这个不难，县太爷来了，你把他请进客厅坐下，然后就双膝下跪，额头点地，口称大老爷光临鄙舍，鄙人深感荣幸，我乃无知草民，诸事望大老爷抬举……"明公说到这里，略停了停，喝了一口茶又说："县官来时，一定有主簿一类人员陪同，这些人虽官小，但都是县官手下办事的红人，万万得罪不得，必须好好敬重才是。"

转眼县官来做客的日子到了，土财主一早就打扫庭院，张灯结彩，拉桌摆凳。好不容易等到小晌午，县官差人送

来个信，说县太爷身体欠佳，改由主簿代为赴宴，即刻就到。这一变动，土财主可抓了瞎，对县太爷称大老爷，对主簿可该咋称呼呢？再去请教明公吧，已经来不及了，他后悔当初为啥不问问明公呢？他手拍头顶，绞尽脑汁，想呀想呀，猛然他心里豁亮了。这主簿是县太爷手下的人，比起县官小着一辈哩，既然称县太爷是大老爷，那这主簿定是大舅爷无疑了。对！就这么称呼。

晌午时分，县衙门主簿坐着轿子来了，土财主把主簿接到客厅坐下，然后他跪下叩了头，高声说道："大舅爷光临鄙——"一个"舍"字还没出口，"大舅爷"这个称呼已经把主簿气得七窍生烟，火冒三丈，他猛地把桌子一拍，说："哼，你是啥东西？"土财主吓得战战兢兢，说："乡村里，不方便，没啥好东西，就只买了几斤肉，打了几斤酒，炒了几个菜，打了瓶香油，包了些饺子。"主簿一听，啼笑皆非，摇摇头说："咳，你这人真是没材料。"土财主说："有，有，里面放的花椒、茴香不少。"主簿越听越不像话，把脚一跺说："滚！你给我下去！""是！是！"土财主在地上打了个滚，站起来就往外跑，边跑边高兴地喊道："伙计们，快烧火！大舅爷要吃饺子，让下哩！让下哩！"

讲述者：　杨林蔚，男，83岁，回族，遂平县阳凤乡医院，私塾，医生

采录者：　亓书艳，女，16岁，遂平县阳凤乡，中学生
采录时间：1988年5月15日
采录地点：遂平县阳凤乡医院

附记

杨林蔚老人由于身体原因，住在了大孙子家里。大孙子接了老人的班，在乡医院上班当会计。亓书艳为了搜集民间故事，这天趁周末，专门来到乡医院找到杨林蔚老人。亓书艳的父亲在乡政府上班，互相之间都认识。听说亓书艳专门来搜集民间故事，杨林蔚忙从床上坐起来，披上衣服，说，孩子，我给你讲一个，你记下来。老人上过私塾，所以讲故事带着很多过去的词语。（刘康健）

253

只会写『有求必应』

讲述者：　秦乐天，男，84 岁，西平县权寨乡秦庄村，
　　　　　初中，教师

采录者：　李淮平，女，19 岁，西平县权寨乡中学，
　　　　　学生

采录时间：1989 年 7 月 6 日

采录地点：西平县权寨乡秦庄村

从前，有一个叫张旺的人，推着小车出外做生意。一天，他恰好走到一所庙旁，天下雨了，便到庙里去避雨。谁知，雨一直下个不停，他在庙里无事可做，心中着急，抬头一看，大殿正中挂了一个匾，上写"有求必应"四个大字，就比葫芦画瓢写起来。一天，两天，连阴雨一直下了四十天，他也写了四十天的字。不想他把这四个字的撇撇点点，横横竖竖都记得滚瓜烂熟，写起来得心应手，和匾上的字一模一样，真神。

天晴了，他回到家，凑巧邻居请他写匾。原来他的邻居生了病，请医问药治不好，就在庙里烧香磕头许了愿，要是病好了，就给庙里神送个匾。他听后满口答应，提笔在手，一挥而就。匾挂上去后，"有求必应"四个大字，金光闪闪，煞是好看。

于是，一传十，十传百，张旺写匾出了名。

不久，又有一家，人丁兴旺，五世同堂，要写一匾挂在家中，前来求他，他毫不推辞，挥笔写下四个大字。主人一看，笑了，忙向他解释，要写"五世同堂"，他也不好意思地说："我只会写'有求必应'四个字！"

254

羊吃字

有一家财主请来一个私塾先生，这先生一字不识，全靠蒙混哄骗混日子。开课了，要给孩子讲书，骗子左思右想没啥说，忽然看见院里的树木，有了主意，拿起书本，一本正经地读起来："房前栽桑，房后栽柳……"学生连忙点着书，"呀，呀"地念起来。一个教，一个学，蛮像回事。

后来，财主也想知道一下私塾先生的学问，但他自己也不识字，问吧，真是老虎吃天——无从下嘴。有一天，他随便在纸上划个"○"，又在中间点了一点，叫孩子拿给先生看。骗子一看，也不知道是啥字，慌了，心想这回非要丢人不可。没有办法，只好硬着头皮拼上了。他看看纸上的"⊙"，心想，"○"像个井，"·"是块砖，砖扔井里，肯定会响，八成是个"咚"字。骗子认出后，财主也装作懂得的样子，称赞骗子学问深，认字多。

不久，财主和别人打官司，人家的羊羔吃了财主家的麦苗，财主要让那家赔，人家不承认。财主想到县衙告状，得写状纸。财主找到骗子，骗子慌了，想来想去，就把一本老黄历撕几张包上交给了财主，财主把"状纸"交给知县。

事有凑巧，这个知县也是掏钱买的官儿，大字不识一个，看了半天也没看出个头绪。突然，知县动怒了，拍案喝道："你家羊羔吃了财主的麦苗，还不认账！"那人不服，知县掀着那本黄历，指着一行半截字说："没吃？看，这一行吃了半截。"又指着只有一字一行的说："这一行，吃得只剩一棵了。"最后翻到后面的书皮，叫道："看，这一块全吃光了，一棵没剩！"

喂羊的人家不服，刚张口辩了一句，县官大骂一声："给我重打四十。"衙役一声喝，掀翻喂羊人，才打二十棍，那人疼了半死，只好屈认。

财主的官司，就这样糊里糊涂打赢了。

讲述者： 陈德民，男，42 岁，西平县吕店乡毛庄村，高中，教师

采录者： 王彩玲，女，20 岁，西平县吕店乡中学，大专，教师

采录时间： 1992 年 5 月 8 日

采录地点： 西平县吕店乡毛庄村

附 记

陈德民和王秋玲同在吕店乡中教书，批改作业都在一个办公室里。一天，陈德民老师说，听说县里让搜集民间故事，将来可以出书。王彩玲正在批改作业，问，啥是民间故事？陈老师说，就是咱们平时讲的有话。王彩玲说，这也能够出书啊？陈老师说，我给你讲一个，你试着整理一下，让县文化局的高沛老师给看看。陈老师接着讲了个"羊吃字"的故事。（刘康健）

255

李别子和别子李

村东有个李别[1]子，村西有个别子李，俩人是李楼出名的"犟筋"，可他俩却谁也不服气谁，扬言：如果要"别"到一块，非比个高低。事有凑巧，一天，他们两个真的"别"到一块了。

李楼村南有条两丈多宽的小河，河上有一独木桥，来去仅能过一人。一天早晨，李别子挑了两筐菜去集上卖，一只脚刚踏上独木桥，偏遇别子李买了一担柴从集上回来。俩人抬头一看，对面是自己要比高低的"别子"，立即犟劲发作，互不退让，于是俩人就肩挑担子僵持在桥中间。这时，赶集的、回家的人来到两岸，越聚越多，一看他们俩"别子"担着挑子挡在桥中间，就知道"别"上劲了，想过也过不去，只有站在两岸看热闹。有的还火上浇油，高喊："这回李别子非输不可，你看他头上的汗像瓢泼一般！"那个忙说："嗨！那不一定，你看别子李的腿都打战了。"

眼看小晌午了，俩"别子"也头晕脑涨，眼冒金星，可"别"劲不减。人们等不下去了，个个急得跺脚骂娘却毫无办法。人群中挤过来俩孩子，是俩"别子"的儿子，大家心想这回俩人该罢休了。只听李别子的儿子喊："爹，俺娘让找你回家吃饭哩！"李别子心想回去就算输了，就说："你回去吧，告诉恁娘把我的棉袄送来。"别子李一听，心想好家伙，他要"别"到冬天，吓不住我，也对儿子说："别让恁妈等我了，让她改嫁吧！"

讲述者：　郑中兴，男，44岁，西平县权寨镇郑楼村，初中，农民

采录者：　奚家坤，男，24岁，西平县第三中学，中专，教师

采录时间：1987年8月4日

采录地点：西平县权寨镇郑楼村

附记

奚家坤是个文艺青年，听说县里动员大家收集民间故事，很高兴，就积极参与其中。这天他家访来到了郑楼村郑中兴家，家访结束后就留下吃中午饭。郑家也不富裕，但把最好的东西拿出来招待，让奚家坤很感动。席间问起民间故事的事，好言快嘴的郑中兴就趁兴讲了这个故事。后来，奚家坤就开始从事民间文学研究和文艺创作工作，成为了该县的文艺领军人物。（谭咏利）

---

[1]　别：方言，是个常用词，说某人别是指其不思变通，固执己见。在驻马店方言中常用的有"老别头""别里很""别子""别不过"等等。

256

四头驴换个光伞把

前李庄有个李二，想做生意赚大钱，就凑了几十两银子到泌阳买了四头驴。他白天赶着这几头驴撵路，夜里住店喂驴，觉着太累，后悔不该买驴。

这天，见个人赶了六只羊在草地里放，就凑上去说："你咋不走，光在这里放羊哩？"那人回答说："白天放饱羊，到晚上就可以安稳地睡觉了。"李二一想，是的，我白天赶驴，黑了还得喂驴，连个觉都睡不安生。于是，就用四头驴换了那人的六只羊。

第二天，他只顾赶路，没把羊放饱，黑了，羊咩咩乱叫，他又够透了[1] 这六只羊。

第三天晌午，日头火辣辣的，他走得又热又渴，看见个卖西瓜的，就叫卖瓜人给他切了大半个。他吃得透心的痛快，就用六只羊换了八个西瓜。李二挑着西瓜往前走，一会儿又累得满头大汗，他又恨透了这八个瓜。看见前面一个人打着花伞，既轻松又凉快，嘴里还哼着小调，李二又用八个西瓜换了把伞。

李二打着换来的伞，觉得很轻松，非常高兴，也哼起小调来。他只顾高兴，不想突然刮来一个大旋风，把花伞刮没影了，手里搦个光伞把回了家。

这事传出后，庄上的人给李二编了个顺口溜：李二李二真不瓤，四头驴换六只羊。李二李二真不差，六只羊换八个瓜。真不傻来真不差，八个瓜换了个光伞把，李二是个大傻瓜。

讲述者： 李陈氏，女，70 岁，西平县重渠乡李庄村，不识字，农民

采录者： 李振东，男，32 岁，西平县重渠乡李庄村，初中，教师

采录时间： 1987 年 6 月 11 日

采录地点： 西平县重渠乡李庄村

[1] 够透了：烦透了。

257

酒色财气

俩秀才经常在一起吃酒闲喷，抬杠争论，你说我不是，我说你不是。

一天，俩人又对斟起来。酒酣耳热时，张秀才说："酒色财气，人生之乐也。"李秀才说："非也。"

"无酒不成宴席，无色路断人稀，无财不分穷富，无气不分高低。"

"贤弟之见老兄不敢苟同。酒是穿肠毒药，色乃刮骨钢刀，财是迷人的老海[1]，气乃惹祸的根苗。"俩人争执不休。

这时来了个乞丐，他们争着让乞丐评理。乞丐说："恁谁都有理，可都不全对。"俩秀才哈哈大笑，说："看样子你做不了大官，糊涂得只能要饭！"

乞丐受了奚落，拉俩秀才到街上评理，他对众人说："酒色财气处理好，吃酒不醉方为高，贪色不迷称英豪，不义之财怎可捞，有气不生永不老。"

人都夸乞丐说的比他俩好，俩秀才自愧不如，灰溜溜地走了。

讲述者： 展兴亮，男，39岁，新蔡县佛阁寺乡梅楼村，初中，农民

采录者： 龚国强，男，34岁，新蔡县文化局，高中，干部

采录时间： 1987年8月20日

采录地点： 新蔡县佛阁寺乡梅楼村

附记

看到龚国强又骑着车子来到村子里，展兴亮走过来，笑着说，龚老师，你是来搜集有话的吧？龚国强下了车子，扶着车子把说，是的。展兴亮说，我能给你讲几个呗？龚国强忙扎下车子，说，好，就在这树底下讲吧。（刘康健）

[1] 老海：即毒品。故事中"财是迷人的老海"很具地方特色，"老海"在驻马店方言里指鸦片膏，久吸会上瘾，本地流传有"吸大烟喝老海"的说法。它与财一样，人若陷入其中就难以自拔。

258

寻棒子

从前，有一个湖北人到新蔡来当县令。寒冬腊月，县令不适应这里的气候，感到太冷，就对下人吩咐道："快寻棒子[1]来！"差人听不懂南方口音，又不敢多问，就自作聪明地想：老爷肯定是要找一个胖子来。

差人来到大街上，四处寻找，终于在一个饭馆里找到了一个胖子。此人银盆大脸，膀大腰圆，看上去足有二百多斤重。差人急忙上前搭话道："掌柜的运气来了，县太爷有请。"饭馆掌柜心想县太爷有请，定有好事，就向老伴安排一下生意，随差人来到县衙。

差人让饭馆掌柜在堂前稍候，自己进堂叩禀老爷："禀老爷，胖子寻来了。"县令急于取暖，大声令差人道："快快用刀劈开！"饭馆掌柜听得清楚，吓得面如土色，慌忙进堂跪在老爷面前磕头求饶，连连说："大老爷开恩！大老爷开恩！我不是真胖，是虚肿啊！"

[1] 棒子：当地方言，指用来烤火的木柴。

讲述者： 邹凤英，女，53 岁，新蔡县文化局，初中，干部

采录者： 乔忠敏，男，34 岁，新蔡县文化局，高中，干部

采录时间： 1987 年 9 月 18 日

采录地点： 新蔡县城关

附记

邹凤英老家是西华县的，在新蔡县文化局上班，从事群众文化工作四十余年。她在少年跟其父邹长海流落到新蔡县城，常年挑担走街串巷卖货，会讲很多故事。新蔡县开始搜集民间故事后，邹凤英老师笑着说，这也值得搜集呀，我可是装了一肚子的冇话。龚国强指着邹凤英说，谁要是能请邹老师讲故事，那可是瓦着故事窝子啦！乔忠敏忙说，我请邹老师讲，吃顿岗油馍。邹凤英爽快地说，啥也不用请，都是当年我走街串巷听来的，我给你讲几个。在新蔡县"三套集成"搜集整理工作中，邹凤英老师奉献了很多故事，都入选在《新蔡县民间故事集》中，还受到了表扬。

棒子在驻马店方言中还有两种含义，一是短而粗的棍子，如过去洗衣服用的棒槌。二是囫囵个的玉米棒子、苞谷棒子或玉蜀黍棒子。

（刘康健）

259

瞎谦大爷

害命命害于此，此之谓絜矩之道也。"

那小孩说："对，对，对，正是最后一句我忘咧，'此之谓絜矩之道也'。"

讲述者：　袁海明，男，78 岁，新蔡县佛阁寺乡项寨村，私塾，农民

采录者：　龚国强，男，34 岁，新蔡县文化局，高中，干部

采录时间：1987 年 8 月 9 日

采录地点：新蔡县佛阁寺乡项寨村

从前有个小孩在家念书，念起后面的前面的给忘了，这一忘不打紧，他急得直哭。他娘说："哭啥子吗？""书我念忘咧，明儿个要挨打！""那咋弄哩？咱庄没识字哩，我去找东院恁大爷，他会瞎胡谦[1]，看他会给你谦出来不。"

瞎谦大爷被叫了过来，问叫他弄啥子。小孩他娘赶紧说："这孩子念书忘咧。""哪能中？我尽是瞎胡谦，书上的，能谦出来了吗？""谦个试试。"

大爷一瞧门后边梭[2]了一根枪，就说："我就以枪为题吧。门后头一杆枪扠天到地，地下无人使不成，城里大姐来烧香，香娘娘娘长娘短，短三进敬德打朝，朝天登屯里藏身，申公豹豹头环眼，眼张飞飞天狐狸庆，庆八十十个麻子九个翘，瞧冤家家家观世音，音乃生火火烧战船，传枪过剪剪对狼牙，牙床上一对小妖怪，怪头怪脑恼坏梁山众弟兄，兄南弟北悲泪不止，指日高升升官财发，发财

[1]　谦：方言，瞎胡说、瞎扯的意思。

[2]　梭：竖靠着。

260

县官的仨仆人

从前有个县官，想找三个不同性格的人当佣人，就命令衙役去找。

一天，衙役们在城外看见一个人走路很慢，后面又急急追来一个满头大汗的人。还没走到跟前，后面的人就对前面的人喊道："你赶快回去，你家房子着火了。"前面的人却不慌不忙地说："急啥，我回去不也烧得差不多了！"

衙役们看见这两个一急一慢的人，正符合老爷的要求，就抓了起来。他们在往回走的时候，又看见一个买东西的人，磨来磨去总想少花钱买便宜货，衙役们知道这个人是个爱占便宜的人，也符合老爷的要求，便也抓回去。

三个被抓的人很害怕，以为犯了什么法，等见了县官才知道是让他们当仆人。三个人都不想干，可是县官不容分说，当时就给他们起了名字，分配了职务。性子急的人叫"性儿急"，给县官当跟随。性子慢的人叫"性儿疲"，侍候两个少爷。爱占便宜的叫"爱便宜"，给老爷当采买。

三个人心里都很气，晚上睡在一个屋子里就说开了。"性儿急"说："这瘟官图急图快，下次我就给他个'特别快'！"

"性儿疲"说："你嫌我疲，以后我就给他个'真正疲'！"

"爱便宜"说："好吧，他爱占便宜，我以后就让他把便宜占个够！"

不久，县官带上"性儿急"下乡办事，路过一条小河，他叫"性儿急"背他过河。背到河当中，县官说："你背得很好，回衙我赏你十两银子……"县官话还没说完，"性儿急"就"扑通"一跪："谢老爷的赏！"把县官摔在水里，变成了落汤鸡。县官非常生气，把他赶走不用了。

县官回到衙门，打发人去叫"性儿疲"把两个少爷领来看看。等了半天，"性儿疲"只领了一个小少爷慢吞吞地来了。县官问："大少爷呢？"

"掉粪缸里淹死了。"

"混蛋，为什么不早说？"

"准备等小少爷死了再一起禀报。"

气得县官浑身发抖，把"性儿疲"也赶走了。

县官派"爱便宜"去给大少爷买棺材，"爱便宜"到了棺材铺一问价，大小棺材售价都是八两银子一口，要是一大一小一起买，就只算十四两银子。"爱便宜"想：县官爱占便宜，就给他买两口回去吧。

"爱便宜"让人抬着棺材一进衙门，县官就瞪起了眼："你怎么买回两口棺材？"

"爱便宜"说："买两口棺材省二两银子，等小少爷死的时候，也就不用买了。"气得县官白眼一翻，倒在了椅子上。

讲述者： 邵长法，男，66岁，驻马店市顺河乡马庄村，不识字，农民

采录者： 邵雪枝，女，13岁，驻马店市顺河乡马庄村，中学生

采录时间：1987年8月10日

采录地点：驻马店市顺河乡马庄村

261

打喷嚏

王五和赵六是隔墙邻居，一年冬天，他俩一块出外卖盆子。天冷衣单，赵六着了凉，"啊嚏"一声打了个喷嚏，刚缓过劲就说："你嫂子在家又想我哩！"王五问："离家恁远，你咋听见了？"赵六说："你没听见我打喷嚏呀！一打喷嚏就是老婆在家想我，肯定又说冷不冷呀！别舍不得吃呀啥的。"

王五是个老实人，赵六的玩话他信以为真，回到家里，二话没说，就把老婆打了一顿。老婆问："我做啥错事啦？你一回来就打……"王五说："我出门在外，你为啥不想我！"老婆说："我在家想不想你，你会知道吗？"王五说："西院咱嫂子在家念叨老赵哥了，他就打喷嚏。我不打喷嚏就是你没想我！"

王五又出外卖盆子的时候，他老婆把他袖口上涂些辣椒面，送到大门外还说："我在家一定想你。"他高兴地走了。

寒冬腊月，东北风一刮，清水鼻涕一个劲地往外流。王五担着挑子，顾不上掏手巾，就用袖子擦鼻子，正上坡时"啊嚏、啊嚏……"一连打了几个喷嚏，坡陡路滑，脚一歪，"咣"一声，盆子全打光了。王五又气又恼："回家非打你个赖种不中，早不想，晚不想，单等我上坡时你想我，想我一次就算了，你还连连想！"他憋了一肚子气，回到家里，不问三七二十一，又把老婆狠狠打了一顿。

讲述者：　高沛，男，51岁，西平县文化局，大专，
　　　　　干部
采录者：　冯莉莎，女，18岁，西平县文化馆，高中，
　　　　　职工
采录时间：1992年6月18日
采录地点：西平县城

附记

冯莉莎刚到文化馆上班，就知道高沛老师带人搜集民间故事，心里也想参加。正好这天高沛老师到文化馆，冯莉莎一见忙喊，高老师，我也想参加民间故事的搜集工作，你教教我吧。高沛笑着说，这有啥教的，来，我给你讲一个故事，你就知道啦。冯莉莎连忙把高老师请到办公室，倒上茶。高沛喝了一口茶，讲了一个《打喷嚏》的故事。临走时，高沛老师对冯莉莎说，你好好整理一下。自从这个故事整理以后，冯莉莎便喜欢上了搜集民间故事。打喷嚏在驻马店民间有"一想二骂三念叨"的说法，意思是打一声喷嚏是有人在想你，打两声喷嚏是有人在骂你，打三声就是有人在念叨你。如果一个劲地打喷嚏，那肯定是感冒啦。（刘康健）

262

杀猪匠智斗恶狼

从前，有个杀猪的张三最怕狼，可偏偏他家住在深山老林里。

一天，他从集上杀猪回来，挑个猪头往家走。天已黑透，张三隐隐约约地看见身后有条狼沿着小路撵上来，大概是想吃那个猪头。

张三走得慢，那狼就追得慢，张三走得快，那狼也追得快。张三吓出一身冷汗。正好路边有间看庄稼的小屋，他一头钻进小屋里，用屁股顶着门，吓得呼呼直喘气。

那狼在外面用爪子"嗤啦、嗤啦……"地扒门，扒着、扒着，一只狼爪子从门缝里伸了进来。张三急中生智，一只手拽着狼的腿，另一只手拔出剔骨尖刀，割开狼爪皮，吸口气，像吹猪一样，对着狼爪子上割开的口子，向里面"呼呼呼……"地吹开了气。狼在外面一开始乱蹦，后来也不动了。

张三不敢丢手，歇歇吹吹，一直吹到天麻麻亮，才抽出一根绑肉的麻匹儿[1]，把狼腿上的吹气口子扎紧。

[1] 麻匹儿：即没有搓成绳的麻。

一位起早赶路的老汉看着了，喊道："谁家的牛娃子恁大个，站在门外咋不动了！"

张三连忙说："那是一条狼。"

狼被张三吹得有三四尺高，圆腾腾、鼓崩崩的，就像个牛娃子，可是已经死了。

讲述者： 金玉兰，女，37岁，确山县石磙河辛庄村，初中，农民

采录者： 杨建军，男，39岁，确山县文化馆，大学，干部

采录时间： 1988年10月16日

采录地点： 确山县石磙河辛庄村

附记

过去确山山里人烟稀少，加上住户分散，经常受到野猪、狼等野生动物的侵袭，一到天黑村民就急忙关门闭户保安全。杀猪匠杀死猪后，总是要在猪的四个腿上打眼，往里吹气，让整个猪膨胀起来，方便剃毛和开膛。（王卫霞）

（八）断案故事

263

乞丐审案

上蔡城西李哈庄住着一户姓李的人家，老夫妻与儿子铁旦相依为命，日子过得非常艰难。

铁旦长大后，听说嵖岈山中有各色各样的宝石，便告别父母，只身到山中寻宝。一天、两天……一个月过去了，他果真找到一块奇异的蓝宝石。铁旦小心翼翼地将蓝宝石揣在怀里，快步往家里赶，一路上他都在想卖掉宝石买头牛，在吴宋湖边再买块地种粮，让一家人不饿肚子。

紧赶慢赶，不知不觉来到了村头，恰巧遇到他同族的大财主李蝎子。李蝎子看铁旦今儿特别高兴，就问他遇到了啥开心事儿。

李铁旦这人实诚，就把寻到宝石的事告诉了李蝎子。李蝎子一听，有了坏主意，说："唉呀！你这可是托财神爷的福呀！你呀，要想发家，还得赶快到庙里住上三天，感谢财神恩典。"说完，又拍了拍铁旦的肩膀，"铁旦，这样，你带着宝石住庙里也不安全，你把宝石给我，我先帮你带回去交给你爹娘，咋样？"铁旦忠厚老实，也没想别的，就把宝石交给了李蝎子。

三天过后，铁旦回到家里，一进门就问他爹宝石的事

儿，他爹妈连李财主的面都没见着，哪会有宝石呀？这时铁旦才明白是李蝎子骗了他，拔腿去找李蝎子。你想李蝎子会承认吗？就咬定那宝石是他祖上传下来的。

李铁旦无奈，只得告到县衙，县官派人把李蝎子找来。狡猾的李蝎子还是一口咬定那宝石是他祖上传下来的，并找了两个证人担保。县官问铁旦可有证人，铁旦说："我把宝石交给他，谁也没有看见。"县官把惊堂木一拍："你连证人也没有，告个啥状？退堂！"

出了县衙，铁旦愁眉苦脸地走在街上，一下撞到一个四十上下的乞丐身上。乞丐看他愁眉苦脸，就问他遇到了啥事儿。铁旦愁着有苦无处说，就把事情的原委从头到尾讲了一遍。乞丐一听，非常气愤："这点官司都断不了，还当啥父母官！这县官净白吃皇粮。"恰巧县衙里一个衙役路过，就把乞丐的话如实地说给了县官。竟然被一个乞丐如此说落，县官大怒，立即派两名衙役把乞丐抓上公堂，惊堂木一拍，大声呵斥："你一个要饭花子，竟敢口吐狂言，我倒要看你有多大本事。今儿本官就把这个案子交给你审，断好了算妥。断不好，非把你重打八十大板关进牢房不可！"这乞丐不慌不忙，只求县太爷明儿让李蝎子带着宝石及证人到堂候审。

第二天，李蝎子和证人、李铁旦一前一后来到公堂。乞丐让李铁旦、李蝎子和两个证人背对背站着，然后把准备好的泥块，每人分了一块，说道："我从一数到五十，您要在这个时间内，各人用泥捏成宝石的模样。"乞丐数到五十，四人把捏好的宝石模型放到县官的面前。县官一看，李蝎子和李铁旦捏成的是一模一样，而两个证人捏的却各是各的，丝毫没有宝石的模样。

县官不明就里，看着乞丐，乞丐哈哈一笑说："李铁旦捏的跟宝石一样，因为那块宝石是他亲手捡到的，了如指掌。李蝎子捏的跟宝石一样，是因为他骗走的宝石特别珍重，而且看了好多遍。李蝎子在夜儿个过堂时，随口编的俩证人是假的，他没想到今天还会再过堂，就没想着把宝石让他俩看。他俩从来就没有见过这块宝石，当然捏的不一样，这宝石一定是李铁旦的。你想李蝎子家祖传的宝贝，恁珍贵的东西能让李铁旦一个穷人见吗？"

县官一听确实在理，就把宝石断给了李铁旦，把李蝎

子和证人各打了八十大板，还把贪心的李蝎子关进了牢里。县官惜才，把乞丐留在县衙，当了谋士，他也不用四处流浪去乞讨了。

讲述者： 柳保财，男，60岁，上蔡县无量寺乡寺西村柳庄，中专，教师

采录者： 尚志华，男，36岁，上蔡县芦岗乡尚庄村，大专，干部

采录时间： 2006年3月25日

采录地点： 上蔡县无量寺乡寺西村柳庄

附记

穷人无意中得宝，然后被财主骗走，结果被打抱不平的穷人要回，这是驻马店很多民间故事的基本套路。嵖岈山中有宝石，而上蔡县的吴宋湖已经消失，这种故事元素的加入使得故事具有了可信性。尚志华是县里下派来驻村的干部，和县里的文化人柳书波很熟悉，下来前柳书波设酒为他送行，说到请他下乡时注意搜集民间故事。尚志华到扶贫对象柳保财家时，就想到这个事情。柳保财见驻村干部让自己讲故事，就讲了起来。其中讲到"乞丐审案"，尚志华觉得很有意思，回来后整理了一下，交给了柳书波。（刘康健）

264

童官判案

从前，有个新任县官，年方十六，才学过人。

一天，他正与街上的一群小孩玩耍，有个差人来报："老爷，有兄弟俩前来告状，正在衙内等候。"小县官闻报后对差人说："马上回府，击鼓升堂！"

这时，在一旁的小孩笑话他："小小年纪竟称姥爷！"他说："别笑，我是官老爷，走吧，听我断案去！"于是，一群顽童和他一起去了县衙。

小县官换上官服，坐在堂上。这时，差人呈上状纸，小县官看罢，审视一下兄弟俩，说："恁俩是因地埂子[1]有分歧，才告到这里吗？"二人答："是，老爷。"县官想了想，又问："恁俩是同父异母或同母异父吧？"二人答："不！俺俩是亲兄弟。"县官问："恁俩打官司多长时间了？"兄弟俩答："已经二年多了，为这事儿俺俩都卖几头牲口了！"小县官这时有了主意，他厉声说："恁俩是愿打还是愿罚？"二人惊恐地问："愿打咋说？愿罚怎讲？"县官说："愿打，每人打五十大棍。愿罚嘛，恁俩

[1] 地埂子：方言，田地间的分界线，用于分清田地的归属。

就互相喊一百声哥、兄弟，随喊随应。"兄弟俩忙说："俺愿罚！俺愿罚！"

于是，兄弟俩就"哥！""唉！""兄弟！""唉！"地喊应起来。谁知喊了不到五十声，便各自泪下，泣不成声，互相抱头痛哭起来。

小县官一看时机已到，就对他俩说："恁俩是亲兄弟，应该亲如手足，相互谦让，相互帮助，这样才能过好日子。因为一个地埂子打二年官司，岂不让人笑话？"二人止住眼泪连声称是。小县官又问："恁俩的官司还打不打啦？"兄弟俩相互看了一眼，回答说："不打了！"小县官满意地说："这就对了，退堂！"兄弟俩便拉着手回去了。众顽童拍手叫好，老百姓都夸这小县官案子判得好。

讲述者：　赵恩多，男，64岁，确山县石磙河乡辛庄村赵湾，初中，农民

采录者：　陈全喜，男，32岁，确山县石磙河乡文化站，高中，专干

采录时间：1988 年 10 月 29 日

采录地点：确山县石磙河乡辛庄村赵湾

附记

一天，陈全喜到孤山冲的赵湾采中草药，为了卖药补贴家用。赵恩多正在山林子里捡拾蘑菇，也是为了卖钱补贴家用。二人在山林子里转来转去，不时说着话。秋天的山林子里，草药很多，蘑菇也不少，二人捡拾了一阵子后坐下来休息。陈全喜请赵恩多讲几个有话解闷，赵恩多择着蘑菇，讲了起来。其中，讲到一个童官判案，陈全喜觉得有趣，回到家里整理了一下。正好县文联的王奎山来搜集故事，就交给了王老师带回县里。

土地是农民的命脉，是维持生存最主要的来源。"地埂子"纠纷在农村十分常见，是老百姓之间最容易起争执和发生矛盾的导火索，看似小纠纷，也有可能引发大事端，甚至还会达到惊动官府打官司、老死不相往来的地步。（刘康健）

异文：县官批案

从前，有一家兄弟俩，兄沈中仁，弟沈中义。兄弟俩分家争要财产，到县衙打官司。

县官想：沈中仁是翰林院学士，沈中义是有功名的人物，谁都得罪不得。因此，他没敢审理此案，官司打了几年，没有了结。后来，老县官调走，又调来位年轻县官。他一不贪赃，二不卖法，刚正无私。一日，他翻阅以前案卷，见到沈氏兄弟一案，心中怒而不息，遂写了批示贴到公堂前。

上写："亲弟兄如手足。常言妻死可再娶，子亡可重生，弟兄只有一世弟兄。岂不知鹿见草而呼群，义也。羔羊跪乳，乌鸦反哺。沈中仁身为翰林院学士，弟为六科进士，为分家不公，兴讼告状。沈中仁，仁而不仁；沈中义，义而不义，不如禽兽。再要如此，依法判处。"

沈氏弟兄看了批案，从此和好。

讲述者：　李氏

采录者：　杨林蔚，男，83岁，回族，遂平县阳风乡医院，私塾，退休医生

采录时间：1988 年 3 月 29 日

采录地点：遂平县阳风街

附记

杨林蔚虽然岁数大了，但很会锻炼身体，每天一早起来，手里牵着两只羊出门下地放养。羊在前面跑，杨大爷在后面跟着小跑，达到锻炼身体的目的。实行联产承包以后，不能在路边放羊，杨大爷就带着羊下河坡放，每天都能碰上李庄放羊的李老婆，二人都爱说话，见面有说不完的话。李老婆放着羊，给杨大爷讲了不少故事，其中就有《县官批案》的故事。杨大爷回到家里整理出来，交给乡文化站的王盘根站长。这个故事语言干净，很有地方特色，生活气息浓，但杨林蔚读过私塾、说话文绉绉的，才显得书面化气息较浓，编纂时我们也如实采用。（刘康健）

265

赔眼镜

讲述者： 郭全中，男，44 岁，遂平县车站乡郭庄村，
高中，农民

采录者： 郭建新，男，16 岁，遂平县车站乡中，学生

采录时间： 1988 年 2 月 9 日

采录地点： 遂平县车站乡郭庄村

附
记

　　郭全中在村子里能说会道，尤其是受郭景洲老人的影响，善讲亓话。郭庄村紧挨着京广铁路，铁道边上经常有火车掉下来的煤核，附近的百姓都来捡拾拿回去烧火。郭建新这天没事出来玩，正好碰到郭全忠在铁道下边捡拾煤核哩。郭建新和郭全忠打了个招呼，问，大，歇歇，讲个故事听听吧，学校布置的还有任务哩！郭全忠说，孩子乖，又叫你省盒烟，想听啥？郭建新说，你随便讲吧。郭全忠就把篮子一放讲了起来。郭建新回到家里整理出来，交给乡文化站的王启成。
（刘康健）

　　从前，有位县令，廉政爱民，办案仔细，因他姓李，大家都叫他李大人。

　　一天，有一农民的老娘生病，他到街上买药，把一个老财的眼镜碰破了。那财主爱财如命，人送外号"财鬼"。财鬼叫赔钱，那农民哪里赔得起，财鬼拉着他来到县衙。

　　李大人听了财鬼的一番话后，让那农民赔钱。农民说："我只有一点儿买药钱。"李大人给他写个条子，让他拿着到当铺把东西当了。农民说没有啥值钱的，李大人说："把你的扁担当了。"

　　他到当铺把条子给当铺伙计，伙计一看笑笑说："李大人让你赶快走。"农民突然想起了啥似的，高兴地走了。

　　财鬼跪在大堂等了半天，两腿酸麻，等不及了，就问那农民当了钱没有。李大人叫手下去看看，手下到当铺后坐那里喝起茶来了。财鬼跪呀跪，跪得眼冒金星，再也跪不住了，就说："大人，这眼镜不让他赔了。"李大人故意夸赞说："不叫赔了，世上还有这样的好人。"财鬼连说："不赔了，不赔了。"

　　李大人说："不赔了，那好吧，退堂！"

266

官老爷断马

从前，有兄弟俩，老大很富，老二却特别穷。

一年冬天，天气特别冷，老二来到老大家对他说："我想借你的马，去山里把拾的柴禾拉回来，中不？"老大说："中呀，但是你要记住，以后再别向我借东西了。这样下去，恐怕我也会变得像你那样穷。"老二没吭声，牵着老大的马回去了。

走到路上，老二突然想起忘了借马鞍子，但想起了老大的话，绝不能再去借了，于是便套着马上山拉柴禾去了。

在回来的路上，一不小心，山上的一根树杈缠住了马尾，马使劲一拉，尾巴一下子被拉断了。老二急得不知咋样才好，想着该咋向老大说明情况。

到了老大家，老二哭丧着脸说："因为没有马鞍，马尾巴被树杈拉断了。"老大一听，顿时火冒三丈，气哼哼地说："我好意把马借给你，你还给我一匹断尾巴的马。我要到官府告你，让你赔一匹上等的好马。"老二没办法，只得同他一起去官府说理。

走到路上，老二边走边想，该咋向官府说明情况。如果官府让赔上等的好马，到哪去弄恁多钱呢？他想着想着，心一横，干脆一死了结，便闭上眼睛往河里跳。不想正落在一条小船上，把船上的一个老人给砸死了。那老人的儿子又拽着他，大声嚷着要老二赔他爹，要去打官司。老二没想到事儿竟弄得这样糟糕，自己想死没死成，又弄出了人命案。他没有别的办法，只得又和他一道去官府。

老二走着想着，要是官老爷不明是非判了我，我一定要报复他。于是就拣起一块儿尖锐的石头揣在怀里。

来到官府，官老爷问明情况后，眯起眼睛瞅着老二。老二向他挤眉弄眼，又用手指指怀里那块石头，意思是你要判了我的罪，我当场用石头报复你。可那官老爷以为是老二向他求情，如果不判他的罪，就给他好多银子，便喜滋滋地下令赦免老二的罪，并对老大说："你不是让他赔你一匹好马吗？那好，你现在把你的断尾巴马送给他，等他凑足了钱再给你买。"老大一听急得直摆手："啊，大老爷，我不要好马了，我就要这匹断尾巴马吧。"又转身对老二说："我给你五两银子，你不再要我的马了？"老二笑着说："好吧。"老二从老大手里接过银子揣在怀里，老大垂头丧气地回家了。

大老爷又对老人的儿子说："你说他从河上跳下来砸死了你老子，那么现在让他躺在船上，你从桥上跳下去，也把他砸死算了！"那老人的儿子一听可傻了眼，忙求情说："大老爷，我不让他赔了，请你放了我吧，我甘愿给他十两银子。"大老爷问老二："你同意吗？"老二说："我同意。"说着从那老人儿子手里接过银子，也揣在怀里，大老爷便下令让老人的儿子也走了。然后他才走到老二跟前，伸手要银子。老二从怀里掏出那块儿尖利的石头，对他说："假如你今天判了我的罪，我就当场砸死你。"说着扬了扬手中的石头，大老爷吓得忙后退几步。

直到老二出了官府，官老爷才清醒过来："亏得我今天没有判他的罪，要不，我这个脑壳就没有了！"

讲述者： 崔伦法，男，65 岁，遂平县阳风乡中，高中，退休教师

采录者： 柳瑞金，女，16 岁，遂平县阳风乡中，学生
采录时间： 1988 年 5 月 26 日

267

马县官破积案

附记

柳瑞金是跟着父亲上学的，住在父亲单位里，每天放学都要路过崔伦法家的门口。崔伦法退休后，在家里做醋卖，二分钱一提（过去酒、醋、酱油等按提散卖，提是一种特制的量具）。柳瑞金家喜欢吃蒜面条，也就经常到崔老师家打醋，打着醋说着话。柳瑞金问，崔老师，你能讲几个故事不？崔伦法说，这谁不会呀？我给你讲一个听听。接着，崔老师就给柳瑞金讲起来。柳瑞金回到家里，根据崔老师讲的整理后，交到乡里文化站站长王盘根手里。崔伦法讲述的故事《王启扮新娘》，也被《中国民间故事集成·河南遂平县卷》收录。（刘康健）

从前，有位刀匠[1]给人家做完菜回家，主家过意不去，从树上摘些青梨装进他钱褡子里，让他给孩子捎个包儿。走着走着天就黑了，刀匠来到一个破庙前，迎面走来个杀猪的。那杀猪的见刀匠背的钱褡子满腾腾的，以为有不少钱，起了恶意，掏出杀猪刀，乘刀匠不备把他杀了。杀猪的解下钱褡子一看，傻眼了，哪有一文钱哩，净是小青梨！杀猪的后悔了，顺手用杀猪刀在庙门上刻几句话：不怨你，不怨我，只怨青梨哄住我，要想把冤伸，除非马头上长角。

你看看这话说的，"要想把冤伸，除非马头上长角"。谁见过马头上长角哩，这不明明是想把这桩冤案石沉大海吗？好多县官、知府都查过这案，谁也搞不清凶手在哪儿。

一晃三十年过去了，这里换了一个姓马的县官。这一天，马县官下乡巡察民情，路过这儿，正好天降大雨。过去官不入民宅，只好躲进这座破庙里避雨。这时，庙门上出现了个怪事儿。啥怪事儿哩？有个花蜘蛛网着一只蝇子，

[1] 刀匠：即厨师。

在门上爬来爬去。那蝇子支棱着膀子挣扎，花蜘蛛也不吃它，在那玩哩。

马县官抬头一看，只见花蜘蛛爬过的地方有行小字。他站起身来一看，才知道这庙里发生过冤案。马县官看呆了，过了一会，他一拍腿，对衙役说："把这儿的地保给我找来！"

不大一会儿，地保被领过来了。县官问："你这里可有个姓朱叫戏营的人吗？"地保说："有啊，县老爷找他有啥事儿吗？"马县官说："你带人把他找来，就说他的人命案发了！"地保说："朱戏营都六十多岁的人啦，咋会杀人咧？"马县官说："少啰唆，快领人把他找来吧！"地保领着衙役，不大一会儿把朱戏营领来了。

一进庙门，马县官大喝一声："朱戏营，你当年咋杀的人，快从实招来！"朱戏营抵赖说："大老爷呀，我是杀猪出身，可从来没杀过人哪！"马县官说："我不说出道理来，想你也不会招。你看这门上的诗，最后两句写的啥？'要想把冤伸，除非马头上长角。'这'马头上长角'，不正应在老爷我的身上吗？我姓马，这纱帽翅翎子不是两只角吗？再说，天网恢恢，自有报应。方才蜘蛛戏蝇，正是上天有眼，把你的名字给我说了，让人替刀匠伸冤，你还不从实招来！"朱戏营一听，以为真是老天罚他，事儿该犯，就把杀人的经过如实招认。马县官破了这三十年前的杀人案，受到上司的提拔，官升三级，老百姓也都称他是清官，有老天保佑。

其实，不是这样的。马县官原是个穷书生，靠戳垛子[1]要饭。三十年前，他要饭要到这儿，夜里就睡在破庙里的香案底下。那一夜朱戏营杀人的事，他亲眼所见，只是他是个要饭的不敢作证。后来他发愤读书，中了进士，真是"三十年河东，三十年河西"，上司又放他到这儿当县官。他就操着心要破这个案，说是蜘蛛戏蝇，不过是弄个玄虚罢了！

[1] 戳垛子：即在人家门口墙上写诗要饭。

讲述者： 吴海青，男，64岁，确山县胡庙乡吴楼村，小学，农民

采录者： 吴文龙，男，24岁，确山县胡庙乡吴楼村，高中，农民

采录时间： 1988年4月8日

采录地点： 确山县胡庙乡吴楼村

附
记

此故事在驻马店各县也有流传，遂平县党代纯讲述、党全中采录的叫《马头长角》，犯案的是教书先生朱系盈，抢到的是木瓜，题的诗是："不怨你，不怨我，只怨木瓜来诓我，要想给你冤仇报，还得马头长上角。"而县令就叫马角。破案情节大体相同。（赵新春）

268

一斗谷子七升米

城东李庄有个叫哈乎的人，搬亲[1]不到仨月，他的媳妇翠娥天天角角着[2]，嫌他是个打牛腿[3]的没出息。哈乎一气就离了家，正南到信阳州打杂挣钱。

转眼三年，哈乎省吃俭用，一分一文地攒了几贯钱。心想：带钱回家，老婆子[4]总该喜欢了。即选个日子，打点回程。刚出信阳，迎面碰见一个算命的。那算命的看见哈乎，凑上前说："客官，请抽四注签，日后保平安……"讨个吉利，谁不乐意？哈乎依照盼咐，先后从签筒里抽了四支签，看签上分别写着：叫你上你不上，叫你洗你不洗，叫你睡外你睡里，一斗谷子七升米。哈乎看后，心里琢磨一会儿，猜不透签文啥讲儿[5]。没等问话，算命先生开口便说："签文玄机，不可早泄，等到时间，自然明白。"哈乎也不多问，付了钱，收签藏好，就迈开大步往家奔去，

[1] 搬亲：结婚。
[2] 角角着：絮叨。
[3] 打牛（方言音 óu）腿：庄稼人。
[4] 老婆子：方言，指自己的妻子。
[5] 啥讲儿：啥意思。

恨不能跷腿到家。

一连走了三天，眼见滔滔大河拦路，幸好有艄公唱着渔歌向他招手呼喊，哈乎便随众人走上船舨。刚到船上，忽然想起第一支签文"叫你上你不上"，他又慌忙走下船来，站到岸上，等看个究竟。谁知船行到河心，忽起大风，桅断船翻，一船上十来个人像扁食[6]下锅里都落水淹死了。哈乎看此情景，又惊又喜，惊的是签文神般灵验，喜的是自保活命。遂改绕旱路，回到老家。

等到进村敲门时，月奶奶已爬上树梢。"翠娥、翠娥……"哈乎呼喊着，又用手把门拍得哪哪响。翠娥梦醒，仔细听音，知是丈夫哈乎回家，慌急得也没点灯，就起身下床，披衣开门："你呀，真个好狠心，把奴家撇得三年活受。唉，俺命苦啊……"哈乎听到哭声，也止不住一阵心酸，禁不住掉几滴眼泪："看俺不是回来了。虽别三年，今日总算带些钱回来，也好给你买些擦脸的胭脂、做衣的绸缎……"说着把翠娥扶到屋。谁知哈乎三年不在家，屋里摆设不同从前。哈乎只顾慌着一头往里边[7]拱，正碰着簿篱子上挂的一盏油灯，油灯一歪，半灯油都浇到哈乎头上，翠娥连忙端盆舀水，让哈乎洗头。哈乎俩手刚伸盆里捞摸到水，猛又想起第二支签文"叫你洗你不洗"。哈乎随口说："我头上的油不用洗了！""说啥？"翠娥问。"你去拿来毛巾，我干擦干擦算了！""哪能？一头灯油，咋睡床上？""那我就睡锅底门儿[8]。"哈乎回着话，和衣箍绻[9]在灶锅口处。刚歪下身子，又想起第三支签文"叫你睡外你睡里"。哈乎一折屁股，站起身来："哎，我不能睡这儿。""那你睡哪儿？"翠娥问。"床上。""床上？""挨着你睡里边。"哈乎说话有点强迫，翠娥拗不过，就依着他："也……中，但要用马褂子[10]蒙着头，省得弄脏了三表新的红缎被子。""听你的。"哈乎用头顶着小袄在翠娥身上打个滚，翻身钻被窝里去了。夫妻俩在被窝里的事，咱不多说，快到鸡子叫，两人都睡着了。

[6] 扁食：饺子。
[7] 里边：里间。
[8] 锅底门儿：灶锅口处。
[9] 箍绻：即蜷缩。
[10] 马褂子：袄。

木不钻不透，话不说不明。自哈乎离家，出外三年，年轻媳妇翠娥自爱风流，熬不着寡，就和本村的赖碴皮[1]康三升鬼混。这天夜里，康三升像往常一样，推门而入。刚到床边，忽听床上一头儿两人出气。心想，又有男人私通翠娥，气得牙咬"格格"响。俗语说：色胆如天。康三升转身回家，提来一把钢刀，要杀人行凶。杀谁呢？他要杀和他争食的狗男！可当他二次进屋，返回床边，却停了手。为啥？屋里黑乎乎的，看不见人脸，分不清哪个是男哪个是女，但又怕错杀了翠娥。康三升犹豫片刻，忽地想起：翠娥爱好擦胭脂抹油，一头乌发，油亮油亮的。他便试探着伸手去摸，先摸着哈乎的头脸，觉得油腻腻的，断定哈乎就是翠娥。不论三七二十一，就把睡在外边的翠娥一刀砍死，溜之乎也。

再说哈乎前几天往家赶路，累得腿肚子酸疼，一身困倦，直睡到大天老地明[2]才醒。睁眼一看，翠娥人头落地，血迹一片，直吓得面如土色。

人命关天的事，盖也盖不住。先报地保，地保报县，县太爷传令，把哈乎绳捆索绑拿到县衙大堂。两班衙役豹头虎腰，各执棍棒，只听县太爷把惊堂木一拍，厉声吼道："哈乎呀，你出外三年，你妻无恙。昨夜回家，你妻被杀，真相大白，还不快快招供！"

"大老爷，小民冤枉啊！"哈乎"扑通扑通"只是磕头。

"再若嘴硬，先责四十大棍！"县太爷话音落地，只见两个衙役猛地将哈乎按倒，又有两个衙役各举棍棒口喊着"一五、一十……"轮打起来，直疼得哈乎大声哭叫，不像人腔："哎呀呀，前面三支签文这么灵，这第四支签文'一斗谷子七升米'也救不了我的命啊……"

县太爷坐在大堂，听见哈乎嘴里絮唠着啥谷子啥米，便喝着衙役停打，细问原由。哈乎也真三三见九地如实讲了抽签的前因后果，又从腰里取出四支签递与县太爷。县太爷再三盯着竹签，心里打着鼓："如果杀死翠娥的不是哈乎，那又该是谁呢？难道这'一斗谷子七升米'的签文

暗隐杀人凶手的名字吗？"县太爷不得其解，眉毛皱成疙瘩，深深地思索，嘴里又不停地念着："一斗谷子七升米，那么剩下的就是三升糠，三升糠……糠三升。好啊，有了。"县太爷精神一振，大声问道："哈乎，你李庄可有名字叫康三升的吗？""有。"哈乎应声回答。县太爷一听，掀髯大笑："衙役们，快将康三升押来大堂！"一时三刻，四衙役像老鹰抓小鸡似的把康三升押了过来。不等县太爷动问，那康三升早吓得屁滚尿流，瘫倒地上："求县太爷免动大刑，罪民愿招……"康三升当堂画押，打入死牢。

讲述者： 李新华，男，46岁，上蔡县芦岗乡绳李村，初中，农民

采录者： 陈玉德，男，50岁，上蔡县芦岗乡大路张村，高中，农民

采录时间： 2006年3月3日

采录地点： 上蔡县芦岗乡绳李村

附
记

陈玉德会写戏，李新华好唱戏，两人很熟。这天李新华在绳李村庄上唱年会，陈玉德在后台找李新华，给他开玩笑说，你天天走南逛北，听了那么多冇话，不会说不会讲冇话吧！李新华说，冇话不会讲，但可以唱戏。两人边说边聊，李新华讲了不少他知道的冇话儿，其中就有这篇《一斗谷子七升米》。（赵新春）

打牛腿就是干农活，这事给我印象很深，小时候不懂事时，家人好说，你赖不好好学习啦，叫你打牛腿。我当时不懂，也没处问，就想：我近门的爷叫牛腿，我要是不好好学习，就该拿棍去打他？后来才知道这其中的道理。（谭咏利）

[1] 赖碴皮：不务正业，专干坏事的人。
[2] 大天老地明：即天色大亮。

269

西瓜案

刘本元六十多岁，种瓜特别在行，经他收拾的西瓜个个圆圆大大，瓤子沙沙的，味道甜得不得了，是无量寺一带有名的瓜匠。

有一年，刘本元地里西瓜又熟了，瓜园里像挨着摆了一地绿石磙，让过路人看着嘴馋。日头刚点地儿，一个要饭孩子顺沟爬进瓜园，想偷瓜吃，扬可[1]被刘本元瞅见，猛地从背后用铜烟袋锅子朝他头上一敲。坏了，俗话说，会打打十下儿，不会打打一下儿。刘本元就这一敲，把那孩子打得像得了羊羔风，一阵斜岔[2]，瞪眼伸腿了。刘本元看孩子没了气，又望四周无人，赶紧用瓜铲就地挖个窑儿，神不知鬼不觉地把人埋了。

过了一年多，偷瓜孩子尸体腐烂，血水浸到土里。刘本元又在那块地里埯瓜[3]，无意间将一粒瓜籽埯在埋偷瓜孩子的土窑儿里。仨月过去，那棵瓜苗根粗叶壮，结的一

[1] 扬可：恰巧。
[2] 斜岔：颤抖。
[3] 埯瓜：种瓜。

个大西瓜少说也有百十斤重。

凑巧，县太爷坐轿路过瓜园，从轿帘里探头看见那个大西瓜，即令书童向瓜匠付些银子，买了这个瓜。回到县衙，传唤家眷老小，班头衙役，一齐前来品尝。县太爷举刀一破两开，只听瓜内"呼啦"一声，流淌满案腥臭血水，气道[4]。众人惊讶，不敢吱声，县太爷双眉紧皱，沉思片刻，随口说道："此瓜定有蹊跷……"

县太爷的嘴衙役的腿。不一会儿，衙役便把刘本元带到县衙。县太爷问道："刘本元，你伤害人命，还不从实招来！"刘本元直吓得话不成声："县……县老爷，小民误杀顽童，请……请饶俺一命。"说话间抬头观看县太爷怒气满面，两班衙役熊背虎腰，不觉又惊又怕、又愧又恨，俩眼一闭，便一头撞死在堂前。

人命关天，真是善有善报，恶有恶报啊！

讲述者： 郭国宾，男，56岁，上蔡县芦岗乡大路张村，初中，农民

采录者： 陈玉德，男，50岁，上蔡县芦岗乡大路张村，高中，农民

采录时间：2006年3月28日

采录地点：上蔡县芦岗乡大路张村

附记

郭国宾和陈玉德是同村人，都是农民，很多民间故事都是二人一边干活一边讲出来的。陈玉德经常到县文化馆去送剧本，知道县里搜集民间故事，所以就把郭国宾讲的故事整理了一下，送到县里。由于陈玉德长期工作生活在基层，对农村生产生活和民间习俗语言十分熟悉，他采录的作品保留了当地方言的原汁原味，很有地方特色。（刘康健）

[4] 气道：方言，气味刺鼻。

270

偷的能

附记

　　讲述者秦建民是确山县竹沟镇文化专干，他讲述的《河漏扒子精》《麦仁店》《山茶》《龙虎斗》均被1988版《中国民间故事集成·河南确山县卷》一书收录。邓传新是初中生，经常到乡文化站里去借书看。秦建民看这小孩很勤奋，就有意培养他，给他讲一些民间故事，并让邓传新整理出来，他再给邓传新改改。（杨建军）

　　从前有个人整天偷人家的东西，可是没有被人家抓住过。村子里每户人家遭贼，都怀疑是他干的，可是没有当场抓住，他也不认账。

　　后来有人告到县衙里，县官派衙役们把他带到公堂前审问，他就是不认账。咋办呢？县官想了想说："你今儿黑了能把我的大印盗走，赦你无罪。偷不走，我可就要杀你！"

　　当天夜里，县官命衙役们严加防守，但大印还是被盗走了。第二天，他带大印到县衙大堂，县官见了他大笑起来："果然是个罪犯，真是偷的能啊！"

　　于是，县官命令衙役们把他捆了起来，投进了监狱。

讲述者： 秦建民，男，35岁，确山县竹沟镇文化站，
　　　　　　高中，专干
采录者： 邓传新，男，14岁，确山县竹沟镇初中，
　　　　　　学生
采录时间： 1988年3月25日
采录地点： 确山县竹沟镇文化站

271

县官巧断烟袋案

讲述者: 魏祖庚,男,69 岁,遂平县和兴乡高中,大专,教师

采录者: 夏会玲,女,17 岁,遂平县和兴乡高中,学生

采录时间: 1988 年 4 月 6 日

采录地点: 遂平县和兴乡高中

从前有俩人,一个叫张三,一个叫李四。一天,他俩一起去赶集,途中累了坐在树下歇息,张三拿出一个玉石嘴烟袋,值好几块儿大洋,他俩共同吸起烟来。

吸来吸去,李四爱上了这支烟袋,吸后就装到自己口袋里。张三奇怪地问:"呃?你为啥装起来啦?"

李四说:"我的,我为啥不装起来?"

就这样俩人吵了起来,吵来吵去,吵到县衙大堂。

县官听他们说了一遍,说:"我有点事,顾不上管恁俩,恁俩就合用那支烟袋先吸会儿烟吧。"张三和李四就你一锅,我一锅地吸起来。

过了一会儿,县官把烟袋判给了张三。李四不服,问:"大老爷,凭啥判给他?"

县官说:"凭恁俩用烟袋不一样,是谁的谁爱惜。人家磕烟锅在鞋底上,生怕磕坏了。你却叭叭磕在石头上,只嫌坏得慢啊!"

272

县官三断胡子案

仨酒友在酒馆饮酒，他们达成协议，各以自己的胡子为题夸口，谁把自己夸得最好，最惊人，谁就先喝先吃，不打酒钱。

长胡子捋着胡须说："我的胡子长，天下我为王。"说完抓起酒杯就喝，却被短胡子劝住："且慢，我的胡子短，天下归我管。"说完举筷便吃，被稀胡子一把按住。稀胡子摸摸稀拉拉的几根黄胡子说："我的胡子稀，天下我第一。"话没落音就去夺酒杯，长、短胡子都不肯相让。仨人争执不下，最后闹到县衙，请县官公断。

县官姓艾名风澄，当即升堂。长胡子把喝酒协议讲了一遍，县官指着长胡子问："你是咋夸的？""小民我说的是：我的胡子长，天下我为王。"县官一听恼了："大胆刁民，你为王，岂不连老爷我都得拜你吗？来人，给我打他俩耳光轰出衙门！"接着又问短胡子，短胡子哆哆嗦嗦地说："我说的是：我的胡子短，天下归……归我管。"县官一听眉毛又竖起来："啥？"短胡子慌忙改口："不！不！我归老爷管。"艾风澄听罢哈哈大笑起来："对，这才是良民。"

稀胡子善于拍马屁，是个遇啥庙烧啥香的人。他上前跪下说："我的胡子稀，好比老爷的一个蛆。"谁知县官听了拍案大怒："混蛋！屋里有恁大个蛆，老爷我拉屎时，你不拱我个狗吃屎才怪哩。把这个想暗害老爷的混账东西拉下去，重打四十大板！"一阵重棍，打得稀胡子哭爹叫娘。众公差嘲笑道："伙计，只怪你马屁拍得太重了。"

讲述者：　赵华，女，40 岁，西平县吕店乡，中专，教师

采录者：　翟宁芬，女，16 岁，西平县吕店乡洼郭村，学生

采录时间：1991 年 9 月 8 日

采录地点：西平县吕店乡洼郭村

附记

与《县官三断胡子案》类似的新蔡县尤学海讲述，王永红、李宝德采录的民间故事叫《三人比胡子》，较本故事简略。（王卫霞）

273

巧断死婴案

农民

采录时间：1988 年 3 月 6 日

采录地点：遂平县车站乡郭庄村

附
记

郭景洲老人被村里人称为"长不老"，嘴会说，还能说书唱鼓儿词，他人走到哪儿笑声就到哪儿。郭民嘴很甜，每次找郭老汉时，都大爷长大爷短地叫得欢，很让郭老汉欢喜。这次来的时候，老汉正在靠着墙晒暖，和一群老汉正在说说笑笑。郭老汉见郭民过来，问，还是叫给你讲行话吧？郭民点点头。郭老汉说，我给你讲个《巧断死婴案》吧。一群老汉起哄，说，开始喷吧。这个故事郭老汉讲得土，郭民在整理时，利用的书面语言，显得文雅许多。但由于是 1988 年版本，只能忠实于原作。（刘康健）

从前，王月英、陈四妮二女同屋居住，铺是对面床。说来也巧，她俩同月各生一男。王月英夜里睡觉，不慎把小儿压死了，她趁陈四妮熟睡，把死孩儿给她的活孩儿换啦。陈四妮醒来，发现身旁的死孩儿不是她的。二人直争得不可开交，于是就一同抱着孩子去到县衙。

县令李东明升堂断案，二人在大堂又是一场舌战。县官不能定案，沉思片刻，对二女子说："这个活孩，恁俩都不能要。"又吩咐衙役："拿刀来，我把他劈成两半，分给她俩。"衙役拿过利刀，县官举手就砍。王月英面不改色，而陈四妮见状大惊，急忙跑上前去，抓住县令的手说："大老爷不要砍，这孩子我不要了，就算她的吧。"

县官哈哈大笑："陈四妮，快把你的孩子抱回去吧！"就此结案。

讲述者： 郭景洲，男，80 岁，遂平县车站乡郭庄村，
不识字，说书艺人

采录者： 郭民，男，21 岁，遂平县车站乡郭庄村，初中，

274

神童小县令

从前，上蔡有个小孩，叫陈聪，虽然才十一二岁，能点子却挺多，许多大人们都办不了的事，他准有门儿[1]。一来二去的，方圆附近的老百姓都管他叫"神童小陈聪"。

小陈聪上面有俩哥，都是大官，俩嫂子都姓孔，挺待见这个小叔子。她们有事没事的总爱劝小陈聪，让他好好读书，将来也挣个功名。说多了，小陈聪觉得挺烦，说："嫂啊！干嘛还要等到将来，凭恁老弟现在的能耐，就是个当官的料。""那中，俺俩可得出个题考考你。"出啥难题呢？俩嫂子瞒着小陈聪一合计，有了。她们煮了个鸡蛋，集合起家里一百多号下人，抽出一个人把鸡蛋吃了。然后，她俩带着下人来见小陈聪。大嫂指着下人就问："小弟，俺们煮了个鸡蛋，你猜猜，这些人当中是谁吃的？"二嫂跟着插话："你要是猜中了，俺就让恁哥保举你当官。"

小陈聪琢磨了一会儿，让那些下人每人端了一碗清水，又让他们挨个漱口，再把漱口水都吐到碗里。等都漱完了，小陈聪把每个碗都瞅了瞅，冷不防一指其中一个："鸡蛋

是你吃的。"一抹身[2]，对俩嫂子说："嫂子，老弟猜得对呗？"俩嫂子挺纳闷，问他是咋猜出来的。小陈聪把这碗水端到她们眼前："嫂子请看，这水发黄，不就是漱出的蛋黄渣吗？"俩嫂子一看，真是的，很服气，就给小叔子捐了个七品县官。

小陈聪当官后，开始挺不适应。有时候听三班衙役一喊堂威，还有点儿发怵。衙役们一瞅他那劲儿，都感到挺失望。

有一天，小陈聪下去私访，见有个小孩坐在街上啼哭，就问他为啥。小孩说："俺为了给娘治病，出来卖鸡，哪知道这鸡没捆结实，一下子飞到酒馆里去了。"小陈聪听完就乐了："那你去酒馆里要呗，哭有啥用？""可掌柜说鸡是他的，不是俺哩！这鸡没了，俺又没钱，还咋给俺娘治病？呜呜……"说着，小孩又哭了起来。

小陈聪赶忙劝他别哭，接着又问："那你这鸡飞到酒馆里，有谁看见了呗？""有！酒馆门口有个卖姜哩，他看到了。可他……也不替俺作证，非昧良心说鸡是掌柜的。"小陈聪的眼珠骨碌碌一转，给小孩写了张状子，让他去县衙里告状。小陈聪前脚先到县衙，等小孩一到，就让衙役去传掌柜的。

"老爷，小人到。"掌柜的抱着鸡跪在堂下，见县官是个娃娃，嘴上没说，心里挺看不起：小屁孩懂个啥，只要一口咬定鸡是我的，量你拿我也没啥法。

小陈聪看出了他意思，心想：嫌我小孩，一会儿就让你知道我哩厉害。往上一挺胸脯，咳了一声："掌柜的，本官问你，这小孩说他的鸡没捆好，飞到了你酒馆里，你为啥不承认？""冤枉呀大人，这小孩净是瞎话，这鸡明明是俺哩，咋会是他的？""有证人吗？""有！俺门前有个卖姜哩，可为小人作证。"小陈聪一拍惊堂木："传卖姜人。"

等衙役把卖姜的带到堂上，小陈聪把眼一瞪："大胆卖姜人，你可知罪？""小人不知。""嘟！还说不知。我来问你，这掌柜怀里抱的鸡，你看清楚是谁的？""大人，是掌柜的。"

[1] 有门儿：有办法。

[2] 抹身：转身、回身。

众衙役一听：去伙[1]！连卖姜的也不认账，小大人呀小大人，俺们这回看你咋审。小陈聪拿眼在众衙役脸上一扫，心说：这帮货想瞧我哩笑话，中，待会就让你们都长长见识。哈哈一笑，问掌柜的："你说鸡是你的，那这鸡喂的是啥食？""回大人，是……是苞谷。""那你呢？""俺喂的是谷子。""好，你们一个说是苞谷，一个说是谷子。"小陈聪指着鸡吩咐衙役："给本官割开这只鸡的嗉子，瞅瞅它吃的到底是啥。"鸡嗉子一割开，掌柜的和卖姜的都傻眼了，因为这鸡嗉子里都是谷子。

小陈聪把脸一沉，指着掌柜和卖姜的大喊一声："恁俩昧人之鸡，该当何罪？左右，每人给我重打五十大板。"掌柜的一听急了："慢、慢、慢！大人先别打，小人情愿受罚。"他伸出右手一比画，"小人愿出五两银子包赔这小孩的损失。"小陈聪冷冷一笑："五两？就是十两也不够。十棍子罚你四两，你最少也得出二十两。""中，中，中！二十两就二十两，小人愿掏。"掌柜的赶紧取出二十两银子交给小孩，连说："厉害，厉害……"垂头丧气地跑了。

小陈聪接着一指卖姜的："你呢？替那掌柜的作伪证，按说该罪加一等，打你一百棍才对。""别，别，别！小人也情愿受罚，我掏银子，掏银子……"小陈聪挥手一拦："慢着，看你小本生意，一时也拿不出二十两银子，赔银子就免了。本官罚你吃四两蜂糖，你以为如何？"卖姜人心里高兴，嘴上忙说："谢大人，就是罚四斤，小人也情愿都吃。"小陈聪让小孩褪掉裤子，从桌上取出四两蜂糖，在他屁股上一涂一抹，朝卖姜的一呶嘴："舔吧！""啊！这个劲儿吃，小人我……""大胆刁民，胆敢出尔反尔，戏弄本官，来人，打他一百大棍。"卖姜的慌了神，心说天爷，一百棍还不把我给打扁了？只好捏着鼻子，把小孩屁股上的蜂糖舔着吃了。看着卖姜人的那个狼狈样，小陈聪乐得连眼泪都流了出来，手一挥："走吧！"卖姜人又羞又气，一路跟头趔趄地跑下公堂。众衙役瞅到这里，都服了小陈聪。打这儿起，他们再不敢小瞧这位小县令了。

[1] 去伙：完了，没希望的意思。

讲述者：　刘显洋，男，76岁，上蔡县无量寺乡无量寺村，私塾，农民

采录者：　陈群红，男，31岁，上蔡县无量寺乡无量寺村，大专，工人

采录时间：2005年3月8日

采录地点：上蔡县无量寺乡无量寺村

附记

春上，陈群红回到老家无量寺村看望家中的老人，看到刘显洋拉着架子车在村子里卖姜。上蔡产姜的地方是邵店乡，歇后语说"邵店的姜——没丝"。陈群红想起老人是村里有名的有话篓子，就对老人说，称厂斤姜，讲个有话吧。刘显洋称着姜，说，就讲个卖姜的有话吧。

类似故事在驻马店各县也有流传，正阳县的叫《清官断鸡》，驻马店市（现驿城区）的叫《县太爷断鸡》，破案情节大体相同，惩罚恶人的手段相似。（刘康健）

异文：孙大老爷断鸡

一天，早饭过后，大街集市正在热闹。孙大老爷闲暇无事，到街上闲逛，忽见一个农村打扮的小孩，在惠丰粮行门前哭着要鸡。孙大老爷觉得奇怪，上前问道："这小孩儿，为啥在这哭着要鸡？"小孩哭诉道："今早俺娘叫我来卖鸡买盐，才走到那边，一个人要买。他掂了掂嫌贵，还没等我接好，他就丢手走了。鸡子一跑，我跟着撵，不料鸡跑进这院里去了。这院的人说是他家里的，不叫去逮。"

孙大老爷进去一问掌柜的，掌柜的一口咬定是他家的鸡。孙大老爷再看看那只黑老母鸡，惊慌着四下乱看，乱跑，别的鸡子还去叨它，显然是个生鸡。孙大老爷心下明白了几分，随即问道："那个黑老母鸡是恁家喂的吗？"掌柜的答道："是小人喂的。""有多久了？""几个月了。""今天喂的啥食？""小人的鸡子整天在院里吃撒的食，什么都有，是杂食。"

正在这时，来个卖蒸馍的王六，一看这个势头，急忙出来为掌柜的打圆场说："是的，是的，这黑母鸡是李掌柜的没错，我敢作保。"

孙大老爷回头，一声喊道："来人！"那些役杂、马弁、护兵应声来到面前，"把那只黑老母鸡逮住杀了。"众人一听，哪敢怠慢，连行里伙计，带卖粮食的人都急忙上前动手，霎时就把鸡子抓到手里了，把鸡子一杀，剥开嗉子一看，净是高粱草籽。掌柜的一看，立时傻了眼，急忙跪下说："小人错了。"

孙大老爷一声断喝："愿打愿罚？"掌柜的害怕，就问打怎么打，罚怎么罚。孙大老爷说："愿打，回衙门去打四十大板。愿罚，就在这里交出四串铜钱给这小孩，作为赔这小孩的鸡钱。"掌柜的连声喏喏："小人愿罚。"

孙大老爷又问卖蒸馍的王六："你是愿打还是愿罚呀？"王六急忙跪倒问："罚多少？"孙大老爷说："罚两个制钱。"王六愿罚，就拿出两个制钱。

这时孙大老爷命人去买了两个制钱的蜂蜜，命掌柜的把裤子脱了，屁股撅起来，把蜂蜜倒在他屁股沟子里，命王六去舔。"你这个为虎作伥的舔屁股沟子的货，今天叫你当着众人面舔个够。"

讲述者：　张二贵，男，84 岁，汉族，驻马店市，不识字，市民

采录者：　郑英，男，47 岁，汉族，遂平县，初中，市民

采录时间：1987 年 1 月 16 日

采录地点：驻马店市区

附
记

郑英从遂平县来驻马店市走亲戚，看望驻马店蔬菜队的张二贵大爷。张大爷年纪大了，已经不能下地干活了，大冷天在屋里烤火。郑英的到来让张大爷很高兴，话就多起来，问这问那。郑英说，你们城里人烤煤火，俺乡下人烤的是树根。张大爷说，还是树根暖和，烤煤火不热。二人坐着没事，郑英说，大爷，你会讲故事，讲几个听听吧。张大爷正想和人说话，于是就讲开了。

沟子就是屁股沟子，现实生活中人们把趋炎附势、阿谀奉承、为虎作伥、溜须拍马称为"舔沟子"。驻马店民间还有"溜沟子""舔屁股"的说法。（刘康健）

275

有本事的丑官

从前，有个县官，你要看他的长相，打着灯笼也难找着他那个丑样：歪鼻子，斜眼睛，罗锅腰，镰把腿，要咋难看有咋难看。要讲本事，他能眼观千行字，耳听万人言。

这天，他升堂问案，命衙役传告状人。不多时，被带进来一个，县官问："今儿告状的就他一人？"衙役回禀："外边还有十几个哩！""那叫他们全进来吧！""老爷！那如何审问哩？""叫你传你就传，快去！"霎时间，大堂上跪了一大片，县官随命众人一齐讲来。这下可好啦，大堂上乱吵吵的，原告讲了被告讲，不多时，众人讲完了，这位县太爷一个一个地也结案啦！一会问了十几案，并且处理妥当，从此，人们都称他是个有本事的丑县官。这事传到朝廷那里，朝廷传旨给他官提三级，荣升知府。

他走马上任，进了府城。大家都想见见这个有本事的丑县官，大街上人山人海。当他走到一家杂货铺门口时，掌柜的见新来的知府，长得如此丑陋，小声嘟哝着："朝廷算瞎了眼啦，就凭那模样，他会有啥本事哩！"不料这话被丑官听见了，随命人停轿。他下了轿，直奔小杂货铺，进屋就问："哪位是掌柜的？""小人就是。""你快把铺里三年的外欠账本拿出来！"掌柜的把现存六本账交给了丑官。丑官接过账本后，一手翻一本，一会儿六本账全翻完了，然后他抓起六本账，一把火全给烧了，坐上轿就走了。

这可吓坏了掌柜的啦，三年的外欠账，这一烧不当紧，这还记住谁了哩！抱头痛哭起来。正在哭着哩，来了一位差人传他速到府衙。掌柜的更是胆战心惊，心想：知府烧了我的账，我就没法活啦，今天又传我去弄啥哩？唉！胳膊拧不过大腿，只好去了。

掌柜的来到堂上，丑官问："掌柜的，今天本府烧了你几本账，你还记得吗？"掌柜的说："大人，三年的账共六本！"丑官说："来人！快把我刚写完的六本账拿来！"衙役们拿来账本，交给了丑官。丑官拿着账本说："掌柜的，今天本府烧了你的六本外欠账，现在如数还你。"掌柜的接过一看是六本新买的账簿，说："大人！小人不是稀罕这几本账簿，我是要里面记的外欠钱数呀！"丑官把惊堂木一拍："你翻开看看！"掌柜的翻开一看，某年某月某日张三欠钱多少文，李四欠钱多少串，跟原账本上记的一笔不差。掌柜的又高兴，又惊奇，半天说不出话来。

丑官说："掌柜的，不错吧？""哎，不错，不错。""总算皇上没有瞎眼吧？"掌柜的赶忙跪下，连连叩头："常言说：'人不可貌相，海水不可斗量。'小人有眼无珠，望大人恕罪！"

从那以后，"人不可貌相，海水不可斗量"的故事就传下来了。

讲述者： 任立功，男，55岁，汝南县文化馆，高中，
干部
采录者： 孙冶钢，男，28岁，汝南县图书馆，大专，
干部
采录时间：1987年9月29日
采录地点：汝南县城关

快晌午了，在图书馆上班的孙冶钢准备下班，看见任立功老师从文化馆出来，在卤肉铺里买了几两猪头肉，知道任老师准备回家喝酒哩，就勾起了他的酒虫，有意不走等着好事呢。任立功走到图书馆门口看见他，问，年轻人，咋样，守着这么多书看，得学写点东西啊。孙冶钢为难地说，写啥哩？我不会啊。任老师说，我给你讲个故事，你记住整理一下，试试看管发表不。孙冶钢惊奇地说，真的？任老师说，我给你讲一个，你记住就行了。孙冶钢忙说，任老师就白回家啦，你进屋来，我这里还有半瓶天中龙泉哩，你喝着慢慢讲，我现在就"比葫芦画瓢"，试试。任老师进屋坐下来，吃着猪头肉，喝着小酒，就讲了起来。（刘珊）

276

智断通奸案

从前，有个县官，断案如神。

一天，大堂外同时来了俩喊冤的，一个是婆婆，一个是儿媳。婆婆说儿媳与和尚通奸，儿媳说婆婆与和尚通奸，二人互不相让，争执不下。县官一听，急忙派人把和尚拿来，拷打审问，和尚死活也不招供。县官无奈，只得把三人同时提到大堂上审问。

这县官每次问案都是公开审理，允许老百姓观看。这天审问三人，老百姓围得水泄不通。只见县官稳坐大堂，一不问，二不审，两眼只望着门外围观的人。当他看到人群中有个抽烟的老头，偶尔咳嗽两声，就计从心起，派人把老头带到堂前，厉声喝道："你这老头咳嗽啥？知道犯了我的堂规不？你是愿打愿罚？"老头一听，吓得急忙磕头求饶，说道："大老爷，小人不知规矩，饶了我吧！下次不敢了。"县官道："都像你，每次开堂饶恕，咋能成规？你说愿打愿罚吧！"老头一听忙问道："愿打咋说？愿罚咋讲？"县官道："愿打，打你三百棍。愿罚，罚你三两毛烟，把烟袋借给我。"老头一听忙说："大老爷，小人愿罚。"县官道："好吧，把烟袋给我，你去买三两毛烟来。"老头只得从命，急忙买来三两毛烟，连同烟袋递给了县官，退了下去。

这县官接烟在手，对婆媳俩说道："听说这里的女人都会吸烟，今儿大老爷赏烟，恁俩会也得抽，不会也得抽！"随后把烟袋递给婆婆，那婆子接烟在手，熟练地装了满满一袋烟，就抽了起来。不一会儿烟抽光了，只剩下烟灰，急忙往地上磕，县官急忙拦道："不许往地上磕，只许往和尚头上磕！"老婆子无奈，只得轻轻地在和尚头上磕了两下，把烟袋还给县官。县官把烟袋递给媳妇，媳妇本不会抽，胡乱装了一袋烟，就抽了起来，呛得她直咳嗽，抽完后也往地上磕。县官不许，也要她往和尚头上磕。那媳妇被和尚诬陷，心中冤屈，更恨那和尚和婆子通奸，连累自己，就怒从心起，对着和尚的头狠命砸了起来，顿时冒出血来，疼得和尚直叫，又不敢发作。

县官一见，连声叫好，并对儿媳妇说："没你的事了，你回去吧！"随即命令衙役说："把这贱婆娘同那秃驴捆起来给我打！"那婆子连连喊冤，县官道："你有啥可冤的，为啥在你磕烟灰的时候，对那和尚恁心疼，分明是你和他有奸，还不从实招来，免得皮肉受苦！"婆子一听，知道瞒不下去了，只得认罪求饶。

县官随后派人买来三两毛烟，连同烟袋双手递给老头，表示感谢。老头这时心中大悟，接烟在手，大呼青天大老爷。

讲述者：　刘清理，男，65 岁，平舆县东和店乡，私
　　　　　学二年，农民
采录人：　王继松，男，34 岁，平舆县东和店乡仙翁
　　　　　庙村，高中，农民
采录时间：1987 年 10 月 22 日
采录地点：平舆县东和店乡

277

拾银

过去，有母子二人，生活贫困，缺吃少穿。母亲病倒在床上，无钱无药，做儿子的很伤心，于是，他偷偷把家里唯一一只老母鸡拿到集市上，准备卖掉为娘买药。可是没有人买他的鸡，他只好回家，走一路，哭一路。

说来也巧，儿子在路上拾了十两银子，回到家里给娘一说，娘怕丢银子的人着急，就让儿子赶紧去找失主。不料丢银子的是个大财主，硬说他丢了二十两。这一下可把这个年轻人气坏了，两人一直吵到大堂。

知县李红正是个清官，早就知道财主是个贪财人，又见他这样去坑害一个家有重病老母的孝子，很是生气，把惊堂木一拍，说："你们别吵了。你丢的是二十两银子，是不是？"财主一听连忙说是。知县说："好了，你还去找你的二十两银子去吧！他拾的是十两，银子不是你的，下去吧！"财主只好哭丧着脸走了。

知县得知年轻人是个孝子，又赠送给他十两银子，让他回去给娘治病。

讲述者： 乔军齐，男，21岁，平舆县射桥乡越楼村，
　　　　　高中，农民

采录人： 乔蕾，男，18岁，平舆县射桥乡越楼村，
　　　　　高中，农民

采录时间：1987年10月31日
采录地点：平舆县射桥乡越楼村

278

公堂云诗

附记

　　乔蕾和乔军齐都是高中毕业，没考上大学，只能回到村里干活。九月间，秋庄稼大部分收割完了，腾出来的地需要上粪，等着种麦子。二人拉着架子车往地里送粪，走着说着话。乔蕾前几天从县文联李宏老师那里回来，接到收集民间故事的任务。乔军齐问，你搜集故事，有人给你钱不？乔蕾说，没有钱，我喜欢。乔军齐说，这就要打牛腿一辈子啦，还喜欢这干啥？乔蕾说，庄稼人咋啦？也不能没有文化。乔军齐拉着车子，说，中，我给你讲一个故事吧。就这样二人一边拉车一边说话，讲了好几个故事。乔蕾整理后，送到李宏老师手里。（刘康健）

　　金花和杨三结婚两年多，感情一直不和，金花整天哭哭啼啼，杨三整日唉声叹气，这下可急坏了媒婆杜三姨。

　　一天，小两口闹得不可开交，媒婆拉着他们到县衙去评理。县太爷"啪"的一声拍了一下惊堂木："恁仁谁先说？"

　　金花哭着说："奴家本姓金，住在金家村。出嫁二年半，他没沾我身。"

　　县太爷指着杨三说："您摆一下你的理！"杨三不在乎地说："我家本姓杨，住在杨家堂。白天读诗书，夜里作文章，哪有闲心入洞房？"

　　县太爷指着媒婆说："您是媒人，先评评理！"媒婆杜三姨白眼一翻，说："俺家本姓杜，住在竹家铺。俺只把媒说好，管他拢铺不拢铺。"

　　县太爷眨眨眼，捋了捋胡子说："县令我本姓马，住在马家权。恁仁都有理，我管恁弄啥。退堂！"

讲述者： 梅希朋，男，39 岁，新蔡县佛阁寺乡老围孜
村毛湾，小学，农民

采录者： 龚国强，男，34 岁，新蔡县文化局，高中，
干部

采录时间： 1987 年 9 月 1 日

采录地点： 新蔡县佛阁寺乡老围孜村毛湾

附
记

　　佛阁寺乡老围孜村是个文化气息浓厚的村庄，村里有很多擅长讲故事的人，梅希朋就是其中一个。梅希朋讲的故事幽默风趣，富有生活气息，是村里有名的故事篓子。下地刨红薯的梅希朋看到龚国强，笑了，说，你又来搜集故事哩。龚国强一把抓过钉刨扛上肩，说，走，我陪你刨红薯，一边干活一边听你讲。二人下到地里，刨起红薯来。由梅希朋讲述，龚国强整理的故事《急性人和慢性人》《买伞》等被《中国民间故事集成·河南新蔡县卷》收录。（刘康健）

（九）长工与地主故事

279

隐身草

过去有个老财主，光想发大财，平日里对佣人刻薄得很，人称"老财迷"。他家雇了俩伙计，老财迷变着法子揩人家的油，俩伙计商量着非整治他一回不可。

一天早晨，俩伙计磨磨蹭蹭的，日头老高了，还没起床。老财迷见他俩起得比平日晚，就气呼呼地过去叫。俩伙计听见他走到窗户边，就悄悄地说起来："夜里我做个梦，梦见一个白胡子老头。他对我说，我看你怪厚诚[1]，告诉你一件宝物，别再当伙计啦，你们掌柜后院大树上有一个老鸹窝，窝里有一根隐身草，只要拿着它，谁也看不见你，想吃好的，穿好的，只管上街上去拿。"另一个伙计说："咦，这八成是神仙显灵了！""小声点，别叫谁听见了，等掌柜不在家时，咱偷偷上去把隐身草拿下来，就用不着下地干活了，成享福来。"老财迷一听差点高兴死了。

早饭没吃完，老财迷就催着俩伙计上山去放牛。等伙计赶着牛出了大门，老财迷忙把"隐身草"的事给老婆说

了。两口子碗一搁，搬来一个梯子靠在树上，老财迷说："老婆子，你在下头好生扶着，我上去了！"

爬上去一看，老鸹窝里净是些干枯的柴草，哪一根是隐身草哩？只好一根一根地翻着找。抽一根问问他老婆："看见我不？"老婆子说："看得见。"又抽一根问问："还看见我不？"老婆说："看得见。"一连抽了几十根，叫老婆看了几十遍，应了几十遍"看得见"。老婆子在树底下仰着脸，脖子也仰疼了，头晕眼花，脚也站不牢稳。这时，不知啥东西掉老婆眼里了，她越揉越酸，眼泪巴巴的，啥也看不见。树上老财迷又抽一根粗点的干草问，老婆子只顾揉眼，心焦不耐烦地说："别叫啦，看不见你个老东西了！"老财迷心里猛一喜，可把这宝物找到了。下了树也不歇脚，就揣着隐身草上街去了。

老财迷走到卖烧饼摊前，伸手拿俩烧饼就走。街上做生意的谁不认得老财迷？拿就拿吧，只当喂狗了，谁也不敢吭声。就这样老财迷在街上转一圈，油馍、包子吃了个够，还给老婆子捎回来俩。回家就吹上了："老婆子，这隐身草真神，我拿人家东西时，谁也没有看见我。"

晚上躺在床上，老财迷乐得睡不着觉。他想，光吃饱喝足多没意思，我得去拿大印当县太爷，叫人都得归我管，到那时权有权，钱有钱，才风光哩！

第二天，县太爷正在断官司，老财迷揣着隐身草从人缝里挤进去，大摇大摆，谁也不放在眼里，径直走到大堂桌前，拿起大印就走。县太爷见来人拿走了大印，把惊堂木一拍，骂道："好大胆的贼寇，竟敢当众拿走我的大印，来人呀！把这该死的畜生给我拿下，重打五十大板，投进南牢[2]！"众衙役应声而上，把老财迷按倒在地，直打得皮肉开花，然后投进了监狱。

老财迷挨了打，躺在南监里，手里还没舍得丢那根干柴棍儿。

讲述者： 王林森，男，46岁，西平县谭店乡王吉白庄村，中专，教师

[1] 厚诚：忠厚诚实。

[2] 南牢：同"南监"，即监狱。

采录者：　王芬荣，女，20岁，西平县谭店乡王吉白
　　　　　庄村，大专，干部

采录时间：1987年7月22日

采录地点：西平县谭店乡王吉白庄村

附记

当时王芬荣是县文化馆干部，参与了西平县的民间故事收集工作。她知道同村的叔伯哥王林森是个故事篓子，就回村找到他采集故事。王林森一边讲她就一边记，整理好之后还请王林森进行补充和修改。同时王林森也知道了收集民间故事的事情，他就利用空闲时间进行了故事的收集，他讲述和收集的故事有好几篇都收录到《西平县民间故事集》里了。泌阳县民间故事收录的《长工戏财迷》，与此故事内容情节基本相似。（谭咏利）

280

拿手活

有一年大年初一，有个人找上门来要给财主当雇工。财主想大年下赶人不吉利，留下吧，又没活儿干，白吃几天饭，就说："到我家干活的人都得有两下子，你有啥拿手的活不？"这显然是想赶人走。谁知那人坦然地说："当然有，没有不敢登门！"财主没办法，只好留下。

过了初五，财主说："你有啥拿手活，也该去干了！"他说："别急，等两天再说。"

过了两天，财主又催他，他说："今儿还用不着我。"财主无可奈何，只好又让他歇了两天。再次催，他还是这么说，财主再也忍不下去了，气愤地说："住了恁多天，你也没给我干一点活，你的拿手活到底是啥，使出来我看看！"

这时，那人才一字一板地说："东家，别生气，我的拿手活是挖墓，可我等了这么多天，你家一个人也不死，让我干啥！"把财主气得直翻白眼。

讲述者： 张玉德，男，19 岁，泌阳县陈庄乡许庄，
　　　　 初中，农民

采录者： 刘广启，男，29 岁，泌阳县陈庄乡文化站，
　　　　 高中，专干

采录时间：1988 年 6 月 16 日

采录地点：泌阳县陈庄乡许庄

附
记

　　泌阳县当年在民间故事收集时，各乡镇的文化站人员成了故事采集的主力军，大家都在各自的乡镇收集了很多民间故事，也付出了艰辛和汗水。刘广启在下乡收集故事时来到了许庄，通过村干部介绍知道张玉德会讲民间故事，就找到了他。刚开始张玉德年轻脸薄不好意思，还不愿意讲，刘广启就给他说好话，好商好量了一番，才把这个故事采集了下来。

　　新蔡县田道红讲述、王超福采录的《拿手活儿》与此故事相似。

（谭咏利）

281

三
难
长
工

　　从前有个财主，名叫钱如命。别的财主雇工，大都是讲好一季多少钱，一年多少钱，而钱如命雇工，却论年不论季。当然，钱如命论年的工钱比其他财主规定的高些。不过，年终他有三样难干的活，如果干好了，就照付工钱，若干不好，他不但不给工钱，而且还要长工把一年的饭钱倒拿出来。

　　这年，外村一位叫王大的，跟钱如命当了一年长工，到了年终场光地净[1]时，钱如命把王大叫到跟前说："你给我干了一年的活，眼下有三样活交给你。干好了照付工钱，干不好倒拿八斗粮的饭钱。"王大想，一年的脏活累活都干了，三样活岂能难住了人？于是，马上答应钱如命，愿干那三样活。钱如命冷笑一声，吩咐王大说："去把墙头上那两遭地犁耙起来，种上麦。"王大一听，头就懵了。钱如命又说："咋，这活不会干？去把院子里那口大缸装进坛子里，搬进屋里好腌鸭蛋。"王大听了，更傻眼了。钱如命接着说："既然这两件事你办不成，就去把

[1]　场光地净：方言，即秋收完毕。

堂屋的地，搬到院里晒晒吧。"王大听了大哭起来，说这三样活一样也干不了。钱如命马上瞪起三角眼，撅起蛤蟆嘴，皮笑肉不笑地说："三样活既然你都干不了，那就拿出饭钱滚蛋！"王大连连磕头求饶，钱如命才放王大回家。

王大回家后，把钱如命刁难他的事向弟弟王二哭诉了一遍。王二沉思了一下说："哥哥，别难过了，明年我去跟他当长工去。"

第二年开春后，王二背着被子来到钱如命家。钱如命一见王二个大体棒[1]，很是喜欢，但又怕王二饭量大，便说："我觅[2]伙计需要吃得少，干得好的。"王二说："吃多少？干多好？"钱如命说："吃饭是一碗稀饭两个馍。干活是早晨日不出，晚上太阳落。年终干好三样活，干好了工钱照数发，干不了倒找八斗谷的饭钱。"王二不假思索地说："好，就按你说的办。"

王二正式上工了。第一顿吃饭时，他一手端碗稀饭，一手拿两馍。第二趟又是一碗稀饭两个馍。王二连拿三趟，钱如命生气地说："你为啥吃了三碗稀饭六个馍呀？"王二慢条斯理地说："我不是每次都是一碗稀饭两个馍吗？当时你并没有规定几次啊！"钱如命有口难辩，只好暗自生气。

又一天，钱如命改善生活，怕王二多吃了，就只给王二一块点心。王二嫌少，钱如命说："别看少，质量好哇！"王二吃过点心，挎起篮子去地里割草。一到村外，他就拣个凉快处，睡起觉来，睡到太阳落，薅棵稗子草，放入篮子里回去了。钱如命见王二篮里只有一根草，就问："为啥割得这么少？"王二说："别看少，质量好呀！"钱如命一听是自己的话，只能干气不出汗。

好容易熬到麦季，一天晚上，钱如命安排王二说："明天我去赶集，你在家里早点上碌打麦。"王二答应照办不误。第二天钱如命赶集回家时，太阳已经偏大西了。他赶到麦场里，见王二站在碌上，用棍子敲打麦子，就恼羞成怒地斥问："我叫你早点上碌打麦，为啥恁晚还没上碌？"王二不慌不忙地说："天一明我就上碌了，你看我

已经把麦打了好几遍了。"钱如命简直气破了肚皮，就打算撵王二走，说："明天有三样活，干好了有工钱，干不好要倒拿出饭钱。"王二心里有数，就毫不犹豫地答应了。

第二天早饭后，钱如命把王二叫到跟前吩咐说："你去把墙头上的地犁犁，种上庄稼。"王二纵身跳上墙头，说："你把牛给我牵上来套上，我就犁。"钱如命一看难不住王二，又说："你把院里的那口大缸装进坛子里，搬回屋里好腌鸭蛋。"王二从墙头上蹦下来，操起钉耙不管三七二十一，就把大缸打碎了，然后往坛子装。钱如命一见心痛地说："谁叫你把缸打碎的？"王二说："缸大坛小，不打碎咋装进去？"钱如命又狠狠地说："别装了，去把堂屋当门的地搬出来晒晒。"王二立即拿着钉耙，窜到房顶上扒房子。钱如命一见，忙叫道："快下来！谁让你扒房子？"王二说："不把屋顶扒掉，咋能晒堂屋当门的地？"说着他就拿起钉耙要大扒。钱如命自知不是对手，就认输了："中，中，中，工钱照给还不中吗？"王二说："不中！如果不让扒，得把我哥王大的工钱补出来！"钱如命焦急地说："只要你不扒房子，补出你们俩的工钱就是了。"结果，王二领了俩人的工钱，欢欢喜喜地回家去了。

讲述者： 杨文峰，男，56岁，平舆县高杨店乡政府，中专，干部

采录者： 杨明山，男，25岁，平舆县高杨店乡高杨店村杨楼，高中，农民

采录时间： 1987年10月16日

采录地点： 平舆县高杨店乡政府

附
记

当年平舆县开展收集民间文学三套集成工作时，杨明山高中毕业在家务农，闲暇时喜欢写个东西，也对收集民间故事很感兴趣，就想着通过收集工作实现更高的人生目标。杨文峰是乡干部，家里也是"一头沉"，会讲些民间故事，和杨明山同村。明山就利用杨文峰在

---

[1] 个大体棒：身材高大，身体壮实，能干活。

[2] 觅：方言，即雇佣。

家时或到乡政府去找他，收集了十多篇故事，其中还有几篇入了平舆县故事卷。通过这项工作，杨明山也在当地小有名气了，最后当了民办教师还转了正，实现了他的人生目标。（谭咏利）

282

有心计的长工

从前，有一家财主，雇一个长工，收罢秋种完麦，就想让长工离开，但又没有啥理由，于是，暗暗打起鬼主意来。

一天，吃罢早饭，财主把长工叫到跟前说："现在已场光地净，咱们场里停放几个石磙，你去把它堆到场角摞起来。"长工一听心想，这不是没事找事吗？但嘴里还是说："中。"长工来到场里，先把石磙集中到场角立起来，然后蹲在石磙上抽起烟来。

这时，财主想看看长工是咋样把石磙摞起来的，也来到场里。长工看见后，马上站起来，招呼说："掌柜的，快过来帮帮忙，你把石磙递给我，我好把它们往上摞。"财主一听，傻了眼，只好把这件事停住了。

没有治住长工，财主心里不是味。这一天，他又把长工叫到跟前说："牲口院的院墙是土的，也不多宽，你用犁子把它犁起来吧。"长工明知他是故意难为人，可还是答应一声"中"。长工先把耙立在墙上，套好牛，然后扛着犁子上了墙，招呼财主说："掌柜的，来帮一把，把牛给我牵上来！"财主说："我咋牵？"长工说："你没法牵我咋犁呀！"两次没有难住长工，财主恼恨在心。

又一天吃了早饭，财主对长工说："咱打的麦糠堆在那都沤糟了，多可惜，不如你用缸泡一泡搓成绳，不定弄啥使唤上。"长工听了二话没说，就照财主说的干起来，等麦糠泡好了，就喊财主到跟前说："掌柜的，搓绳可不是一个人的活，来，你预[1]，我搓！"说罢在缸里抓把麦糠。财主见此情景，气得脸像猪肝，干张嘴没话可说。

转眼到了大年初一，财主想，今天也不能叫长工待在家里。他一早就对长工说："今天家里没啥事，下地干活去吧！"长工说："干啥？""人家干啥你干啥！"长工也没和财主争辩，扛着家伙下地去了。路上他见有人在打墓，就来到财主地里，挥动家伙打了个墓坑。晌午，长工满头大汗地走进财主家门，笑着把打墓的事说了一遍。财主一听，气得两眼发直，指着长工破口大骂："你这个蠢货，大年初一扫我的兴，给我滚！"长工笑了笑，不慌不忙地说："滚，你不是说人家干啥我干啥嘛！再说，今儿个是大年初一，头一天活我已经干了，要干就得干够一年！"

大年下，财主气得得了一场大病，差一点没有见阎王。

讲述者： 陈长兴，男，79岁，西平县重渠乡前寨村，
　　　　　　不识字，农民
采录者： 陈振中，男，32岁，西平县重渠乡前寨村，
　　　　　　高中，农民
采录时间： 1987年9月2日
采录地点： 西平县重渠乡前寨村

附记

当时西平县开展收集民间文学三套集成工作时，陈振中高中毕业在家务农。他爱读书，也是个文艺青年，就在村里进行故事的收集。同村的陈长兴老汉虽说一字不识，但会讲很多故事，闲暇时就好给小孩们讲故事。陈长兴、陈振中两人就一个讲一个记，就这样，这个故事就采集了下来。（孙艳芹）

[1] 预：往前送。

283

庆寿菜

从前有个王财主，他尖酸刻薄，对雇来的伙计从来就不当人看，说打就打，说骂就骂。他雇一个看桃园的小伙计，名叫柱子。柱子聪明能干，他怕有人偷掌柜的桃，每到桃快熟时，总是要带着他家的大黄狗，帮助他瞧桃园。这年桃又熟了，他天天带着狗，在桃园里来回转。

有一天，王财主来看桃园，心里正高兴哩，一脚按[1]上了一泡狗屎，可把王财主气死啦，把柱子打一顿还不算，非逼着他把这泡狗屎吃了不中。柱子气得真想狠狠地揍他一顿。正好，大师傅来喊王财主吃饭，见到这个场面，上前劝说："王掌柜，这样吧，扣他仨月的工钱，饶了他算啦。以后再见桃园里有狗屎，一定叫他吃了。"王财主这才算罢休。等他走了后，大师傅偷偷地给柱子数落了一阵子，也离开了桃园。

半个月过去了。这天大清早，大师傅跑来给柱子说："柱子，时候到啦，明儿是王财主五十大寿，要请不少客人。今儿个他亲自来摘桃，咱就按原来说的办！这是我给

你准备的狗屎！"说罢就走了。

柱子拿着"狗屎"尝尝，又甜又香，他连忙把这狗屎分成三四摊，放在桃叶上。不一会儿，王财主领着大师傅来了。他今儿个来，一是来摘挑子，二是来看看还有没有狗屎。要是有了，正好惩治柱子。他进了桃园，没走多远就看见了一泡狗屎。王财主说："上回你不吃，扣你仨月工钱，这回我看你还有啥说的。"柱子哀求说："掌柜的开开恩，再饶我一次吧。""不中，你给我吃了，不吃，好说，再扣一年的工钱！"大师傅旁边插话说："我说你这个柱子，真不争气，还不快些吃了，要不，扣了你一年的工钱，你还咋养活你娘啊！""好吧！吃就吃！"柱子抓起来狗屎就吃，吃着还说着："嗯，这狗屎还怪香甜哩！早知道这样，上回我咋作[2]也不能叫扣工钱！"说着吃着，一泡狗屎吃完了。

王财主怪稀罕，往前一指："走，再见有狗屎，你再吃了，那仨月工钱不扣了！"没走多远，又见一泡狗屎。柱子说："掌柜的，我可吃啦！""吃吧！说不扣就不扣！"柱子抓起来又吃了。王财主心想：这狗屎兴许好吃，要不他能吃下去了？正想着哩，前面又有一泡。王财主说："这回你真再吃了，我再多给你半年工钱！""咱说话得算话呀！""当然算话。你要不放心，等你吃了，这十棵树上的桃就全摘完归你！""中！"柱子抓起狗屎又吃了起来。没等吃完，王财主说："大师傅，你先尝尝，当真好吃吗？""还是掌柜的你自己尝尝放心！""不中，你先尝！不尝，明儿个就叫你滚蛋！""好、好、我尝！"大师傅用手抠了一点，往嘴里一填："掌柜的，好吃！就是好吃！不信你尝尝。"王财主一听，这才伸手抠了一疙瘩，填到嘴里一吃，就是又香又甜，赶忙笑嘻嘻地说："吃着就是香甜。快说！这是谁家的狗拉的屎？""俺家的大黄狗！""好，好！人吃稀罕物，必定寿延长。这片桃树林，换你家的大黄狗。说定了，换也得换，不换也得换。明天是我的寿诞之日，我要叫来的客人都尝尝这稀罕物！"

王财主转脸又对大师傅说："明儿个把狗喂饱，叫它

[1] 按：踩。

[2] 咋作：方言，无论怎样（如何）。

使劲屙！千万不能耽误待客用！"大师傅点头答应说："中是中啊！不过，端盘狗屎上去，咋说哩？这名字不好听啊！不如给起个名字好听些呀！""那叫啥名哩？""明儿个是你的大寿之日，就叫它'庆寿菜'咋样？""好，就这样说定啦！"王财主高兴极了，桃也不摘就回去了。柱子和大师傅又商量了一阵，大师傅牵着狗走了。

第二天，客人们都到齐了。祝寿已毕，就拉桌开宴。王财主说："诸位，今儿个大家来给我祝寿，我太高兴了！别的没啥好菜招待大家，只有一样稀奇菜，是从京城买来的，名叫'庆寿菜'！就是当间的这一盘，大家保险都没吃过。来！先来尝尝它的味道！"众人拿起筷子夹着就吃，谁知刚一入口，都恶心得大口大口地吐起来，弄得满屋里臭气熏人，都说这不是菜，这是屎！

一时弄得王财主也糊涂了，他弄了一点一尝，可就大骂开了。随叫大师傅牵着狗来到客厅，责问他："是这条狗屙的吗？""一点不错。""那为啥是臭狗屎？"还没等大师傅说话，王财主一棍就把那条大黄狗打死在客厅里。

正好，这时柱子跑得满头大汗地进来喊着："掌柜的，你先别打，先别打！"王财主一见柱子更是火冒三丈，掂着棍就要打，众人急忙拉着。柱子说："掌柜的，你听我说，俺娘说这条大黄狗是个宝狗，只有半夜子时和正当午时屙的才是人吃的美食，过了这俩时辰，屙的就是屎。这是半夜屙的，恁大家都再尝尝。现在午时才到，就该屙啦，不过狗死了，屙不出来了。我抠出来点，您也尝尝。"客人里面有好奇的，也真的把他抠出来的狗屎尝尝，真正又甜又香。这样一来，大家都怨王财主办事不细心，不该打死人家的宝狗。王财主干气没话说，还赔进去一片桃树林。

要说起这些能吃的狗屎来，只有大师傅和柱子知道，它们是用栗子面做的。

讲述者： 李志，男，65 岁，汝南县老君庙乡，小学，农民

采录者： 任立功，男，55 岁，汝南县文化馆，高中，干部

采录时间： 1987 年 5 月 10 日

采录地点： 汝南县老君庙乡

附记

当年汝南县开展收集民间文学三套集成工作时，任立功是县文化馆干部。他在下乡收集故事时，通过老君庙乡文化站人员介绍，找到了好讲故事的李志。当时李志正在干农活，他们就在地头进行了故事的收集。

在驻马店本地有"狗改不了吃屎"的俗语。小时候经常见狗吃屎，小孩屙罢屎，大人们省事不想铲，就叫狗来吃，有时狗见到小孩屙屎，就蹲在小孩身边不走等着吃。还有个笑话说：某人闹肚子，吃什么拉什么，食物一点也不消化。去看大夫，大夫冷冷地说，哦，吃什么拉什么，那你只能吃屎啦。平舆县秦国长讲述、杨庆采录的《吃狗屎》，是主人公弄了一些黑糖，粘到剥去皮的熟红薯上，做成狗屎模样，欺骗了财主。（谭咏利）

284

龟孙不放工

从前有个财主，为让长工多给他干活儿，眼看晌午错[1]了，还不说放工，坐在地头上一直叫长工干。

长工们心里窝着气，总想嗛他两句解解恨。正好从地边上水沟里爬上来一只乌龟，一个长工心生一计，折了根树枝，剥了一截树皮，做一张小弓，逮着这个乌龟用弓去逗它。乌龟张嘴咬住小弓死不丢，长工们也不干活，围住乌龟看热闹。财主见长工们不干活，只顾逗乌龟玩，就大骂长工们偷懒。长工们说："掌柜的，这不能怨俺呀，怨这个龟孙不放弓（工）！"

讲述者： 刘玉山，男，56岁，确山县三里河乡秀山村西关庄，初中，农民

采录者： 杨建军，男，35岁，确山县文化馆，大学，干部

采录时间： 1984年5月28日

采录地点： 确山县三里河乡秀山村西关庄

[1] 晌午错：即已经过了中午。

285

我家没良心

从前，南山脚下住着一户赵姓人家，有兄弟俩和一个老娘。由于生活所迫，老大赵龙不得不去给财主做工，他兄弟就在家里耕田，照顾老娘。

这年腊月二十三，帮工们都结账要回家过年了，赵龙也结了账，收拾包袱准备回家。谁知这家财主担心帮工们拿他的东西，他看见赵龙在收拾东西，就皮笑肉不笑地说："赵龙，你那不值钱的褂子、裤子该不会落下吧？"说着装着帮他整东西，把包袱看了一遍。赵龙笑着说："掌柜的心真好，我这人就是有点粗心！"财主放心不下，又在屋里看了一遍。

又过了一会，忽然，赵龙喘着气跑了过来，直喊："掌柜的，掌柜的，我忘了一样东西！"财主连忙问道："啥东西？""我把良心给弄掉了，是不是你给藏起来了？我得搜搜！"赵龙着急地说。财主气得骂道："啥话，这屋前屋后随你搜，我家根本就没有良心！"这时，那些还没走的帮工听见了，都在一旁哈哈大笑起来。财主这才知道说漏了嘴，连忙躲到屋里不敢出来了。

讲述者： 刘德山，男，74 岁，确山县城关西郊村，不
识字，农民

采录者： 黄亮，男，26 岁，确山县城关文化站，高中，
专干

采录时间：1988 年 10 月 16 日

采录地点：确山县城关西郊村

附记

黄亮是城关镇文化站专干，熟悉本地的故事情况，就找到了种菜的刘德山老人，老人没事好讲个有话，是附近有名的故事篓子，这天俩人就在菜地头坐下，吸着烟讲着故事。由于过去官向有钱人，受欺负的长工无处发泄，只能通过语言上的胜利给自己解气，用阿 Q 的方式寻求心理平衡。这也是此类故事的重要特征。(谭咏利)

286

王三给骒马治病

从前，有个恶财主一肚子坏心眼，他把家里的粮食分开存放，前院有个小仓库，放的杂粮多麦子少，后院有个大仓库，存的杂粮少麦子多。前仓的麦子吃完了，后仓的麦子还未动荚。恶财主却装穷叫苦，让长工们整天吃糠菜窝窝头，可他一家老小尽吃白面馍。长工们看在眼里，气在心里，凑到一起商议咋样惩治恶财主。王三是个聪明人，想了一个主意，给大家一说，乐得伙计们哈哈大笑，都说："好办法！"

第二天清早，恶财主一家老少正在堂屋里吃早饭，槽把 [1] 慌慌张张地跑来说："东家，不好了，骒马都病了！"恶财主慌了脚，跑到牲口屋去一看，真的！满槽骒马，加的料再多也不吃。他就叫伙计把牲口牵到院子里，拴在桩子上，又摸又看，也没瞅出个啥名堂。他问槽把："为啥满槽牲口都病了呢？"槽把哭丧着脸说："谁知道因为啥哩？让王三看看吧，他是个老把式。"

恶财主就叫王三来看，王三说："我先摸摸它的脉

[1] 槽把：方言，专门喂牲口的人。

吧！"他就用手先摸摸牲口的前腿，故意吃惊地说："东家，坏了！前头没脉（麦）了！"说罢，操起皮鞭就狠狠地抽打牲口。恶财主火了，高声叫道："王三，你疯啦？明明牲口有病，你还打它干啥？"王三说："这牲口狡猾，它光跳后头的脉（麦），把前头的脉（麦）掏空了。"骂完又抽打起来。恶财主说："别打了，你看咋治吧！"王三不慌不忙，一板一眼地说："只要有麦，就有法治。要是没麦嘛，哼哼，那就没法治了！"

恶财主听王三话里有话，心里早已明白几分，无可奈何地说："有麦，有麦！王三，你治吧！"王三和槽把借着溜达牲口的机会，去到小河边，把原来抹在骡马鼻子上的糖鸡屎[1]用清水洗去，牲口就大口大口地吃起草来。

从这儿以后，恶财主再也不敢让长工们光吃窝窝头了。

讲述者：　李国安，男，46岁，汝南县城关，初中，农民

采录者：　冀北，原名冀世清，男，52岁，汝南县文化局，高中，干部

采录时间：1981年5月6日

采录地点：汝南县城关

287

有钱能使鬼推磨

从前有个财主，经常对人说："有钱能使鬼推磨，推得小鬼笑呵呵。"他家里有个小伙计，叫小明，一听东家说这话，心里就反感，总想整治一下这个财主。

一天晚上，财主对小明说："今儿黑了给我推磨，磨些麦子面，明儿等着待客人。"小明想了想说："好。不过东家，今儿黑了你得借给我一吊钱，我到街上买点东西，明儿就还你。"财主看小明干活也不错，反正工钱还没领，大料[2]他也不敢赖账，当下就拿出一吊钱借给了小明。小明接过钱，来到磨房里，先在磨顶上倒了些麦子，然后把那吊钱挂在磨杠上，就回屋睡觉去了。

第二天早晨，财主起了床，到磨房里一看，麦子堆在磨顶上，一粒也没磨，磨棍上挂着一吊钱。他可气坏了，怒冲冲地就去找小明。小明睡得正香，忽听财主叫他，急忙坐起来问："东家，有事吗？"财主气呼呼地说："小懒蛋！咋一粒麦子还没磨？"小明揉了揉眼睛，故作惊讶地问："啥？还没有磨好？"财主更加恼火，说："装啥迷！

[1]　糖鸡屎：鸡类排出的糖浆状粪便。

[2]　大料：料想。

你还不知道？"小明不慌不忙地说："东家，别生气。你不是经常说'有钱能使鬼推磨，推得小鬼笑呵呵'吗？东家，是不是小鬼嫌钱太少了，不肯推呀！要不再加点钱吧？"财主听了，气得说不出话来，头一扭走了。

讲述者： 任世德，男，78 岁，汝南县马乡镇任庄村，不识字，农民

采录者： 任永卫，男，26 岁，汝南县马乡镇任庄学校，高中，教师

采录时间：1987 年 10 月 22 日

采录地点：汝南县马乡镇任庄村

附记

汝南县当年在开展收集民间文学三套集成工作时，发动了教师和学生们进行故事的收集。当时任永卫是小学教师，领到任务后就找到了村上会讲故事的任世德老人，给老人讲了收集工作的意义，老人也很乐意配合，采集的过程很顺利。

西平县刘进忠讲述、刘东亮采录的《有钱能使鬼推磨》，财主让碾的是谷子，说的是"有钱能使鬼推磨，推得谷子开了花"。（谭咏利）

288

长工巧斗地主

民国初年，夏家庄有个土财主叫夏聂。他找长工有三个条件：一是吃饭要少，二是烟瘾要小，三是干活时不能乱跑。因为要求高，能被他选中的也就成了药草[1]。

他找的第一个，因为一顿能吃十八个窝窝头，喝五碗半稀饭，没过三天，就被他撵走了。找的第二个，因为一天能吸二两八钱半烟末，不到两天，也被他撵走了。找的第三个，因为割麦时半天跑沟里解了三次溲[2]，只干了一天，也被他撵走了。就这样，一连挑了九十九个，没有一个让他称心的。

这一天，好不容易又等来了一个。这个人姓辛，叫里经。看个头，像土行孙的表弟；看腰板，像林黛玉的外甥。夏聂猛一看，心里先有几分不高兴，可是又一想：没有金刚钻，不敢揽瓷器活，那隋唐第一条好汉李元霸不就是一个瘦猴吗？他既然敢来，想必有些本事。

吃饭时，辛里经一碗稀饭喝了一小半，一个窝窝头

[1] 药草：方言，指稀缺物品。

[2] 溲：大小便，特指小便。

掰成四块只吃了一块，就直打嗝喽。夏聂先有了三分的满意。放下饭碗开始吸烟，他只吸了一袋就把烟袋放下了，咋让也不吸了。夏聂又有了七分的称心。俩人坐着说了三个半时辰的话，辛里经也没有去解一次溲。夏聂感到了十二分的高兴，于是痛快地点头同意了。不过这个时候，辛里经也提出了自己的要求：如果自己不违犯东家的规矩，东家也不能随意辞退人。夏聂也满口应承。但是，辛里经怕空口说空话，以后没有凭据，要求先立下字据，在字据上写着：任何一方违约，都要赔给对方相当于一年工钱的罚金。

说着说着，就到了收秋的季节。第一天砍秫秫，辛里经天不亮就下了地，到小晌午[1]才回家吃饭。夏聂问他砍了多少，他说砍了半拉。夏聂非常高兴，赶快跑到地里去看，一看差一点没有把鼻子气歪。原来不是砍了半块地，而是一棵秫秫才砍断了半拉，镢头还夹在秫秫棵上没有取下来哪！

第二天割谷子。吃罢早饭，辛里经就钻进了牲口屋。到了小晌午夏聂还没有把他喊出来，就气呼呼哩闯进屋子一看，辛里经正趴在床椤上吸烟。烟锅是一个能装八斤油漆的铁皮盒，烟杆是一根一尺来长的竹竿。原来他把东家平时给的烟末全攒在一起，放在这个大烟锅里，到现在他一袋还没吸完哪！夏聂气得撺头找不着硬地。

第三天场里打谷子。夏聂的老婆、闺女、儿媳也都到了场里。到了小晌午，辛里经想屙屎，就顺手拿个谷个子[2]放在跟前，褪掉裤子就屙，羞得夏聂的老婆、闺女、儿媳全捂住脸跑了。

夏聂气得直翻白眼，但却是哑巴吃黄连——有苦说不出。因为辛里经手中拿里有字据，他也没啥办法撺走辛里经。

[1] 小晌午：将近中午时。
[2] 谷个子：谷秆。

讲述者：　张运峰，男，66岁，上蔡县小岳寺乡，不识字，农民

采录者：　张三东，男，53岁，上蔡县小岳寺乡，大专，教师

采录时间：2006年3月26日

采录地点：上蔡县小岳寺乡文化服务中心

附
记

上蔡县民间文学三套集成当时出版了铅印本，数量少，2006年重新编纂时，费了好大劲也没有找到原本，所以只能重新进行了故事收集。当时张三东是教师，就通过熟人找到了会讲故事的张运峰，请他到乡文化服务中心进行了故事采集。老人也很配合，讲了好几个故事，这篇故事很好，就入选到书里了。

这篇故事韵味十足，还穿插了"土行孙、林黛玉、李元霸"这些大家耳熟能详的人物，流露着欢快的气氛。（谭咏利）

289

宴请榨油杠

每年秋收以后，村里穷苦人给老财主交完了租子，还得请他吃喝一顿，在酒桌上他才能把第二年的租地契约签好。谁要不请，老财主就不租给谁地种。为此，村里人都管老财主叫"榨油杠"。

这一年，韩老大也租种了榨油杠几亩薄地。秋收一打完场，他来到榨油杠家，说："东家，我准备了一桌酒菜，明天中午请你到我家做客！"

榨油杠一听，高兴地说："你都为我置办了啥好饭菜呀？"

韩老大笑着说："东家，咱穷，没准备啥好酒菜。只是杀头家养的猪，宰只家养的鹅。肉片，割牛肉，蒸馒头，鱼段虾段全熘着。"

榨油杠咽了口唾沫，说："好吧。你既然这样盛情，我就不推辞了，一定去，一定去！"

别看榨油杠是个阔老财，每次穷人请他，他总是从头一天晚上就不吃饭了，饿上两顿肚子，单等到穷人家饱吃一顿。今天听说韩老大请他，心里又高兴又犯嘀咕。他知道韩老大不好对付，总跟有钱人过不去。他怕上当，便暗中盯着，看见韩老大果然买了鱼虾、牛肉和炒疙瘩[1]进了家，才放了心。

第二天中午，榨油杠来到了韩老大家里。一进院，一股喷香的炒菜味钻进他的鼻子眼，不由得咽了口唾沫。韩老大把榨油杠迎进屋里，等榨油杠写好了来年租地的契约后，肚子早就咕咕叫了。

"东家，你先坐着，我去端饭菜，马上就来。"韩老大笑着说完，走了出去。不一会，韩老大手里托着一个大盘子进来，往桌子上一放。榨油杠两眼直勾勾地盯着大盘子，只见大盘里摆着几只瓷盘，有的盛着烂韭菜，有的盛着一只蜘蛛，有的盛着一只虫蛾，有的盛着一只花牛[2]，有的盛着一个蚂丁丁[3]。他不由得愣了，忙问："哎，韩老大，这是咋回事？"

"噢，东家，我不是有言在先嘛。今儿准备的和我给你说的一样也不差呀！你看。"韩老大指着那盘烂韭菜说："咱穷，没准备啥好韭（酒）菜，全是烂韭菜。"又说："杀头家养的蛛（猪），宰只家养的蛾（鹅），割牛（花牛）肉，蒸蔓（馒）头，一样也不错吧？"榨油杠瞪着肿眼泡问："那，那肉片炒疙瘩、熘鱼段、熘虾段呢？""东家，你先别急，我说得明明白白，大概你耳朵不好使，没听清吧！我是说，肉片炒疙瘩，就是肉片炒了搁着；鱼段虾段全熘着，就是把鱼段虾段全留着，并没说给你吃啊！"

榨油杠听了以后，气得脸都成了猪肝子啦！可是已把租地契约写好了，没法反悔，只好饿着肚皮灰溜溜地回家了。

讲述者：　张合贵，男，72 岁，上蔡县小岳寺乡张庄村，不识字，农民

采录者：　张天生，男，64 岁，上蔡县小岳寺乡中，中专，教师

采录时间：2006 年 3 月 21 日

[1]　疙瘩：又叫辣疙瘩、芥疙瘩，根茎呈块状的植物，可作菜，也可腌制成咸菜。
[2]　花牛：指天水牛，是一种昆虫。
[3]　蚂丁丁：指蜻蜓。

290

青柿子雇工

附
记

上蔡县在 2006 年重新进行故事收集时，张天生已退休在家，很想发挥余热，就投身到这项工作中了。他对本村很熟悉，就找到了张合贵，把这个故事采集了下来。由于这个故事质量很高，在本地流传也很广，就入选到卷本里了。（杨蕾静）

从前，坡张庄有个财主，名号"青柿子"。家里用着俩长工，庄稼季子[1]下来还要雇不少短工。青柿子涩哩很，雇短工，他怕人家吃得多，做的饭经常是稀多稠少，还嫌短工干活不卖劲，不断找岔子克扣工钱。赖名传出以后，谁都不愿到青柿子家干活。

这一年秋苗荒了，青柿子也慌了，咬咬牙放出风，说雇到短工，就杀鸡招待，叫他们看看到底我是涩柿子不是。

这天早上，青柿子上集雇短工，一连问了十几个人都不愿意来，问到最后才有俩年轻人答应跟他去干活。其他短工偷偷对他俩说："俺都不敢去，恁俩去，招呼着点，莫上当。"

常说"初生牛犊不怕虎"，俩年轻人心想，再厉害，掌柜的总不敢杀人，但心里也真犯嘀咕。走在路上，俩人商议说："见机行事，不中就跑，不给他干。"

到了家，青柿子把短工让到客房，让大把陪着吸烟，高声向厨房喊道："人来了，杀吧！"俩短工以为要杀他

---

[1]　庄稼季子：即庄稼收获的季节。

俩，拔腿就跑。说来也巧，门外的老叫驴开绳了，二把向邻居喊道："快截住！别让它跑了！我拿绳去！"俩短工一听，心里更毛，跑得更快，一直跑到集上才停下来。其他短工见他俩气喘吁吁，满头是汗，围上来问长问短。俩人说："怪不得你们不敢去，不是俺俩跑得快，就被杀掉活不成了。"

从此，青柿子的名声更臭，再也雇不到短工了。

讲述者： 王全明，男，40岁，西平县城关镇，初中，农民

采录者： 王林森，男，49岁，西平县谭店乡王吉白庄村，中专，教师

采录时间： 1990年7月6日

采录地点： 西平县城关镇

291

长工讲故事

从前，有个老财主，坏事做得数都数不清，人们都恨透了他。

这一天他过六十大寿，为了摆阔气，便把狐朋狗友都请去，说要好好地热闹热闹。席间，又把一个会讲故事的长工叫去讲故事，以便助兴取乐。老财主给那个长工说："讲好了，管一顿饭吃。"长工乜斜着眼瞅了瞅老财主，便不紧不慢地说开了："今儿个，我给在座的各位讲一个鸡毛和石磙的故事——很久以前，有一根鸡毛要和石磙比赛看谁先过得河去，比赛一开始，鸡毛借着风势一飘就飘过去了，而石磙却一下子滚到河底。"老地主听得着了急："那还咋赛呀？"长工接着说："这鸡毛在河岸上干等，石磙就是不出来，一直等到日过正午，石磙才出来。鸡毛问石磙：'石磙大哥，你干啥去了，半天才出来？'石磙说：'刚才过河时，碰见了老鳖，它非叫我说个故事不可。我被缠得没法，就给他说了，怕你等得急，饭都没吃就出来了。'"

财主一听，越想越觉得不对劲，可当着这一帮子人又不好发作，只好自找台阶说："看，光顾我们吃，却忘了

你，赶快吃饭去吧！"

讲述者： 李新五，男，70 岁，西平县宋集乡，不识字，
农民

采录者： 李月华，男，18 岁，西平县宋集乡，学生

采录时间：1987 年 7 月 31 日

采录地点：西平县宋集乡宋集

讲述者： 泌阳县泌水镇群众

采录者： 王庆民，男，55 岁，泌阳县交通局，大专，
干部

采录时间：2005 年 8 月 16 日

采录地点：泌阳县泌水镇

附
记

西平县当年在开展编纂民间文学三套集成工作时，发动了教师和学生们进行故事的收集。李月华当时就利用暑假在家，找到了李新五老人进行故事的收集。后来这个故事交稿后，编辑人员又按体例对故事进行了修改，并收录进书。

此类故事在驻马店市遂平、确山、泌阳、上蔡、汝南等县也有流传。（高蔚）

异文：讲故事

梅英从小就跟着奶奶学会了很多故事和传说。有一天，几个人聚拢在一起，软磨硬缠地让梅英给大伙讲故事，寻开心。梅英推辞不掉，只得点头应允："那好吧，你们可要听好了，谁也不许捣乱。"只听她慢条斯理地讲了起来。从前，秤砣和亚腰葫芦是好朋友。秤砣是铁的，个头虽小，却很重。亚腰葫芦两头圆，中间细，皮薄，肚里空，所以很轻。有一天，它们相约一起出外游玩。经过一条小河时，亚腰葫芦一游一游地漂过去了，秤砣却"扑通"一声沉入水底，无影无踪。亚腰葫芦急得团团转，好不容易等秤砣出来，亚腰葫芦非常关切地问："秤砣大哥，你多会儿去哪里了？"

秤砣调皮地说："我给老鳖们讲故事去了，它们硬缠着我不放。"

292

长工施礼

施礼不要紧，大青骡子以为又要打它，便惊叫一声腾空而起。财主没有一点防备，一下子从大青骡子的背上掉下来，摔得嗷嗷乱叫唤，几天都不能下床。

从此，财主再也不敢叫刘根给他施礼了。

讲述者： 刘全德，男，46 岁，西平县师灵镇马洼村，高小，农民

采录者： 刘慧穹，女，18 岁，西平县师灵镇马洼村，学生

采录时间： 1992 年 7 月 6 日

采录地点： 西平县师灵镇马洼村

从前，有个财主，十分蛮横霸道，村里人见了他，都得先给他施礼。如不施礼，他就想方设法整治你，轻则不得安生，重则倾家荡产。村里人既恨他，又怕他，见了面少不得低头作揖，弯腰施礼。

长工刘根见了财主却不施礼，财主为此十分生气，说："刘根，你见我咋不施礼？"刘根说："东家，不是我不给你施礼，是怕你受不了我这一礼呀。"财主一听发怒了："胡说！你现在就给我施上一礼，看我吃得消吃不消。"刘根摇了摇头，回答："现在不中，等我把礼法学好后再说。"财主不知其中还有啥讲究，只好耐心等待着。刘根给财主喂的牲口中，有一匹大青骡子，体壮力盛，财主外出办事总好骑它。从那以后，刘根便学着在大青骡子面前施礼。每当给大青骡子行一个礼后，就抄起拌草棍劈头盖脑地狠打一顿。时间长了，大青骡子只要一见刘根施礼，就知道又要打它，立即左躲右闪，拼命挣脱。

一天财主出外赴宴，刘根把大青骡子牵出来，等东家骑上后，站到大青骡子跟前，说："东家，我已经学会施礼了，请受长工一拜。"说完恭恭敬敬地施了一礼。这一

293

捣里照和编里圆

从前，有个财主，名叫白登彦，对待长工尖酸歹毒，动不动就把两眼一白瞪，鸡蛋里头挑骨头，光找长工的不是，只准多干活，不准多吃馍。穷人们都不愿到他家扛活，还给他送了个外号"白瞪眼"。

这年，黄鹂声声叫，农忙季节到。白瞪眼眼直白瞪，干急找不到长工。有人给他说："大把、二把现在有的是，就怕你不敢使唤。"白瞪眼又是一白瞪，说："我白登彦老虎都不怕，难道还怕谁不成？你说吧，是谁？"那人说："东庄有个大把，姓赵，外号'捣里照'，很会捣鬼；西庄有个二把，姓袁，外号'编里圆'，说瞎话得门。这两人都在家里闲着，你要敢用，我给你跑跑。"白瞪眼一听，心里凉了半截，不用吧，又找不来人，只好说："他俩我用了，你去给说说，明儿个就上工！"

转眼，捣里照、编里圆到白瞪眼家扛活一月有余。白瞪眼对他俩百般刁难，短吃短喝，捣里照和编里圆很生气。

一天，编里圆起五更套磨，偷了财主两块干饼，塞到裤腰里，到小晌午卸磨，把干饼忘了。因热得慌，跑到村外大坑里洗澡，这时才想起了干饼，马上从水中蹿出来，蹲到坑沿吃。捣里照看见了，连声问："你吃的啥？我吃点。"说着就往编里圆跟前跑。正巧这话被白瞪眼路过听见，他赶紧藏在树后偷听。俩长工看见装没看见。编里圆随机应变道："我往坑里洗澡，看见张三在水底下卖干饼，就买一点儿充饥。"捣里照也接着话茬儿说："我也去弄点治饿！"说罢，一头拱到水里，恰好头碰在石头上，落了个大口子，赶紧钻出水面，脸上淌哩净是血。白瞪眼忙跑过来问："咋啦？咋啦？"捣里照说："编里圆吃人家的饼，不给钱，张三恼了，照我头上砍了一刀。"白瞪眼一听，莫名其妙，以为是自己短人家吃喝，才闹出这等事来，只好让他在家歇着养伤。

过了忙天，白瞪眼对俩长工克扣得更狠了，俩长工也商量着报复他。他俩看见财主婆和他们唯一的儿子小宝，想出了一个摆治财主的窍门儿。

一天，太阳当头照，火辣辣的，编里圆从南河里穿着湿衣裳回来，对白瞪眼说："掌柜的呀，咱南河那个大潭呀，打我记事就没干过。现在猛里[1]水浅了，你不知道啊，里面的鱼成串，好像面条子一样，老鳖、螃蟹乱往上沿爬！"白瞪眼一听，说："咱都去逮。"说着，就和编里圆往河边跑。

跑到半路，编里圆猛然叫一声："咦！忘了拿住咱的筛子了，手抓鱼不济事。你头里走，我回去拿筛子。"编里圆装着慌张的样子，跑到家里，对财主婆说："哎呀！不好了，大掌柜不会水，掉到深水里去了，等捞出来已没气了。"财主婆听后，大哭起来，一边哭，一边往河沿跑。此时，捣里照早就到了河边，他对白瞪眼说："不好了，掌柜婆带着小少爷去看咱的马，小宝去摸马尾巴，被马踢死了。"白瞪眼一听，好似晴天霹雳，气得身上的肉乱颤，大骂老婆是孬种，拼命往家跑。半路上，夫妇碰了头，白瞪眼不由分说，照着老婆拳打脚踢起来，打得财主婆嗷嗷乱叫。等她喘过气来，问："你凭啥打我？""你孬种，让马把小宝踢死了！""谁说的？""那你往河边跑干啥？""编里圆不是说你淹死了吗？"这时，夫妇俩才知

[1]　猛里：猛然，突然。

道上了当。白瞪眼气得跟吹猪[1]的一般，想找俩长工算账。哪知，俩人早已躲起不见了。

过了几天，白瞪眼觉得家里离了长工不中，可是，又找不到其他人。想想那事再张扬出去，也坏名声，算了，捣也好，编也罢，总比没有强，于是又托人把捣里照和编里圆找了回来。

讲述者：　张梦胥，男，89岁，西平县酒店乡酒店村，私塾，农民

采录者：　翟玉堂，男，41岁，西平县图书馆，大专，干部

采录时间：1987年8月3日

采录地点：西平县酒店乡酒店村

附记

张梦胥上过私塾，长期生活在农村，能讲述上百篇民间故事，尤其擅长民歌民谣，是附近有名的"故事篓子"，翟玉堂当时也在进行故事的收集工作。他俩都是同乡，彼此也很熟悉，所以翟玉堂就带领着收集组的人员，在乡文化站人员的陪同下来到张梦胥家里进行故事采集。由于张梦胥老人年事已高，不能过多劳累，每天讲1—2个故事就得休息，在他家采集的时间间隔就长些。老人总是好说"瞎话瞎话，窗台上种了二亩香瓜。要不咋就吸引住恁几个光想听哩"。大伙总共陆陆续续采集了几十篇民间故事，最后收录到县卷本的有近十篇。（谭咏利）

异文：冇哩匀和云里冇

冇哩匀和云里冇俩人最要好，常在一块游玩冇笑话。

一天，云里冇和冇哩匀到池塘边。云里冇眼力不好，指着池塘说："咱俩到光场[2]上坐坐吧。"冇哩匀心想，这家伙眼力恁差，就心生一计说："你从场边上这棵树上往下蹦，看你能蹦多远。"云里冇"扑通"一声从树上跳去，一下子呛了几口水。他三下两下游到对岸，从口袋里掏出一个萝卜就啃。冇哩匀问他："你在哪儿弄的萝卜？""我一头扎到东海沿，王三姐正在切萝卜，我拿一个就跑回来了，王三姐她没撵上我。"

冇哩匀想，我也去偷一个来吃，就也从树上往下跳。只见他一个猛子扎到水里半天不见出来，该他倒霉，一头扎到一个蛤瓢[3]上，把头划了个大口子，血流不止。云里冇急了："冇哩匀，你咋搞哩？"

这时冇哩匀从水里钻了出来，抹了一把脸，顾不上头上淌的血水，说："王三姐刚才没撵上你，气不忿，她瞧我又去了，嚓，对我头上就砍了一刀。好了，咱也甭去咧。"

讲述者：　孟环春，男，51岁，新蔡县佛阁寺乡熊楼村，曲艺人

采录者：　龚国强，男，34岁，新蔡县文化局，高中，干部

采录时间：1987年8月3日

采录地点：新蔡县佛阁寺乡熊楼村

附记

这天，龚国强找了几趟才找到孟环春。吃老孟这碗饭的都这样，常年在外边跑，由于经常和他人接触，更熟悉周边的风俗民俗故事。他和老龚是老熟人，就很随意，在院里树荫下有说有笑地讲了起来。老孟见多识广又风趣幽默，讲的故事既搞笑又有新意。龚国强在他这儿采录了好几篇。此类故事在驻马店流传也很广。（张喜友）

[1]　吹猪：杀猪燂毛前，在猪的四条腿杀开口，往里吹气，让猪身子膨胀起来的过程叫吹猪。

[2]　场：过去农村收割粮食后晾晒的地方。

[3]　蛤瓢：河蚌的外壳。

294

王智明巧治东家

从前，西平县的王湾村有一个大地主，叫王富强，他为人尖酸刁滑，所以人们都叫他"刁滑头"。

有一年秋天，豆叶泛黄的时候，村子里好多穷哥们找到王富强，要上他家做短工。刁滑头当着大家的面说："不管谁到我家做工，都得照我说的去做。不然的话，我可不要你们来干。"穷伙计们都想在大忙天多出点力，挣几口饭吃，就说："东家，你说吧，我们大伙按你说的条件干就是了。"刁滑头清清嗓子眼说："第一，你们每次吃饭只准吃一个馍一碗饭；第二，你们完工后可以看看工钱，但不能拿走。"伙计一听，都直摇头。

在这群伙计当中有一个叫王智明的穷秀才，他见穷哥们想散伙，就在一旁咳嗽两声，直朝大伙使眼色，然后说："东家，我照你说的做。"平日里大伙都知道王智明心眼多，听他发话了，也都一个个答应了。回家的路上，伙计们问王智明葫芦里卖的啥药，王智明笑笑说："弟兄们甭着急，到时候我咋着你们也咋着。"

第二天，大伙一起去给刁滑头家收秋。开饭的时候，弟兄们一直瞅着王智明。只见王智明盛了一碗饭，拿了一个馍。等吃完了，又盛了一碗饭，拿了一个馍。一会儿，王智明又盛了一碗饭，拿了一个馍。大家也赶紧照样子做。刁滑头一见气得直瞪眼，他走到王智明跟前厉声说道："好你个王智明，你不是先答应只吃一碗饭，一个馍吗，为啥你连着又盛又拿？"王智明嬉皮笑脸地说："东家，你看我是不是每次都吃一碗饭，一个馍。你见我每次拿过俩馍，盛过两碗饭吗？"刁滑头一听，气得说不出话来，只得眼巴巴地看着伙计们吃饱了喝足了，才去干活。

秋收过后，伙计们找刁滑头算工钱，只见刁滑头早已把各人的工钱算好了，一摞一摞摆在桌子上，让伙计们看看就走。王智明走到头里，闭着眼不看，摸起一摞钱拿着就走。其他伙计也都学着，不睁眼，一人摸一摞就走。刁滑头上去一把拽住王智明喝道："把钱放下，你不是说好了不拿工钱吗？"王智明不慌不忙地说："东家，你看我到现在也不敢看钱，也不知道你摆的钱啥样子。"刁滑头听了一屁股蹲在椅子上，气得直瞪眼。

讲述者：　王俊武，男，59 岁，西平县重渠乡澍河坡村，小学，农民

采录者：　王春阳，男，18 岁，西平县重渠乡澍河坡村，学生

采录时间：1991 年 9 月 6 日

采录地点：西平县重渠乡澍河坡村

异文：吝啬鬼送饭

从前，仪封街有个姓赵的地主，家有良田数百亩，富得流油，但对穷人很刻薄，是个远近有名的吝啬鬼。

杨庄村有个王老九，穷得叮当响，他生性耿直，脾气也倔，一辈子靠给地主扛长工打短工过活。这年秋苗子钻出地以后，王老九约好村里的几个穷哥们给吝啬鬼锄豆子。他们来到吝啬鬼家，吝啬鬼一看个个壮壮实实，心想，今天这几个钱不会白花，但又害怕壮实人饭量大，太抛撒[1]

[1]　抛撒：浪费。

粮食。正犹豫，忽然想起有人说过，人饿过了晌[1]，就吃不多东西了。想到这，一颗悬着的心才算落下了。

短工们下田后，一直锄到晌午错，肚子都饿瘪了，才见吝啬鬼胳膊上挎个篮子，手里提一个小瓦罐慢腾腾地走过来。王老九接过一看，是几个杂面馍，稀饭稀得能照见人影，本想发火，肚子正饿，就忍了。吝啬鬼见大伙都围过来吃饭，就在一旁直嚷嚷："先喝汤，后吃馍，馍吃不完好放。"王老九给大伙使个眼色，大伙三下五去二把汤喝个底朝天。王老九说："东家，你看汤喝完了，再回去盛一罐，喝汤多可以省馍。"吝啬鬼一听是这个道理，急忙提着罐子回去弄汤。等拐回来，伙计们早把馍吃光了。王老九又说："东家，馍也吃光了，你还得回去拿，吃不饱干活没劲。"吝啬鬼又回家拿馍，王老九他们又把汤喝完了。东家本来吃得就胖，大热天一折腾，直累得气都出不匀，一屁股瘫坐路边，罐子也弄打了，越想越后悔。

講述者：　张铁汉，男，78岁，西平县杨庄乡胡庙村，不识字，农民

采录者：　王秀琴，女，25岁，西平县杨庄乡，高中，教师

采录时间：1987年7月22日

采录地点：西平县杨庄乡胡庙村

附
记

这个故事当时是通过发动师生采集上来的。在驻马店市大部分地区居民以面食为主，确山、正阳南部部分地方以米饭为主，每日三餐，早、午饭称"吃饭"，晚饭称"喝汤"。午餐是一日的正餐，以面条为主食，早餐、晚餐一般为稀饭，配馍、菜。稀饭可稠可稀，稠的用面多，顶饿；稀的用面少，能当镜子照，不顶饿，尿几泡尿就没了。

（谭咏利）

[1]　饿过了晌：即饿过了头儿。

295

出来怕狗咬

有一家财主，对待长工特别刻薄。他雇仨小长工干活，即使逢年过节，也不舍得给个白面馍吃。他家小少爷吃白面馍，总是让他待在屋里，不让出来，恐怕小长工用黑馍换白馍。

一天，小少爷拿着热腾腾的白面馍刚出来，财主看见了，赶紧吓唬说："别出去，出去狗咬！"这话被小长工听到了，心里很不是味，决心找机会报复他一下。

这天，财主叫种蒜，小长工把蒜种种到了地里，统统尖朝下。

过了些时候，财主想着看看小长工种的蒜长的啥样。他转到菜园一看，连一棵也没出，生气地寻问小长工："你把蒜种哪去了？到现在不见出一棵！"小长工认真地回答："出来怕狗咬！"

一句话，呛得老财主直憋气。

講述者：　翟玉堂，男，46岁，西平县图书馆，大专，干部

采录者：翟素雅，女，17 岁，西平县出山镇翟老庄村，中专，干部

采录时间：1992 年 8 月 6 日

采录地点：西平县出山镇翟老庄村

296

牛娃雨儿

从前，有个小孩叫雨儿，是地主家的放牛娃。

有一天，他见地主吃肉，便说："老爷，我也想吃肉。"地主不耐烦地说："去去去，穷小子也想吃肉，等长大再吃吧。我老了，这阵不吃，赶明都吃不成了。"雨儿听了地主的话，噘着小嘴走了。

第二天，雨儿把牛犊都关在圈里，赶着老牛出去了。等到小晌午，地主从床上爬起来，听到牛圈里"哞哞"乱叫。他跑到牛圈一看，只见一头头小牛犊饿得乱拱乱叫，可把老地主给气坏了。太阳落山了，雨儿骑在牛背上，吹着口哨回来了。地主劈头就骂："好小子，你咋不放牛？"雨儿调皮地说："老爷，你不是说老的不吃，赶明没时候了。牛犊还小着哩，长大再吃也不晚！"

老地主听了气得说不出话来。

讲述者：李青山，男，48 岁，西平县五沟营乡刘册桥村，不识字，农民

采录者：李云中，男，26 岁，西平县五沟营乡刘册

桥村，高中，农民

采录时间： 1987 年 7 月 21 日

采录地点： 西平县五沟营乡刘册桥村

297

笑面虎

附
记

在我的老家汝南县老君庙镇余子河村，小时候听老人讲过这样一个故事：说这个人好吃，有好吃的就光顾自己吃，不管老少。总说老人都这么大岁数了，啥没吃过；小孩呢，小孩还小，长大有他吃哩。有时还在半夜里等孩子们都睡着了偷偷地吃，甚者还躲到茅屎坑里吃。（谭咏利）

有个财主外号"笑面虎"。一天，他对长工说："今儿个犁地离家远，晌午就别回来了，走时多带几个馍。"长工们带着糠菜锅饼子下了地，非常气恼，犁地时，故意隔三落四，草都没犁掉。财主一看，很生气，就叫长工把马备好："进城去告状。""告谁？""告割草的，他竟敢在咱犁过的地里割草。""东家也替我们告他吧！""为啥？""割草的偷我们的干粮去磨镰。"笑面虎听了，自知理亏，只得作罢。

有一天，笑面虎在客厅喝酒，对众宾客说："为人要对得起长工，他们早起晚睡，犁上来耙下去的，多辛苦呀！常言说，工以惠而尽力，仆以恩而报主嘛，我可不跟那些尖酸人一样。"众宾客七嘴八舌奉承拍马："对，对！"这时长工们拿着糠面馍，端着照见人影的稀饭，听着他们说的话，气得肚子直鼓。一个长工气不过，拿起一根棍就撵着打狗。笑面虎喊道："你咋照死处打呀？""它咬我，我咋不打它？""你要好好的，它能咬你吗？""它嫌我们顿顿吃它的狗食！"众客人听了，一阵大笑，直笑得笑面虎面红耳赤，无言可答。

讲述者： 魏坤亮，男，68 岁，西平县吕店乡，初小，
　　　　　农民

采录者： 魏甲三，男，38 岁，西平县吕店乡，中专，
　　　　　教师

采录时间：1987 年 7 月 6 日

采录地点：西平县吕店乡吕店街

298

荡荡直

附记

　　故事提到的锅饼子驻马店方言中也叫锅回或锅回饼子，在汝南、上蔡交界地区则形象地叫"老鳖靠河沿儿"。制作方法是在锅中烧水，待水烧热后，将和好的面做成饼状贴到锅里水上面的一周。这样边炕边蒸，就形成了一面焦黄一面软糯的锅回饼子。也有地方是直接将面做成饼子状放锅上蒸。在驻马店遂平一带称两面炕焦的饼子也叫锅回或灶饼。故事中笑面虎为长工提供的糠菜锅饼子多用麸皮加菜叶做成，但地主刻薄也可能用糠壳加点粗面与菜叶制成，比较难吃。老辈人称是"吃糠咽菜"，只是在荒年没办法的情况下才吃。故事最后说狗"嫌我们顿顿吃它的狗食"，也是这个原因。（赵新春）

　　从前，村里有一家财主雇了个小长工，叫李三。一天，因李三多吃了几口饭，财主不耐烦，大发脾气，吵罢了仍觉不解恨，又用绳子将李三捆个结实，装进一条破麻袋里，吊在河边的大树上。就这样吊了一天，李三想尽了办法，也没能跑出来。正当他饿得头晕眼花的时候，听见有人哼哼唧唧从桥那边走过来。李三从麻袋的窟窿眼里朝外一看，是个驼背人过来了，待走近细瞧，嗬，这不是老财主的外甥吗！这家伙平时也赖得烧手[1]。李三心想，我才到老财主家，他还不认得我，我何不让他做我的替死鬼？

　　"驼背"走到树下也没看见树上吊着麻袋，李三忙用双脚使劲在麻袋里蹬，嘴里大声喊着："荡荡直、荡荡直……"驼背听了，好生奇怪，这里面装的啥玩意啊！李三趁机说道："喂，背驼的，过来吧！这里头有灵丹妙药，专治驼背，灵验得很。不出三天我的驼背当真好了。"驼背听了真高兴，马上乞求道："谁在这里头啊，你出来让我进去咋样？""好吧，我看你背弯着怪可怜的，我就让

[1]　赖得烧手：就是泼皮、无赖，没有人愿意接触。

给你。"驼背连忙解开绳子，把麻袋慢慢放下地，李三就拱[1]了出来。驼背一看，李三的背果然是好好的，就让李三把他绑了，照样子装进麻袋，吊在树上，他也在里面不停地喊："荡荡直、荡荡直，我的驼背荡荡直……"

过了三天，财主想这李三大概已经饿死了，就去把麻袋解开，一看，傻了眼，里头装的咋成了他半死不活的外甥，只听见嘴里还在嘟哝着："荡荡直、荡荡直……"

讲述者：　史红中，男，38 岁，西平县师灵乡史庄村，
　　　　　小学，农民
采录者：　李涯，女，17 岁，西平县师灵乡史庄村，
　　　　　学生
采录时间：1987 年 9 月 3 日
采录地点：西平县师灵乡史庄村

附
记

当作为学生的李涯领到收集民间故事的任务时，也很高兴，她知道同村的史红中经常给大伙讲故事，况且老师已经提前说了，收集故事就像平时写作文一样，人家咋讲你就咋记。回村后她就让家人陪着找到了史红中，史红中就顺口讲了几个故事。因为每人的收集任务不多，李涯回校后就在老师的帮助下，下了功夫把这个故事作为重点认真地进行了整理。功夫不负有心人，这篇故事就收录了。

故事的反转也说明了"害人之心不可有，害来害去害自己"的道理。（谭咏利）

[1]　拱：钻。

299

赵羊娃卖树

西平西南仪封镇附近，流传着这样一句歇后语："赵羊娃卖树——大有指望。"

据老辈人说，清朝乾隆年间，仪封街有一户姓赵的穷人家，家里只有老两口和一个儿子。因为穷，儿子八岁那年，老两口就把他送到财主赵老二家里放羊，因此，人们都喊这个孩子叫赵羊娃。

羊娃十岁那年，爹娘相继去世了，埋葬老人时，他借了赵老二家十串铜钱。为了还债，他起早睡晚，放羊回来还担水劈柴，心想，我累死累活干这一年，挣的工钱总够还账。没想到年底一算账，他一年的工钱刚好够还利息。赵羊娃气愤极了，当场发誓再也不给赵老二放羊了。

赵羊娃到陈财主家当上了小长工，赵老二担心人走债烂，那十串钱就算白丢，因此就三天两头找他要账。赵羊娃穷得叮当响，除了一间草棚子，啥东西也没有，指望啥还账呢？他想来想去，想出个妙主意。

有一次，赵老二向他要账，他一本正经地说："欠账还钱，理所当然，还你的账大有指望了。"赵老二一听羊娃还账有指望，乐得山羊胡子直抖。他耐着性子等一个多

月，还不见赵羊娃来还账，有点沉不住气了，又去找他。

走到半路，正巧碰上赵羊娃干活回来。他张口就问："你说这账有指望，到底指望啥呀？"羊娃说："我有一棵椿树，卖了就给你钱。"赵老二知道羊娃穷得连根打狗棍都没有，不相信他家有树，忙问："你家的椿树有多粗了？"羊娃煞有介事地用手一比说："有碗口粗了，不信你去看看。"说着就拉赵老二。赵老二见羊娃说得跟真的一样，又怕他手粗糙，把自己的绸子衣服拉扯烂了，急忙说："别拉啦，看看就看看。"赵老二来到羊娃家，看了一圈子，连根树毛也没见，就发起了脾气。赵羊娃说："椿树不就在你脚边吗？"赵老二又看了一圈，仍没看着。羊娃说："那不，破碗扣着呢。"说着上前揭开烂碗，露出一棵刚出土的小椿树芽来。

赵老二要账不成，反受捉弄，气得直跺脚，说："赵羊娃，这就是你的指望呀？看我把它薅扔了。"赵羊娃急忙上前拦住说："唉唉！别薅别薅，我这棵椿树能长一搂粗，卖几十串钱，还清你的账，还有花的钱。你把它薅了，我还指望啥还账？"边说边把破碗又扣在树芽上。赵老二哭笑不得，把手一背，气呼呼地走了。

讲述者：张凤山，男，85 岁，西平县杨庄乡仪封村，
　　　　小学，农民
采录者：张金城，男，40 岁，西平县杨庄乡仪封村，
　　　　中专，干部
采录时间：1987 年 7 月 6 日
采录地点：西平县杨庄乡仪封村

附
记

张金城是仪封人，小学就在"封人见圣祠"改造的学校里读书，从小就听人说过"封人见圣人"的故事。他是老三届高中生，一直在家务农，是文学爱好者，曾创作过小戏，也写过很多新闻稿件，是远近有名的"土秀才"。得知县里开展民间文学三套集成工作，张金城立即投入到民间故事的采录中。他知道同村的张凤山老人是个"故事篓子"，这天下雨不用下地干活，他就带着烟来到张凤山家喷空，两人就一边抽着烟喝着茶，一边闲喷着故事。张凤山上过私塾，年龄大了记忆不如从前，但对民间故事记得很清楚，一边搓麻绳一边讲，张金城一边给他续着麻，一边听。他回家后回忆着自己童年的记忆，结合张凤山讲的，把故事整理出几篇交给县文化馆的高沛老师。

仪封在当地很出名，据说孔子曾两次路过仪封，在仪封设坛讲学，并留下了"王三官三难孔圣人"的千古美谈，仪封人还修建了"封人见圣祠""夫子停辙处碑"来纪念孔子。(谭咏利)

300

照你说的办

讲述者：张乾初，男，56岁，西平县重渠乡敬庄村，中专，教师

采录者：张政党，男，16岁，西平县重渠乡敬庄村，学生

采录时间：1987年6月19日

采录地点：西平县重渠乡敬庄村

从前，有个王财主尖酸刻薄，长工们成年累月地干活，他给的工钱却很少。长工们合计着，非治一治这个狠心肠不可。

一天早起，王财主要外出做客，又恐长工在家偷懒，于是把长工叫到一起吩咐说："你们照我说的办，天晴了晒粮食，天阴了锄地，下雨了在家纺经子[1]。"长工们点头应允。

吃罢早饭，天气晴朗，长工们便打开粮库，人扛车拉把粮食弄到场里去晒；半晌午天忽然起了浓云，长工们赶快扛着锄下地锄地去了；午后天下起了大雨，长工们坐在屋里纺经子。

王财主冒雨从外边赶回来，走到场边看见粮食堆在雨水里，大为恼火，一到家就把长工们叫到一块训骂。长工们说："东家，天晴晒粮食，天阴锄地，下雨纺经子，是你吩咐的，照你说的办还会有错吗？"财主弄得张口结舌，无言答对。

[1] 纺经子：就是把麻批子纺成线，以备编织使用。

附记

这个故事的讲述者张乾初是张政党的老师。故事中的纺经子是过去驻马店地区农村常见的农事活动。驻马店盛产苎麻和黄麻，根据用处不同，收割后的麻大的会沤制成熟麻，剥下后为熟麻批子，小的直接剥小匹叫生麻批子。熟麻早期主要用于制作麻衣，后来主要制作麻绳。用麻批子搓的绳子叫披毛绳，绳劲小较松散，不太结实，一般是做农活或工地上捆绑东西时急用。要想做成结实耐用的绳子，就得先纺麻经子。纺经子的纺车与纺棉线的纺车相比，结构差不多，但粗糙得多，有整车和简易两种。整车的纺车有固定底座、绕线框和转轴三大部分；简易的则是用线拐子（也称陀螺子）把麻批子纺成单批子麻线。用线拐子纺麻经子因为动作简单机械，时间长了会感到不舒服，所以大多是站着纺。过去到了秋冬农闲时节，只要进入村庄，就能看到男人女人或立墙边，或站树旁，或坐在高凳子上，一边说笑一边纺经子。大批量纺麻经子则需要用纺车，一手摇车，另一只手要不停地续麻批子，麻批子随着摇动上劲，就成了经子，缠在锭子上。而用线拐子的就直接缠在线拐上。麻经子经过再缠绕成"经蛋子"后，可以用于织箔，织草衫子，打缰绳、牲口套、缠缠（粗的绳索）了。（赵新春）

301

后头有

讲述者: 于涛,男,39 岁,西平县专探乡,初中, 农民

采录者: 于全超,男,18 岁,西平县专探乡,学生

采录时间: 1987 年 7 月 24 日

采录地点: 西平县专探乡

地主王麻子家宅子分前后院,前院是牲口屋,王家称前头;后院是地主的庭院,王家称后头。顺情成年累月给地主王麻子家喂牲口,吃的是窝窝头,穿的破烂衣。

一天,王麻子家来了个稀客,他领着客人到前院时,顺情正吃饭,忙让客人。王麻子说:"你先吃,后头有。"说着将客人领走了。原来王麻子家后头有酒席。想到自己成年累死累活地给他家干活,连糠菜饭还不让吃饱,顺情吃罢饭,也不喂牲口,拿俩谷草个子[1],绑到马尾巴上,就躺在铺上睡了。王麻子吃过饭,听见马"咴咴"直叫,跑槽边一看,顺情正在熟睡。他气呼呼地问顺情:"你咋不喂牲口?快下地了。"顺情揉一下眼说:"它们正吃着哩!"王麻子更气了:"吃啥,槽里没草!"顺情说:"后头有。"王麻子看见马尾巴上绑着个谷草个子,干生气没话说。

---

[1] 谷草个子:方言,指把喂牲口的谷草打成捆,方便拿取。

302

小孩屁股三把火

专探乡流传着这样一个故事。

有个财主雇了仨小孩放牛、砍柴，一年到头不给吃饱穿暖，仨小孩给财主砍了成垛成垛的柴。冬天的一个晚上，天特别冷，仨孩子冻得睡不着觉，便向财主要柴烤火。财主说："小孩屁股下有三把火，冻不坏。"

第二天，财主家来了一位客人，他吩咐仨孩子去烧茶，这仨孩子都去了。财主陪着客人等了老大一会儿，不见孩子来送茶，就到厨房去看。进门一看愣住了，只见仨孩子用屁股顶着锅台口。他又气又恼，拿棍就打，说："我让你们烧茶，你们却在这里闹着玩。"仨孩子说："老爷，不是说小孩屁股上有三把火吗？俺仨九把火，还烧不滚一壶水吗？"财主气得干瞪眼，想不起说啥好。

讲述者： 胡玲，女，39岁，西平县专探乡中，大专，教师

采录者： 安连伟，男，18岁，西平县专探乡中，学生

采录时间： 1987 年 7 月 24 日

采录地点： 西平县专探乡中

附记

这个故事当时也是通过发动师生采集上来的。当时胡玲接到收集故事的任务后，就想着这事好办呀，自己小时候就是听奶奶讲的故事长大的，凭着记忆还能讲出来，她就试着记录下了好几篇故事。当她把故事交到乡文化站时，文化站的老师说故事要素不全，缺少采录者信息，胡玲就把几个教过的学生作为采录者补充了上去。

在西平，有人用本地地名出了个上联"出出山，过酒店，专探老王坡"，至今还没有得到合适的下联。（谭咏利）

303

狗 与 犬

从前，有个佃户养了一条狗，他走到哪，那狗就跟到哪。

一天，佃户到财主家去。一进门，财主就指着佃户说："小心你的狗，不要吓着我的犬。"佃户没听明白财主的话，问："狗就是狗嘛，你养的为啥叫犬？"财主说："你没睁眼瞅瞅，我那犬两只耳朵支棱着，你那狗两只耳朵耷拉着，这就是区别。"

第二天，佃户把俩铜钱塞进狗的耳朵里，带着狗又到财主家。佃户对财主说："你看，我的狗也变成犬了。"财主一看，这条狗的两只耳朵也向上支棱着。狗因为耳朵里塞有铜钱，痒得不住摇头摆尾，佃户指着狗说："你不用摇头摆尾耍威风，知道你有钱，把钱给你一去，你还得变成狗。"

讲述者： 祝尚，男，46岁，西平县权寨乡中学，中专，教师

采录者： 温乐峰，男，17岁，西平县权寨乡，学生

采录时间： 1987年7月26日

采录地点： 西平县权寨乡中学

304

气死『两头尖』

从前，有个姓梁的大地主，身材矮小，长相丑陋，性格古怪，为人尖酸刻薄，人们非常讨厌他。为了掩盖他的丑貌，梁财主不管春夏秋冬，老是头戴尖顶黑缎子瓜皮帽，身穿又宽又大的绛色马褂，真是弄巧成拙，整个身躯更显得两头尖，中间大，难看极了。走起路来，慢悠悠的，远看去，既像个纺线系子，又像个织布梭子在地上移动，因此，长工们给他送个绰号叫"两头尖"。这家伙家里雇了好几个长工，有个长工叫周义，为人憨厚老成，干活不会耍滑，可是两头尖仍嫌他吃饭多，干活少，终日唠叨"长工眼里没活，该做的事不去做"。

这年腊月二十九，眼看就要过年了，两头尖坐在家中指东划西，把其他长工都吩咐出去搞外勤，家里一切杂活都要周义一个人干。洗洗剥剥，蒸馍做菜，挑水推磨……累得周义满头大汗。当他正在切菜，两头尖大喊一声："周义，快来烧火！"周义刚坐在锅门把柴烧着，两头尖又喊："周义，快来推磨。"周义只好听从吩咐前去推磨。麦子还没推一半，两头尖又喊："周义快去打水！"弄得周义晕头转向，无所适从。周义就对两头尖说："老

0469

爷，麦子还没磨完，等一会再去挑水吧！"两头尖一听，大发脾气："大胆，敢与我顶嘴。我叫你干啥你就去干啥，别的事你就不用管！"周义没法，只好担起水桶打水去了。

这时，正值天寒地冻，门外滴水成冰。周义从早忙到晚，又没吃饱，肚空心慌，四肢无力，一不小心，左脚一滑，一只水桶掉进水井里了，只好掂着一桶水回来。两头尖一见就问："那一只水桶呢？""掉井里了。""你咋不赶快去捞呀？"周义不慌不忙地答道："老爷，刚才你不是说'叫我干啥就干啥，别的一切都不用管'吗？我想你叫我打水，怕耽误家中用水，就赶忙回来了。"两头尖一听，气得脸红脖子粗，破口大骂："你这个笨蛋，一点心眼也没有，你看到该做的事，赔做了。"

第二天，大年三十。天刚麻麻亮，两头尖就喊周义快起床找活干。周义先挑满了一缸水，又把院子打扫得干干净净的。两头尖起床后四处一看，十分满意。"今后看到该做的事，不用我吩咐，赔做了！"

早饭后，两头尖写满了一桌子春联，就慌慌忙忙地应邀赴宴去了。周义一看，就打好糨糊贴起来："鸡狗平安"贴在老爷卧室的床头上，"槽头兴旺"贴在厨房的锅台上，"供奉牛马王老爷之神位"贴在堂屋祖宗的案台上……

两头尖喝得东倒西歪地回来了，到家一看，可给气炸了，指着周义大骂起来："该死的东西，谁叫你贴的？"

周义不慌不忙地回答说："老爷，不是你今早对我说的，看到该做的事情赔做了？我看你把春联写好了，想着今天就是大年三十，不是该贴了吗？老爷请别生气，莫不是怪我不识字，没贴好？"

两头尖横眉竖眼，气得大叫："你，你，你……今后我叫你干啥，你再干啥！"说罢，看着那贴错的春联，气得脑胀目眩，"扑通"一声，一头晕倒在地上。

讲述者： 申承新，男，58岁，驻马店市，大专，干部
采录者： 张华荣，男，54岁，驻马店市文化馆，中专，干部
采录时间： 1984年7月2日
采录地点： 驻马店市区

附
记

驻马店贴春联的习俗也有不同，有的是在腊月廿八，俗称"二十八、贴花花"，有的在大年三十。我的老家汝南县老君庙镇余子河村就是在大年三十，必须在中午之前贴上春联；而在上蔡部分地方，贴春联是在大年三十下午，目的是再等等没有到家的人，过年呢不能贴到外边。贴春联是有讲究的，门神的脸是相对的，左右对联不能贴错贴反了。此外要在大门外贴"出门见喜"，院里贴"满园春光"，锅灶旁贴"小心灯火"，养殖圈门上贴"六畜兴旺"，粮食芡子上贴"五谷丰登"，床帮上贴"福、禄、寿"，条几上贴"贞、祥、喜"，车上贴"出入平安"，压井上贴"清水长流"等吉祥祝福的用语。（谭咏利）

305

下马威

有个财主，是个贼眉鼠眼，走一步晃三晃的胖家伙。每雇一个新长工，总叫长工一踩门槛就吃点苦头，要来个下马威。他以为这样可以显显他的威风，好使长工服服帖帖地，给他像牛一样地拉套。

有一个十来岁的孤儿，名叫根子，给他当小长工。因年岁太小，扛不了成年人的活儿，当然也拿不到成年人的工钱，大家都叫他"半拉子"。

施惯了下马威的财主，上下打量了一番根子，暗暗地打起算盘来："十几岁个娃子，胎毛还没掉呢，以后给我干活的日子长着呢，得叫他知道知道我的厉害！"于是便笑呵呵地对根子吩咐说："你的活是挑水、垫圈、和煤、喂牲口，只要肯听话，干得好，不仅不扣你的工钱，到年关还有赏！"

挑水、垫圈、和煤、喂牲口！这四样活计可不轻啊！一个小孩哪能干得了呢？别的老长工听了，都恨得咬牙，骂这个地主是毒蛇，一面又替根子暗暗捏着一把汗。根子呢，听了地主的吩咐，倒满不在乎。别看根子年岁小，可机灵啦，他明明知道地主叫他干的四样活儿——挑水、垫圈、和煤、喂牲口，偏不那样做！地主的话没落音，根子就担了副水桶挑水去了。

他担了一挑又一挑，一挑一挑都倒在牲口圈里，直到圈里的水淹住了牲口的大腿，才放下水桶喘了口气，接着便去和煤了。他和了一池子煤又和了一池子煤，把一池子一池子煤都填到牲口槽里，直到煤把石槽填满了，根子才停手，也不给槽里添一把草，加一捧料。

地主来监工，见根子把牲口圈弄得不成样子，便破口大骂："小混账！你好大胆，限你三天，赔了我的牲口算罢，要不，哼……"

"咳，掌柜，你不是交代我叫挑水垫圈，和煤喂牲口的吗？我是照你的话办的呀！"根子松松地说了句话，把地主气得张口结舌。

这个地主是有名的一条毒蛇，下马威没用上，哪里能够甘休！第二天天不亮，他便把根子叫起来，扔给他一把斧子说："今儿个一天，我要你打三百斤柴禾，打不够数，我就扣你一年工钱！"小根说："我夜儿个挑水使得腰疼，不能打柴了。""小小孩家，净要刁，人不过十八哪有腰，还不快去！"地主恶狠狠地说。

根子想了一阵说："既去砍柴，就要去深山里砍，一砍一天不回来，非砍够三百斤不可。"地主听了暗笑根子："这孩子原来是个傻瓜！"

根子拿了两个冷馍，把斧子往腰带上一插，就走出庄。根子连山跟前也没去，就找了几个放羊娃玩耍起来，一直玩到太阳落山才去。

地主见根子空着手回来，心想大概是他砍的柴太多，担挑不动吧？不如叫几个长工去挑回来，就问根子："砍的柴呢？"

"斧子丢了！我整整找了一天，连一根柴禾也没有砍。"地主见斧子在根子的裤腰上插着，气得脸红脖子粗："狗东西！你腰上不是斧子是啥？"

小根子不慌不忙地说："哎，真是！我哪儿都找遍了，就没上腰找。掌柜，你不是说'小小孩家没有腰'吗？要不是你这样说，哪会耽误砍柴！"

地主气得肚皮一鼓一鼓的，活像一只癞蛤蟆。

讲述者： 罗志义，男，63 岁，驻马店市顺河乡马庄
村，小学，农民

采录者： 罗建民，男，13 岁，驻马店市顺河乡马庄村，
中学生

采录时间：1987 年 9 月 13 日

采录地点：驻马店市顺河乡马庄村

附
记

　　这天罗建民来到邻居罗志义的家，他知道老汉好讲有话，今天只
要找到他，就能完成老师布置的任务。罗志义当时正在院里忙乎着，
罗建民就说了收集故事的事，老汉很爽快，就坐下一边抽着烟一边讲，
一连讲了好几个故事，回来后罗建民就把故事整理了一下交给了老师，
完成了任务。

　　"小孩没腰"是因为小孩们整天跑来跳去的，不像大人们经常干
活弯腰，腰酸腰疼，所以就说小孩子没有腰。其实"腰"和"夭"谐
音，长辈最怕小孩子夭折，"小孩没腰"寓意小孩子不会夭折，是一
种避讳和美好的愿望。（谭咏利）

306

这眼俺治不了

　　从前，有一个叫王二的财主，爱财如命，一分钱也不
舍得花。庄上人办红白喜事，他不但不送礼，还偷拿别人
的礼品，周围的人都恨透了他。

　　有一天，王二害眼病，怕光，眼肿得睁不开，四处求
医都没有治好。这可不是先生的医术不高明，是因为大家
恨透了他，巴不得他的眼瞎了，不给他医治。

　　王二的眼越肿越厉害，他急得不得了，只好下狠心放
出话去，说谁如果治好他的眼，就赏银百两。这事被一个
外号叫机灵鬼的人知道了，他想借此戏弄王二，就化装成
一个江湖郎中的模样，来到王二的家里，说能治好他的眼。
王二喜得屁挤挤[1]哩，立马请他调治。机灵鬼对王二说：
"我用一根绳子拴着一块银子，用手提着绳子，在你跟前
从左到右，再从右到左转几圈。你使劲睁眼，你的眼就睁
开了。"

　　王二治病心切，连声说好，赶快拿来一块银子用绳拴
着，递给机灵鬼。机灵鬼嘴里振振有词地说道："左——

---

[1]　喜得屁挤挤：高兴得很。

右，右——左，睁——"王二用了吃奶的劲还是睁不开眼，机灵鬼长叹一声。

王二说："咋啦？"机灵鬼说："王二呀，你平时见钱眼开，今天把钱送到你的眼前，你的眼咋还不开呀？你这眼俺治不了！"

王二一听才知道是耍弄他，气得说不出话来。机灵鬼哈哈大笑扬长而去。

讲述者： 时杰，男，52岁，新蔡县龙口乡，小学，农民
采录者： 龚国强，男，34岁，新蔡县文化局艺术股，高中，干部
采录时间： 1987年11月18日
采录地点： 新蔡县龙口乡

附
记

龚国强当时经常是骑着自行车下乡收集民间故事的，这天他来到龙口乡，在乡文化站同事的引领下找到了时杰。时杰是个泥瓦匠，当时正在给人家盖房子，就抽空站着讲了几个故事。让他再多讲些呢，他推辞说忙呢，顾不上。回来后整理时，龚国强发现他讲的故事质量并不是很高，就没有再去找他，把这几篇故事交上之后，就这篇故事还好些，就入了县卷本。

"见钱眼开"也说是治病的。据说用古铜钱刮姜汁点滴患处，对治疗赤目肿痛等有显著疗效，甚至眼睛"数日不能开"的，也能一点遂愈，药到病除。（谭咏利）

307

要钱不要命

从前，有个老财主，地有百顷，银钱万贯，是有名的大财主。可是他很小气，往往买东西花一个钱，心里疼肚里疼的。

一年发大水，把人和房子啥东西都冲走了。老财主看人和东西都保不住了，慌忙揣怀里俩元宝。他家一个长工看到这大水，啥东西也没带，只把俩杂面锅饼子揣在怀里，爬到一棵大树上，老财主哀求长工把他也拉到树上。

一连几天水没有下去，老财主和长工肚子饿得咕咕叫。长工就从怀里拿出杂面锅饼子吃，老财主哀求长工说："把你的锅饼子给我个吃吃吧！"

长工指着老财主鼓鼓的怀里说："你怀里揣的是啥？"

"是俩元宝。"老财主说。

长工说："你给我一个元宝，我给你一个锅饼子换换。"

老财主说："想得怪精，一个锅饼子值啥！一个元宝可以买一车锅饼子，我才不给你换哩。"

"不换就不换。"长工吃了一个锅饼子，不饿了。老财主呢，只好勒紧裤腰带。

又过两天，水还没下去，长工把剩下的那个锅饼子吃了。老财主抱着元宝，饿得头昏眼花，结果掉下树淹死了。

水下去了，长工从树上下来，拾起老财主的俩元宝回家了。

讲述者：　陈世健，男，74 岁，遂平县文城乡新村，
　　　　　不识字，农民

采录者：　陈富营，男，51 岁，遂平县文城乡中，大专，
　　　　　教师

采录时间：1987 年 12 月 23 日

采录地点：遂平县文城乡新村

附

记

陈富营当时是教师，由于有文化，能写，在农村老家长大，遂平县在进行民间文学三套集成收集时，他就积极参与其中，负责在文城乡的故事采集，先后收集了几十篇民间故事，有十多篇入选了县卷本。这天他找到了同族的陈世健老人，老人当时卧病在床，他就在床边进行故事的采集。陈世健对发大水记忆深刻，就结合着发水重点讲了这个故事。由于故事寓意深刻，就入选了县卷本。

关于这个故事，驻马店民间有"百里卖葱，人财两空""前通后通，人财两空"等俗语，更有抱着金砖跳海——人财两空，丢了媳妇又赔房——人财两空，轿子进了门，不见新媳妇——人财两空，卖门神的掉河里（翻了船）——人财两空，穷寡妇进当铺——人财两空，吞金自杀——人财两空，卖门神的翻了船——人财两空，卖小人书的打烂船——人财两空等歇后语。（谭咏利）

308

话说多了没好处

从前有个财主，怕伙计们在一起说话，少给他干活，常用"话说多了没好处"这句话教训伙计。

一天，他同伙计套车拉芝麻到集上去卖。伙计知道财主的脾气，走了好几里，没说一句话。走着走着，发现后边一条布袋烂个口子，芝麻漏了，滴滴啦啦向下淌。伙计也不告诉财主，只管扬鞭策马，到了集上才对财主说："老爷，芝麻漏了。"

财主一看，一条布袋里芝麻剩不多了，大为恼火，训斥伙计说："为啥不早对我说呀？看看少卖多少钱！"伙计反驳说："老爷，你不是说'话说多了没好处'吗？所以我没敢说！"财主气得张口结舌，说不出话来。

讲述者：　陈廷保，男，汉族，48 岁，汝南县马乡镇
　　　　　周庄村，不识字，农民

采录者：　王新立，男，19 岁，汝南县马乡中学，高中，
　　　　　教师

采录时间：1987 年 10 月 20 日

采录地点：汝南县马乡镇周庄村

309

捉虱子

附记

王新立 1982 年高中毕业后就在家务农，但他始终坚持文学创作，在国家及省市各级文艺刊物都先后有作品发表，之后他被聘为代课教师，抽调到乡里、县里工作，并解决了农转非，成了一名公职人员。

这天王新立回到老家周庄村，找到了近门讲故事的叔陈廷保，陈廷保当过队长，背上长个罗锅，尤其会下细粉，外号二锤、陈罗锅。当时老陈正在干活，王新立把来意说了之后，老陈放下手中的活，很爽快地讲起了故事。就这样老陈陆陆续续讲了十多个故事，回来后王新立就整理了一下，总共有近十篇故事收录到了县卷本。

驻马店称话多的人叫"话痨"，话少的叫"闷葫芦"，有"八竿子打不出个屁"的说法。驻马店方言中还把不分场合乱说话或说话不靠谱的，叫"跑板"或"不照板"，"七十二跑板"讲的就是这类笑话。

（谭咏利）

有一天早晨，还满天星斗，地主就催长工起床："懒鬼们，天已经大亮了，还在睡觉，快起来下地干活去！"

有一个长工坐在床上，把身上的衣服脱下来，左翻右翻半天也不下床。地主急了，大声斥道："你在床上磨蹭啥呀？"

"老爷，我在捉虱子。"

"胡扯！天黑漆漆的，你能看见虱子吗？"

长工反问："老爷，刚才你不是说天已大亮了吗？"

地主哑口无言，灰溜溜地走了。

讲述者： 陈福安，男，37 岁，遂平县玉山乡刘庄学校，高中，教师

采录者： 陈华，女，23 岁，遂平县玉山乡，中专，教师

采录时间：1987 年 10 月 16 日

采录地点：遂平县玉山乡刘庄学校

310

看门

采录者： 贾俊华，女，15岁，泌阳县泌水镇二中，
中学生

徐书亮，男，60岁，泌阳县文化馆，大专，
干部

采录时间： 1990年6月2日

采录地点： 泌阳县杨家集乡二铺街

附
记

当年泌阳县开展编纂民间文学三套集成工作时，发动了教师和学生们进行故事的收集，当时贾俊华就领到了收集一篇民间故事的任务。她利用星期天回家的机会，晚上喝了汤，她来到了邻居王书贞家，让喊奶奶的王书贞讲故事。王书贞家也是刚喝罢汤，她就在灶屋昏暗的油灯下，一边刷着锅一边讲着故事，贾俊华就在一旁用心地听着。回家后她就用心地整理出了两个故事，周末回校后就交给了老师。当转到县文化馆后，徐书亮审读时认为这篇故事内容不错，又根据要求进行了整理，最后就把它收录到了县卷本里。

类似故事还有遂平县崔富荣讲述、陈富营采录的《王小的故事》：地主看戏，让王小在家看好门，照看着驴绳（别让驴开绳跑了）。结果呢，王小把门一摘掉，驴绳一解，用驴绳捆着门背着看戏去了。地主看见后就骂他不听话，王小说："你不是叫我看好门，招呼好驴绳吗？看，门和驴绳都在这儿。"（谭咏利）

从前有个叫方十有的人，给一个姓朱的财主家看门。一天，来了个戏班子，在村边搭了个戏台。到黑了，财主对十有说："老方，俺都看戏去哩，你可要把门看好啊！"十有连连点头说："老爷放心，我是看门的，一定把门看好！"财主一家放心地看戏去了。

不一会儿，从村边传来了锣鼓声，热闹非凡。方十有是个快活人，哪能在屋里待得住，他连忙把两扇大门摘下来，扛到戏场里，往门上一坐，便得意地看起戏来。

等戏快唱完的时候，他又把门扛回去，照样安好。财主看完戏回来，到屋一看，发现东西被偷了，便大发雷霆地指着方十有的鼻子说："你看的啥门，屋里东西都被偷走了！"方十有却不慌不忙地说："老爷，你叫我看门，现在两扇大门不都好好的吗？东西丢，那就不是我的事了！"把财主气了个白瞪眼。

讲述者： 王书贞，女，54岁，泌阳县杨家集乡二铺街，
高小，农民

311

三斗红高粱

从前，城南有个王家庄，王家庄有个穷孩子名叫王二。这孩子心灵手巧，从小就学得剃头的好手艺，三里五村的乡亲们都找他剃头。

高家庄有个高财主，为人尖酸刻薄，看钱如命，是一个标准的老鳖一[1]。

有一年的正月，高财主假惺惺地说："王二啊，好好给我剃头，到年底我给你工钱三斗红高粱。"

这一年里，王二春夏秋冬按茬准时来给高财主剃头，那活做得又精又细。每次剃过头，高财主心里都是美滋滋的。

过了腊月二十三，眼看年关就到了，王二带着布袋来找财主要工钱。高财主一见，眼珠转了转，坏主意来了，阴阳怪气地说："王二啊，今天就给你工钱，但年前必须给我剃最后一次头。这次，你一定得让我满意，若在我头上割开一个口，我扣你一斗红高粱；割两个口，我扣你两斗；割三个口，我把你的工钱全扣光。"

王二心想，这老家伙今天不知想的啥歪点子，我得小心点，又想到自己高超的手艺，就胸有成竹地说："好吧。"说罢，把高财主的头用水洗过，每次下刀都格外小心，唯恐出了差错。谁知正剃着，高财主故意把头一动，王二收刀不及，头上划了一个口子。高财主用手一摸，出了血，便厉声说道："我扣你一斗红高粱！"

王二心想，他故意扭头，我该怎样防备呢？想着更加小心地下刀、收刀。不想正当王二又要下刀时，高财主突然把头往上一动，王二手一哆嗦，又是一个口子。高老财嚎了一声："我扣你二斗红高粱！"

王二心想，看来，这老东西是舍命不舍财呀！今天他是存心想赖我一年的工钱哪。我给他来个干脆的，一不做，二不休，工钱我也不要了，非得好好治治这个老杂毛不可。于是王二左手用劲按住高老财的头，右手握刀，往高老财头上猛割猛划起来，口中还不住地说："你扣我一斗红高粱，你扣我二斗红高粱，你扣我三斗红高粱……"

讲述者： 陈书亮，男，42岁，正阳县文化馆，大学，干部

采录者： 王敬，男，44岁，正阳县慎水乡，大学，干部

采录时间：1987年12月16日

采录地点：正阳县慎水乡

附记

陈书亮当时在县文化馆工作，积极参与了该县民间文学三套集成的收集工作。他经常骑着自行车下乡走村入户收集资料，先后有多篇故事入选县卷本。这天在慎水乡收集故事后同文化站同事吃饭，其间就交流起了工作和收集中发生的趣事。大家都说，老陈不能光收集呀，你会讲故事给俺们讲几个呗。人搁不住三劝，陈书亮就在席间讲了几个，正好被作陪的王敬给记录了下来，整理好之后就交给了他。这个故事是陈书亮小时候听大人们讲的，他讲了就是讲述者，况且故事寓意很不错，就入了县卷本。

"老鳖一"是驻马店及周边的方言，除了指抠门、小气外，还有

[1] 老鳖一：方言，指抠门、小气。

人脉不好、遇事无人帮忙、见人不会说寒暄话的寓意。说这个人吝啬、老鳖一，民间会说是"玻璃公鸡蘸糖稀———一毛不拔，还要粘别人的"。说这个人老实、老鳖一，会说他是"老鳖憋半天也下不出一个鳖蛋来"。根据发生在我市遂平县的故事改编的越调《李天宝吊孝》，剧中李天宝的岳父就是个典型的"老鳖一"。（谭咏利）

二

幻想故事

（一）王小故事

312

群虎闹县衙

从前，走马岭下住着一户人家，两口人，儿子王小和双目失明的老母亲。他们靠打柴为生，过着十分贫穷的日子。

这天，王小和往常一样，拿着斧头又上山了。他正砍柴，忽然听到老虎的叫声，不觉吓了一跳，赶忙背起柴捆就走。恰在这时，一只老虎一瘸一瘸地向他走来，在离他丈把远的地方站住了，两只圆眼盯着他，嘴里唧唧嗡嗡地呻吟，好像在说什么。王小见老虎并不是想吃他，就壮胆问："老虎大哥，老天在上，王小我没做啥亏心事，家还有一瞎老娘，你要是想吃我，就点点头，不吃就摆摆尾。"王小说完，那老虎果然摆摆尾巴。王小放心了，但老虎还是哭一样地叫着，用嘴拱它那只受伤的腿。王小明白了，他俯下身子看老虎那腿，原是一截荆条茬子扎在了老虎的蹄掌里。于是，王小就试着帮老虎拔那茬子，谁知茬子外露头小，手捏不着。他找出自己逮兔子使的夹子，夹住那茬子头，一手抓住老虎那条腿，一咬牙，胳膊向后一用劲，荆条茬子拔出来了，又用随身带的止血草药给老虎敷上。王小背柴回家，那老虎却一瘸一瘸地远远跟着他。王小心

里又毛了：这个东西，是不是又想吃我？想着，柴也不要啦，一口气跑到家，忙扣上门。

躺在床上的老母问出了啥事，王小把实情给老娘讲了。打那以后，好长一段时间王小不敢上山砍柴、打猎了。

有一天黑半夜，王小忽然听见像有什么东西在扒他家的门，过了一会儿，又听到在窗台上扒。王小想着是那只老虎又找上门吃他哩，不敢开门。第二天一早，王小起来一看，见门口有一片血，又看窗台上，放着半拉野猪肉。他又惊又喜，一想，明白了，怪不得那天老虎跟着他，原来是想认个路啊！从那以后，隔一段时间老虎就给王小家送些野味吃。

有一回，天快明了，只听见老虎在门口扒了几下。王小心想又是老虎送东西哩，赶紧穿衣裳起了床，就着门缝一瞅，老虎走了，地上堆着黑乎乎的东西。打开门一看，地上躺着一个大姑娘，人已昏迷不醒。王小吓得不知咋着好了，先喊了两声，没答应，就赶紧把姑娘抱进屋里，叫醒了娘。娘吓哩不能行，说："这可咋弄哩？偷个人，人家告到官衙可不得了，要吃罪哩。"说着，让王小把姑娘放在热乎乎的被窝里。娘摸着拍着喊着，王小忙去烧了茶来，喂姑娘喝了。那姑娘这才慢慢苏醒过来，见眼前站着位没见过面的小伙子，不安起来。王小把事情经过说了，姑娘如梦刚醒："啊，是您救了俺，是您救了俺哪！"王小问姑娘住在啥庄，姑娘说了，母子俩都不知这个地方，还怪远哩。王小劝姑娘放心，赶明儿一定打听这个庄，送她回家。姑娘在王小家住下了，她见王小人不错，一个人里外操持，怪可怜的，就不再说走了。

再说这姑娘的父母亲，自从那晚闺女丢失后，吃不下饭，睡不着觉，于是就告到了官府衙门。官府派人四下查寻，最后在王小家找到了姑娘，硬说是王小抢了良家闺女，犯了罪。王小有口也难说清了，便被抓去，打入监牢。王小被抓走，娘十分伤心。有一天夜里，老虎又扒王小家的门哩。娘听到了，吆喝着："你个畜生，又来咧，俺孩儿救了你，你害他坐牢了，还不快去救他！"老虎听了"吼吼"地闷叫两声，跑了。

果然，那老虎带了几百只猛虎围住了衙门，咬死了人和牲口。一连几天，天一黑，便有成群的老虎围住衙门。

衙门想打，又怕虎势众伤人，无计可施，就贴出告示：谁能退得老虎，保他一生富贵荣华。王小听到了这个消息，心想：莫不是老虎来救我？怪够味哩。就给看守说了。看守告知了当官儿的，县官提审王小。王小说："能行，我给大伙儿做主。"

这天黑了，跟以往一样，老虎围在衙门前，一片吼声。王小闻听，走出衙门口，手里还掂个大灯笼。他一看，果真是那个老虎。老虎一见王小，忙前腿趴着，磕起头来，嘴里依旧"嗡唧、嗡唧"说着什么。王小把手一扬，那老虎"吼"了一声，转过身，大群老虎都跟它走了。衙门里当官的见王小有这等本事，便放他回家。

王小救了老虎，老虎给王小添了福，官府给了王小好些儿好些儿金银财宝。那姑娘的父母亲也感激王小救了女儿，把闺女许配给了王小，喜得王小不能行。

> **讲述者：** 王书印，男，61 岁，西平县酒店乡刘清管村，不识字，农民
> **采录者：** 刘清河，男，30 岁，西平县酒店乡刘清管村，高中，农民
> **采录时间：** 1987 年 9 月 16 日
> **采录地点：** 西平县酒店乡刘清管村

附记

在民间故事里，王小是个苦孩子，他热心善良，在驻马店不少地方都有关于他的故事。酒店乡地处山区，在 20 世纪 60 年代的山区还能看到老虎和豹子。刘清河在"文化大革命"时期高中毕业当农民，有点文采，喜欢写作，早就听人们讲过"群虎闹县衙"的故事。这年秋天，生产队收的玉米棒子堆在场里，怕人偷，王书印和刘清河喝罢汤，肩扛着被子来到场里看场，坐在玉米堆上喷开了。王书印讲的就是"群虎闹县衙"的故事，和别人讲的不一样，刘清河听着新鲜，就在心里记下了。后来酒店文化站专干来村里收集民间故事，刘清河就把自己整理的这个故事交上去了。驻马店以往民间故事中还收录有驿城区的《群虎闹县衙》（主人公为小虎），泌阳县、遂平县的《八百老虎闹京城》（老虎送的是大臣的闺女），新蔡县的《王小和老虎》（老虎送的是皇帝的女儿，最后成了驸马），而泌阳县《八百老虎闹京城》则是一位京官想关押要挟王小与虎，谋皮做虎皮椅，引发老虎闹京城。

（刘康健　赵新春）

313

满筐

从前，有一个小孩儿叫王小，家里只有他娘俩儿，没有田地，住在深山沟里以打柴为生，日子过得紧紧巴巴的。

有一年，山上的柴禾没长起来，镰割不住，只有用笆子搂。一天，王小扛着笆子去搂柴禾，搂到一块石头边，一搂搂出了个长虫[1]蛋。他不知道这是个啥蛋，揣进怀里回家来。见了娘，他说："娘呀，我今儿个捡个玩意儿。"

他娘问："啥玩意嘞？"王小说："我捡了个蛋，也不知是啥蛋。"他娘说："我看看。"王小把蛋掏出来递给他娘。他娘看后说："小儿呀，你没见过呀，这是长虫蛋。"王小听后说："咦，这是长虫蛋？娘啊，把它暖出来吧！"

从此以后王小上山打柴，他娘在家纺花，把长虫蛋掖在裤腰子里暖。暖了有半来月，小长虫出来了，比筷子粗不多儿，五六寸恁长儿。一看怪好，他娘见天喂它。王小打柴回来，也逮些蛤蟆、小虫儿[2]啥的喂它。

慢慢地小长虫长大了，放在哪儿咧？他娘把它放进纺线筐里，一天三喂。那长虫也不跑，整天等吃等喝，喂有一年多，那个长虫有一把[3]多粗了，在那筐里满了，装不下了。他娘说："我给长虫起个名吧。"起啥名哩？她看看筐里的长虫，顺口说："就叫个满筐吧。"

这个长虫也懂人性，一喂它只要喊"满筐"，它就出溜溜出来了。吃完饭，说："满筐去卧吧。"它又出溜进筐里了。后来，长到有两三把粗了，王小母子实在养活不起了，王小他娘说："满筐，你小儿哥靠打柴喂不起你了，你就另找地方糊口去吧。"满筐点点头，头一昂，出溜不见了。

这长虫到哪儿去来？爬到了大西山，山的一个垭口里有个洞，它就在那住下了。

这垭口正对一个东西路，每天过往行人很多。这个满筐打食儿没打惯，要是饿了，它就趴在路口吸人吃。人被它吃哩不少，谁也不敢打这儿过了，都是翻山越岭绕道走。有好事的人把这事报给了官府，官府贴出招子，招子上写住："谁要是能打死长虫，高官尽做，骏马尽骑。"

那一天，王小去卖柴，看见一片人围在那咕咕哝哝不知说些啥。他是穷人出身，不识字，他问人家招子上写的啥，人家说："打长虫哩。大西山里有个长虫吃好多人啦，谁要是能打死它，高官尽做，骏马尽骑。"王小心想：我喂的长虫几年不见了，兴许就是满筐吧！他伸手把招子揭了。

看招子的官兵一见，拉住王小进了官府，当官的问："你是哪儿的人？""我是本地人。"

"你叫啥？""我叫王小。"

"你能杀死长虫？""我到那儿看看。""中，你去吧！"

王小回到家，他娘问："咋这会儿才回来？"王小把揭招子的事儿说一遍，娘说："是满筐怪好，要不是满筐，它不吃你呀？"

王小说："我想别的也没恁大的长虫。"就这，王小带住人上路了。到那地方，人家站一里多远，王小自个到了那洞口，用手一摆："满筐呀，还不出来呀？"这长虫

---

[1] 长虫：方言，即蛇。

[2] 小虫儿：方言，即麻雀。

[3] 一把：中指尖与拇指尖相对为一把。

一听是王小的腔儿[1]，出溜从洞里出来，在王小跟前盘一大堆。

那些离远的人一看，赶紧跑了。王小说："满筐呀，我把你喂恁大啦，叫你自己找食吃哩，你咋在这伤人哪？你走吧！你要是不走，恐怕咱俩都没好处，人家不依咱！"满筐望了望王小，头一昂，腾云驾雾朝正南飞去。

王小回到官府，公堂当官的问："你咋放了它呀？"王小说："是我喂大的嘛！"当官的一听，火了，惊堂木一拍，说："噢，原来是你喂的长虫！伤恁些人，别说当官了，该杀你的头哩！"当官的一声吆喝，两班衙役把王小押进监狱。

那时候不到冬至不杀人。王小娘听说后，哭得死去活来。一天夜里，她正纺花，听到外面呜呜叫，起风了，把灯也刮灭了。她开开门一看，一条大长虫在院子里卧住哩，她问："是满筐回来了吧？"满筐点点头。她说："你还不快走哩！因为你招上大祸了。官府知道是你小儿哥养活了你，把他押进监狱，冬至要处斩哩。"满筐一听，点点头，走了。上哪儿去啦？它没回大西山，直接进城了。

天明了，城门一开，有赶集的，有走亲戚的，人群乱哄哄的，满筐在空中飞着呜呜叫。看住没风，头上咋恁响哩？大伙抬头一看，是个大长虫。长虫落下来，头往城门上一伸，身子把城墙围了半圈子，信子伸出多长，城里人吓得关门闭户，吆喝道："这咋治[2]哩？长虫精又来吃人啦！"

当官的也慌脚了，忙派人把王小放出来，看王小还能把它说走不。

王小说："大老爷呀，这一回我不说了。"

当官的问："你咋不说了？"

王小说："长虫一走，你又把我押进牢里杀了。"

当官的说："这一回咋着也不关你咧！"

王小走到街上，对满筐说："满筐呀，我叫你走哩，你咋又回来了？你再不走，我不要你了。"满筐一听，腾云驾雾走了。

[1] 腔儿：即声音。
[2] 咋治：即咋办。

后来，当官的只好按招子上写的，封王小做了官，骑高头大马，住楼瓦雪片。王小把娘也接进城里，一块儿享福啦。

讲述者：　李天亭，男，80 岁，确山县石磙河乡天花楼村，不识字，农民

采录者：　吴文龙，男，25 岁，确山县胡庙乡吴楼村，高中，农民

采录时间：1989 年 12 月 2 日

采录地点：确山县石磙河乡天花楼村

附
记

《满筐》故事是王小故事中的另类，一般王小的故事都讲的是王小与老虎的事，而这个故事却是讲的王小与蛇的事。（刘康健）

异文一：秃尾巴老苍龙

过去，一到夏天，人们一见狂风暴雨，冰雹疙瘩，拔树倒房，就说秃尾巴老苍龙回来看他娘哩。这个故事还得从王小打柴说起。

一天，王小上山打柴，走着走着看到一个圆蛋自己会轱轮，他很奇怪，就捡起来拿到家里，让母亲用套子包着暖，十几天后暖出来一个小长虫。小长虫一出来，见风儿就长，不几天就长几丈长。王大娘把它放在簸箩里，每天喂馍喂饭，稀罕得跟自己的孩子一样。王小打柴回来，也总是逗小长虫玩耍。娘俩见小长虫吃食时嘴一张，哈呼一下吞到肚里，就给它起名叫"哈呼"。

几年后，哈呼长大了，它饭量很大，王大娘母子养活不住了，就让哈呼出去自讨方便。临走的时候，王大娘母子反复交代哈呼不能伤害人和畜生。哈呼点点头，一拘拢起来飞走了。

哈呼先到一座山上，藏在树林里。一开始吃野果，后来吃野兽，以后见人们到山上拾柴，嘴一张就把人吸到它

肚里去了。一连吃了好几个人，山下的人们害怕极了，告到县官那里，县官贴出招子悬赏治大长虫。王小听说了，来到山上，把哈呼训斥一顿，叫哈呼走得远远的。

哈呼来到一个深潭里。不久又旧病复发，来到潭边的人和牲口都被它吸进肚里。乡里人又告到县官那里，王大娘知道了，她腰里掖把刀，和王小一块儿来到潭边，叫出哈呼，狠狠地训了它一顿。王大娘拽过哈呼的尾巴剁掉一节儿，大声斥责道："你要是孝顺我，就远走高飞，修炼正果。你再害践[1]人，惹事生非，我非杀你不中。"哈呼忍痛腾空飞走了。

这次哈呼去了大海里，修炼成了仙，这就是秃尾巴老苍龙。它不忘王小母子恩养它的情义，每年夏天都要回来看望王大娘。由于龙不走干路，因此所过之处都是黑风陡岸，猛雨冰雹。

每次王大娘问它："哈呼啊，害践人了没？"它说："娘啊，我没有害践人，不过掀了几间猪窝，拔了几棵树毛子。"

王大娘死后，秃尾巴老苍龙还是年年上坟尽孝。所以，每逢遇到狂风暴雨，拔树倒房，人们就说：过秃尾巴老苍龙哩！

讲述者： 刘国勤，女，48 岁，泌阳县花园乡，高中，工人

王岩英，女，30 岁，泌阳县泌水镇，高中，市民

采录者： 张松山，男，30 岁，泌阳县公安局，大专，警察

王瑜廷，男，45 岁，泌阳县史志办，大学，干部

孙敬，男，31 岁，泌阳县泌水镇，高中，工人

采录时间： 2003 年 3 月 16 日

采录地点： 泌阳县花园乡

[1] 害践：方言，伤害。

附记

王瑜廷兴趣广泛，特别喜欢写作，诗歌、戏曲、快板等题材都能写。听说县里开始收集民间故事，他就很上心。这天听到张松山讲了秃尾巴老苍龙的故事，说他也是在花园乡听刘国勤讲的，王瑜廷就专门来到花园乡找到蔬菜队的刘国勤，让她再讲一遍。听过后，王瑜廷回来整理出来，交给了在县文化局的张正副局长。

秃尾巴老苍龙的故事，在遂平县、西平县都有流传。但与王小联系起来的不多，这个故事是个例外，从中我们可以看到中华民族龙崇拜的远古信息。（刘康健）

314

王小打柴

从前山里有一户人家，哥哥叫王大，弟弟叫王小，俩人靠打柴为生。后来王大娶了个媳妇，好吃懒做，只让王小一个人上山砍柴养家。

一天，天还不明，哥嫂又把王小喊起来砍柴。王小来到山上，看见一群人伴着鼓乐，翩翩起舞，就把斧头绳子放在地上，聚精会神地看起来。这时王小饿得肚子咕咕直叫，碰巧一个使女端的桃子掉在他面前，他连忙拾起吃了，顿时觉得浑身有力，也不渴不饿了。直到这些人都走了，王小才想起砍柴的事，顺手去拿斧子和绳，谁知斧子把已朽，绳子已糟了。原来他遇到了神仙。

俗话说天上一日，世上十年。王小一进家门，哥嫂都很惊奇，忙问弟弟："这些年你上哪儿去啦？"王小把在山上遇到的事情讲了一遍。

看到王小吃了仙桃，不但身体强壮有力，还青春不老，哥嫂俩动了心思，商量着上山也碰碰运气。第二天半夜，夫妻俩偷偷地走出门，往王小说的那个山上去了。谁知刚爬到山坡，却碰到了两个老虎，三下五去二把他俩吃了个净光。

王小早晨起床，不见哥嫂人影，就赶紧跑到山上，在他扔桃核的地方，发现两摊血。王小知道哥嫂被野兽吃了，大哭起来。这时一个白胡子老头，劝着他，并告诉他，耐心等待，两年后，有个女子会找上门来，成为他的媳妇。

一晃两年过去了，第三年春上，果然有位俊秀的姑娘来到王小家，与他结成了夫妻。王小砍柴，姑娘纺织，小两口过得很幸福。这姑娘就是原来掉仙桃的那个使女。

讲述者： 李金芳，女，45 岁，泌阳县郭集乡，不识字，农民

采录者： 张金阳，男，16 岁，泌阳县郭集乡中，学生
史德清，男，68 岁，泌阳县花园乡三里岔学校，高中，校长

采录时间：1990 年 2 月 26 日

采录地点：泌阳县郭集乡

附
记

史德清平常爱写点东西，虽在老家颐养天年，但很关心民间故事收集工作。这天，史校长看到同村的张金阳收集上来的一篇民间故事，感觉不错，但又觉得不很完整，他就让张金阳带着来到李金芳家里。李金芳正纺花，她就一边摇着纺车子嗡嗡地纺线，一边又讲了一遍《王小打柴》的故事。史校长回去后整理好交了上去。

这个故事多了一个人物王大，使得与其他"王小故事"有所不同。同时故事借鉴了民间故事《弟兄俩》中的内容，增添了入山遇仙的情节，显得更加生动传神。（刘康健）

315

兔姑娘

从前，有一家穷人，家里有娘俩，住在山坡下，儿子叫王小，靠打柴养活母亲。

王小是个孝子，每天到街上卖完柴后，先给母亲买个烧饼捎回家。冬天里，给母亲把被窝暖热后，再让母亲去睡觉；夏天里，他每天吃过晚饭，就搬个木墩儿，坐在母亲跟前，给母亲扇扇子。

一天，王小在去砍柴的路上，碰见一个白胡子老头。老头见了王小问长问短，问热问冷，王小也把娘俩的生活向他叙说一遍。老头听罢知道王小是个孝子，就说："你在山上打柴时，要是渴了饿了，就到我家来。"

王小问："大伯，你住在哪呀？"

"你来看，那就是我的家。"王小朝老头指的方向一看，大吃一惊，只见一座楼房，像一处大府宅院。王小想：我天天都在这一带砍柴，咋没有见过这座楼房啊？

从这天起，王小每天打柴都见这座楼房，那个老头每天都在家门前坐着和王小说话，让王小到他家里去歇脚喝水吃饭。开始王小感到不好意思，时间长了，王小真的去了。到家后，老头吩咐女儿倒茶、做饭。吃罢饭，王小在院里闲玩。老头的女儿在屋里向外偷偷打量，心里暗暗相中了他。

一天，她偷着对王小说："王大哥，你走时我父亲该问你要啥东西啦，到时你啥也别要，就要床上的小白兔，可千万要记着！"

王小心里想：我要小白兔能有啥用呢？就应付说："好，俺记着了。"

又过了一会儿，王小要走了。临走时，老头问他："你来我家，想要点啥东西？"

王小说："俺啥也不要。"说话时，他东看西看，发现床上真有个小白兔，可好看哩！"大伯，俺就要你那个小白兔，给俺好让它陪伴俺娘。"

老头说："王小，你真是个孝子呀！好吧，你想要，就拿去吧。"王小把小白兔小心地放在自己的布袋里，出了老头的大门，担着柴下山了。

快到自己家时，王小老远就喊："娘，俺回来了，给你捎只小白兔。"王小边说边掏白兔，谁知白兔没有了，只剩一块白兔皮了。

这时，就听母亲在屋里笑着说："小哇，你回来了，你看咱家来客了！"王小进屋一看，老头的女儿正坐在屋里和母亲说话呢。他惊喜地问："大姐，你咋来了？"

姑娘说："我喜欢你，就来了，我和你一起孝敬母亲，你看好吗？"

王小听了，喜欢得连连点头。姑娘拉着王小，一同拜了母亲，就算结婚了。

从此，王小上山打柴，姑娘在家孝敬母亲，俩人成了恩爱的好夫妻。

讲述者： 朱兰英，女，72岁，新蔡县城关，不识字，居民

采录者： 邹凤英，女，53岁，新蔡县文化局，初中，干部
张敬忠，男，32岁，新蔡县扶贫办，大专，干部

采录时间： 1987年10月12日

采录地点： 新蔡县城关

316

彩莲姑娘

不知是哪朝哪代，也不知是何府何县，有一个高家村，村里有一个高员外，家有良田数顷，年年是粮满仓、油满缸，是那一带有名的富户。高员外膝下有一子一女，儿子高彩玉已成家，女儿高彩莲年方二九，长得模样像她的名字一样水嫩。为她的终身大事，员外没少费心，说媒的倒不少，可一直还没有碰到一个合适的人家，彩莲姑娘只好每天在绣楼上绣花打发日子。

高家村还住着一家外来户，娘儿俩，老太太六十多岁了，儿子叫王小，这年也刚十八岁。王小的爹还是高员外的佃户，活着的时候除了种地外，还开了个磨坊，每天要给员外家送豆腐。现在老头得病死了，可豆腐锅没撤，豆腐坊也没拆，王小年纪轻轻就挑起了豆腐担子。

有一天，王小到高员外家送完豆腐往回赶，经过高小姐的绣楼下，猛地觉得有团东西落在自己胸口上，拿下一看，原来是个湿湿的小线团。王小不自觉地仰脸一看，就见一个姑娘目光含羞，正看着自己。王小的心怦怦直跳，他知道这是员外家的小姐，没敢跟她说话，就挑着担子回家了。

原来，这几天彩莲姑娘正在刺绣，时不时把线头用牙咬掉吐下楼去，谁知恁巧，这一回竟吐在了王小的身上。她常见这个给自己家送豆腐的小伙子，知道是刚死去爹的王小。当下感到很不好意思，脸刷的一下红了，就向王小道歉似的笑了，这一笑，可害了王小。王小一路上心里怦怦直跳，回到家就躺在了床上。他想了很多很久，小姐的笑容印在了他的脑子里，怎么也赶不走。过了几天，王小得了病，病情一天天重了起来，直急得他娘不知咋样是好。看到王小没有精神，一个劲地瘦，她想，这病不痛不痒，也不发高烧，奇怪呀！就问儿子。开始他不说，最后老太太哭着问，王小才对娘说了实情。

老太太对儿子说："乖孩子，你咋恁傻，死了那个念头吧！人家啥家，咱又是啥样的户！孩子呀，别妄想啦！"王小也知道娘说的对，但药已治不好他的病啦！

一天夜里，王小两眼一闭，撇下老娘去了。孤老婆子直哭得死去活来，多亏邻居帮忙，才做了口薄皮棺材，把王小葬在了西山。

这消息很快传到了彩莲姑娘的耳朵里，听说王小是害相思病死的，她大吃一惊！姑娘别提多伤心啦，天天流泪，没过几天，她也被病魔缠上了身。

先生换了一个又一个，中药吃了一服又一服，一连几个月，彩莲的病没有一点好转，越来越重了。最后先生对员外两口子说："准备后事吧。"

高夫人多疼爱闺女呀，她真想替闺女去死，就对女儿说："病恁么厉害，想吃什么就说出来吧，娘就是死也一定给你弄到。"

彩莲姑娘说出要吃的东西，可让高夫人作了难。原来，她想喝一顿新小米稀饭。那时谷子才抽穗呀，上哪儿去找新小米？明知道弄不来那东西，她娘还是叫人到地里去看一看。

真没想到，长工回来说他找到了两棵熟谷子，穗也挺大的，问在什么地方找到的，说是在西山一座新坟上。夫人也不计较，弄来谷子，连忙给女儿煮好了送去。说来也怪，吃了这顿小米稀饭，彩莲的病想不到真好了，全家人都高兴得不得了。

又过了几个月，高员外准备给女儿订亲了。细心的夫人发现，姑娘和原来不一样啦，她的身子咋越来越大，用人们也议论纷纷。夫人很纳闷，就请了个先生给小姐诊脉，原来是小姐有喜了。这如同在老两口头上打了个晴天炸雷，员外气得胡子撅上天，这成啥体统！出了这有辱祖宗、败坏家风的事，是万万不可的。为了自己的名声，他咬了咬牙，竟不顾父女之情，同儿子彩玉商量，要趁黑把彩莲活埋了！

夫人偷听到了爷儿俩的话，母女连心哪，她连忙收拾好一个大包袱，装了很多私囊细软，送彩莲逃走了。

一个姑娘家，又有孕在身，往哪里去呀？最后她就在西山一个没人住的破庙里住了下来，庙前有一个莲花池，环境倒也不错。彩莲到附近集市买了些生活用具，开始了可怜的孤单生活。

又过了两个月，彩莲真的生了，还是一对龙凤胎呢，一男一女。说来也怪，孩子生下来就会跑会说话，这给彩莲带来了欢乐。每天，她就坐在庙里纺线，看姐弟俩在身边玩耍。

一天，姐弟俩出去挖野菜去了，庙里来了一个恶人，要侮辱彩莲，彩莲死也不从。恶人一气之下，就对彩莲下了毒手，还把她的头割下，挂在庙门上。

姐弟俩回来，一看这情景，被吓呆了！可他们没有哭。弟弟想：恶人咋没有拿走娘的一点东西呀？他从门上取下娘的头，把头和身子接合在一起。神奇的是，娘的眼珠一动，又活了！看看刀口，一点印儿也没有啦！

恶人知道彩莲又活了，恨得直咬牙，就又来了。当着两个孩子的面，一刀就刺进了彩莲的胸膛，彩莲倒下了！姐弟俩扑上去，恶人又把他们踢倒。等孩子再爬起来的时候，恶人已用刀挑出了彩莲的心，提着走了。恶人想：这回把你的心提走，看你还能活！

两个孩子扑到娘的身上，还是没有哭。弟弟看看娘的胸膛，没有心脏，这可咋办呢？姐姐从池中摘下一朵莲花苞来，插进娘的胸膛。彩莲有了一棵莲花心，又活了过来。

彩莲觉得那里实在待不下去啦，就带两个孩子向深山老林挪去。半路上，她遇到了王小，原来王小成了神仙，正来接她们娘儿仨，一家人终于团圆了。

讲述者： 徐河清，男，73 岁，新蔡县韩集乡蒋店村委老庄子村，不识字，农民

采录者： 徐华宁，男，24 岁，新蔡县二高，大专，教师

龚国强，男，34 岁，新蔡县文化局艺术股，高中，干部

采录时间：1987 年 9 月 1 日

采录地点：新蔡县韩集乡蒋店村委老庄子村

附
记

龚国强小时从上海返乡，会弹奏好几种乐器，如今退休后还办了个音乐辅导班。新蔡县的洪汝河汇流处，多坑塘，人们习惯种植莲藕，自然就有许多关于莲藕的故事。龚国强听徐华宁老师讲了"彩莲姑娘"的故事后，感到不过瘾。他专门从县城骑车子来到韩集乡蒋店村委老庄子村，正是莲藕开花的季节，满坑的荷花开得姹紫嫣红。龚国强找到在坑边干活的徐河清，就在坑边上唠起来。

此故事只在新蔡县流传，驻马店别处不多见。故事很奇特，着实让人想起新蔡人干宝的《搜神记》中特别的故事《连理枝》的诸多情节来，有着很鲜明的志怪志异风格。可见干宝在此地收集志怪志异故事，是有着很深的地域文化渊源的，更是对魏晋文化的一种传承和发扬。（刘康健）

317

王小救人

王小是个苦命人，自幼父亲去世，母子二人相依为命，靠打柴为生。他心地善良又孝顺，吃饭时，总是叫母亲先吃，自己后吃。母亲吃稠的，自己喝稀水汤。

附近有一财主，有钱有粮，为人阴险歹毒。他家吃剩下的饭菜全都倒进垃圾堆里，从不打发给穷人吃。一天，王小偷偷地到垃圾堆里拣馍吃，被财主发现，二话没说，拉住就打，打得王小身上青一块紫一块。

此事惊动了黎山老母，她变成一个要饭的老太婆来到财主门前。财主不给她饭吃，还当着面把剩馍剩饭倒进垃圾堆里，又把她赶走了。

黎山老母来到王小家中。王小的母亲一见这个可怜的老太太，很是同情，先让她坐下休息，又拿出拣来的菜叶熬汤叫她喝。两人拉起家常，越说越亲，王小的母亲说："你无依无靠，我有一个儿子，就认你为干娘吧！"黎山老母就是为帮助王小才来的，当然同意了。

王小打柴回来，母亲让他过来拜认干娘，王小非常喜欢，尽心侍奉二位老人。晚上怕老人受冻，就把家里的破棉被和棉袄全给她俩盖上，自己睡在柴禾堆里。

黎山老母看到王小真是个孝子，决心救王小出苦海，惩治那些凶恶残暴的财主。她要王小买些麻和黄表来，用树枝和木板扎了船，用表画了神符，施了仙法，对王小说："儿呀！我要走了，你要好好孝敬母亲。"王小立即跪在地上说："儿愿意伺候您，娘千万不能走啊！"老母说："儿的孝心我知道，为娘一定得走。我交代一件事你要牢记。从明儿起，天天看看东学堂门前的石狮子，如果它的眼红了，就赶快回家，和你母亲坐上这只船。发大水时，你在船上什么都可救，就不能救人，不然你会有大灾大难的。"说罢，闪出一道金光，一朵彩云向东南飘去。

王小这才醒悟过来："我的干娘原来是一位神仙哪！"于是面朝东南跪下，叩拜许久。

从那以后，王小每天都到学堂门前看石狮子的眼红了没有。有一天，王小刚到门前，就被财主的少爷们围了起来，问道："你个穷小子天天往这跑，想治啥哩？"王小说："我是来看看石狮子的眼红了没有，我干娘说狮子眼红了就要发大水。"财主少爷们笑起来，骂着说："这穷小子穷疯了，尽胡扯。"

这群少爷想取笑王小，便把石狮子的眼用红墨水涂红了。王小看到石狮眼红了，急忙跑回家喊道："要发水了！"刚把老娘背到船上，这时哗哗的水声传来，眨眼间，地上一片汪洋。

王小母子坐在船上平平稳稳地漂游着，而财主的庄田全淹没了，牛羊骡马全冲走了，人全淹死了。

王小坐在船上，见一只老鼠和一条蛇冲了过来。他想起干娘交代的话，忙把它救上来。一只蜜蜂飞了过来，眼看要落到水里，王小也把它救上了船。这时一个人从上游漂下来，已经奄奄一息。王小正准备去救，母亲忙说："忘记你干娘的话了吗？"王小道："救人要紧啊。"

被救上船的人名叫朝权，是财主的儿子。他很感谢王小的救命之恩，和王小拜为兄弟，水下去后，朝权便随王小回到了家。朝权常说："没有王小搭救，我哪能有今天，我一生也报答不完王小的恩情。"

几年后，皇王开科，朝权想进京应试，王小母子热情地给他准备盘缠。王小送了一程又一程，临别时王小说："你中不中都早些回来，免得咱娘和我挂念。"朝权说：

"我若得中，一定接老娘和你进京同享荣华富贵，如果不中，就回来一同孝敬老母。"说罢，二人洒泪离别。

朝权进京，得中头名状元，官封吏部侍郎。他当上官，就把他的救命恩人和老娘给忘了。

王小等了两年也没有朝权的音信，心中很着急，安置好母亲便进京来找朝权。可是身为高官的朝权哪里还认王小呢？他觉得认下王小会使自己在官场中丢脸，于是心一横，大声喝道："哪来的穷鬼，竟敢冒认官亲，拉下去，重打四十大板，押进监牢。"王小仰天长叹："我不听干娘之言才有今天。"

朝权要置王小于死地，断绝了王小的饮食。王小在绝望中，被他救过的小老鼠跑过来叫道："王小不要悲伤难过，我给你送吃的来了。"一会噙了块馍，一会又噙来一个苹果。王小有了吃的就想到了老母亲，怎样才能出去呢？

这时，被他救的那条蛇爬过来对王小说："王小不要发愁，我救你出牢。"并说："明天我从公主身上爬过去，她身上会红肿疼痛，谁也治不好。只有用后花园柿树上面的柿子切成片，放在黄瓦上焙干，泡黄酒喝三天才好。我托梦给皇帝，介绍你能治好公主的病。到那时你不但可以出牢，还能招为驸马。"说罢就爬走了。

王小照着蛇的话，治好了公主的病。皇上想：招一个罪犯作驸马太荒唐了，可是不按皇榜写的那样办会失信于天下。思前想后，想出个为难王小的办法，他把王小传上金殿说："你治好公主的病理应招为驸马，可你必须在同样的七十二顶花轿中，认出哪一顶是公主坐的轿。若认不出，赏你白银千两，锦绸十匹，早早回家。"

王小一听很不愿意，咋能在恁些花轿中认出公主来呢？这分明是刁难我，心中非常气愤。就在这时，被王小救的那只蜜蜂飞过来说道："王小不要愁，我来帮助你。"王小大喜，蜜蜂又说："我在花轿中寻找，你看着我飞进哪顶轿不出来，公主就在哪顶轿中。"说罢，便飞走了。

第二天，皇宫里抬出七十二顶一模一样的崭新花轿，王小看得眼花缭乱。每一顶轿夫都喊："王小，公主在这里呀！"王小注视着蜜蜂在花轿中钻来钻去，只见它钻进

第四十八顶轿中再也没有出来。王小跑上前去掀开轿帘，公主果然坐在里面。王小终于成了驸马。

王小把自己的遭遇奏与皇上，皇上一听大怒说："像朝权这样一个恩将仇报的人，怎能作为国家栋梁？"立即下旨，将朝权斩首以正国法。王小又把母亲接到京城，和公主一起孝敬老母，一家人过着美好的生活。

讲述者：　赵申坡，男，32 岁，泌阳县泰山庙乡赵庄村，初中，农民

采录者：　李荣兰，女，16 岁，泌阳县泰山庙乡中，学生

樊友梅，女，58 岁，泌阳县城关，中专，退休教师

采录时间：1988 年 9 月 18 日

采录地点：泌阳县泰山庙乡赵庄村

附记

李荣兰是初中生，星期天在家干农活，见赵申坡在地里一只胳膊挎着竹篮子掰玉米棒，地头上已经掰了一堆玉米，就走过去帮助掰玉米。赵申坡问，妮啊，你有啥事吧？李荣兰笑笑说，想请你讲几个行话哩。赵申坡幽默地说，行话行话，一肚子两肋巴儿。二人就坐在地头上，赵申坡卷了"喇叭头"吸着讲起来，一连讲了几个行话。李荣兰十分高兴，临了还替赵申坡背了一蛇皮布袋的玉米回家。李荣兰整理了几篇，觉得不中，就来到樊友梅老师家里，请她修改一下。樊友梅教了一辈子书，退休后回到家乡泰山庙，文字功夫很好，就替李荣兰修改了一下，采录者成了两个人。这个故事发生在"中国盘古圣地"泌阳，杂糅了"盘古开天"的传说和"惩治恶人"的情节，显得与众不同。（刘康健）

318

王小惩贪官

王小家很穷，父亲死得早，只有母子相依为命。母亲给财主当用人，王小一年四季给财主放牛。

冬天到了，草枯萎了，王小上山割的还是青草，一担一担往家挑。牛一年四季吃青草，个个长得膘肥体壮。

一天，财主走进牛棚，看到堆的、铡的全是青草，感到很奇怪：大冬天，哪里会有青草呢？他嬉皮笑脸地对王小说："牛喂得真好，在哪儿割的青草哇？"王小说："南山有一片青草，头一天割完，第二天就又长出来啦，牛天天有青草吃。"财主想了想又说："牛吃的草多，一天上山几趟，太累了，你不如把草连根铲回来，栽在咱后花园里，你看能省多少劲。"

第二天一早，王小担着筐子，拿着锄头向南山走去。青草长得绿油油的，他拿起锄头就挖。一锄下去，地里露出一颗明晃晃的珠子，他忙拿起来放在口袋里。又连三赶四地挖了一担带根的青草，担进财主后花园栽上，就急忙跑回家了。

王小把珠子拿到家里，东瞅西看没有合适的地方放，顺手放进了面盆里。从那天起，面盆里面就算吃不完了。

后来王小又凑了些碎银子放进盆里，银子也拿不完了。见天取几两，见天取几两，王小家富了起来，有吃的，有钱花，也就不再给财主干活了。

财主家栽的青草慢慢黄了，牛也一天天地消瘦了。财主家人去叫王小，王小不去，回去给财主说："王小得了一颗珠子，现在发财了。"财主一听，又气又急，决心把那颗珠子弄过来。

第二天，财主带了厚礼来到县衙，给县官密语了几句。县官满心欢喜，立即带着衙役来到王小家中。

王小正好在家，县官说："你偷了财主家的宝珠，快交出来，免得你皮肉受苦。"王小说："我没有偷他家的宝珠，这宝珠是我从南山挖出来的。"县官说："宝珠不准私藏，为什么不交县衙？"就命令衙役进屋搜查。

王小赶忙跑到面盆前，伸手拿出宝珠塞进嘴里咽到肚里了。王小吞下宝珠，顿时心中干渴，浑身热得烫人，力量增大，多少人也拉不着。王小在前边跑，县官、财主和衙役在后边追，一直跑到大海边。王小猛地跳进海里，霎时变成一条巨龙，在海里翻着巨浪。只见海水上涨，顷刻之间，把县官、财主、衙役冲进海里，全部淹死了。

讲述者： 沈叶记，男，67岁，泌阳县付庄乡，小学，农民

采录者： 陈平安，男，32岁，泌阳县付庄乡文化站，高中，专干

史德清，男，65岁，泌阳县花园乡三里岔学校，高中，校长

采录时间： 1987年5月22日

采录地点： 泌阳县付庄乡

附
记

这个故事虽在驻马店其他县区也有流传，但情节不一样。泌阳县

的风俗习惯造成的这个故事，一定跟大水的记忆有关。故事里的珠子，有点"盘古开天"中的如意球的味道，王小跑到东海变成龙，更有"盘古化身"的意蕴。（刘康健）

319

王小降鼠精

过去，朝廷下令人只能活到六十岁，不死就得活埋。王小是个孝子，不忍心活埋母亲，就偷偷地挖了个地窑让母亲藏进去。白天上山打柴，晚上给母亲送饭吃，这样老娘已活了八十多岁。

有一天，王小上街卖柴，街上人们议论纷纷，说是朝廷贴出告示："外国进献一个活宝，尖嘴长尾巴，会唧唧叫，咬人咬东西，祸害人。谁若认出它是何物，并能降服它，金银重赏，高官尽坐。"

王小回到家里，把这事给母亲诉说一遍。娘说："儿啊，听你说那东西的样子像是个老鼠精，明天你把咱家里那只大花猫抱去，就可以降服它。"

第二天一早，王小把大花猫揣在怀里，到街上把告示揭下来。两个当差的随即把他带到朝廷那里，朝廷一看是个叫花子，就想发脾气。王小连忙说："万岁！请把那个精气放出来，看看我能不能治服它。"

朝廷半信半疑，命太监领着王小见那个精气。那精气唧唧一叫，抖抖威风就要咬人，王小赶紧把怀里的大花猫放了出来。老鼠精一见大花猫就软了，立即缩成了一团，身子越缩越小，最后缩得像个小红薯。大花猫猛地扑过去，一下子把老鼠精捉住了。

朝廷一看心中大喜，就问王小想做什么官，王小说："我啥官都不做，多少银两也不要，只想和万岁商量一件事。"朝廷点点头。

王小继续说："我家有个八十多岁的老娘，是她给我说的办法。老年人，经事多，办法多，活着能帮助朝廷办事，有啥不好？人都是父母养，谁也不想活埋自己的老人哩。"

朝廷觉得王小说的有道理，就当众宣布："中，从今以后，人能活多大就活多大。"王小听罢，高兴地回家去了。

讲述者：　仲继山，男，37 岁，泌阳县陈庄乡陈庄街，初中，农民

采录者：　樊友梅，女，60 岁，泌阳县城关，中专，退休教师

采录时间：1990 年 9 月 30 日

采录地点：泌阳县陈庄乡陈庄街

附
记

退休的樊友梅老师十分热心民间故事的收集工作，骑着自行车挨庄请人讲有话。这天，樊老师骑着自行车，车把上挂个黑提包，来到陈庄街上。看见来赶集的仲继山，用架子车拉着红薯在卖，樊老师下车站在架子车前，说，新红薯，好吃。仲继山掰着红薯上的泥土，说，再好也吃不完，得换点油盐钱。樊老师掏出本子，请他讲一个有话。俩人一喷，对劲啦，一下子讲了十几个有话。樊老师高高兴兴地回到家里，夜里点着小煤油灯，整理出几篇有话。

类似 60 岁活埋的故事在驻马店各地均有流传，我小时候就听过。说是宋朝寇准带着狸猫降老鼠精，他把狸猫放到袖筒里，掐一下，猫叫一声，精气听后威风全无；再掐一下，精气吓得直打哆嗦；第三声后精气变成了小老鼠，狸猫上去就把它吃了。从那以后就不再活埋 60 岁的人啦。

《王小降鼠精》在遂平县变成了《秦始皇为啥不杀老人了》，类似

故事还有驿城区高立停讲述、高大山采录的《聪明的太监》，遂平县王永哲讲述、杜春英采录的《李孝顺识宝》等。（刘康健）

320

金母鸡姑娘

从前有个叫王小的，父母双亡，孤苦一人。他忠厚老实，全靠上山砍柴为生。

一个晴朗的日子里，王小一早就爬上了山崖，挥起斧头"咔喳！咔喳！"地砍起来。忽然从山顶上飞来了一只金母鸡，轻轻地落在了他身旁。王小一看，它披一身黄色的羽毛，头顶一朵玫瑰色的红冠，扑闪着翅膀，好像凤凰展翅，真是好看极了。王小慢慢地把手伸出来，金母鸡翅膀一架落到了他的手上。王小把它轻轻地搂在怀里，捆好柴禾，担着回家去了。

王小到家后，抓起一把米让金母鸡吃，又舀点水让金母鸡喝。吃饱喝足了，金母鸡"咯嗒、咯嗒"叫起来，王小高兴极了。

第二天，王小上山前，又把金母鸡喂了一遍。他想，说不定今天还会下个金蛋呢？越想心里越高兴，不觉一时来到山前，卷起袖子一股劲砍了一担，担着柴一路唱着小曲回家了。

王小回到家里，把柴放下，进屋一看，大吃一惊。只见桌上放着一盆热乎乎的大米饭，还有一盘小菜。王小

想：家里无人，门又锁着，这是怎么回事儿？这时金母鸡在屋里叫了几声，王小自言自语地说："这饭能是……"他决心弄个明白。

第二天，王小照样一早上山砍柴，但他一出门就藏在门前一棵古老的大柳树上，静心地观察着。

过了一会儿，只听金母鸡"咯，咯"叫了两声，从屋里轻轻出来，变成了一个漂亮的姑娘。只见她头戴玫瑰帽，身穿金黄袍，眉似月牙，面如仙桃，仙女一般。王小看到这个情景，心里又惊又喜。他趁姑娘不注意，悄悄地走过去把姑娘脱下的羽毛衣服拿走了。

姑娘做好饭，一看羽衣不见了，东找西寻十分焦急。这时，王小拿着羽衣来到姑娘身边，双手把羽衣递给姑娘，叙述了自己过去所受的苦难，并向姑娘表示感谢。姑娘听后，羞答答地说："俺念你忠厚老实，勤奋劳动，是听王母娘娘的话来与你结为夫妻，共享人间幸福的。"

从此，王小每天上山砍柴，姑娘在家纺织做饭，二人生活过得十分美满。

讲述者： 王玉芬，女，32岁，泌阳县郭集乡郭集街，高中，农民

采录者： 史德清，男，65岁，泌阳县花园乡三里岔学校，高中，校长

采录时间： 1987年7月6日

采录地点： 泌阳县郭集乡郭集街

附记

此故事有牛郎织女的情节，只是七仙女的衣服变成了羽毛衣服。类似故事也有流传，遂平县韩培讲述、韩玲梅采集的叫《王福来奇缘》。（刘艺）

321

花晓鸟报恩

从前，有个叫王小的人，家里很穷，靠打柴生活。

有一天，王小上山打柴，正走着，忽然听见有人叫他："王小哥！"王小往四周一看，不见有人，又仰脸一望，发现树枝上站着一只花晓鸟。花晓鸟正用乞求的目光望着他。"花晓鸟，刚才是你叫我吗？"王小问。

"是的，俺娘病了，我想向你要些山榴红子[1]，给娘做药引子。"花晓鸟说着说着掉下了眼泪。

"好吧！我这里有几个，你拿去吧！"王小十分同情花晓鸟，说着便把山榴红子递给它，花晓鸟急忙说声："谢谢！谢谢！"便飞回家了。

几天后，王小上山又遇见了花晓鸟。花晓鸟高兴地对王小说它娘的病好了，还说娘为了谢恩，叫三月三有会那天，让王小带着它给人们算卦，可以给王小挣很多很多的钱。

到了三月三有会这天，王小果然把花晓鸟带去了，还真的给他挣了很多很多的钱呢！

[1] 山榴红子：山楂。

谁知道这件事让地主王世魁知道了。王世魁本来就是贪财如命的人，他想，如果我得到了花晓鸟，不就更发财了吗？于是他便急忙来到王小家，抢走了花晓鸟。

王世魁得到花晓鸟，心里甭提多高兴了，第二天便把花晓鸟带到集市上给他挣钱去啦。可到了集市上，花晓鸟紧闭着嘴，一句话也不说，气得王世魁只得带着花晓鸟回家了。

回到家后，王世魁看花晓鸟不为他挣钱，就命厨师把花晓鸟杀了，给他做一顿美餐。厨师舍不得杀花晓鸟，就把花晓鸟藏了起来，悄悄地从后院逮了一只鸽子杀了。王世魁吃着鸽子肉，嘴里还不住地说："花晓鸟，这就是你的下场喽！嗯，还是你的肉香呀！"

花晓鸟对厨师说："你放了我吧！我要报答你的救命之恩。"厨师把它放了，花晓鸟变成了一个算命瞎子，来到了集市上。

这天王世魁也来算卦，只听瞎子对他说："你姓王，名世魁，大院一座，田地三顷，有财有势，三日成神。切记，成神之前，地给王小，院给厨师。三日那天，你要早早起来，挺在西山脚下三杈柏树上，不一会儿，你便成神。"

王世魁高兴地付了钱，回到家里，便把田地院子给了王小和厨师。三日那天，便去西山脚下那棵三杈柏树上，等待着成神。正当王世魁美梦未醒，花晓鸟飞来了，"叭叭"两下把王世魁的眼珠叼走了。只听"哎哟"一声，王世魁一下从树上掉到了山沟里，蹬了蹬腿，没气了。

从此，花晓鸟和王小、厨师成了很好的朋友了。

讲述者：　黑焦氏，女，45岁，平舆县后刘乡大黑村，初中，农民

采录者：　黑纪川，女，15岁，平舆县后刘乡联中，学生

采录时间：1987年10月26日

采录地点：平舆县后刘乡大黑村

322

附记

黑纪川在后刘乡联中上学，秋忙假期带着红薯擦子在地里擦红薯片子。黑焦氏也在地里擦红薯片子，跟前堆了一堆红薯。大黑村的文学青年黑平和，会写诗歌，被县文联主席李宏看重，安排他在家里收集民间故事。黑平和在刨红薯，累了坐在钉刨上歇着，让黑焦氏讲几个故事解解乏。黑焦氏一边擦红薯干子，一边讲起了"花晓鸟报恩"故事。黑平和听完，对黑纪川说，你记着整理出来，可以发表。黑纪川很激动，回到家里，连夜在煤油灯下整理出来，交给了黑平和。

平舆县的《花晓鸟报恩》与西平县的《小鹦鹉》、泌阳县的《金母鸡姑娘》等故事有关联，但《花晓鸟报恩》展示了一个花晓鸟可以算卦的风俗，这在平舆县一带的庙会上可以看到，一些术士还经常利用花晓鸟算卦。（刘康健）

王小斗妖精

王小家中有个老娘，靠打柴过生活。一天打着打着，碰见个黑头黑发的老头。"王小，打柴多累呀！别回去了，在这儿成吃喝了。"他把王小领到一个洞里，有个大闺女招待着，每顿四盘菜、白面馍，从不重样。只是那个闺女，等他吃完，收拾收拾就走，从不搭腔。

这一天，王小吃完饭上山玩去，见到一个白发老汉。白发老汉问道："那不是王小吗？""是哩。"

"这几天吃得怪好哟。""一天四盘菜，白面馍，还有人招待。"

"那个大闺女和你说过话不？""没有。"

"没有？百天以后就该吃你哩。"王小一听，抱着他的腿哭了。

"你知道你吃的啥？""菜、白面馍呀！"

"你吃的净是面石片子[1]！"

王小哭着死活不让他走："那不中，你得救救我呀！"

"好，起来吧！那个闺女再给你端饭，每次你都把盘

[1] 面石片子：一种石头，极易碎为粉末。

子放起一个。她一说话，你抱着她的腿睛哭了，她自有办法救你。"

回到洞里，还是四个菜，白面馍，反正他是吃不下了，把菜一拨，放一个盘子。那闺女看看没吭气，收拾收拾就走了。第二次，又藏一个，一连几天，那闺女说话了："哎，你这小孩，让你喝，你咋还把盘子弄丢了呀？"

王小赶紧抱着她的腿哭了："你得救救我呀！"

"你好好的，又吃怎好，咋救你呀？"

王小仍抱着腿："我不吃了，吃的净是石头！"

王小眼都哭肿了，实在没办法，那闺女才说："你起来吧，到了百天，你捣蚂蚁窝。你捣三下，丢下棍子睛跑了，千万别往后看，跑到百步外再看。"那闺女大概和王小有了感情，对他有点那个意思啦。

到了百天，按她的话，捣三下，丢掉棍就跑。到了一百步一回头，乖乖，飞箭闪闪乱飞，他们二人朝远处跑了。

原来老妖让他吃了石头，他的身体精华呀都集中到脑子里了，老妖吃了他的脑子，就可成仙了！

老妖精一掐一算，知道不妙，闺女给他破了，肺都气炸了。"费了那么大的劲，还得害他。"便准备用飞箭赶他。他闺女道法也差不多了，用心一算，就赶紧对王小说："前面有个小集，你赶快买两个白老公鸡。"王小早早地去了，买回两只。

太阳一出来，飞箭乱飞，把眼照得看不见啥。那闺女把鸡头一剁，甩开了。那飞箭不见血不回，沾上血才能回去。俗话说："人血咸，鸡血甜。"老妖精多能啊，接着飞箭用舌头一舔，就全明白了。为了成仙，看来只有除掉闺女啦！

小集前面有一独木桥，下面有个小湖，老妖精事先躲进里面。那闺女眼皮一跳："王小，别走了，还有灾难！""那咋办呀？"

"你上集上，买一筐馍，烧纸买几捆，鸟枪手找个一二十个。先给你说好，他叫我拉下去，你别哭，在河边等着。看见河里伸出个白手，赶紧把馍倒下去。伸出黑手，叫鸟枪手睛打了！"王小都一一记着了。

王小把一切办妥，他们过小桥时，一眨眼那闺女就不见了。王小瞪着眼睛看着，河里面呀，她可已和她爹干起来，河水像刮狂风一样。再说还是闺女的道法小，眼看就要败，她伸出了她的白手。"噫，白手！"馍一下子给扔下去。三下五除二，那闺女把它吃完了，力量大增。老妖精也不行了，心想她伸手有馍，我也伸伸手吧！一见黑手伸出来，鸟枪手"呼呼"打开了。老妖身上多处受伤，有气无力。那闺女一下子给割了头，翻上来，是一个老鳖精，跟碾盘一样大，血把河水都给染红了。

那闺女上到岸边昏倒了，王小点着纸，抱着脚脖子哭开了。哭了几个钟头，那闺女才醒来："走吧，回家吧！没事了！"

到了家，王小娘的眼都哭瞎了。听说王小回来了，还领着一个黄花闺女，喜得不行，一高兴，眼又睁开了。哈哈，从此呀，王小一家团团圆圆地过起了好日子。

讲述者： 杜敦银，男，58岁，驻马店市区，不识字，农民

采录者： 杜琪，男，17岁，驻马店高中，学生

采录时间： 1987年3月29日

采录地点： 驻马店市区

附记

杜琪是杜敦银的儿子，这天放学回到家里说，学校里叫收集民间故事，爸，你能讲几个给我听听不？杜敦银正在种菜，手里拿着倭瓜苗子，说，三月三，倭瓜葫芦地里钻，我种菜给你讲吧。杜琪裤子一卷下了地，说，我来帮你种菜，你讲我听。父子二人一边种菜，一边讲故事。他娘掂着茶壶来送水，看到父子二人神神叨叨的，笑着说，坐地头好好讲不中啊？父子二人坐在地头喝着水，又讲了一阵子。杜琪夜里整理了一下，第二天交到学校里了。

此故事应该是移植了《黑龙斗白龙》《蛟停湖》故事中的情节，如：伸出白手，就给白馍；伸出黑手，就打枪。在其他故事中为：伸出白手，就砸砖头；伸出黑手，就给白馍。（耿瑞）

323

并蒂莲

池塘里的荷花都是成双成对开放，人们称它为并蒂莲。说起这并蒂莲的来历，还有一段动人的故事哩。

很久以前，有一位叫荷花的姑娘，出生在一个财主的家里。她生得如花似玉，白净的鸭蛋脸上长着一双水灵灵的大眼睛，樱桃形的小嘴说起话来娓娓动听。

一天，荷花挎着花篮去上山采花，忽然一匹受惊的野马向她奔驰而来，在这危急的时候，一位强壮的小伙子揽着马缰绳，救了荷花。荷花急忙上前道谢："多谢大哥救命之恩，不知大哥姓甚名谁，家住哪里？"

小伙子含笑答道："我叫王小，家住东山脚下，今天我来打柴正好巧遇，不必多谢。"

说话间，一阵狂风刮来，顷刻大雨来临。荷花焦急地说："王小哥送我回家吧。"王小看她一个弱女子行走困难，就答应与她一路同行。

荷花见王小人好心好，就在心底里产生了爱慕之情。王小见荷花美丽善良，也产生了爱慕之情。两人情投意合，说说笑笑就到了荷花家。

王小送荷花走进府门，财主见女儿和一个陌生小伙子在一起，顿时大怒，他不听荷花诉说，就把王小赶出了府门。

荷花回到绣楼，一睡三天，饭不吃，茶不饮，日夜思念救她一命的王小。可父亲得知王小是个穷小子，从此再也不让她出门了。

一个漆黑的深夜，荷花偷偷地从窗户里逃出来找到王小，两人一见面就抱头痛哭。王小为难地说："你看我多穷，那天你不是不知道，你还是把我忘了吧。"

"不，我死是你家的鬼，活是你家的人，这辈子除你不嫁。咱们在阳间不能结伴，死后也要结为夫妻。"荷花说罢，泪流如雨。

王小被痴情的荷花感动了，他们拥抱在一起，含泪跳进湖中。第二天清早，忽见水面上出现了两朵雪白的荷花，它们亲密相连，人们都说是王小和荷花的化身，称它们是并蒂莲。

讲述者： 谢德阳，男，45岁，平舆县万冢乡阎寨村双庙十队，初中，农民

采录者： 谢改红，女，20岁，平舆县万冢乡阎寨村双庙，高中，教师

采录时间： 1987年10月22日

采录地点： 平舆县万冢乡阎寨村双庙十队

附记

这个故事新奇之处就是王小和荷花死后变为并蒂莲。在植物故事中，并蒂莲的故事很多，但都没有王小的参与。这个故事以并蒂莲来比喻王小人品高洁，与很多故事中的实诚、勇敢、艰苦的王小相比，另有了一番新意。（刘海峰）

324

王小和黄鼠狼拜朋友

从前，有个人叫王小，他正直老诚，对母亲孝顺，母子二人靠打柴过日子。王小每次上山打柴，都是先把干粮放起来，砍的柴禾够挑，再吃干粮，担柴下山。可是每次去吃干粮的时候，包干粮的手巾都空空的，不知干粮弄哪里去了。

一天，王小又来到山上，把干粮放起来，不去打柴，藏在离放干粮不远的丛林里看动静。一会儿，一只黄鼠狼跑到干粮包边，冷不防被王小捉住。但他随即又把黄鼠狼放了，说："我不害你，以后可不要再偷吃我的馍了。"

黄鼠狼说："你是个好人，还是孝子，咱俩拜个朋友吧。"

王小同意，他们两个就拜成朋友了。王小大，黄鼠狼说："小哥，咱家离这不远，你扛着扁担，到咱家看看吧。"

走了一会儿，到一个高大的石墙前，石墙离地二三尺高的地方有碗口大一个洞。黄鼠狼说："你把扁担放下钻进去吧。"

王小看洞口还没有头大，不敢钻。黄鼠狼摇身一变，变成一个白发红颜的老头，说："你照我的样子进洞。"只见他照着洞口一碰进去了。

进入洞口，豁然开朗，只见层楼高榭，风景清幽。王小看见一大堆馍放在桌上，好像是自己每次打柴丢的干粮。没等问，黄鼠狼就说："这是你打柴时用的干粮，都存在这里，等你来了吃。不久你的家乡要遭灾，六粮不收。因为你为人正直，又是孝子，感动神灵，叫你把娘搬来同住，躲过天灾。"

不久果然遇灾。灾荒过后，王小同娘回去的时候，黄鼠狼拿出一顶茶盅口大小的皮帽，顶上缀个红缨，对王小说："为了让你养活好咱娘，送你这顶皮帽，这是个隐身宝贝。别看它小，恰好能戴在头上，什么人都看不见你。如果你家缺米面菜肴，衣用钱财，你就戴上皮帽挎着篮子，到大生意、大财主家弄够了就走。可不能贪多，也决不能做不道德的事，更不能招惹穷苦人家。你如果真遇到灾难，你就面朝南方喊三声'后悔救我'，我就去救你。"

王小和娘回到家中，就照着黄鼠狼的吩咐去做，柴也不打了。时间长了，便安逸生淫心。

一天晚上，王小戴上皮帽闯入人家新媳妇房里想好事，因为看新媳妇的人多，一挤，把他的皮帽挤掉了，现出了原身。人家把他捉住，拴到院中树上。王小想起黄鼠狼的嘱咐，便面向正南喊三声"后悔救我"。

黄鼠狼到来，给他戴上皮帽解开绳子，一同溜走，又把皮帽从他头上取下也拿走了。从此后，王小仍以打柴为生。

讲述者： 张梦胥，男，89岁，西平县酒店乡酒店村，
私塾，农民
采录者： 秦豪，男，29岁，西平县城，大专，干部
采录时间：1987年7月19日
采录地点：西平县酒店乡酒店村

常言说：和黄鼠狼交朋友——没安好心。这个故事杂糅了盘古创世纪神话中的躲灾难的部分内容，还让王小和黄鼠狼拜了朋友，并一反王小的好人典范，颇有新意，更有警世意味。（刘康健）

325

王小探地穴

从前，伏牛山里有户人家，只有母子俩。儿子叫王小，是方圆几十里出了名的猎人，箭法准，力气大，一张弓养活两张嘴，日子凑合着过。

有一天，日头偏西了，王小打猎也累了，坐在山垭口的青石板上歇口气儿。这时候，晴好的天空猛然冒出一股子黑云，还不时传来女子哭喊声。一会儿，那云飘近了，王小抬头观看，只见黑云块块上站住一个黑脸妖精，胳肢窝里夹住一个大姑娘。王小心说："这妖精在哪儿祸害人啦，我得救救她。"他忙举起弓箭，使出十成的气力，朝那妖精射去。只听一声惨叫，云块抖了抖，落下一只绣鞋，还滴下了血。王小捡起绣鞋，掂弓就追，顺住血迹追到一道山崖下面，血印不见了。王小仔细搜寻，发现了一个洞，知道妖精就藏在里面，从旁边移过来一块大石头，把洞口堵住，这才回家。

到家时天已黑得啥也看不见，老母亲正站在家门口眼巴巴地望哩，嘴里不停念叨："俺儿打猎每天日头偏西就回来，今儿个天麻缠眼儿[1]了，咋还不见人回来呀？能是出啥事儿啦？"正急着哩，王小进家了。娘问："儿呀，你咋回来恁晚呀？"王小就把打猎回来路上碰到的事儿说了一遍，最后说："绣鞋还在我怀里揣着哩。"娘说："拿出来叫我看看！"王小掏出绣鞋递给娘，他娘一看说："这还是个大户人家的闺女哩。儿呀，先喝汤吧，有人找了再说。"

第二天，王小进城卖猎物，一到城边就见黑压压的一群人围住城墙上贴的一张招子。谁不爱看稀奇呀？王小走过去，他斗大的字不识一个，就听人家念，听明白了。原来是州官老爷的千金小姐昨儿个被怪风刮走了，招子上写着：谁要是能把小姐找回来，年纪相当的男人招为女婿，年纪大的赠金送银。王小心说："昨儿晚妖怪抢走的原来是州官老爷的千金小姐呀，我把招子揭了吧！"他分开众人，伸手把招子揭了。

看招子的衙役把王小带进衙门，州官老爷升堂相见，身后还跟着他的夫人。州官问："你叫啥？""我叫王小。""你知道我女儿的下落？""知道。""有啥凭据吧？"王小呼拉解开了怀，掏出绣鞋递了上去。夫人先接过鞋来一看，正是女儿的绣鞋，嚎嚎哭开了。州官老爷接着问："小姐在哪呀？""被妖精抢进山洞里啦。"夫人哭着说："老爷呀，快想法救救咱闺女吧！"

州官老爷也急了，点了两千护城军，让王小带路，找到那个妖洞。王小指住那块大石头说："洞口被我堵住了！"州官老爷命人把大石头移开，走过去七八个当兵的，扛的扛，推的推，一个个累得脸红脖子粗，吃奶的劲都用上了，那石头却丝纹不动。州官老爷想叫人帮，看看插不下手了。王小见了，站一边捧腹大笑："你们这些当兵的，平时在街上耍横恁有凶劲儿，动真格的，原来是一群饭桶呀！"王小说这话把这几个当兵的气得五官都错位了，一个大胡子兵身材高大，指着王小说："臭小子，待会儿我非一拳把你砸扁了不可。"

州官老爷见王小发笑，转身问："你能把这石头挪开吗？"王小说："老爷，你当这难哪？"他走了过去，对

那几个当兵的说："你们都趔趔[2]，看我的。"几个当兵的不服气地趔开身子，看着王小。只见他双手搭在石头上，一用力，那大石头听话似的骨骨碌碌滚一边去了，当兵的和州官老爷惊得眼珠子快蹦掉地下了。一个当兵的拍着那大胡子兵的肩膀说："喂，我说大哥呀，你不是说把这臭小子一拳砸扁吗？现在没事儿了，你可去呀？"大胡子兵白了那兵一眼，挤进人群里不见了。

洞口黑乎乎的，凉气直往外扑。州官老爷传来当地的乡甲地保，让他们备来滑车、绳子、箩筐、牛铃铛。一切都准备停当了，州官老爷说："谁敢下去，赏银一千两。"当兵的你看看我，我看看你，看看那洞，腿肚子直抖，挤扛住往后退，整齐的队伍乱套了，就差一点儿没逃跑。州官看到这情形，心里骂开了："平时你们在我面前吹武艺咋高，打仗咋勇敢，原来就这味呀！"王小见当兵的一个个吓成这样，对州官说："老爷，让我下去吧！"州官非常高兴，问王小要些啥。王小说："给我一把刀吧。"州官在军中挑一把最好的刀递给王小，王小接过刀站进筐里，对州官说："老爷呀，要是听见我摇铃响，你就别让续了。我要是再摇铃，说明我救到小姐了，你成叫人拉啦。"州官听了王小的话说："中！"他命人把王小续到洞里，续呀，续呀，一会儿绳松了，又听到摇铃铛，王小到洞底了，州官叫大家停止续绳，在一边等着。

洞里黑乎乎的啥也看不见，王小顺住洞壁向前摸，走不多远，眼前突然明亮了。再往前走，看见一所漂亮宅院，门前有条河清澈澈的，河边有一个漂亮姑娘，正边洗衣裳边哭哩。王小在云头上见过小姐的穿戴，认出了这洗衣裳姑娘。他悄悄地走过去问："你是州官老爷家的小姐吧！"小姐正洗妖精的血衣哩，听见有人问话，头发梢子一支棱，抬头一看，见一个半大孩子，粗眉大眼，手里还提住个刀，不像妖怪的样子，说："我是小姐，你是打哪来的呀？"王小说："我是州官老爷派来救你的。"小姐一听喜得不行，就问道："就你一个人吗？"王小说："外面有二千多兵哩，他们不敢下来，所以就我一个人下来了。"小姐一听，喜开的脸又皱巴上了，说："那妖精厉害得很，

你一个人打不过它，我不能连累你也受害，趁它正养伤熟睡，你快逃命走吧。"王小说："那妖精的伤是我用箭射的，我既然下来了，就得救你出去。"小姐一听妖精的伤是这个小伙子用箭射的，决定帮助王小除掉妖怪，就说："既然这样，你先把身子藏起来，我去探探那妖精的底儿。"

王小藏好身子，小姐端住衣裳进屋，妖精还正睡觉哩。小姐用一根草捅捅妖精的鼻孔，它打个喷嚏就醒了，见小姐笑嘻嘻地坐在床边，就说："娘子开啥玩笑？我还没睡够呢！"小姐脸一皱，长长叹了口气。妖精问："娘子发啥愁哇？"小姐说："恐怕咱做不成长久夫妻啦！"妖精问："咋啦？"小姐说："打猎的发现了咱的家，能不给俺爹说？俺爹要是派兵来捉你，恐怕你就活不成了。"妖精听后哈哈大笑，说："我以为娘子你愁的啥哩，原来是为了这个呀！不瞒你说，我是杀不死的。"小姐听后心里一"咯噔"，说："你不怕刀砍吗？"妖精说："砍我一个头，我会长出两个头，砍得快，长得快。再说，我还有一个如意宝哩，要啥有啥。"小姐问："你不怕刀砍，那你怕啥？"妖精说："这我不能说，说出来就坏事了。"小姐把脸一绷，生气了："你不相信我，我不和你做夫妻了。"妖精赔出笑脸，拉住小姐的手说："别生气嘛，我给你说。我不怕砍，不怕剁，就怕砍一刀，再用铁锅盖住腰。"小姐又问："你的如意宝嘞？"妖精说："在床底下放着哩。"小姐问："咋用啊？"妖精说："得念咒语。"小姐问："咒语咋念哪？"妖精说："'宝贝宝贝快显灵，我是主人公'，念完这，就从里面蹦个小矮人，你想要啥，给小矮人一说就有了。"小姐笑笑说："听你这一说，我心里就踏实了，你还睡吧，我的衣裳还没洗完哩。"妖精头一偏，"呼呼"又睡着了。

小姐出了房子，找到王小，把妖精的话一字不漏地讲给他，王小一一记住。最后小姐说："它又睡着了，咱动手吧，它要是醒过来，事儿就糟了。"王小说："你领我进去吧。"

小姐前面走，王小握刀跟在后面。到屋里，小姐把做饭的铁锅揭下来拿在手里，摸到床边，妖精鼾声震得俩耳底子发疼。王小举起刀，用十成气力朝住妖精脖子就砍，小姐也眼明手快，用铁锅盖住妖精的腰。妖精长不出头了，

腿一伸就死了，现了原形，原来是条蟒蛇精。

小姐看着害怕，不敢停留，拉住王小的手就往外走。俩人摸到筐边，王小让小姐先上去，以防再有妖精。小姐站到筐里，从手腕子上取下一只玉石镯子，一掰两开，一半给王小，一半自己留着，她对王小说："恩公，这是咱到外面相见的凭据，你千万别丢了。"王小把半拉镯子收起来藏好，说："中啊。"王小使劲晃晃绳，上面的人听到铃响，一齐用力，把小姐拉了上来。

小姐到外面，州官老爷早备好小轿，命人把小姐先送回去。临走时小姐说："爹呀，快把恩公拉上来吧，别让他在下面出了事儿，我在咱家里等他。"州官说："这还用你说吗，你快回去吧。"轿夫抬起小姐走了。州官想：如果把这小子救上来，就得按招子上写的和俺闺女成亲，一个名门小姐嫁给一个打猎的山村野夫，以后让我在官场上咋还有脸混哩？他捋住胡须的手猛一甩，牙一咬，对手下人说："走。"

王小蹲在黑乎乎的妖洞里等啊，等啊，耳朵都竖起来听了，也听不到啥响动。王小知道人家的心黑了，把自己丢在洞里。肚子饿了，得找点儿吃的呀！王小返身进妖精的房子。他猛然记起小姐的话，说这妖精的床下放有一件如意宝，他钻到床下扒腾，终于找到那个宝贝，样子像个葫芦，光闪闪的。他按着小姐说的咒语，抱住葫芦念道："宝贝宝贝快显灵，我是主人公。"话音一落，从里面蹦出个四指高的小矮人，站在葫芦嘴上问："主人，你要啥？"王小说："我肚子饿了，想要点吃的。"小矮人不见了，在王小的面前，冷不丁出现一张小桌，桌上摆满鸡、鸭、鱼、肉，王小好好吃了一顿。吃饱了，可是咋回去哩？外面八十老母不知急成啥样啦。王小又想起如意宝，抱在怀里又念咒语了："宝贝宝贝快显灵，我是主人公。"小矮人又蹦出来了："主人，你要啥？"王小说："我困在洞里出不去了，你给我想想办法儿吧。"小矮人不见了，一闪出来一条小白龙。王小心里一喜，骑到龙身上，双手扶住龙角，龙飞了，就听耳边呼呼风响，头发梢直往脑后甩，不大一会儿到洞外了，小白龙一闪不见了。王小回到家里，见娘的俩眼都哭肿了，娘见儿子回来，不哭了。王小问宝贝要些吃的留给娘，自己动身进州府了。

再说小姐回到家里，坐在绣楼上，就等王小进府的信儿哩。半天工夫，就听丫鬟跑上楼说老爷带人回府了，小姐听后喜得不行，慌忙下楼，见了她爹就问："爹，你把恩公带进府了吗？"州官老爷叹口气说："唉，说来真不幸啊！恩公被妖怪咬死在洞里啦。"小姐听后，眼一晕倒地上了，众丫鬟喊的喊，捶背的捶背，不大会儿，小姐缓过气儿啦。州官命丫鬟把小姐搀回绣楼，自己刚想在书房里品茶喘喘气，差人进来报告说："老爷，皇上的圣旨到，在公堂等你哩。"州官一听，顾不上品茶，正好衣冠，慌忙来到大堂，是一个胖太监领住校尉端坐在公堂上等着哩，他慌忙跪倒磕三个响头。太监宣读圣旨，原来皇上派他们到这儿选美女哩。州官老爷听完圣旨，站起身来一喜："俺闺女长得花滴滴的，要是皇上喜欢上，我不就成了国丈了？那才真威风哩。"想到这儿，他对那胖太监说："公公，俺家小女长得如花似玉，愿献给皇上。"胖太监一听，乐了，说："先把她的画像拿出来让我看看。"

州官老爷命丫鬟取来小姐的画像，递给了胖太监。小姐那个美劲儿呀，把个净了身的太监也看得禁不住心花怒放，连说："中，中，你有恁好的一个闺女，也是你的造化呀。"州官听了太监的夸奖，心里美得像猫舔的，好酒好饭招待他们。酒足饭饱，胖太监对州官说："让小姐打扮打扮，随俺进京吧。"州官说："中，中，我这就给闺女说去。"州官三步并作两步跑，来到绣楼上，见小姐哭丧着脸，想王小哩。州官说："妮儿呀，爹给你报喜了。"小姐听了这话，心一紧，以为王小又活了，说："爹，人家心烦死啦，还开啥玩笑啊！"州官见闺女面有喜色了，说："皇上到咱这儿选美哩，相中你啦，这不是天大的喜事呀？"小姐一听，如五雷轰顶，不是丫鬟扶着又快晕倒了，州官以为闺女是被喜激的啦。

小姐缓过气儿来，说："爹，你招子上写住谁要救了我，把我嫁给谁。我在妖精洞里也把心许给那个人啦，你咋能又把我许给皇上啊？"州官说："这是因为那个小伙子被妖精吃啦。"小姐说："人家都知道我许给那个人啦，我就得给他守节。"州官一听这话急了，一跺脚说："唉，我的傻闺女，你进了皇宫，享不尽人间的荣华富贵，别人攀还攀不上哩。"小姐一听火了："别说了爹，反正我不

去。"州官见闺女说出这话，"扑通"跪下了："妮呀，你要是不进皇宫，就是违抗圣旨，皇上要杀咱满门哪。你要是不答应，爹就先在你面前碰死。"小姐的心一软，没法儿了，流住泪，一咬牙说："爹，你起来吧，我跟他们进京。"州官的脸笑开花了："还是俺妮儿听话，你打扮打扮吧，别误了上轿。"州官一走，小姐哭成泪人啦，到这时候，死也死不了啦。哭是哭，也没啥门道，打扮停当，让丫鬟搀住上轿了。太监让校尉军抬轿就走，州官喜哩不行，坐在书房里，眯缝着眼，品皇上封他做国丈的滋味哩。

这时候王小赶到了，冒冒失失地往衙门里闯，被两个把门的用刀拦住。王小说："让我进去，我要见小姐。"两个把门的一听，哈哈大笑："小姐进京当娘娘去了，要想帮光，你就追她去吧！"王小问："啥时候走的？"门军说："要追还追得上！"王小听了这话，瞅准朝京城去的路，拔腿就追。他整日在山中打猎，多有脚劲呀，没半天工夫就追上了。追上是追上啦，那轿被校尉军护得严实实的，咋能近前和小姐说句话哩？王小想到了怀里的宝贝，掏出来喊开了："宝贝宝贝快显灵，我是主人公。"小矮人出来了，问："主人，你要啥？"王小说："我想要只老虎，把这群人撵走。"小矮人不见了，一闪窜出来一只二丈多长，一丈恁高的吊睛猛虎。那虎猛一窜就撵上了校尉军，吼一声像打个雷，把地震得乱抖。胖太监他们扭头一看，乖乖！哪见过恁大的老虎啊，嘴张得像门口，牙跟半扇子门恁大。你看他们一个个谁跑得快，只恨爹娘少生一双腿。人跑光了，只剩下那顶轿，小姐正在里面哭哩。

王小走过去，把轿帘子掀开，说："小姐呀，别哭了，我来了。"小姐听见这声音咋恁耳熟哩？揉揉泪眼，抬头一看，头发梢子吓得直支棱，问："你是人还是鬼呀？"王小说："我是活拉拉的人哪！"小姐说："你伸手让我摸摸。"王小把手伸进去，小姐一摸，温乎乎的，泪又出来了："恩公，俺爹不是说你被妖精吃了吗？"王小说："是恁爹的心黑了，把我扔到洞里不管啦！"小姐问："你是咋出来的呀？"王小把事情的经过给小姐讲一遍，小姐也把自己的事儿说了一遍。王小把那半拉玉石镯子掏出来递给小姐："小姐呀，我是个打猎的，家又穷，配不上你，我送你回家吧。"小姐说："恩公呀，咱好不容易见面了，

你咋说这话呀？小鸡还长两只爪哩，咱都长有一双手，能怕饿着吗？"王小听后喜哩不行，问宝贝要了一匹马，驮住小姐回家做夫妻去了。

再说太监回到皇宫，皇上问："美女给我找到了吗？"太监说："找是找到了。"皇上心里一喜，问："美人在哪儿呀？"太监眼珠子转了转说："美人儿是州官的女儿，俺们抬住回京哩，没走多远，从树林里窜出一只大老虎。俺同它斗，没斗过它，美人被老虎一口吃啦。据当地人说，这只老虎一再伤人，那州官就是不管，所以才有今儿这事儿。"太监说完，把小姐的画像递给皇上。皇上见这美人长得实在美，越看越爱，越爱越觉着死了可惜，越觉可惜越恼那州官，他一拍龙案说："把那狗官给我抹官削职，贬到北疆充军去。"

胖太监带着圣旨传州官接旨，州官一见圣旨到，喜得身子轻飘飘的，跪下磕了三个响头，等封哩。胖太监念道："今查明州官，贪图享乐，不体恤百姓，将这赃官抹官削职，贬到北疆充军，即日起行。钦此！"州官一听，如五雷轰顶，俩眼一翻，腿一伸，吓死啦。

讲述者： 刘记，男，64岁，确山县胡庙乡吴楼村朱岗，不识字，农民

采录者： 吴文龙，男，24岁，确山县胡庙乡吴楼村，高中，农民

采录时间：1988年2月6日

采录地点：确山县胡庙乡吴楼村朱岗

附 记

《王小探地穴》的故事在驻马店不少地方都有流传，只是驿城区和确山县叫王小，新蔡县叫曹肖或王小，泌阳县叫黄小。个别细节不同，但故事大体结构和情节基本相同。（赵新春）

（二）　精怪故事

326

猴子的红屁股

一个闺女，长得别提有多好看了，每天大门不出，二门不迈，在屋里纺线织布。

一天早上，她娘喊："妮，吃饭了！"喊了几声不见回音，往屋里一看，可不得了，十七八的闺女不见了，慌忙喊来儿子和庄上的人，漫山地喊，遍野地找，结果连个人影也不见。她娘哭得死去活来也毫无办法。

一晃三年过去了，这天，闺女她娘和她哥到山上拾柴禾，走到一个山坳处，忽听见脚下有人喊："谁踩住俺的房子了？"听去好耳熟呀！她娘和她哥找来找去，找到一个洞口，原来她闺女就住在洞里。娘俩一见面，不由抱头大哭起来："妮啦，你怎跑这来了？"闺女哽咽着说："那天晚上，俺正在屋内纺花，没想到从窗外跳进一个老猴精，它把俺一阵风背到这山洞里来了。"

正说着，那妮的脸刷地变得蜡蜡黄[1]："不好了，老猴精回来了！"她娘一听也慌了神："妮，咋办呢？"闺女往墙角那一看："娘、哥，快钻到缸下面。"慌乱中，人被扣在缸里，拾柴的筐子却留在外边。

老猴精回来了，进洞就吸溜着鼻子说："生人气，生人气！有谁来过没有？"那妮结结巴巴地说："没，没有啊！"老猴精一眼看见洞里筐子，就问："那是谁的？"那妮看实在瞒不过去，只好央求说："猴娃他爹呀，我说了你可别生气，是猴娃的姥姥和舅舅来了，到这看看我。"猴精听了挺高兴："在哪儿啦？快让他们出来。"闺女把大缸一掀，她娘和她哥哆哆嗦嗦地钻了出来，看老猴精并没有伤害他俩的意思，也就不害怕了。

住了一天，娘说："猴娃他爹呀，瞧你眼有多红，是害眼病吧！猴娃他舅会治眼病。"老猴精一听能治眼病，就问："咋治呀？""好治！你到集上买点裱胶和牛皮纸就中了。"

一会儿工夫，老猴精把东西都买了回来。闺女的哥说："兄弟，来坐到日头地里。"老猴精为了快点治好眼睛，答应着："中，中！"坐在那里。闺女的哥在老猴精的眼上刷上一层胶，贴上张纸，一会就糊了半寸厚。"好了，坐在这别动，晒上半个时辰就中啦。"安顿好老猴精，娘几个一同跑了。

老猴精坐在日头地里晒呀晒呀，汗顺着脖子往下流，实在熬不住了，就问："猴娃他舅，中了吗？猴娃他娘！"无人应声。老猴精急了，大把小把地把贴在脸上的纸往下拽。它撕呀，拽呀，好半天才把纸都拽下。跑到洞里一看，两个猴娃饿得吱吱直叫唤，其他几个人全无踪影。老猴精急了，抱着两个猴娃撵了出去。

天擦黑的时候，老猴精抱着猴娃赶到了，他在村口喊："猴娃他娘，你好狠的心，丢了猴娃一条根！"喊累了，就在村口大碾盘上歇歇，今天走了，明天又来了，总是那样。庄里有人出主意，在老猴精未到之前，把碾盘炕热。没多久，老猴精抱着猴娃又来了："猴娃他娘，你好狠心，撇下猴娃一条根。"累了跟往常一样，往石头上一坐，"嗞溜"，老猴精屁股上的毛被烙掉一片，疼得叫着跑了，打那以后再也没有来。

直到现在，猴子的屁股还是红的。据说就是那时让热碾盘烙的。

---

[1] 蜡蜡黄：方言，指因惊吓、恐惧而脸色变黄。

讲述者： 白瑞雪，女，67 岁，驻马店市，小学，市民

采录者： 何春华，女，32 岁，回族，驻马店市丝钉
厂，初中，职工

采录时间： 1987 年 4 月 24 日

采录地点： 驻马店市区

附记

何春华是驻马店市丝钉厂的女职工，干销售的，整天东跑西颠地推销产品，从市文联张华荣老师那里得知要收集民间故事，她很上心。丝钉厂不大，街道办的企业，门口不远是白瑞雪大娘摆的汽水摊子，一只保温桶，杯子红红绿绿的，二分钱一杯。何春华知道白大妈喜欢讲故事，每天跑完货就到白大娘的水摊子前坐着，喝一杯水，给二分钱，让大娘讲一个故事。白大娘是个"有话篓子"，一边卖水一边讲故事。何春华喝着水听着，水喝完了，故事讲完了。前前后后，何春华到白大娘的摊子喝了一百多杯水。

类似故事在新蔡县、泌阳县、遂平县、确山县都有流传，内容也大体相同。只是遂平县故事里还有嫂姑打赌，比谁起得早去碓窑舂米，导致小姑子早起被老猴精背走的情节。（刘康健）

327

老婆儿与老猴精

从前，有个老婆儿住在山脚下的一个屋子里。有一天，老婆儿去洗萝卜，走到水边，碰见一只老猴精。老猴精看到老婆儿洗的萝卜，馋得直流口水，就向她要了一个，一张嘴吃完了，叫再给它。这样吃了一个又一个，眼看只剩下一个萝卜，它还要要，老婆儿说啥也不给了。老猴精得不到满足，恶狠狠地说："你不给我萝卜，晚上我吃你！"说完扬长而去。

老婆儿回到家，伤心地哭了。恰好有一个卖针的路过这儿，看见她哭得恁伤心，就问："老大娘，为啥哭呀？"老婆儿就把这事儿给他说一遍，卖针的说："老大娘，我给你一包针别在门上。"说完走了。老婆儿想，一包针奈何不了老猴精啊，又哭了起来。

一个卖盐的打这儿过，问："老大娘，为啥哭呀？"老婆儿又把经过给他说一遍，卖盐的说："我给你留一包盐，晚上你倒在水缸里。"说完又走了。一包盐也抵不住老猴精啊，老婆儿又哭开了。

一个卖栗子的打这儿过，问："老大娘，为啥哭呀？"老婆儿又把经过说了一遍。卖栗子的送给她几个栗子，

说："晚上埋在锅底下火灰里。"说完也走了。

天黑了，老婆儿把针尖朝外别在门上，把盐倒在水缸里，把栗子埋到锅底里，然后拿一把菜刀藏起来。

停一会儿，老猴精果然来了。它高声喊："老太婆，快给我开门！"一边说，一边用手去推门。门上别的针把它的手扎得鲜血直流，只好用屁股把门坐开，走到屋里想找点水洗洗手。找到了水缸，把手伸到缸里，盐水把它的手蜇得像刀剜一样疼。想找个火照个明儿，看看老婆儿藏在哪儿，就到锅底里去扒火，不料扒到火灰里烧的栗子，"噗噗"几声，栗子炸开，把它的眼炸瞎了，痛得它捂着眼在屋里乱叫唤。这时，老婆儿点亮灯，一刀把老猴精砍死了。

讲述者： 古胜利，男，57 岁，确山县新安店乡古庄，小学，农民

采录者： 时光宇，男，35 岁，确山县新安店乡，中专，干部

采录时间： 1988 年 5 月 10 日

采录地点： 确山县新安店乡古庄

附记

此故事与遂平县刘西录讲述，王成采录的《老太婆与老猴精》是同一故事在流传中的不同演绎。遂平县版的故事还有一个卖豌豆的给老太婆一斛豌豆，让她撒在院子里，摔断了老猴精腿的情节。（刘献丽）

328

二女斗猴精

传说不知道啥时候起，咱这就来了个老猴精，到处祸害人。

有一个庄儿，庄儿头根 [1] 住着一家人。男人出外不在家，只有一个妇女领仨闺女，大闺女叫门栓儿，二闺女叫门鼻儿，三闺女叫门搭条。

这一天，她娘去走娘家，临走时对仨闺女说："我上你姥家，晚上就回来。如果回不来，就是住下了。你们要不等天黑就关门，夜里看好家，见了生人一定不要开门，小心防着，不要让老猴精钻空子进家来。"说完就走了。

她娘一走走到半路上，遇见一个老婆子，俩人就一路走。老婆子边走边问她："老嫂子，上哪去？家住哪？都有些啥人？"

她娘说："家住留盆 [2] 西，家有仨闺女，大的叫门栓儿，二的叫门鼻儿，小三叫门搭条。"想不到那老婆子是老猴精变成的，等把她家里的底细都摸清了，就"呜哇"

[1] 庄儿头根：方言，村庄的边沿。

[2] 留盆：当地地名，即河南省汝南县留盆镇，东汉末年宗室刘盆子在此起兵而得名。

一声现了原形，一下子把她吓死了，然后三口两口把她吃了。

等到天快黑了，老猴精就变成了她的样子，去她家了。见门关着，一推推不动，里面上了门栓子，只好喊门："门栓儿，门鼻儿，给娘开门。"

门栓儿扒着门缝往外一看，说："你不是俺娘，俺娘脸上有麻子。"

老猴精就转身跑到野地里，对着天空喊："东北风儿，西北风儿，刮我一脸的荞麦壳儿！"不一会儿，就变了一脸麻子，转身回来又喊："门栓儿，门鼻儿，给娘开门。"

门鼻儿扒着门缝往外一看，说："你不是俺娘，俺娘腿上扎哩绿带子。"

老猴精就跑到秫棵里[1]，打两把秫叶扎在腿上，吹口气就变成了绿带子，又回来叫门："门栓儿，门鼻儿，给娘开门。"

这回仨孩子谁也看不出破绽了，就把门开开，让老猴精进了屋。

老猴精一进屋，四下里一望，见床前头有个面坛子，就一屁股坐在上面。为什么呢？它有尾巴呀，怕仨闺女看见了。可它那尾巴不听话，就在坛子里面呼呼隆隆地乱弹。门栓儿听见了，就问："娘，面坛子里啥响？"

老猴精说："咱家有老鼠，我从你姥姥家抱了个猫。"

门鼻儿说："咋不拿出来让俺瞧瞧？"

老猴精说："猫怕生，等明天再看吧。我走了一天路，累了，快睡吧。"又问："门栓儿，门鼻儿，门搭条，谁跟娘睡？"

门栓儿心想，以前都是我和门鼻儿睡，门搭条和娘一起睡的，今个儿咋问起来了哩，就说："俺大了，俺不给娘睡。"

门鼻儿也说："俺也大了，俺也不给娘睡。"

门搭条小哇，她不知道想事，就说："俺跟娘睡，俺跟娘睡。"

一睡睡到半夜里，门栓儿听见娘在咕呱咕呱嚼东西吃，就问："娘！你吃哩啥？"

[1] 秫棵里：即高粱地里，本地方言中高粱叫秫秫。

老猴精说："从你姥姥家里拿的胡萝卜。"门栓儿说："娘，给俺吃点。"门鼻儿说："娘，俺也吃。"

老猴精说："吃了光冒肚。"门栓儿说："俺不怕冒肚。"门鼻儿也说："俺不怕冒肚。"

老猴精没法，只好一人给了她俩一个手指头。门栓儿一摸吓坏了，这不是门搭条的手指头吗？心想：她不是俺娘，一定是人们说的老猴精，门搭条八成被它吃了。她对门鼻儿的耳朵小声嘀咕了几句，就对老猴精说："娘，俺要屙屎。"门鼻儿也说："娘，俺也要屙屎。"

老猴精说："到床底下屙去。"门栓儿说："床底下有床神。"

老猴精说："上门后头屙去。"门鼻儿说："门后头有门神。"

老猴精只好说："上门外屙去吧。"门栓儿门鼻儿就从屋里溜出来，也不知道该往哪儿跑。院里有棵又高又大的梧桐树，姐妹俩就刺溜刺溜爬了上去。

老猴精左等右等，也不见门栓儿门鼻儿回来，就开门出来找。东找找没有，西找找也没有，一抬头，看见她俩在大梧桐树上哩，就喊："门栓儿、门鼻儿，快下来。"门栓儿说："娘，树上凉快，你也上来吧。"老猴精说："好。"

门鼻儿说："娘，你不是不会上树吗？"

老猴精一听，只好说："是哩，我不会。"

门栓儿赶忙说："你用绳子拴住腰，俺俩把你拽上来。"

老猴精就到屋里找根绳子，一头紧紧拴住自己的腰，一头扔到树上头。门栓儿、门鼻儿就拉着绳头使劲往上拽，一拽拽到半拉腰里，就把手一松，"呼嚓"，一下子把老猴精摔了个半死子。

门栓儿说："娘，刚才是俺手滑了，咱再来吧。"

老猴精信以为真，就又让门栓儿、门鼻儿接着往上拽。这一回快拽到树杈子上了，才把绳子松下去，这回高哇，一下子把老猴精摔死了。

门栓儿、门鼻儿就赶忙从树上滑下来，三下五除二，就着门前的粪池子，把老猴精埋了。

天明了，粪池子里突然长出了一棵大白菜，门栓儿、门鼻儿就知道那是老猴精变的,正担心哩,碰巧门外来了个货郎担,门鼻儿就问:"用白菜换包针中不中?"

货郎说:"中。"门栓儿就把那棵大白菜砍下来给了他。

货郎挑着挑子没走多远,就听见箱子里有人说:"一头轻,一头重,压死你个鳖杂种。"货郎掀开箱子一看,没见一啥,担着又走。走着走着,箱子里又说了话:"一头轻,一头重,压死你个鳖杂种。"货郎就把挑子放下,又掀开箱子去看,只见一股子黑烟从里面冲出来,那棵大白菜也没有了。

门栓儿、门鼻儿这时正在做饭,忽然看见一个鸡蛋鼓轮[1]到灶火门口,说:"做哩啥饭,给俺吃点。"门栓儿就给它抹了一口。

鸡蛋说:"俺是灶神,等会有人来讨火,你就叫他上锅底里去掏。"说完,鸡蛋一下子就鼓轮到锅底里去了。

正说着,又滚来个大石磙,说:"做的啥饭,给俺吃点。"门鼻儿就给它抹了点饭。

石磙说:"俺是门神,等会儿你们要引他进门。"说完一下子就滚到了门头上。

过了不大一会儿,一个老婆子来到了门口,她是老猴精的阴魂不散变的,要来找门栓儿、门鼻儿报仇哩。她对门栓儿说:"好闺女,讨个火。"

门栓儿说:"自个儿上锅底里点去吧!"

老猴精就伸手一掏灶膛,只听那个鸡蛋在里边"嘣"的一声炸了,把老猴精的两只眼都崩瞎了。

老猴精虽然瞎了眼,可还是不甘心,就问:"门栓儿、门鼻儿,你俩都在哪哩?"

门栓儿、门鼻儿就在堂屋里说:"俺俩都在堂屋里哩。"老猴精就摸着进了堂屋。刚一跨进门槛,石磙就从门头上掉了下来,把老猴精的头一下子砸个稀巴烂。

原来,这事儿已经被老天爷知道了,就让门神和灶神下界,为民除害。所以呀这回老猴精是彻底完了,再也不能变化害人了,门栓儿、门鼻儿也从此过上了好日子。

[1] 鼓轮:滚的意思。

讲述者: 张文治,男,67 岁,平舆县后刘乡葛庄村张庄,私塾,农民

采录者: 张桂英,女,34 岁,平舆县后刘乡大黑土楼村,中学,民师

采录时间:1987 年 4 月 10 日

采录地点:平舆县后刘乡葛庄村张庄

附
记

"老猴精"是驻马店及周边地区流传很广的故事形象,笔者很小的时候就经常听到,各县区流传的故事情节都大同小异。上蔡县的故事中,老猴精变成了老掐婆子,是妖精变的,二个闺女把老掐婆子变的白菜卖给挑担的后,担子越挑越重。挑担的听到有人唱"一头儿轻,一头儿重,压你个鳖羔儿担不动",一气之下把白菜扔到河里。在泌阳县刘桂娥讲述、杨春丽采录的故事中,这棵白菜又变成了十二个小姑娘,认货郎为爹,一家幸福地生活在一起。由泌阳县周冉兰讲述、苏静采录的《老猴精》则增入天快亮了,老猴精还没死,放话晚上还来报复的情节。姑娘们很害怕,就在打麦场里哭起来,哭声惊动了石磙精,它请来扁担精、鸡蛋精、蝎子精、老鳖精、长虫精来帮忙。扁担精藏门后,鸡蛋精埋在锅底洞里,蝎子精躲进面缸,老鳖精趴到水缸里,长虫精盘在床上。晚上老猴精一进门,先被扁担打了一头包;到锅底门摸火照亮儿,鸡蛋精炸开崩伤了眼;去舀水洗眼,被老鳖精咬断了手指;到面缸挖面止血,蝎子精又蜇它一口;到床上找小姑娘,最后被长虫精缠住脖子勒死。(赵新春)

329

皮
秀
娟

从前，王家庄有个王货郎，二十七八了还没有娶上老婆。他家里没有别人，就他母子俩，母亲年已六旬。王货郎整天挑着货担，走街串巷，母亲在家收干晒湿，操持家务。

三月的一天，王货郎挑着货担正在赶路，忽然间乌云滚滚，霹雳闪电，一场暴雨就要来到。他急忙挑着货担到路旁破庙避雨，刚进庙，一声炸雷，倾盆大雨就下了起来。王货郎身穿长衫，两手对袖坐在神像前，忽然，一只雪白的像兔子一样的东西，从对面庄稼地里跑来，一头扎进他的长衫下面。原来那雪白物是仙家，犯了天律，龙王正追着抓它。

雨越下越大，雷声也越来越响，在庙顶轰隆，震耳欲聋，足足半个时辰才雷停雨住。王货郎想看看那白东西是什么？刚掀开衣襟，它一下子窜出去跑了。

王货郎拍拍衣衫，挑起货担，走出破庙。没走多远，遇见一位黄花姑娘，二十岁上下，容貌俊美，姿色动人，正低着头痛哭。

王货郎有些好奇，就问："姑娘，这荒山野岭的，你在这哭啥哩？"

不问则已，这一问姑娘哭得更痛了。她说她家住杨树庄，姓皮名秀娟，二十一岁，父母把她许配给一个丑陋无比的汉子，她不答应，就带丫鬟逃出家门。不料途中遇见强盗，杀死丫鬟，还抢走了东西，落个孤零零一人。

王货郎听罢，想劝她几句，无奈自己拙嘴笨舌，也说不出个啥。就听姑娘说："大哥，我知道你是个好心人，我现在也没地方去，如果不嫌弃，就收留我为妻吧。"

王货郎一听，心里别提多高兴了，他兴冲冲地前头走，皮秀娟羞答答跟在后面。到家之后，立即惊动了四方邻居，都说王货郎带回一位天仙女。要说最高兴的还是母亲，整日喜得合不拢嘴，就是在睡梦里也会笑醒。

王货郎娶了娇妻精神爽快，挑起货担格外有劲，买卖也顺手。秀娟和婆母在家织布，织的布也格外好，这样一来生活慢慢宽裕了。奇怪的是，他家原有一斛粮食，咋也吃不完。今儿吃了几碗，到明儿还是一样多，日子越过越舒心，越过越富足。

皮秀娟在王家快要一年了，有天晚上，她非常伤心。王货郎很奇怪，就问她为啥伤心。皮秀娟说："我是个狐仙，昨天我爹已找我来了，咱夫妻姻缘已尽，明儿就要分离。"说着哭成了泪人儿。

临行，皮秀娟告诉王货郎，自己走了，要是想她，就在每年的九月初九，到离这七里地的西南方一个叫杨树湾的村前的大桥等她。

皮秀娟走了以后，王货郎干啥也没有劲儿，买卖也懒得做，眼巴巴地就盼着九月初九那天。

到了九月初九，王货郎一大早就来到杨树湾村前的桥上。他等呀等呀，一直等到日近午，才见一辆一匹白马驾辕，两匹红马拉套的轿车飞驶过来。车上绫罗绸缎，豪华极了，上面坐着两个女子，看样子是一主一仆，那女主分明是他的妻子。王货郎刚要开口说话，马车早已从眼前走过。

这时，从远处又驶来一辆轿车，和前面的一辆一模一样，也是白马驾辕，红马拉套，驶到王货郎面前，"吁——"的一声停了下来。秀娟走下车，拉着王货郎的手就上了车。王货郎刚坐定，秀娟用手捂着他的眼，马车就飞了起来。不多一会儿，来到一处深宅大院。这时，一位年有六十的老人，头戴破皮帽迎了出来。秀娟对货郎说："这是咱爹。"他忙上前施礼问安。

王货郎在这里住了十多天，天天是酒肉宴席。别人家虽好，终究还是得回去。回去那天，皮秀娟对他说："咱爹给你金银你别要，就要他头上戴的那顶破皮帽子。"

临走，岳父给王货郎很多金银财宝，但他不要。

"贤婿，你想要啥，说吧！"

"爹，你头上戴的那顶破皮帽给我吧。"

岳父捋了捋胡子，不情愿地把破皮帽从头上摘下来，戴到王货郎的头上。

院子里已经停着一辆马车，皮秀娟俩人坐上车，皮秀娟还是用手捂着王货郎的眼，眨眼工夫又回到杨树湾村前的桥上。二人下车，才洒泪分手，依依惜别。

王货郎回到家里，母亲正坐在门槛上，暗自落泪。"儿走千里母担忧"，王货郎十多天没回家，他娘正担心着哩。

"娘，俺回来了。"

他娘听见喊声，可就是不见人影，揉了揉眼，还是没人。

"儿呀，你在哪哩？娘咋看不见你？"

"娘，我在你面前站着呢。"

王货郎一路奔走，头上冒汗了，就把帽子取下擦了擦汗，然后又戴上了皮帽子。他娘刚看见他，忽然又看不见了。

就这样，王货郎摘掉皮帽子，他娘能看见他，戴上皮帽子，就看不见。反复几次，才知道帽子是个宝贝。

王货郎再也不挑货担了，只要手头缺钱，就到富家钱柜拿，神不知、鬼不觉。生活虽然好过了，但他心里始终不畅快，天天思念着皮秀娟。

三月三这天，王货郎到集上赶会，见一个姑娘，鼻子、眼、脸盘儿无处不像皮秀娟。姑娘是大家闺秀，身边三个丫鬟，散会时坐上马车走了，王货郎也跟着坐上了马车。

一路上，那姑娘只觉得有人挤她，就是看不见人。到了家里，姑娘吃饭，他也吃饭，姑娘洗脸，他也洗，晚上姑娘睡觉啦，他也睡觉。可是他刚摘下帽子，姑娘就看见

了，"有人呀！有人呀！"大叫起来，慌得王货郎赶紧戴上皮帽子，别人又看不见他的身影了。

一家人闹腾起来，到姑娘房间里，什么也没见。因为每天晚上都这样，姑娘的父亲疑心是鬼怪，就请来一位捉妖降怪的法官。

法官年约四十，他在堂屋摆一张方桌，方桌上放把罗圈椅，然后就坐在上边。十二个属龙的壮汉各拿着五尺长的青柳棍站立两旁，十二个属虎的壮汉也拿着青柳棍把守着姑娘的闺房。

夜深人静时，听那姑娘高叫一声："有人！"二十四个壮汉冲进闺房，用青柳棍乱打起来，不知怎的，把王货郎头上的破帽子打掉了。壮汉们都看见了他，一齐上前，把他五花大绑起来。

再说皮秀娟送走王货郎后，也是昼思夜想，难以忘怀。这天，她特别烦躁，左眼不跳右眼跳，左耳不鸣右耳鸣，掐指一算大吃一惊，原来是丈夫有了大难，需要赶快搭救。

法官抓住王货郎之后，高兴极了，姑娘一家也满心欢喜，正设宴款待法官，忽然狂风骤起，刮得天昏地暗。狂风过后，再也找不到王货郎和那顶破皮帽了。

王货郎被皮秀娟救出，又在皮家住了三天。可是在这三天里，他再也没见过皮秀娟的面。这天，他岳父阴沉着脸来见他："王货郎，三年前你救了我的命，我让女儿去报答你的恩。前天我女儿又救了你的命，现在咱们之间恩恩相抵，这皮帽子给我留下，你自己走吧！"话刚说完，楼房宅院都没有了。王货郎低头一看，自己正坐在一棵高大的杨树杈上。他吓了一身冷汗，慢慢从树上爬下来，低头又看见一只雪白类兔的东西死在那棵杨树下，嘴里还流着血。

王货郎回到家里，当天晚上做了一个梦，梦见皮秀娟站在他床前，嘴里流着血哭着说："前天救了你之后，我准备跟着你回到王家庄，夫妻白头到老，父亲坚决不允，把我送进绣楼，再不让和你见面。昨天黑夜，我跳楼偷去见你，不料被狠心的父亲发现，一脚踢中我的前胸，口吐鲜血而亡，现在我的尸体还在那棵杨树下。看在夫妻情分上，你把我的尸体运回家来，埋在房后。"

王货郎从梦中哭醒，悲痛万分。第二天，他把皮秀娟

抱回，置棺装殓，葬于房后，每逢过年过节，给她修坟添土，烧纸祭祀。

讲述者：　郭玉学，男，48岁，遂平县嵖岈山乡供销社，初中，职工

采录者：　魏世显，男，25岁，遂平县嵖岈山乡中，中专，教师

采录时间：1988年2月6日

采录地点：遂平县嵖岈山街

附附记

货郎是嵖岈山区最常见的游乡客，手里拿着拨浪鼓，屁股后跟着一群小孩。郭玉学是嵖岈山供销社土产门市部的经理，经常推着架子车下乡卖货，很有点货郎的味道。魏世显到供销社买汽灯的罩子，看到郭玉学穿着"尿素"裤子，手里扇着芭蕉扇坐在门市部门口，正跟几个人讲话。魏世显上前一听，正讲到皮秀娟，就站在门口听起来。听完了，才想起要买灯罩子，他开玩笑说，我要是有一顶破皮帽子，就不用掏钱买灯罩啦。回家后，魏世显整理出来，交给了嵖岈山初中的肖宪云老师。此故事在泌阳县和西平县均有流传，有的是皮帽子，有的是隐身衣。皮秀娟的故事哀婉动人，在民间广为流传，从中可以看到《聊斋志异》的影子。（刘康健）

330

胡秀英

很久以前，西北山下有个张家村，村里有个张员外名好善，有个儿子叫金山。

在青铜山修行的狐仙身居深山，心里烦闷，想出山走走看看。狐仙好喝酒，到了酒楼就开怀畅饮，结果就喝多了。它走出酒楼，看见张家村南有棵老柏树，想到那歇歇，可是没走多远，酒力发作，倒在地上不省人事。

这时有两猎人经过，看见地上躺个狐狸，把它捆起来，正要抬走，碰上了张员外。张员外看这狐狸不同一般，就给猎人说情，把狐狸抬到了他家。到了家，员外抚摸着狐狸说："我看你不是一般的狐狸呀。"

当晚，狐仙给张员外托梦说："我乃狐仙，今日出来喝酒，不慎饮醉，多亏你把我救下，定报大恩。"

第二天，狐仙酒醒过来，在张员外家留住三天后，决意回去。员外看留不住，就送狐仙上路，送了一程又一程，舍不得分离。最后狐仙拦住再也不让送，员外只好转回，狐仙驾云而去。

隔了一年，山北起庙会，金山要去会上看戏，张员外怕他迷路，就叫院公老王作陪。主仆二人骑着马到了山北，

把马拴在一棵柏树上去看戏。正在热闹处，忽然晴空一声炸雷，接着下起了大雨，人们惊慌四处乱跑，老王和少爷也被冲散。

张金山一路小跑，闯进一村庄，见一大户人家门前古柏参天，门楼纱灯映照，非常气派。这时门开了，走出一个老头儿，见金山淋成这个样子，忙让进屋避雨。到了客厅，老头儿叫人端上饭菜，吃着说着："去年，你爹用五十两银子救了我，我说过报恩，你就和我女儿秀英成亲吧。"接着叫出女儿，前来见礼。

少爷一见秀英生得如仙女一般，不胜欢喜，连忙下拜。狐仙叫他俩拜堂成亲，金山说："婚姻大事，要与父母商议，晚辈不敢自做主张。"狐仙点头答应了。

再说家院老王，到处寻找少爷，几天不见少爷踪影，很是伤心，想着无法向员外交代，不如了结生命。正准备上吊，张金山正好赶到这里，主仆大喜，二人回到家，把婚事对父亲一说，员外非常高兴。

第二天日出三竿，不见少爷起床，员外就叫丫鬟把他喊醒。丫鬟走进少爷书房，喊了几声不听回音，到里屋一看，少爷直挺挺躺在床上早已断气。丫鬟吓得尖叫一声跑了出来，急忙告知员外。员外一听如雷轰顶，当时昏了过去，醒来哭了好一阵，他想，人死不能返阳，再哭也无用，就叫人操办后事。

这是咋回事儿哩？原来张家村附近山上有个蝎子精，与狐仙因为争夺青铜山结下了怨仇。员外救狐仙时，蝎子精就恨得咬牙切齿，决心要报复张员外。在金山回到家后，蝎子精就变作胡秀英模样和他亲热，趁机用尾巴扎进他的脚心，把血吸干，张金山也就命丧黄泉。

正当员外一家痛哭时，狐仙赶到，问明情况后就对女儿说："别哭了，秀英，你快去找王母，灵芝草掐三叶，天河水舀三杯。遇到意外，就赶快起一块黑云，我看到黑云后会立即赶过去帮助你。"

秀英找到王母，取了灵芝草和天河水。正待回去时，蝎子精拦住了去路。秀英斗不过它，就起了块黑云。狐仙一见女儿发出的求救信号，就急忙赶去，迎战蝎子精，并叫秀英快去找王母救助。秀英见到王母，说明情况，王母给她一只公鸡。公鸡跑到蝎子精跟前，猛地一啄，把它吞到了肚里。

狐仙和女儿拜别王母赶到张家，把药调好给金山灌下肚去，金山慢慢地苏醒过来。狐仙把女儿撇下，就回山了。

百日后，胡秀英对金山说："咱俩缘分已尽，我要回山了。"金山再三挽留，秀英说："这是天意，不敢违命。"金山哭成了泪人。临走，秀英对金山说："妾身有孕，孩子生下后，给你送来。"说罢就驾云而去了。

秀英走后，张金山中了状元，后来他的儿子也考取翰林。

讲述者： 王永哲，男，83岁，遂平县嵖岈山乡常韩村，私塾，农民

采录者： 刘海龙，男，30岁，遂平县嵖岈山乡中，中专，教师

采录时间：1988年3月6日

采录地点：遂平县嵖岈山乡常韩村

附

记

王永哲在村里是个知识分子，会背《古文观止》，讲话有时之乎者也，所以讲的故事有点文绉绉的。刘海龙在乡中教书，回到常韩村喜欢找王永哲喷空。春上人闲，王永哲老汉在树下搭了个架子，正摞砖头织粪栅子。刘海龙走过去说，大爷，我帮你织一会儿吧。织粪栅子得用水泡软的高粱秆子，王永哲抱来一捆泡软的高粱秆子，看刘海龙织粪栅子。刘海龙织着粪栅子，对王老汉说，大爷，你别闲着，给我讲几个有话吧。王老汉说，中啊，换工。王老汉讲的故事都与动物有关，这大概与村子不远就是狮子山和象山有关。这种故事在泌阳县、遂平县、西平县西部山区多有流传，主要是山区野生动物多，而狐狸又为人们所喜爱的缘故。（刘康健）

331

人狐奇缘

在嵫岈山西北有个阎王殿村，以前这里土地肥沃，人烟稀少，经常有狼精狐怪在这出没，直到现在还流传着一个打柴汉与狐狸精结亲的故事。

那时候，这个村出了个叫孟康的好汉，能降龙伏虎，活了八十多岁，无疾而终。他的后代中有个叫孟青的，长得非常壮实且憨厚老诚，有一颗继祖兴业的雄心，一心想着叫孟氏家族强盛起来。可是很不幸，有一年全村遭了火灾，房屋被烧毁，大部分人到外地逃难去了。

孟青不愿离开祖上开创的这块土地，就带领不愿走的人修好房屋，重创基业，进山砍柴，养家糊口。后来孟青长到三十多了还没有娶上媳妇，每天夜晚他独身一人坐在山坡上的茅屋旁，望着星星和月亮，唱着他自己编的歌："象山灵山是宝地，孟氏后生何荒饥？无情大火村中烧，背井离乡人烟稀。"又唱道："孟青实在命里苦，不走天涯住茅屋。孤苦伶仃我一个，夜夜独守星月坐。身在象山虽宝地，孟氏后生寒凄凄，都怨无情火，有谁来伴我……"

有一天晚上，孟青又对着象山边吃饭边唱歌，不知唱了多少遍，朦朦胧胧，只见眼前红光一闪，刮来阵阵香风，

出现了一位俊丽的红衣女子。她轻飘飘地走近孟青，用白玉般的双手轻轻捂住孟青的眼睛，羞答答地说："青哥，既然你无依无靠，我来陪伴你，中吗？"

山上从没来过女子，女子甜蜜温柔的声音，使孟青又惊又喜，想站起来看看是啥样的女子。可眼被捂住，手又甩不开，身子也站不起来，他大声喊着："你是谁？我是个男子汉，咋能和你这般亲近啊？"

"青哥，依了我吧。再说你都三十多了，还光棍一条呢，咱俩成了亲，生下一男半女，你孟家也有个后代啦。"

红衣女子一边说，一边松开了手。孟青抬头一看，嗨！这么漂亮的女子，上哪找去哩！想想自己的处境，就答应了。当天夜晚他们以象山为证，星月作媒，拜了天地，结为夫妻。

不久，孟青怕媳妇在山上孤单，便搬回村子。夫妻俩恩恩爱爱，男耕女织，日子一天天好了起来。孟族的父老乡亲对这一对夫妻也格外尊敬，谁家打发闺女或娶媳妇，都请孟青夫妇帮忙，眼看着孟氏的后代又要兴旺起来了。

哪知好景不长，又发生了一场悲剧。

有一回，村里一个后生要娶媳妇，就请孟青的妻子去接新娘。适逢孟青不在家，她一个人就在后生家忙前忙后，连自己梳理打扮都顾不上。后生急着要她去接新媳妇，于是，她就赶紧回到家里，把自己的头取下来放在桌上梳理打扮。

这时，邻居大嫂来催她上车，进门正好看见这个情景，吓得大叫一声"妈呀"就往外跑。孟青媳妇听到这声音，知道事情败露了，但为给邻居办好喜事，她就收拾停当，上了花车……她想等以后再给孟青说实话，这个事情就算放下了。

俗话说，没有不透风的墙。孟青很快听到了传闻，但他半信半疑，他想妻子勤劳、贤慧，就摇摇头，不信此事。但他想到自己在山上与红衣女子巧遇，她始终不说出自己的身世，他又相信了。

一天挨黑的时候，天上飘来一片片乌云，刮起了一阵阵狂风。平常天阴要下雨时，孟青赶紧叫妻子走进屋里，恐怕妻子受凉。这会儿他却一言不发，他变了，他的心冰冷了。他强迫妻子上井里打水，自己偷偷跟着，趁妻子打

水，"扑通"一声把她推进井里。

孟青发疯似的跑回屋去，"啊"的一声，一屁股坐到地上，妻子正坐在床上，怀里还抱着一个刚刚出生的婴儿。是做梦吗？婴儿还在"哇哇"地哭着。他从地上爬起来，跪在妻子面前说："贤妻啊！我孟青对不住你，你……你惩罚我吧！"

"不必了……"一个温柔的声音飘了过来，"青哥，怨我原先没说我的身世，看来咱俩的缘分已尽，分离前向你说明白吧。"妻子深吸了一口气，向孟青讲起她的身世。原来这红衣女子是一个狐狸精，叫红玉，已经修炼九百余年。只因孟家祖上与狐家祖上相斗，伤害了不少狐子狐孙，狐祖为了报仇使出妖法，一场大火烧了孟氏村庄……到了红玉这一代，深悔祖上的罪恶，决心以德报怨。狐女说："俺狐类非得人类骨血的精髓，才能得道成正果，俺看你勤劳忠厚，一来想报答你，和解祖上怨仇，二来想享人间天伦，同你结下这段姻缘，哪想你……"她惨淡地一笑，把婴儿递给孟青："青哥呀，这是咱的骨血，好好恩养他！"

说罢，只见一道红光，红衣女子升到半空，又飘下一串温柔的话语："青哥，你要像以前一样勤劳，莫干伤天害理之事。"声音和着婴儿的哭声，把孟青的心快要撕碎了……

从那以后，孟青就带着孩子，又住进了山坡上的茅屋，终日砍柴，一天一天打发着日子。

讲述者： 王浩，男，61岁，遂平县嵖岈山乡中，大专，教师
采录者： 秦俊武，男，46岁，遂平县嵖岈山乡中，大专，教师
采录时间： 1987年12月30日
采录地点： 遂平县嵖岈山乡中

附
记

冬天的一天，王浩把煤火炉子搬到门口，用干树枝生火，不停地用一把破扇子扇。路过的秦俊武看见了，就蹲下来帮他生火。王浩虽说是教数学的，但幽默风趣，喜欢讲段子。前几年老师都在大伙上吃饭，一吃饭他就开讲故事。大伙散了以后，老师们都在自己屋里做饭，再也听不到他讲故事了。秦俊武一边生火一边说，王老师，这么长时间不听你讲有话啦，讲完了吧。王老师一拍大腿说，讲不完，多着哩，不信我给你讲几个吧。正讲着，路过的肖宪云说，我给你夹一块烧半熟的煤块吧，好多讲几个。不一会儿，肖宪云就夹来一块烧得半熟的煤块子，放到他的炉子里，很快就着了。秦俊武在整理时，按照王老师讲的带有较多的书面语言，这也反倒显示出老师的职业特点。（王中明）

332

狐妻

从前，嵖岈山东山脚下有个小村庄，住着一个叫张华的年轻人，家里只有他一个人，以打柴为生。因他老实家贫，快三十岁了还没娶上媳妇。

张华常到山中打柴，早出晚归，辛勤劳动，一个有五百年道行的狐精爱上了这位忠厚善良的樵夫。

一天，朝廷[1]带着宫廷侍从，前呼后拥来到嵖岈山打猎。忽然有一只狐狸跑到张华面前，两眼落泪，看样子是让救它。张华立即把它藏在草下，然后脱下衣裳盖在上面，继续打柴。这时宫中侍从跑来问他见到一只狐狸没有，他说："好像有一个，向前跑去了。"

等侍从走远，他就把狐狸放出来，并对它说："以后注意点，不要被他们碰见了。"那狐狸点点头，消失在山林里。

有一天傍晚，张华正在家里做饭，一位姿容秀丽的女子来到他家，央求他帮忙："我走远方亲戚，累得实在走不动了，请你让我在这住一晚吧。"

张华说："家中没有别人，我咋留你住宿哩？"

"我知道你是个忠厚善良的人，我并没男女之嫌。"她说。

张华无论怎样说家贫、脏，那位女子执意要求住下，只好依她。

晚上，那女子又说："我上无父母下无兄妹，孤单一人，无依无靠。我看你也是一个人，如果不嫌弃，咱俩成个家，你在外打柴，我操持家务，相依为命，如何？"

"不，不，我又穷又苦，你年轻貌美，咋能让你在这儿受苦？我连想也不敢想让你这样的人做妻子。"

"我不怕苦，只要我喜欢你，你喜欢我就行了。"

就这样，他们结成了夫妻，互敬互爱，恩恩爱爱，勤俭度日。

一次，张华问妻子的家人，那女子就说："实际上我是只狐，那天你在山上救了我，为报答你救命之恩，我才来这儿的。"

"那天你遭到追杀，咋不变化呢？"

"那里有天子，又有宝剑，变化不了。"

"你以后不要再变化了，我们长相厮守，白头偕老好吗？"

"如不嫌弃，自然愿长做伴侣。"

张华夫妻得了孪生子，皆聪明过人，读书过目不忘，年一十九岁双双考取翰林学士，当了朝中大臣，为官清正廉洁，刚直不阿。

夫妻九十岁寿终正寝，后来家族逐渐兴旺，因妻为狐狸，故村名狸庄，后人传为李庄。

---

[1] 朝廷：即皇帝。

讲述者： 李绍曾，男，60岁，遂平县花庄乡长寺村田庄，私塾，农民

采录者： 刘晓春，男，28岁，遂平县花庄乡长寺村，高中，农民

采录时间：1988 年 2 月 9 日

采录地点：遂平县花庄乡长寺村田庄

333

狐美人

赵良从小就死去了爹娘，跟着哥嫂过日子，由于穷，二十多了还没娶上媳妇。

一天，哥嫂让他赶集买些糠菜。赵良平时很少赶集，这次哥嫂让他去，那高兴劲就别说了。他来到集上，见一个屠夫拉着一只老绵羊准备宰杀，可那只羊死活不走。屠夫恼了，一阵拳打脚踢，打得那绵羊"咩咩"乱叫，眼泪一个劲地往下流，可还是不走。屠夫更火了，拿起宰刀，就要杀掉那羊。赵良看那羊实在可怜，心中不忍，就对屠夫说："你不要杀它了，这只羊我买下，你要多少钱就给你多少钱。"屠夫一听，停下了手，心想，既然他这样说，我何不多要几个钱呢？免得杀了多费事，就说："好吧！你要买就卖给你，不多不少十串钱。"

赵良摸了摸衣袋，也只有十串钱，可这是哥嫂叫买糠菜的保命钱呀！回去咋好和哥嫂说呢？他犹豫了。当他看到那只羊眼泪汪汪望着自己时，心又软了下来，一狠心，把十串钱全掏给了屠夫，集也不赶了，牵着羊就往家走。

走到离家不远的一个桥上，他觉得浑身又累又乏，便躺下来休息一会。哪承想一躺就睡着了，梦见一个白胡子老头对他说："恩人，你今天救了我一命，我也没啥报答你，你现在还未成家，我把小女许配给你。等明天天到中午，你还到这桥上，小女必来。今天你先回去收拾一下房间，没有钱花，小女带的有，请记下，我走了。"

赵良一觉醒来，不见了那只老绵羊，四处寻找，仍然不见，可梦里的话，一字不忘。他想这下可完了，回去咋跟哥嫂说呢？可一想起梦中的话，他又高兴了，要真是这样就太好了，回去就跟哥嫂这样说。

当他高高兴兴回到家，把话和哥嫂说明之后，哥嫂不但没有责怪他，还很高兴，只是担心不一定是真的。不管怎样，先把屋子收拾好，准备明天迎接新人。

第二天刚到午时，赵良就早早来到桥上，老远看到一个女子向他走来，他不敢相信这就是自己的妻子，只是低着头站在桥上等着。谁想当女子来到桥上，竟喊起他的名字来，这下赵良可相信了，高兴得不知说什么才好。只见那女子容貌非凡，风摆柳叶似的来到近前，含羞带笑，莺声燕语地问道："赵郎！你是来接我吗？咱们回家去吧。"喜得赵良一个劲地点头傻笑。

当她来到赵家时，哥嫂欢天喜地地赶快迎接。左邻右舍听说赵良娶了个好媳妇，也都来围着看，个个赞不绝口，都说赵良有福气。

夫妻拜堂之后，入了洞房。喝喜酒闹洞房的人就更多了，哥嫂没钱，左右为难。正在这时，新娘子把嫂子叫到跟前，从腰里掏出几块大元宝，让哥嫂设宴待客，这下哥嫂更是喜欢非常。

自从新娘到来，一日三餐，不等嫂子进厨房，饭就做好了。为此，嫂子感到实在过意不去，可又抢不到新娘子前面。

这一天，嫂子半夜就起床，到厨房里去做饭，可一摸锅，饭早已做好了，见新娘子屋里亮着灯，她就蹑手蹑脚偷偷来到窗下。只见新娘子正在梳头，梳着梳着，竟把头拿下来梳开了，吓得嫂子差点没叫出声来，急忙回去和丈夫说："弟媳不是个人，可能是妖怪，要不咋把头拿下来梳呢？"丈夫不相信，便亲自偷着去看看，一看果然如此。两口子吓坏了，马上找到弟弟，把新娘是妖精的话说了一遍。赵良不相信，也没把这事放在心上。

一年过去，新娘子生了个胖娃娃，长得聪明可爱，十分逗人，全家人非常高兴，请了客，喝了喜酒。等到小孩子刚会走的时候，有一天，新娘子突然对丈夫说："赵郎，我有话给你说，请你不要伤心。"

赵良一听，不知新娘要说啥。只听娘子说："咱俩夫妻姻缘已尽，明天我就走了。我不是人，是狐女，因为你救了我爹爹，为妻特来报恩。可人妖从无缘分，虽然夫妻一场，终不能白头到老。不是我心狠，只是天意难违。如今孩子已大，可以断奶了，我也只能做到这啦。我走后，如果恁父子想哩狠了，可到东南山上，山上有一片松树林，从南往北数到一百棵时，喊我三声，我就出来再给孩子喂一次奶，孩子就长大成人了。"赵良一听，心中恍然明白哥嫂从前对他说的话，一想到夫妻情意，他又难割难舍，拉着妻子痛哭起来。狐女无奈，只得再三安慰。

第二天一早，狐女喂饱了孩子，安慰了丈夫，话别哥嫂就走了。

自从狐女走后，赵良一个人觉得非常孤单，终日抚着儿子，思念妻子。这天他想念妻子想得实在没有办法，见孩子又闹得厉害，就抱起孩子去找妻子。他按狐女指引的路朝前走，孩子竟不哭了。他试着往别处走的时候，孩子又哭了起来，他不得不拐到原路上，果真孩子又不哭了。他感到奇怪，难道这孩子也懂得事了？

他来到山上一看，果真有一片松林，他就一棵棵数开了，当数到一百的时候，大喊三声，只见不远的山洞里跑来一只狐狸，眨眼功夫，变成了自己的妻子，笑盈盈地来到了面前，口中说道："赵郎，你来了，儿子也来了，让我喂喂儿子。"说着接儿在手，亲了又亲，抱在怀里喂了起来。

赵良试探着问："贤妻，难道你不能回家吗？"

狐女含泪说："我也想和你们一起回家，可是人妖殊途。今日一见，将是永别，以后仙界再不许我们见面了。你还年轻，可以再娶一个，陪伴到老。我这里有一把宝扇给你做个纪念，如果没钱，扇子一扇，钱就来了。我算着你能娶个好的姑娘，咱的儿子也有个好的前程。"说着从腰里掏出一把扇子递给赵良。狐女刚喂饱儿子，就听一声钟响，望着流泪不止的赵良说道："赵良，不要哭了。钟声响了，我要归洞了，希望你把儿子抚养成人，多多保重自己，我走了。"说罢，亲了亲儿子和赵良，一转身不见了。

赵良按照狐女的吩咐，用宝扇扇出的银子，盖了楼房，又娶了个好姑娘，过起了幸福的日子。

后来儿子才华出众，考取了状元。

讲述者：　王向华，男，29 岁，平舆县东和店乡仙翁庙村，高中，农民

采录者：　王继松，男，34 岁，平舆县东和店乡仙翁庙村，高中，农民

采录时间：1987 年 10 月 12 日

采录地点：平舆县东和店乡仙翁庙村

附

记

仙翁庙是东汉方士费长房的家，庙中供奉着吃鬼的费长房，香火不断。王继松是个文艺青年，很受县文联主席李宏看重，趁着民间文学三套集成普查的机会，安排他收集民间故事。这天，王向华和王继松往秋田里拉粪，一人拉一辆架子车，准备撒粪后种麦。拉了几趟后累了，他俩就坐在车子把上歇着。王向华知道王继松在收集民间故事后，就说，我给你讲一个吧，你看中不，就讲了这个《狐美人》。王继松抽空整理出来送给了李宏老师。（刘海峰）

334

柳绿

从前，在一片大坟场里，住着三个狐狸精，一对老夫妻和女儿柳绿。

有年三月，张庙起庙会，可热闹了，两班子戏对住唱。会上有卖针头线脑儿的，有卖狗皮膏药的，还有耍把戏玩猴的，看啥有啥，引得方圆几十里的人都来看。柳绿听说了，想到会上去逛逛，对爹娘说：

"爹呀，娘呀，俺在家里闷得慌，想到会上去逛逛。"

爹说："中是中，可别迷了男人啊。"

娘说："中是中，日头不落得回来。"

柳绿说："女儿记住了。"她从洞里走出来，变成一个俊俏的大姑娘，看看没人，就把狐皮压在一个大石头底下，进会场了。

这旁边有个小树林，树林里坐着个小伙子，名叫常青，爹娘死哩早，家里又穷，二十几的人啦，还没说上个媳妇哩。柳绿的一举一动他全看清了，恁好的一个大姑娘，看得心里突突直跳。他见柳绿进了会场，就起身跑过去，掀开那石头，咦，是张黄澄澄的狐皮。他拿起揣在怀里，坐一边儿等着。

日头偏西，也该散会了，柳绿想到娘的话，转身离开会场，到那石头边寻她的狐皮。噫，咋不见了？没有狐皮变不了，变不了也就回不了家，柳绿急哭了。

坐在一边的常青见柳绿哭了，走过去问："姑娘，你哭啥哩？"

柳绿见一个小伙子走近自己，止住哭说："俺的衣裳不见了。"

常青从怀里掏出那张狐皮，问柳绿："你看，这是你的衣裳不？"

柳绿一见，正是自己的狐皮衣，抢住就要，嘴里直嚷嚷："你还我的衣裳！你还我的衣裳！"常青说："别哭了，我知道你是狐狸，我不嫌弃你，跟我回家过日子吧，我一定对你好！"柳绿站在一边直哭，哭是哭，也没啥法儿，还是跟着常青回家了。

柳绿做了常青的媳妇，常青怕她跑掉，就把那狐皮找个严实的地方藏起来。柳绿呢，人也勤快，啥活都帮常青干，一点儿也不嫌他穷。俩人一块儿下地，一快收工，恩恩爱爱，有说有笑，她渐渐恋上人间，把回家的事儿扔到脑后头去了。

有一天，柳绿身子有点病，不能下地做活，常青挂念媳妇，不敢远离，就在屋后理料小菜园。天半晌午的时候，常青就听头顶上"呼"一阵风响，刮到自家院里，啥也没有了。他觉得奇怪，起身往屋走，刚到院子里，只见从屋里走出个白胡子老汉，一闪就不见了，又一阵风往西南去了。

常青进了屋，见媳妇的泪像断线的珠子，"扑嗒，扑嗒"直往下落，还没等他问是咋回事儿哩，柳绿先开口了："常青啊，咱俩今儿个要分开了，你把衣裳还我，我得走啊！"

这话真如晴天霹雳，把常青轰瞪眼了，这是从地下冷不丁冒出来的事啊。柳绿见常青恁伤心，哭了，说："俺爹才来过，让我马上回去哩！"常青五尺多高的汉子，也止不住泪，说："你一走，叫我咋过呀？"夫妻俩抱在一起，哭成泪人。

常青说："咱俩说啥也不能离开呀！"柳绿说："我要是不回去，会给你招来杀身大祸，你要实在离不开我，我画个像留给你吧。要是想得慌，就看看它，你有啥话，也管问她。"

常青点点头，柳绿找来笔，把自己的像画下来，递给常青。常青接过来一看，活鲜鲜的，看了又看，揣进怀里，到外面把张黄狐皮找回来，在怀里揉了又揉，才递给柳绿。柳绿眼泪滚滚地看着常青，接过狐皮，牙一咬，披上了，红光一闪，一阵清风不见了。常青跑出门外，捧住嘴巴喊："柳绿！柳绿！"哪还有回音啊！

常青把柳绿的像贴在墙上，一天三餐敬吃敬喝，越是看像越想柳绿。画得再真也不能做饭叠被窝呀！常青趴在柳绿的像上哭开了："柳绿呀，我还上哪找到你哩！"怪气，柳绿的像讲话了："常青啊，俺爹把家从村西的老坟场搬到终南山的槐树楼了，大槐树下一个洞，那就是俺的家。"

常青一听有地方了，抹抹泪不哭了，和面蒸了两锅子馍，背着找柳绿去了。他翻千座山，蹚万道河，风吹雨打日头晒，历尽千辛万苦，才到终南山找到那棵大树。大树少说也有五搂怎粗，根下一个洞，黑乎乎的，常青没多想啥，弯腰进去了。

洞里一团黑，面对面啥也看不见，常青摸索着往前走，眼前突然亮堂了。再往前走，出现一座漂亮宅院。常青走进大门，见院里树桩子上拴住只黄狐狸，那狐狸见常青，直往身上扑，两眼泪汪汪的。常青觉住奇怪，走过去问："你是柳绿吗？要是就点点头。"那狐狸点点头。常青心里一阵难受，把狐狸身上的绳子解下来。没那绳子的束缚，狐狸在地上一滚，变成了柳绿。

常青先是一喜，见柳绿瘦成这样，流泪了。柳绿拉住常青的手，从上到下看了一遍又一遍，泪水像泉水一样流。

常青问："你咋被拴在这儿啦？"柳绿说："因为上一回逛庙会，俺嫁给你，爹才搬了家。到了这儿，爹怕我再乱跑，就把我拴住了。"

俩人正说话哩，听到脚步响了，柳绿说："快藏起来吧，俺爹来了，被它看见，你就没命了。"柳绿拉住常青的手进了屋，顺手把门关上了。

老狐狸从大门外走进院里，见木桩上只剩下一根绳，闺女不见了，用鼻子闻闻，有股生人味。看看闺女的房门没关严，走过去推门进屋，见闺女站在屋中变成人样了，问："谁给你解开的绳子呀？"柳绿说："绳子糟了，我自己挣开的。"

老狐狸又用鼻子抽抽问："屋里咋有股生人味？"柳绿知道瞒不过了，说："不是生人，是俺男人来了。"老狐狸听了哈哈大笑，说："女婿来了，咋不让见我哩？"

常青从里间走出来，见是一个白胡子老头儿，穿住黄布褂，慌忙施礼。老狐狸说："既然来了，你就在这儿住下吧。"柳绿听了喜哩不行。

到了第二天，老狐狸又来了，对常青说："女婿呀，你成这儿的人啦，我给你找个活儿干干吧。"常青是有力气的，闲住也觉闷得慌，问："啥活？爹就说吧！"老狐狸说："洞外的槐树上有个麻喳[1]窝，一天到晚吵得叫人心里难受，你去把它捣掉吧！"常青说："中啊！"

柳绿急得在一边直跺脚，等老狐狸一走，她对常青说："你捣那窝还要命不？"常青问："咋啦？""那窝里藏有十二把飞刀，俺爹是想害死你哩！"常青一听，愣瞪眼了，说："那咋办呀？"柳绿说："你砍一根青竹竿去捣那窝，捣掉以后跑出百步再回头看。"

第二天，常青到外面砍了一根青竹竿，到那槐树下一看，果真在树权权上有个麻喳窝，用力去捣，只听"呼啦"一声。常青不敢回头看，一口气跑了一百步，这才停住脚，扭头一看，见槐树下插住明晃晃的十二把飞刀，把他吓得直吐舌头。常青拿住那麻喳窝，回去见到老狐狸说："爹，这窝还真不好捣哩！"

老狐狸见常青没死，手里掂住根青竹竿，心想：这是谁坏了我的事了？老狐狸又对常青说："女婿呀，天快冷了，你到洞外给我拽点麦秸铺铺床吧！"常青说："中啊！"

常青进屋给柳绿一学，柳绿说："那麦秸你可不能拽呀！""咋啦？""那麦秸垛里藏有暗箭。"常青一听急了，问："那咋办呀？"柳绿说："你见了麦秸垛，正转三圈拽一把，倒转三圈拽一把。"

常青听了柳绿的话出去了，到了洞外，见有一个麦秸

[1]　麻喳：方言，即喜鹊。

垛，他正转三圈拽一把，倒转三圈拽一把，果见里面装有很多暗箭。常青不敢停留，抱起麦秸回家了，见了老狐狸说："爹，这麦秸拽住还真不容易哩！"

老狐狸见常青这回又没死，心想："这是俺妮儿捣的鬼，咋办哩？"回到自己屋里，对老狐狸婆说："咱妮儿不跟我一心啦。"老狐狸婆子问："咋啦？""我害那男人的法儿，都叫咱妮儿给破了。""你还准备咋办呀？""唉，我也没法了！"

老狐狸婆子说："既然他俩恩爱上了，咱就成全了他们吧！""咱妮儿眼看就要成仙了，嫁那凡小子，要坏根基的，我怕她受不起那罪呀！""我把她喊来问问，然后再想办法。"

老狐狸婆子把柳绿喊到跟前，问："妮呀，你是不是很喜欢那男人哪？"柳绿说："是哩娘，他待我很好。"娘说："你快成仙了，再也用不着在地上打滚脱狐皮子变化啦。"柳绿说："娘啊，我不愿成仙，待在这黑乎乎窄巴巴的洞里，我想跟常青走，好好地做人。"老狐狸、狐狸婆子听了柳绿的话长长地叹了口气。

老狐狸说："你成凡人得把狐皮留下，不然，不出三月就有雷劈之灾。"柳绿一听，要把狐皮留下，可吓坏了，但想到常青，她牙一咬，说："留下就留下吧！"老狐狸见柳绿横心了，叹了口气，对柳绿说："那你就把狐皮披上趴下吧！"

柳绿把狐皮披上，变作一个狐狸趴地上了。老狐狸作起法术来，朝柳绿喷了口气。只见红光一闪，柳绿身上起了团团大火，把个她疼得翻身打滚直嚎嚎，老狐狸、老狐狸婆子站在一边直流泪。不大一会儿，火熄了，柳绿变成人形躺在地上，脸色土白。

老狐狸把常青喊过来，让他把柳绿背走了。出了洞，柳绿的身体就恢复了，高高兴兴地跟着常青回家过日子去了。

讲述者： 刘天华，男，71 岁，确山县朱古洞乡秦庄村，不识字，农民

采录者： 吴文龙，男，23 岁，确山县胡庙乡吴楼村，

高中，农民

采录时间： 1987 年 4 月 21 日

采录地点： 确山县朱古洞乡秦庄村

附

记

这天，吴文龙来到秦庄，看到正在下红薯种的刘天华老汉。刘老汉披着棉袄，用铁耙子打造红薯种地，把从红薯窖里掏出来的红薯安到地里，又用土盖上，浇上水。吴文龙也是老庄稼式，走过去帮刘老汉干活，干着活，两个人就讲起故事来。（刘康健）

335

出山净

从前，有一个打柴的年轻人，叫"出山净"。为啥叫"出山净"哩？就是说，每次进山打柴，他打得最多，回来得最晚，他走出山来，里面再也找不到一个人了，所以人家都叫他"出山净"。

这出山净长一双仙腿，能到天宫里去，但是没有仙眼，啥也看不到，长仙腿也白搭。就在这山下的一个洞里，住着一个成精的狐狸，它长有一双仙眼，能看到天宫里的神仙来来往往，但是它没长仙腿，看着仙境上不去，干眼气净白搭。狐狸精一心想弄双仙腿安在自己身上，出山净成天打柴从这儿过，那双仙腿被它知道了。

有一天，日头压山了，出山净担住柴禾刚翻过山垭口，就听见一个女子的哭声，他顺住哭声一看，见是一个二十来岁的女子，身披重孝，不知坐在石头上哭啥哩。

出山净心眼儿好，担住挑子走过去问："天快黑了，你一个人在这深山老林里哭啥哩？"那个女子说："俺丈夫死了，婆婆不让俺进家了，想着不如寻死哩！"

出山净说："别在这哭了，跟俺回去吧。""你是男的，俺是女的，跟你回去，人家看见能不笑话吗？""你说咋办？""你要是没成家，就娶了俺吧！"

出山净家里就他一个，穷得叮当响，一二十岁的人了，还没娶上媳妇儿，看这个女的长得也怪好，也怪可怜，就说："中。"那女的高高兴兴地跟着他回去了。

其实，这女的就是狐狸精变的，它和出山净成亲，目的是想弄他的仙腿。黑了，它趁出山净睡熟的时候，"呼——"化作一阵清风出去了。干啥去了？到街上药铺里找来砒霜，这药多毒啊，一吃就没命。

第二天清早，狐狸精把馍蒸好，拿一个掰开，把砒霜夹了进去。吃罢饭，出山净又要出去打柴了，它就把夹了毒药的馍交给他，说："带上吧，留住饿了吃。"

出山净带上馍上山了，到一个大石头跟前，掏出馍放在石头下面，嘴里还说："大石头啊，好好看住我的馍，等晌午，咱俩平半儿分住吃。"说了，就到大石头附近砍柴去了。

到晌午，出山净肚子饿了，想去吃馍，到大石头跟前一看，馍不见了。他说："大石头，你咋恁不讲人哩？也不能把馍独吞了啊！"

黑了，出山净饿住肚子回了家。狐狸精一看出山净没死，又活着回来了，心里想："莫不是下的药少了？赶明儿个我多给他夹点。"第二天清早，它又起了个早，把馍蒸好，拿出一个，掰开，这一回比上一回多夹了一半的砒霜。

吃罢饭，出山净又带上馍进山了，到那个大石头边，又把馍放下了，还是说的那句话。到晌午，又去吃馍，馍又不见了。这一回他火了，抡起劈山斧，照住大石头就劈，还没落下哩，从大石头后面走出个老头儿，说："出山净，别慌砍，听我说。"

冷不丁走出个老头儿，出山净吓了一跳，说："怨不哩[1]，我的馍都是你偷吃的呀。"老头儿说："我是这儿的石头神，我把你的馍都给放起来[2]了，是想救你哩。""有这样救人的吗？""是你不着啊！我问你，你是不是才娶了个老婆？"

"是呀。""那可不是个人，是个狐狸精变的，是想害

---

[1]　怨不哩：即怪不得。

[2]　放起来：即藏起来。

死你要你的仙腿哩。"

出山净一听，可吓坏了，连忙跪倒在地，说："你可得救救我呀！"老头儿说："起来吧，我正是为了救你。"出山净站了起来。

老头儿说："你的馍里都夹了砒霜，我怕你吃了，就把它放起来了。你掀开石头板，看是不是有一对馍？"

出山净走过去，掀开石头板，果然盖住两个馍，掰开一看，真的有砒霜，这下他完全相信了。

老头说："那狐狸精长了一双仙眼，光想要你的仙腿。你回去，它还会想法害你的。你明儿个，别来打柴了，到街上买点酒，让它陪你喝。它要是不喝，就跪住别起来。它一喝就要哕出来两个黄丸子，你抓住填嘴里吃了，它的仙眼就归你了。以后，它再也害不了你了！"老头说了就不见了。

听了老头的话，出山净担住柴禾回到家里，那狐狸精一看又没死，心里说："可能药又放少了，明儿个把药夹完它。"

第二天清早，狐狸精又起了个大早，把馍蒸好，拿一个馍掰开，把砒霜全夹了进去，递给了出山净。出山净说："我今儿个不想去上山砍柴了。"他跑到街上，买一葫芦酒。晌午，他拉住狐狸精说："你陪我喝两盅吧。"狐狸精说啥也不喝。

出山净端起一杯酒，扑通一声跪在它面前，拽住它的衣襟死活不起来，狐狸精无奈，只好接过来喝了。酒一下肚，"哇"一声哕了两个黄丸子落在地上，出山净抓住填进嘴里咽了。狐狸精失去这两粒黄丸子，往地上一倒，变成一只狐狸跑了。

出山净有了仙腿，又得了仙眼，凡是天宫的啥事，他都能看得见，玉皇大帝把他列入仙班，再也用不着打柴吃饭了。

讲述者：　严成山，男，57岁，确山县朱古洞乡钱庄村，
　　　　　不识字，农民
采录者：　吴文龙，男，25岁，确山县胡庙乡吴楼村，
　　　　　高中，农民
采录时间：1989 年 9 月 29 日
采录地点：确山县朱古洞乡钱庄村

336

老狐狸上当

从前，有个老狐狸，整天像教书先生一样，戴着老花眼镜，拿着书坐在门前的石头上看。

这天挨黑，老狐狸放下书，感觉肚子咕噜咕噜直叫。它突然想起来老张头家的花母鸡，长得肥肥的，口水不知不觉流下来。于是，它趁天黑，轻手轻脚地来到老张头家的鸡窝边，伸爪就去抓鸡。"啪"的一声，一根扁担砸在老狐狸的身上，它疼得惊叫一声逃跑了。

第二天，老狐狸碰见老张头，心虚地问："张大爷，吃过饭了吗？"张老头得意地说："吃过了，我吃了一根大扁担。"老狐狸听了，胡乱摸了摸眼镜，故做无事的样子，可心里却不是滋味。从此，老狐狸很恨老张头，总想借机教训他一顿。

一次，老狐狸发现人们犁地时总把石头拣出来，心想：有了，这下我要叫这死老头子哭笑不得。当天夜里，它把别人从地里拣出来的石头，都一块一块扔到老张头的地里，这样忙乎了半夜，老张头地里堆满了石头。

第二天，他见到老张头，便故作气愤地说："张大爷，不知哪个坏东西，往你地里扔恁多石头，我见了，非把他

打死不可！"

老张头却装着高兴的样子说："你不着，我这地和别人的不一样，正缺石头，你没听人说'一块石头四两油'嘛！我要知道谁给我扔的石头，还得谢谢他哩！真要是给我扔一地狗屎，可就坏了，我这地最怕狗屎。"

老狐狸听后，越想越气，累了半夜倒给死老头子办了件好事。嘿嘿，老张头，你不要高兴得太早，这回，我非要你的好看。

这天夜里，老狐狸又把地里的石头一个不留地拣出来，又拣许多狗屎粪倒在地里，足有半尺厚，干了一夜，直累得腰酸腿疼这才罢休。

第二天一早，老张头请了几犋牛，把地深深地犁一遍，狗屎全埋在地里了。这以后，老张头的地几年不上粪，庄稼也比别人的好，因为狗屎比啥粪都壮。老狐狸知道自己又上了当，后悔也来不及了。

讲述者：　裴爱云，女，36 岁，确山县三里河乡中店
　　　　　村，初中，农民
采录者：　张辉，男，15 岁，确山县三里河乡中店学校，
　　　　　学生
采录时间：1988 年 5 月 9 日
采录地点：确山县三里河乡中店村

附
记

农谚说"种地不上粪，等于瞎胡混"，这篇故事中石头换成狗屎的种庄稼习惯，显然是山区人的生活情景。（张丽）

337

火烧狐狸精

从前，有一对老夫妻，没儿没女，在山脚下住着，家里支一口杀猪大锅，逢年过节杀口猪卖肉生活。老头儿的左眼有毛病，不好使，全靠右眼看东西。

他们屋后是座山，山上有个洞，住着一只狐狸精，它想把这一对老夫妻吃掉，整天偷偷地学老头儿的声音说话。

一天，老头儿有事儿出远门，日头落山了还没回来。老太婆在屋里坐不住了，嘴里说："老头子的眼不好使，天黑透了咋还没进家哩？能是出啥事啦！"正念叨着哩，门外传来老头儿的声音："老婆子呀，我回来啦，快给我开门！"

老太婆听是老头儿回来了，心里的石头落了地，忙把门打开。她一见老头子，心里一惊："这咋不像俺家老头子呀？俺老头子的眼可不是俩都睁着，能是狐狸精变的想来吃我哩？我得跟它斗斗！"想到这儿，就笑住说："老头子呀，你的脸恁红，又在外面喝酒了吧？"

这老头儿果然是那狐狸精变的，脸红不红它也不着，怕说漏了嘴，吃不成这一对儿老夫妻了，就顺住老太婆的话说："是喝了两盅。"

老太婆这话是试它哩！这一试，老太婆心里有底儿啦，果然是狐狸精变的！谁不着俺老头子不喝酒啊？就说："你呀，一见酒就醉，一醉就钻布袋里睡觉，那不是布袋吗？你先钻进去睡一会儿吧！"

狐狸精听老太婆这一说，怕露了手脚，拿住那个布袋钻进去了。老太婆又说："该叫我扎住口，骨蜷[1]到锅里取暖了吧？""是哩！是哩！"

老太婆动手把布袋口子扎紧，把它轱轮到杀猪锅里，盖上锅盖，又用几块大石头压结实，抱来一堆干柴，又在锅底里，把火点着烧起来。

不大一会儿，把个狐狸精活活烧死啦。等老头儿回来，老两口美美吃了一顿。

讲述者：　宋荣，女，70岁，确山县留庄镇河涯村，
　　　　　不识字，农民
采录者：　杨建军，男，39岁，确山县文化馆，大学，
　　　　　干部
采录时间：1988年10月23日
采录地点：确山县留庄镇河涯村

附
记

确山县文化馆的杨建军是"文化通"，因为成分高人生多磨难，下过乡、烧过窑、吊过酒、掏过野猪娃子，以小学毕业教高中，竟然教得很出彩。三套集成工作开始，县里先点杨建军的名，他更是积极参加，成天骑一辆破自行车下乡采风。这天到河涯村时，杨建军看到一个老婆在河坡里放着一群羊，他嘴"甜"又家常，就走过去搭话，大娘会讲有话呗？大娘笑着说，乡下人，谁不会讲几个呀？杨建军薅了几把草喂羊吃，又说，秋风起羊儿肥呀。大娘说，是该卖羊了，喂了一年都成亲孩子了，舍不得呀。接着，就讲了几个有话，其中有《火烧狐狸精》。（刘康健）

338

皮
道
狐

花庄乡有个李振帮村，据说从前这里没有人家，后来一家姓李的到此落户，户主叫李振帮。

李振帮住这儿以后，夜夜都有东西丢失。他很恼火，决心查一下，逮住小偷。

这天喝罢汤，点着灯，他用斛斗[2]把灯罩住，躺在床上假装睡觉。到了半夜，他听见有动静，把灯上的斛斗猛一拿，看到一只小白兔，连忙用盒子把它罩住。谁知这小白兔会说话，并哀求放了它。李振帮知道这就是平时所说的皮道狐[3]，便说："只要你以后听我的话，我就放了你。"皮道狐说："中！"李振帮怕它说了不算，就让它赌咒，它就赌了咒。从那以后李振帮要啥，皮道狐就给他偷来啥。

李振帮自有了皮道狐给他弄东西，慢慢富起来成了大财主，可是又担心以后皮道狐偷他的东西，就起了奸心，想把皮道狐害死。

[1]　骨蜷：方言，即缩着身子。

[2]　斛斗：旧时的量器。

[3]　皮道狐：民间传说中的一种善于变化的狐。

有一天，皮道狐对李振帮说："我要搬走了，你看还缺啥，我给你弄来。"李振帮为了保住自己的财富，永远做大财主，决心除掉皮道狐，便说自己还缺少个碾盘。皮道狐说："宋楼西边有个大碾盘，你跟我一起去，你说着'轻、轻……'就行啦，我可以给你弄回来。"

李振帮和它去到那里，看到许多皮道狐抬着碾盘。为了压死它们，他先说"轻、轻……"等把碾盘抬起来，李振帮猛地说："压死你们这些兔孙！"这么一说，可惜那些小皮道狐都被压死了，只有一只老皮道狐从碾盘眼里跑了。

从此，李振帮的东西一天天少下去，他家蒸的馍一掀开锅拍[1]成了牛粪，面条下到锅里成了蚯蚓，没过多久李振帮就在忧疾中死去。

讲述者：　魏忠奇外祖父
采录者：　魏忠奇，男，16岁，遂平县花庄乡初中，
　　　　　学生
采录时间：1988年1月30日
采录地点：遂平县花庄乡

异文：李先生除妖

从前，小李庄有位李先生，他院里有棵老梧桐树。一天晚上，李先生搬了把椅子，坐在树底下凉快，坐着坐着睡着了。夜半时分，迷迷糊糊地听见树上有人小声儿喊："李先生，李先生！"

"干啥？"李先生梦中喃喃地问了一句。

"你想发财不？明儿黑了，你把房顶上放个斛斗，我给你弄麦往里倒。"

李先生猛地醒来，抬头看看树上很静，树叶连动也不动。他不知是咋回事，觉得蹊跷，决定试试。

第二天夜里，李先生把斛斗底挖掉，搁在房顶的洞上，躲在屋里偷看。半夜时候，"哗哗"麦子从斛斗里往屋里

[1]　锅拍：锅盖。

淌，一会儿屋里就淌好深。他慢慢上到桌子上一看，是个老妖精倒的，只见妖精头大如斗，腿像麻秆，披头散发，好不吓人。

次日早上，就听见左邻右舍乱嚷嚷，粮食叫小偷偷走了，李先生听着没敢吭声。

夜里，老妖精又来给李先生托梦："李先生，你还缺啥？尽管说，给你往家弄，我就住在你家大梧桐树上。"李先生想：老妖精把人家的东西都弄到我家，光祸害人家能行？于是他就说："我还缺个碾盘。""你现在就起来，和我一块弄去，你在前面不停地说：'碾盘轻轻飘，轻飘飘。'千万可别说千斤石。"李先生慌忙起床，跟着它去了。

回来的路上，妖精背着碾盘，李先生说着："碾盘轻轻飘，轻飘飘。"只听见碾盘嗡嗡响，离地一人多高。到了村中央，李先生猛说一声："千斤石，砸死你！"碾盘一下子落在地上，老妖精"叽哇"一声，就被盘碾压死了。

天明了，李先生就把这事告诉给邻居们，并问谁家丢了粮，让他们去自己家里弄回去。丢粮食的人都很高兴，从此都非常尊重李先生，他活到九十才离开人世。人们为了纪念他，一直没人动那碾盘，并经常打扫得干干净净。

讲述者：　楚桂民，男，48岁，遂平县和兴乡中，大专，
　　　　　教师
采录者：　李迎，男，15岁，遂平县和兴乡中，学生
采录时间：1988年2月1日
采录地点：遂平县和兴乡中

附

记

皮道狐，在驻马店民间故事里又叫皮吊狐子、皮狐子等。传说它变化多端，迷惑性强，复仇心理重，经常会迷惑人上当，是狐故事的一大门类，在不少地方都有流传。如果夜里皮道狐喊你的名字，千万不要答应，要反问"你是谁"，它不能回答。如果你答应了，皮道狐会让你转三圈，然后就把你的命取走了。（赵新春　刘康健）

339

皮狐帽子

传说，周童十八岁那年，在学校读书，由于离家远，吃饭不方便，每天都是带着干粮去。可是近几天来，每次带的馍自己没吃就没有了，不论带多带少，都不知道被什么东西吃得精光，老是饿着肚子回家。他心中不免怀疑起来，但又不知是什么人吃的，决心弄个水落石出来。

这天周童偷偷地藏在一个席筒里，睁大两眼从席缝里看着他的干粮，心想：不管你是什么人，或是什么东西，捉到你，那就不客气了。想着想着，只见一个小东西，样子像个猫，一下子钻进他的馍袋里。他看得真切，慢慢爬出席筒，蹑手蹑脚地来到馍袋跟前，一下子抓着了袋口，嘴里骂道："原来是你，今天别想跑掉了，我非打死你不可。"说着他就砸下了一拳头。这时只听那小东西在馍袋里叫道："大哥！大哥！你别打，我是皮狐，吃你的馍，我还你不行吗？你把我放了吧。"周童道："我不管你是啥东西，你把我饿了这几天，我也不要你还我的馍，今天就要你的命。"只听那皮狐又哀求道："大哥！你千万别打死我，你要银子我给你，要什么东西，我都能给你办到。"周童说："银子我也不要，你能有什么好东西给我？

还是要你的命为好。"说着又打了起来。那皮狐急了，哭着说道："大哥！你不要打死我，我送你两件宝贝：一件是我的帽子，一件是我的扇子。只要你留我一条命，把我放了，我一定说话算数。"周童心想，听说皮狐的帽子很宝贵，或许以后有用处，就说："好！一言为定，说话算数。"皮狐道："一定！一定！"周童遂把皮狐放了，得到它的帽子和扇子。

第二天，周童怀揣皮狐的扇子，带上皮狐的帽子回到家中，见母亲刚做好饭，就端起碗吃了起来。直到吃饱了，热得把帽子取了，母亲才看到他。让他去吃饭，周童说是吃过了，母亲不相信，一个劲地催他，无奈他又端了一碗饭。等母亲出去了，他把碗放下上学去了。路上，热得要命，周童拿出了扇子，轻轻扇了一下，只觉凉风习习，痛快异常，再也不热了。从此他才知道这扇子、帽子真宝贵。

周童自从有了宝贝，心事也就多了。他想，张家庄张员外的女儿张小姐，和他订婚几年了，很少相见，甚是想念，不如去会会张小姐。想到这，学也不上了，就戴上帽子，拿了扇子，大摇大摆地到了张家。看着没人问他，就径直来到小姐的绣楼，小姐也没看见他，直到夜晚才取掉帽子。小姐一见，大吃一惊，问他什么时候来的。他笑嘻嘻地说："太想你了，刚来到。"小姐看看夜晚没有外人，也就胆大了起来。二人叙得投机，心投意合，就住在一起了。白天由小姐给他送饭吃。

一连住了好几天。这天小姐说母亲让她去姥姥家，一两天回不来。她就给周童准备了好多饭菜，让他自己在楼里面吃。

却说周童在楼里只吃到饭菜，喝不上茶水，口渴得要命，就在柜里把小姐的水糖找了出来，由于吃得太多，夜里得了急病死了。等到小姐回来，一见周童死了，不知得了什么病，心中难过，但又不敢声张，只得急忙把周童连同他的帽子、扇子收拾收拾，一同放在棺材里，派心腹家人偷偷埋在了后花园。

过了一年，小姐生了个胖小子，为了怕爹娘和别人知道了，就谎说在外面捡来的，等到孩子长到七八岁，就送进学堂读书。谁知这孩子天资聪明，出口成章，到了十八岁那年进京考试，竟考了个头名状元。而张小姐无论父母如何催促，一直没嫁。儿子考上状元后，回家修坟祭祖，树立旗杆。因为没有父亲，旗杆树不起来，儿子哭着向娘要爹，小姐无奈，只得说出父亲死的原因，并说埋在后花园里。儿子听后，决心掘墓给爹爹重修坟茔。

墓穴挖开，只见周童躺在棺材里，衣衫依旧，相貌如初，像睡着一般。儿子见爹胸脯上有把扇子确实漂亮，就捡起来，轻轻对爹一扇。只见周童哼了一声，一下子坐起身来，伸了伸懒腰说："哎呀！好困呀！"随后跳了出来。众人先是吃惊，后来看看周童真的复活了，个个喜出望外，儿子母亲更加喜欢。周童听说儿子已经十八岁，并成了状元，也喜不自禁。但看小姐已经老了，就惋惜地说："贤妻如今怎么这个样子，竟不如以前漂亮了。"小姐笑了笑说："夫君哪里知道，你一睡十八年，如今为妻已经三十六岁了，哪能比上当初啊！"

后来，"爹儿都是十八岁，娘比爹大十八"这个故事在民间传开了。

讲述者： 董仲，男，58岁，平舆县东和店乡仙翁庙村，高中，农民

采录者： 王继松，男，34岁，平舆县东和店乡仙翁庙村，高中，农民

采录时间： 1987年7月16日

采录地点： 平舆县东和店乡仙翁庙

附
记

仙翁庙村历史悠久，村名来自于村中原有的仙翁庙，据传庙祀是《后汉书》所载费长房的老师。由于村里历史久远，且与神话故事有关，村民大都擅长讲故事。该村和干宝的家乡新蔡临近，这个故事的结尾和干宝《搜神记》的故事结尾一样，都是人埋了很多年又复活了。"爹儿都是十八岁，娘比爹大十八"就是该故事的亮点所在。（王卫霞）

340

龙女拜寿

从前有个刘家庄，庄里有个刘员外，名叫刘成文。这刘成文有十八个儿子，娶了十七个儿媳，还剩最后一个儿子没有娶上媳妇。

有一天，门外来了一个要饭的姑娘，虽然衣衫褴褛，但遮不住一身的俊秀。员外见她十五六岁竟流落到这步田地，于心不忍，心想，自己有十八个儿子，就少一个闺女，不如把她收下作为义女。员外把意思一说，姑娘满口答应，就留了下来。等到姑娘长到十八岁，刘员外又把义女嫁给儿子，成了儿媳妇。

这一年，老员外六十大寿，十八个儿子，十七个媳妇都来给拜寿，唯独不见小儿媳妇来。员外非常生气，派人把小儿媳妇叫来，让她跪拜。可她坚决不肯，告诉员外："我一拜天，天能下雨；二拜地，地能长庄稼；三拜父母，有骨肉亲情。其他人承受不住我的一拜，我怕我一拜，把公公拜死了。"

员外哪里肯信，他觉得儿媳不拜公公很没面子，小儿媳看实在拗不过，只得跪拜。谁知还没拜完，员外就大叫一声，一头栽倒在地，死了。

这下他的儿子不愿意了，非让小儿媳妇偿命不可。小儿媳倒也不慌，只见她双掌一合，朝空拜了三拜，口中念念有词，不一会儿，死去的员外"哼"了一声缓出一口气，活了。

原来这个儿媳是龙宫的龙女，之所以变成要饭的花子投奔他家，就是要报答老员外的救父之恩。许多年前龙王因为行错了雨，被玉皇大帝贬下人间，变成了一条蛇，不幸被一个砍柴的孩子砍伤，是老员外路过救下它，并给它养好了伤。龙王回到龙宫，感念员外的恩德，才让小龙女来报恩的。

刘员外了解到事情的来龙去脉，非常感慨，知道龙王是个感恩重情的人，对龙女也特别信任，就把家交给这小儿媳掌管。此间龙女也回趟龙宫，带回了不少奇物异宝，在她的操持下，刘家被经营得井井有条，成为了当地远近闻名的富贵之家。

眼看三年到头，龙女把一家人叫到一起，说自己恩期已到，要回龙宫，她告诉员外要以行善为本。员外一家记住龙女的话，处世与人为善，修桥铺路，助人为乐，日子越过越红火。刘员外也活了一百多岁，寿终天年。

讲述者：　邢自文，男，55 岁，平舆县东和店乡仙翁庙村，初中，农民
采录者：　王继松，男，34 岁，平舆县东和店乡仙翁庙村，高中，农民
采录时间：1987 年 10 月 26 日
采录地点：平舆县东和店乡仙翁庙村

附
记

这天王继松来到邢自文家时，他家的猪娃子丢了，邢自文正忙着找猪娃子。王继松二话不说，就帮着找起猪娃子来了，最后在村子外的红薯地里找到猪娃子，正啃吃人家的红薯。邢自文前前后后讲了好几个故事，都被他整理上报到县文联李宏老师处。王继松搜集的故事大都与神仙有关，可能与仙翁庙诸多传说有关。

这则故事在《中国民间故事集成·河南平舆县卷》里篇幅较长，语气更像评书，且多文言，此次做了删减，但并不影响故事的完整性。
（刘康健）

341

龙
的
传
人

很早很早的时候，汝河岸边有一家人，只有母子俩。儿子叫小华，整天在外拾柴禾，夜晚在家拉弦子。他娘在家做饭，缝缝补补。他俩又在河滩上开了二亩荒地，生活虽不甜，但也过得去。这年秋天，母亲突然去世，小华哭得死去活来。从此，他孤苦伶仃，常常拉弦子解闷。

有一年八月十五，小华坐在河岸边，面对月光下宽阔的河水，拉起了弦子。在这幽静的河谷中，弦音显得特别好听。时至半夜，忽然河水中央有个小黑影，慢慢走近。原来是一个鹤发红颜的老艄工，划着一叶小舟过来了："小孩，我的主人听中了你拉弦子，今晚请你到府上去一趟，好吗？"人穷了，命苦了，胆子好像就变大了，小华一口答应随他去了。

老艄工划着船，不一会就到了。老艄工说："来，我背你下船，不过你要用手巾遮着眼。"老人背起小华说："见了我的主人，他一定会重赏你的。给你的金银再多，你可别要，就要那桌案下静卧的一只小白鸡。记住了吗？"小华说："老爷爷，一切听你的！"

小华遮着眼，只听得波浪哗哗，水声轰鸣。不一会儿，

老艄工说："睁开眼吧。"他定眼一看，四周的水像是悬崖峭壁，又像是一堵堵玻璃墙，挡着周围的水。玻璃墙外边，鱼鳖虾蟹，成群结队，自由自在，游来爬去。不远就是一座金碧辉煌的大宫殿，上边镶嵌着"龙王宫"三个金光闪闪的大字，宫门外，御林军并列两行。

小华随着老艄工来到宫殿，只见龙王穿着龙袍，飘着龙须在上，文武百官并列两旁。老艄工跪拜："圣上要的乐师已经请到。"

龙王看看小华，感到意外，原来奏那么好听乐曲的却是一位玩童，随命赐座启奏。真是"初生牛犊不怕虎"，小华竟然不惊不惧，定好弦音，奏起了乐曲。那弦音悠悠扬扬，时而如鸟鸣树林，泉滴山涧，时而悲悲凉凉，如泣如诉，引得三宫六院七十二妃、宫娥彩女也都藏在屏风后边偷听。龙王小女竟然溜到屏风前的龙案下听，她听着听着心醉了，情动了，眼看天将黎明，心里还在七上八下的。

乐曲奏完，龙王要艄工送小华回去，还要送给他一些衣物，小华不要；送些金银，小华也不要。龙王说："你这也不要，那也不要，到底你想要啥？"小华说："我就要你案下的小白鸡。"

小白鸡可是龙王的喜爱之物，既然小华喜欢，就赐予他吧，龙母也同意，女儿更是欢天喜地。龙王就把小白鸡送给了小华，由老艄工带小华回去。

小华回去后，把小白鸡放在屋里的泥案下，它就安安静静地卧在那里，小华照旧天天去拾柴禾。

冬去春来，不觉又是几年，小华已长大成人。有一天，他起早去拾柴禾，回来正准备做饭，一掀锅，发现热腾腾的大米饭和一盘青菜已做好。他很奇怪就去问邻居，邻居都说不知道，就这样一过过了七七四十九天。

这天早晨，小华起得特别早，他没去拾柴禾，刚出村头就回来了。他扒着窗口往里看，就见那只小白鸡在地上打了个滚，变成了一个漂亮的大姑娘，把洁白的羽衣放在泥案上。她又淘米又洗菜，不一会，饭菜就熟了。她又披着那件羽衣就地一滚，又变成了一只小白鸡，安安静静地卧在泥案下。

第二天早上，小华又躲在窗外，见它又一打滚，轻轻地脱去了羽衣，走到锅台前做饭。小华突然推门而入，她

听见响声急忙转身去拽羽衣，可已经晚了，小华抢先一步已拿起了羽衣，藏在身后。姑娘双手捂着脸又羞又急，跺着脚说："给我的，给我的。"小华说："你答应嫁给我，我就把羽衣还给你。"姑娘脸儿红得就像三月的桃花，羞答答地点点头。

从此，龙女就一心一意地与小华过着男耕女织的幸福生活，恩恩爱爱，白头到老。他们生了一男一女，男的娶了东村女，女的嫁给了西庄的男。就这样，亲戚连亲戚，子子孙孙往下传，都住汝河两岸。他们都不怕水，都不怕苦，因为他们是龙的传人。

讲述者： 王老先，男，68岁，新蔡县砖店街，不识字，农民

采录者： 王明栋，男，51岁，新蔡县砖店乡高中，大专，教师

采录时间：1987年9月19日

采录地点：新蔡县砖店街

附
记

王明栋是个教师，因职业习惯，在采集故事时对故事进行了书面化处理，这是在当时编纂中一种比较突出的现象，这次我们也如实采用。（刘康健）

异文：白蛇姑娘

有一天，东海龙王的女儿变成一条小白蛇，到郊外游玩，不知被哪个割草的孩子砍断了。有个老头走到这里，看到是一条白蛇，感到稀奇，就把它带回了家。到了家里，老头儿和儿子张青山天天给小白蛇抓药治伤，慢慢把家产都卖光了。小白蛇在父子俩的照顾下，伤好了，长得又粗又壮，可老头子和他的儿子都瘦了下来。

有一天，白蛇突然说话了："老爹，我感谢你救命之

恩和养育之情。说实话，我是东海龙王的女儿，叫姣女。现在我报答你救命之恩，愿意和你儿子张青山成亲，请等住我。"说完，腾空而去。

老头儿和儿子高兴极了，把房子打扫得干干净净，等待姣女到来。

姣女回到龙宫，龙王正为找不到女儿难过，一看到姣女回来了，可高兴坏了："孩子，你可回来了，这几个月你在哪里？快给我说说。"姣女就把自己的遭遇向龙王讲了一遍，最后说："我要与张青山结婚。"龙王说："得恩必报，我准你们成亲一百天，到时候我去接你。"姣女不敢反抗，只得照父亲的话办。

第三天，姣女来到老头儿那里，与张青山成了亲。姣女买了牲口、家具和很多粮食，一家人过得很快乐，很快有了很多积蓄。

转眼一百天到了。这天，突然大雨倾盆，雷电交加，过了一会儿，从天上降下一块云，一直飘到张家门口。姣女知道是龙王来了，不能不走，只得与全家告别，哭住飞上天空。从此，再也没人见过白蛇姑娘。

讲述者：　童德英，女，47 岁，确山县文化馆，初中，职工
采录者：　王军，男，24 岁，确山县文化馆，高中，职工
采录时间：1988 年 9 月 28 日
采录地点：确山县文化馆

附
记

确山县开展"三套集成"工作后，文化馆的人员基本都参与其中。刚参加工作的王军也跃跃欲试，每天都想着收集故事的事情。童德英是文化馆的职工，负责分发报纸，打扫阅览室。这天，童德英见王军来到阅览室看报纸，就说，小王啊，你忙啥哩？王军说，叫收集民间故事。童德英说，不就是有话吗？俺给你讲几个。王军一听眼睛发亮，忙说，中中，你说，我用笔记住。阅览室里，先后进来几个读报纸的人，童德英就讲了起来。杨建军从后窗口路过，高兴地说，好啊，近水楼台先得月啊。得恩必报是这篇故事的主体，与其他故事基本类同。不同的是其他故事龙女都是被逼回的，这篇却有约定一百天夫妻，与"七仙女的故事"有别。（刘康健）

342

破罐与龙女

过去，有个小伙子，家里穷得连个破罐也没有，他娘便给他取名叫破罐。破罐的父母去世以后，只剩他孤身一人。为了活命，只得给财主做长工，住在财主菜园里一间破茅屋里。

一天，破罐上房修补房顶，猛见屋脊上有条小花蛇。他看小花蛇瑟瑟发抖，十分可怜，便把它揣在怀里，在下河洗脸时将小花蛇放进水中。小花蛇见水，欢快地游走了。

谁知破罐放走的不是蛇，而是东海龙王，龙王回到龙宫，龙女见他比往常高兴，便问原因。龙王把他遇难被破罐搭救的事说了一遍，龙女非常感激，决心报答破罐拯救父王的恩德。

一天傍晚，龙女扮作一个村姑，来到破罐茅屋前借宿。破罐一看，是个美丽的姑娘求宿，心中犯起愁来：我是个男的，她是个女的，只这一间破草屋，咋住啊？他冲着姑娘说："不中不中！另找地方住去吧。"眼见天色已晚，一个姑娘家也怪可怜，破罐便答应她住下了。

两人吃罢晚饭，破罐说："你睡那边，我睡这边。俺家穷，房子窄，凑合着点吧。"姑娘微笑着说："俺做一会

儿活计，你先睡吧。"

破罐二话没说，倒头便睡。龙女见他睡熟，便拿起一块手帕往破罐脸上一扇，破罐睡得更熟了。这时，龙女便动手剪起各式美丽的图样，鸡、鸭、鹅、花园、水塘和房舍什么都有。她拿手帕轻轻一扇，那些美好的图案，全变成真的了。

第二天早上，财主起来催长工干活时，无意中朝菜园方向一看，吓了一跳，菜园里啥时候盖起了一片楼房瓦屋？而且鸡鸭成群，满园花香，清水涟涟，好一片豪华的宅府啊！他来到后院，忽见一位秀丽的姑娘在忙着做活计，心里直犯嘀咕："穷得叮当响的破罐，一夜之间怎么建起这么漂亮的庄园，还有个如花似玉的花媳妇？"

那财主滚动眼珠，心生歹计，便喊起熟睡的破罐。破罐一看，也大吃一惊：怎么一夜之间变成了这般模样？他明白了，可能这村姑是仙女。

财主训斥道："你的房舍，怎么建到我家菜园里了？"没容破罐答话，财主便凶相毕露地说："念你跟我当几年长工，我庄内那片房产家财统统归你，菜园里这片房产统统归我，连那个花媳妇也是我的。"破罐宁死不换，在龙女的劝说下，才答应兑换房舍家产。

龙女让财主找来证人，写下置换契约，约定双方不得反悔，然后就互相搬了家。这下喜煞了财主，天刚黑，用心险恶的他便催龙女早早入睡，好借机行奸。

龙女趁财主躺下歇息的机会，拿出手帕朝他脸上一扇，财主顿时睡得跟死猪一样。龙女又把手帕一抖，菜园恢复了原来的样子，还是那间茅草屋。做完这一切，龙女回转龙宫去了。

第二天清早，财主醒来一看，惊得魂不附体：哎哟我的妈呀，定是那位仙子在惩罚我呀！可惜已经晚了。

讲述者： 冯桂珍，女，57 岁，正阳县陡沟乡，小学，农民

采录者： 冯德武，男，28 岁，正阳县陡沟乡，初中，农民

采录时间：1987 年 12 月 16 日

采录地点：正阳县陡沟乡

343

蝎子精

从前，朗山山脚下住着母子二人，母亲七十多岁，儿子叫二郎，他们靠打柴换些米面来维持生活。

八月十五前一天，母亲对儿子说："二郎啊，明儿就八月十五了，家里还没啥哩。你今儿再去山上打点儿柴，明儿个起个早儿，把咱家的那只老公鸡也捎去卖了，买点儿过节气的东西。"二郎说："中啊。"说罢，拿住斧子、绳，扛住钎担[1]上山了。

第二天，二郎起了个早，把家里的老公鸡逮住，担着柴禾进城去卖。由于去得太早，城门还没开哩，他又有些儿累了，瞅瞅城边儿有个桥，天干，桥下没水，就放下挑子，抱住公鸡进桥洞就睡着了。

这桥洞里住着一个蝎子精，人要是被它蜇住呀，想活万难。蝎子精这几天没吃食儿啦，肚子饿得慌，这天也醒得早。它闻闻有股子生人味儿，便爬起来，一看是个半大孩子在那睡住哩，想把他蜇死，好一口一口地吃掉充饥，刚爬到二郎身边，被大公鸡看见了。二郎用绳子拴了它一

[1] 钎担：确山山区一种两头包有铁尖的挑柴扁担。

只腿，能活动，一口把蝎子精的肚子叨伤了。蝎子精吓得不行，忙钻进洞里去啦。

这时，二郎也醒了，对刚发生的事儿一点也不着。他听见桥上有了来往行人，知道城门开了，就据住大公鸡，挑住柴禾进城了。卖了鸡子卖了柴，买些好吃的就回家了。

不久，他又打柴进城卖，路过这座桥，见一个年轻貌美的姑娘坐在桥头哭。二郎是个好心人，见不得别人落泪，放下挑子上前问："你家住哪儿呀？为啥事儿在这儿哭？"

姑娘说："俺家离这儿可远啦。因遭灾出来要饭，眼下无家可归，您行行好，收留我吧！"二郎一听就说："俺家离这儿不远，你先到俺家住吧！"那姑娘同意了。二郎进城卖了柴，领住她回家了。

进了门，娘看见儿子领回来一个大闺女，喜得不行。姑娘知道这是二郎家，就说："二郎啊，你要是不嫌弃俺的话，我愿终身相许。"

二郎快二十的人啦，因家穷还没有娶上老婆哩，听说姑娘亲口说出了这话，高兴地同意了。婚后，一家三口过得幸福美满，二郎仍靠打柴养活这三张嘴巴。

一天，二郎又去进城卖柴，碰见个算命的叫住他："卖柴的，你过来！"

二郎见算命的叫他，回头问："你叫我有啥事儿吗？"算命的说："我看你满脸妖气，算定恁家有妖精。"

二郎一听，火了，说："你胡扯，俺家除了老娘和俺媳妇没外人，咋会有妖精啊？"算命的说："我问你，你媳妇是从城外的桥头上捡到的吗？"

二郎说："是呀，你咋知道？"算命的说："她是蝎子精变的。上一回你担着柴卖鸡子，在桥洞里睡着了，它想害死你，被你的公鸡叨伤了肚子，坏了它五百年的道行。她变个大闺女骗住你，是想把你的血吸干后吃你哩。"

二郎一听可吓坏了，连忙跪倒说："老先生，你得想法儿救我呀！"算命先生说："她的蝎子皮就压在枕头底下，你回去给它烧掉，她就不能再害你啦。"

二郎回到家，见媳妇正在做饭，到里间从枕头下找到蝎子精的皮，揣在怀里，走到锅台边说："我烧锅吧，你去抱柴禾来。"媳妇说："中啊。"就抱柴禾去了。

二郎把火生着，从怀里掏出蝎子皮就往火里填，媳妇

正在抱柴禾，闻见不对劲，大吃一惊，连忙跑进灶火去抢。哪还抢得得呀？蝎子皮遇火就烧成灰啦。

蝎子精没了皮，再也变不成蝎子了。打这儿以后，就死心踏地跟着二郎成了夫妻，一直到老。

讲述者：　李稳，女，72 岁，确山县三里河八里岔史庄，不识字，农民

采录者：　王奎山，男，41 岁，确山县文联，大学，干部

采录时间：1987 年 7 月 19 日

采录地点：确山县三里河八里岔史庄

附记

王奎山是县文联的干部，负责编撰"谚语卷"，但也下乡收集民间故事。王奎山不好说话，会写小小说，从教师岗位调到文联工作。他在县化肥厂住，老婆是化肥厂的工人，化肥厂就在三里河。这天，王奎山写小说写累了，走出家门来到三里河边散步。三里河八里岔的李稳在河边割草，王奎山好奇地问，你这么大年纪还割草？李稳拿着镰刀擦把汗说，不干中不中啊，家里喂了几只羊。王奎山说，你赶着羊到河坡里放啊。李稳说，不叫放羊了。王奎山忽然想到收集民间故事的事来，问，你会讲有话呗？歇会儿。李稳坐在河坡里，讲了起来。精怪故事中的蝎子精多在山区发生，主要因为山区多蝎子的缘故。蝎子精谋害人的性命，最后被烧掉皮子，不得已和人类过上生活，揭示了动物可以和人类和睦相处的和谐观念。（刘康健）

异文：张生娶妻

从前，有个张生以打柴为业，一天上山砍柴，见一只大蝎子在树上爬，随手拿起斧头砍去，把它的尾巴砍掉了。

下午，张生去田间锄地，收工回家已天黑了，忽然听见有一女人坐在路边哭。他上前一看，见是位姿色俊美的二八娇娥，便问："你咋啦？有啥难事说出来，我会帮助你的。"

那女子说："我在家经常遭婆婆、丈夫打骂，受不了这气，跑出来了。可是人地生疏，举目无亲，天色已晚，无处投奔。"

张生说："一时生气，何必这样，还是回家吧。"

女子说："平日里还无故受打骂，这次回去还不被活活打死么？我跟你吧！"

张生说："我家一贫如洗，怎能忍心让你受苦？"

女子说："只要夫妻恩爱，何谈受苦？我会织得一手好布，我织你卖，生活自会好的。"

张生听了，不胜欢喜，他俩就一起回到家，结为伉俪。从此，女织男售，家资逐渐宽裕，生活十分愉快。

一日，张生在街上卖布，一位白胡子老头儿对他说："你大祸将临！"他心里一惊，忙问："老大爷，您能给我说说吗？"老头儿说："你家里有位年轻貌美的夫人，是吗？"张生答："是。"

老头儿说："那回你砍柴，见一只蝎子在树上，砍掉了它的尾巴。那是个蝎子精，等尾巴长出来要报这一斧之仇，所以变成美人儿来骗你。"

张生忙磕头求救，白胡子老头儿说："织布机底下有一个小洞，她的精灵藏于洞内，回家烧盆热水灌在里面，她就永远跟你过日子了。"

张生听后拜谢不已，布也不卖了，回到家中对妻子说："今儿可把我渴坏了。"

他妻子把布一放，就去烧水。水烧开后，趁妻子出去的时候，他一看织布机下面果然有一个小洞，忙把开水灌进去。只听"哇"的一声，不知何物，如团火跑了。

这时，女子大惊失色，问是谁出的计谋，张生如实禀告。女子切齿说道："这样狠心，坏了我的道行。"

从此，女子再也变不成蝎子了，就和张生永远做了恩爱夫妻。

讲述者：　刘宝藏，男，73 岁，遂平县石寨铺乡李集村拐大楼，小学，农民

采录者：　李然，女，14 岁，遂平县石寨铺乡李楼学校，学生

采录时间：1987 年 10 月 18 日

采录地点：遂平县石寨铺乡李集村拐大楼

344

蛇精

乡庄子上的一户人家有个大闺女，长得好，油红似白的。这天傍晚，她正在门口做活，远远地见走来一个年轻小伙子，这小伙子长得那个带劲[1]呀，也是别提了。

这孩子来到门口说："大姐，我一路行走，渴得难受，寻碗水喝吧！"

那闺女赶紧起身舀了一瓢水给他，他接过水"咕噔咕噔"地喝了。喝了水，俩人就搭上话了，你一言我一语越说越热乎。二人情投意合，当晚就留宿了。自此后每到傍晚时分他就来，天不明他就走，一来二去，竟有数日。

一天晚上，这闺女的嫂子偶然来到门前，听见屋里有男人的说话声，就用舌尖舔破窗纸往里看：咦！咋恁好看的小伙子，没有给她说婆家，自己倒有相好的了。连忙又把婆子喊来。还是上年纪人见的多，知道的多，婆婆一看便说："别看他长得好，可是没人的本色，不知是啥精哩。"

第二天，她娘和她嫂子把那闺女叫来，左哄右吓：

[1] 带劲：帅气。

"别看他长得好看，不知是啥变的，你快从实说来。不然时间长了，非吃了你不可。"那闺女一害怕，就把事情的来来去去，一五一十地都说了。她娘听后，给她出了一个主意。

说话不及，天又快黑了，那小伙子又按时来了。那闺女连忙烧水，并在水里放了一把盐，端到小伙子面前，让他洗个澡。

因为小伙子每晚来都要洗澡，也没啥怀疑的，脱衣便洗。等上了床睡到半夜，他说不舒服，头疼得很，并且马上就要走。那闺女说："你头疼咋走哇？我给你个花手巾包住头。"等那小伙子不注意，她在手巾上别根针带着线，让他走了。

天刚蒙蒙亮，村外就嚷嚷开了："快来看哪，咋恁粗的大蟒蛇，死在河边了。"

庄户人家起得早，听这一嚷都跑去了。那闺女、她嫂子、她娘也跑去了，只见死在河坡上的那条大蛇，头上还顶着那花毛巾呢。

讲述者： 王玉荣，女，56岁，驻马店市区，小学，工人

采录者： 何春华，女，32岁，回族，驻马店市丝钉厂，初中，职工

采录时间： 1987年9月8日

采录地点： 驻马店市区

附记

大热天，何春华跑完销售，路过南地下道东出口。她一眼看见路口的树凉荫下坐着个老婆，头上搭条毛巾，在纳鞋垫子，面前摆着一块塑料布，放着一堆鞋垫子卖。何春华走过去和大娘搭话，大娘说，换个油盐钱。何春华看到大娘纳的鞋垫子绣的有故事"并蒂莲开""喜结连理""事事如意"等，就请大娘讲几个故事。马大娘笑着说，芝麻掉进针鼻里——巧啦！你算找对人啦。马大娘嗞啦嗞啦地纳着鞋垫子，讲起了故事。路上不时有汽车驶过，尘土飞扬，但不影响

345

灰灰菜

大娘讲故事的情绪。临走时，何春华还买了一副鞋垫子。（刘献丽）

异文：常中王

有一位叫贞姑的姑娘，由于家规严，不曾出过三门四户，整日在绣楼上学习针线。

贞姑年满十八岁那年，三月十五晚上，人脚刚定，突然推门进来一位白面书生，声称找贞姑谈写文章的事。二人谈了半夜，得知他叫常中王。常中王甜言蜜语，说得贞姑又怕又喜，怕的是来人陌生，喜的是来人英俊美貌且谈吐儒雅。鸡叫时常中王便走了。

一连三夜，夜夜如此。贞姑害怕，就给母亲说了此事，母亲叫她晚上用铡顶住门，喊门不要开，看他怎样。当晚贞姑就照母亲说的办了。

晚上常中王又来，门刚推开头就碰到了铡刀，鲜血直流，说："不让我来说一声，不该害俺。"贞姑见状起了怜悯之心，忙给他包扎伤口。常中王对贞姑说："明天你去南河九道湾温泉边，我在那儿等你。"贞姑满口答应。

第二天，贞姑以洗衣为名，来到约会地点，只见一条大蛇头包白布，躺在温泉边，吓得大叫一声，不省人事了。当人们赶来时，蛇精已经不见了。

讲述者： 赵云田，男，63岁，遂平县槐树乡小营村后丁庄，初中，农民
采录者： 张学房，男，40岁，遂平县槐树乡高中，中专，教师
采录时间： 1988年1月25日
采录地点： 遂平县槐树乡小营村后丁庄

从前，有个王员外，家产万贯，老来得女，欢喜不尽。女儿长大后，聪慧貌美，琴棋书画，样样精通，深得父母宠爱。员外专为女儿建造一个大花园，园中各种花卉齐全，中间长着一棵又肥又大的灰灰菜，全身银灰发亮，顶端叶赤，长得比鲜花还高，引人注目。

一天晚上，小姐独自灯下读书。忽然间，一位公子笑眯眯地来到她房内，说是来和她一块儿学习书画的。小姐看这公子：细高条，穿银灰大衫，头戴红色儒巾，容貌俊美，言谈文雅，举止得体。

小姐羞羞答答地让他坐下，问起姓名、住处。公子回答道："我乃袁庄人氏，姓蔡，名辉，久闻小姐擅琴棋书画，所以慕名而来。"于是二人畅谈爱好，谈得情投意合。小姐动了春心，公子也含情脉脉，于是，二人尽去男女之嫌，结为夫妇。雄鸡高唱时，公子匆匆离去，从此每晚必至。

自从蔡公子和小姐私会以后，小姐面色日渐黄瘦，精神不振。王员外夫妻见女儿如此情况，以为身体染上疾病，忙请郎中医治。怎奈吃药无效，愁坏了员外夫妻，女儿如

有三长两短怎么得了。母亲唉声叹气，坐在女儿床前询问，小姐看母亲老泪纵横，只得实情相告。母亲心想：附近不曾听说有个袁庄，也未曾听说有姓蔡的人家，而蔡公子都是夜晚来鸡鸣即走，难道他是鬼怪？于是对女儿说："你和蔡公子虽然钟情，但只是私奔私和，若外人知道，岂不受人奚落，坏了名声？并且公子居里、家府如何，你也全然不知。"母亲拿出一团丝线，带一绣花针，对女儿说："今晚他再来，你把这针扎到他衣衫上，看看他住哪。"

当天夜里，王小姐按母亲吩咐，在蔡公子临走的时候，把针扎在他身后衣衫上。黎明，母亲来到女儿房内，顺着丝线找去。结果，针在花园那棵灰灰菜上扎着，才知道蔡公子即是它。随后，她拿利刃把它砍掉，竟血流如注。

从此，蔡公子不见了，小姐身体也一天天康复。

讲述者： 王永哲，男，82岁，遂平县嵖岈山乡常韩庄，私塾，农民

搜集者： 袁秀娟，女，16岁，遂平县嵖岈山乡中，学生

采录时间： 1987年10月11日

采录地点： 遂平县嵖岈山乡常韩庄

附 记

这个故事是通过发动师生收集上来的。灰灰菜是驻马店很常见的一种野菜，也叫野灰菜、灰蓼头草等。这样常见的野菜也能成精，倒也是稀罕事。（余全有）

346

三妮嫁蛇郎

从前，一家有三个妮，家的后园里有棵石榴树，树底下卧了一条大蛇，叫蛇郎。

这一年过五月端午节，大妮去揪石榴花，蛇郎说："你要揪我的花，你得给我成一家。"大妮不揪，走了。

二妮去揪，蛇郎说："你要揪我的花，你得给我成一家。"二妮不揪，也走了。

三妮去揪，蛇郎说："你要揪我的花，你得给我成一家。"三妮同意了。

蛇郎说："你要同意了，我三天以后吹着笛子喇叭，抬着花轿来娶你。"三妮说："好！"她戴上石榴花，高高兴兴地回去给她妈说："我的好[1]来啦！"

她妈说："这闺女说的啥话，哪有'好'呀？"三妮说："真的，还有三天，你赶紧给我做衣裳。"她妈高兴地说："真的吗？那好！"

转眼三天到了，接亲的人吹着笛子喇叭，抬着花轿接她来了。她娘心想：蛇郎没家没业哩，闺女走了上哪找

[1] 好：指婚期。

哩？她想了想，对三妮说："你走的时候抓点菜籽，走着撒着，一直撒到蛇郎住的那个地方。"三妮就按她娘说的办了。

三妮跟蛇郎成了亲，吃的住的都得劲[1]。蛇郎说："我早就看中你了，你在这儿赙享福啦！"

一年以后，三妮怀孕了，生了个儿子。大姐去瞧她，顺着菜籽花，一直找到那个地方。大妮见了妹妹十分亲热。蛇郎见是大姐来了，高兴得又割肉又买菜。大妮一见这里怪得劲，就起了坏心。

第二天，她对三妮说："来，叫我抱抱孩子。"三妮说："好，叫恁大姨抱抱。"

大妮偷偷地拧这孩子，孩子哭了，她对三妮说："我抱着，他咋哭哩？也许是不认得我。咱俩换换衣裳，看咋样？"三妮说："好。"就给大姐换了衣裳。

大妮不再拧这孩子，孩子也就不哭了。大妮抱着孩子对三妮说："走，妹子，咱到后花园里看看去。"

二人来到后花园的井沿跟前。大妮趁三妮不注意，就一把将她推到了井里，然后叫来个花匠说："这井以后不要了，少爷长得离手脚了，别掉到井里出事了。"

花匠一看是夫人，没说别的，推来个磨盘，盖住了井口。就这样，大妮冒充她妹子跟蛇郎成夫妻了。因为三妮死得冤屈，就变成个"咕咕咕[2]"，站在墙头上整天叫个不停："咕咕咕，大姐配妹夫！"蛇郎一听，才知道妻子被大妮害死了。蛇郎看在孩子小，需要有人照顾的分儿上，没有把大妮赶走。

一晃，二年过去了。这眼井旁边长出了一棵大桃树，树上结了一个桃，有碗口大，蛇郎天天都要来看看这个桃。五月间，桃熟了。

这天，蛇郎来看桃时，只见那个桃慢慢地裂开了嘴，越裂越大，转眼功夫，三妮从桃里蹦了出来，蛇郎上去搂住了她。

大妮来到一看，是她妹子又活了，感到再也没脸待那儿了，就慌着往外跑，谁知后花园的院门没打开，一头碰

到大门上撞死了。人家三口又团圆了。

讲述者：　熊莲芝，女，55 岁，汝南县城关北新街，不识字，居民

采录者：　任立功，男，55 岁，汝南县文化馆，高中，干部

采录时间：1987 年 4 月 17 日

采录地点：汝南县城关北新街

附
记

任立功会写戏本，爱喝酒，一天两喝，不要菜都能喝半斤。参加县里收集民间故事工作后，他比较上心，除了下乡收集外，还在城里收集。《三妮嫁蛇郎》的故事就是在城北关收集的。这天，任立功喝了二两小酒，来到县城北关的城门洞里。这是座明代的城门，上有"拱北"二字，城门洞里经常聚集着人，说说笑笑。他找了块石头坐下来，问，谁能讲个故事？一个妇女说，俺会讲。听完故事，任立功带着醉意回到文化馆，记下了这个故事。后来，任立功经常到拱北城门洞里，听人们讲故事，收集了不少。（刘康健）

[1]　得劲：称心如意。

[2]　咕咕咕：一种鸟名，即斑鸠。

347

红蛇精

正阳县城还叫淮阳的时候，城内迎恩街有一个文弱书生，名叫金生。父亲早年亡故，家贫如洗，一家三口人全靠老母带着妹妹给人洗浆、缝补衣裳度日子。

母女俩常因为大户人做活奔忙，多日不归，独有金生一人在家攻读。每次疲倦的时候，金生有时进剧院，也偶入书场，讨个欢快。

这金生面目端庄，一表人才，虽生活清苦，倒很安分守己。一天夜晚，他从书场听罢"白素贞西湖现原形"的评书回家，遇见一个俊丽少妇迎面轻盈而过。突然他看见一物从少妇身上失落，拾起一看，竟是一锭银子，忙呼唤失主，四下已不见人影。金生等了很久不见失主返回，只得手托银锭回家，一路上一直为丢失银子的人担忧。

金生回到家里，越来越觉得不对：这失落银锭的女子姓甚名谁呢？转眼工夫便无踪无影，行动神速，难道是仙子下凡不成？明日还得去原地等候失主。

深秋的子夜，明月高悬，风拂竹影，沙沙作响，微妙的响声，惊动了似睡非睡的金生，他猛然抬头望去，只见贴近孤灯站立一女子，杏眼波动的荷花面容正含情脉脉……他猛然想起，这不是那位失落银锭的少妇吗！金生情不自禁，起身下床，朝少妇拱手致礼："大嫂深夜亲临寒舍，不知有何见教？"

少妇见金生彬彬有礼，和颜相问，便向他说起自己的身世："我是城南巷张良的妻子，因丈夫过世身亡，家欠外债甚多，又缺米少柴，今日婆母命我去舅父家中借来一锭银子。不想天黑路远，慌忙赶路，不慎将银锭失落……"

"大嫂不必伤心，我正为拾来银锭难觅失主而犯愁呢。"说话间，金生从枕头下取出银锭，但少妇却拒不收银，百般纠缠金生。

金生自幼攻读经书，但终究经不住少妇纠缠。至此之后，每当深夜人静时少妇都来和金生相会，每次都带一银锭放进柜中。

一天，金生的母亲久出归来，见家中有许多银锭，便追问金生，金生便将事情的经过对母亲讲了一遍。母亲见金生面黄肌瘦，手也冰冷，心想，儿子一定是被妖怪所缠，吸去精血，便背着儿子去请法师降妖捉怪。

谁知请来的法师、神汉多次画符念咒，全都无济于事，金生的病情越来越重。母亲忧心忡忡，告诫金生"不义之财不可贪，不仁之事不可做"，但金生被色、财所迷，一时还是难以割舍。后经邻里多方劝说，金生终于暗下狠心，要与那少妇一刀两断。

这天深夜，那少妇又和往常一样，手托银锭来会金生。少妇刚躺床上，金生就猛扑上去，卡住少妇的脖子，大声说："你个妖怪，我不要你的银子！我要掐死你！"那少妇也现了原形，原来是一条碗口粗的大红蛇。

母亲听到惨叫破门而入，只见一条大红蛇紧紧缠着金生的脖子。见有人来，那蛇化作一缕红烟，冲门而出。而金生倒在地上，已经气绝身亡。

讲述者：　刘冯氏，女，82 岁，正阳县王勿桥乡，私塾，农民

采录者：　刘德功，男，41 岁，正阳县委宣传部，高中，干部

348

蝎虎精

王勿桥产"伏陈醋"，刘德功是王勿桥人，也会做醋，经常回到老家做醋，收集关于伏陈醋的民间故事。刘冯氏是邻家奶奶，会讲很多故事。一次，刘德功刚做完新醋，看见她进院子，就舀了一瓢醋让尝尝。刘冯氏吃了一瓢，说，好醋啊德功。刘德功笑着说，奶，讲个故事吧。刘冯氏放下瓢，坐在小凳子上讲起了故事。晚年，他还写出了长篇小说《伏陈醋传奇》。（刘康健）

山庄有个寡妇老婆，无儿无女，孤苦伶仃，平时好善济施。谁家的锅揭不开了，她送去把米；农忙时谁家小孩无人照看，她就招呼着；要饭的上门也没有不打发的。四里乡邻都很敬重她，称她李奶奶。

常言说，七十三、八十四，阎王不叫自己去。这一年，李奶奶刚好七十三岁，够上这个坎，她也总感到离入土的时候不远了。一天晌午，她正在屋里闲坐，忽听门外"叮当，叮当"响声，还伴着低沉的声音："算卦！算卦！能算吉凶祸福。"

李奶奶想快入土的人了，算个啥，可是门外"叮当叮当"地敲个没完，最后开开门说："算命先，我不算，你要是用钱，我给你俩。"

算命先摇摇头说："不！我不要钱！我是专为你来的呀！三天之内，你大祸临头，要遭雷劈的！"听此言，李奶奶不由一哆嗦："我一辈子可没干坑人害人的事呀，就是该死也不能让雷劈死呀。"

"那是你前生的罪过，不过有个办法可以躲过这场大难。""啥办法？"

349

"我也是看你积德行善是个好人，才来救你。这样吧，到第三天晌午，你坐在屋里炕上，让乡邻们围着你坐着，时辰过后就没事了。"众乡邻闻听此事，哪有不相帮的？

在第三天头上，晴朗的天忽然乌云翻滚，雷声大作。人们见变了天，都不约而同地奔李奶奶家来，如同众星捧月似的将她围在中间。只见房门外火球乱滚，屋顶上一个雷接一个雷地炸响。李奶奶想，我前世有罪，才遭此大难，我也是该死的人，怎么能连累大家呢？她突然拨开众人，不顾一切地跑了出去。

众人见李奶奶跑了出去，怕雷伤着她，"忽啦"一下子都跑出去捧她。只听震天动地一声巨响，"咔嚓"一个炸雷在人们身后炸开了，大家几乎被震昏了。待醒过劲来，你看看我，我看看你，又看看李奶奶，谁也没有被雷劈死。往屋里一瞅，"妈呀！"一拃长的大蝎虎[1]子精被劈死了，炕洞也被劈掀了。这时大家才明白，原来是蝎虎精怕遭雷劈，变成算命先生想骗大家来保护它！

讲述者：	马氏，女，72 岁，驻马店市区，不识字，市民
采录者：	何春华，女，32 岁，回族，驻马店市丝钉厂，初中，职工
采录时间：	1987 年 5 月 14 日
采录地点：	驻马店市区

附记

过去，人到七十古来稀。孔子活了七十三岁，孟子活了八十四岁，连"至圣"和"亚圣"两位圣人都无法过去的年龄坎，对普通人来说更是一个巨大的挑战，于是"七十三八十四，阎王不叫自己去"的说法便流传下来了。民间人们对 73 和 84 比较忌讳，老人一旦到了这个岁数，就会说自己 72 或 74、83 或 85。（谭咏利）

[1] 蝎虎：驻马店方言中也称蝎虎子，就是壁虎。

两县令求神捉妖

遂平北五十里小洪河岸边有一村，名叫河沿村。村中有户姓陈的，以农为业，有一个闺女经媒人介绍，嫁给上蔡县西大马村的马家。马家父子二人，也是农户。

陈家女过门后，马家日子不错，家资殷实，过得惬意。第二年，晴天霹雳，儿子被拉去当兵，马家失去栋梁，公媳二人哭得死去活来，泪人一般。

一天，儿媳要回娘家。这时她已有身孕，一人去咋能放心？公爹为了延续马家香火，得个下辈儿人，就伴她同去。

二人沿小洪河西行，途中儿媳想小便，故意慢走几步，拉开距离，趁着一个高冢遮身，走到下洼处，事后又加快步子赶上公爹。

到了陈家，公爹被引进客房，两亲家叙些家常，谈些寒暄。女儿进了后房，拜见母亲，问候已毕，她说："我去邻家坐坐。"就出去了，吃午饭后还不见她回来。

当地习惯，闺女走娘家，串东家瞧婶子，去西家看大娘，到谁家谁也不让走，遇到饭时就吃饭，天黑就歇宿，所以爹娘也没去找她。饭后公爹对亲家说："眼时农闲，叫孩子在家住几天，我回去照料家务。"于是，撇下儿媳自己回家了。

一直到上灯时分，女儿还没回到娘家屋里。娘已准备好晚饭，结果找遍全村连个人影也不见，想着女儿是有啥事又回家了。

次日一早，她爹就赶到马家，问女儿回来没有。公爹说："她既然去了，能不住几天，咋能会回来？"她爹不信，于是两亲家争吵起来，互不相让，难分难解。

马家说："明明我把媳妇送到恁家里。"陈家说："俺家没有，肯定回来了。"

马家说："我儿子不在家，你想昧下媳妇不成？"陈家说："俺闺女过了门，活着有个人，死了有个坟。"

人命关天，两亲家就去县衙告状，马家状告给上蔡县令，陈家控诉给遂平县令。两县令共同审问，两家说明告状原因。两县令叫他们陈述事情经过，媳妇啥时候走亲戚，途中和到娘家后的情况，来龙去脉详细述说一遍。

县令一听，分析问题可能出于途中。两县令乘轿亲自到途中察看，发现有一大冢，上面长满蓬蒿，丛林遮天，几棵大树参空合抱，阴森森寒气逼人。冢子半坡有一洞穴，令随从挖下去，越挖洞越大。县令令人取来一个抬筐，绑绳系铃，让人坐筐下去。问谁愿下去，马家说："她是俺的人，我下！"他坐在筐内，下到洞深处，拾到一只鞋。再往下去，发现媳妇一条腿。下到转弯处，往里看明晃晃的，一片房舍，他不敢再前往。于是带着鞋和腿，摇铃为号，外面把他拉出洞来，让县令观看。

两县令断定里面是妖巢，人被妖所害，两亲家又是一场痛哭。

两县令商议，求神除妖，呈写状文，诉妖之罪，满斗焚香，跪在天井作揖叩头，祈祷上苍斩妖除邪，拯救黎民。

一书状文惊动了玉皇大帝，即派刑部神将降妖除怪。神将领旨走出天庭，顷刻间乌云翻滚，狂风大作，电闪雷鸣，大雨倾盆。妖怪逃约五里，来到一座古庙，庙院有一棵白果树，参天蔽日，它就躲在树上藏身。

这时，神将布云笼罩庙院，大雨如注，巨雷连响，把妖团团围住。只听得"咔嚓"一声巨响，妖怪被击死，原来是一条蛇。神将把妖尸带回天宫交旨，两县令也结了疑案。

讲述者： 王随意，男，65岁，遂平县张店乡青石桥村，初小，农民
采录者： 刘承伟，男，65岁，遂平县张店乡青石桥村魏园，初中，农民
采录时间：1988年2月6日
采录地点：遂平县张店乡青石桥村

附
记

青石桥村刘姓人较多，王随意是外姓人，但和刘承伟喷得来，村里人经常打趣说，这俩人到一块是"俩茶壶对嘴——只有喷"啦！县里让收集民间故事时，刘承伟知道王随意会讲有话，他俩在一起喷的机会更多了，每天没事就在一块，一个讲一个记，配合得很美气。
（刘康健）

异文：三县破案

泌阳下碑寺乡北二十多里有个角子山，山前有条河，河里有个潭，潭里的鲤鱼成了精，变化多端，危害乡邻。

明朝年间，遂平县张庄张三的妹妹与舞阳县一家姓李的公子定了亲，双方定于当年二月初二娶亲。

二月二那天，张三的妹妹乘坐一顶花轿，路过角子山前，潭里的鲤鱼精看见了，就想把轿中的美人弄到手。想来想去，终于想出了一个办法。在张三叫妹妹回娘家时，鲤鱼精提前变成张三模样，套上一辆轿车前往李家。李公子一看是张三哥哥来，忙设盛宴招待。饭后妹妹收拾停当，坐上轿车，跟哥哥一起回家。

轿车路过铁炉冲村时，一个经常拾粪的老汉看见拉轿车的骡子膘肥高大，便想：三匹大骡子，一匹屙一泡屎，我这箩头就满了。想到这里，就一直跟在马车后边走。

鲤鱼精得了美人，只顾高兴，走到河边，一股劲跑进

了潭里。拾粪老汉一看轿车进了潭，吓得出了一身冷汗，愣了一会儿，扭头跑了。

二月初八，张三套上骡车来到李家接妹妹。李公子一看张三又来接人，心里有点生气，说："两天前你就把人接走了，今天怎么又来接人？"

张三说："两天前我根本没来！不见我妹妹，就是你把她害了。"李公子说："不信，可问家院，也可沿途查问。"张三也说："你可到我家查问。"

两家争执不休，一家告到舞阳县，一家告到遂平县，案情出在泌阳县。最后只好三县分头查访，共同审理此案。

泌阳县令在边界查访数日，毫无头绪。一天上午，他路过角子山前潭涡边时，发现树下坐着一个拾粪老汉。这一老汉为啥坐在这里呢？因为自那日起，他心中怀疑，决心弄个明白，听说三县县令审理此事，看看如何结案。县令走到老汉跟前，落轿询问。拾粪老汉说："这件事哪个县令也弄不清楚，只有我知道得最详细。"接着老汉把上次见到的情况从头到尾说了一遍，县令听罢，辞别老汉回衙而去。

泌阳县令回衙后，请来了舞阳、遂平两县令，把得知的情况详细叙说了一遍。三位县令决定：抽调各县民工，把潭涡上头沙河水拦着，再用水刮子[1]抽潭涡里的水，把水抽干。同时请来了三台大戏，烧纸烧香，告知玉皇大帝给以帮助。

民工们日夜连干，三天三夜方见潭底，露出一个大洞。

张三寻妹心切，自己下到洞内，一看，原来是个四合院，妹妹正在东屋啼哭。张三便快步走去说："妹妹快走。"他俩来到洞口，岸上的人们见到信号，立即把他俩拉上来。妹妹说："洞内还有十几个姑娘。"

三位县令听后，正要派人进洞，谁知潭里的水又涨上来了。人们非常气愤，县令急忙写好本章，用香火烧掉，向玉皇大帝告急。

玉皇大帝接到本章，命张天师惩治鲤鱼精。张天师接旨，即派两条黄龙进洞捉拿。不料鲤鱼精道行深，神通大，两条黄龙战不过它，败下阵来。张天师掐指一算，捉拿这个妖精，必须要角子山下压的那条老青龙出战。

老青龙因犯天规，被罚四千年，才过两千年，咋能起用？张天师又想：为民除害，捉拿鲤鱼精要紧。想到这里，他亲自揭去老青龙身上的紫金箔，对老青龙说："你速速到潭内把鲤鱼精捉来，以除此害，挽救黎民。若能成功，免你两千年刑期。"老青龙按照张天师的旨意，进到洞里，没费多大气力，把鲤鱼精捉拿上来，摔在岸上，向张天师交旨去了。

人们从潭里救出了十八个姑娘，为民除了一大害。从此这一带平安无事了。

讲述者： 沈叶记，男，68岁，泌阳县付庄乡廖庄村，不识字，农民

周其文，男，70岁，泌阳县下碑寺乡张代庄，不识字，农民

采录者： 陈平安，男，33岁，泌阳县付庄乡文化站，高中，专干

采录时间： 1988年5月19日

采录地点： 泌阳县下碑寺乡廖庄村、张代庄

[1] 水刮子：一种水车。

350

田螺精

从前，李家庄住着兄弟两个，老大李收，老二李田，因爹爹去世早，全靠母亲拉扯大。

老大二十六那年，娘给他娶来了媳妇，一家人还能凑合着过日子。可老二李田十六那年，母亲因病去世了，从此李田就跟着兄嫂过活。

常言说：弟兄好搁合[1]，叔嫂话难说。老二正处装饭年龄，老大媳妇总嫌他吃得多，将来分家还要争房屋、财产，于是吵架拌嘴已成了家常便饭。幸亏大哥心肠好，处处护着兄弟，他还能吃上饱饭。可李田也不是木头人儿，常常暗地里伤心流泪。

这一年，李家兄弟在河岸上的地里种了几亩瓜，到了收瓜季节，大哥病了卧床不起，瓜田只得老二一人看管了。

一天夜里，月姥姥还没出来，黑乎乎的，李田喝罢汤在瓜棚外面凉快，嘴里还在不停地唱着："一母同胞亲兄弟哟，情同手足重似泰山。莫听妻子说坏言，千万可别结仇冤。哥能让来弟心宽，和和睦睦人称赞。要学昔日的二

[1] 搁合：即相处。

大贤，兄弟二人让江山。唉……"

他停了一会儿，想起家中的事情，又悲壮地唱起来："兄弟叔嫂同心干哎，土石能长出金银山。兄弟叔嫂不一心呀，咋能团团圆圆治家产！"

歌声早惊动了居住在河里的田螺精姑娘，她修行了八百年，早就向往人间，听到歌声心里很受感动：谁家的后生，心眼咋恁好啊。她化为一个美丽的姑娘，一阵轻风来到河岸上，迎风闻到阵阵瓜香，又听到一阵歌声："七月里有个七月七呀，天上的牛郎去会织女。牛郎和织女还能相会，光身汉李田可没亲人。"

田螺精姑娘寻着歌声，轻飘飘地来到瓜棚外面，看见正仰头望天长叹的青年小伙儿壮实、憨诚，顿起爱慕之心，走近瓜棚轻轻地说："这位小哥，俺这有礼了。"

李田扭头一瞅，吓了一跳，见一个大闺女站在面前，心里嘀咕着，这黑更半夜的，哪来的呢？他怯生生地问："你是哪儿的？恁黑的天来弄啥哩？"

"俺是走亲戚的，迷了路，这前不巴村，后不挨店，俺又饥又渴，真难死人了。"

李田觉得怪可怜，到瓜地摘了一个又大又甜的瓜给她吃。姑娘千恩万谢，说话温柔柔的，李田听了心里也甜丝丝的。这时月亮出来明晃晃的，照得姑娘天仙一般，这一夜李田就留姑娘住了一宿。从此，田螺精姑娘天天夜里和李田相会，第二天早晨鸡叫离去。

整整一个月过去了，老大病也好了。这天夜里，李老大来到瓜田转悠，在朦胧的月光下，他发现瓜地边有只大田螺壳子，就顺手拾起来扔到瓜田旁边一口深井里。这一下不当紧，原来这个壳子正是田螺精姑娘的。第二天鸡刚叫，田螺精姑娘找不到螺壳，无法回到河里去，只得跟着李老二回家生活。

田螺精姑娘成了李家的媳妇，她勤劳善良，白天下地干活，晚上纺线织布，还处处礼让大嫂，妯娌之间搁合得很好，家庭也显得和睦了。

转眼就是两年，田螺精媳妇生下一个胖娃娃，哥嫂的大闺女也要出嫁了。有一天，嫂嫂王氏对田螺精媳妇说："妮她婶呀，咱妮该出嫁了，咋给她准备嫁妆哩？"

田螺精媳妇说："别急嘛，到闺女出嫁时也不晚。"

一个月快过两旬了，大嫂急得团团转，前去催促，推来推去，只有两天时间了，她便对王氏说："嫂子呀，今儿把东屋打扫收拾一下，备上布匹、针线、尺子、剪刀，弟妹我今儿黑就做嫁妆，你啥也别管啦。"

嫂嫂王氏很是奇怪，一夜的工夫能赶制恁多嫁衣，除非长了三头六臂。到了夜里，她就偷偷摸摸地来到东屋门外，见门窗都关着，就舔窗户纸向里看。嘻！许多人不人、鬼不鬼、男不男、女不女的怪物，端灯的端灯、剪布的剪布、缝制的缝制……王氏看得眼花缭乱，疑心弟媳是个妖精。她越想心里越毛，两腿像筛糠一样发软发凉，头发丝儿都直楞楞的，连滚带爬回到自己屋里告诉给李老大。

第二天，田螺精媳妇笑吟吟地来到哥嫂屋里说："大哥、大嫂，咱妮的嫁妆做好装到箱子里了。今儿她婆家来人迎亲，可别叫用响器。"哥嫂答应了。可是接亲的来偏偏用了响器，鼓乐高奏，鞭炮齐鸣，震得田螺精媳妇晕头转向，呕吐不止。哥嫂更怀疑她是妖精了。

日子一天天过去了，田螺精媳妇照样白纺夜织，料理全家家务，嫂嫂王氏却落得清闲自在。

有一天，王氏哄田螺精媳妇的孩子玩，对孩子说："打面汤，筛箩箩，你娘头上顶个田螺螺。"孩子逗乐了，田螺精媳妇可伤心透了。她知道天机已败露，再也不能在李家生活了，就成天哭闹："还我的田螺壳，还我的田螺壳。"李老大两口儿没门儿，就从井里捞出田螺壳给她，田螺精爬进壳里，一阵青烟不见了。

讲述者： 李二妮，女，70 岁，遂平县嵖岈山乡，不识字，农民

采录者： 赵允，女，16 岁，遂平县嵖岈山乡中，学生

采录时间： 1988 年 2 月 29 日

采录地点： 遂平县嵖岈山乡

附

记

在遂平县嵖岈山乡中上学的赵允，受到老师肖宪云的鼓励，开始注意搜集民间故事。嵖岈山乡被人们称为"大楼"，因为在 20 世纪 50 年代中国第一个人民公社在这里成立，成为西部山区的中心集镇。赵允这天见到李二妮大娘在水坑边洗衣服，知道大娘是个"有话篓子"，就走过去，请大娘讲几个有话。刚过罢年，坑里水还很凉，赵大娘洗一会要歇一会，就讲个故事。赵允用心记下来，回到家整理出来，开学后到学校就交给了肖老师。（刘康健）

351

蛙童

从前，张家村有一个五十多岁的员外叫张建，虽说家中吃穿不愁，可老两口不称心的是膝下无儿无女。夫妻俩为人善良，见到没吃没穿的穷苦人，总是拿出钱物来周济。村里的人对张员外都很尊重，并为他无儿无女感到惋惜，被他周济过的人便经常成群结队到奶奶庙为他求神送子。

这件事感动了老天爷，便派蛙神下凡投胎。不久，张员外的老婆怀孕十八个月，生下一只很大的蛤蟆。张员外非常生气，恨自己命中无儿，为消除胸中的苦闷，便到刘家湾一个朋友家里去住了。

张员外的老伴对自己所生的这只蛤蟆却十分疼爱，她让家人在屋门旁为哈蟆盖了一个窝棚，铺上干草，让蛤蟆卧在里面，每天拿奶汁喂养。

转眼就是十五年，蛤蟆越长越大。每逢天阴下雨，蛤蟆就从窝里爬出来在院里"哇哇"直叫。员外老伴每当听到这叫声，就不由得一阵心酸。

这天，天又阴了，蛤蟆在院里又哇哇地叫起来。员外老伴拿起鞭子对蛤蟆抽打起来，她边打边骂："我一生命苦，不生男，不生女，却生下你这只癞蛤蟆。你爹气得一

走十几年没回来，你有本事去把你爹找回来，何必在家哇哇乱叫，害得老娘伤心。"蛤蟆挨了打，就不声不响地爬出家门，真的寻找父亲去了。

在离张家村北面百余里的地方，有一个村子叫刘家湾，村内有个员外叫刘义，和张建是好朋友。刘员外跟前没有儿子，只有一个女儿叫翠莲。十多年前，张建来到刘义家叙说了心中的苦闷，刘义听了深感同情，便同老伴商议，将张建留在家中，让他教女儿翠莲念书。

这天，刘员外正在村边散步，忽见南边天上飘来一朵白云，那云朵越飘越近，越飘越低。刘员外眼看那白云落地散去，只见一个眉清目秀的少年立在地上。那少年手拿件青衣往身上一披，变成了一只大蛤蟆，一步步朝刘家湾爬来。

刘员外见这般情景，想起朋友张建对自己叙说的往事，恍然大悟，叹道："这大概就是张建老兄的蛤蟆儿吧！可能是来找他爹的。"

刘员外回到家，见那只蛤蟆已爬进院子里，望着张员外哇哇地叫着。张建背着身子低头不语，刘义上前说道："老兄，今日你们父子重逢，为何闷闷不乐？"说着，吩咐家人把蛤蟆引向后屋。

刘义拉张建来到客房坐下，叫家人送来酒菜，二人边吃边谈。刘员外说："老兄不必烦恼，我看这蛤蟆并非寻常。为弟我有心将小女翠莲送与老兄作儿媳，不知你意下如何？"

张建听到此言，吃惊地说道："老弟为人聪明一世，今日为何这般糊涂？"

刘员外说："小弟主意已定，只要为兄不嫌弃，就这样办了！"

张建沉闷不语，刘员外又催问道："老兄对小女作儿媳，难道心感不配吗？"

张建为难地说："一只蛤蟆想不到老弟这样看重，这叫我怎么感谢您一片诚心呢？"

刘员外端起酒壶斟了两杯，然后举杯说道："老兄，让咱们喝下这杯孩子定婚的喜酒吧！"

二位员外开怀畅饮一场后，张建说："老弟，我这次离家不觉已十多年，今日蛤蟆到这里来，我想该回家了。"

刘员外说："既是老兄愿意回家，我也不强留了。明日备车连同小女送回家去，只烦老兄耐心教养了。"

张建忙说："老弟为何这么性急？这翠莲是你唯一的爱女，尚且年幼，怎能让她过早离你而去？"

刘员外说："如今小女已长大成人，婚事老兄已经答应，只管领去就是了。"

第二天，刘员外派家人备好车马，为张建和女儿送行。丫鬟秋菊也随翠莲上车了，那只蛤蟆被抬到车上，有人便赶着马车朝张家村走去。

张员外回到家中，整日院门不出，像在刘员外家一样教翠莲姑娘读书习字。老伴待翠莲如同亲生女儿，翠莲对两位老人如同亲爹娘。

张员外的后花院里，有一个用石头砌成的大水池，水池的周围有树，北面有一个葡萄架，下面设着石桌石凳，蛤蟆常来这里洗澡。

一天，天气闷热，翠莲在屋内读完书后，同丫鬟秋菊来后花园散步，忽然发现葡萄架下面站着一个眉清目秀的少年，不时理着被水洗过的头发。

翠莲领着丫鬟来到桃树下隐藏起来，透过树叶的空隙，看见那少年从石桌上拿起一件青衣往身上一披，就不见了，只有葡萄架下一只大蛤蟆顺着甬道向前院爬去。

翠莲姑娘和丫鬟见到这情景，又惊又喜，慌忙将此事告诉二老。二老听后喜出望外，张员外吩咐丫鬟说："你们以后对蛤蟆要多加注意，再见此景，速来告诉我。"

又一天，丫鬟见那蛤蟆朝后花园爬去，便悄悄地跟在后面。只见那蛤蟆又爬到葡萄架下，脱下青衣，现出了英俊少年的人形。丫鬟忙去告诉张员外。

员外和老伴赶紧随着丫鬟来到后花园，只见那少年正在水里快活地洗澡。丫鬟指着葡萄架下石桌上的青衣，轻声对张员外说："那件青衣是他刚脱下的蛤蟆皮。"员外听了，对丫鬟说："快，快去将青衣拿来。"丫鬟大步跑上前去，拿着青衣交给了张员外。

池中的少年见丫鬟拿走了青衣，又见父母来到花园里，忙走出水池，跪在二老面前道："父母在上，孩儿这里有礼。"

张员外望着跟前的儿子又高兴，又惊奇，责备地说："我儿原来如此貌美，但又为何瞒着父母？"

少年解释道："二老不知，这是上神给孩儿的限令。限令不到期，孩儿不能与二老现形相见。今天刚好限期已到，巧被二老遇见，这也是上天安排。"

员外听了非常欢喜，忙扶起儿子，说道："如今你已脱仙就凡，待我为你选就良辰吉日与翠莲拜堂成亲！"

听说张员外家的蛤蟆儿变成了一个美貌少年，近日就要拜堂成亲，张家村远近几十里的人都纷纷前来贺喜。结婚那天，张员外家张灯结彩，鞭炮齐鸣，那场面真热闹呀！

讲述者： 陈继承，男，55 岁，上蔡县无量寺乡陈寨庙村，高中，干部

采录者： 王治平，男，49 岁，上蔡县塔桥乡盆王村，大专，干部

采录时间：2006 年 3 月 16 日

采录地点：上蔡县无量寺乡陈寨庙村

异文：蛤蟆登基

从前，有一对夫妻生下一个蛤蟆仔，村里人都说是妖怪，有人说拿刀剁成肉酱，也有人说拿到外面埋掉。可做母亲的因为是自己身上掉下来的肉，就是妖怪也舍不得。夫妻俩觉得村里没法待下去了，就跑到京城里去谋生活。

夫妻俩带着蛤蟆仔来到京城以后，人生地不熟的，很难找到活。恰巧皇帝的一个女儿要请奶妈，挂出了皇榜。因为皇帝很苛刻，他要奶妈像牛一样来挤奶，所以没有人去揭榜。他们正走投无路，只好前去揭榜了。

蛤蟆仔母亲到皇宫当了奶妈，尽管每天吃香的，喝辣的，可是每天吃多少东西皇帝都要称称，按照吃喝多少挤出奶来。过了不两天，奶头就挤烂，流出血来。

回到家时，蛤蟆仔见母亲的烂奶头就哭了起来，他用嘴轻轻地吮着烂奶头，说也奇怪，不一会，伤处全好了，母亲又可以去皇宫里应付差事了。

母亲去皇宫，蛤蟆仔闹着让带他到里面去玩玩。一次，

两次，去的多了，蛤蟆仔和公主就成了好朋友。公主不仅常常抱他，有时还用那像牡丹花一样的脸庞亲他。

有一次给皇帝看见了，问公主是什么东西，公主说是奶妈的孩子。皇帝听了，立刻让太监们把蛤蟆仔扔出去。可蛤蟆仔依恋公主，就用嘴巴紧紧地咬着公主的衣袖。太监们七手八脚，拼命想把他们扯开，蛤蟆仔一急，用爪子猛踢在一个太监脸上，趁机跳到后宫的荷花池里，穿过水沟逃回家了。皇帝大怒，说蛤蟆仔母亲一定是个妖婆，要烧死她。她听说后，也偷偷地逃走了。

奶妈的差事丢了，三个人的生活又没有了着落。蛤蟆仔心里难受，就对父母说："我长大了，也有些力气，就让我干活养家吧。"父母不相信，蛤蟆仔就让父母在他背上放几块大木板试试，一看蛤蟆仔力气不小，便让他自己找活干了。

一天，蛤蟆仔来到大路边，见到一个生意人，就问："做生意的，你需要人送东西不？"

做生意的没看到人，以为见鬼了，正要跑，蛤蟆仔赶紧跳到生意人面前："是我跟你说话哩！"这倒把生意人吓了一跳，怔了半天，才看清是一只蛤蟆。

"你咋会说话呀？""我也是人生的，当然会说话了。"于是，俩人便聊了起来。

生意人知道蛤蟆仔要养家糊口，就答应让他运东西。生意人把东西放在蛤蟆仔背上，驮的东西比三五个驮夫还多，虽然走路一跳一跳的，却比人走得还快，并且工钱只需一个驮夫的价，晚上住客店不要店钱，所以生意人很乐意。

一次蛤蟆仔跟生意人刚一出门，就看见路边有一个大坛子。

"咋不走了？""我看见这坛子里装的是金子，咱守着，等它的主人来了再走吧。"生意人过去揭开坛子一看，里面果然满满的全是金子，顿时起了歹心，就对蛤蟆仔说："这样吧，咱们先把它埋起来，回家等着。如果有人问，就带他来挖。"

蛤蟆仔一想，倒也在理。他俩很快埋好坛子，便一同回到蛤蟆仔家。

睡到半夜，生意人就悄悄地去挖那坛金子，想一个人把金子带走。谁知挖开一看，坛子里却是满满一坛清水。生意人又累又渴，喝了几口，又悄没声息地回到蛤蟆仔家。刚刚睡下，突然闹起肚子，来不及起床就屙了一铺。他觉得不好意思，连夜逃走了。

第二天，蛤蟆仔父亲起床一看，发现满床都是金子，以为是生意人丢的，就叫蛤蟆仔去找那生意人。这时生意人正在人来人往的闹市里，突然发觉有人扯着他的裤子不放，低头一看，原来是蛤蟆仔。蛤蟆仔告诉他在自己家丢了很多金子，叫他回去拿。生意人一听，便匆匆忙忙地跟着蛤蟆仔回去了，见到满床铺是光灿灿的金子，心里乐开了花。

他心里惦记着那坛金子，就骗蛤蟆仔跟他一起去看看被人挖了没有。走到一个荒地里，正好跟前有一口深井，生意人又起了歹心，便把蛤蟆仔投进了深井里，自己去挖那坛金子。

蛤蟆仔掉到井里，怎么跳也跳不上来，但蛤蟆仔会游水，淹不死。正在这个时候，他突然听见有个轻微的声音在喊救命。蛤蟆仔急忙向发出声音的地方游去，一看，原来是一只小蚂蚁落在水面上。蛤蟆仔安慰它说："小弟弟，不要哭，我救你。"蛤蟆仔说着，就让蚂蚁趴在自己背上。

这时，井口落了一片树叶，蛤蟆仔就把蚂蚁放在树叶上。

突然，又听到一个声音在喊救命，原来是一只花蝴蝶沾湿翅膀，落在水里。蛤蟆仔又把蝴蝶驮到树叶上休息。

刚停一会，又听见"救命啊！救命啊！"的声音，是一只蜜蜂被大风刮到井里，翅膀湿了，怎么也飞不起来。蛤蟆仔又把它驮到树叶上。

蛤蟆仔把树叶拖到井边上，用嘴巴吹风，把蝴蝶、蜜蜂的翅膀全部吹干了，它们终于飞上来了。

可咋把蛤蟆仔弄上来哩？蜜蜂和蝴蝶想了个办法，先把蚂蚁拖上来，蚂蚁又找了根藤条，大家一起用力把蛤蟆仔也拉了上来。

蛤蟆仔上来后，蚂蚁、蜜蜂、蝴蝶都过来感谢："你搭救我们，以后有什么困难，你言一声，我们一定会帮你。"

蛤蟆仔在回家的路上，正好看到贴出的皇榜，说是皇帝的女儿病危，已昏迷三天了，全国的名医、巫道都来治过，也束手无策。皇帝许诺不论什么人，能医好公主的病，年纪大的可认做父母，封并肩王。年轻男子可招为驸马，女子可结为姐妹做公主。蛤蟆仔听到人们念皇榜，就自己揭了皇榜走了。看榜人很奇怪，便把蛤蟆仔带进了皇宫。

说来也巧，管皇粮的内务大臣原来就是那位生意人，因为他独吞了一大坛金子，拿去献给皇帝，皇帝便封他一个宫廷大臣。蛤蟆仔一见他，就说："老朋友，当大官了还认识老朋友吗？就是我揭的皇榜。"

这家伙一见蛤蟆仔，大吃一惊，心想，他还没有淹死啊！看他不知如何是好，蛤蟆仔又说："不用害怕，好人不记仇，你就带我见公主吧。"生意人只好照办。

蛤蟆仔来到宫里，先叫蚂蚁给公主号脉，蜜蜂在公主的人中穴上刺了一下，才知道公主患了肺热病。蛤蟆仔让蝴蝶在公主的脸上扇一阵子，公主的眼睛能微微睁开了。又让蝴蝶采来药给公主吃了，昏迷中的公主就醒过来，病全好了。

公主一见是蛤蟆仔为她治病，感动地用双手抚摸着它说："真谢谢你了！你就在宫里住下，我们做个朋友一起玩好吧？"

"你父王说谁能治好你的病，就把你嫁给谁，我要讨你做媳妇了。"

公主一听，惊恐起来，哪有人嫁给蛤蟆呢？皇帝也发了愁，咋能让公主嫁给蛤蟆呢？一时间没有主意，只好找那位大臣商量。

那生意人满肚子坏水，便告诉皇帝说："现在邻国兴兵前来，入侵我国，大敌当前，不如叫蛤蟆仔去打仗。如果打赢了，他准是个神物，把公主嫁给他也好。如果打死了，岂不更好吗？"

皇帝一听，便叫蛤蟆仔前去迎战。出征时，蛤蟆仔对公主说："你在宫里好好养病，我很快就会胜利归来。"

邻国前来作战的一个是老虎，见人就扑，把人咬得缺胳膊少腿；一个是狗熊，两只手很有力，抓到人就撕，把人撕得粉碎；另一个是蛇，张开血盆大口，见人就吞，连骨头渣也不吐出来。

蛤蟆仔带来的三个战将是蚂蚁、蜜蜂和蝴蝶。邻国第一个出战的是老虎，老虎一见是蛤蟆仔迎战，便哈哈大笑："你们国家不行了，连你这蛤蟆也来寻死了。"

蛤蟆仔说："你别高兴得太早了，我是专吃老虎的！"老虎一听，气愤极了，就扑过去要抓住他。就在这时，蝴蝶飞过去遮住了老虎的眼，蜜蜂飞过去对准老虎的鼻子狠狠蜇了起来，爬到老虎身上的蚂蚁，在老虎腔上咬了起来，气得老虎没办法，就听蛤蟆仔大喝一声："我要吞你喽！"老虎一听，吓得掉头就跑。

蛤蟆仔又用同样战术击败了狗熊和蛇，胜利而归。全国人民无不欢欣鼓舞，独有国王和生意人心有余悸，只好把公主嫁给了蛤蟆仔。

庆功宴席上，生意人害怕蛤蟆仔成了驸马对他不利，便在酒杯里下了毒药，想给蛤蟆仔和皇帝毒死，自己好当一朝人王帝主。不料这事被蚂蚁发现了，把这事儿告诉了皇帝。这个罪该万死的生意人，立即被皇帝处斩了。出人意料的是，这大臣的人头刚一落地，蛤蟆仔就脱去外皮，变成了一个俊美的小伙子。

贪心的皇帝也想成神，便偷偷地把蛤蟆皮披在身上。他这一披不要紧，却粘在身上，出不了气，死了。

皇帝死后，老百姓一致推选蛤蟆仔做皇帝。从此，他和公主恩恩爱爱，治理国家，人民一天天幸福起来。

讲述者：　刘小恒，男，23岁，平舆县辛店乡联中，
　　　　　中专，教师
采录者：　岳留根，男，17岁，平舆县辛店乡联中，
　　　　　学生
采录时间：1987年10月16日
采录地点：平舆县辛店乡联中

附
记

岳留根是语文课代表。这天，岳留根到老师刘小恒的办公室兼住室送作业，送完要走被叫住了。刘老师说，县里叫搜集民间故事哩，我给你讲几个吧，你记下来整理一下交给我，还可以发表哩。一听说

可以发表，岳留根很激动，就坐在桌子前一边听一边记，并认真进行了整理。

蛙童，又称蛤蟆儿，其故事在驻马店地区流传很广。除以上收录诸篇外，以往平舆县民间故事有《癞头蛤蟆精》，遂平县有《金蛤蟆》《蛤蟆桃》。《癞头蛤蟆精》因他要娶的是王爷的女儿，王爷要癞头蛤蟆儿准备三样聘礼（即簸箕大小的金鱼眼珠子一对，虼蚤的胡子四两，虱子的骨头半斤），还有他父亲想用巴豆毒死他，结果拉出银子的情节，明显嫁接了《八辈穷》《饭担问命》等向神仙问命一类民间故事的相关情节。（刘康健　赵新春）

352

大拇指儿

李家寨李三老两口无儿无女，每天烧香许愿，拜神求子，到五十多岁老伴终于生了个大拇指儿。拇指儿长到七岁，还是拇指头那么大。

一天他问娘："娘，俺大[1]上哪儿去啦？""在黑虎山上打柴。"

"俺要找他，娘，你帮俺把马车套上。"

马车套好，拇指儿钻进马耳朵里，"驾"的一声，马车就飞跑起来。半路上，两个艺人看见飞跑的马车上没有一个人，可听见有赶马声，觉得很奇怪，就大声喊："赶马人在哪？"

"俺在马耳朵里。""停一下，俺搭怹的车好吗？"

拇指儿停了车，让他俩上了车。艺人想，有了这小家伙卖艺可管赚大钱。

到了黑虎山，拇指爹高兴地叫："是俺拇指儿吗？""是俺！"拇指儿从马耳朵里爬了出来，父子两个亲热起来。

[1]　大（方言音 dā）：指爹、父亲。

俩艺人上前对拇指爹说："这小家伙卖给我们咋样？""这咋行！老来得子俺咋能卖？""那就跟我们学艺吧，先给五百两银子作为他的工钱，咋样？"

让孩子出外学点手艺还是可以的，拇指爹想到这说："好吧，让他跟恁学吧。"拇指儿爬到老爹耳边说："我会回来的。"就跟艺人上路啦。

半路上，拇指儿要尿尿，就从艺人背上蹦下来，眨眼不见了。艺人可急坏了，就喊："大拇指，你在哪？""我在老鼠洞里哪！"

拇指儿不愿跟他们学艺，就躲在洞里不出来。俩艺人挖洞挖到天黑也没把拇指儿挖出来，气鼓鼓地走了。

天黑透了，拇指儿才从洞里爬出来，走到一个庄上，在一个稻草捆里睡着了。这时，掌鞭的[1]来喂牲口，正巧把这捆稻草扔给了老水牛，老水牛饿急了，舌头一伸，连草带拇指儿裹进肚里去了。

第二天，掌鞭的牵水牛犁田，只听水牛肚里在说话："好闷人哪！"掌鞭的吓坏了，找到掌柜的就说："坏了坏了，咱的牛不管喂啦，它肚里会说话。"

掌柜的一听，真不假，是妖怪吧，就把牛杀啦。开膛破肚在牛肚里啥也没找到，就把牛肠子扔在了野地。

半夜，牛肠子让狼吞吃了。拇指儿在狼肚里说："狼大哥，今夜你到李家寨东边那家，有羊，管你吃个痛快！"狼真的去了。

拇指爹这几天想儿想得睡不着，半夜里常常在院子里走动。突然他发现一只野狼正在厨房里，就找了一根粗棍把狼打死了。隐隐听见狼肚子里有"闷死我了，闷死我了！"的声音，赶快将狼开膛破肚，翻肠子剥出了拇指儿。

李三老两口也顾不得腥臭，捧起拇指儿又亲又落泪，叙说起离别情。

讲述者： 崔继伦，男，47岁，新蔡县佛阁寺乡熊楼村，小学，农民

采录者： 龚国强，男，34岁，新蔡县文化局艺术股，高中，干部

采录时间： 1987年9月14日

采录地点： 新蔡县佛阁寺乡熊楼村

附

记

龚国强来到熊楼村时，崔继伦正在地头吸烟休息，赶着牛来回几趟犁红薯，老婆带着小孩捡拾红薯。龚国强走上前去打了个招呼，帮着捡拾了一堆红薯，问，红薯弄回家吗？崔继伦吸着烟说，在地里擦红薯片子，晒干再弄回家。龚国强找到一个拇指大小的红薯，剥开吃了几口，说，小红薯，甜。崔继伦说，秤砣虽小压千斤哪！龚国强让他讲故事。崔继伦看了看拇指大小的红薯，就讲了一个《大拇指儿》的故事。（刘康健）

[1] 掌鞭的：管牲口的。

353

丫头和鸟王

从前，有个坏心眼儿的老太婆，她跟前有仨闺女。大闺女叫大花，二闺女叫二花，三闺女叫小花，老太婆很疼爱她们。这姊妹仨好吃懒做，心眼儿跟她娘差不多。

老太婆有个外甥女叫丫头，爹妈都死了，小姑娘孤零零的没了依靠，想到妗子，就去投靠她。老太婆见丫头长高了，正好家里缺一个帮忙的，就把她留下了。

大花、二花、小花在院里玩抓子儿，丫头一蹦三跳地跑过去，也想玩，被妗子拦住了："弄啥去？""跟表姐抓石子！"

"不中！""咋啦？"

"吃俺的饭受俺管，你放牛割柴禾去！""呼啦""当啷"，绳子、镰刀从屋里扔出来了，丫头捡起来，没说啥，赶住牛上山了。

天黑了，牛饱了，丫头背了一捆柴禾回来了。一进院儿，就闻到肉香味儿，妗子该是做好吃的吧？丫头喜哩不行，她放下柴禾，拴好牛进了灶火。

大花用手捂，二花用锅盖儿盖，小花用身子遮，怕丫头看见锅里的肉。妗子端来了一碗稀糊涂，还有一个黑窝

窝头儿："丫头，这是你的，到院里吃罢！"丫头咽了一口唾沫，一抹眼泪，接过碗，接过窝窝头儿，蹲到院里吃去了。

喝罢汤，丫头进了屋，看见了大花、二花、小花的花床，铺的软，盖的好，还有一个纱帐子，丫头对妗子说："我也睡在这床上！""不中，你身上太脏！"

"我睡哪？""呼啦"，一条破被子破席从屋里扔出来了："你就和牛睡一个屋吧！"牛屋里臭，蚊子多，丫头黑了睡不着，一肚子苦水向谁说？

有一天，大花有了病，老太太慌了脚，请来医生。医生号了号脉说："要想治好小姐的病，除非找到大山里的灵芝草。"

听了医生的话，老太婆喊丫头。丫头正吃饭哩，老太婆火了，夺过碗把饭倒在地上，丫头吓愣怔了。她指住丫头的鼻子尖说："你给我进山找灵芝草，要是找不回来，我打断你的腿！""当啷"，镢头扔出来了，丫头眼里不流泪心里哭，扛住镢头进山了。

山高呀鸟飞不过，沟深呀兔子不卧，林密呀风雨不透，丫头一个小人儿，狼虫虎豹恁多，绿油油漫山野草，到哪儿去找灵芝？

天黑了，丫头也不知道自己摸到了啥地方。看看树林里黑乎乎的，还有狼嚎虎叫，她吓得浑身打战，思前想后，伤心地哭开了，哭着哭着就睡着了。

不知道过了多长时间，从空中落下一群鸟，它们用葛条织成一个网，把丫头放进网里，叼起飞走了，在密林深处落了下来。丫头睁开眼，发现自己躺在一所漂亮的宫殿里，屋里的东西都光闪闪的。身上盖的被子，世上找不到，是用彩色的羽毛做成的。一位头戴金冠的少年站在床边，丫头的眼瞪得圆溜溜的看住他，那少年冲丫头笑嘻嘻的。丫头一挺身子起来，问："我这是在啥地方？"

那少年说："这是鸟国的宫殿，我是这儿的鸟王。"

"我是咋进来的？""是我白天巡查发现你的，看住你一个人孤零零的很可怜，就派鹰将军暗中保护你。夜里你哭睡着了，鹰将军就领住鸟兵把你叼这儿啦。你为啥一个人进山呢？"

这一问，丫头的泪又流出来了，就把自己的身世对鸟

王说了一遍。鸟王听后非常同情她，对她说："如果你愿意，就留下做我的妻子吧！"

丫头见鸟王年轻漂亮，自己又无依无靠，就答应了。他们的婚礼办得真热闹啊，上百种美丽的鸟从森林里采来各种鲜美的野果，它们在空中嬉戏起舞，在空中唱歌，一直闹到深夜，丫头开心极了，她从来没恁快乐过。

再说老太婆在家等丫头采回灵芝草救大闺女的命哩，等一天又一天，就是不见回来。知道没指望了，又去找医生重新想法儿，但是，晚了，大花腿一伸上了西天。

老太婆埋了大花，想想丫头，恨得咬牙，她对二花、小花说："走，咱进山找那个死妮子去，给恁姐报仇！"

二花说："娘啊，山太高我爬不上去！"小花说："娘啊，我还小，累伤就不长啦！"老太婆没法儿，叹了口气，独自个儿进山了。

她翻一山又一山，越过一沟又一沟，来到大森林里，终于发现那座美丽的宫殿。老太婆走进去，见丫头正用漂亮的羽毛做衣裳哩，心说："这死妮子原来在这儿享福哩！"她装出笑脸，走进屋里说："丫头呀，你在这儿哪！"

丫头正做活[1]哩，抬头看见妗子来了，吓哩不行，说："妗子，你来了？""来啦！你咋不回去呀？妗子可挂念你啦！"

"我不敢回去呀。""咋啦？"

"我没找到灵芝草，怕你打断我的腿！"

"妗子那是吓你哩，你当真啦？外甥女和闺女差不远，让我打我还舍不得哩！"丫头一听，亲热地对妗子说："妗子，你也在这儿住下吧！"

"这是谁的家呀？""鸟王的，我和他成亲了。"

老太婆站起身来，这儿转转，那儿瞅瞅。这宫殿真漂亮，屋里摆设都是没见过的，要啥有啥，恐怕皇帝老子的皇宫里也没恁好，她眼气得两眼发红了。

晌午了，鸟王出外巡查还没回来，丫头就用最好的饭菜招待了妗子。吃罢饭，妗子说："丫头呀，你跟我回家一趟吧。""不中啊，鸟王不在家。"

[1] 做活：方言，即做针线。

"你送送我中不？""这中！"

丫头送妗子出山，送了一程又一程，眼看就到山外了，老太婆说："丫头，你做了鸟王的媳妇了，要啥有啥，能不能把你身上的新嫁衣脱给你表姐穿穿哪？"

丫头说："既然妗子相中了，我就脱给表姐吧！"丫头把衣服脱下来递给了妗子，老太婆接过来说："丫头啊，咱到山顶上坐会儿说说话儿吧！"

老太婆把丫头引到山顶，往下一看，是陡峭峭的大山崖，她把丫头拉到身边，用手一指说："丫头，你看那是啥？"丫头问："哪呀？"老太婆一咬牙，心一黑，把丫头推下了悬崖。眼看落到山底没命了，恰好鹰将军打这儿过，咦，那不是王妃吗？它从空中"嗡"地一头扎了下去，用翅膀接住了丫头，把她驮回宫殿了。

老太婆拿到丫头的新嫁衣，乐哈哈地回到家，拿出来让俩闺女看。这嫁衣是用漂亮的羽毛做成的，把个二花、小花看呆了。接下来，老太婆把丫头和鸟王的事儿讲了一遍，俩闺女听入了迷。老太婆说："丫头已经死了，谁愿意穿这件衣服去做鸟王的新娘？"

二花不嫌山高了，说："我去！"小花不怕累伤不长了，说："我去！"

老太婆见俩闺女争得面红耳赤，说："别争了，咱娘仨一块儿去。二花和娘先在外面等着，让小花去和鸟王成亲。等鸟王相信了小花，可得接我和你姐呀！"小花喜滋滋地说："中！"

鹰将军把丫头驮回宫殿里，鸟王巡查回来了，他见丫头披头散发，衣裳也不见了，问是咋回事儿。

这时，丫头醒过来了，就把事情的经过给鸟王讲了一遍。鸟王听后对鹰将军说："带着你的部下到外面巡查巡查，要是见到那老太婆，把她的双眼叨瞎，让她永远回不了家！"

鹰将军领命，带住自己的部下飞出去了。飞出不远，就见一个老太婆领俩闺女，手里掂的正是丫头的衣裳，听见那老太婆说："小花呀，你可得装像点儿呀！鸟王要问你的脸咋变长了，你就说山高路滑摔的啦。鸟王问你脸上咋有麻点点，你就说是鸟屎厢脸上了。鸟王相信了你，可别忘了接我和姐去享福！"

鹰将军听完这话，明白了，原来是想让她闺女去冒充俺王妃呀！对它的部下说："啄瞎她们娘儿仨的眼，三人六只别啄少了！"大小老鹰听头头下令了，"嗯嗯嗯"从半空中向下冲。

娘儿仨见嗷嗷叫飞来恁多老鹰，吓坏了，抱头就跑，还能跑得了吗？转眼间，被这些鹰啄得头破血流，眼睛全瞎了。鹰飞走了，她们哭住摸呀，走呀，咋也走不出这无边的林海，最后，她们全被恶狼撕吃了。丫头呢，和鸟王恩恩爱爱过住幸福的日子，一直到死。

讲述者：　刘玉名，男，64 岁，确山县胡庙乡吴楼村，
　　　　　小学，农民
采录者：　吴文龙，男，23 岁，确山县胡庙乡吴楼村，
　　　　　高中，农民
采录时间：1987 年 3 月 23 日
采录地点：确山胡庙乡吴楼村

354

长烟袋治大病

清末光绪年间，东洪桥一带有一位出名的瓜匠叫赵天，人们常叫他赵老汉。

有一年赵老汉在东河湾南边种了几亩瓜，这瓜个个长得滚瓜溜圆，又大又甜，谁见了都想拐个弯看看，有的还走进瓜庵里与赵老汉闲喷一阵子，临走弄个瓜吃吃。

赵老汉热情好客又爱喷个闲空儿[1]，时间长了，三里五村的人们都认识他。很多人与他对脾气儿，晚上没事就来稀哩哈拉地喷一阵子，吸袋闲烟。这也使赵老汉养成一个晚睡的习惯，而且每天睡觉前总要抽上几袋烟，不然就睡不着。

有一天晚上，天很黑，没有来喷闲空儿的人了，赵老汉想吸上一袋烟后就睡觉。他刚把烟装好，还没点火，突然来了一位红胡子老头，身材高大，腰板硬朗，说起话来倒很家常。他说他是大河庄人，姓河名怪，说今晚没事，想找赵大哥喷喷。赵老汉对他虽然不熟悉，但由于这时想有一个喷闲空儿的人，所以也就没有多大介意，便与这位

[1]　喷个闲空儿：无事闲聊。

河怪喷开了。赵老汉边喷边让河老弟抽烟，河老弟也就没有推辞，与赵老汉边吸烟边闲谈，前三皇后五帝地喷个没完没了。直到将烟末吸完了，河怪道声"谢"起身就走，才跨出庵门就无影无踪了。以后每天晚上都是这样，老汉心想：这个河怪可能真是河怪。这瓜庵是个聚人的地方，这个河怪哪天要起个歹心，伤了哪位乡亲，我可担待不起，得想个法子警惩他一下。

由于只有一根烟袋，总是让河怪占住，赵老汉干急吸不上烟，吸不上烟也睡不好觉，日子久了，便觉得有气无力，像害大病似的。心里生气但又不便给家人和朋友说，怕他们隔意[1]出意外而不让去看瓜。

眼看瓜快熟了，一家老小还指望这几亩瓜养家糊口哩，如若再被河怪这样闹腾下去，自己的身体非垮下不可。要是哪一天瓜看不好被人偷了，一家人非挨饿不可。赵老汉想到这里，心里很着急，可又没有啥好办法。

有一天，赵老汉喝罢了汤，正要拿起烟袋吸烟，无意中瞅见了自己打兔子那杆土枪，眼珠子一转，有了主意。他忙把土枪的枪药装好，就带着来到瓜庵里。不多时，红胡子老头就来了，赵老汉像往常一样热情，招呼了一阵后，俩人就坐下来。赵老汉说："河老弟呀，你的烟瘾大，今天我专门给你带来一只长烟袋。"红胡子老头看了一眼土枪，足有五尺长，高兴极了，乐呵呵地说："赵大哥，你真好，为我想得真周到，我不知道怎么谢你才好！"说着，赵老汉就把这只"长烟袋"递给河老弟，还帮他把枪口放在嘴边，让他拿好了，这就打火点起烟来。河怪刚要抽烟过瘾，忽然"嗵"的一声，一溜火星朝东南方向窜去。从此，再不见红胡子老头来吸烟喷闲空了。

过了几个月后，东河湾南一个有名的庄主生了病。这个病很奇怪，说笑无常，一时清醒一时迷，吃起饭来，顿餐斗米，村子里的人都吓得不敢沾边儿。家人天天请医生为他治病，远近的名医都请过一遍了，就是不见效果。无奈又跑东村串西村去请巫婆、神汉来拿邪，这些巫婆、神汉装腔作势地胡乱折腾一翻，骗俩钱就走了，谁也不能把他的病治好。这下可急坏了他家的妻儿老小，连忙去请下

神的高手。

有一天，家人从城南一下子请来了四位法师，据说这四位法师拿妖祛邪，不出半个时辰就能大见分晓。可是，这四位法师刚进屋，就被那庄主一口气全吹到院子里去了。庄主大吵大嚷，说他啥也不怕，谁来也拿不着他。一位法师壮着胆子说："难道你就没有怕的东西？"这句话刺中了庄主要害，只见他冷笑一声："要说怕嘛，只有赵大哥的长烟袋，真叫我吓得够呛！"

庄主怕赵老汉的长烟袋，这消息被人传了出去，一传十，十传百，不久就传到赵老汉的瓜庵里。赵老汉心中暗想，庄主的病难道是那红胡子大烟鬼在作怪？不妨去试试。

这天早饭后，赵老汉带上土枪去看庄主。刚进大门，忽听庄主的房子里有人高声大喊："我先走了，不然赵大哥又要俺用长烟袋吸烟啦！"说着一溜烟窜出门外向正北走了。

从此，庄主的病全好了，连说话的声音也都变回来了，和原来没什么两样。

人们问起赵老汉长烟袋是怎么回事时，赵老汉便一五一十地说了一遍。于是，长烟袋治大病的故事就在东洪一带传开了。

讲述者：　李怀松，男，48 岁，上蔡县东洪乡，大专，干部
采录者：　张永军，男，34 岁，上蔡县东洪乡，本科，干部
采录时间：2006 年 3 月 28 日
采录地点：上蔡县东洪乡

[1]　隔意：害怕。

355

王搭拉

很早以前，东山有户人家，家里只有娘俩儿，儿子叫王搭拉。王搭拉很小就会捉黄鼠狼，因为家里穷，只靠捉黄鼠狼维持生活，没念过书，捉黄鼠狼却是个能手。

有一天晚里，他去捉黄鼠狼，来到一座老坟院，把木猫[1]放在洞口。没有过多久就听见"叭"的一声，木猫落了。他走过去一看，木猫里有只黄鼠狼，把它打死了，拿了出来，又把木猫放在洞口上。不一会铁木猫又落了，又捉住一只。半夜没过，一连捉四五只。在回家的路上他想：今儿黑了一下子捉五只，看来这老坟院黄鼠狼子不少。

第二天夜晚，他又来到这个老坟院，把木猫放洞口上。放好没多久，就落了，他走过去一看，没有捉着，就又支好放在洞口旁。一会儿，出来一个身穿黄衣裳的白胡子老头，一脚把木猫踢到一边，骂道："我说孩子们咋一出来就不见，原来谁在这儿放个祸害。"王搭拉知道遇上个黄鼠狼精，就收起家伙回家了。

第二天，他买二斤桐油，在锅里烧得很热，到夜晚他端着桐油，来到原地，又把木猫放好。当他看见黄鼠狼精又来踢木猫时，端起桐油一下子泼在了它的身上。黄鼠狼精受伤，跑不了啦，王搭拉骂道："放木猫你就踢，我是指着这吃饭呢！"黄鼠狼精吓得连忙说："饶命，饶命！"

王搭拉说："饶你一命可以，你每天清早都得给我送一只黄鼠狼。"黄鼠狼答应了，每天清早都给王搭拉送只黄鼠狼。但没过多久，它就跑到外面又作起恶了，它吃鸡，又吃人。猎人打它的时候，它说："天不怕，地不怕，就怕东山的王搭拉。"

猎人们就把王搭拉请来，他又买二斤桐油，这回烧得滚热。到了夜间，黄鼠狼又出来作恶的时候，王搭拉兜头把桐油泼在它身上，黄鼠狼精"嗷"一声现了原形，猎人们一起上前把它打死了。

讲述者： 王成信，男，52岁，确山县文化馆，中专，干部

采录者： 王文亚，女，26岁，确山县文化馆，中专，干部

采录时间： 1988年3月28日

采录地点： 确山县文化馆

[1] 木猫：逮老鼠或黄鼠狼的工具。

356

智诛黄鳝精

确山南有一座二郎山，山西面有个庄叫周家湾。这一年村里正赶上麦季子，却出现一桩怪事儿。啥怪事咧？麦子收完，得摊到场里打呀！可是，只要周家湾人一摊麦场，从二郎山东面的山腰上马上升起一团黑云。黑云飘到麦场上空就下雨，直下得地皮湿了才收住。一连十余天，天天如此，你说恼人不？

村里有个员外叫周世轩，为人善良，一肚子学问。他觉得这雨下得怪气，想弄清到底是啥在作祟，就召集村上的年轻人商量一个办法。

一天，大家又忙着摊麦场，那场黑云又打东山坡飘过来了，落完雨，又往东飘去。就在这时候，村里的几个年轻小伙子立即跟上去，跟到二郎山的东山坡，只见那块黑云化作一阵白雾，一缕缕地飘下来，落进一个深不见底儿的水潭里不见了。

几个小伙子回家，把见到的事儿给周员外一学，周员外说："一定是那潭里出了妖精，咱得除掉它。"

咋个除法咧？周员外眼珠骨碌碌一转，有点子啦。

第二天，村上的人听从周员外的吩咐，分成两班儿。

年轻力壮的跟着周员外，带住竹竿、秫薄草席、刀枪棍棒，埋伏在潭子一边儿的树林里，另一班儿是老人孩子，到场里扒垛摊麦。

日头将近正午，只见水潭里慢慢升起一团水雾，忽忽悠悠地升到天空，聚成一团黑云，向周家湾飘去。周员外一挥手，大伙儿从树林子里窜出来，立刻把竹竿横七竖八地在水面上架成棚子，上面铺上秫薄草席，又蒙上很多条湖蓝色的布单子，看上去同水面儿一样。然后，大伙儿手握刀枪棍棒，在水潭四周藏起来。

原来，这水潭里修炼成一条黄鳝精，它心术不正，想试试自己的道行中不中。在哪儿试咧？它在周家湾的人都在忙着收麦打场时，便带雨水到场面儿的上空，专等人们把麦摊好后立即下雨。它见人们在雨中的那个狼狈相，觉得很开心。就这样，它见周家湾摊场打麦就带雨水去搅混。

今儿个，它下够了，见人们在雨中乱忙乎，"哈哈"大笑，收云往东飘去。乌云飘到二郎山东坡，黄鳝精就往下落，"扑嗒"一声，掉到大伙儿给它搭的棚子上啦，现了原形，是一条碗口恁粗，丈余长的大黄鳝。

大伙儿见是条黄鳝精，从四周跑上去刀砍枪戳，不大一会儿，把个黄鳝精剁成肉泥啦。从此以后，周家湾再也没有怪物作祟了。

讲述者： 邵国世，男，40岁，确山县李新店乡邵楼村，小学，农民

采录者： 崔连清，男，36岁，确山县李新店乡文化站，高中，专干

采录时间： 1988年9月19日

采录地点： 确山县李新店乡邵楼村

附记

此篇故事生活气息浓厚，因为在豫南农村麦收时节，有"麦黄一晌，蚕老一时""焦麦炸豆"之说，说明小麦成熟得很快，不仅要抓紧时间收割，还要抢收抢种，时间紧任务重，都是全家老少齐上阵，

只有把麦子抢收到家，才能"手中有粮、心中不慌"，解除一年的后顾之忧。农村在新麦收罢后，要吃面犒劳自己，吃着手擀的面条，不由得吼嚷一嗓："皇帝有权、俺家有面啊！"不过随着农业的机械化，故事中的扒垛摊麦打场的场景，现在都不存在了。（谭咏利）

357

黑鳝精计斗黄鳝精

很早的时候，平头垛山脚下的黑龙潭里，有两条鳝鱼在那里修炼成了精，一条是黑鳝精，一条是黄鳝精。黄鳝精比黑鳝精早修炼八百年，道行长神通也大，但多年来经常出来骚扰周围的村民，百姓都恨透了它。黑鳝精呢，常化作一个年轻壮汉给人们做好事，它就是靠了人间的阳刚之气而修炼得道的。

有一年，黑鳝精决心要惩治黄鳝精，为民除害，就同黄鳝精打起仗来了。你来它往，上下翻腾，搅得潭水黑一阵黄一阵，像煮沸了一样混成泥浆。它俩从深秋打到严冬，整整打了九九八十一天，黑鳝精的体力渐渐不能支持了，就窜出水面化作一个年轻的壮汉离开黑龙潭，到一个吃斋行善的富户家扛活去了。

第二年春天，黑壮汉给东家说："掌柜的，今年种谷子一定是个好收成，咱多种点谷子中呗！"主人听了他的话，种了一百亩谷子，并由黑壮汉一个人拾掇谷地里的活儿，他起早贪黑地在谷地里锄草。

一天，黑壮汉把谷苗锄掉很多，谷苗稀稀拉拉的，主人心痛地说："你咋把谷苗锄掉恁些啊？"他不慌不忙地回答："苗子太稠了，非得稀拉拉的才能多打谷子。"就这样他一天一天地锄着，谷苗一天一天地稀拉了。到了出穗的季节，百亩地里只剩下一株谷棵。那谷穗呢，头一弯也不弯，直楞楞地朝上长，而且越长越粗，后来竟长得大树蓬子一样。

秋收到了，黑壮汉叫主人在谷子周围造了十亩大小的场面。吃罢清早饭，他拿着棍子，搬个凳子来到谷子下面，打起谷穗来。谷籽像下冷子[1]一样落了一大场面，主人可喜欢透了，准备三辆马车，一车一车往家拉，拉了八八六十四大车才拉完。

到挨黑时，主人做了一桌丰盛的酒菜犒赏黑壮汉和伙计们。喝罢汤，黑壮汉向主人一五一十地说了自己的来历，主人听后吓得直哆嗦，脸上青一阵白一阵的。黑壮汉说："掌柜的，您别害怕，您是我的恩人，我绝不害您。"并要求主人当晚给他蒸两大车馍，第二天鸡叫三遍送到黑龙潭边。

黑壮汉说："掌柜的，您只要看见潭里翻黑水，就和伙计们往潭里扔馍。要是翻黄水，您就扔石头。"

"中啊！"主人答应了，一眨眼黑壮汉不见了。

第二天天不明，主人带着十多个伙计，拉了两大车谷面馍来到黑龙潭。他们看见潭水正在翻腾，水浪溅起三丈多高，一会儿变黑一会儿变黄，叫人感到天旋地转。主人和伙计们看见翻黑水就齐往潭里扔馍，看见翻黄水就马上砸石头。就这样黑鳝精越战越强，越战越猛，黄鳝精力量慢慢下降，最后战死。

黑鳝精打赢了黄鳝精，从此周围村庄也平安了。

讲述者： 贾才甫，男，75岁，遂平县嵯峨山乡鲍庄村，
私塾，农民
采录者： 张书林，男，32岁，遂平县嵯峨山乡，中专，
干部
采录时间： 1988年2月3日
采录地点： 遂平县嵯峨山乡鲍庄村

[1]　冷子：即冰雹。

附记

贾老汉是山里有名的"百事通"，上过私塾，当过医生，几十年间还养成记日记的习惯，日记中不仅记有天气变化，还有大量的民间故事。张书林是乡干部，在鲍庄蹲点，经常和贾才甫老汉喷空。听说张书林收集民间故事，贾才甫老汉一拍大腿说，你算找对人啦！二人就坐在鲍庄村卫生室里喷起来。贾才甫老汉很能讲，一口气讲了十多个故事，天就黑了。贾才甫老汉说，要不，你上俺家喝碗汤，咱接着喷。吃饭的时候，二人端着红薯干稀饭碗，又喷开了。贾才甫在长期行医过程中，收集大量民间故事、地方传说、奇闻轶事，特别熟悉嵖岈山的种种传说。他讲故事形象化，听之如身临其境。代表作品有《隐士沟的由来》《尖山白龙池》等。

此故事在驻马店很多县都有流传，只是具体内容不一样，有《黑龙智斗白龙》《黑鱼精智斗白鱼精》等，在这里变成了黄鳝精和黑鳝精的斗争。（刘康健）

358

孔雀姑娘

很久以前，在一片荒山野岭里，有一个财主招了一批农民，在这儿采矿冶炼。给他干活的有个叫亚文的年轻人，因为家里穷，已经三十了，还没成家。

有一天，亚文正在山上采矿，忽然看见一只凶猛的秃鹰，紧紧追赶一只孔雀。孔雀负伤坠地，秃鹰正要俯冲下来，叼走孔雀。说时迟，那时快，亚文一个箭步冲上去，挥锄把秃鹰赶走，救出了孔雀。

在亚文的精心护理下，孔雀的伤终于痊愈了，这时，好心的亚文便把它放了。孔雀在空中叫了几声，依依不舍地飞走了。

一天，亚文正在拼命干活，因劳累过度，一下晕倒在地，不省人事。过了一会儿，亚文醒了过来，睁眼一看，有个美丽的姑娘正在给自己喂药，不禁感动得流下眼泪。姑娘忙说："哥哥不要这样，我是特意来报答你的救命之恩的。"说着把亚文救她的事讲了一遍，原来她是孔雀变的。

孔雀姑娘爱慕亚文勤劳能干，想以身相许。亚文说："你是天仙，俺是凡人，俺家里又穷，还有年老多病的老娘，哪能配得上您呀！"

孔雀姑娘说："俺爱的是你，不嫌你贫寒，俺这就回去取点仙药来，给母亲治病，你明儿晚上到村头来接俺。"说罢，又变成孔雀飞走了。

第二天，亚文吃罢晚饭就来到村头，直到三更时，才见天上有个花衣少女飘落眼前。一看，正是孔雀姑娘，就大步迎上去。还没等亚文开口，孔雀姑娘就说："因为天规很严，俺私自下凡，怕玉皇大帝知道了，所以等到这时才来。"俩人一路说笑，高兴地回到家里。孔雀姑娘把从天上带回来的仙药给母亲吃了，她病也好了。夫妻二人夫唱妇和过上了幸福生活。

谁知孔雀姑娘私自下凡的事，还是被玉皇大帝知道了，他当即命天将把孔雀姑娘压在大山底下。亚文干活回来不见孔雀姑娘，很焦急，就四处寻找。忽然，听到大山底下传来孔雀姑娘的呼唤声，为了救出孔雀姑娘，他邀请石匠们来砸山石。

玉皇大帝见他俩深深相爱，就恩准他们结为夫妻。只听一声巨响，山石裂开，一朵红云飞来，亚文跟着孔雀姑娘腾空而起，飞往仙界去了。

讲述者： 李老头，男，73岁，新蔡县十里铺乡，小学，农民

采录者： 张敬忠，男，32岁，新蔡县扶贫办，大专，干部

采录时间：1987年12月9日

采录地点：新蔡县十里铺乡

附记

作为县扶贫办干部，张敬忠在十里铺乡扶贫驻村，帮助老百姓建塑料大棚，利用十里铺离城近的优势，把大棚里的蔬菜卖到城里。李老头是个贫困户，手里没有钱，也想建个塑料大棚种蔬菜。张敬忠来到李老头家，他正坐在门前的石磙上吸着旱烟袋，看他家穷得屌蛋净光，也没法扶持。张敬忠说，大爷，你年纪大了，种蔬菜太累，我给

你扶持两个钱，养羊中不？李老头喷了口烟说，养羊发得慢啊。张敬忠说，你没有听人说"家里养俩羊，开个小银行"吗？李老头养羊后，就经常给张敬忠讲故事，其中就讲了《孔雀姑娘》。（刘康健）

359

秋果与老白龙

平舆老王岗有个白龙王庙村，早年有个白龙王庙，祭祀的是一条老白龙。每当干旱之年，那白龙便吸来东海之水，化作甘霖降下来，使方圆数十里的村庄年年风调雨顺，五谷丰登。人们感念老白龙，都称他为白龙王。

有一年，又逢干旱，老白龙正要吸水降雨，不料玉皇大帝听信了东海龙王的谗言，降下旨意，不许他再到东海吸水，老白龙只得回来。一路上，只见禾苗枯焦，遍地生烟，白龙王非常难受。这时候，突然听到一阵哭声，它走近一看，是一位年轻妇人浑身披麻，正跪在湖滩上痛哭不止。老白龙听住心酸，便上前问道："闺女呀，你在这哭啥哩？"

那妇人见是一位面目慈祥的老人，心里一暖，便哭诉起来。说她叫秋果，从小死了爹娘，由兄嫂做主，嫁给一个孤身小子。谁知好景不长，就碰上这场大旱，看田里没了指望，就下湖捕鱼。不料初次下湖就遭横祸，船翻了，丈夫落水身亡。

老白龙非常同情，叹了口气说："闺女，人死不能复生，若不嫌弃，我帮你捕三年鱼吧！"

秋果心想：瞧这模样，八成也是个落荒遭灾的，都这么大年纪，在外也是饿死，就收留他吧。于是说道："我从小没爹没娘的，你既然叫我一声闺女，就让我认你作爹吧！"说着，就趴在地上磕了三个头。

有了女儿，老白龙非常高兴，当天夜里，借着星光，就开始叮叮当当动手修起船来。第二天天亮，秋果按照老白龙的嘱咐，做了满满一篮糯米块，来到湖边，左看右看，却找不见那条破船。心里正着急，忽听有人叫她，只见老白龙汗水淋漓地从一条崭新的船里爬出来，才知自己的破船已经修好了。

老白龙吃过糯米块，带了几名渔民，当天就下湖捕鱼了。渔船来到天水湖，老白龙吩咐渔民撒网，自己却枕着舱板"呼噜呼噜"打起瞌睡来。只见他一边打鼾，一边流汗，巨大的汗珠从他额上不断地涌出来，沾湿了舱面。渔民心里好不奇怪，却又不敢叫醒他。不一会，鼾声止了，又听他梦呓般地喊："快起网！快起网！"渔民闻声，慌忙赶到船沿拉起网来。

说也奇怪，几个人拉着偌大一顶渔网，却像扯着一条丝线那般轻巧。拉呀拉呀，拉上湖面，竟是满满一网大鲤鱼，把三个船舱都装满了。

傍晚回来，秋果见捕了这许多大鲤鱼，心里高兴极了！大伙听说这个白须白发老人捕鱼的本事这么大，都纷纷赶来，求他带大伙捕鱼。从此，老白龙便领着大伙起早摸黑地捕起鱼来。每次下湖，都是满载而归，捕上来的鱼又大又肥，乡亲们的生活一天天好起来。

转眼半年过去了。一天，老白龙又领着大伙下湖去了，秋果准备好老白龙爱吃的糯米块，在家等干爹回来。可是等啊等啊，直到太阳落山，月亮升起，还不见干爹回来，就不觉倚着房门打起盹来。

这时，她看见干爹面容憔悴地走来，对她说："果儿，我要走了，你多保重！要是想我，就到天水湖边来。"说罢飘然而去。

秋果上前去拉，却扑了个空，顿时惊醒，才知道是梦。

第二天，渔民们都回来了，对秋果说，昨天下午湖面上突起一阵怪风，把你爹刮到湖里去了，我们赶紧打捞，就是找不到，所以直到现在才回来。

秋果想起梦里老白龙跟她说的话，就决定到天水湖边寻找干爹。她做了一篮老白龙爱吃的糯米块，告别了乡亲们上路了。

来到天水湖边，举目一看，只见大水茫茫，哪有一个人影？不免有点害怕。正在这时，猛见前方不远处有一个深潭，潭内有个白白长长的东西在里面。秋果赶紧放下篮子，取出糯米块往潭里丢，丢一块糯米块，叫一声爹，丢了一阵，叫了一阵。潭中突然泛起一阵波浪，水面上慢慢露出一对龙角来，只听潭中传出声音："果儿不要害怕，我是你老爹。"

秋果听了，伤心地痛哭起来："爹，你咋在这里呀？"

老白龙说："我是这湖里的龙，本来想帮助百姓捕鱼渡过难关，不料被东海龙王知道了，就在玉帝面前参了一本，说我残害水族。玉帝降罪下来，就把我禁锢在这龙潭了。"

"爹，我咋能帮你呢？"

老白龙说："你在村头建个小庙，逢年过节烧个纸，上把香，我能保佑你平安。时间长了，我也可以重获自由。"

秋果回来给乡亲们一说，大家都乐于帮忙。于是有钱出钱，无钱出力，就在村头盖了间龙王庙，供奉老白龙，大家都叫它白龙王庙。

从那以后，果然年年风调雨顺，老百姓能吃饱穿暖，享受生活了。村民对老白龙更加感恩戴德了，于是扒了小庙，盖了几间大庙，方圆十里八村的人都过来烧香。这个村子因庙而得名，就叫白龙王庙村。

讲述者： 张留坡，男，50岁，平舆县教育局教研室，大学，干部

采录者： 张贤锋，男，24岁，平舆县二中，本科，教师

采录时间： 2005年6月8日

采录地点： 平舆县工会家属院

附记

张留坡，原名叫张振立，喜欢写诗歌，当过民办教师，自幼受祖父熏陶，喜爱民间文学和讲述民间故事，热爱文学创作。儿子张贤锋受其影响，也喜欢写作。2005 年 6 月，县里让张振立负责《平舆县民间故事》整理工作。父子二人就利用吃饭、学习等时间，采录了很多民间故事。（路向阳）

360

草牛

从前，有个财主，霸占了大片土地，家财万贯。这财主心肠狠毒，雇用的长工都是哑巴，因为哑巴不会说话，给他干了活，给钱不给钱也说不出。

财主庄子东边住一个佃户，名叫好牛。好牛家里只有一个老娘，母子二人相依为命。好牛虽是个哑巴，家里贫苦，可他很孝敬老娘。为给娘治病，他把家里东西都变卖光了，但娘的病却越来越重。无奈之下，只得给财主当长工，财主说干一年活给他一头牛作为工钱。听说给一头牛做工钱，好牛高兴得指着牛"哇哇"大叫，财主却偷偷冷笑。

好牛辛辛苦苦给财主种了一年地，帮财主打了很多粮食。年底到了，他向财主家要牛，进院子里一看，满院子哑巴长工都在向财主要工钱呢，财主只随便给拿点霉烂粮食，打发走了他们。最后只剩下好牛一个人在那里傻乎乎等财主送牛。

不一会儿，财主的仆人抱一个草扎的牛来，往好牛跟前一放，"这是给你的牛，当初可没说是真牛或草牛！"说完，把好牛关到了门外。

361

张善人和李恶人

好牛气得真想把那头草牛撕碎。一年的血汗，就换来这一头草牛，又咋舍得撕碎？他抱起那头草牛一气跑回家中。他娘站在门口单等儿子牵牛回来，一见儿子抱回的是一头草牛，顿时气得咽了气。

好牛含泪安葬了老娘，把草牛抱到早已准备好的牛棚里。说来也真神奇，谁知那草牛进了牛棚，顿时活了，变成一头活生生的大黄牛，摇头摆尾，"哞哞"直叫。

好牛高兴透了，慌忙给这头牛送来吃的喝的，那牛却不吃也不喝。好牛想，它兴许不饿，便套上它去犁地。那牛力气很大，转眼便把地犁完了。犁完地，那牛还是不吃也不喝。自从有了这草牛，不仅不用喂草料，每天早晨牛槽里还会出现好多银子。好牛想，它一定是头神牛。好牛把得到的银子都分给了穷苦的邻里，自己还过着艰苦的生活。

不久，这事儿就被那个狠心的财主知道了，派人抢走了神牛。财主抢回神牛，那牛不光不吐银子，又变成了一只草牛，也气疯了，在草牛身上浇了油，点着了火。这一烧可不得了了，那草牛从嘴里、眼里、鼻子里都往外喷火，又活了，一纵身子，跳到那财主的房顶上。财主的宅院顿时变成一片火海，连人带财产全部烧光了。

讲述者： 刘勤，男，50 岁，正阳县傅寨乡，小学，农民

采录者： 刘文中，男，25 岁，正阳县傅寨乡，初中，农民

采录时间：1987 年 10 月 13 日

采录地点：正阳县傅寨乡

张善人家住北山，李恶人家住南山。他俩年轻时是好朋友，虽不求同日生，但求将来同日死。几十年不见了，他俩通信约定同时往一处走，相见后，再商量上谁家。两人同时从自家起身，晓行夜宿，不到半月光景便相遇了。

张善人家比较富裕，也重感情，好东西背了一大包袱。李恶人家贫，双手空空，几乎是要饭来的，一见张善人，便眉开眼笑："我的好老哥呀！可把你累得不轻。"说着，忙把包袱接过来，替张善人背上。

"兄弟，"张善人说，"我这包袱里净是金银财宝，好衣料，够咱俩几个月的花销了。"

李恶人一听，又觉得包袱沉甸甸的直压肩头，便满心高兴，忙说："好老兄，我领你上俺家住些日子好了，回头再到你家也不迟。"

李恶人背起包袱，张善人跟在后面，便一同向南山进发了。张善人来时背着东西，长途跋涉很劳累，又年纪大，体力显然不如李恶人，所以，常被甩在后头。李恶人呢，年轻些，来时没带东西，现在背着金银财宝，又一心想独占便宜，便腿脚生风，越走越快。不到天黑，就把张善人

甩得没影儿了。

张善人呢，在后面紧追慢赶，浑身是汗。起初还能看到李恶人的影子，到后来啥也瞅不见了。眼看天黑，也不知走哪条路对了，直抱怨："兄弟呀，走恁快治啥，你害得我好苦啊。"

天完全黑了，伸手不见五指，张善人迷路了。他深一脚浅一脚地胡乱走着，肚子也饿得咕咕叫。大概到了深夜，他看见前面很远的地方有一点亮光。原来这儿是一个曲垯拐弯的山洞，里面清洁安静，有石床和石桌凳。张善人不敢造次，便在一个黑影角落里坐下了。

不一会儿，洞外刮起了大风，吹到洞里，冻得他浑身直起鸡皮疙瘩。风一停，洞里出现了一个飘着胡须的老头，后面还跟着几个年轻人。张善人心想，这准是啥仙人了，害怕得连气也不敢出了。

仙人们坐定，只听老仙人说："徒弟们！我给你们说个稀奇事。这附近王家庄有个王员外，他貌美的女儿得了病，整天昏迷不醒。原因是他们这庄儿没有吃水井，都吃寨河里的水，那寨河里有个老鳖精，看上王员外的女儿了，半夜驾着风去会姑娘，天明再回寨河里，再停半年，这姑娘就要被鳖精缠死了。"

"那有啥法治呢？"一个小仙人问。

"那容易，我给你们说。"于是老仙人把治老鳖精的办法讲了一遍。张善人在黑影里听得一清二楚，便暗暗记下。

一会儿，仙人都仰巴四叉地睡着了，还大声扯着呼噜。张善人脱下鞋，蹑手蹑脚地走到洞外逃走了。

第二天，张善人来到王家庄，果然见到了寨门上贴着招子："员外之女身患重病，有治好小姐病的，可招为女婿，陪送良田百顷。"便揭了招子，跟看招子的人拜见王员外。

王员外大喜，于是大摆宴席，招待贵客。饭后，张善人说："小姐是千金贵体，事不宜迟，我要牵线号脉。"

"咋个号法？""只需用红黄蓝白黑五色线拴住小姐五个手指，牵到客堂即可。"

王员外吩咐仆人按照张善人说法，将五色线拉出，由他把脉。这时，一旁曾先后给小姐看过病的几个郎中不免暗笑，有人还说："他能治好，我愿头朝下走路。"

张善人手捏五色线，不多会儿便说："恁村没井，都吃寨河里水，河内有一老鳖精，随水潜入你家小姐房内。它夜来昼走，扰乱了你家小姐，所以她才昏迷不醒。"

员外听罢，急忙问咋个法。张善人便说出了自己从仙人那听到的办法：用百部水车日夜车水，将寨河水全部抽干，等到露出老鳖甲盖，老鳖抬头吐水时，继续抽水，连吐连抽，三次后它便无力气了。这时，准备十车石灰，五车辣椒面，乘机一齐倒在老鳖身上，这样老鳖必死无疑。然后弄出老鳖，取出它心肝，焙制后让小姐连服三次，即可痊愈。

王员外救女心切，忙安排人准备妥当。寨河水一连抽了三天三夜，一只簸箩恁大的黑绿色老鳖显露出来，张善人随即下令倾倒石灰和辣椒面。一时间，热气蒸人，白烟滚滚，辣味四散。两个时辰后，老鳖死了，人们拽出老鳖，取出了心肝。

这时，看热闹的人山人海，好奇张善人如何治好小姐的病。王员外亲自泡茶，拿烟，请教张善人药如何配制。

张善人问员外家可有后花园。王员外说："有，有，我领先生前往。"

"不必劳员外大驾，我一个人就行了。"

员外将后花园指给张善人，张善人独自走进花园，只见假山亭子，奇花异木，样样都有。他数了数水池边的桃树，恰巧七十二棵，和老仙人说的一点不差。见第三十六棵桃树上有一个风干的桃子，便爬上去，将桃子摘入衣袋。转回客厅，吩咐员外将老鳖心肝和桃子一起在瓦上焙干研末，泡茶让小姐服用。

小姐喝第一遍醒了，第二遍起身，第三遍下床，病好了。王员外和全家高兴不已，就要答谢张善人。

张善人说："别忙答谢，恁这庄不能再吃寨河里水了。"

"那咋办呢？"员外发愁了。

"恁这庄西南二里多地，有一个草坡，那个地方有个明晃晃的白草片儿，往下一挖便有水，可供全村饮用。"

王员外按照张善人的交代组织挖井，挖到三丈深时，发现一个大辗盘。张善人吩咐人们掏开盘眼泥土，并让人用被子堵上盘眼赶快圈井。待砖圈完毕，拉出被套，那泉水便"呼"地涌了上来，一会儿井水慢慢向外流淌，成了一口自流井。员外和全村都感谢不尽。

王员外要按告示上说的酬谢，张善人说："我一有妻室，二来年纪大了，所以不能和你女儿成婚。只要你唱大戏一台，给我点回家盘缠就够了。"

王员外闻言大喜，随即请大戏一台，连唱七天，每天陪同张善人坐在顶台尽情看戏。

李恶人呢，背着大包袱连夜赶路，天快明时，被一伙强盗撞上了，不但抢了财物，还被狠狠揍了一顿，打得鼻青眼肿。李恶人身无分文，只得在附近要起饭来。

这天，要饭来到王员外庄上，碰上唱大戏，就在戏场里转悠起来。忽然，他眼前一亮，戏台前排坐的不是张大哥吗？这下可有救了。

李恶人拨开人群，走到顶台连喊老哥。张善人一看见李恶人，便赶快过来，埋怨李恶人走得太快，不够朋友。李恶人只是道歉，又把碰上了强盗、抢走财物的事给张善人说了一遍。

张善人念起旧时朋友，便把在山洞遇仙的事告诉了李恶人。李恶人暗自高兴，又有了想法。晚上在王员外家酒足饭饱后，连夜上山找到了仙人洞。

李恶人偷偷走进山洞，在暗处藏了起来。半夜时，只听洞外风声渐紧，是老仙人和几个小仙回来了。仙人们到屋坐定，只听老仙人说："徒儿们！那天我给你们讲的稀奇事，恐怕是有人偷听了。最近有人去给小姐治好了病，还替王员外找到水井地，这个好儿让人家落了。"老仙人说到这里，往周围看了看，继续说："我看，这个事得查查。"

"师傅，我闻到洞里有一股生人味儿。"一个小仙突然说，其他小仙也都开始嗅着鼻子。这个说："我也闻到了！"那个说："我也闻到了！还有一种汗腥味哩。"

"找！"老仙人话音一落，小仙们都行动起来。李恶人在黑影里吓得直打哆嗦，当即被一个披发的小仙揪了出来。

一个红眼小仙说："我还没去撕招子，你倒先下手为强了，今个你又来干啥？"说着，扯住李恶人的双腿，从屁股到头一撕两半。

仙人们剥去李恶人衣服，用水洗净，又用刀剁碎，熬了一大锅，连肉带骨头全吃了。

讲述者：　姚天云，女，50岁，泌阳县城关古城村，初小，农民

采录者：　张正，男，48岁，泌阳县文化局，大学，干部

采录时间：1988年9月16日

采录地点：泌阳县城关古城村

附记

张正的老家虽说是南阳的，但大学毕业后分到泌阳，还当了文化局的副局长，是中国民间文艺家协会会员。这天张正来到古城村时，正好碰到姚天云扎着竹篮子去泌水河里洗衣服，篮子里放着根棒槌。秋天的泌水河倒流着，水很清，不少年轻的大姑娘小媳妇都在河边洗衣服，有说有笑的很热闹。姚天云知道张正是来收集民间故事的，就笑着问，张局长又来找个话哩？姚天云看着河水想了想，说，今个我讲个跟水有关的个话吧。张正问，啥跟水有关？姚天云说，老鳖精。

（刘康健）

异文：银平和银钟

从前，村里有户人家，自从爹娘下世，就剩兄弟俩了，兄叫银平，弟叫银钟，哥俩儿以讨饭为生。他俩平时用乞讨节省下的一点儿钱给神仙烧香表，神仙爷爷和神仙奶奶感动了，说啥也不能让他哥俩儿再穷下去，于是就把两个银角埋在香炉里。

这天哥俩又去烧香，可咋也插不进去，香折断了一根又一根。银钟感到奇怪，就从哥哥手中拿回自己去插，还是插不进去，一扒香炉出来两个银角。哥俩儿高兴坏了，银角交由哥哥带着，讨饭也有劲了。

不料银平起了歹心，要害死弟弟，独占银角。于是把弟弟引进西山，站在一处峭壁上，指着下面叫道："弟弟

快来看呀，那是啥？"

弟弟不知是计，待他往下瞅时，银平猛地一推，银钟就滚下悬崖，眼看就要丧命，没想到落在一片草坪上。那绿茸茸的草又繁又茂，摔在上面就像掉在弹簧床上。眼看天色已晚，银钟就爬到草坪边的一棵古树上过夜。

一更时分，从东南吹来一股黑风，三个妖精来到树旁的古庙里，霎时，灯光明亮。一个红毛妖用鼻子一闻，大叫起来："咋有生人气儿？"二妖搜查一遍，回来禀报："禀大帅，没见生人，天到这般时候，谁敢来这儿与咱作对？"说罢，二妖把一个葫芦掏出摇了一摇，马上就出现满桌酒肉。

仨妖精边吃边聊，忽然扯到刘家庄刘员外的事儿来。红毛妖精说："可惜咱不是凡人，要不给刘员外说说，他门外枣树下面的石板一掀开，就是一眼井，吃水再也不作难了。"

"还说那干啥，刘员外女儿病重。他家桃园里，从南往北数第三行，东头第三棵树上有颗小白桃，用它熬茶喝，病就好了。谁告诉刘员外，保管刘员外把女儿嫁给他。"

"你们不知道，他家东院那三间新瓦房内，四个角都埋有金砖，屋里还有两缸银子，却空着没人敢住。"

这些话都被藏在树上的银钟听到了。

第二天，银钟讨饭来到刘家庄刘员外门前，刚好碰见刘家人从村东挑水回来，不小心被门槛绊倒，一担水洒个精光，家人气得直跺脚。银钟半开玩笑地说："有啥可惜，门前枣树下石板一掀不就是水吗？"

家人的火气正没头儿出，听他这么一说，更是火上浇油："你胡说啥哩？"

"我一点儿也不胡说。不信挖挖看，不是真的，就把我的眼抠了。"

家人听银钟说得真切，真是求之不得，忙禀报给老爷。刘员外一听有这等好事，忙把银钟请到家里，按照他的指点，命家人去挖。把枣树刨掉，又向下挖了一尺，果然见到一块青石板。掀开石板，一股清凌凌的水冒了出来。见此情景员外大喜，摆酒设宴招待银钟。

席间，员外忽然想起女儿的病，就长叹一声。银钟忙问其故，员外就把小女儿有病求医无效的事儿说了出来。

银钟暗喜，就把用桃熬茶治病的方法说给了员外听。

员外一听，更是喜上眉梢，忙令家人照办。一杯茶下肚，女儿果然病好了。

刘员外见银钟有如此本领，非常高兴，就把女儿许配给他。择了良辰吉日，拜过花堂，夫妻住进东院儿新瓦房。以前这所房子常常闹鬼，没人敢住，自从银钟夫妻住下后，便平安无事。

一天，银钟把屋内金银的事儿给妻子说了，妻子又告诉爹娘。"金银是你们的财富，只要你二人过得好，我们二老也就心满意足了。"有了金砖和银子，刘员外又给他们几十亩良田，夫妻恩爱，过得十分幸福美满。

银平独占银角后，很快就花完了。这天，他讨饭来到刘家庄，听说弟弟不但没死，反而活得十分快活。银钟不计前嫌，好生招待哥哥，并把在悬崖下遇妖之事说给了哥哥。银平贪心，就让弟弟把他也推下悬崖。银钟不愿做伤天害理的事，银平就自己跑到那里滚下悬崖，落在草坪上。按照弟弟说的，又爬上古树等待时来运转。

这时三个妖精来到庙内，一闻有生人气儿，气不打一处来，分头寻找，抓到银平，气愤地把他撕烂吃了。

讲述者： 宋得法，男，66岁，遂平县花庄断山口村翟庄，不识字，农民

采录者： 李书勤，女，22岁，遂平县花庄断山口村翟庄，初中，农民

采录时间： 1988年3月21日

采录地点： 遂平县花庄乡断山口村翟庄

附记

断山口村翟庄姓宋的人多，户衍大，据说祖上是从山西逃难来的。村子临近嵖岈山，多山地，庄稼收成不好，俗话说"这里的人一辈子吃半个石磙"。二月里，麦子还没有"起身"拔节，才开始返青。宋得法和李书勤等一群人各自赶着自家的牛在河坡放，下着小雨，河里的草很嫩，牛喜欢吃。没事了，李书勤就让宋得法讲闲话。宋得法是

个"冇话篓子"，架不住三劝，就讲开了。

此类故事是驻马店地区流传很广的一个故事类型，以往驻马店各县区民间故事里，收录有平舆县马俊德讲述、王继松采录的《人长和人短》，确山县严成山讲述、吴文龙采录的《人长人短》，西平县岩竹讲述、赵銮采录的《张长李短》，武拴紧讲述、丁文平采录的《都来和刘彪》，丁富春讲述、赵一波采录的《王大和王二》，遂平县崔富荣讲述、陈富营采录的《张三和李四》，新蔡县邹凤英讲述、张敬忠采录的《善豹与恶豹》等。而遂平县王永哲讲述、李俊华采录的《兄弟俩遇妖记》，与这个故事相似，只是哥哥名叫石磙，弟弟叫石柱。（刘康健　赵新春）

362

李小虎打狼

很久以前，大山脚下小王庄有个人叫李小虎，以打柴为生。

一天，李小虎正在山上打柴，忽然听到呼救声，顺着声音跑去，看见一只恶狼正追一个十八九岁的姑娘。他挥起镰刀向狼砍去，只听"咔嚓"一声，狼的一条后腿被砍掉了。狼丢下姑娘，忍痛拼命逃跑了。

看姑娘脱险，小虎转身要走。姑娘拦住他说："感谢大哥的救命之恩！请告诉我你姓谁名谁，家在哪里，我日后好报答你！"看小虎不愿说自己的姓名，姑娘又说："请大哥记住，以后有什么紧急之事，你只要面向北方连叫三声'荷花'，我就立刻赶来帮你。"姑娘说罢便不见了。

三日之后的一个夜里，李小虎睡得正香，忽然听到恶狼的嚎叫声。他翻身下床，挨着门缝向外一看，见几个似人非人，似狼非狼的东西，在他家院里张牙舞爪，气势汹汹。

原来前几天他打的那只狼是个狼精，它的祖父与荷花的父亲有仇。荷花是狐狸精，为给母亲治病出来寻医。狼精本想趁这个机会害死她，谁知目的没达到，还被砍掉了一条腿。今天，它是来找李小虎报仇的。

李小虎正想咋办，门却被狼啃开了。他拉起根扁担就上，可根本不是这几只恶狼的对手，不一会儿就累得满头大汗，几乎没有了招架之力。在这千钧一发之际，他忽然想起了那位姑娘的话，就面对北方，连叫三声"荷花"。霎时乌云滚滚，荷花手持宝剑，降落地面，只听"唰"的一声，两只狼被砍翻在地，"唰"又砍死一只。剩下的一只断腿狼，见势不妙，拔腿要跑，小虎手疾眼快，抢起扁担把断腿狼也打死了。

经过此事，俩人就结成了夫妻。小虎上山打柴，荷花在家料理家务，生活过得很幸福。

讲述者：　李学甫，男，35 岁，泌阳县郭集乡何楼村，
　　　　　初中，农民
采录者：　侯平燕，男，15 岁，泌阳县郭集乡中，学生
采录时间：1987 年 5 月 13 日
采录地点：泌阳县郭集乡何楼村

363

人心不足蛇吞项

相传，古时候在上蔡一带，穷人家的孩子每天都出去放羊，顺便割些草回来，晒干贮存起来，留着冬天的时候喂羊。

有一个孩子叫项，心地善良。有一天，他正在村旁的坟地里割草，看到一条受了伤的小蛇。他想，可能是其他小孩割草时割伤了它，就小心地把受伤的小蛇装在口袋里带回了家。

回家后，项犯了难：把小蛇放在哪里呢？如果把蛇放在家里养着，屋里有条蛇怪吓人的，家里人肯定不同意。他在院子里走着走着，突然看到一条蚯蚓从泥土里拱出来。他眼前一亮，有了主意，就在自己屋后挖了个小坑，把那条小蛇放了进去，给它上了些药。每天吃饭的时候，他都偷偷地拿一些饭菜给小蛇吃。过了些日子，小蛇的伤好了，慢慢地越长越大。这样一来，原来挖的小坑已盛不下它了，于是项又把那个小坑挖大些。小蛇吃的越来越多了，原来那样偷着从家里拿出来的食物已经不够它吃了，项就自己少吃点，尽量省下些食物给它吃。

这样将就着又过了些日子，蛇长得更大了，吃得也更

多了，项就在家里或是田地里逮老鼠给它吃。时间一长，家里人觉得项做事很奇怪，就问他天天在干啥，家里吃的东西咋总是丢。项没办法，只好对那条蛇说："蛇啊，看你那么大了，俺也养不起你了，你还是走吧！"那条蛇已通人性，对项摇头摆尾的不愿走。项狠狠心，拿起铁锹把蛇住的坑给填住了，蛇只好依依不舍地爬走了。

一晃十几年过去了，项渐渐长成大人了。这一天，他突然听说，伏牛山中有一条大蟒蛇，两只眼睛是罕见的夜明珠，属无价之宝。皇帝已下了布告，谁能把大蟒蛇的眼睛献上一颗，封五品官，赏万两黄金。人们纷纷上山去捉，但都是有去无回。不过，人们又说那条蛇原来并不吃人，只吃山上的小野兽，就是因为人想升官发财，就一批批地上山去杀它，蛇才露出了残忍的本性。所以，这么长时间以来，不但没有人能挖走它的眼睛升官发财，反而一个个都被蛇吞吃了。

项这时已是儿女一大帮了，日子过得相当艰难。因为家里没钱，他就特别想发一笔横财，心想：那条大蟒蛇会不会就是以前我救的那条呢？如果是，那可真是太好了，我可以借助它升官发财。可是要不是那条呢？我这一去肯定是回不来了。唉！管它呢，去吧！这穷日子，就算不被蛇吃了，早晚也得饿死。于是，他背上干粮就往伏牛山赶去。

到了山下，有人见他既没拿刀枪也没带弓箭，就劝他别去了，去了也是送死。一心想发财的项根本听不进去，只管往前走。到了深山中，看到怪石嶙峋，杂草丛生，他心里特别害怕。正犹豫着不知如何是好哩，突然一条大蟒蛇呼一下窜到了他面前，吓得项一下子晕了过去。

过了一会儿，项醒了过来，感觉身上凉丝丝的。睁开眼一看，那条大蛇用身子圈成几圈，把他圈在中间，仰着头正在他脸上蹭来蹭去，显得很高兴的样子。项仔细一看，这正是当年他救下的那条小蛇，便吞吞吐吐地说明了自己的来意，又讲了自己眼下生活如何困难，一家人快被饿死了。蛇听完，犹豫了一会儿，就把头低下了，意思是让项挖走一只眼睛。项狠了狠心，拿出随身带的刀子挖走了大蛇的一只眼睛，对大蛇拜了三拜，高高兴兴地下山了。

项把那颗蛇眼献给了皇帝，皇帝大喜，立即封他为五品官，并赏了他万两黄金。项从一个老百姓一下变成了五品官，心里非常高兴，于是，就隔三差五地常去山上看那条大蛇。

就这样过了几年，项又起了贪心，他感到官太小了，心想：我用一只蛇眼就换来了五品官，如果把蛇的那只眼也献给皇上，我这官做得不是更大了吗？于是，他再次上山，就把这个想法给蛇说了。蛇等他说完之后，一口就把他吞在了肚子里。

讲述者： 宁宗宪，男，83岁，上蔡县华陂镇方营村，初中，农民

采录者： 宁晚霞，女，25岁，上蔡县华陂镇方营村，高中，干部

采集时间： 2006年3月31日

采录地点： 上蔡县华陂镇方营村

附

记

宁宗宪是老私塾底子，虽说一辈子务农，但能够讲《孔子入蔡三岁》《漆雕开的故事》等，而家住的华陂镇正是孔子的得意门生漆雕开的家乡，2300多年前，漆雕开就是在华陂水里，为老师采藕不幸溺水去世。宁晚霞是宁宗宪的孙女，高中毕业，喜欢写文章，知道文化站要采写民间故事的事，晚上就回到家里，请爷爷讲几个故事。宁宗宪先讲了一段孔子与漆雕开的故事，又讲了这个故事。

类似故事在驻马店还有很多，如确山县的《青蛇》，主人公就叫象，被称"人心不足蛇吞象"；遂平县的《人心不足蛇吞相》，主人公叫刘诚，在蛇的帮助下做到了宰相，因为贪心，最后被蛇吞了。（刘康健）

364

小三放羊

从前，有个小孩叫小三，他聪明、善良。十二岁时父母相继去世，他就跟两个奸猾滑流的哥哥过日子。两个嫂子也时常对小三发脾气，稍不如意，就拳打脚踢。小三呢，满肚子苦水只好对着他的五只白羊哭诉。

小三对白羊可好啦！总是让它们吃最鲜最嫩的草，喝最清最干净的水。小羊对小三也很亲，有时用舌头舔舔小三的手，冬天还给小三暖脚呢！

有一次，小三正在放羊，忽听有人喊他："小三，小三！"他仔细听了听，原来是一只老羊喊他。他掏了掏耳朵，揉了揉眼睛，奇怪呀，老山羊怎么会说话？小三惊喜地跑过去，亲切地问："有啥事呀？"

老山羊说："小三，今天你俩哥嫂要和你分家啦，他们要分完全部家产，还想害死你。你今儿晌午一定要注意，千万不要吃那碗带肉的饭。我快死了，我死后你一定要这几只小山羊，以后它们会给你带来好处的。"说完老山羊就死了，小三含泪把老山羊埋在有许多又嫩又绿草的地方。

小三放羊回家刚进家门，大哥就问："咋剩四只羊了？""丢了一只。"

大嫂走来拉住小三说："丢一只，没啥事。来，来吃饭。"小三从来也没受到这样热情的招呼，更何况丢了一只羊呢！他想起了老山羊的话。

大家围在饭桌旁，大嫂说："小三，你也大啦，总不能让我们供养你一辈子吧。给你说清楚，今个儿就分家，你说你要啥？"小三说："我只要那几只小山羊，别的什么都不要。"

这时，俩哥嫂异口同声地说："为了兄弟情分，给你做了点好吃的。"大嫂端起一碗带肉的饭送到小三手中。小三馋肉，刚扒到口中，几个小山羊便"咩咩咩"地叫个不停。他想起老山羊临死前说的话，忙跑到门口外把肉吐掉。一只小狗跑来吞吃了地上的肉，没走多远，就扑腾倒在地上直打滚，一会儿就一动不动了。

小三回到屋里，气愤地说："你们可真狠啊！"说完就赶着羊头也不回地走了。

走啊，走啊，一连走了三天三夜，来到一个小村庄。这时天黑了，小三也累极了，想住下来明儿再走。他来到一家有亮光的门前，敲了几下门，门开了，出来一位白胡子老头。小三说明了来意，白胡子老头把他让到屋里。吃了一点饭，小三便不知不觉睡着了。半夜里，朦朦胧胧听到有人喊他。仔细一听，是小山羊在喊，小三连忙下床，走到小山羊身旁。

小山羊告诉小三说："刚才白胡子老头让我对你说，他是天上的神仙。他有个漂亮、美丽、善良的孙女，觉得你正直、善良，愿意嫁给你。明儿我们走到一个池塘边，那有个女子，便是你妻子。"

第二天，小三赶着四只山羊，走到一个池塘边。只见池边的柳树下，有一位红衣少女在朝他笑："你就是昨晚住我家的那个人吧？我爷爷告诉我，你就是我丈夫，叫我今天在这儿等你呢。"

姑娘与小三结成了夫妻，几年后，他们有了二男一女，过着幸福的生活。

有一天，一家正在吃饭，突然四只羊跑过来告诉小三："南边来了一群要饭的，那是你哥嫂和他们的孩子。你不要记仇，好好招待他们，他们会变好的。"说完，四只羊不见了。

小三出门一看，果然外面来了一群瘦得可怜的人，正是哥嫂他们。几年不见，他们已经认不出小三。小三告诉他们自己是小三，兄弟们抱头大哭。从此，他们就留在了这里，一家人和和睦睦，日子过得越来越好。

讲述者：　董四心，男，87岁，平舆县十字路乡太董村，
　　　　　不识字，农民
采录者：　董小豪，男，15岁，平舆县十字路乡联中，
　　　　　学生
采录时间：1987年10月17日
采录地点：平舆县十字路乡太董村

异文：富贵和牛

古时候有个放牛娃，名叫富贵，从小爹妈都死了，跟着哥嫂过日子。哥嫂对他很不好，天天想着办法整他。

富贵放的那头牛是个神牛，有啥事它都先知道。一次，富贵拉着牛上山，老牛吃着吃着停了下来对他说："富贵，恁嫂子在家煎油馍哩，你快回家吃吧。"富贵说："我回家了你光跑。"老牛说："我不跑，你给我画个圈，我卧里面。"富贵照办了，回到家里，果然看见哥嫂在吃油馍。见富贵回来了，只得让他吃。

又一次，富贵和牛又上山去了，嫂子见富贵走了，就在家里杀鸡子吃。等鸡肉快煮熟了，老牛又对富贵说："恁嫂子又在家杀鸡吃呢，你快回家吃吧。"富贵说："你光跑。"老牛还是和上次说的一样，富贵照办了。富贵回家正好又赶上吃鸡。

富贵哪回都赶得恁巧，他嫂子感到奇怪，又恨得咬牙，一心想害死富贵。她把饭里下上毒药，等富贵回来，把盛好的饭端给他。富贵见是肉面条，拿着筷子准备往嘴里扒，老牛上去把碗给弄打了。富贵气哭了，嫂子只得给他盛了一碗没有药的让他喝。他嫂子害不死富贵，就和他分家了，分家时，只给富贵一个破车和这头老牛，富贵赶着牛和车走了。

走了一天，富贵有些饿了，就对老牛说："老牛，我饿了。"老牛说："接着，我给你屙。"他用衣裳接着，原来屙下来的是馍。

富贵吃饱后，又对老牛说："我渴了。"老牛说："拿碗来，我给你尿。"他又接了满满一碗糖茶，一口气喝完，又开始赶路了。

走着走着天黑了，看见前面野地里有一间没人居住的破屋，富贵和老牛进了屋，看见屋里明光闪闪，原来是一堆金子。富贵拾了很多金子回了家，盖起了大瓦房，吃不完穿不尽，过上了好日子。

他哥看见眼馋了，就问富贵是咋弄来的，富贵把事情经过告诉了哥哥，他哥高兴地赶着富贵的牛和车也去捡金子。

走了几天，他饿了，就照着弟弟说的那样做，结果老牛屙了他一身屎。金子也没捡到，气得他哥把牛打死，埋在地里。

过了几天，富贵问他哥要牛，他哥让他上地里要去。

富贵明白了，就到地里去找，果然找到一个土堆，那就是老牛的坟墓。坟墓长出了一棵青竹竿，富贵把竹竿砍回家，编了个小筐，小筐里天天都自己生出好多鸡蛋，富贵天天吃不完。而他哥嫂由于好吃懒做，很快变穷了。

讲述者：　谢玉莲，女，26岁，确山县李新店乡王庄村，
　　　　　初中，农民
采录者：　崔连清，男，36岁，确山县李新店乡文化站，
　　　　　高中，专干
采录时间：1988年6月16日
采录地点：确山县李新店乡王庄村

365

仙缘配

从前大王营村有个叫王善的青年，爹爹早年去世，家中只有母亲。由于家里很穷，日子过得很不好，王善长到二十多了，还没娶上媳妇。

有一年，王营村附近唱大戏，由于戏唱得好，周围的老百姓们没有不去看的。这王营村只有王善无心看戏，可是又舍不得在家闲着，就拿着粪筐去拾粪。当他走到离戏台不远的地方，看见有七个大白兔，从北面的庙里跑了出来，钻进戏台附近的麻地里去了。王善很喜爱兔子，急忙跑到麻地里去看，只见七只白兔，都在忙着扒窝，就地一滚，变成了七个大姑娘，说说笑笑看戏去了。

王善感到很奇怪，就急忙来到兔子扒窝的地方，见一个兔窝里像埋着什么东西，用手一扒，是一张兔皮。心想怪不得兔子变了，原来兔皮藏在这里呢，不如把它拿回家去，看它们找不到会怎么样。想到这里，他就把皮上的土垃摔打干净，拿了回去，藏在床下面的墙洞里。然后又来到麻地旁边等着，要看究竟。

杀戏了，人们陆续回家了，七个姑娘也说说笑笑地回来了。只见她们来到麻地里，扒出自己藏的兔皮，披在身上，就地一滚，一个个跑回庙里去了。只剩最后的一个姑娘，来到窝前找了半天，也没找见自己的皮衣，发起愁来。环顾四周，她一眼发现了王善，就急忙走了过来，躬身施礼说："请问大哥，可曾见我的东西没有？""我只拾了一张兔皮，被我拿回家了。"

"请大哥行行好还给我吧！你要什么我给你什么，不行吗？""我什么也不要，只想要你给我当个媳妇。你愿意吗？"

姑娘一听，顿时红了脸："大哥，我不是凡人，不能与你婚配，你就行行好吧！"王善叹道："唉！想我一贫如洗，直到现在连个相爱的人也找不到，你就不可怜可怜我吗？"

姑娘说："不是我没有此心，怎奈仙界不容，即使鸳鸯相配，恐怕也为时不长。"

王善哀求："只要姑娘肯发慈悲，哪怕夫妻一天，我已足矣。"

姑娘无奈："既然大哥如此心诚，也该算前世有缘，小妹情愿以身相许。"王善一听，感动得急忙下拜，姑娘把他扶起，二人就相伴回家了。

王善母亲见儿子领来一个美貌姑娘，也是喜欢得不得了。就这样，姑娘留了下来，伺候丈夫，孝敬婆母，日子过得很幸福。一年以后，生了儿子，全家人更是欢喜。看着孩子也快离手脚了，一天，姑娘问王善究竟把自己的皮衣藏到哪里去了。王善心想妻子孝敬母亲，又给自己生了儿子，就拿出兔皮给了她。姑娘接在手中，对王善说："咱夫妻缘分已尽，我不能相陪你和孩子了。"说着，把皮衣往身上一披，就地一滚，就不见了。

妻子走后，儿子吃不成奶了，整天哭闹。白天能向人家找些奶吃，可到了夜里就没办法了。孩子哭闹不停，王善也没有办法，就抱着孩子到庙里找妻子。尽管孩子哭得死去活来，却不见妻子出来。一连两天，天天如此。到第三天夜里，孩子又在哭闹，一个白胡子老头走了出来，大声呵斥："你这个人一而再，再而三地弄一个胎毛娃来这吵闹，是何道理？赶快给我滚出去。要不然我打断你的腿。"

王善也急呀："你这个老头咋恁多管闲事，我来找妻子喂孩子，又没找你，干你啥事儿了？"

那老头一听更生气了，就唤出了七个姑娘，对王善说："我把她们七个都叫来了，你认认哪个是你的妻子。认出来了，我让她同你回去。如认不出来，别怪我对你不客气！"说着就让那七个姑娘站成一行。

王善一看七个姑娘的长相、穿戴、身高一模一样，哪里认得出来？突然，他急中生智，偷偷在孩子屁股上拧了一把，那孩子哭得死去活来。王善看那七个姑娘，六个都在眯眯地笑，只有中间一个低头含泪，就对白胡子老头说："中间那个低头的就是我的妻子。"

老头一听，再看那姑娘眼中含泪，知是实情，就怒气冲冲地对姑娘说："你这样不守仙规，本该受罚。念你初犯，又有吃奶毛娃，暂且饶恕。你同他去吧！到时再归，不得有误。"

姑娘一听，急忙磕头谢恩，随即把儿子抱在怀里，同王善一起回去了。

不觉又是一年有余，姑娘又生了一个儿子。到把两个儿子抚养到五六岁，才泪别王善走了。虽然王善不忍，怎奈老仙有言，晚了怕遭杀身之祸。

妻子走后，王善尽力抚养两个儿子。两个儿子聪明过人，出口成章，后来都考入翰林院，又成了教皇太子的御师，被人们称为"双夫子"。王善也被请进京城享福去。据说，现在大王营村还有个王大夫子和王二夫子的坟呢！

讲述者：　马俊德，男，63 岁，平舆县东和店乡仙翁庙村，私塾，农民

采录者：　王继松，男，34 岁，平舆县东和店乡仙翁庙村，农民

采录时间：1987 年 10 月 17 日

采录地点：平舆县东和店乡仙翁庙村

附
记

从故事内容看，这则《仙缘配》当属"天仙配"的另外一个版本，可见在驻马店流传的"董永与七仙女的故事"有着广泛的民间基础，这一切都应源于干宝的《搜神记》的影响。（刘康健）

366

猫咪夫妻

很久以前，有一个山村住着几十户人家，大都靠打猎为生。有一个汉子名叫张大，从小父母死去，靠乡亲把他养成人。他少年时就跟乡人打猎，后来成了村里一个有名气的猎手。

这天，张大上山打猎，只套住一只山猫。他带回家，对山猫左右上下看了一番，觉着这猫灵气，正好给自己作个伴，就没有杀它，养了起来。没过几天，奇怪的事发生了：张大每次出外打猎，回来饭已做好了，有滋有味儿的，一连几天都是如此。张大非常奇怪，想弄个究竟。

这天早上，他又装作上山打猎出了门，走没多远又闪回身，藏在窗户下边。大约时间有走进山里那么长一段，他站起身隔窗往屋里偷看，只见那只山猫一转身就变成一位亭亭玉立的大姑娘，正操手做饭。

张大用手揉揉眼，又一看，不错，是位大姑娘。他三步并作两步推门进屋，拿起那张落在地上的山猫皮，顺手扔到屋后的一眼水井里。这位亭亭玉立的姑娘只好给他拜堂成亲结为夫妻。

婚后年余，就生了一个白胖小子，一家三口日子过得

有烟有火的。

一天，那姑娘向他打听山猫皮的下落。张大想，人家为咱生了孩子，一家可好了，咋能再瞒人家呢！就如实讲了。

姑娘听后，拿起一根长竹竿绑个钩，去那口井边捞呀捞，一直捞了两天，才把那张皮捞出来。回到家晒了又晒，干了又补，穿上山猫皮现了原形，变成一只山猫爬上村头那棵大白杨树，张大咋叫喊也不下来。

张大抱着孩子，父子两双眼，望着白杨等待。一天，两天，他的诚心和痴情终于感动了上神。第三天中午，树上走出一白发老人，一声呼喊，出来了一模一样的五个美女，都是喜笑盈盈的。老人让张大前来认哪个是他妻子，而且只能认一次。

张大看了半天连一个也不敢认。天快黑了，孩子又哭着找妈，他正在生气，就顺手照孩子屁股上拧了两把，小孩放声哭起来。孩子一哭，张大有门了，他看五个美女只有中间站的那个流出了眼泪，于是上前一步伸手拉住她："孩子他妈，抱住孩子回家吧！"那美女用手背抹抹脸上滚动的泪珠，接过孩子，亲了又亲，随同张大肩并肩回家了。

讲述者：　陈云翔，男，50岁，西平县杨庄乡仪封村，
　　　　　高中，干部
采录者：　陈洪波，男，20岁，西平县杨庄乡，高中，
　　　　　工人
采录时间：1987年8月16日
采录地点：西平县杨庄乡仪封村

367

狠毒媳妇变乌龟

从前，有位双目失明的老妈妈，心地很善良，她有一个孝顺儿子，日子也还能将就着过下去。

后来不知费了多少周折，老妈妈给儿子娶了媳妇。这个媳妇心狠手辣，嫌弃老妈妈眼瞎不中用，经常骂她，有时竟还打她，儿子也奈何不得。为了过成一家人，老人成天忍气吞声，也不知道蒙着被子哭了多少次。

有一回，老妈妈病了一场，病好后嘴馋想吃点肉，儿子便从集市上买回来一块肉。没想到肉煮好后，媳妇趁丈夫不在家自己吃了个精光，然后到后菜园里挖了一碗蚯蚓煮了给老人吃。老妈妈一吃，不是味道，便问："媳妇呀，这肉咋恁大的土腥气？"媳妇一听眉毛都竖起来了，喝道："该死的老东西，给你割肉吃，你还挑剔，还不如喂狗哩！喂狗还能看个门。"

媳妇把老妈妈看成了眼中钉，早就生歹心要害她。一天老妈妈想吃甜饼，媳妇说："好！"就往做好的甜饼里放上毒药，端到老人床前，二话没说同丈夫一起下地去了。丈夫见从没下过地的她今天也下地干活了，高兴得也不知先挪哪个脚好了。

儿子和媳妇刚走，老妈妈坐起来，正摸索着要吃甜饼，忽然传来敲门声。"主人行行好，找点啥给俺吃吃吧！"听声音又是一个落难的老太太，老人急忙拄着拐棍开了门，问："您是哪里的？咋这么早就出来要饭呀？"

"我是被媳妇赶出来的，没法活了，唉！"

老妈妈一听，非常同情，就马上摸索出甜饼给了老太太："您就将就着吃吧，怪可怜的。"说着别人，想着自己的情景，眼泪不由得淌了出来。

老太太走之前拿出一件丝绸衣裳给了老妈妈。老人正要推脱，白发老太太忽然不见了，她只好收拾好衣裳，准备给儿媳妇穿。

中午，媳妇回来一看老妈妈还没有死，很是奇怪，又看见床边的丝绸衣裳，便一把抢回来，三下两下穿到身上。衣裳忽然变成了一根根绳子，把这个女人缠得结结实实，而且越缠越紧。她连忙往外间跑，想叫丈夫给她解开，没走几步就摔倒站不起来了，只好爬着走。她大哭起来，左邻右舍的都来了。媳妇见这么多人看她，害臊地想往地底下钻。她把头一缩，绳子变成了带有裂纹的骨头盖，后来人们就称龟盖。她想到地里找丈夫，一下子摔到河里。白天不敢出来，只有在夜里出来活动，狠毒的媳妇变成了乌龟。

原来，那个要饭的老婆婆是观音菩萨变化的，下凡惩罚这个恶媳妇。直到现在年轻妇女还诅咒："谁不孝顺，叫她变成龟孙。"

讲述者： 高松林，男，38岁，遂平县嵖岈山乡，中专，干部

采录者： 张劲竹，男，16岁，遂平县嵖岈山乡初中，学生

采录时间： 1987年12月26日

采录地点： 遂平县嵖岈山街

附
记

高松林是乡里的农业技术员，张劲竹是乡中的学生，他们同住乡政府大院。学校老师动员学生采集民间故事，张劲竹就想起了喜欢讲故事的高叔叔，希望他给自己提供点民间故事素材。高松林见多识广，略一思索，就讲了这则故事。以往驻马店民间故事中，平舆县边芝荣讲述、乔小虎采录的《乌龟》，与这则故事差不多，只是毒死婆婆的道具换成了一碗丸子汤，没有衣服变绳子捆人的情节。（赵新春）

368

小两口变驴

要说人能变驴，恐怕谁都不信，这可是俺爷亲口跟俺说的，他老人家还亲眼见过哩。

那年正月十五县里逢大会，衙役牵着一公一母两头小毛驴，敲着锣大声吆喝说："这是不孝顺的小两口变的，谁不孝顺爹娘，老天爷自有惩罚。"人家说得有名有姓，有家有道，这才不是侃大瞎，闹着玩哩！

葛陵西边有个王庄，王庄有个王老三，他广种薄收经管着二亩坡地，四十五岁上死了老婆，闪撇[1]一子，名叫姣娃。王老三家里一把，地里一把，千辛万苦地把姣娃拉扯大。姣娃长到十六岁，他求亲托友为姣娃娶了个老婆，自以为大功告成，心里像猫娃舔的一样，单等着过好日子哩。

谁知姣娃从小是个没娘的孩子，王老三处处都依着他，平日娇捧惯了的。如今虽娶妻立家，可山难移性难改，反而比往时更不像样，整日与老婆待在屋里咕咕叽叽。王老三做熟了饭，还得给他俩端去，十冬腊月天媳妇的臭裹脚也得老头子破冰去洗。

有一次，姣娃交给王老三一盆脏衣裳，他到坑里去洗，竟掭出了一条媳妇的骑马布[2]，羞得老头子想找个地缝钻进去。可又一想，媳妇也是孩子，比闺女还亲哩，这也没啥。刺猬夸儿光，黄鼠狼夸儿香嘛。想罢，反而比以往洗得更干净了。

王老三洗完衣裳，累得腰酸腿疼，呵着冻得像红萝卜一样的老手，刚搭完衣裳，姣娃出来尿尿，竟发现有老婆的马布，就大发雷霆，对老头子就是一阵拳打脚踢。老头子被打得鼻青脸肿，歪歪栽栽站起来，问儿子是咋回事儿。姣娃手指着马布，扬起巴掌对着老头子的嘴说："装迷不是福，再给你俩锅巴子馍[3]！"老头子虽挨了打，心里却很甜蜜。因为姣娃是娇捧惯了的，小时候把自己当马骑，照脸吐，骂八辈，自己不总当作是乐趣吗？现在姣娃虽娶妻立家，总归还是个十五六岁的孩子呀。再仔细一想，自己也就是做得不对，老公公咋能给媳妇洗马布呢？王老三为向老天表示悔过，也照着自己的老脸狠狠地连打了几巴掌。

就这样，一二三，三二一，过日子稠似树叶，再加上年纪不饶人，时间一长，老头子难免有些怠慢。对此小两口很不满意，天天给老头子气受。

这年秋天的一个夜晚，王老三才涮完碗筷，喂了猪，准备睡觉，猛瞧见儿子和媳妇净屁股亮光地睡在当院里。王老三背着脸自言自语地说："乖孩子呀，就是瞌睡瘾大，要是冻病了，还得老子花钱抬药哩。"王老三有心上前用被子盖一盖，总觉得不合适，更怕儿子和媳妇的"锅巴子馍"。可疼子爱女这是人的本性，啥合适不合适的。老头子这时也顾不得这些，就用一块破布蒙住脸，轻手轻脚地走过去，给儿子媳妇盖被子。老年人大白天走路就没有跟儿，况且是在夜晚，眼睛又被布蒙起来了，走着走着，不知被啥东西绊了一下，正好跌倒在媳妇身上。媳妇睡梦中被砸醒，惊叫救命，叫唤得跟杀她一样。王老三连滚带爬躲向一边，只恨爹妈少生两条腿，无奈年迈体衰，再加上

[1] 闪撇：遗留。

[2] 骑马布：妇女用的月经垫布。

[3] 锅巴子馍：用巴掌打人。

惊吓得魂都没有了，哪里还动弹得了？

小两口坐在光箔上，紧紧抱着，眯缝着眼四下张望，趁着暗淡的月光，竟发现是老不死混账的爹爹。他俩怒气冲天，穿上衣裳，不容爹爹分辩，便用鞋底像雨点一样照王老三的屁股上打起来，直累得腰酸手麻方才丢手。姣娃的老婆在公爹的脸上身上乱抓乱咬，直到王老三疼得喊爹叫娘，她才撒手。小两口发恨歇歇再打，幸亏邻居过来劝解，当晚才算息事罢休。

王老三被打得死去活来，遍体鳞伤，不能翻身，多亏邻居把他抬到坏蹾子床上，送来跌打损伤之类的药物，还每天端茶送饭。就这样，不到十天，他又能下床干活了。从那天夜晚起，小两口把爹爹看成眼中钉，肉中刺，恨不得一把将他掐死。

转眼阴历年到了。年三十，王老三贪吃了点油货，竟拉肚子拉得提不起裤子。看见公爹那副老不死的样子，媳妇便指着他的鼻子恶骂："恁大年纪了，活着还有啥用？还不早些带着驴捂眼去见阎王爷！"姣娃指着爹爹骂得更凶："你这扒灰头，咋有脸活在世上？也不尿泡尿照照自己的脸，干脆一头扎到尿窑罐里淹死了算啦！"大年三十，小两口堵住堂屋门不让进屋，王老三不得不到灶屋锅门口去歇。锅门口堆满了柴禾，他就在柴禾堆里扒个窝躺下。半夜里，王老三要拉屎，还没来得及爬起来，就顺屁股流了一摊。

大年初一，姣娃半夜里催老婆起床下饺子上供。姣娃媳来到灶屋，又把公爹赶到当院。这时，大雪纷纷，房檐下的冰凌有一尺多长，地上的雪积了一尺多厚。王老三在当院披着破被子，冻得两片嘴唇嘟噜噜地直打战。姣娃媳刚打着火去摸柴禾，正好抓了一大把稀屎，气得拿起烧火棍，一鼓气把公爹赶到过道门外，"砰"的一声关上大门，又把门拴得紧紧的。

王老三蹲在过道门外，欲死不忍，想活没路，思前想后，总觉得不如死了，死了也好找老伴叙叙这十几年的辛酸经历。这时，他好像看到老伴笑眯眯地帮他解下裤带，在弯枣树上打了个结，很顺利地把绳挂在他的脖子上。实际上哪有啥老伴，只不过是神经错乱罢了。

王老三蹬了一下腿，脑子猛地清醒过来，他不想死了，

可为时已晚。在这阴阳交错的一霎时，王老三想了很多很多。还没看到孙子呢，老子与儿子总归是父子，咋能与孩子赌气呢？十个手指头伸出来还不一般长呢，牙和舌头还相克哩……

王老三留恋辛勤经营了一辈子的破烂家业，挂念不能掌家立业的儿媳，想看一眼还没有出世的孙子，死后阴魂总是舍不得到阎王爷那里去报到。二阴差推推拉拉把他带进阎王殿，阎王爷问他为啥不来阎王殿报到，王老三受刑不过，只得一五一十如实招来。

阎王爷瞧一眼生死簿，王老三虽寿数已尽，可死得冤屈。王老三儿媳养恩不报，不思孝顺，实属十恶不赦，可这小两口的寿终又各是七十五岁，就把案情报于玉皇大帝。玉皇大帝命太白金星化作一个道童下到凡间，将王老三的儿子、媳妇都点化成驴头人身的畜生。

常言说，好事不出门，丑事传千里。不到正月初十，姣娃两口子变驴的事就传到县太爷的耳朵里。县太爷命衙役把这两头驴带进县衙，选择在正月十五的庙会上，牵着逛街游说，教育百姓。听二大爷说，后来这两头驴走县串府，还进过京城哩。

讲述者： 柏全国，男，62岁，新蔡县十里铺乡，不识字，鼓书艺人

采录者： 韩世豪，男，40岁，新蔡县韩集乡，高中，干部

采录时间： 1987年9月18日

采录地点： 新蔡县十里铺乡

369

善老头儿与恶老婆儿

很久以前，在一片树林里住着一对老夫妇，老头整天上山打柴，还要跑二十多里路去卖柴。尽管恁辛苦，老婆子对他还是不好，整天天不明就把老头叫起来去打柴，干的重活，吃的剩饭，老婆子却好吃懒做。

有一天，天刮着冷风，老婆子像往常一样把老头叫起来去打柴。日头老高了，老头打了捆柴往回走，因为山路窄小弯曲，脚一滑，连人带柴一起滚到山沟里。沟里的刺条把老头的腿划破了，鲜红的血滴了下来，他抓着一个藤条慢慢站起来，无奈地摇摇头。这时忽然听到两声悲痛低沉的叫声，老头想：是谁跟我一样难过呢？顺着叫声望去，在一棵紫藤下有一个好看的鸟儿，羽毛被点点血迹染红了，双脚并在一起，一个翅膀耷拉着，整个身子在颤抖。小鸟用乞求的眼光看着他，老头可怜这只鸟，就一拐一拐地走过去，用衣裳把它包起来。

老头一进家门就听见老婆子在骂："你这个死老头子，咋这时候才回来？"他没吭声，可衣裳里小鸟的叫声被老婆子听见了，她大声嚷："好哇，原来你在山上抓小鸟儿，还没一百哩，该死不死的！"她叉着腰看看老头划破的伤喊道："不亏！"

老头不顾这些，给小鸟治了伤，把它喂养下来。可老婆子趁老头不在家，经常拔鸟毛，小鸟在心里记下了仇恨。

一天天过去了，鸟的伤也慢慢好了。一天早上老头对鸟说："鸟儿哇，咱该分开了，你应该回到树林里，我给你一点好吃的。"说完给小鸟找食去了。这时老婆子拿着剪子，走到小鸟跟前，只听一声悲叫，小鸟的舌头断了，老婆子把鸟扔了出去。老头偷了一把米回来，只找到地上几滴鲜红的血，他伤心极了。

几天后，天下起大雪，老头不能去打柴，又怕老婆子吵嚷，就蒙头睡在床上，突然听到一声熟悉的鸟叫。原来，老头救的小鸟是森林之神的闺女，前几天她领着丫鬟游玩，不小心被人打伤，正好被好心的老头救了，今儿个为报答老头又飞回来。它对老头说："你如果有啥需要，就到原来的地方说声'鸟儿，鸟儿，我来了'，我会帮您的。"说完就飞走了。

老头醒来一想：何不去试一试鸟儿说的话？于是，他就到原来的地方，按照小鸟说的那样做。奇迹就出现了，有一大一小俩袋子，他背起小袋子回家了。

回家后，打开袋子一看全是金子。这件事给老婆一说，老婆子说："如果拿大袋，一辈子也吃不完，你真是个大傻瓜！"

老婆自己到森林里去了，同样出现一大一小俩袋子，她背起大袋就走。走到半路，老婆子坐下歇歇，打开袋子一看，从里面跳出一只大灰狼，把她给吃了。

讲述者： 李代龙，男，50岁，确山县文化局，中专，干部

采录者： 李娟，女，17岁，确山县靖宇影剧院，高中，职工

采录时间： 1988年7月10日

采录地点： 确山县城关

（三）宝物魔法故事

370

小水缸

从前，有一个农夫在挖地的时候挖出一个小水缸，缸的样子很古怪，也不知在土里埋了多少年了，可是一点也没破。他想，家里穷得连个盛米的东西也没有，就把它拿回家来盛米吧。

他家只有一碗米，他就把这碗米倒进缸里。说来也真奇怪，他从缸里往外舀米的时候，舀了一碗又一碗，怎么也舀不完，原来这只缸是个宝缸。农夫高兴得一连舀出好多米，除了自己吃，还分给了村里的穷人们吃，这样大家都有吃的了。

这件事让村里的财主王扒皮知道了，他跑到农夫家里问："听说你有个小水缸？把它卖给我吧，我给你一百石米。"

"不卖！给一万石米也不卖。"农夫冲着王扒皮说。

后来，王扒皮领了一班打手来抢小水缸，农夫把小水缸抱在怀里说："你们要抢，我就把它摔个稀巴烂。"说完把小水缸高高举过头顶。

王扒皮怕农夫真的把水缸摔烂，只好退了出去。回到家里，他苦思冥想，终于想出了一个坏主意。

第二天，王扒皮带着银子到了县衙，向县太爷递了状子，交了银子。他向县太爷说："农夫偷去了我家的小水缸。"并把小水缸的神奇之处说了一遍。

县太爷听说小水缸这么神奇，就派人把农夫抓来，问他小水缸有何妙用，农夫说了实情。县太爷试着放进去一个元宝，接着拿出十来个，还是拿不完。他高兴坏了，问："这水缸到底是谁的？"

农夫说："是我从地里挖出来的。"

财主说："不对，水缸是我的，是你从我家偷去的。"

县太爷说："你们说的都不对，这水缸本来就是我的。衙役们，把他俩给我轰出去！"

县太爷退了堂，回到家里，高兴地把水缸拿给他父亲看。

他父亲探头往缸里看，不小心一下掉进缸里。县太爷赶快上去拉，拉出来一个爹，还有一个爹，又拉上来一个爹，还有一个爹，一直拉出来十个爹还没拉完。贪心的县太爷生气了，一锤就把小水缸打碎了。

县太爷没有得到宝缸，却拉出来十个爹得养着。

讲述者： 朱贵，男，60岁，正阳县寒冻乡，不识字，农民

采录者： 朱同旺，男，18岁，正阳县寒冻乡初中，学生

采录时间： 1987年12月16日

采录地点： 正阳县寒冻乡

附记

这个故事当时也是通过发动师生采集上来的。周末朱同旺带着任务回到了家，吃罢晚饭就去找朱贵了，当时村里还没有通电，天也冷，大伙都好到朱贵家喷阔，让他讲故事，围了一屋子人。朱贵性格也开朗，好说好笑好开玩笑，在大伙的撺掇下就讲起了故事。朱同旺就认真地听着，回家后觉得这个故事好，就回忆着记了下来。第二天他觉得不够通顺，就再次找到朱贵，让他重新讲了一下又进行补充完善，

返校后就交给了老师，完成了任务。

由驿城区李刚讲述、张庆村采录的叫《宝缸》。这样的故事不仅在驻马店本地流传很广，在其他地方也有，并被改编成电影。我清楚地记得，小时候看的电影里也有类似情节，县官也从宝缸里拉出了一大堆爹……（谭咏利）

异文：聚宝盆

嵖岈山脚下窑洞里住着母子二人，靠儿子李根打柴为生。

一天，李根从集市上卖柴回来，捡到一只瓦盆，以为是过路人遗忘的，就把盆放到窑洞口，等人来取。一连十几天没人去找，他就把瓦盆放在屋里，自己继续上山砍柴。

说来也怪，自从拾到这个瓦盆，李根砍柴卖柴顺当多了。以前一天卖柴下来换来的面，还不够他娘儿俩一天的伙食，整天吃了上顿没下顿，现在却有了余剩。李根娘就把这剩余的面放在瓦盆儿里，慢慢积了一满盆。

有天他娘没面下锅，就去盆里挖了一碗，回头一看，盆里的面还是满满的。她就把这事给儿子说了，这下李根高兴坏了，知道自己捡了个宝贝。

李根娘儿俩都是好心人，有了这个聚宝盆，他们不光自己从盆里取面做饭吃，还用破衣破布缝一个袋子，给附近庄上的穷人送面。

没有不通风的墙。不久这事儿就传到了附近张财主的耳朵里，他就带着一帮人到李根家要抢聚宝盆。李根和附近的穷人当然不愿意，张财主怕众怒难犯，看势头不对，就灰溜溜地领着人走了。

第二天他来到县衙，说李根偷了他家的祖传宝物，求县官帮他要回来，还承许[1]让县官先用一段时间。

听说有这等宝物，县太爷也坐不住了，立即带衙役到李根家把聚宝盆抢了回来。回到县衙，看财主还在那儿等着，他不高兴了："聚宝盆是我家的祖传宝物，根本不沾你的弦[2]。看你都一大把年纪了，还肯给老爷效劳，就把

我夫人的洗脸盆赏给你吧。"说罢衙役拿了一只破得不中用的洗脸盆子扔给了张财主。

张财主看到手的宝贝又丢了，气不打一处来，两眼一瞪，嘴一张，"扑通"一声栽倒在地上，一命归阴了。这县太爷凭空得了个宝贝，抱住聚宝盆，坐在大堂上，左看看右看看，越想越美，不禁哈哈大笑起来，谁知道一口气没喘上来，竟笑死了。

讲述者：　肖宪云，男，48岁，遂平县嵖岈山乡中，大专，教师
采录者：　周培林，男，33岁，遂平县嵖岈山乡中，大专，教师
采录时间：1987年10月2日
采录地点：遂平县嵖岈山乡中

附记

肖宪云和周培林都是嵖岈山乡中学的教师，两人都喜爱民间文学，都会讲民间故事，都参与了民间文学三套集成的工作。这天他俩外出采录故事后返回，吃完饭后坐在一起商讨，看看采录的哪些故事更有意义，要好好地整理一下。归整期间，肖宪云说还是有些故事没有收集上来，我小时候就听说过，现在还会讲呢。周培林就说，要不你把这些故事给我讲讲吧，我整理一下给补充进去。就这样，这个故事就给收录了下来。（谭咏利）

[1]　承许：即承诺。
[2]　不沾弦：即不沾边儿，没有任何关系。

371

好心好报

从前，阳凤乡有个妇女很穷，天天领着儿子要饭。要的饭养活本村无人照管的瞎老婆儿，好饭留给她，不好的自己和儿子吃。

有一天，她和儿子要饭要到长寺寺院，天黑了就住下过夜。人们都知道这庙里"三山加一岭"的地下埋有一缸银子，很多人想得到它，就是找不到。夜里娘俩刚睡着，儿子就听到有人对他说："三山加一岭的地方有缸银子。"醒来是个梦，他告诉了娘，娘说："快睡吧，别瞎想了。"他一睡着又有人这样说，又喊醒娘，娘还说："净是瞎胡想，快睡吧。"又睡着了，梦中有个老头儿对他说："把恁娘的布衫脱下来，从庙门槛往外量三下，再加一领子，那地方有缸银子。"

天亮了，儿子起来，就要娘把布衫脱下。娘说："做梦不是真的。"不肯脱。儿子不依，娘只好脱下。儿子按照梦里老头儿说的，用娘的布衫从庙门槛往外量了三下，又加了一个领子的长度，照那个地方一挖，果然有缸银子。这时他们才醒悟过来，原来大家对"三山加一岭"一直是误解，从庙门向外量"三衬衫加一领子"的长度才是藏银

子的地方。从此以后，娘俩和瞎老婆儿过上了好日子。

讲述者： 殷宾，男，35 岁，遂平县花庄乡邓庄殷楼，不识字，农民

采录者： 华梅，女，27 岁，遂平县花庄乡文化站，高中，干部

采录时间：1988 年 2 月 7 日

采录地点：遂平县花庄乡邓庄殷楼

附记

这天华梅在村委人员的陪同下来到了殷宾家，临近过年，殷宾正在家里劈柴禾呢，准备着过年时烧锅用。虽说天冷，但殷宾干活热得也脱下了棉衣。说明来意后，殷宾也就没有客气，一边劈着树根一边就讲起故事来。每当讲到关键处，还停下来重点强调一下，还怕华梅记不住。这天华梅在他这里采录了好几个故事。

"三山加一岭"的故事在驻马店确山、泌阳、遂平等地山区都有流传，虽然故事发生地点、人物、场景设置不同，但"三布衫加一领子"的结果一样。确山和遂平的故事中，是当地人长期不知道是咋回事儿，最后是南方小蛮子用三布衫子加一领子取走了宝物或金银。

（谭咏利）

372

王久与耕力

第二天早上，耕力醒来一看，床上有好多好多的碎银，抬头一看，天窗在开着，他高兴地说："我的福从天上掉下来了！"

讲述者： 郑民军，男，67岁，新蔡县砖店乡，小学，农民

采录者： 郑卫星，男，30岁，新蔡县砖店乡政府，高中，干部

张敬忠，男，32岁，新蔡县扶贫办，大专，干部

采录时间： 1987年10月17日

采录地点： 新蔡县砖店乡

从前，有俩农民，一个叫王久，一个叫耕力，住在一个村。

一天，他俩在一起闲叙，耕力说："今黑了我梦见我的福是从天上掉下来的。"王久说："今黑了我梦见我的福是从地上冒出来的。"

第二天上半晌，耕力到地里干活时挖出了一罐子碎银，在回家的路上，他想：王久说他的福是从地上冒出来的，这碎银该归他所有。就把一罐子碎银都送给了王久。

王久是个多心人。夜里，他翻来覆去睡不着，最后睡着了，梦见耕力把一罐子碎银又拿回去了。他一下子急醒了，起来一看，大吃一惊，罐子里哪是碎银呀，是一罐子毒蛇！他连忙把罐子口盖住，心想：耕力呀耕力，我开始就不相信你会把碎银送给我，果然是在骗人，让蛇咬你去吧！

他扛起梯子，搬着罐子，往耕力家奔去。到了耕力的房子跟前，放好梯子，攀上房顶，打开房顶上的天窗，把蛇倒在耕力的床上，就幸灾乐祸地走了。谁知蛇被倒下去后，又变成了碎银。

373

金鸡娃

西平县城西南有一片岗地，民间相传，这里原是个大城镇，宋将狄青曾在这里屯兵驻守，所以叫狄城。后来不知为什么狄城消失了，只剩下故址，人们便称它为"土城"了。

很早以前，土城一带有个大财主，尖酸刻薄，贪心不足，对长工又狠又毒。他逼着长工没明没夜地干活，却不让他们吃饱睡好。

一天夜里，一个长工刚躺下不久，财主便扯着嗓子嚎叫起来："活这么忙，睡得就像死猪一样，还不快起来把土城那块地再犁一遍？"长工无奈，只得起来，拾掇好犁耙赶着牲口，摸索着向地里走去。走着走着，忽然发现前面有亮光，继而听到了喧闹声。再往前走，长工发觉自己竟来到一座城里，只见街上人来人往，有买的，有卖的，也有说书唱戏的，熙熙攘攘好不热闹。他惊奇地看着、想着，不知不觉走出城来，抬头一看财主的地就在面前。长工有些害冷，套上牲口就干起来。犁了一会儿，出了一身汗，索性脱掉夹袄，放在地头。突然，他看见一只黄老母鸡领着一群鸡娃，正在这里寻食，心想土城的怪事也就多，不去管它，还是犁地要紧，一口气把这块地犁完才歇着。天亮了，闹市消失了，一群鸡娃也不见了。

长工要回去吃早饭了，弯腰拿起夹袄，惊住了：一个金光灿灿的鸡娃，瞪着眼，冲着他叽叽地直叫。他爱怜地把鸡娃捧在手里，带了回去。长工从自己的糠菜饭中节省点来喂鸡娃，鸡娃望着那"饭"，似乎难过地摇摇头，然后对准那饭"啪、啪"叨了两口，奇迹出现了，糠菜饭眨眼之间变成了酒、肉和白面馍。从那以后，长工的身体越来越壮实了，财主却越来越怀疑了。

终于，财主知道了长工得到宝贝鸡娃的经过。他眼红了，心想要把老母鸡和鸡娃全部弄来，给我叨食吃，我就更富了。于是，他也在夜里赶着牲口去犁地，果然，见那只老母鸡领着一群鸡娃在地里寻食。他一见就饿虎扑食般地扑了过去，想把它们全部逮住。可是那些鸡娃灵活得很，东躲西藏，累得他浑身是汗，也没逮着一只。财主气急了，拿起鞭，对准一个鸡娃狠狠抽去，一下子把那个鸡娃抽死了。老母鸡见了，飞快地跑过来，照财主大腿上啄了一下，飞跑了。财主跑到鸡娃跟前一看，黄澄澄的，直放光，原来是只金鸡娃。他高兴得忘了疼痛，赶着牲口回家了。

第二天，财主的腿肿得像水罐子那么粗，疼得他嗷嗷大叫，哭爹叫娘，赶紧请郎中诊治。经过两个月的治疗，腿好了，一个金鸡娃的钱也花光了。他并不死心，想把长工那只金鸡娃弄到手里。

一天，财主趁长工在外干活时，窜进牛棚，把金鸡娃偷走了。他把金鸡娃放在桌子上，一面眯着眼欣赏闪着金光的鸡娃，一面贪婪地想：我也不要你给我叨食吃，我要把你打死，换成很多钱。忽然，金鸡娃扭转头，猛地朝财主飞去，叨瞎了双眼，叨烂了头，财主当即死了。金鸡娃飞出窗外，变成了一把金钥匙落在地下。

长工回来，捡起金钥匙，喊来其他长工和佃户们，打开财主的仓库，分了财主的土地。从此，这一带的人们过上了好生活。

讲述者：　关改梅，女，60岁，西平县城西街，初中，农民

374

采录者： 任春红，女，16 岁，西平县初中，学生

采录时间：1987 年 8 月 3 日

采录地点：西平县城西街

异文：金壳子

从前，有一个贪财如命的女人，又懒又刁，光想发不义之财。

有一天，她听说地下埋的有金壳子，往往在夜里变成小鸡出来，所以，每到夜晚就爬在墙头上等。

这天夜里，她果然见一只老母鸡，领住一群小鸡在悠闲自在地转呢。她高兴极了，轻手轻脚地去抓小鸡，可她抓了半天也没抓到。但她不死心，还是去抓，最后，终于抓住了一只小鸡，手却被老母鸡叨了一口。一会儿，小鸡真的变成金壳子，可被母鸡叨伤的手红肿高大，疼痛难忍，只好卖掉金壳子去治伤。等她的手治好了，金壳子也花光了，白受一场大罪。

讲述者： 童德英，女，46 岁，确山县文化馆，初中，职工

采录者： 范成林，男，23 岁，确山县文化馆，高中，职工

采录时间：1987 年 2 月 9 日

采录地点：确山县文化馆

附记

刚过完年上班没几天，大家的心还没有收住。这天馆里几个人在一起聊天，就聊到了故事收集的事上，也不知谁起的头，让会讲故事的童德英讲几个故事听听，看收集的有没有，如没有可以补充上，权当一次下乡采集。就这样，童德英讲了好几个故事，被大家每人一个给记了下来。

类似故事在我市有流传，我小的时候就听过类似的故事，都是钱花完了，病也好了，白受罪。（谭咏利）

卖油条的篮子

一个老婆子没儿没女，无依无靠的，每日里以卖油条为生。

一天，她挎着篮子沿街叫卖，这时来了一位南方人，老太婆连忙迎了上去："喂，大兄弟吃油条吧。"这位南方人不但不答话，反而对着油条下面的篮子不断地瞅来瞅去，沉吟了一会儿说："我出大价钱买你的竹篮子。"老太婆见有人出大价钱买竹篮子，不由喜出望外："你出啥价？""不管出啥价，这个篮子今天不取，待明天我来提货付款。"

那个人走后，老太婆乐滋滋地回家了，心想：谁想到我穷了一辈子，现在碰上好运气，一个破篮子竟有人出大价钱买，我何不把它洗刷干净，换上更多的钱？

第二天，南方人果真来了。当他看见被碱水洗涮后的干净竹篮，不由叹息地摇摇头："咳，我要的就是你篮子上的油泥，宝都在那上面，差一日天数不到。现在你都把它刷掉了，我不要了。"

讲述者： 吴氏，女，66岁，驻马店市，不识字，市民

采录者： 何春华，女，32岁，回族，驻马店市丝钉厂，
初中，职工

采录时间：1987年6月2日

采录地点：驻马店市区

在驻马店民间故事中还有一个有趣的现象，无论是以上两则故事中普通物品成宝，还是"三领一道襟""挖风水"的传说，寻宝问宝都有南方人（南蛮子）的影子。（谭咏利）

异文：黄瓜与神马

有个种菜的老汉，种了一片黄瓜。奇怪的是，每到黄昏的时候，不知从哪就跑来一匹马，这匹马跑到一根黄瓜前闻闻就走了，经常如此。

后来有个南方蛮子来到此地，一见到那根黄瓜就出大价钱要买。老汉想一根黄瓜不值个什么，他怎么出这么大的价？既然他要买，不用说是宝物。结果，无论南方人出再大的价他也没卖。

老汉仔细瞅瞅，也没见这根黄瓜有什么不同之处，宝在哪呢？他就在瓜梗上用指甲掐一个印，从那以后，马也不来了，瓜秧也死了。人们说："宝气被他掐破了，引神马的宝气没了，马也不来了。"

讲述者： 吴氏，女，66岁，驻马店市，不识字，市民

采录者： 何春华，女，32岁，回族，驻马店市丝钉厂，
初中，职工

采录时间：1987年5月7日

采录地点：驻马店市区

附记

吴氏是何春华的长辈，《中国民间故事集成·河南驻马店市卷》和驻马店市民间故事集成里有不少两人的民间故事。这天，何春华下班后回家，在门口遇见了吴大娘，大娘正和几个老婆在一起聊天呢。何春华这些天也正在为收集故事的事情发愁呢，知道老年人都会讲故事，也不知道吴大娘到底讲得中不中，心想着晚饭后去她家看看。就这样，何春华晚饭后就去了吴大娘家，还真的从老人这里采集了好几

375

得一望二

从前，有个孩子叫望二，爹娘都死了，跟着哥嫂过日子。他哥名叫得一，为人尖刻滑溜，好占个小便宜儿，嫂子是个出了名的口[1]女人。两口子对这个小兄弟很刻薄，经常打骂望二，叫他干重活，穿破衣，吃剩饭，睡光席。望二没办法，只好去滚人家的草屋。就这样一天天地苦熬着，渐渐长大了。哥嫂更是把他看作眼中钉、肉中刺，怕将来分他们的家业，一商量，干脆把他赶走算了。

有一天，嫂子把望二叫到跟前，假惺惺地对他说："你也不小了，不能老叫俺养活着。西南岗上那几亩地给你，你自己去立门户吧。"望二见嫂子刻烦[2]他，二话没说就走了，就在那片岗坡地里搭个窝棚，算是安了家。

那年冬天，天气特别冷，三九天大雪下得平地三尺深。得一两口子穿着皮袄，守着火炉子还冻得守不住哩。可怜那望二没啥吃的，还得天天出去要饭。

有天夜里，呼呼的北风卷着漫天大雪一个劲地下呀下

呀，望二被隔在一座庙里回不了家，冻得实在没办法，就钻进老关爷神像的锦袍下避风寒。时候不大，外面一阵脚步声，几个和尚走了进来。其中有个小和尚边走边说："大师兄，我饿了，你把咱师父的锡锣子拿出来要桌酒席吧。"大和尚说："我也饿了，咱一块吃吧。"说着，从怀里取出一个明光闪闪、盘子大小的锡锣子，拿个小棍边敲边唱："锡锣锡锣真正好，被人称作宝中宝，你说要啥就给啥，我要桌酒席吃顿饱。"一眨巴眼，一桌席面便在他几个跟前摆好了，和尚们吃喝完毕，都走了。

望二从神像衣裳底下钻出来，想看有吃剩下的东西没有。一瞧，不但菜汤馍头没掉一点，连盘子碗也不见了。"唉，真背霉[3]呀！"又一扭脸，嗨，发现了挂在站班里的周仓手指头上的锡锣子，和尚们忘记拿了。他上前取下来想给和尚送去，可庙前庙后找遍也没见一个人影。望二想："天快黑了，我得赶紧回家，等啥时见了那几个和尚再给他吧。"

望二拿着锡锣子回到家里一看，坏了，窝棚也被雪压塌了。咋办吧，这冰天雪地夜里住哪呀？正发愁，忽然想起了锡锣子，心想，跟它要个房子住，试试中不中。他找了根小棍，学着和尚的样子边敲边唱："锡锣锡锣真正好，被人称作宝中宝，你说要啥就给啥，我要座房子就够了。"话音刚落，一眨巴眼儿，一座青砖大瓦房便矗立在眼前，进去一看，家具齐全，净是新的。

望二往椅子上一坐，心想冻是冻不死了，肚子饿咋办哩？呃，承光[4]承到底吧，再给它要碗饭吃吃。他拿起锡锣子又敲着唱了起来："锡锣锡锣真正好，被人称作宝中宝，你说要啥就给啥，我要碗米饭吃顿饱。"一眨眼儿，一大碗米饭就搁在了桌子上，热腾腾哩直冒烟儿。望二端起来就往嘴里扒，饭吃完了，肚子也饱了。收拾收拾床铺，睡！长这么大，还没睡过恁得法的觉哩！铺两床被，盖两床被，鲜乎乎哩新花套儿，往上一躺跟驾云似的。前半夜睡不着，想想这，想想那，实在困了，一目愣[5]眼儿，大

---

[1] 口：方言，即脾气大、暴躁。

[2] 刻烦：即讨厌，不待见。

[3] 背霉：倒霉。

[4] 承光：感恩。

[5] 目愣：打一会儿瞌睡。

天老光了。他赶紧穿衣起来，一开门，只见他哥嫂正在门口呆头呆脑哩站着。望二赶忙把他俩让进屋里，亲亲热热地问："大清早，恁来有事吗？"一句话问哩一干呜拉嘴[1]没话说。

咋了？原来他两口子是来看看望二冻死没有，如果死了，就把他的一条破盖的[2]，还有两根搭棚子的棍扛回去。来到坡里一看，窝棚倒是塌了，可啥时候盖起这座青砖大瓦房啊？老天爷插的仙庄吆？这不，兄弟把他俩请了进去，问来干啥，你说咋回答？

不说不说吧，望二不问了，拿出铴锣子要了一桌饭菜，摆好，请哥嫂让坐，笑着说："大冷天，趁热吃一点儿，暖暖身子。""好！"得一没等再让，就把抓口唵吃起来。他老婆吃东西，以往也是下作[3]哩吓死人，可这顿饭却叫一筷子停半天，她作假[4]吗？不是哩，她正在打铴锣子的主意哩。想了半天，装着带搭二意哩问："老二，你这个宝贝是在哪儿偷的啊？"

望二听了这话才恼，冲着嫂子硬声勃气地说："你啥时候见我偷过人家的东西？"得一见他俩要争吵，忙向望二说："没偷就是没偷，还值得上火？不就是想知道知道你在哪弄的吗？"望二老实，听哥这一说，便把如何得来铴锣子的底情底理，一五一十地说了一遍。他嫂子听着听着坐不住了，装着亲热地跟望二商量："他二叔，我给你一个羊娃子，你把铴锣子换给我中不中？"望二说："你就是给我个马驹子也换不走，这不是咱的，等见了那几个和尚还得给他哩。"

嫂子见望二不愿换，气得一拍屁股走了，得一跟着也走了。望二见留不住，走就走吧。嫂子回到家，越想越气，她吵男人没本事，望二能去庙里拾宝贝，你不兴也去斗[5]一个？

说也凑巧，又下雪了。天待黑的时候，得一按照他女人的吩咐，换了一身破衣裳，扛个要饭篮子，拿个打狗棍，

一蹦子跑到那个庙里，也往老关爷衣裳底下一钻。等呀，等呀，嗨，还是那几个和尚来到这里就敲铴锣子唱歌要酒席，末了，又把铴锣子挂在了周仓神胎的手上，然后坐下吃饭。

得一一看，好机会，从关老爷衣裳底下拱出来，慢慢地摸到周仓跟前，伸手取下铴锣子拿着就跑，还没跑掉就被那个大和尚一把拽住了。你想呀，人家上次就丢了一个，这回能不小心吗？既然斗[6]住了小偷，看吧，捞回来就是一顿好打。你一棍，他一脚，疼得得一爹呀娘呀，邪火[7]哩没个人腔。

正打着，老和尚出来了，小和尚们也不打了。老和尚问得一："上回那个铴锣子是你偷的吗？"得一说："不是我得一，是望二。"

老和尚说："哦，年轻人，得一望二，贪财不足可不好哇！你走吧，下回可不能再来偷了。"

小和尚说："师父，就这样放他走，他不警醒哪。这一回得一望二，下回他还望三望四哩！"

大和尚说："师父，让我给他做个记号吧！"

老和尚说："也好。"大和尚指着得一念咒语："你不干好事，得一望二。若不学好，我叫你一辈儿不如一辈儿。"

讲述者：　雷学，女，43岁，平舆县射桥乡河西村，高中，教师

采录者：　徐富丽，女，14岁，平舆县射桥乡联中，学生

采录时间：1987年12月10日

采录地点：平舆县射桥乡河西村

---

[1]　呜啦嘴：说话不清楚。

[2]　盖的：方言，即被子。

[3]　下作：方言，即不成样子。

[4]　作假：方言，这里指谦虚。

[5]　斗：方言，偷着拿。

[6]　斗：方言，逮、捉。

[7]　邪火：方言，叫喊。

异文：小神锤

从前，嵖岈山东坡住着一家三口人，一个老婆儿和两个儿子，大儿叫大虎，小儿叫二虎。大虎人短见，自私自利，二虎勤谨孝顺。

大虎嫌与母亲弟弟在一块儿干活受累吃亏，就提出分家。二虎很有志气，他对母亲说："娘，分家就分家，往后我养活你，不吃他的眼角食。"分家后大虎就独个儿生活，不再照管母亲和弟弟了。二虎由于年小，田里活还不中，分家后就天天上山砍柴到集镇上卖，买些粮食和油盐，母子俩将就着过日子。

一天，二虎在集镇上卖柴，挨黑才卖完，到粮行籴粮，店家已经关门了。咋弄哩？娘还等着买回米做饭哩。天已黑透，没办法，只好少气无力往家走。

他走到山前的一棵大树旁，忽听到有响声，急忙躲到树后边，看见附近山沟里有一群妖精，正围住一个老妖精吼叫。老妖精手里拿着一个小锤，小妖们"嗷"一声，老妖就向空中敲一下。山珍海味接二连三地出来了，一会儿摆满了一大桌，众妖围住大吃大喝起来。最后它们酒足饭饱，醉呼呼地躺在地上打起呼噜来。二虎看得真切，知道那只小锤是个宝贝，就趁妖精睡得不省人事的时候，轻手轻脚走过去，从老妖手中搋出小锤，一直跑回家里。

二虎给娘讲了得宝的经过，就拿起小锤，说声想吃白蒸馍，用小锤往空中一晃，立时出来一大盘热腾腾的白面馍，接着又一连要了几样菜，母子俩当晚吃了一顿从来没吃过的饱饭。打那以后，他们再也不为吃饭发愁了，后来又要了三间大瓦房，过上了舒坦日子。

这时，大虎看母亲、弟弟过上了好日子，很眼气，就硬着头皮到二虎家。二虎要了一桌子上好的酒饭款待他，饭后大虎问弟弟得了啥宝贝，二虎就把得宝的事一五一十地给哥哥说了出来。从此大虎连做梦都想得宝，地里活也干不下去了。

有一天他学着二虎，天黑到那棵大树旁，看见那群妖精正高兴地吃着香喷喷的肉菜，喝着香气扑鼻的美酒，就躲在树后等了起来。老妖精忽然说："不好，我咋闻着有一股生人气，八成是那个偷宝的人来了，快给我找找！"

众小妖一听，都气鼓鼓地到处乱找，吓得大虎筛糠一样打哆嗦。最后它们找到那棵树附近，闻到一股屎臭气，熏得小妖们一个个都离树远远的。原来大虎一看妖精们找他，吓得屙了一裤裆。妖精们以为那地方臭，不会有人，才离开那棵大树。大虎保住了一条命，等妖精们走完，才连滚带爬地回了家。

讲述者：　肖宪云，男，48岁，遂平县嵖岈山乡中，大专，教师

采录者：　赵瑞，女，16岁，遂平县嵖岈山乡中，学生

采录时间：1987年10月6日

采录地点：遂平县嵖岈山乡中

附

记

肖宪云也爱讲故事，好的故事他都记了一肚子，编纂民间文学三套集成时，为了能把这些故事记录下来，就在班中找到了学习好、作文写得好的赵瑞，把这个故事给她讲了，让她记下来，然后他又对这个故事进行了修改和补充。与小锡锣或小宝锣类似的故事在驻马店市确山县、遂平县、泌阳县都有流传。（耿瑞）

376

王保得宝记

从前，村里有母子二人，儿子王保十七八了，家里很穷，靠上山打柴生活。

有一天，王保带三个小馍去山上砍柴，走到一棵大树下，觉得饿了，拿出馍坐在一块石头上，自言自语地说："这三个还不够我自己吃啊。"这话却被躲在树上的三个小鬼儿听见了，小鬼儿认为是要吃自己，便慌忙跳下树来，哀求说："别吃我们呀！你要是不吃我们，给你一件宝物。"

王保想小鬼儿有什么宝物呢？便说："喂，有啥宝物快拿来！"小鬼拿出了个葫芦说："这是宝葫芦，只要一拍便会出来很多食物。"王保接过宝物，高高兴兴地往家跑，途中被他姨看见，便问："王保，你遇到啥喜事了？"王保便把遇到小鬼的事说一遍。姨一听很眼气，心里就有了主意，热情地说："别走啦，你看天晚了，在这过夜吧！"王保便住下。夜里王保睡得正熟，他姨用一个假葫芦跟他的宝葫芦换了。

第二天一早，王保要走，姨装作亲切地说："吃罢饭再走吧。"王保说："娘在家还饿着肚子哩。"说完一路小跑到了家。母亲一见王保没砍到柴，便难过地哭了。王保便安慰母亲，把桌椅摆好，准备用宝葫芦试一试，谁知连拍了十几下，啥也没有，这下可气坏了。

中午，王保只得用仅有的一点儿面拌点菜炕馍，母亲吃了，自己又拿三个馍去砍柴。又坐在那块大石头上自言自语地说："这三个还不够我吃。"这次又被三个小鬼儿听见了，向王保哀求说："别吃俺，再给你一个宝鞭。"王保气愤地说："上次你们骗了我，这次还想骗我吗？"小鬼儿说："没骗你，这次咱可以试一试。"说完在地上连甩了几鞭，竟有许多牛在吃草哩。

王保高兴地接过宝鞭，乐呵呵地准备回家。恰好又被他姨看见，知道王保又得了宝物，就叫王保住下了。半夜，她用一个假鞭给他的宝鞭换了。

第二天一早，王保急着要回家，他姨也不再留他。王保一路小跑到家，母亲一见没砍着柴又哭了。王保安慰着母亲说："我有一个宝鞭，能变许多牛。"说完，"唰唰"地甩了起来，但是一连甩了十几下，一个牛也没有。王保觉得妖奇，心想非把小鬼儿狠打一顿不可。

于是，他吃罢饭又拿三个小馍，坐在那块石头上，还是那样说。小鬼儿听见了，又哭着向王保说："不要吃我们，再给你一根宝绳。"王保一听他们又骗人，抬手就要打，小鬼用那根绳一抛，便把王保捆住了。小鬼儿把绳解开，对王保说："宝绳给你吧。"王保高兴地拿着宝绳往家走。

走到他姨家门口，天黑了，他姨热情地叫他到屋里。知道王保又得了宝绳，趁他睡着后，他姨又用假绳去换。不料手刚挨着宝绳，一下子把她捆住了，她大声喊王保。王保一看她身上捆条绳，地上扔着一条绳，知道都是她把宝物偷走了，便说："快把宝物还我，不然宝绳会把你捆死。"她姨吓得忙把所有的宝物还给王保。

王保拿着三件宝物，高高兴兴地回家了。回到家里，王保先摆好桌子，一拍宝葫芦，桌上立刻摆满了香喷喷的食物，母子俩饱饱吃了一顿。

这时，一个老财主带两个仆人路过这里，闻到了香气，想：这穷小子咋吃恁好的饭？于是，走到王保屋里问："这些东西从哪儿来的？"王保便毫不隐瞒地把得到宝物的情况告诉给他。老财主一听，笑着说："这些宝物都是我的，你咋给偷来了？"说着三人便一齐去抢。王保把宝绳往他们身上一抛，三人一下子被捆死了。

王保用宝鞭甩出很多牛，让全村乡亲们各牵了一头。从此，人们有牛耕地了，日子都好了起来。

讲述者： 韩光晋，男，44岁，遂平县张台乡中，高中，教师

采录者： 秦青林，男，16岁，遂平县张台乡中，学生

采录时间： 1988年2月1日

采录地点： 遂平县张台乡中

377

宝盒

从前，东兴屯儿有一家，弟兄俩。老大贪财享受，好吃懒做，为人办事奸薄，没利不干，终天吸大烟，睡大觉，吃喝玩乐，靠父母留下的财产过活。老二勤劳善良，处事厚道，和妻子辛勤种地度日。

父母在世时，家庭富裕，弟兄俩也结了婚。三间瓦房，一间没住人的破草房；几十亩好地，亩把水洼地。父母一去世，老大就跟老二分家，把瓦房好地都霸占了，破草房和洼地分给了老二。

老二那亩把水洼地，雨天蛤蟆坑，旱天像钢板。从分家起，两口子就整天在这块地里刨呀挖呀，把地翻了一遍，种上了南瓜。经过施肥，精心管理，瓜蔓像提着长的一样，拖满了地。夏天结满了南瓜，青的黑的，弯的直的，摆了一地。长呀，长呀，大的百多斤重。

说起来也怪，南瓜夜夜被人偷，睡到地里也看不住，哪个大丢哪个。老二为弄明此事，就选一个最大的，在上面开个洞，晚上躺进去，让老婆把盖盖好。

到人脚定，有人把这个大南瓜摘掉抬着就走。也不知走了多远，才把它放下。只听见有人说："可累坏了，走，

到里面喝两杯去！"

老二在南瓜里等呀，等呀，一直等到没一点动静，才慢慢托开盖爬出来。是一座山神庙，只见神像后边有四个人，围着一张方桌，桌子中间放着一个盒子，圆圈摆满了丰盛的酒菜。四人喝得酩酊，东倒西歪地酣睡。老二走到桌前，把开着的盒子合好，拿在手里，酒菜全不见了。心想，这一定是个宝盒，这四个人非妖即仙。想到这里，拿着宝盒就走了。

翻了一座山，跨过几道沟，才走到家，已是四更时分。他敲门叫醒了老婆，把得到宝盒的事说了一遍。两口子就开始试起来：先是要米饭，掀开锅盖一看，果然热腾腾的一锅。把宝盒放在桌上要酒菜，眨眼间，桌上摆满了。小两口乐得合不拢嘴，痛饮几杯，饱餐了美味佳肴，收起宝盒，上床入梦，一直睡到日竿高。

老大两口发现他们还没起床，心想：他俩每天都是早起晚宿，今天为何起这么晚？再说昨晚四更后还在欢笑，是不是得到什么外财？不然为何那样高兴？于是叫醒老二的门，问起昨晚的事，老二就一五一十地说了一遍。

老大两口回到自己的屋里，就商量也得到宝盒的事。可是自己没有种南瓜，还得求老二。于是就赖着脸皮说想吃南瓜，找老二要一个，老二没有犹豫就答应了。

老大照老二的样子，藏在南瓜里。他老婆怕闷着了，把南瓜盖儿留个大缝子。晚上人脚定，有人真的把那个南瓜抬走了。路上，老大害怕，吓得在里面直拉稀。抬南瓜的闻到臭气，就说："上次抬回去一个人，偷走了咱的宝盒。今天咱又摘了一个坏的，真糟糕，把它扔到河里吧。"说着，一使劲把南瓜扔到河里了。水顺着南瓜洞口缝子往里灌，一直灌满沉底，老大被活活淹死。

第二天，南瓜又浮了上来，有位打鱼的老汉，把它捞上岸一看，有个洞，里面有个死人，不知怎么回事。这奇闻就传开了，也传到老大老婆的耳朵里。她忙跑到河边，一看，是自己的丈夫，气得两眼一瞪，昏死在丈夫身边。

讲述者：赵云田，男，63岁，遂平县槐树乡小营村后丁庄，初中，农民

采录者：赵圣明，男，30岁，遂平县槐树乡小营学校，中专，教师

采录时间：1988年2月25日

采录地点：遂平县槐树乡小营村后丁庄

异文：李四与大瓜

从前，有个叫李四的小伙子，爹娘都死了，跟着哥嫂过日子。可是，哥嫂待他很不好，叫他吃剩饭，穿破衣，让他夜里一个人睡在瓜棚里看瓜。逢瓜成熟时，哥嫂天天都要把瓜数上一遍，生怕李四偷吃了。

就这样，一年又一年过去了，李四长大了。哥嫂想独占爹娘留下的财产，把他看成了眼中钉、肉中刺。一天，他哥哥假意关心地对李四说："弟弟呀，如今你也长大了，该成个家了。那一点家产咱分了吧，北边那二分好地就给你吧。"李四知道北边那二分地是劣地，种啥不收啥，但是胳膊拗不过大腿，只好答应了。

分家后的第一天夜里，李四正在瓜棚里睡觉，一个白胡子老头走到他面前，笑呵呵地对李四说："明儿晚上，你偷偷地到南边那个大财主瓜棚里，找个最大的瓜钻到里面，不管发生啥事，都不要吭声。"说完，便不见了。李四急了，赶忙去追，脚不知被啥东西一绊，摔倒了。睁开眼一想，原来是梦，李四感到很奇怪。

第二天夜里，他半信半疑地摸到财主瓜地里，刚走到一个最大的瓜跟前，那瓜自动分成了两半。李四趁机钻进瓜里，那瓜很快又合上了。到了半夜，李四听到外面一片混乱，一个声音叫道："猴兄猴弟们，快抢啊，哪个大抢哪个。"原来是一群老猴精来偷瓜。它们把藏李四的那个大瓜抬进了猴窝，就出去了。李四听听外面没有一点动静，就把瓜挖了个洞爬了出来。只见屋里耀眼金光，白花花的金银堆得像小山似的。他高兴极了，赶紧找一个布袋，装满了金银，从后门跑了。回家以后，李四就用这些金银盖了房子，娶了老婆，过上了好日子。

哥哥见李四分家没多久就发了财，心里很奇怪，就跑

到弟弟家打听原因。李四是个老实人，把偷银子的事说了一遍。哥哥听了，心里好似喝了蜜一样甜滋滋的。夜里，他就拿了几条大麻袋，钻进财主的一个大瓜里面。

半夜，猴精们就把大瓜抬走了。走到半路，忽听里面"咚"的一声响。原来，李四的哥哥由于吃得太多，在瓜里面放了个响屁。猴精们还以为是瓜坏了呢，就把瓜扔进了一个大湖里，李四的哥哥被淹死了。

讲述者： 马秀珍，女，20岁，平舆县射桥乡王楼村，
　　　　 初中，农民
采录者： 王新军，男，19岁，平舆县射桥乡王楼村，
　　　　 高中，农民
采录时间：1987 年 10 月 16 日
采录地点：平舆县射桥乡王楼村

附
记

这天王新军在饭场里吃饭，近门的大爷就问他最近忙的啥，整天早出晚归的，不干点正经事。王新军怕大家误会，就把他采集民间文学三套集成的事给大家说了说，大家这才知道他干的还真是正经事。近门的嫂子马秀珍正好听见了，就问还需要不，她也会讲些。就这样，饭后王新军就同马秀珍完成了这篇故事的采集。

类似的故事，遂平县还有一篇陈华采录的叫《哥弟俩种南瓜》，是小偷偷了南瓜被发现，给了弟弟银子作为赔偿。哥哥想如法炮制，结果小偷吃一堑长一智，发现南瓜太沉，觉得有诈，把南瓜扔进河里，但人是否淹死没有交代。（谭咏利）

378

隐
身
草
帽

从前，有个叫小三的人，家里有老母亲，靠打柴度日。

一天，小三打柴来到一个山洞里边，看见一顶破草帽，就拾起戴在头上，担着柴到街上叫卖。不见有人买，但却有几个人在他身边好像找啥，小三拿掉头上的草帽，人们说："这小孩儿从哪儿出来的？刚才只听见声音咋见不着人呢？"都感到很稀罕，小三却没有啥感觉。后来小三卖了柴禾戴上草帽，别人又看不见他了，以为是神仙下凡，就纷纷跪拜起来。消息一传十，十传百，一街两巷很快都知道出了一位卖柴的神仙。

第二天，小三上街买米，他手拿草帽来到米店，店主一看叫起来："神仙来了！"赶紧让人递烟倒茶。小三倒给弄糊涂啦，怎么把自己当成神仙啦，忙说："我是买米的，不是神仙。"店主听在耳里，想在心里：神仙变成小孩儿来查看我的米价的吧？忙让人给拿一袋米。小三给钱，店主说啥也不收，怕收了钱神仙降灾。小三看不收钱，也不要米，戴上草帽就走了。人们忽然又不见了小三，个个下跪拜了起来。

村里财主的儿子知道了这件事，认为草帽是一件宝物，

回家给父亲说了。财主起了贪心，想把小三的草帽骗到手，好升官发财成神仙，就和儿子一块儿去找小三。

小三一见财主来了，忙往屋里让。财主坐下，就假惺惺地关怀起来："日子咋样？"小三说："还过得去。"财主接着说："我拿几块地和两匹马换你的破草帽，中不？"小三老实，不懂草帽的神奇，就答应了。财主得到了宝物，洋洋得意地回去了。

后来县官也知道了这件事，找了小三，又找到财主，财主怕官，便把草帽给了他。县官为了向上爬，便用绸缎把草帽装饰一番，去给皇帝进贡。

路上碰到一位大臣，县官说明来意后，大臣说："我替你送吧。"实际上，这位大臣也有私心，他给草帽镶了金边，又安了两颗夜明珠，然后来到金殿。

皇帝生日那天，在金銮殿上当着满朝文武的面，大臣把草帽呈送皇上。皇帝当场试宝，宝不灵，大怒："你从哪儿弄来假宝来骗我！"大臣吓得魂不附体，忙说："是县官让我送给你的。"又叫来县官，县官说是财主的，财主说是小三的。叫来小三，小三说："我不认识那东西，我一个孩子家哪有啥宝物？连帽顶上的珠子我都没见过。"

皇帝想想也是，一个穷孩子哪会有这东西，就放了小三，还把帽子给了他，把大臣、县官和老财主都杀了。

讲述者：　楚建功，男，50岁，遂平县车站乡焦庄村，初中，职工
采录者：　楚秋收，男，16岁，遂平县车站乡焦庄学校，学生
采录时间：1988年2月12日
采录地点：遂平县车站乡焦庄村

379

小三和帽子

从前，有弟兄三个，父母死后，就分了家。老大分了骡子马，老二分了田和地，小三只分了一船生姜。小三用船把生姜运到南方，想卖些钱好打发日子，谁知南方天气热，一船姜运到南方也烂差不多了，他只好挑一些还没烂的拿街上换些钱。

这天，小三背着半袋生姜路过一个寺院，推门一瞧，里面的和尚个个东倒西歪没有精神。一问才知这里流行一种温病，吃啥药也不见效。小三心好，就用姜熬了一大锅汤让和尚喝。谁知寺里和尚一喝了姜汤，病都好了。老和尚为了感谢小三，就让他在寺里随便挑选一样东西算作报答。

一个小和尚偷偷地对小三说："你就要墙上挂着的那个破帽，那帽子是个宝物，你只要戴着它说声'帽子帽子通人性，我到哪里走一程'，它就会带你到哪里去的。"小三听了心里非常高兴，就对老和尚说："我就要墙上挂着的那个破帽子。"老和尚虽舍不得，念其救命之恩也只好答应了。

小三告别了和尚，出了寺院大门就想试一试咋样，把

破帽子戴到头上，说："帽子帽子通人性，我要到天边走一程。"刚说完，就被带到了天边。小三抬头一看，前面有一片桃林，树上结满了又大又红的桃子，就爬上树吃了个饱。这一吃不要紧，小三觉得浑身发软，四肢无力，昏昏沉沉地睡着了。

再说寺院里的老和尚，原来是一方神仙，他掐指一算，知道小三到了天边。心想那宝物怎能让他胡用，就一念咒语，那帽子又飞回到老和尚手中。

小三一觉醒来，感到浑身不自在，一看，身上长满了黑毛。一摸头，头上长了一对牛角，帽子也不见了，自己成了个怪物，心想这下非死在这里不可。猛一回头，发现身后也有一片桃林，树上结满了白桃，心想死也不做个饿死鬼，就又上树吃了个饱。这一吃，他又昏昏沉沉地睡着了。

老和尚收回帽子后又一想，这样不是把我的救命恩人给害了吗？又念了咒语，那帽子又飞回到小三的头上。

小三吃了白桃醒来，觉得比原来舒坦多了，一看身上的毛没有了，牛角也没有了，帽子又回到头上，一下子又有精神了。突然他想出了一个主意，就把那红桃和白桃各摘了几个揣在怀里，说声："帽子帽子通人性，我要到京都皇宫里走一程。"话刚落音，帽子就带着他到了皇宫中。

小三到了宫里，不经意来到公主的绣花楼上。因为戴着宝帽隐着了身体，别人都瞧不见他。他偷偷地把一个红桃放在公主绣花用的篓子里，就离开了皇宫。

公主玩耍后回到楼上，发现一个异香扑鼻的红桃，就把这个红桃吃了，不一会儿就睡着了。醒了一看，浑身长满了黑毛，头上还长了两个牛角。这可把皇帝吓坏了，忙叫手下人贴皇榜，说谁能治好公主的病，第一赏赐金银，第二官升三级，再不然招为驸马。皇榜一贴，来了好多名医，可个个都高兴而来，扫兴而归。

这一天，小三揭了皇榜，到了宫中，把红纸包着的白桃让公主吃了。一会儿公主就睡着了，等她醒以后，病完全好了。小三一不要金银，二不要做官，皇帝就招他做了驸马。那破帽子呢？又被老和尚收去了，因为帽子对小三已没多大用处了。

讲述者：　李老头，男，64 岁，新蔡县十里铺乡，不识字，农民

采录者：　龚国强，男，34 岁，新蔡县文化局，大专，干部

采录时间：1987 年 10 月 13 日
采录地点：新蔡县十里铺乡

异文：双果奇缘

树生七八岁那年死了亲娘，不久爹续了弦。狠心的后娘把他赶出门外，孤苦一人，白天讨点残汤剩饭，黑了住在破庙里。

一天，他受神仙老头儿的点化，来到一片森林里，林中长有各种各样的果树，一年到头都有成熟的果子。从此，他住在森林里，采野果充饥。天长日久，他发现两种奇特的野果子。一种是鲜紫溜红[1] 的果，香脆酥甜，那香气大老远就能闻得见。只要吃了一个，身上马上就会长出厚茸茸的毛，毛色灰不溜秋，很难看，但能挡寒。另一种是白生生的果，又酸又硬，吃了它，灰毛可褪得一根不剩。就靠这两种果子，树生越冬过夏，苦度日月。

树叶子绿了又黄，黄了又绿，转眼十年过去了。一天，树生在树上摘红果，一只白兔从树下跑过去，他一出溜[2] 下了树，撒开双脚追起来，追啊追啊，追出了森林，追进了村庄，来到一所庭院里，小白兔不见了。树生四下寻找起来，找啊找啊，忽然看见两个漂亮的女孩子在追打嬉闹。他惊奇地看起来，看着看着，手里的两个红果落了地。猛然间，他意识到了自己的憨态丑样，羞得不知所措，一溜烟地跑了。

"哎呀，啥东西恁香？"两个女子找过来，发现了两个红果子。一个女子拾起来说："庄小姐，你真有福，瞧，多么好的红果啊！准是哪个多情的小伙子给你送来的。""死丫头，真贫嘴！"庄小姐笑骂着追过来，双手接过红果子，欣喜万状，看了又看，忍不住吃了一下。这下

[1]　鲜紫溜红：紫红色。

[2]　一出溜：滑下来，形容速度快、麻利。

子可坏了！眨眼间，庄小姐的手上、脸上长满了灰不溜秋的毛，丫鬟一见，惊叫一声。小姐一看自己的手，"哇"的一声哭起来。庄员外听到哭叫声，出来一瞧，傻了眼。

庄员外为治女儿的病，四方求医，治不好，到处抓药，不见效，愁得他整天哭丧着脸屋里屋外团团转。最后贴出告示：小女患病，久治不愈，谁要治好小女的病，就把小女许给他。人们看了，奔走相告，跃跃欲试，就是没有那本事。

一天，树生又走出森林，想再去看看那俩俊美女子。他来到村头，听见人们在议论，心里一下子明白了。他一蹦子跑到森林里，摘两个白果果，又一溜小跑来到村头，一把揭了告示，被庄员外客客气气地迎到了家。树生拿出两个白果子，硬叫庄小姐吃了下去。庄小姐吃了一个，满手满脸的灰毛不见了；又吃了一个，变得比以前更漂亮。庄小姐喜得眼里挂满泪，庄员外乐得脸上开了花。庄员外不悔前言，择了个黄道吉日，大宴宾客，吹吹打打，热热闹闹，让女儿和树生拜了花堂成了亲。

从此，小两口恩恩爱爱，过着幸福美满的日子。

讲述者： 单丙良，男，46 岁，西平县二郎乡二郎庙村，高中，农民

采录者： 单云香，女，17 岁，西平县二郎乡初中，学生

采录时间： 1987 年 11 月 2 日

采录地点： 西平县二郎乡二郎庙村

380

赵侯得妻

很久以前，西山脚下住有十来户人家，其中赵姓和侯姓邻居，各自老两口无子，都不能为家延续香火，两家人非常难过。

赵、侯两家地块连陌，都还没下种。一天，赵家人来到地里，发现一棵葫芦苗又肥又壮，很高兴，就把它保留下来，天天跑到地里照看，一晃月余，从不间断。

这天，赵家到地里一看，葫芦秧子早已把地遮严，满地都是绿油油的青秧子。

又过了几天，赵、侯两家人都来到地里，不由得吃了一惊，葫芦秧子苗把侯家的地也遮完了，满地白花一个挨一个。两家人到地里转了几圈，发现侯家地中央结了个毛茸茸的葫芦，真是喜出望外。十几日光景，葫芦已经长得如斗，两家人你来我往，互不相让，都想占有它，最后大吵大闹，不可开交。

一天，县官出访路过这里，问起缘由。赵家说："为个葫芦。葫芦是在我家地里长出来的，秧子拖到侯家地里，结了个大葫芦。"侯家说："葫芦在俺地里，秧子把我家的地占完了，难道我不该要吗？"县官说："两家各半。"就

命令衙役把葫芦切开。

可把刀刚往葫芦上一放，却听见里面有小孩在哭，这下两家又争了起来。县官说："不要争，如果里面是个小孩，两家共养。"切开果然是个胖乎乎的男孩。于是两家满心欢喜，谢了县太爷，一起把孩子抱回家，起名叫赵侯，轮流精心喂养。

转眼十年过去了，这赵侯长得高大英俊，两家父母视如掌上明珠。十二岁那年，一天他上学走在街上，见很多人围着看玩魔术。只听玩者说："我能用针和线把太阳拴住。"说罢把穿着线的针往天上一扔，果然拴住了太阳，往下一拽，太阳一晃一晃的，顿时就赢来一片喝彩声，人们纷纷投赏钱。

观众走完后，只剩下赵侯一人在看。他走到玩者跟前问："大哥，您是跟谁学的呀？"玩魔术的看了看他说："小兄弟，你想学，必须到离这几百里远的毛山，山上有个毛老道，跟他学。"说罢就走了。

赵侯再也无心上学，就回家向父母说了玩魔术的事儿。老人们都指望他传宗接代，哪愿意让他背井离乡？赵侯跪在老人面前苦苦哀求，两家老人无奈也只好由他。临走时，两家母亲给赵侯煮了好多鸡蛋，送啊送啊，难分难舍。赵侯对爹娘说："请你们放心，回去吧！别挂念，我会回来的。"老人千嘱咐万叮咛，挥泪而别。

赵侯走啊走啊，走了一程又一程。为了回来时不迷路，他把带的鸡蛋埋在走过的路上，露个皮儿。一连走了几十天，走到了一座陡峭的高山前，只见树荫蔽日，鸟声盈耳，一问这里就是毛山。他走到山脚下，向山上一看，各种怪兽出没穿梭，令人胆寒，咋上得山去？正在焦急的时候，从山上下来一女子，走到他跟前问："你来这干啥呀？"赵侯忙介绍："我叫赵侯，来拜师学艺。"女子说："好，你坐在我的肩上，快上山去。"说完一起飞到山顶。

赵侯和女子来到山顶，走进一处寺院，看见一个老道鹤发童颜，胡子足足十来丈长，在腰间盘着，两眼微合盘坐在庙堂。

老道问："你来学艺吗？你叫赵侯吧！""是，师傅，我叫赵侯。"

"你需要做好三件事才能学艺。今天已晚，先睡去吧，明儿早点起来。"

赵侯被人带到一个房间里，单人独铺，想起在外面见到的一切，他毛骨悚然，夜不能寐。次日方晓，赵侯来见毛老道："师傅，我来做第一件事了，请您吩咐吧。"

"后山有两捆树枝，你把它担回来烧锅。"

赵侯心想这事儿好办，就去担树枝，走到后花园，碰见一位漂亮的姑娘。姑娘说："你是去担树枝吗？""是。""那是两只猛虎，担时不要动它，担起就走，途中莫停，一直走到这儿来见师傅。"说完就不见了。赵侯照着办了，毛老道感到非常奇怪。

第二天，毛老道说："后山林有棵梧桐树，你把上面的鸟窝用棍捣下来。"赵侯走到后花园又见到姑娘，姑娘说："你必须站在树旁的旧盆里，否则就会被乱箭射死。"说完又不见了。赵侯照着做了，拿着鸟窝来见师傅，毛老道又吃了一惊。

第三天，赵侯来到师傅跟前："师傅，请说要我做的第三件事吧！"

"你见到后花园有个竹园吗？""见到啦。"

"我藏在竹园内，你去找我，找到了我就教你。"说完就不见了。

赵侯走到后花园，姑娘还站在那里，说："如果你找不到，就仔细数一数南边的七棵大竹子。在最西边一棵的第七节上有一个小眼儿，用手捂住那个小眼儿，如果他说'你放了我，我就教你'，你说'请你给我一样东西'。他说给你金银财宝，你别要，只要一只小花猫。"说完不见了。

赵侯照姑娘说的做了，毛老道气得喘不过气儿来。赵侯说："请你给我一样东西！""你要啥都可以，放了我吧。"

"我要那只小花猫。"毛老道无奈，只好答应了。

到了夜里，赵侯对小花猫说："都怨那个姑娘了，让我要了你，艺也没学到。"正说着小花猫没了，那个姑娘却站在面前。她说："我是你师傅的女儿，那个小花猫就是我。"赵侯非常高兴。

姑娘又说："我爹不愿把我送给你，咱们现在就得逃走，下半夜，爹会来杀你的。"于是二人骑上一只梅花鹿下山了。

再说赵侯离家后，两家父母整日翘首盼儿归。这天赵侯回到家里，拜见高堂。爹娘已满头银发，见赵侯回来，喜得泪花盈眶。特别是赵侯又领回来一个如花似玉的姑娘，更是有说不出的欢喜。

从此，两家过着幸福美满的生活。

讲述者： 王新理，男，55 岁，遂平县石寨铺乡南魏庄
　　　　　小学，高中，教师
采录者： 李威，男，12 岁，遂平县石寨铺乡南魏庄
　　　　　小学，学生
采录时间：1987 年 10 月 16 日
采录地点：遂平县石寨铺乡南魏庄小学

附
记

王新理领到采集的任务时也很犯愁，怎么既不耽误教学又能完成任务呢？就想到了这个一举两得的方法：他讲个故事，让学生李威给记录下来，最后他又进行了修改和补充。

故事中赵侯名字起得不咋样，也说明了当时农村起名的随意性。我知道老家有个叫尿壶的，上学时点名，班里就笑声一片。他却不在乎，还说名字跟人的出息与否相反，越贱就越贵。"俺爷叫状元，一辈子受苦受累没啥出息。俺伯叫狗拽，参军后当了个营长。俺爹给我起名时看见尿罐子了，就给起了个这名儿，说尿壶在床底下，需要时就提上来，不需要时就放下去，意思是能上能下，既能当大官，也能当老百姓。"后来尿壶还真考上了大学，不过还是把名字给改了。（谭咏利）

381

宝珠

有一家人，只有娘俩，儿子叫苦生，日子虽苦，人勤劳守本分。

一天，娘俩要饭来到一间碾屋，见碾盘上有剩下的糠皮，就扫扫配点树叶煮煮充饥。天擦黑，人也累了，娘俩就住在这间碾屋。到半夜，听见有动静，一看进来一位白胡子老头，手拿一个小笆，两眼冒着金光，对他娘俩说："恁娘俩都是好心人，这我知道，也知道恁过的日子不是日子。明天要发大水了，我给恁一人一颗避水宝珠，大水来了，就能保住恁俩的命，但千万记住要救长虫、蚂蚁和蜜蜂。"说着把宝珠递给了他娘俩。眨眼之间，老头可不见了。

第二天，瓢泼大雨可下起来了，不多时，遍地的洪水像海洋。这娘俩坐在碾屋里，涌来的洪水一分两开流走了，一点也不进屋，才知道是神仙显灵，连忙叩头谢神。这时，顺大水漂来好些长虫、蚂蚁和蜜蜂，娘俩一个劲地用小笆子捞，捞起的长虫、蚂蚁和蜜蜂都放在了屋顶，一替一歇一直捞了一整天。天擦黑时，大水退了。

过半月后，老婆婆看着还是吃不嘴里东西，就对苦生

说："孩子，这样下去可不中啊。我看把这宝珠卖掉，换些粮食来糊口吧。"苦生开始不依，最后在他娘的好说歹说下，才把两颗宝珠拿到城里去卖。

路上，苦生碰见一个五大三粗的汉子，拦住问他进城弄啥哩。他害怕，把实情一五一十地全说了。那汉子要夺宝珠，苦生死活不放，便把他拖到了路边的井沿，推下去了。谁知苦生还没掉到井底，就被一条大长虫托住了，慢慢地把他托出了井。

苦生来到城里，在一家珠宝店要把宝珠卖掉。谁知宝珠刚一递给店老板，他就变脸了。苦生要钱，这个想黑心昧财的店老板想了个歹主意难为起苦生来："今天夜里，把这混在一起的一石谷子和高粱给分开了，明天我就给你钱。"说完，店老板一进去再没出来，这可真难坏了苦生。谁知到半夜，来了很多很多蚂蚁来帮苦生的忙，没到天明，这一石两掺的谷子和高粱可分开了。

第二天，老板见这样难不住苦生，还想耍赖。当天晚上，他把苦生领到一间屋子里，指着一张桌子说："这四边坐着的四个人，你能说出谁是谢大人，我马上给你银子。"苦生一看，这四个生人，穿戴一模一样，又为难起来。正在这时，一只小蜜蜂飞过来，趴在其中一位的头顶上。苦生想到这是蜜蜂的指点，就把手指向头上趴蜜蜂的人，店老板只得把银子给了苦生。

苦生带着银子回家后，盖了房子买了地，再也不要饭了。

讲述者： 张毛妮，女，73岁，西平县重渠乡大都庄村，
　　　　　 不识字，农民

采录者： 都学堂，男，47岁，西平县重渠乡大都庄村，
　　　　　 中专，农民

采录时间： 1987年8月14日

采录地点： 西平县重渠乡大都庄村

382

墓地藏宝书

从前，一个老头有三个儿子，老大老二懒惰，老三勤快，心眼也好。老头临终前，把他三叫到床前说："我死后，你们三个要轮流给我送一次'晚饭'。"

第一天晚上该老大去送饭，他对老三说："我害怕，还是你去送吧！"老三提着饭去了。到了爹爹坟前，墓自动裂开了一条大缝，老头走了出来，问："是谁呀？"老三说："爹，是我！"老头吃了饭，叫他把碗筷拿回去，墓自动又关上了。

第二天晚上，轮到老二去送饭，老二说有急事，让老三替他，结果还是老三给爹爹送了晚饭。

第三天晚上轮到老三了，他老早就把饭做好，天一擦黑就到了墓地。老爹从墓里出来说："孩子啊，三次都是你给我送的饭，难为你了。今儿个，我给你看一本书。"说着拿出一本闪着金光的书，没等儿子开口问，便说："这可是一本宝书，书上有很多字。你需要啥，就在啥字上点，东西就出来了！"

老三想了想，要了个牛字，果然出现一头肥壮的老黄牛。又点了个妻字，一个美丽的姑娘出现在他面前。爹

问："为啥只点这两个字？"老三说："牛可以给我犁地，妻子可以给我做饭。"说着把书还给了老爹。

他的俩哥知道了，就去挖他爹的墓，想找到那本宝书，可是，挖了半天，仍是一无所获。

老大、老二都埋怨老三傻，老三笑笑，什么也没说。

讲述者： 潘尚庆，男，68 岁，西平县重渠乡潘庄村，小学，农民

采录者： 潘成功，男，30 岁，西平县重渠乡潘庄村，高中，教师

采录时间： 1987 年 7 月 28 日

采录地点： 西平县重渠乡潘庄村

附
记

这个故事当时也是通过发动师生采集上来的。这天潘成功午饭后找到了同村的潘尚庆，给他说了来意，并说任务就一篇，你想一想，大家都知道的故事就别讲了，就讲一个我们不知道的、你不经常讲的故事就行了，不会耽误你一会去放羊。潘尚庆就认真地想了想，然后吸着烟把这个故事讲了出来。（谭咏利）

383

石头人吐金

从前，李庄有兄弟俩，老大好吃懒做，心地不正，老二吃苦耐劳，一副菩萨心肠。分家时，老大分了很多房产好地，老二分了一间茅草棚和一亩地头有个石头人的山坡石头地。

老二每天起早贪黑在地里拣石头，总想早一天把地种上。有一天，他正整地，只见石头人从嘴里吐出几大块明晃晃的金子来。他拣起金块回家后，盖了房子买了地。老大眼红了，给他商量，用他的好地换石头地，老二答应了。

可老大总想不劳而获，整天蹲到地头等石头人吐金子，等了很久很久，也不见石头人开口。他又恼又急，搬了很多石头压在石头人身上，最后把石头人压得没办法，才开口说："别压我了，我给你吐金子。"老大一听这话，慌得不行往家跑，进家把被子里面的棉花扒掉，把被单子拿来，叫石头人给他吐金子。吐了一大堆，他还嫌石头人吐得慢，就伸着胳膊往石头人嘴里去掏。掏着还嫌不济事，就一头拱进去，想双手往外扒。等他整个人爬进石头人嘴里，石头人"叭嗒"一声，把嘴合上了。

没几天，石头人把这个贪财鬼吐了出来，但已经成了

一具僵尸。

384

分
水
草

讲述者：　张富有，男，47 岁，西平县城，小学，农民

采录者：　张双芳，女，19 岁，西平县城，高中，学生

采录时间：1987 年 8 月 6 日

采录地点：西平县城

很久以前，五沟营北有一条奔流不息的洪河，河上没有桥，只有一只摆渡船，撑船的是老大老二兄弟。他俩从小死了爹娘，家庭贫苦，靠打鱼为生，摆渡只是为人们做好事。

邻村有个人叫狗保，经常赶着驴从这里搭船过河，来来往往做生意。天长日久，狗保知道老大老二憨厚忠诚，老大老二却不知道狗保贪钱如命，歪点多。

一天，老二正在河中打鱼，见对岸狗保牵驴走了过来，忙把船划过去，热情地和他打招呼。狗保这次回来买了一袋米，驮在驴背上。他牵着驴上了船，船到河心，驴忽然一跳，船一晃，"扑通"一声，狗保跌到水里，脚手乱扒，"啊卟，啊卟"，直喊救命。老二看出狗保不会凫水，赶紧跳到河里，把他托上了船。船到对岸，狗保为了感谢老二，拿出两瓶酒。老大说："我到鱼窝捉几条鱼来。"

老大来到一棵弯腰柳树下，脱去衣服，"扑通"跳下水，一个猛子钻到了水底，把事先准备的网围了一圈。自己向树洞里摸去，手触到了一条大鱼，赶紧顺着网边钻了出去，一拉网，一条大鱼被逮住了。老大一看，这条大

鱼足有二斤来重，可把他乐坏了。正打算抱回去，突然那条鱼说话了："好心的人，求求你，放了我吧！"老大一惊："鱼咋会说话，莫非……"手一松，那条红鱼"扑楞"一下钻进水里，摇头摆尾，贴着水皮游了一个大圆圈，说："柳树根边有七根分水草，你把它一根接一根点燃，拿着它可到河中去拾宝。"说罢，一摆尾巴，钻进深水里不见了。老大又用网打了几条小鱼回去了。

席间，老大将遇到大鱼的事说了出来，并说了分水草的地方和用法。狗保一听，顿生歹意，眼珠子骨碌一转，连忙向老大、老二敬酒，直把哥俩灌得酩酊大醉。狗保连忙来到柳树下，拔掉七根分水草，取火镰打着火把它点燃，牵着驴就往河里走去。只见河水霎时向两边分开，出现了一条路。狗保来到河心一看，满是金银财宝，可把他乐坏了。他忙收了一袋金子，赶着驴便向河岸走去。谁知他只顾高兴，把分水草一下子点着了，不多会儿已经着完，刹那间水又合在了一起，狗保淹死了。驴拼命挣扎，刚游到岸边也就不能动了。

老大老二醒后，不见狗保，就知道上当了。赶紧向河边跑去，来到河边看见驴驮着一袋金子倒在地下，才知道狗保淹死了。老大老二把金子拿回家，除了自用外，都分给了穷苦的乡亲们。

讲述者：　赵五，男，68岁，西平县五沟营街，不识字，农民

采录者：　赵宪军，男，15岁，西平县五沟营初中，学生

采录时间：1987年7月11日

采录地点：西平县五沟营街

385

王奇卖豆腐

王奇是个贫苦农民，靠父亲卖豆腐过日子，后来父亲死了，他接过了豆腐挑子。

有一天，西平县王家庄的王员外要给闺女招亲了，但想来想去没有合适的。恰在这时来了一位算命先生，问了生辰八字，掐指一算说："恁闺女应该嫁给一个要饭的。"王员外一听，忙说："这怎么行，我是个员外，家有丫鬟仆女、佣人、长工，骡马成群，绸缎千匹，把闺女嫁给一个要饭的，别人不笑话吗？"先生说："这是恁闺女命该如此，不过，他们的日子会好起来的。"员外无奈，只好照办，于是派了两个佣人站在街上等要饭的。

也是苍天安排吧！日已偏西没见一个要饭的，二人正在着急，猛看见一个卖豆腐的走来，只见他身着单衣破衫，腰扎藤条，很像个要饭的。两人一商量，就把王奇带到了员外家。王员外一见，小伙子虽然衣裳烂破，倒也明净，心里几分乐意。又听说他年龄和女儿一样大，就把自己的想法说了。王奇一听，忙说："那怎么行，我是个穷要饭的，咋能配得上恁的闺女啊！"员外一听王奇不乐意，就说："俺家闺女命该如此，你们的日子会好起来的，请

你不要介意。"王奇听了员外的话，觉得很合情理，就答应了。

回到家，王奇把这事告诉了母亲，老人家喜得合不拢嘴，第二天就张罗着操办喜事。几天后，王员外用花轿把闺女送到王家，二人拜了天地高堂，就算完了婚。小两口恩恩爱爱，相敬如宾，王奇卖豆腐，妻子敬婆母，料理家务，生活也算甜蜜。

一天晚上，王奇把豆腐汁倒在锅里，让妻子烧锅，就忙别的事去了。过了一会儿，他回来了，一看，豆腐汁全溢出来，淌了一地。当时气得浑身发抖，可又不好发火，安慰了妻子几句上床睡了。

第二天早上一开门，王奇惊呆了，原来，院子里摆的全是豆腐，白生生，香喷喷，还冒着热气呢！他忙喊醒妻子，妻子看了只笑了笑，叫他挑去卖。王奇到街上刚放下挑子，就围了很多人，一会儿就卖光了，一数钱，比原来一挑豆腐多卖好些钱。从此，王奇的豆腐出了名，大家都买他的，日子不长，就富了起来。

几个月后，王奇准备到城里做生意，就赁了一间房子。这房子原来有不少人住过，但都是活着进去，死着出来，后来没人敢住了。他不知底细，就领着母亲、妻子住了下来。这天夜里，王奇睡得正香，忽然刮起一阵黑风。黑风过后，王奇忙点灯一看，屋里有七根白柱子，仔细一看有头有脚，原来是七个银人。这一下王奇可真发了大财，再也不磨豆腐了。

有一天，王奇正在门口闲坐，门外来个要饭的，一看，原来是岳父王员外。他惊讶地问员外怎么成这个样子，王员外说："自从闺女出嫁后，家里越来越穷，丫鬟仆女都跑光了，地也卖完了，无奈只好出来要饭。"王奇听了，忙把员外让进屋里说："你就住在我家吧，我养活你。"从那以后，王员外的名字仍有人喊，不过喊的不是他岳父，而是王奇。

讲述者： 牛焕庭，男，65岁，西平县城关，不识字，农民

采录者： 牛领申，男，16岁，西平县城关，初中，

学生

采录时间：1987年7月9日

采录地点：西平县城关

附记

这个故事当时也是通过发动师生采集上来的，牛焕庭和牛领申是爷孙关系。故事发生地西平是个历史悠久的地方，古称西陵，相传为黄帝元妃蚕神嫘祖的故里，是伏羲族人——柏皇氏后裔的徙居地，西周封柏子国，汉高祖四年（公元前203年）置县。从古至今，人类文明的足迹在这里留下了丰富的历史遗存。这里有吕墟（西陵亭）出土的红陶纺轮，高耸在天地间的始祖峰，历经风雨沧桑的战国冶铁铸剑遗址，满身斑驳但依稀可辨的摩崖石刻，披着历史风霜的宝岩寺古塔、封人见圣祠、管鲍分金处，蕴藏着美丽传说的仙女池、油篓沟、转运洞，还有那世代相沿成习的风情民俗等，为民间故事的产生、流布、衍变提供了肥沃的土壤。（王卫霞）

386

八辈穷

有户人家已经穷了七辈子了，轮到他们娘儿俩这一辈，仍然很穷，母亲便给儿子起了个小名叫"八辈穷"。

八辈穷长到十二岁，有一次跑到一个员外家的后花园里玩。他左看看，右看看，到处是鲜花，玩得非常开心，累了，便在花荫下睡着了。

员外家的小姐和丫鬟也到花园里玩，她们赏花、扑蝶、捉迷藏。

"姑娘快看呀，这儿有个小偷睡着了。"丫鬟喊道。

姑娘走到跟前定睛一看，是个漂亮的小孩子睡在花丛下，便让丫鬟喊醒这孩子。

"你叫啥名字？""八辈穷。"

"你为啥睡这里？是小偷？""我不是小偷。这里花好看，看累了就睡着了。"

十七八的大姑娘，一看这小孩长得眉清目秀，天庭饱满，地阁方圆，便起了爱慕之心。于是便带他到自己的绣楼上，赠送了衣服，还答应将来可以嫁给他。但要求八辈穷必须有三件信物：三颗避水珠、三颗避风珠和土地爷闺女脑后的四两黄头发。上哪里去取哩？要走一万里到西天古佛那里才能找到。

八辈穷回到家里，把事情经过告诉了母亲，母亲又高兴又发愁："孩子，这明显是难为你哩。走一万里哪行？"

八辈穷眨了眨眼，想了想说："我一定去。走一万里路，长了见识，或许我就有出息了。"于是打点了行装，便上路了。

八辈穷走了几天后，在河边见到一条大鲤鱼，大鲤鱼问他："你上哪去？""我上西天古佛那里去。""那你给我问一下，我咋能腾云驾雾飞上天。"

八辈穷答应了，一直往西走。走着走着，遇到了大的风，见个老鳖趴在一条河边。"你这孩子上哪里去？""我上西天古佛那里去。""那你给我问一下，我咋能乘风飞上天？"

八辈穷又应允了，继续向西走去，走了些时候碰见了一个土地爷。土地爷问："孩子，你上哪去？""我去找西天古佛。""那你给我问一下，我女儿是个哑巴，看咋能治好。"

八辈穷答应后，仍然往西走，走啊走啊，鞋子也磨破了好些双，终于来到西天古佛那里，有一仙童领他见了西天古佛。

西天古佛刚睡醒，睁开眼看了看八辈穷，问他有啥事。八辈穷说："一条鲤鱼问，它想腾云驾雾飞上天，看有啥办法？一个老鳖说，它想乘风离地飞上天，可有什么办法？一个土地爷说他女儿是哑巴，看有啥法治好？"

西天古佛说："鲤鱼鳃里有三颗珠，你给它取出来，它就腾云驾雾飞上天了。鳖盖边有三颗珠子，你给它剥出来，它就能乘风上天了。把土地爷闺女脑后的头发辫剪下来，她就会说话了。"

八辈穷谢过西天古佛，高高兴兴地就往回走。走了一段路，忽然想起自己的事忘记问啦，便赶快拐了回去，可仙童告诉他西天古佛又睡着了。"那我必须问，我的事忘记问了。"

仙童说："高高山上一棵松，八百年才长一层，一层一层长三层，古佛那时才睡醒。你咋能再问哩？"

八辈穷只怨自己粗心大意，无可奈何地回去了。走没多久，碰见土地爷和哑巴妮站在路边等着哩。土地爷问：

"我的事问了没有？""问了，把你妮儿脑门后的头发剪下来，病就好了。"于是，土地爷找把剪刀，让八辈穷将她妮儿脑后的头发剪了下来，当时哑巴妮儿就会说话了。八辈穷让土地爷将头发送给他，继续往回走。

没几日，八辈穷走到河边，那老鳖趴在水边早等着他哩。"这孩子，我的事你问没有？""问了，你盖边起有三个珠子，剥出来你就上天了。"于是，老鳖咬住牙，让八辈穷从它那盖边起将三个珠子抠了出来。只见那珠子闪闪发光，正刮的狂风不刮了，原来这是避风珠。老鳖将珠子送给了八辈穷，自己乘风飞上天去。

八辈穷又往回走了好些天，那鲤鱼终于在河边等到了他。"我的事咋问哩？""西天古佛说了，你鳃中有三颗珠，一取出来就能上天了。"于是，它让八辈穷抓住它的头，狠命地将珠子剜了出来。鲤鱼顿时轻松了，河水当即留出条路，八辈穷知道这才是避水珠。鲤鱼将珠子送给他，霎时飞走了。

八辈穷很快回到家里，将路途经过告诉母亲，母亲让他快点拿住避水珠、避风珠和土地爷闺女的头发去员外家见小姐。小姐用秤称了头发，不多不少恰巧四两，便和父亲商量，嫁给了八辈穷。

后来，员外陪送了小姐土地和财宝，八辈穷一家过上了好日子。

讲述者： 姚天云，女，50 岁，泌阳县城关古城村，初小，农民

采录者： 张正，男，48 岁，泌阳县文化局，大学，干部

采录时间： 1988 年 10 月 12 日

采录地点： 泌阳县城关古城村

附
记

类似故事在驻马店流传很多，除了这个，还有泌阳县刘文营讲述、刘家福采录的《王小告状》，刘桂娥讲述、杨春丽采录的《不满升》，王信卿讲述、李东升采录的《马大哈发财记》，西平县胡东寅讲述、胡海采录的《穷五辈》，遂平县李石头讲述、李云峰采录的《饭担问命》，上蔡县王淑梅讲述、杨保珠采录的《穷八辈》等。各故事中所求神仙不同（泌阳称西天古佛或如来佛，西平称祖师爷，遂平称泰山大神，上蔡县是西山古树村会算卦的白胡子老头），主人公也不相同（泌阳分别叫八辈穷、王小、马大哈或干脆称孤儿，西平叫穷五辈，遂平叫饭担，上蔡叫穷八辈），故事大体情节基本相同，是同一类型故事的不同异文。（赵新春）

387

弟兄仨分家

从前，有一户人家，弟兄仨分家。老大、老二分了好地、好房、骡子马，小三只分到二亩薄洼地、一间要塌的茅草屋、一只瘦哈巴狗和一只老公鸡。

春天大忙时候到了，老大、老二套上大骡子大马上南岗耙地种庄稼，可小三的地是洼地，里面还是一汪水，愁得坐在地边哭了起来。他哭了又哭，慢慢哭睡着了，梦见一个白胡子老头笑嘻嘻地告诉他，地里的水明天就干，后天就可以犁地。小三说："没有牲口我咋犁地？"白胡子老头说："你可以把哈巴狗子、老公鸡套上犁地。"说罢，转眼不见了。

小三醒后，想起刚才做的梦，赶紧回到家里，把破犁子破套修理好，用破布条拧了一把鞭，做好了犁地准备。

第二天一大早，小三到地里一看，地里的水真的干了，可以下地了。他把哈巴狗子、老公鸡给喂得饱饱的，就套上套下了地。果然，跟白胡子老头说的一样，哈巴狗子、老公鸡拉起套来行走如飞，一点不费劲。不一会儿，二亩坡洼地就给把得又平又细，方方正正，很快种上了。

老大、老二这几天好不容易忙完自己的地，倒背手转悠到小三地里看看，想不到小三地里早种上了，而且土细垄直又均匀，比自己用大骡子大马种的地强得多。咋回事？老大、老二摸不着头脑。

二人又大模大样转悠到小三破草屋前，见他正在乐哈哈地给哈巴狗子、老公鸡逗着玩，就假装关心地说："俺俩刚把地种完，就过来想帮帮你，没想到你已经把地早种完，咋种恁快？"小三憨厚，觉得不应该瞒哥哥，就把实情说了出来。

老大、老二一听，很是高兴，就想用孬点子把俩宝物诓到手，于是对小三说："大哥、二哥南岗还有几亩地没种上庄稼，想借半天你的哈巴狗子、老公鸡，把地种好立即还你，咋样？"小三不好推辞，就把哈巴狗子、老公鸡借给了俩哥哥。

谁知哈巴狗子、老公鸡根本不听俩哥哥的号令，打一鞭，不动；点一指头，还是不动。再打一鞭，不走；再点一指头，还是不走。他俩一看火冒三丈，一顿皮鞭，把哈巴狗子、老公鸡全打死了。

到了中午，小三不见哥哥送还哈巴狗子、老公鸡，就去找他俩讨要。哥哥没好气地说小三骗他，还告诉小三，哈巴狗子、老公鸡都被打死扔在南岗上。

小三一听，哭着来到南岗，把心爱的哈巴狗子、老公鸡抱回来，恭恭敬敬地埋在自己的坡洼地里，坐在坟前悲痛不止，天黑都没舍得走，就睡在坟前。睡梦中先前梦见的那个白胡子老头又来了，小三就哭着把事情的前后经过给说了。白胡子老头告诉他："哈巴狗子和老公鸡为了感谢你的恩情，决定送给你一棵摇钱树。明天一早，就在这坟边上长出来，它能给你带来好运。不过不到一定时候绝不能乱摇，否则它将带来恶果。"说完又不见了。

第二天，坟前果真长出了一棵树。从此，小三按照白胡子老头的嘱咐辛勤劳作，干啥啥顺当，种啥啥丰收，日子过得一天比一天伸展[1]。

一天夜里，白胡子老头又托梦给小三，告诉他："明天不要赶集卖菜了。晌午时分，有位姑娘路过你这儿，她要问你为啥不盖新房，你就说一个人盖恁好的房子干啥。

[1] 伸展：富裕，舒坦。

她会让你盖房子，让你什么时候盖你都答应盖，她可是你未来的媳妇。盖新房用的钱，夜里到地里摇摇树，它会如数送给你的。"

第二天，果然一位漂亮的姑娘来问小三。小三就按白胡子老头教的回答，最后约定小三三天把新房盖好，姑娘就嫁给他。原来，这位漂亮的农家姑娘早看上了憨厚勤劳的小三了。

到了晚上，小三就到地里摇坟前的树，没想到从树上掉下很多金银财宝。他拿回这些财宝，不出三天就把新房建好了，还置办了很多的好家什。果然，没过几天，姑娘家里就托人来说媒定亲。

新媳妇过门这天，那可真叫热闹，小三还办了几十桌酒席招待乡亲。他的两个哥哥也每人抱仨苞谷棒子来贺喜，一看小三的新房可比自己的房子强出多少倍，就嫉妒得不行。席散以后，老大、老二就百般追问盖房钱是从哪里来的，憨厚的小三又把事情告诉了两个贪得无厌的哥哥。

老大老二回家后，头碰头嘀咕了一夜，商量着怎样把宝树弄到手。

第二天一大早，老大、老二就来到小三家里告诉他，哥俩想用所有的财产去换宝树。小三想：这棵树是他的好朋友哈巴狗子、老公鸡送的，而且哈巴狗子、老公鸡又是黑心的哥哥打死的，把宝树给他们，自己也太没良心了，就坚持不同意交换。俩哥哥一听，就对他说，不同意他们就去刨坟砍树。小三无奈，只好答应了。

俩哥哥一听小三答应了，高兴坏了，又怕他反悔，就赶紧找来了地保同小三立字画押，还互相发了毒誓：谁若反悔天打雷轰，不得好死。契约签好后，老大、老二将自己的所有财产全部交给了小三。

当天晚上，小三两口带上香纸，来到哈巴狗子、老公鸡坟前，坐在宝树下内疚了一夜。第二天，他含泪把宝树交给了俩哥。老大、老二得了摇钱树，高兴得一蹦三尺高。老大说："我要摇一座金山，用一马车黄金去贿赂天下最有权的人，让他封自己一个天底下最大的官做，起码要比县太爷大三圈儿。天底下啥好东西都要先送给我，我要想打谁就打谁。"老二说："我要摇两座银山，用白银铺一条上天的路，给老天爷盖一座白银大宫殿，要老天爷封

我当人间最大的神——起码比土地爷大八圈儿。要每天喝一壶烧酒，吃二斤猪头肉。"老大说完就想去摇树，老二不干了，说："你先摇一座金山，当了这一带最大的官儿，这摇钱树就被你独吞了，到时候我还摇个屁，还是先让我摇。"可老大不同意，二人争执不下，同时抓着树拉扯了起来。结果，摇钱树上落下了石磙大的金块和银块，把两个赖货全部给砸死了。

随着一声巨响，哈巴狗子和老公鸡坟与摇钱树一起陷进了地底下，地一眨眼又恢复了原样。

从此，小三两口子每天辛勤劳作，过着幸福的生活。

讲述者： 李平天，男，65 岁，上蔡县洙湖镇洙湖村，大专，干部

采录者： 段继东，男，28 岁，上蔡县崇礼乡段庄村，本科，干部

采录时间： 2006 年 4 月 28 日

采录地点： 上蔡县洙湖镇洙湖村

附记

弟兄分家的故事题目大多为《哥俩分家》《弟兄仨分家》等，除以上故事外，还有遂平县的《懒哥坏嫂和二小的故事》《弟兄仨》、西平县的《兄弟仨分家》、平舆县的《俩兄弟与摇钱树》、驻马店市（今驿城区）的《宝葫芦》、汝南县的《三兄弟分家》等。（赵新春）

388

仨弟兄学艺

很久以前，洪河岸边有一个村庄，庄上住着一个老汉，老伴早早去世，撇下三个儿子，他又当爹又当娘，好不容易把仨孩拉扯成人。

一天，老汉把三个儿子叫到跟前，说："你们仨都不小了，该学点领家治业的本领了。今个，我给恁每人一些盘缠，拜师学艺去吧。"他看了看仨孩，加重语气接着说："咱有言在先，三年后学成回来，是我的儿子，不然的话，别怪爹心狠。"弟兄仨点了点头，各奔东西了。

转眼三年过去了，弟兄仨按时回到家里。只见老大带着锤子、砧子、火剪，分明是个打铁的；老二带着斧子、锯、凿，显然是个木匠。老汉高兴得俩眼眯成一条线，又见小三没带任啥[1]，问："小三啊，你学的啥？说出来让爹高兴高兴！"小三往板凳上一坐，从胳肢窝里抽出一支笛子，"呜呜哇哇"地吹起来。老汉一听，脸色顿时沉下来，喝道："别吹啦！让你出去三年，啥学不了，偏偏学这个玩意儿，能养家？能治业？败家子儿，给我滚出去！"小

[1] 没带任啥：什么都没带。

三听了，满眼含泪。

老大、老二听了，幸灾乐祸，他俩早就想害了小三，好多霸家产。老大不阴不阳地说："爹，轰他出去怪可怜，叫他下地干活，干不好，再让他滚！""对，对！"老二连忙随声附和。老汉气咻咻地对小三说："明儿，把那十亩麦楞楞，干不完就别回来！"小三听了暗暗叫苦，没法，只好咬咬牙，硬着头皮答应下来。

第二天，小三扛着锄头下地了，锄呀，锄呀，锄了好长时间，看看，才锄了个地角。他累了，就到地头歇着，心中又气又闷，情不自禁地拿着笛子吹了起来。笛声吸引了许多正在干活的人，他们从四面八方围了过来。小三不吹了，大伙都叫他再吹一段，小三说："不行啊，俺还得锄地哩。这十亩地今儿锄不完，俺爹不叫我回家。""我们替他楞麦，让他给咱吹，好不好？"有人提议。"好！"于是，在欢快的笛声中，大伙给小三干起来，真是人多力量大，没用多大工夫就锄完了。

小三回到家里，跟爹说："麦楞完了。"老汉不相信。正在这时，老大老二气喘吁吁地从地里跑回来，进门就嚷开了："爹，爹，不好了！地里大脚印小脚印都有，小三他不是人，是个妖怪！"老汉一听，信以为真。哥俩趁机跟他爹一嘀咕，把小三用席一卷，绳一捆，扔到了河里顺水冲走了。

不知过了多长时候，小三醒过来，睁眼一看，惊呆了，自己竟坐在富丽堂皇的宫殿里。往上看，一位头戴王冠，身穿龙衣的老人，威风凛凛地端坐正中，虾兵蟹将，乌龟丞相两面排列。这分明是来到了龙宫，小三连忙跪倒便拜："多谢龙王救命之恩！"龙王笑着把他扶起，说："免了免了。听说你的笛子吹得很好，特命夜叉救你到水晶宫中，为本王吹奏解闷。你可愿意？"小三连声答应："愿意！愿意！"龙王朝旁边一使眼色，几个美女端着美味佳肴送到小三面前，他美美地吃了个饱，然后，拿出笛子吹了起来。笛子声声，婉转悠扬，悦耳动听，一群花枝招展的侍女，伴随着笛声，翩翩起舞。龙王看着，听着，不禁眉飞色舞，哈哈大笑。就这样，小三在龙宫住下了，一日三餐，三日九宴，转眼月余。

这天，小三在水晶宫溜达，碰见把门的龟将，二人一

见如故，说起话来甚是投机。这老龟见小三憨厚老诚，就对他说："龙王知你家贫，你走之时，肯定送你很多财宝。你都别要，只要他的拐杖就行了。"果然，小三提出要回家时，龙王要给他金子、银子和珠宝，小三都不要。龙王问："那你要啥呢？"小三说："我啥也不要。"龙王想，小三在这儿侍候我恁些时日，咋能叫他空手而回呢？心里一急，不禁脱口说道："既然你不要财宝，你喜欢啥，尽管要来。"小三听了说："我要你的拐杖。"龙王心里一惊，但话已出口，咋好收回？只得把拐杖递给了小三，命夜叉送他上岸去了。

回家的路上，小三又累又饿，他看着拐杖，不禁埋怨起老龟来："你叫我要这个玩意有啥用呢？"说完，"啪"的一声把拐杖扔在地上。不料，地上冒起一股白烟，随后出现了一个白胡子小老头，开口说道："叫我有啥吩咐？"小三说："要点吃的东西。"白胡子小老头恭恭敬敬答应一声："马上就到！"说完又化成一股白烟不见了。眨眼之间，小三面前有一桌丰盛的宴席，还冒着热气儿呢。他狼吞虎咽吃了个饱，心想此地离家不知还有多远，啥时才能到家呢？于是，他又要来一匹骏马，骑上走了一程。嫌不舒服，又要来一乘轿子，坐在轿内，忽忽闪闪，一阵风似的往家赶去。

入夜，小三来到自己的村庄，找人一打听，才知父亲已经下世，两个哥哥都已成家分过。他满眼含泪走到大哥家门，大哥开门一看是小三，吓得直打哆嗦。当他问清确是小弟，又见一副穷酸样子，说："你走吧，这不是你家！"说罢，"咣当"一声把门关上了。他又去找二哥，受到同样的对待。小三心里别提多难受了，心想要是有个妻子该多好啊，能和自己说个话。

于是，小三把拐杖往地上"叭叭"捣了两下，白胡子小老头出现了，恭敬地说："听候您的吩咐！"小三说："我要妻子。"小老头转眼不见，一位如花似玉的少女飘然来到小三的面前。小三顿觉眼一亮，只见那少女黑油油的头发，红润润的脸蛋，微微隆起的胸脯，细长细长的腰身，比月里嫦娥还俊几分呢。少女含羞带笑地说："郎君，我就是你的妻子。走，咱回家吧！"上去拉着小三的胳膊，小三窘了个大红脸。小三又喜又悲，叹了口气说："你来

了，咱连个家也没有，上哪去呢？"少女扑哧一笑，用手指了指拐杖，小三恍然大悟，他拿出拐杖"叭叭"在地上捣两下，对白胡子小老头说："我要一所宅院。"话音刚落，亮堂堂、齐展展的一所四合宅院出现了。小三领着妻子进去了，到里一看，屋内各种用具齐全，吃的，穿的，花的应有尽有，夫妻二人别提有多高兴啦！小三拿出笛子吹起来，笛子声声，妻子伴着笛声又歌又舞，小两口美极了。

第二天，小三的哥嫂听说小三发大财了，一齐来到他家里。这个夸房子漂亮，那个夸小婶排场，好像戳着了喜鹊窝，看谁说的好听。说来说去，都问是咋富起来的，小三就把自己的奇遇一五一十地说了一遍。老大老二听了，都说自己家穷，有难处，争着要借小三的神拐杖。小三说："咱们是亲弟兄，借用一下可以，只是谁先用，恁俩商量去！"说着，把拐杖递给了大哥。老二两口不依，一直撑到老大家里。最后，他们一合计，在老大家里一齐要。他们把三间堂屋腾干扫净，由老大老二在屋里要财宝。他俩拿出拐杖朝地上"叭叭"捣两下，白胡子小老头应声而到。老大说："要满屋子金银财宝！"老二说："对，金银财宝要漫着梁！"说罢，只听屋里"砰砰嚓嚓"乱响，金银眨眼间堆满了三间屋子，两个人一下子被砸死在屋里，老大老二媳妇一看号啕大哭起来。忽然一声巨响，房倒屋塌，一阵烟雾过后，啥也没有了。

讲述者： 单富一，男，40岁，西平县二郎乡闫庄村，高小，农民

采录者： 单云香，女，17岁，西平县二郎乡初中，学生

采录时间： 1987年8月2日

采录地点： 西平县二郎乡闫庄村

附
记

这个故事当时也是通过发动师生采集上来的，单富一和单云香

是父女关系。兄弟学艺的故事，还有新蔡县的《兄弟仨》、泌阳县的《弟兄俩》、确山县的《弟兄仨学艺》，虽然细节不同，但都是同一类型故事的不同演绎。（王卫霞）

389

太阳岛

从前，有兄弟俩，弟弟心肠好，哥嫂却是一肚子坏水。分家的时候哥哥、嫂嫂专挑好东西、肥田地，留给弟弟的却是一堆破烂，二分薄地。

弟弟年纪小，不懂种田的路数，点秫秫的时候，嫂子骗他说："兄弟呀，秫秫种要在锅里炒炒，才会出芽。"弟弟依她的话炒熟了种子，却有一粒掉到锅台上，是生的。

几场雨下过，别人的地里绿油油一片，弟弟的田里只出了一棵。弟弟以为是自己功夫没下到，就黑夜白日地长在地里做活。

到了秋天，人家的地里谷穗沉沉压弯腰，弟弟的田里还是那根独苗，秫秆粗得像石磙，穗子比磨盘还大。收割时，别人一晌砍了亩把地，弟弟一晌只砍了个豁口。

吃晌午饭时，北边飞来一个恶老雕，叼起秫秫穗飞了。弟弟心疼得在后面撵，撵呀撵呀，一直撵到日头落。恶老雕累了，落下说："大哥，你别撵了，也别要这秫秫穗了。我背你上太阳岛，那儿珠宝遍地随你挑。"

老雕把弟弟驮到太阳岛，对他说："天亮之前赶紧走，不然一见太阳，人就会被晒死。"弟弟不贪，看到太阳岛金光闪闪并不动心，只是挑了几块金子就走了。

弟弟平安归来后，就买田置地，修房盖屋，又娶了房漂亮媳妇。哥哥嫂嫂很眼红，就盘问弟弟。弟弟满怀感激地说："多亏了嫂子教我炒秫秫种……"如此这般，把经过告诉了哥嫂。

哥嫂二人喜滋滋地回去，种地前也把种炒熟，单留一颗放在锅台上。果真，哥哥的田里也只出一棵苗。

秋后，恶老雕也把哥哥驮到太阳岛，对他说："早去早回，不然一见太阳，你就会被晒死。"

哥哥看到太阳岛珠光宝气，遍地金银，欢喜得腿打哆嗦。他装了宝石，又想带金砖。塞满银锞，又眼盯着夜明珠。兜里装不下，脱下衣裤扎住口，拼命往里塞财宝。他贪心不足，恨不能把太阳岛搬回家，早把恶老雕的话抛到脑后。天说亮就亮，太阳升起，哥哥被晒死了。

哥哥死后，嫂嫂改嫁，他们的家业又归给了弟弟，成了方圆数一数二的有钱人。

讲述者：　赵志合，男，46 岁，泌阳县泌水镇，高中，农民

采录者：　苏静，女，30 岁，泌阳县房管所，高中，工人

采录时间：2006 年 10 月 16 日

采录地点：泌阳县泌水镇

附
记

此类故事在泌阳县以往的民间故事版本中也叫《王小种秫秫》，情节大体相同。（刘艺）

390

宝
树

从前，山沟里有个年轻小伙子，名叫王明。参参早故，王明母子相依为命，全靠打柴营生，他的勤劳打动了居住在山里的一只怪物。

一天，王明正在砍柴，怪物突然站在他面前。他吓得浑身发抖，以为怪物要吃掉他，没想到怪物却给他说起了悄悄话。

王明到家后，按照那怪物的吩咐，把门口的那棵树砍掉，扛着到深山寻宝去了。他扛着树，走啊寻啊，走了一天又一天，寻了一日又一日，从不把苦和累放在心上。

一天正午，正行走间，忽然发现面前有块大石头，王明拿树朝大石头一捣，听得"哗啦啦"声响，大石头滚下山坡，石门敞开了。他进门往里走，是一深洞，走不多时，洞内珠光宝气。他想，看来是想让我发财呀。

王明左想右想，自己是个种田人，还是从洞里扛张犁子，牵头黄牛回家算了。谁知这牛是宝牛，每逢下坡犁地，都是他独坐在地头看，那黄牛自己拉犁拉耙耕作。

日子长了，这事被村里一个财主知道了，财主见宝眼气，便起了歹意。

一天，财主把王明请到家中，宾客相待一毕，问起牛的由来。王明也不好推辞，便把牛的情形如实告诉了他。

第二天一早，贪心的财主也扛起王明的那棵树进山寻宝去了。经过一番周折，财主进了山洞，果然发现洞内珠宝很多，便打开大口袋，装啊装啊，一直把口袋塞得满满的，背起大口袋，刚抬步外出，听到"哐当"一声响，石门紧闭，把他关在洞内，再也出不来了。

讲述者： 章根刚，男，46 岁，正阳县傅寨乡，初中，
干部
采录者： 郝小记，男，18 岁，正阳县傅寨乡，初中，
农民
采录时间：1987 年 10 月 22 日
采录地点：正阳县傅寨乡

391

香姑娘

很久以前，在一个古朴的山村，住着两位老人，身边有两个姑娘。

一天，俩姑娘要出嫁，老两口把她们叫到跟前，问道："闺女要出门，娘要陪送，说说你们都想要些啥？"大姑娘想了想说："庄户人靠地多发财，姑娘靠打扮金贵。我要良田四十亩，锦罗绸缎十匹。"二姑娘不加思索地说："人靠勤劳发家，姑娘靠心灵手巧。咱家景不好，我不要良田布匹，只要后园一堆荆条。"老两口非常疼爱自己的女儿，只好忍痛让大姑娘如了愿，给二姑娘一堆荆条。

二姑娘的丈夫是个精干的小伙子，天天上山打猎，她天天在家编织荆条篮筐，篮筐编得又精巧又大方，里面放些芦苇叶花，既松软又清香。她把篮筐一一排挂在屋檐下，边舞边唱道："南来的天鹅，北来的雁，都来俺筐里下个蛋……"她那好听的歌声，天天招来成群结队的天鹅、大雁，落到篮筐里下蛋。

大姑娘的丈夫是个赌棍，天天外出打牌，她天天在

家睡懒觉，田地慢慢抛荒[1]了，绫罗绸缎也被老鼠咬烂了，眼看妹妹家的日子越来越富，心里酸溜溜的不舒服。一天，她来到妹妹家说道："妹妹漂亮心肠好，能不能把你的篮筐借给我几个？"妹妹微微一笑说："姐姐莫外气，你自己拿吧。"

大姑娘急忙把几个篮筐拿回家，顺手在屋后拔几把蒺藜草垫进去，一一把它挂在屋檐下，也学着妹妹的样子，一边舞一边唱道："南来的天鹅，北来的雁，都来俺筐里下个蛋……"果然，天鹅、大雁飞来不少，落在篮筐里过夜。等她醒来一看，篮筐里留下的都是一堆堆屎蛋蛋。一气之下，抬脚把篮筐一个个踩烂，填到锅灶里烧了。

几天后，妹妹来到姐姐家，姐姐愤愤地说："缺德的篮筐，骗人的雁，光见屎来不见蛋。我把它都填在锅灶里烧了！"妹妹一声没吭，走到厨房里，在锅灶里扒了扒，扒出一把烧豆子吃了。回到家里，觉得浑身清爽，满是香味，惹来一群群蜂蝶围着她飞。她高兴得边跳边唱："香喷喷，喷喷香，俺给姑娘香衣裳。香得土布变绸缎，香得家家福满堂……"歌儿像长了翅膀，百里内外，有许多人家前来找她绣衣衫。她绣的花不重样，绣桂花有桂花香，绣牡丹有牡丹香，人们就叫她香姑娘。

大姑娘眼看妹妹家日子红火，心里又酸溜溜的不是味。一天，她来到妹妹家说道："妹妹漂亮手儿巧，再借我篮筐把豆烧？""姐姐莫外气，要用你拿去。"

大姑娘兴冲冲回到家里，把篮筐用脚踩烂填到锅灶里烧豆子。火未燃尽，豆没熟透，她急忙扒出来吃了一大捧，然后学着妹妹的样子跳起来唱道："香喷喷，喷喷香，俺给姑娘香衣裳……"招来不少人家前来定绣衣衫，衣料收了一匹又一匹，封住了窗户堵住了门。谁知，她半夜三更突然肚胀了起来，"噔噔噔"放了一连串的响屁，把人家的贵重衣料熏得又脏又臭，洗也洗不去，涮也涮不掉。她又气又怕，就慌忙逃到深山里去，再也没敢回来。

[1] 抛荒：田地因为不耕种而荒芜。

讲述者： 郝玉英，女，87岁，新蔡县城关大众街，不识字，居民

采录者： 张一贺，男，50岁，新蔡县文联，大专，干部

采录时间：1987年7月7日

采录地点：新蔡县城关

附
记

张一贺是新蔡县民间文学三套集成的副总主编，并参与了三套集成的收集工作。这天周末，张一贺就来到了郝玉英家，郝玉英正在院里树荫下做针线活，以补贴家用。他们都彼此熟悉，解放前郝玉英在张家染坊度过半生，见面后就不用那么客气了。说明来意后，郝玉英也很高兴，说她这该死的老婆子了，还能讲讲故事为国家做贡献，没有白活。于是她就重点地讲了这个有意义的故事。（谭咏利）

392

金
无
能

从前，杨集镇北面有一个安乐镇，镇内有一个远近知名的观音寺。寺后有一条大街叫大寺后，住着一户忠厚人家。老两口平时吃斋好善，经常到菩萨跟前烧纸进香，还不辞劳苦地开垦着二亩庙地，小日子凑合着过得还很如意。

老两口一生得了两个儿子，大儿子叫春来，二儿子叫冬生。春来到二十岁时，经人说和娶了个媳妇，老两口心想着媳妇到家可该享两天清福了，哪知道那个媳妇是一个心毒手狠的丧门星，好吃懒做，头年妨[1]走了婆婆，第二年气死了公公。冬生就成了家里的主劳力，哥嫂给他安排的农活，整天干不完。

安乐镇每年二月初七起庙会，因会上人多，把他家开垦的庙地踩成了路。庙会刚结束，嫂子就催着冬生去刨被人踩实的庙地。第二天早起，冬生就带着钉耙去刨地。到了地里，刚把钉耙落下去，叮当一声，从地下溅出一道火星。他吓得后退好几步，心想：我看到底是什么东西！便用力挖掘，挖有两三尺深，原来是一个高不到尺半，满身

沾满泥土的小铁人，铁人身上还有三个字"金无能"。冬生把它搬回了家，放在自己住的一间破屋里，也算是增加了一份家产。

天长日久，冬生已快到找媳妇的年龄了，嫂子便起了忌恨之心，心想：冬生娶媳妇还得花钱，娶了媳妇又要平分家产。于是，跟丈夫商量，不如趁机会把弟弟早分出去，避免以后口角相争。常言道：不是一家人，不进一家门。哥哥春来也是生性狡诈，妇人的话正说到他的心窝里，便言听计从。为了霸占家产，他俩合计好后，把冬生叫到屋里，讲述分家之事："爹娘已过世多年，原来的祖业埋葬二老已耗尽了，只剩下一间破房子你住着，这三间房子是俺俩刚盖的，恁嫂子整天给你做穿做吃不讲了，你看咱家哪一样是你置办的东西？你挖出来的那个铁人是你的，给你算了。平常你使用的工具给你，再给你一个小锅，咱明儿个各自生火立灶算了。"

冬生憨厚朴实，听到哥嫂这番话后，泪水扑扑地往下直滴，无奈地说："你们说了啦，就这样吧。"

冬生回到自己的破屋子里，蒙头盖脑，睡在床上，但总是翻来覆去地睡不着。天无绝人之路，想来想去，决定你走你的阳关道，我走我的独木桥，去南乡[2]给人家放牛、放猪去。第二天天不明，他担着自己平常用来挑粪的两个箩筐，一头放铺盖，一头放铁人，出门去了。

走着走着天一黑，冬生就住在河南庙湾村头一个土地庙里。他走了一整天的路，身困体乏，随即把铺盖铺好，正准备睡觉时，猛然间听身后有人说："你不能睡在这儿，耽误我过路。"冬生吓了一跳，惊奇中又听到一个声音："谁敢不叫睡这儿！不用怕它，该睡成睡了。"他仔细听听，是发自箩筐里的声音。原来是筐里小铁人——金无能说的话。又听金无能和另外一个争吵起来，金无能说："别逞能，你不就是个蛤蟆精吗？到东边麦秸垛跟前，一把火把你烧了，你就不兴[3]了。""你说我？你当我不摸你的底细呀！只要用筷子一敲你的头，管叫你吓得屙金尿银……"

[1] 妨：迷信的人指某人或某物对他人不利。

[2] 南乡：上蔡一带所说的南乡指今驻马店市正阳县南部、信阳，以及信阳以南的湖北地区。

[3] 兴：厉害。

说者无意，听者有心。在两物争吵之时，冬生起身跑到东边一把火把麦垛给点了。回到小庙后听不到争吵了，他拿着竹筷子在金无能身上试试，一打铁人的头，真的屙下几锭金子。有了金子，冬生也不再去南乡了，过了夜便转回家。时间不长，他置了家产，又盖了几间新瓦房。梧桐树栽上了，自然会来金凤凰，说媒的、攀亲的接连不断。很快他就娶了个贤惠的新娘子，又买地百亩，俩人辛勤耕耘，没几年，骡马成群，家业兴旺。真所谓好人有好报，自有天照应。

再说哥嫂，原来分家时背着他私藏家业，由于俩人好吃懒做，坐吃山空，不久就变得一贫如洗了。看弟弟过得家境兴旺，悔恨不已，就花言巧语向弟弟讨好求救。冬生夫妻心慈善良，念是一母同生，看他俩可怜的样子，想帮一下，就把金无能这个铁人的故事说了说，让他俩搬回家使用一下，也富起来。

春来夫妇乐滋滋地把金无能搬回家。到家后，两口子就用筷子敲起头来，金无能真的屙了几锭金子。他嫂子贪得无厌，用筷子打不解渴，用擀面杖打。打得多屙得多，心想用大棍一打，屙得不更多吗？结果呢，大棍把金无能打得不屙了，原先屙的金银也变成了一股风飞走了。他俩吓得目瞪口呆，瘫坐在地上傻了，成了傻子，后来流落他乡，死于非命。

讲述者： 邝怀长，男，44 岁，上蔡县杨集镇安村，初中，农民

采录者： 刘万里，男，42 岁，上蔡县齐海乡文化站，高中，干部

采录时间：1986 年 7 月 20 日

采录地点：上蔡县杨集镇安村

393

白玉猴

蔡沟一带有个远近知名的风水先生，辛苦了半辈子，除了养家糊口，没有给后代置上几七几八的家业，临终时才留下一句话："死后将我葬到咱庄后园那个十八亩地最北头，距路百步远。开圹挖墓时，直到挖着一件东西为止。"说完就咽气了。

他有两个儿子，大的叫能干，小的叫马虎。先生临终时只有能干在场，能干心中有数，便与马虎商量："先甭告诉亲邻爹死了，咱俩去挖墓坑，这是爹临死安排的。"马虎便扛着钉耙、铁锨，跟着哥哥下地了。

到了地里，能干按照他爹的遗愿用步量好后就挖开来了，挖呀！挖呀！俩人累得满身是汗，挖到快七八尺深了，也没见到有什么东西。马虎急了，问他哥："哥，谁家埋人能埋恁深？"能干说："你不知道，这是咱爹安排的。你先挖着，我去那边尿一泡尿。"

哥走了后，马虎刚往下挖一锨，有一件东西一亮出现了，拾起来一看，原来是一个浑身发光的白玉石猴，随即掖在了自己的内衣兜里也没吱声。等他哥回来，墓坑里的水不住地向外涌，"哥，甭挖了吧！总不能把咱爹埋水窝

里呀！"能干吱唔了半天没吭声，总想得到他爹所说的东西，但又瞒着弟弟不能说。不挖吧没见东西，挖吧泉水快满坑了，心怀埋怨地说："算了吧。"当天弟兄俩就把他爹埋了。

爹死后，嫂子总是看马虎不顺眼，千方百计拿他的错，家里丢了啥东西，总说是马虎偷的，但他哥能干对此也半信半疑。

这一天，嫂子为了使丈夫相信，故意把家里卖猪的钱放在马虎睡觉的枕头里，对丈夫说："咱这没远贼，八成是马虎给偷走了。"能干追问马虎。马虎没做亏心事，不怕鬼敲门，说是嫂子诬陷他。

嫂子一听可就发火了："我都不信那猪钱会插翅飞了不成。"领着丈夫到马虎那儿胡翻腾起来了，结果在枕头里找到了猪钱。这一下可把他哥气坏了，抓住马虎就打，嘴里骂着："不争气的东西！"他嫂子呢，不但不拉架，还在一旁添油加醋。

马虎有口难辩，心里十分难过，"看来我是在家待不下去了。"一气之下，从屋里拿着自己喜爱的玉石猴，身无分文出走了，肚子饿了就沿街乞讨要吃的。

一天，马虎走到一个比较热闹的城镇，见有很多人在围观墙上贴的招医启事。他不识字，只听别人说是城里头有一家大富户，家有万贯，年老无子，只有一女，视如掌上明珠。小姐得了邪病，经很多名医医治无效，便写了个启事，谁能治好小姐的病赏银千两，年岁相当不嫌弃者，还可招为上门女婿。谁要有这个本事不就一步登天了吗？

天黑了，马虎肚子还没有吃饱，更谈不上住店了，只好蜷缩在镇东头一间没人住的破屋里。他从兜里拿出自己喜爱的玉石猴，唯恐丢失了，就放在自己穿的鞋里边，躺下不知不觉睡着了。在睡梦中隐隐约约听到有说话的声音："猴哥，你咋恁窝囊呀？蹲在又脏又臭的地方。""没法子呀，这也是被人逼的！"

"猴哥，看来你不如我，我住在城里一大富家的后花园井里，冬暖夏凉，吃不愁，喝不愁，夜间还有小姐伴我住高楼。人不知，鬼不觉，小姐闭口没法说。二八淑女多俊俏，终日相伴真逍遥。"

玉石猴说道："人无百年好，花无百日红，善恶必有

报，福祸自分明。我劝你还是别作恶事吧！"

马虎听得清楚，惊得"啊"了一声，打断了二者的对话，再也听不到什么了。白玉猴一看也算和马虎有缘，就把如何给姑娘治病告诉了他。

天一亮，马虎抽身起来奔富户家而去。他打听清道路后，沿街走了半个时辰，见街北有一高大门楼，朱红漆的大门，还有两座石狮把门。大概就是这家了，他推门而入，正碰上老管家："去！去！去！我家小姐病得要死，老爷愁得茶不思饭不想。你一个要饭的还不赶快走，想找死呀！"

马虎说道："你别狗眼看人低，告诉恁家老爷，我能治好恁家小姐的病！"管家看了看，不相信。

"没有这个金钢钻，也不敢揽这瓷器活儿。"于是，老管家向老员外说了这个情况，老员外一听赶紧让管家请马虎进来。

进了客厅，老员外一见马虎衣衫褴褛，很是瞧不起他，心想这样的人也能看病？病在不由己，有病乱投医。既然来了，那就叫他看看吧！就问："先生，你是让闺女下楼，还是到楼上给诊断呀？"

"姑娘千金之体不必下楼，我是牵线听诊。你命家人拿来一捧红线，一头拴在姑娘的脉位，一头扯到我跟前，按线查脉即可诊出姑娘的病来。"

万事俱备后马虎按住红线，一会儿发话啦："老爷，姑娘得的是外症。你家姑娘口难进食，身体虚弱，面黄肌瘦，不言不语，昏昏沉沉，无精打采，是不是？"

老员外听了马虎的话说："闺女的病算叫你看透了，你有什么妙方调治吗？"马虎慢腾腾地说："我能看透姑娘的病，还能没良方调治吗？你家后花园有个浇花井吧，这井里呀有个老鳖精，整日缠住姑娘不放。你派人到货场里买两车石灰倒进去，井水见石灰一沸腾，那老鳖精就会死掉。然后你安排人把老鳖精捞出来，剖开腹部，把它的心肝扒出来，用水给姑娘煎服，她的病即可痊愈。"

老员外立即命家人照此办理，果真灵验，一只鳖子大的鳖精浮在水面死掉了。姑娘吃了老鳖精的心肝，病立刻好了。

马虎看完病后，假意要走，老员外执意不肯，唯恐女

儿的病再复发。

再说姑娘饮过老鳖精的心肝汤后，饭食剧增，渐渐恢复了原来的花容月貌，全家人欢天喜地。老员外和老夫人商量如何以重金酬谢马虎之事。老夫人说："这孩子一表人才，猛一走我还舍不得的。"老员外说道："夫人讲话差矣，毕竟是他乡人，闺女病已好透，也没有后顾之忧了，早晚不得叫人家走吗？"便把马虎叫到大厅，让闺女谢过救命之恩，说："多亏你医术高明，使俺闺女死里复生。现在送给你千两黄金、万匹绸缎、宝马一匹，让你回去，你看如何？"

没想到马虎一口回绝了："我马虎治病一不图金，二不图银。我来时听说你出了什么启事，病治好了以女相许，招赘为婿。有此事吧？"这句话正中了老夫人的下怀，随后说道："有！有！有！"站在旁边的姑娘看着马虎也很中意，面带羞色，含着笑藏在老夫人背后撒娇。这时的老员外看到此景此情，就答应了这门亲事。

这事很快传开了，马虎的嫂子听说后气得半死，咋也没想到弟弟能遇见这等好事儿。

讲述者： 邝怀长，男，62 岁，上蔡县杨集镇安村，
　　　　 初中，农民
采录者： 段继东，男，28 岁，上蔡县崇礼乡段庄村，
　　　　 本科，干部
采录时间：2006 年 3 月 16 日
采录地点：上蔡县杨集镇安村

394

煮海石

从前，山里有户人家，只有母子俩。儿子叫小山，十八岁了，因为家穷，还没人说媳妇哩。这小山有一手好箭法，就靠进山打猎度日糊口。

有一天，小山进山打猎，日头偏西了连只小麻雀也没打到，心里很不高兴，背住弓箭往家走。走到半山腰，眼见一个啥东西闪闪发光，他感到奇怪，走近一看，原来是块方正正的石头。小山心说："俺娘整天嚷嚷住要块捶布石，今儿个总算找到了。"他高高兴兴地把石头扛回家，娘一见，也喜得不行。

没几天，有两个找宝的商人打这儿过，他们眼尖，看见了这块石头。小山和他娘正好在屋里吃饭，两个商人走过去问："恁院里的这块石头卖不卖？"小山说："不卖，俺娘留住捶布哩！"商人说："我给恁出高价钱哪！"小山娘走了过来，问："你给多少钱？"商人说："给恁十两银子中不中？"小山娘搁心里一揣摩，十两银子够娘儿俩吃一年的，也能让俺孩儿好好歇歇，于是就答应了。

小山多了个心眼儿：一块屁股大的石头，要是没啥用，人家咋会一出口就给十两银子呢？这石头有来头儿，还不

能卖哩。就说："这是块宝石，您当俺不着呀？掏钱再多也不卖！"听了这话，两个人叹着气走了。小山是个鬼机灵，就悄悄地跟在他俩后面，听他俩说些啥话。就听一个说："唉，想不到那小子土巴巴的，也能认出那宝石。"另一个说："他要是再知道把石头扔海里，那可是要啥有啥了。"小山听到这儿，喜得不行，回家了。给他娘一说，娘也笑了，蒸了几锅子馍给小山做干粮，打发他背住石头上东海了。

一到东海，小山把那石头投到海里，只见红光一闪，大海像开了锅，直翻水花花。水花越翻越大，海水渐渐下降，眼看就要露底儿了，鱼、鳖、虾、蟹乱窜。就在这时候，东海的老龙王从水里钻出来了，对他说："小伙子，你要啥尽管开口，先说好，得把那石头捞出来带走。"小山说："中啊。"可是，想想要啥咧？要金银财宝吧？恁沉，叫人家笑话咱贪财，干脆要个小猫吧，俺娘整天嚷嚷着想喂个猫哩，就说："老龙王啊，俺不要金不要银，就想要个小花猫。"老龙王一听，泪流出来了，心说：小伙子呀小伙子，有金有银你不要，为啥偏要它呀？不给也不中啊，他咬咬牙根子，叫虾兵蟹将把小猫送给小山了。那宝石扔在浅海滩下了，小山捞出来，抱住小猫回家了。一进家门，就喊："娘啊，我给你要个小猫回来了。"听听没有人吭声，娘能是出去了？他挑门帘子一看，娘老死床上了。小山哭得不行，把屋里能卖的都卖了，凑合着把娘埋了。事后，他把小猫关在屋里，又进山打猎了。

晌午，小山打猎回来，推开门儿就闻到一股子香味儿。他跑半天了，肚里饿得咕咕叫，揭开锅一看，咦！雪白雪白的馍馍，喷香喷香的面条。小山饿坏了，没多想啥，一手抓馍一手端饭，狼吞虎咽地就吃，还剩一个馍吃不了啦，就喂了小花猫。一连几天都是这样。小山心里猜疑了：俺家也没啥亲人啦，是谁给我做的饭哩？

这一天，小山背住弓箭又去打猎，出门儿走的时候，随手把门虚掩上，也没落锁，到屋外转了一圈儿，又悄悄折拐回来了。打门缝里一瞅，咦！锅台边站住花儿似的一个大闺女，正浇油炒菜哩，身边放住一个花猫皮。小山知道是咋回事了，呼啦把门推开，窜上去抱住了那闺女。那闺女一惊，流住泪对小山说："你接触了我，我再

也不能变回原形了，只有做你的妻子了。"小山听后非常后悔，伤心地说："都怪我不好，这家恁穷，咋能连累你也跟住受苦咧？"那闺女说："别说啥话了，常言道，穷没根，富没苗，咱就好好地过吧。"都说这话了，还客套个啥？两人当天就成亲了。

小山的房子破，下雨漏湿了被窝子，他想修理，屋里没东西。媳妇说："别愁啊，看我弄所新房子。"就见媳妇两手一比画，一吹气儿，草房子不见了。两口子住进了漂亮的新瓦屋里，恩恩爱爱地过日子。

有一天，县官进山打猎，从小山家门前过，小山媳妇正在院里洗衣裳，被这县官看见了。这媳妇长得好啊，县官看得脚下生根了。回到县衙，睁眼是小山媳妇的影子，闭眼还是小山媳妇的影子，想迷了。他一心想霸占小山媳妇，就想了个法子，叫衙役把小山传进县衙，说："小山，听说你是个打猎的能手，皇上要你在一天内给他捉一百只山鹰，要是办不到就杀头。"小山听罢，哭丧住脸回家了。媳妇问："是饿了？"他不吭声。媳妇问："是病了？"他摇摇头，骨堆[1]地上抱住头，长吁短叹。媳妇忍不住了，又追问："你到底愁啥呀？"小山就把县官的话一五一十地学[2]了。媳妇听后说："我以为愁的啥哩，就为这个小事呀，好办！"就从门上撕下贴的门画，在手里叠巴叠巴，用嘴吹口气，一百只山鹰在屋里扑棱棱乱飞。小山喜得不行，把山鹰一个个捉住装笼里，带住进县衙了。县官见这事儿没难住小山，心说：鹰好捉，虎难逮，我叫他捉只老虎来，被虎吃掉更好，省得我费心嘞。就说："小山呀，皇上叫你逮个活老虎进贡哩，要是逮不住就杀你。"

小山听了这话，可吓坏了，老虎谁敢去碰啊？皇上说的，不逮也不中，黑丧住脸又回家了。媳妇见他恁不高兴，问："那狗官又咋难为你了？"小山就把县官的话实说了一遍。媳妇说："哪是皇上说的话呀？是县官借逮老虎想害你哩。"他一听，急了，问："这咋办哪？"媳妇说："别愁，我有办法。"她拿秫秆扎了个架子，用纸画个虎皮糊上，吹了几口气，虎活了。小山喜得不行，用绳子拴住

[1] 骨堆：蹲。

[2] 学：重复、复述的意思。

老虎脖子，牵住进县衙了。

再说县官，坐在大堂上，等着听小山被虎吃掉的信儿哩，心说：小山一死，他老婆就得从我。正美哩，小山牵虎进大堂了。县官见这回又没难住小山，动真火了，不打皇上的牌子了，一拍桌子说："小山，咱俩到海里比划船，你要赢了我，老爷赏你。你要输了，老爷杀你。你回去准备一下，明天到海里比。"县官为啥要和小山比划船哪？因为他是海边长大的，有一身好水性，小山是山里长大的，最怕水，所以才这样说，是存心害死小山哩。小山听了县官的话，心说：我的妈呀，县官要和我比划船哩，我见水就头晕，去比不是白送死呀？闷闷不乐地回到家。媳妇问："县官又咋难为你了？"小山就把县官的话学了一遍。媳妇说："这县官真叫人恨死了，这回我得治治他。"她找了一张纸，叠了一个船，递给小山说："不怕他。我明儿个跟你一块儿去，你坐在这船上，就放心地和他比吧。"

第二天，小山领着媳妇到了海边。县官领着衙役也到了，一艘大船在海里停住，县官见了小山问："你的船咧？"小山托住媳妇叠的纸船晃了晃说："这不是我船哪？"县官一见哈哈大笑，心说：小山呀小山，今儿个你是死定了。

赛船开始了，县官跳到了大船上。小山把纸船放水里，媳妇吹了口气，船就变大了，小山跳上去，平平稳稳的。

两人船渐渐离岸远了。小山媳妇一挥袖子，平静静的大海起风浪了，大风刮断了县官的桅杆，大浪打翻了县官的船。县官刚从水里露出头，一个大浪砸下来，再也不见他的影子了，衙役慌着去捞，也一个个淹死了。小山的纸船呢，像漂在没风没浪的水面上一样。媳妇见县官和衙役都被水淹死了，摆摆手，那纸船漂漂靠岸了。夫妻两手牵手，高高兴兴地回家过他们的好日子去了。

讲述者： 吴改名，男，62岁，确山县胡庙乡吴楼村，
不识字，农民
采录者： 吴文龙，男，23岁，确山县胡庙乡吴楼村，
高中，农民
采录时间： 1987年3月16日
采录地点： 确山县胡庙乡吴楼村

附记

吴文龙热爱民间文学，也是个文艺青年，县里民间文学三套集成普查时，他就经常利用业余时间到农村搜集采录，曾一次提供本人记录的民间故事150余篇。这天吴改名收拾房子，给漏雨点补点淮草，吴文龙也被请来帮忙，有和泥的、续草的、上房的、掂刀的……大家在一起干得热火朝天。其间，吴文龙让吴改名讲几个故事解解闷，老吴就讲了几个，其中就这个故事吴文龙没有收集到，完事后，他特意又到吴改名家让他重新讲了这个故事，总算完成了收集任务。

类似故事在驻马店流传也很广，还有平舆县的《两个小石头》（主人公秋汉拿着煮海石直接要娶三龙女）、《红线绳拴住的一枚铜钱》（主人公房结实拿煮海石到龙宫向龙王要龙女变的花猫，为难他们的是汝南王）、泌阳县的《王锁打柴》（故事基本雷同，只是没有后面被人为难的情节）等。（谭咏利　赵新春）

异文：龙女

从前，有个小村庄住着几户人家，其中有个善良的小伙子叫小三，父母去世后就跟着哥嫂生活。

狠心的嫂嫂让哥把小三赶出去，丈夫虽不同意，怎奈她闹死闹活，只得依她。于是她对小三说："小三呀，昨晚我梦见爹了，他要咱分家，不然会有灾难来临。"小三是个老实人，就听了嫂嫂的。

分家时，嫂嫂又说："爹叫你只要一个破篮子，一把铁锹，再给你一袋粮食。"小三问："我睡在哪里呀？""爹没说让你睡的事，你就住在那个破棚子里吧。"小三没办法，从此就靠打柴为生。

一天，小三上山砍柴，忽然听见喊救命的声音，抬头一看，一只老鹰叼着一条小白蛇正往东飞。他拿起斧子向老鹰投去，老鹰受了伤，丢下小白蛇飞走了。

小三说："可怜的小白蛇，快回去吧！不然它还会来吃你的。""大哥哥，您是我的救命恩人，我要报答您。"

"你是一条蛇，拿啥报答我呢？""我是龙王的女儿，是爹爹罚我来这里受罪的。我带你去见我父王吧！"小三同意了。

小白蛇又说："到了那里，俺爹要是给你金银财宝，你别要，只要大堂上那个小鼓。他要是给你，把它带回家，只要敲三下，要啥就会有啥。你闭上眼睛，啥时叫你睁开你再睁开。"

小白蛇把小三带到了龙宫，对父王说明了原因。龙王听了，叫人摆宴席招待小三，然后让人把小三领到宝库里，让他挑选金银财宝。可小三摇摇头，啥也不要。龙王问："你要啥？"小三说："我爱唱戏，就把你大堂上那个小鼓给我吧！"

龙王想，那是我女儿，怎能给你呢？但又想，既然你救了她，把她送给你吧。想到这，就让人把小鼓拿来。小三临走时，龙王又对他说："你要好好保护这个小鼓！"

小三被送出龙宫，回到家里，就按照小白蛇说的，先敲了三下，然后说："小鼓，小鼓，我要一座新房子！"忽然，小三发现自己已经坐在新房子里了。他看看屋里，空荡荡的啥也没有，又敲了三下，说："小鼓，小鼓，我要桌椅床被。"真灵，不到一会儿屋里就出现满满的家具和床被。

小三感到很饿，就又要了一桌饭菜，饱饱地吃了一顿美味，然后又对小鼓说："如果有个漂亮的姑娘……"没等敲鼓，鼓就不见了。忽然从里间走出一位如花似玉的姑娘，没等他说话，姑娘就说："我就是龙王的三女儿。"俩人就成了亲。

第二天清早，嫂嫂发现了新房，问他从哪弄来的，小三不说。她就想了个坏主意，来到县衙，对县官说："小三偷了人家的财宝和一位姑娘。"县官就派衙役把小三两口带到大堂审问。

县官一见小三的妻子姿色绝美，就迷了魂，不等小三答话，就把他叫到堂下说："你盗窃财宝、民女，罪属不轻。只要把你的妻子留下，大老爷我做个人情，就算了结。"小三一听火冒三丈。

县官见他不从，就恶狠狠地说："明天你给我送来一百匹红缎子，一百匹黄缎子，大老爷我纳妾用。不然就动用大刑，把你打入牢狱。"小三很为难，可他妻子并不在意，拉着小三说："走，回家想办法去。"

他俩回到家里，妻子说："你去给我买一百张红纸，一百张黄纸。"小三买回来后，晚上，妻子来到十字路口，跪在地上念了个咒，纸便变成了红、黄缎子。

第二天，小三和妻子把它送给了县官。县官一见，大吃一惊，于是，又要一百匹马和一百匹骡子，说下乡查访好骑。小三害怕了，但妻子还是不在乎，又拉着小三回家了。妻子对他说："你去给我找来一些秫秆莛子。"小三就找了很多。

晚上，妻子又来到十字路口，跪在地上说："请六位姐妹来帮忙！"一会儿，天空中飘下来六位姐妹，这真是七仙女下凡——少一人啊。她们来到小三家，有的用莛子扎，有的用纸糊，不大一会儿，二百匹骡马做成了。然后又跪在十字路口念个咒，假骡马就变成真的了。

第二天，他俩就给县官送来了骡马。这次县官更感到奇怪，就说："再给我送来两个人抬不动的大纸炮，老爷我庆贺寿诞之日用。"小三知道已经惹出了事，就无可奈何地又和妻子回家了。这次妻子有点不耐烦了，就和六位仙女商量了一下，次日就给县官送来了。

县官一看，就吩咐衙役："把炮纸抖开我看一看，里面有药没有。"小三和妻子拉着炮纸的一头，走呀走呀，衙役们抖呀抖呀。他俩一直走到看不见县衙的地方，只听"轰"的一声，县衙被炸塌了，县官也被炸死了。

他嫂嫂一看，吓得脸色发白，再也不敢惹小三他俩了。从此，小三和妻子过上了幸福美满的生活。

讲述者：　李久奄，男，48岁，遂平县石寨铺柳庄村，
　　　　　小学，农民
采录者：　李彦，女，14岁，遂平县石寨铺乡小学，
　　　　　学生
采录时间：1987年9月19日
采录地点：遂平县石寨铺乡柳庄村

附
记

这个故事当时也是通过发动师生采集上来的，李久奄和李彦是父女关系。这一类的故事在驻马店其他地区也有流传，大都是救命后要宝物，得到宝物后成为富人。或者贪心，最终成为穷人，或者有情人终成眷属。（余全有）

395

石万山

从前有一家姓张的财主，娶了一个贤良媳妇，由于长得相貌平常，儿子很不中意，整天打骂媳妇撵着她走。媳妇不甘愿苦熬，决定告别公婆，别处求生。公婆为媳妇备了马匹银两，送出家门，洒泪而别。

媳妇离了婆家，一路上泪落千行，信马由缰而行。这天她感到十分疲乏，看看天色已晚，见前面半山腰有座破庙，打算进去暂住一晚，明天再走。

当她刚拉马来到门前，见庙里住有人家，恰好从里面走出个老大娘，就急忙上前施礼道："请问大娘，俺想在恁家借住一晚如何？"

老人见问，抬头一看是个过路女子，手牵着白马，驮着行李，不禁说道："俺这讨饭人家，寒舍破庙，岂不委屈吗？如不嫌弃，请住不妨。"那媳妇说："哪里！哪里！能让住下，就感激不尽了。"随后拉马跟着老人进了破庙，见屋内虽是一贫如洗，倒也收拾得干净，就问老人道："敢问大娘家中还有什么人吗？"老人道："也没有别的什么人，只有一个儿子，他叫石万山，上山打柴去了。我们娘俩相依为命，日子过得好苦啊！"

两人正在说着话，石万山挑着一担柴禾回来了，见娘和一个年轻女子说话，不好意思地走进屋来。老人连忙起身介绍："这就是我的儿子，这位小姐是来借宿的过路客人。"

　　石万山抬头一看，正好和女子的眼神碰在一起，羞得连忙低下头去。女子一见石万山长得英俊漂亮，老实忠厚，心中喜爱，竟不转眼珠地看着他。石万山见女子看他，心中高兴，只是一个劲地傻笑。老人见二人有意，十分欢喜，就问起女子的家世来。女子见问，泪流不尽，就把自己的前前后后讲了一遍。娘儿俩也可怜得落下泪来。

　　老人道："既然小姐无依无靠，无处安身，老身高攀，想让你长住我这穷家，做我的儿媳妇如何？"女子一听，正中其意，急忙跪在地上磕头道："承蒙婆母不弃，儿媳妇这厢有礼了。"

　　老人急忙拉起女子，又拉过儿子说："你二人应当相拜，才了却老身一生心愿。"俩人心中喜欢，对着母亲拜了三拜，随后相对拜了拜，就算成了一家人了。从此夫妻俩孝敬母亲，恩恩爱爱，自不消说。

　　这天媳妇见丈夫打的柴没有卖掉，家中断了米面，就从自己的包袱里拿出一对元宝，让他换些零碎银子，买些米面回来。万山由于家穷，从小到大还没见过这玩意，就问是什么东西，妻子道："这就是元宝，你怎么不认得？"

　　万山诧异地说："这就是钱吗？"妻子瞪了一眼："看你说的，我还能骗你吗？"

　　"哎呀，这玩意那山里面多的是呀，我还以为是石头块呢。"妻子一听笑了，"你真会说笑话，哪有那么多的钱丢在山谷里没人捡？"

　　"真的，我不骗你。"

　　妻子见他说话诚实，就说："如果真的有，你挑一担回来，给我看看。"

　　万山见妻子不信，就挑着两个筐子上山了，来到有元宝的地方，不一会就拾了两筐挑回了家。妻子一见真是元宝，可高兴坏了，就又让他还去挑，万山又去了。可是，当他刚装满一挑要走的时候，只听轰隆隆几声山响，从山窝里跑来一群山妖，个个青面红须，巨齿獠牙，手拿三股钢叉，大叫道："那贼别走，刚才偷了一担没理你，又来

偷。这十万山的银子再多，可也是有个数的，怎能让你白偷，快拿命来。"说着追了过来。

　　那万山见是山妖，吓得急忙丢下筐子，跑了回来，对妻子说："可不好了！那银子有山妖看着，说是十万山的银子再多也是有数的，不能让我白偷。不是我跑得快，险些要了性命。"妻子一听，是十万山的银子，心想，这"十"和"石"虽然字不同，可是音同，那不就是我们的银子吗？于是对他说："你不是叫石万山吗？很可能是我们的银子，走！我和你一块去看看。如果他们再问，你就对他们说我就叫石万山，看他们如何说。如若不行，我们再跑也不迟。"万山听妻子说的有理，就随妻子去了。

　　"你这毛贼，竟敢又来了，这十万山的银子，有我们在此看守，别想再拿分文。"万山道："我就叫石（十）万山，这个是我的妻子。"那伙山妖一听他就是十万山，急忙跪地交差道："原来你就是十万山，好了！好了！我们在这给你看守了这么多年，今天该交给你了。现在我点给你听，这山、那涧、这豁、那岭、这垯、那梁、这坎、那坷，到处都是你的银子，整整十万山，今天都交给你了，没我们的事了。"随即那些山妖都走了。

　　夫妻二人得了十万山的银子，非常欢喜，整天大车载，小车拉，垒上墙头，盖上房子，无论怎样用，也用不完。人们议论他们的钱有多少时总说："要想穷了石万山，还得天塌龙叫唤。"

讲述者：　王得良，男，38岁，平舆县东和店乡仙翁庙村，初中，农民

采录者：　王继松，男，34岁，平舆县东和店乡仙翁庙村，高中，农民

采录时间：1987年10月16日

采录地点：平舆县东和店乡仙翁庙村

396

美人画

从前，有个小村庄叫彭家湾，彭家湾有个彭员外，家里住着一户从外地逃荒过来的姓李的人家。

李家有老两口和一个男孩，男孩叫李梦，三口人都在员外家帮工。过了一年多，老两口有病先后去世，撇下才十五岁的李梦。彭员外爱行好[1]，就把李梦的爹娘都埋在他地里，还让他留在家干杂活。李梦因从小身体弱，干了十来年，就累伤了。

一天，李梦对员外说："俺身体也累伤了，不能干重活了，你能不能给俺一片得水的地，俺好种菜？"

"好吧。南大路沿是个斜蹄窝，往西南有一条港沟，有亩把地，你就待在那吧。"员外想了想说。

李梦到那儿后，在地边搭了个草棚住下，在地里种上了菜。没多久，菜就长大了，为了感谢员外，他隔一天给员外送一趟菜。

夏罢秋，这里发水了，水把港上的小桥冲倒了，人想过去得蹚水。李梦天天下到水里，背行人过沟，过路的不

过意，给他钱，他死活不要。时间长了，别人嫌太麻烦他了，就说："你找东西把路沟棚着，也省得你再背了。"

李梦听了觉得在理，就找了两棵树截断，从这沿棚到那沿，上面铺了一些烂柴禾，又撒了一层坷垃，这样一来，连推车的也管过了。谁知没过多久，树被人抽走了，没办法，李梦只好天天还背人过沟。

一天，王母娘娘从这里过，李梦也像背人家一样，不要钱。王母娘娘说："你把我背过去，我不用脱鞋也不用洗脚了，一点事也不耽误，你不要钱，不中。"他说："谁的钱俺都没要过，你的钱俺也不能要。"打那起，王母娘娘天天从这儿过，李梦背来背去也不烦。

后来，王母娘娘给老天爷说："李梦这个人真好！我问他家里有啥人，他说一月三十口，那不就他一个人吗？他现在都快三十了，还没成亲，咱该对他咋办好呢？"老天爷说："你看着办吧。"

王母娘娘从天上下来，到李梦那儿还是一来一回叫他背。最后，王母娘娘送给他一张美人画。李梦说："我要这张画弄啥子，没哪儿贴哩。"王母娘娘说："这画好哇，你就贴在床头上。"

李梦就把美人画贴到床头上，一天看几次，看得那画上的美人儿都抿着嘴朝他笑。到了晚上，那个美人从画上下来，对他说："以后你不用做饭了，我给你做。"李梦一听，也不知说啥好了，就问："你咋到这来的？"那女子说："咱不是夫妻吗？你以后别再卖菜了，找一个卖菜的，卖两个咱得一个，对半分。"

从那儿起，李梦就找了一个人为他卖菜，得的钱多得花不完。也不用做饭了，啥时吃啥时有。过了两年多，他两口得了一个大胖儿，起名叫"小李"。

一天，彭员外闷闷不乐地转悠到南地菜园里，原来他娶了三房老婆，到现在都没有生儿，为这，他一天到晚唉声叹气。他走到菜园棚子门口，见床上有个小男孩，吃得白胖白胖的，胳膊跟藕节子似的，大腿跟二檩一样，就问李梦："咦，你在哪儿偷人家的小孩呀？""俺咋偷人家的呀，这是俺老婆生的。"

"你没有老婆咋有小孩哩？干脆把小孩给我吧。""你尽胡说，这老婆孩子能管让吗？"

[1] 行好：发善心，办好事。

"那你到底是从哪儿弄来的？"李梦就把咋样得到美人画的经过讲了一遍。员外说："我不也是行好吗？你爹娘都埋在俺地里，我又给你一块地，你栽上菜，你卖你吃。我说好兄弟呀，你把美人画借给我挂上一年，让我也得个大胖儿中不中？"

李梦想：员外也确实是个大好人，爱行好，就把画借给了员外。员外挂了一年，那美人虽说一直没有从画上下来，可他老婆却真的生了一个大胖儿子。员外把美人画送给李梦，感动地说："你儿叫小李，我给俺儿取名叫小彭，李彭是一家嘛！这两个孩子以后我都养着，我供他们上学。"

据说，这两个孩子长大后，都当上了朝廷里的官员。

讲述者： 赵清真，女，83岁，新蔡县涧头乡曾庄村，小学，农民

采录者： 刘振斌，男，33岁，新蔡县文化馆，高中，职工

王文亚，男，25岁，新蔡县文化馆，中专，干部

袁卫民，男，26岁，新蔡县文化馆，中专，干部

张敬忠，男，32岁，新蔡县扶贫办，大专，干部

采录时间： 1987年8月4日

采录地点： 新蔡县涧头乡曾庄村

附记

这天，由刘振斌带队组成的采集组一行多人，来到赵清真家里进行故事采集。赵清真别看年龄大，但思维清晰、身体尚好，还能不戴花镜纫针呢，故事讲得更是有板有眼，大家就在院子的树荫下开始了故事收集。由于当时记录条件有限，大家根据记录和记忆，都对故事内容进行了修改和补充，并署上了各自的名字。

20世纪出品的老电影《画中人》，也跟这个故事讲述的内容类似，可见类似的故事流传的区域还是很广的。（谭咏利）

397

大秃和二秃

从前，柳堰河附近有一村庄，庄上有李氏兄弟二人，因头上都长有秃疮，人称秃子弟兄。由于父母死得早，没留家产，生活十分困难。弟兄俩已是二十几的人了，谁也没讨上媳妇。

大秃生就[1]好逸恶劳，待人刻薄，贪图便宜。二秃殷勤善良，为人厚诚，事事总是让着别人。他见河上没有桥，来往行人不便，于是就在河边搭一草庵，在此扶老携幼，帮人过河，靠挣来几两碎银糊口度日。久而久之，传出许多佳话。

二秃行善的事传到天宫，王母娘娘听说后决意看个究竟。一日正逢大雨天气，她变成一个老村妇，来到河边啼哭。那二秃隐约听见对岸有人哭泣，慌忙蹚过河去，问过那老村妇，原是离乡投亲，偏遇大雨，又过不了河。二秃听罢，将老村妇背过河去，并为她煮饭烤衣。王母娘娘见二秃真心行善，名不虚传，很受感动，临别时以一书一药相送。

[1]　生就：天生的。

那二秃得了仙书，每日里勤攻细读，头上秃疮也得到根除。第二年逢大比之年，赴京应试考中了头名状元。万岁爷见他才貌出众，又招为东床驸马，那荣华富贵自不必细讲。

再说大秃，见弟弟得了天恩，自己依旧光棍一条，心想，我何不也如此去做，兴许老天有眼。于是，就学着二秃的样子，来到河边，行起善来。后来这事又传到天上，王母娘娘又变成一个美貌小姐来到河边，故作过河之难。那大秃行善并非真心实意，只不过是一时屈身，以待天恩罢了。他将小姐背过河来，见小姐如花似玉，起了歹意，动起手脚来。

那王母娘娘见大秃假意行善，如此可恶，恼羞成怒，便手指天空，念动咒语，一霎时霹雷火闪，将大秃筋骨抽去。

讲述者： 戴志祥，男，66岁，西平县二郎乡二郎庙村戴庄村，不识字，农民

采录者： 戴玉春，男，24岁，西平县二郎乡二郎庙村戴庄村，高中，农民

采录时间： 1987年7月6日

采录地点： 西平县二郎乡二郎庙村戴庄村

附记

戴玉春是个文艺青年，爱好写作，还热爱民间文学，收集民间文学三套集成时，他就在老家进行收集。他听过同村的戴志祥讲的故事，知道他是个故事篓子，就拿着稿纸、带着烟来到他家，在院内的树荫下，吸着烟、喝着茶，戴志祥讲着故事他记录着，完成了好几篇故事的收录。

以前生活和医疗条件差，小孩头上长黄水疮不能得到医治而形成许多伤疤，看起来头发很少而被称为秃子，成为人们嘲讽的对象。民间故事以秃子为主要对象的很多。（谭咏利　赵新春）

398

狼心狗肺

很久以前，有个叫李西南的人，生来聪明伶俐，才华出众，八岁上学，十三岁考中秀才，十五岁中举人，十八岁进京考状元。

李西南八岁那年，从学校回转途中，捉到一只小青蛙，带回家中，一直精心喂养了十年。就在他十八岁那年，准备进京赶考的头天晚上，去找小青蛙告别："小青蛙，你走吧，明天我要进京应试，不能喂你了！"谁知那小青蛙突然说起话来："好，照你说的做，念你辛辛苦苦养活我十年，我一定要以恩相报。"

"过奖了，你一个小小青蛙，怎么报恩与我呀？"李西南反问道。

"我赠你一个无价之宝。"小青蛙说着蹦了两蹦，将脖子一伸，吐出一颗闪闪发光的宝珠含在嘴角，说："请小哥哥收存。"

"这有何用？"李西南不解地问小青蛙。

"这是一颗生死宝珠，正转三转，人就死；倒转三转，死人能复活。往后，你如遇危难，只要呼唤我一声，我定会立刻相救。"小青蛙说罢，施礼离去。

第二天，李西南将宝珠带在身旁离家赴京，行至山脚密林边，发现路旁躺着一人，身边还躺着一只野狼和一只狗。他仔细一看，人和兽都已绝气，人也没了心肺。李西南看那人年纪轻轻的，失掉心肺，丧了性命，实在可惜，便想仗义相救。想了想，要救活青年汉子，必先补心、肺。于是，便取出狼的心，掏出狗的肺，装进了那人肚内，拿针线缝其肚皮。又从怀里取出宝珠放在手心里，倒转三圈之后，见地上死者慢慢苏醒过来，睁开双目，问起李西南来。李西南便将赴京应试的事告诉了他，他忙施深礼道："贫生也是进京赶考的，不幸途中遇难丧命，多亏贤弟仗义相救，才得死而复生。如此救命恩德，我定要涌泉相报。"

"区区小事，何足挂齿。是我路过此地，看你丧生可怜，便将狼心和狗肺给你补上，才得复生。"李西南说时并未透露宝珠的神效。

"恩弟在上，请受兄长一拜！"那人深施一礼道，"彼此有缘相逢，真乃三生有幸。"从此二人结为义兄义弟，一同上路。行走间，狼心狗肺问道："贤弟，你只为我安上狼心狗肺，怎能复活呀？"

"我有一宝珠。"李西南说着掏出宝珠，托在手心，说，"将此珠正转三圈活人就死……"狼心狗肺听罢连声称绝。

傍晚，李西南和狼心狗肺行至一家小店前，狼心狗肺拦住他说："兄弟，你看，此已离城不远，咱不如寻个安静地方投宿，好在夜晚攻读，免得进城身受吵嚷之苦。"李西南奔走一天，正想找个平静的地方休息一下，便答应在附近的一个小店住下了。

两人刚住下，狼心狗肺眼珠一转，计上心来，对李西南说："老弟劳累一天，先躺下歇歇。我进城买些好吃的东西，回来咱们饱餐一顿。"

狼心狗肺哪里是去城里给李西南买好吃的呀，他背着李西南一气跑到衙门口，"咚咚咚"地击起堂鼓来了。

县太爷听得有人击鼓喊冤，立刻升堂问案，将惊堂木一拍，盯着狼心狗肺问道："有何冤情，如实说来，本官与你做主。"

狼心狗肺痛哭流涕地诉道："大老爷哪里知道，庶民有颗宝珠，价值连城，被一个同路人给抢去了！请大老爷

为民做主。"

"强盗现在哪里？"县官追问道。

狼心狗肺假装胆怯地悄声说："抢宝人现在城南一里小棚子里藏着。"

县官听罢，立刻派人将李西南押至公堂。李西南被蒙在鼓里，怒视县官问道："县太爷为何无故抓人？"

县官蛮横地一拍惊堂木："抢走人家的宝珠，有人将你告下了，还不从实招来！"

"抢人宝珠？"李西南莫名其妙地反问道，"抢谁的？谁告的？"

县官手指着站在一旁的狼心狗肺说："你问他。"

李西南回头一望，一旁站着的原告原来是狼心狗肺，上前问道："你不是俺结义的哥哥吗？你为何告我抢宝啊？"

"谁是你哥呀？"狼心狗肺脸色一变，说，"你抢了我的宝珠，还不快还给我！"

"哥呀，我啥时抢了你的宝珠啊？"

"别装了，我那个一转转人就死的宝珠，不是被你抢去了吗？"

"别颠倒黑白，那是我的宝珠。"

"那是我的。"

县官一听，这个宝物如此神通广大，不禁口馋手痒，猛拍惊堂木，道："快把宝物交老爷公断！"

憨厚心诚的李西南把宝珠交给了县官，贪婪的县官当场就给他定了抢劫罪，押进死牢。转身又对狼心狗肺说道："哈哈，此珠乃是我家传家之宝。前些时不慎被盗，大胆的刁民，竟敢见财起意，讹诈起本官来了！来人，给我重打五十大板！"

狼心狗肺一听，吓倒在地上求饶，县官皮笑肉不笑地说："本应治你大罪，念你报案有功，免你皮肉之苦，快滚出去！"

狼心狗肺哪里肯依，眼盯着县官喊道："你堂堂百姓父母官，仗势讹我宝珠，非到街上吆喝你不中……"县官一看此人也不好惹，就赶紧把宝珠还给了他。

狼心狗肺得了宝珠，进京献宝。帝王龙颜露笑，当场验宝，宝珠果真那样神奇，当场封官，让他去李西南那个

县里去做官，单等良辰一到，便与皇姑成亲。

狼心狗肺上任以后，听说李西南还在活着，便差人暗中把他带走，百般折磨，存心害他一死。李西南在惨遭迫害，奄奄一息的时候，猛然想起了小青蛙对他说的话，便悄悄地呼喊："小青蛙，小青蛙！快来救救我吧！"一眨眼工夫，小青蛙便出现在了李西南面前，安慰道："别怕，宝珠还是你的，皇姑也是你的。"

李西南一听惊呆了，小青蛙吩咐道："三日后，皇姑大病在身。我把你搭救出去，你到皇帝后花园北墙上拔棵龙青草，再到西墙根枯井里挖一只蟒眼，再让皇姑剪下一撮头发，三样东西放在一起焙焦，研成面，让皇姑一喝就百病消除。"

一日，一位老太婆揭下皇榜，入宫给皇姑诊罢脉，说："想治好皇姑病，我给你请神医生。"帝王一听，慌忙追问，老太婆说出了押在监牢的李西南。

李西南被召进宫里，诊脉已毕，说："让我在皇宫转一转，便能配一服妙药，保治皇姑大病。"

李西南按照小青蛙的吩咐配了药，皇姑一喝下药，果然药到病除。皇帝也只好照皇榜上所写的条件，招李西南为当朝驸马。

狼心狗肺得知此事后，日夜兼程，来到朝阁，质问皇帝："你到底有几个女儿？我献宝，你把她许与我。李西南治病，你又把她许给李西南？"说得皇帝哑口无言。

这时，李西南插话道："我主万岁，那宝珠是他讹的。"

狼心狗肺一听，暴跳如雷，两人便当场争吵开了。

李西南道："既然宝物是他的，你为何不等皇姑死后，转一下宝珠，让皇姑再活呢？因为他不知道怎样把病死的人再转活。"接着，李西南将他和狼心狗肺的纠葛从头到尾诉说了一遍。皇帝传旨，扒掉狼心狗肺的衣服一看，他的肚皮上果真有一条缝合的针印，经剖腹细查，他的心是狼的，肺是狗的。皇帝恍然大悟道："世上果真有这狼心狗肺之人哪！"

讲述者： 赵群，男，50 岁，正阳县王勿桥乡，小学，农民

采录者： 赵瑞玲，女，18 岁，正阳县王勿桥乡，初中，农民

采录时间： 1987 年 11 月 19 日

采录地点： 正阳县王勿桥乡

399

李四得宝

从前，有一个人叫李四，父母死得早，靠给一家财主扛活过日子。因为家里穷，二十四五的人了还没娶上个媳妇哩。

有年腊月，该过年嘞，掌柜的算给李四三年的工银十两银子，让他回家过年。李四接过银子，想到街上割点肉捎回去，就拐了个弯儿。

走到半路上，迎面碰上个打猎的，手里牵住一只大灰狐狸。那狐狸夯拉住耳朵，被猎人牵住一瘸一拐地走，眼里不住流泪。李四见了，想到了自己孤苦伶仃，可怜那只狐狸了，拦住了打猎的："大哥，你这只狐狸卖吗？"

猎人见有人要买这只狐狸，停下说："卖，你给啥价？"

"五两银子咋样儿？""这只狐狸个儿大，要买得十两银子。"

李四见狐狸眼里流着泪，趴在地上正朝他望哩，心一软说："十两就十两吧。"掏出刚暖热的十两银子，递给了猎人，接过那狐狸，怕它腿疼受不了，抱住回家了。

回到家里，李四给狐狸找药治伤，很快它的腿就好了。

李四见它能走路了，对它说："狐狸呀，你回去吧，今后可别乱跑啦。"狐狸听后，流出了一串儿泪，朝李四作了个揖，跑进山里去了。

过年哩，别家的锅里都冒香味儿，李四没了银子，吃不上肉啦。他看看缸里还有把面，就马马虎虎地过个年。

再说那狐狸，原来是个狐仙，跟前有五个闺女，个个长得如花似玉。深山里有一座破庙，它们就在那儿住着。那一天，天晴得非常好，在洞里闷一冬了，老狐仙感到心烦，想到外面溜达溜达，就对五个闺女说："妮儿呀，好好地看着家，爹到外面走走。"闺女们说："爹要早点儿回来呀！"

老狐仙出了庙门，顺住山路走。天蓝日头暖，百鸟在枝头唱歌，它看着心里高兴，不觉走远了，碰上了打猎的。那猎人见它个儿大，拉弓射箭，老狐仙还没来得及跑，箭射腿上了。猎人用绳拴住它牵出了山，正好碰上李四，把它救下了。

天黑了，闺女还不见爹回来，就分头去找，找遍了千座山，万道沟，也不见爹的影子，知道出了事。姊妹五个抱头痛哭，哭了整五天，眼肿了，泪干了，就在这时候老狐仙回来了。

五个闺女像五朵花儿，围住老狐仙乱喳喳。这个问："爹，你到哪儿去了？"那个问："爹，你到啥地方去了？"老狐仙就把如何被猎人打伤腿捉住，如何被李四救下的经过讲了一遍，最后叹口气说："要不是碰上李四恁好的人，爹恐怕再也见不到你们了。"

闺女们说："爹，咱得想法儿报人家恩哪！"

老狐仙说："他家很穷，还没娶上媳妇哩，你们五个谁愿意做他的媳妇呀？"五个闺女红着脸，低下头，谁也不说话了。

老狐仙说："五妮儿，你去吧。"

五妮儿说："俺听爹的话。"老狐仙拉住五妮儿，递给她一个方正正、明晃晃的小方盒儿，说："五妮儿呀，你去吧，到了那儿有啥难处，掏出这盒喊我，我就到了。"

"俺记住了。"五妮儿应了一句，变作一位漂亮的农家女，按照老狐仙的指点，找到了李四的家。

李四正要出门儿哩，一抬头，看见院里站住一位漂亮亮的大闺女，黑黝黝、水凌凌的一双杏眼正瞅住自己哩。他的心突突直跳，快三十的人啦，还没碰见过这眼神儿哩。五妮儿红住脸问："你是叫李四吗？"

李四说："是的。你咋认识我呀？"

五妮儿眼一挤，泪水像珠子从眼眶里滚出来了："李大哥呀，我找你找得好苦啊。"五妮儿这一哭，把个李四哭愣怔了，张着嘴说不出话。

五妮儿哭住说："咱是从小订的娃娃亲，俺爹娘都死了，让俺投靠你哩。我从家里走一个月了，找到你可真不容易呀！"

李四想：俺爹娘活着时从没给我提起过这件事呀，能是忘了？唉，人家都说出口找上门了，还正经个啥，就认了吧。李四把五妮儿领进屋里。

小伙子成亲了，没吃没喝的咋办？李四还要去给财主扛活。五妮儿说："别去了，俺爹留给我一个宝贝，我试试看中不！"

五妮儿从怀里掏出那个盒子，喊："爹，你来吧。"话音刚落，半空中就听见有人说话："妮儿，你有啥难了？"是老狐仙的声音。

五妮儿说："俺没吃的啦。""后山有，叫你男人背去吧。"

五妮儿对李四说："后山有粮食，你背去吧。"李四到了后山，真有一袋子米放着哩，喜得不行，扛住回家了。这老婆实在好呀，还有送粮食的宝贝，李四一天到晚守住她，也不说做活的话了。

五妮儿说："咱总不能这样过日子呀！西边有片山坡地，咱开起来种种吧。"李四说："中是中。种地咱没牛啊。"

五妮儿说："你要牛不难。"她掏出那个宝盒，喊："爹，你来呀！"半空中老狐仙说话了："妮儿，你有啥难了？"五妮儿说："种地没牛。""牛在后山啃草哩，你叫男人去赶吧。"

李四跑到后山，真有两头大老犍在啃草哩，牛身边还放住牛套和犁子。他喜得不行，扛住犁子背住套，赶住牛回家了，套上就去西山犁地。犁啊，犁啊，把天啥时候都忘了。

日头偏西了，也不见李四回来吃饭，五妮儿说："这人真实心眼儿，干起活来也不吃饭了。"她找了盆子，盛上饭送到地里，见李四正光脊梁犁地，心里怪心疼，抱怨说："正月天还没出去哩，热冷都不着了。"

李四见媳妇把饭送到地里了，这才停住牲口抹抹汗，披上衣服来吃饭。就在这时候，本村的一个财主带着家丁打这儿过，见李四媳妇长得花滴滴的，相中了，想霸占过来。

要人家的媳妇得有个理由啊！他看见地里停的黄牛，眼珠子一转来点子了。一挥手，带着家丁凶猛猛来到李四跟前，指着李四说："好你个李四，我家的牛找不到，原来是被你偷走了。走，跟我见官去！"拉着李四的胳膊就要走。

李四正吃饭哩，被财主的话一激，吃不下去了，分辩说："这明明是俺的牛哇！"财主凶狠地说："你穷得叮当响，咋会买得起恁好的牛？分明是从我家偷来的，还想抵赖？"

李四心眼儿实，拗不过人家了，只好实话实说："这牛不是我买的，是俺媳妇问宝盒要的。"

财主一听李四媳妇有宝盒，就松开了胳膊，笑眯眯地问五妮儿："你的宝盒咧？拿出来我看看。要是真的能要出大黄牛，我就不带李四见官了。"

五妮儿知道不掏那宝盒不中了，要是狗财主真拉李四去见官，还真麻烦哩。她一咬牙，从怀里掏出了那个盒子，明晃晃的，狗财主的眼珠子快瞪掉地上了。

五妮儿喊："爹，你来吧！"老狐仙在半空中说话："妮儿，你有啥难了？"

五妮儿说："人家说您给俺的牛是偷来的，要拉俺男人见官哩。您再给俺弄两头，让他们见见吧。""叫他们到后山赶吧。"

财主听见了，忙派三个家丁到后山去赶牛。那三个家丁跑到后山，果见有两头黄牛在那儿啃草哩，就把它们赶到山外。

财主看到这又肥又壮的黄牛，自己家的恁些牛也比不上这俩，可喜坏了，心想：这宝贝要是属于我该多好呀！我要金山，一座大大的金山，那才真美气哩。他冷冷一笑说："这宝贝明明是我家的，叫你们给偷走了，还不快点儿还我！"挥挥手，对家丁下令说："小的们，快把宝贝给我夺回来！"众家丁一听，"哗"把五妮儿围住了，动手把宝盒从五妮儿手里抢了过来。

李四气得两眼喷火星子，挥拳就拼，围上来几个人把他捺住了。李四说："你们还讲不讲理呀？"财主恶狠狠地说："你偷了俺的牛，又偷了俺的宝贝，还说我不讲理。待会儿我要了金山，再把你送进官府定罪。"

财主得了宝贝，高兴得不行，对住宝盒喊："爹，你来呀！"只见半空中老狐仙问："咋不是俺妮儿的声音咧？"

老财主眼珠子一转说："我不是恁妮儿，是恁儿呀！儿比闺女亲。""你要啥？"

"我要座很大的金山。""好，到后山去吧，金山在那里。"

财主一听，喜得不行，带着家丁就朝后山跑，也不理会李四、五妮儿了。到了后山，果见有一座光闪闪的大金山。财主和家丁一个比一个慌着往上爬，刚到金山的半腰，只听"轰"一声响，金山变成了火海了，把他们全烧死在里面了。

那个宝盒呢？又飞回到五妮儿的手里啦。可是，他俩再也没用过它，靠双手挣吃挣穿，日子过得非常幸福。

讲述者： 李得成，男，75岁，确山县石磙河乡聂庄村，
　　　　 不识字，农民
采录者： 吴文龙，男，24岁，确山县胡庙乡吴楼村，
　　　　 高中，农民
采录时间：1988年6月16日
采录地点：确山县石磙河乡聂庄村

400

秃女

很久以前，一个小山村里住着户人家，父母双亡，只剩下秃女跟着哥嫂生活。嫂子很凶，经常虐待这个秃头婆妹，一天到晚做饭、刷碗、喂猪、扫地、打柴，所有的杂活儿全都扔给她，不让她有一点儿空闲。后来，有了孩子，连擦屎刮尿也让她干，还动不动就打骂，甚至不给饭吃。秃女成天半夜才能睡，天不明就得起来干活，折磨得不像个人样儿。哥哥虽然稍强点儿，可也是不管不问，睁只眼闭只眼。

秃女忍着苦，把泪往肚里咽，每当干完活，就用悲凉的调子唱起充满希望的歌来："东北风，西北风，我给皇帝当正宫。"嫂子一听，马上连吐唾沫，训斥道："看你那个狗不吃、猫不闻的秃样子，人家皇帝有三宫六院，七十二妃，要你？"秃女却笑着说："你不用现在这样待我，等我出嫁那一天，我非踩着你肩膀头上轿不可！"嫂子听了又好气又好笑，嘲讽地说："你真当上正宫，我趴那让你骑。哼，只怕你歪嘴的骡子卖不了驴价钱！"

又过了几年，老皇帝晏驾，新皇帝登基，广选美女作嫔妃。旨意一下，各地州官纷纷选民间美女送进京城。美

女选了三千，可皇帝没有一个相中的，于是，他就命当朝宰相外出巡察挑选。这宰相据说是半仙之体，还懂得些风水啥的，他顺着一条凤脉找呀找，就来到秃女住的村子。

那天，秃女正在村南河边放猪，宰相带人从那儿经过，睁眼一看，不觉大叫一声"找到了！"同行的人都很奇怪，四处看看只见一个放猪的，也认不出是男是女。

大家正发愣时，宰相指着秃女说："快！快把她请来！她就是正宫娘娘呀！你们看，她头顶上不是盘着一只七色彩凤凰吗？"大家都是肉眼凡胎，哪能比上他的仙眼？看那放猪的女娃头上黄黄的一片秃痂，身上的油垢有半指厚，看着就让人恶心！但不敢怠慢，抬过一顶轿子，一齐跪倒，口称："微臣拜见娘娘！"

当地县官听说在本地选出了正宫娘娘，慌忙赶来庆贺。四乡八邻的村民也蜂拥而来，挤得风雨不透，都想看看这个绝代美人。嫂子近前一看，竟是她嘲笑过的婆妹子，惊恐万分，赶紧拜倒在地，连声求娘娘莫念往日之过，对她高抬贵手。秃女已换上珠光宝气的服装，还头戴凤冠，就从侍从托着的盘子里抓起一把银子，撒在地上。嫂子一见，弯脚去拾，就在这时，秃女脚踩嫂子的肩膀上了龙凤彩轿。嫂子扒着轿门痛悔地哭着，请求秃女别忘了她。秃女可怜她，伸手照自己头上一抓，只见那头焦黄的秃痂成了一只光闪闪的金帽子。秃女把它递给嫂子说："拿去吧，够你吃花一辈子的！"嫂子连连点头，抬眼一望惊呆了：只见秃女头上是乌黑的头发，一条油黑的大辫子搭在前胸，那俊美的脸胜过天仙。

讲述者：　张国英，女，75 岁，确山县李新店乡邵楼村张湾，不识字，农民
采录者：　皮爱民，男，30 岁，确山县李新店乡邵楼村张湾，高中，农民
采录时间：1984 年 6 月 30 日
采录地点：确山县李新店乡邵楼村张湾

附
记

皮爱民是个有心人，碰到好的故事他都用心地记录了下来。当时农村还没有电，娱乐匮乏，天也热，大伙都是没事了就到村头凉快、喷阔。这天吃罢晚饭，皮爱民和家人也来到了村头，这时已经聚集了一堆人了，大家有说有笑。其间，张国英就讲了几个故事给大家乐一乐，消磨着时间。皮爱民觉得故事很有意思，于是第二天又特地去了张国英家，让她又讲了讲，给记录了下来。等到民间文学三套集成收集时，他又对故事原稿进行了修改并上报了上去。

此类故事更有民间说的"野鸡变凤凰"的味道，在临近确山的汝南县韩庄乡也有流传。说的是韩溪河边有个丑女，没事就自编自唱"柳叶青、柳叶黄，朝廷选我当娘娘；柳叶黄、柳叶青，朝廷叫我坐正宫""柳叶黄、柳叶黄，何人请我当娘娘；柳叶青、柳叶青，何人请我坐正宫"等类的歌谣，虽引起他人的嘲讽，但仍旧痴心不改、天天传唱。一天用河水洗漱一番后，就变成了绝代佳人，真的被选进了皇宫。同时也在当地留下了"三里直河出娘娘"的传说。（谭咏利）

401

肉包变元宝

西平芦庙杏花村，住着两位老人，都已年过花甲，跟前所生二子，长子金龙，次子玉桂，都已娶了媳妇。大媳妇黄翠莲，尊公敬婆，当家理财是把好手，与左邻右舍搁合得又好，是个难得的孝顺媳妇。二媳妇阎娇娥，整天擦胭脂抹粉，东走西串，搬弄是非，不是和丈夫打闹，便是咒骂公婆，是个少找的泼女人。

俗话说，六月六，挂锄钩。这年庄稼锄罢，苗旺人闲，庄上起了一台大戏。婆母把黄翠莲唤到跟前，说："她大嫂啊，难得你一手不闲[1]，从早忙到晚，今儿个给你五十个铜钱，到会上去看看吧。"翠莲说："勤有功，戏无益，耽误时间还浪费。我不去，还是你去吧。"婆母说："我害热[2]，不去。叫你去就去，再不去我就不高兴啦！"翠莲看婆母说得情真意切，便接过钱，拜别婆婆赶会去了。

会上正红火，到处人挤人。翠莲来到戏台前，平心静气看起戏来。一段唱的是《英烈传》，一段唱的是《花木兰》。她看完戏，受益不浅，临回时买了一包肉包子，急急忙忙往家走。走着走着，天色陡变，乌云四合，雷声大作，一阵大雨浇下来了。片刻之间，她浑身湿透，脚下泥泞难走，一个跟跄，肉包全撒在地上，肉包变成了泥丸子。翠莲连忙拾起，包起来，揣在怀里，深一脚、浅一脚地回到家里。一见公婆，止不住泪如泉涌。公婆见此情景，咋不心疼啊！婆母问明原由，含笑说："别哭了，你的孝心我领了。俗话说不干不净吃了没病，用水洗洗，吃着还凉爽哩！"说着，解开纸包一看，哪有一个肉包，全是白花花的银元宝！二人又惊又喜，半晌说不出一句话来。婆母赶紧跪地祷告："多谢上天神灵！"然后，抽身站起，笑嘻嘻地对儿媳说："这都是你的孝心感动了天地啊！"

第二天，阎娇娥也要去赶会捎包子，孝敬双亲，婆婆连忙给她五十个铜钱。阎娇娥来到戏台前一看，唱的是《崔子杀妻》。看着看着，她不禁为自己的所作所为感到羞耻。戏罢了，她也买了一包肉包，无精打采地往家走。回家路上，天气晴朗，她故意将肉包撒到泥窝里，一个个拣起来包好，大哭而回。人不伤心难掉泪，她就用唾沫往脸上抹。回到家里，婆母拆开一看，哪有元宝，全是肉包子涂层污泥！阎娇娥面红耳赤，羞愧地到自己屋里，思来想去，如梦初醒。从此，她处处向嫂嫂学习，一家人和和顺顺，亲亲热热地过起日子来。

讲述者： 宋天亮，男，39岁，西平县芦庙乡杏花村，初中，农民
采录者： 宋清朗，男，18岁，西平县芦庙乡中，学生
采录时间：1987年9月5日
采录地点：西平县芦庙乡杏花村

[1] 一手不闲：一把好手，勤劳持家。

[2] 害热：嫌热。

402

两个儿媳

从前，有个老太婆，男人死得早。她风里来雨里去，吃苦受累熬寡拉巴 [1] 大俩儿子，给他们都娶了媳妇，就再也不能下地做活了。

大儿媳对婆婆如亲生娘，一天三顿饭端吃端喝。婆婆病了，下不了床，她擦屎把尿啥都干。二儿媳呢，嫌婆婆是个累赘，身上又脏又臭，十分厌恶她。邻居们夸大儿媳，她恨得咬牙，整天闹着要分家。

家分开了，老太婆跟着大儿媳过日子。有一天，老太婆病了，嘴馋得慌，家里没钱，割不成肉，大儿媳愁得没办法。这天，她到厕所解手儿，碰巧见一只鸡掉在粪池里淹死了，就把它捞出来，洗净，切碎，熬得烂烂的，让婆婆吃啦。

婆婆吃下这鸡，不大一会儿，晴朗朗的天阴暗了，天上的雷轰隆隆响个不停。大儿媳心想："能是我让婆婆吃了粪池里的鸡，老天爷要用雷劈我哩？要真是这样，可别吓住了婆婆。"她悄悄来到村南头的大柳树下，跪在地上

[1] 拉巴：即抚养。

祷告说："老天爷呀，都怪俺不好，家里没钱，割不起肉，让婆婆吃了掉在粪池里的鸡子。我不孝顺，你就用雷劈了我吧。"说完，眼一闭等死哩。

只听一声炸雷，大地震得乱抖。雷过了，大儿媳睁开了眼睛，天晴了，日头又明晃晃地露脸了。就在这时候，她发现面前的地上有一个大坑，站起来一看，呀！里面放住黄澄澄的一大坛金子。大儿媳喜得不行，把一坛金子抱回去了。她和丈夫盖起新房置了地，日子也富裕起来，对婆婆也更孝顺了。

再说老二媳妇，听说大嫂得了很多金子，眼气得俩眼都红了。她找到老大媳妇问："嫂子啊，你在哪弄恁多金子呀？"老大媳妇是个实心眼儿人，就把事情的经过说了。老二媳妇听后，喜滋滋地走了。她回到家里，把一只不下蛋的瘦鸡杀死，扔进粪池里，然后捞出来，宰巴宰巴，熬得生不生，熟不熟的，又到老大家对婆婆说："娘啊，咱分开恁长时间了，你还没尝过俺一口水哩。恁儿让俺给你杀只老母鸡，熬得烂烂的，您去吃吧！"

老太婆见二儿媳回心了，就答应了，二儿媳就把她搀到自己家里。老太婆用筷子夹肉吃，牙累疼了，问："儿媳呀，我咋嚼不动这肉呀？"二儿媳说："这是只老母鸡，大补哩，您就慢慢吃吧！"

说着说着天又阴了，一会儿打起响雷，二儿媳喜得不行，真照大嫂的话了。她跑到村南的柳树下，跪在地上，照住大嫂的话祷告："老天爷呀，只因俺家穷，割不起肉，才叫婆婆吃了掉在粪池里的鸡，你就用雷劈了我吧！"

话音刚落，只听天空中电光一闪，接住"喀嚓"一声响雷，真的照了二儿媳的话，把她劈死了。

讲述者： 吴文龙，男，23岁，确山县胡庙乡吴楼村，高中，农民

采录者： 杨建军，男，38岁，确山县文化馆，大学，干部

采录时间： 1987年3月9日

采录地点： 确山县胡庙乡吴楼村

403

下金图

这天，杨建军来到吴文龙家，一是指导他的三套集成收集工作，二是看看他收集的情况。看着厚厚的原稿，杨建军很高兴，对吴文龙辛辛苦苦的成绩作出了肯定和表扬。看到自己的成绩得到认可，吴文龙更是高兴，赶紧让家人杀鸡待客。席间俩人喝着酒相谈甚欢，相互交流着经验和应注意的要点。其间吴文龙说他有些会讲的故事还是没有收集上来，杨建军就接着话茬说，要不你就给我讲讲，咱俩共同把故事收集下来不就妥了？就这样这个故事就收录了下来。（谭咏利）

古时候，汝宁府有位名叫秦朝山的画家。据说他画的龙不能添爪，虎不能点睛，龙添爪能腾云驾雾，虎点睛能窜山跳涧。由于他的画越来越有名气，方圆几百里的群众都称他为"秦半仙"。这事儿很快传到知府耳朵里。

这个知府是个财迷心窍的家伙，他听说秦半仙画的画，死的能变活，假的能成真，便命人去传秦半仙。可是秦半仙不畏权威，说啥也不来，这知府更为恼火，就派人把秦半仙抓到了知府衙门。

知府叫人给秦半仙松了绑，拿出笔墨纸砚，非让他作画不可。秦半仙强忍着怒火，说："好，我画。"说完，端起桌上的墨汁一下子泼到了纸上，白白的一张宣纸泼成了一片黑。知府气得暴跳如雷："好你个大胆的秦半仙，竟敢如此对待朝廷命官，给我打入死牢，听候发落！"说罢，扬长而去。

有个衙役把这张被墨汁泼了的宣纸收藏起来，谁想到了夜晚，那张宣纸上的黑点点竟像月亮星星一样发起光来，这位衙役马上把这事报给知府。知府一看果真如此，便把秦半仙从死牢里提出来，好酒好菜招待一番，然后对他说："只要你给我画一张下金子的图，我不但不杀你，而且你要啥我给你啥！"秦半仙见知府是个贪财如命的家伙，便决心惩治惩治他，他对知府说："老爷，如果我画一张下金图，要是下的金子多了，你可别吓跑了。"知府说："哎，哪里话！老爷啥都怕，就是见钱不怕。你就是叫它下个金山，老爷也不会吓跑，就是把老爷埋到金山里我也不怕。"秦半仙说："好吧，取文房四宝来。"衙役们取来文房四宝，秦半仙信手画了起来，眨眼工夫画成了一张"下金图"。知府这时在一旁死死盯着这张下金图，急忙问："灵不灵啊？能下金子吗？""能下！灵得很。"秦半仙的话音刚落，只见黄澄澄的金子像豆子和鸡蛋一样直往下落，知府高兴地说："好，好！下吧，下得越多越好！"哪知这句话刚刚说出来，黄澄澄的大金砖一个个朝着这位知府大人飞来，他跑到哪里，金砖飞到哪里，结果这位知府大人被大金砖给活活地埋葬了。

知府死后，画上突然出现一朵彩云，秦半仙也就踏着这块彩云走了。

讲述者：　陈国志，男，37岁，汝南县老君庙乡中，
　　　　　高中，教师
采录者：　任立功，男，55岁，汝南县文化馆，高中，
　　　　　干部
采录时间：1987年9月15日
采录地点：汝南县老君庙乡

404

凤凰图

很久很久以前，凤凰山脚下一个小村庄里有两个苦命的孩子，哥哥叫春生，妹妹叫秋姑。爹娘老早都去世了，兄妹俩相依为命，过着吃糠咽菜的生活。秋姑常常叹息着说："凤凰山呀，啥时真的飞来一只凤凰，叫俺过上好日子呢？"

有一年腊月三十，北风呼啸，大雪纷飞。过年了，家里连一把面都没有，秋姑煮了一碗稀菜汤儿给哥哥吃，哥哥又让给妹妹，两人推来让去。正在这时，风雪中走来一位老婆婆，她头发斑白，衣服破烂，拄着拐棍，一步一颤地边走边喊："北风天哪，白雪地哟！善良人啊，可怜可怜我这个老太婆吧！"这沙哑的声音夹着北风传进了兄妹俩住的破草房。秋姑说："哥哥，多可怜哪！"春生点点头说："妹妹，让她到屋来暖暖吧！"秋姑打开门，把老婆婆扶进了屋，给老人拍雪，春生端来了两人舍不得吃的稀粥，那天晚上老婆婆就住下了。

第二天，雪停天晴，老婆婆告别兄妹上路了，临出门时，要送一卷白绫绸给秋姑，秋姑推辞不收。老婆婆说："这幅白绫绸是我心爱的宝贝，用你灵巧的手把上面的凤

凰图绣出来吧！你们就会过上好日子的。"秋姑听说是宝贝更不要了，那老婆婆把白绫绸硬塞在她手里，一扭身飘然而去。

秋姑知道是神人点化，就用五彩丝线没明没黑地绣呀，绣呀！针刺破手指，鲜血染在白绫绸上，她就绣成了红太阳；屋子漏水滴在白绫上，她就绣起了朵朵白云。经过整整儿一百天的辛苦，凤凰图终于绣好了。图中的凤凰昂着头，神气十足地朝太阳张望；五彩缤纷的翅膀在云中上下翻飞，活灵活现。兄妹俩小心翼翼地把凤凰图挂在墙上。

晚上，奇怪的事情发生了。秋姑半夜醒来，见屋里一片金光，仔细一瞧，是那只凤凰在屋里飞，它飞了几圈又回到白绫上，金光也消失了。第二天，她起来扫地，见地上有一个凤凰蛋，黄灿灿沉甸甸的。兄妹俩高兴极了，立即进城卖了金蛋，回来用得到的钱买了几亩地，又买了一头大黄牛，从此家里的生活一天强一天。

凤凰图像一阵风在群众中传开了，也传到县官的耳朵里。他派人把春生叫到县衙，说："老爷抬举你，给你三百两银子，把凤凰图卖给我。"春生一听是想夺走宝图，就连忙说："这图是俺妹妹费了一百天的心血才绣成的，不能卖。"说完起身就走。坐在旁边的师爷急了，便说："不能走。"又凑到县官耳边密语。县官一听，便命令衙役把春生捆绑起来，大声喝道："凤凰图是皇上宝物，平民哪能会有？分明是偷的，还谎言狡辩，押下南牢听候发落。"然后叫衙役到家里去抢凤凰图。

秋姑听说哥哥被押进监牢，恼怒万分，立即取下凤凰图，准备找个地方把图藏起来。谁知刚叠好，衙役可进屋来夺，她竭力反抗，哪是衙役对手，凤凰图被抢走了。

县官得了凤凰图，高兴得要发疯，他挂在墙上，左看右看也看不够，如意算盘打开了：凤凰图到手，升官发财不用愁。先让凤凰下蛋好发财，再献给皇上好当高官。他越想越高兴，连饭也忘记吃了。

那天夜里，县官看到满屋金光，以为凤凰要下蛋了，就连忙迎上去准备收蛋。谁知凤凰猛扑过去，用坚硬的嘴巴在他脸上乱叨。等衙役赶到，县官已是满脸鲜血，左眼也被叨瞎了，凤凰也飞到屋外去了。

县官又气又恨，命令衙役："把凤凰捉回来，逮不着活的，死的也要。"衙役去捕捉凤凰，只能看到若隐若现的影子，张弓搭箭射不住，拼命追赶追不上。他们一直追了七天七夜，累得筋疲力尽，跌得浑身是伤。

县官捉不着凤凰正在苦闷，猛然发现那幅白绫绸挂在墙上，略一思考计上心来。他立即把秋姑传来，要她再绣一幅，就把他哥哥放出来。秋姑为了救哥哥，忍着悲痛答应了县官的要求。

三个月后，秋姑把凤凰图送给县官，他打开一看，凤凰虽好，没有眼睛，便追问为何不绣完。秋姑说："放了哥哥再绣眼睛。"县官急于得到凤凰图，暗想：我还怕你们跑了不成？于是命令衙役把春生放了出来。

秋姑见哥哥回到自己身边，就取出针线绣了起来。县官一边看一边打着如意算盘：这个凤凰即使不下蛋，只要把它献给皇上，也能加官晋爵。想着想着自己笑了。秋姑绣好最后一针，"嗖"的一声，凤凰飞到了兄妹身边，他俩坐到背上飞走了。

县官一见，勃然大怒："来人哪！快捉住它！射死它！快快！射死它！"可凤凰越飞越高，飞上了天空。

讲述者：　陈加东，男，57 岁，泌阳县马谷田乡罗店村，不识字，农民
采录者：　陈有芬，女，16 岁，泌阳县马谷田乡罗店学校，学生
　　　　　陶成立，男，30 岁，泌阳县马谷田乡文化站，高中，专干
采录时间：1988 年 4 月 16 日
采录地点：泌阳县马谷田乡罗店村

405

不见黄河心不死

开封府顺河街有户姓司的人家，只有娘儿俩，开了个小饭铺，儿子司信，天天到城北拾柴禾。

司信长得丑，脸上有麻子，腿还瘸着，但他会口技，学啥像啥。拾柴禾的时候，不停地学鸟叫，学唱戏，连拉带唱，好听得很。

城北黄员外家的千金小姐黄河，整天闷在家里扎花描云。她一听见司信的口技，心里就舒服，一天不听就闷得慌。有一段司信病倒了，一连半月没去拾柴禾，黄河听不到他的口技，闷出了病。娘问她病因，她就说了实情。娘说："要是找到这个人，招他到咱家做养老女婿咋样？"黄河满口答应。娘就叫黄员外写个招子，贴到城里，说要招口技好的人做女婿。

司信病好，听说了这事，就把招子揭了。看招子的人把司信领到黄家，黄员外见他相貌丑，要赶他出门。黄河娘说："别慌，叫女儿见见，也好让她死了这条心。"黄河在楼花门里看见司信那个丑样子，再也不说招女婿的事了。

司信回到家，得了气伤寒，临死时对娘说："娘啊，我死了，再也没谁孝顺你了。你别心疼儿，用刀把儿的心

挖出来，挂在屋檐下晒干。等来年春天，南方来人就会买去，别多要，百两黄金就卖，这就够您后半生用了。"说罢就死了。

司信死后，娘就按他说的，把心取出来，挂在屋檐下。第二年，当真有个南方人来收古董玩意儿，给了百两黄金，把司信的心买去了。

南方人得了宝物，就到各地玩起了仙把戏。他把司信的心放盆里，添上清水，然后把盆放在搭好的台子上，心见水就变大了。这时，他一打锣鼓，心窍里就生出一棵葡萄，长十八个枝儿，一个枝儿上站一个美人，美人身上的穿着，手里拿的乐器，各不相同。再一敲锣鼓，这些美人就细吹细打起来。天天都有成千上万的人跑来看稀罕，这个南方人发了大财。

有一天，玩把戏的来到了开封城，消息传到黄员外家，黄河母女俩也坐上轿子去看。家人见人多，就大声喊："黄员外的小姐来了，请闪开！"立时，众人闪开一条路，轿子进了场。葡萄枝儿上那十八个美人，一齐望着这顶轿子，等黄河掀开轿帘，笑着观看时，十八个美人不见了，葡萄枝儿也缩进了心窍里。再打锣鼓，啥也没有了，司信的心死了。这就是不见黄河心不死，一见黄河死了心。

讲述者： 李培坤，男，46 岁，遂平县嵖岈山乡鲍庄村，小学，农民

采录者： 贾才甫，男，75 岁，遂平县嵖岈山乡鲍庄村，私塾，农民

采录时间： 1987 年 9 月 16 日

采录地点： 遂平县嵖岈山乡鲍庄村

异文：不见黄河心不死

早时候，有家姓李的庄户人，老两口儿已年过半百，膝下有一个闺女取名巧姐。巧姐长到十七岁，温雅貌美，能纺能织，还绣得一手好花，爹娘把她视为掌上明珠。

邻居黄家有个后生叫黄河，已是快二十的人了。他为人忠厚善良，因父母年迈，只得给本地财主苟德扛活。常

言说"穷帮穷，邻帮邻"，李黄两家几辈子搁邻居都互相帮助，到了巧姐和黄河这一代，关系更是密切。黄河给东家早晚干活归来，都要到李家帮忙料理家务，巧姐呢，也经常到黄家帮黄母拆洗浆补。天长日久，两人产生了爱慕之心，到巧姐十七岁这年，他俩便私下订了终身。

有一次，巧姐在河边洗衣裳，被财主苟德的管家看见了，忙回家告诉给主子。苟德是个有名的色鬼，家里虽有三妻四妾还不满足，便叫管家到李家求婚。李老汉早知道苟德是个狼心狗肺的东西，更不愿把女儿嫁给她当妾，就一口谢绝了。管家回去添油加醋地禀报给主子，苟德拍着桌子骂道："好一个不知好歹的穷光蛋，敬酒不吃吃罚酒，我非要他闺女不中。"

第二天，苟德指使家丁到李家抢亲，他们人多势众，不论分说把巧姐抢走了。

在财主家中，巧姐茶饭不思终日啼哭，想念爹娘和黄河。苟德找来花言巧语的媒婆，白天黑夜劝说巧姐，巧姐誓死不同苟德成亲，苟财主没办法就下毒手。

一天夜里，苟德摸进巧姐房里，向她猛扑过去。谁知姑娘早有准备，从身上抽出一把剪刀向苟德扎去，不料没有扎住。苟德吓得大声喊叫："来人啊。"管家等人闻声赶到，绑起巧姐，一顿毒打，关在楼上。

自从巧姐被抢走，黄河日夜放心不下，因苟家看管得严紧，没法营救。这天夜里趁巧姐刺苟德，人们手忙脚乱之机，他乘人不备，混进楼上，给巧姐松开绳子，商量逃跑的办法，不料却被苟德发现。真是火上浇油，苟财主恼羞成怒，便指使家丁抱来干柴，把楼房点着，要活活烧死他俩。

巧姐一看势头不对，急中生智，脱下罗裙撕成布条，和绳子结在一起，一头系在柱子上，一头扔出楼后窗口。这时楼下的人乱喊乱叫，点起了干柴，把院子照得通亮。一同跳楼逃走已经是来不及了，巧姐说："黄河哥，你赶快逃吧，我在前窗给你打着掩护。"黄河不肯，说："咱生不在一块，死要在一起！"巧姐哭着："一同死了不难，可死后谁来照顾家里的老人啊！"没办法，黄河只得听从，顺着绳子从后窗跳了下去。

黄河逃出了虎口，巧姐却被活活烧死了。苟财主余怒

未息，命管家挖出巧姐的心给他看，"我要看看这个犟女子的心是啥样。"谁知巧姐的心被挖出后，众人都大吃一惊，那心鲜红鲜红的，还在起伏跳动。苟德吓出一场大病，经常看见巧姐拿着剪刀要扎他，看见那颗心在他眼前晃动，管家慌忙四处请法师给主子驱鬼治病。

有一天，庄上来了一班玩把戏的，他们听了这个奇闻，其中有个人就扮成"法师"，到苟家驱邪打鬼。他说："病人被李巧姐的鬼魂缠住了身，你们把心交给我带走，病就好了。"苟家百依百顺，张罗着让"法师"做了三天三夜道场，又给"法师"许多银两，最后"法师"把巧姐的心带走了。

从此，这帮玩把戏的把这颗心当作稀世之宝，走遍大小州县，赚了不少银两。

黄河逃出来后，不敢进家，到处躲藏，李黄两家老人因无人照顾先后去世，后来在他陶庄落了户。有一天，黄河听说庄上有玩把戏的，还带着一颗跳动的心，便跑去观看。只见一个艺人用托盘盛着一颗心，依次让周围的人观看，还不停地讲着这个稀世宝的来由。这说的不正是巧姐吗？他随即挤到人前边，霎时间那颗红心停止了跳动，流出了一滴滴鲜红的血。黄河立即把托盘抢过来，流着泪发誓："巧姐妹妹啊，你在九泉下安息吧！我一定给你报仇！"

从此，黄河投奔了一个有名的武师，终日使棒打拳，在一个深更半夜到苟家，三拳打死了沉睡中的苟德，替巧姐报了仇。

讲述者： 孙大印，男，36岁，遂平县嵖岈山乡红石崖村，高中，农民

采录者： 张俊亭，男，46岁，遂平县嵖岈山乡红石崖村学校，高中，教师

采录时间： 1987年9月16日

采录地点： 遂平县嵖岈山乡红石崖村

附
记

　　这个故事当时也是通过发动师生采集上来的。孙大印好看书爱学习，经常到张俊亭处借书，俩人关系处得也不错。这天孙大印又来借书，俩人就聊了起来，突然，张俊亭就问他会讲故事不，孙大印也纳闷，说，会讲呀，你听故事干啥？张俊亭就把采集故事的任务给他说了说。孙大印很高兴，说这会不行，要不晚上你到我家吧，我好好给你讲几个。就这样，那天晚上俩人围坐在一起，吸着烟喝着茶，共同收集了好几个故事。

　　《不见黄鹤（河）心不死》的故事在河南很多地方都有流传，除驻马店各县区流传版本女主人公叫黄河外，泌阳县宁德录采录的叫黄鹤，新蔡县张秀兰讲述、娄芳、张敬忠采录的叫黄荷，平舆县柴平均讲述、乔蕾采录的叫黄娥，但像这个故事里男主人公是黄河的却不多。

（谭咏利　赵新春）

（四）鬼故事

406

赌博鬼桥上遇真鬼

遂平县张台附近有个虎狼店村，村里有个赌博鬼叫张三。他常常到附近三乡五里赌博，并且一赌就是半夜。

有一次，他又去梅庄赌博，回来路过老庄河，见桥上坐一少妇哭哭啼啼，忙上前询问其故。那女子并不答话，问得烦了，竟大动肝火："你这人真啰嗦，再问我吓死你。"

张三一听感到奇怪，深更半夜，一个妇道人家有何本领，敢吓我张大胆，我倒要看看你是咋个吓人法，于是就说："我不怕，你吓吧！"

话音刚落哭声止，那女子把头一晃，披头散发，怪眼圆睁，身上长出了毛，俨然一副妖精模样。

张三心里一颤，嘿嘿一笑："就这么点本事？"

那女子又答话啦："你若不走开，我吹死你。"

"吹吧！我就站这不动。"

一句话未了，一股冷风照面门袭来，张三浑身冷得哆嗦。可他毕竟是个男子汉，不等那寒气吹近，一把抓住那女子手腕，背起就走。

待鸡叫三遍，天色大亮，他赶到家放下一看，原来是

块棺材板，劈开两半，上面有一滴血。

讲述者： 李全喜，男，40岁，遂平县花庄乡断山口村翟庄，初中，农民

采录者： 李书琴，女，22岁，遂平县花庄乡断山口村翟庄，初中，农民

采录时间：1988年3月7日

采录地点：遂平县花庄乡断山口村翟庄

附记

当时李书琴为民办教师，她爱读书、爱写作，也积极参与了民间文学三套集成的收集工作。这天趁着周末，她找到李全喜时，李全喜正在地里看麦，面带微笑，今年的麦长势很好，肯定又是一个丰收年。得知李书琴的来意后，李全喜趁着高兴劲，就坐在地头边讲起了故事，李书琴边听边记，完成了故事的采集。（余全有）

异文：木匠捉鬼

有个木工好赌博。一天，他从外边赌博回家时，已是深更半夜。

天很黑，也不知走了多少时辰，他似乎看到路上有些光亮，很宽。当他迈步的时候，"扑哒、扑哒"竟是水的声音。他觉得不对头，就赶紧停下，想点上一支烟，可划几根火柴就是点不着，只好作罢。

突然，他发现不远处有一个黑东西，仔细看是鬼，不由吓得魂飞魄散，慌忙乱摸想找自卫的东西，却只找到了一个尺子，涂有红颜色。

他听说过鬼怕红颜色，就赶紧拿在手中，并吓唬鬼说："看我捉住你。"也怪，鬼一看到红尺子就不敢动了。

他捉住了鬼，并扛在背上，很轻，辨别好方向，朝家中走去。到了屋里他把鬼放下："今天我要杀死你！"

"再叫我捉住你，非吃你不可！"鬼也恶狠狠地说。

那个木工朝鬼脖子里一抹，竟滴下一滴血，鬼顿时无影无踪。

讲述者： 高立亭，男，46 岁，驻马店市刘阁乡，小学，农民

采录者： 高大山，男，21 岁，驻马店市刘阁乡文化站，高中，专干

采录时间：1987 年 8 月 3 日

采录地点：驻马店市刘阁乡

附记

过去，木匠经常在外做工，早起晚归，加之见多识广，他们大多会讲很多故事，尤其是鬼故事。木匠有自己的家什，对付鬼有自己的办法。据说鬼最怕木工丈量用的五尺杆子，但是不是像本故事说的因为尺子涂有红颜色就不得而知了。以前人少，有些地方很少有人涉足，老辈人往往会告诫孩子说这地方很"紧"（谐音），就是经常闹鬼的意思，让孩子不要去。驻马店各县区不少地方有鬼打墙、鬼压身、鬼附身的说法，不过随着知识的普及，现在这些已淡出了人们的视线。

（赵新春）

407

秀才结奇缘

很久以前，有个财主盖了一处瓦房，可是从盖起就没人住，一直空着。

一天，一个秀才进京赶考路过此地，看天色已晚决定借宿，于是就到财主家讲明来意。财主听后连连摆手："不中！不中！这儿夜里常常闹鬼，住过的多半都被吓死了。"秀才听了，暗自好笑："哪有啥神呀鬼呀，纯属荒唐。"财主无奈，只好让他住进来。

晚上秀才正写文章，忽然看见一位少女，仙女下凡一般站在面前，窈窕妩媚，楚楚动人。秀才大骇，女子说："书生不必惊怕，我本是一农家女子，只因长得有些姿色，被一个无赖看上，要强娶我做妾。父亲胆小怕事，怕得罪他，便答应了这门亲事。眼看婚期就到，我不愿落入'狼窝'，万般无奈便悬梁自尽。"

女子说到此处已泣不成声，秀才听了她的诉说也悄然泪下："小姐，既入黄泉莫再痛伤，见了阎罗君把世间不平说与他，如果同情你，或许来世命运好转。"

女子说："直到如今碰着你，才这样同情我，太感谢你了。"

彼此谈得情投意合，女子得知秀才尚未婚配，便说："书生尚未娶妻，小女有心成全你，不知意下如何？"

秀才连连道谢："人鬼殊途，不知咋成全？"

女子说："距此五里远，一家财主有位千金小姐，自出生就半痴半呆，至今尚未出嫁。财主说只要有人能治好他闺女的病，不论贫富都招他为婿。我倒有一良方。"于是，她便对秀才如此这般说了一遍。秀才半信半疑，决定去试一试。

次日，秀才来到财主家，自荐说能治好小姐的病。财主大喜，迎至客厅，一边吩咐家人招待，一边唤出傻女。

秀才按女子交代的办法，用一个布袋将傻女的头罩住。这时，只有秀才才看得见昨晚那女子的魂从空中飘下，与傻女翕然而合。

秀才随即取下布袋，只见一位娇滴滴的姑娘，含羞地望着秀才，说话动态俨然昨晚那女子模样。

财主见闺女如脱胎换骨，大喜过望，次日就让她与秀才完婚。这样，秀才娶了一个年轻貌美的妻子。

讲述者：　魏祖遂，男，40岁，遂平县和兴乡后楼村，
　　　　　中专，教师
采录者：　郑金霞，女，20岁，遂平县和兴中学，学生
采录时间：1987年3月6日
采录地点：遂平县和兴乡后楼村

408

张强逗鬼

从前，有个名叫张强的书生，不但不相信世上会有鬼，也不怕鬼。

有一年，张强为求清静的地方读书，便到南山寺里去。一位老和尚说西厢房经常闹鬼，不让他住进去，他偏偏看上那间房。老和尚没办法，只得让他住进去。

这天夜里，张强看见一个黑影进了厕所，便提着灯笼去厕所解手。看见一个头高一二尺的大头怪，他笑着说："我正愁灯笼没地方放呢。"便把灯笼放在大头怪的头上。走的时候，连看都不看大头怪一眼，提着灯笼就走。

又一天夜里，张强正在看书，在书上圈圈点点，忽然一只大手从屋顶上伸出来。他还在微笑着看书，不理它。一会儿，他拿着笔走过，不慌不忙地在那只大手上写了个"山"字，就听见一阵怪叫："压死我啦！压死我了！快请放了我吧，以后我再也不这样吓人了。"

张强在那手上又加了一个"山"字，这下变成了一个"出"字，那只大手才慢慢地缩回去。

从此，这个地方再没有闹过鬼。

讲述者： 王周，男，15 岁，遂平县槐树乡柳树庄，
中学生

采录者： 王毛，男，14 岁，遂平县槐树乡胜桥学校，
学生

采录时间：1988 年 2 月 4 日

采录地点：遂平县槐树乡柳树庄

附
记

以前的学生都是讲故事的好手，他们的故事大都来自于前辈尤其
是爷爷奶奶，爷爷奶奶在孩子们眼中都是故事篓子，这个故事当时是
通过发动师生采集上来的。放寒假回家后，王周就找好友王毛玩，俩
人是光着屁股长大的，无话不说。玩着玩着，王周说他得回家了，还
有个重要的事得做，王毛觉得好奇就问了问，才知道是讲笑话的事。
王毛就建议他俩一块，王周就说咱也不用再麻烦别人了，就咱俩，我
讲你记。就这样，这个故事在两个孩子手中完成了采录。（谭咏利）

409

曹大个子捉鬼

从前，遂平西南有个曹庄，村里有个姓曹的，个子很
高，人们都叫他曹大个儿。

一天，曹大个儿到小孙庄赌博，半夜回家路过上仓小
河时，有几个小鬼把他往水里拉。他个子大力气也大，小
鬼拉不动。

一会儿，从水里出来一头驴，小鬼一起把他弄到驴背
上，驴就驮着他往水里走。眼看就要到水里，曹大个儿就
把鼻子弄出血，小鬼们一见血都吓跑了，只有驴没跑了。
他把血抹在驴头上、背上、耳朵根上，驴再也无法变化了。

曹大个儿牵着驴回到家里，三更半夜让老婆套磨。磨
了还磨，自己的磨完了，又让邻居磨。驴累得不走了，他
就叫人使劲打它，就这样磨了两天。老婆问他为啥把驴使
恁狠，他说："买它就是使的，谁还心疼它干啥。"

第三天，曹大个儿上街赶集，临走时对老婆说："今
天要是有买驴的，说啥咱也不卖。"他刚走没多大会儿，
就有个老头儿和一个青年人来买驴，他老婆就把交代的说
了一遍。那老头儿说："你掌柜的不是上街了吗？俺俩在
西边儿见他了，他又说卖了，是怕价钱低不想卖，俺愿掏

高价，他答应了。俺给他说好明儿到俺家取钱，俺就是这上仓的，姓阴，回来你一说他就知道了。"说罢，把驴牵走了。

曹大个子到家就问："驴呢？"老婆说："你不是答应卖给人家啦？"

他一听笑了，说："我就没见谁要买驴，你要知道它可不是一般的驴！是鬼！日他娘，我差点儿没死到它手里。"接着就把那天夜里的事儿说了一遍。

老婆说："咋不早说，可不叫全庄的人用它磨面。"

"我要说是鬼，怕是没人敢使了。"

讲述者：　赵美一，女，63 岁，遂平县诸市乡李楼村，
　　　　　不识字，农民
采录者：　李海琴，女，20 岁，遂平县诸市乡李楼村，
　　　　　初中，农民
采录时间：1987 年 11 月 16 日
采录地点：遂平县诸市乡李楼村

附
记

赵美一和李海琴是祖孙关系，李海琴就是听着奶奶的故事长大的，故事给她留下了深刻的印象，有时候奶奶为了让她听话，故意给她讲鬼故事，吓得她大气都不敢出，头直往奶奶怀里攮。当时李海琴经常去乡文化站借书看，和他们都很熟悉，当知道收集民间文学三套集成时，就试着问了问，他们就告诉了如何收集和注意的要点。李海琴爱动脑筋，有心计，她想，如果都收集大家都知道的故事，被选中的可能性就小，我还是重点收集鬼故事吧，这样才有可能被选中。就这样，她根据记忆，整理出了好几篇鬼故事。

小时候听大人讲鬼故事时，知道鬼也怕红的东西，比如火光、烟头、血。碰见鬼后别慌张，要拉火柴点上烟，这样鬼就吓走了；如果火柴拉不着或者没带，只能把鼻子打淌血，鬼更怕血。再一个就是鸡叫，鸡一叫它们就没了。我有几次一个人走夜路，心里直犯鬼，随时准备着把鼻子打淌血，可一次机会都没有。（谭咏利）

410

赵先生捉鬼

从前，有一个姓赵的先生，家里只有他和老伴二人，无儿无女，天天靠四处行医挣钱糊口。

一天夜里，赵先生走到一片乱坟场子里，听见有小孩的哭声。他借着月光一瞧，在离自己不远的老坟旁，坐着一个骨瘦如柴，眼里闪着蓝光的小孩。他一看便知，这小孩是个小鬼，要不，深更半夜，咋会跑到这儿呢！

赵先生天天给人看病，见的死人多了，心里一点儿也不害怕。他走到小鬼跟前，说："你是哪庄的？在这里哭啥？"小鬼撒谎说："我是前庄上的，从姥姥家回来，走到这走不动了，你把我背回去吧！"赵先生满口答应："好，好！"就上前抓着它的胳膊，往背后一扔，背上就走。

走了一会儿，离村庄越来越近，赵先生把小鬼抓得紧紧的。小鬼开始抓挠起来，叫喊："放开我，快放开我！"赵先生笑笑说："你不是让我把你背回家吗？咋又叫我放开你呢？只要你落入我的手里，就别想走掉！"说罢，一拳把自己的鼻子打淌血，把血往小鬼脸上一抹，小鬼再也不喊叫了。

赵先生把小鬼背到家里，对老伴说："我在路上拾了个小孩，咱就把他养着做儿子吧！"老婆子一看，高兴得咧着嘴直笑，便拿个手巾，把小鬼脸上的血擦干净。谁知这一擦，小孩不见了，留下个破袄片，上边还有几点血，赵先生用火把它烧了。

从此，庄上的人，谁也不怕鬼了。

讲述者：　王众胜，男，38 岁，汝南县老君庙乡房坡村小学，中专，教师
采录者：　孙志强，男，28 岁，汝南县委宣传部，大专，干部
采录时间：1987 年 6 月 16 日
采录地点：汝南县老君庙乡房坡村小学

附记

王众胜爱好写作，教学之余笔耕不辍，在乡里小有名气。这天陪同孙志强在村里采集故事，工作了一天却收获不大，采录的几个故事都是大家耳熟能详的，其他地方也有，入选的可能性不大。见此情况，王众胜就对孙志强说，我也会讲几个故事，可能你也没有采录到，不行我讲给你听听，说完就讲了这个故事。孙志强还真没听过，就在村小学住地认真地记录了下来。

像故事里用血降鬼的说法在民间流传很广。驻马店民间认为人的血、唾液、童子尿都属阳物，因为鬼属阴，阳克阴，这些东西都可以用来降鬼、驱鬼。此外，像前面《木匠捉鬼》的故事一样，也有人说鬼怕血，因为血是红色，民间有朱砂驱鬼的说法。（谭咏利　赵新春）

411

吃鬼老王

从前，王庄有个人，人称吃鬼老王。

有一天，老王在走亲戚的路上，看见从庄稼地里走出来一位三十来岁的妇女，到他跟前说："老王大哥，你看我的脚恁小，又走了远路，走不动了，你背我走，咋样？"老王听了，心想，奇怪，她咋知道我是老王？唉，管她呢，我有的是力气，又不怕鬼。于是背起就走。

当走到王庄村后时，那少妇说："老王大哥，你把我放下吧，有人看见多不好。"老王故作执着地说："别怕，我有的是劲，我要把你背到你要去的地方。"那少妇突然说："你知道吗？我是鬼，你再不放下我，我就要变化吓人了。"

老王也不作声，背着只管走，谁知那女人真的起了变化。老王开始觉得这女人的腿上长毛了，越背越重，压得他喘不过气来。尽管这样，他还是沉住气，死死抓住那女人的腿不放。一会儿又觉得抓住的是木头，他还是不吭声，随她去变。

到了家，老王把身上的"木头"放下来，用一个碗压着，又去拿柴草把木头点着。只听"哄"的一声，火一着，

"木头"成了红红的一大片鲜血。老王心想，这好长时间就没吃过带腥味的东西了，于是去灶房拿了个大碗，把鲜血弄到碗里，放在锅里一煮，把它当成一顿美餐吃了。

吃鬼老王这个名字就是这样传开了。从此老王出去办事，走到漫野地里，小鬼老远看见他就边跑边喊："吃鬼老王来了，吃鬼老王来了！"

讲述者： 宋生亮，男，35岁，遂平县石寨铺乡，大专，干部

采录者： 申玉珍，女，15岁，遂平县石寨铺乡初中，学生

采录时间： 1987年10月15日

采录地点： 遂平县石寨铺街

附记

以前农村物质贫乏，晚上最大的乐趣就是听老人讲故事。其中不少都是鬼故事，鬼有好有坏，有善有恶，但都能激起人的恐惧。每每听到这样的鬼故事，恐惧得头发梢都要竖起来。也有胆大的孩子，装鬼吓人，吓得别人大声尖叫。我小时候就听过类似的故事，看来鬼还是怕恶人呀。（谭咏利）

异文：吃鬼大王

今天，我来给大家讲一个吃鬼大王的故事。一条大路旁有片老坟地，里面有一个吊死鬼，经常夜间出来吓人。方圆附近的人，夜间都不敢走这条路。

一天，有一个唱戏的，杀了戏，走到离那个吊死鬼坟不远的地方，觉得好像有一个人在后面跟着自己，便装着提鞋的样子，弯下身子偷偷地向后瞟了一眼，见有一个女人跟在他的身后。他心里打了个寒战，又马上镇定下来，心想：这女人是不是路边坟里的吊死鬼哩？我看她今天夜晚想把我怎么样。就紧走几步，到了地里，一屁股坐在吊死鬼那坟尖上。

女鬼一看，大叫起来："你是谁？为啥坐在我的屋脊上？快点走开！不然，我就给你点厉害看看！"唱戏的不慌不忙地说："你也别讲我是谁，反正我是专门来收拾你的。"

女鬼听罢，把头一摇，变作披头散发，满脸血迹的模样，站在唱戏的面前。唱戏的哈哈大笑，随手从口袋里掏出化妆用的颜色，把自己涂了个满脸乌黑。

女鬼见这一招没有吓住唱戏的，就又摇了摇头，立刻脖子里挂着一条绳子，伸着舌头，变成了吊死鬼。唱戏的满不在乎地说："你这算啥？看我的！"说着从腰里解下裤腰带，往脖子里一挂，学着唱戏的样子，把头缩在衣服里。

女鬼见这一招又没吓着唱戏的，正在发急，忽听远处传来了鸡叫声。这时她慌了，暗想：天一亮我就完了。看来这个人不怕我，我得跟他说几句好话，叫他离开老坟一会儿，我好回到屋里呀！她就向唱戏的苦苦哀求："这位大哥，请你把屁股向南边挪一点儿行吧？"

唱戏的看出女鬼的用意，心想：只要我向南挪动一点儿，你就可以钻进老坟里去，我是不会上你的当的。想到这里，就坐在坟尖上一动也不动。

过一会儿，天亮了，女鬼变成了一块血饼。唱戏的一看："啊，原来就是你在这里作精啊！"拾起来撂在嘴里，嚼嚼咽到肚子里了。

从这以后，这里再也不闹鬼了。因为这个唱戏的吃了吊死鬼，所以鬼都怕唱戏的，称他为"吃鬼大王"。

讲述者： 傅学忠，男，67岁，汝南县文化馆，初中，干部

采录者： 傅维杰，男，26岁，汝南县文化馆，高中，职工

采录时间： 1987年10月23日

采录地点： 汝南县城关

412

欺软怕硬的鬼

以前，汝南南关外的一大片老坟地里，住着一个撑死鬼和一个饿死鬼。撑死鬼天天吃得酒足饭饱，肚皮鼓囊囊的；饿死鬼呢，天天找不到吃的，饿得少气无力，骨瘦如柴。

有一天夜晚，撑死鬼和饿死鬼碰在一起了。饿死鬼就问撑死鬼："大哥，你天天都有东西吃，到底是从哪儿弄来的呢？我咋找不到呀？"撑死鬼说："你真笨！你不会找个人缠缠吗？只要你一缠着他，他就会烧纸送钱，割刀头祭你了！"饿死鬼听罢，很高兴。

过了几天，一个农夫早晨下地干活，路过饿死鬼的坟旁，被饿死鬼发现了，就去缠他。农夫刚走到地头，就觉得头痛难忍，实在是没法干活了，只好回家了。妻子见他刚出去就回来了，开口便问："你不是下地干活去了吗？咋又回来啦？"农夫也不回答，抱着头直喊："头痛！"妻子一看丈夫病啦，很奇怪，说："你出门时不是好好的吗？年轻力壮的转一圈咋会突然病了呢？"说着说着，就看农夫头痛得在床上直打滚。农夫心想：我下地时，从饿死鬼的坟旁路过，是不是它？他想到这里就高声大喊：

"快去厨房把切菜刀给我拿来！"妻子忙问："你要刀干啥呀？"农夫说："你把我的头砍了，看它还痛不痛！"这时饿死鬼在农夫头上正缠得来劲哩，听农夫要把自己的头砍掉，心想：你把头砍了，我不就完了吗？吓得他化着一股青烟飞跑了，农夫的头马上不痛了。从此，人们才知道鬼也是欺软怕硬。

讲述者：　傅学忠，男，67 岁，汝南县文化馆，初中，干部

采录者：　傅维杰，男，26 岁，汝南县文化馆，高中，职工

采录时间：1987 年 10 月 23 日

采录地点：汝南县城关

异文：穷女人斗鬼

从前，有户穷人，丈夫给人家打短工，妻子在家纺线织布，艰苦度日。

一天，一个勾命鬼游到这家门口，听到里边有叹气声，就进到屋里。原来是个穷女人在纺线，由于日夜操劳得了眼病。勾命鬼想："我日夜单行，多想要个做伴的呀！我何不把她勾引过去！"就故意弄断她的线。穷女人不着其中原因，误以为自己眼有病没有纺好："唉，弄啥都不中，还不如死了好！"勾命鬼一听心中暗喜。

穷女人说完把绳子搭在屋梁上，就不由自主地把脖子往绳圈里套。这时，她突然明白过来了，心想，我这样死了太亏，一定是有勾命鬼在缠我，我得治治它再说。

于是，她自言自语地说："干一辈子了，死也得死个干净，烧盆水洗洗脚。"她到灶房里烧一盆开水，就向绳套底下自己刚才站立的地方泼去。听见一声怪叫，地上出现一摊血，勾命鬼被烫死啦。

穷女人再去纺线的时候，眼也不疼了，线也不断了，再也没有鬼来干扰她了。

讲述者：　郑艳的爷爷

采录者：　郑艳，女，14 岁，确山县任店乡巩庄村，初中，学生

采录时间：1987 年 5 月 16 日

采录地点：确山县任店乡巩庄村

413

张
三
捣
鬼

张三是白云山下方圆百里之内最好的车把式，他心肠好，常为人排忧解难。

他住的村庄附近的荒草丘经常闹鬼，因为他经常用那杆打牛的鞭解救被鬼打墙、鬼拦路的人，得罪了阎王，于是命催命鬼把张三锁来，准备给他点厉害看看。

张三早料到阎王会派鬼过来，就在院子里撒一布袋黄豆，又去烧了一锅开水。

中午时分，催命鬼一股劲儿闯进张三院内，要抓张三走。

张三胸有成竹，笑嘻嘻地对他说："走也不在乎这一会儿，我知道你要来，先给你煮了个鸡子，吃了再走吧！"催命鬼是个爱吃嘴的家伙，一听有鸡，急匆匆往灶火闯，揭开锅盖就抓。"妈呀"一声，只见他甩着手跳到门外，踩在院里的豆子上，"咕咚，咕咚"直摔跤，等好不容易爬起来，已经摔得鼻青脸肿，只得一瘸一拐逃跑了。

张三边收拾豆子边想，阎王知道了定不罢休，还会派凹凸二鬼重来。他找了铁棒，捧来石臼，灌了半臼化开的

桃胶、杏胶、李梅胶，烧红了铁棒，专等二鬼前来。

不出所料，一个凹腔、一个凸腔的小鬼来了，二鬼高声叫道："张三快跟我们走！"张三笑眯眯地说："二位别忙，走这么远的路太累了，请坐会歇歇再走不迟！"两鬼一看，石臼和铁棒正好可坐，凹腔鬼刚坐在铁棒上，大叫一声"疼死我了！"凸腔坐在石臼上，听到喊声猛地站起，却总站不起来。张三拿出鞭来，一顿好打，把两个小鬼打得哭爹叫娘，落荒而逃。

两鬼跑到阎王那里，哭诉挨打经过，阎王看他俩被打得皮开肉绽，勃然大怒，决定亲自出马。

第二天，阎王气势汹汹地骑着千里马来到张三家，正是腊月天，却见张三穿一身单薄的衣服，在给一头白猪刷身上的毛。阎王一见诧异地问："你这是干什么？"

张三笑呵呵地说："阎王爷，我知道你要来，把我宝猪收拾下，好跟你走呀！"阎王爷一听是个宝猪，笑了。

张三又说："你别小看我这猪，打上一鞭，快跑三千，砸一石头，捧上日头。您那马给我这猪换，我还不换呢！"

阎王想：他的猪跑得那么快，要是张三逃跑了，我可如何追得上呢！想到这里阎王说："张三，用我的马换你的猪好吗？"

张三故作不高兴的样子说："我可不愿给你换，不过你说了，谁敢不听！"

忽然一阵寒风吹来，阎王打了个冷战，而张三却没有一点寒意，就问他："你穿得那样单薄，就不怕冷吗？"

张三道："我这衣裳是几千年来炼就的宝衣，穿在身上冬暖夏凉，刮这点风算什么！"阎王是个爱占小便宜的人，就要给张三换衣裳。张三假装为难，推说不换，最后才说看在阎王面上可以暂时换一换。

放下阎王不说，张三穿上阎王的龙袍，骑上千里马，向阴曹地府去了。到了阎王殿，立即给众小鬼说："张三在后边，骑的是猪，你们赶快去，见到抓住就打，打得越狠越好。"众小鬼得到旨意，立即前往。

阎王骑猪，猪不走大路，光往沟里闻着找屎吃，他急得直出汗，于是就照猪身上砸一砖头，猪只"哼"了一声，又打了一鞭，又哼了一声。阎王暴跳如雷，狠狠

往猪身上打去，猪被打急了，就往前边臭水坑猛跑过去，索性睡在水里了。阎王气急败坏，朝猪又是一阵猛打，竟把猪打死了。

阎王只得步行，累得一瘸一拐，暗骂上了张三的当。当他快走到阎王殿时，被众小鬼看见了围了个水泄不通，一阵好打。阎王叫着："我是阎王，不是张三。"

众鬼说："阎王早已回来，你还敢冒充！"又是一阵毒打。不一会儿把阎王打得气息欲绝。等众鬼停下手来，才知道上了张三的当。

自从张三狠狠教训阎王之后，再也没有小鬼扰乱百姓了。

讲述者： 张善峰，男，50岁，泌阳县板桥乡林庄，初中，农民

采录者： 陈国民，男，16岁，泌阳县板桥乡中，学生

采录时间： 1988 年 8 月 10 日

采录地点： 泌阳县板桥乡林庄

附
记

民间文学三套集成编纂时，不少学生是通过家中或同村的长辈来采录民间故事的，张善峰与陈国民就是同村不同辈分的人。遂平县周培林讲述、肖宪云采录的这则故事叫《油炸鬼王》，主人公叫常胜，故事基本相同。鬼王派的两个鬼，长脖鬼被常胜用开水烫伤，长腿鬼被豆子摔倒，腿被常胜用棍子打断。此后鬼王想把常胜弄到鬼王殿油炸他，结果常胜骗了他的马和穿戴，跑到他前面，对已经烧滚油锅的小鬼说常胜在后面，等他一到，"不论分说就把它下油锅，越快越好"。鬼王偷鸡不成蚀把米，被小鬼用油锅炸了。（赵新春）

414

借
尸
还
魂

从前，在洪河的东岸，有一户王姓人家，娘儿俩过日子。小伙子叫王山，成天下河打鱼，卖鱼买些米盐养活他娘，已经二十多了，因为家里穷，还没讨上老婆。

这一天，王山和往常一样，一手拎个鱼网，一手拎个鱼篓，来到河边打鱼。这时，村子里有几个孩子正在河里洗澡，只听一个孩子喊道："不好了！小三淹着了！"

王山往河里一看，可不是嘛，河里有只小手正在乱摆动……他赶紧扔下渔网，一个猛子扎下去，把小三救了上来。随后对这群孩子说："往后别再来洗澡了，万一淹着了，恁爹娘可咋过呀？赶紧回家吧！"孩子们点点头跑回家去了。

王山送走了孩子们，拿起了渔网准备打鱼。突然，河面上过来一位姑娘，下半截身子沉在水里。她来到王山的面前说："你叫王山吧！"这下把王山给吓愣住了，心想：她怎么认识我呢？就问："你是谁？咋会认识我呢？"

"哎，咋不认识呢？我和你住邻村，小时走亲戚还一块玩过呢。三年前，俺在河里洗澡淹死了……"王山一听，有点害怕了，不由得后退了几步。

姑娘忙说："你别怕，咱俩有缘分，我淹死三年了，正好该抓替身还阳了。可那小孩被你给救走了，明天还有，我能还阳就做你的媳妇！"

王山是个善良的人，心想：你要是再抓了别人，那别人可咋过呀！于是，就对姑娘说："你咋抓别人呢？"姑娘说："这三天，你不要来打鱼，等我抓着了替死鬼，就能做你的媳妇了。"

王山心想：我不能因为要个媳妇而害别人，一定得想个法子别让她抓着人。一边想，一边拎着渔网回家了。

第二天一大早，王山就来到了河边，对那姑娘说："今天该谁呢？"姑娘说："晌午有个老头打这桥上过，我就抓他。抓着他，咱俩就能成夫妻了。"

王山点点头，在离桥不远处的树林里等着，准备救老头一命。天晌午了，真的有一个老头过来了，他忙拦住说："你别过桥了，河里有个淹死鬼要抓替身，赶快回家去吧！"老头点点头，半信半疑地回家去了。

王山来到河边，那姑娘又来了，对他说："我要抓替身，你怎么救他呢？明天我还要抓替身，这是最后一天了，你不要管了。如果这次抓不着，我还要再等十年。"王山问："这次你抓谁呢？"姑娘叹了一口气说："明天晌午有个小媳妇过河，我要抓她，这回你千万别告诉她。"王山说："你放心吧，我不会告诉她的。我走了，明天晚上来看你。"

第二天，王山又早早来到河边桥上，刚到晌午，真有一个小媳妇朝桥头来了。他赶忙跑过去说："大嫂，你别上桥了，河里有个淹死鬼正准备抓替身呢，赶快回家吧。"小媳妇一听，吓得头也不扭回家去了。

王山又来到河边，那个姑娘也来了，很生气地对他说："你太不应该了，我不能饶你！"王山忙说："大姐别生气，你要是抓着他们了，他们的家人孩子咋办？你得将心比心呀。"

他这么一说，淹死鬼也感动了，更爱王山了，对王山说："我三回没抓着替死鬼，十年内就不能抓替身了。实话给你说吧，今晚那边庙里阴间将审问一个姑娘，你想法救救她吧！"说完就钻进了河里。

吃罢晚饭，王山就赶紧来到庙里。庙里的泥像还真不少，中间有个大泥像，两边是小鬼儿像，个个龇牙咧嘴的。他跑到大泥像后边蹲着，等着看个究竟。到了半夜时分，他听到外面有铁链子声，偷偷往外一看，一个大姑娘脚上戴着铁链子，两个肩膀有两盏忽明忽暗的油灯，被两个小鬼押进了大殿。

这时听中间那泥像说："你犯的什么罪？"姑娘说："我在阳间做了坏事，阎王爷处罚我，让我一个肩头生一个大脓包！"

泥像又说话了："你下辈子要多做善事才能长寿，我会尽快安排你转世脱胎。"

两个小鬼把姑娘带走后，王山就问泥像："那姑娘姓什么？""姓刘。"

"成亲没有？""没有。"

"你想救她是不是？""是的，我是想救她，她太可怜了。"

泥像说："这个刘小姐阳寿已到，该回我这里了。淹死鬼和你是前世的姻缘，我成全你们。我给你几粒仙丹，让淹死鬼借尸还魂，你到刘庄给刘小姐治病去吧。"王山接过仙丹，高高兴兴地出了庙门。

王山来到刘庄，说他能为刘小姐治病。刘员外半信半疑，但也没别的办法，就差人把他领到小姐的闺房。

小姐身边站了不少人，夫人、丫鬟都在流泪。小姐的模样跟死人似的，王山看了看说："你们放心吧，我马上能给她治好。"说完把药丸给小姐喂下了。

不多时，小姐身上的脓包越来越小，很快就没有了，睁开了眼睛会说话了。她看了一下王山，说："王山，是你呀！"王山明白了，刘小姐已经死了，这是淹死鬼的魂灵附在了她的身上。

当时，刘员外分外高兴，大摆宴席，一来感谢王山救了闺女的命，二来庆贺小姐死里逃生。当众征得夫人的同意，招王山为上门女婿，当日完婚。王山一听，也非常高兴，赶忙跪地给刘员外、老夫人磕头，随即和小姐拜了天地成了婚。

完婚之后，王山回去把母亲接到刘员外家，一起过上了美满的生活。

讲述者： 杨大庆，男，50 岁，上蔡县塔桥乡黄泥桥村，小学，农民

采录者： 赵占明，男，30 岁，上蔡县文化馆，高中，职工

采录时间：2006 年 3 月 8 日

采录地点：上蔡县塔桥乡黄泥桥村

415

水鬼

附记

正阳县葛友讲述、葛静采录的《鬼友》和这个故事类似，鬼想拉个打伞的垫背，却来了个顶着锅的，救人者疑惑，后来想起顶着锅就类似打伞，就把他救了下来。

民间说恶死的人想托生，只要拉个垫背的就能托生。小时候在农村，天热时孩子们爱下河洗澡。大人们怕洗澡出事，就讲些"小鬼拉人好托生"之类的故事来吓唬他们。说晌午头更不能下水洗澡，这时没鼻子、没眼睛的小鬼会出来，把水拍得"啪啪"响，引诱小孩下水，再拉到水里淹死，他好托生。所以小孩一害怕，就不敢晌午头洗澡或一个人去洗澡，更不敢到"紧"[1] 的地方洗。（谭咏利）

从前，上蔡北关苗沟村有一个孝子，名叫苗义。由于爹娘生病，家里没钱抓药，他就时常跑到柳堰河附近，靠打鱼卖鱼给二老治病。

有一天，苗义照常揣了几个馍，带着鱼篓、鱼网到柳堰河打鱼。可说来也怪，从清早一直打到悠西[2]，撒了几十网，除了一些零零星星的小虾鱼之外，连一条斤把重的鱼也没打着。苗义不甘心，照手心狠狠吐了几口唾沫，憋足劲儿，甩开膀子又撒了两网，结果，还是啥也没有打着。

苗义泄气了，心想：算了，今儿看来太背[3]，干脆到明儿再来。刚掉头要走，就听河里"哗"的一声，浪花一翻，冒出来一个水鬼。他吓了一跳，仔细瞅这水鬼披头散发，半遮半盖的脸儿凄青透亮，再看穿着打扮，咋看咋像个秀才。水鬼生气地说："俺是这里的河鬼，你为啥来这打搅俺的清静？"

苗义见他没啥恶意，壮了壮胆儿，解释说："河鬼兄

[1] 紧：传说闹鬼。

[2] 悠西：傍晚。

[3] 背：运气不好。

弟，不是俺苗义成心打搅你，俺家里……唉！实在是有难处啊！""啥难处？"

"爹娘卧病在床，急着抓药。俺除了打鱼啥手艺也不会，你说俺不靠这，咋给爹娘治病？"

水鬼听到这儿，对苗义很是同情，点了点头："这么说，你还是个孝子哩！别愁，俺可以帮你。""咋帮俺？"

"你撒网，俺帮你轰鱼，包你一网就能打一篓，咋样？"

苗义挺高兴，提起鱼网就撒。见水鬼伸胳膊在水里一划拉，一群鱼扑扑棱棱都跑到网里。水鬼一推水浪，苗义没费啥劲就把渔网拽到了岸上，抖开网一点数，足有百八十条。

苗义装好了鱼，想要说些感激之类的话，水鬼忙摆了摆手："不用谢，不用谢，俺今后还有事让你帮忙哩！记住，赶明儿再来，你最好推着车多带几个鱼篓，俺好帮你多打一些。"说完沉入河里。

到了第二天，苗义先卖鱼后抓药，接着就按水鬼交代的话，推着车带了四个鱼篓来见水鬼。这一次更为顺当，他和水鬼还是一个撒网一个轰鱼，不大会儿就打了满满一车子鱼。

苗义又要道谢，水鬼照样一摆手："不用谢，不用谢，俺以后真有事让你帮忙哩！"苗义感到纳闷：他口口声声要我帮他的忙，俺能帮他啥忙呢？水鬼不说，他也不便多问，只好推着车回了家。

打这开始，一连十天，在水鬼的帮助下，苗义每天打的鱼都是车车满，车车都卖好价钱。渐渐地，有钱看病吃药，爹娘好了许多。

到了第十天头上，苗义感到实在过意不去，就问水鬼有啥忙让他帮。水鬼一笑："不急，等你爹娘的病全好了再说。"

一转眼，又过了二十多天，爹娘的病终于好了。这天苗义向水鬼一讲，水鬼听了挺高兴，对他说："实不相瞒，俺本是一个落第秀才，只因年时个[1]没考上举人，俺感到

没脸去见爹娘，一赌气，就在这儿寻了无常[2]。因为这一翁儿[3]俺帮了你的忙，阎罗看俺积德行善，到后儿个[4]准备接俺走哩！"

"接你走，去哪？"

"不知道，反正到那天晌午会来一顶小轿接俺。你记住，没接俺走之前，会有一个人来这里投河自尽。你如果见这人投河，千万不要救她，不然就不会来小轿接俺了。"

"中！俺肯定不救。"苗义嘴上应承，心里却半信半疑。

这天一大早，苗义就来到河边等候跳水之人，果然，有一个孕妇一头扎到了河里。苗义心善，哪能见死不救，跟着跳进河里把孕妇救了上来。

等到孕妇一走，苗义心想：坏菜[5]，这下可坏了水鬼的好事。没办法，只好等在河边受水鬼的责怪。

过了晌午头，水鬼浮出水面问苗义："俺告诉你不许救人，你咋忘了？"苗义叹了口气说："唉！俺看她是个孕妇，实在不忍心。河鬼兄弟，真不中的话，俺替那孕妇去死咋样？"

水鬼不但没生气，反而连连点头："你是个好人，哪能让你去死，俺不会怪罪你。"

"可你咋办？没人投河自尽，就没小轿接你了哩！"

水鬼笑着一指："你看，小轿来了。"苗义仰起脸一瞅，柳堰河上空真有一顶小轿，飘飘荡荡，却看不到一个抬轿之人。

水鬼说："苗义，你今后有啥忙让俺帮，只管去县城东关的城隍庙找俺，俺走啦！"说完就没了影。苗义再瞅柳堰河上空的那顶小轿，眨眼间也没了。

几天后，苗义赶到东关城隍庙里一看，只见城隍爷一身秀才模样打扮，像是在柳堰河帮他打鱼的水鬼。

说起来这位城隍爷还有个特点哩！凡是清官、孝子前来许愿，许啥啥灵。换了是贪官和在家里不孝顺爹娘的货，进了庙就扳轱辘[6]哩！

---

[1] 年时个：方言，去年。

[2] 寻了无常：寻短见。

[3] 这一翁儿：这一段时间。

[4] 后儿个：后天。

[5] 坏菜：坏事。

[6] 扳轱辘：摔跟头。

讲述者： 赵天顺，男，62岁，上蔡县文化局，大专，干部

采录者： 陈群红，男，32岁，上蔡县无量寺乡无量寺村，大专，工人

采录时间： 2006年4月6日

采录地点： 上蔡县蔡都镇

416

城隍遭贬

附记

　　赵天顺和陈群红是文友和同事，彼此关系很不错，经常在一起探讨文学。当陈群红参与了民间故事的收集工作时，就第一时间想到了必须去找赵天顺，因为老赵是本地知名的文化学者，有一肚子的学问，不能少了他的故事。这天他来到赵天顺家，俩人吸着烟、喝着茶，一个讲一个记，就完成了故事的采集。

　　以前城市都有标配的两座庙：文庙和城隍庙。文庙供奉的是孔子，城隍庙是城隍爷，城隍爷便是保护一城安全的神祇。传说城隍爷是一位公正无私的人，他的前身为水庸神，兼管阴阳，是中国民间故事中一位很著名的城池守护神。（谭咏利）

　　从前，上蔡县黄埠集有个卖豆腐的，每天夜里磨豆腐时，总是让他老婆打四两酒，炒两个菜，边喝酒边看磨。

　　这天晚上，他正在喝酒，忽然门一开，进来个人。卖豆腐的赶忙让座，来人也不客气，坐下就喝。四两酒一会儿就喝完了，那人起身说声"我走啦"，转眼就不见了。第二天夜晚，才摆上酒菜，那人又来了，又是坐下就喝，喝罢嘴一抹拉说："告辞啦！"卖豆腐的心里别扭：这人真怪，咋光喝酒连句话也不说？

　　第三天夜晚，那人又来了。他一落座，卖豆腐的就端起酒盅说："咱俩喝两夜酒了，我咋不认识你呀？"那人问："大哥，你胆大胆小？"卖豆腐的说："我胆大。"那人说："我是个淹死鬼呀，那一年发大水，因为喝醉酒，掉到沙河里淹死了。前天晚上从你门口过，闻见了酒香，忍不住就过来了。"卖豆腐的说："你爱喝酒，明天我叫你嫂子多打点儿，咱好好喝！"第四天夜晚，卖豆腐的让老婆打了八两酒。淹死鬼一来就说："大哥，今天夜里咱俩多喝一会儿，明天我就不来了。"卖豆腐的忙问："咋啦？""我有替身了。""明天啥时候？谁是替身？""明天

正当午时，有个喝醉酒的人扛个布袋，要过南边的沙河，他就是我的替身。"这时鸡叫了，淹死鬼说："大哥，我走了，来世再见面。"

第二天，卖豆腐的卖完豆腐，就来到沙河边，要看个究竟。天到中午，果然有个醉醺醺的人扛着布袋过来了，要蹚水过河。卖豆腐的上前拉住那人说："你喝醉了，过河危险！"那人说："我非过河不中！"卖豆腐的一使劲儿把那人拉倒了，那人倒在地上，一会儿就睡着了。醒来一看：乖乖，恁大的水，我咋想过河呀？就拐了回去。

到了晚上，淹死鬼又来到了卖豆腐的家里，寒着脸说："大哥，你咋坏我的事哩？"卖豆腐的说："我不能见死不救啊！你不转生，咱俩还喝酒，来，喝！"

又一天夜里，淹死鬼对卖豆腐的说："大哥，这一回咱可真要分别了。"卖豆腐的问："替身是谁呀？""可不能再给你说了，你光坏我的事。""这回我不坏你的事就是。""明天还是正当午时，有个老头儿过沙河去要账，他就是我的替身，你可别再打搅了。""好，你放心。"

话虽这样说，可卖豆腐的还是不放心。第二天他来到沙河边，一等二等，天快晌午了也没见人，就回来了。路过他二大爷家门口，听见他二大娘说："家里没钱买面了，外边欠咱那账，你快去要！"他二大爷怕老婆，忙说："我这就过河去要。"卖豆腐的一听，赶紧进去说："二大爷，别去了，我家里有面，给你拿点儿先吃着。"他二大娘说："不中！非叫他去要账不可！"他二大爷出门就走，卖豆腐的死拉硬拽，硬把他拉到自己家里，又叫老婆挖几瓢面给二大娘送去。这一耽搁，时辰就过去了。

夜里，淹死鬼来到卖豆腐的家里，生气地说："你咋又坏我的事呀？"卖豆腐的说："那替身是我二大爷，能让他死吗？你不找替身，咱还天天喝酒。"淹死鬼一听消了气，又喝起酒来。

过了几个月，淹死鬼对卖豆腐的说："这一回咱可是要分手了。"卖豆腐的说："有替身啦？""不是。因为我两次没有叫人当替身，上神见喜，封我为安徽桐城县城隍爷，明天就去上任。""好！今晚我为你饯行，咱痛饮一夜！"他俩一直喝到鸡叫才分手。

淹死鬼到桐城上任的第三年，上蔡县遇了荒旱，卖豆腐的生活无着，猛地想起了他的鬼兄弟，想去找他想点儿办法。没有路途盘费，打算把几棵树卖了，他拿着镢头去刨树，刨出来十两银子，有了银子就不必卖树了。他给家里留下五两，自己带了五两，背着行李，朝桐城去了。

卖豆腐的到了桐城，买了香表，来到城隍庙里，点着祷告说："兄弟呀，我千里迢迢来了，今晚咱会上一会。"说罢，问老和尚，"当家的，有酒具没有？借给我用用。俺兄弟说他在恁这当城隍爷哩，我今夜借你这大殿住一夜，要跟俺兄弟喝一壶。"老和尚半信半疑，就借给他一套酒具和一张席子。卖豆腐的出去打了酒买了菜，又买了点儿香表回来。老和尚心想，这是咋回事呀？我得看看。夜静了，卖豆腐的摆好酒菜烧上香，说："兄弟呀，出来吧！我把酒菜都备好了。"这时，只见从城隍神像后面闪出一个人来，不大高兴地说："大哥，你还来这儿干啥哩？你刨树的时候，刨出来那十两银子，就是我给你送的呀，还不够用吗？唉，不用说了，喝酒吧。"他俩就坐下喝起酒来。老和尚一看真是城隍爷的亲人来了，赶紧回避。喝了几盅酒，卖豆腐的就讲了家里闹灾荒的情况。城隍爷说："大哥，我在这里当城隍，两袖清风，没有积蓄。你回去到沙河南沿儿的蛤蟆石那里，往西南走十五步，那里埋有一坛官宝，五十只。这银子不是你的，也不是我的，是我给你转借的，三年后必须归还原处。记住，五十只官宝，一个也不能少哇！"卖豆腐的说："好，我记住了。"

第二天，卖豆腐的又买一些香表烧烧，向城隍爷辞行。他拿香往香炉里插哩，插不进去，用手一抠，抠出十两银子。他明白这是他兄弟给送的路费，就装了起来。临走时，老和尚又送给他十两，他高高兴兴地带着二十两银子回家了。

卖豆腐的回到家里，就到城隍爷说的地点去挖，果然挖出一坛银子，不多不少五十只官宝。卖豆腐的就改做别的生意，不到两年，把五十只官宝赚回来了。他用原来的坛子，装上五十只官宝，又埋到原来的地方。

事后，卖豆腐的老想：这银子会是谁的呢？他想看看来取银子的人，便经常拿个长杆子烟袋，到这地方转悠。这一天，沙河里从上水下来一只船，到河南沿儿抛了锚，船户扛着钉耙上岸了。原来他老婆生孩子了，他上岸埋衣胞，就那么巧，刨坑哩正好刨出了那坛银子。卖豆腐的站在河北岸看得清清楚楚，就隔着河问："嗨！你查查，那是五十个官宝，看看少不少？"船户一听，吓了一跳，忙说："你别吆喝，咱俩二一添作五分中不中？再不然，你多要点儿，我少要点儿！"卖豆腐的说："我一个也不要！你查查是不是五十个？"船户查罢说："是四十九个！"卖豆腐的说："咋少一个？你等等，我回家再给你拿一个！"说着就往回走。

卖豆腐的一走，船户心里犯了嘀咕：你还不是回去喊人哩？人一来，我怕一个也得不到手了。他忙拉起了篷，顺水而下，转眼不见了。

卖豆腐的拿个官宝拐回来一看，人早没有了，只好又把官宝带回去。可他心里一直在想，官宝是咋少的呢？他哪里知道，原来是他老婆为闺女攒私房钱，偷拿了一个。

隔了三天，夜里忽听有人敲门，卖豆腐的开门一看，是他当城隍爷的兄弟回来了，忙让到屋里。城隍爷黑丧着脸说："都是你办的好事！当初你没办法，到桐城找我，我通过看财神，给你借了五十个官宝。当时说得清清楚楚要如数归还，你为啥只还四十九个呢？上神见怪，把我这个城隍撤了，还连累了看财神，把他也撤了。我为了你没啥说的，人家看财神亏不亏？"卖豆腐的说："兄弟，别生气，这事都怪我。事到如今，没有别的办法，我豁上家产不要，给你修个城隍庙，给看财神修个财神会馆行不行？"

从这起，黄埠集上就有了一座城隍庙和一座财神会馆。

讲述者： 冯心善，男，44 岁，汝南县城关新华街，高中，市民
采录者： 冀世清，男，55 岁，汝南县文化局，高中，干部
采录时间： 1984 年 7 月 16 日
采录地点： 汝南县城关

附 记

冀世清曾经在王桥公社（现罗店镇）任过党委书记，王桥集和黄埠集就隔着汝河，相距不远，冀世清很注意当地的风土人情，也听说过黄埠集的城隍庙和财神会馆的事，只是当时没有进行深入了解。当他调回县城后，还一直对这事念念不忘，就想着抽空一定把这个故事收集到。这天趁着有空，他专门找到冯心善，知道他老家离黄埠集不远，估计应该知道这个故事。真是"麦芒掉进针眼里——巧到家了"，老冯还真知道这个故事，并饶有兴趣地把这个故事讲给了下来。当收集民间文学三套集成时，他就把这个故事整理好报了上去。（谭咏利）

417

吊死鬼投生

一天，阎王把吊死鬼叫到跟前说："你是被阴差叫错了的鬼，本应把你放回去，可时辰已错过了，没法办，只有叫你另去投生。张庄有个种瓜的人该死，你快去吧。"

吊死鬼来到张庄瓜地，见了种瓜人就递上一条绳子说："阎王说你今天该死，命我来投生，你看着办吧！"

种瓜人一听吓得出了一身冷汗，镇定了一会儿忙说："叫我死，我听从。可是俺家里几口子人，老的老，小的小，我死了，谁来养活他们哩！求你行行好吧！"

吊死鬼听罢，心想：为我自己生，拆散一家人。我不能坏良心，这事我不做。他二话没说转身就走了，回到阴曹给阎王说明了种瓜人的可怜家景，也就罢了。

第二天，阎王又把吊死鬼叫来，叫他去李庄找一个该死的。那是个女哩，正在庄南河上洗衣裳。

吊死鬼来到李庄南河，找到洗衣裳的那个女人，走近跟前说："我奉阎王之命，说你今天午时该死，叫我去投生。"

那女人一听，可吓坏了，急忙请求说："我是个失去丈夫的女人，家中还有一个年迈的老娘和两个才会走的孩子，我死了谁去养活他们呢？"

吊死鬼一听：是呀！可怜的一家，天下儿女父母心都是一样的，不能让她死！回去见阎王，诉说了情景。

阎王听罢说："念你心好，不做恶事，南阳缺一城隍，你去上任吧。"

讲述者： 陈平安，男，32 岁，泌阳县付庄乡文化站，高中，专干

采录者： 史德清，男，65 岁，泌阳县花园乡三里岔学校，高中，校长

采录时间： 1987 年 5 月 28 日

采录地点： 泌阳县付庄街

附记

陈平安和史德清是较早从事民间文化整理工作的一批人，两人联合整理编辑的故事多次被《中国民间故事集成·河南泌阳县卷》收录，两人为民间故事的挖掘和传播做出了贡献。这天，史德清来到付庄乡采集故事，陈平安陪同，吃饭的时候两人在一起交流经验，席间，陈平安问史德清，你也采集了这么长时间了，不知有个故事你采集到没有？于是他就把这个故事讲了讲，史德清一听还真没有采集到。于是两人赶紧吃完饭，嘴一抹啦就干起了活，把这个故事给整理了出来。（谭咏利）

418

李爱莲上吊

从前，有个贤慧的妻子叫李爱莲，她的丈夫叫刘全，身边还有不懂事的一双儿女。尽管妻子贤慧，儿女双全，可刘全是个吃喝嫖赌不务正业的家伙，直到他卖完了地，卖干了家产，还仍然负债累累。爱莲常常苦口婆心地劝他，哀求他改过，他总不听，并且好吃懒做，整天打着她让给他做好吃的，家里经常揭不开锅。妻子虽然能炒会做，可哪里还有东西做呢？于是整天东求西借，借了又不还人家，人家哪里还会借呢？

这天爱莲跑了半天，也没借到一碗半升。刘全一看她没借着，就又把她狠狠打了一顿，口中骂道："要你这无用的畜生干啥，看老子去借。"可是当他跑了半天，好话说了千千万，连理也没人理，气得他回家直骂娘："好小子们，你们敢不借老子，老子就敢偷你们的。"第二天，他就开始做贼了，偷了这家偷那家，人们见了他恨得咬牙切齿。爱莲是个好心人，她见劝说无用，就把丈夫偷回来的东西又偷偷送给失主，常常是他这边偷她那边送，后来被丈夫发现了，把她打得死去活来。

面对这好逸恶劳、吃喝嫖赌的丈夫，面对这偷盗成性、怙恶无情的丈夫，爱莲想到了走，又想到了死，可是走又能走到哪里去呢？在那个社会里，妇女是不允许再嫁人的。要是死，倒也心甘，只是一双儿女无人照应，但是对这种非人的折磨，她又实在难以忍受。

这天丈夫又把她打了一顿，她就眼泪汪汪地哀求道："你不要再打了，你要这样打下去打到何年何月？还不如我死了为好。"丈夫一听就破口大骂道："你不死，我要打你一辈子，除非你死了。死也容易，有刀，有绳，随便死去，今天我非打着让你死不可。"爱莲一听丈夫竟打着让她去死，一气之下，抱着一双儿女哭了半夜，就悬梁自尽了。

李爱莲刚刚断了阳气，就见两个青衣童子领她到一座庙里，劝她说道："大姐！你暂且住在这里，不忙进阴司城见阎王。因为你的阳寿还长，本不该死，可你自愿来到阴曹。如果去见阎王，必定通过奈河桥，过了奈河桥，你就不能还阳了。等我去报给阎王，然后再来传话。"李爱莲点头答应了。

二童子走后不多时又回来了："阎王问你是否愿死，如果不愿意，还可以还阳。如果愿意，阎王要你去见他。"李爱莲道："奴家受够了丈夫的虐待，怎么不愿意死，只是牵挂一双儿女罢了。"二童子道："儿女不必挂念。你一死，刘全日后就会回心转意，一定会替你把儿女照养好的。"爱莲道："既然如此，我就不挂念了，带我去见阎王吧。"二童点头，带领李爱莲出了庙门。过了摇摇欲坠的奈河桥，经过招魂宫、受刑殿、享乐厅、功过府、发落亭。李爱莲一路观看，见那享福的、受罪的、碓确的、磨研的、上狼牙树的、下滚油锅的，一声声惨叫，一声声笑语，一声声哀求，一声声辱骂。见那秦桧、潘仁美、严嵩等奸党恶障，被捆着、被吊着，乱箭穿胸，下滚油锅，身跪利刀，遭到万人唾骂。见岳飞、秦琼等贤良忠臣，坐在莲花盆里，喝着美酒，谈笑风生，受万人赞颂。

当李爱莲来到阴司城，进了阎王殿，见阎王上面端坐，甚是威严，小鬼、小判、牛头马面两旁站立，手持刀剑，吓得她跪在下面，不敢抬头。二童子退后，阎王问道："这么说，你真想死了？"爱莲道："并非民妇想死，实为丈夫所迫。"阎王道："你丈夫是个可恶之徒，我已减去他二十年的寿延，但他不久会改邪归正的，这你放心好了。"爱莲又道："只是我那一双儿女，我放心不下。"阎王点头道："这你放心，你丈夫改邪归正后，自然会照应儿女的。"爱莲含泪道："既然他能归正，替我照顾儿女，民妇也就放心了。只是儿女太小，还须十几年的恩养，全靠丈夫一人，请阎王不要折他的寿延了。如要折，可将生死簿拿来，查查我还有多少年的寿延没尽，补给丈夫如何？"

阎王一听，甚是感动，就命小鬼把生死簿拿来，对李爱莲道："本王见你贤良心诚，现将你未尽的三十年寿延加到刘全身上，破格满足你的要求。"李爱莲叩头谢恩，归了阴府。

再说刘全，自从妻子死后，痛定思痛，自感有愧，但已后悔不及。从此，他改邪归正，痛改前非，辛勤劳动，抚养儿女，直活到七十三岁，寿终正寝。

讲述者：　苏王氏，女，70 岁，平舆县东和店乡仙翁
　　　　　庙村，不识字，农民
采录者：　王继松，男，34 岁，平舆县东和店乡仙翁
　　　　　庙村，高中，农民
采录时间：1987 年 10 月 2 日
采录地点：平舆县东和店乡仙翁庙村

附
记

民间文学三套集成编纂时，苏王氏已经年过七旬，又患半身不遂，卧床不起，说话不清。王继松得知她会的故事很多，三番五次买上东西去看她，和她拉家常，攀亲戚，问病情，给她提供药物治病，减轻了她的精神压力和身体的痛苦。老人非常高兴，于是，不顾病情，毫不保留地给提供了不少好故事。（赵新春）

过去说人死后变成鬼，要过鬼门关、奈河桥，喝迷魂汤，忘掉生前旧事，准备着投胎转世。生前做善事、做好人投胎才能投到好人家。投胎时要找个人当替身，只有这样才能投胎做人。过去医疗条件差，寿命短，不被鬼索命，孩子取名字就要取个贱名，比如毛孩、赖货、粪堆、尿壶等，尤其是叫毛孩的最多。因为当黑白无常来请毛孩去阎王爷那里报到时，一喊毛孩这个名字，小孩也答应了，年轻人也

答应，老头也答应……都是叫毛孩的，黑白无常确定不了到底是哪个毛孩，没办法只好空手回去复命。（谭咏利）

419

还是行善好

以前，洪树杨村有一个长工，姓李名桂，为人忠厚，手脚也勤快。洪员外相中了他的人品出众，看上了他的活儿干得实在，一直留在家里当长工，一晃干了十年。

离洪树杨村不远，有条小河，河上没桥，来往行人，涉水爬坡，甚是不便。一日，一个农妇跟随一少女来到河边，看看小河水流哗哗，再瞅瞅自己娇小的三寸金莲，发愁了。正巧李桂干完活回家，见状忙脱鞋绾裤，背农妇过河。再回头背少女时，小女子年轻害臊，不让背。李桂就以土坷垃垫路，将至河心，水急，土垫下去又冲跑了。这时，李桂眼一闭，索性爬在水中，让少女踩背而过。从此李桂行善积德的事愈传愈远。

小河没路，人行困难，夏天还好，秋冬水凉，人到渡口，望而生畏，常舍此渡口多转十几里路。多希望能在小河上建一座小桥，以方便来往行人啊！富豪之家虽家大业大，但钱越多越主贵[1]，不肯出钱行善，正应了为富不仁的俗话。李桂想了很久，找到东家，愿拿十年的工钱修桥

[1] 主贵：吝啬。

补路。李员外想想，桥修好后，自己对岸的地也好耕种，虽说预支十年工钱，也合算。于是请人写了字据，双方画了押。

李桂找来匠人，运石，开工。桥修一半，他抬石头时不慎砸伤了双腿，行路凭手着地爬。但他善心不移，坐观施工。

一日，桥上大拱，李桂爬到桥下指挥，又遇怪事：石灰盆子自上落下，砸在李桂头上，满脸满眼尽是石灰，又被石灰烧瞎了双眼。他行善身残，矢志不改，终日端坐桥头，看不见，凭耳朵听着指挥。工匠们十分感动，日夜垒砌，桥很快建成，来往行人到此，无不敬佩万分。

河南巡抚途经此地，先是鸣锣，接着静道，行人纷纷躲开，独有李桂不动。巡抚大怒，要治李桂之罪，乡邻有胆大的上前讲明事由，求恕李桂之罪。巡抚听罢，赞叹李桂一片好心，又觉如此大善竟遭坎坷，恨天不公，一时心血来潮，用朱砂书字于李桂左手：行善不好作恶好。没过几天，李桂病故。

就在李桂病故的同时，京都里皇家娘娘生一太子，左手有字：行善不好作恶好。天子不解，召满朝文武相问，百官摇头惊叹，无人能解。这时巡抚还朝，听说此事，急禀天子，能解此谜。天子立即召见，巡抚奏明在河南西平县遇李桂之事，并供认，太子左手七个朱红大字是他所写。天子让常侍官呈上纸笔，命巡抚再书"行善不好作恶好"，写罢一比，果然出自一人之手。天子道："照此说来，太子是李桂所转，也是上天造化，善有善报。还是行善好，作恶不好。"言毕，再看太子左手，还是那七个字，只是顺序颠倒，变成了"行善好作恶不好"。

讲述者： 陈德民，男，30岁，西平县吕店乡毛庄村，高中，教师

采录者： 张焱，女，20岁，西平县吕店乡，大专，干部

采录时间： 1987年8月12日

采录地点： 西平县吕店乡毛庄村

420

升天

很久很久以前，有个八十多岁的老太婆去世了，死后，被小鬼带到阎王面前。阎王问她一生做过哪些好事，她说："有一次一个人快饿死了，我给了他一个萝卜，救了他的命。"

阎王听了，便叫人拿来一个萝卜，说："你这一生虽只做了一件好事，那可是一件救人一命的大好事，你就把这个萝卜拿去吧，它会带你升天的。"说完，把萝卜给了她。

老太婆紧紧地抓着萝卜缨子，不由自主地向天空飞去。飞行中，遇到一个双目失明的乞丐迷了路，正在空中游来荡去。当老太婆从他身边路过时，他用手抓着老太婆的纱带，和老太婆一起向天堂飞去。没飞多远，又遇到一个瘸子，他双手扯着乞丐的衣角，也要和他俩一起向天堂飞去。老太婆看着这两个残疾人，心想：一起去就一起去吧。

萝卜带着他们三人腾云驾雾，很快就到了天堂。只见这里锣鼓喧天，十分热闹，很多仙女手拿花环，站在那儿欢迎他们。

老太婆一见欢迎场面这样热烈，有点头脑发热，不知东西南北了。她向下扫了一眼想：瞎子、瘸子和我一起进天堂，人家还不笑掉大牙！就向上提提纱带，说："快放开！我要一个人进天堂！"

瞎子听了，赶紧哀求说："老妈妈行行好，带我们去吧！我们在天堂有了立足之地，您会更受人尊敬的。"瘸子也说："老妈妈发发善，我们抓住萝卜上去，反正你也不用受累，求求您了！"

听了这些话，老太婆更加生气了，大声吼叫起来："你说啥？没良心的东西，是萝卜带你们来的？我问你们，要是没有我，这萝卜从哪里来？快滚开！"说着，她猛地把纱带一抖，想把他俩甩下去，结果用力过猛，手里拽着的萝卜缨子一下断了。只听"扑通"一声，三个人一起跌了下来，一直坠落到地狱里。

老太婆看着这阴森森的地狱，悟出了一个道理：容不得别人和自己一起提高的人，总有一天要跌下来的。

讲述者：　张敬忠的奶奶

采录者：　张敬忠，男，32 岁，新蔡县扶贫办，大专，
　　　　　干部

采录时间：1987 年 11 月 10 日

采录地点：新蔡县计经委

附记

张敬忠从小就是在奶奶讲的故事中长大的，这些故事给他留下了深刻的印象。参加工作后参与了扶贫，与群众接触很多，其间他很细心，碰见群众讲故事，他就地用心地记下来，就这样他采录了不少民间故事，并参与了《中国民间故事集成·河南新蔡县卷》的编纂，有十多个故事入选其中。（王卫霞）

421

老张头戏鬼

讲述者： 彭红伟的姥姥

采录者： 彭红伟，男，12 岁，确山县留庄乡李湾学校，
学生

采录时间：1988 年 10 月 15 日

采录地点：确山县留庄乡李湾村

附
记

二十世纪八十年代民间文学三套集成整理编纂时，有不少学校老师和学生参与，有些语文老师把收集民间故事当作学生的课外作业，得到不少一手民间故事内容、资料，彭红伟当时就是学校的学生。故事中逢七烧纸是驻马店民间重要的丧葬习俗，也称"烧七"，从死者去世之日算起，每七天为一个祭日，分别称为"头七""二七""三七""四七""五七""六七""末七"（又称"断七"），为"七期"，共计 49 天（有的地方过的是"五七"，35 天）。民间传说在这 49 天内，每隔七天阎王要审问亡魂一次，所以"七期"又称"过七灾"。通常"二七""四七"不祭，"五七"最为隆重。当天亲属以鸡为供品致祭，儿女另备诸如车、马、轿、摇钱树、聚宝盆、童男童女（近年又有楼房、宅院、电视机、电脑、手机）等纸扎品到墓地焚烧。在一些地方，葬前未及吊丧亲友也要备礼往吊，主人会设宴款待。"断七"至百天、周年（连续 3 周年），家人及出嫁女儿也要到墓祭悼。（赵新春）

老张头六十多了，耳不聋眼不花，成天说说笑笑，像孩子一样风趣。

一天黑了，老张头打着灯笼去找人，正走着，忽见身边有个人影时隐时现，他知道遇上鬼了，便想戏弄它一番。

于是，老张头就停下来，就着灯笼点烟，却几次都没点着。那鬼见了，也当是阴间的伙伴，就过来问："你还没过头七吧？"老张头便故意说："还没有哩！"

"你刚到阴间不久，阳气还没散尽，所以点不着阴火。"

老张头又故意问："世上都说人怕鬼，是真的吗？""不是的，是鬼怕人。"

"人有啥可怕的？"那鬼小心地说："鬼怕人吹气。"

于是，老张头就朝鬼吹一口气，那鬼一下子被吹跑一丈多远，它气呼呼地对老张头大发雷霆："你不是鬼吗？"

老张头笑了笑说："实不瞒你，我是快要变成鬼的人啦！"说着，又吹了一口气，那鬼顿时缩小了一半，再一吹，便消失了。

（五）神仙故事

422

活神仙朱名扬

明末清初年间，在人和寨村北的傅仕宫里，有个大殿叫天王殿。殿内住一修行千载，闻名百里的道人——朱名扬，人称"活神仙"。

朱名扬九岁丧母，十岁丧父，自幼跟哥嫂过活。哥嫂多嫌他呀，让他吃剩饭，穿破衣，饱尝了人世艰辛。

有一天，下着大雨，名扬刚喂饱牲口，嫂子又催他说："别偷懒，快砍柴去！"说完扔下一把砍刀，扭头进里屋去了。名扬无奈，只好冒着倾盆大雨出去打柴。他冒雨外出，忽然，眼前闪出一座破庙院来。先躲躲身，雨停了再砍柴吧！名扬想着，进了庙院。刚进门，就听见有"丝丝"的响声，仔细一看，一条丈把长的蛇绕缠在庙中央的柱子上，吐着舌头。朱名扬吃了一惊，举刀向蛇砍去，"喀嚓"一声，蛇分两截落下地来。这时，门外一阵风响，又一条大蛇伸进头来。名扬闪身藏在暗处，只见那大蛇嘴衔一根翠绿的草，对着那条蛇的断处一抹，那蛇很快连在一起，缓缓爬开了。又起一阵大风刮起，一眨眼，两条蛇都不见了。朱名扬走出来，拾起剩下的半截小草，顿觉芳香扑鼻，不由得把草吞进肚里。刹那间浑身清爽，飘然若飞。

名扬回到家里，嫂子一见他两手空空，骂道："废物，半天没砍一根柴，晌午做饭烧你的腿！"名扬只当嫂嫂说的气话，谁料晌午真的要拉他的腿往锅底里填。名扬一气将腿伸了进去，灶内的火一下子烧了起来。嫂嫂吓坏了，高喊："不得了啊，俺家老二成精啦！"东邻西舍的人一听都来看稀奇。名扬把饭做好了，可腿一点也没烧坏。

打那以后名扬出家了，到人和寨天王殿，与和尚一起吃斋念佛，修身养性。朱名扬在庙里很勤快，众僧都爱见他。一日，师傅吩咐他到高桥店买纸张，不料回来时下起雨来，他东抓西找没雨具，于是就干脆把纸捆顶头上。到了殿门口，师傅看见了，生气地说："你真傻瓜，纸顶头上不被雨淋湿了吗？"名扬笑着说："不碍事，我是朝着雨缝儿走的。"师傅接纸一看，果真纸上面滴雨未落。

一次，师傅为迎远宾，吩咐名扬把庙院打扫一下。庙里神胎多呀，一个挨一个，碍得他横竖扫不成，他一气说："诸位先到院外晒暖儿，等我扫了地再进来。"神胎听了，一个个走出大殿。师傅看见神胎都被搬出了很生气，指着朱名扬问："名扬，你咋把佛祖都搬出来了？"朱名扬说："是他们自己出来的。"师傅不相信，盯着名扬扫完地，只听他说了一句："都回屋吧！"那神胎便一个个进屋了。师傅暗暗吃惊，知道朱名扬不是凡人。

一次修庙，朱名扬在厨房当伙夫。由于他穿着破烂，身上时常脏兮兮的，不少人都嫌他脏，不愿意叫他做饭，可是，他做的饭吃起来却特别香。这天吃饺子，天晌午了，厨房还不冒烟，有个人着急了，偷偷走进灶房一看，朱名扬正蹲在锅台上，一边吃生面和饺子馅，一边往锅里屙饺子。晌午吃饭时，别人都吃饺子，那个亲眼看见屙饺子的人一个都不吃。谁知后来吃饺子的都成了神仙，唯独那人还留在人间。

朱名扬在天王殿行善数载后，要到四川云游，众僧人闷闷不乐，苦苦挽留，难舍难分。朱名扬就劝慰弟子们："你们合伙做一口大钟吧！有事找我，敲一下钟就可以了。"说罢，飘然而去。和尚们真的摊份子合铸了一口大铜钟，那钟声浑厚悠扬，据说响一声可以传到峨嵋山呢。

那天王殿香火也愈来愈旺，磕头拜神的人来往不断。

讲述者： 陈盘铭，男，49岁，西平县人和乡尚王村，
　　　　高小，农民

采录者： 朱凤臣，男，38岁，西平县人和乡，高中，
　　　　农民

采录时间：1987年8月5日

采录地点：西平县人和乡尚王村

423

七仙女和半拉人

从前，有户人家，老两口七个闺女，全指望着张老汉打柴、推磨养活。

一天，张老汉上山拾了八个野鸡蛋，九口人，八个野鸡蛋，咋吃哩？老伴说："这八个野鸡蛋，不叫咱的闺女吃了。明儿个你领着咱这七个闺女上山推磨，我在家煮上它，等你回来，咱俩一个人四个。"张老汉答应了。

第二天，张老汉就领着七个闺女上山去了。老婆在家把野鸡蛋煮熟，才放到桌上，大妮正好回来拿东西看见了，伸手拿一个走了。二妮回来拿东西，也拿一个走了。就这样，七个闺女谁回来谁拿一个，最后只剩下一个。老两口咋吃哩？张老汉就弄个线绳，一裂两开，一人一半。老婆生气地说："闺女都大了，弄点啥也吃不到咱嘴里，咋弄哩？那吧，七个闺女咱不要了，明儿个你领她们上山，趁着枣也熟了，你打枣叫这七个闺女拾，拾到天黑你偷着回来，把她们都留到山上，一夜就没人了。"张老汉又答应了。

第二天，张老汉带着七个闺女上山了。到山上，他对闺女们说："我上树去打枣，您几个在下面拾。"七个闺女

说："好。"他在树上"扑打、扑打"地打着，几个闺女在地上拾着。太阳落了，张老汉趁天黑不吭气溜走了。闺女们找不着爹，就哭着往家摸，她们走到半路，见座破庙，就进庙里去了。

谁知道庙里有个老猴精，成天出外吃人吃东西，见啥都吃。庙里有个老头，被它吃掉一只胳膊一条腿，老猴精叫他"半拉人"，让他侍候它。

半拉人见进来七个闺女，说："恁别住这儿，快走吧！这庙里有个老猴精，吃人成性，见了非吃恁不可。"

七个闺女说："天黑了，俺也找不着庄，叫俺住这一夜，明儿个俺好回家呀！"

半拉人想了想说："那吧，我叫恁盖到缸底下，听我的！"

不一会儿，老猴精回来了。它喝醉了，往锅里一躺，起不来了，喊半拉人给它烧锅，说："今儿个天冷，我冻得狠，你往锅底里烧把火，我暖和暖和。"半拉人嘴里答应着，趁挟柴禾的时候，把缸一掀，摆摆手，七个闺女出来了。

这时，老猴精正睡得吼吼大叫，七个闺女大火烧起来。老猴精吆喝开了："半拉人，烧热啦，别烧啦！"趁这时候，七个闺女抬了块大石头，猛地压到老猴精身上。老猴精还只当是半拉人压的哩，说："半拉人，你给我掀了吧！要是给我掀了，门后头有八粒仙丹，咱俩扒出来吃了就能上天。"半拉人一听，烧得火头更大了，一会儿就把它炕死锅里了。

这七个闺女到门后头扒出了那八粒仙丹，她七个人七粒，半拉人一粒。吃了不大工夫，都像扎了膀子一样，腾云驾雾飞上了天，来到南天门。老天爷见她七个是穷人家的闺女，就封为七仙女，半拉人被封到月亮里去捣药搭救老百姓。

这七个闺女成仙后，可没忘了爹娘，她们拿着金子银子喊着："俺爹俺娘往这儿看，金子银子一大片。"妥啦，老两口吃穿也不愁了，七个闺女又回天宫去了。

讲述者：熊连枝，女，55岁，汝南县城关，不识字，居民

采录者：任立功，男，55岁，汝南县文化馆，高中，干部

采录时间：1987年6月16日

采录地点：汝南县城关

附
记

熊连枝在街口以摆摊卖瓜子、糖果、茶水等为生，她为人和气、价格公道，每天摊位都围了一堆人，大伙说说笑笑和她聊天。这天任立功没事围在一起聊天，聊着聊着，熊连枝就给大伙讲了几个故事解闷，任立功就坐着认真地听着，就这个故事他还没有采集到，回家后他就根据记忆给记录了下来。为此，他还特地又让熊连枝讲了几遍进行充实，最终形成了这个故事内容。

这个故事采录地流传有"董永与七仙女故事"，并且有董永遇仙等历史遗迹和典籍记载。故事中七仙女的内容，也是对流传在本地的"董永与七仙女故事"的一种印证。（孙冶钢）

424

鲤鱼窜西楼

西平澍河坡流传着这样一句俗语:"不怕你当官不为民做主,就怕鲤鱼窜西楼。"这是咋回事呢?

从前,有位县官断案办事总是"衙门大门朝南开,没钱无权别进来",百姓十分恨他。火神爷听后,想惩罚他一下。

一天,火神爷变作一个算命先生,口称算命真神,凡是经他算过命的,都说算得真准,连没落生的孙子叫啥都能算出来。这样,一传十,十传百,传到县官的耳朵内。县官也想问一下前途命运,就换了便衣来到摊前说:"老先生,请算一卦?"老先生张口说:"你是功名之人,当心三日之内有灾。"县官一听,怕了,恳求先生明示。老先生说:"鲤鱼窜西楼。"县官一听愣住了,再问,先生眯眼不答。问急了,先生收拾收拾卦摊,一句也不多讲,扬长而去。

县官解不开此卦,更不知如何避灾,整天提心吊胆,门不出,堂不升,连放屁也不敢叫有个响声。第三天,是县官的四十大寿,宾客来往不断,他提醒家人,一定要注意别出了事。

大家十分小心。谁知,天到晌午,出了一件怪事。县官的大狸猫将桌上的油罐碰倒,油泼了一身,它衔着一条大鲤鱼就跑。这时,烧大锅的伙夫看见了,忙用烧红的火棍去打,狸猫身上着了火,便衔着鲤鱼跑上西楼,顿时西楼起火了。一场灾难终于没有避免。

讲述者: 耿进贤,男,70 岁,西平县重渠乡澍河坡村,小学,农民

采录者: 耿国恩,男,46 岁,西平县重渠乡澍河坡村,高中,教师

采录时间: 1987 年 7 月 7 日

采录地点: 西平县重渠乡澍河坡村

425

老天奶奶临时当家

一天，老天爷和老天奶奶无事闲坐，老天爷说："每天真忙，很多事儿都得管，所以我才能享受这么多香火和贡品。"老天奶奶说："要叫我当家也一样。"老天爷说："你的材料不中，那么多事，你管不了。"老天奶奶不服，老天爷就让她当几天家看看。

事也凑巧，老天奶奶一当家，就有人许愿了。一位农夫说："老天爷，我的稻子快旱死了，您要下场大雨，我给您烧香磕头，割五斤重的大刀头。"一会儿，一个贩卖枣的祷告了："老天爷，您千万别下雨，我的枣急需晒，再下雨就霉烂了。只要是响晴天，我给您烧香磕头，割五斤重的大刀头。"一位船夫说："老天爷，我的船要运货南下啦。您刮场大北风，我给您烧炉高香，割五斤重的大刀头，再磕三个响头。"紧接着，看管梨园的说："老天爷，我的梨眼看成熟了，您千万别刮风，一刮风就把梨刮掉摔坏了。要是不刮风，俺给您烧香跪拜，割五斤重的大刀头。"

老天奶奶一听，这可咋办？享受谁的香火？吃谁的刀头呢？发愁了，就问老天爷。老天爷一听，说："香火咱都领，刀头也都吃。""那咋领？那咋吃？"

"夜晚下大雨，白日响晴天。大风顺河走，不要串梨园！""那您还当家吧，我真管不了啦。"

讲述者：　陈世敬，男，72岁，遂平县文城乡靳庄村，私塾，农民

采录者：　陈富营，男，51岁，遂平县文城乡中，大专，教师

采录时间：1987年11月7日

采录地点：遂平县文城乡靳庄村

附记

陈世敬上过私塾，经历多，见识广，很会讲故事。当时虽然七十多岁，但好串门、赶集，大多不在自己家。不过，他也是村里的名人，陈富营进村一问，便找到了他。当时他正在村前场里麦秸垛头与几个老头晒太阳，听说陈富营来意，几个老人便打开了话匣子，你一言，我一语，讲了不少民间故事，其中就有这篇。此类故事在汝南、正阳也有流传，与本故事里老天奶奶临时当家不同，正阳县夏国坦讲述、夏立玫采录的叫《女人当家》，是老天爷没办法求教王母娘娘，办法是王母娘娘出的，所以从那以后女人开始当家了。汝南县胡越讲述、任立功采录的叫《土地爷让权》，也是土地爷针对庄稼人、生意人、船匠和梨园园匠的请求束手无策，土地奶奶帮他解了围。所以土地爷一听，高兴得直拍大腿，说："好办法，好办法！明天就叫你当家！"（赵新春）

426

不知足

讲述者：　吴明彬，男，67 岁，泌阳县贾楼乡，农民

采录者：　何兴敬，男，39 岁，泌阳县贾楼乡文化中心，高中，主任

采录时间：2005 年 7 月 10 日

采录地点：泌阳县贾楼乡

附记

这个故事讲的是"人的欲望很大，无法满足"。类似的成语有：欲壑难填、贪得无厌、狼贪虎视、贪天之功、贪贿无艺。在驻马店民间也流传有"人心不足蛇吞象""这山望着那山高"的俗语，贪心的人最后只能是落得个"竹篮打水——一场空"。我小的时候，我爷爷虽不识字，但很朴实，经常告诫家人要学会知足，"有智吃智、没智吃力""想发财必受罪，胡思乱想耽误瞌睡"。（谭咏利）

相传上古时代人类都是贪得无厌的，玉皇大帝听说后，就决定到凡间看看真假。

一天，玉皇大帝看到了一个叫花子饿得东倒西歪，决定试一试他。玉帝就问他想要啥，他说："能天天吃饱。"于是玉帝就满足了他的要求。

几天后玉帝又问他想要啥，他说："能叫我吃得好，穿得好就满足了。"玉帝又满足了他。

又过了几天，玉帝问他还有啥不满足的，他说："我虽然吃得好，穿得好，还没有当官的舒服，你让我做个县官我就知足了。"于是玉帝就让他做了县官。

过了一段时间后，玉帝又问他还有啥要求，他说："做官要受皇帝管，你让我做皇帝我就满足了。"玉帝就让他做了皇帝。

玉皇大帝想这次他总该知足了吧！停了几个月后，又去问他还有啥要求，他说："做皇帝虽然好，却没有做玉皇大帝逍遥，可以随心所欲。你如果把你的位置让给我，我就满足了。"玉帝听后非常气恼，一脚把他踢到大街上，又做了叫花子。

427

换油

很久以前，乐山脚下有个小村庄，庄里约有三四十户人家，生活都很艰苦，一天到晚累死累活地干，还是不够吃的。

有一天，这里来个卖油的白胡子老头儿，挑着油在村里转来转去，嘴里还不停地喊着："换油，半斤芝麻换二斤油。"人们听到喊声，都据着芝麻和油瓶往他身边跑。白胡子老头儿灌油的时候，该一斤的，给灌二斤，该二斤的，给灌三斤，大家都高兴地回去了。临到一个老头儿灌时，白胡子老头儿给他灌够二斤后，准备再给添一斤，这位老头儿说："我的油够了，你咋还给我灌？"白胡子老头儿笑着说："再给你饶[1]一斤，这不好吗？""不要了！不要了！你换油已经够赔本的了，再饶我也不要，人得知足！"白胡子老头儿说："我卖了二三十年油，给人家饶，人家都要了，并且还很欢喜，临到你灌油你偏不要，你这个人可真少找！""我宁愿不吃油，也不能再占你的便宜！"白胡子老头儿听后，满脸带笑地说："好，你不叫饶就不饶

了！"天黑了，他说："老哥，天黑了，让我在你这儿住一夜吧！"老头儿迟疑了一下说："好吧，到我家去吧！"

喝罢汤，白胡子老头儿问他："你有几个孩子？都成家了吗？老伴还有吗？"老头儿听后叹口气说："仨孩子都成了家，老伴去世好几年了，现在只我孤身一人，命好苦啊！"白胡子老头儿看看四周，悄声说："到今年夏天，你住的房子不要了，再盖一所新的，不过千万不要盖在庄里面。然后你再买十八口大缸，十八个盆，十八口大缸里都打满水，再用十八个盆扣着。你去问问你那几个儿子和儿媳愿不愿跟你，如果不愿，你别勉强他们。到六月十五那天，天上要下药雨，那雨水会闹[2]死人的。你把窗户堵严，别让雨水往屋里飘。"老头儿很惊异，问："你咋知道？"白胡子老头儿捋了捋胡子说："我是天上的太白金星，下来试你们世人的心，看是不是贪便宜，果真一个村庄只有你一人不占便宜。"说完不见了。

老头儿呆呆地坐着，像做了一个梦似的，回想着白胡子老头儿对他讲的话，就去问几个儿子愿不愿意跟他。他对大儿子、大儿媳说："你俩跟我到前院去吧。"他俩说："俺不去了，叫二弟和二媳去吧。"老头又问二儿子、二儿媳，他们也不去。最后老头去问三儿子、三儿媳妇，他俩说："既然大哥和二哥不去，俺去！"

时间慢慢过去了，房子也盖好了，又打满十八缸水，用盆扣在缸上。到那天果真下起瓢泼大雨，老头交代三儿子和三媳妇说："做饭要用缸里水，不要吃井里水，再把窗户堵严。"

第二天，那些占便宜的人都毒死了，只有老头和三儿子、三儿媳没毒死。

讲述者： 陈全喜，男，32岁，确山县石磙河乡文化站，高中，专干

采录者： 王奎山，男，42岁，确山县文联，大学，干部

采录时间： 1988年11月23日

采录地点： 确山县石磙河乡

[1] 饶：方言，即再免费添点。

[2] 闹：确山方言，即毒。

428

白
海
棠
割
肝
救
母

驻马店是全国重要的芝麻产区之一，民间种芝麻讲究农时，有不少与芝麻种植有关的谚语，如"立了夏，种芝麻""枣芽发，种芝麻""芒种芝麻夏至豆，围着火炉吃个够""四月八，雾拉拉，坑里河里种芝麻""夏至种芝麻，头上一朵花"等等。芝麻磨油时，首要的要把芝麻炒熟，把熟芝麻磨成芝麻糊，再往芝麻糊里倒入滚水，通过水浸法把油浸出。炒芝麻是关键，一定要把握好火候，民间有"芝麻炒得老了不出油，炒得嫩了油不香"的说法。（赵新春　谭咏利）

金家庄有个金员外，娶妻梁氏，家资富有，膝下一子名叫金郎，娶了一个美貌贤孝的媳妇白海棠。

白海棠是方圆几十里都知道的贤惠媳妇，孝敬高堂，勤劳持家。可是尽管她这样，梁氏那张脸仍阴沉沉的，成天不开晴，叫白海棠干这干那，一处干不好开口就骂，抬手就打。梁氏说，娶到的媳妇就是买到的马。

再说金家庄有个老王婆，油嘴滑舌，见天 [1] 说长道短，挑唆事端。这天，白海棠在坑边洗衣碰上她，她看四下无人，就阴阳怪气地说："哟！我说海棠啊海棠，你可真是个贤惠媳妇，可惜你那婆子不通情达理。你孝敬她，她恶意待你，不如弄包毒药送她上西天，家业都是你的了。"

白海棠一听，怒斥道："休得胡说，婆婆待我再不好，我也绝不做坏心肝的事。你把我看成啥人了，不是看你恁大年纪，非打你的嘴巴不中！"说完回家了。

老王婆讨个没趣，还差点挨打，便对白海棠怀恨在心。她来到梁氏屋里说："她大婶呀，今儿个我在塘边碰到恁

[1]　见天：即成天，天天。

家媳妇，她说要用毒药害你哩。还说你一死呀，这门户就由她支撑了。"老王婆添油加醋胡诌一番，梁氏一听气得咬牙切齿，眼冒金花，得了个气病，卧床不起。

梁氏得病，白海棠守在床前寸步不离，问婆婆："你吃啥药我买去，想吃啥饭我给你做，你尽管说吧！"梁氏面带愠色，白了她一眼说："唉！我这病吃啥药都治不好，除非吃人肝汤！"

白海棠一听心里明白：婆婆是想要我的命啊，但只要能治好她的病死也心甘。于是来到厨房，拿起刀向肚子上扎去，肝还没切割下来，她就晕倒了。

这一下不得了，惊动了灶王爷。灶王爷一看不敢怠慢，急忙上天奏报玉皇大帝。玉帝一听心中大喜，世上出了这样一位贤良女，忙叫太白金星拿来几粒仙丹给灶王爷。"把这药放在白海棠伤口上，用一粒变成人肝，治好梁氏的病。"

灶王爷领命返回人间，照玉帝吩咐去做，白海棠慢慢睁开眼睛，伤口愈合。她站起来，看到案上一片肝子，低头看看刀疤，含泪做成肝汤，端给婆母，梁氏喝下病全好了。

白海棠割肝救母的事一传出，赞声盈耳。地保立刻报给县令，县令报给州官，层层上报，一直报给皇上。万岁一听，圣心大动，传下旨意：在金家庄建一牌坊，御书"割肝救母贤良女"七个大字。

乡邻也感到无限光荣，捐资请来四台大戏，庆贺三天，白氏名扬四方。

讲述者： 郭景洲，男，80岁，遂平县车站乡郭庄村，不识字，说书艺人
采录者： 郭民，男，21岁，遂平县车站乡，初中，农民
采录时间： 1988年3月15日
采录地点： 遂平县车站乡郭庄村

附
记

孝德是中华民族的传统美德，"乌鸦有反哺之恩，羔羊有跪乳之德"，发生在驻马店的孝德文化源远流长，孝德故事也很多。目前我市正阳县以蔡顺、黄叔度为孝德楷模，以传承和发扬孝德文化为重点，正积极打造"中国孝德文化之乡"。（耿瑞）

429

木匠吊线为啥用一只眼

从前有一个木匠手艺高超，做活只要用眼一瞅，就能确定尺寸长短，线条曲直，在方圆几十里很有名气。有一回乡邻请他建造一座木桥，他以为这是大显身手的机会，便爽快地答应了。

这木匠确实手艺不凡，他一面察看地形，一面让人准备建桥的木料。经过周密测算，锯的锯，刨的刨，开榫打眼，不几个月木桥建成。这座桥桥基坚固，木料粗细搭配得当，起架合理，对得严丝合缝，远远望去，雄伟美观。百姓们夸奖这座桥建得好，木匠听着大家议论，心里美滋滋的，真不知刘二姐贵姓了。

就在这时，来了一个白胡子老汉，担着挑子慢慢地走到桥头，问木匠："你这桥能经得动我过去吗？"木匠连瞅也没瞅，说："有你十个也经得动，赌过了。"

老汉说："我怕你这桥经不动。"

木匠生气地说："你有本事建这样坚固美观的桥吗？"

老汉笑了："你说你的手艺好，建的桥坚固，让我试试才相信。"接着，老汉指着肩上的担子说："咱俩打个赌，如果我挑着担子上去，压不塌你的桥，我甘愿认输，请你

挖去我的双眼，决不反悔。如果把桥压塌了，那我就不客气，要挖去你的双眼，你敢赌吗？"

木匠心中盘算：我建的桥过了许多车辆，难道一副担子就经不住吗？便欣然答应了。

老汉笑了笑，挑起担子向桥上走去，刚踏上了一只脚，木桥就摇晃起来。木匠一看心中就有些慌了，当老人刚踏上两只脚时，"嚓咔"一声，桥身断了。

木匠如梦方醒，暗想不好，随即"扑通"一声跪在地上，面对老人请求饶恕。原来老人是八仙张果老下凡，见木匠心气傲慢，不求进取，特意担了两座山来教训他的。木匠自知有眼无珠，愿意挖掉双眼以为惩戒。

张果老说道："念你以前为百姓做了不少的好事，就挖去你一只眼，另一只眼留下继续为世人干活，可不能再傲慢了。"木匠受到惩罚，再也不骄傲了，决心老老实实地为百姓干活。原先，木匠干活是用两只眼吊线，从那时起，木匠干活就用一只眼吊线了。以后木匠收的徒弟，虽然是两只眼，可吊线时却睁一只眼闭一只眼，表示虚心和专心。

讲述者：　不详

采录者：　宁德录，男，54岁，泌阳县二小，中专，教师

采录时间：1987年9月19日

采录地点：泌阳县泌水镇

附记

此类故事在驻马店其他地方也有流传。民间传说当年汝南修拱北城门宏济桥时也发生类似的故事，主人公是鲁班和张果老，二人打赌看桥修得结不结实。当张果老上桥后，桥身往东倾斜，鲁班这才发现是张果老，赶紧从卖豆腐的摊子里拿了块豆腐给支了起来，石桥才没有塌。从此鲁班虚心了，做木匠的也就一只眼吊线了。事实上宏济桥桥身往东倾斜的原因是洪水是从西往东走，长时间冲刷桥身。（谭咏利）

（六）动植物故事

430

巧嘴八哥

张财主喂只八哥，这只八哥聪明伶俐，会唱歌，还会说一些迎客送友的客气话，所以很受主人的宠爱。

有一天，财主晒很多麦子，日刚过午，突然乌云翻滚，电闪雷鸣，这可把他急坏了。站在院子里扯着嗓子喊："来人哪，收麦子去！"八哥呢，也学着主人的腔调喊起来，事后就赏了一些好吃的东西给它。从此，八哥便处处模仿人言了。

一次，有个长工发现牛屋梁歪了，急忙喊："快来人啊！梁歪了。"这句话刚好被八哥听见，它便记在心里。又有一次，财主家的一头牛掉在粪坑里了，几个长工嘴里喊着："拽着尾巴，抬着头。"这句话也被八哥记下了。还有一次，财主家的一个宝贝儿子不小心摔倒了，财主的老婆赶紧把儿子拉起来，拍着土，心疼地问："乖乖，摔疼了没有？"这时八哥正好在院里晒暖，这句话又被它记下了。

过了几天，八哥又想起了上次财主赏的食物，于是便拍拍翅膀，从房子上飞下来，高声叫着："来人哪！梁歪了。"财主一听，连鞋也顾不得穿，就从屋里跑出来，刚到院里，脚下一滑，摔了个嘴啃泥。几个长工急忙赶来搀扶，八哥又喊道："拽着尾巴，抬着头。"财主刚站稳，八哥飞落到肩上："乖乖，摔疼了没有？"这一问，财主恼羞成怒，他一把抓住八哥，"嗤啦"一声撕成两半。

可怜这只一向在人面前得势的八哥，竟让自己的巧嘴送了命。

讲述者： 曹海钦，男，47岁，西平县谭店乡和张村，高中，农民

采录者： 刘大洲，男，32岁，西平县谭店乡和张村，高中，农民

采录时间： 1987年8月24日

采录地点： 西平县谭店乡和张村

附记

农闲时农村晚饭吃得早，没事大伙就好串门喷阔。刘大洲这天晚饭后就带着孩子来到曹海钦家喷阔，由于有收集任务，聊着聊着他就让曹海钦讲个故事听听，曹海钦就顺势讲了起来，越讲还越起劲，要不是孩子闹瞌睡了，恐怕还停不下来。事后刘大洲就重点地记录了几个，整理好后就交给了乡文化站。（谭咏利）

431

止本叉报恩

每当过了小满，人们就会听到一种动听的鸟叫："止本叉本，豌豆角白背，大嫂二妹起来啦，起来下地割麦啦。"这种鸟当地人叫它止本叉。每当这种鸟叫的时候，三夏大忙就开始了。这种鸟为啥早也不叫晚也不叫，偏偏在这个时候叫呢？这还有个来由呢。

在很早以前，止本叉和其他鸟一样，每到春天从南方飞回中原。刚开始这止本叉可没有现在勤快，它当时是逍遥自在，高兴了就瞎叫唤几声，要不就窝在窝里睡大觉。时间一长，它觉得用杂草垒的窝不舒服，就想找些软乎乎的东西垫垫窝。

这一天，止本叉和往常一样飞出来，到处寻找需要的东西。它飞到一棵树上，朝下一瞅，树下拴头老黄牛，正慢悠悠地倒沫哩。这个时节也是牛倒毛的时候，黄牛身边一撮一撮的牛毛，叫它看在眼里，喜在心里：用这东西垫窝不比啥都强吗？

止本叉主意已定，就决定用牛毛垫窝。它一趟又一趟地衔着，干得正起劲，老黄牛突然尾巴一翘，屙了一大堆屎。真是"芝麻掉进针鼻儿里——巧得很"，正好把止本

叉压在牛粪底下，它是叫也叫不出，动也动不得，眼看着是"水多面少——活（和）不成"啦。

正当止本叉快要被闷死的时候，有只老公鸡看见牛屙的屎，就边跑边"咕咕"呼唤着其他鸡子。

常言说："生成挠粪堆的鸡，上不了琉璃大殿。"这话一点儿也不假，鸡子们看见牛给它们送了食就喜之不尽。领先的老公鸡跳到牛粪上，哧愣哧愣几下子，便把牛粪挠去半拉，这一挠止本叉便露了出来。它喘息一会儿，边喊救命边挣扎。

它这一叫倒把老公鸡吓一跳，仔细一瞅，原来是止本叉。善良的老公鸡一见这情景，哪顾上自己找食吃，拿出全身的力气，"哧愣哧愣"几下子便把它救出来了。

这时的止本叉又羞又喜，羞的是自己为贪图享受落到这一步，喜的是大公鸡这样勤劳善良，救了自己的命。于是就说道："公鸡大哥，您救了俺一条命，俺怎样报答您呢？"

公鸡说："这有啥，以后自己珍惜着些，做点对人们有益的事儿。"说罢看看天，叫自己的晌午去了。

止本叉看到公鸡伸脖子喔喔地叫着，灵机一动，心想有了，"我何不在早上替公鸡打鸣，让公鸡多睡会儿，这不就报答了它的救命之恩了吗！"想到此，就对老公鸡说："公鸡大哥，每年从小满到芒种的早上，由俺止本叉打鸣吧。"

从那以后，每到三夏大忙期间，人们大清早就能听到止本叉的叫声。

讲述者： 于大妮，女，72 岁，遂平县关王庙乡，不识字，农民

采录者： 赵予文，女，23 岁，遂平县关王庙乡文化站，高中，职工

采录时间： 1987 年 10 月 16 日

采录地点： 遂平县关王庙街

432

斑鸠叫『姑姑』

止本叉鸟又叫黑卷尾，在驻马店民间故事里，平舆县叫鹈明喳，泌阳县叫翅笨喳，汝南县叫吱本叉，确山县叫假鸡儿，民间也叫吃杯茶，每年从小满到芒种的早上都能听到它的叫声。因为叫声比较特别，加之大致与鸡打鸣时间差不多，所以驻马店及周边地区都有"吱本叉替鸡打鸣报晓"的报恩故事。（赵新春）

每当夏季，有一种叫斑鸠的鸟就"咕、咕，咕、咕……"地叫着，你若仔细听一听，这种鸟叫多么像在哭喊着："姑姑，笸箩！"说起来还有一段悲惨的故事呢。

很久以前，汝河南岸有个小村庄，村里有个没爹妈的小姑娘，跟着姑姑生活。冬天穿件破棉袄，还要到结了冰的河里给姑姑洗衣裳，夏天头顶烈日给牛割草，就这样累死累活地跟了姑姑九年。

小姑娘十岁那年秋天，天不亮，姑姑就把她从牛屋里拖出来去割豆子，晌午过了才把一碗剩饭送到地里。夕阳落山，她才拖着要累散架的身子回到家。家里没人，锅里也没饭，姑姑串门还未回来。她不敢吃橱柜里的食物，忍着饥饿回到牛屋，劳累和饥饿折磨得她一下子倒在草堆上睡着了。

忽然小姑娘觉得脸上火辣辣地疼，朦胧中好像有人在骂："臭妮子，我打死你，你不好好在地里干活，趁我不在家，偷去了我的针线笸箩。说，你把它藏在哪儿了？"唉呀，原来是姑姑在打骂她。她一下子爬起来，跪在地上抱住姑姑的腿，仰起满是泪水的脸说："姑姑呀，别打了，我没偷。"狠心的姑姑一点儿也不听，把她从地上拖起来，"啪"又是一巴掌落在她脸上。

"好呀，你吃我的，穿我的，还敢顶嘴！"说着把她踹到地上又是一顿毒打，小姑娘渐渐地停止了呼吸……姑姑就把她扔进村后的河里。

第二天早晨，姑姑家的树上出现了一种奇怪的鸟，它站在树上悲凄地叫着："姑姑，筐笺……""讨厌，这是谁在叫唤，难听死了！"姑姑拿起一根木棍准备赶它，可它一下子飞进屋里床底下。姑姑往床下一看惊呆了，原来针线筐笺在那放得好好的。噢，记起来了，是自己放进去的！她往筐笺里一看，那只不知名的小鸟站在那里面，眼里噙满泪水，最后望了一眼狠心的姑姑，飞出了家门。远远地传来几声凄凉的鸟叫："姑姑，筐笺！姑姑，筐笺！"

后来，人们都说那个鸟是小姑娘变的，也不知从什么时候起，人们给它起了个好听的名字——斑鸠。

讲述者：　刘康典，男，48岁，遂平县车站乡初中，
　　　　　中专，教师
采录者：　刘康敏，女，15岁，遂平县车站乡初中，
　　　　　学生
采录时间：1988年4月29日
采录地点：遂平县车站乡初中

附
记

刘康典是个教师，刘康敏既是他本家的妹子，又是他的学生。接到县里动员老师采集民间故事的任务后，刘康典非常高兴，心想这对他来说简直是"张飞吃豆芽——小菜一碟"，自己都会讲故事，就没有必要舍近求远惹别人了。于是他就讲给刘康敏听，让她学着记录下来，事后又进行了修改和补充，就完成了这个任务。（刘献丽）

433

为啥喊鸡叫『咕咕』

从前有一家三口人，哥哥、嫂嫂和妹妹在一块过日子。嫂嫂是个心狠手毒的人，还好吃懒做，对待妹妹才坏哩，活拣累的脏的叫她干，饭拣赖的稀的叫她吃，弄不好还得挨打受骂。哥哥怕老婆，也不敢吭气。

有一天，哥哥要出去做生意，得两三年才能回来。妹妹心里难受，知道哥哥走了自己日子更难过，就送了一程又一程，翻了一山又一山。哥哥安慰她说："妹子，别送了，嫂子待你不好，回来对我说，等我回来给你捎件花衣裳。"

哥哥走后，嫂嫂更坏啦，终日里叫妹妹下地干活，回来不让吃饱。嫂嫂吃炒鸡蛋就好面馍，叫她天天啃黑窝窝头。这天她从地里回来，嫂嫂连歇歇也不叫歇，就叫给她打荷包鸡蛋吃。她一不小心，鸡蛋掉地下一个，嫂嫂拿起大擀杖就劈头盖脑地打起来，这一打不当紧，妹妹被打死了。

两年过去了，哥哥回来啦，一看妹妹不见了，就问他媳子，他媳子说两年前得紧病死了。哥哥听说妹妹死了，带着花布，来到妹妹坟上痛哭起来，眼也哭肿了，泪

也哭干了。就在这时候，他眼前出来一只白母鸡，"咕咕咕"叫着。哥哥明白了，它就是妹子变的，便把鸡抱回家里，精心养着。妹子为了报答哥哥的恩情，照天给哥哥下个蛋，接着对他说："哥打！哥打！"意思是叫哥哥打她那个坏嫂子，后来哥哥就把她嫂子打跑了。

从那以后，人们叫鸡就是"咕咕"，鸡下了蛋，要叫几声"哥打！哥打！"

讲述者： 刘中文，男，64 岁，汝南县老君庙街，私塾，农民

采录者： 崔文成，男，32 岁，汝南县城，高中，干部

采录时间： 1986 年 6 月 16 日

采录地点： 汝南县老君庙街

附
记

此故事在其他县区也有流传，在遂平县叫《小鸡为啥"哥打"叫》。（王卫霞）

434

杀猪宰羊

杀猪的时候，猪叫得吓人，宰羊的时候，羊闭着眼等死，这是咋回事哩？

远古时，玉皇大帝造了人和各种飞禽走兽，人问玉皇大帝："要我拿啥做吃的？""五谷为主，蔬菜为辅，要吃肉食，宰羊杀猪。"玉皇大帝降旨说。

过节的时候，人们要杀猪宰羊，把羊按在屠案上，可是羊却大声抗议说："为啥杀俺？""玉帝传旨来，猪、羊一道菜。"人答道。

"我不信，我要亲自去问问玉帝！""那也中，你去问吧。"人把羊从屠案上扶起来说。

羊走了以后，人抬过猪来，要杀猪。猪大声抗议说："为啥杀俺？""玉帝降旨来，猪、羊一道菜。"人说。

"全是胡说！俺要亲自去问问玉帝！""也中，你去问问吧。"

猪走到半路，碰见羊，羊问猪："猪大哥，你到哪儿去？""羊老二，人要杀我，说是玉帝有旨，我要亲自去问问！"

"别去了，我刚从玉帝那儿问罢回来，玉帝说猪、羊

一道菜。"羊无可奈何地说。猪听了，恨恨地说："原来那老不死的真说过这话。亏得碰上了你，要不还得跑半天冤枉路，算了，回去吧。"说完打了个哈欠，伸个懒腰，慢吞吞地跟在羊后，走了回来。

人见猪、羊回来了，也不搭话，动手就杀。羊因为亲自问了玉皇大帝，不后悔了，就把两眼一闭，任人宰割。所以直到今天，杀羊的时候，羊还是紧闭两眼，一声不叫。轮到猪，因为发了一懒，没有亲自去问玉皇大帝，后悔起来，就撕破喉咙叫喊："冤枉冤枉真冤枉，没问玉帝先问羊。这回放我见玉帝，老猪不怕赶路长！"

人说："懒家伙，上次放你问玉帝，此次杀你喊冤枉。没有时间把你等，光喊冤枉看看羊！"说完，一刀捅进猪的心窝。

直到今天，杀猪时，猪还大叫不止："冤枉不服！"

讲述者：　单三，男，55岁，遂平县花庄乡古泉山村，
　　　　　不识字，农民
采录者：　单桂丽，女，11岁，遂平县花庄乡古泉山村小学，学生
采录时间：1988年3月27日
采录地点：遂平县花庄乡古泉山村

附
记

这个故事当时是通过发动师生采集上来的。我们的先祖在长期生活中家养了"马牛羊鸡犬豕"六畜，猪羊就在其中，是生活中重要的肉食来源。在驻马店至今还流传有"猪羊一道菜，杀你别见怪，早死早投生，下世转人来""猪羊猪羊你莫怪，你是人间一道菜"等俗语。过去，屠夫知道有因果报应，杀了猪以后要偿命还债的，所以在杀猪前就给猪念一首偈子：猪啊猪，你莫怪，你是人间的一道菜。他不吃来我不宰，去找吃你的人去讨债！（谭咏利）

435

龙虎斗

从前，在某山下有个叫青龙池的大水池，池里有个大老鳖，山上住一只大老虎，它每天都到池里喝水，还有条龙每天到池里洗澡。它们仨相处得很好，亲如兄弟。

后来，老鳖想独占水池，就想个孬点子。一天，龙又到池里洗澡，老鳖就对龙说："龙老弟，你别在这儿洗澡了，老虎说你把水搅混，让它没法喝了。它让我转告你，说你以后再洗，就要吃你哩！"龙瞪着俩眼，摆摆尾巴气呼呼地走了。过一会儿，老虎来喝水，老鳖又对老虎说："虎老弟，你以后别再来这里喝水了，龙说你把水喝光了，它就没法洗澡了！"老虎也瞪着眼，摆摆尾巴很不服气地走了。

第二天，龙、虎在青龙池相遇了，它俩都没有忘记前一天老鳖说的话，于是就在池边打起来。常言道：龙虎相斗，必有一伤。它俩谁也没有打败对方，都负了重伤各自去了，从此再也没来过池边。

这一来，老鳖可得势了，龙虎一走，这个池就归它自己了，在这既舒适又安静。就在它高兴得手舞足蹈时，忽然觉得背上一阵钻心的疼，扭头一看，原来一个鱼叉扎在

了身上，一个渔夫从池上边笑微微地把它捉到岸上。如果龙虎不走，渔夫敢来这池边吗？真是自作自受。

讲述者：　秦建民，男，35 岁，确山县竹沟乡文化站，高中，专干

采录者：　王军，男，24 岁，确山县文化馆，高中，职工

采录时间：1988 年 10 月 18 日

采录地点：确山县竹沟乡文化站

附
记

这天，王军一行几人来到竹沟乡文化站，看民间文学三套集成的收集情况，并指导下一步的工作进展。其间大家在一起交流，大家有说有笑，交谈甚欢，王军就让秦建民讲个故事给大伙解解闷。秦建民就说，我讲个还没有收集上来的故事，王军你给记下来，回去后就算你的成绩。就这样这个故事被收录了下来。类似的故事在驻马店还有不少，如遂平县的《王八的下场》、正阳县的《龙虎争斗》《两败俱伤》、确山县的《老松树的下场》等。（谭咏利）

436

叭叭狗告状

清朝同治年间，在沭湖镇北洪河西岸不远处有一个村庄，庄内有一位卖油郎，名叫李小林，年纪三十多岁，个儿高高，浓眉大眼。李家几辈人都以卖油为生，家境虽不算多富有，却也算自足人家。

一天，卖油郎乘船来到洪河东岸的一个村庄，边敲梆子边高声吆喝："谁灌香油！谁灌香油！"叫卖声引出小巷内的一中年妇女，她叫朱氏。你看她，头扎白花，头发盘在后脑，乌黑发亮，刘海掩在前额，眉清目秀。她一只手掂兜儿芝麻，一只手掂着香油瓶，身后跟着一位十岁左右的女儿。女儿身边跑着一只叭叭狗，不停地在女儿跟前撒欢。

只听这朱氏脆生生地问道："多少芝麻换一斤油？"卖油郎随口说道："二斤半芝麻换一斤。"朱氏递过芝麻，卖油郎边接芝麻边打量着她，然后很关切地询问："你咋头戴白花呀？"这一问不要紧，问得朱氏悲从中来，两眼落泪，答道："丈夫半年前走了。""哎，你一个妇女领着孩子，往后日子可苦了。"卖油郎同情地说。他很快灌满一瓶油，并把芝麻退给她，说："我可怜你的遭遇，不要

芝麻啦。"朱氏心存感激，含情脉脉地走了。

从此，卖油郎总忘不了这位女人的俏丽身影，隔三差五就要挑着油到这里叫卖。这女人一听到卖油郎的叫卖声就跑出来，请卖油郎到家坐坐，又是端茶，又是递烟，又是说笑。这样一来二去，二人产生感情，不久就勾搭成奸。

有一天，这俩奸夫淫妇正在室内干那事，女儿小英突然带着叭叭狗推门进屋，俩人的行为被看得一清二楚。奸夫淫妇见事情败露，惊慌失措，赶忙商议对策。奸夫卖油郎说："只有堵住她的嘴，才能防止她向外人述说。咋样着才能堵住她的嘴呢？只有杀人灭口。"淫妇朱氏说："不行！用刀杀死、用绳勒死都会被人看出来，万一被验出是故意杀害，你我难逃一死，得想个既能让她死，又能不被人看出是故意杀害的办法。"正好转头看见墙角放着的丈夫生前化的铁疙瘩，心想，要是把铁疙瘩塞进女儿的肚内，她一定活不成，也不会被人发现。于是，朱氏一狠心，把女儿叫进屋，和奸夫一起动手，把铁疙瘩从口中硬塞进肚内，女儿极力挣扎哭喊却无济于事。叭叭狗见小女主人痛苦挣扎的样子，嘶声嚎叫，被奸夫一脚踢出一丈多远。就这样女儿挣扎着，断了气。

怎样处理孩子的尸体呢？二人商量着，决定把女儿埋在自家地头靠近大路的地方，对外人说是急病而亡。

自从小女主人被埋之后，叭叭狗怀念小主人，整日不吃不喝，卧在她坟旁。

一天，从大路尽头传来阵阵锣声，接着一项官轿在众人的簇拥下越来越近，渐渐地到了叭叭狗身旁，原来是县太爷下乡办案，路过此地。叭叭狗突然蹿至道路中央，凄惨地嚎叫，众衙役赶走后又回来嚎叫。

县太爷听得小狗叫声不同寻常，赶快落轿走出，跟随叭叭狗来到坟旁。小狗不停地扒坟，他令衙役扒开坟墓，发现一具女尸，检验身体各处并未发现异常。这时，朱氏闻讯赶来，见县太爷私自扒墓又未查出破绽，便闹将起来，直闹得他无法收场。

回到县衙之后，县太爷心中懊恼，又觉得此事定有蹊跷，不甘心就此罢手，便化装成算命先生，到洪河东微服私访。他来到该女所住的村庄，假装给人算命，恰逢一老汉叫算一算能活多大岁数。他尽拣好听的话奉承老汉，说

得老汉兴奋不已，渐渐地话题扯到村妇与县令大闹验尸现场之事。老汉说："现在女人真狠毒啊！"

县太爷问："你咋这样说呢？"老汉说出了本村那名少女暴死真相。

原来，那天老汉正从朱氏家门前路过，听到小英的哭叫和叭叭狗的嚎叫，猛回头看见了奸夫淫妇残害女儿的经过。他心中害怕，恐怕殃及自己，赶忙回家去了。

县太爷听罢，心中暗喜，回到县衙，点齐三班衙役，二次开棺验尸，果然从小英肚子里找出六颗铁疙瘩。在铁的事实面前，奸夫淫妇只得认罪伏法。

行刑那天，上蔡县城人山人海，人们纷纷指责奸夫淫妇的残忍和无耻，交口称赞叭叭狗忠于小主人，为小主人伸冤的执着和忠诚。从那以后，这个离奇的故事就传开了，至今，人们在茶余饭后还传颂着叭叭狗告状的故事。

讲述者： 王宝元，男，75 岁，上蔡县洙湖镇岳洼村，小学，农民

采录者： 肖五毛，男，57 岁，上蔡县洙湖镇二中，中专，教师

采录时间：2006 年 3 月 12 日

采录地点：上蔡县洙湖镇岳洼村

附
记

狗是人类忠实的朋友，人与狗从古至今不离不弃、生死相依。狗不嫌家贫，你喂狗三天，它就记住你三年；狗永远都会保护主人，不会背叛，狗也不会眼红主人过得好。民间故事里还说，麦留下"蚂蚱头"大的麦穗，也有狗的功劳。因为麦穗让人吃了，狗没啥吃的，就只能吃人屎了。人们偶尔会扔个馒头给狗吃，也是感念狗给人们挣得个麦穗儿。民间有"狗咬吕洞宾——不识好人心""狗眼看人低"的说法，只是狗的另类。由于人类与狗的特殊关系，为了好活命，过去民间更有给孩子起名叫狗蛋、狗留、狗有、傻狗，甚至狗头、狗脑的。（谭咏利）

437

老鼠嫁妮

从前，有个老头会法术。有一天，他去地里干活，忽然听见天空喊救命的声音，抬头一看，原来是一只老鹰抓了一只鼠，就忙用法术将老鼠救下来。

老鼠说："我没有什么东西报答你，就做你的闺女吧！"老头答应了，用法术将老鼠变成女孩。

过了几年，这个女孩嫌老头年老不中用了，对他说："爹爹，我也不小了，该嫁出去啦。"

老头说："嫁给谁呀？""我喜欢太阳，就嫁给太阳吧。"

老头答应了，第二天就去问太阳："我的闺女可以嫁给你吗？""不行呀，我怕云。"

老头又去找云说："我的闺女可以嫁给你吗？""不行呀，我怕风。"

老头又去找风说："我的闺女可以嫁给你吗？""不行呀，我怕墙。"

老头又去找墙说："我的闺女可以嫁给你吗？""不行呀，我怕老鼠。"

老头又去找老鼠，老鼠满口答应了。

老头问："什么时候？""今晚。"说完，老头就回家了。

闺女问："嫁给谁了？""嫁给老鼠了。""老鼠洞那么小，我咋能进去？"老头又用法术将闺女变成了老鼠。

到了晚上，一群老鼠吹吹打打，进了他家的门，这只大老鼠向老头问了好，就把闺女抬走了。

这天正是正月十七，人们说："正月十七儿，老鼠嫁妮。"直到今天，那一晚家家都不点灯，怕冲了老鼠的婚喜。

讲述者： 张新德，男，39 岁，遂平县花庄乡陈庄村张庄，小学，农民
采录者： 张石头，男，10 岁，遂平县花庄乡陈庄学校，学生
采录时间：1988 年 3 月 22 日
采录地点：遂平县花庄乡陈庄村张庄

附记

张新德和张石头是父子关系，以前给孩子取名比较随性，取个结实的叫石头，寓意身体壮，不生病，好养活。（王卫霞）

异文：老鼠嫁妮猫祝福

都说正月十七月黑头，是老鼠嫁妮的好日子儿。这事不保密，猫也知道了，老早就趴在老鼠洞口边，想抓几个老鼠尝尝鲜。老鼠一大家族都看见了，急得抓耳挠腮没法子。可要当新娘子的鼠姑娘，却一点也不着急，她把自己打扮得漂漂亮亮的，就准备着出嫁呢。

鼠姑娘的爹娘急呀，对闺女说："你得想个法子，躲过老猫这一关哪！"鼠姑娘吱吱笑了笑说："老爹老娘就别瞎操心了，闺女自有法子！"

原来，鼠姑娘知道老猫爱吃鱼喝酒，她早已安排好了，

让鼠大哥去偷鱼，鼠二哥去偷酒，趁着老猫打盹儿的空儿，把那些鱼呀酒呀，就放在老猫蹲守的地方。

时辰到了，鼠小弟从门外回来说："老猫正吃鱼喝酒，都有些迷糊了，我壮着胆子过去捋了一把猫胡子，他还笑着向我敬酒哩。"

鼠姑娘的爹娘笑了，爷爷奶奶笑了，兄弟姐妹笑了，鼠姑娘也笑了，数她笑得最开心，因为可以稳稳当当做新娘子了！

老鼠送亲的队伍出发了，热闹得很哪，笛子喇叭，锣鼓喧天，吹吹打打，鞭炮声声。老猫呢，这时醉醺醺的，拱着手对着花轿说："新婚大吉，一路顺风，早生贵子啊！"

讲述者： 张留坡，男，50岁，平舆县教育局，大学，干部

采录者： 张贤锋，男，24岁，平舆县二中，本科，教师

采录时间： 2005年6月13日

采录地点： 平舆县工会家属楼四楼家中

438

孔雀的羽毛

很早很早以前，孔雀和一般的鸟一样，羽毛并不怎么美丽，嗓子也很粗，叫得不好听，大家不是很喜欢它。

有一次，孔雀看见百灵鸟在欢快地歌唱，歌声非常好听，就问百灵鸟："你为啥有这样的嗓子？"百灵鸟说："我的嗓子好，是天天练出来的。"孔雀听了说："那我跟你学唱歌，好吗？"百灵鸟很高兴地答应了。从此，百灵鸟耐心地教它歌唱，孔雀也苦心学。天长日久，孔雀也练就了一副好嗓子，可是它的羽毛还不美丽。

有一天，森林着火了，鸟儿们都惊慌地往外逃跑，只有孔雀不顾自己生命危险，拼命扑火。虽然羽毛烧焦了，为了鸟儿们以后能有家居住，一直到把火扑灭，结果羽毛烧光了，皮肤烧烂了，生命奄奄一息。

那些逃跑的鸟儿们飞回来了，看孔雀为救火烧成这个样子，心里感到又难过又惭愧。大家一商量，决定每个鸟儿从自己身上拔出一根最好看的羽毛送给孔雀。从那以后，孔雀集中鸟儿最美丽的羽毛，就漂亮无比了。

讲述者： 杨保中，男，51 岁，平舆县高杨店乡洼李村，初中，农民

采录者： 杨耀晨，男，13 岁，平舆县高杨店乡联中，学生

采录时间： 1987 年 10 月 18 日

采录地点： 平舆县高杨店乡洼李村

439

猫盖屎

猫屙了屎，都要盖住，这是为啥哩？

从前，这一家有两个儿媳妇，大儿媳妇实诚，人们叫她"憨嫂子"。小儿媳妇刁滑，人们叫她"猴嫂子"。平时，憨嫂子省吃俭用，经常做些好吃的饭菜孝敬婆婆。猴嫂子一闻到香气儿，就巧言花语对她说："嫂子手真巧，不像我笨得五指不分，只能给嫂子当个跑腿的。"说着，端起好饭菜，"哎，我给婆婆送去。"

猴嫂子走到半路，把好饭菜吃足吃够，只给婆婆送去一点儿。虽说婆婆没吃多少，还总是夸猴嫂子孝顺。她听到夸奖，就说："当小的孝敬老人是应该的。人在一拃五寸的时候，没父母恩养能会长大成人吗？这点儿小事儿，您老夸来夸去，实在叫俺过意不去。"这样一来二去，婆婆就偏爱猴嫂子，看见憨嫂子心里就烦。

一天，婆婆有点儿不舒坦。为了让婆婆换换口味儿，憨嫂子专门做了一碗婆婆爱吃的猪血烧豆腐，亲手端给婆婆。到屋一看，婆婆正睡觉，她想叫婆婆多睡会儿，就把碗往桌子上一放，先刷锅去了。刚好猴嫂子来婆婆屋里，一见好吃的，端起碗扒着就吃，把稠的吃完，剩半碗稀汤

儿往桌上一放走了。

过一会儿，憨嫂子刷罢锅去端碗，见婆婆刚醒来。她一看碗里剩了半碗稀汤儿，就问婆婆是咋回事儿。婆婆本来就烦她，经这一问，更火儿了，大声骂起憨嫂子来。猴嫂子听见了，过来说："娘，您消消气儿，保重身子要紧。要说俺嫂子也不是那偷嘴人，说不定那东西是叫猫吃了。人跟畜生咋能一般见识呢？烧祅头儿跟虱子赌气[1]，那才不值得哩！要是说人偷吃的，谁吃的就叫谁变成猫！"说也奇怪，猴嫂子话音刚落，只见她身子一缩，俩眼瞪圆，"喵"一声变成了猫。

这时婆婆才明白过来，手指着猫说："原来是你个馋嘴货作的孽呀！"猫连声叫着："没有，没有。"婆婆说："你还犟嘴，吃青草屙青屎，吞砂礓屙石子，吃猪血拉红屎。看你屙的屎到底是啥颜色！"猫怕看见它屙的屎是啥颜色，一屙了就赶紧盖起来。猫这个习惯传给了它的后代，直到如今还是这样哩。

讲述者： 桂老大，男，76岁，新蔡县十里铺乡十里
铺村，不识字，农民
采录者： 桂敏，男，29岁，新蔡县十里铺乡十里铺村，
高中，农民
采录时间：1987年8月18日
采录地点：新蔡县十里铺乡十里铺村

附
记

过去日子穷，过日子得精打细算，尤其是媳妇不能嘴馋，更不能吃今不讲明，天天都想吃好的，那日子就没法过了。我们这还流传有"馋嘴媳妇盼节气"的说法。（龚国强）

440

杜鹃、麻雀和斑鸠

咱这坡都说，杜鹃、麻雀和斑鸠是三个人变的。

相传以前男人不下地，地里的活都是女人干。那时，有个叫黄姑的闺女，从小死了爹娘，跟哥嫂一起生活。嫂子又懒又凶，张口就骂，伸手便打，家里地里的活全叫她一个人干。黄姑就这样天天干啊干啊，没完没了，有啥办法呢，只能背地里哭。她有个侄子叫布固，是个好孩子，和她特别好，见面就喊姑姑，还知道心疼她。每逢他娘打姑姑，布固就大哭大闹，直到他娘罢手为止。

布固长到七八岁，常常背着他娘，给姑姑送点好吃的，还帮着干活。一天，黄姑正在地里锄草，汗流浃背。"姑姑喊水！"小布固提着罐子，给她送水来了，还给她擦汗，感动得黄姑直流泪。她怕热坏了孩子，便说："咱不干了，回家吧。"

谁知刚到家，恶嫂子便破口大骂："懒货，干这么点活，就跑回来了！"黄姑说："俺是怕热坏了咱布固。"她一听更来气了："你还敢叫俺儿下地干活，看我不打死你。"拿起扫帚便打。布固忙拦着他娘："娘，不怨姑姑，是我自己要去的！"可他娘不听啊，打得更厉害

啦。黄姑浑身是伤，再也忍受不了了，把白毛巾朝脖子上一系，拔腿便跑。布固拼命去追，一边跑一边喊："姑姑、姑姑……"

黄姑跑到村口的井前，"扑通"一声跳了下去。布固只抓下姑姑脖子上的白毛巾，他一边哭着叫姑姑，一边把白毛巾系在自己的脖子上，也一头扑到井里去。恶嫂子见她的孩子也跳了井，忙伸手去抓，结果没抓住，自己也掉到了井里。

不一会儿，从井里先后飞出三只小鸟。第一只不停地叫"布固不哭、布固不哭。"人们一听便知道是黄姑变的，就叫"黄姑鸟"，后来叫变了音，就叫"黄鹭鸟"。第二只鸟悲哀地叫"姑姑——苦、姑姑——苦……"人们一听便知是布固变的，根据叫声得名"姑姑鸟"，大名"斑鸠"。它脖子上一圈白羽毛，就是那条白毛巾变的。第三只鸟"叽叽喳喳"叫个不停，是恶嫂子变的，就是现在的"麻雀"。这种鸟常常宿在屋檐下，整天乱叫，还糟踏粮食，大家非常讨厌它。

讲述者： 张留坡，男，40岁，平舆县教育局，大学，干部

采录者： 张莹莹，女，13岁，平舆县二中，学生

采录时间：1995年6月26日

采录地点：平舆县工会家属院

附记

张留坡和张莹莹是父女关系，张留坡原名张振立，喜爱民间文学和讲述民间故事，热爱文学创作。为了培养儿女，他就刻意培养儿子张贤锋和女儿张莹莹的文化情怀。这个故事就是在他的影响下完成采录的。（张耀征）

441

猫和老鼠

过去猫和老鼠非常要好，成了亲家，就称兄道弟。

这天，猫大哥对鼠老弟说："冬天就要到了，咱弄点猪油放起来吧？""好哇。"不几天，它俩真的弄到一坛猪油。

"猫大哥，今个我朋友生孩子请我赴宴，我去啦。"鼠老弟摇头晃脑地说。等回来时，猫大哥问它："你朋友小孩名字叫啥？""没有皮。"

第二天，鼠老弟又去赴宴，吃得满嘴流油。猫大哥又问："鼠老弟，你口福不浅啊，咋没朋友请我呢？今天朋友请你吃的啥？""没一半。"

第三天，鼠老弟说蛇亲家请赴宴，吃得满嘴流油，挺着大肚子回来啦。猫大哥说："今天你又吃的啥？""坛里光。"鼠老弟得意地说。

冬天来了，下起了鹅毛大雪，不能外出找食了。猫大哥睡了一天，肚子咕咕叫，才想起那坛油来。跑去一看油全光了，就去问鼠老弟："咱的油呢？""我吃啦！""啥时吃的？""你都知道哇。第一次我告诉你还没吃完皮儿，第二次告诉你没一半，第三次我告诉你坛里光。""你这个

鼠家贼，从今往后咱俩没完，看我咋整你！"

直到现在老鼠见了猫就跑。

讲述者： 崔继伦，男，47岁，新蔡县佛阁寺乡熊楼村，
小学，农民

采录者： 龚国强，男，34岁，新蔡县文化局艺术股，
高中，干部

采录时间：1987年9月5日

采录地点：新蔡县佛阁寺乡熊楼村

附记

龚国强这天找到了崔继伦，他当时正在院里干着杂活，龚国强一边给他说着话一边问着，崔继伦就一边抽着烟一边讲，讲了好几个故事。回来后龚国强根据记录又整理了一下，收获还颇丰。（谭咏利）

442

老虎、猫和老鼠

传说虎和猫是俩兄弟，虎是哥，猫是弟，它们住在一起，非常亲密。虎很懒，它吃了食什么也不干，只是睡觉。猫很勤劳，天天早起晚归，去地里干个不停。

有一天，猫在翻地，天快黑了有点累，就靠在一棵大树上睡着了。睡得蒙蒙眬眬的，眼前突然出现了一位白胡子老头，笑着对他说："勤劳的猫，你辛苦了，你一年四季地干活，现在我送给你两颗金豆豆儿，把它含在嘴里，你就会力大无穷了。"猫惊醒了，一看，白胡子老头不见了，面前有两颗金豆。他高兴地想把两颗金豆含嘴里，但转念一想，家里还有虎哥哥，我一颗，哥一颗有多好呀。

猫回到家里，把做梦得豆的情况给虎哥说了。虎把金豆含在口中，果然力大无穷。它很贪心，想，一个豆就这么大力气，要是把猫弟的那颗弄到手，力气不是更大吗？可它不好意思再给猫要呀。于是，抓来一只小老鼠，对老鼠说："今晚，你必须趁猫睡着的时候，把它的那粒豆儿给我拿来。"老鼠吓坏了，哪敢不答应？

晚上，劳累了一天的猫睡得很熟。老鼠钻进了他的屋子里，见他闭着口没法偷，就找了一根细的草儿，往鼻孔

中一捅。猫挺痒痒，打了个喷嚏，那颗金豆便被吐了出来。老鼠一见大喜，忙衔着金豆跑了，乖乖地送给虎。

老鼠偷走金豆后，猫没有了金豆，也没有了力气，伤心地哭了起来。它哭着哭着睡着了，不大一会，眼前又出现那位白胡子老头。老头笑着对它说："好孩子，不要伤心了，金豆是让老鼠偷去了。现在我教你武艺，学会了它比十颗金豆还强。"猫便认真地跟老头学了起来。直到天明，睁开眼一看，老头儿不见了，自己的身体小多了，但非常非常地灵活。虎哥问它是怎么回事，猫很老实，就把学艺的事说了出来。虎让猫教它，猫把所学的武艺一招一式地交给了老虎，只有爬树的本领没教。虎认为自己学尽了，便大吼一声向猫扑去。猫大吃一惊急忙躲开，老虎紧紧追赶，眼看就要追上了，猫刷刷地爬上了一棵大树。老虎上了几次没有爬上去，只好长叹着走开了。

至今，虎比猫身体大，力气大，据说就是从那个时间留下的。而老鼠因为偷了猫的金豆，猫恨透了它，所以一见面就抓，抓住了就吃。

讲述者： 乔蕾，男，18 岁，平舆县射桥乡越楼村，高中，农民

采录者： 边芝荣，女，24 岁，平舆县射桥乡越楼村，高中，农民

采录时间：1987 年 10 月 30 日

采录地点：平舆县射桥乡越楼村

附
记

乔蕾收集民间故事的事在村里传得很开，引起了不小的轰动，大家都觉得他干的是正经事、大事，对他很崇拜，没事都好上他家。边芝荣是近门的嫂子，平时也爱看书，经常到乔蕾家借书，交流体会。这天她给乔蕾说，咋样能让我也收集个故事，了却我的写作梦想？乔蕾说这好办，我给你讲个故事，你整理一下不就完了，说不定还真的能出书呢。就这样，这个故事就收集了下来。（谭咏利）

443

老鼠告状

相传很古的时候，老鼠的祖先和人类不是对头，而是朋友，他们吃住在一起，一步也不离。春暖花开时，他们一块儿干活；大雪封洞时，他们分享着劳动果实。据说，人类帮老鼠捕杀野猫，老鼠还帮人类整治老虎呢。

到了尧舜的时候，有一个性情古怪的人叫阿鼠，他既喜欢喂老鼠，又喜欢养猫。老鼠和猫本来就是死对头，这咋能中呢？因为这，老鼠多次提抗议，可他根本不听。打那起，老鼠和人的关系渐渐疏远了，以后，老鼠就另扒洞穴与人类分居了。

阿鼠死后，他的儿子阿猫最恨老鼠，家里养了许多猫，专跟老鼠作对。这样一来，老鼠与人类就成了死对头，它们合起来恨么人 [1]。可是老鼠哪是人的对手，它根本经不起人和猫的共同捕杀，眼看就要断子绝孙。

到了元朝，家家户户都养了猫，天底下的老鼠也不过万儿八千只，死去的老鼠成群结队地去找阎王爷告状。起初，它们一个腔调专告阿鼠，谁知阎王爷是阿鼠的

[1] 恨么人：欺负人。

七百六十代子孙，官司怎么也打不赢。

这时，有一只精明的老鼠，偷看了阎王爷的家谱，知道了官司打不赢的原因，就让大伙转过来告猫。接着，众老鼠又成群结队地来到阎王殿，一时间，阎王殿的过道上、梁柱上、屋檐下，就连阎王爷的书案上和椅子底下，也都趴满了老鼠。众老鼠哭叫的、嗦啰的、呼喊的，叽叽哇哇乱作一团。阎王爷一拍惊堂木，大声吼道："这咋能成，你们找一个冤屈最大的站出来说吧！"大老鼠跪在堂前，一字一板，哭哭啼啼地诉说起来："大狸猫吃我刚刚怀孕的媳妇，堵着洞口又吃我一岁的重孙，吃我的黄花闺女，吃我的娇儿都还没完婚。吃我的三妻六妾这还不说，它不该吃我的奶奶和母亲，逮住我爹爹细嚼慢咽，逮住我爷爷咬死不闻。吃爹爹咬奶奶这也不说，它还吃在我家串门的亲邻。它把我咬成伤残活活受罪，夏天里苍蝇蚊子咬痛心，口干舌燥没谁管，痛断肝肠叫无亲，这苦难我受了四十九天，到最后一蹬腿死在洞门。像我家断子绝孙的有千万户，像我这受的苦咋能说得尽？请阎王爷明察公断，为俺这冤屈的老鼠报仇雪恨！"

阎王爷一听阳世间还有这种冤案，一拍惊堂木，对书办说："快命阴差大臣把狸猫拿来问罪！"阴差绳捆锁绑把狸猫带进阎王殿。书办念罢诉状，狸猫上爬半跪申辩说："小老鼠真可恨，啃了皮鞭啃磨棍。咬衣服啃皮套，又啃老头的破毡帽。喝罢香油去吃面，临走屙尿一大片。东梁跳、西梁跳，高兴了去咬人耳朵。咬碎了娘娘的龙凤衣，又钻进皇姑的被窝里。东也抓、西也挠，白嫩的屁股被它咬。呼隆隆，呼隆隆，一夜闹到二三更。叽叽叽，叽叽叽，吃罢米面吃小鸡。咯崩崩，咯崩崩，砖头也咬个大窟窿。咬坏了皇太子的文房四宝，又去啃皇帝的玉玺象雕。播瘟疫传疾病坏事做尽，它坑害了天底下多少好人！"

阎王爷一听，怒不可忍，咬牙切齿地骂道："罪大恶极的小老鼠，统统该死！"这时，众老鼠又齐声大叫冤枉，精明的大老鼠大声哭诉："阎王爷容禀，我们老鼠欺负人类自有说处，只要人类还像尧舜以前那样对待我们，今后我们也不再那样做了。再说，我们老鼠还曾给宋王爷立过大功哩！那年西凉夏国进宝，献给宋王两尊大红蜡烛，蜡烛里面裹着两尊大铜炮，要不是俺老鼠把蜡皮咬破，满朝

文武大臣还不全都炸死？再说，这住粮仓，窜房舍，全都是宋王爷恩封的呀。"

大狸猫一听老鼠狡辩，气愤地吼道："这些都是老鼠瞎编的呀！阎王爷您可别上当。那一年，有五个大老鼠闹了东京。大老鼠变成皇帝，二老鼠变成娘娘，三老鼠变成军师，四老鼠变成武将，五老鼠变成传本御史，只闹得天昏地暗，真假难分，老百姓没一个主，到处反乱。要不是俺狸猫前去降妖，到现在，说不定连个人影都没有啊！"

这时，阎王爷分出了真假，随口赐封狸猫身披虎皮，眼睛日夜都能看见东西，神台上能跑，供桌上能闻，白天卧在锅台以上，到夜晚去陪伴人同宿。

众老鼠没有打赢官司，一个个气得吹胡子瞪眼，被阴差们打得龇牙咧嘴，拖着尾巴逃出阎王殿。大家不信，请仔细观察，哪一只老鼠不是吹胡子瞪眼，龇牙咧嘴，跑起来拖着长尾巴呀！

讲述者：　老朴，男，44岁，新蔡县陈店乡梁夹道村，不识字，鼓书艺人

采录者：　韩世豪，男，40岁，新蔡县韩集乡，高中，干部

采录时间：1987年9月3日

采录地点：新蔡县陈店乡梁夹道村

444

百兽评功会

山村里一年一度的评功会开始了。

八哥说："俺能说会道，长于交谊，是兽王的好帮手。"

鹦鹉接着说："俺善于体察人情，善于模仿，兽王传令离不开我。"

兔子说："哼！俺能招之即来，挥之即去，贵在勤上。"

乌龟说："俺虽然嘴拙腿慢，但办事靠得住，不招人嫌。山村过节，俺总能给兽王送一点延年益寿的礼品！"

猴子也不谦虚，做个鬼脸，眨了眨眼睛说："小弟和兽王虽无亲戚瓜葛，但俺能给它搔痒、逮虱子，使它舒舒服服睡大觉。"

黄牛接着说："俺向来温驯听话，好干老实活，评不评头功没啥，只要说声好。"

孔雀不以为然："活儿俺虽然不干，可俺风度翩翩，令所有的人赏心悦目。"

长毛狗伸伸懒腰，打个喝欠："俺嘛，俺嘛，俺虽脊梁受伤骨头软，但能伸能屈从不惹兽王生气。俺别无他求，只望兽王开恩，把它吃剩的骨头让俺带回去，俺老婆快要生啦。"

老母鸡慢慢抬起头，稳定一下情绪："据消息灵通兽士透露，兽王说俺还是老毛病，没少作贡献，态度不谦虚，取得点成绩总爱咯咯嗒嗒。"

这时，一直蹲着抽烟的狸猫"嚯"地站起来，长胡子气得直发抖："俺一直遵照兽王的圣命打击老鼠，可年年评功时，你们却说俺树（鼠）敌太多，群众基础差，什么也不给，大家说我亏不亏？"

大家争吵不休，就等兽王定论。谁知兽王——老虎听着听着睡着了，原来是狐狸送给它一瓶酒，喝醉了。

讲述者： 谢石清，男，31 岁，新蔡县练村乡后围孜村，初中，农民

采录者： 谢石华，男，24 岁，新蔡县扶贫办，大专，干部

采录时间： 1988 年 4 月 2 日

采录地点： 新蔡县练村乡后围孜村

附记

这天谢石华扶贫下乡来到老家练村乡，正好碰见同族家的哥谢石清，俩人从小就认识，见面后就有说有笑地在一起喷了起来。出于职业习惯，喷着喷着，谢石华就问他会不会讲有话，谢石清也很爽快地说当然会啦。就这样，几个人坐在路边，吸着烟喷着闲就讲了起来。讲完几个故事后，谢石清非要拉着回家吃饭，但谢石华还有其他的事就谢绝了，谢石清觉得不好意思，还送了半里路远。（谭咏利）

445

聪明的驴

忙逃跑了。

讲述者： 赵永申，男，46 岁，确山县三里河乡中店
村，初中，农民

采录者： 王奎山，男，42 岁，确山县文联，大学，
干部

采录时间：1988 年 10 月 19 日

采录地点：确山县三里河乡中店村

在一个山坡上有头瘦驴在吃草，它吃一会儿叫两声，吃一会儿叫两声。不一会儿，把山里的两只饿狼招来了。狼说："驴啊，今儿俺俩都饿得慌，想找点儿食儿吃也找不着，就叫吃你吧！"

驴说："等一会儿，俺磨磨牙。""你磨牙干啥？"

"磨牙磨牙快，一嘴吃老带[1]。老带尾巴长，一嘴吃俩狼。"

狼听了，吓得连忙跑了，跑到一棵大树下。十二个松鼠在树上喊住说："狼大哥，慌恁狠去干啥？"狼站在松鼠面前，把经过的事儿从头至尾给它们说了一遍。

十二个松鼠一听很不服气，说："走，咱再去看看！"俩狼跟在它们后面找驴。

松鼠走到驴跟前问："小毛驴，你磨牙干啥？"

驴说："磨牙磨牙快，一口吃老带，老带尾马长，一嘴吃俩狼。外带十二个小松鼠，别在腰里当干粮。"

"啊——"驴又长叫一声，狼和小松鼠一听，吓得连

[1] 老带：确山方言，即老虎。

446

癞蛤蟆

讲述者： 陈永亮，男，36 岁，确山县普会寺乡白庄村，
　　　　 初中，农民

采录者： 张云，女，24 岁，确山县文化馆，中专，
　　　　 职工

采录时间：1987 年 5 月 16 日

采录地点：确山县普会寺乡白庄村

附记

这天张云在乡文化站人员的陪同下找到陈永亮时，他正在糙场[1]，准备收麦。说明来意后，陈永亮就一边赶着牲口糙场，一边就讲起了故事来。张云就根据他讲的故事，没听过的就重点记录，这个故事就是这样采集下来的。

在驻马店大多地区口语中所说的"蛤蟆"是"青蛙"，"癞蛤蟆"则指背上有疙瘩的蟾蜍，两者并不相同。受癞蛤蟆外观形象影响，本地幻想故事中的蛤蟆儿、蛤蟆仔、蛙童都是青蛙，而非癞蛤蟆。（谭咏利　赵新春）

从前，在一片没有人烟的地方，生活着一群蛤蟆。

有一天，大伙分头去找吃的，留下两个守老窝看门。这两个蛤蟆在家闲着没事干，东转转，西转转，不觉转到它们存放食物的地方，看见有很多好吃的，就狼吞虎咽地偷吃起来，吃饱了便懒洋洋地走出来。

晌午，其余的蛤蟆回来，它们在把找到的吃食放进食物的地方时，却发现里面的东西少了很多，问看门的，看门的都说不着，事儿也就过去了。

第二天，它俩仍被留下看门，这俩蛤蟆很是得意。哪知其他蛤蟆没走远，都在窝外埋伏着呢。

过了一会，这俩蛤蟆偷偷摸摸进了藏食的地方偷吃起来。众蛤蟆一起上前，在它们的身上到处乱咬，不一会儿，这两个偷嘴蛤蟆的皮被咬成一个洞一个洞的。后来，伤虽痊愈，可不像原先恁好看了，整个身子都变成疙疙瘩瘩的，十分丑陋，就成了现在的癞蛤蟆。

[1]　糙场：碾场。

447

狗跟人

采录者： 王奎山，男，42 岁，确山县文联，大学，干部
采录时间：1988 年 4 月 23 日
采录地点：确山县竹沟乡关沟村

很久很久以前，狗跟羊是好朋友，它们经常在一起。

有一天，一只狼把羊吃了，狗吓跑了。过几天，狗孤独地在树林里走来走去，很寂寞，狗想：狼有本事，就跟狼在一起吧。于是狗与狼交了朋友。

没过几天，一只虎窜出来把狼吃了，狗吓跑了。狗没有了伙伴，又开始感到寂寞起来，狗又想：老虎有本事，就和老虎在一起吧。于是狗和老虎成了好朋友。

几个月过去了，有天，老虎又被猎人打死了，狗吓得跑很远。狗独自在森林里窜来窜去，很无聊，就想着再找个朋友。狗想：找谁呢？羊不如狼，狼不如虎，虎不如人，看起来人最有本事。于是狗就跟人在一起。

从此，每次猎人打猎，狗就跟在猎人后面，猎人打到猎物，分给狗一份，这样他们成了最亲密的伙伴。直到现在，狗一直跟着人。

讲述者： 赵有财，男，69 岁，确山县竹沟乡关沟村，
不识字，农民

448

黄狗报仇

讲述者： 崔文让，男，65 岁，确山县石磙河乡陈冲村，
不识字，农民

采录者： 陈全喜，男，32 岁，确山县石磙河乡文化站，
高中，专干

采录时间： 1988 年 11 月 30 日

采录地点： 确山县石磙河乡陈冲村

附记

这天陈全喜来到崔文让家时，老汉刚放羊回来，他养了一大群羊，有十来只个个膘肥体壮，就等着过年时卖了好过年。看着越来越好的日子，老汉脸上露出陶醉的笑容。说明来意后，崔文让又是让烟又是倒茶，十分高兴。俩人坐定后，老汉吸着烟就讲起了故事，陈全喜就这样把这个故事给采集下来了。（杨建军）

很久以前，有两个生意人，一个叫刘保，一个叫王安。王安有条小黄狗特别招人喜欢。

这天刘保和王安一块去做生意，走到一个大深沟边儿上，刘保就把王安推下去摔死了。刘保掏走王安的钱正要走，一只活蹦乱跳的小狗追了上来。

刘保见小黄狗怪可爱，就把小黄狗抱回家喂养，小黄狗跟着他一天天慢慢长大。原来小黄狗看到主人惨死，心里难过，是要找刘保报仇哩。

一天，刘保走亲戚，路上忽然电闪雷鸣，下起暴雨，只得到庙里避雨。庙里有个老道对刘保说："你可能做了亏心事，这两天有大灾大难。"刘保矢口否认，根本不信老道的话。老道说："不信你一会儿就知道了。"

老道将刘保盖在一个钟里。一会儿，黄狗来了，它知道刘保藏在钟里，就拼命地用头撞钟，撞得满头是血也没把钟撞开，结果撞死了。

老道把刘保放出来。刘保看到这种情况，还以为是自己养的狗要救自己呢。这时黄狗又返醒过来，扑上去把他活活地咬死了。

449

蛤蟆和黄鼠狼

有只黄鼠狼到水塘边上打食儿，看见水里有只花蛤蟆。它想吃蛤蟆可又不会凫水，眨巴眨巴小眼想了个孬点子，对花蛤蟆说："蛤蟆老弟，俺一看见你就很顺眼，看来咱俩有缘分，俺想给你交个朋友，结生死之交。你要是能到塘沿上来，咱俩烧香磕头拜把子该多好啊！"

蛤蟆知道黄鼠狼葫芦里卖的啥药，决心惩治它一下。它从水底下浮上水面，很客气地对黄鼠狼说："黄鼠狼大哥，俺也觉得咱俩怪有缘分。俺早就听说你心眼好，又实诚，想给你交个朋友，就是一直没碰见过！"

黄鼠狼一听，心里暗喜，连忙说："是哩！是哩！俺很忙，轻易不出来转转。今儿正巧碰见老弟你，快上来，找个没水的地方，咱弟兄俩好好说说话！"

蛤蟆点点头，轻轻一跳，跳到离塘边不远的一张大荷叶上。荷叶平展展地铺在水面上，像个绿毯子，它站在上面又舒服又稳当。

蛤蟆看着犹犹豫豫的黄鼠狼说："黄鼠狼大哥，这是俺的客厅。快过来，今儿俺请老哥的客，等会儿再叫几个小蛤蟆陪着您喝二两！"说完又高兴地在大荷叶上跳了跳，

荷叶还真是怪稳当。

黄鼠狼慢慢地放心了，觉着蛤蟆是个笨家伙，怪好哄，要是再来几个小蛤蟆，吃不完还管捎点包儿[1]回去。它对花蛤蟆说："老弟你站那可别动，俺蹦过去咱好好玩玩！"说着，纵身往大荷叶上跳去。

只听"扑通"一声，荷叶歪了，黄鼠狼掉进水塘里，不一会就淹死了。

讲述者： 彭永先，男，32 岁，确山县蚁蜂乡文化站，
         高中，专干
采录者： 杨建军，男，39 岁，确山县文化馆，大学，
         干部
采录时间：1988 年 10 月 12 日
采录地点：确山县蚁蜂乡文化站

[1]　捎点包儿：带点礼物。

450

狗腿子

你知道地主的帮凶为什么叫狗腿子吗？那我就告诉你吧。

从前，地主和家人蛮不讲理，无恶不作，农民十分气愤。有一次地主出去玩扭住了腿，疼得在家里躺了几个月，找了很多大夫都治不好。于是他就张榜，谁能治好他的腿，赏银三千两。

有个穷苦的孩子揭了榜，来到地主家，看了看他的腿说："老爷，你的腿得换。""啊，那换谁的腿呢？""你的家人中间谁对你最好？"

"阿三对我最好。""把他的腿截给你。"

于是地主叫人把阿三叫来，强迫截去了他的腿给自己安上，果然好了。

阿三没有腿怎么办呢？小孩想着，就去拿锯下的地主腿，正好他家的狗在吃截下的腿，已经啃得不像样了。

小孩灵机一动，叫人抓住那只狗，截去了它后边的腿，给阿三安上。

开始，人们只叫阿三狗腿，可是后来地主的手下仗势欺压老百姓，百姓都非常痛恨他们，以后便把他们都叫狗

腿子了。

地主家的狗没腿怎么办呢？小孩又灵机一动，捏了个泥腿给狗安上，狗果然会走路，跑了。

狗撒尿时，怕尿湿了腿，因为后面有一只腿是泥捏的。腿一湿就要断了，所以撒尿总是跷起一只后腿。

讲述者： 张会如，女，74 岁，确山县城关，不识字，
市民

采录者： 宋书武，男，44 岁，确山县城关，中专，
教师

采录时间：1987 年 12 月 28 日

采录地点：驻马店市区

附 记

张会如和宋书武是母子关系，宋书武从小就接触民间故事，就十分喜爱民间故事，还深入农村进行采风，搜集到大量的民歌和民间故事，为驻马店市（今驿城区）卷编纂提供了大量资料。他老家是确山县城的，后来调到市区一学校工作，母亲也跟着他一起生活，帮忙照顾家务、哄孩子。这天张会如看他天天忙到半夜，就问他干啥呢，忙怎狠。他就给母亲说了收集民间故事的事。母亲笑笑说，我都会讲，还用你乱跑？就这样，他娘俩就把这个故事给采集下来了。（谭咏利）

异文：狗尿尿为啥翘只腿

从前，某朝有位宰相，跟前只生一个闺女，年方十八，待嫁闺中。

一天，姑娘去花园观花，看见一棵谷子长得很高，穗大粒饱。顺手摸了一下，掉下一粒谷籽，金黄发亮。她想尝尝啥味便放在嘴里，不料咽到肚里就怀了孕。

时间一久，被父亲看出，追问她的母亲。母亲反复逼问闺女，闺女回答不出。父亲认为闺女败坏门风，立逼她寻死。母亲疼爱闺女，便偷偷地给她三百两银子，一匹好

马，让她天下逃命去了。

姑娘临走前，向马拜了三拜说："一马三分龙，俺该去什么地方，到谁家过日子，你就把俺驮到那里。"说罢扳鞍上马，扬长而去。约莫走了百余里路程，来到一座孤庙前，马站着了。

姑娘下马，走进庙院，把马拴在树上，走进大殿。这时只觉腹内疼痛，不多时生了个婴儿。说也奇怪，这孩子刚刚生下来就翻身站起，问母亲渴不渴、饿不饿。母亲说："一天一夜没吃饭了，既渴又饿！"

孩子对母亲说："你在这里等着，俺去弄点吃的。"

他转身出庙，来到附近村上，见人不叫爷爷，就叫奶奶，并说母亲有病，一天一夜没吃东西了，请可怜可怜俺母子二人，给点吃的。众乡亲听罢，有的找碗盛饭，有的找篮盛馍。不一会儿，孩子满载而归。

半路上，这孩子碰上四个下乡催粮的衙役拦住去路，要吃他的馍饭。他一怒之下，把四个衙役的腿各拧掉一条，提着馍饭走回庙里。

吃了饭，孩子把路上遇到的事一一说给了母亲。母亲听了非常惊讶，出庙一看，只见四个衙役哭叫不止，便说："孩子，不管他们对你如何，你也不能把腿给拧掉，俺不忍心看到这种惨景。"

孩子说："好办，俺给他们安上。"一看拧掉的腿已被狗吃了，他跑上去把四条狗的腿各拧掉一条，给衙役安上了。只是狗腿比人腿短四指，他们只好一歪一歪地走了。至今人们还称衙役叫"狗腿子"。

四条狗疼得直叫，孩子看到母亲很可怜狗，便说："俺给它们也做条腿吧！"说着就地拢了一堆土，尿了一泡尿，捏了四条腿给狗安上了。

孩子对狗说："以后尿泡时把那条腿翘起来，不然会把腿冲坏的。"从此，狗撒尿时总是翘只腿。

讲述者：姚老三，男，76岁，泌阳县郭集乡何楼村，
　　　　不识字，农民

采录者：王献章，男，55岁，泌阳县郭集乡白庄学校，
　　　　高小，校长

采录时间：1990年9月2日
采录地点：泌阳县郭集乡何楼村

附
记

这个故事当时是通过发动师生采集上来的。狗腿子的由来和狗撒尿抬后腿的故事在驻马店各地都有流传，只是角色设置不同，情节基本相同。汝南县周桂琴讲述、任立功采录的《狗撒尿为啥抬后腿》，讲的是一个大官的腿长疮坏掉，就逼迫手下贡献了自己的腿，而手下只得换上狗腿。医生看狗可怜，又把大官的坏腿接到狗身上。这只狗出于尊重主子的好心，就十分爱惜这条病腿，每次撒尿都是先把那条病腿抬起来，唯恐尿滴在病腿上蜇着疼。这与其他县区略有不同。
（赵新春）

451

「漏」

从前，有一对老夫妻，住在山下两间破茅屋里，家中喂了一头驴。

一个阴天的晚上，一个大头贼想来盗驴，自己就偷偷爬到房子顶上。这时恰好一只老虎也想吃这头驴，偷偷藏在屋里。

这时，老两口儿坐在床上，看看房顶说："唉！啥都不怕，就怕漏。"

一听说"漏"，贼和老虎都在想："漏"是啥样的？恁厉害。大头贼在房顶上越想越害怕，要是有"漏"来了，可就跑不及呀。他浑身一哆嗦，谁知房顶箔糟了，"扑通"一声掉下来，正巧骑在了老虎身上。

老虎大惊：可坏了，这是"漏"来捉俺的吧！撒开四蹄窜出屋去逃命。大头贼骑在它身上，暗自叫苦：碰上"漏"了！这可不得了啦，它咋跑恁快呀！

老虎跑着跑着撞到一棵树，大头贼猛地抓住树枝，急忙爬上树，抱着树枝直筛糠。真倒霉，偏偏叫我碰上"漏"了。

老虎觉着身上的"漏"甩掉了，头也不敢回，还一个劲儿向前跑。跑上山顶，听见猴子说："老虎大哥，跑恁快上哪儿去呀？"它停着一看，喘着气说："别提那事

啦！""到底咋啦？""一个'漏'趴在俺身上，可把俺吓坏了。"

猴子说："'漏'是啥样？你带俺去看看吧！"老虎说："俺只顾害怕哩，谁敢看它是啥样？俺不敢去了。"

怎奈猴子再三请求，老虎想有猴弟做伴儿，就决定再去一趟。猴子说："你跑得快，得用绳拴住俺的腰。'漏'要是看见咱了，你带着俺就赶快跑。"

就这样，它俩二次下山。刚走到山下，就听见驴"呜哇"一声大叫。好家伙！"漏"咋已经知道咱来了，真厉害！

老虎吓得扭头就跑，翻了几架山才敢停下来。被拴着腰的猴子被老虎给拖死了，痛苦地龇着牙，老虎往后一看，气愤地说："快把俺累死了，你咋还龇着牙笑哩！"

讲述者： 张旭仁，男，56 岁，遂平县张台乡政府，初中，民政助理

采录者： 毛伟，男，16 岁，遂平县张台乡中，学生

采录时间： 1988 年 2 月 2 日

采录地点： 遂平县张台乡中

附记

这个故事当时是通过发动师生采集上来的。张旭仁的爱人在乡中任教，他们也在乡中住。当他爱人接到采录任务时犯了愁，不知如何下手，就给张旭仁说了说。张旭仁想了想就说这好办，我就会讲故事，我讲个故事，你就在班中找了学生记下来不就行了？就这样，毛伟就把这个故事给采录了下来。

"漏"的故事在驻马店地区流传很广，内容也基本相同。（张宇广）

452

财主变乌鸦

从前，有个穷孩子给财主干活，吃不饱穿不暖，还得天天上山砍柴。山又高，路又远，他总是早晨顶着星星出去，晚上戴着月亮回来。

这一天，穷孩子去山上打柴歇着的时候，看见有个老头儿，穿着一件黑坎肩，躺在大石板上睡觉。晌午了，太阳很毒，老头儿在烈日下被晒得热汗淋淋。他看了看，就折了几根树枝插在地上，摘下自己的草帽给老头儿搭个凉棚遮太阳，又去砍柴了。砍完柴，老头儿还没醒，他不忍心拿下草帽让老头儿晒着，就坐在旁边，等老头儿醒了好拿草帽回家。等了好半天，老头儿醒了，一看就明白了，说："你真是个好孩子，你家离这儿远不远？"

穷孩子说："俺没有家，给财主干活，离这儿不近。老爷爷，俺得走了，再晚一会儿，前半夜就到不了家了。"老头儿说："俺帮你个忙吧。"说着把身上的黑坎肩脱给他，"你把它穿上，系上扣就能飞，解开扣就能落。以后打柴，就省得跑路了。"说完老头儿不见了，他才知老头儿是一仙翁。

穷孩子穿上坎肩，背上柴禾，把扣子一系，"呜"地

一下子飞了起来，一眨眼到了家。从此他就飞来飞去地砍柴，不几天财主的柴禾堆积如山。

财主见了门前的柴禾，感到十分纳闷，就把穷孩子叫来问："说实话，你过去为啥偷懒？不说，小心皮肉之苦。"穷人家的孩子不会说假话，便实言相告。这下财主乐坏了："小子，你不给我言一声就要别人的东西，快脱下来！"穷孩子没办法，只得脱给他。

财主又问："咋着才能飞呢？""把扣子扣上……"

还没等说完，财主赶快把坎肩穿上，扣子一系飞了，飞呀，飞呀，看自己的村庄变成了小黑点，挺得意。可后来越飞越远，越飞越高，想下去也落不下去，急得他"哇！哇！"大叫，变成了一只乌鸦。

从此，乌鸦穿着那黑坎肩，围着村子飞，扯破嗓门从早到晚"哇！哇！"地叫。

讲述者： 曹芳川，男，68岁，遂平县阳凤街，私塾，农民

采录者： 柳河文，男，16岁，遂平县阳凤乡初中，学生

采录时间：1988年2月13日

采录地点：遂平县阳凤街

附记

这个故事当时是通过发动师生采集上来的。曹芳川上过几年私塾，是个故事篓子，他会泥瓦匠，农闲时带些人给人盖房子、收拾房子，天冷了就在街上摆摊。这天上午柳河文找到曹芳川时，他正在街上卖东西，临近年关人也多，生意也好，人更闲不下来。柳河文看此情况，也说不上事，就约定下午再过来。柳河文下午过来说明来意后，曹芳川很高兴，就边收着摊边把这个故事讲了，柳河文听得也很仔细，生怕漏掉一个字，认真地记了下来。（谭咏利）

453

鳖为啥怕蚊子

蚊子和老鳖原本是好朋友。老鳖在水里游，蚊子在水上飞；老鳖到岸上孵蛋儿，蚊子趴在草叶上歇脚，好得形影不离。

有一回，它俩在一块儿说闲话哩，蚊子说："咱俩该分个大小了。"老鳖说："是呀，我早就这样想。咱比本事吧，谁的本事大，谁当老大。谁的本事小，谁当老二。"蚊子说："看我的本事：皇帝为我夜夜愁，三宫六院任意游。哼着曲儿进罗帐，敢跟娘娘亲一口。你有这本事吗？不服咱比试比试。"老鳖想，罗帐就是挡你蚊子的，只怕你飞不进去，我倒能拱进去，就说："好，咱就比这个本事：谁能钻进娘娘的罗帐里，谁当老大。老二的祖祖辈辈都得听老大的。"

这天夜里天气闷热，宫女们都扇着扇子在外边凉快。蚊子和老鳖从水道眼儿里进了皇宫，来到娘娘的屋门口。谁知娘娘屋门的门坎儿特别高，蚊子飞进去了，老鳖咋爬也爬不进去。蚊子飞到娘娘床前，见罗帐闪个缝儿，飞进去照娘娘腮帮子上咬了一口，娘娘惊叫一声，宫女们听见了，慌忙跑过来，走到门口发现个老鳖，就拿棍打。老鳖头一缩，赶紧滚进了屋旁边的藕塘里。

老鳖输了，只得当老二，祖祖辈辈都得听蚊子的。老鳖不服，蚊子就咬它。蚊子嘴里有毒，一咬老鳖，过不多久老鳖就得死。所以，老鳖最怕蚊子了。

讲述者： 王忠海，男，35 岁，平舆县万金店乡冯楼村，初中，农民

采录者： 朱峰，男，25 岁，平舆县万金店乡文化站，高中，干部

采录时间： 1987 年 10 月 22 日

采录地点： 平舆县万金店乡冯楼村

454

榆钱儿

讲述者： 楚桂民，男，48 岁，遂平县和兴乡初中，
大专，教师

采录者： 刘秋莎，女，16 岁，遂平县和兴乡初中，
学生

采录时间：1987 年 12 月 29 日

采录地点：遂平县和兴乡初中

附记

过去粮食产量低，每到青黄不接或荒灾之年，榆钱就成为人们的重要食物，可以帮助人们度过灾荒。现在人们生活条件好了，吃榆钱反倒稀罕了。（王卫霞）

很早很早以前，榆树原本不结榆钱儿，只长树叶。

有一年，来了个县官很歹毒，整天想着折腾老百姓。一次，他去给一个大官拜寿，路过榆树村时，恰巧一根枯榆树枝从树上掉下来，砸坏了他的轿子，还砸伤了他一只胳膊。从此他就和榆树村结下了仇怨，每年抽丁征税，他都想法额外多要，因此榆树村的老百姓越来越穷。

有一年大旱，家家都揭不开锅，老百姓都想远走他乡。一天夜晚，忽然棵棵榆树上都金光闪闪，人们以为是什么不祥之兆，后来走到跟前一看，原来枝枝杈杈上都结满了铜钱。于是年轻人就爬上树去摘，老人们在树下捡，一连就是三个夜晚，老百姓都不愁吃穿了。

谁知好景不长，县官不知怎么听到了。到了晚上，百姓们刚想上树，就被衙役包围了。衙役在县官的指挥下，赶走了老百姓，然后爬上树去连摘带抢，不一会儿装了几车。等天亮一看，全是老榆钱儿，气得县官把衙役痛打一顿，把榆钱儿扔得到处都是。

到了第二年，各村的榆树都长出了榆钱儿，虽然已不是什么铜钱，但那一树榆钱儿，却帮穷人度过了荒年……

455

葡萄

嵖岈山西山脚下有个张李庄，庄里有一户人家，男的三十多岁，名叫李大诚，三年前死了妻子，留下个七八岁的儿子叫李道。

妻子在世时，大诚常到外地做生意，如今孩子无人照管，生意做不成了。于是就在村后山坡上开片荒地，闲时到山上采点药材、山果之类，拿到集上换些油盐米面，父子俩人清苦度日。

这村西头有户人家，女的名叫孙巧娘，三年前死了丈夫，眼前留下一个七八岁的儿子叫张路。巧娘孤儿寡母，生活上的难处自不必说了，后经村里好心人的说合，便带着儿子改嫁到大诚家。

大诚忠厚耿直，巧娘贤慧勤劳，在村里可是出了名的。两口子对待儿子，不管是不是自己亲生的，都一样看待。大诚进城给孩子买东西，都是一式两份。巧娘对孩子更是疼爱万分，宁可自己不吃少吃，变着法儿也要让两个孩子吃饱穿暖。李道和张路两人哥弟相称，从没吵过一次嘴，更没打过一次架，对爹娘也十分体贴孝顺。村里人都说这是两家合成的一家，真比亲一家还亲。

大诚见一家人和和睦睦过日子，心里十分高兴，便想出门去做生意多挣些钱回来。巧娘虽说心中舍不得，但想想过日子艰难，也只好点头赞成。她拿出自己积攒已久的十两银子给大诚做本钱，又连夜打点行装，第二天一大早带着两个儿子，含泪把大诚送出村外。

从此以后，大诚每隔三个月才回家一趟，带着银两补贴家用。巧娘精打细算，想方设法，捏着大诚挣回的这些血汗钱，带着儿子过日子，还常常省下一些用来接济穷苦的邻居。

就这样过了三年，李道和张路兄弟俩长到十二岁了。孩子大了，大诚牵挂自然少了许多，这一回做生意跑得更远了，一走半年没回家。巧娘一来操劳过度，二来思念丈夫，渐渐地吃不下饭，睡不着觉，四肢软绵绵的没有一点儿力气，吃了几十服药也不见好转。眼看巧娘的病一天重一天，汤水越进越少，李道和张路兄弟俩急得火烧火燎，不知咋办才好。

这天晚上，李道轻轻地把巧娘扶起来，张路给她喂面汤，刚喂了两口，巧娘便摇头不想喝了。这时只听屋外一阵风吼，虚掩着的门"哗"一下吹开了，"呼"地吹来一阵风把油灯也吹灭了。兄弟俩一个赶紧跑去关门，一个急忙摸出火石火镰，打着火去点灯。油灯点亮后，就见地上有一张纸，拾起一看，只见上面工工整整地写着："娘疼子，子疼娘，子泪洒落藤根上。待到青藤结出果，母食鲜果定安康。"

原来这村后大山上满坡都长着野藤，大诚家因在村头居住，有两棵野藤已经攀进了他家院里。这东西虽然长着长长的枝蔓，大大的叶子，可就是不会结果，村里人都把它割来晒干当柴烧。

眼下兄弟俩看着纸上的话，觉得这事挺奇怪，马上跑到院里扯开细秧找到藤根，结果啥也没发现。弟兄俩想起母亲平时对自己的无限疼爱，如今母亲重病在身，奄奄一息，父亲又没有个信……想着想着，禁不住放声大哭起来，眼泪像断了线的珠子"滴滴嗒嗒"落在藤根上。尤其是李道，想起巧娘虽不是生身母亲，可是对自己却比亲娘还亲，哭得更是痛心，哭到后来眼里哭出血来。就这样想一阵哭一阵，俩兄弟都哭得晕了过去。

采录时间：1988 年 4 月 1 日
采录地点：遂平县花庄乡断山口村翟庄

这时候，奇怪的事情发生了。这两棵野藤突然放起光来，把院子照得一片通明，光亮中只见李道、张路各伏在一株藤根上，虽已晕了过去，可泪水还像泉水一样向外涌。

一阵香风过后，飘来两位仙女，一个穿红，一个穿绿。只见红衣仙女甩袖朝藤上一拂，眨眼工夫那藤上长出一串串果子来。李道因眼泪带血，他伏着的那棵藤所结的果子略带紫色。这时候又见绿衣仙女朝他兄弟俩脸上各吹一口气，然后便同红衣仙女飘然而去，藤上的亮光也随之消失了。

过不多久，李道和张路慢慢醒过来，天已蒙蒙亮。他俩赶紧站起身来，一眼就看见野藤上长了一串晶莹的指头肚大的果子。想起昨晚飘进屋来的那张纸条儿，兄弟俩心中大喜，赶紧摘了一大串奔进屋去给母亲吃。

巧娘看着这水灵灵的果子很是新鲜，一咬又酸又甜，一连吃了几十颗，顿觉身上有了力气，不用儿子扶就能坐起身来。李道赶紧做了两碗稀饭捧给母亲，巧娘也不用儿子喂，自己端起碗一口气喝个净光，喝完后竟能下地走路了。

说巧也真巧，巧娘的病好了，大诚也带着三百两银子回来了。一家人欢欢喜喜聚在一起，乡邻们都上门来贺喜。大家看见野藤上长的一串串果子十分惊奇，就问起原因，兄弟俩便把昨晚发生的事一五一十地说了一遍，村上的人都说："这是李道和张路的孝心感动了神仙。这果子是李道、张路两个孩子趴在地上哭出来的，咱们给它取个名字叫'匍匐'吧。"

大诚当场就摘下好多"匍匐"送给乡亲们尝鲜，还剪下一节节"匍匐"秧让大家拿回家插种。这些插种的"匍匐"秧第一年就结了果子。时间长了，人们便把"匍匐"写成了"葡萄"，一直到现在许多人家的庭院里都要种上一两棵葡萄树。

讲述者： 宋德法，男，65 岁，遂平县花庄乡断山口
村翟庄，初中，农民
采录者： 李书琴，女，22 岁，遂平县花庄乡断山口
村翟庄，初中，农民

456

红薯

很早以前，在老落山[1]脚下，有户人家，三口人：叔叔、婶婶和一个侄子。婶子待侄子不好，天天叫干脏活累活，饭不让吃饱，就叫赶着羊上山去放。

这天，他放羊放到快晌午，肚子饿得咕咕叫，只好在山上跑着找野果子吃。可入了冬啦，野果早被野兽吃光了，找着找着，咋正得[2]被一棵草秧子绊倒了。

他一气爬起来，把这棵草秧子拔出来扔了好远。这一扔不要紧，从土里面带出来一块拳头大小的东西，一摔两三半。他一看红皮白心，拣起来啃了一点尝尝，又甜又脆。他一连拔了好几棵，肚子吃饱了，还剩下一块，揣到怀里，赶着羊回家啦。

到家里也不讲吃饭的事，他叔问他："你从前回来就要着吃东西，今儿个咋啦？""吃饱啦。"他叔不信，又问："你吃啥吃饱呀？"

他见瞒不过，就把剩下的那块拿出来，叫他叔看。他叔一看，也不知道这是啥东西，就问："这是啥呀？"他支支吾吾地说："我也说不了。""胡扯，哄叔吧。"

这孩子一听，高兴地顺着就说："对、对，这东西就是红薯。这红薯真好吃，不信，你尝尝！"他叔啃了一口，果真就是好吃。

他叔俩俩天天上山去扒这东西吃，人家问："恁去扒啥？"这孩子说："去扒红薯哩！"打这以后，这名字就传开了，一直传到现在。

讲述者：　胡少甫，男，75 岁，汝南县老君庙镇，不识字，农民

采录者：　孔海亮，男，35 岁，汝南县老君庙镇，高中，干部

采录时间：1987 年 9 月 10 日

采录地点：汝南县老君庙镇

附记

红薯的适应性强，无地不宜，而且产量高，是人们青黄不接和荒灾之年的必备食物，养活了很多人。至今我还记得小时候下红薯母、摘红薯秧、刨红薯、下窖藏红薯、刨红薯干等情节，那时候家家都有红薯窖，我家每次都是我下红薯窖掏红薯。在驻马店农村至今还流传有"红薯面，红薯馍，离了红薯不能活""这门儿到那门儿，吃的是红薯食儿。这院儿到那院儿，喝的是红薯面儿""泥巴房子泥巴床，泥巴囤里薯干藏。一年四季都吃啥？红薯是宝当主粮"等民间俗语。（谭咏利）

---

[1] 老落山：指确山老乐山。由于方言的原因，汝南一带常常称老乐山为老落山；还有就是老乐山在汝南西边，太阳落山时正好落在那里，就习惯称为落山。

[2] 正得：恰巧。

457

何首乌

古时候，泌阳东南山里有一个何家庄，住的是姓何的一大家子人，好几代人都百岁以上，乌发童颜，其乐融融。当家人自然非常高兴，以为世上的人谁也比不上，就在何家祠堂大门挂上了"天下第一家"的匾额。

有一天，南都郡守带人马巡察到山里来，一见何家祠堂大门的匾额很惊奇。他想，自古只有皇帝佬称自己是"天下第一家""天下第一人"，这山野村民竟敢称"天下第一家"，真是太狂妄了。

郡守决心弄个明白，他让人马歇息在一边，独自走到一个看上去年龄有五六十岁的老人跟前，施了一礼，问道："老人家您好，这个村叫什么名字？"

老人答道："因为住的是俺姓何的一家人，村子就叫何家庄。"

"这大门上咋称为'天下第一家'呢？""这事你还得问俺爹哩。"

"您老高寿啊？"老人笑了笑说，"不敢当，俺今年才八十九岁。"

"看不出，看不出。"郡守连声说，"八十九岁还有老爹在堂，真是福气呀！"

郡守跟着老人来到一处住宅，见一老者正忙着院里的杂活，老人说："爹，这位先生问咱门上为啥挂'天下第一家'的匾，你知道不？"老者说："这事儿还得问俺爹哩。"就放下活，领着郡守往后院走去。

一连问了三四个老人，都是这样。郡守猛然醒悟，噢，原来是高寿人家，真应该称为"天下第一家"呀！

为了找出何家人长寿的秘密，郡守干脆在何家庄住了下来。看他们吃的用的没有什么特别，每个人都是早起晚睡忙个不停，何家庄的环境和其他山里人家也差不多一样。他们何家人咋都活怎大年纪呢？郡守十分纳闷。

有一天，郡守跟随第一次见到的老人去水井打水时，发现了一个情况。何家庄的井是山脚下一口常年不竭的泉源，井旁绿荫丛丛，青藤密布，藤根粗粗细细盘在井里。细品井水，辛中带苦头，再品还有甜头，口感很好。

郡守顺手拽了一把藤根用来泡茶渴，解乏提精神，也感到从来没有的爽快。他高兴极了，采了些藤根回府，经常泡茶饮用，头发也变得黑明发亮，脸色也慢慢红润起来。后来，郡守让张仲景鉴别，他说这藤根是一种药，性温味甘，益血气，黑须发，悦颜色。久服壮筋骨，滋精髓，延年不老。

起个啥名哩？郡守说这是从何家庄发现的，可以乌黑头发，就叫"何首乌"吧。

人们说何首乌可神哩，公藤母藤离得近时，夜里会交缠在一起，因此，也有人叫它"夜交藤"。

讲述者： 王万继，男，65岁，泌阳县，不识字，农民
王万之，男，52岁，泌阳县，小学，农民
采录者： 王瑜廷，男，29岁，泌阳县史志办，大专，干部
采录时间： 1987年1月25日
采录地点： 泌阳县城关

458

白
菜

临近过年，这天王瑜廷在街上闲逛着，瞅着好东西也买点。正好碰见王万继、王万之几个人卖山货，其中就有何首乌。王瑜廷看了一会，就愣中了何首乌，但他们要的价钱有点高。王瑜廷想想这东西买也中，不买也行，就打算走。他们见要走，就说这可是好东西，还有说头呢。王瑜廷一听有说头，就来了兴趣，问是啥说头，讲讲我听听，说得好我就买。于是他俩就相互补充着把这个故事讲了讲，王瑜廷听了故事也怪有意思，就狠了狠心买下了，回家后也把这个故事整理了一下。

古人敬老，是仅次于事亲孝亲的一种美德，所以故事中这一家称"天下第一家"才不会得罪。我国敬老养老的标准文物是西汉的鸠杖，"鸠"者"九""久"也。朝廷在手杖的扶手上做成一只斑鸠鸟的形状，是王权的象征，也是君王专门赐给高龄老人的"王杖"，表示对老年人的褒奖。过去人寿命不长，尤其是普通老百姓，所以有"人到七十古来稀"的说法。清代康熙组织千叟宴，参加者以最低 60 岁为限，乾隆以 70 岁为下限也是这个原因。（谭咏利　赵新春）

从前，泌阳县羊册北五里有一个人家，有母亲、儿子和媳妇三口人。儿子青哥常外出做生意，老母和媳妇白姐二人在家生活。

有一年，天大旱，庄稼都干死了，颗粒没收。青哥杳无音信，婆婆思念儿子，得病卧床不起。白姐无奈，找到做木工的表哥借了些碎银和粮食。白姐知道婆婆是想儿子得的病，为了让她早日病好，就撒谎说："这银这粮是青哥托人捎回来的。"婆婆一听，当时病就好了一半。

一天，白姐给婆婆抓药回来，走到婆婆面前，突然婆婆抓住她的头发给了几耳光，并厉声说："去你表哥家干啥？"白姐被婆婆打得两耳轰轰，眼冒金花，不知婆婆气来何处。

原来，自青哥出外后，有个族家兄弟对白姐不怀好意，被白姐骂了一顿，他怀恨在心，寻机报复。那天白姐去表哥家借钱被他发现，便在婆婆面前添油加醋地说白姐的坏话。婆婆一听有根有据，便信以为真。所以，一见白姐回来抓住就打，还说不让她进家门。

白姐诚心诚意侍奉婆婆，反遭不白之冤，便说："俺若干了见不得人的事，死了变成黑心烂菜。要是没有干过亏心事，死后变成青皮白菜。"说完一头撞墙而死。

青哥做生意回来不见妻子，便问母亲，母亲说："她已死去月余了。"青哥眼含泪水，到坟上祭奠，只见坟上长出一棵青皮白菜。青哥回家给母亲学说后，母亲痛哭不已，十分后悔，说白姐死时说，她的一生是清白的，死后变成青皮白菜，我冤枉她了。青哥听后，哭得死去活来。

后来，母子二人便把那棵菜保护起来，让其长老结籽，结的籽送给乡邻们种植。为纪念白姐，都称这种菜为"白菜"，一直流传至今。

讲述者：　任玉生，男，54 岁，泌阳县郭集乡王庄，小学，农民

采录者：　朱新锐，女，14 岁，泌阳县郭集乡中，学生

采录时间：1990 年 5 月 19 日

采录地点：泌阳县郭集乡王庄

附记

驻马店泌阳县羊册历史上是舞阴城，是一个历史文化丰厚的地方。关于羊册白菜，当地流传有"羊册的白菜，春水的葱，马谷田的瓢梨最有名""羊册的白菜，春水的葱，张湾的萝卜脆凌凌"的顺口溜，都把"羊册的白菜"放在首位。在羊册本地也有"三白"——白菜、白馍、白家烧鸡，也把白菜放在首位，使得羊册大白菜名扬泌阳，饮誉四方。可见这个故事本身与本地有很深的渊源，这也是民间故事的根基。（谭咏利）

（七）其他幻想故事

459

仁长和仁短

从前，村里有一个年轻人叫仁长，以打柴为生。

一天，仁长打柴刚来到山崖，忽听一声虎啸，寻声望去，只见山坳里有一猛虎，正要扑食人。那人早已吓倒在的，闭眼等死。正在这千钧一发的生死关头，仁长用力抱起一块石头，照准猛虎砸了下去。猛虎正要跃起，"嘣"的一声，屁股上挨一家伙，疼得吼叫一声，掉头跑了。仁长来到那人跟前一看，原来是同村的仁短。

仁短醒来，知道自己虎口余生全凭了仁长仗义勇为，感激不尽，定要和仁长结拜兄弟。于是二人插草为香，面北磕头，结为金兰之好，仁长年长称兄，仁短为弟。从此，二人相伴打柴，亲如手足。

过罢中秋佳节第二天，二人老早来到山顶，席地而坐。正想歇息片刻，猛然从北方刮来一阵黄风，飞沙走石。仁短吓得挤着眼，趴在地上不敢动弹。仁长胆大，手握砍柴利斧，瞅准风头里的黑影用力投去。随着斧头的起落，掉下一只绣鞋，滴了几滴鲜血。

仁长拾起一看，嘿，好精致的一只绣鞋啊！红表黄里，上绣凤凰，鞋尖顶缀着扑楞楞一个绒球，一颗耀眼夺目的宝珠嵌在上面。仁长把绣鞋掖到腰里，把仁短喊起来，说："走，照着地上的血滴，看妖精跑到哪里去了。"二人找到一个山洞口，不见了血迹，往洞里一看，黑咕隆咚，深不见底。他们断定，妖精钻到洞里去了。

不久，大街上贴出了皇榜，上写："中秋节夜里，公主正在御花园里赏月，被一阵大风刮得失迷无踪。谁能把公主找回来，高官得坐，骏马得骑，并招为驸马。"仁长看罢，找着仁短一商量，就把皇榜给揭了。

看榜官问："找公主都需要些什么？"仁长说："要些护卫兵，防着妖精窜出来。在洞口搭个滑车，找一个筐，筐上绑上长绳，绳上系好铃铛。"

他们来到洞口，一切准备就绪。仁短害怕，不敢下，仁长说："你不下，我下！你在上面听到铃铛声响，赶快把筐拉上来！"说罢腰别利斧，坐在筐里，下到了洞底。洞底漆黑一片，伸手不见五指，仁长用手在四壁打摸，找到了一个洞口，顺着甬道，深一脚浅一脚地向前摸去，走着走着，前面有一丝光亮。

仁长走出甬洞一看，里边是一个很大的庭院，三间殿房，青堂瓦舍，院内奇花异草，散发着阵阵幽香。仁长救人心切，哪顾得观景，正蹑手蹑脚地察看动静，忽见一女子，衣着华丽，从屋里走了出来。仁长忙给她摆摆手，二人躲在墙旮旯。仁长简单地把事情说了一遍，公主听罢，热泪盈眶，感激地说："你若能把我救出去，我……""别说了，快说妖精现在哪里。"

公主说："妖精是一只大雕，厉害得很。膀尖上被你的斧头砍伤，发炎了，让我给他熬了点药汁洗洗，现在正在睡觉。""事不宜迟，快，我把你背出去！"

公主犹豫了，心想男女授受不亲，况且我又是金枝玉叶，咋能叫他背呢？转念又一想，如果他能救我出去，我们就是夫妻了，还论什么彼此。想到这里，就趴在仁长的背上。

仁长把公主背出甬洞，放在筐里，正要伸手摇铃，公主拉住了仁长的手说："还是你先上吧。"仁长说："不行，快上去，妖精醒了，咱俩一个也别想出去。"

公主说："我上去以后，万一他们起了歹心，把你撇在洞里，你就以绣花鞋为证，我等着你……"说罢，一摇绳铃，公主被拉上去了。

仁短一见公主，就被公主的美貌吸引着了，眼刷地红了，心刷地黑了。他见人们正要把仁长拉出来，故意神色惊慌地喊："不好了，妖精出来了，赶快堵住洞口！"拉绳的人一听，吓得手一松，"哗——"筐坠落下去。众人七手八脚地抱石头，把洞口堵死了。

仁短笑了，心想：仁长啊仁长，你已成肉浆了吧，就是不死，你也出不来了，这回驸马是我的了。他高高兴兴地和众人送公主进京去了。一路上，仁短心里美滋滋的，做了许多搂着公主睡觉的美梦。

再说仁长掉下去后，恰好连人带筐滚到甬洞里。他醒过来觉得浑身酸疼，用手一摸，发觉洞口已被堵死了。心想坏了，这辈子别想活着出去了。没办法，他爬过甬洞，来到庭院里，藏在花草丛中。

他刚躺下，感觉身下有个圆圆的东西，伸手拿起一看，是个不知名的黄果，用嘴一咬，香甜可口，就大口吃起来，没吃几口，就吃光了。他觉得不济事，抬头一看，发现身边有一棵小树，碧绿的叶子里还藏有两个黄果。他用手一摇，两个黄果落了下来，他又拾起来吃了下去。不大一会儿，仁长浑身骨节"咯嘣嘣"一阵乱响，顿觉有百倍精神，千倍气力，原来他吃了三个仙果。

雕精醒来，不见了公主，正要出门寻找，见一人握利斧站在院中，便抖动翅膀飞了起来，上去就要啄他的眼睛。仁长一见，赶紧招架，舞动斧头，真个风雨不透，雕精虽猛，却近身不得。仁长瞅得准，看得清，待雕精又扑过来，照准了顶门盖就是一斧。那雕精脑浆四溅，"扑嗒"一声坠落地下死了。

仁长杀死了雕精，仍然被困在洞中，急得他一会儿屋里，一会儿院里，来回乱转。两天过去了，他一点办法也没有。

第三天一大早，他站在屋中东瞅西望，见后墙上嵌着一面铜镜，仔细一看，边上有一行小字，上写："仁长到此，取下宝镜。"他又惊又奇，用力把宝镜抠了下来，嵌宝镜的地方出现一个圆洞。坏了！"哗……"水从洞里喷了出来，再想堵住，势比登天还难。一会儿，庭院和屋里都积了水，由脚脖深渐至腰来深。

仁长爬上屋顶，眼睁睁地看着水往上涨，一时三刻，水竟涨到房檐深。仁长一声长叹："唉，看来要把我淹死在这里！"话刚落音，忽听一阵铁链的响声，只见水中浪花一翻，一条小白龙身戴索链向自己游来。仁长大吃一惊，试探着问："你是想叫我救你吗？"那白龙点点头，向仁长靠了过去。仁长抓起铁链，用利斧把链条砍断，救了白龙。白龙身子一扭，沉入水底不见了。

仁长正惊疑不定，忽然有人在他肩上拍了一掌，扭脸一看，一位年轻公子正微笑着朝他施礼："多谢恩人搭救！我乃东海小龙，早些年，因错行了风雨，害了黎民，被禹王镇压起来。多亏你摘掉宝镜，疏通了海眼，又解开了我身上的索链，我感恩不尽！你有什么难处，我愿助你一臂之力！"仁长大喜，说："我要出洞去京城会见公主。"小白龙说："这有何难？"遂叫仁长闭眼趴在他背上，穿过海眼，跨过大海，腾空直往京城而去。

金殿上，仁短正在朝见皇上，他不要高官和一切赏赐，定要皇上招他为驸马。皇上正要答应，忽然黄门官奏道："殿外仁长说是他救了公主，现有公主绣鞋为证，定要求见万岁。"皇上一听，慌忙传旨："仁长进殿！"一旁可吓坏了仁短，只见他面色煞白，浑身筛糠，双腿一软瘫在金殿上。

仁长来到金殿，把事情的经过原原本本地向皇上诉说一遍。皇上听罢，龙颜大怒，喝令武士把个忘恩负义、恩将仇报的仁短推出午门，开刀问斩。

皇上转过脸来，和颜悦色地对仁长说："你救公主有功，孤王封你为东床驸马，当殿拜堂成亲！"接着鼓乐齐鸣，司仪官高唱："一块檀香木，雕刻骏马鞍。有请驸马，有请公主！"在热闹的鼓乐声中，仁长和公主双双拜堂成了亲。

讲述者： 张梦胥，男，89 岁，西平县酒店乡酒店村，私塾，农民

采录者： 陈丽雅，女，29 岁，西平县酒店乡，大专，干部

采录时间： 1987 年 7 月 19 日

460

河漏扒子精

附记

张梦胥是远近闻名的"喷家"，陈丽雅第一个就找到张梦胥采访民间故事。张梦胥年纪大了，可精神怪好，一听说喷有话，俩眼放光。张梦胥上过私塾，讲起来难免带着之乎者也。陈丽雅笑着说，大爷，用土话。张梦胥说，我这就是土话也。后来，在记录时陈丽雅还是下了一番功夫，尽量使语言生活化。这篇故事在遂平县和西平县都有流传，基本故事的架构都是一样的。（刘康健）

从前，有个村子里住着兄弟俩，哥哥娶了媳妇，弟弟叫石头，还是单身。嫂子对小叔子很不好，只好分了家。石头无法生活，只好整天到河边打鱼为生。

一天，石头又去打鱼，半天只打着一个河漏扒子[1]，就把它拿回家放进缸里，又去打鱼了。黄昏时回家一看，不知是谁把饭给他做好了。石头想，可能是嫂子吧！就走到嫂子跟前说："嫂子，你真好，是你给我做的饭吧！"嫂子气愤地说："我哪有闲工夫给你做饭，真是妄想！想叫我给你做饭，等到下辈子吧！"石头听了嫂子的话伤心极了，他想这饭到底是谁做的呢？

第二天，石头装作去打鱼，藏在窗户外面往里偷看。不一会儿，看到水缸里出来一个美貌如仙的姑娘，走到锅边准备做饭。他不由一惊，慌忙跑过去抱住那个姑娘，于是他们结成夫妻，不久就生下一个小女孩，一家三口快快乐乐地过着日子。

有一天，河里忽然刮起一个旋风，一直刮到石头家。

[1]　河漏扒子：确山方言，即河蚌。

等到旋风过去，石头的破草房变成大瓦房。嫂子看到后对石头说："你老婆是鬼，赶紧把她撵走！"石头听了嫂子的话就回家把妻子撵走了。妻子走后，大瓦房又变成原来的破草房，生活也艰苦起来。

这天，他闺女到河边去玩，碰见了她娘，母女俩抱头痛哭。临分手时，母亲对女儿说，如果再想见到她，就在河边连喊三声娘。小女孩回家，就把这事给她爹说了。

第二天，石头领着女儿到河边，女儿喊了三声娘之后，妻子从水中出来了。石头一看，忙抱住妻子，哭着对妻子说后悔不该撵她走。可妻子已经看透了人心的险恶，不愿再回去了。于是，他们三人一起跳到河里去了。

讲述者：　秦建民，男，35 岁，确山县竹沟乡文化站，高中，专干

采录者：　范成林，男，24 岁，确山县文化馆，高中，职工

采录时间：1988 年 4 月 19 日

采录地点：确山县竹沟街

附
记

范成林是被文化馆长老孟动员下乡收集民间故事的，第一站来到竹沟镇。竹沟在战争年代曾经是中共中央中原局、中共河南省委所在地。镇政府在东岗上，干部一人拿一只碗吃大伙。秦建民见范成林从县城来，没有让他去大伙上吃饭，而是自己去大伙上把饭打回来，两个人在住室里吃，显得对县里干部尊重。听说范成林是来收集民间故事的，秦建民端着碗吃着饭说，我给你讲个河漏扒子的故事吧。范成林回到文化馆写好，交给杨建军看看。杨建军说，还不赖哩。此篇故事的动人之处，在于石头与河蚌精带着女儿全都跳进河中殉情，这在此类故事中不多见。河漏扒子"已经看透了人心的险恶，不愿再回去了"，很有警示意味。（刘康健）

异文：蛤蜊仙

古时候，一只蛤蜊在河边晒太阳，遇到了一只恶鹰。鹰去啄蛤蜊，被蛤蜊夹住了嘴，彼此互不相让，整整相持了三天。眼看鹰蛤就要同归于尽，这时，一个摇货郎鼓的青年走到这里，一脚把恶鹰踢死，连蛤蜊一起放进筐内。

回家后，货郎把恶鹰做做吃了，把蛤蜊放进水缸养了起来。

几天后出了一件怪事。货郎卖货回家，饭已经做好了，吃起来很好吃。他以为是邻居帮他做的，可一问左邻右舍都不知道，货郎心中很是纳闷。第二天又是如此。

到了第三天，货郎又去卖货了。不过今天他不像往常那样走得很远，没到做饭的时候就赶了回来。他蹑手蹑脚趴在窗口偷看，不一会儿，水缸里走出一个大闺女。货郎不由得打了一个寒战，乖乖，天下竟有这么美的女子！只见那女子穿一件红不橙、绿不莹的裙子，裙子闪闪发光，货郎的眼都看花了。忽然她脱掉裙子，露出素纱，裙子马上变成了两页蛤蜊壳。

货郎有些害怕，可他见那女子又是舀水，又是挖面，动作十分精巧利索，便安下心来，心想，这是多么贤慧的女子啊！如果能和她结为夫妻，也免得过那种"扑唰咚、扑唰咚，不娶老婆不能行，衫子烂了没人补，裤子破了没人缝"的苦日子了。想到这，他飞步跨到屋内，一把抓住女子的手脖。那女子先是一惊，后又羞涩地说："大哥救了我的命，我不知道怎样报答你。"

货郎冒失地说："做我的妻子吧！"货郎见女子点头，高兴得什么似的，当晚就成了亲。

后来货郎偷偷地把蛤蜊壳丢到井里。一年后，夫妻添了个女孩，长得和蛤蜊仙一样美，夫妻俩男的卖货，女的织布，生活过得十分美满。

讲述者：　张永华，男，27 岁，平舆县高杨店乡金刘村，高中，农民

采录者：　郑健，男，28 岁，平舆县高杨店乡联中，高中，教师

采录时间: 1987 年 10 月 16 日

采录地点: 平舆县高杨店乡金刘村

附
记

　　这天郑健收集故事来到金刘村,凑巧碰到张永华。当时张永华刚从河里打鱼上来,裤腿子上都是泥巴,浑身鱼腥气。郑健想买点鱼回家熬鱼汤喝,就和张永华喷开了。一喷怪对劲,郑健问,你会讲有话不?张永华说,会啊,讲不多。接着他就讲了《蛤蜊仙》的故事。

（刘海峰）

三 笑话

（一）七十二倒板

从前，驻马店一带有个叫胡留的人，老说扒场话[1]，闹出许多笑话。所以，人们给他编了个《七十二倒板[2]》，久而久之，七十二倒板也成了爱说扒场话人的代名词。胡留说扒场话的故事有时也附会到其他人身上，如新蔡县张班等人。

[1] 扒场话：方言，同倒板一样，错话，不靠谱的话。

[2] 倒板：方言，也叫叉板、跑板，错话，不靠谱的话。

461

刀头唤狗

该过年了，农村的习俗，除夕那天早上要到祖坟里请老祖宗回家过年。胡留扢[1]着篮子，里面放着香、表、炮和煮熟的"刀头[2]"，到坟地里请老祖宗，他心爱的哈叭狗也跟去了。胡留为了走近路，不从庄子前面的出口走，从后边圈沟沿上一窜过去了。可是哈叭狗过不去，急得乱转。胡留忽然心生一计，拿起刀头对着哈叭狗摇动，嘴里还"啧、啧、啧"地叫个不停。哈叭狗看见肉，一窜过了沟，上去就咬。胡留一脚踢开了它，边踢边骂："你个龟孙，闻闻还不中吗？还真要吃！"

[1] 扢：方言，用胳膊挎着。
[2] 刀头：用于祭拜上苍和祖先的、长约15—20厘米的带皮熟猪肉。

462

请祖宗

到了坟地里，胡留摆上刀头，烧了香、纸，嘴里祷告："老祖宗回家过年吧！"最后，拿出炮放起来。谁知炮乒乓乱响，惊出了两只野兔，从坟窟窿里窜出来，正东跑了。胡留又气又骂："娘的，我就知道恁这些兔孙在里头钻着哩！"

一个卖豆腐的，刚好从他的老坟地头路过，一听这话哈哈大笑，说："对！对！那里头就是有兔孙。"胡留一听，才回过味来，知道自己说走了嘴。

附记

驻马店民间有"小孩能看见逝去的人"的说法，意思是小孩有"天眼"，通灵，能看到已故的亲人，并随着年龄的增长而消退。本地流传的类似的故事还有：父亲领着儿子去坟地里烧纸，儿子看见坟地草棵里有个兔子，就说："爹、爹，你看那是啥？"他爹正在烧纸，还以为他看到他爷了，就头也不抬地说："别吭、别吭，那是恁

爷。"炮一响，兔子吓跑了，儿子大叫道："爹、爹，俺爷跑了，俺爷跑了。"（王新立）

463

贴中堂

请罢老祖宗，回到家里，要换中堂[1]贴春联了。胡留右手拿着写好的新中堂，左手端着糨糊盆，站到方桌上，要向墙上刷糨糊，可俩手都占着咋办哩？他想腾出右手，可中堂没处放。这时他把中堂往腿旮旯一夹，就去刷糨糊。等他刷了糨糊却找不到中堂了，急得他团团乱转，又骂起来："弄哪儿去了呢！"这时他爹正扫地，问他："找啥？"胡留没好气地说："老祖宗！"他爹抬头一看，见他两腿之间夹了一张红纸，就问："你腿旮旯里夹的是啥？"胡留勾头一看，笑了，说："真是，骑着驴找驴。"

异文：挂遗像

民国初年，城里办了个照相馆，有个人自以为很孝顺，给爹照了张相。

后来爹死了，他又要把相片挂在堂屋。于是，找来了

[1] 中堂：祖宗牌位。

钉子和锤子，站在堂屋桌上往墙上钉钉子。遗像拿在手里不方便，就顺势夹在两腿中间。钉子钉好后，他忘记把像放哪了，就问在门口做活的老婆："我把咱爹的遗像放哪儿去了？"老婆说："看你这个人，也不能把爹的像夹在裤裆里呀？""看我咋恁迷瞪^[1]哩，骑着驴找驴！""好，你骂咱爹，我给咱娘说去！""你说吧，你说我非打你不可！"说着从桌上跳下来要打老婆。他娘这时正好进屋来，看见儿子要打媳妇，赶紧上前阻拦："傻孩子，她怀着你儿子呢！"儿子说："她就是怀着我爹，我也得打她。"

讲述者： 王保文，男，37 岁，西平县谭店乡王海庄村，
初中，农民

采录者： 王粉荣，女，16 岁，西平县谭店乡王海庄村，
学生

采录时间： 1990 年 6 月 5 日

采录地点： 西平县谭店乡王海庄村

附记

驻马店地区大年三十有请老祖宗回家过年的习俗，有远请和近请之分：远请就是到老坟地里请，烧纸、放炮、祈祷，把老祖宗们请回家过年，中途不能拐弯和说话；近请则不需去坟地，只要在路口烧纸、放炮，然后祷告祷告就请回家了，家里都要张贴祖宗牌位。泌阳有的地方的习俗是年三十下午去老坟地里烧纸祭奠就行了，就不再请老祖宗回家过年了，家里也不贴祖宗牌位。（谭咏利）

464

我去撵驴

请年酒的时候，客人来了。胡留把客人迎进客厅，不料椅子上有鸡屎。他气了，说："椅子上有鸡屎，叫客人坐个球！"要给客人冲茶了，一摸，茶壶里空的，他更气，说："不起开水，叫客喝个屌！"开筵了，胡留抱着孩子陪客，孩子闹着要吃菜。胡留说："不能吃，那菜里有巴^[2]！"客人听了皱皱眉头。胡留忽然回过味来，发觉自己说的不对，赶紧又说："不是的，那菜里没巴。"他劝孩子不要乱闹，说："那是客的菜，你吃客的菜，客要吃你娘的妈^[3]哩！"客人很不高兴。席散了，胡留送客人到大门口，客人拦住说："不要送了，请回吧！"胡留说："不，我去撵驴。"原来他的驴真的在地里啃青哩。

---

[1] 迷瞪：迷糊，马虎。

[2] 巴：方言，屎。

[3] 妈：本地方言中作"吃奶"的"奶"。

465

爹，你真铁

过了年，春耕大忙开始了，为置办农具，胡留和他爹一人挑一挑麦秸进城，一共卖了两串钱。出城的时候，遇见一个卖杂碎肉的，他爹买了五百钱的牛草包[1]，走着吃着。胡留很不高兴，走一路嘟囔一路，说："爹，咱服，你真铁[2]，一顿能斗[3]半挑子麦秸！"走到一个茶摊跟前，他爹说："咱喝碗茶吧？"胡留没好气地说："我就知道你那牛草包早就发烧了……"

[1] 牛草包：牛胃。
[2] 铁：方言，厉害，本事大。
[3] 斗：方言，指吃的意思。

466

千里姻缘一线牵

一天晌午，他娘拿出一捆麻，叫胡留和他小姑"搓"根麻绳换牛套。胡留和小姑，一个人"预[4]"，一个人"搓"，胡留说："这真是千里姻缘一线牵！"他娘正在捶衣裳，拿起棒槌揍他，嘴里骂道："狗东西！你胡说啥？"胡留边躲边嚷嚷："你打啥吧？该是姻缘，棒打不开！"

[4] 预：方言，即续麻。

467

满意的对联

他娘的生日来了，胡留为娘庆寿，想写一副满意的对联，就翻《应世大全》，偶然看到一副"天增岁月人增寿，春满乾坤福满门"。他认为不错，可是贴不到娘身上，何不改成"天增岁月娘增寿"呢？但和下联不对仗，又考虑了半天，觉得："爹"对"娘"最工整，于是就改成"天增岁月娘增寿，春满乾坤爹满门"了。

异文：贾孝廉改对联

从前，有个姓贾的财主名叫孝廉，此人专横跋扈，大家都称他"假孝廉"。这个贾孝廉也真有趣儿，一个大字不识，却怕人家说他没学问，因此处处冒充斯文。他家里挂的条幅哇、中堂哇，落款都是他的名字，其实那都是他花钱雇人写的。

有一年腊月二十九，贾孝廉打算在过年期间，向来往亲朋显示一下他的学问。他把村里的私塾先生叫来，要他代笔写春联。私塾先生尽管不愿意，也不得不答应，大笔一挥，老规矩，给他念一遍："天增岁月人增寿，春满乾坤福满门。"

刚念完，贾孝廉就火了："啥？啥？穷小子也增寿吗？你给我改了。""咋改？""改成娘增寿，我娘增寿！"私塾先生很生气，哼！也太霸道了，好吧，我今天得摆治你一下，于是说："东家，不瞒你说，这对联讲究对偶，上联儿改了，下联儿也得改。不然，人家看了会笑话。""那你就改吧，只要我娘增寿就行。""东家，咋改还是你说吧。"贾孝廉有点不高兴地说："你这个人为啥恁啰唆，只要我娘增寿，你改啥我就不管了。"说完，一甩袖子走了。

咋走了？不走不中啊，你想他目不识丁，哪懂得对联呀！私塾先生想：你走正好，我要的就是你走。拿起笔"刷刷刷"，一副春联儿改写好了。

大年初一这天，到贾孝廉家来拜年的亲朋好友进进出出，好不热闹，其中有认识几个字的，看到大门上的这副对子无不笑疼了肚子。原来改的对联是"天增岁月娘增寿，春满乾坤爹满门"。

讲述者：　李随，男，36岁，遂平县阳凤乡中学，大专，
　　　　　教师
采录者：　连建民，男，15岁，遂平县阳凤乡中学，
　　　　　学生
采录时间：1987年12月16日
采录地点：遂平县阳凤乡中学

附记

当年遂平县发动师生们进行故事收集时，李随老师正在乡中教连建民语文。连建民的学习成绩好，尤其是作文写得好，深得李随的喜爱。赶着故事收集的机会，为了让连建民多汲取些民间文学的营养，就给他讲故事让他记录练练笔。就这样，在乡中的办公室里，由李随讲述、连建民采录的故事出炉了。（余全有）

468

我就知道这里头有孬孙

胡留爹病了，很严重，医生一摸脉，摇了摇头说："不中了！"胡留知道不妙，"扑通"跪在地上哀告："先生，你行行好啊，死马当成活马医吧！"

他爹死了，胡留和兄弟们分家不均，吵了架，亲戚中间也有人从中挑拨，胡留很生气，拍着棺材哭着说："我就知道这里头有孬孙！"

469

白香帽

这天，胡留给他爹烧完纸，在回家的路上碰见一行出棺人家，死者亲属头戴白香帽，身穿孝衣，哭声震天地过来了。胡留有心想骂人逗乐，就问："您见有一个白顶心兔子跑过来没有？"戴孝的人停下来，嚷叫起来："你个妻孙 [1] 想骂人吗？""打他个小舅子！"胡留一看势头不妙，就忙编了圈说："实在对不住，对不住。我是说……我刚才在俺爹坟前烧纸，看见坟上有个洞，就把白香帽子盖在洞上。谁知道我刚放炮，那兔子顶着我的白香帽子吓跑了。"众人听后哭笑不得，只好放胡留走啦。

[1] 妻孙：也写作"七孙"。有人认为应该作"剞孙"，就是龟孙、王八蛋的意思。也有人认为当作"剢孙"，意思是该被戴盖子者的孙子，相当于鳖孙。

470

千万别怨我

一个朋友中年得子，请喜酒，胡留和好友一并去赴宴。路上，好友告诫他说："你说话好出漏子，人家是一场大喜，到那里你千万不要多说话。"胡留说："我记住了！"到了朋友家，从始至终，胡留没说一句话，大家都很满意。临走的时候，主人送到大门口，胡留拉住主人说："老兄，我今儿可是一句话也没说，你这个娃娃得了'四六疯'死了，可千万别怨我！"

附记

"四六风"也叫"七日风"或"脐风""脐带风"，是民间对婴儿破伤风的称呼。过去医疗条件差，又不卫生，小孩出生后4—7天左右脐带容易被破伤风杆菌侵入感染，出现全身肌肉痉挛、牙关紧闭等特征。如果不能及时有效地救治，婴儿最后会缺氧窒息或继发感染而死亡。"四六风"是过去引起婴幼儿夭折概率很高的疾病，反映在民间故事里有不少用谷草、秸秆个子包卷死婴抛弃的情节和故事。由于

471

他是俺姑相好的

倒板"在驻马店的流行分布情况，到农村进行走访，又收集到下面几则故事，作为原来故事的补充。（并无讲述者信息）

胡留过五十岁生日，自己画了一张"全家福"。庆寿那天，高朋满座，他亲自向众宾客讲解"全家福"里面的人物，哪一个是高祖，哪一个是曾祖。后来，只剩下一个小白脸，他不介绍了，客人们问："这一位是谁？"胡留吞吞吐吐地说："是京梆剧团一个唱花旦的。"客人们十分惊奇，又问："此人并非府上亲属，何以也画在上面？"胡留说："你们有所不知，他是俺姑的相好哩。"

附记

"七十二倒板"是驻马店市一个很有特色的典型笑话专辑，其语言口语化，极具驻马店地方民俗方言特点，流传于该市的汝南、平舆、泌阳、遂平、西平、新蔡等县。以上由唐仲飞、陈廷保、郑心运、张文治、贾才甫、翟振坤、杨三省、王明先、金正兴讲述，由任立功、王新立、王庆民、郑健、张桂英、秦爱云、翟华玲、杨金印、龚国强记录。在这次大系编纂过程中，谭咏利同志为了更深入了解"七十二

472

买 驴

胡留把毛驴拴在庙东的一棵柏树上，自己蹲在一边歇着。谁知道那头歪尾巴驴又踢又叫了一阵子，就啃起柏树皮来了。常言道："能听磨响，不听驴叫唤。"不中听的驴叫声音惊动了和尚，一个和尚出来一看驴正在啃树皮，就大声呵斥："谁家的驴？看把这棵树啃坏了。"胡留一看，马上用鞭子抽打毛驴，一边抽一边骂："我日恁娘，叫你念经哩，你偏要啃柏树皮，我打死你个秃驴……"和尚一听，上前对胡留又是一阵拳打脚踢。

胡留家有牛有马，只缺一头驴。一天胡留就买了一头黑草驴，样子也中，走路也有劲，就是尾巴有点儿歪。回到家里，他爹这边看看，那边瞅瞅说："好是好，就是尾巴有些歪。"胡留一听就不高兴，说："歪尾巴碍你屌事来！"他爹一听"啪啪"打了儿子几耳光，骂了一顿，要胡留将驴退回去。

胡留牵驴刚出庄，他舅来了，看见外甥牵驴，上前搭话："上哪去？"外甥指着驴赌气地说："就怨这个老（姥）爷了嘛！"他舅一听，又"啪啪"打了他几巴掌。

半路上遇见地里有人正在打墓，镢头、铁锹一动一响，毛驴儿吓得不敢往前走，还直往后退。胡留气愤地说："日恁娘，我不活埋你。"打墓的一听，上去打了他几个嘴巴。

前面大庙里正唱大戏，歪尾巴驴挣着缰绳往人群里走。胡留气得火冒三丈，死拉活拉才算拉住它，骂着："你上人堆里日恁娘去呀！"正在看戏的一群老婆儿听见了，拿着拐杖乱往他身上打，有的还一声连一声地骂："你这小杂种嘴里吃屎了，说话恁不干净！"

473

说媒

家人给胡留说了一个媒，双方在街上见了面，也都相中了，胡留也很高兴，买了个大西瓜让大家解解渴。西瓜切开后，胡留就赶紧招呼着："斗、斗，斗呀斗。"麦忙时胡留去女方家帮忙，干活也很卖力，庄上的人就客气地问道："麦忙哩你还过来帮忙，你家就不忙吗？"胡留说："咋不忙哩，也都忙得蹄爪不使闲。"

看着胡留这样，女方家人也不知底细，尤其是女孩的父亲，想再看看胡留家到底如何。这天他没有经媒人就直接去了胡留家，家人一看准丈人来了，连忙逮鸡子杀了待客。可是鸡子精，不好逮，胡留撵了好长一阵子，好不容易才逮住，他一边走一边嘴里嘟囔着："我叫你个丈人跑，我叫你个丈人跑，我不吃你狗吃你。"原来前几天他家有个鸡子叫狗吃了。

过节啦，胡留提着几个馓子篮子去女方家走亲戚，路上掉下几把馓子。路人看见就说："别走，馓子掉啦！"胡留一看脏了，就说道："不要了，权当喂狗啦。"结果路人给女方家一学，再加上以前的事，他的媒也就散了。

474

嘁架

胡留有个侄儿，年龄比他小不了几岁。一次他和侄儿闹气，谁也不让谁，最后俩人就找他娘摆理。胡留就问他娘："娘，娘，这孩子叫我气得不能行，我能嘁他不？"他娘说："你是他叔呢，咋不能嘁他哩？能嘁。"胡留就对他侄嘁道："我日恁奶奶！"

475

打架

有一次，胡留不知因为啥和他爹拌了嘴，老头子脾气也暴，说着说着就想上前打，他娘在一旁也拉不住。眼看他爹就要打上前，他娘就让胡留赶紧跑。胡留反而镇定地站着，抱着膀子说："咋，想打架，我帮恁两口。"

476

仿我

胡留得了个孙子，一家人都很高兴，胡留更是合不拢嘴。一次他抱着孙子在村里显摆，说："你看我老胡家人头就是旺，我生了个儿子，又生了个孙子，儿子长得仿我，孙子更仿我。高兴呀。"

477

吃妈

这年麦忙天，家人们都在地里干活，只有胡留在家里哄着小孙子。天快晌午了，小孙子半晌没吃上妈，饿得"哇哇"直哭，胡留只得抱着孩子到地里喂妈。孩子一吃上妈就不哭了，可吃了一阵子就不好好吃了，一个劲地用手拿着妈玩，咋喊就不听，胡留就吓唬孙子道："你吃不吃妈？你吃不吃妈？你不吃我吃啦！"

478

马车

胡留有辆马车，天天稀罕得不能行，平常用车要和他说好话，如果看见有小孩在车上玩，他要么不高兴要么就骂人。一天他要赶车出门，把车停在家门口去屋里拿东西，正好他孙子看见车了，就在车上玩。邻居看见了就喊："胡留，快看，有人爬车上玩哩！"胡留在屋里头也不回地嚷道："赶快下来，孩子乖，再玩，我跟你娘睡。"他孙子说："不是俺爹和俺娘天天睡吗？你也想睡！"

（二）诙谐笑话

479

劝闺女

一位老太太的闺女在婆家对老公公很刻薄，经常骂骂咧咧的。她老公公是个吃皇粮的，有俸禄。

一天，女婿对老丈母娘说道："娘，您好好劝劝恁闺女吧，叫她以后学贤惠点儿，别再对老人胡噘乱骂了。"他老丈母娘说："好，我劝劝她，保险一说就中！"

过了没几天，闺女走娘家来了。她娘做了些好吃的，对闺女说："妮啊，你咋恁傻哩，以后你要对恁老公公孝顺点，好好照顾他，叫他多活几年。你没想想，他有俸禄，不管咋着，不比喂个猪强得多呀！"

480

玩笑大王

和店有个胡来成，因平时见人爱开玩笑，谁都说不过他，人称笑话大王。

一天，胡来成去赶集，路过一个鱼摊，指着老鳖问掌柜："掌柜哩，你这个鳖咋卖？"掌柜一看是胡来成，随机一句："只要鳖要[1]就好说。"老胡三个钱买下老鳖提回家，挂在大门口上，进屋告诉妻子："我的岳父你的爹来了，还不快点去迎接？"妻子来到大门口，左看右看不见爹的影子，猛一抬头，看见挂在大门口上的老鳖，才知是老胡开玩笑，转身进院，说："恁爹在门口不让俺爹过，俺爹又回去了。"老胡自认输了，便又心生一计，非要老婆去请岳父、岳母大人来吃老鳖。

第二天，他老婆叫来了老爹老娘。老胡看见老丈人戴的大厚镜片子眼镜，就说："爹，都说黑龙江冷，一点也不假。前年我去东北干活，早晨套牲口犁地，不小心把一盆洗脸水泼在牛头上，谁知一股风吹来，那畜生头上给冻出两块大溜冰。"老丈人一听，气得两眼一瞪说："你个龟

[1] 只要鳖要：是民间语言中常用的倒装语序，即"只要要鳖"。

儿子！"

停了一会，老胡来到厨房，看见丈母娘头上打着药布，就嬉皮笑脸说："娘，头咋啦？"丈母娘说："前天邻居家的兔崽子用弹弓打鸟，一个石子打在头上，疼得我差点晕过去。"老胡两眼一瞪道："说来也巧，东院三叔一砖砸着我腰裆里那玩意，当时我疼得直叫娘。"丈母娘没有听出话意，站在一旁的妻子照着老胡屁股踢一脚，说："狗不吃的，开玩笑开到老娘头上了！"丈母娘这才明白女婿在开玩笑骂她，气得没吃上鳖就回家了。

这一年，老胡的父亲去世了。出殡那天，老胡号啕大哭爹长爹短。邻居三嫂经常受老胡的戏弄，见此情景，想借机也戏弄他一番，赚个便宜。她找来一根棍子，正当老胡捧着老盆要摔时，就照着老胡腔部捅去。老胡情知别人又在开玩笑，边笑边嚎："乱啥乱，谁跟你一样爹恁多，死了这个有那个。俺就这一个爹，死了再也不得见爹了。"说罢把老盆一摔，又大哭起来。

讲述者： 尹培元，男，80 岁，上蔡县和店乡芦村，不识字，农民

采录者： 尹明立，男，57 岁，上蔡县和店乡，中专，教师

采录时间： 2006 年 4 月 16 日

采录地点： 上蔡县和店乡芦村

附记

上蔡县 2006 年重新收集故事时，作为老师的尹明立不辞劳苦、不畏风雨，积极参与其中。这天他回到了老家芦村，找到了同族会讲故事的尹培元。别看尹培元不识一字，但人很乐观，好讲故事，不管农忙农闲，只要有人在一起喷阔，他就会讲起故事来，逗得大伙哄堂大笑，有时还笑得人仰马翻、两眼含泪。熟人见面更加亲热，说明来意后，尹培元就讲起了故事来，光在他这里就采录了好几篇。会后尹明立又把故事整理好交到了乡文化站。

摔老盆也叫"摔丧"，是驻马店不少地方都有的丧葬习俗。出殡当天，孝子（一般是家中长子）将一瓦盆一摔，就灵柩起杠，送往墓地下葬。这个盆叫"老盆"，一种说法是取自谐音"牢盆"。说人生在世，一生难免会做一些错事、坏事。人死之后，会被阎王审判，检视一生的功过是非。如果被判有罪，在阴间有牢狱之灾。出殡的时候，准备"牢盆"，代表死者在阳间已经为自己的罪责有过了牢狱惩罚。摔盆就是告诉阎王自己已经赎过罪了，阎王也就不会再为难死者了。驻马店不少地方关于摔老盆有另一个说法。说人死之后要在阎王殿里喝迷魂汤，不喝完迷魂汤就过不了鬼门关和奈河桥，就要继续在阎王殿受苦。这个盆就是准备给死者喝迷魂汤用的。死者的至亲要在盆底下钻洞，越多越好。这样死者喝迷魂汤的时候就喝着漏着，就可以早点喝完，缩短受罪时间。这是糊弄阎王的招数，也是孝子希望为已故之人尽孝心的方式。因为钻孔讲究一气呵成，一次钻透，中间不能还手，所以这种盆多为土制瓦盆，质地不太坚硬，钻起来会比较容易。（谭咏利　赵新春）

481

先见之明

附记

有一天，张三和李四一起出门，中途突然下起雨来，李四急忙跑进张三伞里躲雨。张三得意洋洋地说："我老婆真有先见之明，她告诉我今儿要下雨了，特意要我带着伞，你看今儿正好吧！"

李四说："我老婆才真正有先见之明哩，我出门时她告诉我不用拿伞了，用张三的伞就中了。"

讲述者： 韩根柱，男，62岁，平舆县万冢乡汤岭村，
私塾，农民

采录者： 韩得体，男，43岁，平舆县万冢乡汤岭村，
初中，农民

采录时间： 1987年9月10日

采录地点： 平舆县万冢乡汤岭村

附记

韩根柱脑子灵光，经常在村里给大伙讲故事，尤其是干活时累了，就讲几个故事逗大家乐一乐，解解乏。当年收集民间故事时，韩得体就找到韩根柱，在他家里，一个讲一个记，采集了好几篇故事。当时韩根柱虽说很热情，但讲的故事都很普遍，也就这个故事短小精悍、耐人寻味，就入了县卷本。

"在家处处好，出门时时难。"过去人们出远门时都要尽量备齐物品，就是以备不测。（谭咏利）

482

肯吃嘴

从前，有个男子，是庄上有名的肯吃嘴[1]。

一天，肯吃嘴从外面回来，在路上捡到一个小孩。他灵机一动，想好了一个绝妙主意。

刚一进门，他就喊老婆："快快快，我在路上生了个小孩，快给我打碗荷包蛋。"老婆见孩子很可爱，便接了过来，说："你等着吧！等咱家的老公鸡下了蛋，我再给你打荷包蛋吃。"肯吃嘴一听火了："你是存心不想让我吃啊。你说说，老公鸡咋会下蛋呢？"他老婆就说："是啊，我问你，男人咋会生孩子呢？"

讲述者：　梁效义，男，39 岁，平舆县高杨店乡联中，高中，教师

采录者：　张文春，男，14 岁，平舆县高杨店乡联中，学生

采录时间：1987 年 10 月 22 日

采录地点：平舆县高杨店乡联中

[1]　肯吃嘴：方言，馋嘴贪吃的人。

483

抄近路

张三赶集上店，爱抄近路，竟把李四地里踩出一条小道。李四很生气，用镢头把道上刨了一溜坑。张三见李四说："李大哥，我见一个稀奇事，谁家的驴怵蹶子，把你家的地里怵了一溜坑。"李四一听张三在骂他，便说："这不稀罕，稀罕的是有个小孩从他娘肚脐眼里爬出来了。"张三忙问："有这稀奇事？"李四说："可不是嘛，那小孩儿爱抄近路。"

讲述者：　郑新运，男，61 岁，平舆县高杨店乡王庄村委郑庄，不识字，农民

采录者：　郑健，男，28 岁，平舆县高杨店乡联中，高中，教师

采录时间：1987 年 10 月 10 日

采录地点：平舆县高杨店乡王庄村委郑庄

484

姑娘与姑妈

郑健平时爱好写作，当年积极参与了县里的民间文学普查工作，获得了很大的成果。这天郑健带着录音机来到郑新运家，寒暄之后就在院子里采集了起来。郑新运好说好笑好嗽着玩，一肚子的故事，还能根据情景随口而出。郑健很高兴，就在他家采集了一天时间，收获颇丰。（路向阳）

有位书呆子，眼看二十好几的人了，还没娶妻。邻村一位姑娘很同情他，要他写封情书来，以便观察他的文采如何。

书呆子很高兴，随即写了一封求爱信，托人捎给姑娘。姑娘接信一看，信上第一句不是"亲爱的姑娘"，而是"亲爱的姑妈"。姑娘很生气，即刻回了一封信，并附上一首打油诗："怪俺眼睛瞎，姑娘叫姑妈。如若嫁给你，羞死俺一家。"

书呆子看了姑娘的信，大不以为然，于是提笔解释说："妈就是娘，娘就是妈。娘妈本相同，姑娘是姑妈。"

讲述者： 陶怀东，男，40 岁，平舆县高杨店乡联中，高中，教师

采录者： 耿桦，男，16 岁，平舆县高杨店乡联中，中学生

采录时间： 1987 年 10 月 15 日

采录地点： 平舆县高杨店乡联中

当年高杨店乡发动联中师生进行故事收集时，陶怀东正当耿桦的班主任，对耿桦喜爱有加。这天趁着上晚自习的时候，陶怀东把耿桦叫到办公室，说为完成收集故事的任务，不耽误大家的时间，今天我就讲几个故事，你认真地记下来，然后再整理好交给我就行了。就这样，由陶怀东讲述、耿桦采录的故事就形成了初稿，交到编委会初审后就入了县卷本。（张留坡）

485

卖我

从前，有一个人在河里洗澡，无意中捉到一个大鳖，他很高兴，便到街上去卖。

来到街上，那人便大声地叫了起来："谁买鳖！谁买鳖！"可他觉得鳖字与爹字的音差不多，要把鳖叫成爹不是骂自己吗？于是他想了一个占人家便宜的点子，便道："谁买我！谁买我！"很多人都感到奇怪，围上去看。

一个人说要买，他就解开袋子让那人看。那人刚把手伸进袋子里，就被鳖咬了一口，血直往外流，气得直骂，骂着骂着二人就打了起来。

正好县太爷巡查来到这里，问两人为啥打架，买鳖的说："他卖我，我买我。他不卖我，他咬我。"卖鳖的人说："我卖我，他买我。他不买我，他打我。"二人各说各的理，把县太爷也弄糊涂了，一摆手说："你卖我，他买我。我是不卖不买我，卖我买我别找我。"

讲述者： 胡保华，男，24岁，平舆县射桥乡联中，大专，教师

采录者： 姚瑞峰，男，14 岁，平舆县射桥乡联中，
中学生

采录时间：1987 年 10 月 9 日

采录地点：平舆县射桥乡联中

486

笨媳妇

附
记

　　过去人们认为老鳖是个不祥之物，如果早上碰见了会晦气一天，很少有人去吃，所以不少河坡水沟里都有老鳖。小孩们有时看见老鳖在水边晒盖，就会把它翻过来，看它啥时候能再翻过来。那时候村里牲口生病不倒沫了，人们才会找几个老鳖确确喂牲口，因此民间嘁人有"把你确确喂牛"的说法。（谭咏利）

　　从前，有一个汉子娶了一个笨媳妇。一天逢节气，汉子让媳妇包扁食，媳妇为难地说："我不会包扁食。"汉子生气地说："真笨！没吃过猪肉，还没见过猪走路吗？"说罢下地干活去了。

　　汉子收工回来，她媳妇说："扁食做好了。"汉子掀开锅盖一看，锅里煮着一块大面团捏成的猪。汉子气愤地说："真不像话！"媳妇想了想，惭愧地说："是不太像，我忘了给猪安个尾巴了。"

讲述者： 杨文峰，男，56 岁，平舆县高杨店乡政府，
中专，干部

采录者： 杨明山，男，25 岁，平舆县高杨店乡高杨
店村杨楼，高中，农民

采录时间：1987 年 10 月 22 日

采录地点：平舆县高杨店乡政府

487

庸医教子

附
记

当年辛店乡发动联中师生进行故事收集时，程书娟正在联中上初二，班主任让她周末回家要完成收集一篇故事的任务。她到家后也很发愁，不知道咋办，就给家人说了说。正好她刚过门的嫂子吴艳丽听见了，就说这有啥难的，谁也不找，我给你讲。当天晚饭后，姑嫂二人就在油灯下完成了这篇故事的采集。第二天，两人又对故事稿件进行了修改和理顺，程书娟返校后就交给了班主任。（刘海峰）

有个庸医给人家看病，乱开药方，结果把人给治死了。人家不愿意，把他往官府里送。走到半道上，庸医趁着天黑跳河凫水[1]跑了。

回到家里，庸医见儿子正在油灯下攻读医书，便急忙对儿子说："儿啦，别慌着读那书啦！还是先学会凫水要紧。"

讲述者： 吴艳丽，女，20 岁，平舆县辛店乡南刘村，高中，农民
采录者： 程书娟，女，13 岁，平舆县辛店乡联中，中学生
采录时间： 1987 年 12 月 10 日
采录地点： 平舆县辛店乡南刘村

[1] 凫水：土语，即游泳。

488

嚼字先生

从前，有一位先生，他说话总爱咬文嚼字，来夸耀自己的学问高深。

一天晚上，先生突然被蝎子蜇着了，摇头晃脑地喊叫："贤妻，速燃油灯，你夫为毒虫所袭。"连说几遍，他老婆咋着也听不明白。他疼得在床上打滚，见老婆不动，急了，大声叫道："老婆子，快点灯，蝎子蜇着我啦！"

讲述者： 刘福，男，60岁，平舆县万冢乡万寨村大刘庄，私塾，农民
采录者： 刘素平，男，25岁，平舆县万冢乡万寨村大刘庄，高中，农民
采录时间：1987年9月15日
采录地点：平舆县万冢乡万寨村大刘庄

附记

刘素平当时是个文艺青年，爱好写作，还是县广播电视台特约通讯员。为编辑出版民间文学三套集成开展收集工作时，县文联主席李宏就让他在万冢乡进行收集，他就拿着稿纸和笔，走村入户、发动师生和群众进行收集，汇总后报送到县里。刘福和他同村，这天他特地采访了刘福，俩人围坐在方桌前，吸着烟、喝着茶，刘福讲着故事，他记录着，完成了好几篇故事的采录。

生活中，有文化就应该斯文，但是也是分场合的，斯文过度或场合不对，会引起人们的讥讽和诟病。无文化而假装斯文者也有，20世纪80年代，我老家有一人虽大字不识一个，但就爱装斯文，每次出门上衣口袋都要别支钢笔。如果有人见了求他帮忙写字，他就说没水没水，久而久之就名声在外啦。（谭咏利）

489

健山学字

从前，有个叫健山的孩子，脑子笨得很。一次先生教了他四个字"赵、钱、孙、李"，他几天都没记住。为了让他记住，先生给他讲："赵，就是赵大伯的赵；钱，就是古铜钱的钱；孙，是爷爷孙子的孙；李呢，先生我姓李，名字叫李万年。"接着先生又给健山讲了一遍，问他记住了没有。健山说："记住了。赵大伯，古铜钱，孙子先生李万年，对吧？"先生听了哭笑不得。

讲述者： 董金钟，男，20岁，平舆县高杨店乡董庄，
高中，农民
采录者： 董其兴，男，15岁，平舆县高杨店乡中，
学生
采录时间： 1987 年 10 月 10 日
采录地点： 平舆县高杨店乡董庄

附
记

驻马店民间还流传着一个类似的故事：先生让学生背《百家姓》，学生笨背不出来，为了蒙混过关，他就编起了顺口溜：赵钱孙李，跑到山里，逮个兔子，别在腰里，回来一看，原来是兄弟。先生很生气，就狠狠地打了他一顿。（谭咏利）

490

不是正经种

从前，有一个财主，清明节带着儿子给他爹上坟烧纸。祭奠之后，财主站起身来，对他儿子说："这方圆几十里的土地，都是恁爷在世时从那些穷鬼们手里一分一分挤过来的。你长大以后，可要保住它啊！要记住：地是刮金板，种啥长啥！"

财主的话还没说完，儿子就接上了话茬："爹，俺爷种地下已经三年了，那咋还没长出来啥呢？"财主听了，气得脸一红，说："恁爷就不是个正经种！"

讲述者： 陈廷保，男，48岁，汝南县马乡镇周庄村，
不识字，农民

采录者： 王新立，男，19岁，汝南县马乡中学，高中，
教师

采录时间： 1987年10月15日

采录地点： 汝南县马乡镇周庄村

491

三大吹

一天，张大吹在路上遇见了李大吹，两人一见面没说几句话就吹了起来。

张大吹对李大吹说："三国时候，俺庄长了个大萝卜，曹操的八十万大军，吃了三天还没吃完！"李大吹说："这有啥稀罕的！战国时候，俺庄有个人掉到沟里，现在还没到沟底呢！"他俩的话被旁边割草的王大吹听见了。因为他正在割草，就没吭声。张大吹、李大吹问他："你割的这是啥草？"王大吹说："割的是灵芝草，回家喂天马哩！"张大吹、李大吹说："天马？没见过。叫俺骑骑中唄？"王大吹说："中！不过俺爹骑着上天啦，还没回来。""去几天？""不长，三两天。""那吧，俺等他几天。"王大吹说："恐怕二位等不上吧！""咋？""常言说：天上一昼夜，地上数千年。您等得了吗？"张大吹、李大吹笑了笑，说："那净是瞎吹，没那事！"王大吹说："吹牛皮没捆[1]，管他有那事没那事哩！"

[1] 没捆：方言，指不着边际。

讲述者： 罗钟，男，65 岁，汝南县马乡，不识字，农民

采录者： 唐国本，男，35 岁，汝南县马乡，高中，教师

采录时间： 1987 年 6 月 10 日

采录地点： 汝南县马乡

附记

驻马店本地吹牛皮又叫说大话、夸海口或大喷、老喷。因为说大话的人说得云山雾罩、没边没沿，很招人烦，大家会说：别整天五马长枪哩，没有金刚钻就别揽那瓷器活。同时本地还有一些俗语来讽刺爱吹牛的人：说了半天胡子嘴，还是一个光下巴；嘴到千里，身子在家里；三寸舌头害了六尺身；嘴上喊得再凶，也是鸡毛打钟；空唱一百年，不值一文钱。（谭咏利）

492

妙批二则

（一）

从前，有个人为考秀才，屡试不中。这一次，他急了，考完试后，又在自己试卷背后写了一首诗，内容是：

手提竹笔泪涟涟，苦读寒窗十余年。

这次若再不取我，回家必定染黄泉！

试官看了，微微一笑，提起笔来，就在他的诗后边，每句加上俩字：

手提竹笔泪涟涟 —— 或许

苦读寒窗十余年 —— 未必

这次若再不取我 —— 在我

回家必定染黄泉 —— 在你

试官的批语，也真是够味啦。

（二）

从前，有个上私学的学生，作文时满篇都是"而"字。老师一看很生气，就提笔批了十六个字："该而不而，不而则而，而今而后，已而已而。"意思是：该用而的地方你不用而，不该用而的地方你乱用而，从今以后，你别再这样啦。

讲述者：　李丰田，男，55 岁，汝南县县城，高中，干部

采录者：　冀世清，男，58 岁，汝南县文化局，高中，干部

采录时间：1987 年 9 月 19 日

采录地点：汝南县城关

493

秀才改对联

从前，有父子二人，花了一大笔钱，买俩当科进士。父子骑马回村，盛气凌人不可一世，为庆贺升官大摆宴席，并请人写了一副对联贴在大门上：

父进士，子进士，父子进士；

婆夫人，媳夫人，婆媳夫人。

横眉：父子进士。

从此更目空一切，眼中无人。

庄上的读书人看到这对联，都很气愤。有一穷秀才，才华过人，几次赶考未得如愿，皆因缺少银两没行贿而名落孙山。他见此联，忿然拿笔改画添撇，把"士"下横改长，"夫"加撇改为"失"，"人"加二横改为"夫"。则对联为：

父进土，子进土，父子进土；

婆失夫，媳失夫，婆媳失夫。

横眉：父子进土。

秀才改后拂袖而去，进士一看目瞪口呆。

讲述者： 赵从根，男，78 岁，遂平县槐树乡罗庄村，
不识字，农民

采录者： 李新芳，男，28 岁，遂平县槐树乡中，初中，
教师

采录时间： 1987 年 11 月 28 日

采录地点： 遂平县槐树乡罗庄村

494

李二崴送礼

附记

当年遂平县开展民间文学三套集成收集工作时，李新芳正在乡初中教课，他对收集民间故事很感兴趣，就利用空闲时间积极地投入到故事收集工作中。这天他来到了罗庄村，找到了会讲故事的赵从根，当时老赵正在编草鞋，李新芳给他搭把手，赵从根就抽着烟、编着草鞋、讲着故事，李新芳就一边记录着一边给他续着苇毛缨子，在他这里采集了好几个故事。回来后李新芳整理了一下，就交到了乡文化站。

以明码标价出售功名、官职来弥补财政缺口在旧时是一种常态，历朝历代都有。中国古代是个官本位社会，人人以当官为荣，大多数买取功名、官职者是社会地位不高却有钱的商人或地主。有钱的买到一个虚衔，就算"除褐"，脱去布衣进入士的序列，从而光宗耀祖。当然，民间故事中有钱能使鬼推磨，没有真才实学就能买到个进士，糊里糊涂弄个状元，现实中几乎不太可能。（谭咏利）

李二崴在地里干活，直到晌午才想起邻家办喜事，就急忙跑回家，带上一串钱去送礼。到那儿一看，一个秀才正在接礼记账，他忙把钱搁在桌上说："我来送礼。"

秀才问："你叫？""李二崴。"

秀才提笔在礼账单上写"李二……""崴"字不会写，问又不好意思。李二崴问："先生，给我记上了没有？"他越问秀才越急，挠挠头说："你到里屋交吧，叫廪生给你记上。"

于是二人来到里屋，说明情况。廪生提笔写"李二……"当他写到"崴"字时，也停了下来，原来他也不会写"崴"字。没办法，二人拿笔在"李二"二字下面，秀才这边画一歪，廪生那边画一歪。

李二崴看到后笑着说："日过午来个李二崴，崴着记账一秀才。秀才不知问廪生，谁知廪生也不会崴。"

讲述者： 郭景洲，男，80 岁，遂平县车站乡郭庄村，
不识字，说书艺人

采录者： 郭民，男，21岁，遂平县车站乡郭庄村，
　　　　初中，农民
采录时间：1988年3月15日
采录地点：遂平县车站乡郭庄村

495

两个小偷

附记

中国汉字有五万多，经常使用的也就3500多个，所以有很多生僻字大家不会念不会写，这很正常。清代读书人通过县试、府试以后，再通过院试才能叫秀才。而秀才经过岁考和科考两试，成绩优秀者才是廪生。所谓廪生，就是国家每月给廪食，吃的是皇粮。廪生通过推举、选拔，才有资格成为国子监学生，称贡生或贡监。肄业后由吏部大挑，可以出任知县、县丞、教谕等官职。（谭咏利）

　　从前，有俩小偷，听说有一家东西很多，决定去偷他。

　　一天夜里，他们见这家人都睡着了，便在墙上挖了个洞爬了进去。这时碰巧有两只老鼠从洞里窜出来寻找食物，窜跳声让这家的女人听见了。她借窗户射进的月光一看，拍拍丈夫轻声说："看，过来俩。"她丈夫正想睡着，被她这一拍，就不耐烦地说："你逮住它去！"俩小偷听见后，想着是说他们的哩，吓得连忙逃跑了。

　　第二天，那俩小偷想试探一下那个女人到底看没看见他们，就乔装成卖货的，担着一个货担来到她家门前叫卖。正好她家的马挣断缰绳跑了，男的追上抓住马笼头把马牵回来。这时他女人正在货担跟前看，指着货担上放的瓷老鼠，对丈夫说："看，就像昨晚那俩。"她丈夫心急火燎地说："还不快去拿绳子！"俩小偷一听，心想，这下可糟了，三十六计走为上，于是担着货担就跑。这时马一惊又跑了，男的喊他老婆："快截住，快截住！"俩小偷听见，吓得跑得更欢了。

讲述者：　魏祖遂，男，40 岁，遂平县和兴乡后楼学校，

　　　　　　中专，教师

采录者：　刘广，男，17 岁，遂平县和兴乡后楼学校，

　　　　　　中学生

采录时间：1987 年 11 月 11 日

采录地点：遂平县和兴乡后楼学校

附记

魏祖遂是该县阳凤乡朱屯村人，老三届学生，毕业后就在村里当民办教师。他个子不高，但很精明，能写点东西，民师转正后就调到和兴乡后楼学校了。

当他听说县里编纂民间文学三套集成时，也想为此出份力。他就去了乡文化站问问情况，看是如何进行故事收集的，并看了他人采集的样本。回来后他就想，这也不难呀，我本身就会讲故事，找个人记录一下不就行了？关键是找谁来记录。于是他就找到了自己的学生刘广，让他作采录者，并对故事进行了整理和补充。

在民间，人们对爱偷东西的小偷十分痛恨，他们今天偷只鸡、明天摸条狗、后天逮只鸭的，没完没了，让人深恶痛绝。过去人们对待小偷小摸，就是逮住了暴打一顿，放走了之。送官比较麻烦，所以比较少。如果逮不住，会骂街，指桑骂槐一顿，或扎个草人咒一顿，大家都是见怪不怪。（谭咏利）

496

吃喝不分

民国年间，有一个杂牌军连长，识字不多。连里收了个新兵姓赫，叫赫三。

一天早操，连长接过花名册点名，当点到赫三时，他喊成赤三。

赫三说："连长，我姓赫不姓赤。"连长一听这个新兵敢当众反驳他，不由火冒三丈，上前"叭、叭"打了俩耳光："老子当了十年兵，从来就是吃喝不分。"

讲述者：　陈志立，男，68 岁，西平县环城乡，小学，

　　　　　　农民

采录者：　李景春，男，36 岁，西平县环城乡，中专，

　　　　　　干部

采录时间：1987 年 8 月 19 日

采录地点：西平县环城乡

旧社会的军队有很多不良风气，如克扣军饷、打骂下属、吃喝嫖赌、欺压百姓、军纪败坏、蛮不讲理等，民间有"秀才遇见兵，有理说不清"的俗语。（奚家坤）

497

贵庚高寿

一个笨汉进城卖柴，听说城里饭菜好，也想尝尝。

卖罢柴，他来到饭馆里，但不知道报啥饭。正犯愁，只听另外俩人在说话。"老弟贵庚？""七十三。老兄高寿？""八十四。"话音刚落，跑堂的就把饭端了上来。笨汉喊："掌柜哩！给我也来两碗贵庚、高寿。"堂倌说："俺菜谱上没这饭。""你刚才不是还给人家端吗？咋说没有？"堂倌明白了，给他端来两碗饭。笨汉片刻吃完，算账时，堂倌说："每碗一百六十，共计三百二十文。"笨汉心里一惊：这啥饭呀？卖一担柴还不够两碗饭钱。但又无可奈何，说："先交二百文，明天我再送来一担柴。"堂倌说："俺不赊账，把你的扁担押这吧，下集再赎。"笨汉没法儿，只好如此。

他走出饭馆，后悔不及，走到算卦摊前想算算这辈子该不该在城里吃饭。算命先生问："今年贵庚？"笨汉说："七十三。""我问你高寿！""八十四。"先生发怒了："我问你属啥哩？""我赎扁担哩！"

讲述者： 赵全林，男，51 岁，西平县五沟营乡赵庄村，
高中，干部

采录者： 张涛，男，16 岁，西平县五沟营乡，中专生

采录时间： 1995 年 7 月 26 日

采录地点： 西平县五沟营镇赵庄村

498

买爹

从前，一个小伙子到一家大杂货店里买东西，东瞅瞅，西望望，自言自语地说："这家货也不全。"

店老板听见不耐烦，便没好气地问："你要啥？"

"我买爹。"老板一听，想占这个便宜，就抖抖衣服，长长精神，端端正正地站到柜台内问："我中不中？"

"中。"

"那我就跟你去吧！"

小伙手一扬："先别慌，我得回去商量一下。这爹不是我买的，是给俺小舅子捎哩。"

讲述者： 张梦胥，男，89 岁，西平县酒店乡酒店村，
私塾，农民

采录者： 胡春荣，女，20 岁，西平县城，大专，工人

采录时间： 1987 年 6 月 2 日

采录地点： 西平县酒店乡酒店村

499

你打俺孩我打恁孩

附记

当时故事收集组由翟玉堂带队，一行多人来到张梦胥家里进行故事采集，胡春荣就是其中之一。胡春荣在县文化馆才工作不长时间，就赶上了编纂民间文学三套集成，就积极奔赴基层进行故事收集。收集组一般由3—5人组成，大家都是工作在一起，但又各有分工：故事长的、复杂的，由翟玉堂等熟悉的人负责；故事短小简单的，就由胡春荣等年轻人负责。这篇故事就是这样采录的。

在民间，人们喜欢开玩笑骂人，占便宜的一方高兴，吃亏的一方也不能生气，最好能再骂着还过去。骂人的对象当然不能是自己或者自家人，最好是老丈人家的，如大姨子小姨子大舅子小舅子。我们这就有这样一个故事：兄弟俩没事嗷架，前提是不能骂着自己，就相互骂"我日恁小舅子""我日恁丈人哥"……正好被嫂子听见，嫂子就喊他哥："有客回家，西庄的恁姐夫来啦。"他哥说"这不年不节的他过来干啥？"嫂子说："他说在家也没事，来日他俩小舅子哩！"（谭咏利）

爷爷、父亲和孙孙仨人过河。爷爷背着小孙孙前面蹚水走，父亲拿着东西在后边跟着。

人到河心时，才两三岁的小孙孙看见河水清清的，底下还有小石头，很好玩，哭闹着要下水。爷爷哄不着，火了，伸手打了几巴掌，孙孙"哇"的一声哭了起来。父亲在后边看着儿子哭得怪可怜的，有些心疼，想说又没法说，于是过了河，把东西往地上一放，"啪喳""啪喳"照自己脸上打几耳光。

老人一看不解地问："你这是咋啦！"儿子说："咋来，你打俺孩，我打恁孩。"

讲述者： 黄忠运，男，51岁，西平县盆尧乡于营村，高中，医生

采录者： 陈向阳，男，21岁，西平县吕店乡吕店街，大专，教师

采录时间： 1987年8月6日

采录地点： 西平县盆尧乡于营村

黄忠运是个乡村医生，也经常讲故事，尤其是坐诊的时候，看到病人愁眉苦脸的不高兴，就随口讲个笑话，逗大家乐乐，缓解一下气氛。陈向阳这些天有点不舒服，看了好些医生也不见效，经人介绍就找到了黄忠运。在等待排队的时候，他正好就听到了黄忠运给病人讲故事，他就留心在心里记了下来。赶到他看完病开了药，临走时就问了黄忠运的一些情况。黄忠运一听，就反问道，你也是收集民间故事的吧，我也在收集，你问的问题和我问的都一样。俩人一听都哈哈大笑起来，然后就相互告别。

爷爷奶奶辈宠爱孙儿辈叫"隔辈亲"，民间俗语说"隔辈亲，亲在心；隔辈亲，连着筋"。驻马店地区还流传着这样的故事，说：父亲教育儿子的时候，打了儿子一巴掌；爷爷看见后很心疼，就打了父亲一巴掌，说"你打了你的儿子，我也打我的儿子"。和上面这个故事异曲同工。（谭咏利）

500

一手好本事

从前，有个人贪酒如命，酒量又特别大，人称酒鬼。

一天，他喝得大醉，踉踉跄跄地回家。他迷迷糊糊地走到水田边，终于站不住脚，倒在水田里。当时正是冬季，酒鬼在稀泥里冻得浑身发抖，他东抓西刨，身体越陷越深，最后只露个头在外面。这时，他感到呼吸困难，知道自己不中了，便有气无力地叹道："唉，可惜了，我有一手好本事，眼看就要失传了。"一个过路人听到了，想学本事，急忙把他拉出来，问他有啥本事。酒鬼说："我能俩指头夹着三盅酒，不让它滴一点，一下灌到肚子里！"

讲述者：　彭凤春，男，68岁，西平县盆尧乡于营村，不识字，农民

采录者：　彭海洋，男，15岁，西平县盆尧乡于营村，学生

采录时间：1990年6月17日

采录地点：西平县盆尧乡于营村

501

冻死我个鳖孙也得吃个馍

彭海洋领到周末回家要收集一篇故事的任务时，心中有谱，一点也不着急。周日上午他来到了同村的、该喊爷的彭凤春家，爷长爷短地和彭凤春拉起来家常。彭凤春也觉得奇怪，平常这孩子忙着学习呢，经常不出门，今天咋到我这来了？就问他有啥事。彭海洋就说了实情。彭凤春很高兴，就在院子里讲起了闲话来。

在农村，有一技之长的人大有人在，有的庄稼种得好，有的地锄得好，有的瓜种得好，有的耩地耩得好，有的牲口喂得好，有的扬场扬得好……真是"一技在手，吃喝不愁"，关键时候还能救命。（孙艳芹）

大雪天，娘家爹去看闺女。闺女是个有名的尖头瓜儿[1]，可爹来了又不得不慌着烙馍、烧汤。

她爹喝了两口稀饭才往馍筐里拿馍，闺女一见忙说："爹，喝稀饭吧！天冷，稀饭暖和。"爹一想，是啊，天冷，我先喝点稀饭暖和暖和。一会她爹又去拿馍吃，闺女又说："爹，喝稀饭暖和。"第三回她爹伸手拿馍时，闺女还是那句话。这次她爹再也忍不住了，就说："冻死我个鳖孙也得吃个馍！"

讲述者：　杨三省，男，46 岁，西平县谭店乡潘庄村，
　　　　　初中，农民
采录者：　杨金印，男，17 岁，西平县谭店乡潘庄村，
　　　　　学生
采录时间：1987 年 5 月 4 日
采录地点：西平县谭店乡潘庄村

[1]　尖头瓜儿：方言，尖、吝啬。

502

附记

杨三省在村里是个有话精，经常在不同场合给大家讲笑话，逗大家开心。杨金印是他儿子，是听着他的故事长大的。当年他父子俩就贡献了十多篇民间故事，收录到县卷本的就有好几篇。

过去人穷，来客时还要招待好，就会在饭桌上下功夫，既不能让客人多吃，但也要吃好，这也是无奈之举。在西平当地还流传着焦馍的民谣：西平的焦馍单又薄，小风吹过北漯河；若是半路遇大风，焦馍飘香过黄河。（谭咏利）

找痛快

有个人很懒，他总想找"痛快"，可问了很多人都说不知道。

有一天，他见一位老头在地里锄地，走过去问："老伯伯，'痛快'在哪里？"老头说："你先替我锄会地，我再给你说。"他就接住锄锄起来，一会累得满头大汗，老头赶忙给他倒了一碗茶。他刚喝一口就说："真'痛快'！"老头说："这回你算找到'痛快'了。"

讲述者： 吕杰，男，71岁，西平县吕店乡吕店村，不识字，农民

采录者： 吕晓丽，女，12岁，西平县吕店乡吕店村，小学生

采录时间： 1987年7月1日

采录地点： 西平县吕店乡吕店村

这个故事当时是通过发动师生采集上来的。吕杰、吕晓丽是爷孙俩，爷爷吕杰会讲行话，就帮孙女吕晓丽完成了这个故事收集的任务。

在我们当地，人们对懒人深恶痛绝，民间流传着这样的民谣：懒蛋二流子，上山逮鼬子，鼬子咬住蛋，抬着上医院，医院瞧不好，死了算拉倒。（谭咏利）

503

画
帖

王五和赵六是好朋友，二人都不识字，来往的书信都是用画表达意思。

一天，赵六接到王五的请帖，请帖上画一个人，右手端一个酒杯在喝酒，左手伸直三指，半伸一指，按在腿上。赵六一看就明白了，这是让我下午三点半去喝酒。可赵六有事办去不成，就回了一个帖子，让来人带回。

王五打开帖子一看，见帖子上画一个乌龟，头伸在门外，身子出不来，就明白赵六的意思："噢，老弟大概（盖）出不来。"

讲述者： 谭桂五，男，62 岁，西平县谭店乡祁庄村，小学，农民

采录者： 王变，女，38 岁，西平县谭店乡，高中，教师

采录时间： 1987 年 7 月 15 日

采录地点： 西平县谭店乡祁庄村

504

笑话有一挑子

从前，有一个老头，六十多岁才得一子。老汉觉得自己恁大年纪了才有孩子，就给孩子取名叫"年纪"。谁知第二年老婆又生了一个孩子，老头一生没上过学，想让孩子长大有点学问，于是就给孩子取名叫"学问"。又一年过后，给第三子取的名字叫"笑话"。

仨孩子长大了。一天，老婆让他们上山砍柴，结果去了一天，老大砍了不多一点，老二一点儿也没砍，只有老三担回两大捆。老头问："哪个孩子砍的柴多？"老婆答："年纪一大把，学问没一点儿，笑话有一挑子。"

讲述者： 郭威，男，40 岁，西平县东关，初中，农民
采录者： 郭三星，男，18 岁，西平县东关，中学生
采录时间： 1987 年 7 月 24 日
采录地点： 西平县东关

附记

这个故事当时也是通过发动师生采集上来的，郭威、郭三星是父子关系。

过去在农村，给孩子起名很随意、五花八门，叫啥的都有，只要叫着顺口就行，有的更是贱名。如孬蛋、孬孩、赖货、赖渣、赖孩、赖毛、赖尿、骚尿、尿壶、粪堆、毛孩、傻狗、狗拽、狗冇、狗剩、留成、留拴、栓柱、毛蛋、牛腿等。大家认为名字越贱，一是好养活，二是有出息、命好。我老家有个老汉，三个儿子分别叫骡、套、开讲，他好说"这叫骡子套上套，下地去开精（讲）"。（谭咏利）

505

模仿

讲述者： 郎金斗，男，75 岁，新蔡县宋岗乡宋岗集，不识字，农民

采录者： 冯云生，男，58 岁，新蔡县宋岗乡中，高中，教师

采录时间： 2006 年 2 月 28 日

采录地点： 新蔡县宋岗乡宋岗集

从前，有一位教书先生对学生要求极严，常说身教胜于言教。他处处以身作则，让学生效仿。

有一次，先生带学生去赴席。学生问有啥规矩没有，先生说："规矩太多了，一时也说不清楚。看我咋做你们就咋做吧。"

进门的时候，先生没注意头被门框碰一下，学生也都往上窜一下，但都没碰着。先生也没回头看，一个个才安下心来。

入席之后，先生拿筷子，学生拿筷子；先生举酒盅，学生举酒盅；先生夹啥菜，学生也夹啥菜。先生夹了粉条才送到嘴里，学生一齐把筷子伸向粉条。先生觉得十分可笑，忍不住"噗"的一声笑了，粉条从鼻孔中喷出，挂在嘴上，非常尴尬。可是学生还在那里噙着粉条"吭哧吭哧"地学，但没有一人能把粉条从鼻孔中喷出来。这时有个学生称赞先生说："还是先生有本事，喷粉条这一招我们哪个也学不会。"

先生无言以对，从此，再也不过分要求学生死死板板地效仿自己了。

506

谁敢打

教师

采录时间： 1987 年 12 月 15 日

采录地点： 新蔡县韩集乡蒋店村委老庄子村

附记

徐华宁于驻马店师专毕业后就在县二高当语文教师，人很聪明，能写文章，也热爱民间文化工作，就积极参与了民间文学三套集成的收集工作。后来他跳槽下海到了广东，创办了《联都》网站，现在从事文旅研学工作，发展得还不错。

讲述者徐河清，别看不识字，就是会讲有话，只要有人顺着他的劲让他讲，他就讲，常常逗得大家捧腹大笑。徐华宁和他是邻居，就是听着他的有话长大的。收集民间故事时，徐华宁就根据小时候的记忆把故事给记录了下来。（谭咏利）

有个大汉叫金贵，长得很壮实，力气大得能扛石磙，村里的人谁也不敢惹他。金贵很得意，常常因为一件小事在众人面前大喊大叫："谁敢碰老子一指头，我就揍扁他，我看谁敢打我！"好像世界上就数他厉害。

惹不起，可躲得起，村里人谁也不接这个茬，他更神气啦。

有一天，不知为了啥鸡毛蒜皮的事儿，他又耍起了威风，说起了大话。可这次刚说完"谁敢打我"，一个铁塔般的汉子突然站在他面前说："我敢打你！"

原来这是一个过路人，长得比金贵还高出一截子，就是傻，谁厉害跟谁干，常常惹事。可金贵也不知他的底细呀，光棍不吃眼前亏，金贵忙上前拉着傻子的手，举起来，然后继续大声地喊："谁敢打俺俩？"

讲述者： 徐河清，男，73 岁，新蔡县韩集乡蒋店村
委老庄子村，不识字，农民

采录者： 徐华宁，男，24 岁，新蔡县二高，大专，

507

戒酒

采录时间：1987 年 6 月 13 日

采录地点：新蔡县练村乡

附记

这个故事当时是通过发动师生采集上来的。陈军家里穷，上学也晚，都这么大了还初中没毕业呢。王永新和他是一个村的，高中毕业，平时还做个生意，会讲些故事。当陈军趁周末到家找到他时，王永新正在家里算账呢，等他算完账听了来意后，王永新很郑重地洗了洗手，然后点了颗烟吸着就讲起了故事来。

中国酒文化十分丰富，不想戒酒的理由有很多，喝酒的方式更是五花八门：寂寞了喝酒助个兴，忧愁了喝酒解个愁，胆小了喝酒壮个胆，痛苦了喝酒开个心……发财了要喝酒，丰收了要喝酒，有喜事了要喝酒，乔迁了要喝酒，开工了要喝酒，出门了要喝酒……就连老母猪下了猪娃也要喝酒。（谭咏利）

有一个嗜酒成性的人，老婆要他戒酒，他答应道："中，中。"

一天，老婆出门回来见他又在摆酒大饮，就问他："你夜儿个才发誓戒酒，为啥今天又喝了起来？"丈夫说："我本来戒了，只因小儿出门去了，我等他等得心烦，喝杯酒解愁，等他回来我就戒。"老婆呜呜哭起来了，说："你骗我，你再不戒酒我就不给你做饭了！"

他怕了，忙向老婆求饶说："我发誓，再也不喝酒了。如再喝酒，你用酒缸压死我，塞个酒杯噎死我，推到酒池淹死我，让我生为酒徒，死为酒鬼，在酒泉之下永世不得翻身！"老婆听了，平静了一点儿，问道："孩子哪里去了，为啥还不回来？"丈夫回答说："他到镇上给我赊酒去了！"

讲述者： 王永新，男，36 岁，新蔡县练村乡，高中，
农民

采录者： 陈军，男，19 岁，新蔡县练村乡中，学生

508

茶瓶胆摔碎以后

有个老头从街上买了个茶瓶胆，用布头一兜背着就走，谁知没走多远，就听"叭"的一声，茶瓶胆摔碎在地上。老头跟没事一般，还是往前走。

这时，路上的人以为他没发现，就吆喝道："喂，老头，你的茶瓶摔打[1]啦！"有的还边打手势边吆喝，老头还是没事一样地向前走。

这时，更多的人又是吆喝又打手势，都希望告诉他茶瓶摔打了，其中一人干脆伸手拉住了他。谁知那老头不耐烦地说："摔打了，摔打了，恁知道我就不知道？反正已经摔碎，回头看看不还是碎了？净耽误走路！"顿时，满街的人呆住了，一个个给噎得像猛吃了一个面红薯。

讲述者： 熊秀英，女，22 岁，新蔡县城关马道街，
中师，教师
采录者： 谢石华，男，24 岁，新蔡县扶贫办，大专，

[1] 摔打：即摔烂、摔碎。

干部
采录时间：1988 年 3 月 22 日
采录地点：新蔡县城关马道街

附记

谢石华当过十几年的县文联主席，我对他很熟悉。他上高中时喜欢历史、政治，但受"学好数理化、走遍天下都不怕"的影响，上的却是理科。可他的物理、化学不好，复习了三年终于跳出龙门考上大学。当年开展民间文学三套集成的收集工作时，他刚毕业，在扶贫办工作，由于他喜爱民间文化，就积极地投身于这项工作中来。

当年他和妻子熊秀英正在谈恋爱。这天他俩没事在一起，熊秀英问他在忙啥，他说在收集民间故事。熊秀英就说我也听大人讲过故事，也会讲，给你讲讲你听听如何？于是就给他讲了几个故事，谢石华就把故事给记录了下来。这年的 11 月份，两人就喜结良缘结了婚。

在驻马店及周边，生活在农村的人都知道红薯有春红薯和秋红薯之分。故事中的面红薯就是春红薯。两种红薯相比，春红薯做熟后比较干面，秋红薯则比较软糯。过去粮食产量低，年后到新小麦收割前，旧粮食已经吃完，新粮食还没下来，会有个青黄不接饿肚子的季节。为了安全渡过难关，秋季会多种红薯弥补粮食不足。而春红薯种植时，田地则种上小麦等粮食作物。留闲地种植春红薯，也只是为了给秋红薯提供扦插种苗，所以相对来说，春红薯种植很少。就是现在，街上很少吃到面红薯也是这个原因。（谭咏利　赵新春）

509

县官买月亮

从前，有一个混账透顶的新任县官，一到县城，就摆设大宴，叫来很多娼妓歌女，要欢乐一番。可巧，当晚没有月亮很扫兴。接连几天，一直看不到月亮，他觉得很奇怪，找来一个和尚问道："我到这儿已有三四天了，为啥一直看不到月亮？"

"好一个县官，阴历初一要看月亮，岂不是咄咄怪事！"和尚觉得非常好笑，心一想，就要捉弄一下县官，于是说道："县官初来不知，此地有观音庙，只因大人有所怠慢，所以月亮不亮了。""那咋办呢？""应该给菩萨上供。""需要费多少？""五十两银子。"县官照办了，便叫人支出五十两银子交给了和尚。

过了三天，到晚间时，县官望见东南山头朦朦胧胧地露出了像钱头那么细的月亮，就问："月亮为啥恁小？"和尚说："菩萨嫌进贡少了。"

"还要多少？""一百两。"县官又把一百两银子交给了和尚。

又过了一个星期，县官看到月亮比上回大得多，亮得多，但还没合圆，于是又问和尚道："为啥月亮不圆？""还不足。""还要添多少？""一千两准行。"县官又照办了。

不久到了阴历十五，县官看到东南山上升起又亮又圆的月亮，于是喜出望外地喊道："果然不差呀，花钱多月亮就大。"

讲述者：　孙氏，女，80岁，新蔡县练村乡，不识字，农民

采录者：　孙霞，女，13岁，新蔡县练村乡中，中学生

采录时间：1987年5月10日

采录地点：新蔡县练村乡

附记

这个故事当时是通过发动师生采集上来的，孙氏是孙霞的祖母。

当官不为民做主，不如回家卖红薯！古往今来，人们都喜欢清官，讨厌贪官、昏官，于是就编了很多的故事来讽刺他们，让这些人遗臭万年。（张喜友）

510

你咬我，我也咬你

附记

余庆林、余庆玲是兄妹，余庆玲从小喜欢跟在哥哥后面，听哥哥讲故事。可惜余庆林去世得早，余庆玲说这则故事是凭记忆记下来的，也是对哥哥的回忆。故事中呈现的场景对于稍微上点年纪的人来说并不陌生。以前因为卫生条件差，也没有那么多衣服更换，身上头上生虱子是很常见的。现在梳头用木梳，过去还有个篦子，除了去除头皮屑，另一个作用就是篦出藏在头发里的虱子。那时候穿单衣还好，棉衣棉裤生虱子就比较麻烦。虱子较大好逮，一般人不会用嘴咬，虱子的卵虮子就比较难以去除。所以每逢暖和天，在村头墙角、田间地头，咬虮子是那个时代常见的景象。（赵新春）

从前，有个懒婆娘，懒得出奇。一年四季，夏天她找凉快处，冬天她找向阳处。衣服脏得看不见布丝，也懒得洗洗。头发三五天也难得梳理一回。时间长了，生了一头一身虱，奇痒难耐。她挠了头上，又抓身上，常常是越挠越痒。她非常生气，每当捉着虱子，也不用挤死，都把它放到嘴里，还气狠狠地嚷道："你咬我，我也咬你。"

讲述者： 余庆林（已故），男，泌阳县（住驻马店市），
不识字，农民

采录者： 余庆玲，女，32 岁，泌阳县（住驻马店市），
初中，工人

采录时间： 1986 年 2 月 10 日

采录地点： 驻马店市区

511

半夜二更半

村，高中，农民
采录时间：1987 年 10 月 2 日
采录地点：平舆县东和店乡仙翁庙村

附记

民间传说东汉费长房悬壶济世和桓景重阳登高就发生在这里，当地仙翁庙供奉的就是仙翁费长房和他的恩师壶公以及他的徒弟桓景。邢自文就是生活在有这样厚重的文化底蕴的地方，才成了远近有名的"冇话篓"。（赵新春）

从前，有个女人好和丈夫抬杠，经常为一点小事，争得脖子脸通红。

这天，两口儿说着说着，又抬了起来。妻子说："我说一夜有五更天。"丈夫道："那半夜呢？""这还不好算，半夜二更半呀！""不对，半夜是三更。"

"我说二更半就是二更半，不信你算算。""可人家都说半夜三更呀！""他们都说错了，只有我说得对。"俩人就你一句、我一句，都坚持自己的意见，互不相让。抬着抬着，抬恼了，丈夫一气之下，竟按着妻子打起来。

这时，天已半夜，邻居都睡着了。妻子见没人来劝架，丈夫又狠狠地打，她发起急来，大叫："救命呀！救命呀！俺男人半夜三更打我哩！"丈夫一听，随即住了手，笑着对妻子说："你承认半夜三更就对了。"

讲述者：　邢自文，男，55 岁，平舆县东和店乡仙翁庙村，初中，农民
采录者：　王继松，男，34 岁，平舆县东和店乡仙翁庙

512

我也想去

王浩当时是个教师，已退休，在学校时没事就好给老师和学生们讲故事，大伙都爱听，并送他绰号"故事王"，在嵖岈山一带小有名气。肖宪云和他住的是门挨门，一没事俩人就好喷阔，当然王浩是句句不离讲有话，时常逗得老肖哈哈大笑。当肖宪云知道收集民间故事的事后，就根据平常王浩讲的故事进行了整理，还拿样稿让他把把关。就这样，他俩就贡献了十多篇故事。

类似故事在驻马店流传很广，内容也都差不多。有则故事的结尾是这样的："良田千顷靠山河，父做高官子登科；妻妾成群子孙多，长生不老总活着。"阎王把帽子摘下来说："有恁好的事？咱俩换换，你当阎王，我去！"（谭咏利）

从前，有个人吃了大半辈子苦，也做了大半辈子好事，死后到阎王那里报到。阎王认为他心眼好，想让他再回到人间去，问他说："你还愿意回到人间吗？""愿意。""如果让你去，你有啥要求？""我的要求只有四句话。"

阎王问："哪四句话？""父做高官子登科，地有千顷靠山河。妻妾老婆一大群，年年只过二十多。"

阎王笑了笑说："这样的好事哪有？我也想去！"

讲述者： 王浩，男，61 岁，遂平县嵖岈山乡中，大专，教师

采录者： 肖宪云，男，48 岁，遂平县嵖岈山乡中，大专，教师

采录时间： 1987 年 10 月 15 日

采录地点： 遂平县嵖岈山乡中

513

祖传手艺

采录时间： 2005 年 7 月 5 日

采录地点： 泌阳县泌水镇

从前有个人穷困潦倒，已几顿没吃饭了，饥肠辘辘。他听说附近有个财主十分爱才，只要是手艺人，财主会特别款待。所以，他有意地在财主门外高声叫喊："可惜呀！我这祖传的手艺眼看要失传了。可惜呀，真可惜呀！"

财主听到后，急忙出门询问他："请问你有什么祖传手艺？"

那人故弄玄虚地说："我吃过饭再说。"

于是，地主美美地款待了他一顿。吃过饭，问他祖传什么手艺。他一本正经地说："我这祖传手艺很简单，俺爹织草苫子，我会递苪[1]。"

讲述者： 泌阳县泌水镇群众

采录者： 王庆民，男，55 岁，泌阳县交通局，大专，干部

---

[1] 递苪：织草苫时，把草分成小撮递给编织的，没啥技术含量。

514

包头牛

一农民上街赶集买包子吃，问卖包子的："包子多少钱一个？""五毛！"

虽说是贵了点，饿了，吃吧。把包子拿到手里，农民嘟囔了一声："这包子恁小。"

"不是个疮，要是疮长你身上，你还嫌大哩！"卖包子的说。

吃了一个包子后，农民又问了一声："你这包子是啥馅？""牛肉馅啊。"

"咋觉着就没有吃到牛肉呀？""要是一个包子里包头牛，人家都吃包子哩！"

讲述者： 蔡连兴，男，54 岁，泌阳县城关，大专，干部
采录者： 王瑜廷，男，30 岁，泌阳县史志办，大专，干部
采录时间：1988 年 10 月 12 日
采录地点：泌阳县城关

515

蚂蚁叫唤

大年三十黑了，傅员外一家老少围着火盆讲故事。全家六口，五人都讲了故事，唯有小三不会讲故事，他急得抓耳挠腮，想了想说："我不会讲故事，就学个蚂蚁叫唤吧。"大家静听好久，仍听不到蚂蚁的叫声。小三问："你们听到叫声没有？"

"没有。"大家回答。

"请大家仔细听着，这蚂蚁的叫声到底啥样。"小三一本正经地说。

此刻，室内安静，一直停了好久，却没有听到任何啥动静。小三的嫂子急不可耐地追问："小三，你咋搞的？"

小三不慌不忙地问："都听到蚂蚁的叫唤没有？"大家都摇头表示没听到。

小三哈哈一笑说："对，这才叫实事求是，没听到就是没听到。蚂蚁就是不会叫，我也不会讲故事。"

讲述者： 唐建中，男，61 岁，正阳县城关镇，初中，干部

采录者： 夏纪德，男，53 岁，正阳县文联，初中，
　　　　干部

采录时间：1987 年 9 月 22 日

采录地点：正阳县城关

516

怕老婆

吴县令怕老婆，喜欢打听怕老婆的典型。

一天，吴县令要求各地保把全县所有怕老婆的人统统叫到县衙来，只一天工夫，就来了很多人。吴县令升堂说："我上任以来，听说本县怕老婆的人很多，我想从中选几个突出的典型。你们谁怕老婆怕得最狠，都站到大堂右边来。"

县令的话刚落音，大家都抢着往右站，只有一个人仍然站在左边不敢动。吴县令问道："你不站过来，难道你不怕老婆吗？"那人答道："我逢事都得她说了才敢做，这……还不知道老婆叫不叫我站在右边！"

讲述者： 董大龙，男，36 岁，泌阳县老河乡五十亩
　　　　地村，初中，农民

采录者： 樊立方，男，47 岁，泌阳县文化馆，高中，
　　　　干部

采录时间：1989 年 11 月 13 日

采录地点：泌阳县老河乡五十亩地村

附
记

这天，樊立方在老河乡文化站人员的陪同下，来到了五十亩地村找到了董大龙。董大龙性格开朗，爱说爱笑，好讲笑话，经常在村里给人家打渣子、开玩笑、嗽着玩，是个"狗掀门帘子——全凭一张嘴"的货。当时董大龙正在放羊，就在山坡处，几个人围坐在一起，吸着烟喷着阔就讲了这个故事，把大家逗得哈哈大笑。

驻马店类似的故事比较多，内容差不多，就是结尾不同。县令问"你怕老婆不？""怕！""怕老婆吗人家都站过去了，你咋不站过去了？"有个版本是"那我得回家问问俺老婆叫不叫我站到右边去！"另一个版本是"出门时老婆有交代，不让我往人多的地方去"。（谭咏利）

517

戏乡绅

明末时，有个姓石的乡绅，常在乡邻中卖弄斯文。

一次，石乡绅见一只小鸡儿死在一摞砖的后面，便随口道："细羽家禽砖后死。"并要在场的乡亲们应对。众人正思考，一个少年说道："我不会对，只能一字一字地试一下，请石先生用笔记下来。细对粗，羽对毛，家对野，禽对兽，砖对石，后对先，死对生。"说罢，叫石先生连起来念一下。石先生念道："粗毛野兽石先生。"大家一听哄堂大笑，羞得石先生面红耳赤说不出话来。

讲述者： 王成东，男，54岁，泌阳县官庄乡王庄村，
　　　　　　初中，村干部

采录者： 侯平信，男，38岁，泌阳县泌水镇二中，
　　　　　　大专，教师

采录时间： 1990年1月15日

采录地点： 泌阳县官庄乡王庄村

518

先生后生

附记

收集三套集成时，作为教师的侯平信就留心收集民间故事。这天他去王庄村走亲戚，老表好排场，吃饭时就把村干部王成东叫过来陪客。席间大家都喝得上劲时，侯平信就让大家讲几个故事助助兴，喝到正兴头上的王成东就率先讲起了这个故事，逗得大家哄堂大笑，接着他又讲了几个故事，最后大家都是酒足饭饱、满意而归。老侯回来后就把故事进行了认真的整理，然后就交了上去。（刘艺）

宋先生看上了他学生的姐姐，就托人去说媒。学生的姐姐不愿意，这事儿也就只好作罢。后来，学生的姐姐和住在学馆附近的一个男子结了婚，生了一对双胞胎。

宋先生感到非常嫉妒。一天，他借机到他学生的姐姐家去看孩子。一看，家里没其他人，就一语双关地问："你这双胞胎长得真福态，不知哪个是先生的，哪个是后生的？"那女的一听这话，看着他皮笑肉不笑的神情，知道他存心不良，便镇定自若地回答道："长得福态是天赐，别管他先生、后生，反正都是我儿子。"

讲述者： 梁和平，男，42 岁，泌阳县文联，干部
采录者： 王庆民，男，56 岁，泌阳县交通局，大专，
干部
采录时间： 2006 年 6 月 6 日
采录地点： 泌阳县泌水镇

519

胡侃

附记

王庆民曾患中风，导致半身不遂，虽然这样仍坚持收集奇闻趣事。这天晚饭后在爱人的陪同下散步时，正好碰到了好友梁和平，朋友相见格外亲热，就喷了起来。梁和平是泌阳县著名的摄影家，经常下乡去拍山乡照片，还出版有泌阳风光画册，由于他经常下乡，对乡下的民间故事了解很多。

喷着喷着王庆民就问老梁最近有没有啥新鲜事，老梁就给他讲了这个在乡下听到的故事。说者无意听者有心，王庆民回家后就把它记录了下来。（谭咏利）

唐河、社旗、泌阳仨县是近邻。凑巧，有一天仨县的生意人在一起住宿，他们各自夸耀起本县的景物来。唐河人先说："唐河有座塔，离天一丈八。"社旗人接着说："那不算高。社旗有座春秋楼，半截还在天里头。"泌阳人夸大其词地说："你们说的都是微不足道。谁不知道，泌阳有个华山顶儿，一下把天顶没影儿。"

讲述者： 泌阳县羊册镇村民
采录者： 王庆民，男，30岁，泌阳县交通局，大专，干部
采录时间：1980年5月5日
采录地点：泌阳县羊册镇

唐河、社旗、泌阳、舞阳古属南阳府，和汝宁府的遂平、西平、确山相邻。社旗 1965 年建立，周恩来总理提议取"社会主义旗帜"之意；泌阳在 1965 年划给驻马店地区管理。唐河的塔是泗洲塔，为八角形十一层楼阁式砖塔，高 51 米；社旗的春秋楼位于"山陕会馆"内，内奉关羽夜读《春秋》神像；泌阳羊册的华山建有华山庙，供奉着"华山奶奶"。这些顺口溜在当地流传很广。（谭咏利）

异文：比吹牛

一天晚上，有仨做小生意的，同时住在一家饭铺里，晚饭后躺在床上聊天。一个唐河的生意人说："俺唐河有座塔，离天只有一丈八。"舞阳的生意人听唐河人说他那里塔高，就接着说："俺舞阳有座春秋楼，一直顶到天里头。"泌阳的生意人，听他俩吹牛，忙接过话茬儿："俺羊册有个石橛子，出天还有半截子。"

讲述者：　陈富林，男，64 岁，遂平县文城乡靳庄，不识字，农民

采录者：　陈富营，男，52 岁，遂平县文城乡中，大专，教师

采录时间：1988 年 3 月 3 日

采录地点：遂平县文城乡靳庄

520

新婚夜

从前，这儿有种讲究，新婚之夜，夫妇双方谁先给对方说话对谁有妨碍。

外甥新婚，晚饭后舅舅教他说："今黑了你别先跟恁媳妇说话，不然对你有妨碍。"外甥说："那我一定让她先给我说话。"舅舅说："你如果能让她先给你说话，说一句我给你一个猪娃儿。"外甥说："你听着吧！"

睡觉时，外甥拉了一条被子横着盖，往上拉露出了脚，向下拉又露出了膀子。他这样反复地拉，新媳妇看不顺了，就说："你盖反了。"外甥喊："一个猪娃儿。"新媳妇问："你说的啥？"外甥又喊："俩猪娃儿。"新媳妇又问："你咋了？"外甥又喊："仨猪娃儿。"舅舅连忙接着喊道："算了，算了，再说我的一窝猪娃儿全给你了。"

讲述者：　泌阳县贾楼乡村民

采录者：　何兴敬，男，39 岁，泌阳县贾楼乡文化中心，高中，主任

采录时间：2005 年 12 月 10 日

采录地点：泌阳县贾楼乡贾楼街

521

附记

何兴敬很喜欢民间文学，也很注意在民间收集故事。这天没事在街上逛街，临近中午人也少。当他走到菜市场处，看见几个卖菜的围在一起喷阔，他觉得好奇就站在一旁静听，听着听着一个卖菜的就讲起这个故事来，他觉得这个故事好，就回去记了下来。正好县里2006年重新编纂故事卷，就把这个故事收录了进去。

过去订婚，男女双方全凭"父母之命、媒妁之言"，只有到新婚当日才能相互见面。我们这里也有"谁先说话谁先死""听房"等旧俗，因为那时大多是包办婚姻，夫妻之间没有恋爱基础，所以就有些自私。还有就是新婚之夜不准说话和传出声音，恐有丑声外溢。随着时代的变化，这些旧俗已被人们摒弃了。（谭咏利）

醉酒洋相

一个男人喝醉了酒，解手时走进了女厕所，见厕所有女的，他酒醒了大半。真是不好意思，立即转身为自己开脱，他嘟囔着说："我是俺庄一把手，想进哪溜[1]进哪溜。"

第二天，这人又喝醉了，解手时站不稳，就靠在一棵小树上。解手后腰带连小树一起束了起来，他挣着要走，还以为是谁在拉他，就说："别拉啦，我一点儿也不喝了，你让我走吧！"

第三天，这人又喝醉了酒，晕晕腾腾地到厕所去。当时正有人在厕所小便，他听到小便声响就说："说不喝就不喝，你再倒我也不喝了，啤酒也不喝了。"那解手的人听后忍笑不住，放了一个响屁，醉酒人听到响声又说："说好不喝了，你咋又开一瓶？"

[1] 溜：方言，里头。

讲述者： 泌阳县花园乡群众

采录者： 王广汉，男，38岁，泌阳县逸夫学校，中专，教师

采录时间：1999年4月10日

采录地点：泌阳县花园乡

522

豆腐是命

附记

王广汉中专毕业后就在乡村当教师，后来又到了逸夫学校。他喜爱文学，平时爱写点东西，对民间故事也感兴趣，很注意平常的收集。这天他来到南河沿散步，碰见一群老人围在一起喷阔，他在一旁听了一会，就听到有一个人讲这个故事，故事讲罢逗得老人们哈哈大笑，他也觉得好笑，回去后就记了下来。等到县里2006年重新编纂故事卷，他就把这个故事交到了编辑组。

人好说："喝了一辈子酒，出了一辈子丑。"酒虽说是好东西，但醉酒的丑态百出，让人啼笑皆非。我们这里也流传这样一个笑话：说有一个人醉酒后回家，吐了一地，正好被他家的狗吃了，结果狗也醉了。这时他儿子就说："爹，爹，你醒醒，狗醉了。"他爹听后大怒，就打了儿子一顿，说："你说的啥？啥狗醉了？"醒后一看，狗还真的醉了。（谭咏利）

有个人经常吃豆腐，别人问他："你咋整天吃豆腐？"他说："我从小长到大，就爱吃豆腐。也可以说，豆腐是我的命，我和豆腐相依为命。"

有一天，他去做客，桌上又有豆腐又有红烧肉，只见他光吃肉不吃豆腐，托他底细的人问他："你不是说豆腐是你的命吗？"他顺口回答："是啊！不过，有了红烧肉，我就不要命了！"

讲述者： 泌阳县高邑乡群众

采录者： 王庆民，男，55岁，泌阳县交通局，大专，干部

采录时间：2005年6月10日

采录地点：泌阳县高邑乡

523

报复

从前有个女人，在家和丈夫生了气，就跑到娘家哭哭啼啼向爹告状，说丈夫打了她的脸。爹听了很生气地问："他打的你哪边脸？"闺女回答说："左脸。"话音刚落，右脸又挨了一个重重的耳光。只听爹说："你回去给他说，就说他打了我的闺女，我打了他的老婆，这是报复！"

讲述者： 韩会民，男，26 岁，平舆县万冢乡汤岭，
　　　　　　高中，农民
采录者： 汤玉红，男，24 岁，平舆县万冢乡汤岭，
　　　　　　高中，农民
采录时间： 1987 年 10 月 16 日
采录地点： 平舆县万冢乡汤岭

附
记

汤玉红这天在地里找到了正在撒粪的韩会民，就走过去帮着撒。撒完后两人到地头坐下，吸着烟就喷了起来。喷阔期间，汤玉红让老韩讲几个有话听听，他也不推让，就讲了起来。故事讲完后两人就结伴回了家，汤玉红抽空就整理了几篇。

老话说的好：床头吵架床尾和，夫妻没有隔夜仇；小两口吵架不记仇；一日夫妻百日恩，百日夫妻似海深；谁家烟囱不冒烟，谁家的牛犊不撒欢？夫妻之间总会遇到一些磕磕碰碰，风风雨雨，必须相互尊重、理解、包容和关爱，才能相濡以沫，相伴一生。（谭咏利）

524

父子吃肉

有个老汉，有仨儿子，父子四个都爱吃肉。

一天，老汉趁仨儿子不在家，偷偷地去集上割了一块肉，切成三块，连汤煮了一大碗。刚忙活熟了盛出来，正想吃个痛快，想不到仨儿子同时回来了，大家都争着抢着要吃肉。老汉一看，就说："四个人只有三块肉，咋吃哩？那样吧，咱们比作诗，谁会作诗谁吃肉，不会作诗就干看，咋样？"老汉心想，他这仨儿子没有啥文化，肯定不会作诗，最后肉还得自己吃。

老汉刚说完，就听大儿子说："我是老大我先说：二八一十六，我来吃块肉。"说罢，夹起一块肉吃了。

老二也笑嘻嘻地说："我是老二该我了：二九一十八，两块一起夹。"

老三看碗里的肉被俩哥哥吃完了，只剩下半碗肉汤，便急忙说："恁俩把肉都吃完，但我还是要作诗：恁俩甭笑我，我把汤来喝。"说罢端起碗"哧溜"一声，把肉汤也喝了。

老汉看着仨儿子连汤带肉吃得一干二净，心里那个气呀。他朝碗里看了又看，突然发现碗里还有一层油星，于是就自我嘲笑地说："那我也说两句：恁仨不要脸，让我把碗舔。"说完急忙端起碗，把里面的油星子舔了个干干净净。

讲述者： 阎新华，男，35 岁，平舆县万冢乡阎寨村，初中，农民

采录者： 阎成刚，男，14 岁，平舆县万冢乡阎寨学校，学生

采录时间： 1987 年 10 月 18 日

采录地点： 平舆县万冢乡阎寨村

附记

这个故事当时是通过发动师生采集上来的，阎新华、阎成刚是父子关系。这天儿子放学回来后说了收集故事的事，阎新华就说不用找别人，远在天边近在眼前，我就会讲。阎成刚就高兴地说，你也别讲了，直接给我写好就行了，说完就撒蹦子跑外头玩去了。阎新华熬了大半夜才把这个故事写好。（刘海峰）

（三）幽默笑话

525

放狗屁

有一对双胞胎兄弟，大的小名叫狗蛋，小的小名叫狗屁，都长到五六岁了，家里送哥俩去读私塾。

一天放学，他娘见只有狗蛋一人回来，就问狗蛋："为啥只有你一个回来呀？狗屁呢？"

狗蛋说："被先生留下背书呢。"

他娘一听，心疼地说："这先生也真是的，都晌午[1]了，天大的事，也得等吃了饭再说呀。去，你给先生说，让他放狗屁回来吃饭。"狗蛋一听，就赶忙跑回去找先生，他跟先生说："俺妈说，让你放狗屁回家吃饭，天大的事，等吃了饭再说。"

先生只知他们的大号，不知道小名，以为狗蛋在㞎他哩。心想这弟兄俩真调皮，得好好教训他们一顿，于是就把狗蛋叫过来，也不让他回家吃饭。狗蛋一听转身就跑，一不小心摔倒在地上。先生去拉狗蛋起来，狗蛋猛一起来，头碰在先生牙齿上，先生的牙齿流血了，狗蛋的头皮碰破了，狗蛋哭着跑回家去了。

[1] 晌午：即中午。

不一会儿，他娘拉着狗蛋怒气冲冲地跑来找先生问罪，不等先生说话，就数落不止："你这个先生也真是太可恶了，叫你放狗屁回家吃饭，你不干，你为啥又咬俺狗蛋呢？"这时候先生才听明白，原来，那是他俩的小名。

讲述者： 不详

采录者： 王庆民，男，54岁，泌阳县交通局，大专，干部

采录时间：2004年6月25日

采录地点：泌阳县双庙乡

附记

王庆民经常下乡检查、指导工作，这天坐公交车去双庙乡，车上人也多，他前排有几个人闲着没事喷着玩，喷着喷着就有个人讲了这个笑话。他听后就拿出纸笔想记下讲述人的信息，但这时几个人下车了，没办法只得以村民代替了。

这样的故事在本地流传也很广，内容基本相同，就是孩子的小名不同。过去认为给小孩取个贱名保佑孩子活命，所以叫啥的都有。我听的故事里俩孩子叫狗屁、渣子，结尾是"你不给我放狗屁，还给我打渣子"。（谭咏利）

526

生意人写诗

讲述者：　曹海歌，女，33 岁，泌阳县花园乡，高中，工人

采录者：　王瑜廷，男，47 岁，泌阳县广电局，大学，干部

采录时间：2005 年 3 月 15 日

采录地点：泌阳县花园乡

附记

王瑜廷和曹海歌的姑家是邻居，两家经常在一起说笑。这天曹海歌到她姑家走亲戚，他们几个就在一起有说有笑的，说来说去就说到了民间故事上，曹海歌就顺口把这个故事讲了讲，逗大家乐一乐。随后王瑜廷就赶紧把故事初稿整理了出来，趁着吃饭的时候又找曹海歌进行了修改，完成了故事的收录。（谭咏利）

从前有个人外出做生意，两三年没给家里一点音信儿。有一天，天下大雨，他躲到一城隍庙避雨，想到外出做买卖恁难，抛家别妻恁苦，忍不住泪如雨下，接着吟诗一首。

第一句"大雨不住叮当响"，不会写"响"，点个"、"吧。

第二句"出外之人盼家乡"，又不会写"乡"字，就画了一个"Γ"。

"忽然想起妻子面"，"面"字也想不起来咋写的，就用"√"代替。

"城隍庙里哭一场"，"场"字又不知咋写的，就画了个"O"。

书信寄到家里，妻子不识字，找村上一个秀才给念。秀才一看，是一首诗吧，后边几个字没有写出来，不押韵。反复琢磨后，高声朗读起来，意思表达得一点不差。秀才的读法是：

大雨不住叮当点儿（、），出外之人盼家拐儿（Γ）。

忽然想起妻子勾儿（√），城隍庙里哭一圈儿（O）。

527

山涧流水响叮当

从前，有个人出外做生意，一去几年很想念故乡，就给家里写了一封信，可他认识的字很少，有很多字不会写，不会写的字就画一个圈。"山涧流水响叮当"的"当"字不会写，就画了一个圈；"出外的人儿盼家乡"的"乡"字不会写，又画了一个圈；"三年不见妻子的面"，"面"字不会写画个圈；"两眼哭得泪汪汪"，"汪"字不会写，画了两个圈。

信到家后，父亲找到一位邻居，是个老秀才，让他看信。他一看信的每句话后有一个圈，觉得很不好，就把圈用烟头烧了一个洞，念给老父亲听。老父亲没有听懂又拿去叫老舅看信。

老舅一看到话后面有一个窟窿，就念道："山涧流水响叮窟窿，出外的人儿盼家窟窿，三年不见妻子的窟窿，两眼哭得泪窟窿窟窿。"

讲述者：　张玉莲，女，63 岁，驻马店市区，不识字，市民

采录者：　许贺民，女，45 岁，驻马店市，初中，干部

采录时间：1987 年 5 月 10 日

采录地点：驻马店市区

异文：书信

春生只读过几天私塾，认识了几个字，他爹心满意足地说："够用了，认识钱就行了。"便让他外出去做生意。

他一去二年都没有进家，音信全无，妻子经常倚门而望。一天，妻子突然接到他的家信，赶忙找人读信。打开信，发现春生凡是不会写的字，都画圆圈代替。信好像是一首诗：

高山流水响叮〇，（当）

我在外边想家〇。（园）

夜里梦见妻子〇，（脸）

搂着妻子亲不〇。（完）

讲述者：　泌阳县泌水镇群众，姓名不详

采录者：　王庆民，男，54 岁，泌阳县交通局，大专，干部

采录时间：2004 年 11 月 28 日

采录地点：泌阳县泌水镇

附记

王庆民有个习惯，碰见人堆，他好站在一旁听一会，希望能听到些奇闻趣事。这天在超市门口，有几个老汉在一起喷阔，他就站在一旁聆听。老汉们说着说着，还真有个人讲起了这个故事，王庆民就把故事用心地记录了下来。（耿瑞）

528

洞房之内

讲述者：　泌阳县春水乡村民

采录者：　王庆民，男，55 岁，泌阳县交通局，大专，
　　　　　干部

采录时间：2005 年 6 月 16 日

采录地点：泌阳县春水乡

附记

这天在春水街，王庆民碰见了一堆人，出于敏感就凑热闹围了上去。这些人是卖菜的，围在一起说笑着，一个卖番茄的老汉就讲了这个故事，王庆民就记了下来。

过去不兴自由恋爱，如果双方有缺点，媒婆会用她那三寸不烂之舌给撮合过去，待到洞房花烛之夜发现，已是为时已晚，也就将就着过下去。（谭咏利）

豁子姑娘和秃子小伙对相[1]那天，天气很冷，媒人灵机一动，让姑娘戴上一个大口罩，小伙子戴上一顶棉帽子。见面之后，彼此都表示同意，就商定了结婚的日子，都怕夜长梦多。

结婚时，豁子姑娘一直很担心，万一不小心露了馅，岂不是鸡飞蛋打？媒人宽她的心说："别怕，黑了你让他先睡，你再去吹灯，灯一灭，就啥也看不见了。第二天，他就是知道了，也生米做成熟饭了。"

洞房之内，新娘子三番两次地催促新郎先睡，新郎却让新娘子先睡。最后，他俩彼此动手推让起来。哪知一动手不要紧，既扯掉了新娘子的口罩，又脱掉了新郎的棉帽。他俩都忍不住笑了。原来，新郎官是个秃子，头上好像扣了一个白面瓢似的。新郎笑着说："早知如此，何劳你动手啊。"

[1]　对相：相亲。

529

八成儿起坟

讲述者：　泌阳县羊册镇村民，姓名不详

采录者：　王庆民，男，55 岁，泌阳县交通局，大专，
干部

采录时间：2005 年 6 月 17 日

采录地点：泌阳县羊册镇

有对双胞胎，大的叫大成，小的叫小成，弟兄俩都缺点心眼儿，外人都叫他们"八成儿[1]"，意思是不太熟还夹点生。

八成儿的爹死了几年后，他娘也死了。按当地风俗，夫妇俩都去世后，应该合葬一起，这就得扒开他爹的坟，起了他爹的尸骨。起坟场面是很隆重的，围观的人当然不少，特别是小孩子最多，他们也最好奇最没眼色。

挖出他爹的尸骨时，大成看到骷髅龇牙咧嘴的样子，感到真好玩儿，拿着他爹的骷髅对小成说："你看，听说要给他俩合葬了，咱爹高兴得合不拢嘴。"

听到这话，小孩子们争着看稀奇，围得更近了，简直是密不透风。于是，小成抢过大成手中的骷髅，晃动着吓唬小孩们说："别挤，别挤，谁再往前挤，我让俺爹咬你们的小鸡儿。"小孩子们吓得赶紧往后退。大成想着小成做的不合适，大声说道："你搁球哪吧！"

[1]　八成儿：指人不太聪明。

530

偏心眼儿

一个财主，有俩儿子，大儿子叫龙，小儿子叫虎，都已经上学。不知道为啥，财主偏心眼，处处向着大儿子。一天，财主让龙和虎念书，刚念一会儿，兄弟俩居然拿着书本睡着了。财主很生气，就走到虎跟前，狠狠地扇了他一巴掌，说道："你是咋搞的，看人家龙，睡着了还正在看书呢！"

讲述者： 高清峰，男，43岁，平舆县辛店乡南刘村，农民

采录者： 高新福，男，14岁，平舆县辛店乡联中，中学生

采录时间： 1987年12月10日

采录地点： 平舆县辛店乡南刘村

附
记

这个故事当时也是通过发动师生采集上来的，高清峰、高新福是父子关系。

这个故事在本地流传很广，我听到的故事结尾是这样的："你看看你，你看看你，你给我一看书就睡觉，你看恁哥，睡觉的时候还看着书哩！"（谭咏利）

531

歪理李四

有一个叫李四的人，好吃还会讲歪理。

一天家里来了一个远客，他立即备了一桌丰盛的酒席。客人入座后说："咱二人吃喝有点不像话，也不热闹，为啥不叫令尊来喝几杯？"李四说："他老人家岁数大了，啥没吃过？"

客人又说："为啥不叫孩子来凑凑热闹？"李四又说："孩子小着哩，长大了有他吃的。"

客人再也无话可说了。

讲述者：　刘义，男，50岁，平舆县东和店乡南刘村，
　　　　　高中，农民
采录者：　石延民，男，42岁，平舆县东和店乡文化站，
　　　　　高中，干事
采录时间：1987年8月5日
采录地点：平舆县东和店乡南刘村

532

无标点的信

以前，有个阔少爷叫郭财，他昼思夜想，想娶个漂亮老婆。

一天，他收到一封无标点的提媒信，上写着："某女脚不大好头发没有麻子。"郭财念道："脚不大，好头发，没有麻子。"一位端庄秀丽的女子就好像来到了眼前。

谁知媒人把女子领来一看，却是拐子脚，秃子头，一脸大麻子。郭财责怪媒人，咋给他提这门亲。媒人说："我在信里明明写着：脚不大好，头发没有，麻子。你自己愿意来看，咋说我骗你呢？"郭财听了气得目瞪口呆。

讲述者：　韩兴国，男，32岁，平舆县玉皇庙乡联中，
　　　　　高中，教师
采录者：　金翠灵，女，17岁，平舆县玉皇庙乡联中，
　　　　　中学生
采录时间：1987年10月6日
采录地点：平舆县玉皇庙乡联中

嘴比盆大

附记

这个故事当时也是通过发动师生采集上来的。此故事在遂平、西平、上蔡、确山等县都有流传，大同小异。这类故事都是利用古文无标点，读文的人耍赖、刁顽。本地还流传着这样一个故事：过去，集镇上没有公共厕所，人们便常常在一个小巷子里大小便，两侧居民深恶之，于是请人写了个条幅"行路人等不得在此大小便"，结果无效。一天抓住了一个正在小便的人，问他已写明了"行路人等，不得在此大小便"，为什么还要在此大小便。男人说："这上面明明白白写着'行路人，等不得，在此大小便'嘛！我正尿急呀！"（谭咏利）

从前，有一个财主，夫妻俩都四十多岁才生一个孩子，那高兴劲就不用说了。孩子刚生下来，他就在过路口等着来人给孩子取名。有个过路人是卖盆的，就给这孩子起个名叫"盆"。

两年后，这个财主又生了个孩子，他想还在那路口等人取名。谁知咋恁巧哩，他又碰上了那个卖盆的。卖盆的正累得满头大汗，一看有人叫取名，就没好气地说："取他姥姥的嘴！"照老规矩，人家取的名是不能改的，因此第二个孩子就叫"姥姥的嘴"。

过了不几天，盆有病死了，财主婆痛哭起来。这时，她的爹娘和丈夫都去劝说："哭也没用，别伤心，再过两年，他姥姥的嘴就长得和盆一样大了。"财主婆说："我不是哭盆死了，我是害怕他姥姥的嘴越长越大，四年后比俩盆大，十年后比五个盆还大，您想想，咱有多少财产也给吃穷了，我咋不哭哩！"

讲述者： 任老胖，男，60 岁，汝南县和孝乡，小学，
农民

采录者： 任新海，男，38 岁，汝南县和孝乡，初中，
农民

采录时间：1987 年 8 月 10 日

采录地点：汝南县和孝乡

附记

任老胖、任新海是父子关系，任老胖性格开朗，没事好讲叮话，农忙时干活，农闲时种个菜园上街卖菜，任新海从小就好听他的故事。1987 年在民间文学三套集成普查中，热爱民间文学的任新海从父亲口中采集了这个故事。

过去，乡下给孩子起名很随意，一是没文化，不知道什么名字好，二是名字贱，连阎王爷都不待见，好养活。如果碰见一条狗，那孩子就叫狗；碰见一头驴就叫驴；碰见一泡粪就叫粪堆；有时还给男孩取个女孩的名，叫闺女、妮。（谭咏利）

534

该我死一盘了

张三和李四俩酒鬼，都是好吃好喝，不愿多打钱的货。

一天，他俩在酒店里相会。张三用一只小黑瓷碗打了四两蔡州小烧酒，李四也拿张熟皮子[1]买了半斤拆骨肉。俩人把酒菜凑合在一起，以划拳猜枚分输赢，喝酒吃菜。

第一拳，李四猜了个"三桃园"，张三输了，说："咦，我该死！"他端起酒碗一气喝下一两多，半斤肉一家伙吃了一二两。第二拳，李四一声"五魁首"喊过，还是张三输了。他以不情愿的样儿又摇头又叹气，说："唉，我该死！"端起酒碗，把剩下的酒又喝了一半多，剩下的肉又吞下足足一二两。第三拳，俩人都带着劲儿，李四又喊个"六六顺"，张三又输了，用手拍着脑袋："唏！我真该死！"当张三再次端起酒碗正要喝时，李四可慌坏了，急忙拦住张三说："哎哎，你别死了，该我死一盘了。"说着，他从张三的手中抢过酒碗，把剩下的酒肉吃喝个净光。

[1] 熟皮子：加工后的动物毛皮。

讲述者： 孙世俊，男，50 岁，汝南县文化馆，中专，干部

采录者： 魏建国，男，30 岁，汝南县三门闸乡文化站，高中，专干

采录时间： 1987 年 10 月 5 日

采录地点： 汝南县城关

535

两口子赌饼

附记

魏建国在 1987 年全县民间文学普查搜集工作中，是青年民间文学工作者的代表，他冒着严寒酷暑，手提录音机，走村串户，共采录民间故事 130 多篇，20 多万字。这天他到县文化馆送稿，完事后就同孙世俊闲聊了一阵，说了些在采录故事时碰到的奇闻趣事。孙世俊是民间文学普查搜集工作的负责人之一，也是魏建国的老师，对他的工作给予了肯定和鼓励。说到最后，魏建国就对老师说，你也有一肚子故事，要不你今天也说个我记下来，到时也给你入一个，你总不能压在舌头底下、烂在肚子里呀。孙世俊想想也是，就顺口说了这个故事。

驻马店不少地方喝酒要划拳猜枚，方式是两个人一起伸手指头，嘴里同时喊数，喊的数目与俩人出的手指数相加之和一致者为赢，输者喝酒。如果两人一起喊的是一个数，则为平局，接着划拳；如果都错，继续往下喊，直到分出胜负为止。每次开始时大都先说"哥俩好"，双方伸出大拇指以示敬重。如果辈分不同只喊"俩好"。喊数要带上有礼貌顺口和吉祥的字眼儿："宝不出"代表零，"一枚一（一人敬）"代表一，"哥俩好"代表二，"三桃园（三星照）"代表三，"四季财"代表四，"五魁首"代表五，"六六六（六六顺）"代表六，"七巧枚（七星照）"代表七，"八仙敬"代表八，"酒常有（九九归一）"代表九，"全都有（满堂红、十全十美）"代表十。划拳伸指头是有讲究的，不能单独出食指（意为骂人），不能单独出小拇指（意为鄙视人），不能同时出食指和中指（意为扣眼）。喊零时不出任何手指（握拳即可），说满但不能说十（谐音不吉利）。我村有个人每次猜枚都不行，大家调侃他说：我村有个少白头，一输酒来就挠头，枚谱背得也怪熟，运用起来不自如。现在喝酒时已不再划拳猜枚、高声喊了，都是碰着喝、敬着喝。（谭咏利）

一对夫妇这天晚饭有三块馅饼，他俩各自吃了一块，还留下一块。俩人约定：人有俩，饼只有一块，谁先开口说话谁就不能吃。话一说完，两人就坐下来赌赛。

到了半夜，灯油耗尽了，灯熄灭了，两人就摸黑坐着。这时，来了一个小偷，他凿了个壁洞钻进屋来，东摸西摸地偷起东西来。偷到灶伙里，忽然发现有人，吓得他差点儿叫出声来。但定下神来又发现这俩人像木头似的坐着一动不动，他又定下心来继续偷。偷到后来，他见这俩人还是不动，以为一定是得了神经病，索性放手调戏起那个女子来。

妻子怕赌输了，眼睁睁地看着小偷对自己动手动脚。可他的丈夫终于忍不住了，大叫起来："来人呀！有贼！"

妻子哈哈大笑说："哈，你先说话，你输了，馅饼该给我吃啦！"

讲述者： 张全前，男，69 岁，上蔡县小岳寺乡张庄村，不识字，农民

采录者： 张天生，男，64 岁，上蔡县小岳寺乡中，
中专，教师

采录时间：2006 年 3 月 14 日

采录地点：上蔡县小岳寺乡张庄村

536

『多臭』

　　一天，张礼厢喉咙哑了，刚好有一家娶亲要请他。他可犯难了，要是喊不出来可丢死人。于是，他想了个门儿，邻居王五常卖豆腐，那"打豆腐"的喊声着实不错，何不叫他替一替？当找到王五时，王五忙推辞："不会。"张礼厢说："不要怕，我站到你身子后面，我小声说一句，你大声喊一句，不就中了吗？"王五想想说："试试看。"

　　迎亲这天，唢呐声、鞭炮声响成一片，好不热闹。新媳妇下轿，张礼厢赶紧钻到王五身子后面，小声说："一拜天地。"王五大声喊："一拜天地！"声音洪亮，果然不错。张礼厢又说："二拜高堂。"王五照喊。这一声喊完，王五刚好放一个屁，张礼厢忍不住说："多臭。"王五听见慌忙大声喊："多臭！"

讲述者： 宋身勋，男，62 岁，遂平县槐树乡坡于村，
高小，农民

采录者： 宋本才，男，42 岁，遂平县槐树乡坡于村，
高中，教师

采录时间： 1987 年 12 月 29 日

采录地点： 遂平县槐树乡坡于村

537

吃嘴媳子挨打

附记

这个故事当时是通过发动师生采集上来的。宋本才知道同村的本家宋身勋会讲宥话，这天就来到了他家里。天还不是多冷，但老汉有哮喘，在家里正烤着火呢，火盆边还烤着红薯、花生。就在火盆旁，俩人就一边烤着火一边吃着烤的红薯和花生，就把这个故事给采录了下来。

俗话说得好："庄稼活不用学，人家咋着咱咋着。"你学着别人种庄稼，样样都不差，但庄稼种出来说不定还有差异，这叫"师傅领进门，修行靠个人"，关键是要自己有悟性，要用心去领会，不能比葫芦画瓢。（谭咏利）

从前有个媳子[1]好吃嘴，说话做事都在吃上打搅，丈夫很恼火。

一天，这媳子早起把门一开，说："哟！下雪了。"丈夫问下多厚，她说："那薄的地方像煎饼，厚的地方像锅盔[2]。"丈夫一听火了，拿起一根棍子，把她的嘴打肿了。

她哭了，邻居问她为啥哭，她伤心地说："他问我雪下多厚，我说薄的地方像煎饼，厚的地方像锅盔。他就拿起油条粗的棍子，把我的嘴打成了肉包子。"

讲述者： 武林，男，46 岁，西平县谭店乡大武庄村，小学，农民

采录者： 武红章，男，15 岁，西平县谭店乡大武庄村，中学生

采录时间： 1987 年 7 月 18 日

采录地点： 西平县谭店乡大武庄村

[1] 媳子：方言，指媳妇、妻子。

[2] 锅盔：一种厚圆饼状的面食。

这个故事当时是通过发动师生采集上来的，武林、武红章是父子关系。

类似故事在驻马店各县区均有流传。本地居民日常饮食以面食为主，一日三餐，馍菜稀饭。居家过日子以勤俭为主，像故事里的锅盔、煎饼、油条、包子等，都是逢年过节才能吃到的。本地还有"吃嘴媳妇盼节气"的说法。（谭咏利）

538

胡子换针

姑娘明儿个要出嫁，干收拾不停当。当爹的怕出意外，从窗户缝里往里偷看。只见闺女把屋里所有的东西都收拾起来，能装进箱柜的东西都塞进箱柜里，还自言自语："这几件破衣裳带去干活穿，这几件碎东西带走用。"老头子看罢撅着胡子生暗气，不料胡子扎破了窗户纸，闺女一把抓住说："这把乱头发也带去换针。"

讲述者： 高峰，男，48 岁，西平县城郊乡，高小，
农民

采录者： 武天明，男，24 岁，西平县城郊乡，高中，
农民

采录时间： 1987 年 8 月 27 日

采录地点： 西平县城郊乡

半
转
儿
骗
人

附
记

故事中拿头发换针对于上点年纪的人来说并不陌生。过去市场不发达，平常物质交流和购买物品主要靠打着拨浪鼓、穿街走巷的货郎。货郎卖货可以用钱，也可以用绳头线脑的破烂来物物交换。货郎不带大宗物品，买卖的都是人们日常生活中需要的针线以及糖果、米花团子等。到一个地方，先响拨浪鼓，几个庄都能听见。听见声音，人们就会收拾好家中可用来交换的不用之物，聚集到货郎的挑子前，换取自己需要的物品。（赵新春）

有个人很笨，人称墙角里支磨——半转儿[1]。家里人说他："哪找像你这样笨的人，看人家王六，和你一般大，多聪明。你哪怕学人家一丁点儿也好啊！"半转儿心里不服气，学一丁点儿还不容易？晚饭做好了，半转儿顾不上吃就去找王六。

半转儿到王六家时，一家人正在吃晚饭。王六见是半转儿来了，就问他吃饭了没有。半转儿刚要回答还没吃，又想到人说王六聪明，我得当面试试，于是改口说："吃过了。"王六听他说吃过了，就端上茶来，两人坐下聊天。夜很深了，半转儿还没有走的意思，王六就留他住宿。

第二天一大早，半转儿不辞而别，一进家门就生气地说："都说王六聪明，我咋就看不出来。我骗他说我吃过饭了，他就当成真的了，害得我饿了一夜！"

[1]　半转儿：脑子转不够一圈，意思是笨、弱智。

讲述者： 黄向武，男，40 岁，西平县谭店乡常庄村，
初中，农民

采录者： 黄春梅，女，19 岁，西平县谭店乡常庄村，
学生

采录时间：1992 年 6 月 12 日

采录地点：西平县谭店乡常庄村

540

傻子买红糖

　　从前，有一个傻子，一年冬天，他妻子生孩子，叫他上街买红糖。他知道自己记性差，出门就开始说："买红糖，买红糖……"走着走着，他面前出现了一棵青蒿子。走上前去，使劲一薅，没薅掉，脱口说道："我的咣当哎！"这一说不当紧，竟把买红糖的事忘了，就开始说："买咣当，买咣当……"

　　到了街上，他问店铺的人："你这儿卖咣当吗？"人家笑笑说："没有。"就这样，问一家没有，再问一家，还是没有。就最后一家了，他问人家，人家说："有！"他把银子给了人家，人家给他拿了一个冰块，他高兴得不得了。冰块有水，他以为这水是人家洗"咣当"时没擦净带的，就把冰块揣在怀里，一蹦三跳地往家里跑。走不多远，路旁有一座小庙，他就一头扎在庙里睡着了。等醒来以后，冰块已经化了。一摸，"咣当"没有了，而且衣服湿了。他以为是小土地神把他的"咣当"偷走了，就把小土地神打得东倒西歪，嘴里还说："我狠打你！叫你把我的'咣当'偷走，还尿我一身，我非打死你不中！"

　　打罢神像，他回到家里。妻子问："你买的红糖呢？"

他说："你不是叫我买咣当么？"妻子愣了："啥咣当？拿来叫我看看。"他说："那咣当叫那小土地神偷走了。"

妻子听后，哭了起来。他呢，却在一边傻笑。

讲述者：　王秀兰，女，55岁，新蔡县练村乡，小学，农民

采录者：　田秀丽，女，35岁，新蔡县练村乡，高中，教师

　　　　　张敬忠，男，32岁，新蔡县扶贫办，大专，干部

采录时间：1987年7月10日

采录地点：新蔡县练村乡

541

荞麦地里打死人了

以前有个学生，在学堂里读过几年书，回到家里拽[1]起"文"来了。

一天，他跟爹一起下田，见了地里的荞麦，便假装不认得，神腔鬼调地问道："老翁，这些紫绿叶开白花者，为何物耶？"他爹一听，怒从心起，抬手就打，边打边骂："他娘的，你才读几天书就忘了本，给老子拽啥斯文！"学生受不住了，拼命大叫："救人啊，荞麦地里打死人了。"

讲述者：　艾教，原名高沛，男，53岁，西平县文化局，大专，干部

采录者：　张琴，女，18岁，西平县城，中专，学生，

采录时间：1994年7月11日

采录地点：西平县城

[1]　拽：卖弄，装。

古人曾嘲笑孔子"四体不勤，五谷不分，孰为夫子？"说的是不接触农事、不认识农作物的大有人在。此类故事流传很广，流传最广的当是把麦苗说成是韭菜或蒜苗。此外，本地还流传着这样一个版本：说一个本地人从外地回来，有人问他是啥时候回来的，他说是昨夜晚上回来的。大伙一听，故意说："啥，坐爷碗上回来的！你咋不坐你奶奶那盆上回来呀？"还有说："啥，坐碗回来的，你咋不坐盘子回来呀？"（谭咏利）

542

买竹竿

一天，毛三儿去赶集，爹在正房隔窗吩咐他："买个竹竿捎回来。"毛三儿不在意地应了一声。

半晌，毛三儿哼着小曲回来了。他爹听见迎出门外，要看买的竹竿咋样。毛三儿高高兴兴地走过来，平举着血淋淋的猪肝说："爹，看我给你买的猪肝咋样？保管你能相中！"他爹一看，火冒三丈，上前揪住毛三儿的耳根子，说："你耳根儿哩？你耳根哩？"毛三儿一听，吓了一跳，赶紧从腰里掏出猪耳根儿，恭恭敬敬递过去，说："爹，别生气，别生气！耳根儿在这儿哩！"老头子更是气不打一处来，把耳朵揪得更紧了。毛三儿疼得流出两眼泪花子，说："爹，你真能！我想着给你买了猪肝好下酒，我也买个猪耳根儿吃吃，掖在腰里也瞒不住你。以后，我再也不敢哄你啦！"

讲述者： 罗明杨，男，41岁，西平县重渠乡，初中，农民

采录者： 王治国，男，18岁，西平县重渠中学，学生

采录时间：1987 年 7 月 29 日

采录地点：西平县重渠乡

异文：耳朵在腰里

从前，有一个新上任的县官，因热天来临，需添置一张竹床乘凉。这天，县官唤来差役吩咐道："给你二十吊钱，买一张竹床来，快去快回。"粗心的差役把买竹床听成是买猪肠，接过钱就匆匆忙忙地来到屠户张老大家里，经讨价还价，生意很快就谈成了。平时猪肠是不太好卖的，这回一下就卖一筐，张老大心中暗喜，就顺手割下一个猪耳朵交给了差役，算是饶头[1]。差役接过猪耳朵心想，老爷让我买猪肠，并不知猪耳朵之事，还是私藏起来好，晚上留着下酒。接着他摘了两片桐树叶，把猪耳朵包好揣到怀里，提起猪肠高高兴兴地回衙去了。

差役向县官禀报时说："遵老爷吩咐，猪肠已买来，请老爷过目。"县官一看，买回之物并不是竹床，而是臭气熏天的猪肠，大怒道："大胆奴才！我让你买竹床，你却买来猪肠，耳朵哪里去了？"差役心想，莫非藏猪耳朵之事，老爷已知道不成？就战战兢兢地说："回禀老爷，耳朵在腰里。"随即掏出了私藏的猪耳朵，递给了他。县官见了，哭笑不得……

讲述者：邹凤英，女，53 岁，新蔡县文化局，初中，干部

采录者：乔忠敏，男，34 岁，新蔡县文化局，高中，干部

采录时间：1987 年 9 月 10 日

采录地点：新蔡县文化局

附记

当时邹凤英、乔忠敏都参与了民间文学三套集成收集整理工作，这天大家在一起交流采录经验，完事后为了转换一下气氛，邹凤英就顺口讲了这个她小时候听到的故事。讲完后乔忠敏就说，我给你记下了，顶咱俩一个任务啦。

这个故事在驻马店各县区均有流传，不是听错领会错，就是方言惹的祸，真是差之毫厘，谬以千里呀。故事提到"耳朵"，意在提醒大家做事办事一定要听清楚、细心，切不可粗心、不长"耳朵眼"。

（谭咏利）

[1]　饶头：额外增加的。

543

越贱越难过

采录地点：西平县专探乡专探街

附记

张志刚收集故事那段时间着了迷，碰见熟人了就让人家讲故事，跟人喷阔时就留意大家讲的故事，反正都是三句话离不开故事。这天他在专探街头碰见了张力，也是见面说不到三句话就拉着张力讲故事，天也热，俩人就在树荫下讲了起来。中午张志刚还请张力在饭店里吃饭，喝酒时张力还不忘把故事讲。（孙艳芹）

卖倭瓜[1]老汉可着喉咙吆喝："老倭瓜，又面又甜，快来买啊！"

"多少钱一斤？"一个赶集人问。

"三分，要的多了便宜，要几斤？"老汉热情地说。

"我一斤也不要。"

老汉听了怪不喜欢："这样便宜您也不要？"

赶集的摇了摇头："越贱我越难过。"

"不买算了，难过啥？我又没讹你。"老汉有点火了。

赶集的说："明儿清早也想来卖倭瓜，这样贱我咋不难过哩！"

讲述者：　张力，男，44岁，西平县专探乡专探街，
　　　　　初中，农民
采录者：　张志刚，男，21岁，西平县专探乡专探街，
　　　　　高中，农民
采录时间：1987年7月20日

[1]　倭瓜：方言，指南瓜。

544

河南的鼓

老围孜村是龚国强老家，他对当地很熟悉，这天他就回村找到了会讲故事的梅春杰。老人当时正在家里收拾馍头、钉耙，准备收秋庄稼，见到龚国强回来了就十分高兴，又是让烟又是让座又是让打鸡蛋茶喝，龚国强赶紧拦住了，说都是一个门上的，客气啥，我是来让你给我讲故事哩。就这样，老人一边抽着烟一边给他讲了好几个故事。

此类故事在我市各地都有流传，故事情节亦基本相似。（谭咏利）

河北人跟河南人说："恁河南的牛小，俺河北的牛大，世上就没见过这么大的牛！"

"那有多大？"

"俺河北的牛头一伸伸到河南，舌头一卷管吃四十八顷小麦苗。"

"恁的牛是不小，不知你见过多大的鼓？"

"像大水缸一样的鼓见过。"

"这鼓太小啦。俺河南的鼓，二月二敲一下，管响到来年三月三。"

"哪有恁大的鼓？"

"咋没有！这个鼓就是刚才你说的那牛皮蒙的！"

讲述者： 梅春杰，男，67岁，新蔡县佛阁寺老围孜村，小学，农民

采录者： 龚国强，男，34岁，新蔡县文化局，高中，干部

采录时间： 1987年9月13日

采录地点： 新蔡县佛阁寺老围孜村

545

磨眼藏小孩

这天陈富营找到陈富山老人时，由于临近春节，天冷，老人正在家里烤火呢。俩人就在火盆边，一边烤着火、抽着烟，一边讲着故事，一边记录着，完成了这篇故事的采集。此类故事在西平县叫《磨眼里捉迷藏》，主人公为父子俩，外号分别叫"吹破天""喷塌地"，具体情节内容与此相似。

在本地，大家好以方位来称呼地点，如距离较远的地方，就称北乡、南乡、东乡、西乡；如距离较近的，就称北庄、南庄、东庄、西庄。小时候家人都称我姥家为北庄，我还信以为真，大了后查地图才知道真正的庄名。（谭咏利）

张三、李四和别人聊天，爱比着吹大话。一次，张三说："一日，我到北乡朋友家去，见他种的黄豆结的豆籽跟碗口一般大。"李四一听也吹开了："一日，我到南乡亲戚家去，见他家一盘大石磨，磨眼儿能藏小孩。"张三一听李四比自己吹得还厉害，就说："哪有恁粗的磨眼儿啊？"李四说："有，要是没有恁粗的磨眼儿，你朋友家用豆子磨面，碗口大的豆子咋下去啊！"

讲述者： 陈富山，男，64岁，遂平县文城乡靳庄村，
小学，农民

采录者： 陈富营，男，52岁，遂平县文城乡中，大专，
教师

采录时间： 1988年2月5日

采录地点： 遂平县文城乡靳庄村

546

急性人和慢性人

东庄有急三郎，西庄有个慢三步，他俩的老婆都给他俩买了一双靴子。

一天，慢三步带着老婆去急三郎家玩。"哎，老弟，咱俩的靴子一模一样，你多少吊钱一双？"慢三步问急三郎。"我的十八吊钱，那你的哪？""我 —— 的这 —— 九 —— 吊 —— 钱。"慢三步跷起了一只脚，慢声细语地说。

急三郎一听就火了，对着老婆就是几拳，大声骂道："你这个贱人，人家的靴子跟我的一样才九吊钱，你咋买的？花了十八吊钱！"

这时，慢三步又跷起另一只脚，用手指着细声慢语地说："我这只也是九吊钱。""啊？"急三郎说不出话来。

讲述者： 梅希朋，男，39 岁，新蔡县佛阁寺乡老围孜村毛湾，小学，农民

采录者： 龚国强，男，34 岁，新蔡县文化局，高中，干部

采录时间： 1987 年 8 月 20 日

采录地点： 新蔡县佛阁寺乡老围孜村毛湾

附记

俗语"江山易改本性难移"，说的就是人的性格。人的性格有缓急之分，急性子风风火火，追求速度；慢性子笃笃定定，讲究稳妥。当急性子遇上慢性子，有趣的故事就来了……从前一个急性子一个慢性子围着火炉下棋，下着下着急性子的衣角被火烧着了。慢性子看见就慢条斯理地说："我有件事要告诉你，怕你着急，又有点不敢说，除非你答应我不着急。"急性子说："我答应你，快说快说我不着急！"于是慢性子慢吞吞地说："你的衣角烧了个大窟窿。"急性子一蹦老高大吼一声："为什么不早说？"慢性子慢条斯理说："你看，你又着急了。"（谭咏利）

547

感情作用

张三进城办事，得两天不回去，随手买了几串米花团，想找人捎回去。正巧碰见邻庄李四，就托他捎带。李四说："恁孩子我不认识呀！"张三说："庄里那个长得最好，最惹人疼爱的，就是俺孩。"

李四回家到了张三庄，见自己的孩子来姥家走亲戚，就顺手把米花团给他吃了。事后，张三责怪李四不守信用，李四说："我觉得俺孩子最好，最惹我疼爱，这不是按照你的安排办的吗？"

讲述者： 朱源文，男，46岁，新蔡县供销社，中师，干部

采录者： 韩世豪，男，40岁，新蔡县韩集乡，高中，干部

采录时间： 1987年9月10日

采录地点： 新蔡县供销社

附记

韩世豪和龚国强曾同在县剧团工作过，积极参与过民间文学三套集成工作，是该县歌谣卷编辑，2021年去世。这天他到县供销社买点东西，正好碰见好友朱源文，俩人就站着抽着烟喷着阔，说着说着就扯到了民间故事上，朱源文也就把这个故事给他讲了讲。韩世豪有好几个故事就是采用这样的方式收录的。

俗话说得好：癞蛤蟆说我儿光，黄鼠狼说我儿香。父母都疼爱自己的孩子，这是本能，是血缘，也是感情和付出，更是天经地义的事情。（谭咏利）

548

一人仰脸众人看天

有一天正逢集，人们看见一个青年在屋顶上打着手罩往天上看，都不自觉地仰起了头。虽然谁也没说自己看见了啥，但跟着往天上看的人还是越来越多，而且越是没人说看清了啥，人们越是感到神秘。于是，仰疼了脖子的人又纷纷俯下身来，交头接耳，议论纷纷，神情紧张不堪，不知将发生啥天塌地陷的事。忽然，拥挤的人群一下子松动起来，站在房子上的那个青年随手甩掉一块带血的手帕。原来，那青年到房顶上取东西，因一时流鼻血，就站在原处高仰起头，用手掌放在脑门上，以便早点止住鼻血。

讲述者： 郑海山，男，42 岁，新蔡县练村乡郑寨村小学，高中，教师

采录者： 谢石华，男，24 岁，新蔡县扶贫办，大专，干部

采录时间： 1988 年 3 月 23 日

采录地点： 新蔡县练村乡郑寨村

附记

郑寨村是谢石华的老家，村小学就在他村里，郑海山不仅是他的小学语文老师，还是他表叔哩。这天谢石华回家看望家人，把郑海山也请到家里吃饭，在交谈中就问起了民间故事来，郑海山就趁着说话、吃饭的机会讲了起来。趁着这个机会，谢石华收录了好几篇故事，真是不虚这次回家之行。

本地还流传一个类似的故事：一人一边行走，一边抬头望着天，一副专注的样子。路人都非常奇怪，纷纷抬头仰望天空，可天上什么也没有啊！终于，其中一人问："您在看什么哩？"中年男子慢慢地低下头答道："没什么，我就是想看看，云这么厚，会不会下雨啊。"

（谭咏利）

549

买『否』

附记

驻马店市（今驿城区）为编辑出版民间文学三套集成开展收集工作时，热爱民间文学的常华就积极参与了这项工作，那段时间是见到谁就问，不管认不认识，会不会讲，按她的话这叫：普遍撒网、重点捞鱼。这天，她下班回家走到家属院筒子楼前，遇到了正在晒暖的王大根，打过招呼后她就问老汉会不会讲有话，讲几个听听，王大根就给她讲了这个故事。回家后常华就抓紧时间整理了出来，但读着不是多顺嘴，就拿着稿子又让老汉给讲了几遍，才完成终稿。（张毅）

从前，有位白字秀才，突然得了场病，整天想吃杏子，可在本地又买不到。咋办呢？他忽然想到岳父那儿出产杏子，就给岳父毛毛草草地写了一封信，结果把"杏"写成了"否"："小婿有病，想要吃'否'，见信千万把'否'给捎来。"

他的岳父听说姑爷有病想吃"否"，满街打听也没打听到哪个地方有卖"否"的。岳父没法子了，就只好拿着姑爷的信到处给人看。有人说："是不是想吃杏，把杏错写成了'否'？"

老人只得给姑爷买了一些黄杏，并写了回信托人捎去了。信是这样写的："贤婿来信要买'否'，急得岳父满街跑，买了几斤小黄杏，不知是'否'不是'否'？"

讲述者： 王大根，男，71岁，驻马店市区，小学，市民

采录者： 常华，女，32岁，驻马店市区，大专，干部

采录时间： 1988年2月5日

采录地点： 驻马店市区

550

哭鼻子姑娘出嫁

从前，有一个姑娘自幼爱哭，大事小事都要哭鼻子。

出嫁那天，她娘嘱咐道："孩子，从今天起你就要到婆婆家去了，可不比在娘跟前，千万不能再好哭，莫惹外人笑话。"

姑娘临上轿时说："娘，我以后一定不哭了，打包票[1]给娘家争口气。"

那姑娘过门后，的确说话算话。大公鸡死了，她没哭；紫灰驴死了，她也没哭。半年后，老公公病死了，她也忍着没哭。一年后，她生的胖乎乎的儿子病死了，她还忍住没哭。

一天，她高高兴兴地回到娘家，对娘说："娘，我硬是听你的话，给娘争了气，大公鸡死了，我没哭；紫灰驴死了，我也没哭。"

娘说："这有啥哭头，你做得对，孩子。"

姑娘接着说："老公公死了，我也没；你那个胖外孙死了，我也硬忍着没哭呀！"

[1] 打包票：方言，保证、肯定。

她娘一听，气冲冲地说："说到哭，你哭个死，说到不哭，你死也不哭。苦娃子呀，老公公和儿子死了都是当哭的哟！"

姑娘听说兴哭，心里一酸，连忙往婆家跑，一路跑，一路哭道："大公鸡呀……紫灰驴呀……老公公呀……我的……亲儿呀……."

讲述者：孙友亮，男，67岁，驻马店市区，小学，市民

采录者：吴文斌，男，24岁，驻马店市区，高中，工人

采录时间：1987年3月25日

采录地点：驻马店市区

附记

这天，吴文斌到人民医院对面的体育场闲逛，碰见几个老汉坐着马扎在一起晒着暖闲聊，他出于职业敏感就站在一旁静听。几个人说着说着，有个老汉就讲起了这个故事，故事讲完大家都大笑起来，吴文斌也笑了。于是他就走上前问了讲述者的信息，才知道老汉叫孙友亮。

哭是有讲究的，要分场合和事情，比如姑娘出嫁时，因要离开朝夕相处的亲人，悲伤哭泣很正常，要借哭来抒发离别亲人的痛苦心情。

（谭咏利）

551

盛饺子

这个故事里分饺子是个民间谜语，谜底是利用谐音把饺子全盛给妻（七）子碗里了，所以老婆才这么高兴！（谭咏利）

　　李老大一家七口人，他四十多才娶上亲，与老婆真是百般恩爱。

　　这天，全家包了二十个饺子，李老大他娘说："这二十个饺子盛七碗，饺子不盛单要盛双，一个人来盛，大家都甭慌。"

　　一家人都骨碌碌转眼珠，就听李老大说："我来盛，咱娘她也没话可讲。"

　　李老大把饺子盛好，老婆咧嘴笑，其他人把眼瞪，只好在心里恨。

讲述者： 梅连彬，男，67 岁，新蔡县佛阁寺乡老围孜村，不识字，农民

采录者： 龚国强，男，34 岁，新蔡县文化局，高中，干部

采录时间： 1987 年 9 月 23 日

采录地点： 新蔡县佛阁寺乡老围孜村

552

县官画虎

有个县官，听人说唐寅画的虎，一张就卖数百金。他想，如果学会画虎，不比做官刮地皮还容易吗？于是，他就下决心学画虎。

画了不久，他觉得自己画的虎可与唐寅画的虎媲美了，就在同僚面前炫耀自己的画。谁知他们看了都说像猫，不像虎。县官听了，觉得十分扫兴，认为是同僚们忌才妒能，贬低画的价值，于是又画了一张虎，贴在公堂上，上面写着："此乃是虎，谓猫者重打四十。"

有个农民为打官司来到公堂，县官指着画问他："这是什么东西？""猫。""混蛋！拉下去重打四十。"第二个、第三个打官司的人都因说了实话，也挨了四十大板。第四个要上堂打官司的农民，预先想好了对策。来到堂上，县官指着画问："这是什么东西？"农民不吭气。再问还是不搭腔。

问了好几遍都得不到回答，县官暴跳如雷，厉声喝道："你不怕官吗？"农民说："我不怕官，官头上有青天管住。""青天怕什么？""青天怕乌云。""乌云怕什么？""乌云怕大风。""大风怕什么？""大风怕高墙。""高墙怕什么？""高墙怕老鼠。""老鼠怕什么？"农民用手指着画说："老鼠怕你画的那个东西！"

讲述者：　张梦胥，男，89 岁，西平县酒店乡酒店村，私塾，农民

采录者：　张建红，男，23 岁，西平县城关镇，大专，干部

采录时间：1987 年 8 月 11 日

采录地点：西平县酒店乡酒店村

附记

张梦胥是西平县民间文学和地方文化研究的老人，上过私塾，是较早的一批河南省民协会员。从 1958 年开始就从事民间文艺创作和民间文学、文化研究收集，能讲述上百篇民间故事，尤其擅长民歌民谣，1980 年在河南《民间文学》上发表《民歌一百首》。1987 年，民间文学三套集成开始编纂，张建红是一个年轻的后生，找到张梦胥。他谦虚和蔼，耐心给他提供了不少故事素材，至今说起来张建红依然对这位老人印象深刻。

县官画虎是民间故事中流传很广的一个故事类型，虽然细节不同，但大体结构相似。平舆县万冢乡农民杨世民讲述、杨小星采录整理的叫《县官画老虎》，情节对话较为简单。县官画好后，他先让衙役看，衙役说像猫挨了耳光。他又叫来老班头，老班头见到县太爷有点害怕，不过结局有点出人意料：县官问他怕啥，老班头结结巴巴地说："我怕你画的画呀！"结果县官听了大喜，以为老班头看出了他画的是老虎，立刻拿出了十两银子，赏给了老班头。

新蔡县程国文讲述、龚国强采录的也叫《县官画虎》，前面有他自我欣赏和同僚附和的情节。说县官画了一张猛虎下山，把画钉在墙上，捋着胡子越看心里越舒坦，就把他手下的官员都召集来了，让大家看看像不像。手下人都知道县官的脾性，自然不敢说实话。县官发现一个人没言语，于是便问他。于是，他像上文中的农民一样拐弯抹角地说他画得像猫。（赵新春）

（四）嘲讽笑话

553

打岔

附记

这天，龚国强在乡文化站人员的引领下，来到了袁海明家，他上过私塾，熟悉本地的风俗民俗故事，是该乡重点推荐的故事采访人之一。袁海明是个讲究人，当时正在院里树荫下避暑，蒲扇、竹椅、茶水、旱烟等一应俱全，虽说年龄偏大，但思维清晰，好说好笑。就这样，龚国强在他家采录了好几篇故事。（谭咏利）

从前，有个县令下去私访，来到一个小集上，碰见个老头，县令问他："尊长，此处可有有才学之人？""有，有。""劳你大驾，把他请来可好？""好，好。"

一会儿，老头领来一个穿着讲究，文质彬彬的人。县令问来人："你可懂得三纲五常？"来人对答如流："三丈五长，可做一袍一褂。"县令一听，不对味啊，"呸"了一声。来人又马上接着说："不用喷水，喷湿了不好缝。"县令再也忍不住了："你说个球！"来人又说："愁，你愁个啥？我啥衣裳都能做，你只管说。"

讲述者： 袁海明，男，78 岁，新蔡县佛阁寺乡项寨村，
　　　　　私塾，农民
采录者： 龚国强，男，34 岁，新蔡县文化局，高中，
　　　　　干部
采录时间： 1987 年 8 月 15 日
采录地点： 新蔡县佛阁寺乡项寨村

554

糊涂老爷

有个近视眼，在街上撞伤了人，双方争吵起来，一直闹到县太爷那里。

县太爷问道："你为何撞到人家身上，把人撞伤？"

近视眼说："小人的眼实在是看不清。"

"胡说，你的眼有青有白，咋说看不清，分明是个刁民！"

近视眼忙答道："老爷看小人清清白白，可小人看老爷，不管咋看都是糊糊涂涂的！"

讲述者： 薛建伟，男，17岁，泌阳县城关，中学生
采录者： 徐书亮，男，59岁，泌阳县文化馆，大专，干部
采录时间： 1989年5月29日
采录地点： 泌阳县城关

附
记

徐书亮这天没有下乡，没事了就在院里转圈，抽着烟一边转一边想着收集故事的方法，下一步要重点朝哪个方向努力，刚巧碰到放学回家的薛建伟，薛建伟也有礼貌地跟他打了招呼。徐书亮知道他在农村长大，上中学了才跟着父亲来到县城，就顺口问了他会不会讲故事。薛建伟也老实，就说小时候在家听大人们讲过，还真能讲几个。也是歪打正着，薛建伟就给徐书亮讲了几个故事。（谭咏利）

555

糊涂官

老汉跟前只有一子，可儿子很不孝顺，不让老汉吃饭，还经常没事找事地打他。没办法，老汉到县官那里告了儿子的状，县官给了老汉一个虎头牌子，让传他儿子。

老汉回到家里，儿子一看见虎头牌子吓得拔腿就跑，他赶紧在后边追。儿子跑得快，老汉追不上，拣起一个石头就砸，正巧砸着卖锅的锅，一下子把锅砸烂了。那卖锅的不由分说拉着老汉就到县官那里说理。县官一看人已带到，立即命衙役把卖锅的拉下去重打四十大棍。卖锅的大喊"冤枉"，并说："他砸烂了我的锅，你咋打我？"县官说："砸烂活该，谁叫你不给他饭吃？以后你再不孝顺，本县打哩还狠呢，退堂！"

讲述者：　李小娜，女，32岁，泌阳县陈庄乡，高中，
　　　　　农民
采录者：　徐书亮，男，59岁，泌阳县文化馆，大专，
　　　　　干部
采录时间：1989年4月8日
采录地点：泌阳县陈庄乡

附记

这天是农历三月三，陈庄乡盘古山有盘古庙会，徐书亮和同事们在现场维持秩序。盘古庙会上人山人海，方圆几十里的人都过来祭拜盘古爷，做生意的更是在盘古山下一字排开，也是人流不断、叫卖声不断。徐书亮在会场转累了，就在一个卖鞋袜的摊点边坐了休息。其间他就同卖鞋袜的李小娜闲聊了一会，出于职业敏感，就问她会不会讲故事，农村人也实性，就说会讲。在卖东西的间隙，李小娜就给徐书亮讲了这个故事。

这世间，有的人是真糊涂，有的人是假糊涂，有的人是揣着明白装糊涂。故事里的这位县官不光真糊涂，还张冠李戴，不论青红皂白就乱下定论，真是"卖糨糊的敲门——糊涂到家啦"。（谭咏利）

556

忌讳

从前有一个姓朱的财主，最忌讳别人叫他的姓。他对新来的猪倌说："记住我家老规矩，不准你叫我的时候带'朱'字，叫我自家老爷或老爷就行了。平时说话要文雅点，比如，吃饭要说'用餐'，睡觉说'就寝'，生病要说'患疾'，病好要说'康复'，死了要说'逝世'，砍头要说'处决'。"

第二天，一头小猪得了猪瘟，猪倌急忙去告诉财主："禀老爷，有一个自家老爷患疾了，叫他用餐它不用，叫它就寝它不就寝，恐怕已难康复了，不如把它处决了吧。"

老财主直气得说不出话来，猪倌接着说："老爷要是不想处决这个自家老爷，就让他自己逝世吧。"

讲述者： 吴友，原名高沛，男，53 岁，西平县文化局，大专，干部

采录者： 杨圆圆，女，16 岁，西平县城关镇，初中生

采录时间： 1994 年 4 月 8 日

采录地点： 西平县城关

附记

古代，人们是非常讲究避讳的，不但要避皇家的讳，对待长辈也要避讳，不能直呼其名。 因"朱"和"猪"同音，姓"朱"的避讳更多，明朝民间为避讳"朱"字，把猪称为"彘、豕"等，杀猪改称为"杀万里哼"等，皇帝还一度禁止养猪。朱姓还和其他姓相克：比如曹姓、康姓、蔡姓、周（邹）姓、郭姓，谐音猪吃草、猪吃糠、猪吃菜、猪吃粥、猪入锅。（谭咏利）

557

戴高帽子

教师

采录时间：1990 年 3 月 21 日

采录地点：泌阳县杨家集乡

附记

此类故事在驻马店各县区都有流传，只是内容有所不同。本地还有这样一个故事：一个人很喜欢给人戴高帽子，一天晚上，黑白无常头戴高帽，手拿哭丧棒要锁他走。这人就问干吗抓他，两鬼答道："最近地府多了很多戴高帽的冒充我们，我们查来才知道高帽子都是你给戴上的，你跟我们去阎王那里论论理吧！"（谭咏利）

从前有这样一个人，他不管见到谁，总要奉承几句，爱给人戴高帽子。这个事被五阎王知道了，就传令小鬼到阳间去把那个人的魂抓来，准备好好整治他一番。

不多一会儿，这个人的鬼魂带来了。五阎王升殿，大声吼道："我听说你在阳世上好给人戴高帽子，是不是？"那鬼魂说道："五阎王爷息怒，听我慢慢说。阳世上的人，一个个刁猾奸诈，不讲信义，你不说他好他不愿意。哪能比得上您老人家，清如水，明如镜，你说，我不那样中不？"五阎王一听，面带微笑，心想：说的是啊，要都像我这样明白，那就不会有戴高帽子的人啦！遂令小鬼把他放回阳间。

那鬼魂走出殿门，"扑哧"一声笑了："五阎王也爱戴高帽子呀！"

讲述者： 王长进，男，40 岁，泌阳县防疫站，大专，干部

采录者： 孟庆华，男，58 岁，泌阳县杨家集乡，中专，

558

赠送『令尊』

附记

"令"是日常生活中常用的敬辞，敬称对方的父母为令尊、令堂，对方的兄长为令兄、弟弟为令弟、妹妹为令妹、儿子为令郎、女儿为令媛……

这个故事不仅在驻马店本地流传很广，在豫北等地也有流传。

（谭咏利）

有一个农夫不知道啥是"令尊"，便去请教秀才这"令尊"二字是啥意思。秀才看了他一眼，心想这庄稼佬连"令尊"是对父亲的尊称都不懂，便戏弄他说："是称呼人家的儿子。"农夫信以为真，就同秀才客气起来："相公家里有几个令尊？"秀才气得脸色发白，又不好发作，只得说："我家没有令尊。"

农夫看了他的那副样子，以为他真的没有儿子，心里难过，就安慰他说："相公没有令尊，千万不要伤心。我家有四个儿子，你看中哪一个，就把那个过继给你做令尊吧！"

讲述者： 张立新祖母
采录者： 高清之，男，54 岁，泌阳县下碑寺乡教管站，干部
张立新，男，14 岁，泌阳县板桥乡学校，学生
采录时间： 1989 年 10 月 12 日
采录地点： 泌阳县板桥乡学校

559

俩秀才

高中，农民

采录时间： 1988 年 7 月 2 日

采录地点： 泌阳县陈庄乡仲家沟

附记

宁广科这天挨晚在地里给玉米锄草，地边搭地边锄地的是本家的哥和嫂子唐娜。趁着天凉快，大伙就有说有笑地说着话锄着地，显得很轻松。出于工作需要，他就问唐娜会讲故事不，唐娜说会讲，但讲得不多。他就央求着让唐娜讲讲，唐娜就锄着地讲了这个故事。晚饭后宁广科就抓紧整理了出来，觉得不满意，就抽空到唐娜家又对故事进行了修改和补充。

很多民间故事对读书人是讽刺的，认为他们迂腐呆板、读死书、落于俗套，主要原因是因为读书人清高、不知农物和农事，引起农民的反感。（周玉林）

古时候有俩秀才，一个姓王，一个姓李。他俩是好朋友，经常在一起，说话从来不用嘴，而是写字交谈。

一次，他俩在火炉前写字条谈古论今，每人面前已经写了一大堆纸条，还是写个没完没了。突然炉子里的一块火炭掉在王秀才的袍子上，袍子着了火。李秀才看见了写道："着火了！"王秀才看后写道："啥着火了？"李秀才又写道："袍子着火了！"王秀才又写道："谁的袍子着火了？"李秀才又写道："你的袍子着火了！"王秀才又要写啥，可火已烧到腰里，疼得王秀才大叫一声，躺在地上。李秀才又写道："用不用我帮你救火？"这时王秀才的妻子来送茶，看见丈夫全身着火，一把拉起丈夫说："人都快烧死了，还写个啥呀！"二人急忙帮王秀才扑灭身上的火，才免了一场火灾。

讲述者： 唐娜，女，29 岁，泌阳县陈庄乡仲家沟，
高中，农民

采录者： 宁广科，男，24 岁，泌阳县陈庄乡仲家沟，

560

热粘皮

一个人在街上赶集，正好碰见他表弟，就说："表弟，赶罢集上家去！"表弟说："我正想去哩！"于是就跟着到了他家。

到家以后，表嫂已做好了饭，他俩就大吃起来。夫妻俩以为表弟吃了就走呢，就虚让说："表弟住两天再走吧！"表弟说："中，我正想住两天哩。"谁知住了两天也没走。两口子有点着急了，就心生一计，说放在桌上的三十块钱不见了，大吵起来。表弟对表哥说："别吵了，这钱你说表嫂拿了，表嫂说你拿了，我也没拿。要想弄清这个问题，我再住些天保准能弄清。"两口子十分焦急，就说："表弟，这三十块钱俺不要了！"

讲述者： 石先锋，男，28岁，泌阳县陈庄乡王庄，初中，农民

采录者： 陈建军，男，12岁，泌阳县陈庄乡，学生

采录时间： 1990年3月16日

采录地点： 泌阳县陈庄乡王庄

附记

农村人质朴，待人亲，说话也很客套。碰见旁人都会让"喝汤了没有？没有过来喝点。""老表，过来坐坐，歇歇脚，抽颗烟、喝杯茶。""这还能吃穷了，不就是多双筷子吗？"如果是亲戚，就会说"咋慌恁狠走哩，再住几天呗"。大家也都客套几句就过去了。人们都把客套当真的这号人叫热粘皮，是因为以前穷，大家都想在别人家里多吃碗饭，所以就有了这样的故事。（谭咏利）

561

今年属鼠，明年属牛

采录时间：1986 年 10 月 15 日

采录地点：平舆县文化局

异文：属牛的

从前，一个县官做六十大寿。有个衙役为了巴结他，事先打听到他是属鼠的，就铸了一只金老鼠送给他做寿礼。县官一见，不胜欢喜，夸奖这个衙役会办事，接着又附在衙役的耳边低声说："你知道太太的生日吗？就在下月十六。"

这个衙役连忙点头回答："老爷，放心吧，到时候我再铸一只金老鼠！"只见县官慢吞吞地说："不过，太太比我小一岁，她是属牛的啊！"

讲述者：　吴国玺，男，48 岁，汝南县城关，大学，教师

采录者：　冀世清，男，58 岁，汝南县文化局，高中，干部

采录时间：1987 年 8 月 2 日

采录地点：汝南县城关

从前有个县令叫金不厌，上任后考虑的第一件事就是如何过好自己的寿诞日。他想再过十天就是自己的五十大寿了，就让师爷速写请帖，邀本县乡绅富豪届时光临。师爷深知金大人的心意，特意在请柬上写着"勿须送礼"四个字。这些乡绅富豪心领神会，巴不得有门路讨好新官大老爷呢！都竞相搜刮民财，准备重金厚礼。

寿诞之日，宾客如潮，门庭若市。看着这一堆堆珠宝古玩、绫罗绸缎、奇珍佳味，金县令嘴咧得像小盆，眼眯得像条线。

午时，金县令盛情款待宾客。席间他突然瞅见一个乡绅送来的一对金鼠，更是大喜过望，爱不释手。突然，他大声说道："诸位，今年本官是属鼠的，明年的今天是本官五十一岁寿诞，到那时本官可是属牛的啦！"

附记

冀世清这天下班走在回家的路上，还真是"过河碰上摆渡人——巧得很"，碰见了多日不见的好友吴国玺，俩人就有说有笑地去餐馆小酌起来。席间，吴国玺就问冀世清最近在干啥，冀世清就把采集民间文学三套集成的事给他说了，并问他会不会讲几个故事。吴国玺小时候听众人讲过故事，也"比着葫芦画瓢"会讲些，于是就讲了起来，冀世清就把这个故事给记录了下来。

古往今来，大家对送礼和贪赃枉法深恶痛绝，所以就编了很多的故事来讽刺贪官。还有"早去三朝天有眼，迟走几日地无皮""爱民如子，金子银子皆吾子也；执法如山，钱山靠山岂为山乎？"等民间俗语。（谭咏利）

讲述者：　杨荣润，男，56 岁，平舆县文化局，大学，干部

采录者：　李宏，男，50 岁，平舆县文联，大学，干部

562

两全其美

附记

这个故事当时是通过发动师生采集上来的，谢春梅、谢爱梅是同村本家姊妹。

这真是"两全其美真叫好，两家吃住主意妙；有吃有住又体面，人间奇葩世人笑"。（谭咏利）

从前有个贪财而又爱体面的姑娘，长得很漂亮。一天，有两位小伙子同时求婚。张村小伙子长得丑，但有钱；李村小伙子长得好，但家穷。爹娘让闺女拿主意，结果闺女都答应下了。爹娘奇怪地问她咋应了两家，她说："我到张庄去吃，到李庄去住，这不是两全其美吗？"

讲述者： 谢春梅，女，20 岁，平舆县十字路乡，初中，农民

采录者： 谢爱梅，女，17 岁，平舆县十字路乡联中，学生

采录时间： 1987 年 10 月 3 日

采录地点： 平舆县十字路乡

563

咬耳朵

张三、王五俩人因为一点小事大打出手，张三一下子把王五的耳朵齐根咬掉了。王五捂着血淋淋的伤口，到县衙告状。

县官拿张三治罪，张三口呼冤枉，说："耳朵是他自己咬掉的。"

县官说："耳朵比嘴高得多，自己咋能咬自己的耳朵哩！"

张三解释说："他是垫着板凳去咬的啊！"

县官连连点头，这才恍然大悟。

讲述者：　阎汝成，男，43岁，平舆县东和店乡广播站，
　　　　　高中，干部
采录者：　石延民，男，42岁，平舆县东和店乡文化站，
　　　　　高中，干事
采录时间：1987年10月16日
采录地点：平舆县东和店街

异文：够不着搬梯子

从前有个剃头佬，有回给人剃头，一股风把帽子刮掉了，他赶紧去拾帽子，手里拿着剃头刀，不小心把剃头人的耳朵割掉了。人家当然不愿意啦，就到县衙打官司。县官是个有名的糊涂官，剃头佬说："大老爷，他是自己把自己耳朵咬掉了，硬说是我给他弄掉的，太不讲理了！"剃头的那位说："大老爷，你想想，我咋能够着咬我自己的耳朵哩？"县官一拍桌案说："哼！你够不着，不会搬梯子吗？"

讲述者：　王明伦，男，53岁，新蔡县佛阁寺乡张康庄，
　　　　　不识字，农民
采录者：　董德义，男，25岁，新蔡县佛阁寺乡中，
　　　　　中专，教师
采录时间：1987年12月12日
采录地点：新蔡县佛阁寺乡张康庄

附记

董德义当时是教师，也是个文艺青年。这天他找到王明伦时，王明伦正在家里劈柴禾，预备着过年用。就这样，王明伦就一边劈着柴禾一边讲着故事，董德义帮着忙打个下手，在他家完成了好几篇故事的采录。

这样的故事在平舆、上蔡、正阳、确山等县也有流传，内容大同小异。（谭咏利）

564

吝啬老头

从前有一个吝啬老头，见了别人的东西就想拿，你想叫他给你东西是办不到的。所以他只记得"拿"，不记得"给"。

一天他在河边，不小心掉到河里去了。有人跑来救他，说："快把你的手给我，我拉你上来。"这老家伙就是不伸手，又一个人走过来也那么说，他还是不伸手。一个了解他的人过来说："你拿着我的手，我拉你。"老头儿这才伸出了手。

讲述者： 魏朝瑞，男，30 岁，平舆县十字路乡魏庄，
　　　　 高中，农民

采录者： 魏华丽，女，15 岁，平舆县十字路乡联中，
　　　　 学生

采录时间：1987 年 10 月 23 日

采录地点：平舆县十字路乡魏庄

565

对着尖

从前，有一个财主，儿子要结婚了，下了很多请帖。最后想起了一个穷朋友，但这个穷朋友家里揭不开锅，哪有钱送礼呢？他想了一个妙计，写了一张帖子，写道："你要是来了，就是贪吃，不来就是看不起我。"那人一见回了礼，拿了一个小钱的礼说："你要是收了，就是贪财，不收就是看不起我。"

讲述者： 边芝荣，女，24 岁，平舆县射桥乡越楼村，
　　　　 高中，农民

采录者： 乔蕾，男，18 岁，平舆县射桥乡越楼村，
　　　　 高中，农民

采录时间：1987 年 10 月 3 日

采录地点：平舆县射桥乡越楼村

566

好酒

驻马店话说这种人是"能得过天了"或"能过卯了"。人能是好事，但小聪明耍过头了，就成了坏事。在泌阳县流传着这样的顺口溜："泌阳不背，山沟不穷。能人太多，工作难做。"说的还是能人的事儿。（谭咏利）

从前，有个老财主，他有仨女婿。而仨女婿又都像他一样，有钱有地，尖酸刻薄。

这天，老财主六十大寿，便让仨女婿每人抬一坛酒来祝寿。大女婿心眼多，二女婿心眼活，三女婿心眼灵，老丈爹点子不少。于是，四人都准备了一坛酒。

酒宴开始了，老财主稳坐正位，先给仨女婿每人倒了一杯酒，让大家品尝。仨一喝，瞪了眼，咋没有一点酒味？每人心里都暗暗担心，怕自己兑的水被别人识破。于是把嘴一抹，杯子一放，异口同声赞道："好酒！"接着每坛都尝了一杯，都没有酒味，又都说是好酒。

讲述者： 郑新运，男，61 岁，平舆县高杨店乡王庄
村委郑庄，不识字，农民

采录者： 郑健，男，28 岁，平舆县高杨店乡联中，
高中，教师

采录时间： 1987 年 10 月 10 日

采录地点： 平舆县高杨店乡王庄村委郑庄

567

懒孩拜师

以做我的老师了。"

讲述者：　贺德全，男，30，平舆县万冢乡万寨村万寨，
　　　　　　高中，农民
采录者：　杨小星，男，33，平舆县万冢乡万寨村杨楼，
　　　　　　初中，农民
采录时间：1987 年 10 月 16 日
采录地点：平舆县万冢乡万寨村万寨

附
记

从前，有个懒孩子，十一二岁就懒得要命，他听说邻村有个出名的懒汉，就想前去拜师。走到懒汉门口，见挂一道竹帘，懒孩子就站在门口一动不动。

懒师父在屋里睡觉，听见门口有人却懒得动，也懒得问。过了一会儿，懒师父怕是小偷，才开了口："你是来拜师的吗？"问了几遍，没人答话，又问："你咋不说话呀？"懒孩子才开了口："我懒得说话。"

懒师父一听，认为这孩子有个懒劲，便收下他做徒弟。拜师，徒弟得孝敬师父三年。懒师父叫懒孩子做饭，他懒得做，没法，只好自己干。水烧热，面揉好，叫懒孩子搬案板，他还不去，懒师父火了："你让我咋切面条呢？"

懒孩子趴在地下，放平脊梁说："就在我背上切吧！"

懒师父就在上面切起了面条，切完，发现面条沾上了血，就问："不疼吗？"

懒孩子答道："咋不疼啊！"

"疼你咋不吭气呢？"

"我懒得吭气。"

懒师父将懒孩子推出了大门，说："好了好了，你可

贺德全当时是个文艺青年，爱好写作和通讯报道，是县文联、作协会员和县广播电视台通讯员。收集民间文学三套集成时，县文联主席李宏就让他在万冢乡万寨村附近进行收集，他就拿着稿纸和笔，走村入户进行故事收集。他和杨小星上学时就熟识，杨小星也爱写文章，后来去了新疆，因文章写得好就在当地宣传部门从事新闻报道。这天他俩一起去收集故事，完后在贺德全家吃饭，吃着饭时，贺德全说，我看咱俩收集了这些天，也有了成绩，可有些我知道的故事这里面还没有，要不我讲几个你记下，说不定就能入到书里面。

这类故事在驻马店流传很广，小时候家人就给我讲过这样的故事：有一个懒汉和老娘一起生活。一天，老娘要回娘家几天，担心孩子饿着，就把炕好的饼套在他的颈脖上，足够他吃上好几天呢。可是过几天回来一看，这个懒汉竟饿死了。原来大饼只少了嘴巴够得着的地方，这懒汉懒得连头都不愿转动一下。（谭咏利）

568

懒惰夫妇

讲述者：　徐老三，男，50岁，泌阳县赊湾乡庙东，
　　　　　不识字，农民

采录者：　张恒远，男，16岁，泌阳县赊湾乡联中，
　　　　　中学生

采录时间：1990年10月6日

采录地点：泌阳县赊湾乡庙东

附记

这个故事是通过发动师生采集上来的。懒夫妻不洗锅被偷的故事以往在遂平县、平舆县、驻马店市（今驿城区）、新蔡县、西平县民间故事里都有收录，是本地流传很广的一则故事。民间说人"脸皮厚哩跟锅盔上哩"大概就源于此。（刘献丽）

有一对懒惰夫妇，男的不洗脸，女的不刷锅，整天吃了睡，睡了吃。

一天夜里，天很黑，有个小偷乘机钻到他家灶火里，东张西望，没啥可偷，顺手拿一把菜刀，揭一口锅。出门时不防碰掉了门旁的一个砖头，惊动了正熟睡的男人。"有贼！"他披上衣裳出门就撵，并大声喊道："站住！"那小偷听见喊声，便存着气握紧菜刀等他走近，用力把菜刀扔过去，一下子砍到懒男人的脸上，菜刀掉在地下。懒男人一摸是把菜刀，等他捡起刀时，小偷已跑远了。

丈夫拿着菜刀回屋，对他老婆说："小偷跑了，只追回了一把菜刀。"天刚明，他老婆看到丈夫说："你脸上咋有个白印呢？"懒男人对着镜子一看，哈哈大笑："没关系，把我脸上的灰给砍掉了！"他老婆忙到厨房去看，啥也没丢，最后发现铁锅露出来了，就跑去对丈夫说："小偷只揭跑了锅上的饭疙渣。"这时两口子哈哈大笑起来。

569

懒汉吹灯

关于懒汉，驻马店流传有不少俗语，如"懒汉背草，宁可压死也不跑两趟""不怕家里穷，就怕出懒汉"。（谭咏利）

从前，仨懒汉和一个老头住进一家干店。为了省钱，仨人合睡一个地铺，但谁也不愿意吹灯。甲让乙吹，乙让丙吹，丙懒得更狠，别说吹灯，连腔也不想答一句。躺在最里面的老头生气了，说："把灯传过来我吹。"仨懒汉想，这样谁也不吃亏，谁也不占便宜，便同意了。

甲把灯端给乙，乙传给丙，丙再递给老头。老头点着了烟袋，"卟"地吹灭了灯，对丙说："把灯传过去。"

讲述者： 艾教，原名高沛，男，50 岁，西平县文化局，大专，干部

采录者： 耿秀娥，女，24 岁，西平县城郊乡，大专，职工

采录时间： 1991 年 7 月 16 日

采录地点： 西平县城

570

骂庄稼

附
记

这个故事当时是通过发动师生采集上来的。何超、翟峰周末回到了家。一路上他俩就合计好了到同村的韩世海家咋说。第二天，他俩就带上烟来了，见到韩世海就一边让烟一边大爷长大爷短地喊，弄得老韩也是"丈二和尚——摸不着头脑"，就问他俩是咋回事。当听了他俩的事之后，韩世海就说，弄这干啥，一个门上的，干吗这么客气，不就是讲个故事吗，还是多难的事。说完就顺口讲了这个故事。

懒汉骂庄稼骂的也有不一样的。如西平县艾教讲述、王芬荣采录的《懒汉骂庄稼》是这样骂的："庄稼呀庄稼，我咋对不起你了，天天黄着不长。要说是熏着了吧，我没上过粪。要说伤着你的根了吧，我没动过锄。说热吧，灯笼棵给你打着伞。不得劲了，刺刺芽给你挠着痒。你有啥理由不给我长呢？"（谭咏利　赵新春）

从前，有个懒汉，一年到头，光讲吃喝玩乐，很少干活。到了秋收，他见别人地里的庄稼长得很好，而自己地里草比庄稼还要高，便生气地跑到自己地里，跺着脚责骂道："庄稼啊庄稼，你太没良心啦！说你怕太阳晒吧，地里的草长得比你还高；说你怕伤了根吧，我从没动过一锄；说你怕脏吧，我从没给你浇过半勺子大粪。你说，我哪样对不起你哩？"

讲述者：　韩世海，男，52岁，平舆县辛店乡韩坡村，
　　　　　小学，农民
采录者：　何超，男，16岁，平舆县辛店乡联中，中
　　　　　学生
　　　　　翟峰，男，16岁，平舆县辛店乡联中，中
　　　　　学生
采录时间：1987年12月16日
采录地点：平舆县辛店乡韩坡村

571

眼里出气

　　父子俩牵着牛，扛着耧下地耩地。爹赶牲口，让儿子学着摇耧。摇不多时，儿子急忙喊爹："爹，我耩得太稠了。"爹说："别恁死板，要眼里出气[1]。"儿子听了爹的话，便闭上嘴捂着鼻子，没走多远，就憋得脸红脖子粗，最后耧也扶不着了，扑通一声，晕倒在地里。爹不顾一切地喊儿子，儿子很快醒了过来，带着哭腔说："爹，不中啊，我的眼不会出气儿。"

讲述者：　郑新运，男，61岁，平舆县高杨店乡王庄村委郑庄，不识字，农民

采录者：　郑健，男，28岁，平舆县高杨店乡联中，高中，教师

采录时间：1987年10月10日

采录地点：平舆县高杨店乡王庄村委郑庄

[1] 眼里出气：方言，意思是做事要善于观察。

572

岂有此理

　　古时候，有一富人出外游玩，学了一个词：岂有此理。为了不忘，他一路默念着往家走。

　　正走着，一条大河拦着了去路，他便雇了一条船渡河。他坐在船上，嘴里仍然不停地念叨着这个词。突然一个浪头打来，船颤抖了一下，那个富人吓了一大跳。他这一跳可不当紧，把嘴里的词也给忘了。于是他让船夫驾船往回找，找了好一会儿，啥也没有找到。船夫就问他找啥，他说："是我的一句话，你刚才船一抖，不小心就掉到河里了。"船夫一听，又可气又可笑，就说："真是岂有此理！"那富人一听，大叫起来："你这个人咋恁爱占小便宜，拾到了我的话，不快还我，害得我找了这半天。"

讲述者：　赵本提，男，50岁，平舆县高杨店乡营业所，初中，干部

采录者：　赵杰，男，16岁，平舆县高杨店乡联中，中学生

采录时间：1987年10月9日

采录地点：平舆县高杨店乡营业所

573

借牛

附
记

从前，乡下有个财主，目不识丁，却又好装着有学问。一天，他有个亲戚给他写了一个纸条，纸条上写的是："等着犁地，借你的牛用用，让去人牵回。"当来人见到他时，他正给一个县官说话。为了不让县官知道他目不识丁，便假装看了一遍，说："我知道了，等一会儿我自己去吧。"

讲述者：　陈万长，男，45 岁，平舆县李屯乡，高中，
　　　　　教师
采录者：　李铁谷，男，43 岁，平舆县李屯乡文化站，
　　　　　高中，干部
采录时间：1987 年 10 月 16 日
采录地点：平舆县李屯乡

陈万长当时是个教师，好给老师和学生们讲故事，大伙都爱听。当李铁谷找到他时，他高兴地说："你算是找对人了，不是咱吹的，我讲的有话就是'赶鸭子上架——呱呱叫'，在我这管叫你少跑多少路。"李铁谷也笑着说："我也是无事不登三宝殿，就知道你是'隔着门缝吹喇叭——名声在外'。"（路向阳）

574

累赘先生

从前有位书生，因平时说话、写文章废话连篇，所以人称"累赘先生"。这年，他进京应试，到京城后，写封家书寄给三位弟弟。信中写道：

每次写信累赘，今日写信偏不累赘矣。兄进京赶考，行至芦沟桥下，闻鼓咚咚，锣声锵锵，余故寻乡下土人而问之，曰："乃玩大头偶戏也。"所谓大头偶戏者，即人举人也。莫非有中举子先兆乎？兄若能得中，二兄弟能应二老爷，三兄弟能应三老爷，四兄弟能应四老爷；二弟妹能应二太太，三弟妹能应三太太，四弟妹能应四太太；大侄儿能应大少爷，二侄儿能应二少爷，三侄儿能应三少爷……大侄女能应大小姐，二侄女能应二小姐，三侄女能应三小姐……兄若不中……

南庄刘先生，吾之蒙师也，请代问之。刘者，卯、金、刀也，兄恐累赘，故用文刂（刀）代理，望读时切勿认为九（文）二（刂），鞋码子可也。

若使人来京，请将兄之袜裹带来。袜者，袜子也；裹者，包裹也。所以不言袜子包裹，而言袜裹者，省文也。

三弟妹年已三十，应三十而立。但今膝下无子，据京

中卜人曰：将三弟妹之尿桶向西北倒下，得东南之旺气，明年必生贵子，大吉大利！

四弟妹年方二八，聪明貌美，不要门前站立。对门老王乃是一坏货也，久而久之，恐闹出笑话。四弟妹就寝时，门上应顶一根板凳、两根板凳、三根板凳……裤腰带上应结一个疙瘩、俩疙瘩、仨疙瘩……才能免矣。

兄归家之时，就在初一、初二、初三……；否则，十一、十二、十三……；再不然二十一、二十二、二十三……三十不归，归期必在下月矣。

讲述者：　宋云山，男，57岁，汝南县城关，高中，干部
采录者：　冀北，原名冀世清，男，58岁，汝南县文化局，高中，干部
采录时间：1987年4月5日
采录地点：汝南县城关

575

十万人马是大事

附
记

类似的故事在遂平、西平、汝南、平舆、上蔡、驻马店市（今驿城区）、新蔡等都有，故事基本相似。抬杠自古就有，古代有些能言善辩的人，专门开设与人辩论的店铺，名曰"杠房"，靠耍嘴皮斗强。在民间还流传着"抬杠先生斗得赢八仙，却斗不过耍狠汉"的故事，抬杠本是文斗，靠嘴皮和智慧取胜，若碰见莽汉，话不投机就要武斗，岂不要受皮肉之苦？（谭咏利）

从前，有个鱼贩子，很喜欢抬杠。

有一回，他挑一担鱼，来到一家茶馆，听说书人在讲曹操率领七十三万人马下江南。他一听，连忙放下鱼担子，一把抓住说书人说："你这书说得不实。"说书人说："我哪里说得不实啦？"鱼贩子说："曹操明明是八十三万人马下江南嘛！""曹操打仗你参加过？"二人争执不休，吵了起来。旁边的人都纷纷劝解，有人就劝鱼贩子："你还要卖鱼哩，别耽误了你做生意的大事，走吧！"鱼贩子说："我这担鱼能值几个钱？还有十万人马没弄清，那才是大事哪！"

讲述者： 刘福，男，60 岁，平舆县万冢乡万寨村大刘庄村，私塾，农民

采录者： 刘素平，男，25 岁，平舆县万冢乡万寨村大刘庄村，高中，农民

采录时间： 1987 年 10 月 22 日

采录地点： 平舆县万冢乡万寨村大刘庄

576

卤鸡下咸蛋

从前，有一位秀才出门访友，走到半路上忽然觉得肚子饿了，就来到一家饭馆，要了一壶酒，俩咸鸡蛋。他边吃边想：怪呀，鸡蛋外面明明包着一层壳，里面咋会是咸的呢？他想来想去就是弄不明白，有心问问别人，又怕失身份，一直没敢开口。

第二次，秀才又进了这家饭馆，这一回，他是专门来看个明白的。屁股刚挨着板凳，店小二便给他送来了一壶酒，几个咸鸡蛋，外加一只卤鸡。卤鸡咸味很浓，秀才刚吃了两口，恍然大悟地叫起来："哎呀！我可明白了，这咸蛋原来是卤鸡下的呀！"

讲述者： 陈廷保，男，48岁，汝南县马乡镇周庄村，
  不识字，农民
采录者： 王新立，男，19岁，汝南县马乡中学，高中，
  教师
采录时间： 1987年10月18日
采录地点： 汝南县马乡镇周庄村

577

如此孝顺

早先，有个人外号叫李孝顺，他一天到晚地说他在母亲面前如何孝顺。

有一天，李孝顺去赶集，为了想落个孝顺的美名，腰里放着钱不花，却向别人借钱买了仨烧饼。人家问他："你没钱咋还想吃烧饼啊？"他手捧着烧饼，笑了笑说："俺娘爱吃烧饼，给老娘买的！"谁问他，他都这样说。

李孝顺出了集，见没人问了，就先吃了一个。走不多远，他又吃了一个，然后自言自语地说："剩下的这个烧饼，咋着也不能吃了，再吃就不像话了。"可是，他走着走着，心里还是嘀咕着想吃这最后一个烧饼。不过，他心里又想着：我要吃了谁会知道我孝顺哩？想了半天，总算想出了办法，他拿着烧饼对天愿臆[1]道："老天在上！我是个孝顺儿子，借钱给俺娘买了仨烧饼，我吃了俩，真不忍心。还剩下这一个，我往上扔去。如果平着掉下来，就该俺娘吃；要是竖着掉下来，就是该我吃。就是我吃了，也有上天证明我是孝顺儿子。"说罢，他往上一撂，烧饼

[1] 愿臆：即祈求、发誓。

转着圈掉下来，正好落在车辙沟里，竖在那里。他跑上前去，拾起烧饼，一连打了三巴掌，说："我叫你捣蛋！我满心想叫娘吃，你偏偏立在那里！你捣蛋也不能饶你，我非吃了你不可！"说着把烧饼吃下肚里。

讲述者： 陈建民，男，55 岁，汝南县张楼乡，初中，
干部

采录者： 黄道斌，男，42 岁，汝南县张楼乡文化站，
高中，干部

采录时间：1985 年 7 月 5 日

采录地点：汝南县张楼乡

附记

孝敬父母是中华民族的传统美德，更是作为子女应尽的义务。"百善孝为先""孝为德之本"，孝敬父母居一切美德之首，是做人的根本。在二十四孝中，发生在驻马店的就有"卧冰求鲤""卖身葬父""拾葚异器""啮指痛心""闻雷泣墓"等。（谭咏利）

578

受洋罪

从前，有个喜欢不懂装懂的董老太婆，因她说话老是云天夼子转天棍——没个着落，人们便戏称她为"老懂"。

老懂本来一辈子没开过怀[1]，偏爱在娘们群里说，两口子睡觉前，媳妇先喝点儿糖茶生男孩，先喝点儿醋生女孩。怀了孕，小毛孩在肚里先蹬左腿是男孩，先蹬右腿是女孩。像亲身经历过似的，常常惹得大伙儿哄堂大笑。

三几年的时候，满上蔡城只有俩骑洋马车子[2]的。一天，老懂领着侄女进了城，刚好有一个人骑着洋马车子从她俩面前经过。她侄女指着洋马车子好奇地问："大娘，那人骑的是啥？"

"前后两个轮，就是二轮车呗。"老懂好像有理有据地答道。

侄女又问："车轮子精窄一绺儿，还没你的小脚宽，人骑上为啥不掉下来？"

[1] 没开过怀：没生过孩子。

[2] 洋马车子：方言，自行车。因初先是从外国进口的，老百姓都叫"洋马车子"，一直到现在，还有人习惯这样叫。

"傻妮子，你就没看，立架棍插在屁眼儿里，牢稳着哩。"

"铁棍子插屁眼儿里不疼吗？"

"咋不疼？看那人疼得两腿弹蹬的。"老懂指着骑车人说。

"也真是。"侄女还有点儿不真相信。

老懂最后又说："有钱的就是好受洋罪！"

讲述者： 李清景，男，38 岁，上蔡县芦岗乡大路张村，高中，农民

采录者： 陈玉德，男，50 岁，上蔡县芦岗乡大路张村，高中，农民

采录时间： 2006 年 4 月 2 日

采录地点： 上蔡县芦岗乡大路张村

附记

李清景小时候受其家人的影响，好讲有话，再加上幽默风趣、性格开朗，被村人称为"活宝"。陈玉德和他同村，得知县里开展搜集民间故事工作后，就利用饭场、路边等时间让他讲有话，自己整理。这个故事就是在饭场吃饭时收集的。

听一位民间艺人讲，这个故事当初是骂日本鬼子的。日本侵略中国，犯下了极大的罪恶，就有人编了这个故事噘他们，以发泄大家的不满和仇恨。我小的时候见到骑自行车的，也好谦着这样的顺口溜：洋马车子跑得快，崩了里袋崩外袋，拾掇拾掇好几块，叫你个鳖孙还跑恁快。洋马车子轱轮轮，上面坐着个大妻孙……

过去洋货进入中国，我们都要给起个响亮的洋名，如洋马车、洋烟、洋火、洋油、洋碱、洋灰、洋戏、洋钉、洋布等，当时主要还是贫穷落后、物资匮乏，带个"洋"字那就很时髦。现在中国已经彻底摆脱了"一穷二白"的面貌，发生了翻天覆地的巨大变化。（谭咏利）

578

春联的学问

从前，有个财主不识字，时运不好，经常和人打官司，喂个猪也喂不活。

这年腊月二十八了，财主对儿子说："你写副对联吧，过节取个吉利。"儿子按爹的指示挥笔写成，念给父听："今年好，霉气少，不得打官司；喂猪成象，老鼠发瘟都死光。"财主一听很高兴，夸儿子中。

外甥来拜年，财主指着对联对外甥说："你表弟没白喝墨水，看，写的这对联不错吧！"外甥见舅舅夸表弟，很不高兴，就说："不好，不好！"财主问："为啥？"外甥随念道："今年好霉气，少不得打官司。喂猪成象老鼠，发瘟都死光。"

财主一听，一下子气死过去。

讲述者： 刘才，男　汉族，60 岁，遂平县槐树乡高庄村五队，不识字，农民

采录者： 贾才甫，男，汉族，75 岁，遂平县嵯岈山乡鲍庄村，私塾，农民

采录时间：1987 年 12 月 10 日

采录地点：遂平县嵖岈山乡鲍庄村

580

白字县官审案

附
记

贾才甫从小苦读私塾，又长期在乡村从医，对嵖岈山周边的民间故事、地方传说、奇闻轶事等知道得多，讲起来总是滔滔不绝，他讲故事的最大特点是描述形象化，听之如身临其境，历历在目。

这天，刘才来鲍庄村闺女家走亲戚，偶感风寒就找他看病，看病过程中知道贾才甫爱听故事，就在晚上没事又过来找贾才甫喷阔，给讲了好几个故事，贾才甫就把这些故事记录了下来。

此故事在汝南、西平、上蔡、确山、新蔡等县都有流传，大同小异。虽说古文无标点，但讽刺的不是古文的行文，而是读文的人耍赖、无知。（谭咏利）

从前，有个人家财万贯，花钱买了个县官。由于他不爱读书，所以识字不多，审案时遇到不认识的字，总是请教班头。

这天俩农民前来告状，县官升堂，问二人："你们谁是原告啊？"其一答："我。"

县官接着问道："可有状纸？""有。"

接着状纸呈上，县官默看状纸："状告冉住垢，打死了我家一头猪和一只羊，要他赔偿，请老爷与小民做主。"老爷看罢，脸上露出了笑容，摔一下惊堂木。

问道："你就是被告吧？""是。"

县官又摔一下惊堂木，大声喝道："再往后！"

被告一听，吓得连忙退了两步。县官一看被告不吭声后退两步，以为他害怕了，惊堂木又一摔："再往后！"被告又倒退两步。县官急了，又大声喝道："再往后！"

这时，冉住垢看了看紧贴着背的墙，哀求道："老爷，后面是墙，没法再往后退了。"

县官大怒，吼道："再往后，你好大胆！老爷我叫了你三次，你连一次也不应，一直朝后退，你知罪吗？"

这时，被告才明白过来，向前站了几步说："老爷，我的名字不叫再往后，而是冉住垢。"班头听罢一阵好笑，弄得县官哭笑不得。

讲述者： 徐长明，男，59 岁，遂平县阳风乡赵楼村，
不识字，农民

采录者： 徐叙清，男，17 岁，遂平县阳风乡赵楼村，
学生

采录时间：1988 年 3 月 3 日

采录地点：遂平县阳风乡赵楼村

异文：上来下去

过去，有一个县官，蚂蚁尿书上——识（湿）字不多，案子办得不少，但也出很多洋相。

有一天，志来和忐去打官司。县官升堂后，俩人上堂来跪下喊叫："大老爷，冤枉啊！"县官说："都把状纸拿来，让老爷看看。"俩人呈上状纸，县官横瞅竖瞅也没看出个门道，可还装模作样，像在思考。他定睛细看，把"志来"当成"上来"，把"忐去"当成"下去"。于是，他叫道："上来！"原告、被告急忙上去。他又叫道："下去！"俩人又急忙下去。这样叫了几次，原告、被告弄得通身汗流，直喘气。县官也没有分清谁是谁，可气坏了，令衙役把每人重打四十大板，打得他俩直吸气。志来哭着说："老爷，你叫俺上来下去，还痛打俺，是你把名儿看错了吧？我叫'志来'，他叫'忐去'。"县官惊堂木一拍，生气地说："混蛋！为啥不早说，再给我重打八十！"

讲述者： 刘振兴，男，46 岁，西平县谭店乡何东村，
高小，农民

采录者： 刘保国，男，18 岁，西平县谭店乡何东村，
学生

采录时间：1987 年 7 月 9 日

采录地点：西平县谭店乡何东村

附记

这个故事当时是通过发动师生采集上来的，刘振兴、刘保国是父子关系。

此类故事在汝南、上蔡、确山、新蔡、正阳等县都有流传，情节不同、内容相似。有个故事的结尾是这样的：县官想通过传唤证人来挽回点面子，就问文书："那证人的名字咋叫？"文书说："新釜。"县官说："我就知道他的名字一定也另有念法，要不然我要喊他'亲爹'了。"（谭咏利）

581

农夫和『才子』

有年春天，俩学友因学校停馆，结伴儿进城观光。他们行至途中，二人不禁诗兴大发。

大师兄当仁不让，脱口而出："远观城墙像锯齿子。"

小师弟也不甘落后，摇头晃脑地吟道："近看城墙似齿子锯。"

师兄弟俩相互吹捧，一时间不知天高地厚。

这时，大师兄突然想起一件事，痛心地对师弟说："听说才子不能长寿，颜渊因才华出众，不到二十便离开了人世。你我的才华绝不在颜渊之下，恐怕寿命就更短了。"说罢，两人竟抱头大哭起来。

正当痛哭之际，一位抬粪老汉从这里经过，问他俩为啥哭得这样伤心。师兄弟说出原因，老汉就说："二位既然如此才高，能不能吟出两句让我听听？"

于是，大师兄挥泪吟道："远看城墙像锯齿子。"师弟止痛朗诵："近看城墙似齿子锯。"

老汉一听就笑了："二位吟的果然是好诗，但一定不能长寿。"他俩一听更怕了，赶紧跪在老汉脚下哀求："您老见多识广，如能搭救，将是俺俩的再生爹娘。"

老汉说："我有两粒仙丹，能长命延寿，不过需品出味来，才能有效。如果连味也品不出，我也无能为力。"俩人磕头谢恩。老汉让他们背过脸去，从脚趾缝里抠出两蛋脚灰，团成丸。这俩同窗好友将"仙丹"放在嘴里，边品边说："这仙丸臭臭的，碜碜的。"

老汉这才说了实话："你们二位的诗作呀，就像这两粒'仙丹'，味臭且碜！"

讲述者： 韩书明，男，52 岁，遂平县花庄乡，中专，教师

采录者： 王贤，女，16 岁，遂平县花庄乡中，学生

采录时间：1987 年 10 月 22 日

采录地点：遂平县花庄乡

附记

此类故事在我市各县区都有流传，讽刺的都是"蚂蚁尿泡——湿（识）不深"之人，目的是鼓励大家要做到"腹有诗书气自华"。此故事还可以再补充两句："不看城墙不像锯齿，越看城墙越像锯齿。"（谭咏利）

异文：见景生情

有两位秀才进京赶考，一天来到京城门外，看到高大的城墙，高兴得对起诗来。

张秀才说："远观城墙像条锯，专锯天来不锯地。"

李秀才接道："有朝一日翻过来，不锯天来专锯地！"

张秀才听后，看了看云飞城墙[1]大有倾倒之势，便抱头大哭起来。李秀才问他为啥哭，张说："城墙真的反过来锯地了，咱俩又离城最近，岂不性命难保？"

李秀才惊曰："然也。"说着，也大哭起来。

[1] 云飞城墙：即云越城墙，亦指城墙高。

有位拾粪老汉路过，见俩书生抱头大哭，想必有难，赶忙上前去问。秀才把锯城的事一说，老汉也捂着脸哭起来，俩秀才忙问原因。老汉说："我哭来时没背个大粪筐，你俩光拉青菜屎[1]，我可咋拾哩！"

讲述者：吴有，原名高沛，男，46 岁，西平县文化局，大专，干部

采录者：崔西亮，男，36 岁，西平县宋集乡崔敬庄，高中，农民

采录时间：1987 年 7 月 13 日

采录地点：西平县城

582

盖世之才

从前有对孪生兄弟，糊里糊涂读了些书，就忘乎所以，自命不凡，常以诗人、学者自居。

有一次，雨过天晴，弟兄俩乘兴去镇上逛荡，途中遇到一群鸭子在路旁水坑儿里，啄来啄去，遂有所感。哥哥提议说："兄弟，此情此景，不可无诗。"弟弟随口答应："好，就请哥哥先来，我可当即对上。"说罢，只见哥哥摇头晃脑地哼哼着："弟兄二人去赶集，偶遇鸭子吐噜泥。"弟弟闻听满口称赞："妙！妙！妙极了。"可一时咋也想不出啥佳句，一路上像吃了花椒似的闭气不吭声。直到他们从镇上回来又看到那群鸭子的时候，才说："哥哥，有了。"接着嗡声粗气地说："弟兄赶集回家转，鸭子还在吐噜泥。"哥哥听罢拍手说："绝，绝句。"弟兄俩喜形于色，手舞足蹈。

突然，听到哥哥叫声"不好"，大哭起来。弟弟惊问，哥哥拭泪说："兄弟啊，你曾听人说过'才大折寿'吧？昔日颜回才大，只活了三十二岁。如今，你我均有盖世之才，况又都是近三十的人了，咱还能再活几天哩？"弟弟一听，遂与哥哥抱头痛哭不已。

[1] 青菜屎：方言，"一肚子青菜屎"意思是"草包"，没文化，没见识。

正在这时，走来一个拾粪老头，问他二人为啥啼哭，兄弟俩就把原因向老人述说一遍。老人听罢并不搭话，却"哇"的一声也哭了。二人见此甚觉奇怪，问道："老人家，俺哭是为了'才大折寿'，你哭是为了啥呢？"只见这老人慢慢地擦擦眼泪，拧把鼻涕，双手托起粪叉子，说道："我哭的是我的粪叉把太短了，要再长一些那就好了，就能把您俩肚子里的青菜屎掏出来了。"

讲述者： 乔景一，男，56 岁，泌阳县成人中专学校，中专，教师

采录者： 徐书亮，男，58 岁，泌阳县文化馆，大专，干部

采录时间： 1988 年 3 月 1 日

采录地点： 泌阳县成人中专学校

附
记

徐书亮在县文化馆搞创作，乔景一业余爱好文学创作，两人很早就认识，没事喜欢在一块喝闲酒，喷大阔，这则故事就是他们在乔景一泌阳县成人中专学校的家中闲扯讲到的。徐书亮一听觉得好，非得记下来，就让乔景一再讲一遍，就有了这篇故事。像故事里说的人才学不多，还喜欢卖弄的，本地俗话叫"一瓶子不满，半瓶子咣当"。（赵新春）

583

狗官司

从前，有个糊涂县官，办案总是驴唇不对马嘴。

有一天，一个大地主拉了一个农民来告状，糊涂官急忙升堂审案。原来，这个农民拾粪路过地主家门前时，地主的看门狗凶恶地扑向他，地主在门口看了哈哈大笑，农民忍无可忍，用粪叉扎死了这条狗。地主不依了，拉着这个农民要他赔偿。

"你要是——"县官将了将小山羊胡子，对着农民开了官腔："唉，你这个乡下野人，咋不会办事？你把叉子倒过来，用没齿的那一头去打狗，不就没事了吗？"

农民回答："老爷，要是那狗也倒过来扑向我，我也一定会那样做的。"

县官哑言，把农民无罪释放了。

讲述者： 陈桂月，女，48 岁，遂平县褚堂乡，小学，农民

采录者： 曹军，男，18 岁，遂平县褚堂乡，中学生

采录时间： 1988 年 3 月 8 日

采录地点： 遂平县褚堂乡

附
记

这个故事当时是通过发动师生采集上来的，陈桂月、曹军是母子关系。

在农村，狗和鸡鸭鹅猪猫都是家庭的组成部分，它看家护院、勤劳忠诚，是人类最好的朋友。但有时又狗仗人势、狗咬吕洞宾、狗眼看人低、狗欺穷，因此在民间流传着很多因为狗而引起的故事，并留下了很多的笑话。（张宇广）

584

废话

从前，有个秀才生活困难，改行卖西瓜。他摆了一堆西瓜在路边卖，还压了张纸条，上写"此西瓜出卖"。

一会儿有个人见了说："只要写'西瓜出卖'就中了，何必多写这个'此'字？"秀才听了觉得有理，就把"此"字撕掉了。

接着又有个人走过说："字条下面堆着的就是西瓜，何必写'西瓜'俩字？"秀才听了也觉有理，就把"西瓜"俩字也撕掉了。

不一会儿又有人走过说："西瓜摆在街上来，当然是卖的，何必贴上这一张字条呢？"秀才听了叹了一口气，把只剩"出卖"俩字的条子干脆拿掉了。

讲述者： 李中伟，男，18岁，回族，遂平县石寨铺乡刁庄村刁庄，中学生
采录者： 包连启，男，14岁，遂平县石寨铺乡刁庄村刁庄，中学生
采录时间： 1987年9月19日
采录地点： 遂平县石寨铺乡刁庄村刁庄

585

爱财如命

这个故事当时是通过发动师生采集上来的。李中伟、包连启俩人经常在一起无话不谈，这天周末，在上中学的李中伟回来后就给包连启说了故事收集的事，他会讲，老师也说了故事收集的内容和要素，就想让他的故事给收集好。就这样，俩人趁着晚上没事，就在李中伟家油灯下完成了故事的采录。

俗话说"听人劝，吃饱饭"，做人要善于采纳别人善意的劝告，虚心接受意见，千万不要固执己见，故事里的这位就是"脱掉裤子放屁——多此一举""六个手指头搔痒——多那一道子"。（谭咏利）

从前，有个财主，爱财如命。一天他路过自己的后花园，忽然从花丛中跑出一只猛虎，叼起这个财主便跑。财主大声喊："救命啊！救命啊！"被他正在练箭的儿子听见了，拿着箭跑到后花园中。

他看到老虎叼着爹正跑，就拉弓准备射去。只听爹大声说："儿呀，你别使太大的劲，要是把老虎皮射个洞，虎皮就不值钱了。"儿子也是爱财如命，这话正中心意，于是便把弓箭放了下来。等他再抬头看时，他的爹被老虎叼着，早跑得无影无踪了。

讲述者： 魏世显，男，22 岁，遂平县车站乡焦庄村学校，大专，教师
采录者： 黄俊，女，12 岁，遂平县车站乡焦庄村，学生
采录时间： 1988 年 2 月 9 日
采录地点： 遂平县车站乡焦庄村学校

附
记

这个故事当时是通过发动师生采集上来的，这个车站乡的魏世显和嵖岈山乡的魏世显不是同一个人，此类故事在西平、确山、驿城区等地也有流传。俗话说"人为财死，鸟为食亡"，爱财也要取之有道，千万不要"老虎嘴里拔牙（老虎头上捉虱子）——找死"呀。（谭咏利）

586

腹中不空

从前，有个财主的儿子，好吃懒做，终日游手好闲，念了几年书，斗大的字不识一升，财主唉声叹气地说："你真是好吃懒做腹中空呀！"

儿子说："我虽然好吃懒做，但腹中并不空呀！里面鸡鸭鱼肉啥都有啊。"

财主恼怒地说："你真是狗屁不懂！"

儿子说："咋不懂呀，狗屁是臭的。"

讲述者：　李文志，男，47 岁，遂平县和兴乡钟庄村，初中，村医

采录者：　周志宏，男，17 岁，遂平县和兴乡钟庄村，中学生

采录时间：1987 年 12 月 6 日

采录地点：遂平县和兴乡钟庄村

587

撵贼赛跑

附
记

这个故事当时是通过发动师生采集上来的，此类故事在西平、汝南、确山、上蔡等县也有流传。关于识字，本地还流传着这样的顺口溜："字字黑瞎瞎，个个柯杈都朝下，我认哩它，不知它认不认哩俺。"（谭咏利）

有个人脚步很快，当他每次跑到别人前边的时候，就很得意地说："瞧，我跑得多快！"

有一次，他家被盗，那个贼还没跑多远，家里人叫他去撵，这人立即撵去。不一会儿就望见贼的影子了，于是他一边撵一边喊："告诉你，别跑啦，跑也跑不过我！"

那贼一听后面有人撵，跑得更快了。这下可把这人惹火了，他大喊道："好小子，你还想和我比赛呢！好吧，我今天让你瞧瞧，看谁跑得快！"说罢他就撒开步子飞奔起来。果然好脚力，不一会儿，就撵上了那个贼。他边跑边对贼说："我现在让你看看，咱俩跑起来我能拐你多远！"说完又不停劲地跑了起来。

正当他往前跑得起劲儿时，迎面来了一个朋友，问他为啥这样急急忙忙。这个人停住说："撵贼！你瞧，我把他撇下多远，现在连人影都看不见了！"

讲述者： 刘中海，男，23 岁，遂平县阳凤乡初中，中专，教师

采录者： 张利民，男，15 岁，遂平县阳凤乡初中，
中学生

采录时间：1988 年 2 月 3 日

采录地点：遂平县阳凤乡初中

588

吉利姓名

附记

这个故事当时是通过发动师生采集上来的，刘中海从小就爱听奶奶给他讲的故事，虽说奶奶已经去世了，但这些故事却深深地印在他的脑海中。当接到采录任务时他很高兴，他就在班中找了几个学习好、作文写得好的学生，逐个给他们讲故事，让他们记录下来，最后他又集中对这些故事进行了修改和补充。这类故事在西平、汝南、确山、上蔡、驻马店市（今驿城区）等地也有流传。（余全有）

村上的大财主姓贾，起了个名字叫发财，人们见了他，都恭恭敬敬称他"假发财"老爷，他听了很生气。可人家喊的是他真名实姓，他也有口难辩，只好哑巴吃黄连——有苦往肚里咽。

后来，他经过再三考虑，又起个名儿叫"倒霉"，心想，只要是叫我"假倒霉"，我不就成真发财了吗？谁知这回人们偏不连姓叫，光称他"倒霉老爷"，这使他更气恼。他想出了个主意，命人在门上贴个告示：村民百姓看清，老爷俩姓俩名，名叫"倒霉"姓"假"，名叫"发财"姓"真"。告示贴出的这天夜里，有个村民在告示下写了四句话：财主老爷本事大，又姓真来又姓假。不知原因是为啥，可能他有两个大。

讲述者： 王会，男，60 岁，西平县谭店乡老王庄村，
小学，农民

采录者： 巩勤感，女，16 岁，西平县谭店乡联中，
中学生

采录时间：1989 年 7 月 6 日

采录地点：西平县谭店乡老王庄村

589

财主教子

附记

这个故事当时是通过发动师生采集上来的，巩勤感小时候在牲口屋里就听过同村的表大爷王会讲的故事，她当时只知道和同龄的小孩玩，不知道讲的是啥，印象中就光知道大人们笑得哈哈直乐，稍微长大些才知道他是个"故事篓子"。这天下午，巩勤感在家人的陪同下来到了王会家，王会扛着锄正准备下地呢，就让晚上再来。晚饭后，王会就在他家院子里讲了几个故事，巩勤感就认真地记录了下来。

过去人很迷信，认为姓氏也有倒霉的，如裴、吴、贾、朱、史等，与"赔、无、假、猪、死"同音，就想方设法地避讳。如姓康的不能和姓朱的在一起，因为猪（朱）吃糠（康），还有羊（杨）吃草（曹）、石头（史）砸烂了锅（郭）等。（谭咏利）

有个财主，跟前有一个闺女和仨儿子。他闺女生来聪明貌美，知书达理，财主爱若掌上明珠。他的仨儿子都长得丑陋蠢笨，平时不在学堂念书，到处游逛，光想着娶个花媳妇，财主很伤脑筋。

一天，财主把仨儿子喊到跟前说："儿啊，爹我有钱有势，你们仨今后要好好念书，将来求得个功名。谁家的姑娘长得好，我就把她娶过来当你们的新媳妇。"财主说罢，仨儿子乐得龇牙咧嘴。

大儿子先说："爹，要给俺娶花媳妇，还娶人家的干啥？我看俺妹妹就怪好。"二儿子一听忙说："哥呀，你说的不中，谁家兴自己人娶自己人？"小三在一旁听了把小鼻子一哼说道："谁说不兴？咱爹和咱娘不是一家么，为啥咱爹还娶咱娘做老婆哩？"

讲述者： 翟振坤，男，61 岁，西平县文化馆，中师，干部

采录者： 翟华玲，女，17 岁，西平县城，学生

采录时间：1987 年 5 月 10 日

采录地点：西平县文化馆

590

假秀才

附记

翟振坤、翟华玲是父女关系，翟振坤当时有意引导女儿往文化方面努力，以便毕业后好就业，趁着编辑民间文学三套集成的时机，他俩就配合着收集了好几篇故事，后来翟华玲还真的在父亲的良苦用心下在县文化馆参加了工作。

本地也流传着类似的故事：兄弟四人在地里干活，老大说："兄弟们，好好干！秋后有钱了让咱爹给咱娶媳妇。"老二说："还说娶媳妇呢，咱家里总共有一个姐姐，还让别人娶走了。"老三说："别瞎说，自己哪能娶自己家里的人？"老四说："咋不能，咱爹没有娶咱娘？"（谭咏利）

老员外有一个儿子，斗大的字不识一个，还自称有学问的人，人们都称他假秀才。

有一天，一个秀才来到员外家，见到假秀才问："大字下面加一点是啥字？"假秀才急忙跑到院里问员外，员外说："人家都称恁娘为太太，就是这个太字。"假秀才跑到前院给秀才说："那当然是太太的太字了。"

秀才又问："下面那一点，挪到大字肩头上是啥字？"假秀才想，大字下面加一点是娘，大字肩上加一点一定是爹。想到这儿，他肯定地说："那当然是我爹的'爹'字了。"

讲述者：　焦本国，男，57 岁，西平县吕店乡焦湾村，小学，农民

采录者：　焦巧辉，女，18 岁，西平县吕店乡焦湾村，学生

采录时间：1990 年 6 月 21 日

采录地点：西平县吕店乡焦湾村

这个故事当时也是通过发动师生采集上来的，焦本国、焦巧辉是爷孙关系。焦巧辉小时候就爱听爷爷讲的故事，当她领到采录任务时，就趁周末回家让爷爷讲故事。爷爷见了孙女也是很高兴，天也热，就在院子的树荫下讲起了故事。就这样，焦巧辉陆陆续续采录了好几篇故事，她对这些故事进行了认真修改。

此类故事在遂平、汝南、确山、上蔡等县也有流传。过去，人们很痛恨胸无点墨还装学问的人，所以就有了这个通过猜字谜来讽刺的故事，谜底为"犬"。（谭咏利）

591

庸医开药方

从前，有个庸医，经他的手治死了好多人，他自己也很害怕。

一天，他出诊回来，天色已晚，蹲在路旁麦田里解溲，忽见一群小鬼向他围来，只听小鬼们七嘴八舌地乱吵吵："咱就是吃他开的药才死的，叫他偿命！叫他偿命！"

庸医赶忙掏出手纸，准备擦了屁股好逃跑。可是，这手纸刚掏出布袋口，小鬼们不约而同地向后拔腿就跑，一边跑，一边大声地吆喝："快跑呀！快跑呀！他又开药方啦！"

讲述者：文志，原名高沛，男，53岁，西平县文化局，大专，干部
采录者：石山，男，20岁，西平县柏城镇，大专，干部
采录时间：1994年8月9日
采录地点：西平县城

得错了病

这个故事是高沛用别名"文志"作为讲述者入书的。高沛也是一肚子故事,好的故事他都用心地记录了下来,编纂民间文学三套集成时,怕引起别人的意见,他就用了别名,这次重新编纂时他才打消顾虑,说出了真相。(谭咏利)

从前,新蔡县有个姓陈的人,本来不会治病,只靠祖先传下的一个秘方,到处招摇撞骗。

一天,一位病人找他看病,他把"秘方"照抄一遍,交给了病人。病人吃了他开的药,病情不但不见好转,反而加重了,就又来找他:"你开的药方不对症吧?为啥我吃了你的药,病情越来越重?"

他听了病人的话很生气,说:"我的药方是祖传的,你咋胡说药方不对呢?不是药方不对,是你得错了病!"

讲述者: 邢克体,男,72 岁,新蔡县黄楼乡,不识字,农民

采录者: 汪利洲,男,23 岁,新蔡县黄楼乡文化站,初中,专干

采录时间: 1987 年 7 月 15 日

采录地点: 新蔡县黄楼街

贪财鬼

附记

这天汪利洲去街上买菜，正好碰见来卖菜的邢克体，当时天热人不多，买了菜后，汪利洲就和老人交谈了起来，出于习惯就问起了民间故事来。真是歪打正着，邢克体还真会讲几个故事，他就趁着聊天的机会讲了这个故事。就这么巧，买个菜的机会就采录到了这个故事，真的是"踏破铁鞋无觅处，得来全不费功夫"。

此类故事在汝南、确山、上蔡、正阳等县也有流传。看病要懂得对症下药，没有任何药方能治百病的，要不然就成了招摇撞骗卖大驴丸的啦。（谭咏利）

从前，有个外出的只顾赶路，走到荒山野坡，前不见村，后不着店，只好住到一座古庙里。

这庙里放着三副灵柩。那人睡到半夜里，听见棺材里有炸裂声，点着蜡烛一看，见仨棺材里都伸出一只手，看样子是想要钱，就取出一吊铜钱，先拿五个铜钱放在一只手里，这只手就握着铜钱缩了回去。又拿五个铜钱放在第二只手里，第二只手也缩了回去。到了第三只手，给他放五个铜钱，手却伸着不动，又给他添五个还不动，索性把剩下的钱全放到了他手里，这手才握着。那人躺下还没睡着，就听见铜钱哗啦落地的响声，点蜡一看，才知道是那只握钱多的手因棺材口小缩不进去，把钱撒了。那人把钱拾起来，数数整九十个。

讲述者：　张梦胥，男，91岁，西平县酒店乡酒店村，
　　　　　私塾，农民

采录者：　李翠华，女，22岁，西平县酒店乡，高中，
　　　　　职工

采录时间：1989 年 11 月 6 日

采录地点：西平县酒店乡酒店村

附记

当时是由翟玉堂带队一行多人到张梦胥家里进行故事采集的，李翠华等年轻人负责故事的记录等工作，最后由翟玉堂审核并上报的。

关于贪财的故事各地都有流传，内容不同，情节不一。人们常说"马不吃夜草不肥，人不得外财不富"，人这样，鬼也一样，贪心太重最终落得个两手空空，真是"贪心不足蛇吞象"。（谭咏利）

594

田瘸子看告示

从前，西平县有个田瘸子，此人一个瞎字不识，偏假充斯文，爱看告示。每逢一张告示贴出，他总是挤在前面，摇头晃脑，念念有词，看罢连声喊"厉害！厉害！"随后扬长而去。久而久之，"田瘸子看告示——厉害！"便成了人们的口头语。

一天，他又在装模作样地看告示，一人打趣说："这告示厉害不厉害？"田瘸子仍是老话："厉害！厉害！"那人问："告示上说的啥？恁厉害！"田瘸子哑口无言，愣了一会儿，装模作样地说："噫！看那个'不'字写得多有劲！"一人说："这告示上根本就没'不'字！"田瘸子把眼一瞪，理直气壮地大声嚷道："我就不信，恁大一张告示上就没有一个'不'字！"

讲述者： 游富才，男，48 岁，西平县东街，中专，市民

采录者： 张建宏，男，20 岁，西平县专探乡，大专，干部

采录时间：1987 年 5 月 7 日

采录地点：西平县东街

595

准许横着夹

附
记

游富才以卖菜为生，人有学问更有风趣，虽说"文化大革命"中受到迫害，由于种种原因无法平反，但他很乐观，经常在菜市场讲故事逗大伙开心，为三套集成做出了不小的贡献。后来因为常年风吹日晒得了风湿病，就过早地去世了。这天，张建宏来到菜市场找到他时，菜刚好将近卖完，老汉就大口吸着烟，大声地讲了几个故事。

这个故事中的这位，就是个典型的"打肿脸充胖子""癞蛤蟆插鸡毛掸子——冒充大尾巴狼"的货色。本地还流传一个这样的故事，有过之而无不及：有个人不识字，见一堆人围着看布告，便买了两个芝麻烧饼凑了过去，嘴还一张一合地假装认真念着。一个老太太看他这样便问他："那是啥呀？""烧饼。"老太太指着墙说："我是说那上边的。""上边？上边是芝麻。"老太太又指着布告上的字说："不，我问的是那黑的！""黑的？黑的是糊啦！"老太太着急地问："我是问那是干什么用的！""告诉你，吃了肚子不饿！想吃买去！"

（谭咏利）

有个财主吝啬成性，只准家人煮咸豆下饭，还规定只准用筷子竖着夹，不准横着夹。

儿子进京赶考，财主梦想一举及第，光宗耀祖，就显得特别大方，让儿子带了许多金银财宝前往。儿子是个浪荡公子，在京不理学业，整天进酒馆买醉，逛妓院买笑，考场没进就把钱财挥霍得净光。

财主听说了气得要死，一怒之下把全家人叫到一起，郑重宣布："以后吃饭，准许用筷子横着夹咸豆。"

讲述者： 许燕春，女，77 岁，西平县五沟营乡五沟
营街，不识字，农民

采录者： 赵利霞，女，14 岁，西平县五沟营乡联中，
学生

采录时间：1987 年 8 月 7 日

采录地点：西平县五沟营乡五沟营街

596

记账

当时赵广林是个文艺青年，爱写点东西，当他知道收集民间故事的事后，就着手在家附近进行收录。这天他找到毛秀芹时，她正在街上支个茶摊卖茶水，老人很随和，打扮得也很干净，给人一种亲切感。就在她的茶摊旁，毛秀芹就一边卖着茶水一边讲着故事，赵广林记录着，完成了这篇故事的采集。（高蔚）

有一个不识字的人给财主当账房先生。财主买了个猪头，他在账本上画个猪头，财主买了几斤香油，他在账本上点了很多点子。

一天财主的外甥来走亲戚，财主知道外甥是个秀才，就让账房先生把账拿给秀才看。秀才接过账来，左看右看说不了记的啥。财主气得把外甥打了一顿，把账本夺过来给账房先生说："你念念，叫他学学。"账房先生念了起来："毛尾打脸是猪头，星星点点是香油。"

讲述者： 毛秀芹，女，51 岁，西平县城郊乡，初小，
农民

采录者： 赵广林，男，26 岁，西平县城郊乡，初中，
农民

采录时间： 1987 年 7 月 16 日

采录地点： 西平县城郊乡

597

油擦嘴

讲述者： 张俊五，男，64 岁，西平县吕店乡，不识字，农民

采录者： 张功显，男，58 岁，西平县吕店乡，高中，干部

采录时间： 1987 年 5 月 5 日

采录地点： 西平县吕店乡吕店街

附记

这天张功显在街上见到了正在卖瓜的张俊五，见瓜好就买了几个，买了后就和张俊五闲聊了起来。张功显见张俊五能说会道，就问起他会不会讲些故事。老汉迟疑了一下，忙说咋不会讲呀，于是就讲了几个故事来。就这样，俩人吸着烟喷着阔就把这个故事采录了。

此类故事在我市各地都有流传。（谭咏利）

前王庄有个王财主，舍不得吃，舍不得穿。可是，他有个怪毛病：爱给外人夸大话，说自己天天吃肉，想让人家眼气[1]。为了使外人相信，就狠狠心买了一块猪大油挂厨房里，吃罢饭用它往嘴上擦一擦，猛一看，满嘴油乎乎的，就像刚吃了许多肉。

这天他吃罢饭，照例用大油擦了嘴，大摇大摆走到大街，咂咂嘴，给人家说："今天我又吃肉了，你们不信，看看我嘴上的油多厚。"王财主正在夸嘴的时候，他家的猫把那块大油撕吃了，儿子赶快到街上向他报告说："爹呀爹，厨房里挂那块你擦嘴用的大油叫猫给拉吃了！"众人一听，哈哈大笑。王财主一听心疼得不得了，照儿子嘴上就是一巴掌，嘴里骂道："妈的，我叫你不看着猫，多可惜呀，至少还能用半年！"

[1]　眼气：羡慕。

598

学徒学剃头

附
记

从前，有个学徒跟着师傅学剃头。师傅叫他先拿个冬瓜来练，学徒练得非常认真。但他有个习惯，每次练完总是顺手将剃头刀"噌"的一下，插在冬瓜上。师傅说："这习惯可不好。"小徒弟满不在乎地说："没关系，冬瓜又不会疼。"

三年过去了，学徒要出师了，就给师傅剃头。刚剃完了头，学徒想去舀水，就顺手将剃头刀"噌"的一下在师傅的头上插了下去。师傅"哇"地大叫一声，学徒回头一看，只见师傅头上鲜血直流。

讲述者： 王国力，男，46 岁，新蔡县砖店乡，高小，剃头匠

采录者： 龚国强，男，34 岁，新蔡县文化局，高中，干部

采录时间： 1987 年 11 月 29 日

采录地点： 新蔡县砖店街

王国力是个剃头匠，背集时下乡、逢集时在街摆摊，由于手艺好，很受人欢迎，整日不得空闲。这天找到他时，他正在街上摆摊，摊周围等着一群人。乡下人剃头讲究，尤其是老年人，都爱刮光头、刮脸、修鼻毛，费工还费时，但老王有耐性，总能让人乘兴而来满意而归。他的耐性就是好给大伙讲故事、好听大伙讲故事，说这样既解闷又解乏，关键是让人舒畅。就这样，老王一边剃着头一边讲着故事，还不忘给大伙开着玩笑，龚国强就耐心地听着、记录着。

此类故事在驻马店流传很广，说的都是养成一个良好的习惯很重要，之所以拿剃头说事儿，大概因为剃头是顶上功夫，弄不好会出人命，更具有代表性。（谭咏利）

599

照
镜
子

采录时间：1987 年 8 月 5 日

采录地点：新蔡县宋岗乡宋楼村

从前，有个人经常在外面做生意。一天，他看见人家给家里人买镜子，也给老婆买了一面，想让老婆开开"洋荤"。过了几天，他回家把镜子放在柜子上，也没跟老婆说，就走了。

第二天早上，他老婆梳头时，见柜子上有一块明晃晃的东西，不知是啥玩意。拿来一看，可把她给气坏了，就去对婆婆说："娘，他在外面又娶一个！"

婆婆说："我不信，要娶，他也该给我们商量商量呀。""要不信，你看。"媳妇说着把镜子递了过去。婆婆信以为真，接过一看，也气坏了，埋怨儿子说："要娶你也娶个年轻的，别娶这么老的啊！"说着，将镜子"砰"的一声摔了个粉碎。

讲述者： 魏荷仙，女，36 岁，新蔡县宋岗乡宋楼村，初中，农民

采录者： 龚国强，男，34 岁，新蔡县文化局，高中，干部

600

「愚人」和「傻瓜」

从前，有一个县官以"清官"自居。

有一次，张三和李四因为宅基地发生争执，前往县衙打官司。张三为了把官司打赢，事先买了一条大鱼，将内脏扒出，塞进银子，送给了县官。李四听说后，从街上买了一个大西瓜，把瓤挖出，塞进金子，也送给了县官。

第二天，县衙击鼓升堂，问案时，县官说的总是向着李四。张三以为肯定是县官记错了送礼的人，就提醒说："大老爷，我是愚（鱼）人，愚（鱼）人有理（礼）呀！"谁知县官听罢竟勃然大怒，一摔惊堂木，喝斥道："愚（鱼）人不如傻瓜！"

讲述者： 赵来运，男，50 岁，新蔡县龙口乡，高小，农民

采录者： 赵卫明，男，26 岁，新蔡县龙口乡，中专，教师

采录时间： 1987 年 10 月 9 日

采录地点： 新蔡县龙口乡

异文：县官评理

兄弟二人为分家产打闹起来，亲戚族人谁也劝解不下，只有到县衙去打官司。哥哥为了打赢，给县太爷送了三两银子。弟弟也为了打赢，给县太爷送了五两银子。

这天，县太爷升堂审理此案，三言两语就判哥哥没理。这时，哥哥伸出仨指头说："县太爷，我有'礼'呀！"县太爷惊堂木一摔说："混蛋！"接着伸出一把手，指着他弟弟说："他比你更有'礼'！"

讲述者： 胡玉山，男，53 岁，泌阳马谷田乡罗店村，高小，农民

采录者： 管民友，男，42 岁，泌阳马谷田乡罗店小学，初中，教师

采录时间： 1990 年 5 月 12 日

采录地点： 泌阳县马谷田乡罗店村

附记

此类故事在驻马店各地流传很广。老话说"衙门口，朝南开，有理无理拿钱来，没钱有理莫进来""男吵官司女吵穷"，说的就是这个道理。（谭咏利）

601

还是我知道的多

采录时间：1988 年 1 月 26 日
采录地点：驻马店市刘阁乡

附
记

这天高大山碰见了正在街上买菜的高运业，熟人见面分外亲热，就吸着烟站在一起喷了起来。中间高运业问高大山最近在忙啥，高大山说还是忙着采集民间文学三套集成的事，还随口让他讲个故事听听。高运业就随口讲了几个故事，有些故事高大山已经采录了，就这个故事没有听过，于是就采录了下来。（张毅）

一天，一个人天不明就起来准备到集上去，当他走到河边的一棵柳树下面的时候，忽然一阵风响，随着一块泥巴砸在他头上。他慌忙脱下裤子，低着头把屁股撅起来。因为他听说过：鬼想捂死人的时候就朝嘴里塞泥巴，如果你撅起屁股，它塞了你也可以不死。

巧的是一家的猪跑了，这家主人很早就找。当走近河边时，他发现柳树下边好像有什么东西，心想要是猪一砸肯定会跑，于是顺手抓了一把湿泥一甩，刚好打在那个人屁股上。而这个赶集的人心里好笑，心想还是我知道的多，要不是……

可他不知道，柳树上的泥块是别人前几天甩塘泥的时候甩上的，一遇到风又掉下来，刚好砸在他头上。

讲述者： 高运业，男，47 岁，驻马店市刘阁乡，初中，教师

采录者： 高大山，男，22 岁，驻马店市刘阁乡文化站，高中，专干

602

李小二卖包子

讲述者： 李喜成，男，58 岁，平舆县万冢乡汤岭村，
　　　　　初中，农民

采录者： 汤秀玲，女，23 岁，平舆县万冢乡汤岭村，
　　　　　高中，农民

采录时间：1987 年 9 月 29 日
采录地点：平舆县万冢乡汤岭村

附
记

汤秀玲是在万寨村贺德全的支持和鼓励下参与民间文学三套集成收集的。这天她来到同村的李喜成家，李喜成正在家给牲口铡草，老伴在旁边续着草。彼此客气了一下，老李就边铡草边讲起故事来，汤秀玲就一边听着一边记着要点，还不时地用木杈把铡好的草堆到一边，就这样完成了这篇故事的采集。由于女孩家脸皮薄，家人管得严，也不让外出，采集了这篇故事后她就没有再参与其中。（谭咏利）

李小二和妻子想做点小生意——卖包子。经过一天的准备，把包子蒸好了，妻子让他拿到集上去卖，并说："咱第一次做生意，包子大小不一。有大得很的，就吃了，不要大包子卖个小价钱。"

李小二扛着包子上了路，半路上想起妻子的话，仔细地看了一下包子，见有一个很大，便拿着吃了。又一看还有一个大的，又吃下了。就这样，他拣大的吃了一个又一个，把包子吃得只剩下俩了。他觉得其中一个还大，便又吃了。看着剩下的一个小包子，心想，这一个包子还卖啥呀，也吃了吧！

李小二扛着空篮子回到家，妻子见他这么快就卖完了，高兴地迎了上去。他告诉妻子自己吃包子的经过，妻子气得把他打了几捶，问他到底想的啥，小二说："我想喝水，口干得要命。"

附录

一

驻马店地区常用方言对照表

A

腌讥　　用轻蔑的口气讥讽人

哀杖　　哭丧杖，用柳枝或高粱秆子粘上白纸制成

B

巴不哩　　巴不得

扒磕　　1.扒；2.挣扎着上进、奔波

八成　　1.十分之八；2.指人不十分精明

疤瘌　　疮口愈合后留下的疤痕

扒豁子　　引起纠纷，惹祸

把劲　　紧凑，好看。可以说人，也可以说东西

白脖儿　　外行

白杠雨　　无风无雷的大雨

白壮（子）雨　　中雨

摆治　　1.反复拨动或移动；2.摆布、安排；3.玩弄

摆惑　　刁难、捉弄人

刮划　　1.处置、安排；2.修理、整治；3.指点、教育

半大橛子　　十五六岁的男孩子

半吊子　　不通事理，言行鲁莽的人

斑鸠爪　　雀斑

扳了　　指小孩子夭亡，也说"丢了""扔了"

搬亲　　娶亲，也叫"完婚"

扳视　　仔细观察

板倒　　用力使跌倒，突然跌倒

搬藏　　田鼠

半掩门　　暗娼，也称"半门子"

扳不倒儿　　不倒翁

背锅儿　　驼背，又叫"罗锅儿"

扁嘴子　　鸭子

编圈儿　　也说"编诓儿"。1.设置圈套；2.说谎话

表兄　　姐夫，通行于确山县

飙　　跑

办赖　　使人难堪

C

秕子　　有壳无实或不饱满的谷物籽粒

并　　"不应"的合声，表示不

勃　　母畜生产，也说"浆""将"

薄性　　小气

布鸽　　鸽子

不搁人　　不易合作

不寒脸儿　　西平话，指内心忧愤，脸上没有丝毫表现

不失闲儿　　不闲一会，无休止，也说"不使闲儿"

不甩　　1.不答理；2.不买账

不行意　　不习惯，如：刚到城市生活不行意。

不许乎　　没注意，不知道

不仪央人　　西平县指小孩子的举止不讨人喜欢

不沾　　不行，也说不管，也可以正面说沾，管

茶　　白开水

差次　　1.人的品德、素质不高；2.产品质量差

差纰　　事情没有办好

叉裤　　只有裤腿的棉裤

踩蛋儿　　鸡和鸟类交配，又叫"压蛋儿"

菜盒儿　　中间夹馅的烙饼

才坏　　1.人体伤残；2.事情没有办好

踩水　　鹅、鸭交配

藏老没　　捉迷藏

草个子　　用农作物的茎或草类拧成绳状草个子

草混子　　草鱼

草驴　　母驴

超　　大步跨越

车轱辘儿棵　　车前草

刺挠　　1.痒；2.不痛快

刺角芽　　大蓟

媸奈人　　对言语、行动或环境感到恶心、不满意。也说吃意人

冲　　言语激烈，行动过火

虫翼儿　　泛指鸟类

抢　　从器物的一边用力它翻倒或竖起，如：把箱子抢过来。

粗呼　　1.大手大脚；2.粗心大意

窜圈　　逃跑

出律　　1.悄悄溜跑；2.形容胆怯的样子

出串　　蚯蚓

吃场子　　参加酒宴，又叫吃摊子、坐桌子

出花儿　　出牛痘

膗　　肥胖而肌肉松弛

芝麻糊　　眼屎，也叫"赤麻糊"

吃嘴窝儿　　后脑窝

匆刻　　不多一会儿

充能　　自作聪明

臭虮　　臭虫

促促（子）　　蟋蟀

出门　　女子出嫁，也叫"出阁"

醋水　　放置汤匙的小碟子

穿孝　　死者的家属亲朋穿着孝服，表示哀悼

炊帚把子　　炊帚

D

达　　叔父

大把儿　　扶犁、赶车的驭手

大氅　　大衣

大样　　架子大，骄傲自恃，又叫秉（bin）

大家病　　霍乱（二号病），也说"哕冒病"

打明勾　　闪电，也叫"打闪"

大麻籽　　蓖麻

大手巾　　把白色孝布撕成条状，用于裹头

打水飘飘　　向水面上平掷瓦片、石片，使其漂浮前进

打锅　　1.体质很差；2.事情办坏；3.劳累过度

打渣子　　开玩笑，骂着玩，也说俚戏，确山县叫打王诈，西平县叫见砍凉

单意儿　　故意

叨菜　　用筷子夹菜，多用于劝客人进食

打光肚儿　　终身不娶的汉子，也说"光肚汉子、光荡汉子、光棍儿、身汉"

刀螂　　螳螂

叨木官儿　　啄木鸟

打盘儿	打算	恶子牛	蜗牛	绠	粗绳子
大西驴	泌阳驴，泌阳话。别处多称"泌阳驴"	二道毛	指作风粗鲁、不懂礼貌的人	鼓病	肚胀
		儿马（子）	公马，正阳也称"叫马"	谷堆	蹲
打圆弧	打圆场，调解纠纷，缓和僵局	耳根儿	耳朵	咕隆	慢慢地动
带犊儿	女子再嫁时带的儿女	耳暖子	冬天戴的耳套儿	管么	恐怕，大概；可能
待见	喜爱，多用于长对幼，遂平县也说爱见	耳性	记性	怪气	遂平县指奇怪
		二意子	阴阳人	光肚儿	裸体
泰	巧妙；好			光棍儿	1.惹不起的或有权势的人
倒搐	退步				2.单身汉
到了儿	终究，到底。又叫"末了"			光棍儿扛锄	布谷鸟
捣践	指责别人时的手势			过年儿	明年
登倒	1.交替地在容器中倒出倒入	**F**		锅底门	灶前
	2.物体交换地方			锅壳廊子	锅台
点花儿	种牛痘	发利市	说不吉利的话	过月子	产妇生育后第一个月，也叫"坐月子"
掂对	1.调整；2.摆布，刁难	发癔症	发呆		
弟儿们	弟兄们	幡杆子	死者的招魂幡，埋葬时插在坟前		
地翻身	地震	放磙	旧时用石磙打场		
滴星儿啦	下零星小雨，也叫"滴点儿啦"	翻精	顽皮捣蛋	**H**	
地张儿	地方	风掀	风箱		
顶风	逆着风向行进，也叫顶风头				
顶上	上边				
蜓蜓	蜻蜓			害耳底	中耳炎
钉疙瘩	疮痂			害赖	害羞
冬隆	冰，薄冰或碎冰块儿叫"冬隆碴子"			夯实	壮实、实在
				好面	小麦面粉
兜兜儿	兜肚			喝汤	吃晚饭
抖	发迹；得势			红脸汉	做事光明正大的人
斗	1.逮捕、抓获；2.吃、拿	刮索	设法占取他人的财物	红薯母子	育种的红薯
毒气	1.气势大，权势大；2.很兴盛	盖的	被子	红萝卜	胡萝卜
对乎	凑合	该	欠	烘柿子	在树上长软，在阳光下晒软，或长时间放软的柿子
堆窑	旧时舂米用的石臼	干店	供旅客住宿、做饭的简陋客店		
砘地	播种后用石砘子把松土碾实，以使保墒	赶会	参加庙会或物资交流会	后半儿	下午，也说"晚晌""今后边儿"
		赶明儿	将来	后个儿	后天，也说"后儿""后影儿"
肚么脐儿	肚脐	杆儿上	土匪，泌阳地区也称"膛匠""蹚将"	花婶儿	婶母
多大晚儿	什么时候，也说"啥时候""多咱儿""多旦儿""多点儿"			黄病	肝炎
		擀汤	擀面条	慌脚	着慌
多会儿	刚才	改	1.从，如：你改哪来的？	黄黄苗	蒲公英，或叫鸡蛋棵
多嫌	嫌弃		2.在，如：你改那儿别动。	胡尔马也	马马虎虎
		高头	上边	胡啰	胡说，也说"胡砍""胡裤"
		圪渣儿	碎锅巴	呼吸门儿	卤门儿，也叫"呼些门（顶）儿"
		圪对	凑合		
		搁伙计	合作共事	户缘	家族
E		圪牙	黄鱼	煳气	烧成焦黑的食物发出的气味
		胳老盖儿	膝盖，也叫"胳老瓣儿"	糊涂	用高粱面、玉米面熬制的粥
		胳老肢儿	腋窝	虎势	形容体格健壮
饿老雕	鹰	搁劲儿	用力气	黄黄鹭儿	黄鹂，又叫黄漏子
恶水	刷锅、洗碗用过的水	圪蚤	跳蚤	汇脓	疮生了脓，也叫鼓脓
恶子	田螺	跟儿干	跟前		

火头　黑鱼
活脱儿　两人相貌、举止十分相似

J

急怪　西平指急躁
紧巴　不宽余
家鱼　鲢鱼
加崩子　快跑
肩么头儿　肩头
尖　吝啬，比喻说法为"不出血儿"
绞肠痧　阑尾炎
叫驴　公驴
虹　彩虹
将　刚才
将将儿　刚才，也说"将儿"
搅泥　纠缠
娇养　娇惯
犍子　阉割过的公牛，也称"老犍"
叫叫（角）　皂角
羯子　阉割过的公羊
金针　黄花菜
井拔凉水　夏天刚从井里打出来的凉水
就晚儿　立即，随即，也说"净晚"
焆　轻视别人，对人没有礼貌，也说"膀"（pang）
卷子　长方形的馒头
噘　骂，泌阳话，其他地方称"噘""绝"
角子　油炸或蒸制的半月形菜包

K

坎儿　一种无领无袖的上衣
坎住　用器物将东西盖住
看好儿　选择黄道吉日
看（严）好儿　正好，西平县说"严可儿"
看（严）美儿　正好，碰巧

坎啦　器物翻过来，内装的东西洒出去了
壳蚌　蚌
克烦　厌恶，也叫克板
刻苦　1.欺侮；2.使……吃苦
可张　办事不稳重、鲁莽
壳廊　胸腔
坑　池塘
坑拐子　池塘湾汊处
口　厉害，不讲理
苦包人　对人搞恶作剧，也说"确包人"
葵瓜　向日葵
枯蹙　1.皮肤或物体表面发皱；2.缩短或缩小

L

邋乎　不整洁，不利落
拉拐儿　说闲话，也说"摆活、拉呱儿、拍话儿"
癞肚　蟾蜍，正阳说"癞头包子"
揽把　贪婪
郎当　办事不认真
朗利　1.形容说话、办事干脆、利落；2.相貌、衣着漂亮
郎猪（子）　未阉割过的公猪
郎猫　公猫
老绑　扫帚
老扁　蚱蜢
老等　鹭鸶
老改劁　阉割后的种猪
老疙瘩　对最小子女的爱称
老鸹　乌鸦
老犍　1.阉割后的公牛；2.疟疾，发疟子说"放老犍"，也说"放牛哩"，上蔡县说"打老张"或"打脾寒"
老妮儿　未婚大龄女子
老师儿　对工匠师傅的尊称
老屋儿　棺材，也叫木头，确山县叫"活"，上蔡叫"土活""土料"
老太儿　曾祖母，泌阳、遂平地区兼指曾祖父母
老太爷　曾祖父
肋巴骨　肋骨

冷时明儿　黎明
冷子　冰雹
楞　高兴，兴奋
哩　1.相当于的、地、得三个结构助词；2.其他助词；3.语气助词，表疑问
里落儿　牲畜内脏
缭边儿　缝衣服的边儿
流冰　雨雪后因寒冷地面上凝结的冰凌
琉璃儿　房檐下的冰柱
柳棉子　柳絮
垄沟　畦？出中通水的小沟
龙黄　硫磺，也叫"臭龙皇"
龙抓啦　被雷电击中而死。迷信鬼神者认为是龙王抽了筋，把人抓走了
卤面　蒸面条
落　寂寞、落寞
落犊　牛流产
骒马、水马　母马
罗面雨　蒙蒙细雨，也叫"小雾么雨""毛细雨""雾星雨儿""毛毛雨"
螺丝骨　踝骨
捋着（住）　顺着，沿着
驴骡　母驴和公马交配所生的杂种
驴娃子　驴驹

M

蚂蟞　蚂蟥
麻缠　1.纠缠不清；2.难办
妈儿妈儿　乳房
妈穗儿　乳头
马尾鹊　喜鹊，也叫"马喳子""马尾喳子"
麻吱了儿　蝉
麻子眼儿　傍晚时分，也说"麻擦眼儿""黑麻子眼"
卖野眼　干活不专心，走路左顾右盼
牤牛　未阉割的公牛，也称"老犍"
卯　剩下，留下。如：教室就卯他自己了。
冒肚　腹泻
猫　1.躲藏；2.骗
茅司（子）　厕所，新蔡县叫"茅茨"，泌阳

	叫"茅道"，确山叫"茅池子""夹道子"
每道儿	从前，也说"每遭儿""每涝（音）儿"
没捞摸儿	1.无依靠；2.摸不清别人的话儿和事儿
眉头	又说迷糊头，前额，也叫"业老盖子"
没任啥儿	没有任何东西
门鼻儿	钉在门上用以叩门环的铁圈儿
门插子	门闩，也叫"门插板"
门搭吊儿	门环
门欠子	门槛儿
蒙脸痧	雀斑，正阳县又叫"黑麦斑""黑星"
咪猫	母猫
米乎（谷）菜	苋菜
明间	外屋，多为客厅，又叫"当门儿"
明明虫	萤火虫，也叫明火虫
磨道	拉磨的走道，或指磨屋
磨屋	安装有石磨的屋子
磨嘴	多费口舌，也指吵架
木胡蛋	马铃薯

N

拿捏人	故意挑剔，指责人
曩	哪个方向的合音与省音，如：她往曩走了
那背	表肯定
耐浣（wò）	耐脏
脑油后	后脑勺，也叫"头把子"
鞲子	高帮棉鞋
恁	你，你们，单数与复数同形
恁的	那时候
内掌柜	掌柜的妻子
泥狗子	泥鳅
年把儿	一年左右
年成	年景，多指荒年
年时个儿	去年
年头儿	年初
年尾儿	年底

年下	春节
粘牙	无休止地吵闹，强辩、纠缠。如：他是一个粘牙秀才。
黏缠	1.死磨硬缠；2.做事不松劲儿
尿脬	撒尿
捏作	过分谦让
拧筋	无理强辩
牛屋	圈养牲口的屋子

O

怄	长时间赌气、纠缠，西平县也叫清熬
沤热	闷热

P

爬叉	蝉的幼虫
爬叉皮	蝉蜕
抛洒	浪费，随便扔东西
拍话儿	说闲话，也说拍拍、喷喷，确山县又说"白话白话"
赔释	道歉
喷	1.吹牛，夸口；2.聊天，也说喷空儿
澎了	糟糕了，也可以说"澎圆了"
跑羔儿	羊交配
跑圈儿（子）	猪交配
炮筒子	言语直爽，无所顾忌的人
皮脸	调皮，小孩对长者的教育置之不理
谝	显示，夸耀，经常和"能"连用，说成"谝能"
撇	说话装腔作势，对收受条件过高，也叫撇
破上	不顾一切地硬拼
泼	小孩身体强壮，抵抗力强
铺衬	碎布
铺的	褥子

坡地	洼地
醭土	灰尘，被风刮起来的尘土

Q

欺么	欺侮
气么	无理欺侮，使人生气
气蛋	疝气，新蔡县说"衰气"
妻孙	骂人话
前半儿	上午，也说"今前边儿"
前年个	前年
钳子	耳环，确山话
千把子	一千个的约数
抢锅刀儿	锅铲
秦椒	辣椒
睛	尽管，如：你睛说了，不用怕。或说"成"
清寂	清净
庆	较稀的东西因冷却而变稠
秋明儿	清明节
榷人	骗人
去伙	拉倒，作罢，也说"去球（述）"

R

认哩	认得
肉	动作迟缓
撊	1.插；2.塞
容是	既然，要是

S

杀	用绳子捆紧
杀羊羔儿	儿童游戏，几个儿童牵衣相逐，另一个儿童设法抓排尾者，抓住则胜

煞戏 演完戏
煞电影 电影放映结束
刹风 风停了，也叫"息风"
杀芝麻 收割芝麻
啥 筛选。如：把麦子里的豌豆啥出来。
三勾儿有两勾儿 即三分之二
骟马 阉割过的马
殇了 指中年人死亡
晌午头儿 中午
晌午错 刚刚过了中午
扫帚星 彗星
参儿星 猎户星座中三颗直线等距离的亮星，或简称"参儿"
勺子星 北斗星
烧 卖弄，炫耀，又叫"烧毛""烧包"
臊胡 公羊
臊气 倒霉
水扁嘴子 水鸭子
水羊 母羊
驷牛 母牛
撕不烂哩套子 比喻办事不果断
肆闹 小孩哭闹，纠缠人
潲气 食物的馊味
手籀儿 戒指
摔老盆 发丧时长子在灵前把一个盆子摔破，是一种丧葬礼仪
十来一儿 阴历十月初一，农村一般在这一天上坟祭祖
送好儿 结婚前男方家到女家告知结婚日期
蒜面条子 以蒜汁调拌的捞面条儿，也叫凉面条
树秧子 树苗
树疙瘩 树根
树骨辘 截成段的树干
水浮漂 浮萍
秫秫 高粱
秫秆 高粱秆
耍把戏 玩杂技
耍刮 1.办事效率高，质量好；2.穿戴整齐干净
爽 批评。如：老师把他爽了一顿。
缩气 1.小气；2.没本领；3.让人失望
数道 带有斥责的劝说
爽当 立即，马上

T

潭窝 河流中水特别深的地方
堂屋 坐北朝南的正房
痴子 傻子
剔苗儿 剔除过密的庄稼苗儿
舔 溜须拍马，也说溜沟儿
填还 指别人好处，含贬义
甜秫秆 甘蔗
挑哧 挑剔
铁 1.干劲大，本事大；2.身体强壮
挺 躺
头发毛 头发
土坷 粉末状的土
豚（儿子） 阉割过的小母猪
托底 对某人或某事的原委知道得很清楚
妥滑 偷懒耍滑头
团圆媳妇 童养媳

W

挖软泥 欺负弱者
掘 盛取。如：去仓里掘一斗米。
外头人 妻子称丈夫，旧时通称男人为外头人
挖垮 遂平县指倒霉、事情办坏了
瓦块儿云 房瓦状或鱼鳞状的云霞
晚晌黑 夜晚
玩故事 指踩高跷、玩龙、舞狮等民间文艺表演，也叫玩玩意儿
倭瓜 南瓜
乌笃水 未煮沸的温水，也叫"温笃水"
屋里人 丈夫称妻子
五月单五儿 端阳节，也说"五月当五儿"或"当五儿"

X

细发 活计、工艺细致美观
细粉 粉条
稀乎 几乎，差一点儿
吸铁石 磁石
下面 磨过多遍，质量粗糙的小麦面
下三儿 1.吃东西贪婪；2.指下贱，没出息的人
下世了 指老年人死亡，也称过世了，不在了，没了
闲磕牙 无意义的争吵
鲜洒 1.颜色鲜艳；2.打扮与众不同
小爹 叔父
小豁儿 家兔
小娘 姊母
小晌午 接近中午，也说"半晌午"
斜豁 说话嗓门高，似吵架，有的县叫咋呼，含贬义
歇晌 夏天午休
黑丧着脸 因心里不痛快而脸上显出不高兴的样子
写酒 斟酒
寻 嫁，娶
凶子 傻子
信，信球 傻，傻子
新客 新郎
寻无常 自杀，也叫"寻短见"，如上吊、喝药而死
兄里 弟弟

Y

牙花子 牙龈
牙狗 公狗
牙猪 阉割过的小公猪
伢 1.嘴巧善辩；2.衣物新颖时髦
眼气 羡慕
眼子 容易被人捉弄、诓骗的老实人
燕鳖蝴儿 蝙蝠，上蔡县叫"绵绵呼子"
腰里没劲儿 手中无钱的形象说法
咬牙印儿 表态，说出一定标准、数量等

羊羔风	癫痫病	
洋戏	留声机或电唱机	
夜猫子	猫头鹰，也叫"猫儿头"	
夜儿个	昨天，也说"夜儿""夜儿哩"	
噎食病	食道癌	
一半个	少数的约数	
一崩子	1. 一会儿；2. 大约的距离（上蔡东部）	
一地深	一块农田的距离	
一骨堆	一堆	
一骨抓	一嘟噜	
一蜎蜎儿	一点点儿	
一捏儿	也说一捏子，拇指与食指第一节合拢所挟之物为捏儿，多指粉状物	
一竿子	一伙	
一扑棱	一片	
一扑塌	一摊，用于稀软的粥状物	
一家子	同姓者的互称	
一条揎	亲姐妹的丈夫之间的通称，也称一条杠儿	
引	1. 妇女生孩子；2. 抱或领孩子玩	
引酵	蒸馍用的面酵子	
印花儿	邮票	
迎面骨	胫骨	
油果子	油条	
有门儿	有办法	
有道数儿	指懂道理，有规矩。西平话	
蚰子	蝈蝈	
淤	1. 汤水溢出；2. 说话与事实有出入	
舆	到处传播。如：都舆着他贪污了。	
雨淋子	斗笠	
月姥儿姥儿	月亮，也叫月明牙、月亮头、月姥娘	
月亮地儿	月亮照射的地方	
月亮头	有月光的夜晚	
月黑头	无月光的夜晚	

Z

咱晚儿	这时候	
战带	搬运工人或农民系的宽而长的腰带，新蔡县叫板带	
张（将）忙	刚才	

穰	1. 身体不健壮，如：他身体穰。2. 常与"不"连用，说成"不穰"，指能力强。如：老张不穰，带领全村人都过上了好日子。	
掌鞭里	会驱使牲口的长工	
秧柴	较软的柴草	
掌线里	木工	
灶火	（屋）厨房，也叫"厨屋"	
糟讥	嘲骂人，即糟践人	
扎把	指捆扎，装束	
讓	责备，狠狠批评。也叫"熊人""刷人"	
照山红	杜鹃花	
贼星	流星	
遮巾子	围裙	
这一伐儿	1. 最近一个时期；2. 一个年龄段	
争个儿	一直，如：不让他说，他争个儿说。也叫"争改"	
这背	1. 表疑问，意为"这不是吗？"2. 表肯定，意为"这是"	
争敬	认为别人对自己尊敬不够而争礼	
掌	添，放。多指在饮食中添放调料	
照照	看看，一般用于寻视不在眼前的东西	
踮	1. 自作高雅，在不适当的场合故意说文雅话或外语；2. 吃穿优越，生活富裕	
钻挤	机灵	
治治	用秤测定重量	
自个儿	自己，遂平说自家的合音	
仔细	生活节约，精打细算	
肉头	指与人通奸的女人的丈夫，引申为骂人话	
抓瞎	糟糕，不好	
抓钩	由三根铁齿构成的挖地农具	
坐萝卜	事情没办好而作难	
做荏	办事利索，踏实能干	
猪旺子	猪血，又叫红豆腐	
转头	对牲畜舌头的讳称，也称口条	
作精	1. 做与自己的年龄或身份不相称的事；2. 吃饭、穿衣挑剔	
撮乎儿	办事办坏，不行	
浊淖	遂平县指使……肮脏	
肿乍腮	腮腺炎	
走驹	马、驴交配，也说"落驹""司驹"	
走牸	牛交配	
走窝（子）	狗交配，也说"练蛋"	

蛛蛛	蜘蛛	

二

驻马店民间故事讲述者小传
（以出生时间排序）

张梦肾（1898—1990）

男，

西平县出山镇酒店村人，农民，

上过私塾，河南省民协会员

他长期生活在农村，能讲述上百篇民间故事，尤其擅长民歌民谣。1958年以来，先后在报刊发表民间文学作品十余篇。

郝玉英（1901—1988）

女，汉族，

新蔡县古吕镇人

上过三年私塾，解放前在张家染坊度过半生。在民间文化普查时虽已87岁高龄，讲起故事仍绘声绘色。《中国民间故事集成·河南新蔡县卷》收录有她讲述的《香姑娘》。

李杰民（1901—1990）

男，汉族，

新蔡县古吕镇新华街人

从事教育工作四十余年。幼时常听外祖父（清朝拔贡）讲故事，深受影响。任教时常给学生讲故事，是有名的故事篓子。

杨林蔚（1905—2001）

男，回族，

遂平县阳凤乡阳凤街人，赤脚

医生

上过私塾，种过地，担任过县人民委员会委员。由于他长期生活工作在农村基层，听到不少民间故事传说，也喜欢讲民间故事。"三套集成"编纂时已经八十二岁，在民间文学普查搜集过程中，他亲自动手，整理出民间故事十多篇，上万字，多数被选中入卷。代表作品有《孟姜女哭长城》等。

郭景洲（1908—1997）

男，汉族，

遂平县车站乡郭庄村农民

上过私塾，是本地有名的说书艺人。在本村敬老院居住期间，他经常用自制的三弦边拉边唱，丰富敬老院的文化生活。在遂平县民间故事普查时，他已八十岁，但头脑清晰，贡献民间故事十多篇，还亲自到编辑室讲说故事。他讲的故事情节生动，幽默诙谐，情趣盎然。代表作品有《棒槌张庄的来历》等。

徐河清（1909—1982）

男，汉族，

新蔡县韩集乡蒋店村委老庄子

村农民

出身贫苦，未曾上学，解放前走南闯北做小买卖，养成了幽默豪爽性格，常跟乡亲父老有笑话，讲故事。

张国英（1909—1991）

女，汉族，

确山县李新店乡邵楼村张湾农

民，不识字

自幼聪明，爱听故事，唱歌谣，所讲故事绘声绘色、有头有尾、入情入理。

李天亭（1910—1996）

男，汉族，

确山县石磙河乡王楼村天花楼

农民

没文化，一生务农，爱说爱唱，有一副好嗓子，记忆力强。他讲述的故事数十篇，具有纯朴、细腻、通俗、感人的特点。

贾才甫（1912—1999）

男，汉族，

遂平县嵖岈山乡鲍庄村人，先

任教师，后从医

他喜读各种书籍，被誉为"百事通"。在长期行医过程中，收集大量民间故事、地方传说、奇闻轶事，特别熟悉嵖岈山的种种传说。他讲故事描述形象化，听之如身临其境。代表作品有《隐士沟的由来》《尖山白龙池》等。

苏王氏（1917—1990）

女，汉族，

平舆县东和店乡仙翁庙村农民

自幼爱好民间故事、歌谣，爱听爱记，善讲善唱。虽不识字，但记忆超人，上百句的歌谣和数千字的故事，她都能讲得有头有尾，生动感人。在民间文学普查中，她提供故事近三十个，歌谣五十余首。

董清玉（1918—2005）
男，汉族，
三门闸乡大辛庄村农民，
父亲董继祥是汝南县有名的说
书艺人

他读过七年私塾，自幼喜爱听故事，加之他在外当兵多年，见多识广，是三里五村出了名的"有话篓子"。他讲的故事地方特色鲜明，语言通俗易懂，生动感人，讲述民间故事一百余篇，其中选入县卷的有《赵倜是怎样当上河南督军的》《人祖爷和人祖奶奶》《蝼蛄子救驾》等十余篇。

石廷俊（1919—2016）
字杰甫，男，汉族，上蔡县东洪
镇人，大学文化，教师，是上蔡
县高学历的民间故事传承者

他讲述的故事生动、有趣，包含着很多的人生启迪和哲理。代表作品有《孔子受困上蔡的故事》《重阳节的来历》《王莽撵刘秀的故事》等，主编有《雪泥鸿爪》《九旬漫忆》等书。

傅学忠（1920—1999）
男，汉族，河南汝南人，
初中文化程度，1949 年 10 月
参加工作

曾担任汝南县板店乡玉皇庙村街长、和孝乡宣传委员、西郊乡乡长、县豫剧团支部书记、县文化局副局长等职务。他一生对文化工作钟爱有加，尤其是在县剧团和县文化局工作期间，更是全身心地投入到工作中去，利用自己青少年时读书多会说评书的特点，积极讲述和创作文学作品，特别是在编辑出版汝南县民间文学三套集成挖掘、整理民间口头作品期间，积极供稿数十篇并被采纳录用。

刘承伟（1923—2009）
男，汉族，
遂平县张店乡青石桥村魏园
农民

他自幼听了很多关于家乡的故事，对家乡的风物人情、一草一木都非常熟悉，日积月累成了"故事篓子"。他讲的故事具有浓厚的乡土气息，又富于情趣，代表作品《狗家庙》等。

刘记（1924—2003）
男，汉族，
确山县胡庙乡吴楼村朱岗农民

出身贫苦，没上过学，逃荒要饭去过很多地方，学会了说梆

梆筒（渔鼓）。因走南闯北、见多识广，会讲很多故事。他所讲故事语言流畅朴实，情节入理，人物性格鲜明，很有感染力。

唐建中（1928—1996）
男，汉族，
平舆县人，初中文化，
中共党员

他少年时爱听爱讲民间故事，参加工作后历任区长、副县长，把到民间采风作为密切联系群众的"法宝"，一如既往地致力于民间文学创作活动。经常深入民间采录整理民间故事，先后搜集民间故事六十余篇，为抢救传承民间文化遗产，做出了积极贡献。

叶本党（1929—2002）
男，汉族，正阳县寒冻镇
人，初中文化程度，中共
党员，干部

喜欢收集民间故事，人们称他"故事篓子"。他不仅能讲述六十多个幽默故事，还能说"七十二倒板"系列笑话。有时在饭罢茶余，还会说段评书。

刘福（1929—2008）
男，汉族，
平舆县万家乡万寨村委
大刘庄村农民，上过两
年私学

他对民间文学十分喜好，爱听说书的，爱讲故事，在民间文学普查中，提供故事数十篇。

尹杰（1929—2010）
男，
原籍山东省齐河县，
确山县志办离休干部，
中师文化

14 岁参加革命，随大军南下时留居确山工作。从事文化工作多年，熟悉确山县历史掌故和地方风俗人情，对民间文化艺术情有独钟，能讲述很多民间故事。搜集有大量民间歌谣、谚语、故事，《确山县民间故事卷》收有其讲述故事 10 余篇。

任立功（1932—1992）

男，汉族，河南汝南人，

高中，干部

系中国民间文艺家协会会员、《中国民间故事集成·河南汝南县卷》副主编，也是汝南县较早从事地方文化和民间文化研究的老同志。20世纪80年代初，他开始进行民间文学的搜集、整理工作，参与整理编纂《汝南民间故事》。编纂汝南县民间文学三套集期间，采录各类民间文学作品上百篇。同时他的代表作有短篇小说《压魂轿》、中篇小说《丝弦道》及长篇小说《窦桂娘》。

邢自文（1932—2013）

男，汉族，

平舆县东和店乡仙翁庙村农民，

小学毕业

自幼爱听故事，爱讲故事，人称"冇话篓"。他讲的故事内容合理，生动幽默，情节感人，为当时平舆县故事集成编纂提供了不少素材。《中国民间故事集成·河南平舆县卷》收录有他讲述的《张天师七难赵胜》《朱洪武出生的传说》《蝼蛄的脖子里为啥有根草》《海瑞赶考》《姜子牙倒运》《望娘台的传说》《姜太公在此，诸神退位》《监狱围墙的由来》《龙女拜寿》《傻小拜寿》《再世姻缘再世情》《张燕追画重鸳鸯》《风水在于心》《太阳和月亮的故事》等十余篇。

姚天云（1938—2019）

女，汉族，

泌阳县泌水镇古城村农民，不

识字

以贤良、淳朴、勤奋名闻邻里，爱听故事、讲故事。泌阳县卷收录有她讲述的民间故事《张善人李恶人》《八辈穷》《黑心歪尖》《贪财不足》《傻子》《八百老虎闹北京》等。

肖宪云（1939—2013）

男，汉族，遂平县花庄乡周楼村

古泉山人，大专文化，嵖岈山乡

中教师

他爱好文学，曾在《奔流》上发表过小说《旋风》。在下放的十四五年里，一直生活在农村，搜集不少民间故事，为1988年版《中国民间故事集成·遂平县卷》做了很大贡献。代表作品《嵖岈大仙造山》《雷打石的传说》等。

柳保财（1940—   ）

男，汉族，上蔡县无量寺乡寺西

村柳庄人，中师文化，小学高级

教师

1957年3月参加教育工作，先后任上蔡县无量寺公社寺西小学、五道庙小学、柳庄农中校长。他热爱民间文学，在工作及农忙之余，深入民间搜集故事，通过整理编辑，向广大学生及本村村民进行讲述，口口相传，深受人们的欢迎。

邝怀长（1942—   ）

男，汉族，上蔡县杨集镇安村人，

初中文化，擅长讲各类故事，是

当地有名的故事篓子

他讲述的《四举子巧遇才女》《贼山智斗县太爷》《算命先生》《金无能》《白玉猴》《李虎坐皇帝》《命里无财莫强求》《活不够》等被《中国民间故事全书·河南·上蔡卷》收录。

龚灿美（1943—   ）

又名铁头，男，汉族，小学文化，

新蔡县佛阁寺乡老围孜村龚楼

庄人

幼时深受父亲龚继川（私塾先生）的影响，会讲很多故事，人们都叫他"笑话头"。1988版《中国民间故事集成·河南新蔡县卷》收入他讲的故事有十三篇，还荣获驻马店地区颁发的民间文学普查搜集突出贡献奖。

陈德民（1950—1997）

男，汉族，西平县吕店乡毛庄村

人，高中文化，是一位教师

1979年以来，在报刊发表民间文学作品多篇，善讲地名传说。他参与了西平县民间故事集成的收集整理工作，西平县选本收录的他讲述的民间故事有《路遥识马利》《羊吃字》《还是行善好》等。

张振立（1955—   ）

又名张留坡，笔名流波。男，汉

族，河南平舆阳城土楼人

当过民办教师，自幼受祖父熏陶，喜爱民间文学和讲述民间故事，热爱文学创作。2006年《中国民间故事全书·河南省平舆县卷》收录有他讲述、创作、整理的民间文学作品20余篇。出版个人作品集《流波诗抄》《游踪诗旅》《落灯花》。

三

驻马店民间故事采录者小传
（以出生时间排序）

任真（1927—2005）

原名任志诚，河南汝南人，大专
毕业，1948 年夏毕业于省立陕州
师范

1949 年春参加革命工作，曾参加农村土改、城市民改，1957
年被错划为右派，1979 年右派改正后，开始文学创作。曾发
表《野人山中虎啸猿啼》《蛮子老太》《旅途》等中短篇小说
20 余篇，散文 30 余篇。并主编《我们在抗日烽火中成长》一
书。河南省作协、民协会员，《中国民间故事集成·河南驻马
店市卷》副主编。

冀世清（1929—1996）

男，汉族，河南汝南板店人，汝
南简易乡村师范毕业，《中国民间
故事集成·河南汝南县卷》主编

多年来，他一直对民间文化情有独钟，是驻马店市最早加入中
国民协的会员之一，也是汝南县较早从事地方文化和民间文化
研究的老同志。20 世纪 70 年代，他在任王桥公社党委书记期
间，亲手创办了河南省第一所农民美术学校，为"王桥农民
画"的传承发展培养了一批优秀人才。20 世纪 80 年代初，他
开始从事民间文学的搜集、整理工作，曾在《山西民间文学》、
河南《故事家》和上海《文艺采风报》等报刊发表《仁德桥》
《清凉寺的钟声》《仁义井》等民间故事、曲艺作品 200 余篇，
并多次获奖。整理编纂《汝南民间故事》小册子，挖掘整理了
清末拔贡万道同的戏曲、曲艺遗作《懒园戏曲杂调》。在担任
汝南县文化局副局长期间，主持编纂了"汝南县民间文学三套
集成"。为了高质量完成这项工作，他不顾体弱多病，与任立
功、孙世俊等为代表的汝南县老一辈民间文学工作者，深入乡
村，走访群众，采录各类民间文学作品一百多篇，呕心沥血工
作三年终于编辑成书，并荣获河南省哲学·社会科学重大科研
项目一等奖。同时还共同主编了《中国民间故事集成·河南驻
马店地区卷》。

宁德录（1933—   ）

男，汉族，泌阳县城西关人，泌
阳师范毕业，教师

1994 年退休。参加"三套集成"编辑工作，整理出民间故事
50 余篇。

赵连义（1933—2006）

男，汉族，
泌阳县象河街人

1954 年从唐河师范毕业后先后在春水、象河小学、初中、高
中任教，曾任象河乡成人教育主任。他非常注意民间故事的收

集整理，在"三套集成"普查中，奉献故事一百余篇。

邹凤英（1934—2005）

女，
汉族，西华县皮营乡贾楼村人

新蔡县文化局干部，从事群众文化工作四十余年。少年跟其父
邹长海常年挑担走街，串巷卖货，会讲很多故事。

夏纪德（1934—2010）

男，
汉族，河南省确山县双河人

河南省民间文艺家协会会员、省剧协会员。共发表文学艺术作
品 32 篇（部），50 多万字。创作的现代戏曲《村头认猪》被
选入《中国戏剧辞海》；创作的大型神话戏曲《青蛇正传》由
驻马店地区豫剧团演出百场，被河南电视台摄成录像播放。作
为《中国民间故事集成·河南正阳县卷》主编，他采写了不少
民间故事。《中国民间故事集成·河南正阳县卷》于 1989 年获
国家哲学社会科学重点研究项目《中国民间文学集成·河南省
卷》优秀成果二等奖。

陈富营（1936—   ）

男，
汉族，遂平县文城乡中教师

长期在农村教学，养成了收集民间文学的习惯，先后收集了几
十篇民间故事。由于工作出色，被借调到县文化馆专门从事民
间文学收集整理，他采录的民间故事有十多篇入选了遂平县
卷本。

谢文纵（1936—   ）

笔名晓峰，
河南汝南人

1956 年毕业于河南省汝南县师范学校。河南驻马店市（县级
市）文化馆群文调研部主任、办公室主任，馆员。河南省民间
文艺家协会会员、河南文化馆学会会员、河南省群众文化学会
理事。创作《我们都是勤务兵》《血泪仇》等文艺剧目 19 篇，
话剧《血泪仇》获创作一等奖。作为中国民间文学集成驻马
店市编辑委员会副主编，采集了一大批民间故事和其他体裁的民
间文学作品。他主编的《中国谚语集成·河南驻马店地区卷》
获中国哲学重点科研项目成果二等奖。

孙世俊（1937—2015）
男，汉族，
泌阳县象河街人

1955 年参加工作。曾担任汝南县殷湾中心小学校长，县工人俱乐部管理员，县文化馆副馆长。他对文化工作情有独钟，尤其是在县文化馆工作期间，创作的作品有剧本《东海相》《风雪桃李》，论文《论群众文化的特征》《论群众文化对经济发展的先导性》等。整理编写的民间故事《五大天地老爷》在河南《故事家》杂志上发表。1988 年在完成国家哲学社会科学重点科研项目《中国民间文学集成·河南卷》的访查搜集中获省突出贡献奖。1990 年编纂的《中国谚语集成·河南汝南县卷》荣获国家哲学社会科学重点科研项目优秀成果省一等奖。

余建方（1938—2015）
男，汉族，
泌阳县赊湾乡魏庄村人

1955 年从唐河师范毕业，一直从事教育、文化工作。自幼爱听老人讲故事，业余时间整理编写民间故事一百多篇，谚语两千多条。1987 年任泌阳"三套集成"民间故事卷主编，1997 年任中州古籍出版社出版的《中国名酒传说故事》编委。曾荣获《中国民间文学集成·河南驻马店地区卷》突出贡献奖，河南文化厅《中国民间文学集成·河南卷》优秀成果二等奖。

张正（1940— ）
男，汉族，
南阳市宛城区人，本科学历，中共党员，曾任泌阳县文化局副局长，中国民间文艺家协会会员

自幼爱听民间故事，20 世纪 80 年代，深入群众走访、记录、整理民间故事 100 余篇。主编有《盘古山故事》《铜山揽胜》《中国民间故事全书泌阳县卷》，幽默、笑话故事专集《张四妖奇趣闻》等。

高沛（1941— ）
笔名沛文、裴文，男，汉族，
西平县重渠乡人，大专文化，中国民间文艺家协会会员、河南省作家协会会员

1973 年起从事文化工作，从县人大副主任岗位退休后，任首届西平县炎黄文化研究会会长。编著有《西平县戏曲志》《中国民间故事集成·西平故事卷》《西平旅游》《嫘祖文化研究》《中国嫘祖文化之乡——河南西平》等。获文化部、国家民委、全国艺术科学规划领导小组联合颁发的文艺集成志书编纂奖，主编的《嫘祖文化研究》获中华炎黄文化研究会颁发的优秀成

果奖。

宋书武（1943—2022）
男，汉族，
确山县城关人

读过一年私塾，后来参加扫盲队，教学员识字，开始接触民间故事。1964 年至 1968 年调确山县农村文化工作队，1969 年又调到农村任教师。1981 年驻马店地区民歌集成卷编纂时，他先后到确山猴庙、泌阳马谷田、唐河、遂平、西平、汝南、正阳和驻马店等地农村采风，搜集到大量的民歌和民间故事，整理出一百多个民间故事。著名的有《乐山的传说》《塘坊庄》《三月三》等，为驻马店市（今驿城区）卷编纂提供了大量资料。

高会武（1945— ）
男，汉族，
驻马店市（今驿城区）刘阁乡刘阁村人

1968 年以来，一直从事文化教育工作，曾任刘阁乡文化站站长，先后出席过县、地、省、中央等召开的农村文化先进工作者表彰大会。在民间文学普查中，他发现了王清玉、潘荣、王顺里等民间故事家，整理的具有地方特色的多篇民间故事被选入驻马店市（原县级市）卷。

王奎山（1946—2012）
男，汉族，
河南确山人

1968 年毕业于开封师范学院（今河南大学）中文系，其后在湖北省汉川县沉湖军垦农场和确山农村劳动锻炼。1972 年至 1985 年在确山任店高中和确山一高任教，1985 年调入确山县文联。他在 1981 年开始发表小说，是本地著名的小小说作家，结集出版了《加尔各达草帽》《王奎山小小说》。民间文学三套集成编纂时，他负责编撰"谚语卷"，但很喜欢原汁原味的民间故事，也下乡收集了不少民间故事。

刘万里（1946— ）
男，汉族
上蔡县齐海乡刘庄人，中专文化，
中共党员

长期从事群众文化和民间文学工作，是河南省"群众文化先进工作者"奖章获得者，省作家协会会员，省戏剧家协会会员。1984 年至 1986 年曾先后以副主编身份参与编纂三套集成故事卷、《中国戏曲志·上蔡卷》《上蔡县文化志》等，编著出版有《刘万里文艺作品集》《民间故事新编》等。2006 年任《中国

民间故事全书》上蔡县卷编辑，先后创作《假县令巧断奇案》《千古一相》《定心丸》《婆媳相劝》等文艺作品四十余部（篇），所传承故事代表作品有《蔡侯修蔡城》《古路沟的传说》《洪波丹心》等。

张冠荣（1946— ）

男，汉族，

新蔡县龙口镇塔王庄人，本科学历，中共党员

1963 年 8 月参军入伍，1968 年复员到教育战线。在"三套集成"搜集民间故事工作中，历尽艰辛、深入群众，从 89 岁身患绝症的讲述者口中抢救出珍贵的民间文化资料。1989 年创作的大型古装剧《寇准荐相》，由县豫剧团排演参加驻马店地区戏剧大赛，获编剧一等奖。

吕国富（1946— ）

男，汉族，

汝南县和孝镇黄屯村农民，初中文化

其父是村里有名的"故事大王"，他从记事起就喜欢听父亲讲故事，后又把听来的故事讲给同学和乡亲们听。1987 年在民间文学普查中，他回忆、采录、整理出民间文学作品达十余万字。其中《尖头处子遇见挖苦人》《杜歪变驴》《翻嘴婆》等六篇故事被选入县卷。这些故事大都情节完整，尤其是在语言上颇具地方特色。

朱国明（1946— ）

男，上蔡县小岳寺乡程庄人，大专学历，小学高级教师，省作家协会会员，上蔡县作家协会理事

业余从事童话故事创作，曾在省内外多家媒体及微信平台发表童话作品一百多篇，多篇作品被四川《巴蜀风文学》连载。著有《朱国明童话故事集》，参与"三套集成"上蔡卷编纂。

刘德功（1946— ）

男，汉族，

正阳县王勿桥人，高中文化，中共党员。曾任正阳县委宣传部副部长

自幼酷爱民间文学，少年时代常常促膝于街头牛棚，倾听长者讲述民间故事、唱民歌，并把记下来的东西口传给同龄伙伴。从入学读书开始，就从事民间文学艺术的采录、创作活动，通过他口问耳闻手写收录的有价值的民间故事有五十多篇，为抢救继承民间文学遗产作出了积极贡献。

邵兴治（1948— ）

男，汉族，

笔名绿野，汉族，西平县柏城镇邵庄村人，大学本科文化，中共党员

中华诗词协会会员，河南诗词学会会员，河南作家协会会员，河南省民间文艺家协会会员。1969 年 3 月参加工作，1976 年开始发表民间文学等文艺作品，善于讲述"董永系列故事"。出版有诗集《旋舞之翅》、长篇小说《天道无疆》等著作。

杨建军（1949— ）

男，汉族，

确山县盘龙镇人，本科学历，县文化馆退休干部，中国民协会员、省十佳德艺双馨民间文艺家

自小热爱民间文化艺术，从事基层文化工作辅导和民间文化艺术研究 50 余年，搜集整理大量的民间文学作品、民间史料，被誉为"确山县民间文化艺术的活字典"。主持并参与完成了《中国民间文学艺术十大集成（确山县卷）》的搜集、整理和编纂工作，曾任"中国民间文学三套集成"确山县卷主编。

翟玉堂（1946— ）

男，汉族，

西平县出山镇人，河南省作协会员

1964 年 3 月参加工作，先后在出山小学、县图书馆、县委宣传部工作。业余创作文学作品的同时，大量收集整理民间文学作品，善于讲述"棠溪宝剑系列故事"。2019 年，他创作的民间故事《王三孝》被驻马店地名故事栏目拍成微电视。

寇保国（1949— ）

男，汉族，

上蔡县西洪乡人，大专学历，中共党员

1970 年 3 月参加工作，从县文化局副局长任上退休后，积极从事历史文化研究、发掘、宣传工作，参与编纂《厚重天中》《古蔡风物》《古蔡春秋》《天中文化论文集》等书，主编《蔡明园》杂志。所传讲故事活泼、有趣，其代表作品有《姜太公在此，众神退位》《娄华山的传说》《二郎庙的传说》等。

王庆民（1950—2016）
男，汉族，
河南泌阳人，毕业于信阳陆军
学校

曾任河南省泌阳县公路段工会主席，政工师，兼任泌阳县思想政治工作研究会理事。他喜欢收集民间故事，记录、整理民间故事、笑话百余篇。

崔连清（1952— ）
男，汉族，
确山县李新店乡人，高中文化，
乡文化专干

在民间文学资料的普查中，不辞辛苦地组织全乡师生、民间文学爱好者深入各村各户，共收集民间故事 200 余篇，歌谣 500 余首，谚语 2000 多条。

谢文华（1953— ）
男，汉族，
西平县专探乡双庙王村人，大专文化，西平县文化广电和旅游局创作室退休干部

1974 年开始发表民间文学作品，后从事炎黄文化、嫘祖文化、姓氏文化等研究。民间文学代表作品有《蚕神嫘祖》，与别人合作出版《棠溪一方土》《西平风情》。

张立民（1953— ）
男，汉族，
泌阳县人，长期从事曲艺和文化作品创作

创作的相声《谁怕谁》、小品《采访》曾获全市相声小品大赛一等奖。搜集整理了《圆梦》《劝闺女》《屈死在谁手》《铜山土地爷的来历》等故事。

龚国强（1953— ）
笔名戈扬，男，汉族，
生于上海，1962 年随父返乡，
大专毕业，中共党员，省民协、
曲协、音协会员

在新蔡县文化局、县委组织部工作 30 多年，2006 年 3 月改任中共新蔡县委宣传部主任科员。1987 年以来，主编《中国民间故事集成·河南新蔡县卷》等八个卷本、约 100 余万字。被全国艺术科学规划领导小组评为全国民间故事编纂先进工作者，获省"优秀科研成果一等奖" 2 次，市突出贡献奖 1 次。

王继松（1953— ）
男，汉族，
平舆县东和店乡仙翁庙村人

高中毕业后在家务农，后参军入伍，在部队上爱上文学创作。平时爱写些小故事、小剧本之类。复员后在劳动之余仍未间断写作。在民间文学普查中，他搜集到十余万字原始材料，其中故事上百篇，歌谣数十首，谚语一百多条。

张爱梅（1954— ）
女，汉族，
驻马店市橡林乡申庄村（今属驻马店市高新区）人，曾任驻马店市老街乡文化站站长

她长期生活、工作在农村，对民间文化接触多，在民间文学普查搜集中，不顾工作繁忙和家务纠缠，搜集整理了大量资料，其中入驻马店市（今驿城区）卷的民间故事和谚语有一百多篇（条）。

周培林（1955— ）
男，汉族，
遂平县嵖岈山乡杨店村人，大专文化，嵖岈山乡中教师

他酷爱文学，多年来从事文学业余创作。由于他长期工作、生活在嵖岈山区，对当地地名、人物传说和神奇故事听到很多，也能讲述很多。代表作品《乾隆私访》《阎王殿村》等。

姚西领（1955— ）
男，汉族，
驻马店市（今驿城区）顺河乡人，
乡文化专干

读高中时曾多次参加故事讲演会，毕业后在本乡当民办教师。由于热爱群众文化工作和具备文艺特长，1979 年调到乡文化站工作。在民间文学普查搜集中，共搜集到民间文学资料三百多万字，为驻马店市（今驿城区）卷编纂做出了积极贡献。

何春华（1955— ）
女，回族，
生于天津，后因疏散人口随全家到驻马店落户

她自幼喜爱听故事，搜集整理的故事有《苦熬鸟》《群虎闹县衙》《接生婆遇狐仙》《老猴精》等近 100 篇，其中有 19 篇被选入 1988 版《驻马店市卷》。她搜集整理的民间故事保持故事原貌，语言朴实，通俗易懂，易传易记。

张敬忠（1955—　）

男，汉族，

新蔡县化庄乡人，大专毕业，中

共党员，新蔡县扶贫办干部

1987 年参与编纂的《中国民间故事集成·河南新蔡县卷》被评为省优秀科研成果一等奖。

皮爱民（1955—　）

男，确山县李新店乡邵楼村张湾

人，高中文化，农民

自幼爱好民间文学的搜集整理，为确山县"三套集成"提供了不少在本县流传的很有价值的民间故事。

陈全喜（1956—　）

男，汉族，

确山县石磙河乡人，高中文化，

乡文化专干

从事群众文化工作和民间文学搜集工作 20 多年。在民间文学资料的普查中，不辞辛苦，认真负责，普查搜集民间文学资料数量居全县之首，受到县、市表彰。

陈玉德（1956—　）

男，汉族，

上蔡县芦岗乡大路张村人，高中

文化，农民

酷爱戏剧创作和民间故事搜集，创作的古装和现代戏有《大老奶断钱》《嫁公公》《荒唐姻缘》《鸳鸯错》《焚蔡叔》《奇特的晚会》《九月九》等，收集整理代表故事有《程元璋的故事》《朱元璋的故事》等。

王瑜廷（1958—　）

男，汉族，

社旗县朱集乡人，本科学历

从基层一步步走向泌阳县广播电视局领导岗位，多次参与泌阳县民间故事的收集、整理工作，是驻马店著名的民间文化工作者。参与编纂《泌阳县志》《宛东毗河王氏家谱》《盘古圣地论盘古》等书，主编《泌阳风光物产》《泌阳民俗》《盘古神话》《中国民间故事全书·河南驻马店泌阳县卷》等。

郑健（1959—　）

男，汉族，

平舆县高杨店乡联中民办教师

他平时爱好写作，任初中语文教研组长，曾组织学生成立《小溪流》文学社，编辑出版《小溪流》刊物十余期。当他见到县里普查民间文学的通知后，在学校领导的支持下，立即组织全校师生 700 余人，深入家庭院户，搜集采访。三个月时间，采集民间故事 1400 余篇，歌谣 250 余首，谚语 1000 多条，计 100 余万字。

熊华民（1959—　）

男，汉族，

正阳县真阳镇人，大专文化

河南戏剧家协会会员、驻马店市剧协理事、正阳戏剧家协会主席、正阳县民间文学三套集成歌谣卷主编。先后在省内外发表《杀父审母》《老少光棍》《第三者》等戏剧、小说、民间传奇故事数十篇。

孙冶钢（1959—　）

男，汉族，

河南汝南人，本科学历，中共党

员，知青、退伍军人，副高职称

1975 年参加工作，曾任汝南县文化馆党支部书记，县图书馆馆长，县文广旅局文艺股长，现为汝南县民间文艺家协会主席。他在县文化部门工作期间，积极参与民间文化遗产搜集、整理工作。在挖掘、整理《汝南县民间故事集》期间，深入乡村，走访群众，组织人员采录各类民间文学作品，积极对稿件进行整理、校改、编纂等工作，为本县民间故事成集做出了贡献。

奚家坤（1963—　）

男，汉族，

河南西平县人，大学文化，政府

公务员

为中国民间文艺家协会会员、中国诗歌学会会员、河南省作家协会会员。1984 年起，开始在报刊发表民间文学作品十余篇，先后出版诗集 4 部、小说集 1 部、民间文学作品集 2 部。代表作品有《走近娘娘坟》《董永故里在西平》等。

吴文龙（1964— ）

男，汉族，

确山县胡庙乡吴楼村人，高中文

化，农民

1984年高中毕业后，正赶上县里进行民文资料普查，经培训爱上了民间文学的搜集整理工作，经常利用业余时间到全县各乡镇农村采录民间故事。曾一次提供本人记录的民间故事150余篇，县卷本选入30余篇。曾任《中国民间故事集成·河南确山县卷》（资料本）特邀编辑。

谢石华（1964— ）

笔名华实，男，汉族，

新蔡县练村镇人，本科学历，中

共党员

现为省作协会员，市民协、作协理事，市、县政协文史资料特约研究员。1986年参加工作，曾在乡镇任职多年，2003年调任县委宣传部副部长兼文联主席。1983年以来，累计在各级刊物发表民间故事及各类文艺作品30多万字，部分作品入选《中国诗歌十年》《烟火小说》《华夏散文精选》《新蔡民间故事集成》。

王新立（1968— ）

男，汉族，

汝南县马乡（今梁祝镇）人，大

专学历，中共党员，现为汝南县

作协主席，中国报告文学学会会

员、河南省作协会员

20世纪80年代汝南县开展民间文学普查工作时，他作为一名代课老师，怀着对民间文学的极大兴趣，就利用课余时间，独自一人掂着一台借来的双卡录音机，走遍全村八个自然村庄，与百余位老人认真座谈，共搜集录制在当地广泛流传的民间歌谣200余首，整理民间故事40多篇，计3万多字。

王新军（1968— ）

男，汉族，

平舆县射桥乡王楼村农民

1986年高中毕业后，被该乡聘为农民业余通讯员。在他下乡采稿时，听群众讲了很多民间故事。在民间文学普查中，他走村串户，采集民间故事52篇，民歌41首，谚语100多条。

乔蕾（1969— ）

男，汉族，

平舆县射桥乡越楼村人，高中

毕业

现在平舆县公安局工作。上学期间，他就喜爱写作，曾发表诗歌10余首。毕业后就参与民间文学的采集工作，先后走访140多个家庭，采集民间故事109篇，歌谣28首，谚语700多条，合计约12万字之多。

华梅（1961— ）

现名华凤梅，女，汉族，

遂平县花庄乡人，高中毕业后任

遂平县花庄乡文化站专干

她对民间故事有浓厚的兴趣，经常利用业余时间，从事民间故事的收集、整理及创作工作，采录的故事注意保存群众口头创作的语言特色，不编造情节，不加枝添叶。参与1988版《中国民间故事集成·河南遂平县卷》的编纂，采录了10多篇民间故事，代表作品《明工孝母》。

陈群红（1974— ）

男，

上蔡县无量寺乡无量寺村人，大

专文化，中共党员，现就职于上

蔡县艺术创作室

河南省作家协会会员、上蔡县作家协会副主席，曲艺作品多次获省市奖。作品散见于《诗歌月刊》《河南诗人》《奔流》《扬子江诗刊》《雨花》《关雎爱情诗刊》《中国诗界》《驻马店日报》《天中晚报》等省、市级报刊杂志。在2006版《中国民间故事全书》上蔡县卷的编纂中贡献了多篇民间故事。

段继东（1978— ）

男，

上蔡县崇礼乡段庄村人，在职研

究生学历，中共党员

2000年调入中共上蔡县委宣传部工作，2003年任县文联秘书，2004年起负责文联日常工作和宣传部文化社会宣传工作，2013年任上蔡县社科联副科级干部，参与2006版《中国民间故事全书》上蔡县卷的编纂，采录了多篇民间故事。

谭咏利（1979—　）男，汝南县老君庙镇余子河村人，本科学历，中共党员，现任驻马店市文联行业协会秘书处主任

系中国民协理事、河南省民协副主席、驻马店市民协主席。自幼喜爱民间故事，处处留心收集并讲授民间故事，并承担了中国民协的国家级文化项目《中国民间文学大系·故事·河南卷·驻马店分卷》的编纂工作。

张贤锋（1981—　）又名张贤风，男，河南平舆人，大学本科学历，现供职于平舆县委宣传部

喜欢民间故事，多次参加平舆民间故事的搜集整理工作，发表民间故事作品多篇，整理出版有《平舆山海经》。爱好文学创作，在县市以上报刊发表诗文400余首（篇），著作有《舆乡情歌99》等4部。

四

驻马店民间故事图书与资料
（以编纂和出版时间为序）

1

《中国民间文学集成西平县
卷·民间故事》

主编：陈清泉

1987 年

河南省西平县民间文学集成
编委会　油印本

共收录西平故事 428 篇

总页码 841 页

3

《中国民间故事集成·河南
遂平县卷》（二册）

主编：陈富营

1988 年

遂平县民间文学集成编委会
油印本

共收录遂平故事 416 篇

总页码 650 页

5

《中国民间故事集成·河南
遂平县卷·嵖岈山专册》

主编：臧喜平

1988 年

遂平县民间文学集成编委会
油印本

共收录遂平嵖岈山故事
146 篇

总页码 374 页

7

《中国民间故事集成·河南
平舆县卷》

主编：李宏

1989 年

平舆县印刷厂

共收录平舆故事 257 篇

总页码 497 页

2

《中国民间故事集成·河南
正阳县卷》（二册）

主编：夏纪德

1988 年

正阳县民间文学集成编委会
铅印本

共收录正阳故事 200 篇

总页码 369 页

4

《中国民间故事集成·河南
新蔡县卷》

主编：龚国强

1988 年

铅印本

共收录新蔡故事 276 篇

总页码 503 页

6

《中国民间故事集成·河南
驻马店市卷》

主编：袁可风

1989 年

铅印本

共收录驻马店市（原县级
市）故事 163 篇

总页码 428 页

8

《中国民间故事集成·河南
泌阳县卷》

主编：余建方

1990 年

泌阳县一高印刷厂

共收录泌阳故事 244 篇

总页码 484 页

9

《中国民间故事集成·河南
确山县卷》

主编：杨建军

1990 年

确山县印刷厂

共收录确山故事 237 篇

总页码 542 页

11

《中国民间故事集成·河南
卷·正阳民间故事》

主编：夏纪德

1992 年

河南省新闻出版局审批出版

（正阳县印刷厂印制）

共收录正阳故事 169 篇

总页码 352 页

13

《中国民间故事集成·河南
驻马店地区卷》

主编：鲁保国（第一届）
　　　宋怀（第二、三届）

1997 年

大众文艺出版社

共收录驻马店地区故事

135 篇

总页码 402 页

15

《西陵嫘祖》

主编：李贵喜

2010 年

中国广播电视出版社

共收录西平县嫘祖故事

40 篇

总页码 162 页

10

《中国民间故事集成·河南
汝南县卷》

主编：冀世清

1991 年

汝南县印刷厂

共收录汝南故事 258 篇

总页码 496 页

12

《河南民间文学集成·西平
故事卷》

主编：高沛

1997 年

中州古籍出版社

共收录西平故事 367 篇

总页码 501 页

14

《中国梁祝之乡文集》

主编：张德轩

2006 年

中华书局第一版印刷

共收录梁祝传说故事 16 篇

总页码 516 页

16

《中国盘古圣地文集》

主编：周豫林

2013 年

中国文联出版社

共收录盘古神话故事 58 篇

总页码 468 页

17

《上蔡民间故事》

主编：柳书波

2014 年

黄河出版社

共收录上蔡县民间故事

158 篇

总页码 304 页

18

《中国嫘祖文化之乡 ——河
南西平》

主编：高沛、高蔚

2015 年

中国文联出版社

共收录西平县嫘祖故事

11 篇

总页码 262 页

五

驻马店未收录民间故事篇目
（篇名、讲述者、采录者、现存处）

驿城区

刘二愣捉鬼	讲述者：王顺星	采录者：高会武
一个字能说笑人	讲述者：高会武	采录者：谢文纵
交穷朋友	讲述者：王新	采录者：谢文纵
樊江山的宝衣	讲述者：邵长法	采录者：邵雪枝
赌胆	讲述者：白瑞雪	采录者：何春华
群虎闹县衙	讲述者：何广义	采录者：何春华
大莫罗装神	讲述者：吕彦堂	采录者：张爱梅
胡二马叶	讲述者：张桂花	采录者：曹锡忠
乌鸦不落槐	讲述者：张桂花	采录者：曹锡忠
懒夫妻	讲述者：余应林	采录者：余庆玲
黄蛤蟆算卦	讲述者：雷士英	采录者：姚西领
曹小探地窑	讲述者：杜敦银	采录者：杜琪
穷姑娘和富姑娘	讲述者：王秀荣	采录者：周桂花
聪明的太监	讲述者：高立停	采录者：高大山
茶姐画眉	讲述者：孙友山	采录者：孙霞
黑卷尾	讲述者：李大花	采录者：魏松山
宝葫芦	讲述者：李氏	采录者：李甲纪
鬼宅	讲述者：李万山	采录者：张振立
阳州刀杀人不见血	讲述者：李好德	采录者：李金松
一坛银子	讲述者：胡氏	采录者：常华
天上掉下来的幸福	讲述者：张王氏	采录者：王菊女

以上故事收录于《中国民间故事全书·河南驻马店驿城区卷》

遂平县

蛤蟆桃	讲述者：肖宪云	采录者：周培林
王福来奇缘	讲述者：韩培	采录者：韩玲梅
财主三难女婿	讲述者：彭玉法	采录者：刘永梅
三子争父	讲述者：李天成	采录者：陈英
大树和大人	讲述者：赵盼功	采录者：赵德习
一字谐音除大害	讲述者：刘恒德	采录者：陈富安
白吃斗诗胜二仙	讲述者：魏祖义	采录者：党全中
银童	讲述者：崔伦法	采录者：贾艳红
汤瓶的传说	讲述者：海万里	采录者：海万里
赌鬼升官记	讲述者：王群才	采录者：李永
兄弟俩遇妖记	讲述者：王永哲	采录者：李俊华
人心不足蛇吞象	讲述者：吕成恩	采录者：吕铁军
"一"的妙用	讲述者：李留成	采录者：李香红
影子	讲述者：刘中叶	采录者：朱勤文
张扬学艺	讲述者：胡学宾	采录者：胡超
半拉脸	讲述者：王德	采录者：刘晓春
豆腐匠杀妻	讲述者：龙存义	采录者：胡新文
八百老虎闹京城	讲述者：董成义	采录者：胡新文
一箱"金子"	讲述者：焦永芝	采录者：李霞

吉利话 (right column)

吉利话	讲述者：陈世敬	采录者：陈富营
弃恶从孝	讲述者：郭景州	采录者：陈富营
贪心人的报应	讲述者：楚庭秀	采录者：楚红霞
麻国照镜子	讲述者：李才	采录者：高彦平
歪尾巴驴	讲述者：贾才甫	采录者：秦爱云
一对懒夫妻	讲述者：张全中	采录者：赵春花
惜财不惜命的人	讲述者：王赵生	采录者：李洪昌
刘宝得宝不学好	讲述者：沈得典	采录者：宋雪玲
牛娃	讲述者：韩全志	采录者：连国堂
饭担问命	讲述者：李石头	采录者：李云峰
桃花女	讲述者：周培林	采录者：肖宪云
桃花女	讲述者：朱瑞廷	采录者：孙国路
李孝顺识宝	讲述者：王永哲	采录者：杜春英

以上收录于《中国民间故事全书·河南驻马店遂平卷》

西平县

三句话不离本行	讲述者：刘民山	采录者：于祥
勤俭牌	讲述者：陈云翔	采录者：陈洪波
赵毛孩换碗	讲述者：李志有	采录者：李冰
"犟筋头"斗刘林	讲述者：于良甫	采录者：邵经民
先生推磨	讲述者：陈奇	采录者：黄玉琴
王大和王二	讲述者：丁富春	采录者：赵一波
三公子学艺	讲述者：张国政	采录者：赵文
姐妹三人论富贵	讲述者：于树兰	采录者：杨彦红
贪心的麻妮	讲述者：袁尚	采录者：袁梅
财主怕高升	讲述者：莫连富	采录者：莫爱莲
胡大喷和胡二喷	讲述者：潘七妮	采录者：王欣敏
怕老婆	讲述者：于龙头	采录者：王慧丽
懒得吭	讲述者：于大水	采录者：于恩
磨眼里捉迷藏	讲述者：王玉庆	采录者：王大喜
张铁嘴败"阵"	讲述者：赵广新	采录者：赵三强
送礼	讲述者：陈泉志	采录者：娄本效
错一句没关系	讲述者：耿大留	采录者：耿学黎
尤公子点戏	讲述者：常瑞丑	采录者：常亚明
张长李短	讲述者：岩竹	采录者：赵銮
都来和刘彪	讲述者：武拴紧	采录者：丁文平
穷五辈	讲述者：胡东寅	采录者：胡海
兄弟仨分家	讲述者：戴洪坤	采录者：戴玉春
县官画虎	讲述者：张梦胥	采录者：张建红
鬼嫌钱少	讲述者：刘进忠	采录者：刘东亮
懒人偷锅	讲述者：杨清堂	采录者：杨会明

以上收录于《中国民间故事全书·河南驻马店西平卷》

上蔡县

学生作诗	讲述者：尚志华	采录者：陈红升
卖盆	讲述者：石廷珍	采录者：刘万里
李虎坐皇帝	讲述者：邝怀长	采录者：刘万里
妙笔神画	讲述者：陈富礼	采录者：陈群红
打鬼英雄刘天龙	讲述者：刘万俱	采录者：李万合
吃腊肉	讲述者：张建华	采录者：魏晓伟
贼山智斗县太爷	讲述者：邝怀长	采录者：刘万里
老掐婆子	讲述者：黎永禄	采录者：魏晓伟
巧嘴张三妮	讲述者：王冠山	采录者：王殿文
兄弟仨学"能"	讲述者：张霞	采录者：李万金

以上收录于《中国民间故事全书·河南驻马店上蔡卷》

汝南县

比年纪	讲述者：徐文轩	采录者：李坤林
清和桥	讲述者：郭新民	采录者：冀世清
恶媳湾	讲述者：李玫勤	采录者：冀世清
狗打狗	讲述者：唐仲飞	采录者：冀世清
清和桥	讲述者：郭新民	采录者：冀世清
一桩贩毒案	讲述者：唐仲飞	采录者：宋彤
豆腐豆芽而已	讲述者：王国文	采录者：任保芝
洪桥杀母	讲述者：毕振武	采录者：孙世俊
一只破碗	讲述者：王道显	采录者：刘侠
三讨"冇话本"	讲述者：邱凤祥	采录者：邱全义
闭眼看马	讲述者：唐廷歧	采录者：刘春喜
三句话送走仨客人	讲述者：金仁	采录者：任立功
姊妹俩智斗老猴精	讲述者：黄竹林	采录者：任立功
土地爷让权	讲述者：胡越	采录者：任立功
财主讨吉利	讲述者：马中林	采录者：任立功
岐本叉鸟为啥替公鸡打鸣	讲述者：廖新芝	采录者：袁是芝
小孩死了别怨我	讲述者：任前山	采录者：任国喜
三兄弟分家	讲述者：朱任民	采录者：王新立

以上收录于《中国民间故事全书·河南驻马店汝南卷》

平舆县

针叶树	讲述者：宁秋平	采录者：宁志强
谢财主与马宰相	讲述者：刘用生	采录者：刘立稳
招来和跟来	讲述者：乔军齐	采录者：乔蕾
李二秃子嫌妻	讲述者：葛保	采录者：乔蕾
不见黄娥心不死	讲述者：柴平均	采录者：乔蕾
癞头蛤蟆精	讲述者：张燕青	采录者：张桂英
鹅明喳报晓	讲述者：王武玉	采录者：王继松

梦先生	讲述者：王国治	采录者：王继松	
再世姻缘再世情	讲述者：苏王氏　邢自文	采录者：王继松	
茅山学艺	讲述者：王武玉	采录者：王继松	
十个儿子不如一箱石子	讲述者：胡连生	采录者：胡秋洁	
一只破碗	讲述者：王兰英	采录者：王翠歌	
钱如命	讲述者：余国防	采录者：余景红	
打岔	讲述者：刘现功	采录者：刘彦群	
令尊	讲述者：孟同举	采录者：孟海阔	
两个小石头	讲述者：崔贤	采录者：李长亭	
独子学话	讲述者：张文治	采录者：张桂英	
乌龟	讲述者：边芝荣	采录者：乔小虎	
吃狗屎	讲述者：秦国长	采录者：杨庆	
公平交易十六两	讲述者：吴传中	采录者：吴传林	
路遥知马力	讲述者：王国军	采录者：王新军	
比穷	讲述者：王景东	采录者：王景民	

以上收录于《中国民间故事全书·河南驻马店平舆卷》

新蔡县

盐磨	讲述者：王清智	采录者：王庆丰　龚国强	
水龙与河堤	讲述者：邢洪臣	采录者：谢石华	
王豆买粽子	讲述者：孟环春	采录者：龚国强	
二蛋走丈母娘家	讲述者：宋邦英	采录者：龚国强	
李老聋一家	讲述者：孟环春	采录者：龚国强	
河南的磨	讲述者：梅春杰	采录者：龚国强	
猪大仙还俗	讲述者：冯应高	采录者：谢石华	
王元一戏弄瞎财主	讲述者：高润生	采录者：张敬忠	
钱迷	讲述者：熊效德	采录者：张敬忠	
仨人看戏	讲述者：李新和	采录者：乔忠敏	
王元一摆治老师	讲述者：王国喜	采录者：张冠荣	
懒媳妇	讲述者：韩子金	采录者：韩世豪	
公平交易	讲述者：黄西迁	采录者：黄高潮	
拿手活儿	讲述者：田道红	采录者：王超福	
治健忘	讲述者：徐河清	采录者：徐华宁	
聋子放羊	讲述者：尤学海	采录者：王永红	
王小和老虎	讲述者：罗李氏	采录者：罗艳丽	
王小斗财主	讲述者：范海成	采录者：范祖亮	
智斗老狼精	讲述者：张中池	采录者：张伟	
神鬼怕恶人	讲述者：田老头	采录者：易新芝	
行好得好	讲述者：宋世悟	采录者：董德义	
狗、猫与蛇	讲述者：侯华先	采录者：张冠荣　侯蕴	
梅花鹿和七仙女	讲述者：陈庆祥	采录者：陈庆国	
陈高粱	讲述者：闻秀敏	采录者：萧霞	
三人比胡子	讲述者：尤学海	采录者：王永红李保德	
学干活	讲述者：郭敬东	采录者：张建伟	

以上收录于《中国民间故事全书·河南驻马店新蔡卷》

正阳县

农夫与妖怪	讲述者：孟凡秀	采录者：常三忠
诊脉先生巧治风流女	讲述者：姚永弟	采录者：夏纪德
牛猪狗走亲戚	讲述者：胥国语	采录者：夏立玫
小佳佳的故事	讲述者：曹东红	采录者：曹海明
大鬼头与长脖怪	讲述者：冯永明	采录者：朱学礼
火龙单	讲述者：赵景英	采录者：周长记
千眼王	讲述者：张德	采录者：熊华民
十门九寨	讲述者：孙世常	采录者：范天红
桔子树	讲述者：李鸿举	采录者：李新雷
神奇的画师	讲述者：段梅	采录者：陈书亮
骚公子遇鬼记	讲述者：王晃全	采录者：冯小胖
接穷神	讲述者：李功	采录者：李书伟
火烧望京楼	讲述者：李进	采录者：李东海
龙虎争斗	讲述者：雷建国	采录者：马绿化
金豆开花	讲述者：田增福	采录者：刘斌
清官断鸡案	讲述者：李春堂	采录者：杨靖
虎口拔牙	讲述者：王国华	采录者：王天琴

以上收录于《中国民间故事全书·河南驻马店正阳卷》

确山县

鬼怕恶人	讲述者：路根	采录者：路占全
宝缸	讲述者：马震	采录者：王文亚
青蛇	讲述者：刘记	采录者：吴文龙
神帽	讲述者：刘玉名	采录者：吴文龙
老松树的下场	讲述者：李德成	采录者：杨建军
假鸡儿和大公鸡	讲述者：李大水	采录者：张睿
秀花奇遇结良缘	讲述者：孙亮	采录者：郑朝芳
故事捆儿	讲述者：张汉英	采录者：王志强
傻小学语	讲述者：刘国林	采录者：刘文成
好心好报	讲述者：盛朝晨	采录者：张云
银姑娘	讲述者：周大名	采录者：周春红
黄蛤蟆招驸马	讲述者：李永安	采录者：皮双城
捎住	讲述者：王景梅	采录者：王连勤
王富有打马得金	讲述者：张天佑	采录者：胡新亮
蚂虾借眼	讲述者：宋桂山	采录者：鲁玉仙
胡二马三	讲述者：程国玉	采录者：李建伟
黄鼠狼为啥吃鸡	讲述者：彭小喜	采录者：江涛
黄牛和山羊	讲述者：韩桂枝	采录者：王军
鱼死了为啥不闭眼	讲述者：王山	采录者：江玉清
潘由山捉金鸭	讲述者：冯胜连	采录者：冯存连

以上收录于《中国民间故事全书·河南驻马店确山卷》

泌阳县

王老送灯台一去回不来		
	讲述者：王信卿	采录者：李东升　王瑜廷
小三送姐	讲述者：樊立方	采录者：宁德录
王大胆和张不怕	讲述者：冯旭灿	采录者：宁德录
四十亩地与五十亩地	讲述者：李忠德	采录者：王广照
智斗老猴精	讲述者：周冉兰	采录者：苏静
一家人学做活	讲述者：李文松	采录者：徐书亮
黑心歪尖	讲述者：姚天云	采录者：张正
解梦	讲述者：白丰义	采录者：张正
王锁打柴	讲述者：徐平华	采录者：樊友梅
粗心的女儿	讲述者：寇付云	采录者：董秀丽
秃子的尿壶	讲述者：梁和平	采录者：王庆民
俩吝啬鬼	讲述者：陈平安	采录者：徐书亮
八百老虎闹京城	讲述者：李富兴	采录者：李文歌
黄小的故事	讲述者：赵万全	采录者：陈相举
王二看瓜	讲述者：崔先得	采录者：杨伟
马大哈发财记	讲述者：王信卿	采录者：李东升
王小告状	讲述者：刘文营	采录者：刘家福
不满升	讲述者：刘桂娥	采录者：杨春丽
善人得福	讲述者：袁天庆	采录者：杨春丽
张三当皇帝	讲述者：马哲江	采录者：樊友梅
王小种秫秫	讲述者：何廷甫	采录者：何兴敬
胡二马三兄弟	讲述者：朱富恩	采录者：余建方
女婿拜寿	讲述者：吴娟	采录者：吴明来
打柴郎	讲述者：王纪风	采录者：李兰斌

以上收录于《中国民间故事全书·河南驻马店泌阳县卷》

六

驻马店常见民间故事类型索引

1. 梦先儿
Ⅰ.朱蛤蟆歪打正着碰上别人正在寻找的丢失的猪，欺骗别人说是自己梦到的。
Ⅱ.名声越传越远，县令让他帮助寻找县印。公差担心真被梦到，坦白了偷印，并说出存放位置。
Ⅲ.官印找到，被召进京城为皇帝寻找丢失的宝物（画眉鸟、千里驹等）。一路瞎蒙通过考验，找到寻找之物。
Ⅳ.得到奖赏（当驸马、做官或得到赏赐），过上幸福生活。

朱蛤蟆算卦
异文：阿毛鼻子摔坏了

2. 智斗老猴精
Ⅰ.有几个女儿的母亲回娘家探亲，半路被老猴精（或老狼精）吃掉。
Ⅱ.老猴精（或老狼精）冒充母亲骗女儿开门，经过斗智斗勇成功进入屋内。
Ⅲ.晚上骗小女儿与自己睡到一块，吃掉了小女儿，骗其他女儿说是吃萝卜。其他女儿要吃，发现是妹妹的手指头。骗老猴精说拉肚子，机智逃出屋子。
Ⅳ.在屋外树上，告诉老猴精树上有好吃的，用绳子和筐等拉它上树。拉到半腰，故意放手，摔死老猴精。

老太婆与老猴精
二女斗猴精

3. 探地穴
Ⅰ.王小打猎发现一块黑云，用箭一射，落下来几滴血和一只绣花鞋。
Ⅱ.州官的千金小姐被怪风刮走了，王小捡到的正是小姐的绣花鞋。州官贴出的招子上说"谁要是能把小姐找回来，年纪相当的男人招为女婿，年纪大的赠金送银"。王小揭榜。
Ⅲ.王小探地穴，找到并打败妖精，救出小姐。上面的人却有意把王小落在洞里。
Ⅳ.在小白龙的帮助下，王小逃出地穴。经过一番周折，与小姐成了亲。

王小探地穴
异文：仁长和仁短

4. 善人与恶人
Ⅰ.两人是好朋友，一起做生意。
Ⅱ.有一天，恶人见财忘义，把善人推到井里。
Ⅲ.善人在井里偶然听到过路神仙的讲话。出来后按照神仙说的方法除掉缠害员外女儿的老鳖精，治好了小姐的病。
Ⅳ.恶人听说后，学着善人躲到井里，被神仙发现，被封死在井里。

张善人和李恶人
异文：银平和银钟

5. 动物报恩
Ⅰ.一个人一天救了一只遇难的动物。
Ⅱ.动物通过变成妻子或在困境中救他等方式报恩。

群虎闹县衙
满筐
金母鸡姑娘
狐仙
皮秀娟
胡秀英
人狐奇缘
狐妻
狐美人
柳绿
破罐与龙女

6. 蛙童（蛤蟆儿）
Ⅰ.年迈老夫妻无儿无女，求神心诚。神被感动，老妻生下蛤蟆儿。
Ⅱ.父亲觉得生下个怪物，离家出走。
Ⅲ.蛤蟆长大，思念父亲，母亲打发他给父送衣，意外获得婚姻。
Ⅳ.家人发现蛤蟆的秘密，拿走了他的蛤蟆皮，他成了正常人，一家过起幸福生活。

蛙童
异文：蛤蟆登基

7. 不见黄河心不死
Ⅰ.黄员外有个漂亮的女儿叫黄河，喜欢上了身份低下的大海。
Ⅱ.黄员外反对，将二人拆散。大海挖出自己的心脏，请人送给黄河。
Ⅲ.大海的心见到黄河，停止了跳动。

不见黄河心不死
异文：不见黄河（男）心不死

8. 渔夫和淹死鬼
Ⅰ.一个渔夫和淹死鬼结下了友谊。
Ⅱ.鬼寻找一个替身，渔夫阻止他，鬼放弃了他的意图。
Ⅲ.鬼做了城隍或投了胎。

水鬼
城隍遭贬
吊死鬼投生
借尸还魂

9. 弟兄分家
Ⅰ.弟兄分家弟弟只分到薄地破屋，一只瘦哈巴狗和一只老公鸡。
Ⅱ.鸡狗能够犁地，被哥哥借去，打死埋了。坟前长出摇钱树，弟弟过上了好日子。
Ⅲ.哥哥从弟弟手里得到摇钱树，由于贪心，被摇钱树上落下的金块和银锭砸死了。

弟兄仨分家

10. 人心不足蛇吞项
Ⅰ．项救了一条受伤的蛇，把它养大后，放回到山野。
Ⅱ．蛇的眼睛是夜明珠，谁得到可以升官。
Ⅲ．项找到蛇。出于感恩，蛇让项取走了它的一只眼睛。
Ⅳ．项为了升官，再次找到蛇，要取它的另一只眼睛。蛇生气一口吞下了项。

人心不足蛇吞项

11. 锡锣子
Ⅰ．兄弟俩分家后，弟弟得到锡锣子，从此衣食无忧。
Ⅱ．贪心的哥哥想学弟弟，结果偷鸡不成折把米，受到伤害。

得一望二
异文：小神锤

12. 问命
Ⅰ．一个孩子家代代贫穷，决定去问西天古佛原因。
Ⅱ．路上遇见鲤鱼、老鳖、土地爷分别求他帮忙问问如何解决自己的难题，穷孩子答应了。
Ⅲ．见到古佛，古佛只回答三个问题。穷孩子只问了别人求他帮忙问的问题，并一路告诉他们解决办法。穷孩子从他们身上，分别得到土地爷女儿的头发、避风珠、避水珠等宝物。
Ⅳ．拿着这些宝物，穷孩子娶了富家小姐，过上好日子。

八辈穷
张三冇娶亲

13. 人变动物
Ⅰ．恶儿子、恶媳妇对公婆不好。
Ⅱ．公婆得到神仙帮助，让恶儿、恶媳变成了乌龟或驴等动物。

狠毒媳妇变乌龟
小两口变驴

14. 女婿献诗
Ⅰ．岳父嫌女婿没文化，提出作诗让他出洋相。
Ⅱ．结果女婿独辟蹊径，联系自己生活实际，巧妙摆脱困境。

孙斯文考女婿
老秀才考女婿
张员外选继承人
仨女婿献诗
仨女婿祝寿

仨女婿作诗
仨女婿比作诗
仨女婿赋诗
仨瘸婿拜寿
饭前赋诗
傻小拜寿

15. 傻子学能
Ⅰ．傻子见别人话说得好，就比葫芦画瓢学。
Ⅱ．由于不分场合，生搬硬套，闹了笑话或挨了打，成为笑柄。

少爷学能
傻男人耍聪明
弟兄仨学精能
傻子学习
憨子学话
傻媳妇学话
俺是他的糊馇馇
王大嫂开店

16. 儿子争坟
Ⅰ．一个善良人捡到一个弃婴，省吃俭用养活他或把他给好人家千方百计让他过好日子。
Ⅱ．儿子长大后，有了出息，要找自己的母亲。
Ⅲ．善良人编谎言，说他母亲已死。
Ⅳ．儿子上坟，有人和他争。善良人再编谎言，结局圆满。

状元认父
二子争母
假鸳鸯真夫妻

17. 龙宫吹笛
Ⅰ．三弟兄学艺，老三学吹笛子被嫌弃。
Ⅱ．龙王喜欢笛声，便把他请了去。回家时龙王要送给他一些贵重物品，他只要了一根有魔法的拐杖。
Ⅲ．因此他富了起来，娶了老婆。
Ⅳ．他的兄弟红眼，要走拐杖。因为金银财宝太多，房倒屋塌，最后人死屋塌，什么也没有了。

仨弟兄学艺

18. 药治活
Ⅰ．老汉想找个女婿，沿途碰见猎人、渔民、郎中都相中了。
Ⅱ．三人都来娶女儿。突然一只老鹰抓走女儿，猎人射死老鹰救下女孩，女孩掉到水里被渔民救出，被水淹死。他们转身就走，都不要了。
Ⅲ．溺水的女孩被郎中药治活救活，郎中成了女婿。

药治活
异文：俞员外选女婿

19. "假元宝"养老

Ⅰ. 孩子不养老，老人让他们觉得自己存有元宝或银子。

Ⅱ. 孩子们对老人很好。

Ⅲ. 老人去世，孩子发现所谓元宝或银子是假的。

四只大元宝
异文：瓦片与孝子

20. 公平交易

Ⅰ. 公平或交易捡到一锭金子，上面刻着让公平交易两人均分字样。

Ⅱ. 其中一人决定找对方平分金子。

Ⅲ. 分金过程中，金子意外找不到，结果发现了更多金子。

Ⅳ. 在双方的坚持下平分了金子，从此生意人中便有了公平交易的说法。

公平交易

21. 久后知人心

Ⅰ. 久后和人心是最要好的朋友，久后结婚，人心提出让自己与新娘住一晚。

Ⅱ. 久后无奈答应，心里有点不舒服，后来知道人心是考验自己。

Ⅲ. 一天宴请人心，久后老婆的戒指丢了，两人怀疑是人心拿走的，最后却在鸭嗉子里找到。

Ⅳ. 当地发生大旱，久后去找做官的人心打饥荒。临走人心只给久后买了件新衣，久后心生怨恨。

Ⅴ. 久后后来才知道，人心不仅叫人送来了粮食、金钱，还帮自己盖了房子，救了全村人，是自己误解了人心。

久后知人心
路遥知马力
胡二麻叶
拜把子兄弟
两好搁一好
千里送鹅毛，礼轻人义重

22. 勤俭匾

Ⅰ. 一个老汉，做了一个勤俭牌挂在家里，日子过得幸福美满。

Ⅱ. 老头去世，儿子分家，一个分到勤字，一个分到俭字，过得越来越差。

Ⅲ. 最后他们明白"勤俭"二字不能分开，日子慢慢又好起来。

勤俭牌
两只水桶的故事

23. 吝啬鬼

Ⅰ. 爱财如命的财主，捡到一枚钱，不小心咽到肚子里，快要死了。

Ⅱ. 儿子要给他买棺材或用箔卷起来埋，他嫌破费，一直不死。

Ⅲ. 儿子说他死后要找个人把他肚子打开，取出这枚钱，然后把他的肉也卖了，他才高兴起来。最后还不忘叮嘱儿子，肉别卖到对门，他

家秤大。

异文：吝啬鬼（缺正文标题）

24. 意外之财不能贪

Ⅰ. 王七和李九偶然发现一个金元宝的坛子，商量二人均分。

Ⅱ. 王七想独得，骗李九晚上来取。

Ⅲ. 晚上王七想偷拿金元宝，却发现坛子里是清水，就生气喝了两口。

Ⅳ. 第二天，两人赶回来扒开坛子一看，三十五对元宝少了一对。王七突然难受，从嘴里吐出来俩元宝。

一坛子元宝

25. 隐身草帽

Ⅰ. 因某种机缘，主人公得到一顶帽子。

Ⅱ. 帽子是个宝贝，可以隐身，主人公用它实现了自己的心愿。于是有人开始打抢帽子的主意。

Ⅲ. 最后帽子法力没了。

隐身草帽
小三和帽子
皮狐帽子

26. 火龙单（衣）

Ⅰ. 大冬天王二被财主脱得只剩下一个裤头和一件烂衬衫，关进磨坊，想活活冻死他。

Ⅱ. 王二冻得没办法，就推磨驱寒。财主第二天一见他满头大汗，很奇怪。

Ⅲ. 王二骗财主说身上穿的烂衬衫是祖传的宝贝"火龙单（衣）"。

Ⅳ. 财主用自己的厚衣服去换，结果冻死了。

金马驹和火龙衣

27. 懒夫妇

Ⅰ. 一对懒夫妇，丈夫懒得洗脸，妻子懒得刷锅。

Ⅱ. 贼去他家被发现后掂起锅就逃。贼往追赶来的丈夫脸上砍了一刀，因为灰垢太厚毫发无损，掂走的也是长期没刷锅形成的锅疙疤。

懒惰夫妇

28. 太阳岛

Ⅰ. 哥嫂与弟弟分家，嫂子给弟弟炒熟的秫秫种子让弟弟种，只出了一颗，结了一个大穗。

Ⅱ. 大穗成熟了，却被恶老雕叼走了。

Ⅲ. 弟弟追赶到满岛是宝的太阳岛，发了财。

Ⅳ. 哥嫂学着弟弟种秫秫，登上太阳岛。因为不听恶老雕赶紧装宝，不要等太阳出来的劝告，晒死在岛上。

太阳岛

29. 龙虎斗
Ⅰ.龙、虎和鳖一起住在水塘边，多年相安无事。
Ⅱ.鳖想独占水塘，挑拨龙和老虎的关系，它们打了起来，各受重伤。
Ⅲ.鳖以为得计，因为没了龙和老虎，胆大的渔夫把它捉走了。

龙虎斗

30. 怕"漏"
Ⅰ.老夫妻说怕"漏"（指下雨屋子漏水），躲在屋外的小偷和老虎也不知道"漏"是啥。
Ⅱ.小偷从房梁上掉下来，掉在老虎背上。老虎以为是"漏"，一路狂逃，在老虎背上以为遇上"漏"的小偷被树枝蹭下来才得救。
Ⅲ.老虎遇到猴子，它们决定探个究竟，为保险就用绳子把猴子系在老虎身上。刚到茅屋，听到一声驴叫，老虎以为是"漏"，撒腿就跑，把猴子也拖死了。

漏

31. 止本叉报恩
Ⅰ.一天止本叉被牛粪掩埋。鸡及时清除牛粪，救出止本叉。
Ⅱ.为了报恩，每年夏天麦收前后，止本叉会替公鸡打鸣。

止本叉报恩

32. 大胆"遇鬼"
Ⅰ.张大胆、王不怕都胆大，什么都不怕。
Ⅱ.一天赶集下雨，天黑，都到一个闹鬼的寺庙里躲雨。王不怕在这遇见了大头鬼，拿起扁担夯了一下就跑。王不怕因为大头鬼紧追不舍得病，张大胆因为被鬼打了掉了魂。
Ⅲ.找到医生，发现是误会，遇到的不是鬼，是彼此。

"王不怕"和"张大胆"
胆大妄为

33. 大洪水
Ⅰ.黎山老母告诉王小某天石狮子的眼睛红了，要发洪水，要和母亲坐上她画的大船
Ⅱ.一天石狮子的眼被恶作剧的孩子描红了，王小带着母亲坐上大船得救了，其他人都被淹死。

王小救人

34. 七十二倒板
Ⅰ.胡留好开玩笑，说话不靠谱。
Ⅱ.上坟烧香、过年烧纸和平常生活中闹了很多令人捧腹的笑话。

刀头唤狗
请祖宗
贴中堂
我去撵驴
爹，你真铁
千里姻缘一线牵
满意的对联
我就知道这里面有孬孙
白香帽
千万别怨我
他是俺姑相好的

后记

习近平总书记指出："推动中华优秀传统文化创造性转化、创新性发展，不断提高人民思想觉悟、道德水平、文明素养，不断铸就中华文化新辉煌。"（《在纪念马克思诞辰200周年大会上的讲话》，2018年5月4日）新时代春风化雨，好故事争奇斗艳。当中国民协、河南省民协把《中国民间文学大系·故事·河南卷·驻马店分卷》（以下简称本卷）的编纂任务交给驻马店之后，驻马店市文联和市民间文艺家协会虽十分荣幸，但倍感压力。如何圆满完成上级交给的任务，成为我们多次召开会议研究的主旨。经过多次召集专家会商、研究，市文联和市民协一致认为：有条件要上，没有条件创造条件也要干好，克服一切困难，交出一份圆满答卷！

领导重视。在驻马店市委宣传部、市文联的领导下，驻马店市民间文艺家协会顺利换届交接，打好了做好此项工作的基础。换届工作伊始，市文联领导和市民协就充分考虑到本卷编纂任务的特殊性，加大了新一届民协的年轻专家人才力量，尤其是充实了年轻的专家担任新一届市民间文艺家协会的主席团，改变了过去市民间文艺家协会主席团年龄老化、专业知识薄弱等问题。为了做好本卷的编纂工作，市文联党组书记、主席韩祖和与黄淮学院领导多次商定汇报，争取支持，选拔出学院中专攻民间文学的博士生、教授、硕士生导师等，进入市民协的主席团。这一举措，为编纂工作奠定了雄厚的基础。在启动本卷的编纂工作后，中国民协原副主席、河南省文联原副主席、河南省民协原主席程健君，专家乔台山还加入驻马店市卷编纂微信工作群，及时在线指导、释疑解惑。他们还多次来到驻马店，参加驻马店市民协召开的本卷编纂会议，并对编纂工作的细节、可能出现的问题、如何把握重点环节等，给予了重要的指示和详尽的解答。建议驻马店市在编撰《大系》故事卷时，要突出方言特色、地域特色，在篇目的分类、排序、注释、附记等方面体现规范性、科学性和学术性。对重点人物、故事可以列专题，增加主要故事类型的分布图和讲述现场、采录现场、编辑现场以及故事原本（包括手抄本、影印本）的照片等。驻马店市有关领导对编撰工作提出严格要求，市政府原副市长张德轩多次参加编撰会议，对编撰工作中出现的问题作出细致部署。市民协主席谭咏利为总责任人和总牵头人，成立了文联、民协相关同志参加的编纂工作领导小组。全市所属各县区文联、民协也相应建立了编纂组，明确了责任人。编纂工作确定"以省民协编纂《方案》为指导，以原有河南省故事卷为标杆，以各县区 1988 年或者 1996 年的故事卷本为基础，以征集、整理的现有民间故事为内容"的编纂工作指导原则。提出初步成书规模达到 160 万字，有一定数量的插图，汇稿同时要求把握好故事类型入卷定位，要素齐全，有附记，有讲述者、采录者、采录时间、采录地点和方言注释。按照时间与任务节点，各县区首先完成文本初稿。并要求各县区在编撰中不得改编别人原来入书的故事变为己有，不得弄虚作假改编国内外已有的故事为己有，不得生造民间故事为己有等。市卷组编纂汇稿后，上报省民协进行专家审定，确保在 2020 年底完成第一阶段汇稿编纂任务。根据省民协专家反馈意见，2021 年上半年，我们又继续组织力量对故事卷补充完善，尤其是附记部分进行 80% 的补记，工作量很大。

措施得力。为迅速开展工作，市卷领导小组在广泛征求意见的基础上，抽调精兵强将，很快建立起编撰委员会，由从事四十多年民间文学工作的市民协名誉主席刘康健担任主编，组织起一个由本地民间文学资深研究者谭咏利、耿瑞、赵新春和黄淮学院教授余全友、刘海峰、刘献丽、郭永勤、王卫霞组成的编撰工作班子。并在此基础上，建立起"驻马店市故事卷编纂专家群"，编撰人员把在编撰工作中出现的疑难问题，及时发布在微信平台上，省市专家及时地逐一点评，答疑解惑，收到很好的效果。编撰工作采取会商制度，先会商，后分工；再会商，再包干。最后封闭统稿，编辑出最后的成书稿件。根据每一位专家对各县区民间故事的熟悉度，采取一位专家分包 2—3 个县的办法，责任到人、任务到人。根据工作的进度，严格划分时间段，限定在划分时间段中，必须完成本人所包的县区故事卷的编撰任务。而后再进行会商，逐一解决编撰工作中出现的个性和共性问题。这种既分工又合作的会商制度和方法，使得本卷的编纂工作顺利开展。特别是在 2020、2021 年的暑假期间，我们组织专家在黄淮学院集中时间、集中专家、集中地点，十天为一阶段，进行封闭攻坚，精研细抠，群策群力，收到较好的效果。

资料丰富。如何编纂好《中国民间文学大系·故事·河南卷·驻马店分卷》，取决于编纂的资料收集，我们根据多年来积累的资料，很快厘清了工作思路。主要从三个方面来收集资料：一是 20 世纪 80 年代至 90 年代中期开展编辑出版"民间文学三套集成"工作时的普查卷本，虽然有个别县没有保存下来，但总的来说还是较为完整和全面的。二是 21 世纪初期实施"中国民间文化遗产抢救工程"时的民间故事普查资料，以及本书编纂期间新搜集的故事，尽管收集的故事不够理想，但仍可以作为参考。三是从 2005 年 12 月"中国梁祝之乡""中国盘古圣地"和"中国重阳文化之乡"在驻马店市挂牌之后，各县区围绕文化之乡的文化进行了广泛的收集和发掘。此后命名的文化之乡，都曾经出版过故事集或者专著等，这些也都极大地丰富了此次编纂的内容。毋庸置疑，本书是驻马店民间故事普查的集大成者。从本市民间故事资源的实际状况出发，依据《大系》故事卷体例要求，我们参考平顶山市编撰工作的优秀经验，将本书民间故事首先粗略地分为生活故事、幻想故事和笑话三大类，而后在每一大类下又分若干小类。内容相同或者相近的故事，收录时一般以发表出版作品为正文，均发表过的，以发表早的为正文；出版的书，以出版时间早为先。《民间文学》杂志发表的、20 世纪 70 年代后期河南省民间文艺家协会（筹备组）编辑的《民间故事》和《中国民间故事集成（河南卷）》收录的，优先作为正文，其他同类作品或作为异文附于正文之后。

信息详尽。根据河南省民协领导和专家的要求，我们在反复学习领会《工作手册》精神的基础上，制定出比较详细的编撰工作计划。首先按照编纂体例要求的"科学性、广泛性、地域性、代表性"原则，挑选讲述者，采录者，采录时间、地点等要素较为完善的文本；整理查找那些文本要素不全、讲述者和采录者为同一人、讲述者已故、讲述者为多人的文本，并对不完善的文本，尽可能完善其信息，如年龄、职业、时间等。我们通过多方查找，联系上 20 多位 1986 年和 1996 年参加民间文学普查工作的采录者，询问了当年采录时的很多信息，使失掉的很多信息得以恢复和重建。其次，选择当年的故事家所讲述的文本，以此为主要文本，保持原有状态和风格。突出驻马店地域特色，突出故事家的介绍风格，故事家的语言特点和故事家讲述方式的独特魅力。第三，选择口语化和方言气息浓郁的作品，排除掉那些带有文学创作、加工取向和综合整理的文本。民间故事的讲述是具有乡土气息的口头讲述。有一个县上报的很多故事都是编辑在家中自己编造的故事，大多使用书面语言，几乎没有口语特点。于是，我们对部分故事利用方言俚语进行恢复，并查找出当年的故事原貌进行比对，使得故事得以恢复。我们在编辑故事文本时，还十分注意讲述者的语调、土话、环境等，尽可能地再现民间故事讲述情境。我们还十分注重补充故事文本的上下文信息，做好注释、附记和附录等内容。由于时间的关系，很多故事讲述者和采录者都已经去世，我们通过尽可能地联系上故事讲述人、采录者、县卷本主编和文化工作者等，了解故事文本生产的相关信息，对文本进行完善补充。在《中国民间文学大系·故事·河南卷·驻马店分卷》中，80% 的故事都做了附记，附记中对重点故事产生的地域文化、民风民俗等，进行了详细的解读。上蔡县组织有力，附记做得很细致，几乎每一篇都有附记。

在《中国民间文学大系·故事·河南卷·驻马店分卷》的编纂工作时间紧、内容多、任务重的情况下，我们完成了首编达 160 万字的文本，经过乔台山老师的把关，定稿文本 106 万字。目前看仍存在一些问题。如：一些故事文稿要素不全，内文图片有待补充；书面化语言多，方言俚语使用不够；有些故事有明显的编造痕迹；附记记述得不够全面准确；一些故事的信息还不够完整，个别的还缺少关键信息；等等。

但是，本卷的编纂工作，还是在各级领导的关注和支持下，历经艰辛完成了。答卷交出，任务未完。此时我们才感到历史欠账太多，驻马店市尚有很多民间文学工作需要我们去做，很多工作才刚刚起步。我们一定不忘初心，牢记使命，继续砥砺前行，做好民间故事的收集整理工作。

执笔人：刘康健　谭咏利

2021 年 11 月